本书系国家社会科学基金重大项目

"多卷本《中国现当代旧体诗词编年史》编纂与研究及数据库建设"

(18ZDA263) 的阶段性成果

编 委 会 名 单

中国语言文学
一流学科建设文库

中国现代旧体诗词编年史

第一辑（第二卷）

李遇春◎主编

人民出版社

目

录

一九一四年（甲寅）

1日 《中华实业界》于上海创刊,由中华书局编辑发行。

《超然》(双月刊)创刊于江苏常熟,编辑兼发行人朱揆一,仅存第1,2号。主要撰稿人有毕天公、魏冰心、席天拙、陈六奇、朱揆一、戴桢清、金问秋、陆天秋、蒋啸岩、蒋寿鹏、沈琇如、时雄飞、钱遁叟、吴双热、蒋昭义、朱中道等。第1号"文苑"栏目含《呈朱揆一》(毕天公)、《浪淘沙·有感》(毕天公)、《感怀》(魏冰心)、《中秋后日简别沈琇如》(魏冰心)、《偕天虹寓虞山维摩寺望海楼避暑即事》(七律六首)(魏冰心)、《浪淘沙·秋感》(魏冰心)、《病起》(席天拙)、《季夏月夜》(席天拙)、《谒岳武穆墓》(席天拙)、《挽宋渔父先生》(席天拙)、《偶感》(庚戌冬作)(席天拙)、《菩萨蛮·见放风》(席天拙)、《冬日书怀》(朱瘦竹)、《洋枪队七古选》(陈六奇)。

《中华小说界》(月刊)在上海创刊。中华书局印行。共出版3卷6期30册。1916年6月停刊。主编为沈瓶庵。主要撰稿人有包天笑、周瘦鹃、刘半农、徐枕亚、林纾、天虚我生等。设"插画""短篇""长篇""笔记""新剧""文苑""名著""传奇""国闻""谈丛""谈瀛""谈荟""艺术史""美术史""杂录""来稿俱乐部"等栏目。创刊号"文苑"栏目含《哀辽东》(希安居士)。

《申报》第14694号刊行。本期《自由谈》"尊闻阁词选"栏目含《新世界薄命花》(六首,东园)。

《中国实业杂志》第5年第1期刊行。本期"文苑"栏目含《即事赠李丽君校书》(林兵爪)、《巢鸭山庄即事》([日]伯爵松浦厚)、《即席步韵》(李文权)、《鲁正叔铜琴歌》(郑孝胥)。

章太炎作《致黎元洪书》:"时不我与,岁且更新,烈士暮年,壮心不已,以此为公祝。炳麟羁滞幽都,饱食终日,进不能为民请命,负此国家;退不能阐扬文化,惭于后进。桓魋相迫,惟有冒死而行。三五日当大去。人寿几何,亦或尽此。书与公诀。"

沈曾植赴刘承干招饮,缪荃孙、章梫、杨钟羲、褚德彝、孙德谦等在座。

朱希祖与沈钧儒相约留须。日后连鬓大胡,有美髯之称。

魏清德《打虎行》发表于《台湾日日新报》。诗云:"猛虎欲出先磨牙,前林落叶起风沙。风腥沙立草树靡,眼如雷公走金蛇。昂头一啸山欲裂,熊奔黑窜悲无家。少年负侠谁家子,自比下庄与周处。昨宵刺豹淋银壶,今朝冈上独来去。老狮诡秘逃无踪,袒裼竟与猛虎逢。是时日角开晴雾,倏忽杀气千万重。铁拳伐目脚抵胸,猛虎虽猛噬无从。斑斓巨体过于犊,殴之毙负行乱峰。皮毛温暖殊可寝,巨盌归饱肉味浓。方令南方膨胀声正高,惜君及早为雄豪。毋令霜雪侵二毛,垂杨左肘易蹉跎。"

易顺鼎作《阳历新岁寄抱存，叠前韵》。诗云："旬外真同隔岁看，高斋几度过苏端。闻添檀炷熏婆律，喜对梅枝画女安。快雪时晴想佳善，乘风欲去恐高寒。自怜曾作梁园客，明日江湖把钓竿（余将有安庆之行）。"

萧亮飞作《民国三年元日试笔》（二首）。其一："爆竹燃亲手，元辰何快然。授时同五族，建国已三年。身本炎黄胄，书成畜牧篇。故教不免俗，试笔写红笺。"

胡宛作《民国三年元日示诸生》。诗云："纪元弹指又三年，国事艰难到极边。我愿诸君齐努力，同心再造自由天。"

赖雨若作《甲寅元旦（新历）第二次归舟抵基隆触景有感》。诗云："青松插在樯之巅，海上迎春船又船。初日浴波红涨锦，韶光焕发水连天。我是他乡浮浪客，也随舟子共迎年。今朝又抵基隆港，故国河川在眼前。基隆水尚当年碧，基隆山带昔时妍。独有纷纷人事异，新思旧感雨凄然。潮来潮去成今古，人去人来几万千。芳草有情依岸绿，春风催我着归鞭。我欠肥马乘车去，汽笛一声冲晓烟。"

[日] 关泽清修作《元旦》。诗云："迎岁还欣笔砚亲，芸窗丽日照吟身。诗心淡雅只依旧，世事峥嵘浑竞新。书卷乱堆无俗态，梅花一点有风神。家萱八十又加七，儿也幸逢华甲春。"

[日] 白井种德作《四学年生新田政民、三学年生佐佐城贤三，共以客月廿五日殁。同学年级生徒胥谋设追吊会于东显寺。余亦来会，赋一诗以吊，时癸丑十二月初六》。诗云："雪天吊二生，同学肠齐断。唯见友情切，香烟犹带暖。"

2 日　释永光作《癸丑十二月初七日归沅江景星寺，过王籽山故宅》。诗云："风雪漫漫过辋川，歧亭巾屦自年年。梅花零落词人尽，冷雨疏烟哭圣泉（谭圣泉先生为籽山内兄）。"

任鸿隽作《岁暮杂咏》（民国三年元旦后一日作于北美纽约以色佳城）（四首）。其一："凄厉岁云暮，朔风拂枯条。年年耶诞日，飞雪满山椒。今年气候异，冬月无寒宵。众士趋归宁，孤客独无聊。无聊那可度，良朋勤见招。烹茶细论文，聊以永今朝。"其二："昨夜天忽雪，侵晓势转盛。卧闻橇声喧，推窗光掩映。披衣出门去，循涂自开径。轻盈尚扑面，深厚已没胫。远山淡微林，近潭黝深凝。疏枝添更密，高檐滑欲进。塞雀冻不飞，松鼠冷犹逞。我行悬桥上，万松相交并。俯视不见泉，泠泠声可听。蹊路得平直，举足忘酸硬。眷然惜良辰，安能效袁令。"

3 日　《申报》第 14695 号刊行。本期《自由谈》"尊闻阁词选"栏目含《沁园春·赠别》（东园）、《西子妆·此解，草窗自制曲也，张玉田赏其声调妍雅。宋时旧谱，已经零落，不能倚声而歌，今此效颦，西子其笑我否》（东园）、《惜分飞·瓢城道中》（东园）、《送友游法兰西》（东园）、《和李生弟〈观陈圆圆剧〉，步原韵》（三首，碧梧女士）；"文字因缘"栏目含《唐多令·题〈黄金崇〉说部》（张有吾）、《祝项君荨五十初度》(二首,昆陵赵养娇)。

章太炎欲乘车离京,为军警所阻。7日至总统府求见袁世凯遭拒,遂大闹总统府。章氏以大勋章做扇坠,临总统府之门,大诟袁世凯包藏祸心。12日被软禁,旋移至北京龙泉寺。其间,袁世凯派子克定送锦缎被褥,为章氏焚掷。章氏决意绝食,以死相争。自云:"不死于清廷购捕之时,而死于民国告成之后,吾何言哉!"监禁期间编成《章氏丛书》初编。章太炎被囚后,黄侃赋诗《有感》(二首)。其一:"谁遣齐州革朔风,横流莫后昧神功。犹疑阿阁非巢凤,忽报黄山有堕龙。反鼎岂闻封乐毅?献符方欲致扬雄。幽都咫尺师门远,赋罢招魂望未穷!"其二:"罘网弥天竟莫逃,惊闻画地已成牢。北方自古人为醢,中国于今法似毛。岂有巫阳询掌梦?空教楚厉咏离骚。囊蓣无路惭风义,白日风霾虎豹嗥。"

吴昌硕题吴隐《遁盦古陶印》。诗云:"溯自有虞上匋意,匋尽天下为山河。成周因之设官职,方员愚知人事和。孔门餦粥赖于是,尚有卖浆荐春醝。残缺仅云一二字,姓氏里居记不讹。始皇焚书书浩劫,道在瓦甓未易磨。零落古籀数珠玉,守护如遇神思呵。识字金推汉祭酒,象形会意聚讼多。南唐二徐尽趋古,注辑翻作烦恼魔。封泥模范尊鼻祖,欹整笔执无切磋。古气盎然手可掬,斑连等于高阳戈。遁盦笃好已成癖,搜索荒砾穷烟波。参考文字颇奇特,不类虫鱼与蝌蚪。累黍刻画似蝇首,妙趣直若书擘窠。乌皮几润春雨后,篚篚盘匜同星罗。精拓毡蜡公世好,三代遗物常摩挲。老眼有福喜无量,呼酒倚醉击缶歌。(癸丑腊八日,安吉吴昌硕,时年七十)"

瞿鸿禨作《腊八粥吟》。诗云:"腰鼓声圆夏鸣玉,浓煎兰汤供佛浴。妻孥礼罢分甘忙,道是东京七宝粥。枣栗柔滑糖霜甜,齿摇恃软良安便。琼膏两瓯饱啖尽,腹本空洞今果然。防风口香前日事,年年腊八沾余赐。陈迹依稀记梦华,寒云锁断慈恩寺。"

4日 《申报》第14696号刊行。本期《自由谈》"尊闻阁词选"栏目含《幕府感秋》(兴化黄诗汝)、《冬夜》(四首之一,兴化黄诗汝)、《落叶》(兴化黄诗汝)、《黄鹤楼》(兴化黄诗汝)。

陈冬辉生。陈冬辉,浙江金华人,著有《檀珏楼集》。

叶昌炽作《再叠前韵,奉酬邃庵前辈、叔彦太史》(《后汉书·张纯传》:"建武三十年请封禅,奏曰:'今摄提之岁,苍龙甲寅,德在东宫。宜及嘉时,遵唐帝之典,继孝武之业。明中兴,勒功勋。'"明年岁在阏逢摄提格,孟陬之月,万象更新,贞下起元。千载嘉会,播之乐府,宜有〈崧高〉〈常武〉之遗。曲终奏雅,匪仆所能,聊以为颂云尔,三叠前韵)。其中,《再叠前韵》云:"落时正达北方枢,孰辨淄渑似易牙。(《淮南子·氾论训》:'奡儿、易牙,淄渑之合者,尝一哈水而甘苦知之矣。'高诱注:'奡儿、易牙皆齐之知味者。')闭户焉知莫已改,燎原早恐蔓难图。但堪吏隐从梅福,安得郎潜起任乎。松柏岁寒还自励,凭君晚节淬廉隅。"《三叠前韵》云:"本德东宫运斗枢,摄提岁首在须臾。龙蛇草泽销兵气，麟雁芝房献瑞图。终有遗臣绵夏祀，恭闻孺子作周孚。新春帖子中兴颂，无待占风到四隅。"

5日 《申报》第14697号刊行。本期《自由谈》"游戏文章"栏目含《南征草》(六首，豀厂)；《发韩庄》《过扬州》《下金陵》《受勋位》《五十寿》《去金陵》。

6日 商务印书馆与日本金港堂签订终止合办合同，张元济以保证人身份在合同上签字。自是，商务印书馆成为由国人集资营业的出版发行公司。

《申报》第14698号刊行。本期《自由谈》"尊闻阁词选"栏目含《卖花声·钱塘舟夜闻琵琶》(东园)，《好事近》(十二首)：《华峰挹爽》《鹊桥踏雪》《明湖泛月》《趵突观澜》《长春访道》《铁祠赏荷》《千佛披云》《潭西拜石》《汇波观稼》《龙洞延秋》《开元寻碑》《潜亭独钓》，《古意，拟嚣嚣兄作》(李生)。

恽毓鼎作《老至》。诗云："清晨揽明镜，衰颜忽盈巾。诸弟皆早夭，白发翻可亲。老被子孙催，气因冰雪驯。翩翩豪少年，父祖多故人。升沉我有分，安乐天所珍。勿轻眼前福，善养胸中春。"

7日 袁世凯通令各省，切实查禁国民党印刷品："如有散布或售卖该乱党各种印刷文件"，从严惩办。

8日 《申报》第14700号刊行。本期《自由谈》"游戏文章"栏目含《戏咏道旁坑棚》(佐彤)；"尊闻阁词选"栏目含《岁晚宵长，抱璞不至，赋此自遣，盖不作诗者，半年矣》(了青)、《哭毓仁》(二首，景缄)、《读东园〈薄命花词〉，名作旖旎，悯其遇，为赋三绝》(李生)。

王闿运还山塘。检日记，钞录小词，并钞集七律以备观览。

黄宾虹书评《介绍新书》载于《神州日报》，介绍翁同龢诗文集。文曰："翁常熟相国松禅老人，功名德业久已倾动海内，生平所为诗古文词，卓然大雅，惜为书画名所掩，传世甚罕。今相国侄孙永孙诸君出其辑校诗文共凡六卷，醵资付印，现已出版，有愿先睹为快者，海上各书坊均有寄售。(虹)"

9日 超社第十四集。樊增祥招集樊园，送梁鼎芬诣崇陵种树。陈三立、缪荃孙、瞿鸿禨、沈曾植、吴庆坻、周树模、王仁东、林开謩、吴士鉴等同集。同人有诗作：沈曾植《超社第十五集樊园为节庵饯行四首》、瞿鸿禨《梁按察被命诣崇陵种树，樊山招作社集，即送其北行，同人皆赋诗》、陈三立《腊日送节庵往崇陵种树，超社诸公同赋》、吴庆坻《节庵提刑前辈奉崇陵栽树林之命，请急暂还，残腊北行，樊山设饯寓园，酒罢乃为长歌以送之》、吴士鉴《送梁节盦丈赴崇陵种树》。其中，沈曾植《超社第十五集樊园为节庵饯行四首》其一："长风不周来，积哀填九有。衔涕陟征途，栈车牛马走。孤臣一寸心，炯若星朝斗。曳踵鬲津河，悲怀靡奔久。皇天怜悃愊，贞疾困无咎。痛哭司马门，长髯拥村叟。伤哉肝胆热，郁结俄生柳。滂沱苌叔血，乃染医师手。经年五往返，寒暑饱经受。岁暮袁生室，艰难一回首。"瞿鸿禨《梁按察被命诣崇陵种树》云："鼎湖龙去余攀恋，垂髯不返遗弓剑。桥山中作穿复迟，月出衣冠闷虚殿。南海孤臣肠九回，奔走呼号泪如霰。禹穴初成窆石悬，宋陵未改皇堂建。羡道三泉玉匣安，幽宫万古金床奠。雄尊胜锢南山隙，俭索罢入兰亭卷。翠微真见守熊罴，银海宁闻泛凫雁。佳气依然春陵郭，黄图犹是壮哉悬。书生寸效竭臣力，精卫哀诚动天鉴。岁寒贞姿示褒显，飞白御书垂宠眷。帝曰畴咨树陵木，心节同坚惟汝善。钦哉封殖往勿辞，兹事用为百世劝。芒鞋草笠先春及，冲冷北行尘扑面。手足遑辞雨雪劳，精神正遇冰霜健。子贡精栽楷木来，玉潜忍种冬青遍。金粟堆前积翠深，石马门外荒烟敛。凭惟橐驼养树术，写入梁鸿高士传。明年寒食上陵回，应带苍梧云一片。"陈三立《腊日送节庵往崇陵种树》云："帝舜之葬迷苍梧，有臣泣血攀号呼。一岁百吁十还往，天鉴下窆哀顽躯。飘髯负土冰霰区，万夫邪许群灵趋。异典终毕銮卫散，微衷稍展筋骸痡。卧疾车箱指海角，踉捧飞白辉蓬庐。走视宾亲互劳问，余痛在腹尘污袪。为述负恩首宗衮，父子裹足稽冥诛。蠕动千官各有态，已忘崩坼翘髭须。祖宗养士三百载，黧面对汝增歔欷。朔风搅晴梦万里，又往种树临长衢。天寒岁暮逐鸿鹄，至日襄笠应成图。移根穿石络鳌极，交柯苍翠笼山隅。悬知寸寸澈泉泪，散作膏液荣万株。引领灵禽四翔集，长白云气飞来粗。待长龙鳞照天地，此手信有神明扶。相望亘古橐驼在，休问运会留一锄。"吴庆坻《节庵提刑前辈奉崇陵栽树林之命》云："金龙峪下风云集，复土功成万灵泣。星霜互易几攀号，臣泪将枯臣愿毕。俭德垂衣忆景皇，寿宫迟起万年堂。一从永弃臣民后，弓舄桥山渺帝乡。泉刀蠡蚀虚将作，论著鸿文阙太常。草莽孤忠呼吁迫，乐工终奏永安章。釁脂夜作万夫起，飧奠苞牲荐清醴。蔬素争传泰始风，崇丰犹秉开元礼。象圳精诚报帝妫，龙舆安妥偕文姒。朱轩骈马绝征求，玉匣珠襦屏华侈。千官雨泣趋岩阿，中有一臣哀怆多。逢披肩随来擗踊，危冠颜汗避扪诃。奉敕恭题翠珉字，尊亲钤宝先朝制。松草含凄满道周，斑斑染尽孤臣泪。孤臣夙抱岁寒心，拜捧天章日月临。追思苏轼奇才叹，永矢思谦执宪箴。冲皇嘉叹垂珠眷，冠佩晨趋养心殿。诏比甘陵置令丞，环山万树宜蕙蒨。劲节如人铁石坚，贞柯得地冰霜炼。巽命重申未许辞，神皋差幸长依恋。君不见启运之山产瑞榆，景陵芝草茱交铺。白山王气三百载，忍见黍离伤故墟。原庙衣冠仍肃穆，昌平山水共唏歔。松虫岁岁劳搜捕，太息陵官典守疏。呜呼沃土良桢寡，树人至计谁知者。贼本先当剪附枝，异材倘出支倾厦。九嵏郁郁五云飞，沆瀣行看醴泉泻。养树名言郭橐驼，攀条遗恨桓司马。独怜衰病栖穷谷，翘首神乡拜鹃哭。山阳何地抚贞姜，栎社余生留散木。与君异干实同根，嘉名敢附夷齐目。旧点朝班梦玉墀，遥知佳气蟠金粟。北驶飙轮去戴星，苍凉乐府谱冬青。明年寒食朝陵罢，雪涕来研种树经。"吴士鉴《送梁节盦丈赴崇陵种树》其一："衔土艰辛夏涉冬，五年始见闷崇封。遥知二圣神灵在，尚有千官涕泣从。云护丰碑承石屃，天开宝峪亘金龙。平川他日林如织，尽是孤臣手种松。"其二："天鉴贞心葆岁寒，御书颁出墨初乾。凭霄竟奠苍梧野，精卫终填碧海澜。造辟陈言三殿复，捧尊上食万人看。园陵株蘖皆谐数，独有虞廷典礼殚。"

《申报》第 14701 号刊行。本期《自由谈》"尊闻阁词选"栏目含《解语花·冬至舟夜，用玉田韵，赋以排闷》(东园)、《水调歌头·月当头夕，有怀旧时文宴之盛，寄扬州张幼斋》(东园)、《锁窗寒·王海客，云间名士也，工诗词，笔气豪迈，韵语峭拔，是合苏、辛、姜、张为一家者，今绝响矣，余悼之。五茸客次，用张玉田〈吊王碧山〉韵》(东园)、《舟泊举口》(闽中翁莘老)、《岳祠铜爵》(闽中翁莘老)、《访唐六如桃花庵》(闽中翁莘老)。

吴昌硕为楠先生绘《白菜》，并题识："具区之精昆仑苹，玉蔬金菜仙厨珍。烟芽露甲堪素食，要与天地同长春。"

黄侃至天津，居沽上一楼，壁间有华亭女子王蕙纫题诗十首，辞意凄绝，墨色犹新，因书二绝于其左。其一："戎幕栖迟杜牧之，愁来长咏杜秋诗。美人红泪才人笔，一种伤心世不知。"其二："簪笔何殊挟瑟身，天涯同病得斯人。文才远愧汪容甫，也拟摛词吊守真！"(按："华亭女子王蕙纫"乃黄侃托词，其实十首题壁诗皆为黄侃自撰)

10 日 袁世凯下令解散国会，宣布停止参、众两院议员职务，一律资遣回籍，并着手修改约法。26 日，公布《约法会议组织条例》。

张澜在袁世凯解散国会后返回四川，任四川南充县立中学校长。

《申报》第 14702 号刊行。本期《自由谈》"尊闻阁词选"栏目含《沁园春·宴集朱君慎先斋中》(东园)、《浣溪沙·赋雪》(东园)、《卖花声·寒夜由娄江赴沪》(东园)、《江南好·岁暮天寒，乡关别久，传书道梗，情趣黯然》(东园)。

《妇女时报》第 12 期刊行。本期含《清芬集》：《读〈茹恨集〉书后七十二韵》(黄逸尘)、《赠刘姊韵芳》(黄逸尘)、《赠毛姊裕蕙》(黄逸尘)、《癫叔命题吕梦符〈半醒独立图〉》(黄逸尘)、《箴从兄一首》(黄逸尘)、《吊秋娘墓二绝》(王淑贞)、《钱江晚渡》(王淑贞)、《苏武》(王淑贞)、《郊外行》(王淑贞)、《古庙行》(王淑贞)。

《雅言》第 2 期刊行。本期"文艺·名贤遗著"栏目含《蒿庵集 (续)》(张尔岐稷若)、《逃虚子诗集 (续)》(明代姚广孝)；"文艺·诗选"栏目含《独弦集 (续)》(黄侃)、《廖居诗存 (续)》(康逵宧)；"文艺·词选"栏目含《和清真词 (未完)》(蕲春黄侃、吴县汪东)；"文艺·诗话"栏目含《缋秋华室说诗 (未完)》。黄侃撰《缋秋华室说诗》多录其师余杭之作，并及诸人移译西诗，辞绝古雅。余杭师弟，于诗不多作，然作则多可观，于近代诗人中，要自为一派也。其中，汪东《和清真词》含《瑞龙吟 (天涯路)》《风流子》(二首)、《华胥引 (寒云微凝)》《意难忘 (初点宫黄)》。《瑞龙吟（天涯路）》云："天涯路。遥见细草平烟，乱云迷树。狂踪漂泊经年，万山千水，邮程甚处。　　慢延伫。空记旧时携手，暗扃朱户。东风浅拂桃华，绣帘半映，妆楼笑语。　　芳事而今都换，酒阑人远，霓裳休舞。谁道阮郎愁中，青鬓如故。红笺泪迹，吟徧同心句。知还向、回廊静倚，闲阶私步。梦与春潮去。潮随信断，无憀意绪。垂柳飘残缕。孤棹晚，冥冥长隐烟雨。自怜命薄，不如飞絮。"《风流子》其二："烟幂小池塘。幽闺倦、无语怨春阳。正斜拔凤钗，自挑帘幕，浅分蛾柳，还傍宫墙。最忆是、乱红抛燕剪，静碧啭莺簧。密约乍空，漫调哀瑟，断魂难越，偏叙离觞。　　姜迷天涯草，看看又、遥映半折文厢。愁字万千思量，莫寄伊行。待翠檐鹊语，圆成玉镜，绣床鸳被，熏罢薇香。归计未成却愁，流潦相妨。"《华胥引（寒云微凝）》云："寒云微凝，明月初升，渡舟片叶。箭激流波，萍丝袅袅鱼碎唼。别景先觉难堪，更榜歌鸣轧。萧瑟羁怀，念伊衾枕孤怯。　　青鬓都非，向秋来、素丝频镊。秖将衫袖，啼痕时时细阅。尽有回文新句，忍自翻吟箧。休拟蘼芜，乱愁还似千叠。"《意难忘（初点宫黄）》云："初点宫黄。记含情度曲，背面传觞。花阴留好语，帘里袅沉香。新恨积、宿盟凉。余浣枕淋浪。再见时、兰堂画烛，好更端相。　　仙家眷属双双。怎桃源径杳，错怨刘郎。轻烟迷晓梦，微雨湿残妆。欢易尽、转柔肠。纵别也何妨。但愿如、玲珑镜月，未减清光。"黄侃《和清真词》含《瑞龙吟（湖边路）》《风流子（西风凋晚碧）》《意难忘（眉捧栀黄）》《宴清都（倦客听更鼓）》。《风流子（西风凋晚碧）》云："西风凋晚碧，天涯迥、旅客后秋归。正夕霏始隐，候蛩凄断，暮寒初急，征雁参差。掩关罢、砌虚惊碎叶，梁阁殒残泥。宵短梦轻，未传幽意，影孤魂黯，偏引余悲。　　遥怜深闺里，伤情处、应念远道无衣。无奈夜砧空拭，难料归期。想绣带光销，从教腰减，镜台长掩，独自眉垂。惟有凤笺托恨，还恐人知。"《意难忘（眉捧栀黄）》云："眉捧栀黄。乍低头向壁，细语停觞。钗垂花影颤，衣染酒痕香。壶漏咽、幕波凉。凭急雨淋浪。醉态轻、回灯帐角，几度形相。　　雕梁燕宿双双。想残宵婀眼，未便羞郎。酡颜留晕，山枕隔浓妆。钟动后、惹回肠。更不晓何妨。正恐伊、朝来怨别，骤减容光。"

萧亮飞作《旧嘉平之望，小园梅花盛开，为赋一绝》。诗云："天风吹暖玉梅筵，开满横斜四面枝。春意诗情小园足，不须驴背灞桥思。"

11日　超社第十五集。周树模招集泊园，同赋催雪诗。陈三立、缪荃孙、沈曾植等同集。沈曾植有《超社第十六集会于泊园赋催雪诗，不拘体。泊园先成，余用其韵》（四首），陈三立有《泊园社集赋催雪二首》。其中，沈曾植《超社第十六集会于泊园赋催雪诗》其一："至后霰未集，苍茫疑化工。旋开晨雾白，只是晚霞红。客岁漂摇久，家山想象中。荒塍锄菜甲，一溉啁园公。"其二："齿刚存有痛，嗽上郁难开。一气愆阳里，三因病客来。室温频检校，山静费疑猜。消息清宵验，尸居闷默雷。"其三："斟酌田更语，先春要忍冬。何辞年邂遘，正尔麦从容。腊尾占筶数，诗心泼墨浓。

坛祈非故意，太息倚枯筇。"其四："风力能吹海，冰嬉为泼寒。符驱律令疾，路辟灌坛宽。深压蟆蜮尽，皓然鹍鹭看。还应继妍唱，来共倚危栏。"陈三立《泊园社集赋催雪二首》其一："帝座通呼吸，天根探有无。玄云交海气，瘦日恋园株。会舞篱边鹤，看拳枝上鸟。翻空弃鳞甲，仙侠夺兵符。"其二："南纪愆三白，灾凶告麦田。且谋浮蚁瓮，谁祷雾猪泉。梅蕾含春待，银幡为我妍。聚星堂上客，宛宛出灯前。"

《申报》第 14703 号刊行。本期《自由谈》"尊闻阁词选"栏目含《冬至书感，用杜少陵〈冬至〉韵，戏叠九章，示养新社友》（东园）。

12 日 《申报》第 14704 号刊行。本期《自由谈》"游戏文章"栏目含《嘲便壶》（佐彤）、《贫民五更调》（野鹤）；"栩园词选"栏目含《偶成》（二首，痴逸）。

13 日 《申报》第 14705 号刊行。本期《自由谈》"尊闻阁词选"栏目含《调寄〈误佳期〉·冬日闺情》（天白）、《调寄〈摊破浣溪沙〉·冬日还家》（天白）、《寒夜怀人》（天白）；"文字因缘"栏目含《自题〈悔余草〉艳体诗后》（太痴）、《题〈自由谈〉》（二首，黄诗）、《读〈自由谈〉题尾》（天羽陈白）、《赠虞山庞劬庵先生二首，用署芸韵》（徐公辅）。

郭沫若抵日本东京，并立即准备投考官费学校。

14 日 东坡生日，超社第十六集。沈曾植招集樊园，咏清代翁方纲所藏明人朱完者所画东坡像。樊增祥、陈三立、缪荃孙、瞿鸿禨、沈曾植、吴庆坻、周树模、沈瑜庆、吴士鉴等同集。同人有诗作者：沈曾植《东坡生日超社十七集重会樊园，题苏斋所摹朱完者本东坡幅巾像，和樊山韵》、瞿鸿禨《癸丑东坡生日，乙庵招同社集樊园，题苏斋所摹朱完者本东坡画像》、陈三立《东坡生日，乙盦招集樊园，观朱完者所绘东坡画像》、沈瑜庆《超社十六集东坡生日，子培置酒樊园，以粤人朱完者所绘图像分题，中多翁覃溪诗跋，率成长句呈同社诸君》、吴庆坻《东坡生日观覃溪所藏南海朱完者画象，是日先于杨仲庄许见宋石门画东坡笠屐像，用覃溪〈题石门画本〉诗韵》、吴士鉴《十二月十九日东坡生日，乙盦丈招集樊园，观翁覃溪旧藏朱完者画坡公像》、周树模《超社十六集，乙盦置酒樊园，属题苏斋所摹朱完者画东坡像》。其中，瞿鸿禨《癸丑东坡生日》云："岷山壮江源，旁薄挺巨杰。坡公真天人，尘表绝风格。雄深吐光怪，郁为文章伯。上齐蒙庄叟，俯揖陶彭泽。当其从政时，肝胆出忠直。奇才契主知，乃为当路厄。穷通一何有，晏处海南谪。慧业证弥陀，谈空照禅寂。葆真与天游，养以至人息。所乐在山水，翛然适其适。我虽未见公，仿佛梦颜色。昂藏如立鹤，清姿矫仙格。适来拜遗像，俨侍先生侧。苏斋富题志，谓胜松雪迹。沈侯挹流风，亦有宝苏癖。客腊觞愚园，嘉辰复重集。光气自星辰，神采还笠屐。八百有余岁，俯仰感今昔。浩浩东流水，江山不可识。谁欸紫绮裘，也吹李委笛。"吴士鉴《十二月十九日东坡生日》云："髯仙非髯兼非仙，骑鲸一去八百年。画家百本工摹泓，呜呼人貌而真天，一笠一展图龙眠。雪堂挂杖黄州传，琼州石刻粟米泉。胜槩飚举皆翩跹，晚有画师南海壖。小金山上穷真诠，新生之犊明牬悬。不系之舟能沿缘，自赞妙偈玄之玄。苏斋得之题婵嫣，岁岁生朝陈铏笾。神光翕赩张双颧，摹置孤本施注前。嵩阳残帖森藤笺，俪以画象如珠联。石墨楼荒摧云烟，百重锦赗嗟弃捐。漫堂旧帙一炬然（覃溪题此象，云重摹于〈嵩阳帖〉并宋本施顾注。内施顾注苏诗本为宋漫堂旧藏，后归苏斋，又归筠清馆吴氏，而入江陵邓氏。光绪戊申湘潭袁君得之，余为题识，未几毁于火），此帧历劫犹能全。归入逊斋书画船，凋年良会蔬笋筵。幅巾仰瞩何褊襜，逶迤碧落翔云辂。清风来自峨眉巅，饱经瘴两身终还。我欲南游平生愆，读公遗什神理绵。如受戒律心栖禅，赞叹何有徒雕镌。杂遝里语和神弦，灵之来兮应辀辀。"

《申报》第 14706 号刊行。本期《自由谈》"游戏文章"栏目含《打油诗》（四首，豁厂）；《穿》《吃》《嫖》《赌》，《投稿自嘲并质谈君》（四首，豁厂）；"尊闻阁词选"栏目含《探芳信·岁暮》（东园）、《除夕歌》（东园）、《新年曲》（东园）、《新月》（二首，东园）、《感誓》（四首，莽汉）；"文字因缘"栏目含《为陈君少岩题〈岁寒三友图〉》（热庐）。

吴昌硕作《题东坡像》诗。沈曾植作《和缶庐〈题东坡像〉韵》（二首）。其一："折纸书贫字，吞爻问孝先。水成千薄相，月缺四婵娟。春梦行婆语，秋词圣主怜。北归乘愿尽，太息建中年。"其二："遗事传闻异，他年付老兵。太行尘不隔，儋海雨还晴。赤壁重游梦，青山二老亭。画难寻旧卷，砚复涤新坑。"

赵炘年作《癸丑东坡生日集归来馆》（五首）、《前题，和空山人原韵二首》。其中，《癸丑东坡生日集归来馆》其一："诗札循前例，香花祝老坡。模糊殷正朔，惆怅宋山河。世态浮云幻，贫交宿草多。大瓢圆笠像，膜拜恣狂歌。"其二："韩子谪潮阳，青莲流夜郎。与公三足鼎，令我九回肠。山泽潜身晚，壶觞为口忙。秦关来弱弟，风雪话联床。"

吴庚作《癸丑东坡生日招意空道人饮，赋诗嘱和》（二首）、《前题再赋》（二首）。其中，《癸丑东坡生日招意空道人饮》其一："腊鼓沈沈雪意寒，年年故事祀眉山。老多愁病仍耽酒，醉向宾朋一破颜。人事变迁戎马后，历书新旧腊正间。一双白发唐宫女，说到开元涕泪潸。"其二："大瓢圆笠一衰翁，与我魋颜椎髻同。老去光阴蛇赴壑，兴来棋酒虎生风。十年乍醒尘劳梦，万事都如水月空。同是卑田院中客，天寒岁暮一逢公。"

15 日 《正谊》（月刊）于上海创刊，谷钟秀、张东荪主编。共出 9 号，到 1915 年 6 月 15 日停刊。设有"论说""译述""纪载""艺文"等栏目。张东荪、杨永泰、丁佛言、沈钧儒等为主要撰稿人。张东荪等人创办《正谊》杂志之目的，在于提倡正义，借社会正义的力量来改良政治、改造社会。谷钟秀在《发刊词》中云："本杂志以促进政治之改良，培育社会之道德为宗旨"，"对于政府，希望其开诚心，布公道，刷新政治，纳入共和立宪之轨道；对于人民，希望其发展政治上之知识，并培育道德，渐移易今日之不良社会"。创刊号"艺文"栏目含《抱一庐诗话（未完）》（觉公）、《侠骨忠魂（未完）》（[法] 大仲马著、无我译）。

《申报》第14707号刊行。本期《自由谈》"尊闻阁词选"栏目含《望海潮·云间怀古》（东园）、《浣溪沙·题梅影两卷》（东园）、《子夜歌·赠歌者》（东园）、《高阳台·扬州作》（东园）、《春从天上来·戏赋案头雨花台五色石》（东园）、《浣溪沙·秋闺，和友人次韵》（东园）、《前调·近事》（东园）。

《蜀风报》半月刊，第4期刊行。本期"艺林"栏目含《游颐和园记》（姚永概）、《游法纪程（续第一期）》（季宗孟）、《满清兴亡纪略》（詹鸿章）；"诗史"栏目含《题袁厚庵〈蒲团坐雪图〉》（悔余道人）、《题孙叔廉〈容窗怀友图〉》（悔余道人）、《消寒四咏》（詹言）、《悔余庵乐府：十九谣（并序）（未完）》（何杕）。

[韩]《天道教会月报》第42号刊行。本期"词藻"栏目含《除夜》（凰山李钟麟）、《一月元旦》（凰山李钟麟）、《一月元旦》（芝江梁汉默）、《一月三日龙山》（香山车相鹤）、《挽韩潇庵》（忧堂权东镇、沌庵李承祐）、《岁暮乡怀》（古友崔麟）。其中，香山车相鹤《一月三日龙山》云："龙山岁色新，斗酒乐吾春。心中多少事，殷勤话故人。"

《生活日报》刊"荘渔"词《大酺·酬小树〈见怀〉韵，并怀小凤、中墨、杏痴》。

张良遥作《癸丑十二月二十日五更白匪破商城，补作纪事诗八首》。其一："佩牛带犊太无名，敢向潢池盗弄兵。若使龚黄为守令，早销剑戟课春耕。"其二："年少椎埋起绿林，涓涓不塞水弥深。养痈成患谁尸咎，坐使中原付陆沉。"其三："宛洛连章报肃清，汝谁千里失名城。元戎间道驰归璧，坚卧夷门自拥兵。"其四："铁骑横冲铁轨东，万家生命化沙虫。可怜涑水千磷碧，又见潢川一炬红。"

17日　《申报》第14709号刊行。本期《自由谈》"尊闻阁词选"栏目含《月梅》（袁锡龄）、《海滨晚眺》（袁锡龄）、《古镜》（景唐）。

18日　《申报》第14710号刊行。本期《自由谈》"尊闻阁词选"栏目含《和郁曼陀日本东京来青阁即席之作，次韵》（东园）、《和蔡选青两窗之作，次韵》（东园）、《汪复亭挽诗》（五首，东园）。

冯文洵作《癸丑十二月二十三日书怀》。诗云："黄帝始作灶，后世奉为神。今夕何夕兮？涂糟俗相因。叹我数年来，东西南北人。忆昔之巴蜀，太岁在戊申。作客锦官城，寒厨甑生尘。己酉妻孥至，落叶添炊薪。惊心岁云暮，备尝姜桂辛。庚戌客嘉州，聊将鸡菽陈。辛亥重来游，有如车辙循。川路事变作，满地皆荆榛。已矣归去来，联舟相避秦。一百十五日，泛宅几沉沦。寒尽不知岁，君其问水滨。去年之今日，萍迹羁天津。今虽幸家居，命途悲逢屯。伤哉复伤哉，如转风中轮。未卜到明年，吾身何处存？"

19日 《申报》第14711号刊行。本期《自由谈》"游戏文章"栏目含《小鸡赋（有序）》（剑秋）、《刺新剧》（孽儿）；"尊闻阁词选"栏目含《村居即事》（亚公）、《偶成》（亚公）、《冬夜即事》（亚公）、《题梦和仙馆纪念碑》（四首，病香阁主人）、《书愤》（二首，寄尘）、《有叹》（二首，寄尘）、《边感》（寄尘）、《有感》（寄尘）、《古镜》（袁锡龄）、《山茶花》（袁锡龄）。

祭灶，叶昌炽作《祀灶》。诗云："多神与一神，无神说又一。淡天棘下生，中者淫风疾。异乎吾所闻，先秦有师说。灶为老妇祭，神在五祀列。享尝比先炊，尊瓿礼咸秩。火王古以夏，礼异邮表畷。今当息蜡时，风土有沿革。无如吴俗懒，古意遂寝失。内省既自疚，流为媚奥术。谓神司善恶，赫然相在室。有如汉计吏，岁除课甲乙。荐以胶牙饧，供帐及刍秣。迎神与送神，宾筵歌既阕。云车风马驰，迢遥指绛阙。谓等明珠箱，况先醴酒设。既醉舞仙仙，欲言笑哑哑。此语出里巷，丹青流不实。我闻汉中兴，神为善人出。受庆管大夫，其后有阴识。佐命自椒涂，炎祚兴焉浮。龟紫继长罗，功高次新息。寒门本衰宗，非敢攀鳞翼。但愿春陵乡，氏姓有四七。带砺延山河，云台通尺籍。家荐一黄羊，报功亦崇德。书此达神听，嘉平廿四日。"

周树模作《癸丑小除夕》（吾乡于腊月二十四日祀灶，为小除夕）。诗云："眼前犹是旧杯觞，扫屋除残事未忘。小饮便同司命醉，一歌聊发楚人狂。分尝果脯儿童喜，曲跽瓶盆老妇忙。终日踞觚何所听，口吟非屈即蒙庄。"

萧亮飞作《祀灶日漫赋》。诗云："自古黄羊祀，红鸡何自传。呼儿聊具酒，从俗祭当筵。糖饵例今夕，荒唐说上天。老夫惟一笑，早已度新年。"

20日 《申报》第14712号刊行。本期《自由谈》"栩园词选"栏目含《岁暮书怀》（四首，吟叟）、《冬夜一律，索鹗士和》（瘦蝶）、《和瘦蝶〈冬夜〉韵》（鹗士）、《和拜花韵》（张然犀）、《别意，和拜花，即用原韵》（二首，张然犀）、《壬子冬日，碧云轩闲话，戏为拜花作》（六首，张然犀）、《癸丑夏湖上感作》（张然犀）、《奉和高太痴〈壬子除夕〉〈癸丑元旦〉二韵》（二首，元鹤）、《闲居遣怀》（二首，寄尘）、《赠金小桃》（侍仙）、《一品香酒叙即席偶成》（侍仙）。

《说报》第8期刊行。本期"文艺部·诗选"栏目含《人日有怀》（曲盦）、《元夜》（前人）、《春雪夜坐》（前人）、《春寒》（前人）、《寻春》（前人）、《春晓》（前人）、《送子敏之黄龙滩差次，即次其〈立春感怀〉元韵》（前人）、《冬暮怀海印》（莲塘）、《和蠖叟〈瓶梅五占〉》（前人）、《春日日比谷公园赏梅》（杨赫坤）、《题包母陈贞莲女史画竹册子》（廣庐）、《打稻歌》（前人）、《长崎道中》（前人）、《续娶礼成，王韬庵贻诗作贺，次韵答之》（前人）、《新婚旅行大森明保楼，韬菴又驰诗贺，次韵答之》（前人）。

周作人发表《征求绍兴儿歌童话启》，载《绍兴县教育会月刊》第4号，署名"周作人"。有云："作人今欲采集儿歌童话，录为一编，以存越国风土之特色，为民俗研究儿童教育之资材。即大人读之，如闻天籁，起怀旧之思，儿时钓游，故地风雨，异时朋侪之嬉戏，母子之话言，犹景象宛在，颜色可亲，亦一乐也。"并列条例 8 则。

魏清德《癸丑除夕寄怀吾师三屋夫子》发表于《台湾日日新报》。诗云："年年客里逢除夕，回首思量感若何。未有涓埃家国报，徒令岁月等闲过。红炉炭炽烧酸酒，乌角巾弹发浩歌。西望南台明日路，先生杖履得春多。"

汤汝和作《去年腊月廿五夜漏三鼓后，予睡觉闻室中履声橐橐，往复十数次，揭帐四顾，阒其无人，心知内子之魂，殆为予而归也。不禁涕泪潸然并语之曰："卿为儿辈留湘，何如侍姑回里之为愈耶？"语竟久之，声始息。今追忆之，感志六绝》。其二："重泉难觅寄书邮，路隔瑶京十二楼。一夕稠桑呼妙子，不堪肠断沈行修。"其五："翩翩仙驭降天风，罗幌何劳致少翁。半晌足音响兰室，幽思尽露不言中。"

21 日 《申报》第 14713 号刊行。本期《自由谈》"栩园词选"栏目含《哀江南》（菊魂）、《柳》（菊魂）、《客中闻雁》（菊魂）、《忆别》（菊魂）、《马嵬坡怀古》（梦蝶）、《水调歌头·月楼夜感》（东园）；"文字因缘"栏目含《哭陆君允林》（三首，棣华）。

22 日 叶昌炽得缪荃孙函，请为张钧衡所藏宋元本书编目。并于次月 11 日作《南浔张石铭孝廉介艺风居士以适园书目见示，延至海上纂藏书记。沧海横流，典籍道熄，不意晁陈之学犹有人问津也。喜赋一律，四叠前韵》。诗云："斫轮神妙到毫尖，望辐能知掣尔纤。浑脱尊前疑舞剑，魫魼舆下忆搴帘。平津车厩空伤逝，下濑楼船未解严。世有桓谭搜酱瓿，岂惟家秘与山潜。夒巫回首万峰尖，郑重田园语至纤。幕府文书方秉烛，宫庭恩遇际垂帘。云烟散落家书在，水月观空梵网严。急就七觚私淑父，苏门我亦视文潜。"

23 日 内务部通告《临时政府期内教会立案一览表》。自 1912 年 7 月 17 日至 1913 年 10 月 13 日，有孔教、佛教、道教、回教、基督教、耶稣教及其他 7 类，团体最多者为"孔教"。最早批准立案者为"中国回教俱进会"。

胡适在美国作《大雪放歌和叔永》，后载 1914 年 3 月《留美学生季报》春季第 1 号。序云："余谓叔永君每成四诗，当以一诗奉和。后叔永果以四诗来，余遂不容食言，因追写岁末大雪景物，成七古一章，不能佳，远不逮叔永作多矣。"胡适在当日日记中详细记载了任叔永的四首岁末杂感诗，并加以评论："任叔永作岁末杂感诗数章见示，第一首总叙，第二首《雪》，第三首《滑冰》，第四首《度岁》。其《雪》诗起云，'昨夜天忽雪，侵晓势益盛'；中有'轻盈尚扑面，深厚已没胫。远山淡微林，近潭黝深凝。疏枝压可折，高檐滑欲进'。其《滑冰》诗有'毡裘带双鞲，铁屐挺孤棱；蹴足一纵送，飘忽逐飞甍'。其《度岁》诗'冬青罗窗前，稚子戏阶砌。有时笑语声，款款出深第。感此异井物，坐怀故乡例。凤驾信未遑，幽居聊小憩'。皆佳。"诗云："往岁初冬雪载涂，今年圣诞始大雪。天工有意弄奇诡，积久迸发势益烈。夜深飞屑始叩窗，侵晨积絮可及膝。出门四顾喜欲舞，琼瑶十里供大阅。小市疏林迷远近，山与天接不可别。眼前诸松耐寒岁，虬枝雪压垂欲折。窥人鼪鼠寒可怜，觅食冻雀迹亦绝。毳衣老农朝入市，令令瘦马驾长橇。道逢相识遥告语，'明年麦子未应劣'。路旁欢呼小儿女，冰浆铁屐手提挈。昨夜零下二十度，湖面冻合坚可滑。客子踏雪来复去，朔风啮肤手皴裂。归来烹茶还赋诗，短歌大笑忘日昳。开窗相看两不厌，清寒已足消内热。百忧一时且弃置，吾辈不可负此日。"

陈衍作《除夕前二日与几道话陶江风物，兼示雪农》。诗云："与子江乡忆岁阑，瓦楞刀鲚木奴丹。玉屏李垞皆诗料，秋树林岩久坠欢。且住为佳居易录，苦多去日远游冠。君房端是严光友，酷嗜腐儒风味酸。"

王海帆作《癸丑除夕前二日》。诗云："抚此江山又一年，悲歌慷慨醉江天。闲情如此谁能遣，坠梦无多记不全。身世半生怜杜牧，功名万里问张骞。龙跳虎掷成何事，难藉江郎笔底传。"

24 日 释永光作《癸丑嘉平二十九日与诸弟妹宜园团饮，伍岳云、李梦蓉、周子由招寻香雪老人万寿宫小坐，归寓感赋》。诗云："深院留残月，清寒入鬓华。杯盘空有泪，瓢笠久无家。鸟散江亭树，春归讲寺花。携朋觅香雪，吟望夕阳斜。"

25 日 除夕，《(北京法政同志研究会) 法政学报》第 2 卷第 1 号刊行。本期"文苑"栏目含《秋日记游》(永嘉陈刚)、《字洞庭说》(李澄宇)、《游陶然亭记》(李澄宇)、《绍庭寄示吴湘云女士〈秋日感怀〉诗四首，〈保阳留别〉诗八首，意挚词丽，可佩也，和之，韵依原次》(李澄宇)、《呈南海先生》(佚名)、《怀代宗呈周仲玉夫子》(佚名)、《秋日自题小照》(佚名)、《读搜奇小说〈南阳女侠〉，因纪以诗，仿柏梁体，凡九十二韵》(佚名)、《题〈侠琴小传〉》(佚名)、《纪事》(李子仁)、《送陆军大学总教官归日本 (代某少将作)》(李长藻)、《闻仲开前冬生太郎，长牙二枚，寄诗贺之，借博一粲》(刘璟梅)、《沧州怀古》(刘璟梅)。

《雅言》第 3 期刊行。本期"文艺·名贤遗著"栏目含《蒿庵集 (续)》(张尔岐稷若)、《逃虚子诗集 (续)》(明代姚广孝)；"文艺·诗选"栏目含《独弦集 (续)》(黄侃)、《容子诗选》(王邕)、《廖居诗存 (续)》(康逮宕)；"文艺·词选"栏目含《和清真词 (续)》(黄侃、汪东)；"文艺·诗话"栏目含《缋秋华室说诗 (续)》(黄侃)。其中，汪东《和清真词 (续)》含《早梅芳近》(二首)。其一："佳约重，清宵好。绣阁知春到。鸭炉香烬，凤烛光融自流照。步回裙衩动，鬓滑钗梁小。渐沈沈漏寂，银汉逗微晓。　语难通，会易了。早发长安道。风轻月暗，树转烟低露城表。断魂迷楚馆，洒泪盈羁抱。盼音书，更愁鱼雁杳。"其二："水轩凉，珠箔绕。夜色澄荷沼。暗携纤手，慢转层波最宜笑。枕镂檀印薄，簟展冰纹小。记临风倦倚，酒态更妍妙。　拟相留，自去了。骢马嘶官道。星摇残影，露湿浮光渐知晓。怨多难断绝，路远劳凭眺。悔飘零，梦醒何草草。"黄侃《和清真词（续）》含：《早梅芳近（小园深）》《四园竹（微凉透骨）》《齐天乐（夕阳还照高楼外）》。其中，《早梅芳近（小园深）》云："小园深，新绿绕。树色涵平沼。自搴珠幌，半掩罗巾逗微笑。履轻苔晕湿，带缓花钱小。算低鬟细语，偶见便知妙。　苦相留，自去了。嘶马横塘道。行云空反，抱日孤眠怨天晓。暗楼劳记忆，静槛愁凭眺。正春归，梦雨沾远草。"《齐天乐（夕阳还照高楼外）》云："夕阳还照高楼外，微凉渐催天晚。断杵西风，疏砧坠叶，谁惜寒衣空剪。重关漫掩。怕移烛云屏，漾蹬冰簟。坐久无聊，试将羁思付吟卷。　汀洲兰蕙自老，旧情衰谢后，新恨何限。雁影惊霜，蛩声诉月，消得愁肠几转。佳人去远。算密札频缄，冷芳谁荐。漏永钟残，逝魂犹未敛。"

《小说月报》第4卷第10号刊行。本期"文苑"栏目含《记游怡园》（庄仲咸）、《鹿川田父集》（宁乡程颂万子大）。

黄宾虹偕蔡哲夫访华泾刘三，同醉黄花楼。蔡守有词《喜迁莺》《一落索》记之。

严复作《癸丑除夕意绪郁，陶石遗先生赠诗奉答》。诗云："乡思如潮不可缄，连床何限语咕喃。即今除夕非佳节，莫向桃符写旧衔。天下诗才卫左海（君方为诗话），故园胜处数林岩。买山未是巢由事，江水犹应鉴至诚。"

瞿鸿禨作《癸丑除夕次樊山韵》。诗云："百丈华灯照夜长，清闲只为祭诗忙。街头爆竹催年尽，屋角梅花隔岁香。残景真同蛇赴壑，客情仍似燕巢堂。举家偏饮屠苏酒，忘却三年在异乡。"

黄协埙作《癸丑除夕》（四首）。其一："落拓仍如此，匆匆岁又除。未谋五斗米，且拥一床书。世乱衣冠贱，家贫戚友疏。祭诗聊一醉，蝶梦化蘧蘧。"其二："获麟尼父泣，歌凤接舆狂。瓠落原无用，桐焦亦自伤。沧桑悲故国，花月梦欢场。一掬兴亡泪，登楼吊夕阳。"其三："白发风尘老，青衫涕泪多。那堪蓬累客，来听黍离歌。大地生荆棘，闲门掩薜萝。独吟忘夜久，街鼓乱鸣鼍。"其四："贫也原非病，居之亦不疑。言寻结茅地，高咏伐檀诗。扪虱殊无赖，飞熊倘有期。明朝逢岁首，且自揲灵蓍。"

陈夔龙作《除夕和梦华韵》（四首）。其一："散材差似郑公枰，喜有春风到户除。悬壁但留徐稚榻，登门曾御李君车。两行红泪窗前烛，乱叠青山架上书。闻道长安棋一局，推枰早已赋闲居。"其三："灞上经过又棘门，重围列妓昼连昏。鼓琴讵少中郎蔡，灭烛偏多赘婿髡。几见养鹰收吕布，似闻跃马起公孙。岁时荆楚今无记，八九云梦气欲吞。"

陈三立作《除夕》。诗云："惊鹊起将雏，下堕涨海侧。巧击谢弹丸，四顾戢翮翼。猥脱摽摇枝，樊笼聚而食。羁栖三改岁，此日又向毕。一楼围酒浆，灯火活颜色。吉语强煦濡，瓶蓓暗香溢。倚栏眺茫茫，兴亡到胸臆。送老有干戈，梦魂割盗贼。搅肠出吟咏，结辈娱顷刻。奔腾仙魅影，数以千鼻息。更无世可弃，寸意霸八极。星气回裳衣，濯魂苏疢疾。市声杂歌吹，流人成乐国。椒盘儿女前，万态偿追忆。"

俞明震作《癸丑除夕旅居上海》。诗云："腊尽知何世？称觞笑比邻。计年仍此夜，送老又明春。入市忘新历，无家作幸民。未成浮海愿，灯火认迷津。"

释太虚作《癸丑除夕》。诗云："独坐不成欢，无言意自弹。朱颜随岁改，华发映灯寒。指日怜孤剑，观星感定盘。天涯久零落，未得一枝安。"

张相文作《旧历癸丑除夕，陪张季直先生守岁香山，元日遍游诸胜，口占四首》。其二："春痕腊意一灯分，爆竹声声下界闻。四十九年尘梦醒，重编日历伴溪云。"

冯开作《癸丑除夕》。诗云："匝地穷阴腊已残，端居感逝一汍澜。坐依清夜成萧瑟，剩切深哀到肝肺。惘惘流光将梦去，堂堂遗挂剪灯看。帷屏在眼浑如昨，独与新知共岁寒。"

张謇作《除夕宿静宜园韵琴轩》。诗云："池泉冰一尺，绕砌失琴声。夜永山逾寂，星寒牖自明。烛边残腊驶，松下旅魂清。一觉增遥忆，儿曹说上京。"

林一厂作《癸丑旧除夕杂感》（十一首）。其一："万事支颐一惘然，乾坤只著抹浮烟。纸窗雪压如椽笔，已累班生出塞年。"其三："梦中尝自背阴符，杀贼连番马上呼。陡被荒鸡惊坐起，为关心处转模糊。"其十："半醉雄谭友倍亲，客中送腊漫伤神。为文共约收穷鬼，恐去凡间更扰人。"

黄式苏作《癸丑除夕》（二首）。其一："岁岁还家度岁除，高堂侍坐为轩渠。无端宦海轻离别，从此天涯怨索居。千里云山魂易隔，一官升斗计终疏。遥知此夕慈颜色，宴罢团栾定不舒。"其二："垂垂岁月将残夜，惘惘衙斋独坐时。仓卒简书驱我至，艰难身世感谁知。无田且为民祈谷，有酒还邀客祭诗。差喜汉家更旧腊，明朝手版不须持。"

陈尔锡作《阴历除夕自大森看梅归寓，得内人寄书》。诗云："问信将除夕，围炉忆旧年。寒梅探雪后，乡梦在春先。作客知予惯，持家仗汝贤。高堂勤进酒，望远莫凄然。"

苏大山作《癸丑除夕》（四首）。其一："岁暮江湖急景雕，大声风撼海门潮。天寒挟瑟美人怨，日落横戈竖子骄。无恙河山仍昔日，可怜歌舞似前朝。忧时不少灵均泪，自握椒兰赋楚招。"其二："滔滔白日不予延，腊鼓冬冬又耳边。枌社几人思汉制，桃源无地纪秦年。伤心文字惟呵壁，搔首关河欲问天。歌咏升平知有日，萧萧短发恐无缘。"

高剑父作《三高合作图》。序云："民二除夕，于沪上黄叶楼与奇峰、剑僧两弟围炉守岁、饮酒作画，以消寒夜。奇弟伸纸画石，僧弟继作杜鹃一枝，颇饶清逸，予补小鸟其上，聊破荒寒。嗟乎！人事靡常，而僧弟不可复作矣。因忆前尘，感而赋此，不禁有折翅之悲矣。"诗云："心绪无端乱似麻，年年除夕不还家。从今画石心如石，怕见春残杜宇花。"

汪兆铨作《除夕》（三首）。其一："疏疏闻爆竹响，簌簌见兰花开。岁月峥嵘易去，春光澹沱还来。"

刘裁甫作《癸丑除夕》。诗云："那能更望斗回天，压岁无如斗酒先。腊尽寄愁空往日，春来好梦是他年。凋松一鬣还相待，敝絮千丝可共妍。我欲祭诗投旷野，老农新谷未安眠。"

龙璋作《旧历癸丑除夕独坐》。诗云："随地任淹留，穷山窘若囚。那堪垂老日，翻作望门投。今夕悲年尽，韶光逐水流。何从写忧愤，慷慨抚吴钩。"

吴庚作《癸丑除夕》（二首）。其一："光阴如水事如烟，霜鬓明朝又一年。老觉此身成逆旅，病逢小适即神仙。渊明自作生前圹，盘古谁知劫后天。三二故人邀一醉，任他沧海变桑田。"

高旭作《旧除夕感赋》。诗云："老大伤怀却为谁？不关谣诼到娥眉。万千壮志归淘浪，三十封侯已过期。直以大儿呼北海，拟将高隐载西施。只怜浩荡无归处，赢得秋风两鬓丝。"

萧亮飞作《癸丑旧除夕作》。诗云："习俗真难革，家家尽过年。笑予偿素嗜，乘此敞高筵。竹叶酒千盏，梅花屋两椽。醉余解衣卧，竟夜听鸣鞭。"

傅熊湘作《癸丑除夕》。诗云："百念弥漫拼岁尽，此身寥落欲何之。沧桑世变窥天意，风雨鸡鸣慰所思。息影未伤穷独善，迷津但觉佛长悲。挑灯看剑都无奈，闲礼梅花自祭诗。"

李思纯作《癸丑除夕》。诗云："暮云西北顾，江海多离忧。壮士郁不欢，敝此黄金裘。亦知浮世情，聊作绕指柔。敛神屏气息，逐逐随沙鸥。石火与电光，瞥眼百年休。伊谁徒自苦，强项竞且咻。缅怀英雄人，一一芳型留。贱子生不辰，鹿鹿天之囚。朝晖易为昃，夕阳莫西流。眇躬战万难，伏枥摧骅骝。骅骝千里心，刍豆难为求。"

[日] 木苏岐山作《除夕》。诗云："芸窗安稳旧青毡，穷鬼送来烧草船。自忘清时为长物，每逢除夕叹流年。寒松孤直固其性，短翼差池叹拂天。扰扰胶胶市声涌，老夫粥后好安眠。"

26 日 郭则沄集成句为春联，一云："数亩荒园留我住，去年新柳报春回"；一云："归来池苑皆依旧，别后西湖付与谁"。

杨霁园作春联三副。其一："甲观校书孤凤抱，甲令有恒雨不破块，甲子纪年师靖节；寅阶陈策梦清时，寅威出震雷乃发声，寅宾出日禀羲和。"其二："甲兵待洗银河水，甲坼四郊春趁时雨时旸平秩东作，甲令东皇布；寅气催开石笋花，寅恭一介士怀旧邦旧德譬如北辰，寅杓北斗春。"其三："向阳而叹我乃河伯；帝秦不肯谁其鲁连。"

江五民作《旧元旦志喜》。诗云："康衢四达肃观瞻，习俗能移不待砭。要信斯人争进化，却令世界见庄严。仙家正有清虚乐，佛力曾无震动嫌。得似吾宗新气象，行看福利遍穷檐。"

陈三立作《甲寅元旦楼望》《元夜雨》。其中，《甲寅元旦楼望》云："澹日流烟鸟唤晨，瓶梅看坼浅深春。隔宵撼榻车音熟，越世留杯海色新。拼弃余年蒙袂地，凄迷北望种松人（梁节庵方在梁格庄工次）。敝裘皂帽忘今昔，褓负胡雏又结邻。"《元夜雨》云："一冬无壮雪，旱气烛东南。初夜飘微雨，灯楼海影涵。穿云冥雁字，响屐馈鱼篮。吟几围箫鼓，吾留舌本甘。"

萧亮飞作《甲寅旧元日寄铁石道人》。诗云："僻处山城太寡欢，先生遥隔大河宽。诗情应共梅花瘦，道貌宁同竹叶寒。定醉春风旧正朔，已还汉代古衣冠。年荒近况聊相报，垂老饔飧幸不难。"

傅熊湘作《甲寅元旦》。诗云："岁历勤更又此元，渐看啼笑有新痕。忧患肯付残年老，功罪犹为斯世喧。宁惜卮言托孤愤，忍挥兵器望中原。深杯自倒无妨醉，屠狗当时几辈存。"

沈其光作《甲寅元日》。诗云："比年事事更新令，犹喜山家旧俗存。腊在春光逢闰晚，灰深香烬隔年温。试庚聊逐群儿戏，携酒思敲野老门。一院梅花三十树，晓来微雨护冰魂。"

董伯度作《元旦》（六首）。其一："烟销才见日光隆，晓阁初开瑞气融。窥镜酒醮除未尽，颊间犹带隔年红。"其四："纵情翰墨足欢娱，静坐松窗俗事无。开砚昨宵残墨湿，写将新句代桃符。"其六："高歌振笔拂红笺，初试新泉墨色鲜。第一今年如意事，诗成三十六旬先。"

赵熙作《元日》。诗云："人情国令一番新，如此山河剩老民。万事长沙庚子赋，两朝松雪甲寅人。别成一代经三度，未死孤臣近五旬。七十老兄无恙否，江乡不改旧王春。"

张素作《元日》（三首）、《新年即事》。其中，《新年即事》云："江冰雾雪未全消，又见春风入柳条。客久自怜须发改，市荒犹得管弦饶。平沙合沓客驰马，促坐沉酣竞拥貂。岂必书生方读史，大旗人识霍嫖姚。"

陈夔龙作《元旦口号》。诗云："出海云霞曙色腾，烘窗晴旭砚融冰。貂裘敝黑情犹恋，蝇楷书红老尚能。酌我惜无千日酒，亲人喜有隔年灯。鸣珂久断朝元梦，梦到桥山最上层。（凌润苔方伯除日寄到《崇陵图》全册）"又作《柬梦华叠前韵》。诗云："笔彩干云气象腾，心盟似水玉壶冰。神明清议吾滋疚（'内疚神明，外惭清议'，曾文正公官北洋时致京朝士大夫函中语也。余昔岁督直，时艰无补，有愧前贤），道德文章尔最能。宝镜无情催白发，旧书有味伴青灯。当年雁塔题名处，拾级输君第一层。"

沈曾植作《宣统六年甲寅元日试笔》。诗云："最高楼上迓春来，暾出东方喜目开。水溢金源通醹醽，天垂宝字象昭回。岁从更始青阳纪，龙集焉逢赤伏推。白发孤臣沧海泪，春秋三策在浯台。"

邓嘉缜作《清平乐·甲寅元日》。词云："日华初放，梅占南枝暖。二十四番芳讯转，递入朱弦翠管。 绿稠莺弄珠吭，红酣蝶舞霞裳。领取眼前春意，千金一笁流光。"

唐晏作《甲寅元日》。诗云："推排又到甲寅年，天意殊难测未然。人比苍生作刍狗，我知赤地有桑蜎。移星宿竟征奇验，应帝王须改旧篇。静玩梅花悟来复，牺爻一画要深研。"

易顺鼎作《甲寅元日试笔》（时寓大吉巷）。诗云："元辰风日足倘徉，小放牛归大吉羊（观菊芬演《小放牛》）。战胜愁城何用酒，扫空心地当焚香。祭天祭孔人方讼，寻吕寻关我亦忙（吕祠、关庙两处拈香）。重把国花评判起，要推兰菊有芬芳。（又观兰芳演剧）"

赵启霖作《甲寅元旦谒家庙归口占》。其一："祠楼钟鼓殷千家，自对炉烟阅岁华。箧里早朝诗卷在，旌旗动处宛龙拏。"其二："坐数尧寯敞曙扉，条风刚到爱春晖。陶庐甲子滔滔换，今昨何曾定是非。"

曹元忠作《甲寅元旦》（四首）。其一："废朝三过履端时，危苦悲哀史有之。故主畏人成客子，圣王失母等婴儿。宅忧谅暗翻存古，谒帝承明尚见谁。臣甫衣冠遥望拜，不堪身入杜鹃诗。"

骆成骧作《甲寅元日谒崇陵》（四首）。其一："尧忧民事舜忧亲，曾拜龙须识圣人。匣里珠襦哀永诀，袖中金缱痛虚陈。光销日月天无主，统尽炎黄帝有真。万事已随猿鹤化，谁怜苏轼老风尘。"

瞿鸿禨作《甲寅元日试笔》。诗云："新年新意写新诗，新见红梅放两枝。岁纪适符轩后历（黄帝作历，岁纪甲寅，见《路史》），元正仍重夏王时。苍龙气转青阳节，彩燕春生白发丝。犹有尧廷蓂荚在，余分闰五定先知。"

张謇作《岁朝偕马相伯、张蔚西、管、许二生遍游香山寺静宜园诸胜》。诗云："元日谁知客在山？五朝胜处共跻攀。霜晴邃谷余寒减，风定奔泉激响还。宫观尽随坡鹿化，烽烟无碍石蟾顽。回看十丈京尘里，一日从容亦自闲。"

许承尧作《元日登陕州羊角》。诗云："客怀岑寂逢元日，作健登高计最便。横岭眉端寒欲幂，长河襟底卧如弦。岩疆秦晋中分地，小立风云草昧天。西去传书最奇秘，好求灵藏问遗编。"

王舟瑶作《元日和俌周韵》。诗云："匆匆逊国已三年，王会遗篇谁复笺。礼废汉家无正朔，亭成野史有长编。碍途荆莽芟难尽，耐冷梅花怕受怜。难得丹邱老居士，寄诗长与话桑田。"

周树模作《甲寅元日上海作》。诗云："避地仍十里，周天又一春。主人原是客，旧历转翻新（近日改用西历，民间仍从夏正）。户醉屠苏酒，门图郁垒神。如雷腰鼓闹，知属太平民。"

周馥作《甲寅元日偶题》（甲寅七十八岁）。诗云："三千里外客，七十八年身。老态霜前叶，生涯水上蘋。鱼龙瀛海浪，花柳异乡春。且共儿童乐，分甘笑语频。"

徐继孺作《甲寅元旦和晋廷二首》。其一："又逢日月转黄图，守岁诗成重和苏。律协青阳动葭管，尘扬碧海问麻姑。屡端故事民思治，复旦光华世慕虞。自喜弄孙饶乐事，笑观春帖辨之无。"

丁立中作《甲寅新岁偕邹贻孙及竹孙、善之二侄谒凤翔师，过珠潭外王父凌公祠，午后由北郭泛舟风木庵，次日至石坝兜张家园谒墓。诗以纪事，并示二侄》。诗云："新岁休沐未渠央，气清天朗煊羲旸。招要胜侣邹道乡，追随犹子偕雁行。存问吾师礼意将，驱车北墅牛拖辕。凌祠敬谒谷荐芗，珠潭秧水洁菰蒋。飘蓬一叶泛野航，水程暮达余杭塘。路绕杉墩阻且长，钟桥略彴渡不遑。唐家山远白云藏，留溪掩映苍复苍。舍舟理屐同相羊，村帘在望买壶觞。故庵新月流昏黄，童仆欢迎首一昂。主宾款待炊黄粱，更深偃息话联床。朝暾悬钲明东方，探梅晓起盥漱忙。南枝采萼舒芬芳，邹子先归别道旁。闲林谒墓趋影堂，方春来履山中霜。往来卅里趾且僵，更诣张园奠酒浆。菜羹麦饭盛筥筐，清瀋墓池土筑防。碑藓剔绿苔扫黄，回环宰木荫墓墙。子孙拜跪率旧章，我诗聊以示青箱。后昆见之庶周详，他家墓道千万行。长眠寂寂泉台荒，后贤方复嬉春阳。湖干城市奔走忙，游戏征逐到广场。服妖满路蛱蝶装，广眉匹帛相翱翔。卢枭斗采朱提偿，万钱下箸倾脂肪。梨园菊部喧鞺鞳，艳歌一曲争韦娘。买灯今已无钱王，银花火树眩目眶。颠倒昼夜尤可伤，里中旧谚成沧桑。放魂不收谁主张，松耶柏耶凄以惶。丙舍怆怆平泉庄，吾宗幸免慎勿忘。"

瞿蜕园作《甲寅元日》。诗云："海日楼阑俯广逵，青阳律转映春旗。承欢彩服添花胜，献岁香伤暖酒卮。国运更新多气象，亲年长健有恩私。人归花发非吾土，日夜江流系梦思。"

赖和作《甲寅元旦》（二首）。其一："万物当春气象新，天涯游子独伤神。家山万里饶归梦，尘海升沉念此身。"

任传藻作《甲寅元日恭和家大人赐韵》（二首）。其一："久客浑忘万里行，东风和暖雪初晴。遥知儿女欢家宴，乍听笙歌觉世平。虔祝大椿增厚福，每逢佳节动乡情。等闲不问婆娑事，但愿平安竹又生。"其二："瓶梅新放两三枝，移砚窗前试写词。大地已非崇夏朔，张镫随俗听民嬉。烟云历历供诗料，沧海茫茫看浪驰。细把花笺付驿使，为传旅况慰亲思。"

潘之博作《甲寅元旦》。诗云："旧是王正月，年华话死灰。大江留客住，故国待春回。门闭千家雨，车喧九陌雷。新盘殊有意，相对暂颜开。"

崔永年作《甲寅元日感怀》（四首）。其一："瑞雪缤纷夜向晨，介眉添喜岁华新。梅花香袭连宵梦，爆竹声含故国春。陟岵何年伤永感，呼嵩无路祝能仁。料量今昔空搔首，辜负深恩是此身。"其二："故吾依旧负今吾，赢得霜华染鬓鬚。久病频劳妻女奉，长频翻幸子孙无。劫余胜算操棋叟，醉后狂歌笑酒徒。来日大难归计绝，罗浮烟雨漫清都。"

赵圻年作《甲寅岁朝长排二十韵》。诗云："越境方能免一官，举家劫后得团栾。万山风雪藏身易，三载春王下笔难。爆竹新声迎岁始，梅花旧梦忆江干。鬓丝历乱千茎白，禅榻销磨一寸丹。老作遗民采薇蕨，远寻迂叟订金兰。阳和布气憎鹰眼，天意随人付鼠肝。晞发何劳陟嵩华，扪心终不起波澜。愁看日历忝新历，剩有诗丸裹药丸。印谱摩挲刚卯玉，食单钉饾五辛盘。酿成腊酒围炉饮，借得奇书戴镜看。满地冰纹龟兆坼，一亭浩气菟裘宽。苏公雨夜联床乐，莱妇冬宵败絮寒。课子篝灯催夜读，娱亲野蕨具晨餐。书来恰值灯花笑，客去犹留弈局残。风雨交情怀白社，岁时家祭著黄冠。饩羊愁绝先生孔，画马曾无弟子韩。卖卜深山逃党籍，祭诗昨夜守更阑。凄凉往事皆春梦，寥落余生爱古欢。坐久渐销香一缕，诗成初上日三竿。愿教岁岁长如此，流寓他乡久亦安。"

[日]加纳正治作《甲寅元旦书怀》（三首）。其一："天晴日丽瑞云开，啼鸟喈喈访我来。惭愧更为腊邮急，灌培未暇一枝梅。"其二："草莽何幸浴恩波，笑与儿孙话往时。六十生涯苦辛迹，凝为万古太平诗。"

[日]砚海忠肃作《甲寅元旦恭赋敕题社头杉》。诗云："仰见老杉参碧天，郁乎神苑几千年。今朝斗柄回寅位，春山祠头浮瑞烟。"

[日]松平康国作《甲寅元旦》（三首）。其一："东海积阴散，飞龙在九天。神光方发越，淑气此盘旋。鱼牣御沟水，莺啼官柳烟。谁能堪雅颂，大礼是今年。"

[日]资深邦藏作《大正甲寅岁旦口号，次鹤阴博士韵》。诗云："重酌屠苏嫠尾春，团圞家口共忘贫。布衣还觉函濡厚，幸作三朝昭代民。"

[日]津田英彦作《甲寅元旦》。诗云："早兴先听曙天鸦，纱影春窗拓绮霞。吹绽梅花吹袅柳，东风依旧到贫家。"

[日]那智惇斋作《甲寅元旦，步前年韵》。诗云："清化重年又一春，乾坤风物更加新。方逢大礼有何献，窃比千秋作雅人。"

[日]大西迪作《甲寅岁旦井上老翁一周忌辰恭赋，翁尝爱予，屡属画图。写瓶梅一枝以代蘋藻》。诗云："濡墨泪淋难作诗，道山何处寄相思。画应却恨无人见，聊

当蘋蘩梅一枝。"

27日 夏敬观、郑孝胥、高凤谦、李宣龚、叶景葵赴张元济邀宴。

28日 赵炘年作《正月三日小集非吾庐,去年今日座中三客已亡其二,感赋》。诗云:"弹指光阴一罗预,去年嵇阮邈黄垆。且循旧例招今雨,空使清樽笑老夫。灵运初回春早梦,渊明增入岁朝图。故人剩有归来馆,得似当年二仲无。"

29日 政治会议循袁世凯之意,议决祭天祀孔。

正月初四,陈三立接樊增祥赠诗,次韵答之,作《夜眺遣怀》。诗云:"断续千街炮竹声,浮天雁鹜正纵横。时无寇盗魂仍破,市伏椎埋岁又更。终恐铅刀成废弃,从知桃梗负平生。家山万里夷歌动,下照星辰手一觥。"

金鹤翀作《甲寅正月四日考妣合葬,祭毕述哀》。诗云:"为妥先灵启殡宫,飞霜吹泪小桥东。古时委壑情何异,他日过庭慕曷穷。麦饭寒香空野祭,兰苗遗泽泣春风。此生虚愿酬罔极,勉把箕裘绍冶弓。"

胡适作《偶吟》。诗云:"三年之前尝悲歌,'日淡霜浓可奈何!'年来渐知此念非,'海枯石烂终有时!'一哀一乐非偶尔,三年进德只此耳。"又作《久雪后大风寒甚作歌》。诗云:"梦中石屋壁欲摇,梦回窗外风怒号,澎湃若拥万顷涛。侵晨出门冻欲僵,冰风挟雪卷地狂,啮肌削面不可当。与风寸步相撑支,呼吸梗绝气力微,漫漫雪雾行径迷。玄冰遮道厚寸许,每虞失足伤折股,旋看落帽凌空舞。落帽狼狈祸犹可,未能捷足何嫌跛,抱头勿令两耳堕。入门得暖寒气苏,隔窗看雪如画图,背炉安坐还读书。明朝日出寒云开,风雪于我何有哉!待看雪尽春归来! (此诗用三句转韵体,乃西文诗中常见之格,在吾国诗中,自谓此为创见矣)"

林苍作《正月四日》。诗云:"四十五年生不辰,东风无语笑陈人。同光甲子光宣事,都付今朝触感新。"

30日 陈三立作《开岁五日重游哈同园看梅》。诗云:"园梅三百颗,花发十余株。转瞬春争吐,莹肌气已苏。温风邀翡翠,晚照腻衣襦。独看无人径,朱栏坐捋须。"

方守彝作《甲寅正月五日赠句铁华》(二首)。其一:"我虽犹健年争老,君颇未衰病苦多。艺术有功期墨铄,光阴无计补蹉跎。文章虎豹愁冥雨,岁律乌蟾感逝波。日暮萧斋三叹慨,饥肠含怨学鸣鼍。"其二:"迢迢远道玄黄马,采采幽兰翠黛山。借问馨香花满袖,何如三五月临关。美人锦字传鱼素,客子荆扉响兽镮。静邃房栊瀛阆阔,联君襟带与追攀。"

郑家珍作《甲寅元月初五夜即事》(二首)。其一:"烛花璀璨夜沈沈,倚枕无言别思深。明日梅花山上路,梦中先听子规音。"

31日 《申报》第14716号刊行。本期《自由谈》"尊闻阁词选"栏目含《满江红·岁暮》(东园)、《浣溪沙·寒夜》(东园)、《满江红·送方嵯尹景乐之广陵》(东园)、《千秋岁·题前明黄石斋侍御墨迹》(东园)、《渔家傲·天寒岁暮,风雨催花,感而成赋》(东园)、《庆清朝·祀灶夜赋》(东园)。

《湖南教育杂志》第3年第1期刊行。本期"文艺·诗录"栏目含《四君哀》(许崇熙)、《步韵和蔼臣》(黄铭功)。

本　月

《孔教会》第1卷第12号刊行。本期"文苑"栏目含《〈广东国报〉发刊辞》(南海康有为更生)、《私塾存古对》(玉山王敬先籀奇)、《平江支会成立,敬作颂圣一章以志之》(平江林熙春云区)。

《军事月报》第6期刊行。本期"文苑"栏目含《秦军第二师援川阵亡将士墓碑文》(张钫)、《秦军第二师师长张钫致祭阵亡将士文》(张钫)、《赠襄州中学堂学生毕业文》(张钫)、《南征行》(伯英)、《沿途感怀》(伯英)、《雪夜宿营》(郑思源)、《蝉咏》(佚名)、《同友人酒叙都门劝业场》(李澄宇)、《招魂歌十首》(拟汪元量招魂歌体)(张振西)、《吊陈一侠》(二首,金遇阳)、《漫汉游》(张霁村)、《破天荒》(张霁村)。

《华侨杂志》第3期刊行,是为终刊。本期"文苑"栏目含《旧时月色斋词谈(续)》(倦鹤);"诗选"栏目含《颂云雀》([英]解莱氏作,叶中泠译)、《秋悲》([英]丽德氏作,叶中泠译)、《癸丑四首》(叶叶)、《正忆蚬水春光,南湖秋月,忽接巢南书来,以全福寺诸作属和,乃赋二章》(叶叶)、《金陵杂咏》(叶叶)、《莫愁湖》(吕天民)、《胜棋楼》(吕天民)、《扫叶楼》(吕天民)、《留别口占》(吕天民)、《南社同人宴集畿辅先哲祠得客字》(吕天民)、《咏梅有赠》(谢良牧)、《杜牧》(谢良牧)、《入都志感》(谢良牧)、《燕京得某君自申浦来书感赋》(谢良牧)、《梹榔屿感秋》(谢良牧)、《将之南洋留别亲友》(邱沧海);"词选"栏目含《莺啼序·寒雨游石城,向夕微霁,用梦窗韵》(叶中泠)、《大酺·酬倦鹤见怀韵,并怀小凤、中垒、杏痴》(叶中泠)、《木兰花·送中垒之鸠江》(陈倦鹤)、《暗香疏影》(陈倦鹤)、《倦寻芳·甲寅元夕和梦窗韵》(陈倦鹤)、《瑞龙吟·中泠书来以近制新词见示,依元韵率和一解》(陈倦鹤)、《高阳台》(黄摩西)、《贺新凉·赠杏儿》(黄摩西)、《前调·赠阿素》(黄摩西)、《水调歌头·三十自述》(庞蘖子)、《意难忘·梅魂难返,芳绪未芟,寒琼为予写图,因步清真韵,依四声谱此》(庞蘖子)、《木兰花令·旧元宵感赋》(庞蘖子)。

《留美学生年报》第3期刊行。其中"选诗·新大陆诗选"栏目含《辛亥五月海外哭程乐亭》(胡适)、《出门一首》(胡适)、《耶稣诞节歌》(胡适)、《甲寅正月大风雪甚作歌(有序)》(胡适)、《与友人谈空中飞艇有感作歌》(王琎)、《悼容纯甫先生》(王琎)、《感事十绝集定庵句(录七)》(杨杏佛);"选诗·新大陆词选"栏目含《翠楼吟·庚戌去国后第一重九》(胡适)、《水龙吟·秋去》(胡适)。其中,胡适《辛亥五月海外哭程乐亭》云:"人生趋其终,有如潮趣岸。前涛接后澜,始昏倏已旦。忽焉而褓裸,忽焉而童丱。逡巡齿牙衰,稍稍须鬓换。念之五内热,中夜起长叹。吾生二十年,哭友已无算。今年覆三豪,令我肝肠断。于中有程子,耿耿不可漶。挥泪陈一词,抒我心烦惋。惟君抱清质,沉默见贞幹。贱子亦何幸,识君江之畔。冉冉二三载,相见亦殊罕。相见但相对,笑语不再三。似我澹荡人,望之生敬惮。方期崇令德,桑梓作屏翰。岂图吾与汝,生死隔天半。兰蕙见摧残,孤桐付薪爨。天道复何论,令我眦裂肝。去年之今日,我方苦忧患。酒家争索逋,盛夏贫无幔。已分长沦落,寂寂老斥燕。君独相怜惜,行装助我办,资我去京国,就我游汗漫。一别不可见,悠悠此长憾。我今居此邦,故纸日研钻。功成尚茫渺,未卜雏与卵。思君未易才,尚如彩云散。而我独何为?斯世真梦幻!点检待归来,辟园抱瓮灌。闭户守残经,终身老藜苋。"胡适《出门一首》云:"出门何所望,缓缓来邮车,马驯解人意,逡巡息路隅。邮人逐户走,歌啸心自如。客子久凝伫,迎问'书有无?'邮人授我书,厚与寻常殊。开缄喜欲舞,全家在画图。中图坐吾母,貌戚意不舒;悠悠六年别,未老已微癯。梦寐所系思,何以慰倚闾?对兹一长叹,悔绝温郎裾。图左立冬秀,朴素真吾妇。轩车来何迟,劳君相待久。十载远行役,遂令此意负。归来会有期,与君老畦亩。筑室杨林桥,背山开户牖。辟园可十丈,种菜亦种韭。我当授君读,君为我具酒。何须赵女瑟,勿用秦人缶。此中有真趣,可以寿吾母。"胡适《翠楼吟·庚戌去国后第一重九》云:"霜染寒林,风摧败叶,天涯第一重九。登临山径曲,听万壑松涛惊吼。山前山后,更何处能寻,黄花茱酒?况吟久,溪桥归晚,夕阳遥岫。　　应念鲈脍莼羹,只季鹰羁旅,此言终负。故园三万里,但梦里桑麻柔茂。最难回首,愿丁令归来,河山如旧!今何有?倚楼王粲,泪痕盈袖。"《水龙吟·秋去》云:"无边枫赭榆黄,更青青映松无数。平生每道,一年佳景,最怜秋暮。倾倒天工,染宣秋色,清新如许。使词人愁绝,殷殷私祝:秋无恙,秋常住。　　凄怆都成虚愿,有西风任情相妒。萧飕木末,乱枫争坠,纷纷如雨。风卷平芜,浅黄新紫,一时飞舞。且徘徊,陌上溪头,黯黯看秋归去。"

[韩]《至气今至》第8号刊行。本期"词藻"栏目含《观海》(普航子)、《木觅山》(石可生)、《赠道人》(不揉子)、《夜海诗》(自天生)、《访道人不遇》(他山攻者)、《晓行》(丹田一农)。其中,丹田一农《晓行》云:"不已霜鸡郡舍东,残星配月耿垂空。蹄声笠影蒙泷野,行踏闺人片梦中。"

黄节知章太炎因"大闹总统府"为袁世凯幽禁于军事教练处,即致书国务总理李经羲述说不平,力为营救。旋至上海。

黄侃赴天津,出任直隶都督赵秉钧幕僚长,亲眼目击赵秉钧毒杀南方要人,为之心震。刘成禺有诗纪其事:"定策铭盘智贮囊,饮鸩壶亦汉鸳鸯。金滕未发出山誓,雷电先诛大道王。"自注略云:"项城巡抚山东时,赵智庵秉钧三人在洹上密谋定策,内事交赵秉钧,外事交段祺瑞。袁为第一任大总统,段为第二任,赵为第三任。铭盘设誓，乃入北京。故项城帝制，祺瑞、秉钧二人反对最强，一罢一死，毁盟约也。项城常曰：盘中宝有智囊，何事不成。赵有智囊之目，实先（杨）杏城。项城组阁、议和……凡属奇正谋略，咸经秉钧手订……唐绍仪罢阁，秉钧摄之，先图组阁，获有政望，为后日总统张目，佯与宋教仁友善，日对烟床，纵谈国是。教仁新进识浅，大发组阁之梦，侈谈策划，正中赵忌，北车站遇刺所由来。宋案出，秉钧退处直隶都督。当时南方要人来京者，沈秉堃、林述庆皆燕后暴死……蕲州黄季刚（侃）时为赵秘书长，赵宴客，季刚必在座，酒贮鸳鸯壶，一鸩一酒，秉钧美为汉器。季刚曰：'予每宴心震，恐鸳鸯壶之错酌误伤也。'"

叶德辉致信在京湘人杨度、李肖聃等，揭露汤芗铭侵犯地方资本家利益，禁止民间发行纸币，吞噬地方资产等事。其信由李肖聃命人发表于《亚细亚报》。汤芗铭见《亚细亚报》登叶信，怒甚，于本月 23 日夜 11 时发兵至长沙叶宅欲捕之。叶化装逃至长沙日租界松崎鹤雄寓所。

吴昌硕与王震合作《岁朝清供图》并题。题识云："梅花红似樱桃颗，惹得狸奴口欲馋。百事平安体再卜，岁朝图里一灯嵌。曾见陈曼生写岁朝风景，题句有云：'一灯赢得壁间嵌。'兹与一亭同拟其意，虽无曼老之古拙，而风韵特胜，亦可喜也。癸丑岁暮，吴昌硕。"又，沈汝瑾作《岁暮寄昌硕》（二首）。其一："避兵家海上，终日狎闲鸥。金石一枝笔，沧桑万古愁。纪年书甲子，题画亦春秋。雪夜当乘兴，何如访戴舟。"其二："印社君为长，书城我自侯。无聊同一笑，有志在千秋。岁月严相逼，兵戈苦未休。唐虞今异世，羞说慕巢由。"

湖南第一师范校长孔昭绶因发表反袁檄文，逃亡日本。

方守彝将归安徽。沈曾植偕释月霞、欧阳柱四人合影，并作《伦叔将归皖，偕月霞上人、石芝居士摄影为别，媵诗寄怀》寄皖。诗云："送客眇然三笑会，披图还作四公看。长留阳焰光音在，各有鲲桓止水蟠。转谷光阴催腊鼓，高楼日月弄僚丸。老怀更寄巡檐思，千里梅花共岁寒。"方守彝于除夜次韵奉答，作《癸丑除夜次韵奉酬乙盦先生题寄合影之作。合影四人，月霞上人、乙盦先生、欧阳居士、贾叟》。诗云："前身合伴商山皓，支许重联破笑看。雪上偶然聚鸿爪，云间隐者是龙蟠。欠伸惊醒打头屋，迢递飞来脱手丸。高唱不眠和残漏，心随白鹤守天寒。"

吴玉章抵法国巴黎，习法文。

董必武东渡日本留学，入东京私立日本大学法科，攻读法律。

徐特立与黎锦熙、杨昌济、方维夏等 6 位省立第一师范教员在长沙创办宏文图书社，编辑出版"共和国中小学各科教科书"。

丰子恺以第一名成绩毕业于崇德县立第三高等小学校。

陈碧茵生。陈碧茵，曾用名陈月如，笔名碧茵、白燕，湖北武昌人。著有《碧茵文集》。

赵圻年作《新岁偶成》（二首）。其一："三年此地托烟霞，依旧东风拂帽斜。春酒碧澄头一瓮，水仙香放两三花。楚囚幸脱钟仪絷，汉腊犹行陈宠家。留得草堂诗句在，余生一任化虫沙。"

鲍心增作《腊月下浣侄孙元恺放学，以诗勉之》。诗云："论语咿唔忽一年，时逢放学自欣然。祝儿来岁聪明长，尽读全经二十篇。"

贺履之作《民国三年元月望新月》。诗云："不信严寒已及春，眼前歌舞倍愁人。婵娟月子眉儿样，懵懂韶光梦里身。朝市顿随星物改，觚稜剩有雪华匀。影斜光细知何意？怕见长安劫后尘。"

宗白华本月至次月作《律诗四首》。序云："民国三年正月，往游浙江上虞城西南四十五里之东山，即谢安高卧之处。山上有谢公祠，祠后为谢公墓（谢公墓在侧）。山下有洗屐池。山半有棋亭与蔷薇洞，相传为谢公携妓宴欢之地。余到时，适为会渔之期。山下大潭中，渔舟近百，掩映于夕阳影里。余宿山下僧舍，老僧沽酒市鱼，偕余共酌。夜半月出，复攀登谢公祠前，徘徊于双古柏下，追念昔贤风流，如在目前，为之神往。"其一："振衣直上东山寺，万壑千岩静晚钟。叠叠云岚烟树杪，湾湾流水夕阳中。祠前双柏今犹碧，洞口蔷薇几度红？东晋风流应不远，深谈破敌有谁同。"其二："石泉落涧玉琮琤，人去山空万籁清。春雨苔痕迷屐齿，秋风落叶响棋枰。澄潭浮鲤窥新碧，老树盘鸦噪夕晴。坐久浑忘身世外，僧窗冻月夜深明。"

[日] 橙阴正木彦二郎作《霞关参谋军衔，初属东条将军麾下，将军宏量容众，（余）感激知遇，驽钝自愧，无所报效。后辞麾下，而将军荐抚多方，尔来垂二十年于兹矣。知己之感深铭肺肝，将军乃今长逝，不可复见，追怀曷胜，偶得五言短句十二首，聊以遗万感之一端。噫！悲哉》（大正癸丑腊月将军殁后，于茅屋小齐将军小照前）（四首）。其一《折翰屡问将军之病》："屡问将军病，唯言不足愁。何图三月后，一夕隔幽明。"其二："廿年知己感，今日向谁望。空拜将军影，帐然独断肠。"其三："衣冠小照中，高洁仰英风。多事邦家在，干城亡此雄。"其四《将军殁前二月，赐寄一家团栾小照》："音容幻梦中，仿佛此心通。欲语往年事，茫茫已一空。"

[日] 高须履祥作《新年谢友人惠鸠居堂所制香笔墨》。诗云："香可焚兮墨可磨，春光先动野人家。今朝早起试吟笔，书跃龙蛇诗吐华。"

[日] 冈部东云作《新年口号三叠韵》。诗云："瑶箒扫来胸里尘，醉余光景满眸新。日东自有蓬瀛乐，何羡西欧北米春。"

1日　癸丑消寒第四集。是集首唱沈焜《人日消寒第四集，以李峤诗"三阳偏胜节，七日最灵辰"为韵，分得阳字》，同人和作：刘炳照《分得偏字》、戴启文《分得胜字》、周庆云《分得节字》、钱绥樏《分得七字》、钱溯耆《分得辰字》。其中，戴启文诗云："挑菜试和羹，缕金复作胜。荆楚记岁时，樊南入吟咏。惜无安仁峰，登高骋游兴。言访幽人居，盘纡通曲径。此中小有天，嚣尘一洗净。高楼肃客登，迎门有僮应。主人屏俗好，鉴古精考订。图书惬心赏，养神更颐性。少焉月上窗，华灯相辉映。聊仿长命杯，酌酒互称庆。殽核既纷陈，春盘陋馄饨。诗家惟赌吟，觞政罢宣令。讵必斗尖义，相与角竞病。且赋灵辰篇，叔伦愧后劲。（戴叔伦有人日诗）"

《中国实业杂志》第5年第2期刊行。本期"文苑"栏目含《雪夜独坐》（谢抗白）、《去年六月后之南京》（谢抗白）、《六秩述怀》（黄曾）、《忧世再叠述怀前韵》（黄曾）、《慨言三叠述怀前韵》（黄曾）。

《中华小说界》第2期刊行。本期"文苑"栏目含《艺文杂话》（会稽周作人）。

《蜀风报》第5期刊行。本期"艺林"栏目含《呈请免领湖北都督文》（黎元洪）、《赴东就学留别友人书》（张耀曾），《檀栾吟社诗存》（詹鸿章纂）：《〈檀栾吟社诗存〉序》（詹鸿章）、《读〈檀栾集〉题词》（落合为诚东郭）、《题词之二》（高野清雄竹隐）、《奉天攻击正酣，军中偶作》（芳山显正越川）、《和越川韵》（山县有朋含雪）、《龙飞岬》（斋藤江山大荒）、《来青阁雅集次韵》（上真行梦香）、《檀栾初春小集，仿柏体得二十四联》（佚名）、《春夜写怀》（井上梧阴）、《枕上偶成，却寄冷灰博士》（高岛张九峰）、《闻奉天大捷，喜赋此诗》（冢原周造梦舟）、《悔余庵乐府：十九谣（续）》（何栻）。

况周颐应刘世珩招，同席有缪荃孙、王雪澄、赵伯藏、王旭庄、程颂万、沈爱苍、张篁楼、傅苕生、吴絧斋、林诒书等。

吴昌硕为砖轩绘《钟馗图》。题云："一壶豪尽抛青春，行步蹒跚剧可嗔。进士生涯唯烂醉，刘蕡想见独醒人。砖轩先生属写，予向不善人物，用汉武梁祠画像笔意成之。东坡云吾书意造本无法，予画亦云然。甲寅人日，吴昌硕，时年七十有一。"

陈三立作《人日率家人饮张氏女甥宅》。诗云："午云遮井巷，胜日就盆瓶。乡味调羹糁，家风见典型。老贪童孺狎，愁拥岁时经。杯酒抛羁旅，呼雏燕可听。"

陈夔龙作《人日游愚园柬梦华、笏卿》。诗云："客路寻芳信马蹄，名园绿水沪城西。楼台歌管千声沸，杨柳春旗一色齐。问卜未妨高士隐，卷帘不放夕阳低。草堂诗老吟应健，人日怀人借旧题。"

易顺鼎作《人日集流水音，用高常侍寄杜工部韵》。诗云："长松落雪铺山堂，午晴昼静疑仙乡。主人携尊玉梅下，欲为诗客苏枯肠。我思草堂过艳预（是日余方题《蜀道寒云图》），君话苏门近林虑（主人洹水、苏门皆有别业）。焚香读画聊赏心，八极茫茫梦游处。从此迎春不送春，留春常住软红尘。年年人日梅花发，来替梅花作主人。"

叶昌炽作《人日》（二首）。其一："明哲经纶（四字见谢康乐《述祖德诗》，即以题门额）在见机，幡然六十五年非。蓬蒿深巷聊藏拙，薇蕨空山可疗饥。龙集遑知新历改，燕归还向旧巢依（自陇告归，以所居老屋让于十弟，遂归顾氏，缮完修葺，轮奂一新。阅三年，华阳忽弃而至沪。时余寓居淞上遂初园，闻之，倍蓰其值以赎归。祊田之复，于今三年矣）。先春三日晴光丽，特地壶中驻夕晖。"其二："仓龙木德际元辰，依旧桃符比屋新。岁在阏逢刚建甲，民初荒忽忆生寅。银幡粉荔神前供，白发青衫劫后身。记否建章千万户，九天闾阖贺颁春。"

赵熙作《人日》。诗云："年年春色滞他乡，海内何人问草堂。几日土牛迎紫气，毕生书蠹厄黄杨。亲朋鲁史谈三始，盗贼巴城隐四方。世界一番天一夜，梅花犹作李园香。"

赵圻年作《人日水仙开》（二首）。其一："费尽三冬灌溉功，草堂何意识春风。达夫啸傲风尘外，子固精神图画中。今日花前忆归雁，昔年海上赋惊鸿。一尊酹汝屠苏酒，也似梅花伴放翁。"

李思纯作《扫墓，时正月七日作》。诗云："朝出城西门，踯躅心徘徊。白日淡将越，泥涂多黄埃。野水绿亦净，明沙汀渚隈。春气自曈曈，行人多所怀。墓门耿寒灯，郁郁松柏材。纸灰飞不扬，石碣淹莓苔。拜跪陨危涕，思远中心摧。儿孙三五人，剪此蒿与莱。凉薄寡绩能，愧此祖德培。岂无光宠志，碌碌终沉埋。信知浮世情，俯仰聊追陪。悠悠天地心，恻恻饥寒哀。"

2 日 《申报》第 14718 号刊行。本期《自由谈》"尊闻阁词选"栏目含《一剪梅·癸丑除夕》（太痴）、《摸鱼儿·甲寅元日》（太痴）。

王咨臣生。王咨臣，谱名迪谳，字咨臣，笔名言取、曼云，号云峰后人，江西新建人。著有《新凤楼诗集》。

3 日 《申报》第 14719 号刊行。本期《自由谈》"游戏文章"栏目含《新年竹枝词》（八首，刘豁公）；"尊闻阁词选"栏目含《岁莫戏赠内》（天白）、《观圆圆剧，吊明思宗》（天白）、《瓶供腊梅》（天白）、《申江冶春词三首》（李生）、《观冯子和冯小青戏剧，占二绝》（李生）、《消寒即事》（六首，包者香女士）、《佩芳女弟以余家明年正月十九日为长兄受室遗书，届时来贺，喜而以诗速之》（二首，包者香女士）、《送刘小云还广陵六首》（丹徒包柚斧）。

4 日 超社第十七集。沈瑜庆招集寓园。陈三立、缪荃孙、樊增祥、吴庆坻、沈曾植、王仁东、周树模、林开謩、吴士鉴等同集，以拟元稹"何处生春早"为题。同人又将七十寿言长卷交于缪荃孙。同人诗作:沈曾植《立春日超社第十八集会于涛园斋中,赋"何处生春早"诗十首》、沈瑜庆《甲寅立春超杜第十九集,赋得"何处春生早",用元微之韵赠同社诸公,以止相冠首,余以齿为序,后八首自述》(十二首)、陈三立《立春日超社第十九集宴涛园宅》、瞿鸿禨《甲寅立春日涛园作超社第十九集,是日予以家忌不至,补赋此诗》、吴庆坻《甲寅立春社集,涛园拈元微之"何处生春早"句仿效其体,昔元白唱和仁兴而作,各抒襟灵,无取沿袭。栖迟海曲,三易寒暑,不知王氏之腊,犹咏汉宫之春。重念生平行脚万里,旧游历历如梦如影,因就辙迹所至各系一诗。其虽尝涉足,非当春时者皆不及焉。起自京师,适于乡井洛生之咏、庄舄之吟,神思所接,兹焉为多。记春明之梦余,述武林之旧事,引吭自鸣,翕羽求助,用质方雅,毋诮诋疑》、吴士鉴《正月十日立春微雨,涛园招集寓斋,超社第十六集》。其中,沈曾植《立春日超社第十八集会于涛园斋中》其一:"何处生春早?春生幻梦中。南华栩化蝶,上地射援熊。昔昔侯王乐,如如露电空。行婆知内翰,一笑酒颜红。"其三:"何处生春早?春生内景中。勇庐翔玉女,密户养金童。戊己中央守,庚辛上法通。木神应不二,泛酒答东风。"沈瑜庆《甲寅立春超杜第十九集》其一:"何处春生早?春生杖履中。盐梅初梦赉,霖雨未归蒙。禾黍彷徨什,淹留夔铄翁。五陵郁佳气,三户问南公。(瞿止庵相国)"其六:"何处春生早?春生章赣中。承家吾有愧,流寓子偏同。湖水侵衣绿,山茶照眼红。百花洲畔路,兵爨幸年丰。(陈散原吏部)"陈三立《立春日超社第十九集宴涛园宅》云:"岁除窘责逋,吟事阙料理。改火复自豪,如蚕僵乍起。涛园续坠欢,号召作嚆矢。其日春始交,蔼蔼拥旧侣。相公逢持斋,预戒停玉趾(是日止庵相国以家忌未预)。病齿樊山老,颜占勿药喜。暄风浮罘罳,笑语落尊簋。海涯真率会,煦濡忘流徙。有物不俱亡,肆志吾何耻。主人拜陵归,衣泪洰未洗。案堆手钞集,私据杜子美。身世过所遭,伤心慕诗史。罢席发醉歌,泼阶月如水。"吴士鉴《正月十日立春微雨》云:"元冬苦久暵,倏焉遘初春。喜赢遂萌动,盼泽愆芳畛。凌晨忽洒润,濈裘扬轻尘。褐父既云慰,吾意尤含欣。衝泥访涛园,菹韭辛盘陈。官历久不颁,令序从先民。世贸俗未变,年转情弥新。侨寄已三稔,同为迁流人。敦槃狎宾主,饩饷非常贫。所嗟烽爨余,江表衔悽辛。劳徕乏假种,荒阡犹郁湮。甘膏若颓降,庶以苏疲筋。华灯烂盈幄,深杯行十巡。起视嬉春侣,筝索方填阗。"

《申报》第 14720 号刊行。本期《自由谈》"尊闻阁词选"栏目含《旅夜书怀,即用包柚斧兄〈饯赖遁老〉原韵》(王扢迁木氏)。

李叔同为夏丏尊《小梅花屋图》题《玉连环影·为夏丏尊题〈小梅花屋图〉》。词云:"屋老。一树梅花小。住个诗人,添个新诗料。爱清闲,爱天然;城外西湖,湖上有青山。(甲寅立春节,息翁)"夏丏尊后有回忆:"民初余僦居杭城,庭有梅树一株,因名之曰小梅花屋。陈师曾君为作图。一时朋好多有题咏。图经变乱已遗失,此小词犹能记诵，亟为录存于此，丏尊记。"

王闿运作《立春雨，忆杜诗"好雨知时节"，检杜集再过不得。亦依韵作一篇》。诗云："时雨知春节，前溪夜浪生。楼中一灯影，窗外五更声。倚枕寒常在，披衣夜向明。深山独岑寂，无梦到辽城。"

叶昌炽作《立春》。诗云："去年春作客，今值两头春。敬迓青皇驾，萧然白发人。莺啼知改序，龙蛰为藏身。岁岁鲜民痛，椒盘又荐新。"

林损作《立春》。序云："甲寅正月十一日子初二刻，占于候为立春。诸历家者误以载之初十，一城滋疑，不知所准。后邑宰出示，晓之乃定。届时天阴忽开，雨声顿止，仰首有见，奇而作诗。诗成未半，而阴云又合，雨又为大下不止也。此与今日中国之政局何以异？可叹也夫！"诗云："人沾春气暖，斗指暮云开。疑贰天能释，晴光鸟立催。家家鸣爆竹，处处望惊雷。太息阴霾盛，须臾压九垓。"

陈诵声作《甲寅立春日阅邹衣白〈秋涧茅亭图〉，爱其曲折细润，六法俱备，题诗一章，借逸老笔墨写眼前溪山，亦快事也》。诗云："乡村农事毕，闲作带山游。椰叶千章暗，茆亭一角秋。峰高云截树，石断涧回流。归路随樵担，斜阳木末留。"

张良遹作《立春日遇雪》（时携眷避乱讲稼崖）。诗云："偶逢佳节亦潸然，乱后余生幸瓦全。老至那堪天降祸，春归偏与客争先。百重冷雾低茅舍，千仞悬崖落涧泉。睡起拥衾欹警枕，三更风雪屋三椽。"

赵圻年作《瓶菊一枝，立春未残》（二首）。其一："雪霜历尽淡无言，夜伴寒灯昼负暄。岁改时移浑不觉，渊明真个入桃源。"

5日 《申报》第14721号刊行。本期《自由谈》"尊闻阁词选"栏目含《吊梅》（了青）、《夕祖遁斋先生舟中》（包柚斧）。

王新桢作《立春次日周芝湘来访》（二首）。其一："天遣新春到，人思旧雨来。不虚三径望，聊复一樽开。处世浑如梦，相逢笑几回！莫愁钟漏尽，蜡泪总成灰。"其二："读罢餐英句，天寒雪夜深。声清雏凤哕，韵古老龙吟。孺子欣同榻，先生爱说琴。回甘留谏果，知味即知心。"

6日 周庆云于海上晨风庐招饮。白曾然作《甲寅立春后一日，梦坡社长招饮晨风庐，分韵得甲字，即用十七洽全韵》。同人和作：喻长霖《分得月字》、汪煦《分得春字》、刘炳照《分得第字》、潘飞声《分得风字》、周庆云《分得一字》。其中，喻长霖《分得月字》云："靖节乐琴书，濂溪弄风月。达人足高怀，方寸自秘蓿。周子敬爱客，华筵列殽核。缊衣适我餐，脱帽狂歌发。钟期志高山，风雅同扬扢。嗟余困湖海，他乡生白发。四野悲荆榛，廿载愧袍笏。修兰九畹滋，忽被狂飙没。所幸素心人，相依荫林樾。太白桃李园，尧夫安乐窟。自谓羲皇人，春风长蓬勃。"潘飞声《分得风字》云："巢居邓尉滞游骢（约寻梅邓尉及游西湖未果），移得湘梅一尊红。近局易寻呼酒地，春寒还逗试灯风。临池花浪漂苏砚，扫榻松涛进蜀桐。拟借坡公新笠屐，归途正值雨冥濛（归途小雨）。”

《申报》第 14722 号刊行。本期《自由谈》"游戏文章"栏目含《海上新年竹枝词》（五首，佛厂）、《劝戒卷烟新五更调》（吴门剑花戏拟）；"尊闻阁词选"栏目含《再寄遁斋先生》（包柚斧）、《题宿关同人留别小影》（包柚斧）、《遁斋寄题影诗属和二首》（包柚斧）、《题王迁木小影》（包柚斧）、《舟中作》（杨剑花）。

吴耀堂生。吴耀堂，名河，自号夙川散人，福建泉州人。著有《吴耀堂诗卷》。

7 日　袁世凯通令各省，以春秋两丁为祀孔日。

《申报》第 14723 号刊行。本期《自由谈》"尊闻阁词选"栏目含《醉春风》（二首，小蝶）、《一剪梅·咏柳》（小蝶）、《南歌子（人比蓬山远）》（小蝶）、《鹊桥仙》（应劳君稼村弱冠征文）、《风蝶令（烟篆萦深碧）》（瘦蝶）。

8 日　《申报》第 14724 号刊行。本期《自由谈》"尊闻阁词选"栏目含《春闺》（二首，酾禅）、《管君静盦以〈阅报感怀〉之作见示，时有蒙警，奉步原韵》（酾禅）、《春日题壁十韵》（淡秋）、《纪事》（淡秋）、《帘波》（小蝶）、《屏风》（小蝶）、《牡丹》（三首，佐彤）、《牡丹花》（二首，侍仙）。

赖和作《元夜前夜望月》（五首）。其一："梨花风袅透帘春，香雾胧朦夜气新。月色八分端可赏，留将圆满让他人。"

9 日　沈曾植招同人寓斋宴集，樊增祥、周树模、左绍佐在座。沈曾植有《上元日樊山、泊园、竹笏过谈，泊园赋五言长篇，余亦以五言答之》。诗云："春光在何处，睨视眇不见。雨者为云乎？孰居淫乐劝？平生山泽心，寝处颇料拣。晚岁一萧条，兵尘满区县。焉为子列子，风驭泠然善。且结曼荼掔，肉人为骨观。斜阳漏隙影，野马骋无眩。樊周排闼入，衡气若余晌。煎茶恣盘礴，复接太冲款。新花故宜笑，宿莽亦留昒。詟詟谈平生，谁言非史汉。吾侪寄喙鸣，非乐亦非倦。窃窕玩扶舆，物生象方灿。宁甘迷七圣，正要论九变。天琴列仙儒，不为泽瘒怨。沈观摩醯眼，彻视极端嶷。竹勿析名嬉，六门离合判。老我据槁梧，因之穷曼衍。释悲将用妄，留惑更无遣。娱此顷刻欢，虚空留露电。清江停鹄浴，芳树仁莺啭。天开云将过，波起灵妃粲。来日复如何？噫吹不同万。"樊增祥作《上元日同泊园连过止相、乙庵久谈，竹笏来会》纪其事，诗云："小车曳轮衔尾鸦，今朝风日殊清佳。重翻扶辇上元稿，未了和羹车阁花。往事大江流汉水，近词小海唱吴娃。端明教进云龙盏，犹是当年内赐茶。乙庵闭门索新句，点缀几格犹风华。北市一打旋锣鼓，南海几串悬钟花。老恋朋欢忘客里，闲征灯事在天涯。油馓粉荔关朝会，细问春明掌故家。"

《申报》第 14725 号刊行。本期《自由谈》"栩园词选"栏目含《转应曲》（瘦蝶）、《河传（春早）》（瘦蝶）、《浣溪沙·木意》（月浦）、《点绛唇·游西湖》（陡之）、《蝶恋花》(二首,蜇生陆敬旒)、《醉太平·春愁》(小蝶)、《踏莎行(历乱春愁)》(小蝶)、《游平山堂》(饮恨)、《落花》(饮恨)、《湘春夜月·赠双璧女士》(寂红女士)、《绮绪》(九首,不署名)。

吴昌硕绘《葫芦图》,并题云:"葫芦在果品中最未易著笔。一亭先生谓缶能依样为之。幸教正。甲寅元宵,老缶记。"诗云:"老圃寻秋趁早凉,垂垂满架半青黄。此中所卖知何物,莫问江东柄短长。此诗不知出谁手,见籀石翁时写之。苦铁。"

陈夔龙作《上元日刘聚卿京卿招饮楚园,赋赠一首》。诗云:"十日春始归,条风扇群动。客邸逢上元,尘事谢倥偬。楚园肆筵席,嘉招荷矜宠。素心三五辈,有如盘聚汞。杂坐谋醉欢,遑恤酒价涌。半酣出所藏,世家貌骨董。宋椠与元镌,百城书坐拥。大小两忽雷,穆若双璧拱。更有雁足灯,黄山第四种。各各惊创见,顿饱馋眼孔。巫浮一大白,两颊赤云瀊。昔岁掌门铃,度支事尤靐。君适衔命来,群吏先震恐。而乃持大体,但除蔽兼壅。纲举目自张,一一底脱桶。人佩陶桓精,我爱绛侯重。黄鹄忽高翔,宁作蚕在蛹。无何大错成,河山势失巩。楚难首发端,吴颠不旋踵。直沽正上冰,潮来风不汹。完此一寸土,日隙心犹捧。乞病卧江湖,流急惭退勇。淞滨遇故人,喜三百曲踊。江南春正好,毋须梅寄陇。高斋一尊酒,夕阳照朱拱。坐中尽诗豪,斗句肩漫耸。当门柳青青,侵阶草蓁蓁。随意适所适,齐物视林总。毁誉等浮云,功罪鉴作俑。燕子春灯谜,旧人几供奉。回首津鹊桥,闻声毛发竦。前度感刘郎,斯语匪凿空。"

陈匪石作《倦寻芳·甲寅元夕,和梦窗韵》。词云:"焰飘绛蜡,泥印红鸳,香雾霏晚。彩剪旗翻,天市火云宵卷。梅粉才乾啼雨泪,曲尘轻障看花眼。意难忘,是残寒锁却,有情楼燕。 况此夜、金吾犹禁,一院梨云,入梦痕浅。碧海青天,写出素蛾嫠怨。逝水年华空念往,颦春眉黛应重见。隔朱情,听声声,玉龙吟倦。"

龙璋作《元夜》。诗云:"春浅寒深夜寂寥,荒村孤馆路迢迢。不成乡梦云山隔,苦忆前尘市陌箫。一室清光共明月,两星灯火黯元宵。年来慷慨多忧思,镜里容颜日日凋。"

萧亮飞作《甲寅旧元宵赋月》。诗云:"万古此良月,今宵第一圆。烟笼春欲语,灯怕雪为缘。喜改阳成历,难将阴纪年。满盈能几日,缺即在明天。"

萧丙章作《甲寅元夕,送舍弟洛清至京口,得与笃山同宿寓楼》。诗云:"骨丹惟兄弟,冲寒送汝行。晨鸡惊短梦,江雁带离声。乱世从贫贱,衰年寂死生。共看今夜月,一倍向人明。"

余达父作《元夜出游城南,次东坡〈定惠院寓居,月夜偶出〉韵》。诗云:"残雪僵地凝飞沙,佳月融银注清夜。起从侪侣踏城南,强对娉婷坐花下。清歌迭起行云遏,金尊满引如淮泻。堂中芽芽牡丹开,竹外枝枝梅萼亚。长安春寒花自暖,风尘人老天不借。我生齐物会蒙庄，世无清才惊小谢。坐觉逝景皆百忧，不见挥日返三舍。迁地竟成淮北枳，老境倒啖江南蔗。金貂敝尽文字豪，生涯贫贱亲知怕。来朝虽醒次公狂，此座已醉仲儒骂。"

林苍作《正月十五夜》。诗云："一雨能收春事寂，元宵今乃属诗人。出门无月君休怅，省见吾曹白鬓新。"

赖和作《元宵夜望月》。有句云："月色遥临家万户，瞻光广照界三千。"

[日] 森川竹磎作《春雪间早梅·立春后五日大雪，梅花吐香，霁色可人。就中红梅一株，幽艳可怜。偶有人送巨螯来，即劈螯吟赏，赋慢词一阕》。词云："春将雪弄妍，满眼霁色自清暄。眺望佳疑天然画，风光好偿夜来寒。慵趁骑驴孟浩，且学闭户袁安。窗外梅花影，垂垂最可怜。于中一树红尊艳，点缀粉脂斑。　忽有门前人到，持螯赠我。以充腐儒餐。吾曹贪嗜如好色，此物美大足垂涎。一笑林逋止酒，还思毕卓浮船。词中添故事，劈螯多味雪梅前。暗香脉脉东风里，高歌独拍栏。"

10日　癸丑消寒第五集。是集首唱戴启文《上元后一日，刘翰怡君主消寒第五集，适是日诞生嫡子，因贺一诗》，续唱：沈焜、吴庆坻（二首）、缪荃孙、刘炳照。其中，沈焜有诗云："膝前文度语牙牙，第二雏生鬓未华。燕始微兰良可喜，周南采苢更堪夸。无灾无难公乡望，多福多男善富家。相说添丁侬有分，一篇彩凤一寒鸦。"缪荃孙有诗云："贻德里中增德星，充间佳气入怀铃。昔年兰梦征燕姞，此日芝生在谢庭。锦树门楣初得子，屏山世泽又添丁。相期汤饼重开宴，英物啼声待试听。"

《申报》第14726号刊行。本期《自由谈》"游戏文章"栏目含《新年竹枝词》（四首，佐彤）；"栩园词选"栏目含《无巢燕》（骥道人）、《舟行偶成》（骥道人）、《客途口占》（骥道人）、《夕阳》（骥道人）、《出宫西坡偶成》（三首，若僧）、《归青岛道左思乡》（二首，若僧）、《感时》（二首，马生）、《菩萨蛮（深鬓浅笑春风面）》（见贤思齐）、《一剪梅（红杏娇春剩妾妆）》（骥道人）、《一痕沙·柬友》（骥道人）。

《雅言》第4期刊行。本期"名贤遗著"栏目含《蒿庵集（续）》（张尔岐稷若）、《逃虚子诗集（续）》（明代姚广孝）；"诗选"栏目含《独弦集（续）》（黄侃）、《廖居诗存（续）》（遂翁）、《半哭半笑楼诗选》（前人）、《汉鼊生诗钞（未完）》（前人）；"词选"栏目含《容子词录》（王邕）；"诗钟"栏目含《江上残钟录（未完）》（原人辑）。

夏敬观由上海入京都，作诗《南归十九日仍北行》。诗云："天色微能辨雁行，河灯收焰隔重冈。载人北去车难驻，换岁身经思更荒。不见淮波春渺渺，只愁岱岳夜茫茫。往来共此三千路，客意无端异短长。"

李思纯作《二月十日口号》。诗云："宝枕珠帘坐夜分，满楼霜月苦怀人。碧纹圆顶深深处，徒倚妆台拾麝尘。"

11日　《申报》第14727号刊行。本期《自由谈》"游戏文章"栏目含《劝人俭德会新五更调》(壶隐庐主立三);"栩园词选"栏目含《元夕》(瘦蝶)、《示内》(瘦蝶)、《咏梅示敬儿》(酒丐)、《读〈蝶梅同感集〉,感而作此,用原韵率成四章,就呈瘦蝶、梦梅、点铁》(悟盈生)、《写怀》(雨仓)、《感怀》(雨仓)、《马上吟》(二首,雨仓)。

12 日 熊希龄辞职,外交总长孙宝琦兼代国务总理。

《申报》第 14728 号刊行。本期《自由谈》"栩园词选"栏目含《除夕感怀》(二首,侍仙)、《新年闺中词》(二首,侍仙)、《闺怨》(侍仙)、《春柳》(五首,张嘉树)。

张良暹作《正月十八日携眷回城,留别秉卿侄四首》。其一:"远陟佛山顶,移居讲稼岩。始知纡墨绶,未若老青衫。地僻烽烟远,峰高鼓角岩。石门天设险,千仞碧巉巉。"其二:"汝似璞中玉,深藏不肯沽。怜余双足刖,垂老客星孤。绕树飞乌鹊,空山絷白驹。阿咸情缱绻,十里负生刍。"

13 日 《申报》第 14729 号刊行。本期《自由谈》"栩园词选"栏目含《老妓》(臧)、《南城散步》(小蝶)、《菩萨蛮·〈史湘云醉眠芍药图〉》(小蝶)、《题文稿后寄爱友》(槁木子)、《弃妇词》(蒲北眼空道人)、《舟发吴门,夜次嘉兴有怀》(陆凝),《题画四首》(若僧):《梅》《水仙一松》《石》《竹》,《杂慨》(侍仙)、《感时》(砚锄)。

14 日 白居易生日。朱锟、刘炳照招集华庆园重开九老会。淞社同人 22 人预会。九老者:吴昌言、许澍祥、缪荃孙、钱溯耆、吴俊卿、戴启文、汪洵、刘炳照、吴庆坻。戴启文有诗云:"淞社人文此荟萃,亦如兰亭高会群屐来翩翩。就中惟举其数九,苍颜白发先华颠。八二老人指首屈(吴苏隐八十二),灵光鲁殿何巍焉。其次岁各古稀外(许子颂七十四,缪筱珊、钱听邠、吴仓石暨予皆七十一),德星聚会五纬如珠联。七旬将满又其次(汪渊若六十九,刘语石六十八,吴子修六十七)。三寿作朋预卜多寿同绵延,燕毛可序不容絮。"

《申报》第 14730 号刊行。本期《自由谈》"游戏文章"栏目含《戏拟劝戒鸦片烟歌》(七首,倚犀);"尊闻阁词选"栏目含《海上春游》(四首,知白)。

15 日 《申报》第 14731 号刊行。本期《自由谈》"栩园词选"栏目含《雪霁观梅》(宜红女子)、《晴日游春》(宜红女子)、《渔家乐》(真州赵二)、《西施咏》(真州赵二)、《登虎丘山》(真州赵二)、《题〈桃花源图〉》(真州赵二)、《题〈苏武牧羊图〉》(真州赵二)、《新月》(真州赵二)、《雪中梅花》(真州赵二)。

《正谊》第 1 卷第 2 号刊行。本期"艺文"栏目含《抱一庐诗话(续)》(觉公)、《侠骨忠魂(续)》([法]大仲马著,无我译)。

《庸言》第 2 卷第 1、2 号(总第 25、26 号)合刊刊行。从本期杂志始,增加"时评""司法界之名论""海外新潮""研究资料"等栏目,并由半月刊逐渐变为月刊。本期"艺谈"栏目含《宾退随笔》(罗惇曧)、《石遗室诗话卷十一》(陈衍)、《曲海一勺(续)》(姚华);"文录"栏目含《先姊劳太夫人亡弟广仁烈士圹志》(康有为)、《〈味梨集〉序》（康有为）、《京师万生园修禊诗序》（陈衍）、《沈乙盦诗叙》（陈衍）；"诗录"栏目含《石遗寄示登海天阁见怀之作，奉酬左壁，乳泉甚甘，君未必知也》（陈宝琛）、《石遗寄示〈大雨宿听水第二斋〉绝句及〈小雄山观瀑记〉，奉答二首》（陈宝琛）、《癸丑五月十三日至焦山，同游为陈仁先、黄同武、胡瘦唐、俞恪士、寿承兄弟。越二日，王伯沆亦自金陵来会，凡三宿而去，纪以此诗》（三首，陈三立）、《精忠柏歌》（赵熙）、《白葭居士属题〈精忠柏断片图〉》（赵熙）、《送星如还赣，因讯昀谷近问》（赵熙）、《〈精忠柏歌〉，为程伯葭作》（汤寿潜）、《南河泡消夏》（何藻翔）、《自西樵云泉山馆至翠岩遇雨》（何藻翔）、《陈庸庵尚书〈水流云在图〉》（沈瑜庆）、《与嘿园论诗，即送其行》（陈衍）、《除夕前二日与几道话陶江风物，兼寄雪农，雪农几道弟子，玉屏、李垞、秋树斋、楞岩皆陶江胜处》（陈衍）、《癸丑除夕意绪郁陶，石遗先生赠诗奉答》（严复）、《寄伯严》（严复）、《九日病愈出游》（郑孝胥）、《答吴鉴泉乱后归鉴园》（郑孝胥）、《和樊山方伯〈岁暮即事〉》（沈曾植）、《次韵乙庵和樊山方伯〈岁暮即事〉之作》（潘博）、《晦闻嘱题〈广雅图〉》（罗惇㬊）、《题顾印伯先生遗诗》（罗惇㬊）、《郡斋夕坐盆梅孤开喜述》（黄孝觉）、《蜕广南归相见沪上》（黄孝觉）、《追悼顾印翁即题其遗诗卷》（罗惇㬊）；"说部"栏目含《二城故事（续）》（[英]迭更司著，魏易绾译）、《库伦夜谈》（指严）、《失影人》（[法]和弗曼著，旭人译）、《劫灰余烬（续）》（冷泉亭长）。

《蜀风报》第6期刊行。本期"艺林"栏目含《谢陈亦云生子馈物笺》（廉昉）、《〈游子吟〉仿孟郊体》（寒灰）、《再题〈延穷图〉》（悔余道人）、《宰梓潼之明年答平师，适牧线州以书见招，祭程往谒》（亦铮）、《留别潼江父老》（亦铮）、《檀栾吟杜诗存》（詹鸿章纂）：《偶题》（井上梧阴）、《次禾原君〈留别〉诗韵》（岩溪晋裳川）、《玉池清集得萧字》（裳川）、《并梅始花》（木苏牧岐山）、《一半儿社清策分韵得庚》（内野悟皎亭）、《送詹劢逵毕业归国》（藤原四郎芸楣）、《一月廿九待我归轩檀栾小集首唱》（江木衷冷灰）、《和冷灰博士檀栾初集原韵》（藤胁善政松轩）、《和冷灰博士檀栾初集原韵》（太久保达湘南）、《和冷灰博士檀栾初集原韵》（上真行梦香）、《和冷灰博士檀栾初集原韵》（永坂周石棣）、《慈竹平安谣，为钱楞仙作》（寒夹）、《悔余庵乐府十九谣（续）》（何杕）。

[韩]《天道教会月报》第43号刊行。本期"词藻"栏目含《赠闵君泳纯》（凰士散人）、《城南早春》（凰士散人）、《旧历上元夜即事》（凰士散人）、《送友人入山炼道》（李仁淑、金义凤、申泰錬、金重基）、《南隐自牛耳洞来，手把一两枝花，道是杜鹃、踯躅、山樱，红勒可爱也》（李仁淑、金义凤、申泰錬、金重基）、《了工归路中》（于东门外奉国寺修四十九日工夫）（南隐卢宪容）。其中，凰士散人《赠闵君泳纯》云："君家道是挹清楼，楼下长江不尽流。一片渔舟烟月夜，莫将心事任闲鸥。"

[日]田边华撰《碧堂绝句》（1册，2卷，铅印本）印刷，20日在东京发行。印刷

者为 [日] 中田福三郎，发卖所为东京堂。集内有上海、苏州、嘉兴、杭州、扬州、南京、九江、钱塘江、淮阴等中国各地及日本宇治平等院、万福寺等地诗作。集前有田边华作《碧堂绝句引》云："华十二三岁时，伯兄竹窗教作五七言绝句，积三四年，稍识声律，无几伯兄捐世，家道中废，不能亲诗书，衣食于奔走，空糜岁月矣。先妣每诫专攻一艺，勿为第二流于人。中年远觅师友于东西，旅食居多，故所作诗叙山川风光者十八九。壬子秋，先妣弃养，追思遗诫，所感愈切，乃整理旧稿，删除己丑以前诗，更推敲改补，先采七言绝句二百三十余首，刊为册子，谨奉之先妣及伯兄灵前，兼公之以资大方。华虽不敏，愈勤益学，庶几乎不落第二流之人矣。大正三年甲寅一月于东京青山高树巷侨居。田边华识。"

16 日 《申报》第 14732 号刊行。本期《自由谈》"栩园词选"栏目含《沪江岁暮》（四首，醉红居士）、《癸丑除夕即事》（苏汀）、《除夕感怀》（苏汀）、《无题》（三首，佐彤）、《题任去凡〈半山亭看花图〉》（佐彤）。

廖基植卒。廖基植（1859—1914），字璧耘，湖南宁乡人。廖树蘅长子、廖基棫长兄。清朝附贡生，长期佐其父开办水口山矿。著有《紫藤花馆诗草》，附《紫藤花馆词》。其妻张有娧，字淑芗，湖南湘乡人，近代女诗人，晚清诗人张发濬之长女。张有娧有《祥花吟室诗稿》传世。廖基瑜作《虚斋吊伯兄璧耘》。诗云："书蠹凝尘壁鲜滋，深宵冷月照残卮。循阶竹石仍然在，绕榻琴书未忍移。白发有亲犹涕泣，诸雏无恙尽娇痴。霜毫细写家庭事，寄到黄泉知未知。"廖基棫《伯兄事略》云："兄讳基植，字璧耘，湖南宁乡人，清县学生，候选训导，以主办茭源银场功，赏四等商勋、五品顶戴，甲寅正月二十二日卒，年五十有五。兄生而颖悟，三岁时，先大父培吾府君授以王子安《滕王阁序》，背诵不遗一字。七岁学为诗文，十岁作《石假山赋》，词藻妍丽，音节古雅，湘乡洪彭述、张寿璿为文赠之。一日，兄自塾归，以所填唐多令词呈先大父，阅之直喜，而家君不之信，复命题试之，援笔立就，与前作无少轩轾，家君始信其能。兄读书多务冥思，恒若不经意者，家君深嗛之，张先生发濬，兄妇翁也，馆里中杨氏，家君欲就之谈，虑兄嬉游废学，乃豫命十余题以难之，限五日成。而兄视之若无难者，不三日诸艺毕具，且无弗佳者。张先生大惊，谓家君曰：'知子莫若父，君竟不自知耶？'时兄犹未成童也。既长，补县学生，屡困乡举，又以家贫，故益不自得。乃游幕福建道，由衢州达玉山，舍舟从陆，资用既尽，不能备舆马，主仆二人日行泥淖中，备极艰阻。生有至性，母殁庐墓数月，自后道及母生前事，未尝不呜咽流涕。或有事为家君严责，屏息悚惕以待，深自引咎，不敢稍违。待弟妹尤诚挚，常喜举儿时事以为笑乐。基棫读书里中之大雾寺，兄时就谈，尝一夕道及少时与群儿角逐山谷间，及拾薪采药诸事，吃吃不休。邻叟网而异之曰：'语所谓兄弟怡怡者，君等之谓耶！'基棫性褊不能有容，兄则宽大而亟友爱，于妻子纤毫无所私，每自外归，凡布帛果饵之属，于诸妇、子侄分给未尝不均。性质直，与人言无少唯阿。朋友有过，常面告之，人亦谅其谅直。作事有终始而能任劳，光绪丙申，家君办矿常宁水口山，兄随恃坑所。家君旋以清泉学官兼理矿务，凡劳苦琐事皆兄任之。后家君调主省局，山中诸务，大府悉以委兄，每日天未明即起，就灯下先读四子书或宋五子书数章，然后乃治公事。日中钞书一纸，数年之间，手写《周礼》一册、《仪礼》一册，县人周世教《医书》一部，首尾端楷若一。夙淡名利，事有功不求表襮，或有誉之者，辄退然若不自胜。财非分一介不取，居矿山十余年，无一浪费，屡求退未得，卒以积劳成疾，致两患背疽。图变后，辞职还山，未及两年，以劳疾卒。当事录治功呈请优奖，以恤其劳。呜呼！以兄之恬淡，岂以是为荣哉！兄诗文有法度，然不自矜重，作则随手散佚，不常示人。唯江苏李宝淦、江西涂懋儒两先生时有唱和，湘潭王湘绮先生颇称兄贤，先生尝谓家君曰：'吾又得与汝郎君交好矣。'盖兄以居母忧时奉书先生，并享以物。先生责其居丧遗人非礼。兄乃引罪自谢。先生复书云：'昨贡直言，深蒙嘉纳，然非闿运无此懗拙，非吾贤无此虚衷，但引愆太过，使闿运反悔直致也。'先生因此转重吾兄，自是书问往来无虚日。兄所著书，已刊有《紫藤华馆诗草》四卷、《词》一卷、未刊者《文》二卷、《骈文》一卷、《丧礼辑略》二卷、《矿学须知》一卷、《书牍》六卷、《日记》起丙甲、讫甲寅，直至卒前三日始绝笔，共二十七卷。呜呼！兄劳勤既久，年命又促他无所成，良足深痛。然即此可见其平生矣。配张宜人，先二年卒。继娶喻氏。子一人，张宜人出，孙一人、孙女三人。基械庸陋，不能表扬吾兄，惟思托贤人文章，以垂不朽。谨状其略以俟焉。"

17日 《申报》第14733号刊行。本期《自由谈》"栩园词选"栏目含《冰花》（程习鹏）、《咏怀六首》（程习鹏）、《新春》（涂通修）、《纪事》（二首，佐彤）。

黄文涛作《正月二十三日作》。诗云："莫再枯心血，儿曹劝谏殷。侨居三阅月（去冬十一月又移居永安里），诗思渺于云。催老病时扰，怀新物自欣。慨怜同辈少，觞咏孰为群。"

18日 《申报》第14734号刊行。本期《自由谈》"栩园词选"栏目含《苏武节》（北山）、《祖逖鞭》（北山）、《荆轲剑》（北山）、《张良椎》（北山）。

吴芳吉往嘉州（今乐山）嘉定中学任英文教员，萧湘时任该校校长。本日，吴芳吉与同事赵鹤琴、刘星南、李玉昆等话旧，即席赋诗一首，有飘零之意。继而三人和成数首，赵鹤琴有句云："睡去竟成蝴蝶梦，醒来怕听大江流。"刘星南和诗有句云："英雄从不受人怜，傲骨横撑自昔年。"

丘菽园《元月十六夕新嘉坡即事诗并序》（五首）刊于［马来亚］《振南报》"诗界"栏目。序云："本岛风俗，华侨内眷，是夕靓妆挈伴，往庙烧香，绕道回车。纳凉玩月，辄循海滨一带，不禁途人瞻瞩，虽逊兰桡被禊之韵，亦无涉溱赠芍之荡。或各相邀，至斯停逗，款步绿莎，徙倚树，艰媚明星，风吹长带，互耀钗钿，意主夸赛，岛妇见识，宜其然已。顷年南国，春来之红豆争妍，十里东风，客中之竹枝齐唱。"其一："逦迤星桥铁锁开，相逢尽是讨春来。齐歌璧月宵宵满，商女殷勤礼善财。"其二："良宵重惜一分春，月姊多情润脸新。同爱韶华纵微步，碧天无际碾冰轮。"其三："笑和谐谑透香风，暗斗钗环露指葱。绝岛嬉春展元夕，万花开向月明中。"其四："小蛮装束谷中单，两足如霜浥露寒。踏遍长堤金齿屐，明河斜转晓星寒。"其五："南湖一曲快春游，油壁迎来擅莫愁。应识花开归缓缓，更无柳色悔封侯。"

19 日 《申报》第 14735 号刊行。本期《自由谈》"文字因缘"栏目含《四十初度诗，征求海内诸大吟坛玉和》（四首，闲闲）。

王闿运作《民国三年正月廿五日作》。诗云："料峭春寒夜色曹，灯昏雨细被如冰。廿年前向阊门宿，还忆东朝遇沈鹏。"

20 日 《申报》第 14736 号刊行。本期《自由谈》"游戏文章"栏目含《警世五更调》（王海如）；"栩园诗选"栏目含《有感》（萍寄）、《去去行》（萍寄）、《清雍正间，宁国有某生者，幼失怙恃，家道小康，娶同邑焦氏女，貌美能文，伉俪甚笃，无何生为奸人勾引，日事樗蒲，女虽苦口危言，生终执迷不悟，继以负金甚钜，财产变抵一空，女之嫁奁亦被搜罗殆尽，复拟鬻其身，女因作诗，自缢死》（八首，若愚录寄）、《咏史十二绝》（唐尊玮）：《丙吉问牛》《日禅养马》《正则餐英》《留侯辟谷》《冯谖弹铗》《荆轲倚柱》《丁兰刻木》《袁阁结茅》《庾岭讯梅》《韩康卖药》《终军弃缥》《中郎倒屣》，《冬夜苦寒》（啸霞）、《大雪吟》（啸霞）、《南园赏腊梅》（啸霞）、《和王谦牧先生感怀》（二首，柚斧）。

《谠报》第 9 期刊行。本期"文艺部·诗选"栏目含《一钵盦删余草》（吕博文）；"文艺部·艺谭"栏目含《涤心室诗话（未完）》（杨赫坤）。

赖和作《寄》（六首）。其一："北地寒多春意赊，园林二月笋抽芽。南天气暖饶芳信，小逸堂前吐杏花。"其二："南国春温气到先，杏花如锦柳如烟。诸君得意知多少，嫩绿嫣红二月天。"其三："冷风飒飒雨纷纷，欲说春来不似春。柳外烟寒莺语碎，江天雁断最思人。"其四："风家小子有新诗，献上诸君为听之。此地江山春到慢，征鸿归尽燕来迟。"其五："自悔当前喜得名，而今追忆愧交争。耀南才调诚难及，实哉教人畏后生。"其六："秋逢为却贫连累，阿本无他命奈何。一样情怀萦感慨，两人烦恼在谁多。"

21 日 《申报》第 14737 号刊行。本期《自由谈》"栩园诗选"栏目含《漫笔》（二首，瘦鹤）、《游仙曲》（瘦鹤）、《慨时》（啸霞）、《新年自顾感赋二律》（真州赵二）、《癸丑春日自题小照，意嫌未竟，又成二绝》（寄尘）、《忆红梅》（震英女士）、《江头闲步》（震英女士）、《岁暮感怀》（二首，铁花庵主）、《读东园先生〈冬夜书怀〉九首，谨步原韵，勉和两律》（铁花庵主）。

22 日 《申报》第 14738 号刊行。本期《自由谈》"尊闻阁词选"栏目含《无题》（四首，莽汉）、《和耳似〈悼亡〉》（四首，符生）、《和闲闲〈甲寅元旦〉韵》（耳似）、《乱后杂感》（十首，巢仙）。

邓家彦监禁期满，被开释出狱。此前因反袁被监禁。胡怀琛作《赠孟硕》："天地一囚狱，万古闭不开。岂必君至此，始为缧绁羁。一自国政乱，谁念小民哀？中州患烽火，四方苦馑饥。老弱多死亡，少壮亦流离。化曰不可睹，但见风雨凄。迎君圜圈外，欲言已无辞。"

23 日 《申报》第 14739 号刊行。本期《自由谈》"文字因缘"栏目含《悼亡》（四首，雪泥）。

魏清德《谨次清阴夫子〈夜坐偶成〉瑶韵》《谨次清阴夫子〈池塘生春草〉瑶韵》发表于《台湾日日新报》。其中，《谨次清阴夫子〈夜坐偶成〉瑶韵》云："蛙鸣阁阁雨余天，短几长檠一粲然。客散不闻人笑语，春来合与酒因缘。有时遣兴常翻易，半日能闲胜学禅。二月樱桃正秾放，结茅甚欲草山巅。"

24 日 《申报》第 14740 号刊行。本期《自由谈》"栩园诗选"栏目含《有赠》（二首，甬上子枚）、《病齿》（甬上子枚）、《记事》（二首，甬上子枚）、《有忆》（梅村太郎）、《春日登崇川果然亭》（梅村太郎）、《怅触词》（四首，余生）、《个人》（余生）、《晚眺》（余生）、《书慨》（二首，劫余生）、《无题》（四首，劫余生）、《有所见》（二首，劫余生）、《有忆》（四首，劫余生）、《即事集句》（四首，劫余生）。

叶昌炽得曹元弼赠诗。诗云："丰枘高指岱峰尖，学仰儒宗贯巨纤。室有奇书环四壁，门无俗客下重帘。守先待后古邹孟，劝孝言忠今蜀严。沧海横流心止水，乾刚不拔复初潜。"又，叶昌炽为亡友沈铿之子沈立之题画并序，作《王蓬心山水歌，为林屋沈立之题》。序云："亡友沈子坚明经，有才子二，长曰习之，季字立之。习之从端忠悯幕，骥足方展，而忠愍殉国难，习之又殇其爱子，去年遽以病殁。立之搜其遗箧，得王蓬心山水卷，其在京师所得也，装池征题。俯仰今昔，不胜泫然，率题长句以归之。"诗云："烟雨迷离云漠漠，写出千岩与万壑。长桥接岸钓舟横，老屋临窗考槃乐。飞瀑百丈下悬崖，散作旋涡起忽落。是何灵境我未知，但见纸上元气喷薄何淋漓！作者谁，永州太守老画师；藏者谁，沈生习之弟立之。两生家住山水窟，森森伯霜与仲雪，好山好水情为移，难弟难兄才亦埒。苦叹应刘不永年，正是黄农嗟没日。滔滔兮逝水，兄不禄兮奈何。痛家国之不造兮，从箕尾于岷峨。（谓匋斋尚书）天道宁可论，画箧空摩挲。摩挲忆畴昔，嗟余头已白。陇上归来君父子，先后黄垆三太息。山中猿鹤话昔游，洞天如故市朝易。吁嗟乎，画里湖山劫后尘，问津难得耦耕人。从来流水高山窟，可寄天荒地老身。况君无限孔怀痛，开卷临风嗷然恸。一幅鹅溪惨澹痕，无声中有池塘梦。诶荡修门若下招，持此聊作楚些诵。"

魏清德《谨次清阴夫子题〈秋林高卧图〉瑶韵》发表于《台湾日日新报》。诗云："秋风策策鸣，秋日照林杪。繁华凋悴矣，落叶舞萝茑。乱山白云栖，一庐与深窈。此翁常掩扉，空静友虫鸟。身闲梦亦佳，万虑罢喧扰。遥寺响疏钟，清音水与杳。惟应知幽眠，未敢惊是老。"

张良遄作《仿铙吹体，纪城东鄢家集战事八首》。序云："癸丑十二月十三日，白狼由遂平冲过铁道，所过城镇，无不残破。十七日黎明破光山，十九日黎明破光州，二十一日黎明遂破商城，次日由皂靴河南窜，由金家寨攻麻埠。未下二十八日破六安州，旬日间连破二州、二县，皖豫游民多归之。众逾二万，势张甚。幸皖军王寿亭营长坚守麻埠，拱卫军熊帮统迎击于叶家集，始折而西窜，由太湖斜趋松子关外，复折而东窜，由吴家店、丁埠回至金家寨。正月二十二日复至皂靴河，时王子春司令统陆军第二师驻商，适值阴雨，未能出战。至二十八日雨霁，始遣石镜堂旅长迎击于鄢家集。自辰至午，白匪四面包抄，力战不退，幸孙团长自方家集驰至，两面夹击，匪遂不支，至申刻始停战。次日又相持一日。是夜，白匪始由间道西遁，众犹万人，吾商至是始解严。"其一："出柙长驱虎兕狂，千寻铁锁失金汤。督师远眺熊文灿，打破车箱纵闯王。"其二："芝冈威望震辽东，一败蹉跎众口攻。毕竟李陵敢深入，漫持汉法议英雄。"（正月初五日叶家集之战，熊郁卿帮统以两营当数万之众，先胜后挫，白匪亦惮之，而当事反以轻进劾之）其七："北山有鸟遍张罗，鸟自南飞奈若何。从此饥鹰饱飏去，金眸玉爪啄人多。"其八："昔人奏凯作铙歌，盾鼻挥毫受墨磨。今日渠魁虽漏网，也思洗甲挽银河。"

25 日 内务部奉准设立编订《礼制会》。《礼制会》云："本部设立编订礼制会，并派本部次长钱能训充任会长……江瀚、吴廷燮、姚华、董瑞椿、胡元玉、徐承锦、汪东宝、马振理等学问优长，博通掌故，本部优加礼聘，并遴选参事王黻炜、秘书蔡宝善、司长于宝轩、金事王念曾、严启丰、陶洙等一并充任会员，悉心详议，以资厘订。"

《申报》第14741号刊行。本期《自由谈》"游戏文章"栏目含《红楼杂咏》（酒丐）：《宝钗扑蝶》《莺儿打络》《紫鹃奉佛》《龄官画蔷》《晴雯补裘》《㤭儿尝茗》《黛玉弹琴》《三姐试剑》；"栩园词选"栏目含《登楼外楼》（二首，高洁）、《真嬢墓》（高洁）、《江上》（三首，失名）、《拟秦观云山阁，即席赋呈七律二首》（录一，佚名）、《一剪梅·阴历癸丑除夕倚太痴韵》（仁后）、《摸鱼儿·阴历甲寅元日倚太痴韵》（仁后）、《秋望淮南有感》（李生）、《寄人》（李生）、《闻清景帝奉安有感》（二首，李生）、《送人》（李生）、《追和唐戴叔伦宫词，用元韵，戏分四时》（四首，东园）。

《（北京法政同志研究会）法政学报》第2卷第2号刊行。本期"文苑"栏目含《望月有感，辛亥十二月二十四日夜作》（马静侯）、《滦营唱和诗寄杨经斋都门》（时客滦州）（绳武）、《步原韵和作并呈仲苏》（幼梅）、《病起倚枕，勉和原韵两首》（仲苏）、《客居无俚,于质夫处借易哭庵诗稿第二集,中多无题诗,沉浸浓郁,悱恻缠绵,读之使人回肠荡气,戏仿其体,用绳武原韵作二首写似仲苏,真所谓效颦无似也》(幼梅)、《感怀二首,仍步原韵呈仲苏》(幼梅)、《闻仲苏病愈喜赋,仍步绳武原韵》(幼梅)、《得内卿都门书,知绳武、震初南北暌离,忽焉团合友朋之乐,欸契人天,自恨远游,赋此寄慨》(幼梅)、《叠韵诗名篇〈络纬〉日益加多,因之发兴,复得两首》(幼梅)、《眷属将来营,已卜宅矣,既而不果至,赋寄一诗,仍用前韵》(幼梅)、《兰亭坐上,仲苏谈禅,悠然有悟,比以养疴静室益觉澄怀,因叠前韵寄仲苏》(幼梅)、《寄怀仲苏都门,祭呈其兄伯颜》(幼梅)、《病起倚枕,勉和原韵两首》(仲苏)、《幼梅先生闻予病愈,喜撷新词饷斗室,披吟如召我颖滨、剑南之间,洵佳构也。春慵在骨,薄寒中人,怅念芳时,驰怀旧雨,因用原韵,再叠呈教》(仲苏)、《病起寓楼即事,再叠前韵呈政》(仲苏)、《叠幼梅先生韵,赠吴友石》(仲苏)、《迩日读报,讶南中消息殊恶,仍叠前韵》(仲苏)、《幼梅既卜宅江边,待眷属不至,仍叠前韵成诗,即和来作呈政》(仲苏)、《春暮思归,因忆京华,叠韵呈幼梅,应有同感也》(仲苏)、《无题叠韵》(仲苏)、《感怀兼悼亡友王寅皆、魏梯云,即步幼梅先生元韵》(啸岑)、《啸岑送到幼梅、仲苏唱和诗篇,读之起舞,勉和二首》(维宙)、《步韵同作》(香岩)、《幼梅先生和予前寄经斋近作两诗,再叠前韵寄怀》(绳武)、《读幼梅、仲苏、绳武、维宙、啸岑、香岩诸君大作,喜阳春之盈耳,慕西子之捧心,效颦未工,学步贻诮,勉和二律,用质大方》(伯伟)、《又二首》(伯伟)、《得王怡青浙中书即寄,集吴梅村诗,仍叠年韵并呈幼梅》(伯伟)、《和作》(智莹)、《用仲苏扇头追和幼梅、伯伟之作》(孝先)、《和作》(时客奉天)(纯甫)、《寄赠幼梅先生仍步原韵》(时客京师)(伯颜)。

《雅言》第 5 期刊行。本期"文艺·名贤遗著"栏目含《蒿庵集(续)》(张尔岐稷若)、《逃虚子诗集(续)》(明代姚广孝);"文艺·诗选"栏目含《章太炎诗存(未完)》《廔居诗存(续)》(遽审)、《汉瞥生诗钞(续)》(赵怡)、《独弦集(续)》(黄侃);"文艺·词选"栏目含《纕华词选》(黄侃)、《眷秋词选》(佚名);"文艺·诗钟"栏目含《江上残钟录(续)》(原人辑)。

26 日 《申报》第 14742 号刊行。本期《自由谈》"游戏文章"栏目含《嘲乞丐吃香烟》(十首,豁庵)、《嘲蹩脚生拾香烟屁股》(四首,豁庵),《红楼杂咏(续)》(酒丐):《彩云偷硝》《李纨画荻》《湘云炙鹿》《小鹊传音》《元妃归省》《玉钏试羹》《小红遗帕》《可卿入梦》《香菱斗草》《妙玉煎茶》《鸳鸯截发》《探春协政》;"栩园词选"栏目含《忆江南》(游仙梦四首,红豆轩主)、《介夫先生偕宴太白楼,醉中作歌》(爱月)、《步月感怀》(横湖健饮子)、《前题》(横湖健饮子)。

荣庆访陈瑶圃,瑶圃嘱题髻龄日记以留鸿雪。荣庆赠诗云:"两年朝夕共酸辛,话到先皇泪满襟。忆昔簪毫薇省日(光绪丁酉官侍读学士),而今判袂柳堤春。久经宦海多陈迹，遥睇名山有故人（指盛星旋及高竺诸同馆）。为我殷勤重寄语，再将后会证前因。"

曾福谦作《二月二日葬熙儿》。诗云："欲哭已无泪，伤哉穴未临。瘗儿千里骨，了我一生心。泉路好相待，家人痛不禁（时全眷在蜀无一送者）。曰归如有日，宰木已成林。"

江五民作《百花生日祝词，呈同社诸友》。诗云："春光何明媚，知近花朝日。我闻百花神，兹惟初度吉。谱系纷可稽，芳名皆杰出。番番廿四风，先后差甲乙。世界本寥廓，山川亦轧汤。得此殊灿烂，天然开美术。诗非花不奇，酒非花不烈。及时怡吾神，藉已幽忧疾。所虑东风微，众芳易消歇。安得颜色好，长与供怡悦。吾愿破萼时，弗为风雨嫉。吾愿结子时，弗为虫蠹啮。纷纷桃李门，郁郁芝兰室。飘飘神仙姿，皎皎美人质。共驻大地春，如得长生诀。人亦不复老，花亦不复缺。"

27日 《申报》第14743号刊行。本期《自由谈》"栩园词选"栏目含《珠江感旧》（吴泽民）、《其二》（吴泽民）、《其三》（吴泽民）、《其四》（吴泽民）。

沈曾植致函罗振玉，讨论《流沙坠简》样张。据罗振玉作跋《海日楼绝笔楹联题咏》云："辛亥国变，予避地海东，乙庵尚书书问屡通，辄自谓精气日衰。癸丑（为甲寅之误）春，得公书，则云'迩衰甚，恐不复相见。'乃亟航海至沪，晋谒公，欢谈竟日，神气旺盛，讶为与书中所言不类。公曰：'否，外强中干。异日启手足时，亦能与公作竟日谈也。'壬戌冬，得赴音，并闻易箦时神明如常，前数时尚洒翰作楹帖，始证公癸丑之言为不妄也。"

赵秉钧暴卒于天津督署，袁世凯派袁克文赴天津吊唁，处理丧事。总统府秘书长梁士诒前往致祭。袁克文手书祭幛，上题"怆怀良佐"四个大字，挽联为："弼时盛烈追皋益；匡夏殊勋懋管萧。"并集杜诗句"将军勇概谁与敌，丞相祠堂何处寻？"以署飨殿楹联。

28日 袁世凯下令解散各省议会。

《申报》第14744号刊行。本期《自由谈》"栩园词选"栏目含《申江书事》（近仁）、《无题》（近仁）、《夜雨书怀》（近仁）、《吴淞江即事》（四首，光）。

夏敬观偕诸宗元、龙绂年等人游西山。

本 月

教育部令各学校、商店将教科书中刊有孙文、黄兴照片及对孙、黄赞扬之词一律删除。

湖南省立第四师范学校合并于湖南省立第一师范学校。3月，毛泽东编入一师预科第三班，和四师转来的同学一样，重读半年预科。秋，被编入本科第八班。对毛泽东影响最深的教员是杨昌济和徐特立。杨昌济教授教育学、伦理学等课程；徐特立教授教育学、各科教授法和修身等课程。其间，黎锦熙讲授历史课，与毛泽东亦师亦友。毛泽东曾在给朋友的信中写道："闻黎君劭西好学，乃往询之，其言若合，而条理加密焉，人手之法，又甚备而完。吾于黎君，感之最深，盖之有生至今，能如是道者，一焉而已。"

《宗圣汇志》第1卷第7号刊行。本期"艺林"栏目含《昌教乐歌》（高要陈焕章重远）、《祭姊文（附柯璜识）》（康有为）、《本镇妙智寺右军墨池歌（附柯璜识）》（黄岩杨晨定甫）、《题张补瑕〈撷蔬垂训图〉后》（志韶喻长霖）、《袁筱俦先生祖光》（奎云林传甲）、《春日忆衡州》（同前）、《和赵作人诗》（同前）。

《小说月报》第4卷第11号刊行。本期"文苑"栏目含《映盦诗存》（新建夏敬观剑丞）、《鹿川田歌》（宁乡程颂万子大）、《题郭天门先生画》（宁乡程颂万子大）、《扫花游·和仲可、子大》（临桂况周仪夔笙）、《扫花游·答徐仲可》（新建夏敬观剑丞）、《纯飞馆词》（徐珂仲可）。其中，况周颐《扫花游·和仲可、子大》云："海棠过却，费宝鸭沈烟，茜窗多瞑。暮愁惯领。更楼阴惨绿？春如病。皱水前池，别有惊鸿倩影。怯明镜。说憔悴近来，人比花更。　高处谁共凭？忆俊约年时，月圆风定。采香路迥。只金铃，未减惜花情性。杜宇声声，不管梨云萝冷。晚霞靓。唱庭花、隔帘犹听。"

《湖南教育杂志》第3年第2期刊行。本期"文艺"栏目含《诗录九首》《文录二则》。

[韩]《至气今至》第9号刊行。本期"词藻"栏目含《兰》《画蝶》《芯》《白燕》《又》《蚁》。其中，《蚁》云："闻说玄驹入楚姜，宋君何日渡篇篁。势若援城应破竹，才能通璧可穿杨。泛来绿酒杯传柏，磨去苍天海变桑。枕边若做槐安梦，还笑人间睡海棠。"

清逊帝溥仪颁赏御书"穆如清风"匾额一方给梁鼎芬。

冯煦以诗示陈夔龙。陈作《梦华示柬笏卿、子培诗，和答一首》。陈诗云："六花蒼蔔自成林，把臂入山恐不深。眼底奇书探二酉，腹中寿相有三壬。鸟飞已觉青云幻，驹逝休嗟白日駸。料得绿杨门巷里，一庵灯火证禅心。（两君精于禅悦）"

何藻翔游香港，住伍叔葆（铨萃）之九龙躉庐，访康长素于其阿彬律道山楼夜话，均有诗记之。其中，《人日宿九龙躉庐题壁》云："绿里园亭自一家，年来种菜作生涯。五更枕上开心事，雀啄新畦豌豆花。（躉庐主人自述心事）"《阿彬律道山楼夜话，述呈长素工部》云："殉城虚愧二千石，居摄宁堪十七年。山海沉冥龙虎伏，网罗抉破凤鸳翻。感怀风义悲灵运，名德期颐叹褚渊。赠我松筠诗扇在，红羊劫换各华颠。"又，本月前后，熊希龄任国务总理，屡征何藻翔出山相助，何均却之。

叶德辉自松崎鹤雄寓所移寓日清轮船公司，并作告别诗赠松崎鹤雄："三年聚首又奔波，岁月催人奈志何。九死关头来去惯，一生箕口是非多，中原羹沸无宁息，王路平陂总折磨。辛辣久成姜桂性，道高奚畏世间魔。"后乘船离长沙，赴汉口，下榻日本旅馆松野屋，为松崎鹤雄作《读〈说文〉》五言长诗。又自辑《汉上集》，收录年初客居汉口日本旅馆期间与日人唱酬等诗十一首。《题记》云："两年之间，一避土匪之乱，再遭暴吏之侵。奔走上海、京师。道出汉口。初以居忧废读，言不成文。掷笔两周，未亲几砚。今大祥已近，致毁非时，忧从中来，靡所寄托。客居日本旅馆，日友以同文之雅，恒以诗简相酬，积诗如干，遂成小集。文文山小祥有作，顾亭林庐墓题诗，谓为名教罪人，幸有古人分谤。甲寅二月辟兵先生记。"《汉上集》题录：《和冈西门〈甲寅元旦绝句三首〉，同韵》《又和〈甲寅元旦七律二首〉，同韵》《高桥领事招饮府署，即席口占兼呈池部政次君》《赠冈西门一首》《过冈西门斋中夜话》《读〈说文〉一首，寄松崎柔甫》《武汉》《挽永井久一郎》《客居日本松乃旅舍，喜其礼俗有中土古风，诗以纪之》《人日登伯牙台》《风度亭吊张文襄》《景桓楼吊端忠悯》。其中，《风度亭吊张文襄》云："相业人言比曲江，纵横才气本无双。文章运薄随澜倒，经济途穷算月桩。变法竟诒亡国祸，谈经难使老夫降。莺莺燕燕平生梦，死后犹闻吠影尨。"

　　黄式苏编《秋社联吟草》（1卷）刊行。此其先祖父与祖舅郑履阶兄弟等社课之作，由谱主殿以一跋，内云"先大父所著《雪鸿书屋诗集》，卷帙繁赜，尚未锓行。此卷乃出之篚衍，先为写印，用诏来者"。《雪鸿书屋诗集》今已佚。

　　李叔同在浙江省立第一师范学校成立"洋画研究会"，定期举办活动普及西洋画知识。又，因浙一师爱好篆刻师生甚多，李叔同倡议创立"乐石社"，便于师生切磋篆刻艺术，并被公推为社长。此后，李叔同与吴昌硕往来频频，并应约加入西泠印社。

　　丁传靖因原任幕职之二伯父举以自代，复去南京就江苏督军，后应副总统冯国璋军府秘书之聘。在幕府期间，撰有《冯河间、周女士喜联》云："汉江节钺，吴会旌旗，勋业世无俦，兵气于今消玉垒；班蕙才华，左芬文藻，良缘天作合，将星此夕渡银河。"用贺冯督婚事，一时传诵。

　　古直由香港回梅县家乡，组织龙文乡教育会，筹划创办龙文公学（高等小学）。至4月，古直带头拆除安仁寺内神像，将寺改建成校舍。

　　林庚白为《急就集》作自序云："余少失怙恃，长更乱离。晋文公之在外跋涉山川，韩王孙之生平间关戎马。始擢成均之选，旋操月旦之评。风云郁其毫端，古今荡其胸次。自夫津逮之学，宛委所藏；兔园简编，鳌轩掌录。以迄佶屈聱牙之字，管商申韩之书，咸能甄陶在心，卷舒于手。篇咏高轩，长老见而倒屣；赋成武库，名流望而倾襟。顾以生世不辰，遭逢非偶；口终衔阙，刺已生毛。有卫玠之病而无其才；有庾信之悲而无其遇。慨焦桐之将爨，问凡鸟而谁题。方与世以相忘，乃尽人而欲杀。剡复张俭亡命，冯衍工愁。不少幽忧，辄多撰述。犹幸相如入洛，赋子虚而卒显；道衡适魏，咏人日而逾工。眄睐一时，纵横万里。元祐之党碑已仆；韩陵之片石何惭。

一九一四年（甲寅）

四五

江东名士，千秋誓墓之文；邺下清流，一代辨亡之论。在摘辞者，固悔其少作；在好事者，竞劝其流传。然而转徙频繁，散佚无算。异挚虞之著书，一朝荡尽；比子山之遗集，五亡仅存。爰是撷彼绪余，厘为卷帙。遑云授梓，无俾杀青。所期太冲赋出，得皇甫之序言；敬礼文传，待陈思之论定。云尔。"

吴芹编《中华名人诗选》（4册，10卷，一名《中华名人诗钞》）由上海广益书局以石印本首次刊行。本书于1935年4月和5月由《中华名人诗选》改名为《近代名人诗选》，并先后再版于广益书局和大达图书供应社。吴芹作序云："一代之兴，即有一代之文献。一代之文献，与其朝之政教风俗，恒有密切之关系焉。诗盛于唐，自宋及元明，颓而不振。有清一朝名手辈出，虽未及于唐，而已超于宋、元、明。民国之兴，今才三载。当民国建设之初，正古学复兴之日，而自兹以往，乃中西汇合之期。此后中华文献，日见昌盛。炳炳煌煌，必有为亘古所未有者，固不特驾唐宋已也。而今日者，则特其萌芽耳。然当世作者，或为手创民国之英杰，或为前清名人，其文字皆有可观也。为辑此编，示民国诗学之端肇，或亦识者所深许乎。至其体例，则无论达官平民，一概入录，其为前清名士，但入民国者，一并录焉。见闻有限，补漏拾遗，请俟他日。中华民国三年江阴吴芹自识。"录入作家：王闿运、严复、康有为、梁启超、张謇、吴保初、林纾、易顺鼎、杨度、蒋智由、汤寿潜、孙文、宋教仁、黄兴、汪兆铭、章炳麟、陈蜕、居正、于右任、景耀月、吕志伊、陈三立、樊增祥、陈衍、俞明震、朱祖谋、陈诗、潘飞声、狄葆贤、杨增荦、罗惇曧、李瑞清、邓实、诸宗元、黄节、刘三、王钟麒、陈去病、柳弃疾、高燮、高旭、庞树柏、姚光、周实、邹铨、方尔咸、孙雄、蒋维乔、蒋士超、金石、梁鸿志、潘博、李振铎、姚文栋、曾习经、汪荣宝、汪洵、李岳瑞、屠寄、李宣龚、麦孟华、宁调元、雷昭性、叶叶、黄侃、刘瑷、曾延年、阳兆鲲、杨铨、沈砺、吴梅、沈昌直、傅尃、郑泽、龚尔位、黄钧、林之夏、林百举、李息、俞锷、余寿颐、蔡有守、姜胎石、张素、林学衡、姚锡钧、周祥骏、李燮枢、曹昌麟、高士骦、王咏霓、王葆桢、陈朴、胡怀琛、王国维。

林纾作立轴纸本《环山茅庭》。题云："四山环拱一茅庭，山向庭前分外青。甲寅正月畏庐林纾识。"

金鹤筹作《重浚竺塘记》云："民国甲寅之二月重浚竺塘，北自金村，南至高神堂，东达福山塘，长三千四百丈，土方二万九千五百二十有六，两岸农田待以灌溉者两万数千亩。盖自光绪八年春，先兄仲卿与庞君云槎、夏君眉仙等浚治后，至今三十余年，水道淤塞，潮汐不通，里人之议浚者屡矣。壬子之秋，鹤筹自河南旋里。同族诸君星斋、苏涯、永斋、逸凡、夏君贻重等与鹤筹共议，向各粮户借贷，鹤筹与徐君贞六各出银二百圆，邀集慈妙、福山、归义、山塘四乡人重议，举鹤筹为总理，星斋、贻重为协理。我三人乃于各粮户苦口劝导，而急公好义者亦不乏人，三阅月，得银四千一百二十圆，不足，又得县议会议决，视竺塘灌溉所之田，纳粮一石者贷银四角，又得银二千五百圆。至是乃始兴作，弥月而告竣，诸君之力殚焉。而顾君渭臣、王君绶臣、族弟既勤功亦不少，鹤筹则因人事，有愧于总理之名多矣。功成后适夏旱，而竺塘之田无害，咸谓乡民之幸云。"

陈遹声作《南海早春》。诗云："乔松怪石蠹瀛台，风飑春旗淑景催。朝旭乍升乾鹊噪，海冰初解野凫来。"

樊增祥作《齿痛》。诗云："左车如灼困扶头，编贝东方转自羞。马齿增来惟叹老，龙牙蜕后或当瘳。懊侬似病原非病，对客言愁始欲愁。明日甘甜同蔗尾，呼儿撰杖入歌楼（每入歌楼必食蔗）。"

刘炳照作《衰病侵寻，又逢饯岁，口占二律，聊代告存》（二首），周庆云作《和语老饯岁二律，即用元韵》。其中，刘炳照《衰病侵寻》其一："两度沧桑劫外人，愁中活计病中身。象留先世衣冠旧，生记明朝岁月新。靖节编诗书甲子，义和司日迓寅宾。载赓百谷吟春句，癸丑增年又历春。"其二："明知才福逊随园，也学吟诗遍告存。寿比坡仙增一岁，诞同弥勒降三元。祖孙并设桑弧矢，子妇齐称柏酒尊。君父深恩无处报，合家饱暖即天恩。"周庆云《和语老饯岁二律》其一："漫说江湖几散人，正愁无处著吟身。英雄事业儒冠误，城郭荒凉劫火新。痛定惊魂怜暴客，醉扶残梦作闲宾。一年艰苦今宵尽，盼断阳生有脚春。"

何天炯作《甲寅正月偕玄瑛、大森观梅感赋》（六首）。其一："弹棋纳手觉春寒，二月梅迟岭客看。人住蓬莱花亦贵，月明顾影自盘桓。"其二："名花何必定称王，澹澹臞仙骨自香。最忆西湖明月夜，孤山独倚到天光。"

龙璋作《初春野望》。诗云："料峭春寒匝地阴，郁居时序感侵寻。三春风景来无蒂，一夜霜华忽满簪。芳草天涯人寂寂，微云山半日沉沉。如今莫问愁深浅，试看清溪涨浅深。"

施士洁作《陈锡三新婚诗》（艺农嘱作，甲寅新正。女家姓李）（四首）。其一："人间第一占东风，银烛双行照影红。艳说颍川家世好，迎来仙史蕊珠宫。"其二："青莲望族降青庐，咏絮才名总不虚。恰值新正刚试笔，宜春帖子镜台书。"

魏元旷作《甲寅早春》。诗云："百忧攻晚岁，一瞬过勋期。世态穷寒焕，天心听喔咿。塞花春尚发，阶草雨频滋。惆怅王城路，缁尘忆昔时。"

俞明震作《初春重至西湖》。诗云："曲槛阴阴水绕庐，雨花风叶看西湖。无多来日思前事，剩有春光赚老夫。向晓乱山分紫翠，隔年寒涨没菰蒲。何须更觅伤心句，满眼烟波鬓影孤。"

丁立棠作《临江仙（回首髫年游钓）》。序云："甲寅初春，于役昭阳，乡人假拱极台觞余及姜君证禅，即席赋此。"词云："回首髫年游钓，高台今复登临。昭阳自古厌言兵。樵歌渔唱地，筲鼓不堪听。　　飞到双双旅雁，烟波无限乡情。沧桑身世总关心。

家山何处是，落日下孤城。"

吴增（桂生）作《甲寅之年孟春之月，为我宗叔省斋先生洎德配曾太君百二十岁双寿，哲嗣琳友以寿言相属，笔墨久荒而义无可逭，计德度祉，实而有征，质而不谀，自附于诗人戬穀之义云耳》。诗云："西坡有布衣，行年六十一。长我十四年，我年四十七。我友亦我师，性情最亲密。其生岁在寅，寅月又寅日。三寅坐命宫，甲子周已毕。春酒介眉寿，祝厘我载笔。翘首望翠屏，佳气深郁郁。此地多达人，有指不胜屈。陈黄诸先生，姓氏后有述。得生如公奇，无意讵造物。遇与古人殊，业与古人匹。忆我识公时，伦辈久超越。有文摹欧曾，笔力能屈铁。有字摹苏黄，间不差毫发。文场得优胜，棘闱列前茅。譬彼军阀与，奇兵间道出。力争得上游，雄师为之诎。又若战巨鹿，锋锐不可遏。十决十荡之，余勇尚盈溢。诸侯壁上观，不寒而自栗。惜哉试春官，空对刘蕡军。下第既归来，情意颇放佚。田家有真乐，得失何所蹩。门前水一池，观之自恰悦。春来鱼虾生，天机更活泼，老屋负青山，两峰尖若削。有时云飞来，山峰忽连缀。种树数十行，纵横已成列。好风来吹之，柯条随意发。荔红如丹砂，棉白如点雪。龙眼垂骊珠，换何手自割。窃比郭橐驼，此乐不可说。薄田数十亩，爰以妥家室。课耕往南亩，所期在无逸。田畴日有事，满眼生意活。禾稼荡波涛，风遇见凹凸。静观得其妙，大有养生诀。窃比楚丈人，此生甘守拙。何必山之深，愿言采薇蕨。岂知天生才，用各因其质。于世太无情，亦为天所嫉。公志切大同，一失不敢忽。人乐而后乐，人恤而先恤。和易若康节，无忘若君实。操持简而严，人己两无失。渡世大悲心，解厄广长舌。山海卅六都，恃以济缓急。遂令居不遑，墨子无黔突。昔年逢世变，沧桑换仓卒。大陆起蛟龙，鼍鼋亦出没。沐猴戴人冠，蝮蛇螫人骨。荆棘满天地，日月仿兮佛。哀哀闾里间，陷为魑魅窟。惟公镇以静，定若山之屹。轨里而连乡，壮夫皆仡仡。守望各相助，丑类气为夺。防患于未然，措置无一失。远近数百里，妖氛净如拂。吾慕鲁仲连，有功不簪绂。去年十月间，蹉法颁新律。政体大共和，国民又应率。讹言何其多，激动痛奸猾。乡民愚无知，遂起相搪突。一朝杀三良，火化煨榾柮。大官赫然怒，如此何足恤。行将聚歼旟，不使志越厥。大狱爪蔓抄，良莠无复别。公闻尽然伤，为祸何太烈。爰与有司谋，轻重异其罚。祸首得骈诛，法已正无缺。赎锾古所有，何用滥杀伐。保全数十乡，大祸于此歇。此仅得其凡，不能详琐屑。器若金之浑，品若玉之洁。皮里有阳秋，局量宽以豁。投之以艰巨，未见形觚觚。汪洋大海波，万顷皆清澈。淆之而不浊，挹之而不竭。展如之人兮，何愧古先哲。翳我性浅率，物理有未达。有善不能从，有过不能察。甘酒日夜荒，甚于鸩止渴。尚口乃致穷，莫之囊之括。从公游有年，故我犹顽劣。感公德意深，时时相磋切。谈言而微中，一针便见血。此意当书绅，着力自鞭策。公子曰琳友，才气颇超轶。两世至交情，相亲等胶漆。祝嘏海外归，堂上双寿帙。春日何迟迟，可以宴佳客。有孙正新婚，鼓琴又鼓瑟。芝玉满庭除，彩衣舞绕膝。灵芝采三山，菖蒲挂九节。双耀老人星，寿昌应南极。我亦跻公堂，韵语率以臆。积后者流光，吉人天所锡。美意能延年，从此登大耋。巩固如岗陵，坚强比松柏。永为善者劝，努力崇明德。"

陈衡恪作《次贞长〈元夕〉韵》。诗云："此会嗟无月可看，垂灯闲话到更阑。雪残门巷知春浅，座拥弦歌敌夜寒。人事已随风烛转，病怀强觅酒杯宽。因君欲写中年憾，但恐诗成字未安。"

黄侃作《咏史》《吉日》《前队》《郑君》《海上杂题》（四首）。其中，《咏史》云："匡卫犹环太乙居，人心天命竟何如？国中已见烧牛战，塞上无闻缚马书。立时好祠秦白帝，改年应待魏黄初。御灯五夜良辛苦，凭几还宜啖鲅鱼。"《海上杂题》（四首）其一："海市蛟螭吐气新，名都士女斗阳春。吟诗也拟消长日，开卷真思问古人。四望交疏通雾雨，一隅区脱闭烟尘。年光已付闲蜂蝶，对酒逢花莫怆神。"

江子愚作《早春》（二首）。其一："兵气满天涯，闲居恼物华。梅梢晴破萼，药蔓雨抽牙。鹊喜竟何事，燕归犹有家。蓬莱深不测，东望暮云遮。"

夏丏尊作《金缕曲·自题〈小梅书屋〉》。词云："已倦吹箫矣。走江湖，饥来驱我，嗒伤吴市。租屋三间如艇小，安顿妻孥而已。笑落魄萍踪如寄。竹屋纸窗清欲绝，有梅花，慰我荒凉意。自领略，枯寒味。　　此生但得三弓地，筑蜗居，梅花不种，也堪贫死。湖上青山青到眼，摇荡烟光眉际。只不是家乡山水。百事输人华发改，快商量，别作收场计。何郁郁，久居此！"

[日]夏目漱石作《题自画》《游子吟，赠森圆月》。其中，《题自画》云："涧上淡烟横古驿，峡中白日照荒亭。萧条十里南山路，马背看过松竹青。"《游子吟》云："楼头秋雨暗，楼下暮潮寒。泽国何萧索，愁人独倚栏。"

三　月

1日　《申报》第14745号刊行。本期《自由谈》"尊闻阁词选"栏目含《杂感十首》（鹿门旧隐）。

《中国实业杂志》第5年第3期刊行。本期"文苑"栏目含《赠李道衡》（唐嘉甫）、《偶题》（前人）、《月夜观雪》（河村卢耿生）、《池莲》（前人）、《咏菊》（前人）、《东京樱枝词》（一钵）、《二月十日大江君席上题梅花小册，步韵》（李文权）、《同日雪霁，月出日比谷，日本国民大会方终，戏用前韵》（滥竽）。

《蜀风报》第7期刊行。本期"艺林"栏目含《过长寿县治麦其风景，为赋截句二章》（策鳌游客）、《万县席上赌韵得江》（策鳌游客）、《游长卿山有作》（亦铮）、《白狼跳荡垂及一年，影响六省，追原祸始，则豫督张镇芳不能辞咎，而近日之官报民报传述迥殊，适读悔余道人鼓吹词，多先得我心处，亟登录之，即作今日之鼓吹词可也》（佚名）、《诗坛髡朔汇新（未完）》（詹言辑）。

2 日　袁世凯公布《治安警察条例》，禁止政治结社及同盟罢工，规定学生不得政治结社，也不得参加政治集会。

荣庆观陈夔龙《水流云在图》，并壬秋、止庵、樊山、子修诸君题咏。

刘绍宽被委任浙江乐清教育科科长，11 月到任。

陈夔龙作《二月初六日淑卿夫人冥祭感赋，用梦华韵》。诗云："料峭春风冷不支，月华仍照旧罗帏。多情青鸟悭传信，浩劫红羊总弗知。春赁曾依皋氏庑，计车罢访习家池（夫人病亟，余为罢春官试）。结缡夫婿今无恙，赢得萧疏两鬓丝。"

陈曾寿作《二月初六日出东门展外舅子封公暨外姑周夫人墓，过洪山卓刀泉途间感赋》。诗云："流离避地归不得，门巷重过伤妇家。东郊上冢更凄绝，风景犹昔惊年华。舒青柳眼已无赖，方塘浅水初鸣蛙。难寻山阴万株雪，时见几树檀香花。松风古寺一泉冷，匆匆不暇评僧茶。当年春郊斗游骑，关（䌹之）朱（强甫）群季何纷孥。长堤飚忽三十里，桃林袖底翻红霞。戏撞钟鼓动僧众，少年意气如惊麚。死生交情倏灰烬，况益变乱相乘加。乃知一身抚陈迹，亦如望古徒兴嗟。崇冈佳城尚葱郁，急趋展拜当日斜。何年重来际世定，偕同孤女携甥娃。零丁困苦滞海角，姥老反哺酸慈鸦。愁心掩抑不可诉，挂眼一塔时呈遮。"

3 日　《申报》第 14747 号刊行。本期《自由谈》"尊闻阁词选"栏目含《题画〈美人扫花图〉》（二首，莽汉）、《夜坐》（莽汉）。

张六士作《茂生大侄哀诗》（旧历甲寅二月七日）（四首）。其一："达人忘死生，形役信非乐。况君迈中寿，人世阅醇薄。志业展闾里，承先有余绰。庭植滋桂兰，春丛亦森若。得天有如此，良不嗟寂寞。本无豪华心，奚用益求索。缘尽告长归，悠然脱躯壳。是宜狂者歌，无效皋某作。何为此哀情，瞀若陨哀壑。方欲云勿悲，悲泪已颐错。"

4 日　《申报》第 14748 号刊行。本期《自由谈》"栩园词选"栏目含《鸩毒》（啸霞）、《南园即事二首》（啸霞）、《灯下口占》（啸霞）。

来青阁、六艺书局收购宁波天一阁失窃书 1400 余册，被范氏家族在上海告官追究。

叶昌炽作《和叔彦太史韵》（二首）、《叔彦出其侄松乔所藏李苏邻先生遗札属题，松乔为先生孙婿，得之其家也，即用叔彦赠诗韵》（二首）和曹元弼。其中，《和叔彦太史韵》其一："黍谷风回不觉尖，高怀肯染一尘纤。临池草色侵书带，绕屋荆华接画帘。学有诤臣如圣证，心惟净业即楞严，溰觞同溯岷源下，江出为沱自汉潜。"其二："卓立浮图已到尖，洪钟欲叩寸莛纤。道尊稷契频扬榷，体厌齐梁况织帘。五纬殷天河岳配，六经坠地扞城严。赪魠且莫歌如殷，会见多鱼颂在潜。"

5日 《申报》第14749号刊行。本期《自由谈》"尊闻阁词选"栏目含《新柳词》（四首，酒丐）、《纪事》（四首，佐彤）、《自旷》（啸霞）。

《庸言》第2卷第3号（总第27号）刊行。本期"艺林·艺谈"栏目含《石遗室诗话卷十二》（陈衍）、《曲海一勺》（姚华）；"文录"栏目含《夏君继室左淑人墓志铭》（陈三立）、《鬻书启》（李瑞清）、《玉梅花盦道士鬻书引》（李瑞清）、《建康同游记》（冯煦）、《谏燕文（有叙）》（郑孝胥）、《拟谢灵运〈怨晓月赋〉》（郑孝胥）、《与章曼仙书（代）》（吴廷燮）；"诗录"栏目含《游雨花台作》（陈三立）、《胡子方自京师屡寄新篇，并索题句。别墅萧闲，赋此报之》（陈三立）、《泛舟青溪》（陈三立）、《答石遗》（郑孝胥）、《冬夜五鼓作》（郑孝胥）、《十一月十六日夜，携垂二子观呌天演杨令公曲本》（郑孝胥）、《题〈岳云闻笛图〉》（陈衍）、《穆庵属题所藏顾所持诗册》（陈衍）、《程伯葭属题〈精忠柏记〉后》（陈衍）、《己酉除夕，思归不得，用东坡韵作岁兰三首》（严复）、《读散原〈鬼趣诗〉》（俞明震）、《园竹》（俞明震）、《园柏》（俞明震）、《题抱存所藏王晋卿〈蜀道寒云图〉，用坡公题〈烟江叠嶂图〉韵》（易顺鼎）、《会周少朴中丞泊园咏兰》（沈瑜庆）、《游七星岩》（何藻翔）、《月夜同李道人闲步》（陈曾寿）、《都中喜遇胡梓方》（夏敬观）、《先农坛书所见》（夏敬观）、《北海》（夏敬观）、《元夕坐月洗红簃》（诸宗元）、《奉题〈疑始杂诗〉》（刘瑞沖）、《登愚园小楼》（潘博）、《夜过黄河桥》（黄濬）、《一闲》（梁鸿志）、《自题〈寒庐茗话图〉》（袁克文）、《与利七闲话》（黄孝觉）、《久不得若海书，将之京师却寄》（黄孝觉）、《〈广雅图〉，为晦闻题》（罗惇曧）、《偶过寒云庐》（罗惇曧）。

严复作《寄苏堪诗》。诗云："江南一别今三载，书到樱花想未开。李白世人皆欲杀，陶潜吾驾固难回。诗应有子传家学，事去无端感霸才。满眼瞻乌方靡止，可能安稳卧淞隈。"

6日 《申报》第14750号刊行。本期《自由谈》"栩园词选"栏目含《和禾原〈咏梅〉，用陆剑南韵》（东园）、《南翁书来，言燕京有绿菊一种，秀色可餐，欲倩吴布衣为之写照，赋此奉答一首》（逸尘女士）、《有赠》（二首，病虎）、《虞美人·奉题南湖居士〈津楼惜别图〉》（藐君女史）、《踏莎行·裙带》（劫余）、《前调·袖笼》、《南湖先生属题津楼惜别图》（江朝宗）、《又五律一首》（江朝宗）、《又七绝二首》（江朝宗）、《为南湖先生题津楼惜别图四首》（陆建章）、《无题》（四首，佐彤）；"文字因缘"栏目含《贺徐君新婚》（四首，莽汉）。

王闿运作《〈木崖轩诗存〉序》。序云："仲元幼称圣童，下笔千言，早承问字，今又廿年矣。以世变，应广州陈博士孔教会支部之托，居长沙府学宫。偶还湘潭，行箧留学宫，为友人席卷去，所著述文字并失。乃记忆存此卷，亦劫余也，特以见示，因为题此。古人笔迹流传一二足矣，不必以拾残为惜也。甲寅惊蛰日王闿运题。"

赖和作《漫兴》（十首）。其一："离离碧草弄春晴，袅袅春风迎地生。一院花风人倚柱，半空歌管鸟吹笙。"其二："欲收好景入吟咏，又把春光问燕莺。底事怨言天欲晚，夕阳流水最关情。"

7 日 《申报》第 14751 号刊行。本期《自由谈》"栩园词选"栏目含《有感》（啸霞）、《寒鸦》（醉侠）。

8 日 花朝日，超社在林开謩新居作第十八集，主人为王仁东。王仁东、沈瑜庆、林开謩、樊增祥、周树模、吴士鉴、陈三立、瞿鸿禨等同集。沈瑜庆有《花朝日旭庄招饮贻书新居，并约道路稍通归省庐墓，止相、散原亦将有湘赣之行，留识小别》，瞿鸿禨有《花朝日，完巢招夷倜新居作社集》，吴士鉴有《花朝日完巢丈招集诒书新居》（二首）。其中，瞿鸿禨《花朝日》云："三年三花朝，为客见已惯。高楼郁浓阴，雨脚垂檐乱。良辰意不适，辟世复何闷。昌黎自多感，春气况诞漫。出门陶烦襟，鸣琴奏清散。完巢今巢父，无地张文燕。林逋落新筑，轩窗韵笔砚。竹间洗行厨，怪尔咄嗟办。鳆鱼海错坚，乃等蒸壶烂（完巢家制此味为加笾）。两雄骨未朽，异味动余羡（东坡诗注：莽操皆嗜鳆鱼）。芳鲜杂肴蔌，净敌伊蒲馔。酡颜腾剧谈，悬灯射流电。闽中三珠树，瀛洲盛仙眷（涛园与完巢、夷倜为婚姻）。肝胆化楚越，四杰驰英昑（谓樊山、沈观、补松父子）。樊山主骚坛，衔袖出诗卷（是日樊山携其诗稿册至）。宗派衍西江，陈子稍善变。梁髯怅不来，缪叟亦未间。沈郎幸神全，醉坠得无患（节庵、艺风以小极，乙庵昨日坠车，皆不至）。合坐失武子，临食发微叹。近局续坠欢，更治东坡饭（散原约望日集樊园为诗钟之会）。已流麴车涎，喜见鸮炙弹。行将撞黄钟，大声塞霄汉。广张五十辖，钓满任公愿。幽岩踞熊黑，猛气挟飞箭。谁如淮阴将，独可当一面。苍头忽特起，勇夺三军冠。亚夫闭壁门，何渠避挑战。鹯膏淬其锋，诘朝请相见（沈观不肯与诗钟，以此迫之）。衣裘生暮寒，跳瓦迸银霰。芳信勒红紫，春光倏去半。辛夷报初开，及往凭阑看（樊园辛夷正花）。有不如约至，罚饮爵无算。"吴士鉴《花朝日完巢丈招集诒书新居》其二："疏绮通明一径开，碧筠红蕙待亲栽。借瓻难得比邻住，投辖曾无俗驾来。往事杏间思策骑，后期兰上约流杯。故园花柳应腾笑，倦翮三年镇未回。"

《申报》第 14752 号刊行。本期《自由谈》"尊闻阁词选"栏目含《寿星明·光复后，江淮皖浙间，旧日吟俦大半不知所在，自陆君新乐府征稿，不惮许子之烦，乃作征生之乞，通音响者，止十之二三，颇有离索之感。去年秋，杨中将绍彭招往秣陵，未毕，岁暮客小海，袁君凤鸣出高先生太痴手书见示，招入希社，雅谊拳拳，感此何极，海内知己、天涯比邻，为填短令，以寄遐思》（东园）、《舟抵刘庄紫云山》（东园）、《西团午饭》（东园）、《迎春曲》（程筠甫）、《迎年曲》（程筠甫）、《放灯歌》（程筠甫）、《踏灯歌》(程筠甫)。

陈夔龙与刘世珩、吴庆坻、梁鼎芬等聚于王存善家。陈夔龙作《花朝日子展招饮，即席赋酬并示座中诸君子》。诗云："饮我百花生日酒，一尊风雨话灯前。道南宅近超然社（子修先到，樊山、絅斋以诗社事末到。子展昔与樊山望衡而居，樊山近买宅，与余比邻），城北人来小有天（子展召'小有天'，庖人治具极精腴，积余深赞之）。绝似山阴三月禊（雪程谈琅琊故事），已饶春色二分妍。梁园游倦（节庵甫自崇陵回）朱颜老（曼伯年逾八秩，精神极健），输与刘郎最少年（坐中聚卿年最少）。"

况周颐撰《二云词序》。序曰："《蕙景词》刻于戊戌夏秋间，距今十六年。中间刻《玉梅后词》十数阕，附笔记别行，谓涉淫艳，为伧父所诃。自是断手，间有所作，辄复弃去，亦不足存也。岁在癸丑，避地海隅，索居多暇，稍复从事。顽而不艳，穷而不工。姜白石乘肩小女，花月堪悲；张材甫回首长安，星霜易换。此际浔阳商妇，琵琶忽闻；何戡旧人，渭城重唱。有不托兰情之婉娈、缔瑶想之蝉媛者乎！重以江关萧条，知爱断绝。言愁欲愁，则春水方滋；斯世何世，则秋云非薄。似曾相识，唯吾二云。二云而外，吾词何属？以二云名，非必为二云作也。写付乌丝，但博倾城一笑。上元甲寅花朝，自题于海上眉庐。"

沈汝瑾作《花朝日坐雨柬养浩》。诗云："檐溜如绳暗碧空，花朝愁看百花红。性情孤冷沧桑后，家国艰难涕泪中。旧雨有怀心更切，长歌当哭气犹雄。韶光九十过将半，湖上青山待倚篷。"

黄葆年作《甲寅花朝为青城子寿》。诗中有句云："以此继庚子，堪为第二会。"

9日 《申报》第14753号刊行。本期《自由谈》"游戏文章"栏目含《戏贺中式知事》（六首，豁盦）；"尊闻阁词选"栏目含《丹徒包柚斧仁弟自宿迁寄诗见怀五章，依韵奉和，即以代函，且相印证也》（哭庵易实甫）、《口号赠柚斧君》（沙□王迁木）、《叠柚斧韵有感》（沙□王迁木）、《读包君柚斧近作题赠》（吏隐王哦松）、《浪淘沙·和人赠妓原韵》（三首，雪痴）、《对梅》（雪痴）、《项羽》（青浦郑织云）、《樊哙》（青浦郑织云）。

袁世凯令设清史馆。9月1日开馆，赵尔巽为馆长。聘王树枏为总纂。徐菊人世昌为国务卿，聘王树枏纂修《大清畿辅先哲传》，设局于畿辅先哲祠，备清史取裁。

沈曾植以诗《与瞿鸿禨、冯煦书》（二首）简瞿鸿禨、冯煦并超社诸人。其一："逸礼不台记，逸书不师传。逸品画不圣，逸调琴无弦。天壤廓无际，逸者象其先。古今邈无朕，逸者游其元。坐作鲲溟运，立当鳌极掀。神依少广母，居在昆仑巅。焉知么虫聚，中有雷阗阗。焉知须罗孔，日与刀轮旋。埋照不忘照，镜空群动前。吾方耽逸病，放意怀与安。凿齿人且半，壶邱鲵有潘。新阳感积悴，哀乐环无端。庶以长者言，将持日车还。酒阑积绛年，傻唔我生观。"其二："霁雪照江邑，不能濡海漘。余寒独渗骨，袭我羊裘人。秀树迥含绿，鸣禽亦怀新。天光延午景，草色晞遥圳。花事可腊展，雨行随垫巾。适来秦楚月，噫此荆蛮民。夕照散归辙，长烟凌塞氛。还将洛生咏，后与临川论。"诗后有跋云："录奉止庵相国、蒿庵中丞教览，即希转呈同社诸公晒政。曾植呈草。二月初九日。"

柳亚子《磨剑室随笔》本日至次月7日陆续刊载于《生活日报》，署名"亚子"。本诗话以品评女性诗词为主轴，多写女子愁绪离情，抒发物是人非感慨，属传统闺阁作品。取材多自《莼菜画册》《花间寻梦图》残册、《小檀栾室刊本》等书，尝试搜求叶璚华、汪桂芬、陈筠湘（陈琳箫）、江碧岑（江珠）、郭灵芬等女性诗家作。又品评其人其诗，举凡身世背景、成长过程、性情态度、交游情况多所着墨。

易顺鼎作《花朝后一日大雪》（二首）。其一："泪眼看春不忆家，百花生日在天涯。燕山亭下寒如许，我似徽宗对杏花。"

10日 《申报》第14754号刊行。本期《自由谈》"游戏文章"栏目含《嘲某少爷行乞》（十首，豁庵）；"尊闻阁词选"栏目含《咏菊三首》（菊江醉轩）：《黄菊》《红菊》《白菊》；"文字因缘"栏目含《徐伯匡谱兄出示甲寅〈五十自述〉诗，率和一律》（青浦陈承澍挹霏）、《南园书舍偶成》（青浦陈承澍挹霏）。

《雅言》第6期刊行。本期"文艺·名贤遗著"栏目含《逃虚子诗集（续）》（明代姚广孝）、《停车集》（澄江李寄介立）；"文艺·诗录"栏目含《章太炎先生诗存（续）》《北征咏史（未完）》（康邝）、《剑人诗存》（佚名）、《汉鳖生诗钞（续）》（赵怡）。

南社社员陈子范在上海因制造炸弹，失慎牺牲。陈子范，字勒生，福建侯官人。青年时习海军，曾主编《皖江日报》。1913年积极参与策划"二次革命"，失败后继续进行反袁斗争。高旭作《哀陈勒生》："陈君天下士，不求世俗名。胸中起五岳，磊落终难平。忆昔集愚园，一见肝胆倾。喜极为君饮，相对挥巨觥。惟梅本酒狂，社事有所争。自信无偏私，竟伤柳州情。梅醒实未醉，柳暗旋亦明。君见已大戚，作书两地净。因知君至性，不愧道义盟。噩耗无端来，令我心魂惊。男儿生世间，自古重横行。国仇看历历，霹雳掌中鸣。埋血化为碧，壮志惜无成。妖氛尚满地，何日方澄清。"

姜可生《送别梅姬》刊于《生活日报》，1914年7月又刊于《南社丛刻》第10集。诗云："蕙帐香销月落后，泪痕红染玉搔头。关西新柳千条绿，江上春波万里流。飞去千金腰下剑，添来一枕客中愁。海枯石烂情难死，精魄依依燕子楼。"

[日] 服部辙作《甲寅三月十日，将游月濑有作，用月村见赠韵》。诗云："恰恰莺啼送出门，梅花迢递引诗魂。横斜疏影寻常甚，香雪春埋八九村。"

上旬 樊增祥应沈曾植之请作《赋得悬钟花，子培属作》（二首）。其一："铃儿鼓子皆花草，不及悬钟可意红。弄色景阳朝日里，得名山寺晓霜中。生如莲子非余苦，褪似桃花笑彼秾。无限东朝长乐意，丹跗掩映一林枫。"其二："罗浮晓梦蝶飞回，正待同音羯鼓催。依倚笛椽数茎竹,结交磐石几枝梅。倒垂汝亦堪么凤,翻转吾将酌玉杯。乞与姑苏城外寺,寒山雪海一时开。"

曾习经作《田居》。诗云:"渐缓愁年入渺漫,村居二月尚严寒。未应开口逢人喝,且试将心与汝安。迟日野阴残照在,新潮春涨断冰宽。荷锄已是余生事,报答东风只肺肝。"

11日 袁世凯颁布维护纲常名教的《褒扬条例》,凡13条,规定:凡"孝行""妇女节操可以风世者"等,由大总统给予"匾额题字,并金质或银质褒章",受褒人及其家族"愿建坊立碑者,得自为之"。

《申报》第14755号刊行。本期《自由谈》"游戏文章"栏目含《好了歌》(八首,荫之);"尊闻阁词选"栏目含《挽赵秉钧联》(吴芝英)、《又并跋》(廉南湖)、《寄调台城路·挽和雪泥君悼亡马女士》(秋帆)、《为扁鹊公挽孙雪泥之夫人》(槐园旧主)、《吏治叹》(寄尘秦粤生)、《张节妇》(朱石痴)。

姜可生《将去海上,酒楼赋别匪石、人菊、无射、仄尘、指膺诸子》(三首)刊于《生活日报》,1914年7月又刊于《南社丛刻》第10集。其一:"春光九十忽忽半,哀怨千重付酒边。笑指征鞭归去也,心肝呕尽落花前。"其二:"太息人谋与鬼谋,血花泪雨迸江流。此生总被多情误,绿柳毵毵古陌头。"其三:"梅魂缥缈辽西梦,春满江南红杏初。狂饮醇醪三百斗,箜篌一曲锦屏虚。"

曾习经作《二月十一日大风雨雪》。诗云:"入夜风怒号,雨雪倏兼至。晨兴启半户,浩浩势未已。河流骤生波,檐雀俱敛翅。春锄正入手,今日适无事。坐诵渊明诗,闲临隐居字。我牛缓龁草,亦似有闲意。一杯聊引满,不觉及三四。村醪虽云薄,饷我一美睡。"

12日 《申报》第14756号刊行。本期《自由谈》"尊闻阁词选"栏目含《□宫花选》(十二首,侍仙):《梅花》《牡丹》《兰花》《梨花》《榴花》《荷花》《海棠》《桂花》《菊花》《芙蓉》《山茶》《水仙》;"文字因缘"栏目含《和雪泥悼亡诗》(四首,绮云)。

13日 《申报》第14757号刊行。本期《自由谈》"尊闻阁词选"栏目含《立春词》(东园)。

姜可生《被酒归来愁思不已,口占二绝,寄阿凤辽西,并示又军衡浦》(二首)刊于《生活日报》,1914年7月又刊于《南社丛刻》第10集。其一:"天涯我亦嗟迟暮,风笛梅花绕梦边。十日愁肠寸寸断,五铢衣薄晚阳前。"其二:"沉醉东风人倚楼,轻云飞举月西流。江南空剩孤山在,一片梅花落满头。"

瞿鸿禨作《二月十七日先母太夫人生辰,蒙节庵按察分贻崇陵祭余羊肩一个并家庖素食一样,即荐灵几,感涕志谢》。诗云:"子美杯盘生菜香,更分馨洁到泷冈。遗羹锡类封人孝,寸草逢春潦尉伤。嘉祀获求仁者粟,余思犹饱大官羊。当年读传知滂母，遥奠松门泪数行。”

14日　《申报》第14758号刊行。本期《自由谈》“游戏文章”栏目含《油塔诗》（仁后）；“尊闻阁词选”栏目含《庆春泽·戏拟“三十六宫都是春”句，得三十六题，与程君筠甫、徐君荔亭、朱君谦甫、袁君锡侯、余生井唐分赋各六阕》（东园）：《春寒》《春阴》《春晴》《春晓》《春昼》《春夜》。

魏清德《呈谢贤霖先生》发表于《台湾日日新报》。诗云：“落落歌行石鼓奇（先生以次苏文忠公韵《石鼓歌》见示），痛将万卷发淋漓。宣城嫡派渊源远，拮抗眉山与退之。”

李白凤生。李白凤，原名李象贤，祖籍北京，生于四川成都。著有《李白凤诗词集》《李白凤新诗集》《李白凤小说集》。

15日　《申报》第14759号刊行。本期《自由谈》“尊闻阁词选”栏目含《春柳四首》（戴梦香先生遗稿）、《惜玉吟》（东园）。

《正谊》第1卷第3号刊行。本期“艺文·诗录”栏目含《寿严几道六十》（郑孝胥）、《题黄秋岳诗卷》（郑孝胥）、《江夜见月》（陈三立）、《舟中感怀》（汪兆铭）、《绝句》（林学衡）、《九日江亭，同风持》（林学衡）、《秋夕有作》（林学衡）、《断梦》（林学衡）、《初夏杂诗》（姚锡钧）、《送韵谷之官蜀中》（曾念圣）、《与苏戡》（梁鸿志）、《送浚南北行》（俞声宏）、《雪后小园示浚南》（许韵琛）、《孤山独坐，雪意甚足》（何振岱）、《张园》（何振岱）、《海棠，和亮奇》（诸宗元）、《重过鬯春堂感旧》（林景行）、《江亭暝过偕忏慧》（林景行）、《村居绝句》（汪国垣）。

《蜀风报》第8期刊行。本期“艺林”栏目含《〈寒灰集〉自序》（悔余道人）、《寄答搴仰斋汪北鱼初春赠别之作》（悔余道人）、《白杜鹃花赋》（詹言）、《祈蚕曲》（詹言）、《纸鸢》（詹言）、《寄井研廖季平先生》（吴江金天翮鹤望）、《重经高等学校感旧漫题七律二章》（亦铮）、《诗坛凫朔汇新（续）》（詹言辑）、《悔余庵乐府：十九谣（续第六期）》（何栻）。

[韩]《天道教会月报》第44号刊行。本期“词藻”栏目含《与南隐拈明字》（我铁郑广朝）、《同（与南隐拈明字）韵》（南隐卢宪容）、《无题》（萝侬全大根）、《雨中小酌》（顾轩崔俊模、南隐、我铁、临汕李教鸿、玉泉吴尚俊）、《病中凰山星轩见过》（苇沧吴世昌）、《和》（星轩李泰夏、凰山李钟麟）。其中，南隐卢宪容《同（与南隐拈明字）韵》云：“月究其明，几多云物情。暗里灯犹在，天长不夜城。”

16日　《申报》第14760号刊行。本期《自由谈》“尊闻阁词选”栏目含《春草四首》（汪尹蔚遗草）、《春晴》（二首，琼华女士）、《购置水仙数盆，新春齐放，明窗玩赏，令人有出尘想，喜吟之》（佐彤）、《代赠颜最》（二首，佐彤）、《悼锦云》（三首，涂云修女士）、《春雨》（涂云修女士）。

《生活日报》刊文《征求先烈诗词遗著》。全文云："江东青兕（即柳亚子）近有《碧血集》之辑，征求先烈诗词遗著。上起庚子岁，惠州、汉上两役，下逮二次革命，南北党狱。凡效忠于民权、民族两大主义，而断头流血或悲愤死者，悉入本集范围。海内外同志倘有珍藏，务祈寄投为幸。若能以照片及事实同寄，尤盼。通讯处：生活日报社转交。"

杨度与王闿运至湖广会馆，出席梁启超为其父祝寿而举办的宴会。

叶昌炽作《再和叔彦太史韵》（四首）。其一："可园松竹削青尖，碧草如茵茁地纤。劝学车旟开府节（谓陈伯平中丞），分斋弦诵讲堂帘。君恩顶踵酬宁惜，师道蹄远距必严。孺子沧浪歌不远，高明有造况沈潜。"其二："双桨横塘刺浪尖，瓜皮艇子两头纤。停车问字春风座，燃烛仇书暮雨帘。山薮早深藏疾虑，藩篱犹冀设防严。泪陈又际尧初政，白日惊看罔两潜。"

17日 《申报》第14761号刊行。本期《自由谈》"游戏文章"栏目含《新山歌》（天韵）；"尊闻阁词选"栏目含《禽言十一首》（东园）、《拟文君绝相如》（瘦兰）、《箴某子》（瘦兰）、《无题》（云修）。

18日 《申报》第14762号刊行。本期《自由谈》"尊闻阁词选"栏目含《管亦仲之武昌过上海，相见一日而别，志以二律》（恫百）、《拟感旧》（三首，恫百）、《春情，戏为重字体，限尤韵》（三首，恫百）、《灯花，限萧韵五首，为消寒会作》（恫百）、《得里中诸子书喜作》。

李豫曾作《展花朝斗诗》（二首）。其一："眼前百卉斗芳菲，人更精神逸兴飞。大好光阴休浪掷，一时宾客许迟归。逢春得意花都笑，润物多情雨亦肥。落笔云烟诗写出，屏风相向立成围。"

19日 《申报》第14763号刊行。本期《自由谈》"尊闻阁词选"栏目含《神龙篇》（东园）、《春思》（三首，莽汉）。

蒋叔南作《甲寅春分前二日偕盛李园登长春洞》。诗云："览胜寻幽去，长春小洞天。方岩起脚底，天斗倚云边。峰影煊斜日，鸦声乱响泉。碧霄残照里，时复耸吟肩。"

20日 《申报》第14764号刊行。本期《自由谈》"尊闻阁词选"栏目含《菩萨蛮·题〈画琴楼写怨图〉》（莽汉）、《春草》（张然犀）、《春江第一楼题壁》（禾中剑侠）、《金庭客次感怀》（二首，醰禅）、《镫下感怀》（醰禅）、《过山村作》（醰禅）。

《超然》第2号刊行。本期"文苑·文录"栏目含《丽华香艳序》（偶翻旧箧得残稿一篇，题为《丽华香艳序》，惜不知何人手笔，姑录之以供阅者之快睹也）（揆一）；"文苑·诗录"栏目含《题〈寒山联归图〉》（蒋啸岩）、《癸丑春间和岭外友人二律》（蒋啸岩）、《秋日杂感》（作于去秋九月间）（蒋啸岩）、《答楚中某君一律》（蒋啸岩）、《怀黎姆峰》（蒋啸岩）、《咏竹》（蒋啸岩）、《辛亥仲冬生一女，阅七日殇，壬子又生一女,甫一周亦殇,因而悲之》(席天拙)、《送春》(席天拙)、《初曙舟行》(席天拙)、《中秋夕遁吟姻伯招饮于不系舟作》(席天拙)、《小村晚景》(席天拙)、《和枕林〈秋日书怀〉》(席天拙)、《秋日登沧浪亭怀古》(魏冰心)、《秋日不寐有感》(魏冰心)、《冬夜》(蒋寿鹏)、《秋夜》(蒋寿鹏)、《送魏冰心》(沈琇如)、《冬暮登言子墓与冰心联句》(沈琇如);"文苑·词录"栏目含《如梦令》(时雄飞)、《前调》(时雄飞)、《十六字令》(时雄飞)、《南歌子》(时雄飞)、《眼儿媚》(时雄飞)、《醉太平·谷日室中水仙花开》(钱遁叟);"文苑·专著"栏目含《溪父诗录》〔《溪园四首》《出虞城北门村店小饮》《野望》《过长江有感》《秦淮》《莫愁湖》《石头晚眺》《咏桃花源》《赠张丽生》《题洪韵韶画〈半面仕女图〉(未完)》〕(时雄飞);"文苑·遗著"栏目含《蒋靓园先生佚文(附常熟蒋昭义志)(未完)》《沈咏蔚先生遗诗》(附蒋昭义识)、《劫余吟》《僦居吴家庄》《登通州城楼》《登狼山》《经老虎口》《渡江》《江中遇风》《风阻夜泊》《夏日望山舫有感》《忆故人(未完)》;"文苑·诗话"栏目含《溪父诗话(未完)》(时雄飞)。

21日 《申报》第14765号刊行。本期《自由谈》"游戏文章"栏目含《小学校赋》(瘦蝶);"尊闻阁词选"栏目含《海上春愁曲》(醉红居士)、《春花,用王渔洋〈秋柳〉韵》(四首,东园)、《怀寄梦庐兼询居址》(瘦兰)。

叶昌炽作《邃庵前辈见与叔彦赠答诗,亦以一章见示,再赋两律奉酬,仍叠前韵》。其一:"长城踢倒一靴尖,洗尽铅华绮语纤。关陇毗连千里驿,晋秦分峙两重帘。(君典关中试,山西亦借陕闱试士,内帘外场,均以东西分界。是年鄙人方绾甘肃学篆,闱中酬唱之什流传至兰州,得先快睹)煎茶试院珠玑妙,聚米封疆锁钥严。鹑首岂知天已醉,拂衣林下志归潜。"

22日 《申报》第14766号刊行。本期《自由谈》"游戏文章"栏目含《古文三更调》(厌世童子);"尊闻阁词选"栏目含《婆罗门令·春闺》(井唐)、《风中柳·春烟》(井唐)、《和宦梦莲〈赠翠云眉史〉韵四首》(东园)。

23日 梁鼎芬于其寓所葵霜阁作超社第十九集,以咏其所藏全祖望像为题。吴士鉴、缪荃孙、瞿鸿禨、吴庆坻、沈瑜庆等同集。缪荃孙日记中载:"梁心海招饮,超社同人咸集"。吴士鉴有《节丈招集葵霜阁拜全谢山先生遗像,超社第十八集》,缪荃孙有《题全谢山先生像》,瞿鸿禨有《题节庵所藏全谢山先生小象》,吴庆坻有《节堪寓斋拜全谢山先生象》,沈瑜庆有《超社二十二集梁髯招饮,属题全谢山先生像》。其中,缪荃孙《题全谢山先生先生像》云:"梨洲授四明,史学冠当代。先生尤卓荦,识见越流辈。微言兼大义,抗论必千载。事迹辨是非,人材拟进退。上可继毛朱,下足开钱戴。走也私淑殷,遗书颇津逮。祠堂拜公像,静挹温和态。梁君再示我,又若聆謦欬。句余搜土音,端溪有遗爱。我愿摹万本,瞻仰同泰岱。"

夜,陈三立赴郑孝胥悦宾楼招饮,林惠亭、沈瑜庆、王仁东、吴学廉、吴学庄、金邦平等同席。

《申报》第 14767 号刊行。本期《自由谈》"尊闻阁词选"栏目含《解珮环·和程君筠甫〈京畿道中见杨花〉之作，次韵》（东园）、《渔歌子·雨夕，用张志和原韵》（东园）、《归去来·别情》（东园）、《满庭芳（蜡剪灯红）》（东园）、《栏干万里心》（东园）、《庆春宫·东山道院赏碧桃，分得树字，在松江作》（二首，东园）、《春闺》（二首，锡麐）、《春月》（锡麐）、《徐君乘青招饮春酒，席间多酒豪词客，次劲松韵赋呈一律》（酾禅）。

24 日 《申报》第 14768 号刊行。本期《自由谈》"栩园词选"栏目含《采桑子·公园寓目》（二首，兰庵）、《高阳台·二月新晴，偕友泛舟花埭，午即返沪，乐事不常，胜游难再，怆然成句，并示同游诸子》（兰庵）、《白描牡丹三绝》（筠轩）、《蓝笔牡丹二绝》（筠轩）、《拜月谣》（孽儿）、《集东坡句》（四首，孽儿）。

黄兴致函章士钊，促主编国民党机关刊物《民国》杂志，进行反袁宣传。

25 日 《申报》第 14769 号刊行。本期《自由谈》"游戏文章"栏目含《劝世五更调》（程鹿鸣）；"尊闻阁词选"栏目含《春草》（二首，程石农遗稿）、《燕子矶望江》（程石农遗稿）、《古寺》（程石农遗稿）、《春夜》（程石农遗稿）；"文字因缘"栏目含《次韵和雪泥悼亡四绝》（程习鹏）。

《（北京法政同志研究会）法政学报》第 2 卷第 3 号刊行。本期"文苑"栏目含《修筑滑邑老安镇围堤记》（鲍邱王麓樵）、《瞿弟仲成传》（前人）、《哭马君叔璋文》（丁廷康）。

《小说月报》第 4 卷第 12 号刊行。本期"文苑"栏目含《映盦诗存》（新建夏敬观剑丞）、《纯飞馆词》（徐珂仲可）、《莺啼序》（蕈农）、《寄沤诗存》（诗舲）。

[韩]《经学院杂志》第 6 号刊行。本期"词藻"栏目含《读〈经学院志〉》（沈东泽）、《闻讲演有感》（郑华国）、《参讲演有感》（二首，张鸿植）、《经学》（洪钟佶）。其中，洪钟佶《经学》云："世间何事做成人，经学讲明当日新。格物致知行道坦，存心菱性保天真。能崇德业为仁智，极尽功夫到圣神。礼乐振兴风俗美，陶甄宇内一团春。"

胡适作《雪消，记所见》。诗云："春暖雪消水作渠，万山积素一时无。欲檄东风讨春罪，夺我寒林粉本图。"

26 日 《申报》第 14770 号刊行。本期《自由谈》"尊闻阁词选"栏目含《醉太平·春日》（二首，东园）、《浣溪沙·春日，集宋人词句》（东园）。

罗振玉访沈曾植，曹元弼在座。

张震轩作挽联《挽老友张星庚先生》。联云："我志本迂疏，幸与君累叶通家，送抱推襟，时过荒斋谈世局；公归何迫促，纵此后扁舟访旧，凄风苦雨，空瞻华表赋招魂。"

沈汝瑾作《上巳前三日寄友》（二首）。其一："白发苍颜常似病，残山剩水易伤情。近来懒逐游春队，开遍桃花未出城。"

秦更年作《上巳前三日自长沙泛舟湘潭》。诗云："扁舟载酒荡烟浔，纵目篷窗一写心。松木远山成粒米，菜花近岸布黄金。好春已放清明过，故事徒寻祓禊吟。可奈轻寒更轻雨，此来游兴闭沉阴。"

27日　《申报》第14771号刊行。本期《自由谈》"尊闻阁词选"栏目含《蝶恋花·和友人》（东园）、《踏莎行（路失前村）》（东园）、《法驾导引》（东园）、《千秋岁·题〈问津山房词集〉》（东园）、《夜行船（别久不知时序变）》（东园）、《惜余春慢·春怀》（东园）、《游滕王阁》（痴儿）。

陈夔龙作《三月朔日约言声游龙华看桃花，福儿侍行，得七绝六首》。其一："朱霞散绮绛云团，一色深红耐浅寒。十里饧箫芳草路，临风灼灼带愁看。"

28日　《申报》第14772号刊行。本期《自由谈》"尊闻阁词选"栏目含《春风袅娜·杨花》（东园）、《折杨柳》（育仁）、《追和唐张九龄〈折杨柳〉用元韵》（育仁）、《杂兴》（东园）、《小窗》（东园）。

冯煦赴钱溯耆招饮，陆润庠、瞿鸿禨、鹿鸿书、王仁东等在座。

琼崖绥靖公署督办陈世华奉袁世凯之命，逮捕林文英。林作《被拘遗诗》云："七月议员半死生，维持国事讲和平。而后及今皆已矣，只因党祸不平鸣。兄弟阋墙皆如是，强邻虎视不心惊。黑幕之中谁得白，叮咛寄语吾南溟。"

魏清德《暇日偕岳阳、白水二先生同访衣洲翁松涛园席上赋呈，即次翁〈游台有作〉四绝句》发表于《台湾日日新报》。其一："杜宇声中春欲归，嫩红开尽乱红飞。浣花同访杜陵老，恰好余寒敛宿威。"其四："园亭水竹晚来妍，槛外岚光恍若烟。好酒不辞拼力劝，却愁问字复应还。"

29日　农历三月初三，南社于上海愚园举行第十次雅集。到会有陈去病、叶楚伧、庞树柏、俞剑华、冯平、汪文溥、蒋同超、朱少屏、周斌、胡朴安、胡怀琛、林一厂、吕志伊、沈天行、陈世宜、程茇碧、张默君、萧公望共18人。姚光未参加。姚光委托胡怀琛提出修改条例议案，规定"本社设主任一人，总揽社务，并主持选政，由社友全体投票公举；会计、书记各一人，干事无定额，由主任委托，兼职者听"。又规定"主任每岁一选举。秋季雅集前一月，由书记部分发选举票于全体社友，社友接票后，即照式填写，俟雅集之日，检视票额，以多数者当选。连举者得连任。会计、书记、干事，随主任进退"。其他均与旧条例同。这次条例称为《南社条例》，得到与会者通过。后，柳亚子重新加入南社。周斌作《上巳日社集愚园，和樊子、匪石》。诗云："凄凄风雨沪江滨，潦草流觞上巳辰。休怪天公恶作剧，阑珊此局总愁人。"

吴庆坻招作超社第二十集。樊增祥、缪荃孙、瞿鸿禨、吴士鉴等同集。缪荃孙日记载："吴子修招饮于樊山宅内，同人咸集。"瞿鸿禨有《甲寅三月三日，补松招饮樊园新居看碧桃花》，吴士鉴有《上巳日家大人集同社于樊山丈新居，时新植园花盛开，樊山丈先成诗三章，即用原韵》（三首）。其中，瞿鸿禨《甲寅三月三日》云："去年三日斜桥西，衣上红沾杏花雨。樊园此时未有园，今日樊园成地主。一廛买得远尘嚣，半亩平分学农圃。不种桑麻种花竹，穿林百鸟来歌舞。柳条婀娜拂金缕，柏叶鲜妍张翠羽。碧桃六树倾城立，粉白脂朱娇欲语。笑倚春风醉半酣，然照晴云艳初吐。先生好花如好诗，意夺化工天可补。移根几日便烂漫，特与幽居生媚妩。元都观里空无存，度索山前杳何许。乞栽独送浣花村，入画真成辋川墅。延陵父子雅好事，求友嘤鸣欣得所。山阴修禊第二春，从借行厨饮吟侣。武陵仙源那得入，问津疑复逢渔父。海濒一日不还乡，岁岁来寻此花坞。行看十丈出垂檐，高放红霞满庭户。莫教损折问公干，酒兴不空须记取。花下飞觞酩酊归，更肯夜游还秉炬。"吴士鉴《上巳日家大人集同社于樊山丈新居》其一："樊园岁三徙，不厌来百回。斗句朝击钵，促坐宵衔杯。素心三五人，风雨相与偕。作意镂物态，赏析非自媒。哦松古怀郁，削竹题字揩。传钞遍洛市，同异无岑苔。家家聚珍本，讵云梨枣灾。昨和移居诗，隔夕今重来。"

吴昌硕偕淞社同人预九老会于双清别墅，集后合影，有诗志之。吴昌言、许湘祥、吴昌硕、缪荃孙、汪洵、钱溯耆、刘炳照、吴庆坻、戴启文九老会，已三度庆贺。同时为戴启文《壶园修禊图》题诗。吴昌硕作《甲寅上巳九老会，分得禊字》。诗云："张眸雨如尘，天气失清丽。丽人行谁赋，水边带薜荔。一室明若镜，近水隔阴翳。音清风过琴，香古帖名禊。言趁上巳辰，集为羲之祭。心香持一瓣，老者以九计。摄影殊模黏，误若读碑碣。不如作狂醉，感时避泣涕。我醉诗复成，碧空吐新霁。狠石露真相，如人作睥睨。强项无所畏，小坐就谈艺。见诗如点头，生公我来世。"又，吴昌硕为定侯绘《玉兰图》，并题云："翠条无力引风长，点缀银花玉屑香。韵友自知人意好，隔帘轻解白霓裳。"

梁启超、闵尔昌、易顺鼎、陈衍、萧亮飞、吴闿生等人于北京集同人修禊南海子。闵尔昌作《旧历三月三日袁豹岑招集南海流水音修禊，分韵得理字》。诗云："云日晖晴空，嘉招及元巳。精卢傍层岩，构造兰亭拟。堂堂石军象，高山肃仰止。永和既绵邈，兹游继芳轨。羽觞无停斟，松石堪徙倚。十斛京华尘，濯此液池水。宾筵盛交儒，清言阐名理。濠梁知鱼乐，妙参庄惠旨。青阳扇柔佳，万汇资茂美。淑景方更新，胜赏殊未已。风燕语还飞，苑柳眠初起。冶春忆虹桥，乡梦越千里。"梁启超作《甲寅上巳抱存修禊南海子，分韵得带字》。诗云："旧宫闭残寒，故枝发余籁。液池春沉沉，犹得集簪盖。主人盛跌宕，选胜作佳会。严阿翼孤亭，湍石稍映带。冥冥被烦襟，溅溅听鸣濑。虽非山阴游，觞泳自称最。嗟予撄尘鞅，高论众所汰。十年服芳草，终惧化萧艾。凭阑小缩手,归兴托鲈脍。因思去年时,禊事聚巾帢。尺波难再回,春人但无赖。欲穷视听娱,翻叹宇宙大。赋诗还质君,怀讥惭自郐。"易顺鼎作《甲寅上巳,寒云公子修禊南海流水音分韵赋诗,余得万字,因作五排一首,用十三愿全韵》。诗云:"至人贵抱一,良宰妙吹万。欣兹春始和,譬彼国初建。重三逢辰良,四十选民献。森严启闾阖,潇洒绝尘坌。池非凝碧悲,树少冬青恨。女桑苗叶柔,字柳坼条嫩。乔柯意千寻,丛卉香九畹。晴佳帽催脱,寒重裘怯褪。才添水逾尺,未落花半寸。红楼影刚生,绿野耕甫劝。银浦疑云流,璇源惊雪喷。驶若竹箭波,渟若芍陂堰。列席浮杯斝,开筵置槃敦。恍从蓬岛游,讵比兰亭逊。诗争杜少陵,序压王文宪。主者居上林,客来多下溁。皓招商颜角,者致陈留圈。盍簪集纷纶,赠帛伸缱绻。当剪朱邸桐,谁摘黄台蔓。平原合绣丝,孟尝早焚券。谦符地道卑,乾仰天行健。在野贤毕至,其象不占遁。于泽科既盈,其象不占困。奇石叠峻岭,其象占曰艮。惠风扇仁宇,其象占曰巽。鹤鸣皆有爵,龙德亦无闷。辋川忽返维,盘谷莫归愿。遑著鹓鹭冠,耻效麒麟楦。各沾金茎赐,暂谢玉杯论。乐恐儿辈觉,事毋乃公恩。觞咏叙幽素,声色屏靡曼。晋谈一何清,郑佞两俱远。坐宁杂屠沽,笔几置藩溷。写图宋上河,连句唐会郾。虽兴右军怀,终免左徒怨。麟阁赏功名,兔园陋神贩。嗟余津梁疲,学佛机锋钝。侯嬴愧马停,宁戚羞牛饭。心胸喜发舒,筋骨忘劳顿。犹思依净名(佛名也),讵敢乞如愿(龙宫婢名)。"陈衍作《三月三日抱存公子招集流水音,分韵得大字》。诗云:"垂杨丝未长,桃杏蕊渐大。今年春事晚,已届流觞会。液池旧曾游,罨碧邀人外。主人若寒素,宾客尽敬爱。挐音偶沿绿,瀺灂蓄深黛。恍听田水声,活活畎与浍。"萧亮飞作《甲寅旧上巳,袁豹岑招客修禊寒云庐,独余后至,分韵得亲字》。诗云:"兰亭一修禊,风流启前尘。自兹为令节,继踵不厌陈。爰有佳公子,翩翩时无伦。深处群玉府,高隐寒云身。好客出至性,宏才露天真。岁刚逢癸丑,会复开甲寅。少长召英彦,联翩来凤麟。流水石引曲,浮觞事竞真。珍错山海列,歌咏金玉振。笑言既殊雅,情话亦何亲。缤纷文宴集,依稀永和人。独我剧迟至,写像遂无因。旷怀揽景物,颇足怡心神。亭馆间朱碧,楼台辉金银。娇鸟弄柔韵,游鱼动清潾。花柳千树色,人衣一园春。少时续良宴,随意倾芳醇。兴到漫啸傲,欢极忘主宾。醉中饶自适,疑是无怀民。"吴闿生作《袁抱存公子(克文)邀同流水音禊集,分韵得水字》。诗云:"大化递推迁,浮踪靡定轨。磊磊贤豪人,文采相属委。胜赏苟不远,千载一弹指。自从永和来,到今几甲子。癸丑与甲寅,岁纪适相次。节物不负人,风光又上巳。山阴王右军,昨暮遇之耳。公子旷代才,高标振人纪。所交并世贤,达尊推德齿。招邀及暇日,祓禊存古礼。解严弛禁闼,嬉此太液水。聊诗骋才俊,写照激清泚。玉水无惊澜,琼台有遐倚。人生遇合难,意气倾诺唯。俯仰独欷歔,昔贤宁有此?神州初罢战,蓬岛清可驶。坐感八区心,端居愧缨珥。"

周庆云于海上晨风庐修禊。潘飞声作《上巳节,晨风庐禊饮,分咏故事,予得油花卜》。同人和作:戴振声《分咏桃花酒》、汪煦《分咏踏青履》、恽毓龄《分咏青艾饼》、钱绥祺《分咏留客雨》、秦国璋《分咏江上鲤》、周庆云《分咏扑蝶戏》。其中,潘飞声《上巳节,晨风庐禊饮,分咏故事,予得油花卜》序云:"《妆楼记》:池阳俗每于上巳日,妇女以荠花点油,祝而洒之水中,若成龙凤花卉之状,则吉,有所谓油花卜也。"诗云:"池阳女儿娇可怜,兰闺情思花其妍。不去结伴将裙涧,不用绣鞋卜红莲。手摘荠花白如雪,点滴油香腻成缬。银盘水净忽生云,慧心果见真缘结。今生月老彩绳系,前世常仪灵药窃。那识人间有吉凶,但愿人生无离别。乘龙跨凤好年华,才福双修富贵家。姊为世世连理树,妹作年年并蒂花。"钱绥祺《分咏留客雨》序云:"《焦氏类林》:陆机以三日雨为留客雨。"诗云:"出岫无心兮,未能为霖,方春苦霪兮。沉吟到今,上巳忽晴昊,忙杀踏青道。人云春光好,侬惜春光老。晨风吟窝,近局招飞言如雨。逞英豪,催诗何必投辖饮。雨师解事又潇潇。呜呼!留客之雨兮,何愁多行不得兮,且高歌雨兮,雨兮奈尔滂沱何。"

黄式苏、刘辅丞、朱复戡等于浙江遂安东溪修禊。黄式苏作《上巳与山阴吴翔云(鹤)、会稽朱耀卿(文钊)、临海侯再生(武)、黄岩杨仲仁(祥鸥)、金华刘辅丞(经邦)及同邑朱复戡(鹏)、南侠群(蒋磅)、邱涤川(国佐)、郑涤尘(君翰)修禊于遂安东溪,侠群摄影纪游,因系以诗,兼索复戡、辅丞和作》(四首)。其一:"潦草韶光奈老何,又逢禊日客中过。一泓清浅东溪水,照出星星鬓影多。"其二:"风物依稀忆去年,西泠争泊米家船。我来日暮巾车散,收拾琅嬛一惘然(癸丑上巳,杭中好事者各出所藏古书画于湖上西泠印社,供人评览。予闻往观,时已散去不及见)。"其三:"典午以还几癸丑,风流回首数燕吴。樊园诸老今无恙,可有新诗似旧无?"其四:"笠屐翩翩出郭来,临流访石各徘徊。十年到处图鸿爪,记取林亭一幅开。"朱鹏(复戡)和作四首。其一:"拔剑哀歌可奈何,光阴容易鬓边过。我来独有飘零感,怕写愁颜入照多。"其二:"禊日寻春忆隔年,裙钗影里放归船。自从作客山城后,回首西湖一黯然。"其三:"梅溪一见定交后,廿载萍踪怅越吴。今日睦州车笠合,清狂犹忆少时无?"其四:"旧雨兼邀今雨来,林峦深处共徘徊。兰亭盛会营邱画,尽入菱花镜里开。"刘辅丞和作四首。其一:"春去堂堂唤奈何,浮生容易隙驹过。年来憔悴双蓬鬓,大半销磨客里多。"其二:"江湖转徙复年年,漂泊身如不系船。芍药光阴芳草路,春风回首倍悽然。"其三:"碌碌此生行老矣,敢云短褐屈天吴。试将就里诸贤看,可有颓唐似我无?"其四:"难得萍踪撮合来,临流濑去复低徊。危亭一角峰千叠,绝妙天然画稿开。"

海印上人招集碧湖诗社同人修禊,送社长王闿运从长沙入都。时任华昌公司总经理梁焕奎赴海印上人之招修禊碧湖诗社,即作《甲寅上巳禊集碧浪湖有作》。陈天倪作《上巳赴海印上人之招,修禊碧湖诗社,即送社长湘绮先生入都》(四首)。其一:

"重开诗社话前盟，劫后湖光分外清。黝黩神州余一老，苍凉古石证三生。空山蕉鹿宁非梦，薄海鸡虫尚有争。留取青青衫鬓日，雪鸿漂泊不胜情。"

《申报》第14773号刊行。本期《自由谈》"游戏文章"栏目含《夜舞台赋》（慨风）；"尊闻阁词选"栏目含《游港口李氏园，应主人之请，留题八绝》（天虚我生）、《上巳赋（并序）》（橙庐）。

杨圻居京师，上巳游西苑，作《癸卯春与仲禹同年订交，汴梁别十年矣，甲寅上巳修禊西苑遇之》（四首）。其一："黄河天上落，我忆汴京楼。一别非年少，重逢更九州。江关余我辈，寇盗且诸侯。抱膝吟梁父，苍苍四海愁。"其二："帝里花争放，春天鸟乱飞。青山容我到，玄鬓觉人非。马上输长策，鸥边已息机。何由来禁苑，溅泪看芳菲？"

严复作《三月三日挈叶氏甥女约刘伯远、通叔兄弟、侯疑始游万生园》。诗云："六十之年忽已至，此去当逢儿上巳。燕京春气向来迟，红白未开桃与李。先生有似南郭綦，终日嗒然唯隐几。稍闻天籁出枅圈，未辨春容识红紫。忽思结伴趁佳辰，更以清言消短晷。二刘兄弟今敌放，况有吾徒侯叔起。驱车相约到城西，地近不逾五七里。只怜景物太雕疏，不共承平竞繁侈。王孙当日辟名园，意与西人争吊诡。草木搜集兼亚欧，毛羽牢笼暨非美。园官土著用胡倭，月廪水衡供喙饲。中西异制起行宫，御宿逶迤承燕喜。谁料一朝异陵谷，瓶犹未罄罍先耻。文章玄豹几留皮，老苍黄鹄徒矜觜。何曾二起继三眠，却笑万生成万死。迩来涤场号农事，处处标题分溺矢。稍胜艮岳筑为薪，岂有九成泉出醴。令人却忆山阴言，俯仰陈迹无乃是。只供吾曹作凭吊，年年太息流光驶。西山青眼故依然，沧海横流嗟未已。清游聊复五人同，不必流觞依曲水。语阑天末转轻雷，似以微阳告春始。更将何物洗荒伧，惟有唐花开玉蕊。老夫年来腰脚健，望眼园林空徙倚。苍然莫色向归途，依旧繁镫闹城市。秋鸿有信问明年，回首前游真梦耳。"

沈汝瑾作《上巳雨不出》。诗云："三桥画舫密鱼鳞，我只关门不问津。世变惊心寻乐事，天公洒泪警游人。露桃似靥犹含笑，烟柳如眉总效颦。玉茗花前拥书坐，落英满地可怜春。"

姚文蔚作《上巳日过曲江》。诗云："闻道开元传盛事，曲江觞咏仿兰亭。只今遗迹都湮矣，芳草芊芊任踏青。"

任可澄作《题定武本兰亭，为筱嵩作》（甲寅上巳日）。诗云："墨黄茧纸翳昭陵，修城定武称嗣兴。神物千载足光怪，世间万本皆云礽。行书自昔推第一，此犹规矩于高曾。换骨有丹足医俗，细筋入理还藏棱。市骏宁必分屈翼，识味自应分淄渑。胡为好事成聚讼，如议古礼说空膝。损本或分五七字，临摹更异隋唐僧。要各以心会其妙，涪翁此语信堪征。嘉生古物能世守（帖为筱嵩曾祖兰岩学生藏本），如我眼福亦自衿。掩卷忽复增感喟，过眼世事亦风灯。盐车幸免虏廷辱，柴车终随帝鬼乘。自来灵物神所护，竟归浩劫理难凭。更忆先朝板荡日，龙文玉轴空崚嶒。上方法物任捆载，中原文献悲分崩。太行北岳恨曷已，覆辙接轸谁能惩。□卷早归岩崎室，四部今压伯西腾。章甫适越珠暗投，武康画灾应痛憎。何如兹卷犹仿佛，八法典型堪继承。歌成望古长叹息，浪浪雪涕空交膺。"

林思进作《甲寅上巳禊集闲园，呈王咏斋丈（永言）。是日观邓奕潜（元镡）、吕书麟（耀先）两翁对弈》。诗云："十载闲园宾客情，劫余了了见平生。风光上日花无数，危局残棋战一枰。料理老怀犹得健，乘除万事英相惊。时贤空自高江左，未许兰亭记姓名。"

陈匪石作《台城路（飞琼不惯人间住）》。序云："楚伧为天寥胄裔，既得《午梦堂集》稿本，复泛舟分湖，访叶小鸾墓址，作《分湖吊梦图》记之。甲寅上巳出图见示，为赋一解。"词云："飞琼不惯人间住，凄凄杜鹃啼暮（用天寥悼亡《水龙吟》词意）。阁冷疏香，堂醒午梦，寒琐樱桃微雨（'开奁一砚樱桃雨'，小鸾铭眉子砚句也）。沧桑几度。指一角分湖，夕阳红处。慧业三生，返魂香烬渺无据。　归来歌遍楚泽，对棠梨一树，空怨零露。断岸舟移，残碑藓剥，泪溅离离禾黍。随春老去。怕重和当年，浣纱词句（小鸾曾为侍女，随春赋《浣溪沙》词，一门皆有和作）。绿遍蘼芜，闷寻痴燕语。"

傅熊湘作《三月三日梦蘧见访》。诗云："倜傥黄君世所稀，剩能相访到荆扉。一春长困令人病，众绿争荣各自肥。稍极郊原快遥目，乍临莽苍惜春衣。芳兰自在无须赠，为约西山共采薇。"

李豫曾作《三月三日郭村》。诗云："万树桃花红欲烧，四围春水碧于油。村农趁集他方至，香火迎神古庙投。百戏鱼龙排复杂，六枭卢雉破羁愁。年年乐事输三月，多少游人醉酒楼。"

30 日　冯煦招同人集。陆润庠、瞿鸿禨、陈夔龙、鹿鸿书、沈曾植、钱溯耆、林开謩、缪荃孙等在座。陈夔龙作《上巳后一日梦华同年招陪止庵、凤石两相国，偶谭时事，怅触乡思，得诗一首》。诗云："杨柳青旗入望遥，玉楼深荷故人招。不胜酒力成醒客，曾典春衣忆退朝。祖帐又闻疏太傅，吹箫几误霍骠姚。思家况复清明近，万里乡心一夜焦。"次日又作《越日止庵招饮叠前韵》。诗云："修禊芳辰去匪遥，琼筵来赴相公招。烟花旖旎推三月，闻见凄凉话四朝。此日尚存采芝绮，当年轻弃救时姚。衔杯忍忆津桥事，记否头曾坐上焦。"

《申报》第14774号刊行。本期《自由谈》"尊闻阁词选"栏目含《晓起》（东园）、《雨霁》（东园）、《春日》（东园）、《春水》（育仁袁煦和）、《春雨》（育仁袁煦和）。

魏清德《陪白水、岳阳二先生访籾山翁于北投再赋》（四首）发表于《台湾日日新报》。其一：“纱帽耸前头，平原接北投。硫泉温可浴，风竹浩如秋。偶有鹭鸥侣，共为文字游。濠梁与谷口，款段马蹄幽。”

方守彝作《三月四日夜大雷雨，至明日亭午小霁，出访藏雪楼、潘季野。雪楼方自桃源里居来皖，先投示一再和季野“粲”字韵，并简守彝之作。依前韵奉酬，兼报季野》。诗云：“风雷夜入江，浪花激飞霰。一雨倒天瓢，瓦沟响奔涧。感动鸣鸡思，起坐怀未见。展诵稠叠章，渊源楚骚变。愧我揽春华，一笑不成倩。走访趁微晴，意专破午倦。不借冲泥马，轻作斜风燕。子春曳屣迎。亟荷青青眷。先烈报圣清，春秋隆庙殿。一领战血衣，千夫横涕面。回首望龙眠，碧色腥春甸。忠灵今何依？欲言忍未便。纪载有雄文，耆老存征献。隔世欣遇君，翰洒墨花淀。叙旧辞联翩，亢情云孤片。士贵金石心，肯逐世顾盼？古有断水刀，水固未能断。洋洋清泉流，穷通了无怨。抱此作真常，四方佛同赞。寄语向河阳，契证成三粲。”

31 日　冯煦赴同人饮醉沤，陆润庠、瞿鸿禨、陈夔龙、鹿鸿书、钱溯耆、缪荃孙等在座。又赴刘承干招饮，程仪洛、吴庆坻、章梫、缪荃孙并在座。

《申报》第 14775 号刊行。本期《自由谈》“尊闻阁词选”栏目含《长亭怨·二妹家检装赋》（东园）、《将赴邗江杨将军防次》（东园）、《柬叶君袖东》（仁后）、《柬沈君龙子》（仁后）、《柬杨君遂初》（仁后）、《奉题独鹤女士〈沉舟独立图〉》（二首，仁后）。

《湖南教育杂志》第 3 年第 3 期刊行。本期“文艺”栏目含《诗录》（三首，自庵）、《文录》（一首，谭襄云）。

黄文涛作《三月初五夜寿儿由京抵沪，越两旬，即病，近新就痊，行将赴部，书此勖之，兼寄周倩赞尧》（三首）。其一：“到家仅逾月，抱病已兼旬。今又离家去，风尘好自珍。卫生宜节饮，养气贵忘嗔。莫羡游仙乐，当思两老亲。”

本　月

《留美学生季报》创刊。由中华书局发行。1928 年 6 月停刊。第 1 卷第 1 期“诗词”栏目含《岁暮杂咏》（甲辰作于北美纽约以色佳城）（四首，任鸿隽）、《大雪（有序）》（胡适）、《阮步兵》（胡先骕步曾）、《芳树》（前人）、《故人赵仲楣死逾月矣，以生时曾索美术画不忍负诺，卒购寄其家，临邮黯然有作》（杨铨杏佛）、《苍生》（前人）、《无题》（前人）、《题周君仁摄影册子歌》（前人）、《遣兴，集定庵》（前人）、《贺新凉·吊季彭自溺》（前人）、《己酉秋九月由沪上乘支那船游美，舟中读杜工部〈秋兴八首〉，激昂悲感，一往情深，复游蓬莱三岛，诗兴勃发，就韵以和，只成三首，特录之》（李鸣龢）、《感怀》（三首，李鸣龢）。其中，《芳树》（胡先骕）云：“芳树临华池，枝叶何青青。明月照素影，凉风送微馨。葱笼不多日，秋气袭户庭。西风振林薄，黄叶渐凋零。枯枝鸣高秋，瑟瑟不可听。人亦有如树，少壮能几龄。岁月如狂飚，去去不复停。愿子爱少年，毋令白发星。”

《南社》第8集出版,胡怀琛代编,收文36篇,诗373首,词112首。其中"南社文录"栏目载文36篇:邓溥(一篇):《砚铭》;蔡守(二篇):《正直残碑跋》《西汉单于和亲千秋万岁安乐未央砖范跋》;古直(二篇):《郭烈士典三传》《林烈士修明传》;郑泽(二篇):《为秋瑾女士改葬麓山公启》《孔公兆仑墓表》;傅専(三篇):《宋飏裘传》《周福贞传》《毛芷香传》;马和(一篇):《诗文集自序》;黄质(五篇):《真相画报叙》《论上古三代图画之本原》《论两汉之石刻图画》《论画法之宗唐上》《论画法之宗唐下》;胡蕴玉(一篇):《〈中国文学史〉序》;胡怀琛(三篇):《萧烈士小传》《记燕市乞儿》《记皖北石匠》;方廷楷(一篇):《与亚子书》;诸宗元(一篇):《酒喻》;黄葆桢(二篇):《东湖游记》《兰亭游记》;庞树松(一篇):《冯春航传》;庞树柏(二篇):《代人祭先烈徐陈马陶文》《太原从姑母家传》;余寿颐(一篇):《祭政治革命大家宋公文》;汪文溥(一篇):《蜕庵事略》;沈昌直(一篇):《〈槐古书屋图〉题跋》;陈去病(四篇):《南粤分疆设治议》《张同伯先生传》《胡元仪〈词旨畅〉书后》《邹生传》;柳弃疾(二篇):《孙君竹丹事略》《为孙君竹丹昭雪启》。"南社诗选"栏目载诗共373首:李凡(一首):《春游曲》;景耀月(十二首):《雄狐四章,章十二句》(四首)、《述怀》(二首)、《感寓》(二首)、《古意》《送友人之贵州》《简苏玄瑛》《九日病卧,喜赵其相过从,诗以体之》;赵世钰(一首):《九日步景太昭原韵》;王汉章(五首):《题黄山谷小像》(三首)、《读周实丹烈士〈无尽庵遗集〉,用原作〈寒夜枯坐〉韵题后》《壬子秋九送筠文归闽》;杨曾蔚(二首):《秋风起大野二首》;潘飞声(三首):《壬子重午,卧雨剪淞阁,吴昌硕寄示近作,次韵和之》《秋日游槎上古漪园至大寺前,饮吴家酒院作》《重九集陶然亭,同实甫、孝耕》;黄节(三首):《怀哲夫却寄》《都门重晤复广,醉中有赠》《与夷初登江亭,晚饮市楼并寄寒琼》;蔡有守(五首):《为刘三画〈黄叶楼图〉》《师子林》《薄暮与内子倾城并骑入盘门》《与室人山塘泛舟》《登鼓岩堂》;李煮梦(三十五首):《洞箫曲》(四首)、《旅夜》《阑干词》(四首)、《庚戌孟秋,道出鮀浦,叶子楚伦觞我于酒楼,即席赋谢兼呈同席诸子》《夜发松溪》《题楚伦〈粤吟〉》(二首)、《小楼》(四首)、《闻〈中华新报〉警耗作》《两头纤纤四章》《祝〈新中华报〉,用玉溪体》(四首)、《无题》(四首)、《春蚕》《鮀浦夜眺》《醉中》《过屈原祠有感》《秋夜》;谢英伯(四首):《金陵杂咏》(四首);邓家彦(四首):《狱中感事》(三首)、《吊邹容》;马和(四首):《译嚣俄〈重展旧时恋书〉之作》《西历千九百七年游可伦布佛寺作此》《偕谢无量游扬州》《劳登谷寄柳人权》;吕志伊(三首):《莫愁湖》《胜棋楼》《扫叶楼》;拓泽滨(二首):《送只一入都》(二首);林景行(一首):《日夕睡起,绕篱怆念,归而有作》;陈子范(二首):《登黄鹤楼》《吊林颂亭》;雷昭性(十二首):《渝城道中》《由渝陆行》《晨过永川道》《读史》《哭刘学洲》《赠朱芾煌留学英伦》《题明腾冲指挥李钟英先生墓碑拓卷》(二首)、《癸丑秋海上赠夏亮工》《登永春万春岩,用朱子〈怀古堂〉韵》《登万春岩，余力有不逮，葆光作诗相讥，反唇报之》《登大鹏山》；宋教仁（十一首）：《武昌七夕》《晚泊梁子湖》《思家》《秋晓》《安东县》《哭铸三尽节黄冈》（二首）、《发汉口，寄陈汉元长沙》《与袁子重游武昌，联句，寄陈汉元》《游麓山吊烈友墓，与汉元联句》《登韬光绝顶》；宁调元（二十七首）：《乙巳除夕》（二首）、《丁未狱中闻杨卓林被捕感赋》（二首）、《冬日杂咏，集杜》（八首）、《壬子感事四章》《集定庵句柬鹓雏、楚伧》《秋日游石门，同谢英伯、黄晦闻、蔡哲夫、王君衍、邓尔雅舟中联句》（二首）、《王君衍约作北郭昌华之游，黄晦闻、李茗柯、蔡哲夫、潘致中即席，次韵答哲夫》《游白云归感赋四律并柬同游诸子（有序）》《海上次韵答天梅》《癸丑狱中作》（二首）；傅尃（十首）：《感秋八首，用〈夜饮联句〉韵，寄亚子梨里》（八首）、《避地二首》；黄钧（三首）：《题痴萍〈庚戌菊隐图〉》（二首）、《病中》；龚尔位（二首）：《杂诗，次钝庵韵五首之二》（二首）；郑泽（五首）：《杂诗五首答钝庵》（五首）；黄堃（二首）：《醉后有作》《夏夜雨后》；陈家鼎（一首）：《和邵公〈留别上海〉》；陈宝书（二首）：《壬子七月病居湘乡县斋，奉寄钝庵先生，用禁心韵》《湘潭病居，和钝庵〈幽想〉之作，并忆钝庵长沙一首》；陶牧（三首）：《秦淮杂感》（三首）；汪洋（一首）：《沈阳客舍遇王涛松》；胡蕴玉（一首）：《吴女士以芦蟹索题，感而书此》；胡怀琛（十六首）：《集陶渊明句》（七首）、《集李长吉句》《蒋万里以近作见示，多慷慨激昂之作，予学诗不善此，今效其体为二章赠之》《宝剑篇》《送亚子归梨里》《赠陈蜕庵先生》《海上雪》《书感，追送亚子归梨里》《咏史》；张恭（六首）：《狱中口占》（四首）、《雌雄啼》《陶祠避暑追忆偶成》；周斌：《和汉元》；诸宗元（一首）：《题〈周夫人行述〉后，以塞少屏之悲》；王葆桢（八首）：《醉后看赤乌古刀》《孤檠》《枫香驿题壁，驿在宿松》《宿凉亭河》《岁暮送友归湘》《赠蔡彩凤》（二首）、《九日登吴山放歌》；徐自华（一首）：《即席和汉元韵》；徐蕴华（二首）：《湖楼夕眺》《松江郊行》；周伟（十三首）：《将之汕头，集义山句留别亚子、少屏、朴庵、倬夫诸子》（六首）、《有忆，集义山句》（四首）、《枕上》《海上留别》（二首）；陈世宜（二首）：《京口赠度青》《哈哈亭》；姜仑（一首）：《送影禅北行》；俞锷（十六首）：《赠春航，集定公句》（十六首）；宋一鸿（六首）：《和萝庵、钝公诗》（一首）、《和又笙〈感事十律〉之四》（四首）、《报钝庵次元韵》；蒋士超（二十一首）：《挽遁初先生》（二首）、《挽邹亚云》《镇远山行杂诗》（十三首）、《出山海关》《出关至沈阳作》（二首）、《戍楼秋望》（二首）；黄人（四首）：《久别离，用太白韵》（二首）、《长相思，和太白韵》（二首）；庞树柏（二十三首）：《重九社集愚园，赋示巢南诸子》《哭黄摩西先生即题其遗稿》（四首）、《悼江都王先生》（二首）、《义士行》《哭同社邹亚云》《题〈桃源图〉》《秋晓偕菰翁、伯行园游，用柳州韵》《黄浦滩晓望有感》《辛亥沪城度岁》《正月廿五日大雪，晨起读〈南华经〉》《暮雨谣三叠，和定公韵》（四首）、《集定公句写寄家兄》（三首）、《春感寄顾聪生》《龙尾来沪,邀同民父、龙慧晚饮,即和民父韵》《秋日寄胡寄尘和来作原韵》;胡蕴(二十首):《哭渔父先生》《旅行杭州,初入运河》《抵嘉兴》《过临平》《钱塘门一带城垣全撤,西湖在望矣》(二首)、《放舟湖上偕诸友》《林处士墓》《刘庄花竹安乐斋》《由三潭印月登岸》《鼎丞邀同诸友饮楼外楼》《冷泉亭》《访杨庄归》《第三日放舟,再由三潭登岸》《宋庄》《湖上杂诗》(三首)、《返自杭州,再道嘉兴》(二首);余寿颐(三首):《哭亚云》(二首)、《吊蜕庵》;叶叶(一首):《柬可生》;姚锡钧(五首):《贻子美兼示亚子》《席次迟子美有作即寄》(四首);高燮(三首):《吊陈蜕庵》(三首);高旭(七首):《次次公韵即赠》(二首)、《和小进〈醉酒作〉》(二首)、《次韵答周亮才》《次志伊韵即赠》《游颐和园,次志伊韵》;姚光(四首):《本事诗》(二首)、《秋夜》《题钝剑词人〈听秋图〉》;蔡寅(一首):《赠剑公北行》;陈去病(十五首):《哭钝初》《钝初卜葬有期,诗以哀之》《哭梦逋老友》(二首)、《哀陈勒生》《自浙入湘,得晤梦蘧、君剑诸社友,献以是诗》《偕梦蘧、醉厂游岳麓有悼陈天华烈士,还饮赋示同座诸子》《红拂墓在醴陵县西李卫公祠后山上》《题湘乡成琢如(璞本)〈填词图〉》(二首)、《泰山绝顶登封处题壁》《自岱宗下降小憩龙泉观有作》《趵突泉一首》《京师重晤黄晦闻老友》《题醉厂小影》;柳弃疾(二十八首):《哭逋初》(二首)、《胜溪老屋古柏》《陆郎曲,赠子美》《索子美书〈分湖旧隐图〉,即简芦中》(四首)、《吴门重晤子美,集定公句》(四首)、《海上访春航,奉赠一律,即题其见惠小影》《屏子以春航化妆小影寄赠,奉酬两绝》《重过杏花楼感悼亚云、蜕庵两亡友》《将去海上,留别春航兼谢匪石、剑华、檗子、尊农、道非、可生、雅公诸子,即步席上联句韵》《先府君亡忌骎骎近一周矣,感赋两律》《三哀诗》(三首)、《湘中烈士墓将被狡发,诗以悲之》《得子美海上书却寄》(四首)、《观〈穷花富叶〉赠春航》。"南社词录"栏目共载词112首:杜义(二首):《满江红·〈夏声杂志〉题词》(二首);李凡(二首):《菩萨蛮(燕支山上花如雪)》(二首);王汉章(二首):《生查子·闻某君有〈安重根传〉之作,随意讽咏,得句数阕适合此调,因略窜数字以协律》《前调·题艺棠肖像并寄之都门》;汪兆铭(三首):《台城路·题江仁矩〈六朝花管斋填词图〉》《前调·赠黄椒升》《金缕曲(别后平安否)》;潘飞声(七首):《浪淘沙·襟江阁题壁》《摸鱼儿(荡湖船花天酒地)》《浣溪沙·有赠》(四首)、《如梦令·玉蓉楼录别》;林百举(一首):《瑞鹤仙·题春航小影》;古直(一首):《金缕曲·夜望西贡感赋》;温见(四首):《忆王孙·东子弱赳伯》《浣溪沙·月下书感》《谒金门·水逝花飞,已伤春去,伯劳、孤庄又复东西,调此持问同人》《前调·河山依旧,风景全非,孤燕飞飞,日暮途远,真不知涕之何从矣》;李煮梦(五首):《一痕沙·闺思》《金缕曲·有所别》《昭君怨(者样玲珑娇小)》《菩萨蛮(携手碧桃花下立)》《金缕曲·题楚伧〈粤吟〉》;邓家彦(一首):《浣溪沙·狱中作》;宁调元(一首):《柳梢青·丁未南幽除夕》;傅尃(一首):《浣溪沙·别长沙诸友》；黄钧（一首）：《水龙吟·夜游哈同花园，筹赈游览会》；王钟麒（十首）：《菩萨蛮（绿罗掩口金钗颤）》《念奴娇·手帕》《满江红·赠谢无量》《金缕曲·寄无量》《摸鱼儿·赠人》《鹧鸪天·有忆》《齐天乐·金诃子》《鹧鸪天·纪事》《凤凰台上忆吹箫·客感》《摸鱼儿·秋感》；程善之（四首）：《长亭怨慢·杨花》《高阳台（寒食天涯）》《菩萨蛮·有悼》《浣溪沙·有见》；陶牧（二首）：《菩萨蛮·对雪》《春风袅娜·偶感》；沈砺（一首）：《忆旧游·金陵感事》；胡颖之（三首）：《醉蓬莱·同伯荪游焦山》《渡江云·登北固山》《八声甘州·登金山》；徐自华（二首）：《如梦令·题画》《菩萨蛮·题〈野梅〉画幅》；陈世宜（十一首）：《菩萨蛮·观春郎〈孟姜女〉新剧，为亚子告》《玉京谣·亚子游沪，为春郎作。三日淹，今归矣，倚梦窗自度曲以当歌骊，想亚子、春郎同一黯然也，亚子约余寻梦西崦，卒阻未果，故词中及之》《蝶恋花·和中叠均，即以为赠》（二首）、《夜行船（玉字高寒雕月桂）》《卜算子（记得冶春时）》《烛影摇红·久滞瘴海，归期屡诎，倚此写怨》《霜叶飞·夜窗无事，重检旧稿，凄然有作》《浣溪沙（碎剪轻罗叶叶衣）》《浣溪沙（么凤初调宝鸭熏）》《满江红（燕燕飞归）》；叶玉森（一首）：《莺啼序·寒雨游石城，向夕微霁，用梦窗韵》；俞锷（二首）：《瑶花·题〈穷花富叶〉中春航小影》《法曲献仙音·题春航蛮妆凭榻小影》；黄人（十七首）：《霜花腴·重过安定君宅，和梦窗自度曲韵》《前调·寄怀安定君，仍用梦窗韵》《前调·戊申十月十二日后作，仍前韵》《前调·有忆，仍前韵》《瑞龙吟·题〈檗子填词图〉，蹔和清真韵》《三姝媚·和翟盦韵》《前调（苍凉金粉地）》《声声慢·过王废基安定君浮厝处，和郑枫人〈玉句草堂词〉韵》《前调（香桃蚁蚀）》《西子妆慢·壬子元夜，和龙尾韵》《前调·壬子花朝，叠前韵》《莺啼序·和梦窗韵》《摸鱼子·〈人面桃花图〉，和定庵〈小奢摩词·桃叶归舟卷〉韵》《贺新凉·偕延陵君游虎邱后山，和定庵〈庚子雅词·寓沧浪亭〉韵》《解语花·花魂，和芬陀育室原题韵，从片玉体》《前调·花泪，从草窗体》《一枝春·闺中拖鞋，和芬陀利室〈蜡梅花篮〉韵》；庞树柏（九首）：《百字令·壬子孟春南社第六次雅集于沪上》《玉京谣·赠春航即题其小彩后》《绮罗香·寒夜见月，寄怀秋狄》《昭君怨·霜天玩月，庭梅已开》《临江仙·斋头水仙著花，用小词写之》《天仙子·题画〈白莲〉》《贺新郎·沈职公归娶，赋此寄之》《八声甘州·为徐寄尘女士题〈西泠悲秋图〉》《水龙吟·春雪》；陈去病（二首）：《鹧鸪天·辛亥九秋吴门赁庑养疴有作》《清平乐·泰山绝顶骋望》；王蕴章（十六首）：《摸鱼儿·亚子出示春郎小影，触绪兴怀，怆然成赋，频所云"我亦江南贺梅子"，愿为影中人进一解也》《江城梅花引（梳烟缝月）》《水龙吟·萤》《疏帘淡月（钿筝斜落）》《柳梢青·和〈微波词〉》《谒金门·拟孙光宪》《醉花间·拟毛文锡》（二首）、《河传（春远人怨马蹄骄）》《霜叶飞·七月二十四日之夕，高昌庙血战剧烈时，大颠书来，縢以画扇一枋，取"红树青山好放船"诗意，荒亭落叶，秋思可怜，书中有"炮声隆隆中有迂妄似我者乎"等语。率倚此调奉答，微吟三叹，时正窗外月痕如水，惊飙挟飞弹而过也。□公见之，倘亦许为同调，相视而笑乎？时客上海嵩山路寓庐》《貂裘换酒·寿袁母薛太夫人六十，渐西村人爽秋先生之德配，慰农先生之女侄也》《台城路·槟榔屿山水清淑，侨商率于此营菟裘，地以槟榔名。近日椰子移植，后植可有百年，制瓢制油、其用甚广。渭川千亩，无往非椰，屋角槟榔，转有憔悴可怜态。天南寄迹，两度停骖，薄醉孤吟，藉抒胸臆，不仅为椰林写照也》《绿意·槟榔屿公园环两山之中，万绿如水飞流，一道潴为清泉，全屿自来水源也，陈君匪石既赋〈水龙吟〉咏之，余亦继声》《长亭怨慢·壬子雪兰峨七夕》《菩萨蛮·癸丑秋词》（二首）。其中，雷昭性《渝城道中》云："十载远离巴子国，又从横海识风尘。沾泥马足黄于染，接壤龙鳞绿更新。四野烟花迎过客，满天雷雨送归人。而今尝尽飘零味，愿伴林泉事老亲。"《晨过永川道》云："晨过永川道，行行经田里。晨曦未出山，残月犹在水。鹃啼远村外，鸠唤深树里。百犬吠争声，群蛙鸣聒耳。木古森鬼魔，石怪卧虎儿。排剑秧锋似，垂珠柳露拟。牧童歌始发，仆夫嗔早起。漫嗟行路难，吾将归老矣。"《由渝陆行》云："水程行罢又山程，放眼偏增景物情。风过竹丛千笛奏，雨淋荷叶万珠倾。小溪流水随花去，远岫排云拥树行。客舍不知何处是，关河迢递暮烟横。"《读史》云："雄威詟蛮貊，天汉飞将军。百战不封侯，猿臂空逸群。李蔡人中下，但附骠姚君。竟跻汉家相，食土列殊勋。英雄遭坎壈，阘冗际风云。荣华与卑贱，贤愚由之分。徒令千载后，啾啾鬼泣坟。"《哭刘学洲》云："十年相别不相知，今日还乡恨已迟。当我水云飘梗日，正君丘墓长花时。小窗风雨魂销矣，浊世文章鬼妒之。最是难闻肠断语，故人万里病中思！"《赠朱蒂煌留学英伦》云："听罢金戈铁马鸣，英雄仍作旧书生。终军破浪乘风志，范蠡扁舟去国情。大地龙蛇今寂寞，故乡狐鼠正纵横。英伦虽乐应思蜀！云海苍茫杜宇声。"陈去病《趵突泉一首》云："朝发泰山巅，夕游趵突泉。风尘亦劳瘁，兴会却腾骞。白浟旋旋起，明珠颗颗圆。暂来知未尽，昧旦去幽燕。"姜可生（署名"姜仑"）《送影禅北行》云："江南说剑吹箫客，燕北横戈跃马儿。衰草离离秋色老，征车鹿鹿寸心驰。照人肝胆秦时月，百战风霜劫后旗。记取锦屏亭上曲，泪痕舞袖板枝姬。"林百举（一厂）《瑞鹤仙·题春航小影》云："羽衣天外落。想曲罢凄凉，舞条柔弱。仙魂正漂泊。自亭亭不语，似嫌情缚。善才懒学。乍迷离、时妆胜昨。恍轻裾、窄袖谁家，狭少五陵弹雀。　　绰约。怜侬何日，步挽香车，坐偎瑶阁。樱桃笑索。红绡真个笼。底一春、负了江云浦月，又把芳心暗托。看犹愁、明镜欺人，留尘掩却。"黄人（摩西）《解语花·花泪，从草窗体》云："湘痕绝露，蜀魂飘烟，悲深欲啼反寂。一皱秋波，便铜槃、铅化玉台冰湿。霞红依约，偏洗出、销魂靓色。算费尽、莺调燕劝，肠痛难留得。　　工啼非逞侧媚。风雨薄情，憔悴怕端的。绛蜡分明，忍把斛珠狼藉，凝成瑟瑟。鸳枕嫌宽鲛怕窄，正觉景乾还暗滴，空对斜阳立。"

[韩]《新文界》第2卷第3号刊行。本期"词藻"栏目含《桂堂李将军家小集》(蕙田、佚名)、《和梅下尊兄》(佚名)、《和桂堂台兄》(佚名)、《送李桂堂龙湾讲武之行》(梅下)、《立春》(星州裴顺鸿)、《癸丑续〈兰亭帖〉》(蓉坡)、《春寒》(梅下)。其中,梅下《春寒》云:"嫩绿东风又一年,乍晴乍雨采茶前。佳人拾翠添罗袖,学士题兰掩画舡。勒花不敢开颜笑,侵柳犹能尽意眠。山禽未识田翁老,旧袴辛勤劝脱绵。"

[韩]《至气今至》第10号刊行。本期"词藻"栏目含《小桃》(石可生)、《画竹》(不揉子)、《饮酒》(他山攻者)、《偶吟》(自天生)、《荷花》(舍英子)、《种苽》(本固生)、《春词》(向荣子)、《咏松》(无为子)、《偶吟》(无为子)。其中,无为子《偶吟》云:"几生欲海澄清浪,一点心田绝点尘。过去劫逢无垢骨,至今成得有为身。"

吴昌硕应沙元炳属,为其夫人绘《冷香吟馆填词图》,并题云:"香雪冷霏铿石帚,邻风高拂响天琴。可怜往事如云散,夫婿无题剩苦吟。健盫棣台属为其沄卿夫人画《冷香吟馆填词图》。甲寅春仲,安吉吴昌硕老缶。"又,为陶葆廉行书《明陶元晖中丞遗集》(册页),作《题〈陶元晖中丞遗集〉》,后改目为《〈明陶元晖中丞遗集〉,陶拙存属题》。诗云:"熊襄愍公死西市,中丞追赃毙狱底。阉祸滔天门户中,千古奇冤著师弟。当年仕宦饶经纶,弛禁告籴拯难民。荻花满地委鬼坐,一网打尽多忠臣。阉党陷人尽如此,牵连祸及六君子。碧血青磷同一死,中丞名独遗青史。编成遗集日月光,太阿柄倒明社亡。如今世又悲沧桑,如公之才不易得,开编泪洒秋苍茫。"

陈三立自南京归沪,将在宁所作之诗出示樊增祥。樊阅后乃作《伯严归自金陵,示我近作二十二篇,咏叹之余,杂书其后》(六首)相赠。其一:"两年作诗不满百,十日得诗二十篇。心上花开似桃李,东风吹着即嫣然。"其二:"归寻三径剪蓬麻,日落秦淮急鼓笳。经过曼珠亡国恨,不应重怨后庭花。"其三:"卢女祠前水百弓,雨花台畔复相逢。孺人稚子皆欢喜,跳出江淹《别赋》中。"

梁节庵访温肃。节庵新自梁格庄回粤,特来吊奠,告知叔用狱已解。昆圃出狱后翌日病死,不胜伤感。节庵挽余太淑人,联语云:"与令子为神明骨肉之交,报国同心,相许只今迟一死;嗟贤母有正直义方之训,登堂半面,重来怆绝是他生。"

黄侃离京返沪,专心撰述。

杨寿楠偕经笙叔游西湖,遍探三竺六桥诸胜,过北固登金焦,访瘗鹤铭,观周鼎。

赵熙(尧生)携家返四川荣县,以诗代柬,有诗《蛰庵为农戏赠》寄曾习经及梁启超(任公)、林纾(琴南)诸故人:"老去多牛号乃公,全家力作亩南东。半生识字干天怒,八口占星盼岁丰。留命桑田休问海,传香麦陇自闻风。杏花菖叶陂如镜,椎髻相看一笑中。"陈衍《石遗室诗话》卷十六有论述及之:"壬子后,尧生自沪归蜀,寄居重庆,几陷不测。又次年归荣县,忧患离索之余,愈视友朋如性命。寄诗多首代书,使余分致诸故人,语意沉痛,皆从肺腑中进出,非薄俗轻隽之子,所能勉托也。《得瘿公书识京华故人消息，喜极志感》云：'灯下欣如聚故人，经年南北断知闻。苦吟健饭陈无己，行乞枯僧扬子云。惟汝梁鸿妻共庑，有人王霸子成群。独怜老跨耕牛者，强唱农歌媚细君。'此首总忆诸故人，而真挚之情已不同寻常矣。三句谓余，四句谓杨昀谷，六句谓畏庐，七八句谓曾刚甫。……《蛰庵为农戏寄》云云。刚甫官度支部十余年，至左参议，积廉俸至万余金。乱后，不欲复仕，尽以买天津军粮埕之田，乃斥卤不堪耕种者。尧生微闻之而未知其详，中四句云云。若尚有收成之望也者。然'占星''传香'，已近望梅止渴矣。"

高旭辑《变雅楼三十年诗征》，广泛征求近人作品，社员们纷纷赠诗作序，提出各种编选意见。多数人主张排斥依附清政府和袁世凯的作家和作品。高旭《自题〈变雅楼三十年诗征〉》云："羲农以后一归宿，驱遣潮流三十年。石破天惊无此局，凤歌麟叹奈何天。免教风雅沦榛莽，何必宫商戛管弦。一卷孤芳聊自赏，他时此意恐难传。"胡怀琛《与高天梅书》略谓："弟于《诗征》略有意见，敢再陈之。公之此辑，不拘宗派，不存意见，有时以人存诗，有时不以人废言，甚是甚是！顾弟谓以人存诗又有二说，一为名公大儒，人知其名，偶一为诗，本非所长，选家震其名，录其诗以为荣。一为奇行特立之士，而声名隐晦，世人不道，偶一为诗，亦非所长，选家哀其志，录其诗以存其人。是二说者，前说为无谓，何也？名公大儒，诗既不善，其人又世所知，选之不益，遗之不损，故可不须。后说为有益，盖前贤潜德幽光，或赖是阐发，然必附其小传，不然人不知其为若何人，遂薄其诗，等闲视之耳。尊辑范围限于三十年，自是一体裁。顾弟别有一见，谓从来一代诗文，类有集为大成者。以诗而论，唐有《全唐诗》，宋有《宋诗组事续》《宋诗纪事》，金有《中州集》，元有《元诗纪事》，明有《列朝诗》《明诗综》，即如五季匆匆代谢，李雨村犹惜其文献无存，为集《全五代诗》五十卷。有清一代，此书尚付缺如，吾固知后必有为之者，今未尚见也，公有意乎？又尝论清时选本之巨者，乾隆以前，推沈氏《别裁集》，清之末叶，推孙氏《诗史》。顾一则止于乾隆，一则起于道光。自乾隆之末，历嘉庆以迄道光之初，其间尚有数十年，合两书尚不得为完璧。《别裁集》成于清之盛时，明遗民诗以触忌不收者极多，《诗史》所收公卿多，布衣少，是两集之缺陷也。此外如渔洋《感旧集》限于朋旧，简斋《同人集》更不足言矣。合观上说，益知此举不可少，着手之法，无妨以上举各集为蓝本，更博采傍搜以补之，得一郡一邑诗征、诗存等，不啻得专集百数十种，若专集之多，收不胜收，尽耳目之力可耳。大抵晚近专集佳者甚少，然一集之中，终必有一二首可取者，不得轻弃之也。昨剑华来访，亦与谈及此，尊意如何？尚祈教之！"（《南社》第10集）高旭亦有《答胡寄尘书》，略谓："诵手书甚佩，中解以人存诗二说，其识尤超。奇异不得志之士，名湮灭而不彰者，谓当附以小传，俾世皆知其为何如人，发潜德之幽光，淘后死者之天职，此举断断不可少矣。弟原亦有此意，可谓所见略同。至所辑限于三十年者，乃依据孟子三十年为一世之说，大都为所见者也。公进以《全清诗》之宏议，伟则伟矣，奈收拾颇不易！何况收拾即易易，而非我侪所思存者乎！盖满清一代，所谓学士文人，大半依附末光，戕贼性灵，拜飏虏廷，恬不知羞，虽有雄文，已无当于大雅。惟三十年来则千奇万变，为汉、唐后未有之局，世风顿异，人才飙发，用夷变夏，推陈出新，故诗选之作，以三十年为断，亦以见文字之鼓吹，足以转旋世界，发扬国光，其力之大为未有也。窃尝谓诗之奇莫奇于此三十年，诗之正亦莫正于此三十年，又何必《全清诗》之始为完备哉！古人选诗有二：一则取一代之诗，撷精华，综宏博，并治乱兴衰之故，朝章国典之大，以诗证史，有裨于知人论世，如《唐文粹》《宋文鉴》《元文类》所载之诗，与国史相为表里者是也。一则交游之所赠，惟性之所嗜，偶有会心，辄操管而录之，以为怀人、思旧之助。人不必取其全，诗不必求其备，如元结、殷璠、高仲武、姚合之类，所谓唐人选唐诗者是也。第一说则《诗》三百篇之遗也，第二说则渔洋《感旧集》、德甫《湖海诗传》之所祖也。至若鄙辑，十之六为感旧，十之三足以补史氏之缺，盖窃欲兼二者而有之，但才力薄弱，深恐弗如所愿，奈何！奈何！"（《国学丛选》第 6 集）

叶德辉作《甲寅春仲重来都门感赋》（四首）。其一："幽州几姓帝王都，开国雄风想霸图。台筑黄金仍避债，郊陈苍璧已称孤。故宫禾黍连芳草，别殿松云掩菤蒲。九庙无惊神器改，果然揖让胜征诛。"其二："一梦春明感逝川，坐观沧海变桑田。客来燕赵多慷慨，人到邯郸半熟眠。桥上鹃啼非蜀帝，山中鹤语尚尧年。九衢灯火通宵旦，残照枫棱意惘然。"其三："辂冕殷周聚讼嚣，汉宫卤簿属嫖姚。可怜朝局如棋局，不辨人妖是服妖。狗窦尚书袍袖短，龟堂老子帽檐招。妇姑横髻男垂辫，排满于今梦影消。"其四："江汉波平壁垒新，驱除草泽待真人。时兼创守同唐宋，世阅兴亡似楚秦。清快丸成天水碧，满珠金换蒙古银。花朝日历时忘记，误认初春作晚春。"

黄节作《甲寅二月南归过邓尔雅，为题〈水周堂图〉》。诗云："欲舣扁舟藏壑去，却从沧海见尘飞。盈盈一水经秋别，落落斯堂与世违。鸟兽同群知有托，江湖满地竟安归。买山吾已输君早，何独伤心柳十围。"

余达父作《送周丰沅南归》。诗云："东风吹寒条，棱棱天欲晓。客子迟严装，中夜已俶扰。兹来未浃月，将离聚何少。临歧千万言，未语复悄悄。知君三十年，绮纨盛名标。名场屡屯邅，踬此宛骧裹。生涯成濩落，蛾眉伤窈窕。少壮才几时，老境相牵嬲。强赴考功第，随珠弹爵小。岂知天际鸿，仍作伤弓鸟。去去复南游，江湖何浩渺。风疾波澜恶，螭龙正夭矫。涉江采兰芷，岩栖托幽窅。无为楚囚泣，何事越人诊。我今寄穷朔，辛如虫食蓼。足茧黄尘砑，目眵青云杪。大言泽生民，不救身饿殍。俯仰百岁间，忽如风中篆。别君当开颜，言出色已愀。且复立须臾，尽此清尊醥。"

[日] 松平康国作《二月》。诗云："盐梅不见鼎羹调,物议纷纷众口嚣。斩马谁能诛大蠹,燃犀我欲照群妖。春寒有雪花犹发,日暮无风柳自摇。越俎此心知有罪,玷污唯惜圣明朝。"

[日] 高须履祥作《二月某日友人相携看梅于狭布里,余阻事不得同游,赋此自遣》。诗云："驿使赍来梅信新,友朋携酒出城闉。愧吾依旧趁尘事,孤负江南雪后春。"

❀ 春 ❀

福建海军同人于上海创立袖海楼吟社。该社雅好诗钟。张准1925年印行该社社集《袖海楼吟社诗钟》。据张准序云:"民国三年甲寅春,海军同人创袖海楼吟社于古春申浦。余素不谙声律,窃心好之,追随既久,吟兴益浓。寻以中日交涉事亟,吟事中辍。越明年,裁撤海军沪署。余调任部曹,同社星散。逮六年秋,规复旧署。余奉檄南来,忝领戎幕,与诸君子聚首一方,再兴社事。阅两年,又以江防多故,军书旁午,不弹斯调者已五稔于兹矣。"又据何品璋序云:"辛亥治军沪渎,吟局滋繁,而袖海楼诗社遂亦成立。围炉击钵,月有常期。比岁以还,余入京曹,而同社朋俦亦多星散。"据《吟社同人姓名录》,该社社员以福建闽侯军人为多,有黄麻民(名裳治)、何质玉(名品璋)、王璧颖(名君秀)、李子詻(名昭坦)、林介吾(名福祺)、张心如(名斌元)、张筱漪(名起桓)、陈肩苍(名樵)、郑幼权(名孝焘)、叶菊人(名世璜)、陈永年(名遐龄)、翁梦香(名继芬)、吴步岳(名山)、何君超(名逸)、蒋贞庄(名濬源)、黄孝淑(名仲则)、林敏斋(名球圆)、胡福侯(名载福)、郑组青(名绶章)、池绩宇(名漠明)、吴仲蟾(名元桂)、项植藩(名祖濂)、陈舒文(名天经)、林述祖(名鉴殷)、黄檍生(名道棻)、刘于岐(名人凤)、王涤楼、叶德皋、林珍虞、萨修贤等34人。

海上同人举行癸丑消寒第六集至第九集。第六集首唱施赞唐《消寒第六集,精忠柏断片歌》,续唱:汪煦、戴启文、刘炳照、缪荃孙、刘承干(二首)。其中,缪荃孙有诗云:"洁如寒玉劲如铁,何年老干风吹折。拔地参大气尚存,中藏烈士星星血。柏台饬纪齐万民,将军手植柔条新。一木犹思支大厦,风波狱起冤难伸,此时此柏饶生意。吸露孥云荫垂地,秦头太重日无光。乔木世臣先自弃,将军已死柏树枯。柏亦如人正气扶,东洛松楸霜月冷。西湖花柳春风苏,可怜树倒猢狲散。恸哭冬青朝市换,莓苔皱剥疑篆书。留与文房作珍玩,栖霞岭下王之祠,风吹不转森南枝。一般草木分荣辱,游客犹讥分桧尸。"刘承干(二首)其一:"君命安可违,人理固有终。忠情谬获露,实由罕所同。谅哉宜霜柏,见别萧艾中。长枯固已剧,节义为士雄。"消寒第七集。是集首唱吕景端《消寒第七集咏刀鱼》,续唱者:刘炳照、缪荃孙、戴启文、周庆云、刘承乾、吕景瑞。其中,吕景端《摸鱼子·消寒第七集,同赋席上刀鱼,已成五言十八韵，意有未尽，复填此词》云："倒芳樽、笋肥莼美，吴羹才下监豉。扁舟昨夜春潮上，网得银刀如水。形宛似。有雪片倾箱，白小差堪拟（杜甫《白小》诗：倾箱雪片虚。'白小'即金银鱼）。玉肌莹理。尽剖出珠胎，赠同金错，饱受此风味。　　登筵少，不比过江名士。烹鲜一割聊试。苗条身段玲珑样，谁信背多芒刺。香沁齿。莫更忆季鹰，归去鲈鱼思。笑看食指。愿蒭取淞腴，年年二月，买醉访渔市。"刘炳照《摸鱼子（记江南）》云："记江南、莫春风物，桃花新涨流水（苏轼诗：'知有江南风物否，桃花流水鲚鱼肥'）。开奁得鲚长盈尺（陆游诗：'监白开奁得鲚鱼'），缕比鳜鱼鲜细（张志和诗：'桃花流水鳜鱼肥。'白居易诗：'鳜缕鲜仍细'）。谁得似。似玉女抛梭，泼剌横刀鲙（梅圣俞诗：'春鲚横刀鲙'）。羞濡进尾（《礼记》：'羞濡鱼者进尾'）。却羹胜松鲈，馔矜淮鳝（是日，午食松产鲈羹，晚食淮制鳝丝，总不及此鱼之肥美），泛宅未遑弃（《三辅决录》：'鲚鱼肥炙甚美。'谚云：'宁去累世宅，不弃鲚鱼额。'）。　　家乡好，饱食人知此味。如今空惹归思（吾乡刀鱼最佳产，江阴者多脂而肥）。登盘但觉肥腴甚，入口不嫌多刺。时顺未（江赋鳗鲚顺，时而往还）。说过了清明，骨鲠防贪嗜（俗传刀鱼多刺而软，过清明则刺硬易鲠矣）。微闻客戏。笑海族偕来，江湖二妇，风味迥殊异（《宛委余编》：'江鲚湖鲚皆有子，海鲚无子。'有客戏谓：'海鲚为江湖二妇。'按：子鲦别是一种，不及刀鱼远甚）。"消寒第八集。是集首唱缪荃孙《消寒第八集，分咏〈十春词〉，予得踏春》，同人和作：沈焜《买春》、刘炳照《唱春》、戴启文《咬春》、周庆云《打春》、赵汤《藏春》。其中，沈焜《买春》云："清风明月不论钱，输与壶中价十千。裘典鹔鹴寒尚峭，杯斟鹦鹉色逾妍。青帘占尽繁华地，红杏开残旖旎天。安得江潮化轮酴，不愁囊涩饮陶然。"周庆云《打春》云："律应条风斗柄横，士人秉耒待躬耕。赐来幡胜成春服，听到鞭声出禁城。典重云翘八佾舞，礼隆彩仗百官迎。而今无复谯楼看，怕说仓庚此日鸣。"消寒第九集。是集首唱戴启文《消寒第九集，分咏〈后十春词〉，予得括春》，同人和作：刘炳照《焕春》、沈焜《挽春》、缪荃孙《报春》、周庆云《洗春》。其中，刘炳照《焕春》云："暖风渐入北枝梅，谁把青春唤得来。双燕呢喃低语报，群莺睍睆好音催。深闺惊梦娇娘起，远道招魂逐客回。我似杜鹃啼尽血，东皇何事费疑猜。"周庆云《洗春》云："嫩凉池馆晚晴收，洗罢征车不洗愁。花影红飞三月雨，树阴绿净一庭秋。啼残鴂舌天街润，画染螺眉曲槛浮。最是良宵倾听处，有人凄断小红楼。"

山西都督府改编为将军府，编制缩小，顾问裁撤。刘师培由阎锡山推荐赴北京，由袁克定引觐给袁世凯。袁世凯授以公府谘议职。

于右任在宋教仁遇害一周年之际，作诗《题宋墓前曰：呜呼！宋教仁先生之墓》并撰书《宋教仁先生石像后题语》。诗云："当时诅楚祀巫咸，此日怀殷吊比干。片石争传终古恨，大书留与后人看。杀身翻道名成易，谋国全求世谅难。如斗余杭渔父篆，坟前和泪为君刊。"古直作《宋桃源周年忌日作》。诗云："白日忽昏霾，百鬼走幽都。皇天信愦愦，忠良反见锄。哀哉宋夫子，卓荦为世模。慷慨志澄清，高名列俊厨。长啸风云生，顾盼殷社墟。良图未获骋，一朝竟糜躯。糜躯宁足惜，宗国恐沦胥。春风二三月，芳草绿以芜。忽忽周星纪，默默召咸巫。魂兮其归来，陈词怀椒糈。愿言挟秦弓，一发殪封狐。虽则殪封狐，莫赎此百夫。"张默君作《甲寅春悼渔父、太一》。诗云："莽荡河山剩劫灰，虫沙猿鹤惊春雷。东南王气销磨尽，西北风云郁不开。宁戚墓前芳草长，贾生祠畔夕阳催。桃源渔父今何在，谁为招魂赋大哀。"

吴昌硕为王立三绘《芦橘夏熟图》轴，并题云："五月天热换葛衣，家家卢橘黄且肥。鸟疑金弹不敢啄，忍饥空向林间飞。昨于邓老秋处见蒋南沙真迹，放纵烂漫，不可方物。兹拟其意为绘青鉴家。甲寅春，吴昌硕。"

黄宾虹为叶楚伧作《分湖吊梦图》。

林纾作立轴纸本《万峰晴翠》（又名《松溪策杖》《扶杖游山》）。题云："流水溪桥数粒松，万峰晴翠出芙蓉。山樵那及先生健，云海翱翔杖一筇。甲寅春日，畏庐写。"

陈夔龙与吴庆坻、幼薇聚于荔香园。陈夔龙作《子修、幼薇招饮荔香园，得句奉酬四叠前韵》。诗云："春宴曲江卅载遥，荔园重忆杏花招。齐年犹幸余三五，大隐何妨在市朝。藉甚才名曾揖蒋，护持书种早推姚（两君均任学使）。高峰南北谁堪并，只有京江一点焦（谓梦华）。"又，陈邦瑞由津至沪。陈夔龙作《陈瑶圃同年由津至沪，荒斋小集十叠前韵》。诗云："申浦丁沽一水遥，扁舟无恙布帆招。故山猿鸟迎归客，御苑莺花梦早朝。便拟逃名老箕颍，须知同姓出虞姚。尊前我亦乡心切，兵气黔南草木焦。"又作《春郊遣兴，三叠前韵》诗云："细草如茵履齿遥，迎风喜见酒帘招。宣南客至谭三海，江左书来梦六朝。先后笋争滕与薛，紫黄花斗魏同姚。阳春岂是巴人曲，不遇知音尾任焦（闻酒肆歌声）。"

周易作《寄题蛰庵津门田舍》寄曾习经。诗云："蓑笠安排谢履綦，春耕烟雨向东菑。已看片段成姜棱，不惜千忙护槿篱。哀艳诗心樊榭集，伶俜生计草堂赀。乱鸦啼后饶归思，来及鸥波放棹时。"

曾习经读北宋陈师道（后山）《妾薄命诗》，作《题陈后山〈妾薄命诗〉后》云："瓣香不忍更他师，压卷今传薄命辞。一死实难天地窄，世间方笑后山痴。"又作《湜亭六绝句》。其一："青铜磨镜舒荷叶，碧玉抽簪长嫩蒲。剩看黄莺梢过蝶，时有白鹭窥游鱼。"其二："河流转处片帆出，倏忽来过湜亭前。想见都官狂兴发，整巾直走沧海边。"其三："东风吹雨水亭阴，怜尔天涯独种参。书后欲题青李字，函封不发只沉吟。"其四："明渠浸玉绝氛埃，一日应须到百回。说似抔湖吾亦肯，无人来对漫郎杯。"其五："荒荒广野四天低，碧浸红亭别一溪。来与杨漕添掌故，八分亭匾手亲题。"其六："前俯长河后枕渠，天光云影总模糊。不闻澄澈与流浪，自在亭中读道书。"

林毓琳（清扬）抵北京，曾习经带其往法源寺访王闿运。归后，林氏有诗《法源寺谒壬秋先生》呈王闿运。诗云："中兴诸将皆宾礼，一日声名天下闻。六代风骚留此老，百年人士共斯文。花光堪赏迟当见，大雅卓然自不群。深幸同时非怅望，禅扃待叩挹芬薰。"

黄侃作《初春得平君岛上见寄诗，感念今昔，因成长歌一首还寄》赠平刚。诗云："昔年受经东海滨，自惭后觉依天民。剥复之交巨儒出，欲持汉道清胡尘。贵阳平君素轻侠，弃家远游避官牒。翻然折节攻诗书，曩日阴符在行箧。与君同志兼同师，倾盖已恨相逢迟。惟怜逸气俱未尽，回看故土愁崩离。中原豪士何纷蔼，冥鸿各免罝罗害。僦屋皆依新小川（同盟会所在），占名咸入同盟会。曾云行远宜高文，一篇名报张吾军。老师为事诚殷勤，二汪刘胡俱策勋。同时我草驱胡檄，斌玦亦与玙璠群。孙黄玩岁众争怪，镇南一衄连三败。都言张楚失兵机，谁信衰周自天坏。我闻鼙鼓动武昌，君乘轺传经沅湘。南都枚卜得民主，北地移文讽让王。乘时攫柄谁家客？漳滨决起来燕陌。运时翻嫌九鼎轻，投鞭似惜一江窄。瞻言之子有良谋，鲰生一误在论都。空贻长策制天下，不敢弯弓临北胡。革命奇功运往，嗟君南北徒鞅掌。新旧相鏖祸有胎，弩末犹存国民党。宋生智计冠同俦，岂知大道忌阴谋。弹丸飞来谁所仇？苌弘碧血三年留。章君筹边羞碌碌，直言招过身将辱。竟能损印效虞卿，绝似临河叹鸣犊。顷之湖口兴南风，楼船漂柮下吴淞。白门收骨哭新鬼，丹穴熏君得老公。兴平再至伤重足，款言但感荣枯速。大索惊传逐客书，凯归竞唱南征曲。哲人防患亦多疏，可怜鱼腹困余且。此日纳馈唯宁武，昔时载酒有侯铺。微躯甘受饥寒累，讪身戎幕儒为戏。枉将小技换钱刀，却望师门负恩义。君当出走防株连，自伤亡命如当年。唯将一语慰君意，庑下今有鸿妻贤。春来羁旅无人问，抚今怀古缠深恨！忽闻岛上尺书来，伸纸低吟泪频抆！世态纷纷且未陈，更须珍重百年身。朔方今岁解冻早，东风转眼千花新。鹔鹴裘在可贳酒，卓氏岂怨相如贫。花前对酌有好句，即付邮筒酬故人。"

胡雪抱在南昌访前监察御史胡思敬。胡氏甚是礼遇胡雪抱，并出示时居金陵的陈三立诗。胡雪抱遂次韵奉和。《访胡漱唐侍御出示陈散原诗，次韵为赠》云："犹许东湖影幅巾，幽踪邂逅及芳辰。倾襟台阁生风日，蹑足烟波听雨人。宛委别藏搜涧壑，消虚余梦拥衾茵。遥知神识澄秋水，楼外飞花不当春。"

康有为到杭州，拜访徐致靖，二人先后住进刘庄。其间，康有为作诗，有"南妆西子泛西湖，我亦飘然范大夫"之句。徐致靖在刘庄住月余，临别送七古长诗赠康，题为《七月既望夜宴刘庄，酒后狂歌为南海寿》。中有"群众倒屣授餐馆，水竹不须问主刘"之句。

柳亚子时客盛泽佩宜夫人家，初识姨丈谭天风，题谭氏所著《弯弧庐诗稿》，作

《红梨赠谭天风丈》。诗云："鸳鸯湖畔幽人宅，中有歌声出金石。万里关山赋倦游，长吟自署弯弧集。赋子平生感慨中，十年磨剑未成龙。空余一卷怀芳志，惭愧中郎赏爨桐。怜才自是中郎意，仲宣未倒迎门屐。越水吴江一棹通，隔年预约相逢地。春风吹绿红梨波，相逢一笑双颜酡。漫诩雄才惊四座，遗怜同病多坎轲。弯弧磨剑心空热，身手男儿只自惜。君如齿称半人，我愧扬雄亦口吃。脉脉含情俱未申，相怜蛮驱倍相亲。飙轮底事催归急？一曲骊歌黯怆神。君不见：中原龙战玄黄血，渐台郿坞风云急。何当偕隐桃源住，读曲吟诗志永夕。"

连横自吉林归北京，有诗留别谢恺夫妇。《留别幼安、香禅》云："平生不作离愁语，今日分襟亦惘然。客舍扶持如骨肉，人间聚散总因缘。塞云漠漠迟春色，海月娟娟忆去年。宾雁未归征马健，一箫一剑且流连。"

陈独秀年初第4次去日本，在江户佐章士钊创办《甲寅》杂志。

张沌谷（相文）拟为西北之游。先由洛阳而西，溯渭水，达兰州，涉青海，探黄河源。再沿黄河东下，农商部总长张謇季直先生因以调查西北农田水利相嘱，部给旅费，方欲成行。

翁文灏应邀赴北京，担任地质研究所讲师。

朱大可与顾佛影旅苏杭，一路唱和。朱大可作《咏顾佛影》。诗云："白下初逢顾佛郎，少年才调剧飞扬。虎丘晴与西湖雨，各有新诗在粉墙。"

袁克文奉父命，送长妹归青岛，与易顺鼎畅游山东。游历青岛期间，袁克文作《青岛观海》等诗篇。其中，《青岛观海》云："半岛峙齐东，凌夷气正梦。山吞烟霭碧，日落海天红。白石浮还激，黄沙漫又通。孤鸿惊暮影，飘渺此苍穹。"至济南，高仰止接待袁克文。袁见济南景色触景生情，作诗云："十三年事倍依依，海右重来识翠微。历劫楼台余踯躅，秉兰时节付嘘唏。半城湖色迟春久，千佛山光入暮稀。溱洧流风何处是，踏青逐向故乡归。"后又赴泰山旅游，作题壁诗二首。其一："终古难回倩女魂，当年幽怨瘗重门。遥知灯火明灭处，血泪纵横夜不温。"曲阜期间，孔令贻设宴招待，袁逢张桂林，遂赋诗一首赠之。诗云："是事应知今胜昔，莫言后定不如今。尊前为说来时路，海畔黄沙一尺深。"袁克文拟返都前，高仰止饯袁于大明湖历下亭。座有姚鹏图、步翔棻暨诸游侣。是夕，张树元设祖道于城南，袁复密约桂林于日本旅馆，未使一人知。袁既至历下亭，已逾未正，筵开樽举，姚鹏图倡行酒令，即席赋"竟""病"韵诗以佐饮。及袁克文与座客诗俱成，时已薄暮。

张大千赴重庆市曾家岩求精中学读初中。

石声汉插班进入长沙私立楚怡小学读书。

台静农入安徽霍丘县叶家集镇明强小学甲班就读。

陈龙庆撰《百怀诗集》刊行。由潮城林文在楼刊刷，集内收录怀人诗100首。陈景仁题签。甲寅春月开雕。此书为小蓬莱丛书之第十一种。集前有陈龙庆、萧璦常、柯翘、李宝森、林樏任、李世铎、冯嘉铸、黄龙章、蔡锷锋、黄太初、李青、杜国玮作序。陈卓叶、杨文锐、吴之英、吴之藻、柯翮、柯翊、彭鑫、王师愈、陈书异、邱焕枢、张书璧、陈道华、王定元、王道正、黄龙章、陈宗尧、谢龙焕、陈慎我、林家骅、温廷敬、阮禅兴、刘昌治、周之相题词。陈龙庆作自序云："交游止于百乎？曰：'否。'庆自束发受书，弱冠游学，良师益友，随地有之。壮而珥笔于报界，旋致力于学界，闽峤宦游，复滥竽于政界。所至通都大邑，与其间之贤士大夫游，伐木嘤鸣，又随地有之。时变日亟，宦途不可久居，于是息马悬车，还我书生面目，今则行年四十有六矣。海内外人士，不以庆为不屑教诲，凡文牍与诗、筒之往来无虚日，间且有数载神交，未谋一面者。比来息影蓬庐，索处离群，不胜风雨鸡鸣之感，然交游既不啻以千数计，怀人自不能以百数限，此卷又乌得以百怀名，乃不多不少，标曰《百怀诗》，何也？曰：'百，首数之满，贞下起元，固将以有余不尽者，留一赓续地步也。'考古今诗集，怀人诗少有若是之辞费者。是作成于癸丑之秋月，日则讲学授徒，宵分殆能握管，七宵凡得七十首，脱稿后就正于慕韩王子。胸中尚存有多数怀思之人，惟惝惝然以辞费是惧。王子曰：'诗以道性情而已，情之所至，文即生焉。无所寄，虽数首已觉其多；有所寄，虽百篇尚嫌其少。子既成七十首矣，何不踔成满数？'庆于是悄然而思，跃然而起，将胸中怀思之人摅举焉，又成三十首，而胸中怀思之人，终不能以百止也。适本校将办表册，以钩稽核算之劳，夺我吟咏推敲之兴，于是借为一结，束其有余不尽，胸中尚存有多数怀思之人，请以俟诸异日诗成。本不敢问世，因友人索抄全稿，笔为之秃，手为之胝，乃付诸枣梨，分赠同志，藉以表思慕、道性情而已。诗之工拙，不暇计也。是为序。癸丑孟冬之月蓬洲芷云陈龙庆序。"柯翘序云："古无以怀人集独行者，或且以诗家不登酬应诗为高，盖即指赠答而言也。余谓不然，诗所以言志也，《三百篇》兴观群怨，无非写性情之作而赠答半焉。朋友为五伦之一，古人于交游之际，辄有至性流露其间，凡所赠答皆可以兴者也。自世之衰，而朋友之道废，以义相感者寡耳。庄子曰：'朋而不心，面朋也。'欧阳子曰：'小人无朋，其暂为朋者，伪也。'夫朋友而以面交焉？以伪交焉？又乌有性情流露于其间哉？宜其薄赠答为酬应之作，而不乐存之也。陈子薄仕宦而不为，轻利禄而不慕，而独于亲戚故旧惓惓焉置诸怀，则其于交游之际，不以面合伪与可知也。我闻邑中诗家陈子有捷才，其积稿堪以示世者多也，而独于怀人诗切切然欲刊而布之，则其于赠答之作，皆一本于性情，异乎世之视为酬应而出者可知也。陈子其庶几哉！然则是集之必刊而布之也又奚疑。孟丞柯翘序。"吴之英作《题词三》云："丈夫慷慨多旧游，同声相应气相求。风雨鸡鸣劳寤叹，美人香草托离忧。忆昔文通三十首，论世知人称作手。只憾怀古不怀今，此心将毋负良友。湖海元龙意气豪，夜烧红烛读风骚。斗酒百篇摅蓄念，兴酣落笔鬼神号。我愧爨琴与柯笛，凡材竟忝长相忆。天涯知己转思君，一水盈盈隔芦荻。"集后有张衡皋、杨文锐作跋。其中，张衡皋《跋》云："尝读《谷风》诗序曰：'天下俗薄，朋友道绝。'窃叹自来风俗之厚薄，觇其友道之厚薄，而昭然若揭，未有交际失道而风俗尚得谓之纯厚者。三代以降，风俗日偷，附势趋炎，翻云覆雨，此愤时嫉俗者，所以作绝交之论也。士君子不幸而生当末世，既不能遁迹荒山，囚声穷谷，目击人心泪没，世道沉沦，思作砥柱于中流。因矫激而广联朋辈，此非不死生与共、肝胆相孚，而好名之念中之，竟矫枉失中，反以意气用事，卒致党同伐异，水火日深，大祸横飞，诛夷放逐。若汉唐宋明之末，造其党祸，至足悲也。友道不持其正，又足以促变酿祸，岂朋友之累人哉？亦人之累朋友耳。方今江河日下，古道沦亡，尔诈我虞，机械百出，诗人所谓天下俗薄，朋友道绝者，其真于今日见之矣。而欧风西渐，东施效颦，派别支分，高张党帜，一变而为党派之世论者，谓立宪国必当有此，吾诚不知其结果何如。而兰艾不分，良莠并进，广招徕以联声势，是党也，非朋也。较之汉唐宋明之朋党，又大别也。至是而会友辅仁之道愈晦而不彰矣。孔子不云乎：'君子群而不党。'友道正鹄，端在乎是？按之今日，所谓合群，所谓共和，亦必当此为宗旨。然求其人于当今之世，殆如凤毛麟角，不可多觏。芷云陈子，敦品励学，宜古宜今，固具新智识，而守旧道德者。生平结交其广，而悉有真意贯注其间。往往风雨怀人，形诸歌咏。群而不党，陈子有焉。著百怀诗，将付梨枣。鄙人忝叨爱末，寄其诗序见示，虽未获窥全貌，而其勤勤恳恳之真意，可于诗序中见之，善哉！陈子可以风矣！癸丑冬至日岭峤遗民道平张衡皋谨跋。"

林庚白诗文专辑《急就集》印行。

严修作《漫成》。诗云："七十二沾云水身，五年不踏京洛尘。生成物竞天演世，焉知无怀浑沌民。关尹亢仓空尔尔，鲁索笛卡亦陈陈。愚知花样重翻日，又有新人笑旧人。"

赵熙作《春感》。诗云："习礼真无著，还山不是家。国闻尊贼帅，风信断京华。望雨春将老，吹筛日又斜。御河杨柳绿，风起暮吹花。"

瞿鸿禨作《春雨，次泊园韵》《春日访樊山不遇，枉诗见贻，次韵和答》。其中，《春日访樊山不遇》云："春风入我室，言访故人来。白日一堂静，野云三径开。鸟声空剥啄，花影共低回。佳句见高格，君诗真似梅（用《扪虱新话》'格高似梅花'意）。"

陈遹声作《春日村居杂兴四十四首》。其五："谪堕风尘七十年，每逢胜景辄流连。婢童鸡犬俱千古，鹅鸭琴书共一船。我识陶潜非隐士，人言李白是诗仙。山中谁与同游钓，不是书禅即酒癫。"其六："才过花柳斜川路，便是柴桑处士村。尘梦京华莺唤醒，尧年帝纪鹤能言。但能故国青山在，不厌田家白酒浑。日暮隔墙约邻叟，花间月下共开尊。"

黄式苏作《春日山行绝句》（十首）。其一："荒城一角傍溪开，往日芙蓉遍地栽。才出郭门心便怯，乱山万叠刺眸来（鸦片花又名阿芙蓉）。"其二："踯躅山溪日已斜，停舆来就饼师家。果然今日逢寒食，火冷饧稀待煮茶。"其三："老圃春深菜甲肥，豆苗初苗麦须齐。如何非种锄难尽，犹向山中曳屧泥。"其四："轻舆期月逐山行，憔悴须眉百感生。不见家家门插柳，却忘今日是清明。"其五："东风似虎惜花残，恋恋羔裘欲卸难。岭上冻云山下瀑，一般努力作春寒。"

江五民作《春日田家杂感》（四首）。其二："我闻禁烟令，余地不复饶。原意亦良苦，行法恃下僚。颇闻上下手，可令真伪淆。朴哉吾小民，勤勤终岁劳。既无烟霞癖，何有莺粟苗。好鸟催布谷，稉稌满东郊。果能似此土，刑措岂崇朝。无何西来品，屯积如山高。日日声报端，冀复广行销。"其四："政治号共和，乃复有盗弄。伏莽遍山林，散卒亦横纵。常令闾阎心，如临大敌阃。春睡已苦短，夜醒昼瞢瞢。安得盗变良，外户不待封。庶几犬吠声，无复惊宵梦。日出在田间，相率事耕种。"

萧亮飞作《春日田园杂兴》（五首）。其一："不道田园趣，春时至此佳。自娱拾翠节，何事踏青鞋。剪韭留宾饭，餐榆与客偕。凿耕足饮食，击壤乐无涯。"其二："农人告春及，宁敢复悠游。晨起每先鸟，时来刚唤鸠。将身托东陆，有事到西畴。应候得风雨，从知二麦收。"

林苍作《春寒》。诗云："身世悠悠付陆沉，药烟遮梦屋庐深。天阴若示吾曹意，无放春寒作一吟。"

夏敬观作《罗掞东、易实甫约访道阶和尚于法源寺饯春》。诗云："春风无所住，客至花乱开。几许耐风日，无顷非尘埃。树下众趺坐，坐处生绿苔。长老不饮酒，花落空尊罍。丁香岁解结，已嗅四十回。未作花气味，虫鸟休浪猜。"

傅熊湘作《春望》。诗云："潋滟晴光十里塘，游蜂渐欲作新房。绕堤细柳初分字，迎面天桃突过墙。遁世正堪孤隐惯，忧天转觉肺肝长。山中饱饭无余事，却为妍春一放狂。"

李鸿祥作《甲寅春巡视迤南，整理锡务公司，决议修箇碧铁路》。诗云："富强先务在交通，宝藏能兴始救穷。探矿开山兵食足，西南形势此为雄。"

董伯度作《春日家居》。诗云："门外春如海，门中春更长。石奇多作幻，书古自生香。分竹来邻舍，留云宿曲房。夜深微雨过，新绿满池塘。"

陈逢源作《甲寅初春陪赵云石、胡南溟、谢籁轩延平王祠访古梅》。诗云："古殿花开满树肥，我来吟兴正雄飞。千秋大业存孤节，一发残山付落晖。夜月有情春梦冷，铁心无泪昔人非。凭君莫话当年事，恐有忠魂化鹤归。"

金兆蕃作《金缕曲》（二首）。序云："甲寅春夏间，重至天津。林豫卿丈（际康）置酒，邀陆似梅丈（安清）及程尔楣（光楹）、姚伯绳（宝炘）、赵金缄（炳林）、陆幼香（炳文）诸君共饮，皆先学士旧时宾从。金缄方以是日至，尔楣翌朝当行。尘海浮踪，暂焉相聚，非易事也。"其一："谁谓无神助。谢封姨、回帆送到，行舟留住。纵目南楼年最少，便已头颅如许。又何况、当时琳瑀。屈指晨星犹有几，只尊前、磊落人三五。今昔恨，那堪诉。　　征袍今昔殊缟素。定难分、江头涕泪，洛中尘土。茗盏诗囊相料理，怕道须溪春去。更青兕、几番风雨。莫话年来经历事，枉茹冰、饮雪论辛苦。将进酒，为君舞。"其二："我倦津梁矣。猛无端、蜂惊蝶扰，残英飞坠。湖上铜犀眠不醒，荆棘年时还未。似解道、笑侬憔悴。如絮筵云萍舞浪，尽飘流、岂是先人意。空老大，我滋愧。　　析津亦是前游地。忍重尝、江豚海鲔，儿时风味。一昔元都花落后，愁绪万丝难理。叹眼底、无多红紫。渔畏风波耕水旱，作寻常、鸡鹜成何事。歌未竟，掷杯起。"

江子愚作《水龙吟（几多风雅儿郎）》。序云："甲寅春，同人游薛涛井。酒后更访其墓，相距仅里许。墓门惟有短碑，周遭楷树与碧芦、黄竹错杂而已。诵'小桃花绕薛涛坟'之句，不胜怅然。"词云："几多风雅儿郎，纷纷占尽唐家史。天公韵绝，新添一个，扫眉才子。鹦舌生花，凤毛飞彩，一时怎比。甚西川节度，横欺弱质，飘零恨、终难洗。　　十幅鸾笺渺矣。空赢得、煮茶春水。桃花斫尽，香坟凄冷，有谁怜你。不信天公，生才有限，竟教如此。属游人莫把，梧桐旧谶，再来提起。"

伍澄宇作《甲寅春抵东晤孙公口占》。诗云："功成未得聚，相见一嘻吁。同掬苍生泪，艰难复壮图。"

苏舆作《春日肺病大作，山居漫兴》。其一："幽斋临径道，隐几亦看山。恐有客来莫，呼僮缓闭关。"其二："殷勤唯我季，供我盘飧求。拨火朝煨芋，然松夜刺鳝。"其三："室人长沙来，问我何所苦。我言名为苦，即非有所苦。"其四："瑱女方龄半，入门投我怀。谛视复却去，亟呼乳媪来。"其五："天明乌鹊喜，饭香鸡鸭喧。我闲物亦适，此是病中天。"其六："室暖花开早，春寒蔬长迟。邻家时送菜，不费杜陵诗。"其七："言欲迁仁里，筑堂傍怡怡。元无履道费，空寄草堂赀。"其八："痼疾辞医药，知我谓我哀。我心原不死，哀乐亦微哉。"其九："活火瀹山茗，奏声如笙丝。又似汽车发，欲开永开时。"其十："无心问禾处，有志课蔬鱼。所惜四肢弱，不能躬葍菖。"十一："故人诒我书，累月懒作答。中夜梦见之，迹离神自合。"十二："学童见我吟，笑说与诗似。我言此是病，病已吟亦已。"十三："草长牛羊悦，秧齐稻粳香。田畴将有事，呆坐看斜阳。"十四："扶杖出门望，邻里惊吾衰。吾衰何足道，曾待桑田回。"十五："喘定仍无睡，青灯剩作徒。此中空所有，聊可默经书。"十六："两载经三变，更堪疢疾深。我悲尔宁觉，墓草已深青。"十七："云远天无缝，雾深山失容。消愁悭酒户，况复病重重。"十八："夺我所乐耆，石首与鲞鱼。未宜徇口腹，且复录方书。"十九："鸥枭喧数夕，俗说诧不详。偶省豳风旨，取予得毋将。"二十："蛤蟆夜喝喝，偏向耳根来。韩柳甘食肉，周官掌酒灰。"二十一："野芹如芥辣，新笋似兰香。略同馋太守，一笑且充肠。"二十二："猪肝仲叔累，韭菜庾郎贫。客来无可饷，聊与话交亲。"二十三："有客说金刚，云何是道要。孔怒孟三反，释以忍为教。"二十四："去岁乐寿轩，养疴适春日。今年怀董阁，斯疾犹宿昔。"二十五："秃首仍梳发，临餐每敕须。举头欲有语，忽复忘其初。"二十六："孔孟防内伤，岐黄治外伤。大哉吾友诚，慎哉吾疾长。"二十七："菜花畦锦绣，泉笕水玲珑。谁识幽居乐，日高金谷丛。"二十八："溪涨寒侵枕，泉肥浊到茶。微闻夜来雨，起视忽晴霞。"二十九："静言挥素琴，成亏无不可。弹指去来今，矫首人天我。"三十："邻家勤纺绩，时闻机杼声。胡不广蚕业，树桑以为程。"三十一："山中无日历，记事集阴阳。改制成今日，夏时翻若忘。"三十二："山花红映日，野老自安名。幽意与云回，玄机有梦成。"三十三："张罗鸟一目，游沼鱼千里。知也信无涯，吾病其容已。"三十四："冬晴无怨咨，天道有循环。寒雨忽然至，春水日潺湲。"三十五："两足遂成废，咫尺似天遥。幸有妻儿在，折枝不语劳。"三十六："携筐上山去，听唱采茶歌。十咏翻皮陆，而今新制多。"三十七："我病迎春来，无计留春住。明年春再归，我病固应去。"

黄濬作《春日杂诗三首》《春尽日，瘿公、石甫及道阶上人招陪湘绮先生宴于法源寺，越日以〈饯春图〉索诗》（二首）。其中，《春日杂诗三首》。其一："冷官仰屋椽，饭罢付春睡。文移未挂眼，鞅掌叹何自。鸢肩彼何人？笑我骨不媚。侧闻孜孜谋，终集闾巷议。吾身甘贫役，绝言弃智慧。阳春宣圣恩，秋卉讵含惠。出门路千歧，凝望掩寒涕。"

杨杏佛作《题〈春航集〉即赠亚子》《答泽湘》《雨窗即景》《春日寄兴》《游湖，步叔永韵》《春日山行，步适之韵》。其中，《题〈春航集〉即赠亚子》云："伴读名山有孟光，生花彩笔写沧桑。金樽檀板灵均泪，绝世风流让柳郎。"《答泽湘》云："杜牧何尝真薄倖，天花徒不着维摩。空山心事萧倏甚，要拨银缸救火蛾。"

张溥制作《登北极台晚眺》《将东归留别历下诸友》《历下诸友饯别湖上，许子佩忱即席赠诗，依韵和之》。其中，《登北极台晚眺》云："幽居闭户人来少，独兴登台日又曛。几处笙歌催画舫，千家楼阁罨春云。峰峦列嶂烟光合，荻柳成蹊水界分。风景不殊人事异，低徊往迹感离群。"《历下诸友饯别湖上》云："银烛当筵日又昏，知交零落几人存。搏沙难障狂澜倒，削木仍怀狱吏尊。乡国敢云行接淅，湖山且喜对开樽。何心藉博清流誉，满目疮痍怆客魂。"

臧易秋作《甲寅春再来安庆欲访潘季野，足病难行，亦养疴寓斋，先以所知〈和方伦叔丈过访看桃花〉诗寄示，因次其韵并简伦丈》。诗云："潘子文高寒，森然凛冰霰。皎若雪戴峰，清若泉漱涧。桐城方姚后，到今乃又见。谁知安仁作，新诗后逸变。读如痒处搔，爪且麻姑倩。斗室自放歌，为破旅魂倦。我再来皖江，无异寻巢燕。鸟以类相呼，念子心眷眷。君示维摩疾，似佛坐古殿。我亦杖而跛，难谒春风面。笳鼓况江城，干戈仍淮甸。往来多讥嫌，秉烛更难便。安得开明堂，大盗皆俘献。看花忆长安，寻春过海淀。西望万寿山，霞烧桃花片。猿鹤怨未归，沧桑忽转盼。少陵依幕府，栖息魂欲断。良友相过从，犹可解忧怨。何当疾早平，今古商评赞。共访南城叟，相见齿同粲。"

夏宇众作《春日同刘伯平游陶然亭》（二首）。其一："去年曾记君来此，万斛春愁独力任。今日好风将我至，一亭无恙又春深！韶光掠眼随流逝，花气撩人彻骨侵。各挈情怀向香冢，残碑断碣傍清浔！"其二："极目亭西盘翠嶂，瞥惊爽气落胸襟。少年喜作移山意，此日聊觇造化心。漫写春愁倚高阁，共摩香冢踞孤岑。芳情料与花争发，并入溪桃瘦不禁！"

姚光作《春寒》（二首）。其一："朔风凛冽起萧晨，二月春寒剧闷人。满地绿红都惨澹，雨丝云墨不成春。"其二："花须柳眼无聊赖，漠漠重阴郁不开。最是令人愁绝处，南枝乍动又摧残。"

高旭作《春日得沈道非书，却寄柘湖》（二首）。其一："脉脉临风意未申，别来天地惜余春。天灾鬼虐哀新国，语重心长感故人。二月浓春偏误雨，十年旧事半成尘。杜门种菜差堪遣，岂必空山老此身。"其二："煮鹤焚琴大可伤，茫茫世变问行藏。落梅风急人相忆，啼鸩声多草不芳。酒后诗篇翻激宕，劫余姓氏倍凄凉。天涯不尽殷勤意，遮莫腰肢瘦沈郎。"

周恩来作《春日偶成》（二首）。其一："极目青郊外，烟霾布正浓。中原方逐鹿，博浪踵相踪。"其二："樱花红陌上，柳叶绿池边。燕子声声里，相思又一年。"刊于天津南开学校《敬业》学报1914年创刊号。

刘大白作《寄瘦红杭州》（二首）。其一："鸿爪经春认雪泥，相思月落海天低。漫愁弱水三千远，梦跨长虹独向西。"其二："梦回又隔海迢遥，天末怀人倍寂寥。欲问蓬莱清浅未，钱塘江上有春潮。"

罗庄作《风入松（风光还染旧山川）》。序云："甲寅之春，由日本再返沪江。风景不殊，举目有江山之异，怃然赋此，用寄遐思。"词云："风光还染旧山川，春色今年。上林莺燕应无恙，忍重过、玉砌雕栏。织柳未央宫外，衔泥太液池边。　　五陵佳气有无间，麦秀歌残。层楼高出浮云上，怎依然、不见长安。惟有一双白鸟，背人飞起晴滩。"

林伯渠作《十日春寒》（在东京神田区锦上营作）。诗云："十日春寒不出门，窗前梅柳涨新痕。邮来差喜登珠玉，计拙无缘酬酒尊。镇日穷愁天所福，个人温饱我何论。相期打垒闲云片，好待呢喃燕子翻。"

高宪斌作《春》。诗云："寒梅犹自吐芳菲，柳渐抽芽草渐肥。知是春来无觅处，林丛初见蝶双飞。"

赵圻年作《春半即事》《春兴八首》。其中,《春半即事》云:"东风拂面鬓星星,二月山容未放青。假我阳春怨桃李,耗人生计蓄蒌苓。侠肠痛饮无朱亥,陋室高谈少白丁。今日诗书成废物,犹教蠢子读遗经。"

李思纯作《春晴》《春游绝句》(六首)。其中,《春晴》云:"滞酒恹恹病未成,困人天气酿春晴。怜他多少行人好,浅袖轻衫出凤城。"

[日] 冈部东云作《甲寅立春后,平贺国手见赠笋、独活、蚕豆、胡瓜四珍,因赋四小诗,以谢厚意》。其一:"新笋何处产,赠到雪中庐。园艺文明世,不须孝子锄。"其二:"严冬冰雪底,独活真如名。待得立春节,磨来紫玉英。"其三:"蚕形寸余绿,春苑是先锋。何物能相比,牡丹山下菘。"其四:"休道满山云,余寒未觉春。碧瓜已供馔,何让汉宫珍。"

[日] 加纳正治作《春日访友》《春夜游东台》《春晓》。其中,《春日访友》云:"春雨春风骀荡辰,天恩特赐逸游身。红霞一抹樱花海,馥郁香中访诗人。"《春夜游东台》云:"协子贺孙相伴行,金光银色看堪惊。如花如火人如织,千烛万灯不夜城。"

[日] 木苏岐山作《春寒》《淀上行春四首》《春日遣兴》。其中,《春寒》云:"廿四番风今几番,社寒对酒役吟魂。乍疑春雪玲珑影,一树辛夷照鹤园。"《春日遣兴》云:"东风又届乞浆时,苜蓿先生园偶窥。杂树蒸霞花匼匝,一池泛绿竹葳蕤。吟心牵率行春始,老境因循蜡屐迟。正是青皇亲试手,江山著色也要诗。"

[日] 田边华作《春夕》。诗云:"宝瑟无声夜院空,珠帘揭向月明中。梨花满地春云白,可蹑春云到蕊宫。"

四 月

1日 袁世凯公布《报纸条例》,限制言论自由。规定各种报纸,应于发行日递送警察官署存查;凡涉及"淆乱政体","妨害治安"等项,一律不准登载,违者重惩。

《申报》第14776号刊行。本期《自由谈》"尊闻阁词选"栏目含《题曹玉圃君〈艺圃图〉》(四首,赘庐)。

《蜀风报》第9期刊行,是为终刊。本期"艺林"栏目含《陕西南郑父老欢迎蜀军书》(并词)、《平武绅民送濮知事回省序》《寓氏公主世家》(詹言)、《秦淮杂咏》(八首,悔余道人);《诗坛氅朔汇新(续)》(詹言辑);《穷诗》(四首,君朔)、《丑人行》(为桂林天赐田庙会作,戏仿《丽人行》原韵)(玉珂)、《沪上老丹新十个郎小调十首,一时传诵殆遍,今转载于左方》(佚名);《悔余庵乐府十九谣(续)》(何杖)。

《中国实业杂志》第5卷第4期刊行。本期"文苑"栏目含《春柳》(五首,张嘉树)、

《村居即事》（张嘉树）、《偶成》（张嘉树）、《冬夜即事》（张嘉树）、《书愤》（二首，寄尘）、《有叹》（二首，寄尘）、《甲寅元宵前一日徐园梅花大会，结伴往观偶成》（二首，天韵阁黄鬘因女史）、《雨夜有怀，偶成俚句》（天韵阁黄鬘因女史）、《冬夜有怀》（二首，天韵阁黄鬘因女史）、《冬日新晴》（黄婉容）、《赠东方诸友（东风、牿牛、流水、莫哀、莲山诸君子）》（黄瀛）、《游燕后重到东瀛赋感》（五首，黄瀛）。

《中华小说界》第4期刊行。本期"文苑"栏目含《于家围，和壁间王莆卿韵》（铜井）、《悼亡后出都题壁》（铜井）、《悼亡绝句十四首》（铜井）、《缉亭兄出示陈淑人遗墨，敬题一阕，调寄〈庆春泽〉》（紫醅）、《翠楼吟·春柳》（涧渔）、《和涧渔〈春柳〉原韵》（晋壬）、《和涧渔〈春柳〉原韵》（铜井）、《和涧渔〈春柳〉原韵》（紫醅）、《周醉帆〈旄葛吟〉诗集序》（紫醅）、《〈旄葛吟〉集序》（墨憨）；"谈丛·意我庐丛话"栏目含《家宴诗警句》《试题之巧》《辛亥三月十九广州之役》《穷措大自挽联》《瞒婆豆》《爱国童子》《辨五音妙诀》《词章家扭捏之病》《裸身之俗》《文窃》《黄富民句》《绝妙宋诗》《芦花名句》《打碎沙锅问到底》《九九记寒暄》。

《神州丛报》第1卷第2册刊行。本期"文苑·骈文"栏目含《伤乱赋》（黄季刚）、《菊判》（冯梦祖）；"词林·诗选"栏目含《过广宁》（章太炎）、《短歌》（章太炎）、《诗淫》（郑胥庵）、《野菊》（黄季刚）、《无题》（黄季刚）；"词林·词选"栏目含《摸鱼儿·洞庭舟望，用稼轩韵》（王壬秋）、《一痕沙》（张祖同）、《摸鱼儿·漳河吊铜雀台》（张祖同）、《金缕曲·题〈安重根传〉》（翼郎）。

《谠报》第10期刊行。本期"文艺部·文录"栏目含《〈潜养轩诗〉序》（杨赫坤）；"文艺部·诗选"栏目含《次日本诗人大江敬香翁〈题梅花画卷〉原韵》（吕博文）、《雨》（吕博文）、《在日本见水仙花有艳色者因赋》（吕博文）、《在日本送叶君良回南，时甲寅二月》（吕博文）、《奉和江右彭复苏君热诚游日本军港东京湾，并乞杨煊舆君赫坤同作》（吕博文）、《春雪》（吕博文）、《梦异（有序）》（吕博文）、《苦吟偈》（并疏）（吕博文）、《圆圆曲，次吴梅村元韵》（杨赫坤）、《送程振秋君归南昌五古》（杨赫坤）、《岁暮有感，奉怀刘梓处内兄》（琴侠）、《咏钱》（琴侠）、《韵〈南宁光复记〉题辞》（琴侠）、《韵〈南宁光复记〉题辞》（刘士彬）、《浔阳赠友人从军》（胡磊女士）、《刘女士若安有组织女子留东俭学会之志，用赠诗以勉之》（胡磊女士）、《黄海舟中和友人长句四韵》（胡磊女士）、《和友人〈留别〉原韵》（胡磊女士）、《春霁览近郊，时病初起》（仲容）、《感事》（仲容）、《万里》（仲容）、《斗蟋蟀歌》（李怀庚）；"文艺部·艺谭"栏目含《涤心室诗话（续）》（杨赫坤）。

魏清德《诗榜》发表于《台湾日日新报》。诗云："斜阳逝水去滔滔，修禊兰亭意气豪。江左风流推往哲，劫余觞咏到吾曹。宜园花木当春丽，屯岭烟霞背郭高。俯仰不需陈迹感，只凭浊酒发牢骚。"

2日　《申报》第14777号刊行。本期《自由谈》"游戏文章"栏目含《新开篇·闺怨》(仁后)、《某君,苏之乡人也,貌美而谨愿,因事至沪,一夕游行,为野鸡所弄。余闻其语,戏成竹枝词六章》(佐彤)、《贺老童生新中知事》(拙僧);"栩园词选"栏目含《咏史八首》(寄尘秦粤生):《郭隗》《荆轲》《贾谊》《扬雄》《祢衡》《曹操》《刘伶》《陶潜》;"文字因缘"栏目含《徐伯匡先生五十初度,谨步元韵八章》(陈世垣季蕃甫稿)、《穆君新婚征诗,辱承不弃,惠我佳章,读之艳羡无,既珠玉在前,效颦乏术,爰倩天都逸叟君代成四律,聊以塞责》(天都逸叟寿禅氏未是草)。

倦鹤(陈匪石)本日至次日在《生活日报》上连载《南社第十次雅集纪事》。

魏清德《敬次猪口先生见赠瑶韵赋呈》发表于《台湾日日新报》。诗云:"鼎足淡瀛桃社三,宜兰修禊浩歌酣。偶然汝士能吟咏,元白终推我凤庵。"

琼崖革命党人林文英在府城第一公园被秘密枪决。临刑前,林文英毫无惧色,昂头吟诗:"溘然长逝去悠悠,竟把头颅换自由。我不负人人负我,愿将铁血洗神州。"并托告旁人曰:"吾死于国,嘱家人勿以为痛。"身中3弹就义。林文英(1873—1914),祖籍海南文昌,生于泰国。宣统元年(1909)奉孙中山指示返琼创立中国同盟会海口支会。1913年为反对袁世凯独裁统治,再次返琼,在海口创办《琼岛日报》,任总编辑兼记者。

陈三立作《三月七日抵南昌铁路局,谢蔚如同年招朋辈会饮,入夜风雨中走谒欧阳丈》。诗云:"越江犯重湖,了了见乡国。严城殷鼓鼙,几变旌旗色。穿市乱邪许,仕女仍梭织。被兵拥完区,幸脱豺虎逼。落舆历轩堂,亲旧稍在侧。我如华表鹤,万事成追忆。谢侯引佳趣,解装会酒食。坐间列父老,失喜转惶惑。述往抚来兹,魂梦影盗贼。终宴踥别馆,绸缪接长德。岂然八十叟,神完耿精识。尘冥啸魑魅,御侮有余力。阶除雷雨飞,孤烛吐胸臆。默卜大难兴,益痛生理仄。一世谁救疗,抵几长太息。伶俜久窜伏,歌哭亦已极。荡荡指尧舜,栖栖满孔墨。饱眼掀海鲸,鬐鬣刺天直。客归迷所向,人群依典则。宵阑声震瓦,愧对面黧黑。"

3日　曾习经怀其师葵霜阁主梁鼎芬,作《即事呈葵霜阁》。诗云:"长馋木柄傍畦町,自惭闲花种湜亭。愧尔西台晞发叟,年年零食哭冬青。"

刘大白偕同沈玄庐等好友到东京东部向岛游览,作《浪淘沙·登太阳阁观隅田川晚景》等。词云:"一醉起凭栏,红日西残。波光上接日光寒。返照入云云入海,人在云端。　何处有神山?依旧人间。我来手拂晚霞看。遥指秦时明月上,海外桃源。"

4日　《申报》第14779号刊行。本期《自由谈》"栩园词选"栏目含《江南春》(东园)、《桂殿秋·送友人从军五阕》(东园)、《金缕曲·赠别次韵》(东园)、《题〈翠袖倚篁图〉》(二首,逸民)、《咏史十首》(寄尘):《秦始皇》《张良》《韩信》《扬雄》《王衍》《西施》《虞姬》《昭君》《木兰》《杨妃》。

吴昌硕与诸宗元、王震同游六三园。时樱花盛开，3人花下听东妓鼓琴，作诗酒之乐。有诗志之，诗云："海水如镜天磨平，逆天排海飞长鲸。桑田幻出翻雷霆，麻姑数见吴岂惊。春光如拭开林亭，花风凝白千树樱。琴声入耳风泠泠，鹤龟奏罢凄一鸣。年华坐失悲平生，似诉似泣传幽情。诸翁诗笔高处攀，王宰画已促迫成。我画我诗无一名，老矣冰炭心胸横。泪点冷合青衫湿，句短却笑琵琶行。王翁善睡诸善听，谓琴不敌茶味清，胡不罢试一烹。叶尔长技相兼并，谈天口渴还谈瀛。邹衍失笑太白醒，招之使来吴吹笙。六三园樱花齐放，约大至、一亭同游，东妓叶娘鼓琴花下，偶然赋此，石公指教。大聋。"王震《跋吴昌硕诗稿》云："十五年前，与缶翁同游六三园，其时樱花盛开，品茶听叶娘鼓琴，缶翁有兴赋诗寄石友，同作游仙，不觉有人琴之感。今诗稿为土屋先生得，可宝，因记数语。己巳暮春，白龙山人。"

况周颐携二女，往观西人跳舞焰火之戏。据《解蹀躞（十里珠帘齐卷）》序："甲寅寒食夕，旅沪西人执戈者，为跳舞焰火之嬉，观者空巷。余携二女往，归途谓之曰：'今日禁火节，吾辈乃观火。'二女瞠目不知所云。因念车马殷填，裙屐纂沓中，能有几人知今日是寒食耶？灯炧香焦，怅然赋此。"词略云："独怜衰鬓归来，短檠对。莫误京洛元宵，禁烟时节，依稀柳条能记。念旧约天涯能几。一分春，还只剩，三之二。"

张丽俊《蝶恋花·依槐庭原韵》载于《水竹居主人日记》。词云："雪萼霜葩同月皓。问是谁家，姊妹花开早。欲作长幡情意好，春光不漏狂蜂恼。 我见犹怜思解倒。敲破寒砧，曾把侬衣捣。莫笑山花嫌野草，中年好伴徐娘老。"

黄节作《寒食日北发，子贞远送香江，雪一、春坡置酒太白楼话别留诗》。诗云："山楼飓飓风波阔，估舶溟溟人语昏。寒食作阴将变雨，故人临别只消魂。坐看海水群飞日，漫及神州勠力言。出处未殊吾独瘁，不辞红袖劝倾樽。"

张謇作《德州道中》（二首）。其一："燕齐草木换春容，路渐趋南绿渐浓。十日行程裁半日，料应鸿燕未能逢。"其二："陆有奔车海巨艘，轮喧日夜听风涛。若将劳逸均夷险，何处能夷又不劳？"

杨度作《崇效寺观牡丹呈湘绮师及同座诸公》。诗云："闲看世变浑无事，偶作春游也自忙。野寺不复谈治乱，牡丹从古见兴亡。山川已共名花老，师友犹怜北地芳。时局几回容醉酒，眼前繁艳且倾觞。"

江子愚作《应天长慢·甲寅寒食，步清真韵》。词云："轻云阁雨，细浪回风，春城变幻秋色。未信柳绵榆火，时光又寒食。东君意，如去客。浑不管、愁人孤寂。落花蕊，乱点青衫，和泪狼藉。 谁问旧韩郎，憔悴乡关诗句，自题壁。便是汉宫无恙，烟销故侯宅。青骢马，寻九陌。碧草满、已迷陈迹。料惟有，醉酒楼前，双燕犹识。"

夏敬观作《寒食日出西郊》。诗云："对阙多山色，郊居始觉低。泥河无曲泻，林树未柔荑。午灶军宜纩，昏车发用篦。归心念寒食，花絮乱江堤。"

5日 《申报》第14780号刊行。本期《自由谈》"游戏文章"栏目含《劝世歌》(杜悲吾);"尊闻阁词选"栏目含《友人以日本故枢密田中不二所著〈梦山绝句遗集〉索题,为赋七章,以代追悼》(东园)。

　　《庸言》第2卷第4号刊行。本期"艺林·艺谈"栏目含《石遗室诗话卷十二(续)》(陈衍)、《三雷琴斋琴话》(杨宗稷);"艺林·文录"栏目含《上袁大总统书》(秦树声)、《报梁众异书》(何震彝)、《与樊荫孙书》(吴廷燮)、《与程都督辞顾问书》(李瑞清)、《送陈任先公使、王石孙参赞赴俄序》(陈衍);"艺林·诗录"栏目含诗40首:《六十一初度,韩生以诗见寄,斐然有怀,次三十六韵为答》(严复)、《送黄墨园之桂林》(严复)、《过邻居梁公约不遇》(陈三立)、《晴眺》(陈三立)、《留别墅十日,即往沪适王伯沆、萧稚泉,见过留饮》(陈三立)、《长尾雨山属题所藏黄道周〈文治论〉卷子》(郑孝胥)、《题刘聚卿汴学二题〈石经〉》(郑孝胥)、《九日病愈出游》(郑孝胥)、《幽思》(郑孝胥)、《秋心楼坐雨,即题黄鹤山樵画卷》(赵熙)、《秋心楼雨后再题》(赵熙)、《主人睡未起再赋此句》(赵熙)、《岁暮园居杂感八首》(俞明震)、《止庵相国招饮桃源隐酒楼,所设食器为陶文毅公印心石室遗制,中有宣庙御题,益阳胡参议家藏物也,限七古陶字韵》(沈瑜庆)、《送刘洙源之岭南》(陈衍)、《积水潭》(夏敬观)、《天坛》(夏敬观)、《雍和宫》(夏敬观)、《以京师菊种寄养海藏楼园中,托之以诗》(陈曾寿)、《和仁先托菊》(郑孝胥)、《励志诗》(杨叔姬)、《春晚山行有感》(杨叔姬)、《长歌行》(杨叔姬)、《前缓声歌》(杨叔姬)、《答浚南》(黄濬)、《春阴一首呈任公》(黄濬)、《江亭》(黄孝觉)、《瘿公师书〈衡孝慈邀集岳云别集〉》(袁克文)、《春暮见玫瑰花作》(王季哲)、《友人约看红叶,赋此答之》(王季哲)、《久不通讯,小诗代柬》(潘博)、《甲寅上元作》(陈诗)。

　　张謇抵浦,作《挽三嫂邵夫人》。联云:"后内子丧六年,闻为家人谈妯娌之间,太息赍咨,每至流涕;先上都归二日,惊传叔氏有伉俪之戚,投老相恤,奈此悲怀。"

　　陈三立由上海归南昌,入西山崝庐扫墓,作《清明日上冢》。诗云:"山风含涕洟,跽此远游客。荐物阻兵戈,三岁霜露隔。松楸亦改世,抚我先朝碣。国覆复为人,惨澹亲魂魄。九幽目不瞑,易器乘肘腋。非想托华胥,诬天熄王迹。流徙到孤儿,穷海供一掷。蛟鼍肆出没,豺虎愈充斥。只影遂生还,梦寐踏阡陌。擎杯寒雨中,云拥千峰白。步步视宿草,忍忆印履舄。空对衔纸鸦,飞集旧栽柏。"

　　黄文涛作《清明》。诗云:"凄风楚雨酿清明,今日清明转放晴。麦饭榆羹无处荐(时因乱未能归扫),忍随人作踏青行。"

　　易顺鼎作《清明日出都,集句书感》。诗云:"尽无宫户有宫鸦,寒食东风御柳斜。蜡烛有心还惜别,清明无客不思家。天涯何处无芳草,深巷明朝卖杏花。欲挂云帆济沧海,怜君不遣到长沙。"又作《清明夜抵天津为寒云作,即和其韵五首》。其二:"凤城春色五云间，蕙雪初销未尽欢。直到津楼钗坠夜，这才销尽一春寒。"

沈曾植作《清明日云门、泊园过谈，泊园言今碧桃即唐人所谓绯桃也》。诗云："看朱成碧名谁始，类隔音和古有之。童籥当筵参豆皂，禽言随地变佳其。花婵娟好春宜昼，钟大小鸣声入诗。惆怅韶光一百六，纶巾送客过溪知。"

周之贞作《癸丑二次革命失败出亡海外，甲寅清明日偶忆黄花岗而赋此》。序云："时民三，寓于南洋麻坡郑世丈赞卿庑下。"诗云："开辟中华民国先，黄花七十二前贤。清明侠骨凭谁吊？吟罢新诗作纸钱。"

吴宓作《清明书怀》（四首）。其一："秋士逢春易断肠，清明节到感流光。百年短梦疲书卷，万劫沉忧住酒觞。雒诵弦歌终素志，衣冠傀儡怕登场。当前休沐逢韶景，拈韵低徊未算狂。"其二："郊原漠漠黯斜阳，纸陌灰飞万户忙。千稔丰碑失姓字，几人麦饭享壶浆。麒麟异代余空冢，宫苑前朝迷废墙。故里松楸今在否？萧条村社墓田荒。"

贺耜穗作《甲寅清明自澳门还抵广州，属子恪归从福州，别十余年矣。相见不能为怀，子恪赋诗，依韵和之四首》。其一："白发不相放，劳人各远游。艰难存此会，沉顿起高讴。故里堪成恋，征车亦可休。春城江上笛，为尔一搔头。"其二："小雨临寒食，墓田常昼过。野寮寻茗酌，山陇听樵歌。儿女年方大，齑盐累已多。瓮头春酿美，不醉欲如何。"

6日 《申报》第14781号刊行。本期《自由谈》"尊闻阁词选"栏目含《春草四首》（梦香遗稿）、《落花四首》（梦香遗稿）。

沈曾植回浙江嘉兴扫墓，并登烟雨楼，金蓉镜、朱绂华作陪。沈曾植作《上冢回登烟雨楼，辛亥后未至此也，甸丞、果欧同游》。诗云："华表归来鹤未仙，河山无恙夕阳前。幼安已敝辽东榻，鲁望虚期笠泽船。大好家居撞几坏，有情世界化无缘。鸳鸯稳住澄湖水，莫逐飞来野鸭颠。"金蓉镜作《陪沈乙盦师登烟雨楼次韵》（二首）。其一："能脱风尘即是仙，撩人花树劫灰前。当筵喜续临河帖，似屋初牵上水船。老去西台惟痛哭，往来东郭只随缘。麒麟洲畔鸳鸯水，日共迂儒作圣颠。"其二："陆沈何处好游仙？变幻烟云只眼前。西接王宫原有谷，东连笠泽最宜船。情知高格楼宜卧，指似挐音苇可缘。到此须空百杂碎，惟应常住两狂颠。"

况周颐携徐珂，二子维琦、维环，同游上海愚园，作《踏青游·三月初十日清明，同仲可游愚园。维琦、维璟侍行》。词云："评泊寻芳，莺花劝人愁里。念旧约、天涯能几。一分春，还只剩，三分之二。渐翠远，垂杨玉骢嘶去，莫惜暗尘侵袂。　残醉花扶，伶俜十年前事。早付与、兰成憔悴。过桥东，穿径曲，倦闻歌吹。拼去坐久，房栊绿阴深处，催暝夕阳犹未。（园有广座售弹唱杂里诨，余亟引避撰斗室幽静处憩焉）"

7日 《申报》第14782号刊行。本期《自由谈》"尊闻阁词选"栏目含《读舅氏

〈昆曲谱〉有感》（李生）、《秋夜长生禅院寄怀吴冷馨女史》（剑腥）、《小重山·金陵杂感，和程敬六》（东园）、《应天长·病起》（东园）。

陈宝琛与林绍年、颂垣、朗溪游石经山云居寺，次日将作上方之游。陈宝琛因晨课先归，未与同往。陈宝琛作《三月十二日同赞虞、颂垣、朗溪游石经山云居寺，次日有上方之游而余先归》。诗云："清明已过冷无那，野桃始华杏未破。芯题故以草得名，吹绿东风尽飘簌。禅宫因山切云上，梵响出林与泉和。铁肩石窟经全藏，薪火绵连僧一个。壁中尚书井底史，愿力吾儒孰与大？法华榱揭千岁余，下瞰人间如鸟过。亦知隔岭胜尤最，一宿先归迫晨课。诘朝西望峰层层，君等上方正云卧。"

魏清德《竹涯山人追悼会示大悲阁溥山上人》《遣兴》《寄友人浪仙》发表于《台湾日日新报》。其中，《寄友人浪仙》云："惭无著作酬知己，每对琴书忆故人。昨日鸟声花雨歇，几时来就一杯亲。"

8日 《申报》第14783号刊行。本期《自由谈》"游戏文章"栏目含《集〈自由谈〉投稿诸君字偶成》（济航）；"尊闻阁词选"栏目含《春感》（东园）、《踏青词》（四首，女史高锦章）、《古柏行》（月三）、《迟月》（月三）。

姜可生《悲愤篇，似参兰》（四首）、《邵伯舟中》刊于《生活日报》。其中，《悲愤篇》其一："森峨赫忧长官衙，纷纷虎攫与龙挐。我亦望风深下拜，命合依刘敢怨嗟。"其二："十载刘郎豪气销，匣剑欲化干云霄。月明万里今何夕，剩得梅魂伴寂寥。"其三："桃李杖头争闹春，者番愁煞过江人。安排美酒九十斛，荡涤胸怀万古尘。"其四："狂来直上百尺缕，男儿撒手何时休。大盗不死小盗死，斗芒灼灼天际流。"《邵伯舟中》云："寂寞扬州路，暮春三月天。鱼更惊客梦，堤柳锁荒烟。囊底吴钩啸，酒边文字捐。苍茫独立久，一望去来船。"

魏清德《送迺兰社兄游闽中》发表于《台湾日日新报》。诗云："风雨怡楼一送君，急弦高柱怅离群。台娘尽有相思曲，若到榕城便不闻。"

9日 《申报》第14784号刊行。本期《自由谈》"尊闻阁词选"栏目含《巴拿马展览会征辑我国美术，爰写花卉屏数幅，各题小诗》（八首，芙镜）：《碧桃》《绣球》《秋葵、剪秋萝》《虞美人》《罂粟》《芙蓉、桂花》《牵牛、木槿》《白荷、红蓼》。

吴昌硕为沪北新筑同乡会馆篆书二十言联。联云："仰承先志，广庇羁魂，孝义萃一堂，巾帼独崇桑梓惠；慨助巨资，共钦高谊，馨香祝千古，春秋常荐菊兰芳。癸丑五月，杨信之亲家慨出巨资捐筑丙舍于沪北同乡会馆之左，崇义举，敬桑梓也。阅期年落成，为撰榜句，以志大德。甲寅三月几望，安吉吴昌硕，时年七十有一。"

易顺鼎作《三月十四日青齐道中》。诗云："才修曲水重三禊，又洗平原十日尘。碧海碧天皆碧色，青州青岛正青春。一轮寒月将圆魄，九点齐烟欲满身。藻绘山川天有意，风光留著与诗人。"

10日　《申报》第14785号刊行。本期《自由谈》"尊闻阁词选"栏目含《花朝对雨遣怀》（十首，锦霞阁主）。

魏清德《春蚕》（限真韵）（二首）发表于《台湾日日新报》。其一："风雨三春食叶频，老来吐嘱自经纶。圣朝此日勤桑务，衣被烦君德及民。"

方守彝作《甲寅三月十五日，由太乙山庄至白麟坂亡友邓君绳侯故居。遂登墓门礼新冢，徘徊久之。其孤叔存检家书数十通装为巨册，出以相示，遂乞题》（二首）。其一："言往凄入与，既来惨就馆。斜日满四山，竹树纷到眼。独不见斯人，相迎握手瘢。冥坐追平生，悲欢苦激引。欢亡付空花，悲兴丛怒笋。长往了千艰，后死苦百忍。出门睇高邱，新冢山木隐。蹒跚曳屐登，一壑松风紧。迟我白发翁，踯躅墓门展。贤智闭黄泉，庸劣犹余喘。伫立看苍天，孤云生远巘。怅恨循径归，疏雨凄以泫。"其二："泫泫老屋瓦，仰此麟凤厦。山人寄鹤书，高名亢风雅。再传及君子，清迥一世寡。翰采嗣前徽，峻行诏来者。诸孤贞秀资，茯苓青松下。发箧出家书，戒俨文渊马。妙墨又殊珍，雁行官奴写。麻衣仁孝心，就持刻弗舍。装池比贝叶，供奉同般若。即此慰幽冥，信不坠良冶。结交申婚姻，兄弟邀倾泻。几日邈山河，绕阡儿树槚。支颐吟复吟，耿耿夜镫灺。"

11日　《申报》第14786号刊行。本期《自由谈》"尊闻阁词选"栏目含《者香女兄为子授室寄诗见召，余以远客毗陵未能亲贺，谨步原韵奉酬》（二首，佩芳女士）。

《民声》在上海秘密出版第五期。该杂志系刘师复主编《晦鸣录》周刊改名。是日由澳门转上海继续出版。为免再遭封禁，自是期起，托言于日本东京发行。

《妇女时报》第13期刊行。本期载《清芬集》：《春闺杂咏》（四首，杜咏絮）、《春日寄怀碧云姊》（杜咏絮）、《春日偕女伴游愚园》（杜咏絮）、《渔翁》（二首，李娟秀）、《晚眺》（二首，李娟秀）、《吊古六章》（江纫兰）、《病感》（四首，陈怜卿）、《哭殇女》（八首，邱韵香）、《伤春》（申陆是瑛）、《忆旧》（前人）、《赠别》（前人）、《冯君瑁索寄近作书此以答》（二首，前人）。

胡适作《入春又雪，因和前诗》。诗云："无复污流涨小渠，但看飞雪压新芜。东风不负诗人约，还我遥林粉本图。"

12日　《申报》第14787号刊行。本期《自由谈》"尊闻阁词选"栏目含《长寿乐·用柳耆卿韵题胡让之〈百寿印图〉，应东园之征》（栩园）、《癸丑小春迁居后有怀懒云女兄，并酬见和佳什》（三首，锦霞阁主）。

沈坚亭母朱夫人丧，张謇作《挽沈坚亭母朱夫人》。联云："王浑得嘉耦而彰，秉礼含贞，中表咸师钟琰著；络秀为夫人所养，陈恩述义，外家无异阿奴知。"

13日　《申报》第14788号刊行。本期《自由谈》"尊闻阁词选"栏目含《自来水》（子聪）、《自来火》（子聪）、《踏青》（二首，子聪）、《小楼夜雨》（二首，子聪）、《清明词》

（二首，李生）。

14日 《申报》第14789号刊行。本期《自由谈》"尊闻阁词选"栏目含《踏青词十二首》（恫百）。

罗振玉离上海，返日本。

高旭作《四月十四夕柘湖纪事诗，赠吴一清、张子华、丁迪光并示道非》（六首）。其一："柘水溪光似若耶，负瓢来访丽妹家。延陵公子多情甚，灯畔倾听《孽海花》。"其三："春风桃李手亲栽，端为先生笑口开。难得及门诗弟子，髯张毕竟解怜才。"

15日 《正谊》第1卷第4号刊行。本期"词录"栏目含《醉太平》（杨景祁）、《思佳容·吴中即事》（吴焯）、《城头月·屈灵均祠》（易顺鼎）、《风马儿》（易顺鼎）、《金明池》（周维华）、《金缕曲·春柳》（林学衡）、《摸鱼儿·红豆》（林学衡）、《菩萨蛮》（林学衡）、《菩萨蛮·送别》（林学衡）。

[韩]《天道教会月报》第45号刊行。本期"词藻"栏目含《登抱清楼追忆凤山诗句》（闵泳纯）、《登云龙亭》（竹圃金羲凤）、《又》（竹圃金羲凤）、《又》（竹轩金重基）、《凤凰阁夜坐》（凤山）、《归路折樱花》（凤山）。其中，凤山《凤凰阁夜坐》云："夜来风雨撼幽情，万境寥寥尽水声。倒枕空壶寒不寐，杏花残月一琴晴。"

赖和毕业于台湾总督府医学校。

沈汝瑾作《三月二十日独坐遣闷》。诗云："雨失阳春冷暮秋，闭门不出一诗囚。莺花南陌愁难散，狼藉（时白狼为祸）中原乱未休。饮刃如闻新鬼哭，摊书常与古人游。画船箫鼓承平景，谁识艰难抱隐忧。"

李思纯作《四月十五夜月有忆》。诗云："春月娟娟远胜秋，共谁秉烛照清游。黄梅染袂三更雨，珠箔飘灯昨夜楼。水簟银床醒好梦，美人秋水念方舟。云鬟玉臂遥相忆，且向花阴小逗留。"

16日 姜可生《痛哭十二章，集庾子山句》刊于《生活日报》。其一："畴昔逢知己，知余行路难。急风吹战鼓，冰深一丈寒。"其二："飞狐横塞路，剑室动金神。徒知日云暮，雄图不复申。"其三："日落江风静，金鞍上翠微。戍楼鸣夕鼓，应念节旄稀。"其四："雨歇残虹断，山枯菊转芳。故人倘相访，无事畏周郎。"其五："龙渊触牛斗，繁辞涌笔端。独怜生意尽，向镜绝孤鸾。"其六："交欢值公子，风云更盛衰。眷然惟此别，畴日惧难追。"其七："直上山头路，已觉梅花阑。唱歌云欲聚，谁思垂钓竿。"其八："在死犹可忍，何时能不忧。阳关万里道，苍茫雪貌愁。"其九："独下千行泪，别恨几重愁。玉匣聊开镜，高花出回楼。"其十："无闷复无闷，壶庐酒一尊。今年逐春处，赤岸绕新村。"十一："不信今春晚，回鞍念此时。流水桃花色，空闻吹笛悲。"十二："哀笳关塞曲，留恨满秦川。秋云低晚气，少鹤已千年。"

17日 《申报》第14792号刊行。本期《自由谈》"尊闻阁词选"栏目含《春阴》

（天白）、《朝晴》（天白）、《春夜》（恫百）、《夜泊白云溪，次友人韵》（恫百）、《访服部博士于下涩谷乡居，即题其斋壁二首》（南湖）。

18 日 《申报》第 14793 号刊行。本期《自由谈》"尊闻阁词选"栏目含《四月二日船泊长崎，饮于佐藤佐吉家，并同往中川乡看樱花。佐藤夫妇送余上船，其妹富子同往东京观大正博览会，别后赋诗，陈谢二首》（廉南湖）。其一："香云十里柳垂丝，曲曲朱栏短短篱。山寺疏钟僧独笑，故园春色蝶先知。佳人拾翠曾相识，远客辞家怕作诗。放眼欲穷天地观，归帆不觉夕阳迟。"其二："遐方问俗劝加餐，湖海相逢便共欢。七窍冷云窗外吼，四山残雪画中看。可堪别鸟啼红树，且泛仙舟醉碧澜。何日结茅向层壑，清谈煮茗许盘桓。"

管鹏被捕，后作《囚咏》。序云："阴历甲寅岁三月二十三日，余以国事犯被拘于上海英租界捕房者百十四日，有所怀而成此二十韵，出狱后，追录志之。"诗云："幽谷有兰，含秀丽芳。佳士德馨，孰与不祥。愧我无行，功不适志。强是弱非，罪来无自。在昔初因，见者为忌。越日妇来，丏诉于吏。吏言不闻，但易我室。岂云爽垲，聊宽桎梏。家人授餐，聿问始卒。既餐既竭，素书中出。亲为我怜，友为我恤。教我之言，困贞终吉。祸莫可悲，悲自多失。心乱于行，文蠹其质。亡羊歧路，百不存一。何山不高，匪高独巅。何水不深，匪深独泉。多能无能，贪与败连。毋寸忘尺，知方昧圆。老雌庄淡，渊乎其渊。"

19 日 《申报》第 14794 号刊行。本期《自由谈》"尊闻阁词选"栏目含《拟古》（忏公）、《卜算子（心似落花残）》（忏公）。

陈夔龙作《三月二十四日颖女生辰焚寄，三叠前韵》。诗云："静夜焚香篆袅青，何堪先陨曙前星。潜郎尚寄皋桥庑（女生时余寄寓仲山尚书宅），怜女空怀谢氏庭。种竹未成偏折笋，诛茅无计但飘萍（客居沪上，尚迟归计）。呼爷忍忆儿时语，只合牙牙梦里听。"

20 日 《申报》第 14795 号刊行。本期《自由谈》"尊闻阁词选"栏目含《江村》（李少云）、《春燕》（李少云）、《南唐浣溪沙（花落澄波鹭不知）》（东园）。

廉泉首次东渡，携书画在日本大正博览第一会场贵宾室设小万柳堂书画陈列室，展出吴芝瑛书法及所藏珍贵书画，大受日本人士欢迎。

21 日 刘承干招集淞社第十四集，饯送章梫赴青岛。同集有吴昌硕、缪荃孙、戴启文、沈焜、周庆云、喻长霖、潘飞声、李详、刘承干、杨钟羲。首唱缪荃孙《章君一山之青岛，应尊孔文社编辑之聘，诗以送之》，继唱戴启文、沈焜、周庆云、喻长霖（志韶）、潘飞声、李详（审言）、吴俊卿、刘承干、杨钟羲（芷晴）。章梫有《将入青岛留别淞社诸君子兼谢其赠行之作二首》。其二："社局更番十数巡，乱离相见倍相亲。去年腥血翻江月，今日烟花送暮春。同命不生全盛代，俶居都是子遗民。赠言珍重寒松约,肯使田横客笑人。"

《申报》第 14796 号刊行。本期《自由谈》"游戏文章"栏目含《新开篇·联袂投江》(仁后);"尊闻阁词选"栏目含《艳春小乐府》(五首,东园):《杨柳枝》《棠梨树》《桃李花》《桑榆叶》《秦淮》;"文字因缘"栏目含《百八砖室金石印谱征诗启》(歙县吴承烜东园谨启)。

袁珏生访王闿运,王闿运作《题〈焦山图〉》。诗云:"焦山闲卧海天宽,近被轮船搅欲翻。唯有莲巢目烟墨,盘空归鹤定知还。端梁争欲结茅居,若比华阳恐不如。何似南斋老供奉,闲来收作《卧游图》。"

王龙文作《甲寅谷雨奉酬思贻老人》。诗云:"遁园先生北海滨,晚来自号芦中人。海水群飞欲沉陆,孤屿神光护管宁。问年已历七十五,挥毫迅疾虬髯怒。旧为先子额寿芝,寓书衡麓榜墓祠。大笔郁郁光冲斗,观者画肚不离口。书生传家无长物,得此宠荣溢纶绋。只今一册又远致,赐书行述先谥议。甲子大暑义熙年,后劲蝉嫣遗事记。十五简中轩凤鸾,巨典千秋不许刊。悝鼎云云附小戴,青箱新入况璆玕。先生于人少所可,拂拭弃遗及么么。降德往年侪偶惊,缕缕赤诚何彼我?我曾镵词表博洁,公亦状德诔孝端。两家子姓交相宝,莫使世泽付流湍。"

22 日 《申报》第 14797 号刊行。本期《自由谈》"栩园词选"栏目含《落花》(四首,剑腥)、《落花》(二首,寄尘)、《续咏〈落花〉五首,兼呈养花轩主》(悔广周荫樾)。

荣庆和成九丈五古。诗云:"名园频倚陟,不与主人谋。晚春春始好,青条乙乙抽。有花皆欲笑,无草不忘忧。夹路松如墙,拂栏柳丝柔。棠梨桃杏花,悉数不能周。品评花颜色,应以西堤优。此地十余至,方亭出青畴。遥望山际塔,高欲扪斗牛。旷然天地宽,元化与同流。骆丈山中人,曾航万里舟。夔门终古阴,大江自沉浮。济南多名士,同登四照楼。齐鲁我后至,蜀秀我先搜。闲时证游迹,一一符合不。又闻丈幼年,大人拥八驺。甘梁天下脊,清夷奠金瓯。丈以公子行,抠衣恪靖侯。勋代谈不尽,日旰久句留。我有拘挛病,抵掌疾苦瘳。人生贵适意,万物皆浮沤。芳郊花柳遍,王粲正春游。"

23 日 《申报》第 14798 号刊行。本期《自由谈》"栩园词选"栏目含《蝶恋花·和友人〈春闺〉之作次韵》(东园)、《和琼华女士〈暮春杂咏〉》(三首,能辉女士)、《暮春书怀》(蒲溪子影)、《落花》(四首,慧剑)。

柯凤笙访王闿运,出其祖画像属题,王闿运作《题柯凤笙祖画像》。诗云:"从来循吏与儒林,总是尘埃不染心。闻道至人有将迎,唯将方寸自搜寻。即今胶岛多风浪,忍见神州坐陆沉。大隐金门太平事,为君展卷一沉吟。"

24 日 《申报》第 14799 号刊行。本期《自由谈》"尊闻阁词选"栏目含《读韦士纪老仆汪沦事感赋》(六首,仅曹)、《东安市场日前有韩人春云生,系高丽翰林,善画丹青，画有石兰一幅，上题诗一绝》（仅曹录）。

王闿运应总统袁世凯之召，赴京就职国史馆馆长，本日托方丈释道阶约请名流百余人聚法源寺赏丁香，开留春宴，人各赋诗，集为一册。姚华与宴，作七律二首，并绘《留春图》。王闿运作《法源寺留春会宴集二首（并序）》。序云："法源寺者，故唐闵忠寺也。余以己未赁庑过夏，居及两年。其时夷患初兴，朝议和战，尹杏农主战，郭筠仙主和，而俱为清流。肃裕庭依违和战之间，兼善尹、郭，而号为权臣。余为裕庭知赏，亦兼善尹、郭，而号为肃党。然清议权谋，皆必有集，则多以法源为归。长夏宴游，悲歌薄醉，虽不同荆卿之饮燕市，要不同魏其之晚两宫。盖其时湘军方盛，曾、胡犄角，天子忧勤，大臣补苴，犹喜金瓯之无缺也。俄而大沽失机，苏、杭并陷，余同郭还湘，肃从西幸。京师被寇，龙髯莫攀，顾命八臣俱从诛贬。自此东南渐定，号为中兴。余则息影山阿，不闻治乱，中间虽两至辇下，率无久留。垂暮之年，忽有游兴，粤以甲寅三月，重谒金台。京国同人既皆失职，其有事者又异昔时，怀刺不知所投，认启不知所问。乃访旧迹，犹识寺门，遂请导师，代通郢志，约以春尽之日会于寺寮。丁香盛开，净筵斯启，群英登至，喜不遐遗。感往欣今，斐然有作。列其佳什，庶继兰亭。亦述所怀，以和友声云尔。"其一："京国多良会，春游及盛时。宁知垂老日，重作《五噫》词。尊酒人心醉，繁花鸟语悲。且留残照影，同照鬓毛衰。"其二："古寺称资福，唐宗为闵忠。于今忧国少，真觉世缘空。天地悲歌里，兴亡大梦中。杜鹃知客恨，不肯怨春风。"王树楠作《三月二十九日，法源寺道阶禅师及罗瘿东（惇曧）、易实甫（顺鼎）两君约湘潭王壬秋寺中看花，作留春会。都下知名之士，同时至者百余人，道阶出纸属题，赋此志感，并呈壬秋先生》。诗云："燕都漠漠尘如海，无主春风吹鬓改。揭来飘泊两载余，朋辈凋零几人在。今年看花三月尾，主人坐我万花底。枚路邹羊尽胜流，王杨卢骆皆才子。银塘大老伊何人，金粟如家是后身。齐声艳说灵光殿，垫角争迎有道巾。人为千金买春住，我来一笑拈花去。花谢花开会有时，春来春去知何处。老态羞随蜂蝶狂，趺坐但觉旃檀香。留春权作无遮会，结社同登选佛场。忆昔侨居法源寺，不堪重说开元事。湘潭老子有心人，花下无言应溅泪。"陈衍作《三月晦日实甫、瘿东、法源寺僧招同王壬秋太史及都下诸名士集寺中饯春，绘图属题》。诗云："丁香花满院，一老发如银。犹是春三月，居然集百人。寺僧希岛佛，坐客厕山民。共有今朝句（贾岛、真山民均有三月三十日诗），风光本足珍。"姚华作《罗瘿东、易实父为释道阶约集悯忠寺饯春》。诗云："频年懒尽由春去，此日从君亦饯春。秉烛早知生是梦，披襟又见酒成尘。枉嗟花事兼愁病，只剩钟声隔暮晨。惆怅天涯萍与水，东风犹许一相亲。"

庞树柏作《惜黄花·黄花岗纪念日感赋》。词云："荒冈千古，夕阳无语。望天涯，瘴云遮旧愁来处。恶浪卷蛮江，多少英雄去，剩一片鹧鸪声苦。　　招魂难赋，送春离驻。哭黄花，哭黄花几经风雨，谁把掌中醪，浇取坟前土，认碧血可曾销否。"陈匪石随即作《惜黄花·黄花岗纪念日和檗子作》云："残阳难系，乱山空翠。忆蛮江，矗高冈、晚风天倚。声送杜鹃啼，心怕卷施死。洒滴滴、饯春新泪。　　思量前事。丽华祸水。折鸳鸯，折鸳鸯、血霞飞起，化碧竟三年，遗恨黄尘委。听一曲女萝山鬼。"

余达父作《甲寅三月晦日哭桐儿》。诗云："中年易伤怀，况此婴心痛。悠悠天地间，无物塞我恸。天韶绮纨年，咄嗟沉痼中。海天万里隔，生死无一梦。忆我归国时，新桥一哭送。不谓骄儿啼，永诀孤雏唴。玄阁伤童舄，丹山铩雏凤。徒生忧患余，何补倾圻空。骨肉复归土，异域亦何恫。魂兮还故乡，远逐羲和輇。吾衰亦久矣，岂能长自控。修短百岁间，齐此众生众。海风挈悲来，血泪吹成冻。"

25 日　《申报》第 14800 号刊行。本期《自由谈》"尊闻阁词选"栏目含《春日怀人六首》（五湖渔隐）：《怀鞠云从北京》《怀林镜肃凤阳》《怀杨逸人江右》《怀叶健声新安》《怀桑又生浙西》《怀胡士芙麻城》。

《民权素》在上海创刊。初为季刊，自翌年 5 月 15 日出版第 6 集起，改为月刊。前身为《民权报》，因触犯袁世凯而被禁售，遂另设民权出版部出版《民权素》，由《民权报》副刊编辑刘铁冷、蒋箸超编纂；第 2 集起改由蒋箸超编辑。前数期材料大都取诸《民权报》，自第 4 集开始征求新稿，共出 17 集，1916 年 4 月 15 日终刊。该刊反映革命党激进派观点，以反袁坚决、言论激烈而闻名于世。内容分"名著""艺林""游记""诗话""说海""谈丛""瀛闻""剧趣""碎玉"等栏，作品多文言体，多创作。撰稿人除原《民权报》编辑外，尚有康有为、唐才常、章太炎、邹容、戴天仇、于右任、柳亚子、杨了公、刘师培、王闿运、林琴南、孙仲容、钱基博、苏曼殊、周瘦鹃等。重点栏目为"说海"，多刊登鸳鸯蝴蝶派作品。因连载徐枕亚《玉梨魂》风靡一时，被指为鸳鸯蝴蝶派的发祥地。"诗话"栏中苏曼殊《燕子龛诗话》，陈匪石《旧时月色斋词谭》，曾连载若干集。"艺林"栏中有康有为、章太炎、严复、樊增祥、黄节、梦秋、君木等诗词。"谈丛"栏中，有南村《呵冻小记》《寻花日记》，肝岩《琴心剑气楼忆墨》等。"碎玉"栏中，有惨佛《醉余随笔》，逸梅《慧心集》，天醉《玩世语》，蒋箸超《蔽庐谈屑》《过瘾》，藜青《心》，志渭《敢问》等。蒋箸超《〈民权素〉序》云："余主民权小品者，凡十有九月，海内文士环以行集请，其时出版部既局于调遣，即余亦自陋不文，未敢率尔创议也。革命而后，朝益忌野，民权运命，截焉中斩，同人等冀有所表记，于是循文士之请，择其尤者，陆续都为书，此《民权素》之所由出也。余因之有感焉，民权之可传者，仅小品乎哉！皇皇三叶纸，上而国计，下而民生，不乏苦心孤诣惨淡经营之作，惜乎血舌箝于市，谠言粪于野，遂令可歌可泣之文字，湮没而不彰，转不若雕虫小技，尤得重与天下人相见，究而言之，彼锦心绣口者，可以遣晨夕，抵风月；于国事有何裨焉！当传者不敢传，于不必传者而竞传之，世道人心，宁有底止，欤嗟乎！'曲终人不见,江上数峰青。'余纂是书,心滋伤已,为志数语,以告来者。时民国三年春三月古越蒋箸超书于申江旅次。"(《民权》第1集)。另有徐枕亚、沈东讷、胡常德、铁冷撰序。创刊号"艺林·诗"栏目含《夜归北大营》(蓝天蔚)、《雪里行军入夜》(蓝天蔚)、《赴鄂舟中联句即呈中山先生》(蓝天蔚)、《其二》(蓝天蔚)、《哭小轩夫子》(天仇母)、《无题》(四首,刘揆)、《赠天仇》(睆观)、《春感》(孟劬)、《和孟劬兄〈春感〉均》(东苏)、《赠王郎》(四首,荦斋)、《闺思》(天仇)、《劝君当早归》(二首,天仇)、《寄内》(天仇)、《海游操》(天仇)、《悲秋》(天仇)、《寄蜀中故友》(二首,天仇)、《中秋》(二首,海鸣)、《西比利亚叶森河桥》(影生)、《贝加尔湖》(影生)、《送小柳兼怀津门诸友》(影生)、《长春杂感》(影生)、《哈尔滨中秋》(影生)、《车中即事》(影生)、《乌拉山》(影生)、《夜过鄂穆斯克驿》(影生)、《中秋雨后得月》(影生)、《琼林别墅晚眺》(影生)、《开原道中》(影生)、《旧除夕,和荘渔》(匪石)、《感时二章》(季子)、《津门别感》(四首,蹇公)、《黄天荡忆梁夫人》(双热)、《钱塘江观潮》(二首,双热)、《无题》(二首,双热)、《春日西郊行》(枕亚)、《咏花四首》(枕亚)、《忏情》(四首,枕亚)、《春感》(二首,枕亚)、《石梅小三台步月》(枕亚)、《秋夜读韦左司诗》(枕亚)、《客窗坐雨得怀人六章》(枕亚)、《铁马吟》(四首,拙莽)、《明孝陵怀古》(戆侬)、《玄武湖题壁二首》(戆侬)、《夜雨不寐》(南村)、《春暮即事》(二首,蝶云)、《辛亥冬寓申江有感》(蝶云)、《旅况》(玉如)、《无题》(二首,徐吁)、《有寄》(二首,徐吁)、《淫刑叹》(许日新)、《猛虎谣》(许日新)、《忆艳六章》(箸超)、《追悼吴绥卿先生》(箸超)、《春申行,用〈琵琶行〉韵》(梅子);"艺林·词"栏目含《浣溪沙(过眼红韶属蝶蜂)》(孟劬)、《木兰花慢(倚轮天似醉)》(孟劬)、《忆江南(多少恨)》(柱尊)、《忆江南(多少泪)》(柱尊)、《浪淘沙(帘卷小红楼)》(剑人)、《浪淘沙(愁外碧山幽)》(剑人)、《瑶台第一层(万古销魂愁易老)》(剑人)、《浣溪沙·拟竹屋》(剑人)、《忆人人·拟东室》(剑人)、《调寄〈解佩令〉·哭友》(海鸣)、《调寄〈捣练子〉·观贾璧云剧》(海鸣)、《蝶恋花·有感》(海鸣)、《昼夜乐(有缘喜在今生遇)》(海鸣)、《鹧鸪天(往日城南乍解舟)》(映盦)、《少年游(海棠初放)》(映盦)、《百字令·送蹇公南归皖江并问影公》(小柳)、《高阳台·在京寄小由并有所询》(小柳)、《小重山·询凤》(小柳)、《菩萨蛮·代蹇公题像》(小柳)、《六么令(薄寒侵幕)》(匪石)、《调寄〈蝶恋花〉·题友人〈春闺望远图〉》(二首,渭生)、《游张园得〈风入松〉二阕(薄寒轻暖嫩晴天)(朱轮华毂跰纷纷)》(渭生)、《赠妓·江城梅花引(佳人睡醒起还慵)》(渭生)、《愤世·沁园春(世态苍云)》(渭生)、《絜伴游虎丘即事·水龙吟(迢遥七里山塘)》(渭生)、《意难忘·本意(缘少情多)》(渭生)、《鹊踏枝(春事三分才过二)》(丽轩)、《浣溪沙(凤蜡烧残翠被温)》(丽轩)、《红情·花魂》(回儒)、《绿意·鸟梦》(回儒)、《蝶恋花·寒夜忆内》(亚庐)、《临江仙·有赠》(拜花)、《南柯子·别意》(拜花）；"游记"栏目含《南游杂记》（天仇）、《入都纪城》（冠吾）、《欧游漫录》（宋春舫）、《莲花池游记》（南村）；"诗话"栏目含《绮霞轩诗话》（秋梦）、《摅怀斋诗话》（南村）。其中，张尔田（孟劬）《浣溪沙》（二首）其一："过眼红韶属蝶蜂。谁收露粉护芳丛。替人抛泪费东风。　　惆怅高楼烟百尺，隔墙嘶过玉花骢。此时相望抵相逢。"《木兰花慢》云："倚轮天似醉，问何地，著羁才。看乱雪荒濠，春鹃泪点，残梦楼台。低徊。留中怨语，有梅花、休傍故园开。雁外寒欺酒力，莺边煖阁吟怀。　　惊猜。鬓缕霜埃。杯暗引、剑空埋。叹投老，兰成江关词赋，无泪堪哀。秦淮旧时夜月，带栖岛、还过女墙来。谁向中原北顾，山青一发无涯。"

《（北京法政同志研究会）法政学报》第2卷第4号刊行。本期"文苑"栏目含《洞庭南阁词稿》（李澄宇）、《读〈文选·骚上·骚下〉蠡述》（李澄宇）、《〈赤帜馆诗〉自叙》（李澄宇）、《〈洞庭诗嬗〉自叙》（李澄宇）、《〈洞庭南阁文隶〉自序》（李澄宇）、《〈中学国文教科书〉叙》（李澄宇）、《〈岳阳吟草〉序》（李澄宇）。

《小说月报》第5卷第1号刊行。本期"文苑"栏目含《自题〈贞林秋忆图〉》（程玉复）、《新游仙二十首》（通州白中垒）。

26日　《申报》第14801号刊行。本期《自由谈》"尊闻阁词选"栏目含《意难忘（老子婆娑）》（程松生筠甫）、《采桑子（夜深人在阑干曲）》（程松生筠甫）、《百字令（昼长人困）》（程松生筠甫）。

沈汝瑾作《四月二日观竞渡，出时已晚，游人散矣》。诗云："士女倾城兴欲颠，江乡竞渡感今年。莺花南陌鱼龙戏，风雨河山锦绣船。为炫时妆争舣棹，但除春水不论钱。我来人去天将暮，独傍垂杨听杜鹃。"

27日　栎社集社友赖绍尧（悔之）、林朝崧（痴仙）、林资修（南强）、陈湖（沧玉）、陈贯（联玉）、陈怀澄（槐庭）、郑少龄（玉田）、庄嵩（伊若）、蔡惠如（铁生）、卿淇、吕蕴白（管星）、张栋梁（子材）、林献堂（灌园）、傅锡祺（鹤亭）等于台中新庄仔蔡莲舫别邸，欢迎东都名士籾山衣洲。正宾外，有枝台中厅长、佐佐木庶务课长两陪宾。诗有"赠衣洲""送春"诸作。庄嵩作《甲寅栎社春会席上赋呈日人籾山衣洲》。诗云："踏遍燕山万里程，又携笔砚入鲲瀛。烟云北地新诗卷，风月南园旧钵声（衣洲会客藤园爵帅南菜园，有《南菜园唱和集》）。老去仲宣犹作客，再来杜牧解谈兵（籾山于北清为某陆军学堂教习）。多年雅慕斯人意，何幸樽前一识荆。"傅锡祺作《赠籾山衣洲翁》。诗云："儒雅风流客，人间老散仙。文章播瀛峤，师表在幽燕。地隔三千里，神交二十年。西园诗酒会，天假识荆缘。"

《申报》第14802号刊行。本期《自由谈》"尊闻阁词选"栏目含《菩萨蛮·题蒋德华大令〈登岱观云图〉》（程筠甫）、《蝶恋花·题吴东园〈河桥送别图〉》（程筠甫）、《台城路·重九东园招饮，醉后登高，感赋此解》（程筠甫）、《如梦令（窗外花）》（程筼甫)、《病马》(鹿门旧隐)、《枯鱼》(前人)、《倦鸟》(前人)、《蛰虫》(前人)。

28 日 菽庄钟社开第一集,拈阄诗联句。拈题《晚、文,第二唱》《送、边,第七唱》《汗、台,第四唱》,限期至 5 月 5 日交卷。是日,投卷者百有余本。截至 5 月 5 日,共得 300 余卷。

黄濬作《四月四日崇效寺看牡丹》。诗云:"僧房例作牡丹诗,岁岁花枝我与期。天外空香随意静,日边醉影入帘迟。风流谁问西来阁,坊表犹传太学碑。今日玉盘承露冷,可怜车马满荒祠(白纸坊,今太学也)。"

29 日 约法会议议决以《中华民国约法》代替《临时约法》。

《申报》第 14804 号刊行。本期《自由谈》"尊闻阁词选"栏目含《小口兄弟招饮,并试新茶》(南湖)、《送狩野博士回京都二首》(南湖)。

30 日 《申报》第 14805 号刊行。本期《自由谈》"尊闻阁词选"栏目含《赠泷精一》(二首)。

蒋学坚卒。蒋学坚(1845—1914),字子贞,号铁云,晚号石楠老人,浙江海宁人。室名"平仲园"。光绪六年(1880),与朱昌燕等同修《海宁州志》。光绪十二年(1886)岁贡,就职训导。家富藏书,邃于乡邦文献。著有《怀亭诗录》6 卷、《续录》6 卷、《三录》《怀亭词录》4 卷、《怀亭诗话》4 卷、《怀亭杂著》《怀亭赠言》《鹃湖百咏》1 卷、《香苏词》3 卷、《东麓访砖诗册》《诵芬录》3 卷、《孟子音义补考证》2 卷、《说文互字考》8 卷、《平仲园书目》等。辑有《海昌文系初编》15 卷,续编 15 卷。本年《怀亭诗三录》刊行。忻瑗为其作跋云:"《怀亭诗三录》一卷,蒋先生子贞晚年作也。先生诗凡三刊,一为杨南湖等所选,一为查亭檃亭先生所序,一为同门友孙君职清集资校刊。此诗为上年及今春病中所述,拟续雕而未果。先生殁,孙君搜遗稿,得是卷,出以示瑗。瑗受而读之,知先生诗至老不倦,其《忆友》《示儿孙》诸什,先生自知不起,特借诗以垂警,更有不可磨灭者。因独任剞劂之资,即属孙君一手续付手民。今刻既竣,而先生殁已五阅月矣。爰志数语,以发其幽光云。时甲寅九月,受业嘉兴忻瑗谨跋。"

本 月

《中华杂志》(半月刊)在北京创刊,丁佛言主编,由中华杂志社发行。该杂志是进步党机关刊物,编辑人有李素、凌文渊、张东荪、汪馥言、杜师业、孙宸、胡家鑫、王常翰等人。至 1915 年 1 月共出版 13 号。

《浙江兵事杂志》(月刊)在杭州创刊。林之夏、厉家福等主持。浙江军事编辑处编辑。约 1926 年 4 月停刊,共出 144 期。设"图画""论说""学术""战史""别录""诗词""小说""杂俎"等栏目。第 1 期"诗词"栏目含《送别皖省陆军毕业生北上(己酉)》(汪莹)、《日本古刀歌》(并序)(剑奴)、《玩竹》(陈瓒)、《赏梅》(陈瓒)、《古柏》(陈瓒)、《月桂》(陈瓒)。

《亚东小说新刊》（旬刊）创刊于上海，韩天啸编辑兼发行，上海印刷公司印刷，仅存第1、2期，第2期1914年4月出版。附录下设"文苑""文艺""丛谈""谐文""杂俎""笑话""诗词""剧谈""艳评"等栏目。主要撰稿人有文侠、磷青、陈诵洛、天啸、浮尘、樵夫、徐霞张、赵心悸、徐恼公、蔡仙侠、章天妒、孙韵楼、戚饭牛、朱瘦菊等。

《香艳小品》（月刊）创刊于上海，先后由何仲琴、胡寄尘主编，上海广益书局发刊，1914年6月出至第3期停刊，共出3期。第1、2期不设栏目，第3期的主要栏目有"图画""杂著""传记""谈丛""说部""文坛""诗苑""词林""纪事"等。主要撰稿人有楚伧、雪庵、犀然、鹓雏、兰皋、心石、介臣、蒬庐、吴郎等。同时编不定期刊《香艳集》，仅出2集，广益书局发行，内容分"说部""文坛""诗苑""词林""纪事""杂著"等类。

［韩］《至气今至》第11号刊行。本期"词藻"栏目含《红梅》《山茶》《紫藤花》《月季花》《凌霄花》《玉簪花》《黄蝶》《小松》《新竹》《瑞香》。其中，《瑞香》云："挐花簇纷烘晴日，蔼有浓香透远风。六曲栏杆凝睇处，锦笼真似玉为笼。"

汤芗铭悬赏捉拿龙璋。龙璋从岳阳篦口乘木船入洞庭湖，经汉口去上海，其间作《发篦口》《别洞庭》。其中，《发篦口》云："老去从人作远游，登山临水重离愁。南湖花草萦乡梦，北渚寒云送客舟。远树依依春欲睡，平沙渺渺水横流。磻溪相去三千岁，何处能容着钓钩？"《别洞庭》云："平湖浩淼日黄昏，寂寞孤舟浪里翻。一雁冲云涵过影，数家临水见荒村。横流四海无安处，小别千年欲断魂。回首湖南清绝地，此心如醉向谁言。"

况周颐得程颂万书，因赋《瑞龙吟·甲寅暮春，得子大湘中书，附赠别诗。倚此却寄。子大客岁四月来申，今年首春回湘》。词云："沧洲路，无恙昨梦莺花，故人鸡黍。垂杨西北高楼，砑笺漉酒，相望平隔雨。黯离绪，容易绿鹃啼彻，玉骢嘶去。停琴极目湘天，也应念我，弦清调苦。　　诗事烟波江上，落霞回首，浮云羁羽。纫佩楚兰情芳，珍重鱼素。危阑伫立，斜日风催絮。还凄断、青冥海色，黄昏潮语。别后消魂处。更谁问讯，吟边月露，禁得春寒否？凭旧燕，商量和愁同住。茂陵鬓雪，不关迟暮。"

黄叔镛因近作《瑞安先哲百咏》尚未脱稿，嘱张震轩搜访先正诗文送阅。不意黄君于五月二十日（农历四月二十六日）作古，此举亦停。

夏敬观辞农商部秘书南归。

廉泉携小万柳堂所藏书画赴日展览、交流、访问，历时4月有余。至后，于神户诹访山下置业，以开扇面美术馆为生，频繁奔波往返于神（户）、沪（上海）、京（北京）间。

胡雪抱由故乡都昌县再往南昌，为人抄书谋生。有彭百庭招往集饮，雪抱赋诗云："相思正压桃花雨，开露幽怀走麴尘。几日佣书邻灶养，万钱沽酒愧情人。患余薄海羹糜沸，愁似当筵缕脍陈。莫侈江南风味好，郊原青翠不成春。"胡雪抱在南昌时常游西郊桃花村，作《三村看桃花竟日，口占四首》。其一："一溪烟水漾春晴，舟近疏林舍棹行。便羡林间村竖子，卧餐花露起调莺。"其三："村南村北斗秾姿，绝好芳菲掩映时。十日层城九风雨，乱红吹遍我游迟。"其四："世外柱源此问津，护花鸡犬足娱贫。荆榛渐满知先避，不管当家汉与秦。"

黄兴时流亡日本，为李根源藏米芾行书真迹作跋，并书一绝。诗云："微步轻盈不动尘，绣罗为莫锦为茵。春风一曲清平调，十二楼头第几人？甲寅春暖，黄兴书。"

陈树人升入日本东京立教大学第 3 学年学习。此间，时至灵南坂九号孙总理寓所服务，参加中华革命党工作，并为孙中山绘《灞桥诗思图》，题诗其上云："万古诗魂一灞桥，漫天风雪压人骄。谁知湖上骑驴客，只拗寒香伴寂寥。"又，为陈英士作画《折枝花卉》，有诗《为陈英士先生作〈折枝花卉〉》（三首）。其一："几枝零落在天涯（袁枚句），剩得人间薄命花。见说故园芜秽尽，那容嘉卉占春华。"其二："又是东风梦一场，仙留影散雨落香。何曾攀折他人手，死抱丹心战雪霜。"其三："生平未负花时节，剪绿裁红尽辛苦。今日折花人满目，可曾回念种花人。"

伍稼青旅行苏州游留园、西园。

林纾与陈懋鼎、陈篆、林志钧月底至 5 月初同游山东。林纾后作《登泰山记》《谒孔林记》和《明湖泛雨记》。

王光祈于春末得师友之助，出川赴德国求学，专攻音乐。出峡时赋《夔州杂诗》（六首）。其一："今夜孤城外，悲风战马嘶。猿声过峡断，人语入舟低。蜀道仍荆棘，秦军尚鼓鼙。居民苦行役，闭门水东西。"其二："白帝城边树，春来处处深。征吴存大义，入蜀系天心。髀肉今难抚，夔巫日又沉。遥怜东逝水，终古尚阴阴。"其三："万里瞿塘水，滔滔怒不平。中原还逐鹿，竖子竟成名。千载忧难已，深宵剑自鸣。直行终有路，何必计枯荣。"其四："不知云外路，已作峡中人。水落鼋鼍怒，风微日月真。野花迷古渡，幽草送残春。独有青城客，劳劳滞此身。"其五："两崖如壁立，一线漏青天。乔木临风倒，苍藤带雨悬。乾坤浮不老，云雾暗相连。只合同僧住，时携买酒钱。"其六："雷声才着壁，风雨过夔门。四面奇峰乱，千年古石尊。江湖如有托，舟楫漫招魂。无限浮生事，凄凉未忍论。"

毛翼虎生。毛翼虎，浙江奉化人。著有《天涯芳草庐诗稿》。

胡文质生。胡文质，字韵卿，湖南长沙人。著有《爱晚吟草》。

沈曾植作《甲寅三月榨箔村祭扫作》（二首）。其一："寒食王周三月春，还家上冢越流人。仙归鹤表宁无语？运去龙经不救贫。誓墓昔盟狷独性，逃虚今是孑遗身。椠书橤泽沧桑泪，并与松涛撼帝宸。"

陈通声作《暮春晓行，野桥映月，妮柳倚风，杂花生树，群莺乱飞，携杖欣然，不复作斗酒双柑之想，归见石田翁〈野桥莺声图〉，风景约略相似，因次韵题之》。诗云："墙头红杏一枝斜，遥指前村第几家。晓出听莺携杖过，半桥残月印溪沙。"

萧亮飞作《甲寅春暮，携凯夔游崇效寺，妙慈上人以〈枣花访古图〉索题，笔书三绝句》。其一："几度沧桑历劫尘，游踪到此又伤神。牡丹欲语楸花笑，似认萧郎是故人。"其三："借笔随心写小诗，微吟恰在半醺时。记曾作记逢庚戌，壁上笼纱累妙慈。"

李鸿祥作《四月大观公园落成，马路通车》。诗云："数里河堤两岸村，往来车马若云屯。庭前花竹争香艳，蒲外烟霞任吐吞。楼阁参差鞭日月，湖山迤逦锁乾坤。才人题句空千古，思与髯翁把酒论。"

黄仲琴作《许君将往粤东，以诗留别，赋此奉答》。诗云："鲲身愁去里，羊石又停桡。彩笔惊戎幕，征衣织海绡。珠光花埭月，剑气虎门潮。动我还乡梦，春深廿四桥。"

赵圻年作《春暮风雨大作，花事已矣，感赋》。诗云："才到花时春已阑，愁吟帘外雨潺潺。乱红万点燕支雪，浓翠千重水墨山。蛱蝶香销春梦醒，杜鹃声老血痕殷。城东桃李飘零尽，太息归来且闭关。"

方守彝作《甲寅三月至白麟邓山人老屋，过访葛温仲，遂招饮》。诗云："名乡起高人，安得移吾家。羡君来结屋，春雨看烧畲。屋后一溪水，沦漪欲浮槎。苍严游碧汉，奇峭疑三巴。开门宝环岫，梯田种明霞。果蔬献母寿，儿读妻纺车。鹿门怀隐者，拾金吾笑华。可怜江海上，无林能稳鸦。偶来访契阔，得意迎路叉。蕴藉赏邻竹，窈窕媚园花。金石古书画，搜如张兔罝。颓云堆几案，展看惊成哗。防我窃夺去，醉我期无邪。老矣不贪此，神仙愿略奢。君盍发旧箧，赠我几丹砂。"

沈汝瑾作《送春》。诗云："东皇归去已无家，声咽骊歌日又斜。可有琼筵留地主，一辞香国即天涯。蝶衣褪粉还依草，鹃血啼红更变花。阅尽韶华心似醉，昼长破睡只烹茶。"

曹元忠作《晚春芍药，和孟劬》。诗云："妖姿乘治序，作态傍朱栊。风剪缕衣薄，晴烘玉艳融。满愁璧月尽，散逐彩云空。还认元晖省，翻阶似旧红。"

萧瑞麟作《借磨歌》。序云："甲寅春暮，饮王采臣、袁树五、张铁卿、李南彬、胡寿生诸公于京寓。谈及太和豆汤，不胜莼鲈之感。南彬借余磨制焉。明旦往食，纪以诗，柬南彬索和，并呈同席诸公。"诗云："李髯过我三月天，不借东风借磨旋。是日醉君十壶酒，君且去矣我欲眠。双轮挈载双轮伏，一纵一横一转轴。万事升沉古如兹，我亦何必穷途哭。况值呕血磨牙年，大地轮回看辘辘。借时例一瓿，还时例一瓿。主人命宫入磨蝎，索君一瓿增一诗。十二万年无此乐，酬我碧绿之酒黄金卮。"

傅锡祺作《送春》。诗云："无计留春去稍迟，落花狼藉草离离。小园漫洒临岐泪，定有东风再到时。"

胡雪抱作《灌城春晚，严吾招定山、爱棠集饮纪兴》。诗云："销春客里命屠苏，志坠愁城酒兴粗。渴别音书颁异宝，饥年文字卖残株。荒庭坐误莺花约，旧壑追摹笠屐图。犹喜尊前眉鬓绿，更成何事始欢娱？"

陈曾寿作《鹧鸪天·癸丑三月，灵璧道中见燕子》。词云："剪破流光不自持。空梁忽并玉差池。荒城不识春风面，已是人家插柳枝。　　蓬户小，草檐低。莫寻珠箔问香栖。只今清忆犹成泪，何况虚帘重到时。"

高旭作《暮春日漫兴》（二首）。其一："桃棘兴谣感物华，万千愁绪乱如麻。去年今日堪回首，细雨斜街正看花。"其二："如此蹉跎又一年，红啼绿怨奈何天。沉沉身世凭谁问，爱向空山听杜鹃。"

杨令茀作《甲寅三月随长兄味云南归葬亲重过白门》（二首）。其一："痛绝雒孤故垒非，扳舆重至更无期。池边一树萧疏柳，侍母同来手植时。"其二："柳外菱塘理钓钩，得鱼奉母石城秋。莺啼草长江南岸，化鹤还期续旧游。"

黄侃作《杨花》。诗云："何事残春爱化萍，相逢万一属他生。便教拂袖曾无意，岂必沾泥始有情。紫燕衔来香故在，青禽飞去恨难明。斜阳曲陌堪回首，莫怪斑骓不肯行。"

李思纯作《四月口号》。诗云："薄寒轻暖坐摊书，燕麦摇风四月余。记得南村旧题句，黄鸦谷谷雨疏疏。"

[日] 高须履祥作《春晚有感》《四月某日某楼观樱席上》。其中，《春晚有感》云："世入谅暗春不春，雨丝风片易伤神。飞花空逐东流水，夜夜山鹃叫血频。"《四月某日某楼观樱席上》云："花绕高楼春正阑，终朝倚尽玉阑干。只今唯道带烟暖，明日何知吹雪寒。美酒须成长夜饮，浮生能得几场欢。东风无限诗人恨，秉烛中宵仔细看。"

1日　袁世凯公布《中华民国约法》，废止《临时约法》，扩大总统权限，改责任内阁制为总统制。同日，撤销国务院，设政事堂于总统府，任命徐世昌为国务卿。

鸳鸯蝴蝶派刊物《小说丛报》（月刊）在上海创刊。第一年出 12 期，第二年 10 期，第三年 12 期，第四年 6 本 9 期，共计 45 册（其中增刊 2 册）。1919 年 5 月终刊。共 44 期。创刊时由国华书局发行。第 2 期起改由小说丛报社自行发行。该刊系由刘铁冷等原《民权报》编辑人员合资创办，被称为鸳鸯蝴蝶派大本营。编辑主任第 1、第 2 年署名徐枕亚，第 3 年起署名吴双热、徐枕亚。主要撰稿人有徐枕亚、李定夷（兼诗词），吴双热、刘铁冷（兼笔记、杂谈）、沈东纳、倪灏森、徐啸天等；补白则由警众、逸梅、慕韩等执笔。内容有"图画""长篇小说""短篇小说""文苑""译丛""谐林""笔记""传奇""弹词""新剧""余兴"等。徐枕亚在《发刊词》中云："嗟嗟！江山献媚，狮梦重酣；笔墨劳形，蚕丝自绕。冷雨凄风之夜，鬼唱新声；落花飞絮之天，人温旧泪。如意事何来八九，春梦无痕；伤心人还有二三，劫灰共话。多难平生，难得又逢海上；不详名字，何妨再落人间。马生太贱，他日应无买骨之人；豹死诚甘，此时且作留皮之计。此《小说丛报》所由刊也。"又云："原夫小说者，俳优下技，难言经世文章；茶酒余闲，只供清谈资料。滑稽讽刺，徒托寓言；说鬼谈神，更滋迷信。人家儿女，何劳替诉相思；海国春秋，毕竟干卿底事？至若诗篇投赠，寄美人香草之思；剧本翻新，学依样葫芦之画。嬉笑成文，莲开舌底；见闻随录，珠散盘中。凡兹入选篇章，尽是蹈虚文字。吾辈佯狂自喜，本非热心励志之徒；兹编错杂纷陈，难免游手好闲之诮。天胡此醉，斯人竟负苍生；客到穷愁，知己惟留斑管。有口不谈家国，任他鹦鹉前头；寄情只在风花，寻我蠹鱼生活，缪莲仙辑。梦笔生花，无聊极矣。王季任著，余音击筑，有慨言之。即今文章有价，亦何小补。明时最怜歌哭，无端预怯大难。来日劫后残生，且自消磨于故纸个中。同志或亦有感于斯文。"

《新剧杂志》（双月刊）创刊于上海。上海"新剧杂志社"编辑、发行，杜俊切创办，夏秋风编辑，发行人张蚀川，主撰有管义华、许啸天、王瘦月、林孟鸣等。1914 年 7 月 1 日出至第 2 期停刊，共出 2 期。主要栏目有"图画""序言""言论""月旦""传记""商榷""记事""剧史""小说""脚本""艺府"（文、诗、词）、"杂俎"等。主要撰稿人有蒋箸超、管义华、胡朴庵、冯叔鸾、粹玉女士、瘦月、季子、啸天、君跃、鹓雏、一厂、唐养侯、顽石、宜人等。本期"艺府·文"栏目含《与管义华书》（汪洋）、《陆子美与柳亚子书》（汪洋）、《亚子致子美函》（汪洋）、《懊侬与诸新剧大家书》（汪洋）、《赠许瘦梅文》（秋风馆主）；"艺府·诗"栏目含《陆郎曲，赠子美》（亚子）、《子美索题，醉中合影，率成一绝》（亚子）、《题子美诸子化妆合影并调长公》（亚子）、《题照赠子美》（长公）、《索子美画〈分湖旧隐图〉即简芦墟》（亚子）、《沧浪亭口占示子美》（亚子）、《将赴海上讯子美疾》（亚子）、《忆怜影集〈疑雨集〉句得三绝》（瘦月）、《怜影以化装小影见贻，画里真真呼之欲出，因拈〈疑雨集〉中壹百十二字题之》（瘦鹃）、《春航返珠，开明与毛氏重谐旧侣，又将得小云为配，昔日泪碑绝唱行且重现人间，是亦红氍毹上一段可歌史料也。今得公展集龚句，缀缝无迹，妙音如写，亟录之》（小凤）、《观〈祝英台〉剧赠春航》（雪泥）、《赠幼雅》（玉儿）、《君磐于岁暮赴湘，不及送别，赋此寄之》（檗子）、《观〈善恶鉴〉口占三绝》（成龙）、《当代新剧编演各大家真能体会入微，描摹尽致，鄙人不胜钦佩，率成绝句，录呈啸天大家评鉴》（渔公）、《观〈双鸳鸯〉剧赠韵珂》（拜花）、《观〈双珠记〉赠青樵》（谥箫）、《赠依云》（谥箫）、《观民鸣社诸社员演剧偶占》（成龙）、《咏新民恶家庭》（成龙）；"艺府·词"栏目含《清平乐·癸丑民鸣社封箱倒串戏十咏》（新戏迷）、《高阳台·观新剧〈血手印〉赠韵珂》（瘦月）、《调寄〈齐天乐〉·新剧报出现勉语俚词，敬祝即希啸天大词家教正》（笠渔）、

《梅花落唱词》(笠渔)、《观〈薄命花〉新剧戏歌》(雪泥)、《调寄〈满江红〉·赠别凌怜影》(楚囚)。

《中国实业杂志》第5年第5期刊行。本期"文苑"栏目含《励志诗》(杨叔姬)、《春晚山行有感》(杨叔姬)、《赠罗叔蕴先生兼讯王君静庵》(审言)、《题画》(三首,一峰)、《薄幸》(春风)(二首,艮园)、《壬子由鲁返里,友人避乱青岛,寄诗见怀,步韵答之》(四首,艮园)、《春晴步后园晚望》(五首,伯严)、《调寄〈高阳台〉·题潘兰史〈桃叶渡填词图〉》(缪荃孙)、《甲寅三月三日晨风庐禊饮分咏故事得〈油花卜〉一首》(潘老兰)。

《谠报》第11期刊行。本期"文艺部·艺谭"栏目含《涤心室诗话(续)》(杨赫坤);"文艺部·诗选"栏目含《自题三十八岁造像》(庚戌作于英京)(许世英)、《自嘲》(杨赫坤)、《甲寅上巳与彭复苏访王梅生不遇,遂之京桥黄祖耀君家大酌,观东京湾海潮得长古一章》(杨赫坤)、《赠胡磊、张来仪、刘若盒三女史》(杨赫坤)、《送方士伟留学英伦拉同志同乡次韵》(杨赫坤)、《奉和彭热忱〈大森观梅〉元韵》(杨赫坤)、《吕君博文过敝庐谈论庄子〈齐物论〉,彼是要旨甚欢赋赠》(杨赫坤)、《神仙眷属歌》(陈剑闲)、《思悲翁》(乐府汉铙歌鼓吹曲辞)(陈剑闲)、《春暮遣兴》(陈剑闲)、《次朴翁〈雨中来〉韵》(樊樊山)、《送友赴秘鲁国次〈旧游〉韵》(易实甫)、《夔府望白帝城》(张锡銮)、《寄子全陇上》(张锡銮)、《都门感怀,次论庄元韵四首》(袁丕钧)、《书愤》(程振秋)、《春兴》(彭热忱)、《题昌友箑君小影,寄族小学校》(彭热忱)、《留别东京诸友》(张相)、《骚意》(房寋公)、《北京游翊教寺》(自注:供职京师五载未游邀,辛亥始至)(沈瓠隐)、《笔记经济学毕,喜赋一章》(廙庐)、《游箱根宿洗心楼》(廙庐)、《杨君煊舆因余解释庄子〈齐物论〉彼是之旨,叹未曾有,赠以长古,勉赋二律奉和(有序)》(吕博文)、《就胡珂雪契棣假得〈板桥集〉,读竟赋谢》(吕博文)、《彭复苏君热忱,诗出大小二杜,多豪壮悱恻之音,属题诗集勉报》(吕博文)、《杨煊舆君赫坤诗雄突诞放,为谪仙、韩、苏后所罕见,属题诗集勉报》(吕博文)、《奉题陈尘禅君手提行箧小影》(吕博文)、《甲寅四月念一日赴荒川观樱会有悟》(吕博文)、《灯下读〈楚辞〉,次季明韵》(桂伯华)、《赠呈陈伯严词丈》(陈尘禅)、《送同学唐叔南、刘思范二君赴北京应陆军部试》(彭热忱)、《茫茫》(松平康国)、《驹岳》(松浦厚)。

《申报》第14806号刊行。本期《自由谈》"尊闻阁词选"栏目含《东游草》:《送佐藤富子还长崎》(南湖)、《野口多内招饮于南榎町寓园,席间出示桐城吴先生遗札,并所书〈过朝鲜〉诗直幅,怆然有作》(南湖),《十鬼吟》(五首,杞人):《赌鬼》《饿鬼》《诗鬼》《才鬼》《烟鬼》。

魏清德《溪行》(五首)发表于《台湾日日新报》。其一:"好事年来都不记,晨兴一笑出柴门。江干偶步闻新涨，恰有白头野老论。"其三："乱山合沓锁孤城，西望残虹木末明。我与长公同一誓，有田二顷即归耕。"

孔凡章生。孔凡章，号礼南，四川成都人。著有《回舟全集》。

2 日 徐世昌正式就任中华民国国务卿。

《申报》第 14807 号刊行。本期《自由谈》"尊闻阁词选"栏目含《十鬼吟（续昨）》（五首，杞人）：《色鬼》《酒鬼》《钱鬼》《穷鬼》《野鬼》，《我今》（李生）。

徐鋆作《甲寅浴佛日，次梦坡先生赠钱味青先生七律元韵，时方读寿言合编即以补祝》。诗云："一见何时胜百闻，双峰青洗海天氛。蕃能下士谁徐穉，逊欲忘年友范云。种柳门前追隐吏，补梅盦里挹灵芬（味丈《怀归词》云：'门前早种先生柳，湘丈筑补梅盦于灵峰'）。祝公同静还同寿，不管山山蚁垤纷。"

3 日 《申报》第 14808 号刊行。本期《自由谈》"游戏文章"栏目含《逃去来辞》（三岛）；"尊闻阁词选"栏目含《今春樱花为雨雪摧残，损人吟兴，以诗吊之，不胜自悼之感》（四首，选录南湖《东游草》）。

朱祖谋撰《〈樵歌〉跋》。此前朱氏校朱敦儒《樵歌》毕，并撰有《〈樵歌〉校记》。

姜可生《亚子将刊〈子美集〉，书来索题，百无聊赖中集唐人句成四绝酬之》（四首）刊于《生活日报》，1914 年 6 月收于《子美集》，1914 年 7 月刊于《新剧杂志》，1914 年 8 月又刊于《南社》第 11 集。《亚子将刊〈子美集〉，书来索题，百无聊赖中集唐人句成四绝酬之》其一："只个逍遥是谪仙（李咸用），镜中人入洞庭烟（韦庄）。酒酣夜别淮阴市（温庭筠），风景依稀似去年（赵嘏）。"其二："分明怨恨曲中论（杜甫），鹦鹉前头不敢言（朱庆余）。若问吴江别来意（王昌龄），梨花满地不开门（刘方平）。"其三："芙蓉不及美人妆（王昌龄），笑倚东窗白玉床（李白）。解识春风无限恨（李白），桃花历乱李花香（贾至）。"其四："此夜曲中闻折柳（李白），锦城丝管日纷纷（杜甫）。阳和不散穷途恨（钱起），天下谁人不识君（高适）。"

4 日 章梫赴青岛，应尊孔文社编辑之聘，沈曾植有《送章一山编修移居青岛》（四首）。其一："征路随烟雾，孤怀怛远期。游当从若士，仙或觐安期。海作王官谷，潮生日主祠。经行过齐鲁，悗有尚书师。"其二："迂怪神仙地，沧凉日出门。城蝥生织布，岛客死穿坟。泰岱众山小，衣冠一线存。朗公应识我，灵谷寄悲魂。"陈夔龙作《送章一山太史移家青岛》。诗云："一卧沧江晚，逢君慰渴饥。不图衰老日，又是别离时。卫道先浮海，依人且寄篱。齐州烟九点，点点化相思。"

5 日 菽庄钟社第 1 集揭晓，三唱取元，施沄舫君得两唱，龚仲谦君得一唱，该集由菽庄主人林尔嘉亲任词宗。给赏后，随开第二集，拈《帘、絮，第一唱》《草、空，第二唱》《案、索，第五唱》为题，限期至 11 日交卷。是日，交卷有四五百卷之多。

《申报》第 14810 号刊行。本期《自由谈》"游戏文章"栏目含《叹五更》（东园）；

"尊闻阁词选"栏目含《海棠》(三首,天白)、《书斋雨夜》(袁巍)、《忆春》(袁巍)。

《庸言》第2卷第5号(总第29号)刊行。本期"艺谈"栏目含《石遗室诗话卷十二(续)》(陈衍)、《书适》(姚华);"文录"栏目含《书晏孝子》(陈三立)、《哀仲姊文》(康有为)、《送董引之序》(郑孝胥)、《梁令娴女士婚礼序》(黄濬)、《约旧馆翰林集陶然亭宴王湘绮先生启》(李稷勋);"诗录"栏目含《田居春感》(曾习经)、《二月十一日大风雨》(曾习经)、《夜晴有月》(曾习经)、《癸丑九月十四日过京师隆安寺,展所持翁殡宫,翌日其门人程康敬以遗像属题,悲成此诗》(梁鼎芬)、《所持翁遗墨,为其高弟程康题》(梁鼎芬)、《寄李梅庵道士》(俞明震)、《寄陈仁先》(俞明震)、《〈白蕵图〉,为程伯遐题》(赵熙)、《白蕵居士集客湖楼,率以睡味相谑,殆秋心故事也》(赵熙)、《秋心楼夜饮,醉赠程公子并质白裟翁一笑》(赵熙)、《同陈橘叟江亭看雪兼柬陶庵、默园》(沈瑜庆)、《颐和园偕诸真长、恽菽铭同游》(夏敬观)、《陈师曾悼亡,诗以唁之》(夏敬观)、《我马来田间》(夏敬观)、《次韵赠吴宽仲归自赣南二首》(程颂万)、《病山楼病翁有诗次韵》(程颂万)、《画松歌,为余君题扇》(易顺鼎)、《清明日上冢》(陈三立)、《月夜墓上》(陈三立)、《题伯严〈清明上冢〉诗后》(杨增荦)、《约伯严游大梅寺》(杨增荦)、《感事》(陈衡恪)、《楼坐》(陈衡恪)、《游积水潭,次映庵韵》(陈衡恪)、《题程伯蕵所藏精忠柏片》(郑孝胥)、《感西藏事》(何藻翔)、《抱存招集南海子修禊,分韵得仰字》(罗惇曧)、《抱存先生招集流水音修禊,分韵得麾字》(罗惇曧)、《甲寅上巳抱存修禊南海子,分韵得带字》(梁启超)、《送默园赴广西省长幕中》(陈懋鼎)、《答胡梓方》(陈诗)、《兀坐》(陈诗)、《刘大自黔解兵归,造庐索诗,赋一律酬之》(胡朝梁)、《夏居漫兴》(胡朝梁)。其中,杨增荦《题伯严〈清明上冢〉诗后》云:"寇退曾子返,峭庐恍在目。乱来几清明,残阳荡林谷。中丞退居时,梦寐忧颠覆。宁知十余载,遽已丁百六。公子人中龙,穷老走江麓。归来春非春,含涕荐野簌。七日别山去,四山杜鹃哭。衔悲渡章水,鸥啸风雨屋。示我上冢诗,其声凄以促。问天天岂闻,相对但踯躅。"陈衡恪《感事》云:"涕笑年年有辈群,纵横如隔万重云。九关虎豹真怜汝,一发江山忍忆君。杖策未成招隐赋,诡情谁作美新文。欲穷碧落叩天帝,臣有危言昧死闻。"

叶昌炽作《石麟挽联》。联云:"双凫江上归耕,皂帽藜床,老去共怀遗世恨;三凤里中奋起,青灯芸案,儿时忆听读书声。"

李思纯作《五月五日》(二首)。其一:"槐云榴火斗炎炎,愁绪年华逐日添。我欲清凉凉不得,黄尘影里试酸甜。"其二:"新蒲细艾绿当门,相约花前酒一樽。熟读离骚过端午,笑他狙狯说鸡豚。"

6日　《申报》第14811号刊行。本期《自由谈》"尊闻阁词选"栏目含《喜迁莺·用竹山体和东园〈贺程筠甫重诣盐城〉》(蝶仙)、《阑干万里心》(五首,东园)。

易顺鼎与辛耀文、袁克文公请王闿运。

7 日 《申报》第 14812 号刊行。本期《自由谈》"游戏文章"栏目含《五更相思调·新学堂之改良》(东园戏笔);"尊闻阁词选"栏目含《怀天虚我生》(二首,拜花)、《笑我》(拜花)、《病中槭然犀》(拜花)、《无题》(四首,拜花)。

方守彝作《四月十三日季野见过,同访圣登。闻旧藩署之成园天柱阁新理荒残,偕往游陟。明日圣登投示〈渡江至八都湖〉诗,用仆"霰""粲"字韵,欣然命笔,并简季野,兼示铁华,庶几得吾说而加餐健起也》。诗云:"索句檐捕风,断髭毡落霰。徐徐起微波,稍稍响枯涧。摩垒一骑来,旌旂展相见。示我渡江篇,使我愠喜变。马矢高出城,清吟如许倩。扫地自焚香,日课想不倦。昨者河阳君,巧避贺人燕。访我百尺桐,嘤鸣动物眷。自笑懒头陀,欢来同出殿。入君不系舟,书衣掀拂面。晴转积阴余,万绿浓夏甸。散阿豁尘眦,高阁登临便。栏干风云通,江山苍茫献。森森八都湖,轻烟明积淀。俯首愁思凝,蓬蒿欺瓦片。昔时言笑地,尊酒舒遐盼。青苔觅行迹,难忍风流断。爱树幸有人,聊慰林鸦怨。烛霄炳文章,呵护赖神赞。持悦病相如,饭添云子粲。"

于右任作《社稷坛"五七"国耻纪念大会》。诗云:"痛定才闻说怨恫,血书张遍古坛中。名花委地惊离泪,老木参天战烈风。揖让征诛成鹿梦,玄黄水火有渔翁。最伤心是西颓日,返射宫墙分外红。"

8 日 叶景葵与伍光健、郑孝胥、张元济等 104 人联名发表《夏瑞芳先生追悼会公启》。

冯煦赴同人集,王秉思、李维翰、朱福诜、程仪洛,陶濬宣、缪荃孙等在座。

9 日 袁世凯为削弱段祺瑞兵权,正式成立陆海军大元帅统帅办事处,综合履行陆军部、海军部、参谋本部职权。陈宧为六大办事员之一,深得袁信任。

王闿运为明日公宴预作一诗。诗云:"师吏感秦敝,文治监周衰。自无雎麟化,岂见黼黻符。圣清备制作,鸣凤咏雍喈。翰苑储群英,流风洽埏垓。教失贿多门,横流莫能为。群言又已哤,民吪遂成灾。礼俣道未坠,兰荪在蒿莱。曰余后升堂,徘徊怅无阶。邂逅从群彦,悲歌望金台。西亭倚城隅,伊昔宴所谐。谁谓风景□,蒹葭溯可怀。各勉金玉音,空谷贵能来。"

张震轩作《步张次镠先生〈北上留别〉原韵》(二首)。其一:"瓯江旧雨溯前尘,握别归来饱菜莼。花样我抛针线久,琴堂君佐茧丝新。重联缟带关心切,况有弦歌入耳频。麦秀两歧桑一本,吾宗盛事继先民。"其二:"光阴刚过禁烟天,忽听骊歌倍怆然。白传鸡林求妙品,黄尘燕市快扬鞭。才华骚客垂青眼,抒写吟怀耸瘦肩。最恨无情千尺水,江干送别已期愆。"

10 日 《甲寅》杂志创刊。是年为中国旧历甲寅年,杂志由此得名。是年生肖为虎，该刊封面绘有老虎一只，由此被称作"老虎报"，章士钊也被称作"政坛老虎"。1915年5月改由国内出版，至第十期为袁世凯政府禁止而停刊。主编为秋桐（章士钊），陈独秀、杨永泰等协办。稿件作者既有当时新锐陈独秀、李大钊、胡适、高一涵、易白沙、杨昌济、吴虞、陶孟和、刘文典等，也有文坛耆旧康有为、刘师培、王国维、叶德辉、章太炎等。《甲寅》杂志内容以政论为主，文艺为副，设有"时评""评论之评论""通讯""文录""丛谈"诸栏。《甲寅》第1卷第1号于本日在日本东京刊行，创刊号"文录"栏目含《马一浮与王先生书二首》《谢无量与马一浮书三首》《刘申叔与谢无量书二首》《王先生答陈伯弢书》（辛亥）；"诗录"栏目含《颐和园词》（王国维）、《咏史》（十二首，刘师培）、《偶于座客扇头见书长句一律，词旨悱恻，读之怅然，末不署姓名，意其人必有黍离麦秀之感者，闵而和之》（桂念祖）、《留都月余，与刘幼云相得甚欢，惟予酷嗜释家言，每以勖刘，而刘以宋儒之说先入为主，辄拒不纳，适屡以介石〈山庄图〉属题，行抵上海，乃寄是作》（桂念祖）、《舍弟遘疾，自东返赣，陶君伯荪以诗唁之，语特凄楚，因次其韵，推本万法唯心之旨以两释之》（桂念祖）、《题程撷华〈易庐集〉三叠前韵》（桂念祖）、《酬胡苏存四叠前韵》（桂念祖）、《汪友箕以闵乱之心次韵述怀，予遂推论祸本以广其意，六叠前韵》（桂念祖）、《连日苦闷，追念逝者不释于怀，泫然赋此》（三首）（桂念祖）、《西湖旅兴寄怀伯兄五十韵》（谢无量）。

国民党机关报《民国》杂志于东京创刊，胡汉民任总编辑。民国社发行，邹鲁、居正、戴季陶、朱执信、杨庶堪、苏曼殊、邵元冲、叶夏声、张百麟为编辑，居正兼经理发行人。杂志分设"论说""译述""文艺""中外大事记""杂著"等栏目。全刊侧重政论、诗词、笔记。各期所刊皆以反袁为宗旨，揭露袁世凯独裁专制、媚外卖国，鼓吹"三次革命"。第1年第1号"文艺"栏目含《明死节户部尚书顺宁龚公祠祀碑》（赵藩）、《杨秋帆先生墓表》（赵藩）、《述怀诗》（山父）、《题明腾冲指挥金事李钟英先生墓碑》（颂亭）、《辛亥狱中闻汉民凶信》（精卫）、《和精卫舅氏误闻汉民凶信之作》（蛰伸）、《感怀，重用前韵》（蛰伸）、《寄陈生》（蛰伸）、《狱中感事》（癸丑季秋）（孟硕）、《吊邹容》（孟硕）、《答匪石》（孟硕）、《录匪石〈赠孟硕〉原作》（匪石）、《有怀》（孟硕）、《为玉鸾缋扇》（曼殊）、《简法忍》（曼殊）、《南楼寺怀法忍、叶叶》（曼殊）、《饮席赠歌者贾翰卿》（曼殊）、《空言》（曼殊）、《无题》（曼殊）、《憩平原别邸赠玄玄》（曼殊）、《东行别仲兄》（曼殊）、《春雨》（曼殊）、《蒲田道中》（曼殊）、《过郑成功诞生处》（曼殊）、《耶婆堤岛别张君》（曼殊）、《淀江口占》（曼殊）、《滇中议复永历帝陵寝，以为光复纪念，深惬余意，赋此并柬呈倡议诸君子》（柿平）、《吕合驿读杨君秋帆壁间遗题三绝，次韵追悼》（柿平）、《谒楚雄杨公烈公（畏知）祠》（柿平）、《天女城怀古》（柿平）、《明都指挥李钟英先生，印泉之九世祖也，慷慨有节操，冰历帝走缅甸时，公护从至滇，至暮失途，不知帝之所之，遂家于滇，戒子孙躬耕勿事清室。滇中光复，印泉为之墓，一时名贤皆有题韵。不惴固陋，聊摅所怀，狗尾续貂之诮，自知不免尔》（玄玄）、《心语题词十首录二》（玄玄）、《答曼殊〈平原别邸见赠〉元韵》（玄玄）、《怀友人》（孤愤子）、《答友人》（用彼人原韵）（孤愤子）、《赠烈武叠前韵》（孤愤子）、《感怀（再叠前韵）》（孤愤子）、《读前明雷石庵尚书赴难绝命词，谨踵韵吊之》（鹿泉）、《永昌春感》（介公）、《与印泉游宝峰山寺，一宿而归，得五绝句》（介公）、《罪言二首（癸丑七月）》（懿迁道人）、《雪生书来，赋酬一诗》（懿迁道人）。苏曼殊《东行别仲兄》云："江城如画一倾杯，乍合仍离倍可哀。此去孤舟明月夜，排云谁与望楼台。"《憩平原别邸赠玄玄》云："狂歌走马遍天涯，斗酒黄鸡处士家。逢君别有伤心在，且看寒梅未落花。"两诗又载于 1915 年 3 月《南社》第十三集。

《申报》第 14815 号刊行。本期《自由谈》"游戏文章"栏目含《绛珠叹》（酒丐）。

王闿运与寓京诸翰林公宴于陶然亭，至者 45 人，作诗记之。

樊增祥偕陶在铭、陈三立、易顺鼎、梁鼎芬、杨钟羲等至徐园、茶仙亭处宴集。樊作《四月既望，偕仲彝、散原、石甫、节庵、留垞至徐园久坐，晚归茶仙亭饮酒征诗，欣然有作》（三首）。其一："布衾踏里裂，夜卧时转筋。起视窗纸白，绕室走踆踆。人生忌便安，当令腰脚勤。言念同心友，什九居海滨。履綦续续至，聊步游西园（园在吾庐西北）。陶子吾手足，结交五十年。修期六十九，健若黄犊犇。自余皆尊宿，无四十许人。髯病喜勿药，行步稍逡巡。圣童介耆艾，蜀柳犹风神。留垞独澹静，散原极高闲。五君出竹林，吾岂山巨源。佳树夹广陌，浓阴翳乌轮。琴薰徐徐来，清气袭衣巾。譬定山六峰，一峰一朵云。云闲不出山，来往依春申。"其三："归来藉草坐，高柳生凉风。人老慎寒暖，薄棉加一重。暝烟苍然合，箕踞万绿中。改诗遵闽派，譬以莛撞钟。十年罢科举，此焉存至公。糊名断关节，入彀皆英雄。家庖具鱼笋，酌酒珍珠红。一筋得十联，材力亦何充。一肉三行酒，会与真率同。牢丸滤粉细，蒸裹起酵隆。馈丰而用俭，乃可为常供。前后品杨骆，左右携浮洪。战酣脱锦袍，上赏饮金钟。老无鹰扬志，于此观军容。今夕月既望，迟迟出海东。客散仰视月，正挂桥南松。"

11 日　菽庄钟社二集揭晓，系由第一集获元之施沄舫君及龚仲谦君共同鉴定。其三唱取元，施沄舫得两唱，海关监督陈恩焘得一唱。与唱诗客，多不满意，以施沄舫为鉴定人而自列元首，未免有滋物议。揭晓后即开第三集，拈《深、酒，第一唱》《海、仙，第二唱》《才、地，第五唱》为题，限 15 日交齐。第三集，复由菽庄主人鉴定。

《申报》第 14816 号刊行。本期《自由谈》"尊闻阁词选"栏目含《西子妆慢·愚园送春》（醉红居士）、《青溪道中即咏》（四首，拜花）。

12 日　《申报》第 14817 号刊行。本期《自由谈》"游戏文章"栏目含《戏拟新月令（续）》（倚犀真州赵二）；"尊闻阁词选"栏目含《一斛珠·送春》（天白）、《送春词》（了青）、《相思》（拜花）、《合德》（拜花）、《唐中宗》（拜花）。

13 日　袁克文南海流水音宴集，座有王闿运、罗惇曧等。

《申报》第 14818 号刊行。本期《自由谈》"游戏文章"栏目含《仿古诗》（三首）：《嘲党人》《嘲游客》《嘲落第知事》；"尊闻阁词选"栏目含《长寿乐·昨阅报章，载有蝶仙先生题胡让之〈百寿印谱〉〈长寿乐〉词，其所考正厘定，实获我心。由宋而来，八百余岁，一旦得先生刊其讹误，先民可作亦当引为解人。至其绮思春秋，锦情秋艳，尤为独出冠时，白石碧山，是其嫡派爱依韵奉酬，藉以就正》（东园）、《前调·赋秦淮柳，叠柳耆卿韵》（东园）、《长寿乐·叠韵酬蝶仙寄镇海》（东园）、《前调·四叠蝶仙韵》（东园）、《前调·五叠蝶仙韵》（东园）、《前调（眠香访翠）》（栩园）、《前词意有未尽，再拈一解，仍叠前韵》（东园）。

14 日　《申报》第 14819 号刊行。本期《自由谈》"尊闻阁词选"栏目含《深春有感》（二首，拜花）、《饯春》（二首，拜花）。

王闿运作《题〈流水音修禊图〉》。诗云："流水音如天下琴，兰亭犹有管弦心。只应内史多尘事，不及五云深处深。"

15 日　《申报》第 14820 号刊行。本期《自由谈》"尊闻阁词选"栏目含《遣兴四首》（李生）、《海秋吴耳似移入德人里，过访有赠，乞和呈钝根》（枕亚徐觉）。

[韩]《天道教会月报》第 46 号刊行。本期"词藻"栏目含《牛耳洞暮春》（二首，苇沧吴世昌）、《牛耳洞暮春》（二首，芝江梁汉默）、《牛耳洞暮春》（凰山李钟麟）、《又拈晴字》（敬庵李瑾）、《又》（玉泉吴尚俊）、《降仙楼夜坐》（松石金完圭）、《降仙楼夜坐》（二首，凰山）、《清凉寺暮春》（萝侬全大根）。其中，凰山《降仙楼夜坐》云："一路缘溪渐次宽，樱花零落满衣冠。酒楼饭馆知多少，夜火层骚树里看。"

陈三立偕吴钫、罗兆栋与东亚兴业会社签订 2 份借款合同，为赣路筹得日币 150 万圆。

16 日　超社第二十一集。地点是上海别有天菜馆。主题是送林开謩与沈瑜庆游富春。主人是林开謩。与会者有林开謩、瞿鸿機、樊增祥、吴庆坻、沈曾植、王仁东、沈瑜庆、吴士鉴、陈三立、缪荃孙等人。

《申报》第 14821 号刊行。本期《自由谈》"尊闻阁词选"栏目含《醉公子·花前赋感》（东园）、《忆王孙》（月浦）、《落花》（二首，寄尘）。

周祥骏在徐州讲学，触犯军阀张勋，被捕杀。周祥骏（1870—1914），江苏睢宁人，字仲穆，号更生，世称"凤山先生"。喜读兵书、喜论兵，志以武略报国。16 岁入县学，补为秀才。20 岁时因品学兼优，升为廪膳生员。其间有大量诗作问世。编注《四书教科》，出版《琐语》等书。22 岁于家设馆授徒。清廷丧权辱国令其义愤至极，创作大量抨击性时曲小调和杂剧。1909 年，与柳亚子等结为南社。1914 年，张勋以"乱党罪"逮入徐州铜山监狱，被害。就义二年后由柳亚子介绍举家四口加入南社。

1944 年，由柳亚子、郭爱棠鉴定之诗文遗著《更生斋全集》出版，系周氏狱中亲自校勘后，由长子周公权从狱卒手中花钱回购；1962 年，又由安徽大学张须教授和周氏少子周扬季编选《更生斋选集》，因随后政治环境变化而在校对阶段被迫停止。2017 年，中国文史出版社出版陈剑彤、康明超编《周祥骏集》。周氏生平撰述百万言，多散佚，著有《风山类稿》等。《周祥骏集》现存《更生斋文录》《更生斋笺言》《更生斋诗集》《更生斋琐语（附诗话）》《更生斋讲义》。曾学诗于宋育仁。宋氏《风山类稿序》云："古文排宕，言有物而气足以达，将不懈而及于古，其进未有涯也。诗工五言，其律体，琢句得中晚唐风格；五古严谨有法，学晋而及于唐之中晚间；纵而为绝句：五绝有初唐思韵隽永，七绝则出入于唐宋以来，卷舒顿折，清新浏亮，有味哉！"又云："仲穆说经有汉人家法，故诗亦能学古，尤工五言律体，得中晚唐风格。五古谨严有法，五绝思韵隽永，七绝卷舒顿挫、清折浏亮。由其学有本原，自可不懈而及于古。"（张伯英甄选，徐东侨编次，薛以伟点校：《徐州续诗徵》）

叶焕彬送诗来，王闿运即和一首。诗云："张侯昔寓南横街，我时布衣徒步来，风尘沅洞四十载，又见新张门馆开。两公儒官耻儒术，南海先生想蹋踳，改更祖法师吕、王，误道读书先读律。六臣骈首九夷来，李相乘时然死灰，倭人和议重兴学，明诏始征天下材。先从首善立模楷，不比燕昭延郭隗，二张并命定学制，谁料求才空费财。改院为堂一反手，独饬船山可仍旧，不知新旧何异同，但怪严、梁效奔走。我时作奏欲言事，请言倭利非吾利，赵公笑我同葵园，阻遏封章不邮递。二张同时得发舒，学费流沙取锱铢，舟车权算无不有，骚然繁费如军需。学子翻然思革命，一时鼎沸皆枭獍，廿二名城枯朽摧，系组无由依晋、郑。两臣先死不从亡，翻得嘉名谥达、襄，共欲铸金师范蠡，居然鸣玉步文昌。前时庭榭皆依旧，今我重来醑杯酒，因君感慨一长吟，北江南海空回首。南洼芦荻似前时，飞絮漫天春影稀，沉吟对此不能醉，华屋山丘多是非。"

况周颐赴苏州晤朱祖谋，共商定近词《二云词》；于归途中赋《紫玉箫·甲寅四月二十二日，晤沤尹苏州，商定近词，深谭移暑，略涉身世，因以曲终奏雅自嘲。向来危苦之言，以跌宕出之，愈益沉痛，是亦填词之微恉也。行沽市楼，草草握别，归途惘然，倚此却寄》。词云："流水凝眸，回潮逐梦，素心人在花间。残衫瘦马，怕者回相见，星鬓惊看。恨碧山远，君忆否、旧话长安。还商略，一字一声，按谱丝阑。　　曲终换羽凄绝，遮半面琵琶，减了朱颜。矜持几费，恰啼鹃身世，说与春寒。问旗亭酒，得似我、袖泪辛酸。斜阳路，曾是庾郎，落拓江关。"

17 日　《申报》第 14822 号刊行。本期《自由谈》"尊闻阁词选"栏目含《客鄂感作》（二首，振卿）、《有避金陵乱者，来寓里中，作此志感》（觉生）、《独夜感怀》（觉生）、《挑灯》（觉生）。

姜可生《眼儿媚·偶经小园，见并蒂蝴蝶一株，含苞欲吐。折置案头胆瓶中，晨起双花争放，填此宠之》《霜天晓角·瓶中双射子，右株憔悴，左枝凄暗无色，似悼亡然。呜呼！鸳鸯同命，蝴蝶双生，物犹如是，何况吾人？偶感近事，触目怆怀，赋此以当一哭》《醉落魄·自题小影》刊于《生活日报》，1915年5月又刊于《南社》第14集。其中，《眼儿媚》云："轻盈凰子艳春驹，端合玉腰奴。绣帘开处，韩凭佳耦，握瑾怀瑜。　　香城恐被花枝妒，色相幻无殊。朝朝暮暮，一枝栖宿，粉颊凝酥。"《霜天晓角》云："归来谢女，萧郎独宿处。好势如云何许，朱帘卷，一凝伫。心与，魂也与。狂情谁似汝。辨得人间酸楚，月圆夜、落花语。"《醉落魄》云："壮心消歇，芳樽烂漫荼縻月。东风吹染啼鹃血，旧恨新愁，待共从头说。　　龙渊胸触肝肠裂，落梅笛里声哀咽，一样相思，难解鸳鸯结。"

19日　教育部批准北京私立民国大学、私立中华大学、私立明德大学、私立中国公学立案。

《申报》第14824号刊行。本期《自由谈》"游戏文章"栏目含《麻雀赋》（诗隐）；"尊闻阁词选"栏目含《读史杂咏》（八首，鹥鹒诗裔）、《浣溪沙·申游有感》（鹥鹒诗裔）、《前调·暮春旅怀》（鹥鹒诗裔）。

20日　傅增湘约刘心源、刘仲鲁、赵芝珊、宾瑞臣四前辈，宾鼎臣、袁珏生两同年，白栗斋、舒子宽两旧友，以及赵芝珊旧友吴慕楼，同游泰山。

《申报》第14825号刊行。本期《自由谈》"尊闻阁词选"栏目含《泷精一、服部宇之吉约过市楼谈燕，赋此陈谢，时两君为审定书画，故诗言云尔》（南湖）。

21日　《申报》第14826号刊行。本期《自由谈》"尊闻阁词选"栏目含《古寄衣曲》（二首，莘老）、《药栏小饮》（育仁袁煦和）、《七条恺招饮于莺亭别墅，为言往年桐城先生东游，时会宴集于此，七条之友菊池晋二出示桐城父子写赠诗扇各一，越日以诗谢七条兼呈菊池》（南湖）、《千秋岁·落花》（袁巍）。

22日　《申报》第14827号刊行。本期《自由谈》"尊闻阁词选"栏目含《岳祠铜爵》（闽中翁莘老）、《访唐六如桃花庵》（闽中翁莘老）、《题叶质夫文彬〈松竹图〉》（闽中翁莘老）。

李叔同约本日致函柳亚子云："亚子先生：久不晤教，至念。《子美集》出版后乞赐两册。前承赐《春航集》已为友人携去，乞再赐寄一部。祗叩道福，弟息顿首。"

23日　袁世凯公布省、道、县制，省设巡按使，道设道尹，县设知事。

《申报》第14828号刊行。本期《自由谈》"游戏文章"栏目含《俗语歌》（公猛）；"尊闻阁词选"栏目含《浣溪沙·春闺》（鹥鹒诗裔）、《前溪曲》（鹥鹒诗裔）、《明妃》（鹥鹒诗裔）、《同野口多内游日比谷公园，时杜鹃盛开》（南湖）。

24日　南社举行临时雅集于上海愚园云起楼，欢迎柳亚子复社。到者有陈去病、柳亚子、陶赓照、宋铭谷、叶楚伧、庞树柏、徐宗鉴、钟英、汪文溥、蒋同超、王蕴章、周伟、朱少屏、陈世宜、陈布雷、林一厂、吕志伊、蔡寅、陆子美、金兆芬、宋一鸿、承家麟、洪为藩、邵天雷、朱宗良、徐自华、徐大纯、王横、周锡三、谢良牧等30人，分韵赋诗。柳亚子作《夏五社集愚园云起楼，即事分韵》。诗云："正是天荒地老时，且凭残醉慰相思。江南憔悴兰成赋，夔府飘流杜老诗。碧血三年雄鬼泣，黄垆一恸故人知。伤心云起楼头事，何处招魂宋玉祠？"林一厂作《夏五社集愚园云起楼，即事分韵得灰字》。诗云："树杪一楼迥，翛然画本开。望中有仙侣，磊落多英才。时世河山感，云天景物回。南风送香满，春意未全灰。"

《申报》第14829号刊行。本期《自由谈》"尊闻阁词选"栏目含《在日本游日光一首》（显琪）、《驻宁代理日领事市川君招饮索诗》（清斋）、《十六字令·春夜》（二首，东园）、《苍梧谣·春感》（二首，东园）、《江城梅花印·夏日田家》（东园）。

周祥骏《风山诗话》本日至次日刊载于《生活日报》，署"仲穆遗稿"。本诗话先引古人"诗有理趣，而不可有理语"说明读诗以掌握诗旨为要，勿因摭拾新名词，而忽略诗文要旨。又援举阎尔梅、万寿祺、王台辅三人诗作为例。

[日]冈部东云作《大正三年五月二十四日遥拜昭宪皇太后陛下大葬仪》。诗云："杜鹃声裂帛，啼血深树中。暮色愈寂莫，暗云覆苍穹。今夜武州野，草木入悲风。坤德昭宪后，神灵发皇宫。会葬百万众，深墨表精忠。灯光虽如书，含泪眼冥濛。天地悲痛里，三更礼已终。汽笛数声响，灵辇向西空。越山远相隔，哀戚情相同。千里遥拜意，幽明自感通。满场无一语，肃肃咸鞠躬。愀然灵坛下，泪雨溅碧桐。"

25日 《申报》第14830号刊行。本期《自由谈》"尊闻阁词选"栏目含《杂感》（四首，莽汉）、《有恨》（莽汉）、《更漏子·钟柝闹人，夜不成寐，戏拈此阕，以招睡魔》（六首，莽汉）。

国史馆正式成立，6月17日开馆。首任馆长王闿运。

《（北京法政同志研究会）法政学报》第2卷第5号刊行。本期"文苑"栏目含《甲寅元宵》（海上十不斋主）、《〈添吾道力书〉自序》（陈宗道）、《〈山渊渔猎书〉自序》（陈宗道）、《某学堂两期同学录序（代都督府某参谋作）》（陈宗道）、《柳花香旅馆记》（陈宗道）、《闷书》（情圣）、《清明后旬日不闻鹃》（情圣）、《偶成》（情圣）、《溪行（回文）》（情圣）、《贺刘明叔兰兄续鸾四律》（李长荣）、《感怀》（醴处）。

《小说月报》第5卷第2号刊行。本期"文苑"栏目含《〈铁樵小说汇稿〉序》（无锡钱基博）、《劝止缠足谕》（广平华吟梅女士）、《小集上海桃源隐酒楼，益阳胡定臣兄弟出示陶文毅公印心石屋图，瓷器盖道光丁酉所制，感赋长歌，即和西岩老渔超社陶字韵》（塞叟）、《津浦车中即事》（我一）、《碧云寺听泉》（我一）、《碧云寺金刚塔院傍晚远眺》（我一）、《子均先生六秩称觞之期，赋五言长篇为寿，倘亦宾筵耄耋之遗意乎？顾此覆瓿文字，生平乃不自珍惜，今得借公而传，而长寿则万幸》（君复撰识）。

胡适在美作《山城，和叔永韵》。诗云："漫说山城小，春来不羡仙。壑深争作瀑，湖静好摇船。归梦难回首，劳人此息肩。绿阴容偃卧，平野草芊芊。"任叔永原诗云："何人为作春日戏，山城五月尽飞仙。软玉微侵衫胜雪，绛云曲护帽如船。晚风垂柳宜轻步，华烛高楼试祖肩。看罢击球还竞艇，平湖归去草芊芊。"

[日] 冈部东云作《大正三年五月二十五日遥拜桃山东陵敛葬大仪》。诗云："桃山无花绿阴森，云外唯闻杜鹃音。西京臣民几十万，今夜谁不泪沾襟。未干先皇新陵土，又迎太后灵柩临。赤子忽然失恃怙，大正天地气销沉。尝望今秋即位典，凤辇锦旗映枫林。何图大葬再相发，春来花鸟空伤心。昨夜葬仪偏严肃，今宵埋棺悲最深。古乐凄怆桃山上，梵钟远响鸭水浔。越山万里草庐里，老翁兀坐不拥衾。追怀推想孤灯下，恭赋一篇哀悼吟。"

26 日 超社第二十四集。陈三立、瞿鸿机、缪荃孙、沈瑜庆、梁鼎芬等同集。

黄文涛作《五月二日江干老屋》。诗云："离家将一载，重认旧柴门。花木怜多萎，诗书幸尚存。近无邻舍返，远有戍兵屯。废垒依稀在，荒凉剩断垣。"

胡适作《游仙，再和叔永韵》。诗云："无端奇思侵春梦，梦未醒时我亦仙。明月深山来采药，天风银汉好乘船。何必麻姑为搔背，应有洪崖笑拍肩。洞里胡麻炊未熟，人间东海草芊芊。"

27 日 《申报》第 14832 号刊行。本期《自由谈》"尊闻阁词选"栏目含《五月十六日，外务省岩村、铃木两君导观大仓美术馆，得瞻西藏高丽及中日两国古佛三千余尊，踊跃欢喜，得未曾有，再叠前韵，赋呈馆主》。

李燮和召饮什刹海会贤楼，杨度与王闿运、梁启超、叶德辉等出席。

陈守礼生。陈守礼，字宗周，甘肃陇西人。著有《栗荆诗文选》。

胡适作《春日，三和叔永韵》。诗云："学子五千皆少年，豪情逸兴骄神仙。旗翻大幕纷陈戏，镜静平湖看赛船。壁上万人齐拍手，水滨归客可摩肩。凯歌声随残日远，晚霞红映草芊芊。"

28 日 柳亚子从上海抵苏州，胡石予参加欢迎酒宴，合席有南社社友 5 人。

黄绮生。黄绮，号九一，安徽安庆人。著有《黄绮词曲钞》。

方守彝作《喜铁华病起能吟，和其投叔节韵，以表欣怀。端午前一日》。诗云："频为文园失夜眠，愁心一喜散如烟。池塘灵运吟初就，角黍湘累望正悬。翁翁远来槃涧老，丁丁相感国风年。床头无药江流静，青眼狂歌得不颠。"

29 日 《申报》第 14834 号刊行。本期《自由谈》"游戏文章"栏目含《投稿谣》（张咏霓）；"尊闻阁词选"栏目含《莺亭》（南湖）、《叠前韵酬惺堂居士》（南湖）。

端午，沈曾植作《贺新郎·甲寅重午日沪西麦根路作》。又名《金缕曲·甲寅端阳》。词云："满泛雄黄酒。且从容艾符蒲纫，今年依旧。安石榴花阔几朵，太息吾行良久。问客子不归安否？长月荒唐成毒月，付混元合子张翁手。何虫豸，强蟠纠？　清江湛湛平无皱，御风来终南进士，终葵杯首。踏浪吴儿休竞渡，闲看吴娃竞走。尽涂抹青红新旧。暮色苍然从远至，最高楼倚望双虹彀。墙角落，鸡虫斗。"

吴昌硕为莫绳孙绘《虬梅图》并题云："古雪埋秋藤，日久化梅树。空山颇不无，见者果何处。梦踏菖蒲潭，拾级仰元墓。烟云沸虚窦，蛟虬舞当路。脚底莓苔青，一往一却步。野鹤惊人来，叫得寒天曙。省骹叟属写，即求两正。甲寅端阳，安吉吴昌硕，时年七十有一。"

齐白石获知恩师胡沁园谢世，痛悼。胡沁园（1847—1914），原名庆龙，字云涛，号瀚槎、汉槎，别号沁园居士，斋号三雅堂，派名白倬，行名寿三，人称寿三爷。光绪监生，能诗善画，亦擅篆刻，喜交游，是湘潭有名的绅士。其画着力于工笔，兼以写意，尤以草虫花鸟见长。著有《三雅堂诗稿》。"沁园诗文，清新酣畅，言辞练达精辟，名重乡里。"（李砺：《湖湘篆刻》）齐白石常以"生平第一知己"称胡氏，多年栽培历历在目，遂参酌耳听腹记多年旧稿，绘二十余幅恩师生前特别欣赏之画，装入亲手裱好纸箱内，在恩师灵前焚化，撰祭文，书挽联。联云："衣钵信真传，三绝不愁知己少；功名应无分，一生长笑折腰卑。"同时又赋《哭沁园师》（十四首）。节录云："榴花欲着荷花发，闻道乘鸾拥旆旌。我正多忧复多病，暗风吹雨扑孤檠。（去冬今夏儿死弟亡）""此生遗恨独心知，小住兼旬耐旧时。书问尚呈初五日，转交犹寄石门诗。（五月五日遣人奉书，返报公去世已七日矣）""闲随竹杖惊鱼散，静对银鸥吻鸟哗。梦也解寻行惯路，园亭池畔怯看花。""平生我最轻流俗，得谤由来公独知。成就聪明总辜负，授书不忘藕花池。""穷来犹悔执鞭迟，白发恒饥怨阿谁。自笑良家佳子弟，被公引诱学吟诗。""忌世疏狂死不删，素轻余子岂相关。韶塘以外无游地，此后人谁念借山。""往迎车使礼荒唐，喜得春风度草堂。五百年来无此客，入门先问读书房。""学书乖忌能精骂，作画新奇便誉词。惟有暮年恩并厚，半为知己半为师。"

吴芳吉与萧湘、邓绍勤、谷醒华、赵鹤琴等师友大醉于四川嘉州西南第一楼。萧湘有诗《感怀（和吴芳吉原韵）》赠吴芳吉。其一："尘襟砢落寞嗟怜，从古英雄出少年。留得元龙湖海气，何须冒顿万千田。沙蓬莽莽纤长啸，夜气昏昏忍独眠。旧感未沉新感集，纵横老泪落灯前。"其二："黑石山中风雨晦，东坡楼下江水流。送君北上青云路，累我年来望眼愁。宝剑千磨秋水后，青琴一曲出之头。蹉跎莫误宣尼愿，大厦还须仗栋桴。"

于右任作《五月五日游三贝子花园吊宋渔父》（二首）。其一："忍泪看天哽又言，行吟失计入名园。美人香草俱零落，独立斜阳吊屈原。"其二："佳节凄凉愁里过，杂花婀娜雨中鲜。栖栖老友今头白，手抚遗松一泫然。"

曾习经作《端午泛舟溯河数里》。诗云："杨花燕子争轻俊，五月村庄似晚春。过雨断云时作螟，绿源尽日不逢人。劳生有暇天应直，佳节无聊酒觉醇。摇兀小舟忘近远，拔蒲归路月弦新。"

胡雪抱作《午节忆家》《午日忆女弟若》。其中，《午节忆家》云："湔裙日午到村南，湖上新晴水蔚蓝。宛转牵裾劳望远，撩愁莫奈女儿憨。"

董伯度作《五月五日》（五首）。其一："春风别久系人思，惆怅群芳沦落时。忽报晓窗新日暖，榴花红到去年枝。"其二："琥珀筵登角黍盘，光阴容易强成欢。儿童豪气偏无偶，束艾堂前作虎看。"其四："白云溪水日悠悠，两岸珠帘半下钩。隐约夕阳垂柳畔，有人指点话龙舟。"

江子愚作《端午怀古》（二首）。序云："里巷悬蒲，倏云端午。缅怀前哲，感喟繁之。夫孤臣抱石，痛屈王之不归；弱息投江，持所生而俱出。奇迹虽遐，英风自迩。采标竞渡，舟人犹赛神巫；角黍湛渊，村妇尚怜馁鬼。况仆蒿莱辟世，薇蕨余生，更有不得已者夫。爰歌短章，聊以见志。"其二："江头浪花白于雪，龙舟箫鼓声呜咽。崇丘可平隍可决，孝娥寸心不可灭。黄绢辞新碑矼矼，奇文羞被奸雄识。谁言生女不生男，缓急之时了无益。缇萦而后又曹娥，救父心肝一何烈。君不见广陵散绝秋风酸，仇人衣上乃有侍中血。"

陈夔（子韶）作《八归·重五送张味真归剡》。词云："梨云梦冷，梅风香润，春尽客子愁独。丁丁伐木思求友，难得俊词清韵，唱和相属。不道琴尊容易散，只料理归帆何促？且趁这、角黍蒲觞帐，饮泛醽醁。　曾记湖船共载，水仙祠下，不杂寻常丝竹。晚山青送，夕阳红敛，水入垂虹凝绿。正移情不远，此别何年载赓续。凭魂梦、剡溪飞渡，更上金庭，随君听一曲。"

30 日　陈夔龙作《五月六日聚卿京卿招同瑶甫、子修、爱沧、诒书、子异、伯平、冕士诸君楚园雅集，酒后合摄一影以留雪爪，小诗奉谢主人兼请诸君同正》。诗云："楚园地拓春申江，绿云掩映蕉叶窗。门前一水飞吴艭，主人速客屣倒双。坐中诸老寿眉厖，我亦湖海气难降。藏钩射覆言纷咙，有酒不饮真愚蠢，大笑惊起花间龙。尔时渔歌隔流淙，渐闻野寺暮钟撞。斜阳人影碧幢幢，写入图画皆兰茳。或著藤鞋踏藓矼，或拂珊鞭系柳桩。若非富春七里泷，即是鹿门居士庞。归来五剧鸣宵梆，满街灯火烧银釭。闭关仍谢足音跫，永夜相思托红豇。明朝谱出落梅腔，五月江城怀旧邦。河山举目空相腔，使我感时心悾悾。诗成输君笔如杠，罚依金谷倾玉缸。"

31 日　《申报》第 14836 号刊行。本期《自由谈》"尊闻阁词选"栏目含《蝶恋花·南瞻江汉，北望藩辽，远道怀人，忧时感事，适社友于陈君寿庵处，袖有丁君禾生〈蝶恋花〉词见示，爰依韵奉酬》（东园）。

《湖南教育杂志》第 3 年第 5 期刊行。本期"文艺·文录"栏目含《竞渡歌》（小更生遗文)。

严修欧洲之行抵巴黎，胡公使、李石曾、王劼孚俱来迎。当日离巴黎，夜宿车上。有诗云："春草绿年年，宁馨去渺然。家乡三万里，骨肉九重泉。白发□何老？青年不淑贤。□身一差□，痴想再生缘。"

魏清德《答鳌石词兄移居邀观贝类》发表于《台湾日日新报》。诗云："自昔有范蠡，功成泛五湖。复营什一利，贸区择通衢。君诗玉比润，君貌梅与臞。罢吟仙洞月，市隐学陶朱。吾欲从君游，遍观贝与珠。钓竿今在否，共话拂珊瑚。"

胡适作《春朝》。序云："春色撩人，何可伏案不窥园也！迩来颇悟天地之间，何一非学，何必读书然后为学耶？古人乐天任天之旨，尽可玩味。吾向不知春之可爱，吾爱秋甚于春也。今年忽爱春日甚笃，觉春亦甚厚我，一景一物，无不怡悦神性。岂吾前此枯寂冷淡之心肠遂为吾乐观主义所热耶？今晨作一诗，书此为之序。"诗云："叶香清不厌，鸟语韵无嚣。柳絮随风舞，榆钱作雨飘。何须乞糟粕，即此是醇醪。天地有真趣，会心殊未遥。"此诗后收录于1939年上海亚东图书馆出版的《藏晖室札记》卷四。

下旬 古柳石作《民国三年五月下旬，余与农林会诸君倡办造林，重来大面畲之慧云庵，感怀旧游，因作四绝题壁》。其一："二十年前忆旧游，桑麻鸡犬自春秋。即今归事农林去，何处人间说故侯。"

本 月

孙中山发布《讨袁告示》《讨袁檄文》。

淞社第十五集题咏周庆云为母董夫人建塔杭州理安寺。同题者：喻长霖、刘炳照、汪煦、潘飞声、郑孝胥、胡念修、沈焜及王蕴章、徐珂。《淞滨吟社乙集》题董夫人经塔，首唱沈守廉作《梦坡居士为其本生母董夫人建经塔于西湖理安寺，塔凡九级，累砖石成之》，续唱者：喻长霖、刘炳照、汪煦、潘飞声、吴俊卿、郑孝胥、胡念修（二首）、沈焜及王蕴章《金浮图》、徐珂《侍香金童》。

《消闲钟》（半月刊）在上海创刊，翌年3月停刊。李定夷主编，国华书局发行。设"说部""志林""谐乘""杂俎"4类。李定夷在《发刊词》中云："嗟嗟！南部烟花，余香犹在；东山丝竹，真相荡然。花国征歌，何如文酒行乐？梨园顾曲，不若琴书养和。仗我片言，集来尺幅；博人一噱，化去千愁。此《消闲钟》之所由刊也。或述齐语，或译夷文，或拟毛颖裸母传，或属游仙说鬼辞。大则鲲化鹏搏，小则蜗巢蛮国。巧则承蜩贯虱，怪则煮鹤屠龙。以东坡嘻笑，当曼倩恢谐；以匡鼎解颐，代丰干饶舌。世上非想非非想，作如是观；人家上乘上上乘，得未曾有。气象万千，不必苛求实事；寓言八九，只须省除浮文。一字贬扬，尽凭如椽之笔；五花错杂，敢说不朽之编。作者志在劝惩，请自伊始。诸君心存游戏，盍从吾游。发刊日，是为词。"

《南社》第9集出版，柳亚子编，收文51篇，诗415首，词125首。其中"南社文录"（共51篇）：李凡（一篇）：《西湖夜游记》；苏玄瑛（一篇）：《与某公书》；汪兆铭（二篇）：《处女黎君墓志》《与雷铁崖书》；钟动（一篇）：《李君季子墓表》；林学衡（一篇）：《拟收复北京露布》；丘复（一篇）：《丘仓海先生墓志》；宁调元（一篇）：《戊申狱中与傅钝根书》；傅尃（二篇）：《〈废雅楼说诗〉自序》《与柳亚子书》；王钟麒（一篇）：《长别诸知好书》；程善之（二篇）：《印度宗教史论略论》《〈春航集〉书后》；胡蕴玉（一篇）：《〈忧香集〉序》；胡怀琛（一篇）：《〈弱女飘零记〉自序》；陶牧（一篇）：《〈辽社〉发刊辞》；沈砺（二篇）：《越中三先生传》《鲁监国后妃传》；张恭（一篇）：《追悼八婺光复会诸烈士文》；邵庸舒（二篇）：《送陶望潮东游序》《与心三书》；陈训恩（二篇）：《报沈剑依书》《与柳亚子书》；王葆桢（一篇）：《杨旭东传赞》；陈世宜（一篇）：《旧时月色斋藏书目录序》；张素（一篇）：《〈瘦眉词〉卷自序》；姜可生（一篇）：《与叶楚伧书》；姚锡钧（六篇）：《跋胡寄尘〈兰闺清课〉》《上业师某公书》《答吴泽庵书》《答周退再书》《答盛梦生书》《与叶楚伧书》；高燮（一篇）：《与曼殊上人书》；姚光（一篇）：《〈荒江樵唱〉自序》；庞树柏（二篇）：《宋渔父先生哀词》《薛梅云传》；胡蕴（一篇）：《〈秋风诗〉自序》；叶叶（四篇）：《赠姚将军北行序》《〈阮烈士梦桃遗集〉序》《〈民国野史〉序》《二年饯岁辞》；沈昌直（一篇）：《答某君书》；吴去病（三篇）：《鉴湖女侠秋瑾传》《徐自华传》《高柳两君子传》；柳弃疾（四篇）：《孙竹丹传》《邹亚云传》《鉴湖女侠秋君墓碑》《拟重修九江琵琶亭记》。"南社诗录"栏目（共415首）含：王汉章（一首）：《哭钝初社兄》；苏玄瑛（二十首）：《住西湖白云禅院作此》《吴门，依易生韵》（十一首）、《无题》（八首）；汪兆铭（三首）：《狱中有赠》（二首）、《感事》；林百举（十六首）：《见〈梅魂歌〉有慨》《悲愤十首》《海上追悼宋钝初三章》《题春航小影酬屏子》；温见（四首）：《哭宋渔父先生》（四首）；钟动（五首）：《别都督李公》《别俞将军》《别赣省诸同志》《吊黄花岗诸死士》《挽遁初》；谢良牧（四首）：《书感》《除夕》《暮春书怀》《赠春航》；林之夏（一首）：《过史道邻墓》；苏南（一首）：《寄南社诸子》；林学衡（三十三首）：《哭彭席儒》《和笠云〈学诗〉一首》《临淮将军相见京师，索诗为赠》《溥泉约同子超、韵松游石鼓山，余以事未往》《黄花岗，同陈竞存都督》《春日游三贝子花园》《芳辰》《哭钝初》（二首）、《钝初死后过三贝子花园，怅然有作》《艳体三首》《寓言三首》《无题杂诗》（十首）、《次韵和程凤笙〈春怀〉四首》《次韵和季鸿表叔〈花魂〉原作》（四首）；林景行（一首）：《宋碑醉后得真长书，闻佩忍已归松陵，感寄一首》；宋教仁（一首）：《甲辰十月出亡道中口占》；张通典（一首）：《舜水先生祠落成敬赋》；张昭汉（六首）：《拟王右丞〈青溪〉》《拟孟浩然〈夏日南亭怀辛大〉》《中秋玩月》《金陵秋夜梦与琼玉表妹话旧》《辛亥暮春书感二律》；成本璞（一首）：《重过宁乡道中，去此十六年矣，追悼往事，不胜凄恻，率赋一首》；龚尔立(四首):《生日感赋,集定公句》(四首);唐群英(一首):《归舟遇陈汉元有赠》;张汉英(四首):《日本纪胜》(四首);殷仁(一首):《赠郑璧女士》;周咏(一首):《赋怀》;刘国钧(十一首):《并游侠行》《辛壬之间杂诗》(十首);郑泽(四首):《长沙谒烈士祠》《短歌行》《暮秋见雪》《北征篇》;傅尃(四首):《咏怀诗四首》;黄钧(三首):《九日候钝庵不至》(三首);阳兆鲲(一首):《无题》;黄堃(二首):《中秋南社雅集长沙烈士祠,有赠陈佩忍兼示社中诸子》《书怀》;方荣杲(一首):《题周某遗卷》;陈阮(五首):《壬子初秋重游三贝子花园感赋》(五首);李德群(二首):《纪梦二绝》;仇亮(一首):《题林烈士圭遗像并手札册子》;陈家鼎(八首):《洞庭湖舟中感唐希陶见赠,原韵酬之》(二首)、《哭刘敬庵、朱松坪两烈士》(三首)、《登岳阳楼有感》(二首)、《麓山吊烈士墓并赠钝初》《五月四日重游万牲园,有痛宋钝初老友,即用钝初去年九月招饮园中罂春堂赠余元韵一首吊之》;陈家英(一首):《寄怀家兄汉元》;陈家杰(一首):《近感寄伯兄汉元燕京》;杭海(一首):《早行》;孙变齐(四首):《初秋即事》(四首);方廷楷(二首):《感春航事寄亚子》《题亚子〈陆郎曲〉》;奚侗(十三首):《雾泊辽海,同中泠作》《过马关》《赠桥口兼之》(二首)、《辛亥岁暮杂诗》(八首)、《海上与中泠联句别匪石》;程善之(七首):《赠陈子松藤》《歙浦冶春词》《人庵书来,郁郁不聊,自称活死人,诗以寄之》《题尗生〈骊尊饯别图〉》(四首);胡韫玉(二首):《访狱中人》《吊钝初先生》;胡怀琛(三首):《题蒋万里〈振素盦诗稿〉后》《清愁》《赠孟硕》;杨铨(一首):《送铁厓归蜀,次亚子韵》;徐大纯(二首):《题林烈士圭遗像并手札册子》(二首);沈砺(五首):《咏史》(四首)、《悲秋》;周斌(六首):《子夜歌》(六首);李云夔(一首):《无题》;周伟(四首):《集定公句赠陆子美》(四首);陈世宜(八首):《孟硕入狱,不获探视,诗以慰之》《得孟硕狱中诗,依韵奉怀》(三首)、《寒夜与楚伧、秋心共饮》《柬可生》《题可生小影》(二首);叶玉森(三首):《印度故宫词》《汽车赴苏,野景向晚,口占写之》《孙大总统谒明孝陵礼成感赋》;张素(十首):《无题》(五首)、《感介推事》《寄明星》(二首)、《寄兰舟》《生公之官长春,以书见招,却寄一首》;姜可生(十三首):《哭宋渔父先生》《哭陈蜕庵先生》(二首)、《赠春航》《送挥孙关外》(二首)、《寄胎石白门》(六首)、《自题小影》;沈沅(一首):《书朱苏华女士所作〈沈君纪常传〉后》;吴有章(一首):《清宫词》;张怀奇(三首):《颐和园词》《行路难,仿梅村韵》(二首);宋一鸿(二首):《赠兰痴》《赠剑安》;姚锡钧(六十一首):《哭遁初》(二首)、《哀蜕庵》(二首)、《慰孟硕一首》《瘬词》(四首)、《有忆》(二首)、《海上本事诗》(七首)、《次曼殊作赠素珍》(四首)、《杂诗》(七首)、《与曼殊说法,复成四绝》《与髯公谭有作》(三首)、《偶书示同座》(六首)、《拈笔而叹》(五首)、《失题》(五首)、《有叹四首》《楼外楼即事示同坐》《寿可生,用进退格》《赠可生》《渡江遇雨》《即席》;高旭(八首):《海上喜遇太一即赠》《壬子旧除夕感赋》《癸丑元旦》《偕海印上人、顾九一、李经舆游什刹海，车中偶成》《苦问一首寄亚君》《旅店作寄何亚希内史》《海上怀陈去病》《哭陈蜕庵先生》；俞锷（十二首）：《羁栖吟》《寄铁厓蜀中》《呓词示遐九》（十首）；庞树松（五首）：《送孙龙尾赴鄂》《偕王寿丈游半园》《寄怀杨随庵都中》《偕王寿丈听王效松说〈水浒传〉》（二首）；庞树柏（十四首）：《秋薮阁本事》（四首）、《避难舟中看月》《秋兴八首，和少陵韵》（八首）、《三月二十二日为遁初周年，晚过沪宁车站遁初被害处》；吴梅（三十四首）：《善哉行》《君子有所思行》《企喻歌二首》《回春词，辛亥八月十九作》《走马城南行》《由石城登清凉山绕道访随园遗址》《无题》（四首）、《检点四首》《莫更二首，和小洲》《偕小洲过明故宫》（二首）、《步北城狮子山访阅江楼遗址不得》《读吴梅村〈秣陵春〉乐府》（四首）、《读尤西堂〈钧天乐〉乐府》（二首）、《读朱素臣〈秦楼月〉乐府》（二首）、《读李玄玉〈眉山秀〉乐府》（二首）、《读舒铁云〈瓶笙馆〉乐府》（二首）、《〈秦淮曲〉宴词，集石帚词语》（三首）、《赠钝根》；叶叶（十七首）：《元年》（四首）、《和骚心〈髑髅章〉作》（一首）、《穷荒一章》《拟玉溪和曼殊》（二首）、《厉鬼》《为子美〈血泪碑〉作》（二首）、《题可生小影》（二首）、《癸丑四首》；陈去病（十五首）：《中秋夜左湘阴园池坐月》《长沙有赠》（四首）、《偕遁初游灵隐、韬光、烟霞、石屋诸胜》《赠张溥泉》《灵隐僧房与遁初诸子夜话》《雨后》《汉元席上示天梅、次公》（二首）、《立夏再集崇效寺，分韵得丹字，即送芷畦南归》《四十初度，黄海舟中遇雾一首》《落叶》《刊蒙藏议成，率题一首》；顾无咎（二首）：《月夜闻笛》《凉夜》；释永光（一首）：《中秋日，南社诸友雅集烈士祠，李经舆、陈佩忍君邀左园坐月并留别，用佩忍韵》。"南社词录"栏目（共125首）：杜羲（一首）《金缕曲·吊亡友姚剑生》；王汉章（二首）：《生查子·送衡甫东归》《前调·漫书》；潘飞声（三首）：《临江仙·记情》《浣溪沙·自题〈海山听琴图〉》（二首）；沈宗畸（五首）：《洞仙歌·有题》（五首）；成本璞（四首）：《梦江南》（二首）、《月下笛·放棹寒江依依，傍晚烟水苍茫，渔歌答响，用玉田韵作，寄仲章》《金缕曲·渡洞庭而泊，风水苍茫，怆然有作》；陈翼郎（三首）：《金缕曲·题〈安重根传〉》（二首）、《齐天乐·杨花》；郑泽（六首）：《蝶恋花·夜步街月》《谒金门·题醉庵小像》《点绛唇·题画》《海棠春·前题》《江南好（栏杆外）》《声声慢·残菊》；傅尃（三首）：《踏莎行·新中秋，时方有日俄新约之耗》《如梦令（清景闲庭深夜）》《踏莎行（小阁当风）》；程善之（四首）：《虞美人（绛纱窗下珠绒堕）》《祝英台近·和陈烈妇纫兰乩词，即用原韵》《一梦红·悼亡》《菩萨蛮（眼底屏山天样远）》；杨铨（一首）：《念奴娇·罗花山中，用东坡韵》；陶牧（六首）：《渡江云·久客燕京得遇高钝剑、陈去病，填此志之》《菩萨蛮》（五首）；胡颖之（二首）：《二郎神·曹园夜坐，与小柳话旧，用徐典乐韵》《霜天晚角·秋夜曹园》；周伟（一首）：《意难忘·无尽烈士纪念日》；陈世宜（五首）：《念奴娇·渡中国海，舟中和钟山韵》《齐天乐·槟屿椰林蔽天，弥望皆是，词以纪之》《水龙吟·蛇莓山公园中，峭壁悬瀑，潴为清池，全屿自来水源也。用梦窗〈惠山酌泉〉韵》《惜红衣·出游霹雳，车过岔东色海，一池红芙蕖摇曳道左，有憔悴可怜之色，遥忆莫愁湖上，正翠盖红棠，亭亭玉立时也。江乡迢递，顿触离思，用白石韵写之》《丁香绪·槟屿有感》；叶玉森（八首）：《更漏子·和飞卿》（六首）、《杨柳枝·和皇甫松》《大馎·酬匪石见怀韵并怀楚伧、中垒、杏痴》；吴清庠（三首）：《齐天乐·蟋蟀》（二首）、《水龙吟·咏萍》；张素（五首）：《金缕曲·送力山之官太平》《摸鱼儿·赠影禅》《木兰花慢·亚子书来，邀作沪上游，赋此却寄》《水调歌头·寄怀肩佛》《前调·酒阑感赋》；汪文溥（一首）：《大江东去·忆旧》；吴有章（一首）：《摸鱼儿·明知兰皇住提篮桥而未识途径，欲诣无从，并不能以一纸通问，闷甚，词以写之》；宋一鸿（八首）：《采桑子（无端又是团圆月）》《摘芳词（莺声寂）》《醉公子·湘中送伯升之山左》《女冠子第一体（良宵如此）》《太平时（良夜迢迢低玉绳）》《水晶帘（倚栏掠鬓露葱尖）》《碧窗梦（挽个抛家髻）》《金缕曲·新中秋》；蒋士超（二首）：《相见欢·忆远》《离亭燕·前题》；王蕴章（六首）：《金缕曲（鹦鹉偏能语）》《满江红·缅甸金塔丛立如笔，缅俗佞佛，相传昔英兵据缅时，缅王犹膜拜塔下也。最著者为大光塔，西人游览者履声橐橐，华人则必跣而后入，不则以为污亵佛地，山僧且呵斥及之矣》《琵琶仙·三度太平，车外见夹岸池荷摇落尽矣，感成一解》《如此江山·香港太平山厓崩壁立，西人置机山巅，设轨敷练，曳两车轳轳而上。山中楼台如画，绣球杜鹃之花遍植皆是。天风吹衣，海波如镜，殊有清都咫尺想，凝眺徘徊，怆然成赋》《浣溪沙·太平公园绝似扬州红桥风景，赋此为故乡鸥鸟问》《虞美人·薄游，芙蓉墙角，一枝红绝，镜槛中小影也，宠之以词》；姚锡钧（八首）：《水调歌头·中夜阅〈杜十娘〉小说，悲愉无端，感激万状，因成此解，寄一厂、楚伧、亚子、刘三》《导引曲·有忆》《减兰·五月十日即事》（二首）、《浣溪沙·赠素珍，用映庵集中韵》（二首）、《金缕曲·午夜不寐，感成一阕，知我罪我，所不及计》《前调（剑气箫心死）》；俞锷（八首）：《菩萨蛮》（四首）、《虞美人》（四首）；庞树柏（五首）：《水调歌头·海上遇陈匪石，赋此为赠》《满江红·赠鹓雏》《念奴娇·题陈巢南〈笠泽词征〉》《长亭怨慢·蓴农属题填词图，感事怀人，为赋此解》《桃园忆故人·遁初周忌，赋此吊之》；余寿颐（二首）：《霜叶飞·沪地剧战时，尝以画扇遗蓴农。越三日，报我以词，哀艳凄馨，不减兰成江南赋也。即用其韵，倚声和之。时战事暂息，噩耗犹多，流离之民，尚未安集，我辈欲哭无泪，弄此闲情，毋亦有不得已者乎！甫脱稿，门外嚣然，炮声如雷又起于百步之外矣。二年七月二十八夜》《诉衷情·听邻妇述终身事，伤之》；吴梅（十八首）：《薄幸（莼香人影）》《清商怨·题仇英〈秋宵捣衣图〉》《霜花腴·步梦窗韵》《浣溪沙（轻约梨云蘸碧罗）》《如梦令（一剪秋痕消瘦）》《虞美人（银荷回照江波浅）》《寿楼春·题洪昉思〈长生殿〉乐府》《绕佛阁·题徐寄尘

〈忏慧词〉》《清波引·可园春禊，步休穆韵》《湘春夜月·步张孟劬韵》《买陂塘·步西麓韵》《西子妆慢·步慕先韵》《步月·和清梦韵》《醉太平·和清梦韵》《辘轳金井·和清梦韵》《莺啼序·春老倦游，冶愁删尽，沈君缓成见示〈西湖困雨〉词，余方羁游，感此凄音不自知其悲戾也，次韵答之》《菩萨蛮（绿波揩鉴红阑曲）》《忆旧游·示梓仲》；叶叶（一首）：《永遇乐·题〈蓴农填词图〉》；蔡寅（一首）：《百字令·为高钝公题〈花前说剑图〉，时同客燕邸》；陈去病（三首）：《浣溪沙·昨梦漫游塞外，见土田肥沃，颇宜耕植，欣然有屯垦之志。未几峰回路转，徐度溪桥，则微茫万顷，宛然身在水云乡矣。枕上偶得二阕，推衾写之》《踏莎行·张家口旅行，竟日愁不能已，写此寄怀》。附录：《南社第十次雅集纪事》（陈匪石笔述）。其中，苏玄瑛（曼殊）组诗《吴门，依易生韵》（十一首）其一："江南花草尽愁根，惹得吴娃笑语频。独有伤心驴背客，暮烟疏雨过阊门。"其二："碧海云峰百万重，中原何处托孤踪？春泥细雨吴趋地，又听寒山夜半钟。"其三："月华如水浸瑶阶，环佩声声扰梦怀。记得吴王宫里事，春风一夜百花开。"其四："姑苏台畔夕阳斜，宝马金鞍翡翠车。一自美人和泪去，河山终古是天涯。"其五："万户千门尽劫灰，吴姬含笑踏青来。今日已无天下色，莫牵麋鹿上苏台！"其六："水驿山城尽可哀，梦中衰草凤凰台。春色总怜歌舞地，万花缭乱为谁开？"其七："万树垂柳任好风，斑骓西向水田东。莫道碧桃花独艳，淀山湖外夕阳红。"其八："年华风柳共飘潇，酒醒天涯问六朝。猛忆玉人明月下，悄无人处学吹箫。"其九："平原落日马萧萧，剩有山僧赋大招。最是令人凄绝处，垂虹亭外柳波桥。"其十："碧城烟树小彤楼，杨柳东风系客舟。故国已随春日尽，鹧鸪声急使人愁。"十一："白水青山未尽思，人间天上两霏微。轻风细雨红泥寺，不见僧归见燕归。"陈去病《汉元席上示天梅、次公》其二："群龙战野血玄黄，小集京华剩酒狂。至死不甘秦一统，有生岂料汉无疆。黄衫好觅虬髯去，皂帽休为龙尾伤。回首江南千里近，要须归隐白云乡。"《刊蒙藏议成，率题一首》云："北蒙西藏皆危境，举世滔滔谁与谋？我是西湖多病叟，雄文一卷独绸缪。"姜可生《哭陈蜕庵先生》序云："客秋友人汉侠介绍识先生，痛饮更番，甚相得也。今春三月，匆匆一面，先生容色憔悴，大异平日。曾几何时，噩耗传来，故人长逝。荒荒斜日，伤矣余怀。赋诗二绝以哀之。"其一："天涯旅邸病魔催，风雨关山梦未回。追忆秋高人影瘦，酒阑悄坐兴全灰。"其二："老来一掬相思泪，漂泊无家作客迟。把酒相看惊喜半，春申江上落花时。"《送挥孙关外》其一："百尺高楼对酒时，万花销尽误心期。劳人踪迹蓬飘惯，又向辽西借一枝。"其二："旧潮寥落放杯迟，惆怅云天一雁驰。鼓角边关声正急，伤心无语慰相知。"《寄胎石白门》其一："十年心迹怕人知，放浪江湖骨相离。早识定公名句在，归帆好趁顺风时。"其二："名花凋落碧田荒，忏尽情根销尽狂。我本飘零穷塞主，只应常住水云乡。"其三："蛾眉谣诼太无端，鬼物揶揄触目酸。谢绝名场十万客，低徊忍看剑光寒。"其四:"招魂独向楚江头,断雨零云泪未收。挝鼓渔阳惊客梦,荒荒斜日下江楼。"其五:"醉酒放歌行乐耳,莺飞草长不成春。烟花十万深如海,一笑语君未是真。"其六:"千里书来意恻然,百无聊赖客中天。从今消尽闲愁绪,敢妬心期在简编。"林百举(一厂)《海上追悼宋钝初三章》其一:"道义云天峻,文章沧海崇。归墟应列宿,余气永垂虹。国痛长城坏,人思大树功。瓣香凭仰止,万恨塞苍穹。"其二:"斯世问何年?千山泣杜鹃。沙虫伤遍地,骖鹤忍还天。刺盾钼麂获,剖心罪首悬。知君犹未瞑,俎豆亦徒然。"其三:"园柳郁千条,春融雪正消。今朝黄歇浦,昨日虎坊桥。后死谁无责?英魂赴大招。胥门终放眼,且莫作惊潮。"

《浙江兵事杂志》第2期刊行。本期"杂俎·文苑"栏目含《陆军少将徐则恂上大总统移兵殖边书》(佚名)、《〈浙江兵事杂志〉书后》(汪莹)、《书〈李闯复史阁部书〉后》(附李闯原书)(文叔)、《吊西湖阵亡将士墓》(张化习)、《秋夜有感》(佚名)、《和友人感事原韵》(佚名)、《感时》(佚名)、《庚戌年冒雪游岳王坟》(蒋僎)。

《军事月报》第7期刊行。本期"文苑"栏目含《村居登卧龙城有感》(黄公略)、《陈友谅墓》(菊裳)、《首阳山夷齐庙》(前人)、《感时,与人联句》(前人)、《次韵答林小渠》(田各公)、《叠韵咏武汉革命》(佚名)、《元宵兵驻金陵》(佚名)、《感事,与人联句》(佚名)、《和品莲禅师〈游山百咏〉三首》(佚名)、《有感蒙事》(掬让)、《伤时》(共由君)、《和某君原唱》(田各公)、《游云泉寺(张家口名胜)有感》(镜珊)、《赐儿山晚眺》(佚名)、《感事》(五律,原老杜《秦州杂诗》韵并序)(刘恢)、《致军学研究社三年纪念会祝词》(伯豪)。

[韩]《新文界》第2卷第5号刊行。本期"词藻"栏目含《送经学院讲士吕荷亭圭亨、郑松里凤时赴东京观光之行》(梅下生)、《拟奉挽皇太后陛下九首》(梅下生)。其中,梅下生《送经学院讲士吕荷亭圭亨、郑松里凤时赴东京观光之行》云:"驿亭杨柳漾春阴,卧病难为远别吟。一棹脱依沧海宿,万山晴出日光深。灵鹏不碍垂天翼,瘦鹤宁悲在野心。白首此行须努力,归来把臂醉花林。"

[韩]《至气今至》第12号刊行。本期"词藻"栏目含《龟》(丹圃居士)、《鹤》(东里道人)、《书庭蕉》(甘圃子)、《木犀》(惺惺子)、《水仙花》(九分子)、《松》(夏健生)、《桑》(留心子)、《新竹》(闻香生)。其中,闻香生《新竹》云:"湿篁才鲜箨,寒色已青葱。冉冉偏疑粉,萧萧渐引风。扶疏多透日,寥落未成丛。唯有团团节,坚贞大小同。"

罗振玉受上海友人之约,委托王国维编辑《国学丛刊》。

周学熙奉其父周馥命举室移天津。

袁世凯解散国会,劳乃宣致信徐世昌,托徐向袁转达复辟思想。袁世凯致电劳乃宣,请出任参政院参政,后派专人递函并六百大洋至青岛请劳出山。劳以"老眼昏花”为由拒。

王葆心应蕲水同年汤铸新（芗铭）之聘，赴湖南省官书报局任总纂。

圆瑛大师于宁波天童寺讲《楞严经》："上堂云：'太白峰前启法筵，十方龙象集群贤。如来藏性何须觅，一段光明照大千。'灵光独耀，迥脱根尘，辉天鉴地，耀古腾今，人人具足，切莫外寻。迷之则合尘背觉，昧却本来家珍。悟之则返妄归真，亲见娘生面目。狂心若歇，歇即菩提，胜净妙心，本周法界。到这里，无一物不是自己，无一法不是我心。大地虚空，悉皆销殒；溪声山色，全露遮那。一切事究竟坚固之定体，自能证人。今者本寺护法，为法会开讲之期，欲结般若良缘，敬设上堂大斋，特请举扬此事，且道作么生说呢？卓杖云：'五月榴花照眼明，根尘相对契无生，若能知见离知见，妙定楞严本现成。'"后又于1932年4月于天童寺重申此义。

陈方恪和周星誉诸子游扬州。在广陵寓居城南环碧山庄。屋边池旁有高逾寻丈海棠树。陈方恪"偕叔芸诸子薄游来此，藉坐花下，分韵赋词"，有词《春从天上来·海棠花下作》。词云："翠拥红幢，是琼壶窈窕，飞影殊乡。宿露搓酥，断霞凝粉，帘卷恰对秾芳。好自珠楼灿晓，多少意、酒力难将。剪鲛绡，尽一春蜂蝶，都隔银潢。　　霓裳人成垠舞，算唤起瑶姬，有泪如江。吹转朱幡，绛云迷却，犹怜蘸水凄凉。一捻殢娇慵学，东风里、曾讶浓妆。解零珰。渐丝丝细雨，委尽柔肠。"

况周颐作《千秋岁（云帆万里）》，赠日本涩泽青渊男爵。词云："云帆万里。人自日边至。桑海后，登临地。湖犹西子笑，江更春申醉。谁得似。董陵浇酒平生谊。　　九点齐烟翠。指顾停征辔。洙泗远，宫墙峙。乘桴知有愿，淑艾尝言志。道东矣。蓬山回首呈佳气。"

吴昌硕本月前后为赵云壑绘《青菜图》，并题识："具区之精昆仑蘋，玉蔬金菜仙厨珍。烟芽露甲堪素食，要与天地同长春。子云先生正写。甲寅四月维夏，吴昌硕，时年七十有一。"又，为崛江绘《水墨葡萄图》并题识："几串明珠挂水晶，醉来烟墨扫能成。当时何用相如璧，始换西秦十五城。堀江先生属，写于沪上癖斯堂。甲寅四月，吴昌硕老缶。"又，题王震《马到成功图》云："直从韩干认前身，戏为骅骝一写真。蹴踏乾坤走雷电，了无人跨益精神。王君一亭画马，英风飒飒，问谁跨之入关，必将与人成大功也。甲寅四月，吴昌硕。"

王一亭作僧服自画像，款署"苦行头陀"。于右任题："泥涂慰我意何诚，苦行何缘感慨并。悟后逃禅时入画，愁来悯乱不谭兵。天涯战伐今犹昔，海内仇雠弟与兄。卖字钱来勤礼佛，为祈浩劫渡群生。苦行头陀一笑，于右任。"

齐白石六弟齐纯楚去世，齐白石作诗二首悼。《题六弟小影》序云："戊申夏，余戏为画小影。壬子冬，病归。甲寅夏死矣。因题之。"诗云："偶开生面戊申时，此日伤心事岂知。君正少年堂上老，乃兄毛发雪垂垂。"

郑猷、杨黄等作《赠徐缉之熙警察所长联》。杨青亦作一联云："为周政稽暴官，泽绝萑苻，道路宵人皆敛迹；是前贤觞咏地，堂登梦草，后先名宦总相辉。"

黄炎培至浙江省立第一师范学校考察，对李叔同所担任之音乐、美术课印象深刻，特在《考察教育日记》中予以高度评价："其专修科的成绩殆视前两江师范专修科为尤高。主其事者为吾友美术专家李君叔同也。"

杨晨（鉴湖渔隐）辑《湖墅唱和诗》由浙江瑞安广明印刷所石印刊行。集内含瑞安黄绍第未颂、王舟瑶玫伯、王葆桢漱岩、宁海章梴一山、喻长霖志韶、太平金嗣献荨仙、程学南梅卿、太平曹兆熊佩秋、丁瞻万子椿、梁照授青、吴隐遁庵、黄洵柚生、程鹏子川、方来善初、朱锦若旦、王夒栗斋、施庆恩雨生、曹燨、南瑞薰舜谱、郑道原敬修、尤涛瀚帆、谢士骏展夫、徐兆章竹坡、尤希文伯和、太平狄桂舟、柯骅威俌周、林丙修蔚生、于昕菊生、王佑清范九、陈霞云友、太平程云崧赓琴、梁岩等人唱和诗。其中，定叟（杨晨）《偶忆苏诗有二"之"字，戏足成章，寄诸吟侣》（二首）其一："后学过呼韩退之，丹青染得几多丝。忘机海上鸥能狎，乐趣濠梁鱼亦知。诗草爱翻新乐府，名花闲养古军持。茂陵他日求遗稿，村样应嫌未入时。"其二："臣今时复一中之，觞咏何烦竹与丝。炳烛校书惭老学，焚香读易喜新知。文章旧价卑无论，医药余生厚自持（用《杨王孙传》语）。多谢故乡诸胜侣，春兰秋菊宛同时。"定叟《癸丑秋日，自营生圹于马山先垄之侧，用前韵》云："一场春梦孰为之？七十年华两鬓丝。骥枥未酬垂老志，豹皮安用后人知。苍梧眺望情何限，嬴博归来礼自持（前室已葬夏阳山，儿亦别葬）。幸许湖山傍先垄，武梁画象待他时。"柯骅威作和诗云："回首京华怅久之，年来朝政乱如丝。骑驴权作西湖主，伏骥何须北海知。十里澄波鸥梦醒，一杯浊酒蟹螯持。王官谷里嘉宾集，最好风清月朗时。"又，杨晨（定叟）《湖墅》云："扁舟散发欲何之，早向烟波理钓丝。一曲鉴湖双桨卧，四明狂客几人知。桃花浪暖鱼初上，芦苇霜清蟹共持。拟傍水仙祠结屋，棹歌归趁夕阳时。"黄绍第诗云："九死余生似裕之，秋风萧瑟鬓如丝。私忧嫠妇周将陨，颇羡村人汉不知。野草有心烧后在，残花无力雨中持。玉京回首升平梦，可复衣冠尚昔时。"王舟瑶诗云："鸾飘凤泊竟何之，湖海抽身鬓已丝。少日襟期黄鹄远，暮年心事白鸥知。烽烟满地谁清扫，文献中原共获持。筑就小亭成野史，空山风雨闭门时。"黄洵诗云："梓乡硕望杜成之，爱国忧民发若丝。世俗繁华人共羡，襟期旷达孰能知。似闻九转丹将换，始信双修命自持。郁郁佳城君子息，尘劳欲□况斯时。"朱锦诗云："功深大道悟元之，顿洗青黄返素丝。世俗讳言身后事，达人偏会个中知。风流更见香山绍，杯酒何嫌表圣持。只恐金鸡空有洞，蜕仙还待百年时。"

王闿运作《锁寒窗（才送春归）》。序云："甲寅四月，夏气犹寒、芍药已残，新荷未出。登楼晨望，霭然有作。"词云："才送春归，当阶芍药，剩红留影。风寒雨细，谁问绿苔芳径。晓光笼、阑干暗凭,寂寞谁管离愁醒。只翠禽双语,似知人闷,笑人孤另。 强起开明镜。又照见横波,泪痕香冷。今年好月,孤负粉樱红杏。甚佳期、寒食踏青,倡条冶叶闲寄兴。但昏昏,梦入梨云,早莺啼懒听。"

成多禄约本月作《自翔生日有〈抒怀〉诗,次其韵》。诗云:"江城酿雨落寒声,朋辈联翩倒屣迎。照眼名花争笑语,登筵食谱自经营。敦槃海外联新雨,轮铁天涯困友生。比似剑南老宾客,祝公岁岁有诗成。"

方守彝作《赠童子马郎,冀平膝下英也。时在四月刚半,其庭前枇杷累累,满树都成积金,予赏玩不已。冀平因笑谓曷不作诗,遂并咏之,仍依前韵》。诗云:"到眼于菟欲食牛,老坡凛凛气潜收。回看庭树黄金果,已夺江南丹橘秋。"

董伯度作《初夏即事》(四首)。其一:"连宵费尽几番风,肯负东皇雨露功。梦醒似闻春去远,开帘又见落花红。"其二:"兴亡览史有余哀,遣闷空斋倒绿醅。几日轻雷窗影重,纷纷邻竹过墙来。"其四:"聚藻浮萍绿满池,晨昏乍雨乍晴时。游人谁识新荷意,为少风来出水迟。"

潘节文作《新约法告成志庆》。诗云:"衮衮诸公信优学,竟将约法尽增修。如今新律定遵守,自古顽民可使由。施展雄才谁掣肘?变通体制再从头。行权原有苦衷在,岂是愿侪吕政俦!"

[日]砚海忠肃作《箕尾初夏》。诗云:"积翠如烟涧水流,薰风扫面夕阳楼。泉声幽处闻河鹿,满目嫩枫红似秋。"

六 月

1日 《国学丛刊》在北京创刊。清华国学研究会刊行。系清华大学学生刊物。创办人为王天优、薛桂轮、何其伟、曹丽明、江超西等清华学生。王天优撰《国学研究会宣言书》,何其伟撰《发刊辞》,唐文治应其门下生薛桂轮之请而作《国学丛刊序》。其中,《国学研究会宣言书》略云:"夫国学者,国粹也。国之有粹犹人之有血,血壮则人生,血枯则人死。惟国与国粹亦然。国粹繁孳,则其国兴;国粹灭绝,则其国亡。""吾人苟专心而求之,发扬蹈厉,以与西学相融汇,采人之长,补己之短,以己之有,助人之无,辟五光十色之新文明。"《发刊辞》略云:"国而无学,国将何立?学而不深,学将奚益?""阐明经史,籍挽倾波。研究旧学,用播国光,既论今而论古,亦醒己而醒人。"《国学丛刊序》略云:"夫我国文字庖羲而后首推放勋,孔子之赞尧曰'焕乎其有文章',唐虞之际,于斯为盛。尼山设教,文学斯宏。子贡曰'夫子之文章可得而闻','天将以夫子为木铎',其弗信矣乎?孟氏传道,亦兼传文。汉之董子、贾生、司马子长,唐之韩柳,宋之欧苏,皆圣门文学之选也。濂洛道学,为儒林之分派。

周程张朱诸大儒中，紫阳得南丰之传，其文最为卓绝。元明以来，余姚王文成，其杰出者也。"第 1 期"词章类·传奇"栏目含《家国恨传奇（未完）》（王天优）；"词章类·乐府"栏目含《咏左乐府》（郑宗海）；"词章类·长歌"栏目含《巴拿玛河成，喜而赋此》（王天优）；"词章类·诗"栏目含《驴上得句》（王天优）、《与竞平夜话》（王天优）、《全国运动会竹枝词》（王天优）、《咏卧佛，和郑君宗海韵》（王天优）、《游金山宝藏寺》（王天优）、《读杜少陵诗感赋》（何杰才）、《春日游海淀》（何杰才）、《忆远》（何杰才）、《乡思一绝》（何杰才）、《子斌损书，述不能相觌之苦，并言去秋北来，未克把别为恨，今夏暑假后留校，相以待图快晤，乃赋一律》（何杰才）、《梦先慈感赋》（何杰才）、《无题一首》（何杰才）、《杨柳枝四章》（何杰才）、《闻〈国学丛刊〉出版，诗以志感》（江超西）、《枕上得句》（江超西）、《大寒日偶成》（江超西）、《清华园春日杂咏》（姚尔昌）、《咏京西十方普觉寺卧佛》（郑宗海）、《元月游圆明园有感》（沈鹏飞）；"词章类·词"栏目含《留春令·游陶然亭咏香冢》（王天优）、《七娘子·赠海屏》（王天优）、《好事近·同学其伟君暑假将成婚，作词调之》（姚尔昌）、《菩萨蛮·晚步杂兴》（何杰才）。

《中国实业杂志》第 5 年第 6 卷刊行。本期"文苑"栏目含《丙午正月六日曙楼探梅》（张宗儒）、《十八日侍马相伯师游龟井卧龙梅园，赋赠二首》（张宗儒）、《墨堤观梅》（张宗儒）、《癸丑春季，偕息庐、耐天游箱根，时息庐调署新加坡副领事赠诗留别，用余〈宿洗心楼〉作原韵，因叠前韵答之》（廙盦）、《息庐赴新加坡行有日矣，即叠前韵送别》（廙盦）、《请暇赴都，首途有日，再叠前韵，留别耐卢》（廙盦）、《再叠前韵寄息庐新加坡》（廙盦）。

《谠报》第 12 期刊行。本期"文艺·文录"栏目含《孟孝琚碑跋》（袁丕钧）、《巢鸭山庄记》（吕博文）、《蓬莱园赋（并叙）》（吕博文）；"文艺·艺谭"栏目含《涤心室诗话（续）》（杨赫坤）；"文艺·诗选"栏目含《寄幼青》（杨光斗）、《寄浴梅》（杨光斗）、《江松歌（有序）》（杨光斗）、《大森观梅》（杨赫坤）、《赠别方士伟君留学英伦》（杨赫坤）、《和彭复苏〈春兴〉次韵》（四首）（杨赫坤）、《题彭复苏诗草》（杨赫坤）、《癸丑秋夜过沧山》（杨赫坤）、《偶成柬壬林》（师曾）、《酬壬林诗家》（郭侗厂）、《赠辛仿苏即题其〈青衫捧砚图〉》（易实甫）、《和实甫》（樊樊山）、《酬友》（桂伯华）、《见季明、君实倡和二作，不觉兴至，聊复效之》（桂伯华）、《促织》（桂伯华）、《冬日书怀》（袁丕钧）、《春夜》（胡磊女史）、《送别李女史果》（胡磊女史）、《悼友》（张来仪女史）、《寄儿》（郭坚忍女史）、《悼陈十六》（袁丕钧）、《对雪，与烜舆君分韵作》（得残字）（彭热忱）、《和彭公威〈金陵登眺〉原韵》（时客南昌）（彭热忱）、《游学日本舟中，晓起望海》（廙盦）、《昆明池神马歌》（袁嘉端）、《金陵怀古》（蔡有守）、《瀛洲》（陈剑闲）、《一身》（陈尘禅）、《访师曾于散原先生沪寓》（陈尘禅）、《赠别门人吕子博文》

（汪瑞钧）、《樱花行》（琴侠）、《落花》（琴侠）、《晨起诵〈大乘起信论〉有感》（丘陵）、《新游仙》（应生）、《桂伯华长老现居士身,证生灭法。圆融无碍,道本华严,身口兼修,行宗密契。四禅四定,方超非想之天。五苦五阴,常住无生之忍。日者高栖江户,卜宅乡居,番蚨五十,不翼而渺,以师古德,何致箧肱,赋诗寄怀,绝世间语》（吕博文）、《悟后奋笔续对雪一章（有引）》（吕博文）、《芥子纳须弥（并说颂）》（吕博文）、《汉高帝》（吕博文）、《赋赠毛君澄宇,时君谋创国学扶危社,故也》（吕博文）、《论温飞卿诗酬友》（吕博文）、《次韵奉和吕君博文》（毛澄宇）、《沙河》（袁嘉谷）、《渡易水》（袁嘉谷）、《九日登陶然亭》（湛大受）；“杂俎·栏外余韵”栏目含《〈森槐南遗诗〉精选（续）》；“杂俎·曹娥碑阴”栏目含《锦缠道·和弟宝昌》（沈其昌）、《红情·题团扇》（沈其昌）、《惜分飞·本意》（悟初）、《浣溪沙·伤春》（郑居鸿）、《浣溪沙·花神》（吕博文）、《水龙吟》（文廷式）；“杂俎·天籁自喜”栏目含《题傅君志清荒川观樱纪念照片》（烜舆）、《前题次和烜舆》（吕博文）；“杂俎·中和且平”栏目含《去国》（白珩）、《次白珩韵即赠》（广盦）、《自题写真赠友》（广盦）；“杂俎·离亭风笛”栏目含《雷波公廨宴集奉别诸父老》（陶鸿猷）、《步景骞原韵留别诸子》（前人）、《送陶用三先生之锦官,奉和原韵》（张景骞）、《别绪殷拳更呈四律》（前人）、《雷阳志别,奉和用三先生》（吴楚）、《留别奉和即呈用三先生》（丁良琰）、《戏题樟树临江》（周向颜）。

《申报》第14837号刊行。本期《自由谈》“尊闻阁词选”栏目含《金缕曲·送□卿返里》（二首,柘邻）、《题画照》（学钝）。

吕碧城填入南社申请书,介绍人为朱少屏。

胡适作《赠傅有周归国,和叔永韵》。诗云:“与君同去国,归去尚无时。故国频侵梦,新知未有涯。豺狼能肉食,燕雀自醋嬉。河梁倍惆怅,日暮子何之?”此诗后收录1939年上海亚东图书馆出版《藏晖室札记》卷四。

2日 《申报》第14838号刊行。本期《自由谈》“尊闻阁词选”栏目含《感时》（武进谢承澍叔端）、《自嘲》（金秉五）、《纪念诗》（杭县陈寿庵名康）、《和东园六首之二》（杭县陈寿庵名康）、《庶侯大舅出诗相示,依韵答之》（寄尘）。

3日 《申报》第14839号刊行。本期《自由谈》“尊闻阁词选”栏目含《立夏日由盐城赴南沙》（东园）、《以所编〈玉篇考证〉,就宋君砚畬正》（东园）、《南沙北行》（东园）、《过新兴场》（东园）、《菩萨蛮·夏初怅别》（东园）、《双红豆·四月十九日作》（东园）；“尊闻阁词选”栏目含《醉太平·别意》（莽汉）。

严修至意大利京城罗马,高公使（高尔谦,广东人）与赵颂南秘书来迎。晚,在使馆就餐,公使弟高梦旦在座。

4日 《申报》第14840号刊行。本期《自由谈》“游戏文章”栏目含《放屁赋》（东埜）；“尊闻阁词选”栏目含《醉太平·别意》（莽汉）。

5日 《申报》第14841号刊行。本期《自由谈》"尊闻阁词选"栏目含《踏莎行·闺怨》(三首,莽汉)。

《庸言》第2卷第6号总第30号刊行。本期"文录"栏目含《〈刘镐仲文集〉序》(陈三立)、《台城访菊记》(冯煦)、《简冯梦华》(郑孝胥)、《简梦华》(郑孝胥)、《宛溪叟传》(赵熙),《丰顺丁叔雅惠康遗文补》(四首):《南海神庙碑》《代韩荆州答李白书》《郑当时论》《姚嵩生先生七十寿序》;"诗录"栏目含《甲寅上巳前一日,月华贝勒招赏所植庭梅同赋》(四首,陈宝琛)、《湜亭六绝句》(曾习经)、《朱游一首》(郑孝胥)、《病起读经会》(郑孝胥)、《答乙盦短歌三章》(郑孝胥)、《渡江入西山,晚抵崝庐》(陈三立)、《崝庐三首》(陈三立)、《渡湖抵湖口》(陈三立)、《九江铁路局楼间眺》(陈三立)、《秋心楼,越日再题》(赵熙)、《游紫云洞》(赵熙)、《游栖霞洞》(赵熙)、《月夜访南湖即事》(四首,赵熙)、《秋心楼主人持丁郎中残稿嘱录,辄系廿八字》(赵熙)、《题秋心楼藏浏阳唐烈士遗札》(赵熙)、《陪湘绮先生开福寺禊饮,赠海印、常静两上人兼呈座客》(程颂万)、《陪湘绮翁宴云麓寺》(程颂万)、《题赠傅梅根东池别业》(程颂万)、《过开福寺悼寄禅上人》(程颂万)、《上巳日罗复盦招饮,归旋病,减食三日矣,告复盦》(胡朝梁)、《清明前一日柬石遗翁》(胡朝梁)、《春日杂诗》(三首,黄濬)、《上巳日花下忆都门旧游长句二十韵,寄呈家大人》(陈声暨)、《白坚送五月菊》(二首,蒲殿俊)、《宿潭柘寺》(罗惇曧),丰顺丁叔雅惠康遗诗补三十二首:《留别吴君遂刑部》《答鹤柴》《丁未南旋,怅然有作》《六和塔观潮,步归成吟》《游南高峰烟霞洞遇信上人因题》《烟霞洞,题赠闽僧学信》《秋坰试马,路出东华,小酌惺忪,经行上馆,怅然有作》《晚眺天桥,行吟而返,即书送荷庵南游》《赠赵芷荪侍御还湘潭》《和何穆忞韵》《梦中书所见》《有忆四首》《江亭席上与石遗、元虎、白葭、经畦同作》《丙午首夏遇伯葭京师,契阔数年,握手甚乐。时康斋紫藤盛开,花下摄像,媵之以诗》《十六国乐府》(十六首),海南黄枚伯元直遗诗二十首:《溢城北乡道中九首》《西风》(二首)、《偶成》(四首)、《题陈阶平〈丰城感旧图〉》《送张七归南昌》(三首)、《赠别江霞公出都》(二首),海监朱芷青聊沅遗诗十五首:《同宰平、众异游种植园,次众异韵》《一叹》《夜游公园凭阑得句,写质宰平、众异、哲维诸君》《中秋和哲维韵》《投抱存》《呻吟》《正阳门站候汽车不至,默坐有作》《游二闸》《睡起》《赠穆忞》《限字诗》《感旧》(二首)、《端阳后一日小集法喜龛,写上鞮芬》(二首)。

严廷桢作《甲寅五月十二先府君讳日设祭志感》。诗云:"父殁灵常在,儿复病渐侵。孙曾香火事,弓治创垂心。几席陈时食,门庭怅绿阴。皋鱼悲菽水,永感白云深。"

6日 《礼拜六》在上海创刊。王钝根、孙剑秋编辑,中华图书馆发行,1916年4月29日出版第100期后停刊。1921年3月19日复刊,周瘦鹃、王钝根编辑。1923年4月停刊,共出200期。同年改由礼拜六报馆编辑、出版,期数另起。1937年8

月出至第 703 期停刊。1945 年 10 月复刊,期数又另起(复刊第 1 期即总期号第 704
期)。1948 年 7 月出至复刊第 135 期终刊。前后共出 1038 期。主要作者有周瘦鹃、
张恨水、陈栩园、包天笑、李涵秋、程小青、陈小蝶、王钝根等。《礼拜六》常以诗词做
广告。王钝根执笔《礼拜六·出版赘言》曰:"买笑耗金钱,觅醉碍卫生,顾曲苦喧嚣,
不若读小说之省俭而安乐也。且买笑、觅醉、顾曲,其为乐转瞬即逝,不能继续以至
明日也。读小说则以小银元一枚,换得新奇小说数十篇,游倦归斋,挑灯展卷,或与
良友抵掌评论,或伴爱妻并肩互读,意兴稍阑,则以其余留于明日读之。晴曦照窗,
花香入坐,一编在手,万虑都忘,劳瘁一周,安闲此日,不亦快哉。""故人有不爱买
笑,不爱觅醉,不爱顾曲,而未有不爱读小说者。况小说之轻便有趣如《礼拜六》者
乎?《礼拜六》名作如林,皆承诸小说家之惠。诸小说家夙负盛名于社会,《礼拜六》
之风行,可操券也。"周瘦鹃后来在《花前新记·闲话礼拜六》中说:"我年青时和《礼
拜六》有血肉不可分开的关系,是个十十足足、不折不扣的'礼拜六'派。""《礼拜六》
虽不曾高谈革命,但也并没有把海淫海盗的作品来毒害读者。""至于鸳鸯蝴蝶派和
写四六句的骈俪文章的,那是以《玉梨魂》出名的徐枕亚的一派,当然,在二百期《礼
拜六》中,未始捉不出几对鸳鸯几对蝴蝶来,但还不至于满天乱飞,遍地皆是吧?"

　　《申报》第 14842 号刊行。本期《自由谈》"游戏文章"栏目含《端阳沪上竹枝词》
(十首,诗隐、笑默合稿);"尊闻阁词选"栏目含《南商调·题〈舞剑图〉》(耳似倚声):
《二郎神》《前腔换头》《集贤宾》《黄莺儿》《琥珀猫儿坠》《尾声》)。

　　胡适作《题〈室中读书图〉分寄禹臣、近仁、冬秀》。序云:"叔永为吾摄一《室中
读书图》。图成,极惬余意。已以一帧寄吾母矣。今复印得六纸,为友人攫去三纸,
余三纸以寄冬秀,近仁,禹臣各一,图背各附一绝。"其一《寄禹臣师》:"故里一为别,
垂杨七度青。异乡书满架,中有旧传经。"其二《寄近仁叔》:"廿载忘年友,犹应念阿
咸。奈何归雁返,不见故人缄?"其三《寄冬秀》:"万里远行役,轩车屡后期。传神入
图画,凭汝寄相思。"此诗后收录 1939 年上海亚东图书馆出版《藏晖室札记》卷四。

　　7 日　《申报》第 14843 号刊行。本期《自由谈》"游戏文章"栏目含《新开篇·四
时乐》(瘦蝶);"栩园词选"栏目含《车中即景》(云间方棱)、《和杨了公〈除夕避债〉
一绝》(云间方棱)、《书所感》(九首,仁后)。

　　姜可生《邵园席上,呈鹤佣居士》《口占答枚引居士》《将去昭阳,留别胎石大哥》
《次亚子韵赠春航、子美,兼怀一厂、楚伧、冶公、匪石诸子》《鹧鸪天·邵园雅集,杜
鹃盛开,醉后赋呈席上诸公》刊于《生活日报》。其中,前四首 1914 年 8 月又刊于《南
社》第十一集,第四首《南社》第十一集改题为《次一厂韵赠春航、子美,并怀亚子、
小凤、冶公、倦鹤诸子》,第五首 1915 年 5 月又刊于《南社》第十四集。《邵园席上,
呈鹤佣居士》云:"江南江北行歌遍,落日残山庾信哀。竟使英雄绝寸土,况闻城市动

一九一四年(甲寅)

一三三

蚊雷。烧残红蜡相思泪，潦倒春风蓉尾杯。安得美人妥醉魄，笑着屋角一枝梅。"《口占答枚引居士》云："一第一剑无人识，行过扬州念四桥。记取梅魂来入梦，冷云香雪可怜宵。"《将去昭阳，留别胎石大哥》云："此别非常别，停骖涕泗流。百年常梦梦，五夜独悠悠。生也无穷恨，还添满眼愁。死生胡足问，天际一回头。"《次亚子韵赠春航、子美，兼怀一厂、楚伧、冶公、匪石诸子》云："榴花照眼卷帘迟，明月年年寄所思。念四桥头成独往，春申江上笑他痴。云摇歌板生香句，翠拢轻衫淡扫眉。未许重逢天亦苦，江郎肠断已多时。"《鹧鸪天·邵园雅集，杜鹃盛开，醉后赋呈席上诸公》云："大地春光付酒卮。杜鹃啼血上花枝。谁人移得天台种，疑向昭阳乞药时。披香殿，莫轻离。鹤林奇色总相宜。沈郎漫掷相思子，狂杀江东姜杏痴。"

8 日　《申报》第 14844 号刊行。本期《自由谈》"栩园词选"栏目含《代某公子哭谢玉珍校书八首》（红叶楼主人）。

吴昌硕友人闵泳翊病殁沪上，年五十五，吴昌硕作诗悼。

9 日　廉泉作《五月十六日外务省岩村成允导观大仓美术馆，馆庋古佛像三千余尊，踊跃欢喜，得未曾有，再叠前韵，赋赠馆主大仓喜八郎》。诗云："巨贯不可作，光辉生祖席。遥遥望古心，即此寄闲适。奋身在蓬莱，山好迟归屐。千年选佛场，佛去不留迹。白日说龙飞，明珠岂外获。笼眼见山河，胜妙地非僻。世界一旅亭，失笑黄尘客。（巨然山水、贯休罗汉两卷子均在行箧）"

董伯度作《五月十六，校中举行旅行，东出至上海始回。余因事留舍，成四绝句送别梦因兼示奚升初（旭）》（四首）。其一："别我东行远，闲居感独深。风来难出岫，愁煞白云心。"其三："歇浦深秋过，而今绕梦魂。沧桑应未改，风景异寒温。"其四："小谢文章侣，登临兴不孤。畅谈好山水，相忆故人无。"

10 日　《申报》第 14846 号刊行。本期《自由谈》"游戏文章"栏目含《新唐诗》（二首，习鹏）、《新唐诗二》（四首，真州赵二）；"栩园词选"栏目含《赤壁怀魏武帝》（子枚）、《金川门怀建文帝》（子枚）、《正月望日移家海上，率成二绝》（韵清女士）、《寓楼即事》（二首，韵清女士）、《听林步青滩簧》（韵清女士）、《宿天童寺》（子枚）、《有赠》（子枚）。

《甲寅》第 1 卷第 2 号刊行。本期"文录"栏目含《徐锡麟传》（章太炎）、《读〈汉学商兑〉书后》（康率群）、《〈中国文字问题〉序》（刘申叔）；"诗录"栏目含《登六和塔望湖》（黄节）、《初到杭州宿三潭印月晓起望湖》（黄节）、《寄曼殊耶婆提岛》（黄节）、《寄怀洞庭冬末老人秦散之》（金天羽）、《寄怀毛仲可泰安》（金天羽）、《寄怀黄剑秋兰州》（金天羽）、《寄怀廖季平先生成都》（金天羽）、《寄井研廖平》（吴之英）、《春初独游石钟山，得伯严丈江舟见寄诗，依韵奉报》（诸宗元）、《同友人过味莼园》（诸宗元）、《桂伯华师自日本来书，云近与吾友通州范彦殊、彦矧相倡和，既以书报，赋寄长句云》（诸宗元）、《曼殊来海上问讯故人，奉投一首》（诸宗元）、《狱中述怀》（汪兆铭）、《连日与友人叠哀字韵倡酬甚伙，有欧阳仲涛者，但闻其一句曰"身死犹非算大哀"，偶契于心，聊就鄙意为续成之》（桂念祖）、《竟无居士笃志学佛，相处年余，忽婴世务将为粤游，予以地藏法占之，遇第百十二条，曰"所相处可开化，盖夙缘所在，宜效天台大师损己利人矣"。念此行当过金陵，与杨仁山先生相见，因述鄙怀，奉送其行，并乞呈教》（桂念祖）、《张奇田法部少与予善，东游复同受菩萨戒，善哉未曾有也。今深柳老人年七十余矣，一灯慧命，继续良难。夫末世护法，非专聪辩，又资福德。若张君者，殆其人乎，六度万行，莫此为先。敬为四生说偈，劝请》（桂念祖）、《梅伯鸾次范彦殊见赠韵见赠长句，依韵酬之》（桂念祖）、《次韵范彦殊》（桂念祖）、《与谭铁崖游江之岛，遇风宿焉，谭先有诗，次其韵》（桂念祖）、《舍弟病魔累年，故母丧亦不之讣，盖虑其迷惑增疾也。今大祥矣，势不得久秘，因次癸卯见寄原韵，示以报恩要道并坚其信意》（桂念祖）、《次宗仰上人韵并叩法要》（桂念祖）、《登关口台町最高处纳凉有作》（桂念祖）、《灯下读〈楚辞〉，有触于中，适韵笛寄诗至，亦有"拟赋蕙兰招"之句，遂次韵述感》（桂念祖）、《箱根观枫，简石醉六绝句三首》（江聪）、《江北水灾》（释敬安）、《梦洞庭》（释敬安）、《八月初八日与陈子言夜坐小花园树下，子言明日以诗见示，次韵答之》（释敬安）、《近读孟东野诗辄不忍释手，忆湘绮翁言余只可岛瘦不能郊寒，心窃愧怍。己酉七月登玲珑岩寻广头陀，觉倾岩峭石、古树幽花，俱酷肖其诗，因戏效一首》（释敬安）、《赠广头陀二首》（释敬安）、《夜吟》（释敬安）、《樊云门闻余挂锡清凉山扫叶楼，次此韵一首赠之》（释敬安）、《自题冷香塔》（释敬安）。

张謇作《挽张如峰》。联云："助我从麻姑方平求田，编垦牧史，并思磐硕；继公有法护僧弥肯构，论门户计，益哀子冲。"

荣庆为马厂道之游，得诗一绝云："树绕清流水映花，十年新柳旧丫杈。停车坐话荫浓处，久不逢人兴转佳。"

夏敬观四十初度，偕胡颖之登开化寺六合塔，又游云栖寺、西湖。作诗《同胡栗长登开化寺六和塔，是日余四十初度》。诗云："与君绝顶望江天，鹰鹊盘空不得前。漫道脚跟无处立，何妨檐下片时眠。鸣潮直上三千里，积日而今四十年。试觅荒碑扪宋牒，当官文字赖僧传。"

上旬 樊增祥与张彬往来颇多，并作有《连日与黄楼共饭，戏赠一首》。诗云："铜钵声中七字催，长毫矮纸写松煤。衣裳加减难为算（君每出必带衣数袭），句律推敲亦费才。薄醉石家红醋侍，清言苏小碧油来（梦兰见访，君适在座）。笑余雾里看花眼，更欲新吟续玉台。"

11 日 《申报》第 14847 号刊行。本期《自由谈》"游戏文章"栏目含《燕京老妓竹枝词》（四首，拙生）、《戏赠某议会议长联》（拙生）、《戏赠新参政某老名士》（拙生）、《戏赠新参政前清资政院议员某部丞参兼大学监督某君联》（拙生）、《戏赠新参政前清特用某部主事道学先生某君联》（拙生）；"文字因缘"栏目含《挽了青先生》（四首，东野）、《挽了青先生》（觉迷）、《挽徐君了青联》（嘉定二我）、《挽了青徐先生》（钝根）、《挽徐了青君诗》（六首，嘉定二我）。

江苏省长韩国钧自南京来函聘叶昌炽为省立图书馆馆长，叶辞之。

菽庄主人林尔嘉四十岁生日。是日，菽庄吟社在林氏府举行"菽庄主人暨德配龚夫人四十双寿庆典"。闰五月十八日（7月10日），又举行逢闰重庆。"自正五十八（6月11日）至闰五十八日（7月10日），日均有诗酒之宴"，"士大夫以诗称觞者，篚为之满"。参加本次寿庆及重庆之吟侣超过120人，共收寿文11篇、颂词1篇、诗141首、词1首、联14幅，吴曾祺、于君彦、陈遵统、施士洁、江春霖、张琴、林辂存、龚显燦、江呈辉、陈榮伦、许南英、龚显鹤、龚植、樊增祥、吴士鉴、王寿彭、田步蟾、林纾、来玉林、沈琇莹、吴征鳌、陈海梅、陈钜前、萨嘉曦、郑祖庚、黄国桢、卢文启、苏大山、龚显鹏、庄善望、柯征庸、周殿薰、黄仲训、李禧、连城璧、汪春源、龚显禧、庄棣荫、陈望曾、唐文治、王清穆、孙道仁、黄培松、欧阳桢等均有诗文以贺。所得诗文由林景仁辑为《菽庄主人四十寿言》，于本年冬月刊行。林景仁撰《菽庄主人四十寿言·跋》云："甲寅五月家大人四十生日，群公多以诗文为寿。凡得文十一首，诗一百四十一首，词联文十六首，所以肹饰而光荣之者贶莫大焉。景仁兄弟受而张之，得博堂上欢娱，其为忻感，盖靡有量。谨畀手民，都为二册，既以酬群公厚谊。而景仁兄弟岁岁鞠□上寿，将托于群公诗文永永无穷云。"其中，光绪癸卯科状元、山东潍县王寿彭诗云："一代才名震迩遐，日新大业世争夸。声腾通骏随三坐，患免其鱼颂万家。兴学不分中与外，通商惟取实无华。陔兰养志齐眉乐，寿介蒲觞合醉霞。"浙江钱塘吴士鉴诗云："流略该淹腹笥储，承家卿寺佩绯鱼。刘樊仙眷千秋并，□□清风六代余。原富精研斯密论，治生远采□然书。绿榕丹荔辉炎服，称祝锵洋遍里间。"福建闽县陈海梅诗云："福慧双修四十春，德门孤悦绮筵新。眼看桑海更番劫，身是桃源避地民。重起楼台为隐所，相夸堂构数家珍。盛年一个黄冠客，处士孤山此替人。"福建闽县林纾诗云："四十年前过板桥，陈陈景物忆前朝。却看鲁殿灵光在，坐见昆明劫燹销。一老精神寄山水，诸郎英俊想风标。勋名宁为先生祝，但把乔松媲后雕。"汪春源作《补祝叔臧先生四十双寿》云："在山泉水清如许，横海风涛幻亦奇。入社名流皆北面，传觞盛会又南皮。弄孙喜点汾阳额，偕老欣齐德曜眉。愧我郄超刚入幕，效颦聊晋祝延诗。"许南英作《寿林叔臧侍郎四十初度》《贺林叔臧侍郎暨德配龚夫人四十初度，逢闰重庆》。其中，《寿林叔臧侍郎四十初度》云："彩线结成长命缕，海天角亢彻宵明。龙头拓地开诗社，牛耳登坛让主盟。品格自征仁者寿，襟怀雅得圣之清。黑头备致箕畴福,久与山庄永令名。"

魏清德《同月夜泛舟淡江》发表于《台湾日日新报》。诗云:"明月几时有,吾徒此夕游。橹声舟一叶,人语水中流。薄展观音脚,平分和尚洲。诗成望不极,灏气正悠悠。"

12日 《申报》第14848号刊行。本期《自由谈》"文字因缘"栏目含《悼徐了青先生》(逸民汪幼兰)、《吊诗友了青》(二首,陆润孙)、《挽徐了青先生》(丁悚)。

胡怀琛《寄尘学诗记》本日至17日刊载于《生活日报》,署名"寄尘"。本诗话专论唐音,共计14则,或单评一诗,或并举诗歌比较之。

胡适作《游英菲儿瀑泉山三十八韵》。诗云:"春深百卉发,羁人思故园。良友知我怀,约我游名山。清晨集伴侣,朝日在林端。缘溪入深壑,岩竦不可扪。道狭露未干,新叶吐奇芬。鸟歌破深寂,松鼠惊避人。转石堆作梁,将扶度浅滩。危岩不容趾,藤根粗可攀。径险境愈幽,仿佛非人间。探奇未及午,惊涛到耳喧。寻声下前涧,飞瀑当我前。举头帽欲堕,了不见其颠。奔流十数折,折折成珠帘。澎湃激崖石,飞沫作雾散。两旁峰映云,逶迤相回环。譬之绝代姿,左右围群鬟。又如叶护花,掩映成奇观。对此不能去,且复傍水餐。渴来接流饮,冷冽清肺肝。坐久忘积暑,更上穷水源。山石巉可削,履穿欲到跟。攀援幸及顶,俯视卑群峦。天风吹我衣,长啸日忧宽。归途向山脊,稍稍近人烟。板桥通急涧,石磴凿山根。从容出林麓,归来日未曛。兹游不可忘,中有至理存。佳境每深藏,不与浅人看。勿惜几两屐,何畏山神悭?要知寻山乐,不在花鸟妍。冠盖看山者,皮相何足论?作诗叙胜游,持以谢婵娟。"

13日 《申报》第14849号刊行。本期《自由谈》"栩园词选"栏目含《庆春泽慢·春夜雨后》(东园)、《白苹香(芳草怨生雏绿)》(东园);"文字因缘"栏目含《读报章惊悉了青逝世,朋侪代谢,怅触无穷,哭书二律,哭了青亦自哭也》(严子曾)、《步徐君伯匡〈五十自嘲〉原韵八首》(涵公项寰)。

马裕藻、钱玄同、鲁迅等先后访见沈尹默。

魏清德《飞行机》(限萧韵)发表于《台湾日日新报》。诗云:"滑走排虚上九霄,玉京金阙望非遥。人天从此还多事,苦忆乘鸾逐紫箫。"

14日 《申报》第14850号刊行。本期《自由谈》"尊闻阁词选"栏目含《步虚词(坏汝长城万里)》(东园)、《苏幕遮·怀旧,用范希文〈怀旧〉韵》(东园)、《鬓云松令·风情,用周美成〈风情〉韵》(东园)、《百尺楼·春恨,用秦处度〈春恨〉韵》(东园)、《卜算子·春怨,用徐师川〈春怨〉韵》(东园)。

李雪舟生。李雪舟,江苏南汇人(今属上海)。著有《秋水白萍吟草》。

陈三立被任命为国史馆协修,后电致王闿运,婉辞国史馆协修。

吴昌硕撰《西泠印社记》,并篆书铭石立于杭州孤山之麓仰贤亭西。

15日 孙中山致书陈新政及南洋诸同志,论组织中华革命党之意义。称:"此次重组革命党,首以服从命令为唯一之要件,凡投身革命党中,以救国救民为己任,对于党魁则当服从命令,对于国民则当牺牲一己之权利。"

《申报》第14851号刊行。本期《自由谈》"了青追悼会"栏目含《挽了青徐君》(镜笙)、《调寄〈青衫湿〉·了青先生作古,词以吊之》(瘦蝶)、《挽徐君了青》(佐彤)、《挽徐了青先生》(四首,豁庵)、《挽嘉定徐了青先生联》(爱楼)、《又》(爱楼)、《挽了青老友联》(耳似吴不辰)、《哭徐了青老友题遗集》(听猿耳似吴海秋)、《又和东野、二我韵,哭了青,即题遗著》(十首,听猿山人耳似)。

[韩]《天道教会月报》第47号刊行。本期"词藻"栏目含《濯碧廊卧看白岳》(苇沧)、《晴坐翠云亭》(敬庵)、《访李处士家》(敬庵)、《留题江华教区》(敬庵)、《登摩尼山》(我铁)、《伴青吾敲我铁山庄》(凤山)、《又》(凤山)、《甲串晚发》(江华归路)(敬庵)。其中,我铁《登摩尼山》云:"一上摩尼可扪天,风光浩阔意无边。到此行人多旷感,满山红日下沁川。"

荣庆乘车德界,看绿荫至李园蜀葵如锦,及归得诗云:"众绿园中赏绿时,小车稳度路迷离。松荫滴翠低头过,荷叶舒香扑鼻知。田水有声琴筑答,园丁未遇茗烟迟。不碍清凉梦红紫,红紫纷纷放蜀葵。"

16日 《申报》第14852号刊行。本期《自由谈》"栩园词选"栏目含《沁园春·白桃花》(东园)、《渔家傲·春闺》(东园)、《江南好·忆江南》(东园);"了青追悼会"栏目含《哭嘉定徐了青先生》(四首,寒生)、《挽徐了青先生联》(寒生)、《挽徐了青先生》(寂红女士)。

章太炎由龙泉寺移居东四牌楼医生徐某寓中。24日,迁居钱粮胡同新寓。

17日 《申报》第14853号刊行。本期《自由谈》"游戏文章"栏目含《新开篇·集男女伶人名》(天放);"栩园词选"栏目含《临江仙·记事》(高洁)、《采桑子(夜深人在阑干曲)》(程筠甫)、《百字令(画长人困)》(程筠甫)、《菩萨蛮·题蒋德华大令〈登岱观云图〉》(程筠甫)、《蝶恋花·题吴东园〈河桥送别图〉》(程筠甫);"尊闻阁曲选"栏目含《南正宫·赋鹆》(天虚我生):《普天乐》《雁过声》《倾杯序》《玉芙蓉》《尾声》;"了青追悼会"栏目含《悼了青先生》(东莞张树立)、《挽了青徐先生联》(独鹤)、《挽徐了青先生》(立三)、《挽徐了青先生》(也痴)、《挽了青先生》(葛敬业)。

胡适从美国康奈尔大学毕业,得文学学士学位。

吕伯雄作《和蒋介石先生东渡日本言志原玉》(甲寅年,民国三年台湾沦日廿年)。诗云:"英豪志业被环球,虽复邦家尚未休。继导群伦行大道,不图争霸觅封侯。"蒋介石1904年原作为《民前四年东渡日本》:"腾腾杀气满全球,力不如人万事休。光我神州完我责,东来志岂在封侯。"又作《台湾沦日廿周年凭吊三貂抗日志士成仁英灵》(民国三年"六一七"写于台湾双溪)。诗云:"不为仇雠不为冤,只缘海寇残家园。炎黄裔胄甘凌辱,华夏衣冠肯左翻。志士仁人齐响应,挥戈走马逐倭蕃。可怜奋战牺牲尽,从此双溪永夜湲。"

18日 《申报》第14854号刊行。本期《自由谈》"游戏文章"栏目含《新清平调三章》(诗隐)、《雏妓》(二首,诗隐);"栩园诗选"栏目含《初夏》(四首,薄命女)、《夏日晚眺》(薄命女)、《夏夜》(薄命女)、《梦不成》(薄命女)、《雨丝风片》(薄命女)、《月老》(薄命女)、《长相思》(薄命女)、《求早死》(薄命女)、《命薄》(薄命女)、《又》(薄命女)、《花自落·本意》(东园)、《垂杨碧·本意》(东园)、《调寄〈如梦令〉·燕瘦》(金湖汲夫)、《环肥》(金湖汲夫);"了青追悼会"栏目含《挽了青》(豁庵)、《挽了青先生》(皋宁李一鸣)、《挽徐先生了青》(随石)、《哀挽徐了青先生》(杭县凌仲卿)、《挽徐君了青》(吴下醉公)、《挽了青先生》(顽仙)。

缪荃孙将杨钟羲所校书及底本送至刘承干处。

严修作《南满道中》《满洲里》。其中,《南满道中》云:"东风着意助花开,柯叶新鲜似剪裁。不问园亭谁是主,纷纷蜂蝶过墙来。"《满洲里》云:"西来层叠渡关津,此是穷关异国邻。余子罕逢三楚户,众咻果遇一齐人(原注:停车时,遇华人,刘姓,掖县人,作工于此五六年矣。问华人居此地何所,曰:但有蒙古人耳)。但闻往复交征苦,未必商量互惠均。犹有差强人意事,风前五色国旗新。"

19日 《春申艺报》在上海创刊,创办人及主编章痴魂、赵心养。

《申报》第14855号刊行。本期《自由谈》"尊闻阁曲选"栏目含《红叶曲》(南湖居士廉泉)、《题井井居士〈独抱楼诗文稿〉》(南湖居士廉泉)、《赠鸣鹤翁》(南湖居士廉泉)、《得寒厓五月廿二书,谓江南气候近如初冬,且问归期,以诗奉答二首》(南湖居士廉泉);"了青追悼会"栏目含《挽徐了青先生联》(蕉心)、《挽徐了青先生》(二首,陆景骞)。

20日 《夏星》在上海创刊。拥护袁世凯,攻击民初政府,提倡国学,反对西学。分设"言论""法令部""纪事部""专件部""学艺部""杂录部"栏。"学艺部"约占全刊三分之一。下设"学说""史料""文谭""词选""诗话""词话""笔记""小说"类目。主要文学撰稿人有林琴南、毕振达、王元元、陈去病、胡蕴玉、胡怀琛、谢佛慧、何震彝、杨鉴莹、章太炎、冒广生、周太玄、张漆室、曾迈刊等。第1期"学艺部·文谭"栏目含《林琴南之古文谭》(佚名)、《海上一首》(毕振达)、《吴门席上》(毕振达)、《九日登楼》(王元元)、《步赵三见寄原韵》(王元元)、《夔州杂诗五首》(王元元)、《我生,示真长、枚子、晦闻兼简申叔》(陈去病)、《为楚伧题〈分湖吊梦图〉》(胡韫玉)、《题白门〈慈秋集〉》(胡韫玉)、《春暮集仲兄寓斋,和巢南》(胡怀琛);"学艺部·词选"栏目含《浣溪沙》(谢佛慧)、《浣溪沙·追和诸璞斋先生〈捶琴〉词韵》(佚名)、

《浪淘沙·拟南唐小令》(何震彝)、《临江仙·和顾太尉韵》(何震彝)、《青玉案·春莫,用贺方回韵》(何震彝)、《浣溪沙》(何震彝)、《减字木兰花》(毕振达)、《菩萨蛮》(毕振达)、《南乡子》(杨鉴莹)、《兰陵王·和清真》(周焯)、《琐窗寒·和清真》(周焯)、《丹凤吟·和清真》(周焯)、《宴清都·和清真》(周焯)、《意难忘·和清真》(周焯)、《风流子·和清真》(周焯)、《菩萨蛮·榴花》(陈去病)、《菩萨蛮·水仙》(陈去病);"学艺部·诗话"栏目含《兰禅室诗话 (未完)》(谢翱);"学艺部·词话"栏目含《倚琴楼词话 (未完)》(周焯)。

《申报》第 14856 号刊行。本期《自由谈》"尊闻阁词选"栏目含《南歌子 (柳叶颦眉黛)》(天虚我生)、《又 (嫁去教郎爱)》(天虚我生);"了青追悼会"栏目含《挽了青》(二首,酒丐)、《挽徐了青先生》(二首,南昌扶风女史贞卿)、《敬悼徐了青先生》(桐体)、《又集唐两绝》(桐体)、《又挽联一副》(桐体)、《哭了青》(三首,豁公)、《挽了青先生》(莽汉)。

沈曾植赴樊增祥招集诗钟会,陈三立、杨钟羲、周树模、沈瑜庆、张彬、吴士鉴等在座。

严修抵天津。亲友及族人来迎者百数十人。严修一一酬应后返宅。

21 日　《申报》第 14857 号刊行。本期《自由谈》"了青追悼会"栏目含《挽徐了青先生》(二首,蝶仙陈栩)、《挽了青先生》(鹧鸪诗斋)、《挽了青先生》(蜗庐)、《挽了青先生》(仪征王毓奇)。

22 日　《申报》第 14858 号刊行。本期《自由谈》"游戏文章"栏目含《打油诗》(十首,少芹);"栩园选词"栏目含《念奴娇·依红友〈词律〉三家体韵,分赋寄钝根、蝶仙拍正》(东园):《第一体》(用苏东坡体韵)、《又一体》(用辛稼轩韵)、《又一体》(用陈允平此解韵)。

金陵大学文科举行毕业典礼,由代理校长文怀恩颁发美国纽约大学承认的文科学士文凭。毕业典礼上,首由陶行知宣读论文《共和精义》,阐述民主共和之思想,提出自由、平等、民胞乃共和之三大信条。

王闿运晨书四诗,含前作题《忆焦山》二诗,又作二诗新作补空者。其一:"曾借兵船系寺门,被人看作故将军。乌珠当日轮红玉,摐鼓台边枉乞恩。"其二:"从来仕隐不相关,闹处如何愿乞闲。可笑金焦双岛寺,不如滟滪一堆寒。"

魏清德《瀛社例会,泛舟淡江,谨次谢君星楼瑶韵》发表于《台湾日日新报》。诗云:"莽莽平原控大江,红灯一角照冰幢。十年鸥鹭盟犹在,午夜鱼龙气未降。明月故人兰棹独,苍烟白露水禽双。吾生最喜探幽胜,曾沂湍流泛小舩。"

23 日　《申报》第 14859 号刊行。本期《自由谈》"游戏文章"栏目含《上海嫖客赋》(诗隐);"尊闻阁词选"栏目含《多丽·从蜕岩乐府体,题瘦鹃〈香艳丛话〉》(蝶仙)、《月华清·新月》(鸳痕);"了青追悼会"栏目含《挽了青》(包柚斧)、《挽徐了青先生》(重光)、《挽了青联》(真州赵二)、《了青先生挽联》(冰盦徐弢)、《挽徐了青先生联》(杨笃盦)、《挽徐了青先生》(隐名)、《又》(井水)、《挽徐岱祥先生联》(樵宾)、《挽了青徐先生联》(淑梅)。

[日]中根半岭卒。中根半岭(1830—1914),曾参与明治初东京下谷吟社。该社以倡导宋诗为宗,主学陆放翁,出入于东坡、山谷、石湖、诚斋之间。创立者大沼枕山,著有《枕山诗钞》《枕山遗稿》。此诗社诗作,主要收录于1875年所刊《下谷吟社诗》(三册)、《观运小稿》等诗集中。世间称此派为"性灵派"或"熙熙堂堂派"。

陈夔龙作《闰五月朔日自简墀处归,夜寐尚适,纪梦一首》。诗云:"忙过槐黄四十年,榜花零落散宾筵。如何一枕蕾腾后,又是秋风折桂天。"

24日 《申报》第14860号刊行。本期《自由谈》"游戏文章"栏目含《自嘲》(二首,虚白);"栩园词选"栏目含《西施》(寄尘)、《木兰》(寄尘)、《昭君》(寄尘)、《杨妃》(寄尘);"了青追悼会"栏目含《青衫湿·哭了青,和瘦蝶韵》(耳似)、《了青逝矣,百感横生,再和佐彤、豁庵韵》(六首,不辰)、《挽徐了青先生》(侍仙)、《挽了青先生》(樾荫)、《徐了青先生大著,鄙人读〈自由谈〉以来,闻名相思,有逾饥渴,今文星遽陨,为之怆然,率挽一联,录呈钝根先生》(武进情忏余信芳)、《挽徐了青先生》(村叟)、《又》(村叟)、《挽徐了青先生》(丹叔)、《挽了青先生》(恨生)、《挽了青先生》(武林痴侠)。

25日 《申报》第14861号刊行。本期《自由谈》"栩园诗选"栏目含《即事感怀三首》(赵言)、《和无我〈无题〉》(五首,觌庐);"了青追悼会"栏目含《挽徐先生了青》(小珊)、《挽了青先生》(松岩隐蝶)、《挽了青先生》(劳汉)。

《(北京法政同志研究会)法政学报》第2卷第6号刊行。本期"文苑"栏目含《癸丑冬劝友人曾君入国学会勿东游书》(仲公)、《题宁乡刘氏〈邕机园图〉》(李澄宇)、《与赵大溟震旦社记者》(李澄宇)、《同友人酒叙都门劝业场》(李澄宇)、《与友并腾拙著〈洞庭南阁诗稿〉》(李澄宇)、《风月》(李澄宇)、《树棠答诗用前寄元韵,因复叠和,仿偷春格》(李澄宇)、《妓席次金君〈登焦山〉韵并示树棠镇守》(李澄宇)、《寄赠晓支同学》(李澄宇)、《秘荃参谋自齐来访,赋赠一律》(李澄宇)、《寄怀金济时松江,即步所示〈晚泊〉韵》(李澄宇)、《送别童幼甫之长沙》(李澄宇)、《偶揩泪眼》(李澄宇)、《投袁项城》(李澄宇)、《上宋卿先生》(李澄宇)、《奉鄂都段芝泉上将》(李澄宇)、《子方留别诗多牢骚语,润玫少将倚韵和之,并属余和》(李澄宇)、《某君艳体诗慨时砭俗,别富哀响,读竟次韵,聊以破涕》(李澄宇)、《元夕市游》(李澄宇)、《读周子良〈长崎月夜闲行作〉,穆然神往,遂次韵焉》(李澄宇)、《阴历元旦即朕诞日因赋》(李澄宇)、《润文少将以〈和罗崎云游日本爱岩山〉旧作见示,率步其韵》(李澄宇)、

《赠田子约锋》（李澄宇）。

《小说月报》第5卷第3号刊行。本期开始连载吴梅《顾曲麈谈》，自《小说月报》第5卷第3号至第12号，第6卷第1号至第10号止。本期"文苑"栏目含《〈天香石砚室弈选〉序》（薲农）、《重至苏州，夜宿沤尹听枫园，赋呈一律兼简大鹤》（剑丞）、《壬子杂诗》（剑丞）、《长台关待太夷丈不至却寄》（拔可）、《九日拟游武昌西山，雨甚不果》（拔可）、《再到法源寺追忆晚翠、叔峤》（拔可）、《和董卿门存均》（拔可）、《西湖逢林社社日》（拔可）、《石遗丈以〈木庵遗集〉见寄，予时亦为晚翠刻诗作代柬》（拔可）、《秋夜宿海藏楼呈太夷丈》（拔可）、《夜坐示贞壮并寄映庵江南》（拔可）。

严修晋京。到前门，袁仲仁、豹岑（袁克文）来迎。明允、芸生、小庄、支山约至致美楼馆。餐毕，总统府遣车来迎，严修入见总统，谈约三小时出。往政事堂旁见国务卿徐菊老，谈约三刻钟。因天晚辞出。

[韩]《新韩民报》"词藻"栏目刊载《李将军狱中诗》。诗云："千古纲常担负重，三韩日月照临明。孤臣万死心无二，大胜人间屈首生。"

26日 《申报》第14862号刊行。本期《自由谈》"了青追悼会"栏目含《挽了青姊丈业师》（秦华选）、《挽徐了青先生》（热庐）、《挽徐了青先生》（潇湘杨子）、《挽徐了青先生》（拜花）。

27日 《申报》第14863号刊行。本期《自由谈》"了青追悼会"栏目含《了青先生著作倾慕已久，兹闻凶耗，偶拟一联，录呈钝根先生》（苏州王伯方）、《挽徐了青先生》（琪琛徐芝明）、《哭徐了青先生》（临湘宋癯仙）、《哭了青先生》（蔚青）、《挽了青》（四首，章纪鹤）、《集杜句挽了青先生》（二首，鹧鸪诗裔）、《挽徐了青先生》（四首，樵渔）、《挽徐了青先生》（南沙冰魂）、《挽了青先生》（南邑铁魂）、《挽嫪城徐公了青》（郑永诒）。

戴启文、吴昌硕等人公祝汪洵六九生辰。吴昌硕作《汪渊若太史六十九寿》云："七十未满一，夏五又逢闰。由来祝眉寿，觞自前年进。何况月相同，正宜是岁趁。从王在门中，造字旨何隽。今乃国无王，正朔且尽摈。孰云尧时历，存此硕果仅。先生玉堂仙，八法造魏晋。通籍廿余年，未佩绶若印。海上逐隐沦，楼台看虚蜃。虽非武陵源，随处得安分。求书铁槛穿，椽笔斗金润。研田常丰收，僮仆溉余馂。富贵非其时，视之贱犹粪。今当悬弧辰，酒兵斗笔陈。醇醪饮延龄，远胜术导引。年逾绛县老，甲子不须问。石榴如蟠桃，余花红照鬓。要待黄河清，洗耳交泰运。"

夏敬观作《闰五月五日作》。诗云："水漫蒲根活嫩沙，短篱杂树野人家。九州谁见梧生叶，一盏独欣榴有花。"

28日 《申报》第14864号刊行。本期《自由谈》"了青追悼会"栏目含《吊了青，步严子曾韵》（二首，弭苂）。

29日 《戏剧新闻》报于北京创刊,戏剧新闻社出版。创办人尊匏、警民。设有"剧评""传记""谈薮""小评""余兴""纪事"栏。

《申报》第14865号刊行。本期《自由谈》"尊闻阁词选"栏目含《闻近事有感四首》(李生);"了青追悼会"栏目含《吊了青先生》(畸道人)、《了青为同谱弟兄,死生契阔,哭之失声,海内追悼,无诗不和,亦聊寸心于万一也》(四首,珥姒)、《挽了青先生》(四首,懒僧稿)。

叶昌炽抄范来宗《洽园诗集》毕。至次月16日,《诗馀》《续集》亦抄竣。

许南英作《甲寅闰五月七日偕沈琛笙、徐蕴山赴菽庄诗社。夜发芎江,晓至江东桥趋谒黄石斋先生讲堂》(二首)。其一:"后游从二客,老兴拟东坡。北斗天容净,南山树色多。炎威消酷吏,幻梦冷春婆。醉酒芎江下,回头吊汨罗。"其二:"江东桥上望,山上邺山堂。道学无余子,先生有瓣香。艰难丁未造,阅历冷沧桑。偶话前朝事,勾陈勿起芒。"

方守彝作《闰五月七日再同七侄江岸散步,至二老柳下。樊君已先在,伫立徘徊间,遇绅士游行过此,得句示七侄》。诗云:"高城日落晚凉多,清景闲情与散痾。新涨漫洲成海势,微阳恋岫与烟和。人谈二老须眉古,客遇一狂裙屐过。尔亦临流足清咏,昨来吟兴复如何?"

30日 《申报》第14866号刊行。本期《自由谈》"了青追悼会"栏目含《挽徐公了青联》(武穴熊泰封)、《哭挽徐了青先生》(超海)、《挽了青先生》(师石)。

《赠言》由清华学校高等科四年级印行。汤化龙题签。"诗苑"栏目含《留别诸同学,诗以纪念,七绝六首》(江烈成)、《游颐和园》(刘乃予)、《游西山》(前人)、《晓起喜日》(前人)、《清华园晚眺》(前人)、《自勉》(前人)、《长城行》(郑宗海)、《长陵行》(前人)、《译村冢行》(朱中道)。

周庆云作《民国三年六月三十日,申令各省都督一律裁撤,于京师建将军府并设将军诸名号。其督理各省军政者就所驻省分开府建牙,俾出则鹰阃寄,入则总帅屯,内外相重,呼吸一气。浙江特任陆军中将朱瑞为兴武将军,按朱将军海盐人,各省联骑攻克金陵,以将军为军长,懋著功勋,故有此令》。诗云:"初更国体剧纷纭,不道军民合又分。开府依然寻旧治,将军非复故将军。"

本 月

本月前后,广西、广东、江西、湖南、福建多地涝灾严重,河水上涨,决堤,田庐、城市被淹。江苏旱灾严重,尤以丹阳为重,"贫者大都借草根树皮充饥",灾民近30万人。江苏、河南蝗灾严重。皖鲁各省飞蝗遍食禾稻,尤以江北为甚。

《黄花旬报》于上海创刊,徐天啸、吴双热、徐枕亚编辑。内容分"社论""记载""说海""艺林""风月谈""庄谐录"6栏。

《清华进步丛刊》于上海创刊，"清华进步会"编辑、出版，仅出该期。该刊为中英文合刊。主要刊发"学术""诗词""论说""杂俎"等。

《浙江兵事杂志》第3期刊行。本期"杂俎·零纨碎锦"栏目含《浙江兵事杂志社寄赠杂志征求写真启，谒于忠肃墓遇雨》（昙影）、《胜棋楼题壁》（剑奴）。

《留美学生季报》第1卷第2期刊行。本期"诗词"栏目含《译拜轮三十六生日诗（并序）》（任鸿隽）、《蝶恋花·纪梦》（前人）、《柬吉甫三家兄》（杨铨）、《课余溪旁小憩》（前人）、《菩萨蛮》（前人）、《高阳台》（前人）、《诗别萧叔纲燕京》（胡先骕）、《别汪涤云太学》（前人）、《别晓湘汴梁》（前人）、《杂感》（前人）、《巫山高》（前人）。

《国学丛选》第5集刊行。本集"文类·诗录"栏目含《小重阳雨中寄晦闻》（顺德蔡守哲夫）、《九日白鹤山居有感》（顺德蔡守哲夫）、《过羚羊峡》（顺德蔡守哲夫）、《九日得寒隐寄诗，走笔和之，并寄慧子、佛子、平子》（顺德蔡守哲夫）、《雨余，同抱香作》（顺德蔡守哲夫）、《与翰城饮酒家》（昆山胡蕴石予）、《漫话二首》（昆山胡蕴石予）、《得翰城和倒叠前韵》（昆山胡蕴石予）、《次吹万韵》（昆山胡蕴石予）、《先秋》（昆山胡蕴石予）、《独饮》（昆山胡蕴石予）、《酒罢》（昆山胡蕴石予）、《忆西湖》（昆山胡蕴石予）、《吴女士以芦蟹索题，感而赋此》（安吴胡蕴玉朴庵）、《古意》（金山姚光石子）、《题钝剑词人〈听秋图〉》（金山姚光石子）、《春尽》（金山姚光石子）、《柬吹万、石子》（保靖杨达均缘之）、《古意》（保靖杨达均缘之）、《不寐》（保靖杨达均缘之）、《归舟即事》（保靖杨达均缘之）、《自鄂徂京车中即事》（保靖杨达均缘之）、《春寒》（保靖杨达均缘之）、《秋之夜四章》（华亭姚锡钧鹓雏）、《归婴留别楚伧、亚子、浚南诸子兼答天梅见脱》（华亭姚锡钧鹓雏）、《杂感》（华亭姚锡钧鹓雏）、《偶忆，即题其小影四绝句》（华亭姚锡钧鹓雏）、《哭陈蜕庵先生》（吴江柳弃疾亚子）、《送铁崖归蜀》（吴江柳弃疾亚子）、《送剑华之南洋》（吴江柳弃疾亚子）、《送龙圣光禹北上》（吴江柳弃疾亚子）、《海上赠匪石》（吴江柳弃疾亚子）、《陆郎曲，赠子美》（吴江柳弃疾亚子）、《玉郎曲》（吴江柳弃疾亚子）、《初春》（平湖钱厚贻红冰）、《听琴》（平湖钱厚贻红冰）、《次韵道非见示之作》（太仓俞锷剑华）、《岛南杂诗》（太仓俞锷剑华）、《冲韵，寄尘见示二首》（太仓俞锷剑华）、《沪上度端阳》（嘉善沈砺道非）、《咏雪》（华亭杨锡章至文）、《漱润先生以所作〈沈节母事略〉见示，歌之此奉》（金山李铭训伯雄）、《杂诗》（泾县胡怀琛寄尘）、《赤柱山下，值墨斋与一修髯客偕行归，语哲夫知，即余所访觅不遇之曼殊上人也，补赠以诗》（东莞邓溥尔雅）、《赠马小进》（东莞邓溥尔雅）、《题小进所著〈罗浮游记〉》（东莞邓溥尔雅）、《有忆二绝》（新宁马骏声小进）、《啼乌曲》（金山高增佛子）、《中秋夜写寄鹓雏、剑华》（金山高燮吹万）、《蔡子哲夫自梧州书来并承寄诗，次韵答之》（金山高燮吹万）、《石子索书近制，口占一绝应之》（金山高燮吹万）、《泽庵书来，问山居状况若何，亦有南阳气象否，书二十八字答之》

（金山高燮吹万）、《癸丑九日》（金山高燮吹万）；"文类·词录"栏目含《百字令·无题》（梅县林百举一厂）、《减字木兰花·美人笑》（梅县林百举一厂）、《洞仙歌·寄内》（元和叶叶楚伧）、《洞仙歌·赠内》（华亭姚锡钧鹓雏）、《金缕曲·午夜不寐，感成一阕，知我罪我所不及计》（华亭姚锡钧鹓雏）、《金缕曲》（华亭姚锡钧鹓雏）、《减字木兰花·美人笑，和一厂》（华亭姚锡钧鹓雏）、《洞仙歌》（娄东俞锷剑华）、《满江红·题哲夫汉六花鉴》（娄东俞锷剑华）、《齐天乐·金坛访次回先生故宅》（丹阳张素挥孙）、《绮罗香·寒夜见月寄怀秋蕤》（虞山庞树柏檗子）、《浣溪沙·偕寄帆游徐园》（虞山庞树柏檗子）、《浣溪沙》（虞山庞树柏檗子）、《风蝶令》（虞山庞树柏檗子）、《点绛唇·南浦思家》（金山高旭钝剑）、《罗敷媚·中夜不寐，披衣写此》（金山高旭钝剑）、《喜团圆·题寄尘所著〈弱女飘零记〉》（金山高燮吹万）、《惜分钗·数日在松江约同志数人为赏秋雅集，迟鹓雏、剑华不至。昨余返里，而两君适从张堰回松，相左于途，为填此阕寄之》（金山高燮吹万）、《减字木兰花·美人笑，一厂有此阕，鹓雏和之，余亦继声》（金山高燮吹万）、《新雁过妆楼·题钝剑〈听秋图〉》（金山高燮吹万）。其中，高燮《喜团圆》云："飘萍断梗，偶然相聚，生死恩情。鹣鹣鲽鲽，娇娇怯怯，假假真真。　　两般憎爱，万端疑信，一样无凭。红红翠翠，兄兄弟弟，我我卿卿。"《惜分钗》云："桐阶响，空凝想，为谁特地将秋赏。盼相逢。各西东，两两差池，去燕来鸿。匆匆。　　眉痕约，鬓痕薄，烟波咫尺都成错。妙容光，在何方，问讯佳人，膏沐犹芳。刚刚。"《新雁过妆楼》云："大好江山。斜阳外、鸣蜩如诉寒烟。雁来时候，犹剩几树寒蝉。遥想有人频侧耳，无言悄立晚凉天。蓦凄然。谁将此景，移汝灯前。　　我亦悲秋能赋，把年年旧稿，写上蛮笺。读向临风，此中多少缠绵。化作商声万叠，应飞绕高梧疏柳边。君听取，怕萧萧瑟瑟，瘦了吟肩。"

《武德》第5、6期合刊刊行。本期"杂俎·诗"栏目含《同友人酒叙都门劝业场》（李澄宇）、《与友并滕〈洞庭南阁诗稿〉》（李澄宇）、《奉易丈实文》（李澄宇）、《国庆日观总统就任典礼》（李澄宇）、《向晓沧先生暨德配百三十岁寿诗并序（代）》（李澄宇）、《题樊清宇同学造像》（李澄宇）、《秋日自题小照》（李澄宇）、《酬曲中将伟卿》（李澄宇）、《中和园同劲存达人观剧》（李澄宇）、《寄酬绍庭保阳》（李澄宇）、《树棠镇守松江，赆诗相忆，依韵酬之》（李澄宇）、《叠前韵与金君济时，松江镇守府记室》（李澄宇）、《答奉舒都护和钧》（李澄宇）、《呈南海先生》（李澄宇）、《怀岱宗呈周仲玉夫子》（李澄宇）、《贝加尔湖怀古》（翊周）、《过阴山作七绝》（翊周）、《夜度克鲁伦河五绝》（翊周）、《外蒙竹枝词二十首》（未完）（莫南凤）、《辛亥佐戎库伦，中秋之夕，雪月交辉，激赏遂赋》（陶制治）。

《宗圣汇志》第1卷第8、9期合刊刊行。本期"艺林"栏目含《希社成立》（第一集社课）（姚文栋）、《前题》（戈朋云）、《和青溪尊孔社熊徐二公元韵》（庄鹏云）、《希社成立》(蔡尔康)、《前题》(陆一)、《希社成立》(张祖贤)、《壬子秋感》(赵汤)、《希社成立》(戴坤)、《前题》(沈鼎)、《希社成立》(沈鼎)、《希社成立,用兰史先生原韵》(胡尘)、《咏贞孝烈女士》(逸者)、《荣节诗,为冯次牧母孺人作》(逸者)、《八月朔初度感怀》(二首癸巳)(志韶喻长霖)、《初见白发感怀》(学司马温公体)(志韶喻长霖)、《励志诗》(杨叔姬)、《民国二年至圣圣诞日大总统庆祝文》(杨叔姬)、《孔教会日本东京支会圣诞日祝文》(杨叔姬)、《甲戌慈仁寺消夏记》(定甫杨晨)、《尊孔会之宣言》(壬子七月姚子梁先生发起此会)(定甫杨晨)、《读〈宗圣汇志〉有感》(江山毛存信以成)、《恭题亚圣孟子遗像》(江山毛存信以成)、《江山孔教支会联及圣像前联》(江山毛存信以成)。

[韩]《新文界》第2卷第6号刊行。本期"词藻"栏目含《塔洞僧院韩又黎载酒小集》(桂堂李熙斗、小溟姜友馨、响云李址镕、晦窝闵达植、茂亭郑万朝、于堂尹喜求、梅下崔永年、素湖郑镒溶、苍史俞镇赞、小翠李庚稙、蕙养李民溥、小绫具羲书、又黎韩镇昌)、《游山寺》(茂亭郑万朝)。其中,又黎韩镇昌《塔洞僧院韩又黎载酒小集》云:"迟日鸣榔入洞天,落花深处路相连。即看风物非三月,顿觉人生又一年。极乐殿空玄鸟语,普闻楼迥白云悬。欲知此地频来意,为有禅缘伴墨缘。"

[韩]《至气今至》第13号刊行。本期"词藻"栏目含《杂珮诗》(商山老人)、《杨花》(安乐子)、《牧丹》(温和子)、《玉簪花》(山谷居士)、《鸡雏》(瞿瞿子)、《恩雨》(旭庵姜昶锡)、《玩月》(修禅庵崔镇见)、《自咏》(诚庵朴奉允)。其中,诚庵朴奉允《自咏》云:"浑元一气降青邱,非我求蒙蒙自求。今古弦歌期变鲁,东西礼义愿宗周。"

林纾为姜筠所作《濠梁观鱼图》题跋:"此图本君家漆园之言述鱼乐也……仍遵漆园循本之意告之思缄。"除林纾外,前后不同时间题跋者尚有易顺鼎、恽毓鼎、刘人熙、梁启超、张謇、俞明震、陈宝琛、叶德辉、章炳麟、袁励准、洪述祖、许贞干、方还、严复、姜筠、赵椿年、郑孝胥、陈衍18人。

吴昌硕为白石六三郎绘《燕飞图》,并题云:"燕燕于飞西复东,衔杏华雨杨柳风。杨柳杏华不必定入画,隋堤一碧十里村烟红。旧时王谢堂前(燕)飞不到,似曾相识喃喃中。谁家卷帘招尔入屏风,十二曲曲通房笼。汉家飞燕掌可舞,梦兰燕姞怀一雄。燕兮燕兮谁适从,若归沧海愁煞桑田逢。不信且问麻姑、方平翁。甲寅夏五月。新得宝鼎砖研,磨曼陀罗华馆旧墨,为鹿叟先生作此,并缀长句,幸两正之。吴昌硕老缶,时年七十有一。"又,为蒋汝苹绘《桃花图》,并题云:"仙源五月花,春潭千尺水。安得一渔舟,荡漾山光里。雅初先生正之。甲寅仲夏,吴昌硕时年七十一。"又,为兰野篆书"棕马矢鱼"七言联,联云:"棕马关弓乐永夕,矢鱼泛舟涉静流。兰野先生属篆,为集猎碣文字。甲寅辰五月,安吉吴昌硕时年七十一。"

梁鼎芬以杨涟(忠愍)、杨继盛(忠烈)二公集付杨履瑞,有《甲寅五月,以杨忠愍、忠烈二公集付杨生履瑞》诗记之。诗云："不爱三杨爱二杨，文章忠节有辉光。应山墓与焦山象，他日相携拜此堂（天山草堂）。"

吴芝瑛手书《楞严经》墨迹及小万柳堂所藏宋元明精品，陈列于日本贺大正天皇大婚时所筑之表庆馆。

邓中夏于毕业之际与张楚等同学登苏仙岭，作《游苏仙岭》。诗云："苏仙胜景甲郴州，百卉芬芳岩岫幽。仰视碧空红日接，俯观橘井白云留。青峦磅礴来拱伏，紫气氤氲帐火悠。为爱清淑老跋涉，何时有暇再同游？"

马君武撰《君武诗集》由上海文明书局印行。全书含七古15首，七律17首，七绝21首，五古9首，五律32首，五绝4首，译诗38首。作者自序云："君武九岁失怙，赖慈母之教养，亲戚之扶助，继续读书。十二岁从戴毓驯先生学。好读历史古人文集，十五岁友况晴皋、龙伯纯，告以康有为读书法。是时居外祖陈允庵家，藏书颇备，二年间略尽读之。十七岁入体用学堂，从利文石先生学算。十九岁值庚子之变，四海鼎沸。君武乃去桂林，游南洋，归历粤沪。辛丑冬游日本，自此以后，读中国书之时颇少矣。初至日本时，颇穷困，辄作文投诸报馆，以谋自给，故壬癸间作文最多。癸卯秋间入日本西京大学学工艺化学，丙午夏返国，主教中国公学。时端方督两江，遭捕颇急，从友人杨笃生之劝，复得高啸桐兄弟、岑云阶诸公之助，西游欧罗巴，学冶金于柏林工艺大学。辛亥冬间归国，值武汉革命军兴，随诸君子之后，东西奔驰。今事稍定，从友人之请，搜集旧所为诗文，刻为一卷，殆皆为壬癸间所作，十年前旧物也。自兹以后，方将利用所学，以图新民国工业之发展，殆不复作文矣。此寥寥短篇，断无文学界存在之价值。惟十年以前，君武于鼓吹新学思潮，标榜爱国主义，固有微力焉。以作个人之纪念而已。民国二年癸丑五月二十八日马君武。"

柳亚子编《子美集》由光文印刷所印行。辑录京剧名伶陆子美有关诗文。俞剑华题诗云："汉月弄纤眉，朔风损故姿。世无曹孟德，谁复识文姬？"此书首列许啸天撰、俞剑华书《序》，陆子美戏妆或与人摄影12帧。然后是姚鹓雏、周人菊等题序13篇，庞檗子、胡寄尘等题辞18则。正文共分4编。甲编《梨云小录》，柳亚子撰。有文4篇，诗10题18首，跋1则。文4篇中，《〈血泪碑〉中之陆郎》《〈恨海〉中之陆郎》两文，亦收载《春航集》附录。另两篇为《〈红鸾禧〉中之陆郎》《〈珍珠塔〉中之陆郎》。诗10题18首，除《别吴门》七绝1首，其余9题17首，亦收录《春航集》附录。乙编有柳亚子文两篇：《磨剑室剧谈》《磨剑室剧谈补遗》。丙编和丁编均系他人所撰介绍和剧谈文字，诸如雪泥《陆子美小传》、小凤《我本荒唐室戏话》等，共13篇。卷末陈训恩（布雷）撰《〈子美集〉后序》（后刊《南社》第10集）云："甲寅孟夏之晦，南社社友会于沪上，亚子以书抵予所，促速来。予发笺展诵，未审其寓址，然知亚子必寓大新街，以海上歌场，如竞舞台、民鸣社，皆于此焉宅。竞舞台者，冯春航实为其中坚，而民鸣社又陆郎子美献艺之所，故知亚子行李所寄，非此将莫适也。既抵沪，亚子出所编《子美集》一厚帙见示，且曰：'余为此人肠回气荡，心血尽矣。唯子厚我，不可以无言。'予维亚子之识子美以吴门，当时贻诗，颇以折节读书为劝，有老夫为汝传衣钵之语。曾几何时，子美投身剧界，亚子又编为此集以张之。议者或谓亚子宗旨出入，前后若两人；祖亚子者，则谓子美以冰雪聪明，忧时慷慨，不惜牺牲色相，警觉愚顽，犹是亚子殷殷敦勖之志，皆为未知亚子与子美者也。迩者天地晦冥，乱靡有定，两间履戴，胥嚣然丧其乐生之心。名伶名士，等是无聊，粉墨写其心灵，毫素寄其哀怨，同是天涯沦落之人，不胜辄唤奈何之慨！亚子子美，异曲同心。尺波电流，憎其滞缓；羲轮飚逝，投以疾鞭。无聊之岁月，以无聊送之。必窃窃然挈短衡长，伸彼诎此，此胶柱刻鹄之见也。然而日月丽天，江河行地，彼自无心，而黎庶胥受其赐。亚子之文，子美之艺，芬芳绵渺，出诸自然，譬诸流月停云于沉阴积晦间，偶露霁彩，固勿计下界群萌对之作何感想，而荡魄惊魂，自足颠倒吾人于勿觉。予囊怪西方文学，何以重视悲剧，此诸神圣，既更忧患，始信此义之无可易。人唯能悲，斯称灵长。彼夫快意当前，弩张剑拔，曾无幽思艳感，陶育其心魂，此世法之所以日非，而民彝之所以愈下也。亚子每睹春航、子美演《血泪碑》，辄哀抑不可为怀，斯集之作，殆可谓穿涕成珠，将愁织绪，倾泪海枯源，为大地山河净扫氛浊。文字收功之日，即群生证果之时，走虽不敏，企予望之矣。"姜可生《浣溪沙·赠子美怜影海上用唐人句》（四首）收录《子美集》，1914 年 8 月又刊于《南社》第 11 集。其一："安得好风吹汝来，曾闻仙子住天台。雾绡云谷称身裁。　蕣上心来消未得，狂心醉眼共徘徊。争教红粉不成灰。"其二："月照高楼一曲歌，水晶帘卷近秋河。玉郎沉醉也摩挲。　寂寞江天云雾里，繁华秾艳竟如何。一生惆怅为伊多。"林一厂作《清平乐·题〈子美集〉》。词云："梅魂菊影，梦幻梨云境。夜夜春情缠未醒，偏又泪妆争靓。　千秋云紫双传，名山绝业何年。好意知非轻薄，如珠语却成烟。（下半为《陆郎曲》感作）"

　　清华学校课余补习会编辑《课余一览》杂志第 2 期刊行。闻一多参与编辑并发表论说《名誉谈》、小说《泪蕊》（与时昭涵合著）、杂俎《曹大镐先生绝命词》《髯仙》《人名妙对》等 5 篇。

　　吴虞本月至 8 月作《观剧偶赋二十首》。其一："舞罢霓裳万事非，紫云唱彻泪频挥。阿环风任吹多少，终惜人间古调稀。（雷泽红）"其二："劫后重听一曲歌，绕梁余韵比韩娥。伤时怕读《芜城赋》，亡国哀音感慨多。（演厓山事最悲壮）"其三："芳名屡动九重知（王芍棠、尹硕权参案均有素兰名），漫衍常传绝妙辞。仿佛公孙大娘舞，开元全盛想当时。（杨素兰）"其四："衣钵能传老凤难（素兰为黄金凤高第弟子），清歌回雪入云端。沧桑俯仰成今古，应作贞元朝士看。"其五："文字无灵粉黛新，江山如画梦如尘。伶官传里亲风雅（文玉弹琴读画，颇谙翰墨），始信刘郎是可人。（刘文玉)"其六:"芳情无限托微波,绿鬓朱颜奈尔何?绝胜回身刘碧玉,未妨孙绰绮怀多。(刘世照)"其七:"愁眉初不斗铅华,天女多情解散花。倾国未能修饰好,桐城派里古文家。(廖季平丈言:'桐城派古文能为修饰之美,而不能为乱头粗服之美。'余以方世照固不失为剧家正宗也)"其八:"笑靥啼妆总可怜,娇歌错落胜珠圆。刘郎曾到天台去(谓新繁刘君也),饱看桃花胜得仙。(李翠香)"其九:"登场一笑已千金,妩媚尤堪宛转吟。我试品题应首肯,才人丰韵美人心。(陈碧秀)"其十:"浅笑轻颦意态新,楚宫犹见细腰人。爱听嫩舌如鹦鹉,重写惊鸿赋洛神。(游泽芳)"十一:"长身婀娜意娇柔,高致还应胜辈流(泽芳于交游有'宁简毋滥'之言)。声调虽雌言语妙,桂花亭畔使人愁。"十二:"翠舞珠歌取次看,锦城丝管拂云端。春风桃李齐低首,一朵能行白牡丹。(白牡丹)"

黄荐鹗作《蛇江旅寓,暑气蒸人》。诗云:"槐柳无阴护岭东,骄阳炙手气熊熊。自知无力回焦土,休把薪添热灶中。"

金武祥作《甲寅五月上澣至邑东华墅镇访徐拙安观察士佳、张少泉大令洵佳、王竹臣明经家枢,偕游龙砂二山,盘桓五日,叵饮极欢,得诗十余首,时拙安年七十三,少泉年七十也》。诗云:"岩壑回环百草肥,端阳时节倍芳菲。黄农已没何今世,谁向山中采蕨薇。"

张其淦作《甲寅五月重来上海,日坡寄送行诗,赋此奉答》(二首)。其一:"世无屋翻覆,行藏吾何心。十载去乡里,倦飞返故林。故林松柏山,绿意满萧森。讵毕向平愿,且作渊明吟。故人棹舟至,道貌高崖釜。豪怀醉时飘,拼堕冠上簪。愧余尘网羁,未能罄积忧。饭颗杜甫寄,内景黄童音。何年把臂来,风雨罗浮深。"

夏

吕思勉与诗友管达如、汪千顷、赵敬谋、丁捷臣等在上海结"心社",半月一集。后又有庄通伯、陈雨农、李涤云、周启贤、张芷亭等加入。凡27集而辍。

《文艺杂志》在上海创刊,松江雷瑨(君曜)主编,内容以诗词为主,兼及杂文。至1918年共出版13期,停刊时间未详。其中第1期至第11期未标注出版日期,现系于此。第12期为1915年出版,第13期为1918年出版。《文艺杂志》主要有"文录""诗录""词录""谐诗""长篇小说""酒令"等栏目。第1期"文录"栏目含《宜施三洞纪游》(庄礼本)、《建康同游记》(冯煦)、《陶然亭雅集启》(李稷勋)、《鬻书启》(李瑞清);"诗录"栏目含《赵北岚〈腊日游焦山图〉卷,为王觉生侍郎埅题》(吴县曹元忠君直)、《题西津、冷香合作仿董巨墨法卷》(吴县曹元忠君直)、《往岁邃庵兄权河南布政使时,检勘库藏得隋仁寿间邓州大兴国寺舍利宝塔铭,因询原委,知此石出土，两家争讼，遂没入官，是以金石家无著录者，亟拓三百本行世。今冬以装本见贻，作诗代跋》（吴县曹元忠君直）、《君曜自彝陵归省，诗以送之》（奉贤庄礼本漱润）、《赠陶七彪》（奉贤庄礼本漱润）、《题七彪〈沧海图诗〉后》（奉贤庄礼本漱润）、《题芭蕉美人画扇》（奉贤庄礼本漱润）、《黄烈妇诗》（奉贤庄礼本漱润）、《书所见》（奉贤庄礼本漱润）、《楚水叹》（奉贤庄礼本漱润）、《夏闺词》（奉贤庄礼本漱润）、《云间颠公所辑〈滑稽杂志〉见赠题其简端》（奉贤郁文盛隽甫）、《有忆》（归安朱溥）、《寻思》（归安朱溥）、《当时》（归安朱溥）、《有寄》（归安朱溥）、《无缘》（归安朱溥）、《隔水》（归安朱溥）；"词录"栏目含《金缕曲·悼梅》（庄礼本）、《金缕曲·忆兰》（庄礼本）、《满江红·送檀次古内翰归望江》（庄礼本）、《金缕曲·荆门客次，史君益三招饮望湖楼，填此托之》（庄礼本）、《采桑子》（庄礼本）、《昭君怨》（庄礼本）、《蝶恋花》（庄礼本）、《金缕曲·清太保苏州陆凤石先生至松江钱氏复园》（郁文盛隽甫）、《杏花天》（盱眙王锡元兰生）、《清平乐》（盱眙王锡元兰生）、《声声慢》（盱眙王锡元兰生）、《天仙子》（盱眙王锡元兰生）、《红娘子》（盱眙王锡元兰生）、《河传》（盱眙王锡元兰生）、《虞美人》（盱眙王锡元兰生）、《高阳台·题〈熏笼斜倚图〉》（盱眙王锡元兰生）；"香艳诗话"（晋玉）栏目含《吴雷发服膺〈疑雨集〉》《〈绮窗集〉艳体诗》《荨香楼、米董斋艳体诗》《黄唐堂〈香屑集〉》《漱玉〈断肠词〉》《新城二王好为香奁体》《无题与香奁诗之区别》《潘四农指摘〈疑雨集〉》《〈子衿〉非淫诗之证据》《王笠舫不喜〈疑雨集〉》《袁随园为〈疑雨集〉辩护》《〈炙砚琐谭〉无题诗摘句》《庄祉如无题诗和章》《玉溪生〈药转〉诗别解》《宋玉〈神女赋〉正误》《破瓜二字之异说》《李义山〈锦瑟〉诗之解释》《女子入月》《韩致光善言儿女情》《绮语销魂》；"蓉城闲话"（雷颠）栏目含《邓嶰筠咏焚鸦片烟词》《蔡纬卿咏鸦片烟诗》《周寿昌诛鸦片烟诗》《梁晋竹咏鸦片烟诗》《黄左田咏鸦片烟诗》；"谐诗"栏目含《嘲雏妓偷增年岁》（颠公）、《新十索歌》（颠公）、《苏垣马路竹枝词》（颠公）；"酒令"栏目含《花韵轩菊令》（石门徐宝谦亚陶）。

《文艺杂志》第 2 期刊行。本期"文录"栏目含《城南旧游记》（李详）、《丁未六月游后湖记》（李详）、《辛卯八月游焦山记》（李详）、《射湖春泛记》（李详）、《游武昌西山记》（庄礼本）、《游华岳记》（袁希涛）；"诗录"栏目含《悲浭阳》（为前江督端尚书作）（李详）、《江阴访缪筱珊先生不得》（前人）、《游南菁书院敬怀漱兰先生》（前人）、《江宁书肆有初印胡刻〈文选〉，索价过巨，未购，书此记恨》（前人）、《感事有作》（曹元忠）、《将出都门留别崔师范》（曹元忠）、《雨中简李审言》（闽县郑孝胥苏戡）、《红叶曲》（无锡廉泉惠卿）、《题〈消寒雅集图〉中张企韩仁彦韵》（上海赵世修韵臣）、《颐和园词》（曹元忠）、《送赵芷升侍御》（曹元忠）、《哭北山十首，和倚虹》（曹元忠）、《辛亥秋怀，用拥书堂体》（曹元忠）；"词录"栏目含《高阳台·题黄皆令〈流虹桥遗事图〉》（樊增祥）、《高阳台·题方白莲〈秦楼惜别图〉》（樊增祥）、《高阳台·题马湘兰〈天寒翠袖诗意图〉》（樊增祥）、《高阳台·题董小宛〈孤山感逝图〉》（樊增祥）、《江南春·予自乙酉过秦淮，赋咏屡矣，岁晚重来，殊有梦窗清华池馆之感》（曹元忠）、《霜花腴·丁帘重至，燕去巢室，倚此书〈板桥杂记〉后》（曹元忠）、《侧犯·避暑怡园藕香水榭，日晚星初露，粉花香消受殆尽，倚此示鹤逸兄弟》（曹元忠）、《爱月夜眠迟慢·鹤逸属题胡三桥锡圭士女》（曹元忠）、《荐金蕉》（曹元忠）、《月华清·癸卯正月十四夕怡园望月》（曹元忠）、《婆罗门引·汴京第四巷，相传李师师故居，〈宣和遗事〉所谓金环巷也，平康如故，美人不来，暇日过之，赋示同舍王鹿铭解元嘉宾》（曹元忠）、《两同心·改玉壶琦为孙子潇先生原湘作〈双红豆图〉卷子，艺风师属题》（曹元忠）、《绛都春·麑荞吏部以姜晓泉天寒倚竹士女索题，因忆梦窗"烟罗翠竹，欠罗袖，为倚天寒日暮"一拍，即同其调》（曹元忠）、《高阳台·"裴郎归后，崔娘沈恨"，梦窗过李氏晚妆阁语也。今春麑盦南旋重过鬓香阁，有句云："病当点心愁当饭，美人金铸亦销磨"，伊郁凄惋殆复过之，倚此书后》（曹元忠）；"墨花吟馆忆京都词"栏目含《〈墨花吟馆忆京都词〉序》（曲园居士俞樾）、《忆京都词》（二十章有叙）（附：曲园前辈复书）（浙江桐乡严辰缁生）、《〈忆京都词〉自跋》（附：曲园前辈补作《忆京都词》二首）（严辰）；"蓉城闲话"（雷颠）栏目含《紫竹烟枪刻〈三都赋〉》《俞蛟之烟谈二则》《贵镜泉驾部鸦片烟诗》《程春海侍郎鸦片烟诗》；"香艳诗话"（晋玉）栏目含《罗虬〈比红儿诗〉》《义山诗中之梦雨》《范文正庆朔堂诗非忆妓》《汪茧兹悼张姬诗摘句》《韩冬郎〈香奁集〉发微三则》《〈溱洧〉芍药之解释》《韩昌黎文字红裙》《王夫之论艳诗》《明杜约夫和义山〈无题〉诗》《李雯〈中秋夜烧香曲〉》《陶潜与韩偓之比较》《李后主赐庆奴诗》《蝶粉蜂黄有二解》《温庭筠》《花红比美人怒》《白乐天推重李义山诗》《袁香亭效〈疑雨集〉体》）。

《文艺杂志》第3期刊行。本期"文录"栏目含《上王益吾先生书》（兴化李详审言）、《答王益吾先生书》（李详）、《乞樊云门方伯检还〈学制斋文集〉书》（李详）、《杨猓甫先生家传》（咸阳李岳瑞孟符）、《黄母管太宜人诔》（武进沈同芳友卿）、《黄烈妇碑文》（金山高燮）、《昌图府题名碑》（嘉定陈震济苍）、《昌图建城记》（陈震）、《〈昌图政书〉序》（陈震）；"诗录"栏目含《庚戌重九，葱石同年世珩招同林琴南纾、褚理堂德彝、曾刚甫习经、章曼仙华、徐积余乃昌、章式之钰及袁珏生励准、冒鹤亭广生两同年集小忽雷阁听弹小忽雷，赋示葱石》（曹元忠）、《痛哭》（曹元忠）、《止足》（曹元忠）、《葱石复得大忽雷索诗》（曹元忠）、《过文襄师故第》（曹元忠）、《甲辰二月移馆扬州花园巷，间日出游得诗九首》（李详）、《筱珊先生六十生日献此为寿》（李详）、《小除病起寄王雷夏日本》（李详）、《鹦鹉洲吊祢处士》（庄礼本）、《同介修、秉衡游白兆山》（庄礼本）、[补白]《宝塔诗》；"词录"栏目含《金缕曲·刘随州云"春尽絮非留不得，随风好去落谁家"，凄讽是语，属有同感，题汴塘旅壁，时癸卯四月朔也》（曹元忠）、《汉宫春·岁丁酉钱仲仙大令葆青获汉镜于襄阳独树村古塘中，径汉尺七寸七分强，文曰："熹平三年正月丙午，吾造作尚方明竟，广汉西蜀，合涷白黄，雕无极，世得光明，买人大富，长子孙，延年益寿，长乐未央兮。"凡四十七字皆左行。自为长歌纪之。揭来都下，以拓本征题，因谱此调》（曹元忠）、《绿盖舞风轻·出南西门里许，为南河泡子，奉宸苑地也，荷花之盛，甲于辇下，都人士张宴于斯。闰月廿四日，同征陈石遗孝廉衍试罢还鄂，沈子封编修曾桐招集诸同志饯于红香翠影间，飞雨忽至，凉思洒然，不知松雪万柳堂后，此乐有几也》（曹元忠）、《思佳客·就翁笈斋学士斌孙读画，得陈居中卷，写红袍白马行巨浪中，龙凤龟鹤负之而趋，后列数骑于厓岸间，若踵渡者，岂南宋〈瑞应图〉耶》（曹元忠）、《前调》（曹元忠）、《〈绝妙好词〉序》（吴江任廷昶御天）、《绝妙好词（未完）》（长洲沈桐威费渔）；"香艳诗话"（晋玉）栏目含《申铁蟾好以香奁写不遇之感》《言情何损于正人》《绮佛》《咏女子时式品物诗》《梦余咏》《以禅机入艳体》《灵岩山人艳体诗》《想象高唐格》《刘钦谟无题诗》《谭仲修艳体诗》《粤东潘郑两家香奁诗》《李义山咏王茂元家妓诗》《谈敬业无题诗》《张乖崖赠官妓小英诗》《李义山〈锦瑟〉诗之又一解》《周美成善写女娃娇态》《〈锦瑟〉诗因悼亡而作》《情境相同之艳句》《马药庵赠婢改子诗》《吴修龄善学西昆体》；"酒令"栏目含《花韵轩菊令》（徐宝谦）。

《文艺杂志》第4期刊行。本期"文录"栏目含《〈学制斋文集〉序》（谭献）、《江宁蒋平叔遗诗序》（李详）、《海天梦月图记》（代平湖朱象甫作）（李详）、《与张伯贤书》（庄礼本）、《与蔡献廷书》（庄礼本）、《与蔡绥生、杨紫雯书》（庄礼本）、《成肇麐墓志铭》（附：漱泉殉难诗）（无锡冯煦梦华）、《祭姊文》（常州钱巩志坚）、《复孙在兹书》（刘翰芳）；"诗录"栏目含《此君亭小坐》（张謇）、《花竹平安馆临行感赋》（张謇）、《儿游学青岛，病后寄影像归，赋寄之》（张謇）、《感事诗》（十首之一）（张謇）、《植石堂下》（张謇）、《游莫愁湖》（李详）、《读郑苏龛〈海藏楼诗〉》（李详）、《射阳故城怀古》（李详）、《世事》（李详）、《寄董仲弢学士湖北》（李详）、《韩信钓台》（李详）、《均州舟次望武当山》（庄礼本）、《舟次谷城》（庄礼本）、《荆州杂咏》（庄礼本）、《蓬山访旧图》（为阮子儒作）（庄礼本）；"词录"栏目含《渔歌子·题松江雷柳浦丈〈浦上鱼钓图〉》（曹元忠）、《国香慢·自题子固〈凌波图〉卷同草窗调》（曹元忠）、《帝台春·由海甸十里许至静明园燕都八景，所谓玉泉趵突也，乱后过此，赋示茧秋》（曹元忠）、《垂杨·调见白仁甫〈天籁集〉，以〈绝妙好词〉陈君衡作校之，则上下半阕第六句"依然千树长安道"及"落花满地谁为扫"，道、扫皆韵，而白词未叶。又毕曲"纵啼鹃鸣，不唤春归，人自老"，而白词落"不唤"二字，恐八十老尼所传旧曲，多脱误矣。今年元夕，余谱此调，旋客大梁，得思翁〈西湖泛月〉便面，情词宛合，因改从西簏体，纪胜践且留墨缘也》(曹元忠)、《瑶华·湖上春雪》(曹元忠)、《临江仙·今年春试再至大梁，以回避不得入闱，归途赋示萍乡文八孝廉廷华》(曹元忠)、《绝妙好词(续)》(沈桐威)；"沪滨诗话"(均耀)栏目含《袁翔甫〈李三三词〉及〈盈盈曲〉》《程甘园花冢诗》《丘菽园沪游诗》《易实甫徐园小万柳堂诗》《濮一乘爱俪园听月霞法师讲〈楞严经〉诗》《陈伯严味莼园诗》《潘若海龙华看花诗》《宋芝栋〈沪江曲〉》《狄楚青〈沪渎感事诗〉》《陈笑山楼外楼诗》《又〈二马路口卖花〉诗》《王咏霓〈洋场歌〉》《又〈申江旧游有感〉》《又〈沪渎杂诗〉》；"香艳诗话"(晋玉)栏目含《朱长孺李义山诗发微》《刘改之〈挦撦集〉》《徐秉衡〈绣鞋〉诗》《恩竹樵〈藕复〉诗》《梳头篇》《杜牧之诗"豆蔻梢头"之解释》《瞿宗吉和杨铁崖〈香奁八咏〉》《朱竹垞〈风怀诗〉之考证》；"蓉城闲话"(雷颠)栏目含《形容吸鸦片诗文》。

《文艺杂志》第5期刊行。本期"文录"栏目含《〈楚雨集〉自序》(集李义山文)(曹元忠)、《上仁和王相国启》(曹元忠)、《为溥宗伯与缪京卿书》(曹元忠)、《复谭仲修先生书》(李详)、《与盐城县刘楚芗明府书》(李详)、《与会稽姒季先孝廉书》(李详)、《与宣古愚书》(李详)；"诗录"栏目含《有感》(集玉溪生句)(常熟徐兆玮虹隐)、《伯严吏部自江西归，以素纸乞写新诗》(李详)、《为蒯礼卿观察和张孝达尚书〈金陵杂诗〉》(李详)、《赠达镜元》(庄礼本)、《和献廷韵》(庄礼本)、《舟泊马江寄吟社诸友》(庄礼本)、《渡海狂歌寄吟社诸子，用〈留别〉元韵》(庄礼本)、《襄阳杂咏》(庄礼本)、《蒋卓如丈〈披莽寻碑图〉》(庄礼本)；"词录"栏目含《河传》(曹元忠)、《极相思·合肥夜泊》(曹元忠)、《满江红》(曹元忠)、《菩萨蛮》(三首，满洲毓隆绍岑)、《临江仙》(毓隆)、《蝶恋花》(毓隆)、《绝妙好词(续)》(沈桐威)；"荷香馆琐言"(常熟秉衡居士)栏目含《明太祖御制皇陵碑》《李高阳遗事》《马端敏死事佚闻》《钱东涧遗事》《孟姜女》《以人为鸟》《良臣》《〈养生论〉佚文》《鲈鱼》《米价银价》《黄冈少竹》《古桂》《百岁翁》《刚相子良》《焦山石刻》《李秀成遗事》《明万历时刻字价》《常建破山寺诗》《浙江两藏书家》《蒙叟遗著》《老年夙兴必拜》《陶斋尚书诗》《汤文端》《联话》；"沪滨诗话"(颠公)栏目含《何古心〈夜宿沪城感赋〉诗》《又〈侨居沪场杂感〉诗》《叶调生侨居沪上时诗》《潘麈生〈黄浦滩〉诗》《又〈黄浦滩晚眺〉诗》《又〈洋泾竹枝词〉》《林曦谷〈洋泾桥对月〉诗》《又〈胡家闻茶楼〉诗》《又〈张园〉诗》《程子大〈上海繁华歌〉》《张子虞〈沪游杂诗〉》《又〈花卿词〉》《李小瀛〈春申杂咏〉》《黄燮清〈海上蜃楼〉歌》《潘兰史〈哈同园观桃花〉诗》《王漱岩〈楼外楼子夜歌〉》；"谐著"栏目含《津沽黄莺儿》(弢庐)、《恨球歌》(弢庐)、《题〈螺壳道场图〉》(豹岭)。

《文艺杂志》第6期刊行。本期"文录"栏目含《为溥宗伯与孙刑部书》(曹元忠)、《为溥宗伯与林大令书》(曹元忠)、《黄漱兰先生诔》(李详)、《五君颂》(李详)、《汪容甫先生赞》（李详）；"诗录"栏目含《书近状视一二故人》（如皋冒广生鹤亭）、《辛丑夏五赛娘狱解南下，劫后重逢，听话收京以前痛史，不知涕之何从也。微文隐意，集西昆句得八首》（常熟黄民君谦）、《哭北山》（集义山句）（十首，常熟徐兆玮少逵）、《东京寓楼守岁，和衮父〈岁暮〉四首》（集义山句）（常熟徐兆玮少逵）、《壬子秋怀，再用拥书堂体，简张锡恭》（集陶）（曹元忠）、《六月十六日夜偕诸友登鸡鸣山，坐豁蒙楼良久，得诗一首，寄讯礼卿观察（有序）》（李详）、《朝天宫谒顾亭林先生祠》（李详）、《陆务观言少陵去蜀，有一子留守浣花草堂，此事甚新，邀同人咏之》（李详）、[补白]《娱萱室诗钟》（李详）；"词录"栏目含《秋宵吟》（曹元忠）、《眼儿媚》（曹元忠）、《鹊桥仙》（曹元忠）、《平韵满江红》（曹元忠）、《宣清》（曹元忠）、《木兰花慢》（曹元忠）、《清平乐·泗州晚泊》（毓隆）、《虞美人》（毓隆）、《祝英台近》（毓隆）、《绝妙好词（续）》（沈桐威）；"荷香馆琐言"（常熟秉衡居士）栏目含《张、全二相遗事》《张吴联语》《当差劳苦》《卫中丞》《翁相国荐康某之诬》《河工津贴栗恭勤后裔》《张皋文〈说文谐声谱〉》《赵飞燕玉印》《〈延昌地形志〉稿本》《帖镜》《成容若、安麓村两象》《柳如是词》《曾文正词》《袁随园词》《穆彰阿》《顾横波书驻鹤字》《房玄龄写经》《吴道子画山水之讹》《金鸡纳》；"娱萱室随笔"（涵秋）栏目含《谑谜》《老伯愚谑联》《挽江召棠联》《袁树勋谑联》《朱紫贵条陈之奇想》《考试留学生谑谈》《载振纳妓被参之原因》《崔聘臣之风节》《端方被杀时之包某》《文宗批折之传闻》《汪瑶庭权术用事》《记李昰应拘留保定事》；"蓉城闲话"（雷颠）栏目含《徐易甫〈鸦片烟灯诗〉》《王伯垣〈咏鸦片烟〉诗》《黄斋青〈莺粟瘴乐府〉》《孙则庄〈鸦片烟乐府〉》《孙则庄〈咏芙蓉〉七律诗》《宋九芝〈鸦鬼子歌〉》《朱芷青〈鹅郎草〉诗》；"香艳诗话"（晋玉）栏目含《汪峭崖〈佩秋轩诗〉丽句》《义山〈碧城〉诗咏杨太真事》《义山香奁诗之评骘》《义山诗之三上》《韩致尧香奁体》《西昆体》《言情诗进一层说》《香奁诗难于浑融》《金翠芬和香奁诗》《朱修庭香奁集句》《范祝崧无题诗》《谢默卿无题诗》《冯钝吟集中多香艳诗》《无题诗摘句》《裹手之考证》。

《文艺杂志》第7期刊行。本期"文录"栏目含《成表弟妇刘太宜人六十寿序》（冯煦）、《〈学制斋文集〉序》（冯煦）、《〈京师坊巷志〉序》（李详）、《谢徐积余观察题〈慈竹居图〉启》（李详）、《与陈季蕃书》（庄礼本）、《寄刘幼丹先生书》（庄礼本）、《周节妇传》（金山高燮）、《寒隐社约小启》（金山高燮）、《何孝女传》（金山高燮）；"诗录"栏目含《徐笃甫自京师寄〈东洲草堂诗〉至，作此谢之》（李详）、《沈乙盦先生赠冒君鹤亭新刊〈二黄先生诗〉，赋寄冒君》（李详）、《和李审言》（兴化徐德培笃甫）、《风雨泊舟拖路口写怀，和张寿芝先生学济韵》（庄礼本）、《琴台》（和张寿芝先生）（庄礼本）、《杂咏》（庄礼本）、《赠陶七彪》（庄礼本）、《出都》（桐城方尔咸泽山）、《寄怀庄樗老》（桐城方尔咸泽山）、《即事》（桐城方尔咸泽山）、《故园》（徐寿兹受之）、《书事》

（飞尘小驻）；"词录"栏目含《瑶池宴·泛舟秦淮》（曹元忠）、《忆王孙》（曹元忠）、《隔浦莲近拍·送别吴挚父汝纶之日本》（曹元忠）、《沁园春·四月六日行次保定，忆是冰粟，生朝倚此却寄》（曹元忠）、《瑞鹤仙·题归安朱古微学士祖谋〈斜街补屋图〉，同鹜翁调》（曹元忠）、《六丑·甲辰游杭元夕雨行湖上》（曹元忠）、《祝英台近·题王干臣太守仁俊〈海东访学图〉，回念辛丑旧游，已四载矣》（曹元忠）、《踏莎行》（毓隆）、《卜算子·送凌波归吴》（毓隆）、《浣溪沙》（毓隆）、《菩萨蛮》（毓隆）；"荷香馆琐言"（常熟秉衡居士）栏目含《宋高宗和金》《幼慧》《灵珀》《水晶之异》《稽查银库》《仲景〈伤寒论〉真本》《大院君》《杨妃为粤西人》《世祖遗事》《重宴琼林》《地脚》《药价》《陈坤维诗》《唐碑丽句》《泾浊渭清》《婢仆称主人》《辛卯浙闱联语》《明太祖像》《毛西河陈夫人能诗》《惠香阁为柳如是所居》《〈李师师外传〉之失实》；"娱萱室随笔"（涵秋）栏目含《吴珊珊石刻小影》《翠屏山》《〈红杏青松图〉卷归锡山杨氏》《祥符周氏多贤》《纪沈北山先生事》《梦中诗句》《姚寿侯之异梦》《崔聘臣之异梦》《德馨》；"十二砚斋随笔"（仪征江鋆砚山）栏目含《纪煤黑子事》《侯春甫〈金缕曲〉谐词》《汪容甫集外文》《金冬心题画诗》《朱椒堂寿阮仪征文》；"香艳诗话"（晋玉）栏目含《〈硕人〉诗为艳体之鼻祖》《言情诗词意不宜浅露》《〈疑雨集〉有滥存之诗》《胡衡斋无题诗》《缦庵言情诗之寄托》《梁山舟（集杜）左右〈风怀诗〉》《〈香奁集〉为和凝假托之传疑》《陈后山之香艳诗》《研经室集外香艳诗》；"蓉城闲话"（雷颠）栏目含《黑美人别传》。

《文艺杂志》第8期刊行。本期"文录"栏目含《〈安阳金石目〉跋》（会稽顾燮光鼎梅）、《〈阙特勤碑〉跋》（三多六桥）、《表弟两赵君传》（李详）、《王君奏云状》（李详）、《〈怀知诗〉序》（李详）、《自序》（李详）、《祭宋养初侍御文》（宝山钱淦印霞）、《孔宅祝圣记》（上海姚明辉孟埙）；"诗录"栏目含《适园雅集，呈南皮宫保师》（江阴缪荃荪筱珊）、《瞻园次韵》（江阴缪荃荪筱珊）、《金陵杂诗》（江阴缪荃荪筱珊）、《关东》（集李义山句）（曹元忠）、《听贻美述白海棠事》（集李义山句）（曹元忠）、《感怀四首示丁蓉洲》（仪征何家翰墨卿）、《早秋》（仪征何家翰墨卿）；"词录"栏目含《望江南·庚子冬卜筑东台丁公桥南，草屋十间，颇饶幽致。今后江干病夫得所栖息，无复浮家泛宅矣。感赋〈望江南〉曲十六首以志喜》（丹徒丁立钧叔衡）、《台城路·辛丑三月游虞山谒瓶师》（丹徒丁立钧叔衡）、《征招·辛丑三月舟次海盐，过外舅小云尚书竹隐庐感赋》（丹徒丁立钧叔衡）、《洞仙歌·题王虞笙大绂〈长抛玉轸图〉》（曹元忠）、《洞仙歌·又题虞笙〈重抛玉轸图〉》（曹元忠）、《湘月》（曹元忠）、《翠楼吟·鹤亭索题云将大令旧藏任渭长熊画〈桃花扇〉，记云将姬人守节事》（曹元忠）、《满庭芳》（曹元忠）、《抛球乐》（曹元忠）、《眼儿媚》（曹元忠）；"香艳诗话"（晋玉）栏目含《哀双凤联句》《吴杉亭、商苍雨丽句》《程香溪题〈玉溪集〉》《王予中论义山诗》《义山〈碧城〉诗咏玉环事之异说》《香婴居士无题诗》《商宝意忆秦淮妓诗》《吴日千艳体诗》；"慈竹居零墨"（均耀）栏目含《曹元忠》《岳忠武砚》《南吴旧话录》《足本〈三垣笔记〉》《缪金二先生耆寿》《王益吾师晚年得子》《幼慧》《甲寅九月之大建小建》《温〈儒林外史〉》《红学》《俄人购书》《瑞典人译〈聊斋志异〉》《紫芝白龟之室》《二年成寿诗一百韵》《姚柳屏诗》《诗钟隽句》《崔饼董糖》《赵剑秋之聪敏》《周小松之棋》《讽刺语》《刘融斋先生〈四旬集〉》《李审言》《永嘉诗人集》《戴女士著〈皇朝烈女传〉》《瓯江奇僧》。

《文艺杂志》第9期刊行。本期"文录"栏目含《〈端虚室剩稿〉序》（兴化李详审言）、《〈安阳金石目〉序》（钱塘吴士鉴䌷斋）、《〈民法释义〉序》（会稽顾燮光鼎梅）、《〈稷山段氏二妙合谱〉叙》（元和孙德谦侠盦）、《费鉴清先生墓志铭》（闽县林纾畏庐）、《费鉴清家传》（侯官严复几道）、《长沙陈女士芝瑛圹志》（长沙陈时望净愿）、《戴吟石〈喟庵校书图〉序》（休宁程庆章老苹）；"诗录"栏目含《题何梅叟〈养园图〉卷，即用卷端祁文端原韵》（闽县陈宝琛伯潜）、《三月廿四日再访渊韧二叟涞水村居》（闽县陈宝琛伯潜）、《壬子正月十二十三夜纪事》（闽县陈宝琛伯潜）、《次和沈盦〈守岁感赋〉，用遗山〈甲午除夕〉韵》（辛亥）（闽县陈宝琛伯潜）、《次韵奉和韧叟吾师〈归耕釜麓出都感赋〉之作，即以送行》（辛亥）（闽县陈宝琛伯潜）、《上朱经田中丞》（兴化李详审言）、《寄徐积余观察》（兴化李详审言）、《述旧一首呈左庵》（兴化李详审言）、《寄雷交王七兄》（兴化李详审言）、《赠陆子放》（用蜀中陈孟孚太史韵）（奉贤庄礼本漱润）、《自安陆归，松绥芝先生以诗赠行，赋此志别》（庄礼本）、《小孤山》（庄礼本）、《杂诗》（无锡丁福保仲祐）、《散步望月》（无锡丁福保仲祐）、《南菁讲舍夜读》（无锡丁福保仲祐）、《怀亡友龚光甫璜》（无锡丁福保仲祐）、《时兴诗一首》（无锡丁福保仲祐）、《乙卯仲春和玉溪生〈碧城〉三首》（钱塘吴灏子琹）、《陈养直太守伤其爱女芝瑛未能自已，诗以慰之》（长沙陈时望净愿）；"词录"栏目含《捣练子》（金坛冯煦梦华）、《渡江云》（宝应成肇麐漱泉）、《卜算子》（曹元忠）、《虞美人·中秋客夜》（长沙陈启泰伯平）、《鹊桥仙》（长沙陈启泰伯平）、《高阳台·蝉》（长沙陈启泰伯平）、《长亭怨慢·雁》（长沙陈启泰伯平）、《酷相思》（长沙陈启泰伯平）、《霜天晓角》（长沙陈启泰伯平）、《江城梅花引》（长沙陈启泰伯平）、《念奴娇·云中怀古》（长沙陈启泰伯平）、《高阳台·夜雨和韵》（长沙陈启泰伯平）、《浪淘沙·喟庵君寄一诗，颇伤离索之感，赋此报之并示友皋》（金椒薛元燕好楼）；"荷香馆琐言"（常熟秉衡居士）栏目含《血书〈华严经〉》《昭夏遗声》《秦良玉战袍》《顺治时会试题名录》《潘文勤事》《捻匪事二则》《牙牌数》《游勇》《莫愁湖及胜棋楼之误》《纯庙俭德》《元时帽样》《白糖之始》《本朝家法》《陈国瑞事》《甘旭父印谱》《乌龙潭鱼》《〈永宪录〉之误》《明皇城砖》；"雅言录"（钱塘汪康年穰卿）栏目含《萧敬孚续名人碑传录》《李文贞日记》《粤东卢氏藏书》《抄本〈三朝典要〉》《抱芳阁旧书》《胡文忠〈抚楚记〉》《四明万言明纲目》《叶书绶〈纮綖考古录〉》《薛叔耘〈续瀛寰志略〉稿本》《洪文卿使俄时译辑各书》《张石州〈延昌地形志〉稿本》《宋会要》《〈永乐大典〉流入外洋》《粤省新书店之旧书》《方舆考正》《毛岳生〈元史稿〉》《纪文达评〈唐诗鼓吹〉》《私家著述之珍秘》《群玉山堂帖》《蒋香生藏书》；"襟堪墨话"（会稽顾燮光鼎梅）栏目含《钟山峡仙篆之讹》《袁州府署宋元碑》《宋李肪〈乳洞记〉》《化成岩宋人摩崖题名》《清慈禧后御书宜春二大字》《唐太宗墨迹》《文氏闺秀多才》《刘幼甫书法》《葛子斐书法》《朱意如诗词》《黄山谷植罗汉松》《陆碧柯女士》《毛子林考订金石之著作》《诸葛祠铜鼓》《襄阳铁人骑牛》《阎甘园鉴别古物》《胡德斋集李义山诗》《赵益甫画扇》《博学之难》《赵益甫诙谐玩世》《金石书价值之昂贵》《补正方氏〈校碑随笔〉》；"怀旧庐丛录"（金山姚光石子）栏目含《宗祠祭文》《黄梨洲先生著作》《陈卧子、徐闇公、夏瑗公诸先生著作》《明季殉节之乞丐》《顾亭林集外文》《陆烱起义祭文》《周谦恢复中兴条约》《吴冰蟾夫人诗》《柳如是遗诗》《冰蟾夫人及其女遗诗》《吴日千未刊诗文》、《香囊记、玉簪记》（南社）；"潭东杂识"（娄县沈祥龙约斋）栏目含《松江画家二则》《〈横云山人集〉稿本》《张孟皋画癖》《戴珑岩〈析产书〉》《姚子枢愿作书生本色官》《张温和诗酒风流》《张啸山淡于荣利》《云间人物》《郭友松奇才异能》《范墨农之清德》《封庸庵续绘〈云间邦彦图〉》《封氏藏书之富》《倪松甫之学行》《黄砚北、蔡梅茵之诗》《王少逸、何古心之诗》《龙门书院之兴废》《龙门书院多理学纯儒》《融斋书院》《应敏斋书》《顾访溪学诗详说》；"蓝水书塾笔记"（闽县何则贤道甫）栏目含《唐林宽诗》《苍霞自叙略》《紫石道人后身》《古田县新城隍神》《黑怪白怪》《林昆石诗》《何白莲》《陈老梅》《叶小庚联句》《陈左海诗》《何楛海、许画山挽句》《刘西堂挽句》《丁孝廉楹帖》《跋〈梁月山遗书〉》《张亨甫同年诗札》《人鲞谣》《国朝福建人得谥》《高贤祠诗》《史学宪得士之盛》《福建新通志经籍》《能读汉书》《溢课》《丁戊山人》《自忘居宅》《〈天经或问〉蓝本》《答林瘦云问孝义巷得名》《嵩峒漫士》《济宁张公祠》《石井》；"缪艺风先生七旬寿言录"栏目含《筱珊缪先生七十寿宴诗序》（樊增祥）、《艺风七十寿诗，仿香山九老诗体，七言六韵》（樊增祥）、《余年及七十，同社友人撰诗相贺，敬答诸君雅意》（江阴缪荃孙）、《前诗已成，复得五十六字，谓之自寿可，谓之自挽亦可》（江阴缪荃孙）、《艺风七十寿诗，仿香山九老诗体，七言六韵》（应山左绍佐）、《艺风前辈七十寿诗》（钱塘吴庆坻）、《艺风先生七旬寿诗》（嘉兴沈曾植）、《艺风七十寿诗，用香山〈睢阳九老图〉体》（善化瞿鸿禨）、《艺风先生七十寿诗》（闽县王仁东）、《艺风先生七十生日诗，用香山诗体》（义宁陈三立）、《艺风先生七十生日诗，用香山诗体》（侯官沈瑜庆）、《艺风前辈七十寿诗》（天门周树模）、《艺风前辈七十寿诗》（长乐林开謩）、《艺风世伯七十寿诗，用香山诗体》（钱塘吴士鉴）、《寿艺风姻丈七十，敬用自寿诗韵》（武进恽毓珂）、《寿艺风姻丈七十，敬用自寿诗韵》（武进恽毓龄）、《癸丑七月二十八日，同人集徐氏双清别墅，为缪艺风前辈预祝七十寿，即次自寿诗二律原韵，请诸君赓和》（武进汪洵）、《太岁在昭阳端蒙，月在壮日，躔寿星之次，奉和艺风先生七十自寿诗韵，妄附同调，勉步元音，惟方家教正是幸》（同郡刘炳照）、《拙句奉祝艺风先生七十揽揆，即希郢正》（乌程周庆云）、《艺风老伯大人七旬荣庆，勉作芜辞，敬希诲政》（吴兴刘承干）、《艺风仁表弟七秩大庆，敬贺二律，录请郢正》（同邑金武祥）、《俚句恭祝艺风姻伯先生七秩大庆并求督教》（建德胡念修）、《恭祝夫子大人七十正寿》（丹徒丁传靖）、《筱珊前辈同年七十》（金坛冯煦）；"松江重修二陆草堂题词"栏目含《普照寺二陆草堂，杨潜〈云间志〉辨之。顾于〈古迹门〉，云世传普照寺为二陆宅，〈寺观门〉云嘉禾诗文乃谓陆机舍宅为寺，则亦宋以前旧说已。伯齐年老先生近加修建，授简征诗，冀与求点。故居本为波若珣珉旧宅，舍作云岩，共附精蓝，传诸好事，为赋三绝句请正，甲寅十月既望》（吴县曹元忠君直）、《题二陆草堂》（松江沈维贤思齐）、《永遇乐·题二陆草堂》（松江沈维贤思齐）、《金缕曲·题二陆草堂》（朱传经琴轩）、《松郡普照寺建二陆草堂成，伯齐姻世吟长实主其事，书来征题，率赋五言一章寄呈郢正》（嘉定秦绶章佩鹤）、《题二陆故居》（平湖金蓉镜殿丞）、《题二陆草堂》（松江谢希傅芷芳）、《寄题松郡二陆草堂》（元和汪凤藻芝房）、《伯齐同年函言松江城内普照寺为晋陆士衡、士龙两先生故宅，今于寺内建二陆草堂，邮纸索题，勉成短歌就正》（恽毓嘉甦斋）、《松江普照寺相传为机云故宅，郡人近于其中重建二陆草堂，以存古迹。落成之日，耿君伯齐户部征诗，率成绝句三章求政》（上海王庆平耜云）、《二陆草堂诗，为伯齐先生征》（松江姚锡钧鹓雏）、《题二陆草堂》（金绎熙巽青）、《茸城二陆祠堂》（青浦项薲君铎）、《松江城内普照寺为晋陆机、陆云故宅，彼都人士于寺内建二陆祠，征求题咏，因赋小诗一章》（袁崇毅）、《伯齐词丈于松江城内普照寺陆机故宅建二陆草堂，分笺属制题词，漫成一什，录呈大教》（金山高旭）、《松江城内普照寺为晋二陆故宅，前清光绪癸巳华亭童侯米苏建二陆祠于内。越十年，辛丑童侯重来时值重阳佳节，余与沈约斋诸先生就祠设宴。今斯祠岁久倾圮，伯齐丈为之修整，贻书属题，回首前事，又历十有三年矣，因赋两章呈正》（松江张孔瑛伯贤）、《题二陆草堂，次鹓雏韵》（奉贤郁文盛隽甫）、《访二陆草堂》（松江朱运新似石）、《题二陆草堂》（松江孙增浩彀斋）、《伯齐前辈先生命题二陆祠，勉成一律》（松江朱玺鸳雏）、《重葺二陆草堂歌》（吴县陈世恒季蕃）、《甲寅孟秋老友伯齐农部贻书征诗，知二陆草堂将次倾圮，彼都人士谋所以修葺之，不独提倡诸公之义举可风，抑亦足以点缀名胜之区，为保存古迹计，爰赋四绝，录呈伯齐先生郢正》（青浦徐公辅伯匡）、《二陆读书草堂怀古》（青浦徐公修慎侯）、《题二陆草堂》（松江倪宇梁蝶苑）、《应耿伯齐先生征题二陆草堂》(松江黄熙曾景舆)、《题二陆草堂》(松江姜世绥粟香)、《题华亭耿伯齐农部新葺二陆草堂·调寄〈桂枝香〉》(常熟庞树阶拂云)、《题二陆草堂》(松江侯镇藩颂莲)、《松江城内普照寺为晋二陆故居,近于寺内重建二陆草堂,伯齐先生属为题句,率成二绝》(嘉定潘光炜)、《重修二陆祠》(孙锦珊)、《伯齐先生以珂里新葺二陆草堂征诗勉呈二绝》(徐琪花农)、《伯齐同年命题松江普照寺内二陆草堂,(湘)既愧弗文,且夙未游其地,勉成七古,恐难得其万一耳》(大兴李湘珊园)、《题二陆草堂》(松江周熙龄熙台)、《题二陆草堂》(杨前烈绳武)、《二陆草堂》(松江张师宪子华)、《伯齐表兄农部有重葺二陆祠堂之义举,诗以和之》(青浦张世昌静莲)、《甲寅仲秋耿伯齐部郎修葺二陆祠征诗,适抱采薪,未能推敲,谨走笔报命,即祈削正》(沈致实)、《伯齐姻丈嘱题二陆草堂,率成两律,录呈郢正》(叶人骙)、《题二陆草堂》(任钟骏)、《伯齐农部拟结诗社,以二陆草堂征题词,不揣谫陋,率成一则,即呈诗社主人政谬》(叶有圭)、《甲寅之秋,我里老友如晨星焉,独伯齐先生年且六十,高隐林泉,与物无竞,其标格为不可及。近以松江普照寺系陆机故宅,内建有祠,即将二陆草堂命题,令同人分咏。予检得光绪乙未普照寺瞻二陆新祠五言古体旧作,并叠韵赋草堂新作为诗二首,而耿字十余年前予偶用之,至此竟成诗谶,亦奇矣哉,不可无志,并录呈粲正》(顾薰)、《题二陆草堂》(吴不磷)、《伯齐姻兄新筑二陆草堂于普照寺中,云系陆机故宅,书来索题,率成一律应命》(程兼善)、《前诗意有未尽,复作一绝》(程兼善)、《伯齐世伯修建二陆草堂,以素纸征题,恐方尊命,勉成二律,写作工拙俱不计也,即请教正》(姜文傅揆勋)、《外祖父大人重葺二陆草堂,出素纸命题,勉成一律,谨乞训正》(钱涧瑷)、《甲寅秋耿农部伯齐建二陆草堂于普照寺,以此奉题》(宋士祁恂庵)、《云间二陆草堂歌》(陈世培)、《松城重葺二陆草堂,景仰遗风,谨题二绝》(柘湖陈怡芬)、《甲寅秋伯齐同年新葺二陆祠堂,征诗及予,率成二绝》(王宗毅)、《题二陆草堂》(青浦胡祖谦耽岑)、《咏二陆草堂》(松江雷补同谱桐)、《题二陆草堂》(松江张鞰琢成)、《茸城旧有二陆草堂,祠宇颓荒已久,今伯齐先生集诸同志葺而新之,俚言一章呈教》(辂草)、《茸城二陆读书堂年久颓圯,耿部郎伯齐倡捐重葺属题,爰成二律》(陈玉祥叔美)、《伯齐先生属题二陆草堂,勉成四绝》(陈世基)、《伯齐先生以重葺云间二陆祠征诗,作五律应之》(沈重光乐东)、《题二陆草堂》(觉痴小盦寿荃)、《题二陆草堂》(金山高燹)、《题二陆草堂》(金山金惟一)、《步徐君伯英题二陆草堂原韵四绝》(金山姜煒)、《咏松江普照寺内建二陆祠七古四十二韵》(太仓唐文治蔚芝)、《题重修二陆草堂》(金山徐法祖伯寅)、《又题四绝》(金山徐法祖伯寅)、《题二陆草堂》(金山张子良)、《松江普照寺相传为陆机故宅,近同人于寺内重修二陆草堂,遍征题咏,率成俚句,录请斧正》(郁崇光彤雯)、《茸城普照寺内重建二陆草堂,事告落成,赋诗志感》(当湖陆勋)、《题二陆草堂》(金山沈嘉树叔眉)、《又步金君柏荫二陆祠原韵三律》（金山沈嘉树叔眉）、《题二陆草堂》（金钟英柏荫）、《步沈君叔眉二陆祠原韵二首》（金钟英柏荫）、《步叶君守纯原韵二首》（金钟英柏荫）、《题二陆草堂》（何简安）、《题二陆草堂》（金山叶秉常漱润）、《叠前韵再题》（金山叶秉常漱润）、《步沈君希韩题二陆草堂原韵二首》（金山叶秉常漱润）、《步金君柏荫题二陆草堂原韵三首》（金山叶秉常漱润）、《题云间二陆草堂重建落成二律》（平湖钟寿铭）、《重建二陆祠，敬赋五言二律》（当湖柯培鼎岐甫）、《重修二陆草堂》（吴清藻粹卿）、《伯齐先生倡修二陆草堂，率此奉题》（松江马超群适斋）、《松郡普照寺，旧为陆机故宅，寺中曾建二陆祠，祀以馨香之报，兹值祠祀之辰，感蒙阖郡檀那莅祠致祭，征诗题咏，衲率领两序禅侣随同与祀，勉凑七律一章以附诗末，录呈诲正》（云间海月头陀林逸）、《华严色相录》（传抄本）（隐名氏）。

《文艺杂志》第10期刊行。本期"文录"栏目含《〈江阴丛书〉序》（长沙王先谦益吾）、《祥符周畇叔传》（江阴金武祥栗香）、《广讴一首，为刘楚芗明府作》（李详）、《与汪作舟孝廉书》（李详）、《与海宁许次曼书》（李详）、《寄顾石孙书》（李详）、《孔宅诗序》（宁海章梫一山）、《中国分省新地图序》（会稽顾燮光鼎梅）；"诗录"栏目含《仇十洲〈姑苏图〉卷为葱石题》（曹元忠）、《送劳玉初京卿乃宣提学江宁》（曹元忠）、《捡篚得谭复堂年丈（献）所贻袁爽秋太常（昶）遗疏印本》（曹元忠）、《题孙叔盉鼎烈〈青槐避日图〉》（曹元忠）、《〈蕉窗读画图〉，为艺风师题》（曹元忠）、《焦山歌，寄李仲仙中丞兼示健父孝廉》（李详）、《题筱珊先生〈垂虹感旧图〉》（李详）、《寄益吾先生，以慈竹居乞题》（李详）、《自镇远府赴贵阳，山行纪游八章》（吴县吴荫培颖芝）、《和净师原韵》（辛亥）（闽县陈宝琛伯潜）、《中秋对月》（闽县陈宝琛伯潜）、《十一月十六日望耕亭晚眺，怀枚如丈》（闽县陈宝琛伯潜）、《鼓山觅竹坡题句不得，怆然有赋》（闽县陈宝琛伯潜）；"词录"栏目含《虞美人·瓯隐园送春》（冒广生）、《采桑子》（冒广生）、《昼夜乐》（朱寿保）、《蝶恋花》（陈祖绶）、《减字木兰花》（洪炳文）、《金缕曲》（洪炳文）、《菩萨蛮》（闺秀洪赵）、《齐天乐·晋阳怀古》（长沙陈启泰伯平）、《菩萨蛮》（长沙陈启泰伯平）、《霜天晓角·题画扇〈月下黄梅〉》（长沙陈启泰伯平）、《齐天乐·酬周石君集杜五言见寄》（长沙陈启泰伯平）、《齐天乐·石君以题画词见寄，依韵答之》（长沙陈启泰伯平）、《绿意·芭蕉，和石君韵》（长沙陈启泰伯平）、《醉太平》（长沙陈启泰伯平）、《满庭芳·茉莉和韵》（长沙陈启泰伯平）；"荷香馆琐言"（常熟秉衡居士）栏目含《俗字沿误》《古事与西俗暗合》《〈永乐大典〉残本》《紫薇误紫荆》《诗袭唐人》《明德堂》《李世忠》《柳如是〈寒柳词〉》《贞元印》《宋时书价》《柳河东墨迹》《胡刻〈文选〉之误》《银两作艮刃》《西俗婚配》《秘鲁缠足》《兵舰官忠义》《妇女用刀锓工剃面》《高老庄》《松禅相国论书绝句》《挽联》《洪经略母》《推小泥孩命》；"崇堪墨话"（会稽顾燮光鼎梅）栏目含《郑君残碑之误》《张兴墓志之误》《张茅镇石桥上柱刻》《巩县石窟寺金石》《重阳宫元碑》《乘广禅师碑》《傅青主书画》《册府元龟》《范樾青》《挽商梅笙联》《河阴县新出土隋唐墓志》《犹太挑经教碑》《刘仲举墓志之作伪》《二金蝶斋尺牍》《磁州旅店女子题壁诗》《刘金门〈五代史补注〉》《萍乡文昌宫鼎甲题联》；"环山阁随笔"（松江张尚桓如）栏目含《子》《地名人名》《毛西河》《去肥法》《柔鼻弹》《宦者高祺诚之身历谈》；"娱萱室随笔"（涵秋）栏目含《满洲旧教》《松花江四腮鲈》《曲园赠无碍翁楹联》《内阁大库之藤猴》《宋拓九成宫伪帖》《母氏孙太夫人思儿诗》《程氏得文文山琴》《宫僚雅集杯》《窃图章》《宁安县有金圣叹子孙》《清高宗废后诏书》；"潭东杂识"（娄县沈祥龙约斋）栏目含《万清轩论学书》《刘融斋论学书》《刘融斋之清节》《鲍花潭之学》《孙渠田预知赭寇之乱》《瑞安之孙》《挽刘融斋联》《吴桐云〈小酉腴山馆诗文集〉》《敬业书院钟、杨两山长》《熊纯叔之学行》《仇竹屏》《张篠峰》《沈元咸》《沈挹甫》《华亭王氏三代以诗鸣》《蒋石鹤工画梅》《宋养初殉节》《胡守山之学行政绩》《叶桐君自怡园》《雷研农书法米襄阳》《沈菊庐之风雅》《枫泾诗人》《私谥》《袁太常身后之荣》《袁太常器重施洛笙》；"榕阴谈屑"（闽县林寿图颖叔）栏目含《论闽诗派》《丁雁水幼年诗》《张亨甫推许翁蕙卿诗》《冯弼甫遗诗》《钦臣红叶诗》《林书甫诗》《徐东青诗》《郭有堂〈平台匪纪事诗〉》《赠鬻花者诗》《杂技人能诗》《黄东来工五言诗》《叶芸三〈凉州词〉》《题〈明妃图〉》《苦瓜诗》《章蕴生句》《荔支红》《地瓜》《福州重宴鹿鸣者》《掷〈升官图〉诗》《玉雨山房诗》《林水如佳句》；"蓝水书塾笔记"（闽县何则贤道甫）栏目含《青都观铜钟》《祭酒岭楹联》《月山遗书》《刻苦著述》《叶文忠祠楹联》《万卷楼楹联》《三世提镇》《辛稼轩印》《昆山腔》《吴美人绝命词》；"禊帖集联"栏目含《禊帖集联》（鞠傲轩主）、《禊帖集联》（留芬室主）；"谐著"栏目含《戏迷杂组》（四言韵文）（弢庐）、《戏迷补遗》（弢庐）、《戏迷新趣》（弢庐）。

《文艺杂志》第 11 期刊行。本期"文录"栏目含《〈榕阴谈屑〉叙》（侯官陈衍石遗）、《〈榕阴谈屑〉跋》（侯官丁震威起）、《〈安阳金石目〉例言》（山阴范寿铭鼎卿）、《顾贞献先生〈素心簃集〉跋》（金山高燮时若）、《〈素心簃外编〉跋》（高燮）、《谢慎修〈学文法〉序》（高燮）；"诗录"栏目含《拟意》（集义山句）（常熟徐兆玮少逵）、《江村题壁》（集义山句）（常熟徐兆玮少逵）、《庚戌仲秋，自常德赴镇远，舟行纪游诗十四章》（吴县吴荫培颖芝）、《忆归有作》（李详）、《赠常熟丁秉衡同学》（李详）、《赠梁节庵》（李详）、《寄伯严吏部》（李详）、《赠宜都杨先生守敬》（李详）、《金湜生丈过访未值，敬呈一首》（李详）；"词录"栏目含《忆旧游·将出都门，为翁泽芝之润题〈潞岸钱秋图〉，留别缦仙、义门、琼隐》（曹元忠）、《洞仙歌·题竹垞〈风怀诗〉手稿》（曹元忠）、《清平乐》（曹元忠）、《虞美人·题〈晓妆图〉》（蒙古三多六桥）、《忆萝月·海棠开处对月，倚此以玉箫吹之》（蒙古三多六桥）、《喝火令·题〈倦绣图〉》（蒙古三多六桥)、《点绛唇·吴江道中》(蒙古三多六桥)、《忆江南·有所思》(蒙古三多六桥)、《醉花阴·夜坐》(蒙古三多六桥);"荷香馆琐言"(常熟秉衡居士)栏目含《宫嫔选汉人》《明成祖非马后子》《康熙时御用各物》《黄河长江水皆下清》《奏销案》《风水》《唐僖宗昭雪王涯等诏文》《宋曾极秦淮诗》《借吉》《张文襄挽联》《文昌祠》《金钱顶》;"襟堪墨话"(会稽顾燮光鼎梅)栏目含《记投赠诗联》《挽俞伯琛联》《任香亭〈随缘诗草〉》《诗钟隽句》《韩紫石〈随轺日记〉》;"蓝水书塾笔记"(闽县何则贤道甫)栏目含《黄香塍公车献策》《何金门买婢诗》《阮芸台题古砖诗》《瓦木类之古文字》《史三郎》《箴酒诗》《闽中白马三郎有二》《叶大逸咏古绝句》《虚心无子》《诗有言外远情》《高雨农别墅》《仿鲍明远数诗》《建邑诗人评》《何瞎子》《陈所翁画龙》《王渔洋论定林那子诗》;"娱萱室随笔"(涵秋)栏目含《云间会馆》《扫叶山房》《闲闲录》《有清末次之恤典》《集千字文寿序》;"蓉城闲话"(雷颠)栏目含《张琴舫戒烟诗》《宋映庵比部阿芙蓉诗》。

冒鹤亭与符笑拈(名璋)、陈墨农(名祖绶)等人结社吟咏,扬抉风雅,表章幽潜。冒鹤亭作《和谢康乐永嘉诸山水诗并约笑拈、墨农同作》《再柬笑拈》《和谢康乐永嘉诸诗》《叠视笑拈、墨农韵,自题和谢诗后》等。其中,《和谢康乐永嘉诸山水诗并约笑拈、墨农同作》云:"东坡六十一,始和泉明诗。墨宦年似坡,蜕庵又过之。精力俱未衰,各各工文辞。今春簿书简,汐社依灵祠。两君如云龙,上下相追随。每当一篇成,四座惊纷披。我生不解事,但可食蛤蜊。朅来永嘉郡,颇慕谢客儿。尽和山水作,矱丑忘东施。东坡和泉明,貌合神实离。自谓不愧陶,大言毋乃欺。昔我嗤东坡,今将为坡嗤。世人学工部,谁得骨与皮。兴来姑自遣,奚论妍与媸。乞浆冀得酒,引针宁无磁。我愿为钝椎,请君为利锥。"《再柬笑拈》云:"其年客水绘,作诗至千首。君今客瓯隐,喻才亦八斗。岂有绝伦犟,遇敌反敛手。我诗当催租,勿为防风后。"

梁鼎芬北上,至昆山时,独往千墩谒顾亭林墓,归取墓旁枇杷赠陈伯严,伯严作《节庵独往千墩谒亭林墓,归取墓旁枇杷见饷,赋谢》。诗云:"野服皆枯国变哀,千墩片碣照犟来。天留绝学盟孤愤,看熟枇杷第一回。瘦骨楼栏酒气高,筠篮擎出压蒲桃。应怜一点酸寒味,滴到肝肠酿楚骚。"

李瑞清为王闿运所撰《长沙朱阁学墓碑》书丹并篆额。

曾朴赴北京,与陆凤石、王荃台、张仲仁、赵剑秋等叙谈。

曾习经进城买夏衣,顺道到法源寺,住持释道阶请题诗,有《题〈法源寺饯春图〉》。序云:"一春田居,概无闻见,顷入京买夏衣,法源住持道阶持纸来索诗。始知近日法源有饯春之会。春去顾待饯耶?强书一诗付道阶,所谓随顺世缘者。"诗云:"一岁田居罕入城,顷来羞喜渐忘名。已成经雨孤花泪,持谢呼春百鸟声。闭眼未应迷去住,此心端已废将迎。道师索写新诗句,为问堂头作么生。"

陈宝琛作齐鲁之游，与伊仲平及徐延旭子梧生、榕生兄弟同登泰山。其间，陈宝琛作《登岱，同伊仲平、徐梧生、榕生兄弟》（六首）、《不见明湖近六十年，过济南，同张振卿前辈雨泛饮于湖榭》《过青岛，晤刘幼云属题〈潜楼读书图〉，时欧洲构兵，岛亦戒严》等。其中，《登岱》其一："十龄赋望岳，绝顶老始凌。艰难得休暇，矧挈同心朋。山云不成雨，为我祛炎蒸。循麓晞天门，疑无阶可升。千盘万级上，更有最上层。所历柏松尽，岩岩但石棱。登封迹犹是，人世自谷陵。若为叩真宰？八表来填膺。"其二："劳山经宿处，我来后兼旬。候日喜遇霁，题壁犹轩新。却读檗斋诗，等为听雨人。雨止俯云海，连山白向晨。渐如积雪消，群露矶头皴。欻作泉百道，岩谷纷垂绅。此景世几见，万事有屈伸。"《不见明湖近六十年》云："岱云随车度清济，一雨濯遍明湖荷。伙颐湖舫始何岁？楼观突兀周四阿。小沧浪馆最眼熟，卯角逃学频频过。湖心古亭旧驻跸，诗刻长与光林萝。先臣壁记亦好在，五十五载来摩挲。中间世事凡几变，岂但容鬓悲观河。张翁执手讯宫掖，三岁梦断风中珂。蒲鱼芳鲜足一醉，不饮如此风光何！酒阑月坠忍便去，坐对照槛鳞鳞波。"

吴昌硕为宜生绘《秋晓新篁》图并题。诗云："茅屋四隅幽，新篁看欲活。晓来山雨多，秋烟生一抹。宜生仁兄属写。甲寅夏，吴昌硕。"又，为近藤男爵绘《墨梅图》，并题云："前寒似尧年，双鹤雪中语。为看早梅开，空山独来去。近藤男爵正写。甲寅夏，吴昌硕客沪上。"又，为丁有煜绘《墨梅寿石图》，并题云："怪石饿虎蹲，老梅瘦蛟立。空林我独来，大雪压孤笠。介堂先生雅属。甲寅夏，吴昌硕。"又，为石井绘《崖菊图》，并题云："种菊淡然白，入门无点尘。苍黄能不染，骨相本来真。近海生明月，清谈接晋人。漫持酤酒去，看到岁朝春。石井先生两正。甲寅夏，吴昌硕并题。"

叶德辉在京师作《〈燕兰小谱〉再跋》。

黄节北上京师，过上海，与黄宾虹晤。黄宾虹驰书高燮（吹万）邀叙晤，未果。

王一亭与倪田合作《寒林钟馗图》，吴昌硕题识："不骑骏马不乘舆，雨滴衣裳汗滴须。云树苍茫灯火暗，夜深犹恐鬼挪揄。墨耕写树石，风声萧萧出纸上，一亭缀钟馗，狼狈之态，跃然笔端，皆近时画中圣手也。甲寅五月，吴昌硕题句，时年七十有一。"

连横被聘为清史馆名誉协修。

王光祈夏秋间奔波上海、青岛等地，辗转至北京，觅得清史馆书记员一职，暂为栖止，有诗《寄内》。诗云："万里依人计已非，百年出没寸心违。敢夸秋思如明月，错把春愁诉夕晖。天上浮云终有变，客中残梦不须归。断蓬身世无消息，摇落江头雁又飞。"

王易与王浩结识胡雪抱，并嘱其为《南州二王词》题辞。胡雪抱赋《赠王晓湘、瘦湘昆季并题其词卷》酬之。诗云："入洛年华称此才，联襟耦佩照蒿莱。信翻柳七秦郎曲，疑唤湘灵海若回。秋雨藓痕扪石鼓，夕阳槐影吊金台。新声莫纵穷途哭，会有钧天乐府开。"又，王易因家负过重，本年兼任南昌省立一中、南昌省立二中、心远中学、心远大学、南昌第一女子师范等校教员。

李叔同与南社社友雅集湖上，归后为王海帆赋诗一首并书扇相赠，此即《孤山归寓成小诗书扇贻王海帆先生》。诗云："文字联交谊，相逢有宿缘。社盟称后学，科第亦同年。抚碣伤禾黍，怡情醉管弦。西湖风月好，不慕赤松仙。"

吴宓清华放假归上海，暑假之行多以七律为诗，后结集为《甲寅杂诗》（三十首）。其六："关心国事几纷更，覆雨翻云剧可惊。洛下耆英鸣佩剑，贞元朝士晋公卿。剪余璎珞嫌新样，按取清商理旧筝。千载谁怜王介甫，一编周礼误苍生。"

郭沫若考入东京第一高等学校预科。

钱仲联从苏州常熟县琴南初等小学肄业。

王力在广西博白县高小毕业。因家贫无力升学，在其父新开亿安杂货店打杂，半年后杂货店停业，又学织布，因眼近视未学成，居家自学。

易顺鼎春夏间为袁克文选定诗集《寒云集》。郑逸梅《微芒梦堕录》："洹上袁寒云，为民国四公子之一，惊才艳艳，所作散见于各报章杂志，盖当时主辑者，争相罗致，于是朝脱稿而夕刊行矣。然其少作外间流传绝鲜。予见其甲寅夏所刻之《寒云集》，用朱墨印，凡三卷，而予所见尚缺第二卷。封面乃寒云自书，里页则方尔谦亲笔题一诗云：'人间孤本《寒云集》，初写《黄庭》恰好时。手叠丛残还付与，要君惜取少年时。'下署'无隅'，作行书，绝古逸，前辈手迹，弥觉可珍。颂此诗可知当寒云生前，此集已为残余之孤本，想所印不多，贻赠戚友早罄矣。有闵尔昌题词，篇端为'汉寿易实甫先生选定，项城袁克文学'十五字。"

黄宾虹为陈树人《新画法》单行本撰序。《〈新画法〉序》云："古今学者，事贵善因，亦贵善变。《易》曰：'变则通，通则久。'东瀛画法，传自中土。初摹唐宋院体，后分数家，有土佐家、雪舟家、狩野家，皆为有声艺林，得缋事不传之秘。中国古来名人，唐多居蜀。宋多居汴，至于元明，尤以江浙称盛。然其江湖林壑，物囿见闻，钩斫渲淡，宗分南北，可于善因者深明所守，而善变者会观其通也。今者西学东渐，中华文艺，因亦远输欧亚，为其邦人所研几，唐宋古画，益见宝贵。茫茫世宙，艺术变通，当有非域所可限者。陈君树人，学贯中西，兼精缋事，著《新画法》，梓而行之，诚盛举也。然仆窃有进焉。尝稽世界图画，其历史所载，为因为变，不知凡几迁移。画法常新，而尤不废旧。西人有言：历史者，反复同一之事实。语曰：There is no new thing under sun，即世界无新事物之义。近且沟通欧亚，参澈唐宋，探奇索赜，发扬幽隐，昌明绝艺，可拭目俟矣。上追往古，下启来今。学说之存，垂于久远，陈君此作，虽万古常新可也。古歙黄朴存叙于沪渎。"

陈蘷龙作《夏夜张园观荷示言声》。诗云："城市不知山林幽幽，东坡隽语传千秋。

谁令山林在城市,阛阓声中得佳致。沪渎落落几名园,徐园地小愚园喧。就中味莼最清旷,选胜时止高人轩。溽暑今年逢夏闰,风马猖獗雷车迅。雨后欣逢旧雨来,余滴如答孤桐韵。吾庐却在园之东,信步持筇相过从。入门一笑雾眼豁,紫电掣似朱霞烘。曲池风动波纹漾,瞥见新荷浮水上。薄植几许辱泥涂,不滓如君佩高尚。旧游我忆净业湖,红衣仙子色态殊。酒楼买醉夜归去,后门灯火光模糊。更思清晏风月夕,湛亭一泓花四壁。画舫三更自在香,银汉无声天地白。往事历历如梦里,鸿爪雪泥偶然耳。劫火飞灰曾几时,一卧沧江吾病矣。褐来此地坐绿阴,门外曾无车马音。后夜跳珠留听雨,此时倾盖畅披襟。问名夙为濂溪重,鉴貌只合六郎共。叶裁罗裙藕牵丝,如此风流信殊众。关山萧瑟感离群,后庭花曲不堪闻。临风无限新亭泪,何似亭亭对此君。"

陈三立作《暑夜车栈旁隙地纳凉》(二首)。其一:"夜楼甚甀炊,宁有土囊口。池面万斛凉,乞向新堤柳。"其二:"旧庐邻咫尺,弄月听角处。数尽车中人,袖我海风去。"

沈曾植作《夏日二首》。其一:"榴子红生绽火齐,楂花黄熟轧金泥。瓜庐守作权舆父,竹笑欣同法喜妻。作者邈然山北法,秀才相对海南黎。回风忽洒分龙雨,云阵礧碅隐海堤。"

王舟瑶作《夏日》。诗云:"幸脱衣冠梏,差无溽暑侵。客来时不袜,风至一披襟。箕踞长松下,棋敲修竹阴。鸣蝉闻远树,如鼓空山琴。"

邹永修作《甲寅夏自长沙至宝庆,大雨连日,陆地行舟二首》。其一:"久别高堂梦不休,笋舆冲雨发潭州。洞庭几日成桑海,湘水回澜没稻畴。绿野乌犍供短渡,黄昏白鸟共长游。险涂最是新泥驿,木缶为航侨价留。"

万选斋作《甲寅夏乡俗祷雨纪事》。诗云:"何处哗嚣来,阗然伐钟鼓。仆从塞长途,旌旗拥翠羽。藉问此何为,云祷濯枝雨。旱魃贯缧绁,雷霆并翔舞。倏尔肩舆至,堂堂一邑主。面目既可憎,语言亦无取。俨示敲扑威,竟欲龚黄伍。溯厥种类原,昨宵卧廊庑。茹利肥子孙,焉不愧后土。愿念旱为灾,毋乃我罪罟。援例乞甘霖,庶几天泽溥。"

李鸿祥作《夏奉调入都述职,留别省府僚属》。诗云:"西南开府已经年,敢说勤劳暂息肩。持节一方惭报政,登楼万里苦筹边。愧无膏泽苏民困,剩有清风抵俸钱。业业兢兢期上理,端由佐治得诸贤。"

董伯度作《消夏杂诗》(四首)。其一:"瑟瑟寒风来,漠漠浮云合。罗衣生微凉,破梦两声急。推窗不逢人,高柳蝉相答。"其二:"隔岁齐纨扇,时至重相见。摇向水轩前,日午不知汗。帘卷添清香,荷花开半面。"其四:"独把奇文赏,思古生遐想。谢客门常关,庭虚罢众响。举头望长空,松顶月初上。"

赵圻年作《纳凉》《长夏偶成》。其中，《纳凉》云："暑夜憎明灯，中庭数白露。盆荷犹未花，叶叶清香吐。雨歇百虫吟，月出群花素。微汗收轻絺，凉飔动邻树。朱明正秉权，清商已潜预。庭小花木繁，无隙支卧具。入室若釜甑，蚊蝱喜纷赴。自经离乱后，少眠夜恒寤。露坐独裁诗，直待繁星曙。"

吕思勉作《消夏杂咏》（四首，含《竹径》《松寮》《蕉窗》《桐院》）。其中，《竹径》云："翠筱娟娟映碧渠，萧闲颇类野人居。清声自爱风来后，幽韵还宜雨过余。解笑何缘知味苦，消炎原只要心虚。渭川千亩非吾愿，三益相期共此庐。"《松寮》云："老干虬枝欲化龙，阶前犹自郁青葱。支离莫笑年来甚，触热何曾与世同。碎影每疑云在地，涛声不辨雨当空。清凉已足教吾健，岂待严寒识此公。"

刘绍宽作《甲寅长夏独游曾氏园亭感赋有序》。序云："余岁乙巳以学务从事永嘉，同人聚首赓联七载，公暇选胜，常于曾氏园亭登陟眺览。陵谷变迁，旧游星散，栖迟鞅掌，升沉判如。兹涉长夏，辟掾乐城，独游来兹，俯仰今昨，年华弹指，悲泪满怀，非惟兹园兴废，足供凭吊而已。"诗云："酷暑行无地，来游曾氏园。空堂饥鼠出，高柳乱蝉喧。萍梗悲吟侣，山邱吊古魂。十年游宴地，陈迹不胜论。"

江子愚作《夏日郊游》。诗云："古寺钟鸣烟景微，横斜村路行人希。竹林深处鸟俱懒，溪水浑时鱼正肥。远岫多情胜熟客，凉风着意吹生衣。黄农虞夏不可即，日暮长歌怀采薇。"

基生兰作《甲寅夏，车观察离任，余遂辞教育科长之职，时观察雅意保荐，而余决意告退，因赋诗以明志》。诗云："少壮不如人，年华已强仕。世变值沧桑，伏处在田里。忽逢车使君，礼贤又下士。不弃樗栎材，邀入莲幕里。滥竽经数月，感恩叹知己。车公忽罢官，匆匆检行李。政告新令尹，说项犹未已。鲰生虽贫穷，要以有廉耻。大《易》言见几，《老子》言知止。若效马恋栈，恐为识者鄙。"

金宗曜作《甲寅夏修言子墓，用谢知事韵》。诗云："文学开吴会，先贤道自尊。墨香留井在，灵气共山存。草去人遵路，松高月琐门。彬彬虞麓士，礼教快同论。"

赖雨若作《甲寅夏与黄德国君一同摄影自题》（在东京）。诗云："同是东都一旅身，萤窗雪案喜相亲。茫茫尘世知音少，报志人怜立志人。"

孙介眉作《赴盛宅购书》。诗云："官渡买轻舟，逆波驶上流。枻鼓银花溅，浪珠飞面头。风清襟袖爽，喜不为石尤。北郭市声杂，南村景寂幽。柳岸绿阴里，仿佛世外游。招引入书屋，触目转生愁。万卷宜子弟，子弟不珍收。晋帖与宋版，蠹食和鼠偷。太息收藏者，徒遗栋汗牛。检阅尘中籍，残缺不可求。歊嘘舍此出，友家款客留。杀鸡蒸玉蜀，酌酒洗俗忧。白山红日下，归棹第一楼。"

[日]田边华作《夏日漫兴》。诗云："疎蝉鸣歇夕阳迟，睡起藤床校书诗。唤取清风不盈尺，当阶修竹自离披。"

[日] 关泽清修作《芝城山馆消夏雅集，次青萍贵爵诗韵》。诗云："嘉宾满座尽知名，翰墨风流一夕迎。移榻树阴凉划地，泉声灯影绕山棚。"

[日] 森川竹磎作《夏夜病中口占》（二首）。其一："华月当轩夜不凉，卧看个个羽虫扬。绝无气力诗情苦，争奈炎炎毒我肠。"其二："云母窗棂月影穿，夜深移过枕函边。一盆茉莉香加水，依约新凉特地牵。"

七　月

1 日　政事堂礼制馆开馆，延聘通儒，分类编辑吉、凶、军、嘉、宾五礼礼制。《礼制馆之人物新志》："政事堂附设之礼制馆业经开馆，馆长之下设提调、副提调、总编纂、副编纂外，又添聘顾问三十五人，每省各点二人，大体已拟定，日内即分别聘请。……该馆馆长由国务卿徐菊人兼任，馆长之下设正提调一人、副提调二人。正提调为郭则沄，副提调为曹炳章、陈毅。提调之下，总编纂一人，充其任者为江瀚。编纂二十四人，为姚华、胡元玉、曹元弼、王黻炜、蔡宝善、于宝轩、陶彦绪、王志曾、罗惇曧、陈懋鼎、赵衡、陶毅、聂宝琛、孙必振、陈绍祖、夏曾佑、桑宣、刘文瀚、胡骏、林志钧、韦绍泉、程世经、田步蟾、李佽。此外设五礼主任五人，计吉礼主任编纂董瑞椿，凶礼主任编纂胡玉缙，军礼主任编纂贾耕，宾礼主任编纂陈阊，嘉礼主任编纂汪东宝。"（《申报》1914 年 7 月 17 日）

《申报》第 14867 号刊行。本期《自由谈》"尊闻阁词选"栏目含《观〈空谷兰〉新剧》（三首，天白）、《赠询菉斋主人二首》（南湖东游草）；"了青追悼会"栏目含《挽徐了青》（金世祁）、《挽徐了青先生》（抱璞）、《挽徐了青先生》（铁农）、《挽徐了青先生》（江宁李采菱女士）、《挽徐了青先生》（息游）、《挽了青先生》（淮南秦寄尘）、《挽徐了青先生》（严枕石）、《挽了青先生》（严枕石）。

《中国实业杂志》第 5 年第 7 期刊行。本期"文苑"栏目含《题工藤翁寿像》（廙庵）、《东亚社汉诗会招饮于星冈茶寮，即席赋赠》（廙庵）、《自题造像赠友》（廙庵）、《次耐盦韵》（廙庵）、《叠前韵寄感》（廙庵）、《又次耐盦韵》（廙庵）、《次言笠夫同年韵》（廙庵）、《次萧培荄韵》（即留别）（廙庵）、《次侗衡韵并赠》（廙庵）、《游箱根，用廙盦韵》（李文权）、《杂感，用前韵》（李文权）、《和前作》（廙庵）。

《新剧杂志》第 2 期刊行。本期"艺府·文"栏目含《许豪士自京致本杂志同人函》（子美）、《讯亚子》（子美）、《致某君书》（雨苍）、《〈子美集〉序》（朴庵）、《与柳亚子书》（杏痴）；"艺府·诗"栏目含《兰皋有梅陆合集之辑，书来索题，率成四绝应之》（亚子）、《再题兰皋所编〈陆子美集〉四首》（亚子）、《别子美一载矣，偶检旧时摄影，感题两绝，驰寄豹军俾并付镂铜，弁诸集首，时甲寅立夏前一夕》（亚子）、《亚子编《子美集》竟，属题词，为书二绝》（檗子）、《题〈子美集〉示亚子》（寄尘）、《题化佛六影》（冀公）、《题〈子美集〉》（冶公）、《亚子将刊〈子美集〉，书来索题，百无聊赖中集唐人句成四绝酬之》（可生）、《观〈落花梦〉》（咏黄）、《观〈落花梦〉有感即寄楚伧》（剑痴）、《题〈子美集〉为亚子作》（人菊）、《顾君无为嘱题其石达开化装小影，率成四绝》（瘦月）、《题无为先生化装石达开小影》（秋心女士）、《题〈子美集〉》（心安）、《题子美》（汪少荣）、《为〈子美集〉作》（小凤）；"艺府·词"栏目含《摸鱼子·亚子有〈子美集〉之辑，书来索题，为赋此解》（蕈农）、《双红豆·亚子既刊〈春航集〉，复以〈子美集〉索题，率成一阕》（剑华）、《玉楼春·题〈子美集〉为亚子作》（倦鹤）、《满江红·观〈落花梦〉赠优游》（倦鹤）、《高阳台·题〈子美集〉》（鹓雏）、《清平乐·题〈子美集〉》（一厂）、《满江红·观演〈落花梦〉，即赠无恐、优游并示小凤》（檗子）、《满江红·〈落花梦〉可歌可泣，优游之慧君有天人之誉，惜余缘悭，不获领略，因倚此赠之，并寄小凤》（公展）、《一剪梅·〈子美集〉题词》（唐养侯）。

2日 《申报》第14868号刊行。本期《自由谈》"尊闻阁词选"栏目含《游松方侯家园，侯今年正八十，以诗为寿二首》（南湖东游草）；"了青追悼会"栏目含《挽徐了青先生》（桂香室主吴均一）、《挽了青姻兄》（桂臣）、《挽了青姊丈》（沈吉仁）。

王闿运作《夜饮荣仲华园亭，设茶瓜，感作》。诗云："丞相新居近禁垣，当年枥马夜常喧。宫衣一品三朝贵，幕府群英六部尊。调护无惭狄仁杰，池亭今似奉诚园。祇应遗恨持矛使，重对茶瓜感梦痕（诏攻使馆，文忠令放空炮，别使送瓜通问。故败）。"后刊载于《大中华》杂志第1卷第12期，又见《船山学报》第10期。

3日 《申报》第14869号刊行。本期《自由谈》"了青追悼会"栏目含《诗挽徐了青先生，步严子曾原韵》（休宁潜庐）、《其二》（休宁潜庐）、《挽徐了青先生》（仁后）。

郑孝胥复林纾书，书云："《谒陵图记》拜读，悲怆不已，辄题一诗奉呈。古者，忠臣孝子常耻于自言，不忍以性情不幸之事稍涉于近名故也。兄虽忠烈，亦宜试味此言。人生大节，且待他人论之可矣。胥甚恶国人之不义，又叹士大夫名节扫地，不能使流俗有所忌惮。生于今日，洁身没世已恐不易，何暇与时人辨是非乎？兄如以我为偏，幸有以正之。"

4日 《申报》第14870号刊行。本期《自由谈》"游戏文章"栏目含《戏题瓶甏罐头斋七绝八章》（诗隐）、《新唐诗》（三首，鹤超）；"栩园诗选"栏目含《读〈玉梨魂〉咏梨娘》（拜花）、《咏筠倩》（拜花）、《惜别》（拜花）、《桃源》（周古愚）；"了青追悼会"栏目含《挽徐了青先生诗》（二首，孙慕仙）、《挽徐了青先生联》（曲阳公愚）、《挽了青先生》（杨瘦鹤）、《其二》（杨瘦鹤）、《挽徐了青先生》（许钟秀）。

魏清德《贺适园主人李君四十初度》《慰子瑜仁兄丧偶》发表于《台湾日日新

报》。其中,《贺适园主人李君四十初度》云:"初度君方四十秋,不须叹逝自搔头。遥知醉后称翁说,定有新诗赠沈逌。"

5日 《申报》第 14871 号刊行。本期《自由谈》"栩园词选"栏目含《竹西军中曲》(四首,赓云)、《客里》(东园)、《竹西杂咏》(五首,东园)、《日晖港舟次》(东园)、《春日偶成》(东园)、《陈嵯尹去伍祐》(三首,东园)、《碧桃》(东园);"了青追悼会"栏目含《挽了青先生二首》(野民)、《挽了青先生》(徐枕亚)。

荣庆为成子蕃题四绝。其一:"绮年曾赋陇头梅,官阁红薇烂熳开。学礼余闲诗句富,满囊珠玉载归来。"其二:"入洛陆机最有名,郎潜十载一儒生。豸冠著后风裁峻,鸰鹭班中鹭鸶鸣。"其三:"双旌五马莅夔州,绾钥长江万里流。一自洪涛成幻影,半生心事付扁舟。"其四:"梦醒黄粱已几春,山陬水涘剩闲身。丁沽同作烟波客,何幸诗家尽结邻。"

6日 《申报》第 14872 号刊行。本期《自由谈》"诗选"栏目含《落梅》(四首,东园)、《翁州即事》(二首,何许人)、《采石歌》(二首,李生)、《题〈杨妃簪花图〉》(二首,寄尘)、《题〈杨妃醉酒图〉》(二首,寄尘);"了青追悼会"栏目含《哭了青先生》(三首,鼎昌)。

吴昌硕为长尾雨山绘《墨梅图》,并题云:"鳌身映天水奔赴,天上尾星欲东渡。沪渎结邻坐三载,数典谈诗时却步。羡君风格齐晋唐,书法道劲张钟王。意造不学东坡狂,奇石苍寒索我画。补其虚壁状其介,未许袍笏颠翁拜。颠翁不拜石点头,藏古满屋书满楼。侧身似欲随校雠,乾坤颎洞变益大。有国可归真可贺,嗟我茅屋西风破。赠无长物诗难成,佐以画梅君性情。君无忆我君且行,老眼只盼天下平。长尾先生归国有日矣,写此持赠,即乞两正。甲寅闰五月几望,安吉吴昌硕,时年七十有一。"又,题王震《僧服自画像》云:"劳劳亭子倚斜曛,取柱由强早识君。佛即是心心即佛,东坡无碍伴朝云。苦行头陀为善不倦,交友弥笃。予尝与之谈画,未敢与之谈禅也。偶题二十八字,钝根人语言无味,头陀微笑,我亦拈华。甲寅闰五月几望,同客海上,安吉吴昌硕,时年七十有一。"

瞿鸿禨作《闰五月十四日,为汪渊若六十有九生辰,诗以寿之》。诗云:"凉入荷花闰五天,藕香益节大如船。孟尝览揆才旬日,伯玉知非又廿年。世外逸民云外鹤,书中巨擘饮中仙。商山园绮从来健,自有长春种寿泉。"

7日 《申报》第 14873 号刊行。本期《自由谈》"诗选"栏目含《杂感》(九首,栩栩楼主)、《调癯鹤并寄梦庐》(六首,天放)、《庚戌季夏,偕同酒丐、野枘、樵云城西别墅观荷》(□香);"了青追悼会"栏目含《挽徐了青君,用弭似和严子曾韵,录呈钝根先生》(二首,东海家僧稿)。

张震轩作《送莫叔未(章达)》《送张次缪(侯佐)》。其中,《送莫叔未(章达)》云:

"三十功名尚黑头，专城百里拥鸣驺。栖同鸾棘才难展，禁净瑶花赏未酬。官阁余闲规古迹，民情不扰肯舆讴。匆匆一载棠阴过，路看攀辕我亦愁。"《送张次缪（侯佐）》云："衰年渐觉鬓如丝，好友相逢乐不支。琴以知音留妙谱，鸟因恋旧又回枝。材惭樗栎身甘隐，味契苔岑志勿移。一自河梁重赋别，云龙何日快追随。"

金鹤翔作《鹊桥仙（安榴红过）》（新七夕即甲寅闰五月十五也）。词云："安榴红过，秋葵绿未。意外佳期珍贵。千年成约怎生拘，试停织、且留残纬。　　岁华乍换，相思早慰。却省许多珠泪。两情那不感新恩，恐神女、无心误事。"

林苍作《闰月十五夜书所见》。诗云："疾风驱云不成雨，月轮不动出复没。云过风定雨却来，兀坐雨中好看月。天公用意信难测，风云雨月同时发。家人无语一肃然，而我对之殊咄咄。近今人事类如此，见惯无为病唐突。眼前情景且抛开，睡去醒来恍兮惚。"

8 日　孙中山在日本东京举行中华革命党成立大会并公布宣言，"以扫除专制政治，建设完全民国为目的"，力主武装讨袁。成立中华革命军，分别在上海组建中华革命军东南军、青岛为东北军、广州为西南军、陕西为西北军。中山先生指令陈其美、居正、胡汉民、于右任分别负责上述各军。于右任负责在陕西三原组建中华革命军西北军。他在上海密派同志潜入陕西，输送军火并联络陕西革命党人积极准备。其间于右任冒死北上北京筹措军费。有诗《与友人过天安门》记之。诗云："我亦徘徊不忍行，黄尘清水若为情。天安门外花凄艳，肠断词人认马缨。"

《申报》第 14874 号刊行。本期《自由谈》"诗选"栏目含《吊真娘墓》（涤生）、《重过瓜州》（豁公）、《茸城感事》（白生）、《楞严写本由中州先生呈进天皇、皇后御览，以诗报芝瑛一首》（白生）、《山斋杂咏》（二首，啸霞山人）；"了青追悼会"栏目含《挽徐了青先生》（槎槎）、《又》（非柳）。

9 日　《申报》第 14875 号刊行。本期《自由谈》"诗选"栏目含《读〈桃花扇〉杂感》（四首，高洁）、《读〈青萍诗存〉，赋呈末松子爵》（南湖）、《集古二首，题王阳明字册，赠中洲先生》（二首，南湖）；"词选"栏目含《鹤墅八景词》（许瘦蝶）；"了青追悼会"栏目含《挽了青先生联》（青浦徐公辅）、《挽了青》（武林武痴石）、《挽徐了青先生》（爱菊轩主谢叔端）、《挽徐了青》（二首，扬州蓝剑隐）、《挽徐了青先生诗》（二首，啸霞山人）、《挽徐了青君》（剑秋）。

10 日　《申报》第 14876 号刊行。本期《自由谈》"诗选"栏目含《世乱日深，避居何所，读陶渊明〈桃花源记〉及其诗句，感而赋此》（淮南秦粤生）、《杂感》（淮南秦粤生）、《癸丑春日感赋》（淮南秦粤生）、《忆柳》（梦庐）；"词选"栏目含《明月逐人来·龙桥步月》（许瘦蝶）、《定风波·鹤湾观潮》（许瘦蝶）、《风入松·清风楼阁》（许瘦蝶）；"了青追悼会"栏目含《挽了青先生》（二首，竺山樵隐）、《挽徐了青先生》（宝山甘元桢)。

《甲寅》第1卷第3号刊行。本期"通讯"栏目含《复旧二首》(詹瘦盦、韩伯思)、《新约法二首》(朱芰裳、顾一得)、《孔教五首》(张尔田、梁士贤)、《民国之祢衡二首》(高吾寒、高一涵);"诗录"栏目含《寄杜翰藩诗笠》(吴之英)、《寄张祥龄子馥》(吴之英)、《买书行》(叶德辉)、《杭州酷暑寄怀刘三、沈二》(陈仲)、《咏鹤》(陈仲)、《游韬光》(陈仲)、《游虎跑二首》(陈仲)、《灵隐寺前》(陈仲)、《雪中偕友人游吴山》(陈仲)、《即席次季明韵》(桂念祖)、《促织》(桂念祖)、《见韵笛、圆成倡和二作,不觉兴动,聊复效之,次原韵》(桂念祖)、《感旧,用季明韵》(桂念祖)、《次韵酬程展平》(二首,桂念祖)、《西巡发大理日作》(赵藩)、《据鞍》(赵藩)、《兰津渡谒诸葛忠武祠》(赵藩)、《越高黎贡山,渡龙川江入腾冲,再赠印泉》(赵藩)、《偕印泉游卢凝庵及铁峰庵即事有作》(杨琼)、《癸丑冬日感怀八章》(甓勤斋)、《甲寅春暮感事八首》(海外虬髯)、《北行杂诗之一》(杨守仁)、《辛丑岁暮题俪鸿小影》(三首,杨守仁)、《步华生先生韵》(杨守仁)、《原诗》(杨昌济)、《游利赤蒙公园 Richmond Park》(杨昌济)、《奉和陈君兼呈许子》(舒闰祥)、《送杨君重浮沅湘》(二首,舒闰祥)、《横塘口占》(舒闰祥)、《访阮一衲墓》(邓萩孙)、《赠常季》(二首,邓萩孙)、《得常季书》(邓萩孙)、《寄曼殊》(邓萩孙)、《寄赠蒋惠琴》(二首,邓萩孙)、《展帖》(邓萩孙)。其中,陈独秀(陈仲)《灵隐寺前》云:"垂柳飞花村路香,酒旗风暖少年狂。桥头日系青骢马,惆怅当年萧九娘。"《雪中偕友人登吴山》云:"春寒一夜雪,绕郡千山白。凄风敛微和,城郭暗朝赤。相期素心人,寒空荡胸臆。登高失川原,乾坤莽一色。骋心穷俯仰,万象眼中寂。屋瓦白如沙,层城没寒碛。缤纷蔽远峰,冷色空林积。冻鸟西北来,下啄枯枝食。感尔饥寒心,四顾天地窄。紫阳踞我前,积素明峭石。上有鹿皮翁,浩歌清涧壁。饥来啮坚冰,荒岩坐晨夕。不笑复不悲,雪上数人迹。炎威灭千春,忍令肤寸磔。"《杭州酷暑寄怀刘三、沈二》云:"病起客愁新,心枯日景沦。有天留巨眚,无地着孤身。大火流金铁,微云皱石鳞。清凉诗思苦,相忆两三人。"《咏鹤》云:"本有冲天志,飘摇湖海间。偶然憩城郭,犹自绝追攀。寒影背人瘦,孤云共往还。道逢王子晋,早晚向三山。"

《民口》杂志第1卷第5号刊行。本期"文苑"栏目含《遣闷》(病鹤)、《步熙夷友〈寄怀〉原韵并志感》(病鹤)、《夜中听琴口占》(病鹤)、《闻伍君汉持遭惨戮于津门,诗以哭之》(狂奴)、《前题》(励挺)、《李君啸岛在南宁以二次革命嫌疑被害,时余客美洲,哭之以诗四首》(醴馨)、《皎洁行》(亢虎)、《端阳赠友二首》(健父)。

《民国》第1年第3号刊行。本期"文艺"栏目含《词征(未完)》(禹麓张德瀛纂)、《拟编纂文学通史例言(未完)》(文史)、《王渔洋精华录有〈读《三国志》咏史〉小乐府二十四首,因广其意,续作二十四首》(录十四首)(锡门)、《三峡歌》(山父)、

《节日归山作》（山父）、《示萧十二》（沙门曼殊）、《英吉利女郎赠〈师梨遗集〉》（沙门曼殊）、《孤灯》（沙门曼殊）、《颍颍赤墙靡（Ared，Red Rose-Burns）》（沙门曼殊）、《答美人赠束发虦带诗（Byron To a Lady）》（沙门曼殊）、《偶成》（沙门曼殊）、《读周干丞赠某女史〈春怀〉四律并吴绥卿和章有感，戏为某女史答之，并和原韵》（庚戌客鸡林）（微尘）、《贺新凉·夜坐白氏园，烛光荧荧，花影如雾，河汉初转，闻秋蛩声唧唧篱落间，愀然不怡，因成此阕》（采珊）、《内家娇·杂言》（采珊）、《金缕曲·燕京怀古》（采珊）、《水调歌头·三月三十日登陶然亭感而有作》（采珊）、《前调·酒后漫笔》（采珊）、《戚氏·珠江送春》（采珊）。《偶成》乃苏曼殊诗作，后载于 1915 年 3 月《南社》第 13 集。序云："汽车中隔坐女郎，言其妹氏怀仁仗义，年仅十三，乘摩多车冒风而殁，余怜而慰之，并示湘痕、阿可。"诗云："人间花草太匆匆，春未残时花已空。自是神仙沦小谪，不须惆怅忆芳容。"

《雅言》第 7 期刊行。本期"文艺·诗录"栏目含《髹春集（未完）》（李介立）、《逃虚子诗集（续）》（明代姚广孝）、《汉鼍生诗钞（续）》（赵怡）、《独弦集（续第五期）》（黄侃）、《北征咏史（续）》（康邝）、《澄碧廎诗存》（剑心）；"文艺·词录"栏目含《和南唐后主词（未完）》（黄侃、汪东）、《纫秋词选》（佚名）；"文艺·诗钟"栏目含《江上残钟集（续第五期）》（原人辑）。

11 日　《申报》第 14877 号刊行。本期《自由谈》"诗选"栏目含《癸丑感赋四十韵》（寄尘）、《小窗》（四首，杜悲吾）、《渡乌江》（临川刘合安）、《过南河》（临川刘合安）、《登江阴望海楼》（临川刘合安）、《过金台》（临川刘合安）；"词选"栏目含《行香子·香水池塘》（许瘦蝶）、《千秋岁·野庵乔木》（许瘦蝶）；"了青追悼会"栏目含《挽徐了青砚兄》（乔庆琪）。

12 日　《五铜圆》（周刊）在上海创刊，本年 12 月停刊。吴双热等编辑。设有"或曰放焉""说苑新声""阿要热昏""骚坛倒运""鸡零狗碎"5 栏，以 5 铜元 1 册，故为刊名。

《申报》第 14878 号刊行。本期《自由谈》"诗选"栏目含《枯木》（拜花）、《寄怀天虚我生》（拜花）、《春感一律，寄示瘦兰》（高剑痴）、《送邵次珊之日本》（漱岩）、《赠徐公孟》（漱岩）；"词选"栏目含《解佩令·古墓残碑》《青玉案·南苑秋光》《洞仙歌·西村古桂》；"了青追悼会"栏目含《挽了青先生，步竺山樵隐韵》（二首，休宁华魂）、《步前韵》（二首，瘦鸿）、《再哭了青》（豁盦）、《挽了青先生》（殷梦尘）。

林朝崧作《飓风后作》。诗云："甲寅闰五月，二十日巳刻。大风西北至，窗户震相击。我时病在床，强起视天色。妖云满空飞，怪雾四山幂。入夜雨又来，连朝风不息。吹山作平地，倒海泻沐霂。世情久混浊，天欲一洗涤。不然何态睢，信宿才敛迹。我家夹双溪，开户闻瀄瀄。试登墙头望，涨起十余尺。情知临溪田，多半成大泽。悔不学苏秦，游说遍六国。苦恋此二顷，如今竟何益。况乃南溪近，直欲占吾宅。薄晚尤可危，四顾皆昏黑。水势知若何，吉凶两难测。姬人谋欲遁，摒挡颇劳剧。包裹钗与珥，并我破书册。一任其所为，实告恐相吓。逃难谁暇携，枉费忙永夕。北溪水更大，走路况难觅。南北若交攻，我家付河伯。卜居一不慎，遗害至此极。我自致途穷，鸣呼欲谁责。薄命轻险艰，到此岂复惕。怦怦虽稍动，默默旋自抑。高声唤仆僮，阶渠速梳刷。庭潦入吾庐，使我不能食。荷锄冲雨风，眼闭鼻为塞。伤心给以洒，解其寒气迫。执劳虽汝职，性命且湏惜。纷纷墙壁坏，崩裂声动魄。铁缆系屋牢，差喜未倾侧。全家免雨立，沦胥死亦得。群儿不识忧，满室乱跳踯。叫怒索果饵，谁能即嗔斥。存亡呼吸间，人我共艰厄。海疆弹丸地，民生糠籺窄。正逢力役兴，又值赋税亟。虽无旱潦忧，挹注尚无策。降此滔天灾，天乎岂保赤。平生悲悯情，此际填胸臆。持以语妻孥，渠辈苦未识。悠悠三日间，如一大劫历。今朝水半退，风停雨微滴。家人喜更生，已免毙压溺。整葺破坏余，饿死非所戚。所愧听哀鸿，而无施济力。海天岁多飓，水利未筹画。更恐好田庐，频注龙宫籍。愿陈穷者言，敬告当途客。"

13日 菽庄钟社第七集揭晓，并拈第八集钟题《藕节，合咏格嵌米字》(不犯题字)，限本月20日交齐，27日发唱。

《申报》第14879号刊行。本期《自由谈》"了青追悼会"栏目含《挽徐君了青》(剑邑李奎馨)。

14日 《申报》第14880号刊行。本期《自由谈》"诗选"栏目含《春燕》(李幼云)、《狼氛》(李幼云)、《颐和园鬻游券歌》(江州闇园主人)；"词选"栏目含《蝶恋花·怀人》(夕阳)、《台城路·重九东园招饮，醉后登高，感赋此解》(松生)、《如梦令(恐外花枝摇动)》(松生)、《明月引·赵白云初赋此词，以为自度腔，实即〈梅花引〉也。岁庚寅，有断弦之感，因倚之写愁，于今二十年矣，从破簏中检出，重就蝶仙拍正》(东园)；"了青追悼会"栏目含《挽徐了青老友诗》(四首，余姚谢若虚)。

王闿运作《过信阳感旧游，口号一绝》。诗云："马头又见汝南山，春早还应胜夏残。谁道朱、冯空富贵，不如陈、蔡及门班。"

15日 《申报》第14881号刊行。本期《自由谈》"诗选"栏目含《遣闷》(人寿庐主)、《和蒋德华君〈解检察厅任瓢城留别〉原韵》(二首，程松生)、《王煦翁南厅落成，赠以小诗》(程松生)、《闺情》(畹兰)、《无题》(真州赵二)、《城西即景》(三首，夕阳)；"词选"栏目含《醉花阴·春暮》(五首，东园)、《临江仙(杜老伤时庚子哭)》(饭牛)；"了青追悼会"栏目含《挽了青先生》(南强)、《挽徐了青先生》(汪易安)。

《民权素》第2集刊行。本集"艺林·诗"栏目含《次茧叟〈对月〉》(四首，樊山)、《谢惠闽荔》(樊山)、《对月》(四首，茧叟)、《七十自度》(四首，绳中)、《偶感》(二首，陈干)、《荒山》(陈干)、《宝刀》(陈干)、《徐郡晚眺》(陈干)、《天津别友》(陈干)、《中秋月蚀既》（檗子）、《重九感昔游有怀李髯隐伯》（味芩）、《登楼有感》（万里）、《拟玉溪和曼殊》（二首，楚伧）、《厉鬼》（楚伧）、《赠亮工》（四首，周浩）、《南京陷后得家书》（匪石）、《有赠，集定庵句》（十首，悼秋）、《村居》（天然）、《秋日忆啸峰》（天然）、《卜居云间》（三首，豁盦）、《二十感怀》（四首，问天）、《偶感》（二首，秋梦）、《拟〈出塞〉二章》（南村）、《赠孟硕》（懒僧）、《香草诗》（四首，松朋）、《采石矶怀古》（别抱）、《哭夫》（六首，陆陈机）、《秋山晚眺》（二首，剑慧）、《谒岳王庙》（顾三）、《哭沈佑支》（顾三）、《客夜，次钟荫韵》（赣民）、《梦游太湖》（赣民）、《无题》（四首，梅子）、《吊张力》（昂孙）、《柳絮》（箬超）；"艺林·词"栏目含《菩萨蛮·集定盦句》（蘖儿）、《浪淘沙·集定盦句》（遇春）、《浪淘沙·集定盦句》（伯华）、《蝶恋花·集定盦句》（了公）、《念奴娇·〈曼陀罗馆图〉题词》（垂钓客）、《蝶恋花·前意》（垂钓客）、《十六字令·感怀》（梦轩）、《南歌子·七夕》（梦轩）、《金缕曲·赠冯春航》（剑华）、《相见欢·忆远》（万里）、《离亭燕·前意》（万里）、《水调歌头·依韵和檗子并题其〈玉玲珑馆词集〉》（匪石）、《一剪梅·闺中即事》（恫百）、《满江红·有感》（骞公）、《鹧鸪天·秋夜》（骞公）、《摸鱼儿·饯秋》（悔余）、《青玉案·有寄》（秋梦）、《蝶恋花·前意》（秋梦）、《念奴娇·和〈断肠词〉》（雪影）、《踏莎行·杂感》（天放）、《小重山·前意》（天放）、《相见欢·别季英》（泣花）、《忆秦娥·和〈断肠词〉》（味芩）、《浣溪沙·前意》（味芩）、《忆王孙·西湖放棹》（二首，箬超）；"诗话"栏目含《绮霞轩诗话》（续第一集）（秋梦）、《摅怀斋诗话》（续第一集）（南村）、《清芬室诗话》（竺仙）。

《妇女时报》第14期刊行。本期诗词含《清芬集》：《杂感》（佚名）、《剪发》（佚名）、《剪发后偶有所感，再赋一律》（用儿字韵）（佚名）、《自剪发后辜负晨花，再赋一绝》（即拈花字为韵）（佚名）、《雨感》（破浪）、《惜花》（破浪）、《春恨》（破浪）、《消夏六首》（浣青）、《野花》（浣青）、《秋色》（浣青）、《秋近》（黄婉仪）、《送别》（黄婉仪）、《秋近》（黄肃仪）、《咏水仙花》（七首，邱韵香）。

16日 《申报》第14882号刊行。本期《自由谈》"了青追悼会"栏目含《挽了青先生》（二首，二如）、《又》（二首，二如）、《悼徐了青君》（绍兴蒋包康）、《挽徐了青先生》（梦蝶）、《又》（梦蝶）。

17日 《申报》第14883号刊行。本期《自由谈》"诗选"栏目含《柳线》（蝶雨）、《柳带》（蝶雨）、《赠友》（蝶雨）、《寄卜仲咸》（黄诗汝）、《思归，叠慕樵韵》（黄诗汝）、《赠马慕樵》（黄诗汝）、《忆旧》（想园）、《湖畔吟，用联珠体》（二首，想园）、《答胡绿琴文》（想园）、《回文》（程习鹏）、《答吉文伯题余所谱〈维多利亚花〉传奇四诗》（东园）、《欲东行，为雨所阻》（二首，东园）、《和陈植之〈惜花吟〉次韵》（东园）。

18日 《申报》第14884号刊行。本期《自由谈》"诗选"栏目含《燕歌行》（东园）、《送友赴金陵》（东园）、《和智亭苏〈三烈士哀词〉之韵》（东园）、《寿陆闰生公使》

（南湖）、《近藤男爵席上之作，香国、惺堂皆有和章，再叠前韵奉酬》（南湖）、《三叠前韵示近藤廉平》（南湖）。

19日 《申报》第14885号刊行。本期《自由谈》"诗选"栏目含《琵琶》（四首，程习鹏）、《赠诸友从军》（二首，程习鹏）、《酒旗，与赵二分咏》（程习鹏）、《警志兼箴近日一般盗名欺世、放诞浮夸学子》（三首，啸霞）；"词选"栏目含《江南好》（东园）、《归自遥·野枬自燕云晋豫归，中原文献征稿必多，将来新乐府不知添多少资料》（东园）、《看花回·寄野枬甲江，用柳耆卿韵》（二首，东园）、《沁园春·述淮东之灾象》（东园）；"了青追悼会"栏目含《挽了青先生》（天白）、《挽徐了青先生》（天台刘介玉）、《挽表兄了青业师》（史少家）。

20日 《学生》（月刊）创刊。创刊号"文苑"栏目含《旅行普陀山记》（江苏省立第二师范学校学生丁传商）、《记天下第二泉》（无锡竞志女学校高四年生江应麟）、《中秋日百步桥观潮记》（上海徐汇公学甲班生谢寿昌）、《拟暑假后销夏记》（江苏省立第七师范预科补习科韩维张）、《送讲习科诸同学毕业旋里序》（江苏省立第七师范预科学生孙伯琳）、《游金山记》（江苏省立第六中学校四年生束章庆）、《范蠡赞》（浙江第二中学校学生吴怒熛）、《清明书怀》（北京清华学校陀曼）、《观同学演〈古华镜〉剧即席口占》（前人）、《杨柳词》（北京清华学校其伟）、《酒泉子春景》（北京清华学校其伟）、《火牛入燕垒歌》（附作者小照）（江苏省立第九中学校一年级生顾思明）、《饭牛行》（上海爱国女学校国文专修科学生马宗文）、《之江旅行杂咏》（江苏第一师范学校学生魏寿铺）、《夜读》（南通农业学校甲班一年生刁伯洲）、《灯花》（南通农业学校甲班一年生刁伯洲）、《蒲剑》（南通农业学校甲班一年生刁伯洲）、《观刈麦赋》（南通农业学校乙班三年生周昌荔）。

《夏星杂志》第2期刊行。本期"学艺部·诗选"栏目含《赠华阳王雪澄》（李详）、《寓斋杂诗》（李详）、《与徐亢盦、谢访斋话旧》（恽薇孙）、《亢盦招饮，因病未赴，以诗谢之》（恽薇孙）、《次憬吾见怀原韵》（谢访斋）、《节盦招集葵霜阁，拜全谢山先生遗像》（吴士鉴）、《无题八首和韵》（冒广生）、《旅兴十首存六》（洪棣臣）、《秋夜词》（毕振达）、《江楼雨夜共佛慧、观影坐话》（毕振达）、《岁晚赠真庐》（毕振达）、《渔洋生辰，樊园社集，分韵赋诗》（艺风）、《前题》（樊山）、《前题》（竹勿）、《简佛慧》（赤雅）、《落花》（桂实）、《光绪宫词（未完）》（毕一拂）；"学艺部·词"栏目含《〈人间词〉词稿序》（樊志厚）、《〈人间词〉词稿》（海宁王国维）；"学艺部·诗话"栏目含《兰禅室诗话（续）》（谢翱）；"学艺部·词话"栏目含《倚琴楼词话（续）》（周太玄）。

《申报》第14886号刊行。本期《自由谈》"诗选"栏目含《闰生公使赠以姚元之所画〈南万柳堂图〉，以诗为谢四首》（南湖）；"自由谈话会"栏目含《小热昏》（南徐李戬如）；"了青追悼会"栏目含《挽徐君了青》（复亟）。

陈三立作《七月十二日还金陵散原别墅,雨中遣兴》(三首)。其一:"下车日脚黄,穿郭云容暝。此来忘凋残,草树粘天润。牛驴卧作行,鸟乌噪成阵。枝头缀蜂房,微漏筲鼓竞。睥睨喋血地,绿茸换余烬。一线豁溪光,秋气破胎孕。窈窈峙吾庐,门题烛衰鬓。踞榻减喘汗,徐抚生尘甀。"其二:"离披野卉花,丛发满庭院。风仙三尺强,繁朵益娇颤。眼明辟户初,步廊景气变。华鬘璎珞光,一一菩萨面。乱余四立壁,点缀金碧眩。小雨香从风,仰空自嗽咽。客还剧迷惘,神魂已受禅。天物故富予,饥肠更何恋。却对压山窗,蕉绿洗寸砚。"

张謇作《酬金香严》。诗云:"光绪潜郎旧有名,三湘典郡亦能清。九州易帜几先出,单舸浮家劫后生。逃佛未除豪士气,畏官今识野人情。莫辞苦语陈民隐,元结春陵要继声。"

中旬 鞠社于福建长乐汾阳王庙西厅成立。在社同人有:刘炳南耀庭、郑以超惠庭、蒋天开逢五、陈光辅仲翼、张凤墀瑾如、张凤章南渠、郑景熙云洲、陈鸣岐矗丹、陈保棠潜庵、刘承昆仲珊、江保尧元亭、李韵夔燮孙、施平子衡、郑义勋功恺、陈寿荣戟芗、陈保焯谦丞。此外,梁维新述斋、钟大椿寿若、陈应钧可卿、钟涵仲亨、高玉豪贺庵等人亦有唱和。诗社同人诗作先后收录于《鞠社诗草初刊》《鞠社诗草续刊》,又有《长乐鞠社诗草合刊》(1982,影印本)行世。

21日 《申报》第14887号刊行。本期《自由谈》"诗选"栏目含《用恬斋男爵席上韵寄芝瑛》(南湖东游草)、《香国诗人题芝瑛楞严写本,四叠前韵酬之》(南湖东游草);"了青追悼会"栏目含《挽了青先生》(疑痴)、《挽了青先生》(夏巨川)。

22日 《申报》第14888号刊行。本期《自由谈》"诗选"栏目含《青萍子爵招饮于芝城山馆,五叠前韵陈谢》(南湖)。

叶德辉手录诗稿《江叔海观察备兵河南,重修白文太傅公墓,建亭其傍署曰白亭,长沙王葵园阁学为撰记,余亦作歌缀其后》赠江瀚。诗云:"白公教主诗坛伯,江侯亦是图中客。前年观察到河南,与民生息开阡陌。巡行驻节洛阳城,诗编长庆追元白。白公有墓在香山,崎岖石径难跻攀。当年生圹留铭志,千秋魂魄栖禅关。墓傍古寺前朝起,斜对龙门面伊水。河声岳色日前横,暮春景物天时美。行人到此欲停骖,恨无停馆堪凭止。江侯对此心目开,鸠工拓地躬庀材。经营自出私囊粟,一亭旦夕成崔嵬。公馀退食宴嘉客,夕阳痛饮倾新醅。官居两载添诗草,衙斋日日春光好。一声鼙鼓震中原,东南瓦解黄巾扰。清风拂袖促行装,乞身且喜归休早。辞家久客去长汀,京国相逢白发星。开元百官各烟散,重来止见西山青。香山远隔一千里,欲寻九老皆鸿冥。题碑曾托葵园记,平生政绩称兵备。我虽未作入洛人,梦想八滩石奇恣。欲随婺尾惜春迟,醉吟不得成长醉。江侯笑我辕下驹,廿年贪食松江鲈。不知河鲤胜珍错,不见僧寺供伊蒲。持杯谪浪忽相觑,止酒再看嵩洛图。"

张謇作《溪楼听瀑图》(二首)。其一:"山川如画拘成竹,东岸风林西雪瀑。中间流水日潺潺,上有畸人架茅屋。"其二:"风林雪瀑不得闲,喧豗习听耳亦顽。但看水痕啮旧岸,层层蛳壳僵沙湾。"

23日 《申报》第14889号刊行。本期《自由谈》"诗选"栏目含《东山赌墅》(倚犀)、《浣花草堂》(倚犀)、《辋川别墅》(倚犀);"文字因缘"栏目含《集东坡句悼了青徐先生》(二首,淮安丹初何维旭)。

叶昌炽自本日始,以抄书为日课。

汪东被任命为内务部佥事,旋派民治司办事。

琴公《〈保阳平康里竹枝词〉十六咏》本日至次日刊于[马来亚]《振南报》"诗界"栏目。其三《茶园》:"凡家华屋尽藏娇,一派明灯射碧霄。共访名花茗话去,胡同婉转过三条。"

[韩]《新韩民报》"词藻"栏目刊载《赠岛隐》(东海水夫)。诗云:"死里逃生亦复奇,铛鎯余怯使人悲。凄风汉水离家日,淡月辽河去国时。欺诳群谗愁贝锦,缠绵寸悃似蚕丝。一身剩有铁衣在,万马东征是后期。"

24日 《申报》第14890号刊行。本期《自由谈》"诗选"栏目含《秋柳》(四首,寂红)、《癸丑冬重任铜山,道出白下,途次感赋》(龚应鹏)。

胡有猷生。胡有猷,字跃龙,号恒盦,原籍湖南益阳,生于上海。著有《恒盦文存》《恒盦弱冠集》《淮海纪行诗词集》等。

释永光作《甲寅六月二日掷钵还山,舣舟合江亭下,望彭刚直故居感赋,兼赠何大镜湖》。诗云:"江渚秋色青,舣舟依石鼓。烟萝澹远村,渔灯逗深浦。彭公久蜕化,嘉名播寰宇。遗疏抗廷议,謇謇恋明主。譬如五岳尊,群峦不敢伍。神运难可知,幽灵闭机杼。散发依孤棹,鸣舷泪如雨。我来花药山,赞师邀何许(花乐山在衡阳城南,主持田静长老已归道山)。何郎实贤隽,高谈叙年谱(镜湖为彭公老门生,善画兰)。导观壁上梅,翱翔挟仙舞。幽吹递芳榭,壶觞结缨组。倾罍酹冷苔,悲怆心凄苦。家国已如斯,逃禅复何补。哲人逝已远,感喟酸肝腑。但望山中云,悠悠澹容与。"

25日 《申报》第14891号刊行。本期《自由谈》"诗选"栏目含《海滨消夏词》(三首,野民)、《秋海棠》(琼华女士)、《正木校长为题〈小万柳堂书画题名帖〉,感逝伤离,不能自克,六叠前韵答之》(南湖)、《自离故国忽忽十旬,潺暑木阑,顿起乡思,次青萍子爵城山雅集原韵,得二绝句,即此话别,仍订后游,黯然之情,不能自已》(二首,南湖)。

《雅言》第8期刊行。本期"文苑·诗录"栏目含《髡春集(续)》(李介立)、《信川诗存(未完)》(李秉)、《瘳居诗存(续第五期)》(逯宧)、《汉鬶生诗钞(续)》(赵怡)、《天津壁上诗》(王蕙纫);"文苑·词录"栏目含《和南唐后主词(续)》(黄侃、汪东）；"文苑·诗钟"栏目含《江上残钟集（续）》（原人辑）。其中，黄侃、汪东《和南唐后主词（续）》含：《清平乐（玉楼天半）》《喜迁莺（斜照敛）》《阮郎归（行云和梦下遥山）》《锦堂春（雨湿香泥透）》《应天长（凤帏妆倦羞窥镜）》《望远行（自有闲愁不肯明）》、《浪淘沙》（二首）、《木兰花（梨花院宇春飞雪）》《虞美人》（二首）、《一斛珠（小梅开过）》《临江仙（落花院深无人见）》《蝶恋花（谁见凌波花下步）》《破阵子（梦里已忘身世）》。其中，《应天长》云："凤帏妆倦羞窥镜。钗重鬟轻敧更正。整宵初静人犹迥。今夜佳期浑未定。（侃）　悴梧飘满径。络纬慢啼秋井。本自愁多易醒。如何人又病。（东）"《望远行》云："自有闲愁不肯明。何因绣户一春扃。可怜好梦也难成。恨随芳草到长亭。（侃）　抛纨扇，拭清砧，年华消尽为多情。春光回首已心惊。更堪秋恨又随生。（东）"《木兰花》云："梨花院宇春飞雪（侃）。小队明妆花下列。竞持弦管斗新声（东），樗烛烧残筵未彻（侃）。　凭预愁径滑铺香屑（东）。临去回头心更切。今宵谁在小红楼（侃），却下珠帘闲待月（东）。"

《小说月报》第 5 卷第 4 号刊行。本期"文苑"栏目含《徐新华女士传略》（恽树珏）、《信宿金山下曹氏园，用东坡金山寺凉字韵答贞长》（剑丞）、《园居竟日，漫吟再示贞长，仍次前韵》（剑丞）、《三次前韵戏调贞长、栗长、伯荪》（剑丞）、《寿散原翁六十》（剑丞）、《晨过海藏楼》（剑丞）、《秋既尽矣，原野之际风厉日薄，辄书所见》（剑丞）、《十月朔日甫立冬，风雪大作，适得贞长〈烟台雪晴〉见寄诗，因次其韵》（剑丞）、《寿严几道六十》（剑丞）、《滁州有怀左良孙》（剑丞）、《登小蓬莱，戌未退，不得入》（拔可）、《东山夜归示同舍诸子》（拔可）、《寄赠几道先生》（拔可）、《题〈鉴园图〉》（拔可）、《得映盦都中来书，赋答并示贞壮》（拔可）、《同默园夜谈》（拔可）、《赠贞壮》（拔可）、《盦平由鄂至沪，浴罢出游，赋赠一首》（拔可）、《焦山枕江阁同沤尹丈夜坐》（拔可）。

26 日　《申报》第 14892 号刊行。本期《自由谈》"诗选"栏目含《题吴芝瑛女士写本〈楞严经〉次徐鼒斋韵二首》（日本国八十五叟三岛毅）、《赠南湖廉先生》（三岛毅）、《南湖先生斋来古名书见示，赋此以谢》（三岛毅）、《次韵奉酬中洲先生》（廉泉）、《偕诸女士游百花洲，题柳茵精舍》（扶风女史许贞卿）、《答蒋庄之女士》（二首，扶风女史许贞卿）、《次盟妹朱韵香〈咏彩菊〉原韵》（扶风女史许贞卿）、《次盟妹孔耕霞〈咏落花〉原韵》（扶风女史许贞卿）；"词选"栏目含《月华清·新月》（鸳痕）、《浪淘沙·秋夜闻雨》（醉□）、《高阳台·秋夜》（兰庵）、《苍语谣·柬吴门半痴》（瘦兰）、《前调·中秋问月》（瘦兰）、《前调·旅怀》（瘦兰）、《前调·秋夜坐雨》（瘦兰）、《貂裘换酒·蒙蝶仙恩赐〈新疑雨集〉诗，绮腻缠绵，不厌百读，敬赋此阕，聊志慕忱》（寒生）、《近读栩园与东园酬唱〈长寿乐〉一调，无任钦佩，敬武元玉奉寄》（瘦蝶）。

杨联升生。杨联升，原名莲生，祖籍浙江会稽，美籍华裔汉学家。著有《哈佛遗墨：

杨联升诗文简》。

28 日 奥地利、塞尔维亚相互布告宣战,第一次世界大战爆发。

《申报》第 14894 号刊行。本期《自由谈》"诗选"栏目含《是日城山雅集,中洲先生以事不果至,邮示和章,中有赠余一首,再叠前韵酬之》(南湖)、《青萍藏有〈雪舟山水图〉,夕阳帆影,仿佛吾家小万柳堂也,三叠前韵奉题一首》(南湖)、《青萍席上遇吴挚老故人岩溪晋,为述往事,感而赋此》(南湖)、《游天平山卧言堂题壁兼赠心源和尚》(四首,樵宾)、《登招宝山》(樵宾)、《题〈徕山图〉》(樵宾)、《出柳门》(淑梅)、《题珍姊扇上牡丹》(淑梅)、《落花一首》(淑梅)。

吴昌硕为春和篆书"矢鱼射虎"七言联。联云:"矢鱼舟出水华好;射虎人归源树深。春和先生属,集旧拓石鼓文字。甲寅六月六日,安吉吴昌硕。"

梁鼎芬作《辛亥五十三岁初度,幼儿画双松扇寿我,今日见之,惨痛于心,口占二十八字寄幼儿》(甲寅六月六日)。诗云:"我生此日我清朝(谢文节至元二十五年自称曰我宋可以为法),痛绝余年到此朝。手把我儿画松扇,罗横诗在泪如潮(昭谏松诗:'陵迁谷变须高洁,莫向人间作大夫'。王伯厚称之)。"

29 日 《申报》第 14895 号刊行。本期《自由谈》"诗选"栏目含《感赋》(真州赵二父)、《电灯》(叔良)、《出门》(三首,真州赵二)、《久不得樾侯消息,怅然有怀》(挈儿)、《无题,集唐》(挈儿)、《秦皇求仙》(嗣音)、《愁苦节,慨时艰也》(东园);"词选"栏目含《莺啼序·题周瘦鹃〈香艳丛话〉册子,用梦窗体韵》(东园)、《解语花·题瘦鹃先生〈香艳丛话〉》(莽汉)、《蝶恋花·海天春即席示柳燕》(弢盦)、《前调·答弢盦》(柳燕)、《谒金门·感游》(四首,鹿门旧隐)。

江子愚作《浪淘沙(踪迹似杨花)》。序云:"余友戎州唐爱侬,慷慨士也。好读书,不规规于陈说。壬子、癸丑间,同驻锦城年余,相得甚欢。客秋执别,曾以《浪淘沙》一阕见赠。今岁,君客江油,其妇主教资阳,一弟留省,而家中尚有老母。漂泊之情,令人凄恻。昨夜梦君,晤语殷殷,雨中联句,未成而寤,怅然久之。夫江油,蜀北雄关也,战事方亟,能勿虑耶?因和所赠词以志感。时甲寅六月七日也。"词云:"踪迹似杨花。雨横风斜。东西南北各天涯。惆怅一家分四处,四处无家。   造物忌才华。不为君赊。雄关朝暮起悲笳。一夜梦魂相晤语,是否真耶。"

30 日 《申报》第 14896 号刊行。本期《自由谈》"诗选"栏目含《赴鄂留别希社诸君子,次问梅山人韵》(二首,栖梧)、《送同社汪君凤生之武昌》(问梅);"自由谈话会"栏目含《赤魃诗》(二首,跫庐)。

[韩]《新韩民报》"词藻"栏目刊载《登金门公园스튜라배리山》(何云、忧云、东海水夫、大东)。其中,何云《登金门公园스튜라배리山》云:"忽忽斗墨已斜阳,与子追凉引兴长。苍藤古壁初过雨,老树虚亭几度霜。轻棹伴鸥随水远,罗衣逐蝶采

花忙。下山便是红尘路，半日同成世外郎。”

31日 《湖南教育杂志》第3年第7期刊行。本期“文艺栏·诗录”栏目含《欧游讴》（二十四首，严范孙）、《兰亭禊帖源流考》（小更生遗文）。

张謇作《题庄思缄〈扶桑濯足图〉》（二首）。其一：“须弥芥子不荒唐，齐物庄生有等量。世界公园今两说，西方瑞士日东方。”其二：“等闲濯足一堂坳，对客无须署钓鳌。弄罢日珠间兴在，寥天跕躧访卢敖。”

本　月

袁世凯颁布《文官官秩令》，依照中国古代封建官吏品级制度，拟定颁布全国文官官秩，官分九秩，即上卿、中卿、少卿、上大夫、中大夫、少大夫、上士、中士、少士。

沈曾植于本月前后首倡组织复辟进步党，拥升允为党魁。

林纾与旧福州府属籍旅京名流发起组成晋安耆年会，以陈宝琛为会长。该会不只以文字相切磋，主要提倡品德，为后辈法式。林纾作《晋安耆年会图》，又为之序。《晋安耆年会序》略谓“方今俗尚污鹜，少年多蹇纵，其视敦尚古谊者，往往恣其欢丑。敬长之道既弛而弗行，吾辈尤宜聚讲道德，叙礼秩，为子孙表式。”并拟16人会员名单：陈宝琛，字伯潜，又字弢庵，号橘叟，年67岁；傅嘉年，字莲峰，年67岁；叶芾棠，字颂垣，年65岁；曾福谦，字伯厚，年65岁；林纾，字琴南，号畏庐，年63岁；林孝恂，字伯颖，年63岁；李寿田，字叔芸，年62岁；严复，字几道，年62岁；卓孝复，字芝南，年60岁；郭曾炘，字春榆，年60岁；陈衍，字叔伊，号石遗，年59岁；力钧，字香雨，号医隐，年59岁；李宗言，字畬曾，年57岁；张元奇，字君常，号薑斋，年55岁；孙葆瑨，字幼俗，号石叟，年55岁；郑孝柽，字稚辛，年51岁。其中，进士出身者8人，举人出身者6人。晋安耆年会历时八年才散。每年林纾都要招同乡故旧置酒相娱乐。严复作《题林畏庐〈晋安耆年会图〉》。诗云：“长笑昌黎说霜菊，苦言既晚何须好。微生蜂蝶幸遭逢，复云婉娈死相保。纾也壮日气食牛，上追西汉摛文藻。十年大学拥皋比，每被冬烘笑头脑。虞初刻露万物情，东野受才逊雄骜。兴来铺纸写云山，双管生枯兼润燥。自言得法自吴（墨井）王（石谷），定价百金酬一稿。文章艺事总延年，六十容颜未枯槁。苦遭恶俗不相放，儿童项领欺华皓。归来洛社聚耆英，抵制少年老吾老。岂知世运久更新，肮脏入生苦不早。君看画里十三人，一已墓门将宿草（林君伯颖已于七月化去）。不如及早竖降旗，成功者退循天道。更将此意向橘叟（会长），渠指岁寒松合抱。”曾福谦作《题林畏庐所画〈晋安耆年会图〉》。诗云：“八表停云聚一堂，不堪同首少年场。相看幸未衰蒲柳，小集良宜话梓桑。劫后春犹生杖履，客中月例举壶觞。晋安风雅销沈久，吟社商量续荔香。（先伯祖少坡公官京师时有《荔香吟社击钵吟》之集，乡先辈踵行之。比来中辍有年，同人方议赓响）”

《国学》在日本东京创刊。社长陈尔锡，为吕学沅、丘陵、甄海雄、毛澄宇、文镐分任编辑。分设"学篇""文衡""杂笔""诗辞""社诗""拾遗""谐隐""记录"等栏。《国学》第1期前有吕学沅《〈国学〉发刊辞》略云："居今日而相诏以国学，强者必目眦尽裂，攘臂欲净，弱者亦面从腹诽，窃窃私语。然则国学固可忽乎哉？""若孔教也，恒议是议非，辄希冀其亡灭。曩之引以咎祖龙李斯者，反躬蹈之而不恤。其罪或浮之。中小学也，仍归之于浑浑噩噩。载道之文也，设有他项文字足以代之者，必可废古圣苦心惨立之字义，举足以夸耀人国为文明者，亦屡欲一旦茹铲而茅诛之。""然则回顾教育何如？国学又何如？吾党《国家》之刊，讵获已哉，讵获已哉。史例具在，谨庸仿效而叙次曰：先圣有言，我非生知。下学上达，敏以求思。孔欲无言，孟岂好辩。曰惟弗学，墙立暝眩。述学篇第一；乾坤定位，易肇文言。质胜则野，彬郁相暄。龙见而隐，麟获而闭。合志通方，依仁游艺。述文衡第二；刚日读经，柔日读史。河汉无极，人寿奚俟。食古求化，中心写藏。五音繁会，欣欣乐康。述杂笔第三；诗有六义，正风变雅。降及辞赋，闻见戒寡。三百之遗，泂推作者。修辞立诚，光我大夏。述诗辞第四；书礼有佚，史传有阙。删订者劳，捃摭若发。功期一篑，九仞斯突。采之贻谁，幽潜对越。述拾遗第五；子不语怪，东野是迹。班志十五，千有数百。青史周考，黄帝务成。虞初臣寿，载籍载更。述谐隐第六；左立之监，右佐之纪。温恭有则，丝纶有旨。玄化滂流，自远极迩。嘉谟孔彰，组缟纂绮。述纪录第七；流风余韵，泽暨斯民。前言往行，望若登春。二仪含育，庶汇陶甄。缅仰徽德，千祀仍新。述千载第八。"篇首刊载《国学》发起缘起："斯人斯志，力挽颓流，振弱扶危，胥于是在。""风云万变，草木皆枯。城郭虽新，人心如故。竞争攘夺，徒击汰于扬舲；簧鼓嚣张，转骋鹜于覆轨。先民手泽，一扫将空。同人所以忧，本志所以作。"篇首亦有毛澄宇撰《〈国学〉叙言》。另有陆宗舆（润生）为《国学》撰辞曰："羲皇俶权，参天一画。炎炎火帝，陟降塍陌。姬轩伊祁，人彝翕赫。重华文命，昏垫集宅。履癸受辛，乾道乃革。周籑孔述，丽旸剖辟。政坑斯焚，素灵亏魄。凤管悲鸣，鸾仪铩翮。猗我神种，胎珊孕碧。讵蔑良喆，搜金砂碛。抑瞀于盲，彷徨焉适。曰岁阏逢，曰时夏赤。羕羕弁髦，济济履舃。气含沆瀣，精吸琥珀。扬彼糟醨，划斯夷跖。追蠡始旬，铜龙应晷。消长虚盈，载覆爻易。"许世英（隽仁）为《国学》撰辞曰："惟皇牖衷，曰孙绳祖。皤皤良士，有力如虎。岂伊暴河，宁为谋府。厥初生民，苗格干羽。夔乐九成，凤凰来舞。韶濩象功，肃雍区宇。美矣志文，盛哉赞武。礼仪千百，四维八柱。匪翅礼乐，书诗尚古。佶屈聱牙，英含葩吐。烬余剩残，守在干蛊。吾党淑秀，识离门户。拔赵易汉，赤帜是树。外轩声宏，中振渊鼓。径启筚蓝，迹寻峋嵝。道隆西周，德尊东鲁。络绎纷缤，圭璋簪组。刮目神奇，降心朽腐。乐观方来，金筐或睹。"《国学》第1期"文衡"栏目含《〈华都赋〉序》（许世英隽仁）、《黄海霞〈东台诗草〉序》（陈瀚剑闲）、《〈留日成城学校同窗录〉序》（周向颜）、《致王叔鲁先生书》（郁华曼陀）、《致许隽仁先生书》（郁华曼陀)、《与许孟愚书》(曾学传)、《无量寿佛铭》(佚名)、《祭沈子惇先生家本文(代民国临时司法总长撰)》(吕学沅)、《题毛先生澄宇肖照赞》(吕学沅)。"诗辞·名贤诗萃"栏目含《拟〈明月皎夜光〉》(王闿运)、《拟梁简文〈纳凉〉》(杨叔峤)、《过镇江感王可庄修撰》(梁鼎芬)、《题〈松鹤图〉》(张謇)、《外物》(康有为)、《无题》(陈三立)、《七月十三日雨》(樊增祥)、《自赠》(易顺鼎)、《上元后三日,拉子培、伯严、旭庄、子琴酒楼宴集》(樊山)、《和瘿公〈雪后〉原韵》(王式通)、《谢挹东惠唐人写〈维摩经〉》(梁启超)、《送张君劢之柏林》(罗惇曧);"诗辞·社诗"栏目含《别仁寿》(许进天马)、《春日游日比谷园赏梅》(杨赫坤烜舆)、《拟班婕妤〈团扇〉》(吕学沅钵文)、《游箱根环翠楼》(王黻炜灵希)、《寒翠山庄观枫,次主人梦舟老人韵》(郁华曼陀)、《星冈茶寮,次大泽铁石韵》(郁华曼陀)、《陌上花八咏》(许进天马)、《金陵览古》(文镐怀西)、《关西道中偕集九》(陈尔锡禅尘)、《甲寅二月雪后游日京千驮谷乡,即过若弃道人,赋以柬之》(吕钵文)、《甲寅二月雪后访方啸峰读书大冢村居》(吕钵文)、《岁除次陆鞠裳韵,作于日本巢鸭村》(阚铎无冰)、《人造冰》(禁体)(林鹍翔麙盒)、《写怀》(许进天马)、《和友》(文镐怀西)、《初夏病中》(张相达东)、《岁暮感怀次友人韵》(余懋章筱青)、《津督咨部应试并专人护送,作此酬之》(陈尔锡禅尘)、《和彭公威〈金陵登眺〉原韵,时客南昌》(彭热忱复苏)、《夜游九段喷水池》(丘陵隐南)、《题日本松平康国先生诗草》(吕钵文);"诗辞·赋"栏目含《夏夕听琴赋》(吕学沅);"诗辞·诗余"栏目含《摸鱼儿·邺城怀古》(张之洞)、《金陵怀古·春从天上来》(陈瀚)、《万年欢·京口北固亭怀古》(陈瀚)、《点绛唇·春意》(甄海雄)、《浪淘沙·伤别》(甄海雄)、《水龙吟·遗怀》(文廷式)、《沁园春·排闷》(陈瀚)。

《娱闲录》(半月刊)在成都创刊,为《四川公报》增刊,由昌福公司印刷并代发行。杂志有"杂说""名胜志""益智集""异闻录""笔记""谐薮""杂俎""文苑"等栏目。本期"文苑"栏目含《丹岩记》(天一方)、《西湖荷花词客秋心楼作(附图)》(香宋)、《观剧偶赋六首》(爱智)、《商隐斋灯虎》(前人)。

《南社》第10集出版,柳亚子编。本集收文61篇、诗468首、词126首。"文录"(61篇)栏目含潘飞声(五篇):《越台秋望赋》《二帝子祠碣》《杨菽叟〈桃溪例集第四图〉序》《〈草色联吟〉序》《〈粤东词钞〉三编序》;沈厚慈(一篇):《〈悼亡诗〉序》;黄节(一篇):《〈厓山志〉跋》;蔡守(一篇):《魏曹真残碑跋》;黄忏华(一篇):《与柳亚子书》;吴沛霖(二篇):《觉非说》《杂说》;吕志伊(二篇):《杨振鸿事略》《黄毓英事略》;刘谦(一篇):《与傅钝根书》;傅尃(三篇):《刘科年哀辞(并序)》《答刘约真书》《与柳亚子书》;方廷楷(一篇):《说麃》;胡韫玉(二篇):《〈笠泽词征〉序》《〈子美集〉序》;胡怀琛(二篇):《邓守安传》《〈子美集〉序》;徐自华(一篇):《〈笠泽词征〉序》;陈训恩(一篇):《〈子美集〉后序》;诸宗元(一篇):《缶庐先生小传》;周伟(一篇):

《〈子美集〉序》；陈世宜（二篇）：《复高剑公书》《再复高剑公书》；姜可生（三篇）：《与柳亚子书》《再与柳亚子书》《三与柳亚子书》；汪文溥（二篇）：《〈子美集〉序》《〈梅陆集〉自序》；姚锡钧（一篇）：《〈子美集〉序》；高燮（一篇）：《姚节母何太君墓志铭》；高旭（一篇）：《哭邹亚云文》；姚光（一篇）：《〈松陵文集〉〈笠泽词征〉跋》；黄人（二篇）：《〈血花飞〉传奇序》《〈钱牧斋文钞〉序》；萧蜕（一篇）：《〈摩西遗稿〉序》；胡蕴（三篇）：《张氏姊哀词》《祭张氏姊文》《书陈昌年》；叶叶（二篇）：《说诗上》《说诗下》；王德钟（三篇）：《〈笠泽词征〉序》《送朱君序》《致叶楚伧书》；沈昌直（二篇）：《〈匏叶厂诗补遗〉序》《〈芦川怀旧图〉记》；陈去病（一篇）：《西泠新建风雨亭记》；蔡寅（一篇）：《〈笠泽词征〉序》；柳弃疾（八篇）：《潘节士力田先生遗诗序》《雷云峰先生七秩双寿序》《〈梨云小录〉跋》《〈习静斋诗话〉序》《〈笠泽词征〉序》《〈弯弧庐诗稿〉序》《报陆子美书》《〈恨海〉序》；顾无咎（一篇）：《〈笠泽词征〉序》。"诗录"（468首）栏目含白炎（十五首）：《游仙十首》《看花双清别业，匪石赋诗属和，次韵酬之》《长江舟中作并怀寄翁、子纬》（二首）、《秋夜与匪石联句》《兰娘曲，与匪石、楚伧联句》；苏玄瑛（二首）：《为玉鸾女弟绘扇》《南楼寺怀法忍、叶叶》；汪兆铭（十七首）：《口占》（四首）、《赠小隐》《西风》《杨忠愍祠前树》《答小隐》《杂咏》（五首）、《寒夜背诵古诗，至"波澜誓不起，妾心古井水"，叹为妙句，而以其意未尽也，诗以足之》《睡起偶吟》《除夕》（二首）；潘飞声（三首）：《抵津门》《渡黄河》《威海卫》；沈宗畸（十首）：《落花》（十首）；沈厚慈（二首）：《自题〈在莒吟草〉》《哲夫枉顾，走笔成此，并寄南社诸子》；黄节（三首）：《寄曼殊耶婆提岛》《曼殊来广州，留广雅书院一醉而去，追赠一律》《少屏以其夫人〈周湘云女士行述〉见示，盖去其悼亡之时，霅霅又期月矣。为题一律，以止其戚》；蔡守（五首）：《与春娘登遥集楼》《上巳游万生园》《雪夜春娘留饮》《寒食登江亭寄晦闻、贞壮》《清明雪中寄倾城》；邓溥（四首）：《题范性宜〈问园遗诗〉》《幽愁》《戏赠天胜娘》《樱花》；吴沛霖（四首）：《春尽日寄林三金陵》（二首）、《淡卿出团扇索诗，为题两绝》（二首）；林百举（十二首）：《海行连日大风口占》《重睹冯春航赋赠》（二首）、《观贾璧云剧后再赠春航》《北行未果，谢诸友设饯，并答道非，即用其韵》（二首）、《次韵答鹓雏并作别》《次韵答寄尘》（二首）、《简亚子、佩宜丁忧梨里》《简楚伧》《楚伧见示〈分湖吊梦图〉有感即赠》；古直（六首）：《晓发汤坑作》《宿猴子嵊梦醒口占》《宋桃源周年忌日作》《游仙，集〈返生香〉句三首》；温见（三首）：《偶成》（二首）、《远游》；钟动（八首）：《当离八绝句》；谢良牧（十七首）：《蹉跎》《槟榔屿秋感》《登楼》《月夜》《逐客》《咏梅有赠》（六首）、《杜牧》（二首）、《入都志感》《燕京得某君自申浦来书感赋》（二首）、《哭亡友熊君》；谢华国（十二首）：《苏州道中阻雨》（五首）、《登胜棋楼望莫愁湖，有感民国政局》《吊建国粤烈士坟坛》《秦淮二首》《过固镇有怀建国诸烈，写寄李熙斌、蔡卓君、潘赋西三君》《登陶然亭》《与南社同人集都门崇效寺看五色牡丹，拈得留字》；黄澜（一首）：《〈民立报〉停版感赋》；邓家彦（一首）：《有忆》；吕志伊（二首）：《留别口占》《南社同人宴集畿辅先哲祠，得客字》；苏南（十二首）：《寄赠》《过金陵却寄》《春望寄秋叶》《晓发鸦鸿桥口占》《沪上逢林知渊口占》《松亭学长归自金陵，缕述攻宁战事并索赠言》《读兵书》《覆简》《返下游编练土著兵，临发，秋叶、知渊、昆仲追送江干，怃然有作》《宿洪桥别墅》《从军别图》《海上对月，与顾子同作》；龚尔位（四首）：《古意二首》《开岁述怀，用渊明〈游斜川〉韵示钝公》《钝公既和余〈开岁感怀〉诗，复次韵答之》；周咏（六首）：《感怀八章之六》（六首）；刘国钧（八首）：《采莲曲》（四首）、《寄怀大学诸友》《午夜闻钟》《柬大学诸子》《读史》；郑泽（四首）：《容园探梅》《〈春怀〉诗一首赠约真》《赠攘夷》《新秧词》；傅尃（三首）：《辛亥夏日述怀一首，集陶句》《拟城南读书》《和醉庵见怀韵》；黄钧（五首）：《新年感事》（二首）、《落梅二首》《夜雨读老庄书竟，感而有作》；陈家鼎（四首）：《赠某姬人》（四首）；周宗泽（九首）：《日光道中枫叶》（二首）、《书感》《遁初周年哀挽一律》《久不得恬阶、君盘、养泉、子静、竞生消息，赋此分寄》《祭遁初后归途感赋》《赠天童智涌和尚闭关》《与秋墨夜话》《书寄秋墨》；汪洋（四首）：《辛亥秋八月夜渡贝加尔湖》《过乌拉山》《车中即事》《渡叶森河桥》；奚侗（四首）：《匪石归自槟屿，赋此贻之》《登宝盖山，与中泠、匪石联句》《渤海舟中大风，与中泠联句》《上野观明治纪念博览会感赋，偕中泠联句》；胡韫玉（七首）：《感事赠匪石、佩忍、楚伧》《读庾子山〈哀江南赋〉感而有作》《为楚伧题〈分湖吊梦图〉》《答佩忍、匪石、楚伧四首》；胡怀琛（三首）：《春暮集朴学斋和巢南》《亚子嘱题〈子美集〉》《寄楚伧》；江绍铨（一首）：《即席赠蛰忍》；陶牧（三首）：《旅感视蹇公》《雨后杂感呈蹇公》《观女伶金玉兰剧归感赋》；杨铨（十首）：《感事十绝，集定庵句》；徐自华（四首）：《中原光复，重入越中，有悼璇卿》；沈砺（八首）：《读书》《晚眺》《沪上度端阳》（二首）、《偶成》《和骚心〈佳期〉原韵》《再叠前韵示剑华》《三叠前韵示同坐》；周斌（四首）：《上巳日社集愚园，和檗子、匪石》《上巳后一日楚伧招饮，酒后出示〈分湖吊梦图〉，成二绝》《和剑华〈醉歌行〉》；李云夔（二首）：《别后寄剑华，集定公句》（二首）；张长（四首）：《吊宋渔父先生》；谭天（一首）：《题〈柿红小筑主纪事诗册〉》；戴克谐（一首）：《江上晚望同寄尘作》；朱宗良（一首）：《书感，和泣花韵》；诸宗元（三首）：《雪一首》《雨夜柬仰鲁》《答刘三见怀》；王葆桢（七首）：《杨哲商烈士悼歌七章》；邵瑞彭（二十一首）：《北行杂诗》（二十一首）；周伟（九首）：《实丹烈士死三年矣，魂梦不见，容止全忘，旅夜凄清，三更枕上泪下如渖，得诗三章，以代一哭》（三首）、《枕上口占》《偶得》《倬夫过沪，竟夕未寐，谈实丹烈士往事，遂成一律》《一哭》《题〈子美集〉》（二首）；张冰（一首）：《梨花里访亚子》，邵天雷（三首）：《海上杂诗》（七律三首）；曹凤笙（一首）：《偕吴友季晚眺》；陈世宜（十一首）：

《赠孟硕》《饯可生并柬胎石》《上巳社集,是日值余初度》《游双清别墅即事一首,索中垒和》《春暮集朴学斋》《得天梅书却寄》(六首);叶玉森(九首):《渤海舟中端午》《雾泊辽海》《一岛》《舟泊神户即景》《即席赠桥口兼之》《今夕》《题可生小影》(二首)、《登楼外楼与匪石、度青联句》;张素(十七首):《无题示可生》(五首)、《楼外楼与可生、剑华、道非联句》(二首)、《舟发海上,用楼字韵》《舟中感赋,仍用楼字韵》《三叠前韵柬可生并告剑华、道非》《渤海中口占》《车过辽阳作》《车中望千山》(二首)、《吉长道中》《舟中见月》《得利寺》;姜可生(六首):《送别梅姬》《将去海上酒楼,赋别匪石、人菊、无射、仄尘指膺诸子》(三首)、《被酒归来,愁思不已,口占二绝寄阿凤辽西,并示又军、衡通》(二首);张怀奇(九首):《古风九首》;许国英(四首):《题〈莼农填词图〉(并序)》(四首);宋一鸿(三首):《辛亥元旦》《涕泪一首和钝根》《新重阳夕大风感赋一首》;蒋同超(四首):《上巳南社雅集愚园成四律》(四首);王蕴章(三首):《雨后泛舟西湖扣舷作》《题〈酹江月〉后一绝》《昨梦》;姚锡钧(二十四首):《将去海上,留别诸子各一首,兼及杂事》(十首)、《示亚子》(二首)、《彦通寄语曼殊,辱相问讯,寄以此诗,即为订交之贽》(二首)、《小病》《为慧云题苏小小校书小影》《柬可生》《味莼园三首》《海上流寓,深将心侠周旋,赋诗为谢两首》(二首)、《答刘三》《除夕简楚伧、匪石兼怀亚子、子美》;杨锡章(二首):《龙华看桃花》《咏雪》;高燮(二首):《题寄尘所编〈兰闺清课〉》(二首);高旭(十一首):《与汉元、去病、次公饮燕市同作》《落梅,次邵次公韵》《陶然亭南社同人雅集,卧病不能往,佩忍为代拈得高字属赋,爰成是章》《海上作》《淘尽》《次韵答太一〈狱中见枉〉之作》《次太一〈武昌狱中作〉韵》《重九南社雅集沪江席上赋此》(二首)、《檗子以诗见怀,次韵答之》《闻成琢如来沪赋寄》;姚光(三首):《伤心》《春寒》(二首);俞锷(一首):《醉歌行》;萧蜕(三首):《遁初周年,吊之以诗》《柬陈巢南》《徐园追祭宋遁初先生,是日阴雨惨晦,感而有作》;庞树松(十首):《苦雨》《途中见丽娘,已抱子矣》《檗子书来约游西泠,傯装待发,牵率尘事,赋此谢之》(八首);庞树柏(十四首):《读〈陈涉世家〉》(二首)、《上巳雨中社集愚园》《西泠杂咏八首》《亚子编〈子美集〉竟属题,为书二绝》(二首)、《寒琼寄示新诗属和步原韵》;胡蕴(八首):《秋感四首》《朔风四首》;余寿颐(四首):《别后追赋赠亚子》《〈鸳湖垂钓图〉,为汤磷石作》(三首);叶叶(二十五首):《东风》《戏题曼殊画扇》《赠亚子归里》《将有所索,戏赠鸨雏》(二首)、《柬亚子》(三首)、《题〈兰闺清课〉》《寄慰亚子》《塘沽》《栖凤园主》《陶然亭》《胡姬》《香塚》《书〈壬子宫驼记〉后》《曼殊行矣,作一律送之,兼示燕谋》《戏题〈新新百美图〉两帧》(二首)、《书〈璧云集〉二十八字》《得〈午梦堂集〉遥酹分湖》(二首)、《春暮集朴学斋》《为〈子美集〉作》(二首);王德钟(一首):《月夜渡淀湖歌》;沈昌直(四首):《读史四绝》;陈去病(六首):《赠勇忱》(二首)、

《出塞望蒙古》（二首）、《夜宿张家口，独步通桥望月》《通桥月夜闻歌》（二首）。"词录"（126首）栏目含白炎（三首）：《桃源忆故人（雨中剪烛消尊俎）》《桃源忆故人（雨余苔润迟吟屐）》《月下笛·月当头夜，与匪石、中泠联句》；林百举（一首）：《桃源忆故人·效檗子，用匪石韵》；谢良牧（一首）：《前调·和一厂作》；古直（一首）：《摸鱼儿（蓦惊心一场春梦）》；成本璞（一首）：《百字令·秋宵被酒露坐达旦》；郑泽（六首）：《瑶华慢·武昌七夕》《声声慢·秋柳》《点绛唇（萃绿池塘）》《菩萨蛮（赤兰桥畔东风暖）》《上西楼·述感》《真珠帘·梅花下作》；傅尃（六首）：《采桑子·秋风，和痴萍韵》《望江南·自妙高峰望麓山卓林墓》《采桑子（秋风一夜摇霜碧）》《蝶恋花（强欲悲秋秋已半）》《金缕曲·与痴萍饮后，强余填词，荡气回肠，聊以为笑》《一剪梅·前词既成，复填此解》；周宗泽（一首）：《桃源忆故人（雨余柳陌行人断）》；程善之（四首）：《金缕曲·题〈安重根传〉》（二首）、《高阳台·题〈金刚石〉传奇》《唐多令（何处话春愁）》；胡韫玉（一首）：《桃源忆故人·赓庞、陈诸子，效玉樵领句作》；陶牧（九首）：《满江红·与慧僧同摄小影，时客滨江》《琵琶仙·沪上征歌，近无弹琵琶者，凄然占此》《浣溪沙·和映盦韵》（七首）；胡颖之（五首）：《解语花·庚戌上元用美成韵》《泛情波摘遍·用小山韵》《琵琶仙·近十年来吴中歌妓罕有能琵琶者，同伯苏作》《连理枝·用书舟韵》《念奴娇·和伯苏见贻元韵》；周伟（一首）：《桃源忆故人（雨中庭院棠梨瘦）》；陈世宜（十一首）：《贺新凉·吊史阁部墓》《六幺令（薄寒侵幕）》《沁园春·槟屿赠莼农》《浣溪沙·和孟硕狱中韵》《摸鱼儿·重九》《浣溪沙·徐园祭宋钝初书感》《桃源忆故人（雨余池馆红埃断）》《烛影摇红·题〈莼农填词图〉》《台城路（飞琼不惯人间住）》《淡黄柳（雷车不到）》《惜黄花·黄花岗纪念日，和檗子作》；叶玉森（十首）：《西河·姑苏怀古，用片玉韵》《贺新凉·吊史阁部墓》《蝶恋花·匪石和蒿庵韵，强余效颦》（四首）、《齐天乐·蟋蟀》《水龙吟·海中望琅琊诸山》《瑞龙吟·用梦窗赋蓬莱阁韵》《倦寻芳·旧元夕即新上巳，吴门坐雨，与匪石联句，用梦窗韵》；张素（八首）：《兰陵王·归江南后写寄明星关外》《蝶恋花·赠杏痴》《红林擒近（珠斛酒香满）》《菩萨蛮·金坛归舟寄力山、小柳》《鹧鸪天·题石如〈采药归来图〉》《洞仙歌·三月三日修禊江村，为拈此阕》《红林擒近·咏蜡梅》《百字令·舟行渤海中作》；王蕴章（二十五首）：《如此江山（英雄不回沙场死）》《金缕曲（天半罡风卷）》《西子妆·西湖晚眺，和梦窗自度腔》《玉漏迟·癸丑中秋月蚀，和半塘老人〈中秋雨中扶病视姬人抱贤拜月〉韵》《水龙吟（驾夕虬白螭苍些）》《绮罗香（雪艳描痕）》《换巢鸾凤（何处今宵）》《金缕曲（落拓江湖味）》《霓裳中序第一（春衫妒草碧）》《洞仙歌（相逢一笑）》（五首）、《黄金缕》（四首）、《莺啼序·题〈檗子填词图〉》《虞美人（轻烟澹粉春如画）》《酹江月·偶感钮玉樵〈觚剩〉红桃事，谱〈香桃骨〉乐府竟，记之以词》《桃源忆故人》（二首）、《洞仙歌·题〈菊影风帘读曲图》《摸鱼子·亚子有〈子美集〉之辑，书来索题，为赋此解》；俞锷（十二首）：《浪淘沙（苦为解愁怀）》《一剪梅（一池消得几多愁）》《霓裳中序第一（离肠远树直）》《湘月·忆陈大吴中》《愁春未醒（消磨病沉）》《沁园春·壬子十一月七日初度独酌，荒江醉后调此自寿》《渡江云·花朝》《桃源忆故人（雨中红泫桃花泪）》《淡黄柳（黄鹂语涩）》《双红豆·亚子既刊〈春航集〉，复以〈子美集〉索题，率成一阕》《齐天乐·赠芷畦汾南》《前调·赠一民魏塘》；庞树松（一首）：《桃源忆故人（雨中春色云连树）》；庞树柏（十三首）：《霜花腴·秋晚汎棹枫桥，和梦窗自度曲韵》《浣溪沙·寒山寺题壁》《潇湘夜雨·为徐仲可先生题〈湘楼听雨图〉》《念奴娇·为歌者朱郎幼芬赋》《虞美人·戏赠雏鬟佩青》《浣溪沙·与寄帆游徐园作》《虞美人·花朝雨》《桃源忆故人（雨濛濛里春无影）》《摊破浣溪沙·题楚伧〈分湖吊梦图〉》《桃源忆故人·寒食日欲展宋墓，积潦妨行不果》《西子妆·西湖春泛，和梦窗韵》《生查子·过秋社偶题，用梦窗〈秋社〉韵》《惜黄花·黄花冈纪念日感赋》；吴梅（三首）：《龙山会·题巢南〈征献论词图〉》《秋霁·题王严士〈渊明采菊图〉》《十六字令·题瘦鹃〈愿天速变作女儿图〉》；叶叶（一首）：《桃源忆故人·效檗子、蓴农、匪石诸子作》；陈去病（二首）：《蝶恋花（寒食清明都过了）》《鹧鸪天·春暮与景瞻、匪石、痴萍、楚伧、无射旗亭偶集》。"附录"栏目含《夏五社集愚园云起楼即事分韵》：《得灰韵》（林一厂）、《得删韵》（谢围人）、《得真韵》（吕天民）、《得元韵》（王瘦月）、《得阳韵》（徐只一）、《得先韵》（陈布雷）、《得齐韵》（周人菊）、《得纸韵》（邵无妄）、《得文韵》（邵无妄）、《得歌韵》（陈匪石）、《得东韵》（汪兰皋）、《得虞韵》（宋痴萍）、《得删韵》（蒋万里）、《得元韵》（王蓴农）、《得萧韵》（庞檗子）、《得麻韵》（徐粹庵）、《得尤韵》（叶楚伧）、《得支韵》（柳亚子）、《得庚韵》（柳亚子）、《得物韵》（蔡冶民）、《得纸韵》（蔡冶民）、《得寒韵》（陈巢南）。其中，林百举（一厂）《简亚子、佩宜丁忧梨里》云："闻道分湖蟹正肥，双携双楳莫欷歔。三生慧石身如梦，一阵愁城酒解围。秋老魂归鹃住泣，月明南望鹊孤飞。劝君重振文坛事，惧见当今雅颂微。"《简楚伧》云："君犹橐笔我回车，倦听高谈扪虱余。为问庾山枯树好，韩陵片石又何如？"《桃源忆故人》云："雨珠碎打梨魂断，丝挂蜻蜓帘短。风拗微歌凄咮，片坐幽情乱。　烟鸿一月迟三瀣，波渺江南春满。画幅归途寄远，船泊离时岸。"陈布雷《夏五社集愚园云起楼即事》云："最是江南五月天，眼中裙屐各翩翩，纷纶世事余棋局，苍莽诗情托酒边。尝有风怀贪少日，自携涕泪入中年，园林大好难回首，感逝伤离意惘然。"周伟《实丹烈士死三年矣》其三："自君之死矣，国事愈蜩螗。酬庸烹功狗，浩劫酿红羊。杀人已盈野，党碑姓字香。民穷脂髓尽，苛政方高张。饥者填沟壑，壮者散四方。走险聚为盗，四野全跳梁。高官方酣醉，那恤民苦伤。丁兹多难日，存反不如亡。魂兮倘归来，故国已全荒。"

《浙江兵事杂志》第4期刊行。本期"零纨碎锦"栏目含《朱都督应北京军学研究社三年纪念会征诗二首》（佚名）、《夜坐口占》（张亦兢）、《吊亡友赵伯先》（思声）。

[韩]《新文界》第2卷第7号刊行。本期"词藻"栏目含《桂堂书庄小集》（梅下崔永年）、《塔洞僧院赴姜小溟招饮》（梅下崔永年）、《桂堂词伯与社中诸同人分韵，自一东至六鱼各赋一律，并次奉呈兼示诸同人》（见山赵重健）、《桂堂书庄小集韵》（响云李址镕、又黎韩镇昌、苍史俞镇赞、小溟姜友馨、桂堂李熙斗）、《梅洞小集》（鹤山李种奭、苍史俞镇赞、素湖郑镒溶）。其中，苍史俞镇赞《桂堂书庄小集韵》云："斜阳敛照薄疏帘，烟树阴阴晚景添。映槛榴花红灼灼，上阶苔叶绿纤纤。病惟老酒非关感，逢辄贪吟不愧廉。休道将军专武事，骚坛近日夏盟兼。"

[韩]《至气今至》第14号刊行。本期"词藻"栏目含《蛺蝶花》（静观生）、《凤仙花》（自乐子）、《罗汉松》（物外生）、《蚕》（桑村逸民）、《蝉》（商山居士）、《鲤鱼》（超然子）、《偶吟》（朴文琪）。其中，超然子《鲤鱼》云："眼似真珠鳞似金，时时动浪出还沉。浪中得上龙门去，不叹江河岁月深。"

陈荣昌绘山水画四帧，并题诗四绝，书之画眉，以赠门人方树梅。

李瑞清应乡人之聘，从上海回临川修县志。李瑞清作《甲寅闰五月，自沪上还临川，至浔阳张岘堂丈止宿湖海楼，明日燕集作赠，兼呈同座诸子，时吴剑秋新游庐山归》《从南昌归临川，阻风于峭矶口一首》。其中，《甲寅闰五月》云："久居惮长征，信宿若已归。昔游尚如新，举目河山非。嘉会集胜流，持觞忽忘疲。良友不期来，清言切余怀。高馆静宜秋，重湖隔炎威。群蕉翳天光，寒绿生四围。妍凉玉阶深，夕阴苔径微。何必远人世，寡欲心自怡。五洲正沸腾，偃卧观兴衰。各勉日新德，爱保岁寒姿。"《从南昌归临川》云："习坎未云险，居屯久转夷。本无乘风心，戢枻守江湄。坐睇去帆驶，卧听犇涛驰。惊飚动林柯，飞鸟将焉依。荒洲绝闻见，稍喜脱尘羁。渐觉邻舟亲，言笑忘日垂。连舻自成世，邈若羲皇时。利钝付苍昊，前涂安可期。怀翼不获骞，浊酒聊一挥。"

吴昌硕为加藤绘《寒香疏影图》，并题云："苦铁苦受梅花累，草堂寂历求酣睡。人间何事贵独醒，苦以冰霜涤肠胃。山僧磨墨远道寄，繁枝索貌孤山寺。二月春寒花著未，下笔恐触造物忌。出门四顾云茫茫，人影花香忽相媚。此时点墨胸中无，但觉梅花助清气。枯条着纸墨汁干，时有栖禽落远势。当年木榻移栖霞，记得里湖同寝馈。岭上月色迟不来，行脚从之踏寒翠。莓苔同坐香同参，上乘禅能通一鼻。别泪春来挥几度，忍饿空山定憔悴。愧无粥饭共朝餐，画里梅花足心醉。加藤先生两正。甲寅闰五月，安吉吴昌硕，时年七十有一。"又，为白石六三郎绘《崩流激石图》，并题云："崩流激石如激空，空中无物唯天风。石如砥柱激不坏，声出石外如击钟。楼钟人在，颖师碧意轩昂中。昨于卢子城旧家处得读王孟津画帧，笔势莽荡如（绝），书法蹊径尤为古拙,为鹿叟拟其意。甲寅六月,安吉吴昌硕。"又,为仲迟篆书"矢鱼射鹿"七言联,联云:"矢鱼舟出水花好,射鹿人归原树深。仲迟先生属,集猎碣字。时甲寅六月杪,安吉吴昌硕。"

叶德辉由李肖聃等陪同往东四牌楼本司胡同铁如意轩私人诊所看望章炳麟。叶德辉在北京期间多次与章炳麟会谈,互相倾慕。章炳麟言:"得叶德辉一人,可与道古。"

曾朴任江苏官产处长兼办沙田事宜,耿介廉洁。

黄兴由日本横滨乘船赴美。此前因与孙中山意见不合,拒绝加入中华革命党。孙中山在叙别宴上集古句书联相赠云:"安危他日终须仗,甘苦来时要共尝。"黄兴在太平洋舟中赋《太平洋舟中》寄怀。诗云:"口吞三峡水,足蹈万方云。茫茫天地阔,何处著吾身?"

胡先骕、任鸿隽、梅光迪经杨杏佛介绍,一同加入南社。是时南社盟主柳亚子准备隐居吴江分湖,作诗代简,并请陆子美绘图明志,广征题咏。杨杏佛赋《贺新凉·题亚子〈分湖旧隐图〉》云:"一勺分湖水。问年年、扁舟选胜,俊游能几。乱世不容刘琨隐,满眼湖山杀气。更谁辨、渔樵滋味。莫便声声亡国恨,运金戈返日男儿事。风与月,日高起。   征尘黯黯中原里。四千年、文明古国,兴亡如此。燕子东飞江潮哑,儿女新亭堕泪。何处是、扶危奇士。不畏侏儒能席卷,怕匹夫、不解为奴耻。肩此责,吾与子。"胡先骕也赋《海国春·题柳亚子〈分湖归隐图〉》词云:"春色婆娑,天外青山如发,波光摇黛影,听鸣榔声里,渔歌清越,十里分湖,三春花草,应尘网、一时尽脱。胜迹留传,旧游如梦,灵芬故事能说。   应念碌碌风尘,胜溪旧宅,归梦至今未得。一幅轻绡,半泓烟水,画里湖山空阅,影事如烟,杨柳岸、晓风残月,扁舟一舸,胜游他日当达。"

陈独秀进日本东京雅典娜法语学校学习法文,同时助章士钊编辑《甲寅》杂志。

董必武经居正介绍谒见孙中山,受孙中山勉励,遂加入中华革命党。

郁达夫考入东京第一高等学校预科,并获官费生资格。初读一部(文科),后遵兄郁华意转入三部(医科)。与郭沫若、张资平结识,成为好友。

伍稼青毕业于江苏常州冠英小学,次月入县立师范,于次年毕业。

汪文溥(兰皋)编《梅陆集》,作为《中华实业丛报》周年纪念大增刊印行,推崇京剧名伶梅兰芳与陆子美,多人诗文合集。8月再版,9月三版。"古之伤心人"作《为兰皋先生题〈梅陆集〉》云:"看花饮酒齿冷,读史伤时涕涟。"本集收《梅兰芳集》和《陆子美集》。其中,《梅兰芳集》分3卷。卷一收图画及文;卷二收诗;卷三收词。《陆子美集》仅收图画二十幅。集前有兰皋作《〈梅陆集〉自序》云:"由此上溯二十年,当甲午中东未战之始,余方弱冠,偕江尖吴眺、河上孙寒崖等游京师,无日不涉足韩家潭（京伶荟萃之所），其时京伶之艳者推小朵。后此为乙未，为戊戌，为己亥，虽数至都，未尝与歌者接近，时时取醉大同居（酒肆名在韩家潭口），终不越雷池一步。北斗倦游，乃浮汉入湘。居长沙十年以来，知有韵娇、炳荪二伶，顾韵老去，炳童憨，未足以餍余意。光复后，蛰居海上三年矣，海上好事者以伶人冯春航、贾璧云标立党帜，互战文字。其始以为游戏，潮流所激，遂躐漩涡，不识视彼政党盛时如蜩如螗如沸如羹为何如也。余之对伶党与政党，同一持冷静态度，萧然无与，未尝以一矢相加遗，而中怀耿耿，不能不有所权量，特终不宣之口耳，居无何，后璧云而来者，有梅兰芳，而春航继起，复有陆子美，兰芳则所至无不倾倒，子美则柳亚子所提挈。余于二子演剧，数数往观，顾未有所褒贬，亦如其遇冯、贾也。一日，阅邸抄，以清室汉军赵尔巽为清史馆长，以湘潭诗人王闿运为国史馆长，忾然有感。迨夜，南社雅集，余既中酒，笑谓一座，余今当为梅陆合集矣。座中出不意，各大惊，因引巨觥以盟息壤。人事猝猝，抉剔爬搜，自顷甫竟，而亚子从黎里寓书，谓已另成《陆子美集》。崔颢题诗，太白自然搁笔，余因尽弃陆稿，删《梅兰芳陆子美合传》，重撰《梅兰芳传》，而留子美小影数十幅于后。方之《南陔》《华黍》，有声无辞，柳编同时刊行，他日虽有广征其人，勿烦为补亡矣。斯集仍以'梅陆'名，不忘始也。亚子既屡劝勿弃余编，复邮诗四章宠之。亚子者，一于春航，即其奖子美之始，亦以虎贲貌似中郎故。虽小凤之贤，一为兰芳本纪，磨剑室剧谭，几欲按剑，顾于余之为《梅陆集》，相视莫逆。嗟乎，并世惟余能不党，惟亚子能党，知此意者，独亚子也。"鹓雏作《〈兰芳集〉序》云："余序亚子《子美集》之后二日，阳湖汪兰皋以书抵余曰：'《兰芳集》成，子宜有述。'嗟乎，余识兰芳七年前，知其艺且日近崇，叹之弗能尽也。往者少年无赖，弛跡京师，狱鞲驰褐，往往冲寒，檀版银瓶，时时索醉，于是识兰芳，有和其侵韵诗二十首，马矢车尘中，拉杂命稿，弹轮鼠臂，旋即斥去，亦实无足存焉。迨夫沧桑初阅，庾信南归；岁月不居，何戕北至。刹那离合，凡及四年。渐疏法曲，都忘华羽之音；颇动荒愁，怕对公孙之舞。故兰芳旅沪月余，余才得一二觐，然亦得集放翁句三绝为赠，虞山庞檗子和之，题《兰芳小影词》二阕，闻兰芳今且殚技金门，声华藉盛，诵钱虞山赠王紫稼之诗曰：'如意馆中春万树，一时都让郑樱桃'，则益动我空山之喟矣。甲寅春莫锡钧。"鹓雏、檗子、蓴农、倦鹤作《题词》，石才、天民、漫庵、小凤、仙艺、不识、朴庵、抱云老农、万里、一厂、寄尘、仙芝、倦鹤、亚子、兰皋作《题诗》。其中，鹓雏作《高阳台·题〈兰芳集〉》云："茸帽欺寒，螺杯困醉，风怀销尽而今。一角蓬山，禁他青羽沉沉。韩潭依旧如霜月，更绿杨、门户难寻。剩销魂，花落江南，法曲重寻。　　成连海上凭谁忆，有汪伦送汝，千尺情深？细写春愁，鸟丝格界泥金。书成更要香魂护，拾落花、薰过春阴。待明年，化作幽芳，开遍江浔。"一厂作《题〈梅兰芳集〉》（四首）。其一："笑闻本纪立伶王，开卷犹疑劝进章。一传弁端知直笔，为花惜福意非狂。"其二："生香姓字似樱桃，自配乌丝五色毫。题品工夫加十倍，纵无声价亦从高。"其三："歌到梅魂尽哭痕，馋情尽有后梅村。集中也见王郎感，重访韩潭已闭门。"集后有丁宣之作《〈梅陆集〉跋》云："宣南菊部为神州最，文人学士多折节而乐与流连。并世不乏迦陵辈，而求如紫云尤多其选。缤纷珠玉，投赠无虚，文采风流，传为佳话。曩者清室光绪之际，先大夫居京师，与汪子乔、徐花农诸年伯同游韩潭，吟咏之余，每有所赠，遂成《梦痕词》《潭水词》两卷，中约数十人，而艳名独数景和（主人梅巧玲），俨然为菊部领袖。朱霞芬、余子云者，色艺冠同侪皆出其门下。词中所赠，此其最夥。迄今三十年，而此中人物，如霞芬、赞卿（时）皆物化，石头（陈）宝云（树）皆老去，后起有霞芬之子幼芬，沈默雅澹，举止安详，犹有景和余风，而同时最负盛名，南朔所至，罔弗倾倒，则有梅兰芳。其人者，固景和之孙也，秀骨天生，登场独步，盖能得梅之魂、兰之馨，婉娈宜人，幽艳独绝，所蓺一秉家芬，后先增辉，渊源可考。都中数十年来，梅氏之名独冠于曹，绵延勿替，亦足以睥睨自丰哉！兰芳以去岁应第一台聘南下，得与海上人士接，居仅月余，而文人学士投赠绎络，摛藻摘词，不惜伐肝荡肺以赴之。樊子词人，至发誓每十日当作梅诗一二首，以酬天公诞生佳人之麻。余生也晚，不知岂能媲于当年景和之胜否？然而今昔异时，沧桑物换，兰芳之来，适丁沪南喋血之后，李莼客所谓联骑踏歌当穷途之恸哭者，茹痛之余，强为破涕，亦弥足感已。汪君兰皋，毗陵硕士，南社文豪，以秦太虚之才调，兼柳屯田之情怀，心折梅郎，为编此集。布披而读之，珠玉在前，宁容赘辞，第一言，为读者诸君告，则此集之编，搜辑从严，大都绝构，不存偏党，弥见虚怀，抑汪君不欲党梅而刊梅，其意固已深矣。初与《陆子美集》合辑，陆为新剧中第一人，凄馨哀艳，以视兰芳，当别树一帜，尤以悲剧著。英英年少，放废于伶，君子每叹其遇，而吴江柳亚子一往情深，已先为集张之。汪君乃尽弃陆稿，独以梅刊，集虽华离为二，而铜山洛钟，东西相应，所谓离之则两美者，非耶？斯集仍以'梅陆'相揭橥，且缀子美小影数十幅于后文。所谓：方之《南陔》《华黍》，有声无辞，益令读者意远。今黄浦江上有二瑰宝，璨烂光腾为不可掩者，即此二集之出世也。民国三年六月杭县丁以布宣之。"集后有《附录》，收兰皋作《〈子美集〉叙，为亚子作》云："予编《梅陆集》将竟，亚子以书问讯何日印成，且云顷编《子美集》已草就，不日亦出版矣。予因尽弃所编陆稿，而亚子复力劝予勿弃，以为可各树一帜，即不然亦当别为一卷，合而刊之。予终不忍以瓦釜与黄钟同鸣，弗之许也。既而亚子为题《梅陆集》四绝，征予叙言为报。予既已删《梅兰芳陆子美合传》，又何以序《子美集》者？虽然，予又乌可以无言？先是亚子之赏冯春航以《血泪碑》，春航小去汉水，亚子亦遄归黎里。一日，里中春社忽演是剧，而春航所饰剧中人即陆子美。亚子以为虽无老成人，犹有典型。其自述所谓余初识子美，以《血泪碑》为楔子也。顾评者谓子美之于春航，未必如虎贲之于中郎，此则为不知亚子心矣。以予度之，亚子殆一观《血泪碑》，率然而思春航，即率然而契子美，一往情深，别有怀抱，未易为不知者道也。世衰道夷，翻手为云，覆手为雨，朝成刎颈，莫乃割席。以近事证之，肇造共和，政党林立，而党中人各以势为趋避，卒乃同归于尽。以习阘非合窳之性，而为趹踢屏蓬之行之多也。又如兰芳南来，而冯贾之党各稍稍引去，贾党虽有贤者，亦不能自坚，幸有亚子揩拄，冯党始卓然立于不败。今亚子之为《子美集》，犹其为《春航集》也。谓天盖高苍苍者气，谓地盖厚抟抟者土。子美何幸，而于此天地遇一亚子；吾国何不幸，而不于此天地多生数十百亚子哉！嗟乎，杜陵老去，浑脱愁对公孙；淮客人间，肠断那堪紫稼？亚子读予此文，将谓汲黯今又妄废矣。"

易顺豫撰《琴思楼词》（1卷，石印本）刊行。甲寅六月印于长沙。《自叙》云："余生平于诗于词，既皆不能工。间有所作，辄随手弃去以不足存，而又惮于录稿也。子大以爱余故，独以为可存，谓弃之为尤可惜。尝数数责余录稿，余漫应之而已。亦尝欲借以自课，顾随录随又弃置，终不能竟其业。癸卯客武昌，子大留居寓庐，始督责余于残丛故纸中得录出诗词各三十余首。顾录诗乃未竣，仅以词属子大为之点定，诗则携以自随。明年覆舟靖江，则稿又殁于水。余诗遂亡矣。独词以在子大处，得存至今，不可谓非幸也。子大既自刊《鹿川田父集》，乃更为余搜辑所未录之词，并益以湘社诸作足为一卷，名之《琴思楼词》。恐复散佚，复督责余刊而存之，是可感已。刊既成，子大方养疴，不及为叙，因督余叙其缘起于此。嗟乎！余词安足存，存子大爱余之意云尔。甲寅夏至易顺豫自叙。"

柳亚子撰《〈习静斋诗话〉序》。序云："仙源方子瘦坡，有《习静斋诗话》之辑，索序于余。余惟文章盛衰，与世运相维系，诗虽小道，胡独弗然？亦尝见夫世之称诗者矣，少习胡风，长污伪命，出处不臧，大本先拔。及夫沧桑更迭，陵谷改观，遂腼然以夏肆殷顽自命，发为歌咏，不胜瓯棱京阙之思。不知珠申、肃慎，非姬姒之旧邦；妖鸟、朱果，岂炎黄之遗胄？操刀必割，非种必锄。《诗》曰：'戎狄是膺，荆舒是惩。'方膺惩之不暇，而风讴歌咏叹为？语有之：'代马嘶北风，越鸟巢南枝。'言禽兽虽微，犹知自爱护其种类也。岂有人为万物之灵，而自忘宗国，狎比索头髡首之族哉！迷而不复，何颜之厚欤！其尤无耻者，移其媚虏之性，以媚国贼。操莽也而尊为舜、禹，寇仇也而奉若帝天。朝成美新之文，夕上劝进之表。冰山可恃，呪痫无妨。金穴堪求，执鞭何害。呜呼！廉耻灭而仁义亡。文人无行，宁让沈约、王伟独有千古哉？吕晚村先生曰：'今日之文字坏，不在文字，其坏在人心风俗。'痛哉斯言！三百年来，慷慨系之矣！今方子为此编，其亦致意于人心风俗之微。别裁伪体，摧陷而廓清之，毋徒屑屑于文字之末，则吾言或不虚发，而方子且为吾道干城，吾愿方子之勉之也。"

郭筠作《甲寅闰五月大雨兼旬，蛟水暴长，湘省受灾十余县。吾乡灾区亦多，连年水潦，今夏犹盛。荒月穀食既不足，复值淫雨不止，令人恻然》。诗云："衰病余年觉夜长，卷帷留焰一灯光。窗含骤雨添涨新，山拥飞泉尽水乡。天意禾容人邃料，遭时谁识遍更尝。迅雷惊起蛟螭怒，欲奋泥蟠鼓浪狂。"

黄侃作《月夜独坐》《和康宝忠〈杂兴〉》（四首）。其中，《月夜独坐》（月夜独坐，沔然有作）云："病里情怀梦里身，欲寻欢乐已无因。流光着意催衰鬓，明月何心照恨人。鹊绕空枝难自主，萤窥虚幌似相亲。青天浩荡凭谁问？漏尽钟鸣一怆神。"

江子愚作《沁园春·甲寅夏杪，送人游嘉州》。词云："行李萧然，一叶扁舟，千首新诗。正流杯池上，藕花天气，读书楼畔，梧叶秋期。选胜登临，多多益善，饱看凌云山水奇。君如鹤，好横江西去，直上峨眉。　游踪不受人羁。且莫待、风霜沾鬓丝。叹平生能着，几双蜡屐，少年能看，几度花枝。如此溪山，君休草草，为我停杯一问之。将那问，问海棠春睡，醒已多时。"

臧易秋作《甲寅六月再过桐城，不得一访姚叔节、潘季野，途中占此却寄》。诗云："远望龙眠山，山势何盘纡。行行又桐城，绕郭历村墟。吾家有先烈，战没城南隅。去年从军来，丰碑拜通衢。俛仰为陈迹，仆仆仍道途。兹行更军役，驿吏劳我军。就闻仁里俗，得讯高人居。马公（通伯）今参政，讲经帐已虚。姚叟（叔节）悼兰芽，悲郁惨不舒。潘生（季野）面城市，赋闲乐有余。过门不入室，无乃情太疏。为谁迫程期，不得仰琴书。作诗谢故人，挥鞭更前驱。"

八　月

1日　《申报》第14898号刊行。本期《自由谈》"诗选"栏目含《次问梅韵，送汪凤生盟弟赴鄂》（太痴）、《月夜听琴》（许贞卿女士）、《竹影》（许贞卿女士）、《舟行月夜》（许贞卿女士）。

《中国实业杂志》第5年第8期刊行。本期"文苑"栏目含《次萧培葳韵即留别》《造像题赠友人》《次袁俶畲韵》《赠冢原周造君，时伴送孙中山回国》《偕息庐、耐盦游箱根芦之湖，登岳影楼小饮，壁间有康南海题句，次韵感赋》《叠前韵》《星冈茶寮雅叙，即席赋赠》《记梦》《造像自题赠别友人（集龚定盦句）》《造像自题赠别黄牖达》。此栏作者名均阙如。

云南丛书处成立。陈荣昌被推为名誉总纂，赵藩为总纂，孙光庭、袁嘉谷、李坤、秦光玉、顾视高、钱用中、蒋谷等为编纂。陈荣昌将十余年间亲自搜集审编之《滇诗拾遗》一百数十家之作，概交丛书处，收录诗丛中。

2日　《申报》第14899号刊行。本期《自由谈》"诗选"栏目含《秃笔》（定远方秀生）、《破书》（定远方秀生）、《敝裘》（定远方秀生）、《陋室》（定远方秀生）、《送友人由西山出军张家口》（四首，东园）、《烽火骊宫图》（东园）、《蜀父老》（东园）、《徐君伯匡、赵君养矫以同人久暌，特招饮于海上杏花楼，一时到者，皆旧知名也，因成两绝，乞同座诸贤玉和》（酒丐邹弢稿）、《漫兴》（红豆）、《同舟赠日本女史高溯八重子回国》（许贞卿女史）、《偶游沪上》（许贞卿女史）、《观剧口号》（许贞卿女史）、《月夜》（许贞卿女史）、《南北战》（四首，许贞卿女史）、《忆柳》（梦庐）。

3日　白朗受伤后死于河南鲁山，白朗起义军在纵横中西部数省后失败。

《申报》第14900号刊行。本期《自由谈》"诗选"栏目含《辛亥冬寄曼陀天津，以诗代柬》（十首，东园）。

江五民作《六月十二日逃暑园中偶成》。诗云："暑气何酷烈，热高百度余。金石虑销铄，况此血肉躯。逃暑苦无所，有园屋之隅。竹树稍森爽，时来风徐徐。移榻就其中，儿喜与之居。一编坡公诗，聊以抒烦纡。儿亦有程课，翻观世界图。牛毛勤指索，五洲分奥区。偶或出会心，尚喜非顽愚。陶观《山海经》，五子不喜书。以此稍自多，洒然意为愉。"

曾仲鸣作《八月三日感事》。诗云："征夫别妇子离娘，再见一声应断肠。我纵旁人心更苦，无端客泪满衣裳。"

4日　《申报》第14901号刊行。本期《自由谈》"诗选"栏目含《叠聚星堂韵，留别青萍子爵》（南湖）、《八叠鸥韵，留别香国并东京诸友》（南湖）、《七月二十五日〈自由谈〉载短篇小说〈风流掌〉，读之叹曰：女菩萨救度苦厄，至难事处之，易如反手，智慧贞节，其人抑何可敬，赋此以志感佩》（浙省崇德竞存氏）。

江五民作《十三日雨后喜凉，与儿女初次唱和，喜而有作》。诗云："一雨庭前暑气收，葛衫凉觉近新秋。几朝儿女欣团聚，五字歌辞始唱酬。杜老传家精选理，谢庭斗韵擅风流。却怜骄少耽吟趣，聊博衰颜一破愁。"

5日　《申报》第14902号刊行。本期《自由谈》"诗选"栏目含《寒禅先生客冬在金庭山中纳其侍儿为宠，同人隔岁始知，戏赋小诗四章博粲》（酶禅）、《春闺》（酶禅）；"词选"栏目含《菩萨蛮（吟成幽怨纷纷诉）》（许贞卿女史）、《前调·七夕》（许贞卿女史）、《前调·附庄文女史次韵》（许贞卿女史）。

6日　袁世凯就欧洲大战爆发发表中立宣言，并公布《局外中立条规》。

《申报》第14903号刊行。本期《自由谈》"诗选"栏目含《春柳》《题周瘦鹃所编〈香艳丛话〉》（二首，佐彤）、《姚子梁先生邮示所赋〈闰端汤即景〉诗二绝索和，谨照原韵添作七律，佛头著粪之讥知不免矣》（佐彤）；"词选"栏目含《疏桐月·自度腔书壁》（鹿门旧隐）、《望江南·外子属绘纨扇，为摹〈小说时报〉封面〈晚风凉帕图〉，并填此阕》（洗琴内史）。

[韩]《新韩民报》"词藻"栏刊载《访张义士》（友芸、大东）、《文白两先生访张义士仁焕氏而还，作一律以示余，水夫不文，谨步前韵而和之》（东海水夫）。其中，

东海水夫《文白两先生访张义士仁焕氏而还,作一律以示余,水夫不文,谨步前韵而和之》云:"公敌下车亦一奇,三声短炮万人悲。西城月上祈天夜,大陆风靡报国时。长使英雄囚铁槛,空教儿女绣金丝。滨河流尽机山暮,千古峨洋亿子期。"

叶昌炽续写《黄山游记》,10日写毕,弁首之词有序、传、志铭、寿文、象赞。

7日　《申报》第14904号刊行。本期《自由谈》"诗选"栏目含《环花盒试茶,赋赠盒主山岸庆吉》(南湖)、《伊香保雅集,以诗谢座上诸公二首》(南湖)、《题赵千里〈仙山楼阁图〉》(南湖)、《题朱复初君〈海天梦月圆〉》(鹿门旧隐)。

夏敬观入都任政治讨论会会员。

8日　《申报》第14905号刊行。本期《自由谈》"诗选"栏目含《挽珩芳姊》(八首,包者香);"词选"栏目含《寿星明·野衲先生有燕赵齐陈之游,赋以美之》(两首,观云)。

傅增湘任肃政厅肃政史,"在职岁余,内弹部长,外劾疆吏,旁及仕途积弊,事咸报可。"

傅专避乱期间安心读书,疏于世事,仅与少数南社社友保持联络,柳亚子为其中之一。傅专作《立秋寄亚子》。诗云:"秋意凉初写,庭除暑未消。微风度灯火,虫语转残宵。感物千愁蕴,怀人万里遥。谁能遣幽怨,为我一吹箫。"

易顺鼎作《六月立秋日饮君立宅夜归作》。诗云:"清晨策高轩,薄暮乘小车。一日两易辙,半日一遂初。城北往城南,相去十里余。我从白米街,言返城南居。外城苦人密,内城喜人疏。驰道何广博,荡荡真康衢。是夕刚立秋,凉风袭襟裾。新月出已高,伴我行疾徐。转恨车行速,清景才须臾。炎暑与尘壒,今日为我祛。嗟我早任达,不受世网拘。奈何殉情爱,垂老犹痴愚。妄谓知我者,天上玉蟾蜍。安得遂羽化,撒手归空虚。"

江子愚作《满江红·甲寅立秋》。词云:"不等秋来,早已带、几分秋气。又何况、连宵风雨,作(去声)秋滋味。蟋蟀墙边梧影瘦,鸳鸯池畔荷衣脆。看屏间、燕子语商量,寻归计。　年光换,真容易。人未老,心先瘁。尽松烟菊酿,缴消初志。漫说井华能却病,金盘玉露终无谓。算不如、举盏待凉蟾,依然醉。"

熊英作《立秋》。序云:"民国三年时避地澳门。"诗云:"高梧忽复传寒意,揽景苍茫惹客愁。信是人间有摇落,知非吾土强淹留。饥年随俗聊餐豆,晓日临窗听赏楸。离别早知难复合,当年悔作御风游。"

9日　《申报》第14906号刊行。本期《自由谈》"诗选"栏目含《扬州城北书所见》(东园)、《夜雨志喜,叠韵答仲安》(东园)、《书斋夏日》(东园)、《和友人〈金陵怀古〉之作,次韵五排三十二句》(东园)、《喜迁莺·晓晴》(东园)、《梅花引·题鲍先生小安续编〈墨梅百种画谱〉》(卓然)、《喜迁莺第一体·白莲花》(小海袁月三)、《苍梧谣·白蓼花》(小海袁月三)、《谢秋娘·润城有忆》(醰禅)。

廉泉作《六月十八日大仓喜八郎招饮于墨上别墅,中洲、青萍、股野皆有诗见赠,敬次中洲原韵呈坐上诸老》。诗云:"飞尽樱花绿意多,德星聚处便清和。亭开山色饶乡梦,风卷潮声入棹歌。胜事百年思洛社,当筵一曲唱回波。飘飘萍梗今何世,醉里题诗似老坡('醉里题诗字半斜',坡公句也)。"

10日 《申报》第14907号刊行。本期《自由谈》"游戏文章"栏目含《新唐诗》(四首,二如)、《真小热昏》(瀛海竹斐);"诗选"栏目含《和郁曼陀〈来青阁即席〉之作次韵》(东园)、《送友赴伊犁》(东园);"词选"栏目含《踏莎行·夜雨寄家》(惨绿少年)。

《雅言》第9期刊行。本期"文录"栏目含《答四川国学学校诸生问〈说文〉书四通》(刘师培)、《〈桐凤集〉序》(王闿运);"诗录"栏目含《逃虚子诗集(续)》(明代姚广孝)、《髩春集(续)》(李介立)、《绥庵诗剩》(蒋超)、《桐凤集》(曾彦)、《〈晚香堂诗〉选录》(雷钟德)、《信川诗存(续)》(李秉)、《独弦集(续第一年第七期)》(黄侃);"诗钟"栏目含《江上残钟集(续)》(原人辑)。

《民口》杂志第1卷第6号刊行。本期"文苑"栏目含《苏州道中阻雨》(抱香)、《登胜棋楼》(抱香)、《秦淮杂咏》(抱香)、《固镇道中》(抱香)、《登陶然亭》(抱香)、《雨余》(抱香)、《哭宁太一》(抱香)、《壬子春沪上别友二首》(王毓祥)、《送祥纯弟北上诗三首》(王毓祥)、《题照感怀八首》(祉伟)。

《民国》第1年第4号刊行。本期"文艺"栏目含《词征(续)》(愚麓张德瀛纂)、《读史杂感》(文史)、《悲歌怀刘子》(山父)、《失题》(逋隐)、《游碧鸡山杂诗》(民国壬子冬十月)(介翁)、《不幸》(苣盦)、《荆棘》(前人)、《感事》(前人)、《骥》(前人)、《鼠》(前人)、《寄毅盦》(前人)、《齐天乐·春日登越王台感赋》(采珊)、《台城路·秣陵》(前人)、《满江红·钱塘》(前人)、《金缕曲·湘中》(前人)、《忆江南·僧庐夜宿》(前人)、《谒金门》(前人)、《虞美人·书〈蜕岩词〉后》(前人)、《忆江南·朱竹垞〈曝书亭词〉》(前人)、《忆江南·毛大可〈当楼词〉》(前人)、《忆江南·成容若〈饮水词〉》(前人)、《忆江南·曹实庵〈珂雪词〉》(前人)、《忆江南·梁苍岩〈棠村词〉》(前人)、《忆江南·顾梁汾〈弹指词〉》(前人)、《忆江南·万红友〈香胆词〉》(前人)、《忆江南·丁雁水〈紫云词〉》(前人)、《忆江南·高澹人〈蔬香词〉》(前人)、《忆江南·余香祖〈团扇词〉》(前人)、《忆江南·厉太鸿〈樊榭山房词〉》(前人)、《忆江南·黄仲则〈悔存词〉》(前人)、《忆江南·蒋定甫〈铜弦词〉》(前人)、《忆江南·张皋文〈茗柯词〉》(前人)、《忆江南·刘芙初〈筝船词〉》(前人)、《忆江南·姚梅伯〈疏景楼词〉》(前人)。

11日 《申报》第14908号刊行。本期《自由谈》"诗选"栏目含《岁丁酉秋初,余过邗上,周君徽之(名学海)以自咏十二诗寄刘明经蔚民,兼索余和,爰依韵奉酬》(七首,东园旧作)。

12日 魏清德《观潮》(限寒韵)(二首)发表于《台湾日日新报》。其一:"赋才枚乘感酬难,射弩当年极壮观。吞吐汪洋三万顷,广陵八月一凭栏。"

张謇作《过颐和园》。诗云:"圆明灰烬尚余温,土木巍峨复此园。赤舌烧城民与劫,黄金齐阁佛何尊(清光绪朝,慈禧太后建佛香阁,费一百数十万)。新蒲细柳千门锁,石兽铜狮一代存。流水岂知兴废感,朝朝溅雪出墙根。"

13日 《申报》第14910号刊行。本期《自由谈》"诗选"栏目含《岁丁酉秋初,余过邗上,周君徽之(名学海)以自咏十二诗寄刘明经、蔚民,兼索余和,爰依韵奉酬(续隔昨)》(五首,东园旧作)。

[韩]《新韩民报》"词藻"栏刊载《欧洲战事》(友芸、东海水夫、大东)。其中,友芸《欧洲战事》云:"争雄不问是耶非,杀气纵横贯日晖。良将运筹攻必取,大军贾勇死如归。从此人心皆铁血,至今时势忽戎衣。丈夫落拓吾何事,一剑多年坐失机。"

14日 《申报》第14911号刊行。本期《自由谈》载"游戏文章"栏目含《游夜花园》(息游)。

魏清德《夜宿仙洞检疫所,偕守谦、篁村二兄话旧》(二首)发表于《台湾日日新报》。其一:"露凉清不寐,徒倚望阶墀。广石殊堪扫,前林颇可窥。月将潮并长,空与水相宜。此趣何由得,念来访旧知。"

江子愚作《踏莎行(宿雨凝秋)》。词云:"宿雨凝秋,凉云失午。侵晨却道天将莫。匡床梦觉不闻蝉,画眉两两啼深树。　　未酒先醺,无梅已醋。何堪更读销魂赋。多时不到北城游,紫薇花落应无数。"

胡适作《送许肇南归国》。诗云:"秋风八月送残暑,天末忽逢故人许。烹茶斗室集吾侣,高谈奕奕忘夜午。评论人物屈指数,爽利似听蕉上雨,明辨如闻老吏语,君家汝南今再睹。慷慨为我道出处,不为良相为良贾。愿得黄金堆作坞;遍交天下奇男女。自言'国危在贫窭,饿莩未可任艰巨。能令通国无空庚,自有深夜不闭户'。又言'吾曹国之主,责人无已亦无取。宜崇令德相夹辅,誓为宗国去陈腐。譬如筑室先下础,纲领既具百目举'。我闻君言如饮醋,振衣欲起为君舞,君归且先建旗鼓,他日归来隶君部。"此诗后刊于1915年6月《留美学生季报》夏季第2号。

15日 《申报》第14912号刊行。本期《自由谈》"诗选"栏目含《重过瓜州》(豁公)、《茸城感事》(白生)、《无题》(五首,所一)。

《军事月报》第8期刊行。本期"文苑"栏目含《乌江怀古》(曹铸)、《秋日游万牲园登豳观楼》(前人)、《客邸对月有感》(前人)、《癸丑秋客都门,闻南京兵乱事,赋哀江南》(前人)、《送曹菊樽兄回苏》(心吾)、《甲寅客都门自慨》(曹氏伯子)、《邺下消寒七绝十首》（镜珊）、《阅报有感》（前人）、《感时》（前人）、《燕市杂感》（前人）、《观〈成吉思汗拿破仑图影〉有感》（雪鸿）、《观〈克罗伯图影〉有感》（前人）、《重九登高》（沧洲）、《赠别》（前人）、《感怀（寄友人）》（前人）。

《（北京法政同志研究会）法政学报》第2卷第7号刊行。本期"文苑"栏目含《书〈群经源流讲义〉后》（刘宝亭）、《道出雄关题文信国吊古祠》（李长荣）、《政治会议闭会赋别王君笑向》（前人）、《浪笔》（前人）、《郿城外作》（前人）、《闻章太炎近事有感》（袁超）。

[韩]《天道教会月报》第49号刊行。本期"词藻"栏目含《八月二日泛舟游于龙山之下》（南隐卢宪容）、《又》（星轩李台夏）、《又》（香山车相鹤）、《又》（香山车相鹤）、《鹭梁行人》（青田朴谦）、《栗岛归帆》（青田朴谦）。其中，青田朴谦《栗岛归帆》云："蓬窗不掩夏犹寒，一碧天光万顷澜。何处青山帆外过，岛人清趣月边竿。"

清史馆聘严修任纂修兼总撰。

况周颐校毕《东海渔歌》（3卷），并辑自《闺秀词话》之顾春词五阕（曾录入《兰云菱梦楼笔记》），编入《东海渔歌》第2卷，为跋语。

陶行知在上海招商局码头乘中国号邮轮前往美国求学。

江五民作《廿四日访玉叟于江北寓庐，归途得长句一章奉调》。诗云："相逢漫讶鬓成霜，娓娓论文不改常。一指天龙参佛易（时一指患风），双眸刘向校书忙。云龙幸许勤追逐，风雨还期细榷商。今夕客星难犯座，小星正护老人傍。"

16日 严独鹤改革新闻报馆原有副刊，《庄谐杂录》改名为《快活林》。

《申报》第14913号刊行。本期《自由谈》"诗选"栏目含《咏菊和漱霞丈》（瘦蝶）。

17日 《申报》第14914号刊行。本期《自由谈》"诗选"栏目含《沪寓畜一番犬，甚驯，忽失所在，作此招之》（半痴）、《秋泛》（瘦蝶）。

18日 《申报》第14915号刊行。本期《自由谈》"诗选"栏目含《新秋夜坐》（陈姜映清）。

裴景福启程离乡，后到达安庆，就任安徽省公署秘书长，擢政务厅长。在皖期间，裴景福与桐城文士方守彝、姚永概有往来。

刘景晨以保荐知事入觐抵京，与池仲霖、黄式苏同寓，3人均免试知事。得知章太炎羁押，刘景晨本日上书政府要求释放。次日，刘景晨被巡警捕押，在瑞安同乡、首届众议员虞廷恺（柏卿，亦作博卿）援救下得以出京。刘景晨后有《哀仲弟》诗追忆："忆我都门初入觐，讦者中之遘逮问。博卿奔走白无他，槛车方免递诸郡。"

19日 《申报》第14916号刊行。本期《自由谈》"游戏文章"栏目含《县知事叹五更》（东园戏笔）；"诗选"栏目含《无题》（二首，佐彤）、《舟中即事》（佐彤）。

20日 《申报》第14917号刊行。本期《自由谈》"游戏文章"栏目含《劝戒酒歌》

（胡梅棠）。

《觉报》第13、14期合刊刊行。本期"文艺部·诗选"栏目含《次韵答侯雪侬（毅）》（麇盦）、《和王惠如》（麇盦）、《冷水桥观瀑布》（夷陵至夜郎道中）（吕博文）、《雨意》（吕博文）、《日本作》（吕博文）、《游仙诗》（吴蜀奇）、《游乃登百路拿破仑皇宫观拿被逼退位草》（吴蜀奇）、《观拿后若瑟芬像》（吴蜀奇）、《留别口占》（吴蜀奇）、《蜀中怀古》（雨田）、《马嵬吊杨太真祠》（雨田）、《读李义山、杜牧之集感赋》（又陵）、《柬文伯八首兼示艮仲》（曲盦）、《至安陆览古二首》（曲盦）、《送阎达夫归国》（许进）、《仿邓二》（许进）、《七夕》（许进）、《家书》（树森）、《奈何》（树森）、《春假后归凤城杂感寄友》（恻民）、《读天马近作却寄》（恻民）、《闻沪耗》（恻民）、《读〈留侯世家〉》（鳌馆）、《过武昌作》（王际云）、《送罗紫平赴巴黎四首（存三）》（王际云）、《疏窗》（王际云）、《高楼夜坐》（王际云）、《送别伍重光归国》（王际云）、《题画》（王际云）、《初度感怀柬熊、潘二子》（李培甫）、《樱》（李培甫）、《南陔三首》（刘有恢）。

《学生》第1卷第2号刊行。本期"学艺"栏目含《文学卮言》（指严）；"文苑"栏目含《癸丑金陵旅行记》（江苏省立第二师范学校四年级生张昭瀛）、《西山游记》（北京清华学校高等科四年级生赵师复）、《八达岭纪游》（北京清华学校高等科四年级生马胜白）、《游宝山记》（附丁传商肖像）（江苏省立第二师范学校本科三年学生丁乙）、《春假游狼山记》（南通县师范学校学生鲍德澂）、《秋之庭院记》（江苏省立第一师范学校本科三年级生郁家驹）、《秋斋夜读记》（上海爱国女学校中学一年生王德畴）、《读沙定峰〈市声〉说书后》（京师公立第一中学校学生吴佑）、《读钱烈女墓志书后》（上海爱国女学校中学一年生张品榴）、《题文姬十八拍》（上海爱国女学校中学一年生李绣文）、《游镇海之九峰山》（江苏省立第二师范学校学生傅博）、《长城行》（北京清华学校高等科四年级生郑宗海）、《长陵行》（北京清华学校高等科四年级生郑宗海）、《游颐和园》（北京清华学校高等科四年级生刘乃予）、《游西山》（北京清华学校高等科四年级生刘乃予）、《晓起喜日》（北京清华学校高等科四年级生刘乃予）、《清华园晚眺书怀》（北京清华学校高等科四年级生刘乃予）、《自勉》（北京清华学校高等科四年级生刘乃予）、《桂树重荣》（京师公立第一中学校学生吴佑）、《游万寿山》（京师公立第一中学校学生吴佑）、《中秋夜望月》（京师公立第一中学校学生吴佑）、《除夕感怀》（京师公立第一中学校学生吴佑）、《秋夜不寐有感》（江苏省立第一师范学校学生魏寿镛）。

赵尔巽来函，欲聘叶昌炽为清史馆名誉总纂，叶慨叹："如鄙人者，国亡宗坠，旦夕入地，尚何有名誉之可言？"本月25日，叶昌炽致书清史馆，辞总纂之聘。

张謇作《周氏篝灯课读图》。诗云："廿载图中影，篝灯炯炯明。孤儿赖贤母，苦节易修名。野饭甘荼味，林禽识杼声。慈恩传不尽，哀恫此时情。"

21日　蔡锷拜访王闿运，论徙民实边，议尚可行，令其条陈各事以备采览。是日，王闿运独坐稳几，感议院事，偶题一诗。诗云："广场百人静，秋雨四筵清。昌言万邦乂，筑室道谋成。如蜩昔嫌沸，寒蝉今愧声。构夏信无补，吹竽徒自惊。时艰信逼促，政教乃骄盈。奇计实所好，横流良未宁。聊从庶人谤，知余日暮情。"

张謇集杜诗作《题狼山江海神祠》。联云："朝海衬吴天（衬，川本、玉句本作蹴，《秋日夔府咏怀一百韵》），遂有冯夷来击鼓（《玉台观》）；昊天出华日（《夏夜叹》），此时骊龙亦吐珠（《渼陂行》）。"

22日　《申报》第14919号刊行。本期《自由谈》"游戏文章"栏目含《戏改前贤诗作打油四章》（佐彤）；"诗选"栏目含《游湖偶占》（佐彤）、《藕丝》（佐彤）、《奉次南湖先生见视之高韵》（正木直彦）、《送南湖先生回沪二首》（近藤廉平）。

鲁迅与许寿裳同至北京钱粮胡同，谒见被袁世凯软禁的章太炎，并于次年1月31日、2月14日、5月29日等多次看望章太炎。

黄侃作《青岛临战感书》。序云："甲寅七月二日阅报，知青岛旦暮将有战事，感书长句四韵。"诗云："越秦肥瘠宁相问？凡楚存亡竟不知。苦向薪边防厝火，却从局外看围棋。茫茫巨浸稽天日，黯黯斜阳照地时。倚遍危阑无一语，此身饮罢更何之？"

裴景福作《甲寅七月初二日作》。诗云："谁知地老天荒后，重赋南征北伐篇。周召共和能仿佛，唐虞揖让固依然。醉中日月三千岁，梦里功名四十年。何事草玄玄尚白，解嘲惟有子云贤。"

23日　《申报》第14920号刊行。本期《自由谈》"诗选"栏目含《消夏吟》（逸民汪幼兰）、《却聘》（丁福保）、《夜读》（丁福保）、《秋感》（丁福保）。

蒋叔南作《乙卯七月十三晚游石门潭》。诗云："结伴寻幽去，新秋已十三。滩声轰晚涨，暮气媚晴岚。波碎鱼吞月，云开石卧潭。啸歌龙不起，归去兴犹酣。"

24日　吴昌硕为葛昌枌绘《新篁茅屋图》，并题云："茅屋四隅幽，新篁看欲活。荒荒江月明，秋烟生一抹。祖芬先生属写，为拟高南阜笔意。甲寅处暑，吴昌硕。"

25日　《申报》第14922号刊行。本期《自由谈》"诗选"栏目含《夜起》（东园）、《同时得陈君蝶仙、许君瘦蝶手书，赋以代柬》（东园）、《王君子咸〈职思居诗集〉》（东园）、《观剧》（东园）、《和蔡选青〈春日感怀〉之作次韵四首》（东园）。

《雅言》第10期刊行。本期"文录"栏目含《钱塘吊龚魏二生赋》（章太炎）、《〈艾如张〉〈董逃歌〉序》（章太炎）；"诗录"栏目含《左庵长律》（刘师培）。

《小说月报》第5卷第5号刊行。本期"文苑"栏目含《徐室女新华哀辞》（苏堪）、《渡淮》（剑丞）、《夜宿徐州》（剑丞）、《南归漫赋》（剑丞）、《既除妇服，哀不能尽，诗以道之》（剑丞）、《题陈子言陇上诗卷》（剑丞）、《移居叉埭角口占》（剑丞）、《题郑太夷〈海藏楼图〉》（剑丞）、《上巳禊饮止园超览楼，次韵瞿相〈日本樱花歌〉，同王湘绮侍讲年丈、黄敬舆太守、廖苏畡主事、汪颂年学使、余尧衢参议、朱荷生观察、曾重伯太守、谭组盦编修》（子大）、《松柏仙云楼歌赠廖苏老并叙》（子大）、《高阳台·题水绘图书画合璧册》（夔笙）、《绛都春·子大别五年矣，申江捧袂，枨触昔游，赋此索和》（夔笙）、《买陂塘》（夔笙）、《醉翁操·夔伯新制一琴，字曰默君，乞铭以词》（语石）、《念奴娇》（语石）、《百字令·明姜、如农给谏宣州老兵遗砚》（语石）、《辘轳金井·黄梨洲先生井斧砚》（语石）、《齐天乐·仲春于役，南浔偶憩庞氏宜园遇雨》（语石）。

陈夔龙作《七月五日柬约笏卿、爱卷、晓南、诒书、云帆、抱初、仲瑀兄弟寓斋小集，笏卿即席赋诗，依韵奉酬并示坐中诸君子》。诗云："梧桐月上竹风凉，老圃天留晚节香。坐上酒尊惭北海，域中蛮触笑西方（时闻欧洲战事）。能来旧雨成今雨，久客他乡当故乡。独羡左思才调美，三分剑气七珠光。"

吴虞作《答邓寿遐》。诗云："孔雀文章毒有余，终知腐鼠愧鹓雏（寿遐昔年赠余诗有'衔来腐鼠休相吓，知尔鹓雏竟已翔'之句）。歌呼杨恽方行乐，诗案苏髯竟被诬。幽竹陶情甘避世，山林引兴恰成图（余取杜少陵'礼乐攻吾短，山林引兴长'二语为门联）。江湖不拟云台贵，严濑千秋有钓徒。"

27日 周庆云于海上晨风庐招饮。郑孝胥作《甲寅七夕晨风庐续集，分韵得甲字》，同人和作：周庆云《分得寅字》、缪荃孙《分得七字》、吴庆坻《分得夕字》、刘锦藻《分得晨字，集陶句》、刘炳照《分得风字》、陶葆廉《分得庐字》、喻长霖《分得续字》、李德潜《分得集字》。其中，郑孝胥《甲寅七夕晨风庐续集，分韵得甲字》云："初月沸繁星，秋思稍萧飒。隔年为此集，谭笑益欢洽。海滨聊偃息，怆怆颇殽杂。今夕定何夕，风雅道自合。怆然故国思，吞泪各承睫。相看入浩劫，举世动兵甲。唯当涸众醉，恣饮亲酒榼。何能贪苦吟，分韵斗强押。梦坡与诸老，乘兴数酬答。予非元白比，惊倒岂待压。喻到赠所著，累册归有挟。欲摹乞巧文，柳州信难及。"缪荃孙《分得七字》云："岁半及新秋，良会择佳日。金飙凄以厉，又届七月七。胜事谈女牛，吟朋托胶漆。早结金石契，恍入芝兰室。道同意自亲，交淡情转密。去年边烽警，今年海水溢。逃暑苦无地，请雨又乏术。触目足悲伤，拊心多惕栗。海藏发高唱，草窗更馨逸。微鸣学蚯蚓，属和同蟋蟀。洒泪如应谚，犹可望秋实。姑且持酒杯，一醉万事毕。"

《申报》第14924号刊行。本期《自由谈》"诗选"栏目含《七夕诗一首》（倚犀真州赵二）、《七夕》（许贞卿女史）、《附姊及诸女史之作》（四首，冰卿、朱韵香、蒋庄文、孔耕霞）、《七夕》（贞卿）、《七夕词》（梅生彭秀钧）。

[韩]《新韩民报》"词藻"栏刊载《第四回国耻日有感》（友芸、东海水夫、大东）。其中，东海水夫《第四回国耻日有感》云："督府深深晓日凄，仁王山色黯然低。中书窃玺欺庸主，大将降旗恋少妻。残梦樱花羞五见，壮心萍剑醉三提。至今民气如宫柳，过尽秋霜绿渐齐。"

陈祖绥六十大寿，杨青赠联："与徐孝穆、吕夷简（吕文起亦同时六十称觞），三寿作朋，独有文章惊左海；历晋太行、皖绩水，一官归隐，更多事业寄东山。"

黄文涛作《七夕口号》。诗云："耿耿星河叹女牛，经年欲渡苦无舟。而今世事都更变，天上何妨亦自由。"

苏大山作《甲寅七夕》。诗云："无端新旧历参差，颠倒楼罗此一时。错注因缘成独处，愁量河汉抵相思。人间夫妇新盟誓，天上神仙古别离。莫讶今年无泪洒，聘钱岂有了偿期。"

傅锡祺作《甲寅七夕》。诗云："花果中庭夜寂寥，愁添天上可怜宵。人间偏有无期别，忍看双星渡鹊桥。"

陈匪石作《鹊桥仙·甲寅七夕》。词云："彩云未散，支机未烂，今夕星桥稳渡。银河清浅月光寒，是天上、风波平处。　　锦裳织就，聘钱偿否，营室怨啼朝暮。黄姑自有别离愁，甚钿约、钗盟能主。"

金廷桂作《甲寅七夕》（四首）。其一《牵牛问》："自缔良缘不计年，尽劳机杼也徒然。织成云锦知多少，不信难偿十万钱。"其二《织女问答》："望断河干又一年，停机转觉思悠然。世间惯弄无穷巧，不解诊痴不值钱。"其三《织女问》："我织君耕各苦辛。米珠薪桂利农人。须知不是平时价，周报登台只道贫。"其四《牵牛答和》："自经加税觉艰辛，耕获何曾不若人。负债负乡还自负，悔居农业守清贫。"

刘栽甫作《甲寅七夕》。诗云："辰火微流月上弦，千杯百曲意茫然。欲牵旧梦知何处，又怅秋怀满一天。云外鸣机催午夜，酒边温语赴初眠。此身不觉留人境，醉到明朝值几钱。"

王舟瑶作《七夕》（二首）。其一："蛮触相攻苦未平，风云大陆使人惊。谁能直挽银河水，一洗欧西七国兵。"其二："一事会须乞牛女，秋禾槁死苦未收。肯将天上相思泪，化作人间时雨流（诗成逾时竟闻雨声，为之一快）。"

张素作《七夕》（二首）。其一："一水盈盈不可招，何来神鹊驾为桥。天星岂必关儿女，但见城垣北斗高。"

董伯度作《七夕》。诗云："人间秋到九天春，香满银河不动尘。仿佛双星相密语，笑依翻作异乡人。"

28日　《申报》第14925号刊行。本期《自由谈》"诗选"栏目含《七夕漫兴》（四首，逸民）。

江子愚作《摸鱼儿（又牵萦）》。词云："又牵萦、别离心事。星桥何日重聚。渡头双桨迎桃叶，翻觉往来容易。今已矣。算总是、人间天上皆无味。只一抹银湾，一抔香冢，千古常如此。　　伤心处，怕说生生世世。香盟也属游戏。贫家儿女无离恨，夜夜自同鸳被。今早起。含笑看、牵牛花雨轻如坠。凝眸子细。不是雨留痕，分明点点，都是天孙泪。"

29 日　《申报》第 14926 号刊行。本期《自由谈》"诗选"栏目含《七夕闺怨》(四首，书味庵主)、《七夕集古》(二首，有吾)。

胡适在留学日记中追记《弃父行》诗。云："余幼时初学为诗，颇学香山。十六岁闻自里中来者，道族人某家事，深有所感，为作《弃父行》。弃置日久，不复记忆。昨得近仁书，言此人之父已死，因追忆旧作，勉强完成，录之于此。"《弃父行》写于 1907 年。原载 1908 年 8 月 27 日《竞业旬报》第 25 期，署名"铁儿"。序云："《弃父行》，作者极伤心语也。作者少孤，生十六年，而先人声音笑貌，仅于梦魂中得其仿佛。年来极膺家难，益思吾父苟不死者，吾又何至如此？是以知人生无父为至可痛也。嗟夫！吾不意天壤间乃有弃父之人，其人非不读书明理也，其弃其父也，非迫于饥寒困苦不能自存也。嗟夫，吾又乌能已于言耶？吾故曰《弃父行》作者极伤心语也。"诗云："贵易交，富易妻，不闻富贵父子离。商人三十始生子，提携鞠养恩难比。儿生六岁教儿读，十七成名为秀士。儿今子女绕床嬉，阿翁千里营商去。白首栖栖何所求？只为儿孙增内顾。儿今授徒居乡里，束修不足赡妻子。儿妇系属出名门，阿母怜如掌上珍。掌上珍，今失所，婿不自立母酸楚。检点奁中三百金，珍重私得与息女。夫婿得此欢颜开，睥睨亲族如尘埃。持金重息贷乡里，三岁子财如母财。尔时阿翁时不利，经营惨淡还颠踬。关山屡涉鬓毛霜，岁月频催齿牙坠。穷愁潦倒始归来，归来子妇相嫌猜。道是阿翁老不死，赋闲坐食胡为哉？阿翁衰老思梁肉，买肉归来子妇哭：'自古男儿贵自立，阿翁恃子宁非辱？'翁闻此言赫然怒，毕世劬劳殊自误。从今识得养儿乐，出门老死他乡去。"

郭沫若第一次领到留学生官费(每月 33 元，按月领取)，即去房州休假，往房州北条洗海水浴，作《房州北条》(三首)。其一："镜浦真如镜，波舟荡月明。遥将一樽酒，载向岛前倾。"其二："飞来何处峰？海上布朦胧。地形同渤海，心事系辽东。"其三："白日照天地，秋声入早潮。披襟临海立，相对扇峰高。"

30 日　《申报》第 14927 号刊行。本期《自由谈》"游戏文章"栏目含《七夕》(佐彤)、《赋得考试县知事得意》(佐彤)；"诗选"栏目含《秋雨》(瘦红女士)、《秋水》(瘦红女士)、《赠别》(十四龄女陈海棠)、《别思》(十四龄女陈海棠)、《秋日感事》(亦侠)。

江子愚作《锦堂春(虫语摇风更急)》。序云："甲寅七夕后三日，对月感怀，时方作游泸之计。"词云："虫语摇风更急，花香带露尤青。葡萄酒醒天初晚，斜月冷窥人。　　阮籍频年揾泪，江淹竟日销魂。游踪欲驻偏难驻，商略又遄征。"

31 日　江苏省咨请教育部就两江优级师范学校改办南京高等师范学校。该校于次年 9 月 10 日开学，后于 1923 年并入东南大学。

朝鲜爱国者申桂在上海填写入南社申请书，介绍人朱少屏、陈世宜、胡朴安。

本　月

欧事研究会在日本东京发起。第一次世界大战爆发，旅居日本，拒绝加入中华革命党的部分国民党人，认为欧事严重，影响中国局势，经常相聚讨论世界大战与中国革命的关系。稍后，李根源、殷汝骊、程潜等人倡议，以讨论欧事为名，成立欧事研究会。该会在东京办有军事学校浩然庐，另设政法学校，两校学员多系该会成员。同时办有《甲寅》杂志作为宣传阵地，主笔为章士钊。殷汝骊后由东京返回上海，合作创办《正谊》杂志，谷钟秀任主撰；欧阳振声稍后又设立泰东图书局。

南社举行临时雅集于上海徐园，社员俞剑华、汪文溥、朱少屏、陈世宜、朱宗良、徐大纯、胡朴安、张默君、林一厂、曾镛、吕志伊、郑国准、邵力子、吕碧城、黄澜、申桂等到会。

《快活世界》（月刊）在上海创刊。庄乘黄编辑，和记中国图书公司发行。

《小说杂志》创刊于上海。杜文馨编辑，小说杂志社与扫叶山房共同发行，仅存1期。主要刊发短篇小说、随笔、诗词等。主要撰稿人有杜文馨、魏半仙（魏羽、魏起予、一叶轩主）、公天、魏咨、天钟、梦尘、金门、魏次言、杜若州、颂予等。

《余兴》（月刊）创刊于上海。时报馆编辑，有正书局发行，1917年7月出至第30期停刊。系《时报》附刊《余兴》栏作品选刊。主要栏目有"社会新闻""小说""诗话""弹词""滑稽""酒令""对对""寓言""游戏""笑林""谜语"等。

《江东杂志》创刊，师伶、破浪、天逸等编辑。

《南社》第11集出版，柳亚子编辑，收文52篇、诗458首、词161首。"文录"栏目（52篇）含马骏声（四篇）：《〈鸦声集〉自叙》《与柳亚子书》《再与柳亚子书》《三与柳亚子书》；黄忏华（一篇）：《〈民国野史〉序》；雷昭性（一篇）：《致友人书》；傅専（四篇）：《红薇感旧记》《书〈红薇感旧记〉后》《书蜕庵遗著后》《与柳亚子书》；王钟麒（一篇）：《答陈伯弢书》；胡怀琛（一篇）：《〈在山泉诗话〉序》；徐自华（一篇）：《祭张同伯文》；周斌（一篇）：《张颂时传》；顾平之（一篇）：《〈子美集〉序》；陈训恩（一篇）：《与柳亚子书》；周祥骏（四篇）：《与仁航生书》《答顾秋岚书》《再答顾秋岚书》《三答顾秋岚书》；陈世宜（一篇）：《答友人书》；袁镜波（一篇）：《陆郎子美小影赞》；蒋同超（三篇）：《〈峨眉志余〉跋》《跋〈拙存堂集〉后》《送春记》；王蕴章（四篇）：《〈香桃骨〉传奇跋》《〈霜华影〉传奇序》《〈霜华影〉传奇跋》《〈然脂余韵〉序》；杨锡章（一篇）：《华女士吟梅家传》；高燮（二篇）：《答吴泽庵书》《答王景盘书》；姚光（二篇）：《赤松逸民传》《病桃记》；俞锷（一篇）：《陈先生传略》；黄人（三篇）：《〈清文汇〉序》《〈小说林〉发刊词》《〈蛮语摭残〉自序》；胡蕴（二篇）：《〈近游图〉序》《先府君行述》；余寿颐（一篇）：《〈梅陆合集〉弁言》；吴震中（一篇）：《章母林孺人传》；吴梅（五篇）：《〈风洞山传奇〉自序》《〈暖香楼传奇〉自序》《〈奢摩他室曲话〉自序》《与丁琇甫书》《灵岩秋禊启》；卫嘉荣（一篇）：《〈子美集〉书后》；陈万里（一篇）：《金秀山传》；陈去病（一篇）：《雪湖高士杨硕父先生小传》；沈昌直（一篇）：《跋〈夏母传〉后》；柳弃疾（一篇）：《与冯春航书》。"诗录"栏目（458首）含白炎（十一首）：《后游仙十首》《登迎江寺偕寄平、中泠联句（有序）》；杨曾蔚（十三首）：《忆旧游十三首》；汪兆铭（六首）：《辛亥狱中述怀》《雪》《雪中偶见梅花，折枝感赋》《见人折车轮为薪，感而作歌》《梦中得诗，醒而遗其半，追摹梦境，足而成之》《入狱一年矣，慨然赋此》；马骏声（十一首）：《咏史六首》《海天酒楼遇戴楫臣先生见示大作及陈子砺前佳什，畅谈快甚，因成长句二章》《舟行即事》《酬尔雅，用见赠原韵》《醉后寄怀江南刘三》；黄忏华（四首）：《亡友周仲穆哀辞四首》；林百举（二十二首）：《癸丑旧除夕杂感》（十一首）、《题画红鲤鱼》（二首）、《题画芍药》《题画》（三首）、《偕亚子、子美、楚伦观春航〈贞女血〉剧，即事赠子美》《题〈梅兰芳集〉》（四首）；古直（十四首）：《怀谢生》《感怀》《太平山积雪庐望月作》《江楼晚眺，集白石句》（三首）、《戏赠，集定庵句》《题〈小莲传〉后，集定庵句》（二首）、《绝句》《己酉七月党狱作，将发梅州》《揭阳阻雨》《己酉七月感事二绝》；钟动（五首）：《香江冬夜临海望月》《归途见当离花有赋》（四首）；谢良牧（二首）：《风雨》《感事寄长啸》；林学衡（十六首）：《闻精卫将有粤行，作此寄之》《送胥生北上》《同羽霄登乌石山绝顶》《白下晤梓琴喜赠，兼示觉生、瑞星》《夜阅〈红楼梦〉小说得二十八字》《〈民国新闻〉出版，寄精卫》（二首）、《徐园，同镇潮》《镇潮为余制菊花茗椀，令作诗题其上，遂成五十六字》《新猛近稍习词章，诗以勉之，并要旭庄四丈同作》《柬樊山》《示赓恭》《知渊、讷安合造一象，使余题之》《将归闽，留别志可、菊吟、叔永、新猛诸子》（二首）、《临发示镇潮》；吕志伊（四首）：《东瀛舟中即事》《舟中夜望香港》《次韵和亚子〈观春航〈贞女血〉即事赠子美〉之作》《题〈兰芳集〉，集太白句》；雷昭性（一首）：《寄题〈子美集〉》；张光厚（四首）：《蜀恨》《老父叹》《寡妇叹》《哀蜀》；周咏（四首）：《杂诗》（四首）；刘国钧（十八首）：《饯春词》（八首）、《月词》（十首）；郑泽（十五首）：《桃花行》《横塘》《秋日书怀》《无题》（二首）、《有寄》（二首）、《新游仙诗八首》；宁调元（二十五首）：《书感（并序）》（四首）、《残棋》《偶成》《柬钝剑松江》《秋兴，用草堂韵（并序）》（四首）、《秋兴，再叠前韵》（四首）、《秋兴，三叠前韵》（四首）、《秋兴，四叠前韵》（四首）、《用东坡〈狱中遗子由〉韵，寄约真长沙》（二首）；傅钝根（二十九首）：《为亡友宁太一辑〈武昌狱中诗〉竟，因题其后，述哀》（二首）、《感怀四首》《山寺》《岁尽》《癸丑除夕》《甲寅元旦》《后园观桃花》《三月三日梦蓬见访》《情诗》《钓诗一首》《脉脉》《雨止望章龙不见，感而作歌》《三怀诗，集定庵句》（三首）、《雨甚（并序）》《后雨甚（并序）》《咏怀四首》《亚子以社集即事诗见寄，次韵和之》（二首）、《检陈蜕庵旧作，赋此述哀，因寄亚子，时亚子将为刊其遗稿》（二首）；黄钧（一首）：《题南京扫叶楼，钝根同作》；刘师陶（二首）：《夜泊》《次韵和钝根〈闻韩事有感〉》；刘谦（五首）：《哭唐守梗，集放翁句》（四首）、《寄钝根吴门》；文斐（一首）：《自日京寄钝根美人画片，因题一绝》；黄堃（一首）：《钝根写余扇毕，复写赠一诗，次韵答之》；方荣杲（二首）：《中秋泛月》《次韵和钝根〈闻韩事有感〉》；陈家鼎（五首）：《病中张红玉来访，即题其笺》（三首）、《酒次和鹓雏见赠韵》（二首）；周宗泽（三首）：《书寄啸园》（二首）、《廉方招饮感赋》；陈宝书（二首）：《冬暮同俞琢吾野步，怅然有作二首》；吕碧城（三首）：《感事》《游钟山，和省庵》《琼楼》；方廷楷（四首）：《赠孙敏斋先生》（二首）、《感事》《年来》；胡朴庵（九首）：《读史》（六首）、《赠子美，和亚子韵》《午日，和佩忍作》（二首）；胡怀琛（十一首）：《杂诗》（三首）、《集李长吉句》（二首）、《示善之》《兰皋命题〈梅陆合集〉》《赠子美，次亚子韵》《观冯小青新剧寄亚子》（二首）、《闻歌》；陶牧（二首）：《登楼外楼口占》《下关旅夜寄别沪友》；杨杏佛（四首）：《译英吉利诗人锡兰情诗四解》（四首）；徐自华（十一首）：《哭新华妹，集定庵句》（六首）、《题〈子美集〉，集定庵句》（二首）、《和亚子〈观春航《贞女血》即事赠子美〉之作》《题〈梅陆集〉》（二首）；沈砺（十首）：《次韵送楚伧入燕并示一厂》（二首）、《无题》（二首）、《和阳惕生原韵》《风雨大作，倚枕口占》《无题》（四首）；周斌（七首）：《赠冯春航二绝》《席上示亚子》《赠陆子美》《用迟字韵寄亚子》《再用迟字韵寄亚子》《三用迟字韵寄亚子》；顾余（四首）：《咏古四律》；张长（二首）：《题〈子美集〉》（二首）；邵瑞彭（十首）：《留别上海》（八首）、《落梅》《酒楼偕天梅、汉元联句》；王葆桢（九首）：《送邵次公之日本》《赠徐公孟》《题不系舟轩，为陈慎登作》《子夜歌，海上楼外楼作》（五首）、《遮天》；周伟（四首）：《端午，同无妄作》（四首）；邵天雷（四首）：《端午，同人菊作》（四首）；张冰（二首）：《吴中旅夜不寐赋此》《飘泊》；陈世宜（九首）：《己酉自题小影》《庚戌题小影》《某君为我言，有得清幼帝学楷范本者，装为手卷，遍征题咏，而某官臣某某敬题字样充塞满纸，口占四十字》《纪梦》《立春前一夕偕中垒联句》《立春日感赋》《赠子美，踵一厂、亚子、楚伧诸子作》《题〈梅陆集〉》（二首）；叶玉森（十二首）：《消息》《柬度青》《浮生，叠和忆园》（四首）、《沪上遇邵元冲，即送之奉天》《得匦石钟山唱和作赋寄》《得匦石见怀诗奉酬》《玄妙观弥罗宝阁焚纪事》《得匦石叻埠书赋寄》《题王仁山〈寰宇忏寻吟〉残稿》；张素（十九首）：《报恩寺》《江堤即景》《癸丑元旦客太平作》《游竹林中口占》（五首）、《江干夜眺》（五首）、《太平杂诗》（三首）、《清明客太平作》（二首）、《小桥》；姜可生（八首）：《亚子将刊〈子美集〉，书来索题，百无憀赖中集唐人句成四绝酬之》（四首）、《邵园席上呈鹤傉居士》《口占答枚引居士》《次亚子韵赠春航、子美兼怀一厂、楚伧、冶民、匦石诸子》《将去昭阳，留别胎石大哥》；汪文溥（一首）：《和亚子〈观春航《贞女血》即事赠子美〉之作，次楚伧韵》；吴有章（二首）：《题〈梅陆集〉》《有鸳鸯鸯者，雌雄隔笼以居，二鸟垂头敛翼，将以情毙，感而赋此》；张怀奇（十二首）：《醉仙曲（化工捉电入琼室）》《夜雨春愁曲》《过鹦鹉洲吊祢衡》《梅雨叹》（三首）、《河间谣》《铜山谣》《鸟飞曲》《赠盛时二首》《过不忍池一首》；蒋同超（十四首）：《〈登岱观云图〉，为宗人德华题》（二首）、遇西神山锦树林，吊玉京道人墓》（三首）、《无题，集唐》（二首）、《癸丑重三日客中感赋》《剧场即事有感，即题〈子美集〉四首》《亚子邀观春航〈文武香球〉剧，即座赋此，分次亚子、楚伧赠子美韵》（二首）；王蕴章（二首）：《和无斋韵》《和亚子〈观春航《贞女血》即事赠子美〉之作》；姚锡钧（一首）：《庞檗子有西湖之游，贻书索诗，赋此为赠》；高燮（十首）：《集张苍水句赠北伐诸君》（十首）；高旭（二十四首）：《次韵和匪石》（六首）、《暮春日漫兴》（二首）、《自题〈变雅楼三十年来诗征〉》《钝根函询近状，并告为亡友宁太一辑〈武昌狱中诗〉，以题词见示，次韵和之》（二首）、《南社哀吟十二章，章六句》《吊亡友宁太一，用夏存古〈细林野哭〉原韵》；高增（十八首）：《新游仙十八首》；姚光（八首）：《春尽》《初夏晚眺》《夜起一首，次钝根》《初秋》《古意》《初春》《落花》（二首）；俞锷（十一首）：《题子美化妆小影五绝》《题〈梅陆集〉即赠兰皋》（四首）、《和友人〈春燕〉两首，用尖叉韵》；庞树松（八首）：《近事有赠》（四首）、《東周洛奇》《席上赠周冠雄》《记高姬事》；庞树柏（十一首）：《偕寄帆、含章野步过西人小园偶憩》《寄怀俞养浩先生》《楚伧招饮，以病咯血，谢之》《雨中见桃花零落有感》《甲寅清明》《寒食思故乡风景》《车过龙华即目》《谒淅军攻克金陵阵亡将士之墓，作歌吊之》《岳鄂王墓》《秋侠墓》《偕内子游净慈、灵隐二寺》；黄人（六首）：《怀太炎狱中即和其〈赠邹容〉韵》（二首）、《题李觉尔秘密结社，和同国遗民元韵》（二首）、《〈祝心渊望岳图〉，图有江建霞（标）、唐绂丞（才常）诸人题》《玉山癸作》；胡蕴（七首）：《席次赠亚子兼示咏春、佩宜、子翔》《次疚侬韵二首》《赠息园老人》《野屋》《偶成》《寄轶林北京》；余寿颐（三首）：《三年五月一日与同学三十三人冒雨登慧山》《忧患》《送金一之湘》；吴梅（十二首）：《自题〈风洞山传奇〉八绝句》（八首）、《马鞍山麓吊刘龙洲墓》（三首）、《后相逢行，赠张瑞兰》；叶叶（五首）：《题哲夫〈访碑图〉》《迎春词，偕中泠、匪石联句》《春暮集朴学斋，偕巢南、匪石、朴庵、忏慧、寄尘联句》《和一厂、亚子〈观春航《贞女血》即事赠子美〉之作》《题〈兰芳集〉为兰皋作》；王德钟（三首）：《读〈晞发集〉》《乘兴》《落花篇》；陈去病（四首）：《春暮集朴学斋》《和亚子〈观春航《贞女血》即事赠子美〉之作，次一厂韵》《题〈梅陆集〉》（二首）；蔡寅（七首）：《次韵和亚子〈观春航《贞女血》即事赠子美〉之作》《题子美化妆小影六绝》（六首）；沈昌直（四首）：《题寄尘〈兰闺清课〉》（四首）；柳弃疾（十七首）：《红梨赠别谭丈天风，即题其所著〈弯弧庐诗稿〉》《兰皋有〈梅陆合集〉之辑，函索题词，为撰四绝》（四首）、《再题兰皋所编陆集四首》《别子美一载矣,偶检箧衍,得旧时合摄小影一幅,感题两绝》《偕一厂、楚伧、子美观春航〈贞女血〉,一厂有〈即事赠子美〉之什,赋此奉和》《海上哭夏昕渠》《题子美小影》《题〈恨海〉悲剧中子美饰张棣华化妆小影》《灵水以子美所绘〈分湖旧隐图〉邮寄,赋此志喜》《梦春航》。"词录"栏目(161首)含林百举(一首):《清平乐·题〈子美集〉》;成本璞(八首):《扫花游(罗云织暝)》《琐窗寒·亡妇二十生日,以杯酒麦饭哭于墓》《金缕曲(绿断靡芜路)》(二首)、《三姝媚(月和花影转)》《芳草·春夜作》《征招(茂陵秋雨琴心冷)》《角招(碧云展)》;郑泽(七首):《相见欢·有见》《虞美人(人生不住西风外)》《忆故人·柬叔乾》《虞美人·闺情》《采桑子·秋阴》《双双燕·秋燕》《百字令(评诗读画)》;傅尃(四首):《水调歌头·小除夕僧寺写忧》《西江月》(二首)、《菩萨蛮(春来不到高楼上)》;吕碧城(四首):《烛影摇红·庚戌感事,偕徐芷升同赋》《前调·癸丑春感蒙古事有作,用旧韵寄示芷升》《法曲献仙音·题吴虚白女士〈看剑引杯图〉》《南歌子(寒意透云帱)》;程善之(七首):《水调歌头·京江渡次有感》《蝶恋花·归去志感》(二首)、《西平乐慢·感旧》《花犯·白桃花》《解连环·赠爱云》《齐天乐·题〈香艳丛话〉》;陶牧(五首):《唐多令(温语逗春愁)》《八声甘州·泛舟百花洲,用西人摄影法拍之,同游者凡七人》《声声慢·题张公束〈琴话图〉》《绿意·听蝉》《念奴娇·南社诸子约赴崇效寺筵赏牡丹,因事未践,填此谢之》;徐自华(二首):《满江红(巾帼英雄)》《贺新凉(潋滟明湖水)》;周斌(一首):《蝶恋花·和巢南、匪石》;胡颖之(四首):《琵琶仙(春水初生)》《满庭芳(花步寻香)》《琵琶仙·用白石韵送贞壮赴鄂》《齐天乐·和陈匪石〈有赠〉韵》;邵瑞彭(十四首):《虞美人·和天梅,用南唐韵》《捣练子(双燕去)》《浪淘沙(几处玉龙哀)》《忆江南(思往事)》《菩萨蛮(前身绮孽何时免)》《相见欢》(二首)、《浪淘沙(枕畔泪潺潺)》《临江仙(帐饮都门无意绪)》《木兰花(凤城西畔吹残雪)》《应天长(横波蹙损愁看镜)》《蝶恋花(白日速于夸父步)》《虞美人(游仙人去春波绿)》《清平乐(良宵已半)》;洪为藩(一首):《一剪梅·海上重游,获交子美,谱此以赠》;陈世宜(十六首):《虞美人·和李后主,同天梅作》《捣练子(蝴蝶梦)》《浪淘沙(彻夜朔风哀)》《忆江南(多少恨)》《菩萨蛮(王孙迟暮情谁免)》《相见欢》(二首)、《浪淘沙(檐际溜声潺)》《临江仙(羽毛自惜蹁跹鹤)》《木兰花(天山一夜飞寒雪)》《应天长(银河手抉开明镜)》《蝶恋花(玉宇高寒天上步)》《虞美人(隔帘鬓影堆云绿)》《清平乐(青春刚半)》《玉楼春·题〈子美集〉,为亚子作》《法曲献仙音(亭上虹垂)》;叶玉森(十二首):《百字令·过明孝陵》《金缕曲·台城秋柳》《前调(片石飞来矣)》《前调(道是君归矣)》《前调·改七芗绢本莫愁小像,为郑盦题》《蝶恋花·唤燕》《胡捣练》(二首)、《杨柳枝(一树初青入画时)》《水龙吟·唐花,和沤尹韵》《醉吟商·用白石韵》《蕃女怨(雪山头白朝暮见)》;吴清痒(一首):《喝火令·别后寄阿连》;姜可生

（四首）：《浣溪沙·赠子美、怜影海上，用唐人句》（四首）；汪文溥（一首）：《消息·有感，集秀水词句》；王蕴章（六首）：《忆江南·和高剑公》《虞美人（匆匆又送春归了）》《浪淘沙（心事剧堪哀）》《应天长（菩提非树台非镜）》《蝶恋（芳草无情迷故步）》《南乡子·题楚伧〈分湖吊梦图〉》；姚锡钧（一首）：《高阳台·题〈子美集〉》；高旭（十五首）：《虞美人·和李后主》《捣练子（人世事本来空）》《浪淘沙（残局不胜哀）》《忆江南（伤春苦）》《菩萨蛮（词人漂泊原难免）》《相见欢》（二首）、《浪淘沙（到耳浪潺潺）》《临江仙（余生虎口差无恙）》《木兰花（森严帝阙冷欲雪）》《应天长（英雄宝剑佳人镜）》《蝶恋花（蹒跚九州何可步）》《虞美人（沉吟夜半灯光绿）》《清平乐（惊涛天半）》《蝶恋花（百转柔肠刚一步）》；俞锷（六首）：《沁园春（沁水名园）》《玉楼春（画桥东畔垂杨岸）》《画堂春（淡霞一抹脸波光）》《占春芳（箫史去）》《蝶恋花》（二首）；黄人（二十四首）：《菩萨蛮》（二首）、《卜算子（仿佛意中人）》《点绛唇（借病消闲）》《虞美人（一花低颤蜻头绿）》《醉太平（虫吟叶吟）》《清平乐（蓬莱路远）》《太常行（梦中天上醒人间）》《端正好（微波不动银河黯）》《浪淘沙》（二首）、《如梦令（身是琴中仙凤）》《喝火令》（二首）、《惜分钗（红窗晓）》《青玉案（名花忍泪辞枝去）》《临江仙》（二首）、《浣溪沙》（二首）、《玉连环影》（二首）、《南歌子》（二首）；庞树柏（十一首）：《浣溪沙》（二首）、《菩萨蛮·寒夜写示闺人》《浣溪沙·壬子沪上元夕雨》《清商怨（丝杨新绿带憾放）》《杨柳枝（废苑丛台易夕阳）》《扫花游·春日过爱俪园》《浣溪沙·纪遇集句》《菩萨蛮（人天两种相思影）》《西子妆·夜饮秋蕤阁即席赋赠》《八声甘州·送柳亚子还吴江，用耆卿韵》；吴梅（三首）：《浣溪沙（一杵西风雁影移）》《虞美人（美人合向横塘住）》《西子妆（弹泪折花）》；陈去病（一首）：《鹧鸪天·亚子辑〈子美集〉成，戏题一阕》。其中，高旭作《南社哀吟十二章，章六句》，怀念十二位社友。其一："蜕老其犹龙，浮名何足校。不为鸡鹜争，宁顾莺鸠笑。玄亭甘寂寞，古道长相照。（陈蜕庵）"其二："恨无飞扬路，恸哭看山川。奇人合奇死，所蕴弗获宣。云梦吞八九，剑气摩三千。（黄摩西）"其三："周郎洵可儿，我曲君能顾。回思白门游，清泪如雨注。惜哉祢正平，竟死于黄祖。（周实丹）"其四："金闺有国士，彤史生辉光。发愿振孤儿，中夜起彷徨。一朝兰蕙瘁，万感集我肠。（岳麟书）"其五："宇宙灵秀气，一笔钟王郎。郁极始发泄，吐之以文章。多病顿仙蜕，临风心独伤。（王无生）"其六："大哀志复仇，凤仪夏端哥。先正有典型，继起未蹉跎。急公而好义，君逝当如何？（夏昕蕖）"其七："伯夷慨黄农，杜陵比契稷。宁子墨者流，杀身安足惜！只为千载谋，坐失万夫特。（宁太一）"其八："昔有汤卿谋，今有邹亚云。寿命绝相似，才思同缤纷。一曲《杨白花》，哀怨犹堪闻。（邹亚云）"其九："呜呼万平君，自是陵原俦。倾资结豪侠，卒复胡虏仇。一自羑里拘，著述堪千秋。（张同伯）"其十："即今朋侪中，绝少谈哲学。我谓更生斋，澹默殆难得。身僇非其罪，含冤向谁白？（周仲穆）"

十一："陈生古任者，荆聂无此雄。霹雳叠然起，五步流血红。大事虽不成，壮志化长虹。（陈勒生）"十二："大名垂宇宙，经画谁比伦？伍胥纵覆楚，三户未亡秦。大地悲回风，纷纷愁杀人。（宋遁初）"陈去病《题〈梅陆集〉》（二首）。其一："平生未识斯人面，握管如何作品题。只好凭栏闲想象，珠喉约略燕莺啼。"吕碧城《琼楼》云："琼楼秋思入高寒，看尽苍云意已阑。棋罢忘言凭胜负，梦余无迹任悲欢。金轮转劫知难尽，碧海量愁未觉宽。欲拟骚词赋天问，万灵凄恻绕吟坛。"黄人（摩西）《玉连环影》（二首）其一："纤月，帘底花枝立。露泪偷垂，蝶袖红香湿。一更寒，二更寒，待到五更、钟动怕春残。"其二："寻月，扶影亭亭立。罗袜无声，点点苔花湿。一春寒，一秋寒，多谢病蟾、常照晚妆残。"《玉山癸作》云："鹦鹉知情噤不呼，玉山倒入万花扶。春园若士荒亭梦，月印如姬秘阆符。跨虎西山卿胆大，钩鳌东海我才粗。不知肘后黄金斗，换得绸缪两字无？"林百举（一厂）《题画红鲤鱼》（二首）其一："小剪吴淞水，游鳞尺幅藏。红轻桃欲浪，翠重荇牵香。待控仙踪渺，求书客思长。静看应自乐，活意出毫芒。"其二："妙笔与人殊，翩翩双鲤图。眼如悬日月，梦想落江湖。丽映层层锦，光衔寸寸珠。为防风雨夜，破壁化龙无。"邵瑞彭《虞美人·和天梅，用南唐韵》云："相思似债原难了，莫怨佳期少。涕痕弹入玉笙风，生怕有人等我梦魂中。　　珍珠密字言犹在，不信华年改。天涯容得几多愁，只有黄河如泪背人流。"

《浙江兵事杂志》第 5 期刊行。本期"零纨碎锦"栏目含《古剑篇》（崔宝鏕）、《狄武襄铜面具歌》（崔宝鏕）、《闻思声赴宁波有作，即以赠行》（秋叶）、《步秋叶〈送友赴宁波〉韵即赠秋叶》（无我）、《咏古二首》（陈筹）、《阴历元旦怀陈公甫四绝句》（陈筹）。

《娱闲录》第 2 期刊行。本期"文苑"栏目含《三君祠访僧记》（天一方）、《都门窑乐府（未完）》（王泽山）、《妙鱼曲（并序）》（友梅生）、《湘浦疏钟录（未完）》（癸公）。下半月，《娱闲录》第 3 期刊行。本期"文苑"栏目含《蚕桑学堂记》（香宋）、《都门窑乐府（续）》（王泽山）、《补作观剧诗二章》（爱智）、《题小红官小影四绝》（梦航）、《高阳台》（梦航）、《观演〈离燕哀〉剧有感》（神伤）、《二金凫榭词（未完）》（癸公）、《湘浦疏钟录（续）》（癸公）、《蜕农拟谜》（佚名）。

［韩］《新文界》第 2 卷第 8 号刊行。本期"词藻"栏目含《送别洪畴大师归山歌（兼小序）》（梅下崔永年）、《青坡瑞龙寺参武田大和尚四周祭纪念》（梅下崔永年）、《为题郑葵园〈西游纪行〉卷后》（见山赵秉健）、《次见山外兄题家弟〈西游纪行〉诗卷》（茂亭郑万朝）、《观朝鲜新闻社主催汽车博览会，席上连呼会字，应口戏成》（梅下崔永年）。其中，茂亭郑万朝《次见山外兄题家弟〈西游纪行〉诗卷》云："西湖眉目照新诗，不待身亲见后知。文得壮游增气概，官因宽暇占便宜。王都歌舞余秦地，客路离忧入楚辞。一部峨洋卷中在，琴仙教我屡情移。"

[韩]《至气今至》第15号刊行。本期"词藻"栏目含《白秋海棠》(逍遥子)、《白牡丹》(爱艳生)、《月季花》(惜春生)、《小松》(鹤史)、《柳》(山谷居士)、《独鹤》(静观生)、《老牛》(物外生)、《祝贺诗》(季秉杓)。其中,季秉杓《祝贺诗》云:"龙起潭天云水禿,源流到海永无穷。侍天教立乾坤大,报月书明上下通。两极精神三炼素,一花世界万枝红。同归一辙开来学,涵泳恩波乐美风。"

李彬士送呈李箑仙撰《天影庵诗集》,求王闿运作序。

刘心源任湖南巡按使。1915年5月中旬因病辞职。

康有为游天荒荡后返沪,李提摩太设筵欢迎。唐少川、伍廷芳、范源廉、王宠惠均在座。中外人士到会者约200人。

吴昌硕为柯劭忞篆书"水泻天作"八言联。联云:"水泻杨枝即大佳识,天作花雨是真如来。风笙先生属篆,为集石鼓文字。时甲寅新秋,安吉吴昌硕。"又,吴昌硕拟沈汝瑾诗意作《菜园赏菊图》并题诗:"菜园村中菊数丛,五色缤纷大如斗。秋风一棹来看花,携手同归有嘉偶。茱萸抽鬟傍翠钿,佳节已过九月九。年年九月花常好,可怜人不如花寿。重来访菊菊已残,华发萧疏近衰朽。餐英尚觉齿颊芬,石鼎烹茶当醇酒。斜阳依旧照青山,往事悲凉一回首。归来画菊画不成,败笔秃于亚墙扫。闭门高咏渊明诗,口谈新学怕颜厚。入山已无妇偕隐,出门厌看牛马走。便当手执鸦嘴锄,去作村中看花叟。石友先生《北关外菜园村年鞠》诗作。甲寅孟秋之月,安吉吴昌硕。"

朱希祖举荐黄侃为北大教授,次月黄侃抵京任教。

圆瑛法师接任宁波永宁寺住持,作《住永宁寺答水月法师见赠原韵》纪之。诗云:"永宁兰若傍城南,风月一帘助夜谈。剪烛联吟犹未已,隔墙晨磬动邻庵。"

共和编译局印《康梁文集》合刻出版。

陈荣昌作《〈方梦亭遗稿〉序》。序云:"困叟既屏居河上,辞官卖画学板桥而未能,款客鬻书比茶陵而差近。有金帛征文者,则谢之曰:'叟卖字不卖文也。'一日,方生树屏持其曾祖梦亭公遗稿求序,叟顾许之,无有难色。岂自矛盾哉?盖以梦亭公者,生当平世,长有令名,孺慕似莱子,友爱似薛包,结交似孔融,劬学似车允。久居广文之席,坐客皆寒;偶鸣单父之琴,老夫既耄。正熊罴入梦之日,为龙蛇应谶之年。至于今距公之生且百余载矣。麻姑之话沧桑,公固未闻;汾阳之谕回纥,亦未见信乎?公为通人且福人也。树屏述其祖德,诵此清芬,拾残灰烬之余,数典变迁之后,得公遗诗百数十首。在生也,守先人之炬爝,无所谓私;在叟也,发潜德之幽光,非敢为佞。受而序之,谁曰不宜?虽然先正为学,较今犹朴;君子笃亲,常失于厚,是有二端,慎与惜之谓也。慎焉者,著书满家,耻言问世,后人传业,尚守藏楹,忌者抵巇,辄遭投溷。况复火殃水祸消磨,贮壁之经,代远年湮汩没;藏山之本,不灾梨枣终堕。简编回顾,平生徒呕心血。惜焉者，念三箧之亡，惧五世之斩，穷网罗之力，深杯棬之慕，虽为手泽，半属唾余。昔所弃者，今并收之，遂至杂瓦砾于珠玉，宝康瓠若彝鼎。爱不忍割，累乃滋甚。由前之说，先正之朴也，公殆有焉。由后之说，君子之厚也，生亦有焉。叟有见于此，默而不言将蹈欺心之咎，言之太戆又成逆耳之嫌，与其欺心毋宁逆耳。欺心者丧己，逆耳者益人，故言其慎以明散佚之由，言其惜以保存之意。俾后之览者，敬公之朴而爱生之厚焉，斯两得矣。甲寅七月陈困叟序。"

冒鹤亭作《〈二黄先生集〉跋》。二黄者，即辑集黄仲弢、黄叔颂诗，时黄叔颂新逝。后此集刻入《永嘉诗人祠堂丛刻》。

沈曾植作《归沪初秋偶作二首》。其一："暵后暑犹在，露晞寒未斟。支离舒病骨，萧槭动羁禽。十世知何蚤，三端痛已深。徘徊下夜漏，寥落望横参。"

骆成骧作《宿柘潭山岫云寺留赠祥芝上人》《赠周蓉湖先生》。其中，《宿柘潭山岫云寺留赠祥芝上人》云："太行临桑乾，欲渡乍前却。回岭外屈蟠，群崖中断豁。深谷四天开，楼台涌山脚。不知何年代，飞锡暂栖托。拿云双青龙，避宅深潭涸。至今绕丛林，余势犹腾跃。嶻敌青城严，峰欺独秀弱。卷帘正苍然，几案堆嶻崿。坐石横凉阴，掬水咽寒酌。清泉不出山，明月常满壑。俯仰希夷间，相遭淡与泊。断绝区中缘，忘机逐猿鹤。苍松老更偻，翠竹瘦如削。帝树空轮困，王气久萧索。世路方鲸鲵，万人睹一博。山僧独何事？晏坐甘藜藿。有时霜外钟，自采花间药。浩荡乘天游，无地处六凿。至人驯虎兕，造物纵雕鹗。生理信茫昧，独立视寥廓。"《赠周蓉湖先生》云："老人七十三，登山如猿鹤。陂陀千丈阪，直上无前却。回顾二三人，中道星错落。留待小徘徊，迅行又腾跃。遇僧谈空禅，雷霆响崖壑。攀壁书篆文，龙蛇走垠崿。侧身下霄汉，奋衣践藤葛。穿林常绕旋，俯洞辄搜索。终日无停机，秋风送雕鹗。夜分得静坐，枯木倚丛薄。朝游少室峰，暮憩太行岳。蜀越山川清，燕赵风霜恶。问君何独然？来往神霍霍。寸心月在天，万物风解箨。谓道九层台，期我三重阁。惭愧非仙才，喟然罢苦卓。"

雷铁厓作《寄题〈子美集〉》《咏王壬秋》《闻某君被捕，和曙星韵》《哀某君被捕，再用曙星韵》。其中，《寄题〈子美集〉》云："天下英雄归利薮，人中鸾凤算名优。《春秋》只许王纲纪，甲子须从剧史求。治乱千秋原傀儡，管弦一曲了王侯。莲花闻说羞相比，梦绕星球万万周。"《咏王壬秋》云："九秩犹干禄，燕云笑此翁。鸳头残发白，豚尾古绳红。已献新皇颂，偏怀旧主忠。《剧秦》嗟不忍，辜负学扬雄！"《闻某君被捕，和曙星韵》云："龙性难驯也，风云此日休！苦心匡国难，热血为民流。豺虎方恣虐，鸾凤讵免囚。雄文今已矣，与子赋同仇。"《哀某君被捕，再用曙星韵》云："汉家元气摧残尽，赋到瞻乌国脉休。未必红羊丁浩劫，缘何白马陷清流？文如贾谊偏遭忌，才似邹阳不免囚。湘水坑儒今又报，读书种子究何仇！"

林一厂作《暑夜书怀》。诗云："长夜何时旦？炎威郁自蒸。月华轮失满，仙露掌稀承。驶序惊流火，羁栖静饮冰。兵戈见天象，狼角吐光棱。海气千重黯，烟氛万里腾。百年新战起，十字旧军兴。两大原争郑，诸侯若会渑。霸分洋与陆，旃展鸳和鹰。捭阖纵横会，风云雷雨乘。我君未剑及，人各拔矛登。霹雳瓦俱震，彷徨轼忍凭。誓将封豕豨，却虑赤乌升。甲子逢干纪，朝鲜往祸惩。倘令中立损，终以附庸称。龙窟犹痴睡，鲸波正湃溯。玉关偷锁钥，铁骑动鞶辚。唐叶功追忆，蒙汗勇足冯。东西强莫敌，今昔感难胜。听水悲声咽，观霞赪色凝。新邦初复汉，事大竟如滕。肉食谋常鄙，杞忧呼孰应。交颐空涕泪，怒发任髯鬤。姣媚罗衽席，贤才避缴矰。苍头纷告变，红粟肆侵凌。寇急偏夸泄，忧殷应惕兢。中原滔夏潦，隰泽坼秋塍。野聚萑蒲数，边传羽檄征。供输竭涓滴，刑典兀崚嶒。岭表家何在？岩疆土亦崩。音书连月断，归隐梦时曾。炎运标铜柱，姬朝睹镜澄。罗浮山暖暖，镇海塔层层。园老荔香溢，窗虚竹影增。雁前经燕后，越葛换吴绫。积想每成幻，醒思徒取憎。丈夫身属国，出世愿为僧。枥伏疑驽马，鸮飞笑大鹏。张韩尝蹭蹬，班耿卒良肱。将相本无种，盈亏道有恒。迕时甘凿枘，励操凛钩绳。河北车尘去，江南柳色仍。飘零屠狗侣，凄悒饭牛朋。屈指几存殁？招魂仿鬼殹。耻除钩党籍，敢荐秘书丞。鞭策趁年壮，裙钗且气矜。阴符横一卷，挂匣剔孤灯。侃侃谈忘虿，蟓蟓地集蝇。闻鸡聊起舞，列曜问谁应。"

江子愚作《一尊红·甲寅秋初，寄仲坚北京》。词云："记当年。向天涯聚首，欲别又流连。海屿听潮，律桥步月，伤心故园烽烟。片帆共、沙鸥远去，看载雪、飞过大江南。柳外骢嘶，陌头莺语，抛去何堪。　　知否别来无恙，只残山剩水，累我凄然。秦树千里，燕云万叠，更愁梦到犹难。且料理、旧时书札，尚留着、几叶小吟笺。为甚飞鸿又来，不见诗篇。"

赵圻年作《早秋感怀》（二首）。其一："伏雨阑风亹亹催，中年无乐但增哀。只今同谷悲歌客，它日昆明劫火灰。少者逍遥泉下去，老夫辛苦贼中来。竹林五咏成千古，零落黄花不忍开。"

杨香墀作《和友人王君〈感愤〉原韵二首》。序云："民国三年筹安会成，日本进兵山东要求二十一条。"其一："神州风雨孛生才，空向寒炉认劫灰。塞外功名军事薄，江头情绪国殇哀。忧时便畏朝廷小，奋策难招颇牧回。伯嚭夫差生并世，果然越甲乍飞来。"

李叔同作《题〈梦仙花卉〉横幅》。序云："梦仙大姊，幼学于王弢园先辈，能文章诗词。又就灵鹣京卿学，画宗七芗家法，而能得其神韵，时人以蓝出誉之。是画作于庚子九月，时余方奉母城南草堂。花晨月夕，母辄招大姊说诗评画，引以为乐。大姊多病，母为治药饵，视之如己出。壬寅荷花生日大姊逝。越三年乙巳，母亦弃养。余乃亡命海外，放浪无赖。回忆囊日，家庭之乐，唱和之雅，恍惚殆若隔世矣。今岁幻园姻兄示此幅，索为题词。余恫逝者之不作，悲生者之多艰，聊赋短什，以志哀思。"诗云："人生如梦耳，哀乐到心头。洒剩两行泪，吟成一夕秋。慈云渺天末，明月下南楼（今春过城南草堂旧址，楼台杨柳，大半荒芜矣）。寿世无长物，丹青片羽留。甲寅秋七月李息时客钱塘。"

黄兰波作《观榜口占》。序云："甲寅七月，余年十四，投考福建第一师范学校，幸获录取。"诗云："尚未成丁舞勺年，观场讵意获莺迁。漫矜侥幸登龙早，志业还看猛著鞭。"

九 月

1日 《小说时报》第 23 期刊行。本期"杂记随笔"栏目含《红冰阁杂记》（柴紫芳）：《大鱼》《谈虎》《三斗糠》《鸟之可教》《珞玉》《闺中七词》《缅笳》《赋句》《明祖待亡国之厚》《洪人维》《画媒》《謦异》《重用火牛法》《血团》《苗沛霖妾》《吞刀》。

《中国实业杂志》第 5 年第 9 期刊行。本期"文苑"栏目含《调寄〈贺新凉〉·题大正博览会出品图说》（林鹍翔）、《七月二十夜，今夏第二期旅行，约旬日后归东京，一日一诗，了无佳句以塞责，填白而已》（李文权）、《二十日横滨大同学校学生团体观博览会，书以勉之》（李文权）、《二十一日至大阪，酷热，余至六甲山浴温泉》（李文权）、《二十二日至神户，午后又经大阪至和歌浦芦边屋》（李文权）、《二十三日纪州道中》（李文权）、《二十四日咏鸭川》（李文权）、《二十五日后至大阪》（李文权）、《二十六日至京都，同西村氏游滋贺县之琵琶湖》（李文权）、《谒浪子墓（并序）》（李文权）。其中，林鹍翔《调寄〈贺新凉〉·题大正博览会出品图说》云："一卷图经耳。恰包罗、万千气象，霞蒸云起。胜会瀛洲新缩本，休笑葫芦样子。看尺幅、居然千里。旧日铅华淘洗净，悟人天、化境都如是。言诠外，有元旨。　　乡关胜迹江南地。忆前游、金迷纸醉，一般堪记。（南洋博览会状况，君曾有笔记载入《实业杂志》）世上沧桑供阅历，吾亦海滨老矣。又一度、鸿泥留此（昔年上野开博览会时，余于役此处，今匆匆八年矣）。开卷自来多有益，胜看花、走马长安市。凭记取，樱花里。"

《中华小说界》第 9 期刊行。本期"来稿俱乐部"栏目含《邻语》（海虞翁克斋）、《雪里红》（士伟）、《哭声》（王梅魂）、《铁板铜琶》（我尊）、《冰庐随笔》（《尹家巷》《茶铫诗》《说穷》《诗钟》《试对》《谐批》《挽联》《王始》《问寿》《奇韜》《咏岱》）（潜时）；"文苑"栏目含《普陀游记》（附图）（天风）、《游将台山记》（献之）、《求恕居士嘱题翁覃溪学士手纂〈四库全书提要〉稿本，为赋长句》（药禅）、《题明吴江叶天寥虞部遗象》（药禅）、《高阳台·题疏香阁主叶鸾画象》（药禅）、《摸鱼儿·消寒第七集同赋,席上刀鱼先成五言十八韵,意有未尽,复填此解》(药禅)、[补白]《三鞠躬》(药禅)。

王振乾生。王振乾,辽宁沈阳人,笔名肖尔。著有《王振乾诗集》。

何藻翔作《中秋不见月三年矣》。诗云:"三年此夕逢风雨,草草江亭遂至今(辛亥中秋,与赖焕文、黎露苑宴陶然亭,冒雨归,越四日武昌独立,壬子、癸丑中秋皆值雨)。欲乞天公借明月,秋光不惜买千金(是夜月晕如血,龙济光枪毙陈六葵于观音山,盖奉袁第三次密电云附记)。"

2日 日军以对德宣战为借口,在山东黄县龙口登陆。10月6日占领济南,11月7日占领青岛,至此,德国在山东势力范围全部为日本控制。文斐《欧洲大战乱感赋》(二首)序云:"欧洲战祸,牵动全局,影响所及,东亚病国,首当其冲。日本以同种同文之邦,近亦甘心投入漩涡,藉图渔人之利,前途险危,不堪设想。而我国上下,且日炽党祸,操戈同室,势不至开门揖寇,步波兰、印度后尘不止。嗟嗟!苌弘化血,难支大厦之倾;屈子沈沙,空漾秋江之恨。茫茫禹域,逝者如斯!长夜悲歌,曷云能已。"其一:"万山萧瑟战云黄,杀气阴阴逼上苍。协约竟成骑虎势(英、佛、露三国协约),同盟交肆毒龙狂(独、澳、伊三国同盟)。连天烽火惊雷电,卷地盆腥惨雪霜。多少生灵供浩劫,问谁援手振慈航!"其二:"霹雳声从海外来,霓裳惊破羽衣摧。三千铁骑嘶残月,十万横磨上舞台。均势局隳魂欲断,同根煎急事堪哀(各省密布侦探,网罗党人,尚未已也)。最难东海渔人利,跃跃西风战鼓催。"

《申报》第14930号刊行。本期《自由谈》"诗选"栏目含《七夕与映清内子联句作》(二首,佐彤)、《孟秋之始,七夕匪遥,牛女重逢,得谐良晤,一时悲欢离合之情,想天上双星亦不能免。索居无聊,戏为牛女赠答之词,得七绝十二,时甲寅七月五日也》(鹿门旧隐)、《咏牵牛花一绝》(鹿门旧隐)、《秋柳》(四首,西泠器器)。

3日 《申报》14931号刊行。本期"游戏文章"栏目含《赋得荷花大少已心惊》(得惊字五言八韵)(佐彤)、《赋得春风一度杨梅熟》(得梅字五言六韵)(二首,佐彤)。

[韩]《新韩民报》"词藻"栏刊载《奉题国耻记念会》(秋船)。诗云:"重展极章夜色凄,怅怊回首海天低。铁丝高唱歌中断,剑刃终知马上提。千古有山怜弃子,几人怀国老无妻。徽成紫槿须团结,即墨孤城可复齐。"

张謇作《挽许久香夫人》。联云:"奉倩剧伤神,少随忧患,老共羁栖,往事都成今日泪;微之悲设奠,东吓长人,南惊雄虺,大招犹有未归魂。"

廉泉作《七月十四日应青萍枢密城山雅集之招,五叠与香国唱和韵以纪胜事》。诗云:"别后西湖谁管得,洞门花落旧题留。攒眉入社无余子,开阁延宾预胜流。越客厌看天竺雨,岳云不锁世间愁。银河耿耿夜如海,羞对红蕖影里鸥。"

4日 《申报》第14932号刊行。本期《自由谈》"游戏文章"栏目含《投稿赋》(诗隐)。

曾广祚作《甲寅中元夕书感三首》。其一:"有愁若秋月,万里上清虚。遥梦中宵断,神光半壁余。琅玕栖凤翼,缃帙蚀虫书。感激浮萍聚,庄周意自如。"其二:"蒋侯披玉篆,鹿女降诸天。绛节知何底,青鸾去渺然。夕寒犹远韵,秋静暂酣眠。一卷幽通赋,仙归尚带烟。"

5日 《申报》第14933号刊行。本期《自由谈》"游戏文章"栏目含《欧洲风云·新开篇》(瘦蝶);"诗选"栏目含《重作〈秋柳〉四首,和嚣嚣并柬天白、亦侠》(李生)、《秋闱》(醉侠)、《秋闱》(侠郎)、《秋柳》(佐彤)、《无题》(佐彤)、《七夕》(四首,柏岩)。

胡适在美国作《登唐山楼》。诗云:"危楼可望山远近,幻镜能令公短长。我登斯楼欲叹绝,唐山唐山真无双。"此诗后收录1939年上海亚东图书馆出版《藏晖室札记》卷六。胡适在同日日记中记述:"登唐山之楼,可望见数十里外村市。楼上有大望远镜十余具,分设四围窗上,自镜中望之,可见诸村中屋舍人物,一一如在目前。此地去安谋司不下二十里,而镜中可见安谋司学校之体育院,及作年会会场之礼拜堂。又楼之东可望东汉登城中工厂上大钟,其长针正指十一点五十五分。楼上又有各种游戏之具,有凸凹镜无数,对凸镜则形短如侏儒,对凹镜则身长逾丈。楼上有题名册,姓氏籍贯之外,游人可随意题字。余因书其上。"

汤汝和作《七月望日为林竹君镇守使(绍斐)太夫人九十寿辰,赋诗寄祝》。诗云:"程江江上月如规,望云遥动梁公思。将军之母寿期颐,祝嘏遍征南山诗。我闻寿母心仁慈,生际黄巾扰攘时。乡人避乱争来依,急筹安集轸寒饥。浮浮大甑千人炊,一时纾难倾家赀。将军自幼生魁奇,远谋菽水天南陲。橐笔从戎才不羁,何畏跕鸢毒雾霏。气吞乌弋与黄支,马上杀贼风雨驰。盾头磨墨露布挥,草檄不让传修期。谋断兼优刘穆之,入幕尊为诸侯师。军国事备前席咨,从兹铜柱界华夷。雏将朱鸢不敢窥,元夕灯火皆戎机。昆仑关外驱蛟螭,昔贤踪迹相攀追。扶摇鹏翼翔云逵,虎头燕颔食肉飞。雄军坐拥千熊罴,行将专阃移旌旗。桂平镇守隆声威,显扬早已慰慈帏。百战功成未假归,身上犹着母缝衣。规外星辰去雁迟,梅州回望依春晖。七星既望歌介眉,绥山桃熟千年枝。群仙鞠脋邕江湄,盘擘麟脯馐玉芝。云璈高奏调金丝,惜我未亲三雅卮。引年上贡台莱词,略写将军鸟哺私。"

6日 郑孝胥作《七月十七日昧爽》。诗云:"晓雾殊未明,坠月欲无焰。楼头弹指人,忽有山河念。"

7日 《申报》第14935号刊行。本期《自由谈》"诗选"栏目含《题外子画屏》(五首,包者香):《碧桃、绣球》《芙蓉、桂花》《白荷、红蓼》《秋葵、剪秋罗》《虞美人》。

赵圻年作《七月十八日我太夫人寿》。诗云："洁飧馨膳力犹能，养志艰难愧闵曾。昔岁板舆供色笑，昨宵凉雨浣炎蒸。劫来无恙宁非福，老去恒言不敢称。堂下小山倚慈竹，俨然松柏与冈陵。"

8日　《申报》第14936号刊行。本期《自由谈》"诗选"栏目含《牵牛花》（包者香女史）、《惜花春起草》（包者香女史）、《爱月夜眠迟》（包者香女史）、《初夏乘火车归省昆陵途中偶赋》（包者香女史）。

林思进作《甲寅白露，楼中坐暑，感望有作》（二首）。其一："白露犹余热，青松故有凉。忧时惭缏短，送日觉寄长。懒拙因成性，安闲合是方。无心话瀛海，急劫正茫茫。"其二："层阁临颓岸，回栏压半城。登高频夕望，得饱喜秋晴。尘市堪充隐，江山未厌兵。游人翻不讶，丝竹胜承平。"

陈夔龙作《鹏孙以周晬后二日殇逝，作此哭之》（二首）。其一："梧叶经秋落，西风撼我门。昔年失爱女，今日哭娇孙。汝病群医误，吾衰一息存。回思汤饼会，催办洗儿盆。"

9日　袁嘉谷作《甲寅七月二十日生辰，亲家舒翰才主政良弼、同门李镜涵学士蕚芬、同年张铁卿京卿锴、乡友施季讷孝廉宝章、侄婿何元良学士瑶、门人周楚香孝廉荃招饮万生园，丕钧、丕佑侍坐，即席联句，楚香缀之成篇》。诗云："慈母平安竹，诸昆连理枝（谷）。污尘王导扇，赌墅谢安棋。千佛挺生日，群龙利见期。耆英洛阳社，孺子圯桥师。燕市联高咏，梁园上寿卮（荃）。野风吹柳径，天影落荷池（钧）。桂舫轻扬处，菱歌晓唱时（芬）。碧漪浴凫鹥，苍桁立鸬鹚（谷）。入耳车声急，凉心茶味知（弼）。大椿深径合，高枯假山欹（佑）。烟树鸣蝉远，秋风战马嘶（章）。水花送香气，竹翠泻风姿（荃）。云下千山叠，风来四面吹（钧）。飞霞金翡翠，新涨碧玻璃。百尺松延纪，千筹鹤祝厘。清音寄山水，好句属髯髭（荃）。忆昔春三月，浮家水一涯。荷天中妇镜，玉佩汉官仪（谷）。题柱曾留墨，校书频照藜（荃）。文章高北斗，姓氏著南陲（锴）。禄厚天之受，祺隆德乃基（荃）。经师谈虎观，家庆衍螽斯（锴）。累累盘根树，煌煌紫玉芝（荃）。乐天同寿考，王勃试文辞（佑）。鹿洞亲承教，龙门近在兹（荃）。竹林逢阮籍，坦腹赏羲之（瑶）。王谢婚姻谊，朱陈儿女词（弼）。瀛东思旧侣，燕北献新诗。大地嗟狮睡，中原畏豹窥。举杯且进酒，活国有良医。游倦归来晚，诗成句得迟。康强祝多祉，禄养足亲怡（荃）。"

10日　《申报》第14938号刊行。本期《自由谈》"游戏文章"栏目含《月蚀歌》（诗隐）；"诗选"栏目含《夏日闲咏》（拜花）、《秋日怀周拜花苕溪》（公孟）、《再寄拜花》（公孟）、《将归里门，留别拜花》（四首，介厂）；"词选"栏目含《锦堂春·七夕》（东园）、《凄凉犯·寄怀江南，用玉田体韵》（东园）、《前调·消夏吟，应希社友人之征》（东园）。

《小说旬报》创刊，第 1 期刊行。编辑者为羽白、英蚩、剪瀛，印刷者兼发行者为小说旬报社，总发行所为国华书局。《宣言》云："甲寅仲秋之月，集数同人，编辑《小说旬报》于沪上。时当大陆风云千变万化，神州妖雾惨淡迷漫。本同人哀国土之丧沦，痛人心之坠落。恨乏缚鸡之力，挽救狂澜；愧无诸葛之才，振兹危局。整顿乾坤，且让贤者；品评花月，遮莫我侪。清谈误国，甘尸其咎；结缘秃友，编集稗乘。步武苏公，妄谈鬼藉，聊遣斋房寂寞，免教岁月蹉跎。倘海内外文人雅士，淑媛名闺，不弃愚谬，辱赐教言，匡我不逮，不胜幸甚。羽白书于歇浦客次。"《序》云："世事茫茫，浮生草草，痛国魂之未定，念来日兮方艰，惨雾愁云，鬼人思哭，凄风楚雨，岁月含悲。某也，从戎投笔，愧无班定远之雄才；破浪乘风，恨乏宗将军之壮志。空教斋房日月，无语蹉跎；毋宁客里穷愁，有怀寂寞。应念春花秋月，最难堪孤负良辰也；知绿酒红灯易惹恨，谁怜客梦？爰寄情斑管，托迹书城，忍遭清谈误国之讥，甘受信口雌黄之诮。纵然写恨言情，讵乏寄深思之慨；若使谈神说鬼，难免托讽刺之言。明知野史稗乘，难整国魂民毒。剩有痴心妄念，苟延疾走痛呼，既奚领三万把横磨之剑，何妨率五千人横扫之军。最难学浅才疏，预怯遭羞于仝侣。幸有传情正化，是所深望于群公。甲寅秋季剪瀛撰于沪滨客次。"本集"补白"含：《秋夜兀坐口占二律》（耀辰）、《〈了梦庐诗草〉二则》（羽白）、《月夜纳凉河畔》（剪瀛）、《秋闺怨，步振民韵一律》（剪瀛）。其中，《秋夜兀坐口占二律》其一："萧萧秋雨湿窗前，独对孤灯忆客年。异域河山同暮老，他乡心事化愁烟。金风飒飒嫌衣薄。夜漏沉沉伴恨眠。无恨凄其悲寂寞，个中忧虑梦如煎。"其二："秋来事事转幽忧，瑟瑟芸窗惊客囚。良夜心清听木落，孤眠思静痛身浮。尘环锦绣知非福，斗室琴书亦解愁。为有亲恩终未报，阿侬何日愿方休。"《秋闺怨》云："金风阵阵送凄凉，冷雨敲窗惹恨长。欲寄离情惊旧梦，怕听归雁忆征郎。回头昔日春堤绿，屈指今朝秋草黄。斜倚栏干思绪恼，懒扶云鬓理残妆。"

《民权素》第 3 集刊行。本集"名著"栏目含《〈太平天国战史〉序》（中山）、《〈全谢山文集〉序》（天壤）、《请修绍武君臣冢文》（舜甫）、《华女士吟梅家传》（了公）、《华烈妇诔》（卷盦）、《群芳义冢志》（味岑）、《读郑崸〈津阳门诗〉书后》（红钳）、《读〈陆庄简柳跖牒书〉后》（仪许）、《游黄鹤楼记》（修曲）、《送龚徐二子序》（绮霞）、《答友人书》（匪石）、《答梁楚楠书》（箸超）、《连珠六首》（箸超）。"艺林·诗"栏目含《杨花曲·咏杨翠喜也》（老衡）、《舟出黄浦》（一雁）、《过马关》（一雁）、《浅草公园所见》（四首，印鸾）、《竹港集残幅》（刘一）、《金陵后湖游》（刘一）、《所思》（刘一）、《东海舟中》（四首，大蒲）、《读〈桃花扇〉传奇》（四首，味岑）、《读〈明季稗史〉》（二首，味岑）、《沪宁车中示太昭》（四首，蜕盦）、《神虎行》（卷盦）、《渡黄河吊张宗愚》（陈干）、《谒文山祠》（陈干）、《登平山怆怀谢太傅》（陈干）、《春情，戏为重字体》（三首，恫百）、《西施浣纱》（二首，恫百）、《军中夜饮》（二首，豁盦）、《赠彭砚钦》（豁盦）、《由襄阳乘小舟至荆子关上滩》(怡□)、《感时》(二首,匪石)、《即席赋》(四首,漱岩)、《送金吟谷》(二首,漱岩)、《口占》(二首,南村)、《感怀》(二首,南村)、《秋仲怀姚石子》(南村)、《偶成》(南村)、《登池洲六峰山》(景莲)、《宫中秋怨》(戆侬)、《杂感》(二首,秋梦)、《送希陶》(剑慧)、《哭宋渔父》(十四首,君复)、《秋燕曲》(哲身)、《宿遂园》(福保)、《望明月》(福保)、《夜雨》(天然)、《不寐》(天然)、《野兽行》(剑鸣)、《戏用渔洋〈移竹〉韵示两内子》(箸超)、《题汪绮云〈蝶花劫〉封面画》(箸超)。"艺林·词"栏目含《菩萨蛮·〈曼陀罗馆图〉题词》(垂钓客)、《行香子·前意》(垂钓客)、《长相思·闺思》(二首,恫百)、《望海潮·病起感作》(謇公)、《水调歌头·醉后感怀》(二首,天声)、《南乡子·秋词》(枕亚)、《卜算子·前意》(枕亚)、《丑奴·前意》(枕亚)、《摸鱼儿·饯秋词》(悔余)、《点绛唇(三径秋光)》(秋梦)、《御街行(惨雨凄风增懊恼)》(秋梦)、《满江红·感时》(芙岑)、《满江红·感时》(剑鸣)、《念奴娇·和〈断肠词〉》(雪)、《点绛唇·和〈断肠词〉》(二首,天放)、《浣溪沙·和〈断肠词〉》(味岑)、《生查子·前意》(味岑)、《少年游·酬郭二》(泣花)、《满江红·周子瘦鹃以〈香艳丛话〉索题,率倚一阕》(箸超)。"诗话"栏目含《绮霞轩诗话(续第二集)》(秋梦)、《豁盦诗话(续第一集谈丛类〈风尘闻见录〉)》(豁盦)、《鸣剑楼诗话》(剑鸣)、《庄庄诗话》(恫百)。"谐薮"栏目含《鸦片烟赋》(虚汝)、《土后烟瘾赋(仿梁元帝〈荡妇秋思赋〉)》(万里)、《芙蓉仙子辞别书》(良杰)、《美人关记》(味岑)、《滑稽联吟记》(双热)、《赋得豚尾奴》(得奴字五言八韵)(慕牺)、《赋得鸦片鬼》(得鸦字五言八韵)(慕牺)、《嘲议员十绝》(维簧)、《孕娃曲》(虚汝)、《偷酒解嘲》(新民)、《介绍堕胡散》(髲)、《豁盦谐谈》(明璞)、《蔽庐非诗话(续第二集)》(箸超)。其中,叶景葵(卷盦)《神虎行》云:"白草粘天岚光枯,五云常驻仙人都。神虎星枢峨眉顶,巫咸不上招魂符。相传神虎善食人,曾持此言问山僧。僧言我佛仁众生,颠倒涅槃皆天刑。碧翁煦枢麞柔气,不遣白额入朝市。豺狼当道无按行,都亭埋轮张网去。虎兮虎兮!请看大陆走龙蛇,梁益伏莽梦如麻。播州道上断行子,人命何异虫与沙。黄巾目作弩,项籍刀上俎。犬羊鼓腹歌,萑苻尽地主。安得大峨封使君,食尽城狐并社鼠。侧闻今年秋,有客趣(趋)巴蜀,里粮掠无余,从者就骈戮。可怜离乱人,不如鸿与鹄。鸿鹄一飞冲上天,行人饮刃不得脱。君不见子敬青毡弗去身,胝饥不取怜其贫,彼何义今何横,可以人而不如禽!"

12日 《申报》第14940号刊行。本期《自由谈》"诗选"栏目含《友人来简,历诋我穷,赋此答之,亦聊以自遣云尔》(莽汉)。

魏清德《秋扇》(限歌韵)(三首)发表于《台湾日日新报》。其一:"万般代谢感经过,扇亦因秋罢抚摩。时节天南常苦热,纵令捐弃亦无多。"其三:"通词甚欲托微波,哀楚堪怜婕好歌。别有含情劳倚望,长门夜冷月明多。"

[日]浅野哲夫作《闻柳城画师某某等为彭百川、田讷言、张月樵、释月仙修祭事，赋此以荐》。诗云："彭田二月天下工，于今举世钦流风。柳城绘事逐年盛，无乃四翁开先功。甲寅九月日辛丑，清酌庶羞祭四翁。便知英灵来格日，俯仰今昔感无穷。或依旧样称正派，用笔赋色家家同。或参西法夸新创，涂抹渲染何朦胧。纵有所得皮毛耳，神骏何存骊黄中。我愿诸子寻求未竟绪，冰冷出蓝冠西东。"

13日 《申报》第14941号刊行。本期《自由谈》"游戏文章"栏目含《打油宝塔诗》（五首，佐彤）；"词选"栏目含《台城路·秋怀》（醉红居士倚声）。

林散之装订诗集手稿，名《古棠三痴生拙稿》（117首）。自号"三痴生"，因元代大画家黄公望（子久）号"大痴"，清代"小四王"王玖（次峰）号"二痴"，故自命为"三痴"，隐隐有继起之志。集中有《附寄杨啸翁二律并书》云："稀生懒慢，鱼雁久暌。向闻被窃杭州，即欲修函慰问。因书债忙忙，日无宁息，兼以邮所遥隔，不果。未数日，即闻鹏腾保定，比欲用申致贺，奈不知衔居何处，兄又无片纸辱来，以此春鸿影绝，芳讯罕通。三晋云山，徒劳梦寐，抱恨奚如。今构成二律，托邵馨吾先生附信寄来，聊慰旧雨之思云。'顷闻宝定悬旄旌，此去杭州路几程。羡尔有才冲笔阵，惭余无力困书城。屡修尺素无鱼达，聊写寸言托友呈。千里云山劳旧思，几回孤馆梦难成。''未通鱼雁经三旬，云树相思入梦频。宝定佳音应示我，杭州被窃究何人。莫因失马灰心志，当识亡毡未足贫。犹有一言淳切记，炎天客处要珍身。'"

夏曾佑作《民国三年九月十三日，徐相国（世昌）六旬荣庆，谨赋一首》。诗云："自昔非常局，常生冠古人。万邦宏济远，百代太平新。维岳当年降，华筵此日陈。韶光应永驻，长此荫吾民。"

14日 《申报》第14942号刊行。本期《自由谈》"诗选"栏目含《送杨逸侠归里，即用元韵》（二首，筱崖）、《再送杨逸侠归里，仍用去岁元韵》（天白）。

沈尹默与士远、兼士同赴钱玄同生日宴。

魏清德《晨星》（限侵韵）发表于《台湾日日新报》。诗云："几点东西烂可寻，却随残月照萧森。江山一样余残局，寥落人才感莫禁。"

林一厂作《甲寅旧中元夜登楼外楼，叠可生韵，即寄之浙中》（三首）。其一："奈何天地此登楼，客里西风又一秋。人把盂兰空念佛，我思芳草倍生愁。灵山渺渺遮亲舍，荃室纷纷攘道谋。家国艰难两无计，任身漂泊似孤舟。"其二："乍圆乍缺月当楼，写尽人间此夕秋。真觉世情随烛转，不胜天气揽衣愁。万家灯火如磷见，四海兵戈有鬼谋。遥瞩迷蒙烟水际，是谁深夜尚行舟。"其三："天涯亦有仲宣楼，极目平原共此秋。历历经年逢又别，迢迢良夜恨兼愁。依人长益飘蓬感，遣日应知斗酒谋。屈指钱塘潮讯近，可添诗料载归舟。"后附姜可生《海上喜逢匪石，用客岁楼外楼联句韵》："老去元龙百尺楼，横吹铁笛气含秋。蛟龙笔底生奇吼，风雨天涯动客愁。陶令归田堪避世，刘琨起舞岂良谋。浣沙溪畔空千古，觅得夷光好泛舟。"

15日　《(北京法政同志研究会) 法政学报》第2卷第8号刊行。本期"文苑"栏目含《〈格致古今中西证解书〉自序》(陈宗道)、《〈中国机器史〉自序》(陈宗道)、《〈泌园学年集〉总序》(陈宗道)、《泌园学年集小像自题》(陈宗道)、《泌园第一学年集编辑所槐荫亭记》(陈宗道)、《〈食螃蟹器具图歌〉序》(附题蟹)(陈宗道)、《〈支解横行图歌〉序》(陈宗道)、《三十自励》(陈宗道)、《泌园自题小照》(陈宗道)。

《正谊》第1卷第5号刊行。本期"诗录"栏目含《得林浚南京师书却寄》(汪国垣)、《鸡足山纪游诗》(赵藩)、《漫与，和陆君见禾诗均》(孟劬)。

[韩]《天道教会月报》第50号刊行。本期"词藻"栏目含《友人林亭消受半天炎署》(敬庵)、《幽居即事》(又清)、《雨夜即事》(凰山)、《三湖舟中望挹清楼》(凰山)、《怪石》(芝江)。其中，又清《幽居即事》云："鹭语疏帘日正迟，午眠才觉客来时。稚童先我欢迎入，记得年前一面知。"

16日　《申报》第14944号刊行。本期《自由谈》"诗选"栏目含《留别致卿、竹亭、善夫、天白、晓崖、爱庭、嚣嚣、野民》(二首，逸侠)、《送杨逸侠归里》(二首，野民)。

赵次珊以史馆名誉总纂相属，荣庆函复云："久病颓衰，精神昏愦，学问实已荒废，旧事更多遗忘，修史重任不敢妄参末议，大启尤万不克承，敬谨奉璧，伏望体谅病躯，是为至祷。"

钱玄同在沈尹默处借得洪亮吉《卷施阁文集》。

曾仲鸣作《九月十六日三姊生日，吾辈携酒果登绿天台为寿，赋此》。诗云："红花飞舞入流觞，四远田园菜稻香。狂醉此时情滟滟，思家何处草茫茫。飘鸾云际惊孤影，数雁天涯自一行。酒散归来斜日落，数竿疏竹照台长。"

18日　《申报》第14946号刊行。本期《自由谈》"游戏文章"栏目含《沪上新乐府》(四首，徐仲丹)：《出风头》《吊膀子》《又麻雀》《打野鸡》；"诗选"栏目含《闺情》(芙镜)、《挽珩芳大姊》(六首，芙镜)、《为陈紫岚绘〈水村图〉纨扇率题》(芙镜)、《柳花曲》(东园)、《和东园〈留别〉之作》(戴子廉)。

曼殊大师(苏曼殊)编译《汉英三昧集》在日本东京付印。印刷所为三秀舍；印刷者是岛连太郎；发行者即东辟。内页署曼殊阿堵黎纂。甲寅七月二十九日付印，甲寅八月十二日初版发行。中英文双语版，布面精装，汇集自《诗经》至李白、杜甫、张九龄等中国诗人佳作，以中英文对照形式编译集成。上海泰东书局翻印时改为《英汉三昧集》。

钱玄同偕崔适访沈尹默，又同访胡仁源。

吴虞作《同董汉苍、卢选卿(夔麒)、施芃士(召愚)游草堂》(四首)。其一："渺渺澄江水，古今相续流。萋萋芳草绿，几度少年游。通识能忘我，闲情看浴鸥。何须论稷契，诗卷自千秋。"其二："草堂林壑美，闲燕属吾徒。日月真潇洒，文章重斌玞。风流有黄陆，贫贱足江湖。却笑三持节，于今逊腐儒。"其三："百树桃花杳，荒村境自偏。诗名高适共，地主复空贤。离乱全幽独，菁华感变迁。平生江海志，惆怅药栏前。"其四："澹云疏雨过，新月上平林。通隐容花笑，忘机是梵音。众人乘物化，词客富秋心。高咏多同调，幽栖许再寻。"

20 日 《白相朋友》（旬刊）创刊于上海，胡寄尘（怀琛）主编，俞松笠、管义华编辑，柳亚子、胡朴安为名誉撰述，广益书局发行，1914 年 11 月 30 日出至第 8 期停刊，共出 8 期。主要刊发小说、笔记、杂文、诗词等。主要撰稿人有胡寄尘、姚石子、粹庵、柳亚子、夏秋风、匪石、鹓雏、剑华、小凤、瘦坡等。

《学生》第 1 卷第 3 号刊行。本期"文苑"栏目含《杭州旅行记》（江苏第三师范学校二年级生李荣第）、《游源泉记》（易县中学校预备班二年生任维屏）、《与浦撷英君论文书》（江苏省立第二师范学校三年生奚省耕）、《梦倩忆语》（上海复旦公学高等文科二年级生刘延陵）、《同学徐君元果哀辞》（上海徐汇公学甲班生谢寿昌）、《儿时志感》（上海爱国女学校学生马宗文）、《村家行》（北京清华学校高等科四年级生朱中道）、《题〈蔡琰图〉》（上海复旦公学高等文科二年级生刘延陵）、《望云》（上海复旦公学二年级学生恽震）、《夜中见闻》（上海复旦公学二年级学生恽震）、《夜凉》（上海复旦公学二年级学生恽震）、《登北高峰》（江苏省立第二师范学校本科三年级生傅博）、《飞来峰题壁》（江苏省立第二师范学校本科三年级生傅博）、《飞来峰观瀑布》（江苏省立第二师范学校本科三年级生傅博）、《西湖即景》（江苏省立第二师范学校本科三年级生傅博）、《咏春雪》（天津南开学校学生王嘉梁）、《星期日归家奉母》（天津南开学校学生王嘉梁）、《楼梯》（天津南开学校学生王嘉梁）、《春寒》（天津南开学校学生王嘉梁）、《纪梦》（江苏省立第一师范学校学生魏寿镛）、《感怀寄沈琇如》（江苏省立第一师范学校学生魏寿镛）、《登沧浪亭怀古》（江苏省立第一师范学校学生魏寿镛）、《秋日晚步沧浪亭》（江苏省立第一师范学校学生魏寿镛）。

范鸿仙遇刺。范鸿仙（1882—1914），名光启，号孤鸿，安徽合肥人。早年求学私塾，后因家贫而务农。1906 年到上海加入同盟会。先后参加于右任创办的《民呼报》《民吁报》《民立报》编辑工作。1911 年 7 月，任同盟会总部评议员和安徽分部主盟人，参加南社。1912 年赴皖，号铁血军，任总司令，讨伐袁世凯。南北议和后，退居上海，主《民立报》笔政兼总理，坚拒袁氏政权高官厚禄收买。在《民立报》时，时常与南社社员唱酬诗文，特别与叶楚伧交谊甚笃，"解人"笔名即得于此。1913 年"宋案"发生，再举讨袁义师，失败后东渡日本，协助孙中山筹组中华革命党。1914 年 2 月，回国联络北洋将士反袁。9 月 20 日，为郑汝成派人刺杀于上海寓所。于右任有诗悼之。诗云："鬻书求客欲亡秦，独仗精诚感党人。一死于今关大计，东南半壁永沉沦。"

冯玉祥作挽联："为民救命，为国尽忠，溯毕生经武整军，懋著奇勋光史乘；此头可断，此志不屈，痛先烈成仁取义，长留浩气在人间。"

黄侃与钱玄同讨论文字、书法问题。

康寅忠（心孚）做东，沈尹默、崔适、朱希祖、钱玄同等同席。

中旬 黄兴在美国，与黄振华对坐赏月，赋诗抒怀。诗云："天上有明月，万里游子心。清华愈皎洁，相对倍思亲。"

21日 《申报》第14949号刊行。本期《自由谈》"诗选"栏目含《闻雁》（二首，少侠）、《感遇》（三首，拱园）、《纪事》（拱园），《半园消夏第一会》（四首，定远秀生稿）:《蚊市》《萤火》《罥更》《蛙鼓》，《甲寅闰端阳节后五日，与阳湖赵明经养矫共宴同人于沪江之杏花楼上，蒙老友邹翰飞先生赋诗见赠，即次元韵寄酬，并博同席诸大吟坛一粲》（二首，青浦徐伯匡）。

徐定超七十寿辰，赋七律四章。其一："人生七十古来稀，薄德宁将永命祈。禄养未能供列鼎，登庸亦似有传衣。愧无大业光家乘，剩有狂名满帝畿。便活百年成底事，灵兰或许悟精微。"其二："人生七十古来稀，七十虚生亦可讥。报国有心成画饼，济时无术佐宵衣。旧书欲读慵开卷，佳客能来未掩扉。自笑庸庸饶幸福，桑榆暮景尚光辉。"其三："人生七十古来稀，守土权宜计却非。治绩谬将黄霸比，苍生如望谢安归。纷华习尚随时转，淡泊襟怀与愿违。只恐铸金同铸错，虚名难免惹嘲讥。"其四："人生七十古来稀，且喜余年脱世羁。垂老难求无事好，量才不待有田归。旧闻粗识窥麟囿，新曲无烦奏鹤飞。欲棹扁舟五湖去，相从鸥鹭坐苔矶。"王岳崧作《寿徐班侯侍御七秩》（四首）。其三："择来胜地卜新居，惠我诗篇若佩琚（客冬曾寄示新居诗）。荣耀乡间开昼锦，潜消顽梗靖军书。方知景惠多阴德（克复后保全桑梓，维持秩序，公之功德大矣，然公不自居功），不信王充论福虚（人皆谓公一代福人，不知其有由致也）。天简岁星都托庇，青云旧友孰相如。"其四："长我两年兄事之，旧游回首系怀思。论文燕北联床日，橐笔江南共幕时。本是渊源同学派（同学业于孙侍郎、黄银台两师），欣看坛坫仰经师（公曾为京师旅浙学堂监督，后又为浙省师范学堂监督）。岿然海内灵光殿，桑梓还期善护持。"王毓英作《贺徐班侯先生七十双寿》（四首）。其一："刘樊仙侣快称觞，七秩筵开喜气扬。自古奇才多抑郁，如公晚节有馨香。溪山清淑钟灵厚，兰玉芬芳毓秀长。钟鼎传家欣作述，箕裘还学冶弓良。"其二："事业勋名一世雄，宣公奏议达天聪。豺狼法斥当途险，桑梓民安坐镇风。移孝作忠根至性，将医为相妙同功。回思八国联军日，独有老臣泣两宫。"黄式苏赋《寿徐班侯丈七十》（八首）。其一："旧梦春婆未足论，岿然硕德喜长存。贞元朝士谁相问，瓯骆声名叟独尊。杖履笑谈前辈洽，衣冠风义薄夫敦（公于桐庐袁太常事，人咸难之）。香山已老豪怀在，处处青衫渍酒痕。"其二："春明重忆太平年，走马长安醉坠鞭。韦杜城南花似海，灵和殿上柳如烟。浮湛粉署疏朝谒，料理陂田割俸钱（公于都门负郭置田数百亩）。闻道燕居多种秫，前身应是酒中仙。"其七："早辞铃阁卧江城，刁斗严宵了不惊。幕府依然资顾问，巾车到处谢逢迎。鲸鲵天外翻新浪，猿鸟山中狎旧盟。为忆昔年游洛日，万人如海识耆英。"除王岳崧、王毓英、黄式苏诸人赠诗，徐干赠寿序外，冒广生、姚茫父分别以诗相贺。姚诗末联："检点昔年风宪笔，山中著作论疮痏。"

李绮青作《甲寅八月二日谒明大将军袁忠愍公墓》。诗云："乱草荒丘不记年，路人犹说将军阡。悲闻板荡崇祯事，谁补金陀野史篇。丛社凄凉余古屋，秋花零落拂寒烟。龙华更换红羊劫，回首沧桑意惘然。"

22 日　《申报》第 14950 号刊行。本期《自由谈》"诗选"栏目含《读薤厂悼亡诗》（四首，拱园）。

《军事月报》第 9 期刊行，是为终刊。本期"文苑"栏目含《秋日杂录》（曹氏伯子）、《甲寅春客吉林，登松江第一楼，晚眺感怀》（心吾）、《磨刀歌》（心吾）、《长夏村居三首》（巢世庆）、《喜雨》（念劬）、《晓霁》（雪鸿）、《孟秋月七夕》（前人）、《与陈君瑞图忆别，感赋四绝》（铁血）、《秋感》（吴沧洲）、《秋怀》（前人）、《京津杂感四首》（渤海）。

23 日　胡适在美国作《迁居口占》。诗云："窗下山溪不住鸣，中宵到枕更分明。梦回午夜频猜问，知是泉声是雨声？"

24 日　《申报》第 14952 号刊行。本期《自由谈》"词选"栏目含《苏幕遮·堆絮格，用范文正原韵》（莽汉）、《南歌子·题方仁后先生玉照，用原调》（二首，莽汉）。

［韩］金泽荣作《八月五日家儿字卢氏女述怀寄退翁》（二首）。其二："狂昏五代际，天子多义子。腹中怀贼肝，手里传玉玺。请看沧翁儿，退翁分厥喜。一片古人心，角弓诗以矢。清为万壑冰，暖似三春暑。儿今已招妻，满屋祥云起。馨香秋桂花，罗列插瓶里。无限门闾事，伊谁使至此。呼儿再进酒，献寿何可已。汝父寿百龄，义父加一纪。"

25 日　袁世凯颁布《祭孔令》。公开恢复清朝祀孔制度，并规定每年旧历仲秋中央和地方政府一律举行"祀孔曲礼"。袁氏头戴平天冠，身穿百褶裙，三叩九拜，至北京孔庙祭孔。

《小说月报》第 5 卷第 6 号刊行。本期"文苑"栏目含《〈松窗漫笔〉叙》（无锡钱基博）、《题曾伯厚同年〈西山永慕图〉》（伯严）、《屡集樊园改诗，过沈观门不入，答其戏赠》（伯严）、《横板桥北草场携曹东寅、李道士玩月》（伯严）、《答赠吴梦舟》（子大）、《爱晚亭》（子大）、《虎岑堂》（子大）、《九月偕塞向携榼渡江，招四峰、百迟、竺友、湜生会饮栎庵，竟夕止宿，次塞向韵呈病山及诸子》（二首）（子大）、《送又点丈赴津幕》（拔可）、《与畏庐丈谈诗有怀》（拔可）、《阴雨》（拔可）、《哀晚翠轩》（拔可）、《南后街灯市》（又点）、《元旦甚雨且雷》（又点）、《旧买盆梅，秋后寻之不见怅作》（又点）、《三月朔日盛季莹兄邀集感旧园，园祀张研秋师木主，师为同座节庵丈舅氏，余人有尝与师游处者，席散赋呈》（又点）、《林可山兄函索近作，走笔答之》（又点）、《戏作誉蚊诗》（又点）、《普陀登佛顶山》（我一）、[补白]《四十感怀（集剑南句）》（一蟹）。

程家柽遇害。程家柽（1874—1914），字韵荪、下斋，安徽休宁人。早年武昌两湖书院肄业，后留学日本。光绪二十九年（1903）在东京参加发起拒俄义勇队。1905年与宋教仁等创办《二十世纪之支那》杂志。旋加入同盟会，被推为外交部长。次年归国，任北京大学农科教习，与清肃亲王善耆周旋，营救革命党人数名。武昌起义后，与吴禄贞等谋发动新军攻取北京，因吴被刺未果。1912年往上海，与柳亚子交往甚密，入南社。同年谋炸袁世凯，不中，避往南京。次年在北京策动"二次革命"。1914年又拟毒杀袁世凯，谋泄被捕下狱遇害。

张謇作《嘉兴张生遭难死逾年矣，见其小像，悼之以诗》。诗云："亦是人间美少年，猘猂满地一身捐。飞扬跋扈知何限，如子家门亦可怜。"

赵坼年作《八月六日寿空山人》。诗云："雁来燕去数秋期，绛老年华师旷知。养寿莫如名不朽，赠言远胜享多仪。满园桂菊将开日，一县蒲桃烂熟时。毕竟腐儒工腐语，伊川此日倍凄其。"

26日　《申报》第14954号刊行。本期《自由谈》"诗选"栏目含《悼红吟》《新游仙》（二首，白沙一雁）；"词选"栏目含《鹧鸪天·列强构衅，波及亚东，忧切杞人，荆棘天地》（东园）、《高阳台·秋夜》（东园）。

27日　《申报》第14955号刊行。本期《自由谈》"诗选"栏目含《对月有感》（珠湖钓客）、《落花，步春申志禹原韵》（三首，昆陵吟见）、《金陵偶题》（李奎馨）、《和廷彦见怀原韵》（二首，李奎馨）、《读〈礼拜六〉小说〈赤钳恨〉咏慧儿》（四首，何丹初）。

康寅忠将远行，沈尹默与钱玄同、朱希祖、鲁迅、黄侃等在瑞记饭店为其饯行。

28日　孔子诞辰，姚文栋于本日前后作《甲寅仲秋，率儿子明辉，孙肇均、肇培访青浦孔宅拜至圣衣冠墓感赋，用壁间韵》《圣诞日释奠礼成恭纪，叠前韵》《同人集愿学堂议立江苏孔教支会，再叠前韵》。其中，《用壁间韵》云："海内六经齐庋阁，野人先进若晨星。衣冠于此珍遗蜕，诗礼当初忆过庭。疑有壁丝千载响，空余墓草六朝青。吁嗟京阙成禾黍，犹说南巡御墨馨（宅东有御书楼，藏圣祖南巡墨迹）。"《圣诞日释奠礼成恭纪，叠前韵》云："万派朝宗归大海，北辰居所列繁星。圣人明德昭天壤，曲阜分支此庙庭。三月难忘韶乐美，九峰远接岱宗青。盛仪两地同时举（是日，曲阜亦开大会），展敬宁惟黍稷馨。"周庆云闻姚文栋访青浦孔宅，作《志梁先生访青浦孔宅，谒至圣衣冠墓，及诞日释奠礼成并议立江苏孔教支会，各有所赋，因约壶翁、语老同作》，戴启文（壶翁）、刘炳照（语老）亦有诗作。其中，周庆云诗云："薪传幸接蘋蘩洁，跄济登堂客聚星。数仞门墙张盛典，千秋千羽舞明庭。尼山诞降间充紫，汉室官仪绂佩青。更喜宗风绵曲阜，遥遥两地两播芳馨。"戴启文（壶翁）诗云："修明礼乐干戈后，圣教昭回炳日星。可使邑名小邹鲁，休言宅即旧宫庭。江分支派源流远，塚峙衣冠浦草青。东国化行南国被，拜瞻敬爇瓣香馨。"

林一厂作《秋感四首，叠楼字韵》。序云："羁旅沪渎，瞬年余矣。双十国庆，屈指期届，抚时感事，凄然有作。民国三年九月廿八日。一厂自识。"其一："荒荒斜日拥危楼，满目河山历乱秋。叶脱蝉残犹咽恨，穴深猿老更啼愁。揽衣瑟缩寒如此，借箸纵横孰为谋。尚未功成身已弃，五湖忍逐范蠡舟。"其二："世事而今海蜃楼，漫将冷眼作阳秋。千年辽鹤归华表，明日黄花洗旧愁。梧竹暗垂无凤在，稻粱争啄有禽谋。放怀便拟寻仙侣，又恐人疑李郭舟。"

29 日 《申报》第 14957 号刊行。本期《自由谈》"诗选"栏目含《渡京口登宝盖山》（东园）、《江干即景》（二首，东园）、《卧病》（啸霞山人）、《九月二十二日早起，由桃源涧上维摩寺，在望海楼小坐，赋呈息盦居士，即以话别》（四首，廉南湖）。

周恩来访严修，请其为《敬业》杂志写封面，周去即书之。

万选斋作《甲寅八月初十生日感怀》（二首）。其一："感生弧矢愧蹉跎，屈指驹光客里过。杜老只堪悲伏枕，刘蕡谁信共登科。著书不为穷愁减，学易犹虞悔吝多。自分南山宜豹隐，一庭迟日养天和。"其二："献璞频年等暗投，居诸空逐大江流。酒因自寿招明月，句必惊人绘素秋。遭际几曾苟御李，交游大半粲依刘。阶前森立看兰桂，老壑苍松气自遒。"

30 日 《申报》第 14958 号刊行。本期《自由谈》"诗选"栏目含《秋声》（军人）、《残荷》（军人）、《七夕》（二首，军人）、《有感，集李义山句，示映盦、觊庐》（五首，莽汉）。

娥芳、六云生日，王闿运例作一诗，后又补作《八月一日感旧》。诗云："故园丛桂定馨山，新月依然绣户间。白发朱颜仍玩世，红闺绮语久从删。早知梦影终成幻，谁道悲歌总不关。犹有竟床长簟在，廿年清泪似苔斑。"后刊于《大中华》杂志第 1 卷第 12 期。

本 月

秕园诗社初现端倪。事起于关赓麟买宅京城东安门外官豆腐园，取"秕米太仓"之义，名之"秕园"，11 月迎养乃父关蔚煌于园中。此地靠近京城中心，"群贤觞咏，许为得所"，渐成寒山社诗钟雅集又一场所。1915 年秋，寒山诗社迁往江西会馆。由于雅集往往至深夜方罢，城内社友颇觉"弗便宵征"，秕园诗社因之特起。后来寒山诗社再迁西城铁路协会，位于东城之秕园诗社，便与之东西对峙。关赓麟《秕园吟集甲稿》"编终杂述"中云："寻复益以高阆仙、曾重伯、李孟符、侯疑始、靳仲云、丁闇公、宗子威诸名贤，遂别立诗社，与城西诗钟社对峙，即以秕园名之，复以园为主人之号。"秕园诗社两周一集。秕园与寒山皆由关赓麟主事，社友多重合，故樊增祥谓"秕园与寒山同源而异流者也……譬诸一家而分爨者，人皆两利而俱存之"。丁传靖称秕园之滥觞，"即寒山之支派"。据《秕园诗集》记载，1914年秕园新成之时，关赓麟曾邀社中同仁赋诗吟咏，此次雅集规模不大却内容丰富，社员不仅作诗词，而且由李霈绘制《秕园雅集图诗卷》长卷，由徐世昌题引首，秕园社员18人题跋：关赓麟、高步瀛、赵惟熙、樊增祥、金葆桢、陈振家、翁廉、杨毓瓒、郭曾炘、巢章甫、刘敦、贺良朴、李滨、陈巘湖、朱绍阳、唐益公、叶恭绰、商衍鎏等。

《繁华杂志》(月刊)在上海创刊。海上漱石生(孙玉声)主编，每月1册，定价4角，大本，彩色石印封面，至1915年2月共出6期。内容分图画部、文艺志、谭薮、译丛、魔术、锦囊、滑稽魂、吟啸林、小说林、新剧潮流、菊部记余、游戏杂俎。创刊词其一："莽莽神州世变多，繁华如梦感春婆。笑驱三寸毛锥子，忽惹千秋文字魔。容我著书消岁月，管他飞檄动兵戈。醉心权当中山酒，一册编成一月过。"其二："不志兴亡志滑稽，仰天狂笑碧空低。阽危时局何堪忆，游戏文章尽有题。十里春江人似织，六朝旧苑鸟空啼。兴来濡染淋漓墨，写入新书证雪泥。"其三："漫将身世慨沙虫，尘海茫茫百幻中。悟澈镜花与泡影，记来秋月又春风。网罗轶事资谈薮，惊诧奇闻著译丛。莫说寓言居八九，大千世界本空空。"其四："君房言语妙天下，我恨搜求妙语难。破格敢邀天下赏，覆瓿留与世间看。文林诗海消闲料，说部歌坛醒睡丸。谁道书成了无益，茶余酒后尽人欢。"本期"吟啸栏·诗"含《春草》(吴寄尘)、《寒食踏青》(吴寄尘)、《敬步鼎臣夫子"生"字韵》(吴寄尘)、《新牛女词》(三首，秋水)、《春日偶成》(秋水)、《秋柳》(四首，秋水)、《偶作》(秋水)、《梦游君山梅花书院》(婆僧)、《明月》(婆僧)、《大观亭吊古》(婆僧)、《皖江寓庼即景》(二首，婆僧)、《庚戌七月偕友游宣南锦秋墩，适座中客满，权上文昌阁小憩》(婆僧)、《读龙元王达权〈十忆诗〉，意似未尽，戏仿六绝以遣兴》(《忆笑》《忆醉》《忆啼》《忆嗔》《忆浴》《忆睡》)(婆僧)、《雨窗闷坐，戏演五灵鸟禽言遣兴》(五首，婆僧)、《江上吟和韵》(四首，铁情)、《秋夜感怀》(二首，铁情)、《旅申杂感》(二首，南无)、《时事感怀，简野僧山人》(南无)、《不倒翁》(空空道人)、《民国三年暮春之月，先师张铸江夫子自甘肃归葬佘山，率成四律，藉志哀感》(许其荣)、《感怀》(穆郎)、《忆友》(二首，穆郎)、《集里谚裁句得七律十首》(八十五老人楚亭)；"吟啸栏·词"含词十二阕：《菊花词·调寄〈南乡子〉》(铁情)、《菩萨蛮·春怨》(吴兴周炳城)、《柳梢春·燕》(前人)、《前调·莺》(前人)、《浪淘沙》(铁情)、《忆江南·本意》(秋水)、《捣练子·夏日闺情》(秋水)；"吟啸栏·曲"含南北曲十首：《题周朗圃先生〈红楼梦十二图咏〉南北曲》(《北新水令》《南步步娇》《北折桂令》《南江儿水》《北雁儿落带得胜令》《南侥侥令》《北收江南》《南园林好》《北沽美酒》《南尾声》，西泠女士吴慧玉朴卿）。

《织云杂志》在上海创刊，由席悟弈创办，顾痴遁、杜啸霞编辑。内容以诗词为主，兼及小说、杂文。共出2期，第1期本月出版，第2期为本年刊，具体月份不详，系于此。第1期《弁言》云："席子悟弈以近今杂志风行，爰拟延请云间文人学士，亦组织一杂志而未得其名。嘱予序其端而任编辑之事。予不文，未敢任。席子嘱之再四，余不获辞，乃为之言曰：'圣人云："法语之言，能无从乎？改之为贵。巽语之言，能无说乎？绎之为贵。"紫阳释法语为正言，释巽言为婉导，谓为正言，必言之纯乎道德者也。谓为婉导，或偶托乎诙谐，或隐寓乎讥讽，苟有关乎世道人心而文辞未尽雅驯者，盖亦有警世之苦心，云间本文薮也。文人辈出，脍炙人间。观于练云之课，白云之编，其书已鲜，其文终传今子。以杂志为名，而著述者又皆名士，殆将续练白之后，继泖东之风欤，以织云为名，席子其有意乎？'席子曰：'可。'顾予又思之，文字与世风，盖有无形之关键在焉，今日之世风可见矣。今日之文字，不与六朝同织靡之风，即与初唐同铺扬之迹，欲求纯粹之文不可多得，则此杂志亦何必趋时俗之所尚乎？顾理不囿于一隅，道亦通乎一艺，致远固恐其泥，猎较亦是趋时。伊古以来，俚言稗说、小识笑谈亦未尝不足以警人而传后，何必于杂志之作而必求纯粹之文乎？且夫纯粹说道之文，只为文人之规戒。若稗野之作，诙谐之文，即有秽亵之谈，而老妪亦解者，所以劝导人者，其用心亦非浅鲜，安可以剩语赘辞訾议也哉！虽然，兹编初行，仆虽任编辑之责，而病实时作，选择未暇，恐不免贻讥海内文士，阅者宥之。幸何如也。民国三年九月痴遁序。"另有四序文，序一（钝根王晦甫）、序二（夏月啸霞）、序三（笨伯）、序四（悟奕）。第1期"诗词选·词"栏目含《填张痴鸠限题四阕》（餐英）、《临江仙·西湖十景》（附：《忆宋处士林和靖二绝》）（无端）、《调寄〈蝶恋花〉·浪游词》（痴遁）；"诗词选·诗"栏目含《花为四壁船为家歌》（痴遁）、《秋风》（痴遁）、《秋雨》（痴遁）、《秋草》（痴遁）、《秋虫》（痴遁）、《赠妓两绝》（守寒方子）、《忆妓两律》（守寒方子）、《纳凉》（守寒方子）、《咏梅》（守寒方子）、《野行》（守寒方子）、《客居题壁》（守寒方子）、《题〈袁母薛太夫人编年纪事本末〉后》（守寒方子）、《清明日偶咏》（守寒方子）、《有感》（守寒方子）、《有怀》（守寒方子）、《癸丑冬日遇周佩姜，别后赋寄》（守寒方子）、《题张琢成小影》（四首，姚鹓雏）、《顾子新屋落成，留题二律》（张道生）、《云间纪游诗》（八首，黄协埙）、《寄松江姚鹓雏》（四首，普朗）、《春日野步即景》（四首，逸庐）、《闺怨》（二首，汉侠）、《送别胡毅夫夫子》（汉侠）、《赠凌怜影》（汉侠）。第2期"诗词选·诗"栏目含《吾心篇上》（乳燕）、《吾心篇下》（乳燕）、《和醉红，步原韵》（乳燕）、《拟古》（吹万）、《拟李陵答苏武诗》（吹万）、《读龚定庵诗》（吹万）、《拟曹子建〈七哀诗〉一首》（吹万）、《自君之出矣六首》（吹万）、《米贵》（吹万）、《记四月廿七夜梦》(吹万)、《出塞曲》(吹万)、《静中偶得》(吹万)、《呜咽行》(吹万)、《咏梅，步灵石原韵》(吹万)、《再步原均》(吹万)、《三步原韵》(吹万)、《聋姬行》(吹万)、《为老姬解嘲》(吹万)、《简邓秋枚》(吹万)、《读〈巴黎茶花女遗事〉》(吹万)、《春暮写感》(吹万)、《题〈荷锄美人图〉，步顾灵石韵》(吹万)、《读〈日本维新英雄儿女奇遇记〉》(吹万)、《写意》(了公)、《和醉红，步原韵》(了公)、《漫兴二首》(了公)、《拟吴梅村〈九峰草堂歌〉》(陆无闻)、《老姬行》(痴遁)、《为聋姬解嘲》(痴遁)、《赠鸦雏》(痴遁)、《赠妓二绝》(痴遁)、《题〈袁母薛太夫人年谱〉》(鸦雏)、《闲愁》(鸦雏)、《题韩凤九姑丈〈杏林听雨图〉》(鸦雏)、《耿伯齐先生六十寿》(鸦雏)、《赠李康弼》(醉红)、《三叠前韵》(醉红)、《四叠前韵》(醉红)、《五叠原韵》(醉红)、《依韵奉和郁隽甫》(康弼)、《再叠原韵》(康弼)、《和醉红，步原韵》(绛珠)、《秋星》(孼儿)、《西风一章》(孼儿)、《集唐柬樾侯，时客沪报社》(孼儿)、《题张琢成〈独立图〉》(孼儿)、《赠陈月华校书》(孼儿)、《秋雨》(浦剑侠女士)；"诗词选·词"栏目含《高阳台》(乳燕)、《临江仙·当湖偕内子同游瀛洲书院题壁》(吹万)、《柳梢青·寒食日报本塔寺晚眺》(吹万)、《减字木兰花·鸦雏以所著〈红豆书屋近词〉见示，倚此赏之》(吹万)、《减字木兰花·病起，和鸦雏原韵》(孼儿)、《卖花声·郊行即事同了公》(鸦雏)、《念奴娇·题庞檗子〈玉玲珑馆题词图〉》(鸦雏)、《齐天乐·小斋闻蜂声赋》(鸦雏)、《金缕曲·答吴遇春见赠》(鸦雏)、《金缕曲·寿耿伯齐六十》(鸦雏)、《台城路·病酒初起，残春苦寒，隔院筝声，月华似水，怅然赋之》(鸦雏)、《点绛唇》(鸦雏)。第2期刊首有《云间宜园千龄雅集图》，顾香远、黄渊甫、朱乐天、封衡甫、尹伯荃、陈梅生、朱作梅等在座。其中，姚鸦雏《金缕曲·答吴遇春见赠》曰："六幅湘帘里。正无聊、香消睡鸭，春寒似水。忽诵吴郎歌一阕，蓦地古芬凝纸。更触拨、江淹残绮。说剑吹箫都过了，礼天台、我欲无言耳。几复辈，总难拟。　　谁堪江左无双士。剩而今、梅村长句，东南之美。松麈茗瓯清似玉，正始玄风后起。笑桓侯、舞矛无技。鼙鼓残宵浑欲动，看四郊与平多垒。君可作，我衰矣。"高燮(吹万)《临江仙》云："科第污人根性贱，登瀛好梦成空。笑他名士可怜虫。人文都阒寂，枉说此间雄(壁间联语有'人文应让此间雄'之句)。　　三月春寒犹料峭，桃花片片飞红。阑干并倚太匆匆。楼台看倒影，湖水自生风。"《柳梢青》云："是雨余天。是消魂节，是夕阳天。小住匆匆，尖寒恻恻，薄病恹恹。僧寮暂此参禅。遥望处、湖山可怜。将酒浇愁，将花献佛，将梦游汕。"《减字木兰花》云："深情如是。愿种漫天红豆子。两字相思。葬向心头一点痴。　　春风微逗。何事干卿池水皱。幽梦迢迢。酒浅愁深骨也销。"

《俳优杂志》(半月刊)在上海创刊，仅出1期。编辑及发行人冯叔鸾(笔名马二)，文汇图书书局总发行。作为新剧活动家，冯叔鸾并不排斥旧戏，主张各取所长，互相补充，改变当时戏剧界"颇似发达，而实际乃艺术消沉"之状况。

《浙江兵事杂志》第6期刊行。本期"零纨碎锦"栏目含《苦热》（秋叶）、《仿杜体三首》（陈筹）、《舟次桐庐》（单一平）、《咏老少年》（王卓夫）。

《娱闲录》第4、5期刊行。第4期（上半月刊）"文苑"栏目含《粤秀山记》（天一方）、《游三官祠记》（丹隐）、《都门窑乐府（续）》（王泽山）、《致壁经堂书》（丹隐）、《清寂诗稿》（丹隐）、《岁寒社诗钟录》（觚、蘅、强）、《毋我诗稿》（毋我）、《毋我词稿》（毋我）、《读画页四绝》（遥广）、《二金凫榭词（续）》（癸云）；第5期（下半月刊）"文苑"栏目含《郭绪五哀词》（天一方）、《题丹隐居小照》（甲辰寄粤）（天一方）、《峨眉清音阁》（雪王堪）、《城西山祠咏梅》（雪王堪）、《伯英出狱有感》（香草宧）、《壬子七月赠沧江》（香草宧）、《爱智庐同香祖玩月诗序》（爱智）、《金缕曲·即事》（爱智）、《貂裘换酒·凌云山东坡读书楼》（圣游）、《八声甘州·秋日斋居寄怀陈伯完》（圣游）、《都门窑乐府（续完）》（王泽山）、《观剧感咏》（故栽者）、《岁寒社诗钟录》（觚）。

《武德》第7期刊行。本期"杂俎·诗"栏目含《答赠宾孝廉玉瓒》（李澄宇）、《树棠镇守答诗，用前寄元均，因复叠和》（李澄宇）、《妓席次金君〈登焦山〉韵，并示树棠镇守》（李澄宇）、《寄赠晓友同学》（李澄宇）、《秘荃参谋自齐来访，赋赠一律》（李澄宇）、《寄怀金济时松江，即步所示〈晚泊〉韵》（李澄宇）、《与客论诗，率然有作》（李澄宇）、《诒李伯英陆军部考绩科长》（李澄宇）、《纪元之次年冬月梦作》（李澄宇）、《周仲玉夫子以〈枣花寺观青松红杏图〉诗示命依韵》（李澄宇）、《上宋卿先生》（李澄宇）、《奉鄂督段芝泉上将》（李澄宇）、《元夕市游》（李澄宇）、《阴历元日即朕诞日因赋》（李澄宇）、《润玫少将以和罗崎云〈游日本爱宕山〉旧作见示，率步其韵》（李澄宇）、《赠田约锋同学》（李澄宇）、《题宁乡刘氏〈邕机园图〉》（李澄宇）。

《留美学生季报》第1卷第3期刊行。本期"诗词"栏目含《春日即事》（任鸿隽）、《春朝，和适之原韵》（前人）、《送傅有周毕业东归》（前人）、《书〈鹡鸰风雨集〉后（有序）》（前人）、《即事，和叔永原韵》（胡适）、《游仙一律，再和叔永原韵》（前人）、《春朝》（前人）、《自杀篇（为叔永题〈鹡鸰风雨集〉）》（前人）、《春日杂吟》（杨铨杏佛）、《雨后窗前即景》（前人）、《赠亚子》（前人）、《春日寄兴，步适之韵》（前人）、《道旁见残花，怅然有感，书此吊之》（前人）、《独坐》（民国二年秋作，时南方有战事）（前人）。其中，胡适《自杀篇（为叔永题〈鹡鸰风雨集〉）》云："叔永至性人，能作至性语。脊令风雨声，令我泪如雨。我不识贤季，焉能和君诗？颇有伤心语，试为君陈之。叔世多哀音，危国罕生望。此为恒人言，非吾辈所尚。奈何贤哲人，平昔志高抗。一朝受挫折，神气遽沮丧。下士自放弃，朱楼醉春酿。上士羞独醒，一死谢诸妄。三闾逮贤季，苦志都可谅。其愚也莫及，感此意惨怆。我闻古人言，'艰难唯一死'。我独不谓然，此欺人语耳。盘根与错节，所以见奇士。处世如临阵，无勇非孝子。虽三北何伤？一战待雪耻。杀身岂不易？所志不在此。生材必有用，何忍付虫蚁？枯杨会生稊，河清或可俟。但令一息存，此志未容已。《春秋》诛贤者，我以此作歌。如鲠久欲吐，未敢避谴诃。"

[韩]《新文界》第2卷第9号刊行。本期"词藻"栏目含《自鸣钟》（茂亭郑万朝、松里郑凤时、漳隐元泳义）、《电气灯》（茂亭郑万朝、松里郑凤时、漳隐元泳义）、《火轮车》（茂亭郑万朝、松里郑凤时、漳隐元泳义）、《蓄音器》（茂亭郑万朝、松里郑凤时、漳隐元泳义）、《飞行机》（茂亭郑万朝、松里郑凤时、漳隐元泳义）、《无线电》（漳隐元泳义）、《自动车》（漳隐元泳义）。其中，松里郑凤时《蓄音器》云："一日留声可百年，蚁旋才毕又螺旋。机关尽逐针尖动，歌曲翻从幅面悬。乡客夜听环市店，丽人春挈访林泉。无弦有调能如此，未必渊明醉欲眠。"

[韩]《至气今至》第16号刊行。本期"词藻"栏目含《秋海棠》（玄观）、《牡丹》（芭隐）、《班竹》（孤云）、《老少年》（积极子）、《雁》（秋谷）、《鸡》（睡堂）、《访道士不遇》（水月堂李龙云）、《咏心》（玑堂金瓒衡）、《偶吟》（潆庵金基显）、《又》（潆庵金基显）。其中，水月堂李龙云《访道士不遇》云："青山绿水处，灵迹幽云栖。梧轩蕉叶绿，仙窗夏日曙。黄蝶贪香来，幻鹿向客语。身苦避迩来，不见亦龃龉。"

吴昌硕为杨谱笙绘《红杏图》，并题云："何时姑熟溪头见？照水濛濛小谢家。溪香先生属写。甲寅秋仲。安吉吴昌硕。"又，为长庚绘《古木槎枒图》并题诗云："古木槎枒静隔屋，岁寒风景一翻新。孟郊老去诗谁好，敢抱空山无一人。甲寅秋仲，拟江山外史笔法，自视冷隽之气尚有，而古逸不及也。长庚仁兄鉴可。安吉吴昌硕。"

林纾作镜心纸本《秋水微波》。题识曰："十四年中过御河，杨花阵阵水微波。秋来满眼伤摇落，愁比涵元殿里多。用倪高士法，少着色，较有风致。甲寅八月，畏庐并题。"

黄侃应北京大学教授之聘，讲授文字孳乳、词章学及中国文学史。

朱希祖被聘为清史馆协修。

吴宓始闻朱斌魁与毛彦文之事。朱君并将毛彦文作七律诗、所写逃父命之婚之经过示吴宓，吴甚爱之亦为所感。是为吴宓接触毛彦文之始。

陶行知抵达美国伊利诺伊州立大学，申请攻读政治学博士（辅修经济学与教育学）。

丰子恺入浙江省立第一师范学校。在校时与同学杨家俊友善，经常结伴游西湖。杨家俊作《夏时乙卯元日偕丰君子恺赴西湖游》（八首）。其一："去年曾报隔年春，抛掷春光又一旬。作客方惊离索久，出门忽忆岁华新。数群都是青红子，空巷从无卖买人。苇索桃符驱百鬼，家家椒酒乐天伦。"丰子恺在校时师从单不厂学习国文；师从李叔同学图画、音乐。其对图画、音乐产生极大兴趣，逐渐疏远他科。

汪兆镛刻东塾先生《忆江南馆词》（附《集外词》）。汪兆镛题跋云："右《忆江南馆词》一卷，番禺陈先生撰。先生少喜填词，中岁后专治经，不欲以词人传。所为词见于许青皋、沈伯眉两先生辑《粤东词钞》中者仅八首。壬子秋，孝坚世兄出先生手定稿相示，都凡二十五首，爰移录一过。嗣复采获四首，皆原稿所未载，附录为《集外词》。诸本字句有异同者，别为《校字记》一篇。久拟付刊，孝坚以先生遗命勿刻阻之。今年春，孝坚归道山。每抚此篇，惜往日之云徂，哀大雅之不作。人间何世，失坠是惧。先生不欲刻词，特自谦之意耳。谨命工剞劂，刊成，用识简末。甲寅八月门人汪兆镛记。"

陈蜕（蜕庵）撰《蜕翁诗词刊存》刊行。其中，《陈蜕庵诗集》目录：第1集第1卷《映雪轩初稿》（古近体诗29首），第2卷《烟波吟舫诗存》（古近体诗90首），第3卷《寄舫偶存》（古近体诗32首），第4卷《息庵诗》（古近体诗49首）（原编79首，《香草诗》30首编入第5卷）；第2集第5卷《闲情香草诗》（七律60首），第6卷《夜梵集》（古近体诗共52首）（附录15首），第7卷《蜕僧余稿》（古近体诗379首）。《蜕词残稿》目录：《瓣心词》、续录、附录牌谜。《陈蜕庵诗集》集前陈蜕自序云："自十一岁学为梅花牡丹诗，所作渐繁。然不自检摄，随作随弃。《春窗风雨词》以下十五首，皆十六岁前所作，盖十不存一矣。嗣后研心帖括，此事遂废，偶有所作，日趋浅薄。就所忆录之，又得十二首，计庚午迄庚辰，诗凡二十九首，为《映雪轩初稿》一卷。自辛巳迄庚寅二十年中，再丁大故，备历诸艰，加之饥来驱人，岁岁行役。若例以古人穷而后工之言，宜其日有进益，且所至皆名山大泽，所接多硕彦通人，开拓胸襟，阐发意气，倘能见诸篇什，必有天风海涛之韵，唾壶击碎之声矣。乃病不能呻，愁遂成噤，岂非凡下之性，未堪造就，过此以往，欲入古人堂奥，自附作者，难矣。吟情既鲜，逸作尤多，存诗九十首，为《烟波吟舫诗存》一卷。辛卯莅官荷湖，簿书委积之余，偶一为之，未敢以啸傲废事也。在官五年，得诗三十三首，为《寄舫偶吟》一卷。丙丁两年，以废弃余生，流离转徙，情既局踏，语多灰颓，境遇使然，未可自强，得诗七十九首，为《息庵诗》一卷，前后三十年，存诗凡二百一首。舟中无事，略加编次，令巘儿抄录一过，置之行箧，亦敝帚自享之意也。岁在著雍阉茂三月望前一日梦坡自识。"《夜梵集》后有陈蜕《〈残宵梵诵〉自跋》云："今夫水流花谢，嗟绮语之难删；即至矢尽拳张，岂豪吟之随辍。气短不短，情长更长。桓子野辙唤奈何，曹孟德解忧何以，故曰诗以言志，能教闻者销魂。况蜕庵七尺，沦蜃海十年，管宁但坐绳床，张融更无船屋。虽潇湘吾土，谁识懒残；论建安才人，最怜公干。彼少陵垂老，犹有浣花旧居；岂浔阳谪居，长此天涯沦落。然则诗人之厄，末路之穷，以古方今，于斯为极矣。嗟乎！庾兰成平生萧瑟，赋江南以言哀；张平子望远咨嗟，赠琼瑶而莫致。世之览者，当有知音，我所思兮，岂惟并世，缀之短跋，以俟后来。庚戌九月二旬一日，蜕僧书。"《陈蜕庵诗集》集后有陈蜕自跋、汪兰皋跋。其中，陈蜕自跋云："庚戌之夏，天降疹厉。一肢之病，等于荀莹之疡；百日之挛，几于郤克之跛。濒十死而不死，谁为乞和缓于秦；分无生而偏生，时竟有越人在楚。左家妹质珥营医，忘无家之怨恫；僖负羁盘飧馈食，怜末路之英雄。藉众维持，二竖焉避；于世何补，一老慭遗。顾积习难忘，有余年则有余稿；况世情久淡，在蜕庵终为蜕僧。虽食肉东坡，扪腹不皆笋蕨；而墨者夷子，放踵未改衣冠。花猪竹卿，杂蒲团禅杖之间；贾岛孟郊，销湖海风云之气。续《沧波听雨》《梦楼续雨》诸集，得毋更形衰飒，或者转逊冲和，曰《蜕僧余稿》，自《映雪轩初稿》（原稿初作自庚庚集乙去改此）后为第七集矣。"

张良遄作《甲寅八月，六十初度，自叙兼以自警八首》《六旬生日与五弟、六弟家宴口占》。其中，《甲寅八月，六十初度，自叙兼以自警八首》其一："在野曾为草莽臣，躬耕犹是义熙民。乌丝写韵逾千首，丹桂飘香过六旬。折节岂能由狗窦，低头只解拜龙宾。向平已了平生愿，更结云山未了因。"其二："十载青毡伴一灯，半生宦味冷如冰。宅求三亩堪容膝，门对双溪可下罾。阅世饱尝酸苦辣，传家甫见子孙曾。德功不朽吾何有，满纸琳琅愧剡藤（昭文孙师郑为作寿序，推挹逾量，愧不敢当）。"其三："不作人间第一流，拥书万卷比通侯。簑笠谷里开荒径，钻鉧潭西得小邱。似为阳明留别洞，何须宏景起层楼。携家甘向横溪老，分菊移松典敝裘。"

张其淦作《甲寅重修欧公祠落成，余作碑文脱稿，因赋长歌寄怀芗池》。诗云："我识芗池岁乙酉，珠江烂醉同杯酒。崖略初开若影前，风光不落襄阳后。仙溪初建欧公祠，芗池嘱撰欧公碑。诏是公语梦见之，令我大笑心然疑。当时意气轻一诺，二十九年文未作。晋云皖水路迢迢，宦辙劳人嗟束缚。忽惊宇宙多荆榛，桃源无地栖吾身。客子畏人申浦月，何年归醉罗浮春。闻道名山成盗薮，洞天福地蛟蛇走。魑魅欺人户牖窥，仙溪祠宇亦何有。神仙多在碧落之空中，有时游戏乘赤龙，下瞰尘界云濛濛，纷纷争夺醉梦里。蜃楼海市将无同，杜甫诗篇宁忍读。君在网罗成俎肉，花笑亭池鹤子孤，屋亦舟前杜鹃哭。桃榔几树参天高，梅花无语看战袍，申椒粪壤徇嗜好，欲与屈子续离骚。君不见，熊眦食魂霜断骨，天上迷迷地密密，玉星点剑回枭鴥。朱明太息纫兰客，又不见彩云风逐房櫨红，舍铺缀日环铜龙。池台夜雨春草长，洪崖箫管生长风。苍狗白衣原反覆，一阳初动春来复。候日何须方士言，临风漫问仙人卜。神嗔神喜人不知，还公祠宇愈曰宜。会仙楼中月皎皎，庭前桂花香满枝。虹跨虬奔睹梁桷，归来又化丁公鹤。玉局重临步雪堂，赤松相伴栖云壑。劫灰世界嗟大千，或废或兴休问天。壶中日月一弹指，尘世已经三十年。精魂灵石重啸日，我亦偷闲初纵笔。庾信文章爱老成，子安才调恣横逸。一世一篇休拙藏，仆碑不至同文昌。神仙命我知我懒，乃信君语非荒唐。几日蒲觞欣把臂，临歧应洒珠江泪。与君何日细论文，罗浮同向酥醪醉。"

张元奇作《奉委充知事试验主试，甄录试初竣，述怀呈少朴院长》《沈观院长阅定试卷，成五古一篇见示，敬和》《凉夜，和沈观院长，并次元韵》《沈观院长和诗，有蜩甲枯桑之感，再次前韵奉答》《沈观院长感念昔游，三次前韵奉和》《次韵和沈观》《萧龙友襄校和伦韵见示，四叠奉酬》《再和奇字韵答沈观，并讯众异》《师愚监试倒叠伦字韵见赠敬和》《众异病起来诗，次韵奉和》《将撤闱，雨后感赋，呈沈观院长并同事诸公》《次韵和沈观院长〈试毕留别〉》。其中，《凉夜》云："愿影犹如瓠落人，自藏人海当收身。莫嘲方朔饥无米，只恐元规污有尘。生事略同秋意淡，闲吟长乞夜灯亲。诗中大国能张楚，始信吾髯果绝伦。"《次韵和沈观院长〈试毕留别〉》云："羲皇漫道北窗凉，苦觅神州驻景方。支厦未容荷作柱，相人敢负鉴悬堂。群才剌矢应难折，良会抟沙不可长。留共旧闻传日下，一篇又滥后人觞。"《师愚监试倒叠伦字韵见赠敬和》云："君亦乘骢折槛伦，南床风味我曾亲。每谈往事真如梦，及见高贤更绝尘。嫠妇犹余周室泪，枝官聊伴岁寒身。尽供覆瓿诗千首，道是今人是古人。"

邓尔雅作《纪得绿绮台琴》（二首）。其一："邝子死抱琴，疣琴留至今。忽生山水感，犹有凤皇心。帝肯灵踪闷，天教奇福临。羲农难再迹，思古想知音。"

黄侃作《秋望》（四首）。其一："西风日暮动江波，楚客登临意若何？水接沧溟秋色远，天开平野夕阳多。孤帆自挂还乡思，横笛空吹出塞歌。鸿雁不来菰米老，迢迢青札阻云罗。"

劳乃宣作《东归别咏》（二十首）。序云："癸丑冬移家青岛，有《东归胜咏》之作。居数月，携子女辈作泰山之游，经曲阜至济宁扫墓而还。忽闻战衅，迁济南小住，复寄居于曲阜。青岛战事毕，尉君书来约复往。复书期以来春。一岁之中，踪迹蓬飘，悲愉不一，有不能已于言者。即事有作，以《东归别咏》颜之。以曲阜本旧游，且仍在东省，亦可目之以归也。"其一："旸谷春从海上来，扶桑晴日暖初回。旄邱尽是流离侣，忍举屠苏献岁杯（同人相约不贺年）。"其二："小庭半亩遍锄耰，莫负东风菜甲抽。五十本葱一畦韭，壶庐满架豆盈畴。"其三："清阴一径入山深，乱落槐花遍地金。行到峰回溪转处，朱樱千树又成林。"其七："频年泰岱志幽寻，今日驱车惬素心。儿女本为游岳累，我携儿女共登临。"二十："我本东西南北人，水萍风絮总前因。心安何处非吾土，岂必深山始避秦。"

吴秋辉作《甲寅八月东事日亟感赋》。诗云："烽燧明遥海，风烟撼上都。连城空啗赵，不腊转愁虞。肘腋忧方大，疮痍力未苏。东邻弟兄国，患难忍相图。"

曾广祚作《甲寅仲秋，王湘绮丈在北京国史馆撰〈孔子生日考〉少憩，为余书字一帧，录所作〈潇湘秋夜曲〉，有"二妃老去双蛾绿"之句，并谈清咸同间苏宁战事甚悉。时日本与德意志哄于胶州，因赠一首》。诗云："不扶鸠杖地行仙，坐看征尘落海田。词赋直追哀郢日，江山长忆沼吴年。二妃降渚应遗禭，五老游庭有演编。何必兰台簪史笔，任他风目自相怜。"

[日] 杉田定一作《甲寅八月欧洲有乱，延及东亚，我邦亦与独国开仗，次冷灰江木博士韵》（六首）。其一："十万貔貅压海城，杀人如草岂其情。金风吹度庭前树，闻做三军呐喊声。"其二："莫是当年即墨城，孤军死守若为情。王师早合摧强敌，渤海湾头万岁声。"其三："孤人妻子夺人城，千里风腥战后情。纵使重瞳气盖世，奈何四面楚歌声。"

[日] 松平康国作《八月纪事》（七首）。其三："一掷乾坤志已非，中原板荡咎安归。计穷英主悔遗算，治久骄兵兆败机。大海奔鲸从北至，长风退鹢向南飞。定知父老暗吞泪，秋入伯林凄落晖。"其四："欲报国仇东进兵，灭之朝食气初平。看来鼙鼓促兴运，听到弦歌进杀声。大帝旌旗犹在眼，雄邦子弟又轻生。辱无由雪胆尝尽，四十年前城下盟。"

[日] 冈部东云作《大正三年九月赏味北海道新鲑》。诗云："休问烟波远几湾，运输迅速立谈间。秋风一日航千里，北海鲜鱼入越山。"又作《大正三年九月，先考三十三回忌辰，恭营法会，会后赋一律》。诗云："追孝不修恩不酬，空过三十有三秋。忌辰难谢生前罪，法会才除身后忧。梵呗声中暗催泪，篆香影里自含羞。明朝客去萧萧雨，独坐幽窗感更幽。"

[韩] 金泽荣作《八月黄根石于所住城南典铺见园梅开花，作诗索和》（二首）。其二："人间万古绛梅秋，园里风光别样幽。好是不曾开一语，桂花惊怯蓼花愁。"

秋

朱祖谋辛亥革命后首次重游北京，晤吴昌绶，作《洞仙歌·过玉泉山》。袁世凯聘其为总统高等顾问，笑却之，不与通一字。曹君直有《喜古微侍郎北归》七律一首记此次公北京之游。诗云："看天忍泪忆都门，重到京华日易曛。过阙下车宁堕慢，行觞离席枉殷勤。止乌莫问于谁屋，入鸟终能不乱群。只恨相逢王建客，未歌松柏使知闻。"

林纾被清史馆拟聘为名誉纂修。林纾以"畏庐野史耳，不能参政史之局"为由谢却。自上年辞去京师大学堂讲习以来，林纾长日闭门，浇花作画，日必作山水半幅，继续著译生涯。作立轴纸本《游赤壁图》，自题识曰："昔年湖上过庐山，不到开先鼓棹还。收得空青人诗梦，水声长在枕头间。甲寅秋节林纾识。"

吴昌硕为许镛题其亡妻宋贞遗画云："神骏窥寄气，昙华见澹妆。墨痕明灭处，误认十三行。夫子摧肝肺，山河况莽苍。无情是溪水，离别任鸳鸯。幻园先生出宋梦仙夫人遗墨索题。甲寅秋，昌硕。"又，为葛昌枌绘《山水图》，并题云："近水茅堂镇日开，崔嵬石气拟蓬莱。敢云画笔清如许，山色经霜洗过来。祖芬先生属，拟清湘法。

甲寅秋，吴昌硕。"又，为王震题任颐《狸奴图》云："猫面似人耳如虎，势欲捕鼠听为主。伊谁画者任先生，古意似奉尊罍簠。由来写猫试屈指，李蔼之后渠继武（宋李蔼之善画猫，有雏猫、醉猫、蚕猫等图）。画虽小道焉足论，然见真龙点睛舞。武后戒畜愁扼喉，牡丹吐艳日正午。眠有氍毹食有鱼，猫耶猫耶伴阿姥。伯年先生遗画，一亭得之狂喜，属题句，幸正。甲寅秋，老缶。"又，为蔡靖绘《山水图》，并题云："古木槎枒静隔尘，岁寒风景一翻新。孟郊老去诗谁好，敢抱空山无一人。甲寅秋杪，拟江上外史笔法，逸民老兄鉴家正，吴昌硕。"

曾习经至直隶宁河杨漕购地筑舍，躬耕陇亩，自号"蛰庵居士"。"斗室高歌，不怨不尤，不歆不畔"，"布衣草履，日随老农课晴雨，话桑麻，绝口不谈时事"。然杨漕多为盐碱地，因经营不善，故"岁屡不登"，以至入不敷出，被迫变卖图书、字画、古玩以维持生计。此后长兄、老母相继去世，曾习经患痈疽恶疾，常年老病。曾习经买田杨漕时，林绍年（赞虞）、陈毅（诒重）、温肃（毅夫）、梁用弧（次侯）、叶仲园、林朗西等亦结庐杨漕，衡宇相望。曾习经作有《自挐小舟过河与梁次侯闲话》。诗云："迷时师渡我，悟时我自渡。投竿忽失笑，截断曹溪句。次侯吾故人，隔河斜对宇。耕作有偃息，还往无迎拒。沿河东西岸，汲汲事斥卤。耦耕诚何心，遗民略可数。往者无可说，来者难亿语。田家本色话，商略到瓜芋。未足尽悠久，亦颇极谐噱。闲暑未易得，炊烟淡容与。解维及潮流，平视月正吐。"王逸塘《今传是楼诗话》云："沧桑换劫，仕隐都难，避地躬耕，每多朝士。杨漕与析津接壤，故退宦多乐就之。蛰庵《自挐小舟过河与梁次侯闲话》诗云云。自注：'林赞老、叶仲园、陈诒仲、林朗西、温毅夫，次侯及余，皆衡宇相望。'杜之东屯，陶之下巽，素心晨夕，殆犹逊此。"隐居杨漕初时，曾习经病，经月方愈，作《病起趋田杂诗九首》。其三："蔬菜饶寒绿，瓜壶极老成。庚郎贫已惯，退谷晚还耕。云雨将秋暝，星河不世情。百年看鬓影，一雁接边声。"其四："事贱偏多趣，除闲不算顽。烧塔临兔穴，折苇当鱼竿。转物升元阁，称书旧馆坛。将身供万劫，悄立待孤欢。"其七："一病遂成懒，霜寒种麦迟。植援聊屈竹，煮豆信然萁。着袜酬吾足，敦筇蹩客颐。逃名还自幸，无事草堂赀。"

冯煦始与李详交往，存赠答诗《赠冯梦华先生》。诗云："天涯白首喜相亲，海上黄华解笑人。追忆汴京空有录，旧持汉节尚能贫。风吹落叶雕千树，月映疏帘逗半轮。撰杖时来床下拜，不须书札损文鳞。"又作《再呈蒿庵，仍用前韵》。

杜师预约冒鹤亭同游石门，久而不果，冒鹤亭因请永嘉画家汪香禅（名如渊）绘制《石门观瀑图》一帧，赠与左园，并系以诗。诗云："鹤声一一九皋遒，石阙天门鬼斧修。试卷客儿精舍在，祠堂丞相大名留。曾商笠屐携家具，先遣丹青作卧游。林下十年君眼见，出山泉水化洪流。"又，冒鹤亭为陈墨农作《墨宦诗序》。

景耀月返晋回乡，并偕狄楼海为恩师孙渭渔留墨，书一寿联："只羡卢龙田子泰，曾就辽东管幼安。"

黄宾虹为胡蕴（石予）作《近游图》，并附《为石予绘〈近游图〉附题一绝》。诗云："漫天一色乱云浮，黄叶萧疏已入秋。却喜《南华》刚谈罢，会心濠濮惠庄游。"

王易与三弟王浩设席送别友人凌天石往湖南，并邀胡雪抱。胡雪抱有诗《晓湘昆季饯凌天石之湘，初拟泛湖，未果》云："高秋惜别酒微醺，行箧应珍白练裙。一勺莲波不成意，深情留语洞庭君。"

刘大白归国反袁，作《三年秋归国留别剑侯》（四首）赠沈玄庐。其一："壮哉此别不寻常，万里风涛一苇杭。未敢君前双泪堕，明朝挥向太平洋。"其二："长风秋雁共迢遥，寸寸乡心落暮潮。不为莼鲈动归思，故园明月正相招。"其三："远望当归总不情，天高风急客行行。稻粱我已谋非易，海内苍生况割烹。"其四："身随黄海涛头去，魂向蓬莱水底销。从此一粗还一细，刘郎涕泪沉郎腰。"途中，海上遇风暴，船泊长崎，作《归途舟泊长崎，醉后登高》。诗云："醉临绝巘独徘徊，风引楼船往复来。前度两经沧海熟，余钱半买好山回。漫从仙岛求灵药，且向神州认劫灰。莫笑匆匆又归去，故乡亦自有蓬莱。"在日本时，作有《赠剑侯》（四首）、《稚憨二十初度》（二首）、《四月三日偕剑侯、侠民、勤豪、亮集、芝轩游向岛之百花园，园主人出笺丐诗，为题一绝句》《百花园看花后偕登太阳阁，醉后观竞渡》《樱花》《窃国》《刺梁任公》《黄蜀葵》《读苏盼公简剑侯诗次韵作》《寄瘦红杭州》《眼波》《偕剑侯过神田市，睹盆松四，铁树一，区区盎中物耳。而偃蹇葱郁，颇有奇气。以杖头钱三缗得之，提挈而归，纪之以诗》《次剑侯简万公度韵》《题画扇》《奉和瘦红寄怀》《再和瘦红寄怀》《答瘦红见和仍叠前韵》《愁城》《自题小影寄瘦红》《吴叔兮新筵醉后书示在座诸客心事》《梦归故国，舟中口占一绝句》《闻某氏被赦归国，作诗一章以当赠策》《自题小影赠剑侯》《又赠侠民》《又赠公度》《戴君亮集为日本女郎梅子征诗，言将以当红叶焉，漫书二绝句应之》《袁祸叹，用己酉〈秋感〉韵》《三年秋归国留别剑侯》《归途舟泊长崎，醉后登高》《寿陈戎生四十》《富士山》《炭鏖》，后结集于《白屋遗诗·东瀛小草》，扉页钤"寻常百姓"印章。其中，《赠剑侯》其一："热肠侠骨备刚柔，不愧而今第一流。与我周旋虽未久，知君怀抱更无俦。相逢本是同沦落，乍见居然许应求。如此方堪托肝胆，会当把酒诉恩仇。"其二："容身无地叹何之，海外漂流一泪垂。回首依然民主国，伤心又见党人碑。我原碌碌时犹忌，君况铮铮数更奇。养气读书宜自励，他年终竟仗安危。"其三："阅人无数总庸庸，眼底如君绝未逢。远志出山宁小草，干将在匣亦潜龙。闻声早识英雄气，接席能消磊块胸。一事更深知己感，伯通庑下许相容。"其四："非缘采药到蓬瀛，聊学乘桴海外行。大陆龙蛇终起蛰，中原狐鼠任偷生。弓藏且喜身将隐，剑在何愁气不平。当世人才天下事，相期慷慨一纵横。"《稚憨二十初度》其一："梦回故国已迢遥，海外春光尚寂寥。昨夜东风递消息。女郎生日即花朝。"《四月三日偕剑侯、侠民、勤豪、亮集、芝轩游向岛之百花园,园主人出笺丐诗,为题一绝句》云:"才到扶桑濯足来,昂头一笑百花开。故园昨夜东风度,多少奇花尚未胎。"《百花园看花后偕登太阳阁,醉后观竞渡》云:"看花回去日迟迟,鼓角声声斗水嬉。把酒凭阑观竞渡,太阳阁上醉题诗。"《樱花》云:"纵教偷得好春光,花到蓬莱竟不芳。有色无香非上品,流红未足误刘郎。"

林庚白携国会印章和秘密文件南下,追随孙中山发动护法运动。

吴玉章入巴黎法科大学,专攻政治经济学。

吴怀清撰《借浇集》由上海国光书局刊印。章梫序云:"夫桑海之变,不幸躬逢;舟壑之移,仅以身免。沙虫俱化,衣冠犹有遗民;荆棘丛生,城郭已成故国。郁伊谁语?俯仰长嗟。吴莲溪前辈集唐呈同馆诗之作,其以斯与?在昔夏后之祚,厄于有穷;姬周之微,移于共主。五德无不衰之运,鲜民有未死之心。箕子不臣,欲泣不可;伯夷高饿,行歌自哀。犹忆夫文景全盛之年,开宝隆平之日,从容紫署,珥笔陈谟;出入承明,抽毫注记。玉堂天上,前尘堕于昔欢;蓬莱水清,长梦醒于昨会。此情此景,窃同伤之。而前辈以先朝之旧臣,续皇成之新史。独居京国,景物全非;回首秦关,家园何在?近规二曲之事,犹是明遗;远宗四皓之风,非为汉屈。有庾信乡关之思,而素守不移;抱遗山国史之才,而贞心独远。耿耿未下,拳拳不忘。何忍明言?乌能自已!夫《采薇》一曲,乃逸民托始之篇;《黍离》三章,实亡国大夫之感。陶元亮田园之赋,司空图游仙之诗,郑所南井底之函,顾亭林江上之作,并托吟咏,直抒所怀。至乃荟萃前贤,感慨身世。唐室多播迁之厄,诗人习哀怨之词。义取断章,憔悴钟仪之谱;词同杂俎,回环苏蕙之文。前代遗臣,未有之也。予以伯玉之行年,遭文山之丧乱。词垣八载,文字无补于兵戎;危城十旬,发谋终嫌于枘凿。自怜穷命,同故乡之舒、胡(宁海先正舒岳祥、胡三省,皆以宋宝祐四年进士而遭国变,避地遁迹以终);与君石交,似国初之顾、李。江天秋老,望京华而涕零;野蕨霜寒,梦故人而语涩。奉章三复,悲不自胜;愿书万本,贻我同好。癸丑秋日宁海章梫一山甫寄稿,时寓上海。"

方守彝作《季野在里以八十万钱典宅,湘乡陈圣登闻而寄诗美之。季野喜甚,录其和篇并圣登作邮示索赋。今日新秋,徘徊梧下,得句次韵》。诗云:"龙眼云树鹤营巢,榆荚钱轻狼籍抛。从此养丹忘寿纪,便看傲雪健寒毛。闭门菽水亲能养,开卷英灵古与招。得意张弦和湘瑟,碧梧新响入秋高。"

陈遹声作《秋日村居杂诗二十八首》。其二:"七夕天孙女,脉脉银河渚。灼灼牵牛花,秋来繁英吐。络纬鸣其上,促织亦良苦。日夜机轧轧,聘钱偿几许。"其七:"吾入天台山,石梁接天梯。路边桃花笑,洞口药苗肥。乱世不可居,仙子不可期。为问刘与阮,去此将何之。空令重到日,咨嗟白云迷。"

陈兼龙作《秋夜漫兴》。诗云:"炉灰拨尽篆香残,细雨斜风夜欲阑。野寺钟声惊梦里，邻家灯火落檐端。病愁沈约腰围减，老恋平津布被寒。十载浮云一弹指，生涯依旧腐儒酸。"

张良暹作《秋夜与友人小酌》。诗云："树杪落飞泉，淙淙流石窍。疑是风雨声，开窗明月照。"

林苍作《秋来》。诗云："秋来凡百没心情，除却新诗作不成。止苦眼前无好语，开门小立看潮生。"

汤汝和作《秋宵病卧》《乡居秋夜作》。其中，《乡居秋夜作》云："东华踏遍软红尘，故里归来劫后身。何肉周妻两无累，殷兄张丈近为邻（见《白香山集》）。入山榻下巢居子，咽雪诗吟铁道人。夜倚楼头数星斗，漓江秋色浩无垠。"

宋作舟作《余以衣食逼，久客他乡，十余载未归故里。甲寅秋携眷还乡，因观景物，较从前为之一新，感赋一律》。诗云："误客他乡十二年（久别家园），故乡风景换从前（风光变幻）。河山城郭新如画（山城入画），亭树楼台乱接天（楼阁凌空）。霜落万花秋市外（霜落乡天），云归一鸟夕阳边（云归野渡）。沧桑转瞬成今昔（沧桑瞬息），笑我归来梦欲仙（春梦初还）。"

曾广祚作《秋登北京前门楼，大醉题壁二首》《秋得邮书及诗复寄》《甲寅秋夜感怀三首，客国史馆作，用环天韵》。其中，《秋登北京前门楼，大醉题壁二首》其一："尊中南烛酒，薄暮解新愁。把钓来龙伯，弯弦射虎侯。露斜三殿月，天回九门秋。翻羡登楼赋，荆蛮尚可游。"其二："井干清啸后，燕客似乘霞。远海生神马，深山走鬼车。青萍徒刈稻，黄菊莫开花。听罢玄灵曲，双成鬓不华。"

董伯度作《秋思》。诗云："凉秋八九月，金风动暮砧。高楼谁家妇，起坐弹瑶琴。风过纤指寒，断续不成音。空阶落桐叶，谁与话桐心。玉兔一何皎，银河一何深。所思不得见，路遥来雁沉。惟有梦中逢，辗转抱寒衾。"

赵圻年作《秋日题吾园十首》《伤秋吟，集杜句，柬空山人》《秋夕漫成》。其中，《秋日题吾园十首》其一："曲水重三节，南塘丈八沟。如今名胜地，不及鄂山秋。尔室窈如谷，吾园小若舟。天然淳朴处，直欲傲丹邱。"其二："随意叠顽石，凭虚结构牢。平台看落日，素壁绘飞涛。芳草已云暮，新松恨不高。池亭皆具体，莫道不如陶。"

朱缃书作《秋夜，梦坡柬招礼查西餐，即席有诗，率和一章》。诗云："高楼临水晚凉多，沽酒从君偶一过。巨舰拖烟迷远岫，繁星落影点微波。正堪凭眺恣欣赏，莫惹闲愁问战涡。老拙自安忘世事，怪他车马底如梭。"

王蕴章作《秋夜小饮万家春，梦坡丈赋七律一章见惠，口占奉答》。诗云："短李迁辛作放民，招邀裙屐乐天真。秋声催换人间世，棋局能逃劫外身。社集西园欣有主，车投郑驿正留宾。雌霓我愧当筵赋，抹月批风意转亲。"

张素作《秋衣》《秋夜寄怀炎公》《秋感》。其中，《秋夜寄怀炎公》云："经年一别竟无书,疏懒嵇康恐不如。姓氏乍闻才吏口,弦歌合访故人庐。诗成井络天彭外,泪尽回肠荡气余。卧病荒江谁念及,秋风天末远愁予。"

陈衡恪作《秋晓》。诗云:"余翠暗山楼,萧萧风树秋。薄寒人乍起,清晓雾初收。出有鱼堪网,归无妇可谋。茶汤难当酒,空负木兰舟。"

李笠作《咏秋诗八首》(内含《秋声》《秋水》《秋云》《秋灯》《秋山》《秋雨》《秋梦》《秋月》)。其中,《秋声》云:"败箨无端响竹林,柴扉寂寂感清森。云涵雁唳天初晚,露压蛩声月欲阴。午夜铜龙思妇泪,秋风铁马旅人心。梦残茅店荒鸡歇,万种凄凉一片砧。"

王海帆作《秋望有思》。诗云:"盼断南天雁,悠悠直到今。平沙抟马足,落日苦鸦心。秋挟千山上,云垂万里深。遥知风雨外,楚客动微吟。"

金武祥作《甲寅秋日闻青岛日德战事感赋》。诗云:"星岩犹记卅年来,读罢新诗怆劫灰。觞遍百神天竟醉,是谁窃鼎到嵩台。"

王敬彝作《甲寅秋在巴林赠馨园叟二首》。其一:"老去霜华点鬓新,相逢各异旧时春。玉溪走马都成梦,高密从龙亦笑人。闻道金台犹爽垲,不应名士尚风尘。夫容欲涉秋江采,瑟瑟清飚太怆神。"

严修作《次韵和刘子贞〈秋日感怀〉》(二首)。其一:"黔疆建置纪殊勋,播境原从蜀境分。近代经师尊郑莫(郑子尹,遵义人;莫子偲,独山人),古来作者首卿云。如公诗笔雄无敌,愧我辖轩陋未闻。一纸书如十年读,胜披典索与邱坟。"

姚鵷雛作《甲寅秋夜》。诗云:"孤檠横壁今何世,残夜星辰人倚楼。地老天荒空有恨,梦回酒醒又惊秋。滂膺落落名长在,牛李纷纷事未休。隐几颓然吾亦倦,把茅谁为办沧州。"

赖雨若作《甲寅秋与张纳川君饮于品川酒馆》(在东京)。诗云:"小酌旗亭夜听潮,明朝一别路迢迢。劝君饮尽壶中酒,逆旅何人慰寂寥。"

赖和作《气爽秋高》(二首)。其一:"气爽秋高一望秋,桂花香趋晚晴浮。如珠凉露如钩月,八月初三月色幽。"其二:"腰瘦凌风弱不知,教郎亲手暂扶持,倚肩遥指楼西月,丹桂花开第几枝。"

陈碧岑作《寄怀达夫弟二首》。其一:"犹忆当时同作客,哪知今日独思君。一家羁旅留京国,千里音书望暮云。"其二:"扶桑西望是长安,横海风波道路难。何日小屏红烛底,相将斗句离盘餐。"郁达夫《奉答长嫂兼呈曼兄四首》其一:"定知灯下君思我,只为风前我忆君。积泪应添西逝水,关心长望北来云。"其三:"垂教殷殷意味长,从今泥絮不多狂。春风廿四桥边路,悔作烟花梦一场。"后同时发表于1916年2月9日杭州《全浙公报》副刊《杂货店》。

瞿秋白作《志怀》(残句)。诗云:"悲欢原有别,天地岂无私。"

李毓珍作《甲寅秋夜寄钱雪蕉》。诗云："梦醒独起五更时，遥见月明花满枝。静听虫声鸣未息，倚窗默坐忆相知。"

[日] 大西迪作《甲寅晚秋一层楼上口占》。诗云："越能秋欲老，骋望最清奇。落木冲寒早，飞鸿结梦迟。客情随水动，骚眼逐云移。横槊人空去，月高天一涯。"

[日] 砚海忠肃作《秋思，次冷灰韵》《游那须忆兴一》《那须秋色》。其中，《秋思，次冷灰韵》云："悬军万里压边城，坐忆枕戈兵士情。月下西风送腥气，新秋听尽捣衣声。"《那须秋色》云："拔海三千尺，山村景物奇。高原朝旭早，西岭夕阳迟。野马无逾埒，家禽尽出篱。菊花秋色好，新酒满陶卮。"

[日] 关泽清修作《秋暑分韵》。诗云："已听虫韵响篱笆，又看胡枝乱著花。底事暑如三伏热，秋凉不到野人家。"

◈ 十 月 ◈

1日 《共和》创刊于四川成都，成都"共和杂志社"编辑、出版，社长钟山，总编辑马质。现存最后一期为1914年11月15日出版的第4期。主要栏目有"发刊词""祝词""论说"（社说、译述、时评、评论之评论）、"纪事""文苑"（文萃、诗词、小说、丛谈）、"专件"等。主要文学撰稿人有悔余道人、无锡顾羽素女士、宋育仁、詹言、梦痕、闺侨、甄录、詹鸿章、晦、瑞书、抱石、亡是公、冰心等。第1期"文苑·诗词"栏目含《礼星子词》（悔余道人）、《题〈桃花扇〉传奇后》（无锡顾羽素女士）、《富顺西湖消夏》（宋育仁）、《锦里四时行乐词》（詹言）、《齐天乐》（梦痕）。

《中国实业杂志》第5年第10期刊行。本期"文苑"栏目含《〈陈仲卿先生搔首图〉，为潘兰史题》（樊山）、《采菱行，武陵西陂作》（楚望）、《次问梅韵，送汪凤生盟弟赴鄂》（太痴）、《疏影·题黄冠英〈撷梅仕女〉画帧》（纯飞馆主）。

[韩] 《青春》第1号刊行。本期"汉诗"栏目含《观青叶亭运动式》《奉呈朝鲜光文会》《送春后东郊》《娼妓词》。其中，《送春后东郊》云："试觅春光步出东，千林无迹落花风。遽遽一觉庄园梦，化蝶前身未信中。"

2日 《申报》第14960号刊行。本期《自由谈》"游戏文章"栏目含《赋得中立》（佐彤）、《打油》（四首，佐彤）；"诗选"栏目含《珠溪八景》（八首）：《花堤烟雨》《古诗神钟》《紫竹禅林》《庐州月色》《石梁春涨》《层楼望海》《盐岭积雪》《虹桥晚眺》，《读〈屈原列传〉》（海盐何衡孙）、《秋夜》（海盐何衡孙）、《铜雀台》（海盐何衡孙）、《舟行阻雨泊海安作》（景骞）。

王闿运作《段芝贵妻王氏》。联云："絜膳佐南陔，对人馈鱼羹，远道应悲中馈辍；成功数东伐，想亲缝犀甲，三军犹感内堂恩。"

沈瑜庆作《易州使至，寄崇陵枣栗，辛园伻来；致忌日馂余。廿载悲怀，一夕骈集，感答南海，兼报节庵。甲寅八月十三日》（二首）。其一："故人私祭许悬图，不受人间血食诬（近有人为戊戌死事诸君请祠者，没而有知，必不任受）。季子来归宁舍鲁，灵胥遗恨竟亡吴。今宵明月伤心事，半壁神州泪眼枯。昨日梁霄缄札至，一盂麦饭亦燔吾。"其二："音容入梦已模糊，碧血宁为绛市苏。海外人归为位哭，劫余老去痛心无。前朝遗草分明在（杨氏遗孤缴德宗手诏），实录他年点窜殊。料得斯文天未丧，更生正气不曾孤。"

张素作《绍臣新悼亡，中秋前一夕遇之，座中言颇凄苦，因代述哀》（二首）。其一："剩挂残衾触目存，不逢佳节也伤魂。分明此夕团栾月，照汝泉台玉泪寒。"

3日 《申报》第14961号刊行。本期《自由谈》"诗选"栏目含《自伍祐晓发》（东园）、《舟中阅〈清代科名篆〉赋感》（东园）、《夜泊草堰故场》（东园）、《舟夜》（东园）、《阻雨叠前韵》（东园）、《夜归》（蛟川美泉）、《到家即景》（蛟川美泉）。

王闿运作《郑苶园诗序》。序云："郑君苶园，长沙世家。科第联绵鼎盛，君兄弟尤以才学著显。先业隆富，至君兄弟稍清贫，以家风朴俭，人但知其贵盛，不知其处约也。余虽生于长沙，而稀接故家，垂老游燕、吴，始与君兄弟得相见，以余好为诗，故知君兄弟工诗。又廿余年，与君同在蓟门，乃承以全集见示。起丁卯至甲寅，册八年中游半天下，所至辄摅写怀抱，发挥幽愤，于骨肉友朋国事之哀乐，及山川景物，使读者乍悲乍喜，若与同游而相唱和也。不知余之好诗然耶？抑诗之能移余情耶？乃其所以然，则家国友朋之感深矣。因以余见，删其率易数首，而不言其格律、法门、工拙之功，庶乎能知君之诗之真乎？甲寅秋分后九日王闿运序。"

方守彝作《盛唐山之长啸阁，楼栏迥然，轩城轾江；江外群峰，螺鬟秀列。八月十四夜一轮几望，水色天容，上下滢澈。总持园居罢诵，清兴徐来，乃升阁凭眺，遣使招仆及圣登。圣登如约，仆负微痾，未能也。同心命酒，抚槛怀人，风景有无涯之乐，亦正恐生无涯之感矣。报以绝句二章》。其一："桂花香敛月轮高，有客登楼染素毫。莫以支离败清兴，奉君万顷泻明涛。"其二："三更玉宇有清寒，湘水佳人伴倚栏。喜得素娥能劝酒，醉归潇洒坐吟坛。"

4日 周庆云于海上晨风庐宴集，陈诗作《中秋晨风庐宴集，分和陶靖节〈饮酒〉诗二十首韵，用原韵》（二首）。同人和作：赵汤（二首）、许湘祥（二首）、刘炳照（二首）、王蕴章（二首）、潘飞声（二首）、汪圻（二首）、周庆云（二首）、顾广熙（二首）、沈焜（二首）。其中，许湘祥（二首）其一："良宵正寡欢，故人何多情。开径延佳士，爱客夙有名。只鸡并斗酒，相与诉生平。数椽晨风庐，悠然尘不惊。酒非醇不饮，交以淡而成。"周庆云（二首）其一："我目穷千里，我身圈一隅。梦中惊百变，遥遥此修途。不关天下事，而忘日月驱。静与古人稽，长觉味有余。一杯时在手，侥亦免索居。"又，赵汤作《中秋杂感呈梦老》(二首)，周庆云作《和浣孙〈中秋杂感〉二律，用元韵》，汪圻作《中秋杂感，和浣孙韵》(二首)。其中，赵汤作《中秋杂感呈梦老》其一："秋色平分上书栏，客中佳节且寻欢。诗城酒国长留迹，玉宇琼楼不尽寒。北海豪情千日醉，杜陵广厦万间宽。良宵莫让清辉闭，弦管吹开薄雾团。"汪圻作《中秋杂感，和浣孙韵》其一："一声长笛独凭栏，贤主嘉宾合尽欢。香泡幔亭金粟冷，愁埋大块碧天寒。青袍误我文章贱，白发输君岁序宽。未必模糊今夜月，明年仍照散沙团。"

《申报》第14962号刊行。本期《自由谈》"游戏文章"栏目含《吃月饼赋》(东埜)；"词选"栏目含《临江仙·九秋吟九阕》(二首，姚袖岩遗稿)；《迎秋》《忆秋》，其余七首分别刊载于《申报》本月5日、6日。

中秋，逊帝赏银一千两给梁鼎芬，江绅二端，梁鼎芬上折辞谢。

吴昌硕为蔡靖篆书"阪斜树深"五言联。联云："阪斜勒奔马，树深来鸣禽。逸民先生属篆，为集猎碣字，'余'作'褢'。甲寅中秋，吴昌硕。"

陈夔龙作《中秋日游张园夜归小饮，叠前韵》。诗云："曲院蝉声送晚凉，中庭桂子静闻香。相邀皓月人三影(晓南同游，福儿从)，宛在苍葭水一方。风飔红襟危燕幕(广座中闻某君谈青岛战事)，霜澄银脸恋鲈乡。衔杯酪酊酬佳节，颊晕微分琥珀光。"

方守彝作《甲寅八月十五日寄槃君。去年海上同过中秋，乱离惊恐之余，曾有二诗相慰。此诗乃有感于先后世变，遥续旧诗而发端》。诗云："事过风靡草，机深江发源。竟成惊浪大，犹觉乱鸦喧。慰此今宵月，来从故里园。仍烦素娥手，为达倚栏言。"

江五民作《十五夜望月》。诗云："从来此物此宵中，万目睽睽仰碧空。岂意十分光皎皎，却来几片影濛濛。绳梯有路愁安极，玉斧无形气不雄。银汉迢迢落何处，谁当凄绝广寒宫。"

方守敦作《中秋之夕，贲兄寄诗信，有"幽梦相逢、素月传书"妙语，和韵奉答，兼怀受于》。诗云："江月传诗句，清光到故园。真成池草梦，如共雨床言。芦荻迎秋兴，桃花思古源。时艰佳节在，亲懿酒应喧。"

曾广祚作《甲寅中秋夕，大雨无月，王湘绮丈宴集余及馆诸君，即席赋赠》(二首)。其一："间气来衡岳，秋风腊朔方。金波藏桂暗，铜漏滴莲长。鲁史传三世，齐威待一匡。景阳多感意，只是咏商羊。"其二："灌坛神女去，别墅谢公醒。忧道歌天问，端居训地形。文腾阴石滑，丝落乱峰青。海水杯中泻，何年可建瓴。"

傅熊湘作《中秋望月寄幻园》。诗云："思旧怀人无限感，可堪并入此宵来。山河大地团团影，弦管清歌特特才。孤照只今应有恨，高寒犹自独登台。探河倘许乘槎去，便极昆仑绝顶回。"

王闻长作《甲寅中秋日冒雨赴奉天》。诗云："丰月到神京，匆匆复远行。非关怀壮志，不敢惮长征。晚岁辞乡井，中秋餍雨声。薄田成泽国，无命作渊明。"

贺次戡作《中秋独夜》（二首）。其一："午夜无聊感未休，韶华转眼又惊秋。多情最是今宵月，也照欢娱也照愁。"其二："离群怅惘欲何之，无限情怀付酒卮。对影举杯拼一醉，清光照眼满阶墀。"

张素作《八月十五夜月下口占》《中秋玩月却寄小宋北都》。其中，《中秋玩月却寄小宋北都》云："今节何关谪戍身，庾楼袁渚回无人。秋寒已自伤千里，烛灭犹将尽一呻。度漠渐看星斗没，飞霜倍怯鬓毛新。孤鸿夜向天南去，便欲氿澜洗九垠。"

曹元忠作《中秋夕月食》。诗云："银河洗甲待何时？蜩像天吴尚闪尸。海外恨无司马法，教他月食便班师。"

骆成骧作《和湘绮师〈中秋招饮〉诗韵》（二首）。其一："笔力吾师在，波涛涨四溟。那将虞夏史，更乞马班灵。地迥山河碎，天高草木零。恨无延寿勇，超过羽林亭。"

黄节作《中秋夜无月，卧病城南郡斋，忆与陈述叔昔年黄园之游》。诗云："密云作意偏遮月，何碍空斋病眼人。一瞑强能祛万古，今宵宁足说前身。瘵成莫疗霜中柿，客倦初思江上莼。梦落昔年论诗处，浴凫栖鹭似陈洵。"

赖雨若作《甲寅中秋夜与友会饮口占》（在东京）。诗云："呼朋酤酒醉中秋，槛外婆娑蟾影幽。拍掌高歌无限感，几回得见月当头。"

庞树柏作《甲寅中秋》。诗云："回首一年如梦幻，何心万里计阴晴（东坡诗注：'海贾云中秋之月相去万里，阴晴无不同者'）。连江鼓角秋逾壮，无月楼台夜转明。世事纵横棋正劫，乡愁突兀酒难平。今宵滴尽方诸泪，碧海青天共此情。"

姚华作《中秋送任志清巡按云南，即席赋诗》。诗云："使君仗节西南去，复见官仪望若梅。万里风烟秋共迥，十年灯火梦初回。文章滇海新朝气，经济成山老辈才。为访吴王寻拜殿，金台残沈待诗材"。

胡雪抱作《中秋夜南园醉起》。诗云："一院秋馨夜独亲，画廊残醉绕行频。微云淡月藏心事，安得花丛忽现人。"

伍澄宇作《离亭燕》。词云："天际一轮高挂，轻抹斜阳如画。桂影桐阴人悄悄，秋色平分相射，慨万里晴光，谁共维园今夜。　　玉宇琼楼台榭，多少旧游佳话。梦到巫山丝竹音，恨煞醒来惊乍。密约倚栏看，粉袖凉生殷迓。"

李思纯作《中秋月下》（二首）。其一："花下初分瓜果盘，夜窗儿女斗清欢。从知秋味今尝却，始觉劳生此暂安。虚室孤檠怜素色，玉窗双影伴清寒。翠筋银烛都收拾，随例浮生如是观。"其二："驱遣闲愁酒一樽，薰香瀹茗道心存。置身随地皆秋气，枢瞀于今悟钝根。巨眼因人判青白，枯肠得酒见芒棱。小山丛桂江干柳，苦把秋思与细论。"

吴宓作《中秋感怀》（四首）、《中秋日禀父即成一首》《湘春夜月·中秋对月，为尧臣作》。其中,《中秋感怀》其二:"共此团栾景,年年意不同。陇云绝旅雁,岭海滞征鸿。关塞千程隔,精魂万里通。思乡无梦惯,歌哭事全终。"

罗庄作《减字木兰花·甲寅中秋》。词云:"冰奁乍揭,玉宇尘消香雾歇。绮陌光浮,争道轻车似水流。　衣香鬓影,斗尽繁华浑不省。试望京华,冷露无声斗柄斜。"

[日] 杉田定一作《中秋》。诗云:"万里无云秋气清,满衫风露坐三更。征人令夜感多少,雁背霜寒月有声。"

5日　寒山诗社举行百期大会。主事者先期拟定"小启",邀约社友和特约来宾。当日雅集从早上9点至晚上10点,题目兼备诗钟诸体,会费较平常倍之,由关赓麟、郑沅、罗惇曧、王式通、李景濂、袁嘉谷、袁克文、黄节等26位社友捐赠589种书画玩物,作为名列前茅者之奖品。"一日之集,最称盛举"。

《申报》第14963号刊行。本期《自由谈》"词选"栏目含《临江仙·问秋》(东园)、《临江仙·争秋》(东园)。

缪荃孙邀吴子修、杨子晴、戴子开及况周颐谈,众人同饮悦宾楼。

陈夔龙访冯煦,作《访梦华叠前韵》。诗云:"奉使曾无陆贾装,避兵喜近郑公乡。重逢客邸三秋节,一访君家万柳堂。剩有衣冠重江左,惟将诗酒和柴桑。虞渊日薄疏林晚,便欲挥戈愧鲁阳。"

王闿运作《程康穆庵送顾印愚相片求题,顾乃后辈中最小者,众皆翁之,盖又小于顾,此亦革命也,为作二诗》。其一:"五尺童今化老翁,嗟予潦倒未途穷。诗人不尽沧桑感,先死应知是善终。"其二:"少年万里轻行属,来往津门似里门。当日摩柯同看雪,正如鸡犬在桃源。"

江五民作《十六夜看月》(二首)。其一:"大地山河妙转移,有人管领了无疑。试看雨雨风风后,犹得团圆似此时。"

6日　中国外交部照会日驻华公使日置益,抗议胶济路日军西进,要求从速撤回。日公使狡辩回绝。7日、9日外交部再次提出抗议,日使依旧回绝。

《申报》第14964号刊行。本期《自由谈》"词选"栏目含《临江仙·九秋吟九阕(再续)》(五首,东园):《听秋》《知秋》《味秋》《梦秋》《送秋》。

7日　《申报》第14965号刊行。本期《自由谈》"词选"栏目含《声声慢·题蝶仙续了青〈不了缘〉说部》(东园)、《水调歌头》(二首,东园)。

魏清德《中秋月(阳韵)》(二首)发表于《台湾日日新报》。其一:"三五团团兔魄光,喜无风雨近重阳。霓裳尽有升平曲,不照征人万里长。"

8日　《申报》第14966号刊行。本期《自由谈》"词选"栏目含《题〈枕琴轩诗集〉》(二首,东园)、《严子陵钓台》(东园)、《秋夜不寐偶成》(情虎)、《中秋对月感怀》(情虎)、《风雨夕有感》(二首,桃花公子)。

张謇作《金冬心画梅,为袁海观题》。诗云:"画苑尊梅史,湖乡近若耶。围苔三尺树,缀玉几重花。妙契楞严偈,清修处士家。独将松雪意,高冷白烟霞。"

9日 《申报》第 14967 号刊行。本期《自由谈》"游戏文章"栏目含《打油宝塔诗》(王刚);"诗选"栏目含《咏史三首》(东园)、《秋景》(鸳痕)、《入秋感事》(前人)、《月饼》(禊湖寄厂)、《云片》(禊湖寄厂)。

王闿运作《水龙吟·题〈岳云闻笛图〉》。序云:"图为程穆庵为其师顾印伯作。印伯,余弟子,叶焕彬误以康有为为我再传弟子,故戏比之。时久不作诗,偶题二绝句寄去。又于案头得来纸索题者,因检案头易由甫《琴思》词本,和其第一篇《水龙吟》韵,以期立成。盖文思不属时,非和韵必无着手处。以此知宋人和韵皆窘迫之极思也。印伯温文大雅,必无无聊之作,见此必怜我之匆匆矣。如张孝达则又无此捷才,而印伯亦师之,弟子不必不如师,康南海又何讳焉。穆庵师谊至笃,印伯如存,待余身后,未必能如穆庵也。或曰余弟子多,印伯弟子少,故不能同。然则三千人,故不及一子贡,此又昌黎《师说》所未及者,书以此记渊源。甲寅寒露日,闿运记于宣武门西馆,时年八十三。"词云:"岳云远到南横,尚书旧第风筝碎。人生逝水,几家诗社,又兴吟事。西蜀才人,少年潘鬓,暗惊铅泪。笑诗翁充老,龙钟自喜,浑不管、陈抟睡。 今日法源春醉。问归魂,可留琼佩。再传弟子,比康南海,更加憔悴。来往燕台,驴背驮诗,遗篇不坠。恨虞渊日薄,黄公垆畔,更无题字。"

10日 南社于上海愚园举行第 11 次雅集,检点所收选票,柳亚子以 56 票当选主任。[韩] 申奎植作《南社十一次雅集示亚子》。诗云:"满城风雨此良辰,绝景江湖谁与亲。南社相逢名下士,亚庐不见意中人。冥心堪信前生僇,白眼放观大块尘。遥指蓬莱今日会,几多恩橘谢恩臣。"

《申报》第 14968 号刊行。本期《自由谈》"游戏文章"栏目含《四季苦开篇》(蔚云);"诗选"栏目含《寄何仰之》(东园)、《旅馆感怀》(二首,东园)、《赋呈南湖先生二首》(李经义悔庵)。

叶圣陶因憎欧战,作诗悼念英国诗人济慈。

上旬 《南社》第 12 集出版,柳亚子编辑,收文 77 篇、诗 711 首、词 132 首。"文录"栏目含景耀月(二篇):《共和纪念会祝辞》《国庆会祝辞》;李葭荣(一篇):《宋钝初先生诔(并叙)》;苏玄瑛(十一篇):《与柳亚子书》《再与柳亚子书》《三与柳亚子书》《四与柳亚子书》《五与柳亚子书》《六与柳亚子书》《七与柳亚子书》《八与柳亚子书》《九与柳亚子书》《十与柳亚子书》《十一与柳亚子书》;马骏声(一篇):《谒黄花岗七十二烈士坟记》;钟动(一篇):《诗人李季子墓碑》;林学衡(一篇):《豫让论(并叙)》;张昭汉(一篇):《宋钝初先生诔》;唐群英(一篇):《宋渔父先生诔(并叙)》;周咏(一篇):《花冢记》;宁调元(十篇):《刘母潘太孺人墓志铭》《说假借》《书〈醉翁亭记〉后》《癸卯长沙与傅钝根书》《丁未狱中与傅钝根书》《庚戌与傅钝根书》《广州路局与刘约真书》《武昌狱中与刘约真书》《再与刘约真书》《三与刘约真书》；傅钝根（五篇）：《与胡寄尘书》《与柳亚子书》《再与柳亚子书》《三与柳亚子书》《四与柳亚子书》；李德群（一篇）：《与柳亚子书》；仇亮（一篇）：《张振武传》；黄质（一篇）：《与柳亚子书》；胡朴庵（一篇）：《与柳亚子书》；胡怀琛（五篇）：《〈习静斋诗话〉序》《〈云鹤先生遗诗〉序》《〈黛痕剑影录〉自序》《〈蕙娘小传〉序》《〈影梅盦忆语〉跋》；沈砺（二篇）：《帆影楼记》《友耕轩记》；孙鹏（一篇）：《祭沈守瓶、沈少波两先生文》；谭天（二篇）：《募建白文公祠小启》《管城记》；周亮（一篇）：《程蕴秀女士事略》；陈训恩（一篇）：《与胡寄尘书》；邵庸舒（二篇）：《焦大鹏传》《宋钝初先生诔（并叙）》；洪炳文（一篇）：《〈无根兰〉传奇自序》；陈世宜（二篇）：《宋钝初先生哀词》《〈民国野史〉书后》；姜可生（三篇）：《与柳亚子书》《再与柳亚子书》《三与柳亚子书》；蒋同超（一篇）：《〈蒋氏游艺秘录〉跋后》；姚锡钧（四篇）：《〈兰芳集〉序》《与柳亚子书》《再与柳亚子书》《三与柳亚子书》；高燮（一篇）：《哭丰儿文》；高旭（一篇）：《孝女何爱文传》；姚光（一篇）：《宋钝初先生哀词》；俞锷（一篇）：《代望胤华侨祭殉国诸烈士文》；徐宗鉴（一篇）：《宋钝初先生诔》；公羊寿（二篇）：《先妣事略》《更名说》；叶叶（三篇）：《祭宋钝初先生文》《祭林颂亭先生文》《祭黄花岗诸烈士文》；沈昌直（一篇）：《报唐湛声书》；柳弃疾（二篇）：《〈分湖旧隐图〉记》《〈菊影记传奇〉序》。"诗录"栏目（711首）含王汉章（五首）：《寄怀张亚》《酒楼醉归简张亚》《寄谢典戎师》（三首）；潘飞声（十三首）：《辛亥九秋送蒋万里从军》（二首）、《壬子新岁作》（二首）、《甘露寺》《走马冈》《试剑石》《北固》《多景楼》《江天寺》《佛印山房》《袁仲濂判官招集第一楼》《寄尘社兄寄示〈海天诗话〉一卷，重译欧西，取材东土，诗说之创格，前人所未睹也，率题二十八字志佩》；沈厚慈（二十六首）：《答哲夫》（二首）、《小进以"少年心事剑相知"句见寄，即成辘轳体以和之》（五首）、《遣怀十首，和游诵盘（金铭）步原韵》（十首）、《和天梅两绝》（二首）、《宿能仁寺，步燕红旧韵》《狱中偶成》（二首）、《窗前有桐树一株已落叶矣，口占一绝》《壁上有诗，询为曾翁题，步韵赠之》《步韵答曾翁见赠》《曾翁谓耳聋后，故日以诗为事，即以一律赠之》；马骏声（十首）：《小游仙诗十首之四》《游青山寺集元遗山句》（三首）、《无题二绝》《梦中作》；蔡守（八首）：《过羚羊峡》《送陈树人、居若明之日本》《薄莫》《中秋白鹤山看月蚀遇雨》《九日白鹤山居有感》《九日寄刘三》《小重阳雨中寄晦闻都门》《送老直再之美洲》；黄忏华（一首）：《赠亚子》；邓溥（五首）：《寄哲夫、倾城》《题哲夫画山水册四首》；吴沛霖（四首）：《悼邹亚云二首》《闻同社蜕庵先生弃世，口号二绝遥奠》；林百举（二十九首）：《为党事连日乘肩舆走数邑感赋》《溪中石人》（二首）、《冬日山中即景》《樵妇》《山村妇人刈稻》《宿长乐县城》《过兴宁忆亡友刘节应、何公博》《山中见孤柳》《再见孤柳唁之》《晚过铜盘滩》《题黄武韶小像即赠》（二首）、《潮州重见苏慧珠感赠》《即席赠李思辕》《吊〈新中华报〉故址》《将之燕京，送母归里》《君自海上来，偕楚伧联句》《海上待亚子游杭不至，赋此留柬》（二首）、《燕京闻春航由汉返沪即寄》（二首）、《寄亚子即次〈观《血泪碑》赠春航〉韵》《不寝》《暑夜书怀》《读亚子〈梦春航〉诗次韵却寄》《甲寅旧中元夜登楼外楼，叠可生韵，即寄之浙中》（三首）；古直（六首）：《挽岳麟书女士，集定庵句》（四首）、《别鮀浦寄霜雪》《古意》；丘复（四首）：《临安怀古》（四首）；林学衡（四首）：《绝句》《九日江亭，同风持》《秋夕有作》《断梦》；林景行（二首）：《重过邕春堂感旧》《江亭暝过偕浚南》；雷昭性（三首）：《咏王壬秋》《闻某君被捕，和曙星韵》《哀某君被捕，再用曙星韵》；张光厚（三十二首）：《秋感，用少陵韵》（八首）、《琴堂》《金闺》《铁厓归，有书来》（二首）、《剖疮》（四首）、《夔州》《小姑山》《舟中寄铁厓》《感事》（七首）、《重到杭州营季彭墓》《鲸波》《荒川观樱，念剑华、铁厓》《接寂僧书道近况，益触吾痛，作此寄之》（二首）、《新婚叹》；郭惜（五首）：《秋海棠》（五首）；张通典（四首）：《秋柳，用渔洋韵》（四首）；张昭汉（二首）：《隐居》（二首）；谭作民（六首）：《沪宁遇险，风传被杀，作此自遣》《叠前韵一首》《壬子仲夏沪宁出险归湘摄影自题》《次韵钝庵〈五日长沙感济南之变〉一首》《又次倒韵一首》《译英小说〈孤天侠影〉题后》；龚尔位（十七首）：《偕痴萍联句》（六首）、《与钝根、梦蘧夜谈近事，杂缀联句十一首，未尽之意，容他日更为之》（十一首）；唐群英（四首）：《由都返湘，汉口舟中值陈汉元联句》《舟泊岳州城下，登岳阳楼晚眺》《过洞庭湖有感，兼赠陈汉元》（二首）；殷仁（一首）：《与立青谈倦感赋一首》；周咏（五首）：《无题》（四首）、《与铁厓、伯刚、縠音、长子旅居厦门，同游南普陀感赋》；刘国钧（七首）：《再见》《春柳》（四首）、《还湘夜泊湾河，竟夕不寐》《寄怀铁厓、葆光两兄》；傅钝根（七十五首）：《丙午除夕》（四首）、《辛亥元旦》（四首）、《赠痴萍》（二首）、《为醉庵题照》（二首）、《为痴萍题〈菊隐图〉》（二首）、《某先生归湘，为赋一绝》《生日偶成，示痴萍、醉庵、叔容、梦蘧诸子》（二首）、《题醉庵、痴萍联句》（二首）、《次和旭芝〈生日感赋〉》《赠骆迈南》《病中作以自嘲》《陈豪生养疴湘潭，赋寄一首》《病中又寄一绝》《豪生、琢吾同用余韵，叠报一首》《次和豪生、琢吾〈潭州病夜〉》《和豪生〈湘潭病居叠幽想〉韵，豪生在湘乡日讹传其死，谓余不可无诗也》《忧愤一首，用豪生〈寒夜〉韵》《雪夜，用豪生〈寒夜述感〉韵》《夜阅潘世谟卷中〈游三狮洞记〉毕，媵以一诗》《旭芝、梦蘧、醉庵各有新岁诗，为和一解》《次和梦蘧〈新年感事〉一首》《行行》《陈豪生至自潭，即席赋赠》《韬庵办家厨速饮，诗僧竟庵在座，与极往来上下，为一谈局》《壬子旧除夕》《癸丑元旦新历二月六日》《章龙作》《五日次韵和戒甫》《诗以寿醉庵》《〈香国魂报〉出世，澹父属为诗张之，集定庵句》（十首）、《戏集定庵集外诗遣兴，兼示尊我》（五首）、《得亚子所编〈子美集〉

题寄梨里》(四首)、《少屏别三年,以〈马君武诗集〉见寄,故人念我胜赠青琅玕矣,荒山无俚,辄为二诗奉报》《立秋一首寄亚子》《寄痴萍海上春柳剧场并怀漫士》《读〈蜕庵遗集〉题八绝句,即柬兰皋,并示亚子》《题亚子〈分湖旧隐图〉四首,图为陆子美作》(四首);黄钧(六首):《偕钝根、醉庵夜联六绝句》;文斐(七首):《春夜感怀》《寄赠今希、约真》《送友人归国》《题〈美人散花叶书〉》《赠王子剑仙归国》《欧洲大战乱感赋》(二首);阳兆鲲(二首):《自题小影示同社诸子索和》《步可生、剑华、挥孙、道非楼外联句韵》;李德群(一首):《登岳阳楼》;陈家鼎(七首):《壬子旧历九月廿七日寄禅大诗僧偕永光、道阶二禅师见访余寓,蒙赠大偈,原韵酬之》《燕京协和医院感边事,与林松亭联句》《喜吴稚晖先生来访,夜谈即赠》(二首)、《次韵酬九一见访一首》《秋日觞客百尺楼,有邵次公、张红玉、沈素珍诸友在座即赠》《和次公〈与素珍、红玉诸校书见饮百尺楼〉韵》;汪洋(二首):《敬题〈安重根先生传〉》《过马江》;吕碧城(三首):《和白葭韵》《和抱存〈流水音修禊十一真韵〉》《赠李苹香》;程善之(十七首):《寄洪栋臣金陵》《登北极阁》《丁未寄子实辽东》《春日杂感》(三首)、《古意》(二首)、《感遇》《革命后感事,和怀霜作,即次其韵》(八首);王瘦月(二首):《夏夜坐雨感赋》《海上重遇萧君百新感旧赋赠》;胡朴庵(九首):《题〈白门悲秋集〉》《醉乡歌》《游三乘山》《赠人庵》《哭周仲穆》(四首)、《可生楼字韵诗,匪石、景瞻、寄尘皆有和作,即用其韵书怀》;胡怀琛(七首):《为高吹万题〈寒隐图〉》《为汤磷石题〈鸳湖垂钓图〉》《简蜕庵老人》《赠王漱岩》《次韵和漱岩并示坚白》《观雨》《佳人》;赵炜如(一首):《和漱岩、寄尘,即次原韵》;陶牧(五首):《暮春偕友人游上海龙华乡观桃花,时已零落矣》《将赴广州,答友人赠别之作》《广州光孝寺为虞仲翔谪居时旧宅,有诃子树一株,相传仲翔手植也。余儿时家近寺旁,恒嬉戏树下,丙午十月重至广州,此树犹存,怅然有作》《偕吴门诸寓公探梅邓尉作》《季夏忆吴门景物寄内》;杨铨(十一首):《题〈春航集〉即赠亚子》《答泽湘》《和适子、雪消兼柬搣子》(四首)、《雨窗即景》《春日寄兴》《入春,野草皆着黄花,散金遍地,一望无际,或曰此蒲公英也。余感事,其托根虽卑而能自适,因赋此美之》《游湖,步叔永韵》《春日山行,步适之韵》;沈砺(三十五首):《读史漫成》(八首)、《晞发一首示亚子》《了公、鹓雏见过,喜作二首》《月旦四首》《集温飞卿句二首》《集李义山句四首》《亚子出示春航化妆小影多张,为题一绝》《次韵天梅见怀,即以酬之》(二首)、《晚步野次》(三首)、《感怀八首》;周斌(十首):《燕京即事》(二首)、《游颐和园示天梅》《次韵答次公》《喜巢南至》《社集崇效寺赏牡丹,次韵答巢南,即以志别》《烟台晓泊》《次韵答道非》《和骚心〈佳期〉用前韵》《饮谢校书家,与次公联句》;李云㬢(四首):《无题》《偶成》《戏赠》《有作与剑华联句》;谭天(三首):《春日书楼遣兴》《书呈家君,作诗示寄书者》《雨夜闻雁,寄怀族兄希铿》;沈云(一首):《血影禅师石歌》;周亮

（十首）:《悼程蕴秀女士并慰陈西溪先生》（十首）；钱厚贻（五首）:《初春》（二首）、《听琴》《无题》《咏月季》；张长（一首）:《登鸡鸣山有感》；俞宗原（一首）:《己酉五月与缶卢共泛秦淮，即次其韵》；诸宗元（一首）:《海棠，和亮奇》；蒋箸超（一首）:《柳絮》；邢钟翰（一首）:《月夜不寐》；王葆桢（十二首）:《重阳后九日南社雅集于海上愚园，高天梅贻书招，余时方客杭，因事未赴，诗以答之》《张星伯席上呈徐班侯先生》（六首）、《自杭归台，取道海门，有友征歌劝饮，六潭老人同坐，作此赠凤仙、桂花、韵仙、红玉诸校书》（四首）、《与胡寄尘同话海上茶楼，介绍赵坚白入南社，作此纪念》；周祥骏（一首）:《登砀山城楼》；周伟（九首）:《东海舟中》（四首）、《病中》《登高》《次韵和小田》（二首）、《闷坐，同一痴作》；张冰（一首）:《穷途》；洪为藩（一首）:《秋夜》；陈世宜（十七首）:《有题》（二首）、《有分》《与剑华夜话》《赠鸂雏》《赠可生》《海上即事》《题春航小影即以为赠》（二首）、《依韵酬亚子》《亚子见示〈题春航化妆小影〉新作，率和其韵》《席上偕剑华、雅堂、道非、樊子联句赠春航并亚子还吴》《秋感》（二首）、《感时》（二首）、《南京陷后得家书》；伍崇学（十首）:《立夫偕游江亭》《登江亭佛阁》《窑台远眺》《移居后一日寄怀故人》《夏日感怀》《游昆明湖即景》《登万寿山高阁俯视园景》《孟秋月夜寄怀立夫》《送匪石、钟山之槟郎屿》《送友人还乡耕读》；陆旋（一首）:《观〈落花梦〉》；叶玉森（十三首）:《玉芦以和陈子砺〈无题〉四章，依韵酬之》（四首）、《次韵酬张耑并怀王耑》《旧历冬至》《岁暮感蒙藏事》《寄怀赵枚叟》《十二月十一夕与周仲冶、刘友辅饮于广陵春》《次韵和奚度青〈焦山纪游〉诗》《题〈刘醉侯先生遗集〉》《中泠泉，与度青，匪石联句》（二首）；李寿铨（十一首）:《再过葵园有感》《一枝》《文澜、友卿、渭渔三叔父，慰堂、鸿钧两弟同游焦山》（二首）、《淮阴三首》《舟中有感》《汉皋展输》《登岳阳楼，用杜工部韵》《吊小乔墓》；姜可生（二十六首）:《无题》《叠前韵》《将之南田，梦非用李白〈流夜郎赠辛判官〉韵赋长篇志别，走笔和成二章》（二首）、《惠山，次梦非韵》《叠前韵示梦非》《再叠前韵示同座》《闺情四首，调戴二，限东字》（四首）、《渊明菊，限陶字》《立秋日怀人五首》《翠影眉史别半载矣！鸾飘凤泊，好梦如云；玉碎珠沉，新愁若愁。篝灯残月，竹簟无温；玉札朱函，红颜自好。呜呼！噫嘻！画中人耶，镜中人耶！于斯时也，倩女离魂，骚人落魄。情天不死，恨海难填。搔首而暮色苍，按剑而山灵啸。仿佛见美人含睾，助余太息也！赋短长句赠仄尘，并题玉影上》《海上喜逢匪石，用客岁楼外楼联句韵》《叠前韵赠匪石、景瞻》《再叠楼字韵》《与景瞻、匪石、梦羽夜话，三叠楼字韵》《题某姬人小影》（四首）；汪文溥（一首）:《编〈梅陆集〉竟，既为之序，更系以诗》；张怀奇（十八首）:《鸳鸯篇》《赠鲍处士》《赠郁曼陀》《荆轲两首，为安重根作》《马嵬》《暮雪一首答曼陀》《感昔》《下户冢村一首答曼陀》《双燕篇示曼陀》《己酉阳历除夕与郁子曼陀守岁》（六首）、《赠日本寒翠山庄主人塚原梦舟》《下户塚村访曼陀》；蒋同超（二十二首）：《金陵凯歌》（三首）、《浔阳谒岳王祠》《闻民军抵孝陵卫作》《挽丘仓海》（七首）、《革命后感事，和李怀霜作，次原韵》（八首）、《赠殷人庵》《题凌大同所著之〈大同〉》；宋一鸿（四首）：《即事，集龚，与醉庵联句》（四首）；浦武（一首）：《饯春词》；姚锡钧（十五首）：《答亚子二首》《步访陈耆松江城西有作》《踪迹》《别亚子兼示少屏、楚伧、道非》《秋望三首》《得一厂书却寄并示楚伧、匪石》《寄楚伧即题其午梦堂卷子》（二首）、《亚子见示近作，依题继赋》（四首）；高燮（三首）：《新体艳诗》（三首）；高旭（五首）：《席间与次公、九一、芷畦、一民联句》《收辑亡友宁太一遗墨装订成册，因题四诗，以弁其首》（四首）；何昭（一首）：《读朱苏华所为〈沈纪常传〉，感成七古一章》；高增（二首）：《社友邹君亚云、陈君蜕庵相继溘逝，临风凭吊，怆然久之》（二首）；姚光（一首）：《天梅以〈客中春感〉诗见寄，次韵答之》；俞锷（十五首）：《岛南杂诗》（十五首）；庞树松（五首）：《旧历正月二十二日直金危危，鹑冠者曰，是日祭之必富，先生欺余哉》《花朝游遂园》《上巳日偕寿颀、隽云游虞山口占》《自三峰寺登拂水岩归途遇雨》《丰园坐雨》；庞树柏（十九首）：《送救炎北行》（二首）、《市上赠黄晦闻》《岭南楼即事，与亚子、寄尘、匪石、剑华联句》（二首）、《偕亚子、匪石、剑华、可生访冯春航，一别三年矣，即题化装小影，和亚子韵》《叠前韵赠春航》《剑公招饮即席赋赠》《席上分赠同座诸子，集定公句七首》《白桃花》《送小枚南渡》《及门一书、其英二女士同赴南洋，赋此赠别》《韵珂、春航既离复合，喜而作此》；胡蕴（十六首）：《与天遂夜话》《杂诗》《北风》《近感》（二首）、《西风》《草堂》《草桥》《前韵》《感赋》《金松岑有庐山衡岳之游，诗以送之》《丹徒赵子枚（光荣）征咏墨梅》《忆西湖》（四首）；余寿颐（一首）：《亚子索画赠子美，即縢以诗》；吴梅（二首）：《自题〈暖香楼乐府〉后》（二首）；朱锡梁（十首）：《从军歌》（十首）；尤翔（一首）：《台州道中遇雨》；王德钟（四首）：《从军行，为朱君毅作》《登淀山》《惜春词》（二首）；陈去病（七首）：《洞庭舟次，寄别湘都督洎南社诸子》（五首）、《龙泉观赠女尼》《孤山探梅未放，即呈铁华女士》；蔡寅（四首）：《大错》《赠黄喃喃》（二首）、《和鹓雏韵》；沈昌眉（五首）：《赠子美》《简亚子四绝》；沈昌直（一首）：《偶检旧箧，得戊申年与亚子同摄小影，亚子丰神俊逸，眉宇间渐露英气，而余则枯槁憔悴，几疑山魈木魅，不类生人。一帧中荣瘁各殊，菀枯迥绝，是可感也，爱书一绝于其上》；柳弃疾（十首）：《哭仲穆》（二首）、《恶耗两章》《玉娇曲，为钝根赋》《与颖若夜话，意有未尽，别后追寄一律》《题檗子〈玉玲珑馆填词图〉》（二首）、《题蓴农〈四婵娟室填词图〉》（二首）；顾无疚（二首）：《雪两绝》；周云（二首）：《落梅感赋》（二首）；范天籁（一首）：《闺词》。"词录"栏目含：潘飞声（四首）：《湘月（别愁愁说）》《前调·题吕眉生新居，即用眉生前年在关外送余出都韵》《渔家傲·将归岭南，与友人述村居之乐》《前调（滚滚黄尘车马道）》；张昭汉（一首）：《虞美人·金陵怀古》；傅尃（五首）：《十六字令·题石子、粲君〈浮梅槛检诗图〉》《满江红·八月五日联句》（四首）；程善之（二首）：《蝶恋花·送春有感》《浪淘沙（花发去年丛）》；王瘦月（二首）：《踏莎行·裙带》《前调·袖笼》；陶牧（六首）：《渡江云·游北固山，次栗长韵》《小重山·秋思》《菩萨蛮·古意》（二首）、《满江红·送小宋、笏臣出关，余亦去津》《高阳台·京门苦雨，晨起又复晴矣，喜寄子由》；胡颖之（十八首）：《踏莎行·庚戌春分坐雨，和伯荪韵》（二首）、《琵琶仙（春晓江南）》《卜算子（秋色老梧桐）》《湘春夜月（尚勾留）》《绕佛阁·用清真韵》（二首）、《拜星月慢（载笔归来）》《前调·费玉如归，话游京师某园感赋，用清真韵》《步蟾宫·茶花又放红矣，赋寄伯荪》《寿楼春·留园纪游，用梅溪韵》《虞美人（东风吹绿池塘柳）》《前调（清明时节潇潇雨）》《清平乐·酬俶仁》《西平乐慢·过沧浪亭，怆然有作，用梦窗韵》《绛都春·用西麓韵》《玉烛新·酬伯荪，用清真韵》《莺啼序·和叔问〈秋感〉，用梦窗〈丰乐楼〉原韵》；陈世宜（十首）：《六丑（自荼蘼事了）》《惜红衣·莫愁湖残荷，用石帚韵》《虞美人（浓阴一片天如墨）》《满路花（敲窗柳絮风）》《前调（蟾蜍影蔽云）》《蝶恋花（寒食清明都过了）》《西江月（梅放孤山梦短）》《采桑子（蘼芜小院迷新绿）》《满江红·观〈落花梦〉赠优游》《国香慢（数点峰青）》；叶玉森（二首）：《踏莎行·裙带》《前调·袖笼》；姜可生（九首）：《浣溪沙（曼睩蛾眉绝代姿）》《诉衷情（衡阳归雁）》《碧窗梦》（六首）、《如此江山·柬挥孙关外》；汪文溥（一首）：《柳梢青·集秀水词句》；王蕴章（六首）：《迈陂塘·题金侣卿先生〈桐阴觅句图〉，为辟疆园主作》《貂裘换酒·徐子彦宽自海陵监掣署寄词相讯，倚此和之》《前调·和徐彦宽》《忆旧游（趁红酣蝶瘦）》《瑶华·赋六三园绿樱花，同徐丈仲可作》《凄凉犯（画帘疏影霜）》；姚锡钧（九首）：《减兰·示亚子》《卖花声·寄申公》《虞美人（廉纤微雨春风细）》《蝶恋花（天上人间成小住）》《少年游（有恨多情）》《念奴娇（柳色长亭）》《减兰·题畹华小影》《浣溪沙·前题》《满江红·柬檗子》；高旭（二首）：《菩萨蛮·即晚》《念奴娇（碧阑干畔）》；俞锷（二十五首）：《满江红》（三首）、《忆江南（娄东好）》（二首）、《满江红·题哲夫〈汉六花鉴〉》《金缕曲（醉倒江河月）》《前调》（二首）、《前调·有寄》《沁园春·报二兄札》《长亭怨慢（乍相见垂虹桥畔）》《春光好（花颜色）》《洞仙歌（铜壶咽玉）》《浪淘沙·题〈挥泪余音〉，为锡九作》（二首）、《金缕曲（破尽青衫缠）》《浣溪沙（细柳青烟雨乍晴）》《庆宫春（巫峡情怀）》《念奴娇·赠小五》《满江红·楼外楼与可生、匪石联句》《惜秋华（粉靥偏宜）》《倦寻芳（筑寒易水）》《凄凉犯·观〈落花梦〉示楚伧并赠优游》《采桑子（午阴薰透疏棂碧）》；庞树柏（十三首）：《水调歌头·三十自述》《忆旧游（想烟霞结梦）》《意难忘（眉捧宫黄）》《木兰花令·旧元宵感赋》《浣溪沙·侵晓冒雨折梅供瓶》《踏莎行·盆梅著花，幽兰亦放，赋此宠之》《玲珑四犯（烛背鬓疏）》《前调（月劝客樽）》《浣溪沙（日下繁香不自持）》

《兰陵王·送龙尾移官武昌，步清真韵》《满路花·匪石见示〈感春〉之作，步清真韵，赋此酬之》《满江红（地老天荒）》《念奴娇·春柳剧场观演〈不如归〉，即赠绛士》；余寿颐（一首）：《水调歌头（天涯老游子）》；吴梅（四首）：《蝶恋花》（四首）；陈其桂（一首）：《念奴娇·赠亚子》；陈去病（五首）：《湘月（唐宫巧制）》《人月圆·咏折枝〈桂花香橼〉》《菩萨蛮·题〈慈姑鹭丝〉画幅》《前调·题〈菖蒲佛手柑〉画幅》《清平乐·题钝剑〈花前说剑图〉》；沈昌眉（二首）：《高阳台（两桨烟波）》《清平乐（布帆风紧）》；沈毓清（一首）：《金缕曲·寄故乡诸友》；金光弼（三首）：《采桑子》（二首）、《金缕曲（别绪从何理）》。"附录一"栏目含《畿辅先哲祠分韵得作字》（马骏声）、《得伤字》（林百举）、《得客字》（吕志伊）、《得春字》（陈家鼎）、《得不字》（余鲲）、《得远字》（田桐）、《得楼字》（周斌）、《得乡字》（周亮）、《得去字》（张长）、《得上字》（杭慎修）、《得国字》（陈守谦）、《得故字》（陈景贤）、《得登字》（梁复）、《得雅字》（宋琳）、《得南字》（江镜清）、《得伤字》（邵瑞彭）、《得里字》（张烈）、《得社字》（高旭）、《得是字》（吴修源）、《得临字》（黄宗麟）、《得巴字》（陈去病）；《崇效寺看牡丹，分韵得做字》（吴雪东）、《得留字》（谢华国）、《得鬼字》（周斌）、《得展字》（顾余）、《得下字》（陈以义）、《得游字》（周亮）、《得风字》（张长）、《得都字》（杭慎修）、《得裙字》（陈景贤）、《得此字》（梁复）、《得也字》（邵瑞彭）、《得花字》（高旭）、《得勾字》（吴修源）、《得丹字》（陈去病）。"附录二"栏目含《周公权来书》《被逮下狱口号》。其中，吕碧城《和白葭韵》云："霁色分平野，春声动万家。风高骄燕雀，地老蛰龙蛇。沧海变方始，庄严境尚赊。空劳梦怀葛，晞发话桑麻。"陈去病《崇效寺看牡丹，分韵得巴字》云："吁嗟新建国，何异旧中华。望古空遥集，盈庭只落花。风流悲宋玉，心事乱天涯。但觉知音少，纷纷下里巴。"陈世宜（陈匪石）《惜红衣·莫愁湖残荷，用石帚韵》云："冷翠凝烟，残红映日，盖擎无力。粉坠房空，天光浸寒碧。鸳鸯梦冷，双燕更、秋来如客。凄寂，歌送采莲，怕西风吹息。　　维舟短陌，人面田田，前欢委尘藉。华严路隔水国，乱云北。缟袂绛裳何似，苦境年时经历。化碎琼飞舞，愁入石城色。"姜可生《无题》《叠前韵》1917 年 12 月 29 日又刊于《民立报》。《无题》云："榴花五月销魂候，西子夯开玉钏凉。剑气珠光谁付与，梅痕菊影待商量。锦霞十里红牙谱，绿树三千赤尾凰。东阁风流消未得，海棠帘底笑渠忙。"《叠前韵》云："朱阑十二初三月，一抹春痕眉语凉。搓粉揉珠惊潋滟，飘烟抱月费评量。玉钩半下呼鹦鹉，锦瑟初弹吐凤凰。为问吟髭捻断未，紫毫亲吮小姑忙。"《将之南田，梦非用李白〈流夜郎赠辛判官〉韵赋长篇志别，走笔和成二章》其一："落日征鞭挂秋柳，千杯不醉中山酒。青山万里走眼前，我马虺陵瞠乎后。风流消歇三百年，壮士雄心冷铁鞭。一朝旌旗翻五色，赤凤丹霞落舞筵。人生际会有如此，山川寂寥按剑起。将军叱咤天外来，蛟龙怒吼石壁开。越王台畔雁叫哀，伤心此去去不回。"其二："故宫眉黛隋堤柳，举杯劝饮梨花酒。落花三月正逢君,桦烛银台人散后。剑胆箫心一少年,青骢玉勒珊瑚鞭。云英旧约付谁怜,翠羽啁啾月侵筵。生离死别本如此,山阳铁笛因风起。隔墙输送暗香来,丹心一点为郎开。萧郎漂泊江湖惯,落月参横海燕回。"《惠山,次梦非韵》云:"弹铗归来日,名山几度过。苍松云影蔽,四野哭声多。太璞山中玉,微风水面波。辽京天际远,长啸拂云罗。"《叠前韵示梦非》云:"白云自来去,岁月静中过。萧寺诗心澹,一生酒债多。蝉鸣惊落叶,鱼戏响轻波。色相空无有,诸天说大罗。"《再叠前韵示同座》云:"烟草迷荒驿,只鸡斗酒过。旧游悲隔世,余子已无多。古墓呼金令,将军谥伏波。苍茫千载下,底事费张罗。"《闺情四首,调戴二,限东字》其一:"丁香帘底小桃红,细蹙春山暖燁中。盼杀星河牛女会,金针拜玉月楼东。"其二:"玉面无愁掩映红,拈花微笑月玲珑。安排一幅鲛绡泪,卅六鸳莲叶东。"其三:"银花十里影摇红,柳陌春归如意风。雁柱轻弹声细细,檀奴学唱大江东。"其四:"夕阳芦管雁来红,十二阑干月半弓。一叶扁舟西子载,夜来消息五湖东。"《渊明菊,限陶字》云:"难遣秋心万顷涛,吟成瘦句走霜毫。挂冠故里山花笑,坐爱东篱秋月高。绿酒盈樽呼寿客,黄花满袖傲儿曹。记邀五柳先生宠,金菊而今亦姓陶。"《立秋日怀人五首》其一:"七月火西流,鸣飚感素秋。天高鹰翅急,漏涩剑光浮。梨里音书远,曲阿鸾凤因。黄花如有约,一酹散千忧。(杜句,吴江亚子)"其二:"皎皎华亭鹤,飘然物外情。诗成风雨泣,笔落鬼神惊。烂熳千年醉,缥缃万卷横。云间容独卧,海气荡帘旌。(松江鹓雏)"其三:"仗剑莫能忘,十年游侠场。诗争太白放,客有四明狂。结识柳三变,倾心杜十娘(谓亚子、春航)。呼儿将美酒,走马碧鸡坊。(娄东剑华)"其四:"挟策走中原,峨峨北斗尊。征车淮日远,掷笔海涛喧。怒叱朱门客,歌招湘水魂。摩挲千载石,岭树断云昏。(吴下楚伧)"其五:"跨海斩鲸回,狂歌动怒雷。迅飚孤鹜下,暮雨断猿哀。慷慨龙泉赠,悲凉画角催。旧时明月色,犹见照庭槐。(白门匦石)"《翠影眉史别半载矣!》云:"楚宫眉黛锁春愁,柳色婵娟古陌头。美人别有伤心处,调罢朱弦十二楼。酴醾月,玳瑁筵。紫云憔悴付谁怜。王孙醉折珊瑚鞭,坠欢重拾问何年。青鸟传消字,红丝系凤鞋。东风吹尽上林花,九天仙子谪凡家。吁嗟乎,伧奴漫解惜朱华。葱茏秋色埋香冢,薜萝空拂五云车。"《海上喜逢匦石》云:"老去云龙百尺楼,横吹铁笛气含秋。蛟龙笔底生奇吼,风雨天涯动客愁。陶令归田堪避世,刘琨起舞岂良谋。浣纱溪畔空千古,觅得夷光好泛舟。"《叠前韵,赠匦石、景赡》云:"耆然长啸摘星楼,大地风光入九秋。市虎攫人天震怒,逆鳞破浪海为愁。狂吟老杜梁州句,笑看儿曹新国谋。美酒十千捐五浊,会须散发弄扁舟。"《再叠楼字韵》云:"烟云缥缈独登楼,雁阵惊寒万里秋。远水荒村游子梦,华堂白发故乡愁。关弓欲射舒猿臂,抚髀空嗟老我谋。五百年终天子气,秦淮几见祖龙舟。"《与景赡、匦石、梦羽夜话》云:"荒荒暮色阻东楼,旧雨初逢得意秋。菊径梨状千古业,胡笳班马万方愁。未偿酒债添诗债，堪恨人谋与鬼谋。揽辔澄清抱前志，古来李郭本同舟。"《题某姬人小影》（情场跌荡，年复一年，四诗既成，堪告无罪）其一："天界华鬘付渺茫，春花秋月感沧桑。龙门百尺求凰侣，髾尾枝梢一点香（姬三月生日）。"其二："窈窕芳华南国香，盈盈秋水弄珠光。美人雅擅分身术，并蒂芙蕖蝶恋忙。"其三："梅花清艳杏花娇，却费丹青着意描。秀骨天然风度好，不关瘦损沈郎腰。"其四："酒阑烛炧问佳期，凝睇传神绝代痴。拜倒水晶帘底月，姜郎才调小红知。"《浣溪沙（曼睩娥眉绝代姿）》云："曼睩娥眉绝代姿，前身南国种相思。三分绰约七分痴。　碧玉年华刚十五，海红叱出月迟迟。珍珠十斛欲量时。"《诉衷情（衡阳归雁暮山苍）》云："衡阳归雁暮山苍，哀咽断人肠。诉说恩深骨肉，万死教难忘。　云雨梦，本荒唐，问萧郎。两鬓秋霜，一双红泪，盼杀梅娘。"《如此江山·柬挥孙关外》云："元龙百尺横云气，碧波白鸥来去。眼底苍茫，花前寂寞风月。今年谁主，背人悄语。数檀板金尊，魂消前度。怨煞东皇，佳期又背等闲误。　天地百年逆旅，箫心和剑胆，收拾迟暮。篝火狐鸣，荒江木落，夜半蛟龙跳舞。壮怀欲诉，仗十万横磨，马鸣何处。碧血青磷，江南空蜀宇。"《碧窗梦·玉关无主，雁字依稀；东阁呼郎，梅魂缥缈。贮灵芸之泪，拂薛涛之笺。往事休提，断肠此日。坠欢重拾，屈指何年。绮梦初醒，词成六阕》，1917年12月23日《民国日报》刊其中一、四、五阕，其一："豆蔻梢头月，琵琶江上魂。东风遮莫怨王孙，酒渍青衫错认旧啼痕。"其四："懒整堆云髻，愁听出谷莺。御儿玉乳解朝醒，天上人间记取许飞琼。"其五："刺就鸳鸯字，偷藏琥珀香。美人肠胃莫相忘，七夕今年应笑女牛忙。"林百举（一厂）《为党事连日乘肩舆走数邑感赋》云："栖栖日向万山行，不为饥驱不为名。舆畔无歌飘凤至，篝中有火戒狐鸣。济滦乏策知时政，点石成金欲佛生。辗转三民新主义，何年斯世果同盟。"《山中见孤柳》云："无花无酒更无莺，不傍江堤不近城。此地居然半书室，不知何许一先生。风流莫问添萧飒，眠起应知失性情。最是月明休顾影，满山烟露太凄清。"阳兆鲲《自题小影示同社诸子索和》云："十易沧桑剩此身，还从海上作天民。莫惊绛叟泥涂久，未改庐山面目真。傲骨固应招世忌，孤心那屑效时趋。祖龙杀气催人急，何处桃源好避秦？"蒋同超（士超）《革命后感事，和李怀霜作，次原韵》其一："庖牺一画誓天心，上帝真诚实鉴临。黑白新棋输一局，玄黄战血搆群阴。横流扬激涒清浊，大陆浮沉任浅深。呜咽秦淮犹有憾，偏安一误到如今。"其二："朝宗江汉不西流，两戒山河指掌收。出塞未餐胡虏肉，犁庭失斩郅支头。誓书白水盟难守，晚节黄花岁已周。水月共和悬譬好，神州一发总悠悠。"柳亚子（弃疾）《题檗子〈玉玎璁馆填词图〉》其二："格律精严故不磨，姜张门户自嵯峨。狂生独抱辛刘癖，零落江才奈汝何！"潘飞声《寄尘社兄寄示〈海天诗话〉一卷，重译欧西，取材东土，诗说之创格，前人所未睹也。率题二十八字志佩》云："君为广大教化主，重译佉卢作正声。看掣鲸鲵东海上，五洲大地拓诗城。"

11 日 《申报》第 14969 号刊行。本期《自由谈》"游戏文章"栏目含《四季苦开篇（续昨）》（蔚云）；"诗选"栏目含《去岁之中秋咏》（四首，盛棨东）、《次韵奉酬李悔庵先生》（二首，廉泉南湖）。

严复作《赠郭春榆宗伯六十》（二首）。其一："六十忽然至，无穷沧海尘。道心长默默，世路转踆踆。岂是争名地？难为易代人。此中惟有酒，相与呴枯鳞。"其二："渐觉冰轮出海迟（君八月二十二日悬弧），新凉庭院称扬觯。黄花插鬓秋还浅，白发盈头世共知。可有一亭收野史？更无余地著新仪。当年半刺曾推毂，惭负朱弦属子期。"

12 日 《申报》第 14970 号刊行。本期《自由谈》"游戏文章"栏目含《四季苦新开篇（续昨）》（蔚云）；"诗选"栏目含《中秋》（二首，剑飞）、《有所见》（剑飞）、《检戊戌后十年所编书籍，感而有赋》（东园）、《和立斋族弟〈赠黄默庵〉韵》（东园）。

陈三立、张彬、沈曾植公宴缪荃孙于上海樊园。樊增祥、瞿鸿禨、杨钟羲、易顺鼎等在座。

13 日 《申报》第 14971 号刊行。本期《自由谈》"诗选"栏目含《咏物》（四首，辟庸）、《暮抵润州，风雨大作》（东园）、《感时》（东园）。

14 日 《申报》第 14972 号刊行。本期《自由谈》"诗选"栏目含《杨柳枝四章》（何杰才）、《秋虫》（禊湖寄厂）。

张效良陪黄炎培访严修。

15 日 吴昌硕应周庆云约，赴晨风庐奉陪江阴金武祥小饮，有诗志之。金武祥作《甲寅仲秋下浣，访梦坡于晨风庐，相见恨晚。越日，招饮即席分韵，以"清风明月不用一钱买"为韵，予得用字》。同人有诗者：梦坡《江阴金粟香先生自昆陵来沪，枉顾寓庐，剧谈甚欢，次日约狷叟、苦铁、渊若、语石、兰史、醉愚、浣孙奉陪先生小饮，席间分韵，予得不字》、许涵祥《粟香老人自里门来，梦坡招饮花间，分韵得一字》、刘语石《粟香老人自里门来，梦坡招饮，席间分韵得明字》、吴俊卿《分得风字》、潘飞声《分得钱字》、许涵祥《分得一字》。其中，金武祥《予得用字》云："我生逢不辰，风尘正颡洞。弹指七十年，垂老百无用。竭来淞水滨，行乐友朋共。神交访周子，坡仙同入梦。书画罗古香，鼎彝列清供。五老各矍铄，群贤喜陪从。丝竹好陶写，诗酒并豪从。曲高知倘稀，均险和转众。投辖何殷拳，同车太倥偬。临别聊赠言，非敢班门弄。"吴昌硕《分得风字》云："世事暗何补，人情媚益工。凭君搜野史，游履趁天风。帘浅通花气，怀深语醉翁。苦无商略处，皂帽忆辽东。"

《申报》第 14973 号刊行。本期《自由谈》"游戏文章"栏目含《海上竹枝词》（十六首，重匀）；"诗选"栏目含《秋兰》（禊湖寄厂）。

《共和》杂志第 2 期刊行。本期"文苑·文萃"栏目含《祝狮旗赋》（囷侨）、《万生园游记》(甄录)、《〈詹言说诗〉自序》(詹鸿章);"诗词"栏目含《詹言说诗 (未完)》《诗坛髡朔汇新 (未完)》。

《(北京法政同志研究会) 法政学报》第 2 卷第 9 号刊行。本期"文苑"栏目含《上苏督论盐政书》(诵芬)、《上熊秉三书》(倚南)、《致王欣懿书》(倚南)、《悲秋四首》(倚南)、《无题八首》(倚南)、《谢友人李君赠七宝烧花瓶启》(皋亭山人)、《登莫厘峰望太湖记》(陆衍文)、《泉友李仲篪纪念后序》(陈宗道)、《留别毛幼琴四首》(倚南)、《送高石芝孝廉入京四首》(倚南)、《咏西史六首》(倚南)、《春寒》(倚南)、《张君钟白以免试知事赴鲁,诗以送之》(李子仁)、《鹤》(倚南)、《客窗》(倚南)、《题情圣君小影》(倚南)、《团城纳凉》(王学海)、《喜见内弟又言别》(倚南)、《喜见弟慕参相聚京师》(前人)、《送沈仲和二兄之山左》(前人)、《送别沈蓴亭六首之一》(前人)、《中秋月夜即景笑成》(前人)、《八月六日作》(前人)、《漫兴》(前人)、《将归戏题二绝句》(前人)、《七夕赠内》(前人)、《贺卜君夫妇六十鹤秩》(前人)、《同砚边君得佳伉俪索诗屡矣,迹其风流韵事,口占答之》(佚名)、《辟寒仙馆本事诗十四首 (并序)》(瓶笙花影词人)、《岳阳》(诗钟)、《洞庭》(诗钟)、《青草》(诗钟)。

[韩]《天道教会月报》第 51 号刊行。本期"词藻"栏目含《性》(刚斋)、《和凤山〈江行〉韵》(刚斋)、《秋夜题感》(眉山归客)、《江行》(凤山)、《月夜即事》(凤山)、《偕玉泉子对局》(凤山)。其中,凤山《江行》云:"疏星点缀月横斜,夜泊沙场问酒家。江北江南寻不见,芦花深处路多丫。"

16 日 孔教会在山东曲阜开祭孔大会,各省赴曲阜参加大会者,火车票 7 折优待。同日,孔道会、孔社在北京分别举行大规模"孔子圣诞纪念会"等活动。

《申报》第 14974 号刊行。本期《自由谈》"诗选"栏目含《临江有感》(禊湖寄厂)、《甲寅初夏,步和问天君〈落花诗〉两律》(禊湖寄厂)。

陈曾寿作《八月二十七日奉母再到龙井》。诗云:"浮踪到寺似投林,我与寒泉共一心。坡老来如前日事,慈云闲作本山阴。坚苍入骨嵌岩树,曲折沿流绕指琴。未识诸天定何意,佛香遥送过前岑。"

17 日 《申报》第 14975 号刊行。本期《自由谈》"词选"栏目含《一剪梅·题陈佩萱女史〈红情绿意图〉》(瘦蝶)、《调寄〈谒金门〉·春闺》(少兰)。

恽毓鼎作《燕京仲秋晤葊斋前辈》。诗云:"前事如残梦,相逢白发生。说从何处起 (一部廿一史从何处说起,文信国语),名盛老来更 (葊斋乱后更名孝臧)。落叶多离树,斜阳不满城 (上句慨采薇遗老渐渐出山,下句慨紫禁城划归民国,日事拆改,非复旧观矣)。晨星数着旧,悲喜一时并。"

18 日 《申报》第 14976 号刊行。本期《自由谈》"诗选"栏目含《秋海棠》(二首,禊湖寄厂)。

19日 《申报》第14977号刊行。本期《自由谈》"诗选"栏目含《捣衣篇》（四明别署）、《秦淮月》（冶溪养晦）、《严陵钓台》（子枚）、《无题》（子枚）。

赵圻年作《甲寅九月朔偕空山人三祭二杨，集杜句四首》。其一："戎马暗天宇，江山非故园。同为百里宰，郁没二悲魂。近泪无干土，穷途乃叫阍。可怜忠与孝，今日几人存。"其二："如今九日至，好与雁同来。故国见何日，秋山响易哀。昔传文苑传，地隔望乡台。应共冤魂语，丹心一寸灰。"

吴庚作《九月朔登南山丰乐亭祭二杨》。诗云："老夫不是登高客，万感千秋对酒来。三辅故人悲宿草，百年劫火胜残灰。斜阳古寺秋虫语，泪眼西风野菊开。天壤可怜谢皋羽，年年今日哭西台。"

20日 《申报》第14978号刊行。本期《自由谈》"词选"栏目含《竹枝》（东园）、《又》（东园）、《又》（东园）、《踏莎行·题胡让之君〈百寿印谱〉》（瘦蝶）、《题〈子美集〉，用柳亚子〈有感〉韵二首》（瘦蝶）。

《学生》第1卷第4号刊行。本期"文苑"栏目含《芦沟桥游记》（附图）（北京清华学校高等科四年级生马胜白）、《甲寅四月旅行记》（附图）（江苏省立第二师范学校四年级生汤绍袭）、《梁溪二日记》（江苏省立第二中学校一年级学生胡长风）、《游岳麓山记》（仿《醉翁亭记》）（附图）（湖北电报传习所一年级生王象鼎）、《过榴花吊熊飞将军文（并序）》（广东东莞中学校三年生尹文光）、《读文天祥〈正气歌〉书后》（广东东莞中学校三年生尹文光）、《剑语》（江苏省立第一师范本科四年生张锡佩）、《拟〈甲寅同学录〉序》（江苏省立第二师范学校学生杨世恩）、《拟本校征集学校园植物启》（江苏省立第三师范学校二年级生李荣第）、《苏幕遮·惋花》（北京清华学校高等科学生余泽兰）、《金缕曲·过福建听潮楼有感》（北京清华学校高等科学生余泽兰）、《由金陵赴芜湖江船上作》（北京大学校预科毕业生丁鸿宾）、《秋日晚望》（北京大学校预科毕业生丁鸿宾）、《过旧校》（北京大学校预科毕业生丁鸿宾）、《旅京偶成》（北京大学校预科毕业生丁鸿宾）、《暴雨》（北京大学校预科毕业生丁鸿宾）、《垂虹晚步偕红仌》（张锡佩）、《哭友三章，悼左卓峰也》（张锡佩）、《苦雨歌》（广东省城河南育才书社第一级学生郑耀添）、《赠青溪姚襄陶》（江苏省立第二师范学校学生丁传商）、《悼同学陈卓孙兆栋》（江苏第二师范学校四年级生汤绍袭）。

王闿运作联挽丁巡卿："抱叶等寒蝉，愧我仍居参政院；嘉禾拟文虎，输君曾上大观楼。"此本拟俞荫甫而作，以其近戏，改书一联："回雁昔停船，共说方州恢远略；弘羊非计利，要凭综核挽颓纲。"袁珏生分赴，王闿运亦书一联："旌旗满眼更相逢，促别匆匆，方期同看琼花，官阁开尊重赠簦；湘皖讴思争述颂，横流浩浩，纵有一牙笏，版舆还第怆居庐。"

吴昌硕夜赴郑孝胥宴于悦宾楼，诸宗元、孟森、江翽经、高凤谦、李宣龚同集。

黄洪冕作《甲寅九月二日，余年届五旬，自维光阴虚度，德业无成，怅然有作，得诗八首》。其一："功名事业两无因，虚掷人间五十春。材竟寻常成老境，妻同甲子祝生辰。身依慈母犹为福，膝绕多男不算贫。拟筑潜庵求寡过，孟郊晚达亦殊伦。"其三："读书少小耐清寒，老大深知退步安。到处人能容我拙，频年自信作诗难。半生顺命惟修省，五种成书待校刊。无那须眉偏白早，衰颜怕向镜中看。"其四："才华暂减世情疏，高适工诗总愧予。拙稿三编人谬赏，名山十稔我惭居。貌先年老因忧世，愿与心远好读书。伏处铜陵还自适，松庄清景比陶庐。"

21 日 《申报》第 14979 号刊行。本期《自由谈》"诗选"栏目含《放歌》（秦寄尘稿）、《姚竟夫先生为画〈隐居图〉，赋此答之》（秦寄尘稿）。

梁文灿作《金缕曲·甲寅九月三日初度，邀同人夜饮，即席口占，时倭、德据胶州湾》。词云："海上风波恶。黯离愁、乡关日暮，飞鸿断绝。猛忆今朝初度也，九月初三夜月。曾经过、几番圆缺。锦瑟年华迷晓梦，醉黄花、又到重阳节。羞插鬓，半成雪。 少年壮志铮铮铁。听花冠、更番起舞，青萍磨折。方丈蓬壶仙路迥，天际战云重叠。叹浩浩、尘沙换劫。触斗蛮争缘底事，莽平原、膏尽生人血。浮大白，向谁酹。"

22 日 《申报》第 14980 号刊行。本期《自由谈》"文字因缘"栏目含《酒丐新刊〈三借庐剩稿〉成，承赐一册，即题其小影之后》（昆山闲农沈鼎）、《〈三借庐剩稿〉刊成，特多印二百册，专送同人，但须惠赐题词，见〈自由谈〉或他报刊出者，请裁寄刊稿，即当照赠，以书尽为止》（二首）（酒丐稿于徐家汇）。

刘世珩四十生日，况周颐为撰《汇刻传奇序》，并赋三绝句以赠。诗前序云："楚园先生属序《汇刻传奇》，拟《百宋一廛赋》体序成，意有未尽，再题三截句，呈就教正。"其一："琅琅《百宋一廛赋》，我愧当年顾虎头。得似荛翁学山海，家珍何必借黄州。（荛圃先生藏词曲处，曰学山海居。明臧晋叔刻《元曲选》，尝从黄州刘延伯借元人杂剧二百五十种，见《静志居诗话》。"其二："梦凤箫楼重回首，暖红兰室两同心。词场偻指阳春曲，几见知音在瑟琴。（先生刻书，多与夫人合校。德配江宁傅偶蕙夫人春媛，字小凤；继配江宁傅俪蕙夫人春姗，字小红。梦凤楼、暖红室所由名）"其三："取次琅嬛记拍来，寻常弦管莫相催。挑灯笑问双红袖，参昴星边大小雷。（先生两姬人，以大雷、小雷呼之。收掌图史，有水绘园双画史风。安吉吴俊卿为作'双忽雷阁内史书记''童嬛柳嬛掌记'小印。先生辟地海上，自号枕雷道士）"

23 日 《申报》第 14981 号刊行。本期《自由谈》"诗选"栏目含《次韵奉和南湖先生二律》（吕女士碧城）。

24 日 《申报》第 14982 号刊行。本期《自由谈》"游戏文章"栏目含《嵌剧名诗》（六首）（济航）；"诗选"栏目含《画眉》（东园）、《舟夜》（东园）、《有感》（东园）、《中秋》（东园）。

吴昌硕为佐原绘《野菊图》，并题云："野菊如玫瑰，香出污泥堆。得天开自然，不受人栽培。甲寅先重阳三日，吴昌硕，时年七十有一。"

25日 周庆云招饮于花间，并作《重阳前二日饮于花间，以潘大临"满城风雨近重阳"句为起句，各赋七律一章》。同人和作：潘飞声、陈世宜、王蕴章、戴振声、沈焜、庞树柏、汪煦（《梦坡以所续潘邠老断句诗见示，约予及语石、涤尘同和，因各效作一首》）、刘炳照、秦国璋、徐珂（《一丛花·梦坡招饮花丛，座客赋诗，以宋潘邠老"满城风雨近重阳"句为首唱，余谱此词以应之》）。其中，周庆云诗云："满城风雨近重阳，断句重吟字字香。怜我无田逃吏酷，迟人送酒爱花黄。似闻帘外秋声急，莫忆尊前旧日狂。转瞬登高寻胜侣，题诗红叶拂新霜。"汪煦诗云："满城风雨近重阳，乐圣衔杯引兴长。鞠有黄花怀梓里，歌翻白纻到江乡。饮中仙客都同调，花外闲吟乐未央。莫道催租能败兴，波腾云沸感苍凉。"

《申报》第14983号刊行。本期《自由谈》"曲选"栏目含【南正宫·玉芙蓉】《题〈泪珠缘〉说部》（冷泉伏民）。

《小说月报》第5卷第7号刊行。本期"文苑"栏目含《谢湘潭刘子馈兰书》（钱基博）、《暮春约人游惠山书》（钱基博）、《春季与友人索花书》（钱基博）、《初夏索人画扇书》（钱基博）、《次真长、拔可韵》（剑丞）、《隆裕太后挽词》（剑丞）、《寿饶再生五十，孟任之父也》（剑丞）、《春雪》（剑丞）、《寓园辛夷盛开，真长投诗换得数枝去，明日既风雨，陈师曾挟诗来看，则已狼藉不春矣，相与慨叹久之》（剑丞）、《寄汾弟》（拔可）、《赠王文东》（拔可）、《后夜》（拔可）、《醉山招游南楼，病足未赴，时立村有襄阳之行，文东亦将返吴下矣》（拔可）、《送塞向北行兼寄洛生》（子大）、《次韵和赠梁廉常》（子大）、《节庵再到易州谒崇陵，复东谒孔林，书来却寄》（子大）、《刊先伯兄户部集成，邮奉节庵，以示樊山，得樊山追和户部赠诗三首题端还寄，次韵答谢》（子大）。

[日]白石六三郎在六三花园翦松楼为吴昌硕举办个人书画展览。吴昌硕有诗《六三园宴集，是日剪松楼尽张予书画，游客甚盛》记之。诗云："白石鹿叟开园林，酒徒历历坐洲岛。张之素壁聚目观，如一家言诗草草。螺扁之法打草稿，大写忘却身将老；但赏武梁祠画古人古树古飞鸟，不知王维师仝仝师浩。眼寄沧海田已成，心游泰山车既好。敢云握管驱蛟龙，若风遇箫斯为宝。南天纵有嗜痂癖，东友读之却谓笔笔寄怀抱，坡翁书法一例同意造。白石鹿叟开园林，酒徒历历坐洲岛。张之素壁聚目观，如一家言诗草草。霞峰道我涉清趣，维濠有鱼山有榜。坐论八法手奇痒，却恨持扇来求欠一姬。无端长风吁海表，胎禽舞雪寒皓皓。此时目中书画徒相飓，矫首乾坤清气一切齐压倒。"

陈宝琛作《九月七日游玉泉山，登妙高塔》。诗云："偷闲豫了登高债，思旧来寻酌水盟。垂暮犹凌孤塔迥，无尘能浣此泉清。离宫树石余王气，绝岛风涛有战声。地下故人应见念，忧危当日自承平。"

26日 《申报》第14984号刊行。本期《自由谈》"诗选"栏目含《秋来铃语郎当，若有嘲讽，病寂无人，赋此寄意，录上廉楼贤孟梁吟正》（悔庵）、《次韵酬李悔庵》（南湖）。

夏敬观渡江浦归杭州。夏氏在杭借寓竹石（姓刘，未悉何人）之宅，有《归林居》（三首）、《别林居》诸诗。其中，《归林居》其一："久厌灰土燥，归爱江南雨。雨声同到门，润气溢堂庑。翩翩南飞鸟，抖擞湿毛羽。慈乌一春鸣，思子正良苦。众木森水次，杂花脱林坞。饥来就时果，宁必仰官庾。"

刘懋森作《甲寅九月八日，邑人邀章笙阶先生等共十二位游虎峰寺，有感而作》（二首）。其一："一年两度快登临，又近重阳雨意侵。僧去空嗥防夜犬，客来惊舞绕巢禽。当筵赌酒推莲幕，对友清谈胜竹林。忘却欧洲鏖战事，松涛入耳似鸣琴。"其二："盛会良辰指瞬过，刘伶非故喜狂歌。区区竖子成名易，好好先生错字多。民国难消胸块垒，经书未厌手摩挲。孔璋好客随招隐，又得闲游仗日和。"

27日 严复在参政院会议上提出《导扬中华民国立国精神建议案》。建议以"忠孝节义四者为中华民族之特性"，"为立国之精神"，并提出发扬"忠孝节义"办法六条："一、标举群经圣哲垂训，采取史书传记所纪忠孝节义之事，择译外国名人言行，是以感发兴起合群爱国观念者，编入师范生及小学堂课本中，以为讲诵传习之具"；"一、历史忠孝节义事实，择其中正逼真者，制为通俗歌曲，或编成戏剧，制为图画，俾合人民演唱观览"；"一、各地方之忠孝节义祠堂坊表，一律修理整齐，以为公众游观之所。每年由地方公议，定一二日醵赀在祠举行祭典，及开庙会"；"一、人民男妇，不论贵贱贫富，已卒生存，其有奇节卓行，为地方机关所公认，代为呈请表彰者，查明属实，由大总统酌予荣典褒章"；"一、治制有殊，而砥节首公之义，终古不废"；"一、旧有传记说部，或今人新编，西籍撰著，其有关于忠孝节义事实者，宜加编译刊布，以广流传"。

超社社集，沪上惠中旅馆五层楼登高，陈三立、缪荃孙、樊增祥、吴庆坻、沈曾植、瞿鸿機、沈瑜庆、杨钟羲、张彬、林开謩10人同集。同人有诗作：沈曾植《九日惠中旅馆登高，超社十九集，和樊山韵》、陈三立《九日惠中番馆五层楼登高，集者艺风、樊山、补松、乙庵、止庵、涛园、子琴、黄楼、移叔及余凡十人》、瞿鸿機《九日雨中社集黄浦馆楼登高》。其中，沈曾植《九日惠中旅馆登高》云："秋卉叶光红玫瑰，晚稻实于早稻矤。梧桐自凋菊自芳，拒霜特艳芙蓉腮。天公于物何厚薄，菀枯得气殊根荄。月管葭飞无射灰，剥上硕果忧惴惴。远望当归歌当泣，江寒强复临高台。龙蛇起陆鹰祭鸟，好怀那得从容开。沈翁垂头如老鹳，暮愁荡荡弥埏垓。樊翁气若晨鸣雷，兵家意气仙家才。人间岁净亦何有，排云自见金银台。置身久居长命国，养气常为不嘎孩。重阳江楼跻崔嵬，说字糕为刘郎咍。恨无承平台阁分，数典小宋奚难哉！昨朝冻雨风蓑蓑，臧孙圣偶忘篓笞。疾行居然穿雨外，雨师妾避商羊猜。此老身轻争鸟过，那不缚屐凌天台，那不应身为万回。那不飞腾鹿卢跤，步自东极至于西极，坐看尸虫人鲊天煤灰。溺人必笑且有问，沈翁大愚诚钝僵。樊翁一笑不知许，衔袖磊磊珠百琲。有口且为邹衍谈，有酒须尽刘伶杯。有花可插句可觅，乐天梦得随摩捱。二鸟南北海，三鸟昆阆隈。起与秋虫竞鸣聒，倦同鹓雏眠琶瑽。福祸倚伏冥有数，哀乐何知非乐哀？苍然暝色出门去，痴翁一卷携得今夜诗山材。"陈三立《九日惠中番馆五层楼登高》云："钜海所环无一山，寻常负却登临眼。蟹肥菊放迫节物，何地褰裳呷酒盏。鸳湖亭长用老谋（谓乙厂），邀托层楼比绝巘。淞滨长水杂人影，飞升笑揖蓬莱馆。跨虚栏楯列须眉，十客各惜遗鸡犬。其时雨乱烟雾迷，俯瞰万屋覆盂碗。市车低蠻龙蛇奔，江艇疾穿凫鹭远。茫茫家国梦痕存，片念已教千浪浣。吾侪结习搅肝膈，截句索纸自裁剪。茗坐互起苍蝇声，佣保瞠视嘲偃蹇。嗟窜海角尸戮民，三逢重九眉未展。世难益急精已亡，余对胜流护残喘。肸肹何术援饥溺，稷契并作嵇康懒。后生解娱今日无，有泪应添潮汐满。餐罢灯火辉天墟，高下烛龙恣蜒蜿。飙散悲歌扪腹还，记取胡羊尝一脔。"

淞社于上海果香园作第十九集，唱和用陶渊明《九日闲居》韵，主客19人。《淞滨吟社乙集》载恽毓龄首唱《拟陶靖节〈九日闲居〉，用原韵》，唱和者汪煦、沈焜、恽毓珂、刘炳照、戴启文、缪荃孙、吴俊卿、潘飞声、喻长霖、许湜祥、费寅、胡念修、周庆云诸人。其中，恽毓龄诗序云："靖节奕叶胄华，生丁颓运，恩仇心事，寓言荆离，魑魅世情，穷形山海，语虽平澹，志实骞腾。善乎！定盦之诗曰：'莫信诗人竟平澹，二分梁甫一分骚。'盖古之伤心人也。平居故国，容易重阳，以彼例此，如泥斯印。爰拟〈九日闲居〉一首，固知浑不似，特以古意用伸今情。"诗云："情长日苦短，愁随草乱生。当前一杯酒，何如千载名。我无腾化术，风雨晦不明。秋气入板屋，落叶多凄声。黄华采盈握，亦足乐余龄。酖酗东篱下，颓然玉山倾。神虞入我梦，夷齐与有荣。泡影一轮转，醒眼不胜情。坐视陆沈运，百谋无一成。"沈焜诗序云："风雨凄寒，索居寡侣，俯仰身世，嗒然若丧，几忘为重九也。慨叹不足，于诗寓之。"诗云："天地一囹圄，羁縻苦劳生。鞭笞日驱策，役役鹜利名。谁能脱斯囚，端赖方寸明。秋霖黯嘉节，商飚凄寒声。对此举杯酌，冥然忘颓龄。凤好期不至，肝肺何由倾。时运有代谢，诗书无枯荣。衡茅息尘鞅，亦足适吾情。菊花澹如人，孤傲乃天成。"

周庆云同沈焜、汪圻等人登楼外楼。沈焜作《九日同梦坡、符生、璟臣楼外楼登高，诗以纪之》（二首）。同人和作：汪圻（《甲寅重九，风雨晦冥，梦坡约登楼外楼，归而赋此》《次日，复和渊明〈己酉岁九月九日〉韵，呈同游诸子》)、汪煦(《九日登高，醉愚诗先成，家琢臣归赋柏梁体诗，越日又和渊明己酉九日诗，予亦效作一首》)、周庆云(《楼外楼登高，同游者均有诗，因补做是篇》)。其中，沈焜诗其二："太华峰头宴饮豪，游踪寥寂感吾曹。苍苍北望迷秋霭，滚滚东流咽暮涛。自笑心情依旧懒，敢夸眼界到今高。从来登陟非难事，知否芒鞋肯耐劳。"汪煦诗云："佳节欣九日，风雨素心交。落落沉隐侯，赋诗崔不凋(崔华，字不凋，诗才敏捷，为渔洋门人)。绝顶豁眺览，携手同登高。狂吟兴未已，一羽振九霄。吾宗今时彦，挥洒不惮劳。晨风北海尊，相赏焦桐焦。柏梁体格健，又和渊明陶。浊酒斟酌之，情话永今朝。"

《申报》第14985号刊行。本期《自由谈》"诗选"栏目含《忆菊》(逍遥叟)、《寻菊》(逍遥叟)、《种菊》(逍遥叟)、《簪菊》(逍遥叟)、《用"满城风雨近重阳"句七律五首》(逍遥叟)。

诸宗元寄诗沈曾植、吴昌硕赋怀。《重九赋寄寐叟、缶翁》云："嵯峨云物伴沉吟，岂有人间辟恶心。佳日先知少风雨，故乡端可罢登临。授衣霜后棉争市，脱帽花前菊满襟。漫更裁笺告阳九，此愁无古亦无今。"

沈汝瑾作《甲寅重九》。诗云："危时蒿目意悲凉，欲插茱萸鬓发苍。万里烽烟迷渤海，九秋风雨失重阳。登高有地忧难写，治乱无人岁又荒。闭户孤吟度佳节，东篱辜负菊花黄。"

陈夔龙作《重阳卧病谢客呈大兄，并索梦华和》。诗云："惜少嘉宾落帽来，那堪风雨到城隈。瘦容已被黄花笑，老境难禁白发催。九日思归仍作客，万方多难莫登台。题糕送酒吾何有，一病三年百念灰。"

章梫作《避兵回海游故里，九日偕郁卿兄暨幼垣、幼霞诸弟至精秘庵为登高之会》。诗云："三十年前读书处，危岭百折几经行。神灯佛火余千劫，白发黄花了半生。黉舍儒流风阒寂，斋堂乡献字纵横。(任天卿弥勒同龛，扁额为庵中古迹)弟兄携手为高会，乱里归来聊慰情。"

郑孝胥作《重九雨中作》。诗云："风雨重阳秋愈深，却因对雨废登临。楼居每觉诗为祟，腹疾翻愁酒见侵。东海可堪孤士蹈，神州遂付百年沉。等闲难遣黄昏后，起望残阳奈暮阴。"

陈曾寿作《九日怀人四首》。其一："文笔堂堂一世豪，养亲满意屈闲僚。秋来瘦菊灯前影，深巷谁过慰寂寥？(茗雪)"其二："寿酒年年泛菊花，依依嘉会忆君家。眼中旧梦都相似，只少刘郎手画叉。(治芗)"其三："叔氏醺醺醉浊醪，仲兄落落爱题糕。遥知眉白思予季，一握秦云雁字高。(季湘)"其四："佳节从来忆兄弟，中年恨事更相参。何生重倚斜街月，酒后论诗说木庵？(石遗)"

李豫曾作《客中重九呈凌仁山》。诗云："佳节重阳忆菊花，萧斋更有酒生涯。茱萸遍插忘行客，蒲柳先零感岁华。不定阴晴空度日，偶离城邑便思家。东坡弈事输犹胜，七字吟成兴转赊。"

方守敦作《重九宴集，张石卿先作诗来就席，次韵和之》《重阳雨饮，次韵和艺叔》。其中，《重九宴集，张石卿先作诗来就席，次韵和之》云："乾坤莽风尘，群嚣竞奔走；萧条万古怀，独立谁与友。兴亡随大化，推迁无好丑；抚事激悲歌，人生厌长久。秋声大地动，黄落纷林薮；鸿雁夜南翔，寒影来北斗。际兹重阳节，风雨湿户牖；落落叹吾曹，登临废岘首；黄花集亲旧，栗里且樽酒，开门笑逢迎，新诗已在手；苦说去年日，长安醉知厚；丧乱易惊秋，繁霜又南亩；高吟爱杜叟，攘臂执冯妇；后凋寒盟松，先零休问柳。噫余勺园宅，昔固君家有；片石自城隅，方塘接邻右，地偏迹尤近，诗事屡先后；况当世难多，余生日虎口；兵氛上天汉，物怪到鸡狗（桐城乡间有'鸡翼变足狗生角'之谣）；此夕茱萸觞，安得暂相负；明岁有重九，还思今日否。"

夏敬观作《重九风雨，不作登高会》。诗云："作客近重九，那能更缓归。前夕渡江浦，暖回身上衣。家人办装棉，笑谓寄远迟。轻囊便提挈，不待从者持。今晨当登高，海上无翠微。睡起开雨窗，松间雾霏霏。节物异感念，因复忆京师。京师已飘雪，江南柳未稀。京师食枭羊，江南鱼蟹肥。我庭菊作花，我室琴可挥。妇亦藏旨酒，薄醉面生绯。"

黄式苏作《九日醉歌，送复戡之兰溪》。诗云："去年此日飘零来海上，故人送我回首华盖倍惆怅。今年此日薄宦羁山中，我送故人挂帆瀫水太匆匆。人生踪迹萍梗似，乍合乍离随流水。百年离合能几回，转眼霜鬓各老矣。况逢九日合登台，强移萸酒祖筵开。拼将酩酊酬佳节，送君小别不乐胡为哉！君不见孟参军，大风忽来吹帽落，睥睨余子若无人。又不见刘宾客，胆小不敢字题糕，枉说诗豪压元白。何物狂生雄于词，风流潇洒亦我师。商量樽酒登临何处去，亦复安排分笺赌韵各题诗。岂料老天不解事，满城风雨飒然至。败人诗兴罢登高，嗟尔才气磅礴何由试。停樽相对黯生愁，一年容易春复秋。陶公东篱有菊苦无酒，我今有酒无花杯在手。吏部左手持螯右执杯，我今有杯无蟹空徘徊。莫徘徊，且衔杯，劝君早归来，买得黄花大如斗，兼选团尖惠馋守，他日携屐登山补重九。"朱复戡和作云："黄子开筵送我青溪上，今日何日，回首平生转惆帐。年来尔我奔走风尘中，骨肉朋友别离何匆匆。人生到处飞鸿似，客子光阴东逝水。相视忽惊子鬓苍，我亦星星白上矣。犹记去年今日别子独登台，归来一月何曾笑口开。今年千里山中入幕来，日日聚首何快哉！有时风雨谈诗坐夜分，一灯有味见故人。有时兴发角句诗笔擘，钵韵初终天已白。飞扬跋扈雄于词，感君于我何止一字师。往往搜索枯肠不得就，燃髭欲断为我足成诗。客中关心是何事，黄花瘦淡秋风至。囚首衙斋近一年，今日兰江屐初试。虽云小别亦生愁，况逢佳节又悲秋。安排登高送别痛饮酒，折花当筹花在手。花如解语进一杯，人不如花空低徊。劝君莫低徊，大笑掷酒杯。秋声满地盍归来，飘泊山城大如斗，何如闭户著书故园守，雁荡龙湫与子携樽年年作重九。"

刘景晨作《知缙云事谢职赴杭，九日登吴山》。王毓英作《步景晨刘君〈知缙云事谢职赴杭，九日登吴山〉原韵，四律存二》。其一："吴山耸峙大江流，俯仰生愁去复留。制变朝堂喧北阙，心驰桑梓盼东瓯。陶潜酒兴悠然日，郊岛诗情半是秋。贵贱到头同一慨，古来蝼蚁辱王侯。"其二："心超物外一萧然，那有纤尘瞥目前？张旭云烟参造化（君素工书），青莲诗酒学神仙。山梁阒寂乾坤大，桑海变迁天地旋。彭泽家园遗业在，菊花篱下好归田（君家遗有先大人菊花）。"胡调元作《次韵和刘冠山知事（景晨）九日吴山登高作四首》。其一："二十年来离此地，喜从今日一登高。山林对我曾相识，词客逢君最是豪。陶令风情彭泽酒，枚乘赋笔曲江涛。同为劫后辽东鹤，零落尘间惜羽毛。"其二："独有黄花解笑人，相逢惯是客中身。广张渭水三千钓，重踏京华十丈尘。谋食未安驱病鬼（余于今春由京赴天津，承朱经帅留用；嗣因患痢旬日，遂以南旋），疗贫何计问钱神。沧江一卧惊秋晚，那及青年自在春。"其三："岁月滔滔似水流，百年安见我长留？蓬飘身世余双鬓，锦簇山河剩一瓯。老去杜陵常作客，愁来宋玉独悲秋。平生出处论名节，惭愧云溪署醉侯。"其四："斗室朋簪意洒然，湖光山色满窗前（是日假一茶寮叙会，在座皆同乡人）。呼鹰天外狂无匹，立马峰头健欲仙。谋国有人工劝进（时已发生洪宪帝政），思家何日赋言旋？只愁清浅蓬莱水，东海如今又变田。"

林苍作《九日》。诗云："今日有诗廿八字，闭门也可作重阳。年来笑杀登高客，如此江山不断肠。"

曾广祚作《九日登高赋诗》。诗云："欲入清虚望枌社，碧云挂松失平野。羊祜应悲岸谷迁，庄周自笑形骸假。世上苍黄染素丝，客中惟送雁南飞。射堂走马衔金勒，猎苑回车建翠旗。诸君郊薮亦招隐，如何犹见长安近。菊酒三杯来百灵，西山秋雨飞天声。浩歌不作书空字，鸾啸枫林如落霆。"

周传德作《甲寅九日登黄鹤楼感怀赋》（二首）。其一："记得晴川天气清，两湖深柳读书声（甲午、乙未、丙申，曾读书两湖书院）。廿年鸿爪浑如梦，几树乌啼尚有情。满地黄花怜我老，半江皓月为谁明。山河风景俱非故，只剩寒涛日夜鸣。"

赵熙作《九日》。诗云："半生如雁落天涯，客里何人不忆家。望帝祠边今日路，故乡秋色醉黄花。"

张素作《九日感怀》《重九夕微雪，自市中步归》。其中，《九日感怀》云："物换星移足叹嗟，拟登高处望京华。不关避疫无余地，肯信题糕有作家。落帽风徒欺白发，举杯人自傲黄花。老夫此日思归切，马邑龙堆路正赊。"

赵坼年作《九日吾园赏菊》（二首）。其一："山人高会作重阳，冷雨疏风助客觞。

亭倚晚霞看孤鹜,筵开方丈脍河鲂。娉婷紫艳殿秋色,淡薄黄绁入道装。今日群公争作赋,老夫醉卧石苔凉。"

吴庚作《九日吾园召客赏菊》(二首)。其一:"风雨黄花九月天,吾园杯酒会群贤。老夫不作龙山客,惆怅西风四五年。"

李笠作《重阳》。诗云:"出门开口笑,拔剑读离骚。木落秋方肃,鹰鸣天更高。无风人落帽,有酒客持螯。会向东篱下,狂呼彭泽陶。"

28 日 《申报》第 14986 号刊行。本期《自由谈》"游戏文章"栏目含《官场竹枝词》(八首,半呆子);"诗选"栏目含《归台州过乱礁洋》(漱岩)、《和漱岩大弟〈舟过乱礁洋〉韵》(子裳)、《和漱岩叔韵》(女士屈逸珊)、《再叠前韵答逸珊嫂夫人》(漱岩)。

秘书议送徐相国(世昌)寿对,请咏舟撰二联。王闿运嫌不切题,自作《徐菊人相国》。联云:"多士师为百僚长;廿年相及杖朝时。"

29 日 《申报》第 14987 号刊行。本期《自由谈》"诗选"栏目含《中秋后一夜有作》(子裳)、《旅夜感赋》(二首,李奎馨)。

刘鹏年填写入南社自愿书,介绍人柳亚子。

王闿运作《昨日不能登高,今乃得佳日,所谓"残花烂漫开何益"也。北中菊乃能应重阳,南中必不能,戏作一诗》。诗云:"长安菊有应时花,尽入王侯将相家。紫艳黄英好颜色,不甘冷淡过生涯。"

30 日 《申报》第 14988 号刊行。本期《自由谈》"诗选"栏目含《秋树》(禊湖寄厂)、《秋草》(禊湖寄厂)、《菊影》(禊湖寄厂);"文字因缘"栏目含《奉题〈三借庐剩稿〉,即步酒丐先生原韵》(二首,曾铭)、《题〈三借庐剩稿〉,即柬酒丐》(二首,左岁)、《题酒丐〈三借庐剩稿〉》(四首,了生初稿)、《题酒丐〈三借庐剩稿〉》(甬上子枚)。

李子虔生。李子虔,学名李相敬,山东曹县人。著有《余屑集》。

恽毓鼎作《津门度重九,风雨萧然,杜门竟日。回忆十年前旧游,倍增感触,吟此寄示南园》。诗云:"空庭落叶雨如烟,似此重阳剧可怜。世界新奇吾辈老,风霜惨淡菊花妍。凉秋易下穷愁泪,佳节难追壮盛年。欲上高台何处是,羞搔秃鬓问青天。"

31 日 夏敬观与郑孝胥、诸宗元同游张园,逢陈宝琛、林开謩、明仲等,同往桐古斋观菊。

符璋发王玫伯信,附去《诗集》三册。

本 月

淞社第十八集,以"金台怀古""金陵怀古"为题唱和。同题者:缪荃孙、戴启文、吴昌硕、刘炳照、许湘祥、张钧衡、费寅、恽毓珂、胡念修、沈焜、潘飞声、周庆云、刘世珩、喻长霖、汪煦、朱锟、李岳瑞、徐珂。首唱缪荃孙《金台怀古、金陵怀古》，继唱戴启文、吴俊卿、刘炳照、许湘祥、张钧衡、费寅、恽毓珂、恽毓龄、胡念修、沈焜、潘飞声、周庆云、刘世珩、喻长霖、汪煦、朱锟、李岳瑞（《西河》《金台怀古，用清真韵》《拜星月慢·金陵怀古》）、徐珂（《望云涯引·金台怀古》《雪狮儿·金陵怀古》）。其中，缪荃孙《金台怀古、金陵怀古》云："六代繁华转眼空，霸图何处访英风。漫将旧迹夸龙虎，尽有荒朝等蠛蠓。建业文房秋草绿，景阳宫井野花红。诗人凭吊无穷恨，俊逸终推丁卯翁。"刘炳照《金台怀古》云："策马燕京夜渡河，黄金台畔昼经过。欲成霸业求才亟，岂有畸人论值多。好士贤王知乐毅，无谋太子误荆轲。萧萧易水声呜咽，似和渐离击筑歌。"恽毓珂《金台怀古》云："一片斜阳堕草莱，剧怜郭隗是庸才。燕金可买非真士，骏骨空存总劫灰。碌碌浮生随水去，纷纷名下过江来。岂知风雨西台夜，慷慨孤臣痛哭回。"李岳瑞《拜星月慢·金陵怀古》云："虎踞城高，鸡鸣埭古，盛迹南朝犹记。六代豪华，送青山流水。试凭眺、那见秦淮画舫，箫鼓玉树，璚枝钿翠。霸业词场，总销沉如此。　　最惊心、北顾苍黄事。沧桑恨、迸作（去声）登临泪。不信旧苑乌衣，换斜阳萧寺。怅铜槃、落月西风里，秋江冷、搅起鱼龙睡。恁永夜抚遍危，阑问行藏独倚。"

《眉语》（月刊）在上海创刊，出至 1916 年第 18 期停刊。由许啸天夫人高剑华主编，许啸天本人从中协助，承袭"鸳鸯蝴蝶派"风格，主要针对女性读者，撰稿者也多为女性。分图画、短篇小说、长篇小说、文苑、杂纂等五类，以刊登言情小说，探讨女性话题为主，兼及诗词。创刊号登《宣言》云："花前扑蝶宜于春；槛畔招凉宜于夏；倚帷望月宜于秋；围炉品茗宜于冬。璇闺姐妹以职业之暇，聚钗光鬓影，能及时行乐者，亦解人也。然而踏青纳凉，赏月话雪，寂寂相对，是亦不可以无伴。本社乃集多数才媛辑此杂志，而以许啸天夫人高剑华女士主笔政。锦心绣口，句香意雅，虽曰游戏文章、荒唐演述，然谲谏微讽，潜移默化于消闲之余，亦未始无感化之功也。每当月子弯时，是本杂志诞生之期，爰名之曰《眉语》，亦雅人韵士花前月下之良伴也。"本期"文苑·碎锦集"含诗《丽春室诗存·〈红楼梦〉人物咏》（《宝玉》《黛玉》《宝钗》《湘云》《探春》《李纨》《熙凤》《妙玉》《鸳鸯》《平儿》《香菱》《紫鹃》《晴雯》《袭人》，马嗣梅女士著）。本期"文苑·美人百咏"栏目（日本晚红园和久光德原辑，中国丽华馆主高剑华重选）含《泥塑美人》（[日]村濑栲亭）、《秋思》（[日]岩垣君水）、《无题》（二首，[日]松浦祯乡）、《春宫词》（[日]水搏泉）、《汉宫词》（[日]秋山玉山）、《东邻美女》（[日]秋山玉山）、《闺怨》（[日]三浦梅园）、《采莲曲》（二首，[日]新井白石）、《姊妹词》（[日]梁田蜕岩）、《古意》（[日]梁田蜕岩）、《失钗怨》（[日]僧法霖）、《大堤曲》（[日]泷鹤台）、《艳曲》（[日]水羹元）、《古意》（二首，[日]秋山玉山）、《旧宫人》（[日]三浦梅园）、《晚妆》（[日]三浦梅园）、《仕女图》（[日]

木村岭南)、《采莲曲》([日]清田儋叟)、《秋闺怨》([日]龙草庐)、《还俗尼》([日]冈崎庐门)、《宫怨》([日]尾池宽斋)、《美人画眠》([日]平佑光)、《贫女吟》([日]近藤西厓)、《妾薄命》([日]三浦梅园)、《春别曲》([日]秋山玉山)、《前溪女》([日]秋山玉山)、《无题》([日]秋山玉山)、《夜度娘》([日]秋山玉山)、《新嫁娘》(二首，[日]秋山玉山)、《美人病起》([日]藤兰斋)、《采莲曲》([日]清田龙川)、《美人对镜》([日]郑宏)、《美人影》([日]赖山阳)、《患疾美人》([日]中岛棕隐)、《莫愁歌》([日]三浦梅园)、《失题》([日]河野秀野)、《陌上桑》([日]物部徂来)、《美人画寐》([日]明石景文)、《美人垂钓》([日]赖阿万)、《背面美人》([日]僧六如)、《还俗尼》([日]大洼诗佛)、《美人步云》([日]大洼诗佛)。

《公言》在长沙创刊，为综合性月刊。内容侧重论说、谈丛、诗词与小说。创刊号"诗录一"栏目含《甲寅上巳碧湖诗社倡和诗》：《甲寅上巳，湘中重开碧湖诗社，海印上人招同王湘绮、吴雁舟、陈澄初、曾重伯、梁璧园、程子大、徐实宾、易由甫、傅美羹、袁叔舆、姚寿慈、陈天倪、王秋航、周梦公、曾星立、陈仲恂诸公开福寺禊集，是日与者二十余人，嘉会靡常，不能无作》(刘腴深)、《陪湘绮先生开福寺禊饮，赠海印、常静两上人兼呈座客》(程子大)、《甲寅上巳禊集碧浪湖有作》(梁璧园)、《甲寅上巳开福寺，海印上人招游碧浪湖修禊，因说偈言》(吴雁舟)、《上巳禊碧湖诗社，即送湘绮先生入都》(海印)、《上巳赴海印上人之招，修禊碧湖诗社，即送社长湘绮先生入都》(陈天倪)、《前题》(曾星笠)、[补白]《白云麓琐录》；"诗录二"栏目含《无题》(隼厂)、《情诗，次屯公韵》(醉厂)、《钓诗，次屯公韵》(醉厂)、《新秧词》(萝厂)、《春怀诗一首赠约真》(萝厂)；"词录一"栏目含《意园词》(长沙陈启泰伯平)；"词录二"栏目含《萝厂词》(长沙郑泽叔容)。

《快乐杂志》(半月刊)创刊于上海。童爱楼(溪西渔隐)主编，"东亚印书馆"总发行，仅存1期。主要栏目有"图画""杂文""谐著""笑林""小说""专集""拾遗""丛谈""诗词""专集""碎锦"等。主要撰稿人有诗庵、思甫、藐庐、少文、寄时子、晴崖、秋水、冰心、越南丛桂山人、香蝶、晢身等。

《敬业》创刊。天津南开学校"敬业乐群会"会刊，周恩来任总编辑。

《繁华杂志》第2期刊行。本期"吟啸栏·诗"含诗70首《西湖棹歌》(十三首，漱石)、《将去蛟门，留别要塞，不能无作，辄以题壁》(四首，吴县谢静甫)、《秋闺》(三首，颍川秋水)、《秋海棠四首，用渔洋〈秋柳〉韵》(四首，寄尘)、《秋燕曲》(四首，寄庵)、《江村》(徐哲身)、《雨过富阳》(徐哲身)、《秦淮》(徐哲身)、《感怀》(吴寄尘)、《夜雨》(吴寄尘)、《寄鼎臣夫子》(吴寄尘)、《拟唐人少年行》(三首，颍川秋水)、《春日晓行》(樵裔)、《感事》(樵裔)、《归途即景》(樵裔)、《朗圃诗草》《咏祢正平》《送归燕四首》《偶作》《饮酒二首》(浔溪周炳城)、《闺词》(四首，卜勋)、《贫女》(海阳程华魂)、《再醮妇》(海阳程华魂)、《落花》(颍川秋水)、《腊八》(吴寄尘)、《咏雪》(吴寄尘)、《咏水寓感》(吴寄尘)、《斗蟋蟀》(效韩孟联句体)(寄庵)、《古意》(七首,徐哲身)、《和洛下散仙〈春日诗酒社〉原韵》(樵裔)、《题〈红萝卜青菜〉册页》(樵裔)、《辛亥杂感》(二首,南无)、《老年新婚诗》(槐园旧主)。"吟啸栏·词"含词10阕《鹧鸪天·春夜》(铁情)、《醉春风·春暮咏桃花》(铁情)、《如梦令·题黄君〈佛笑香禅花隐图〉》(樵裔)、《望江南·新秋》(影秋)、《菩萨蛮·秋夜》(影秋)、《满庭芳·傲霜菊》(韵琴女士)、《浪淘沙·春日旅怀》(韵琴女士)、《前调·夏日旅怀》(韵琴女士)、《前调·秋日旅怀》(韵琴女士)、《前调·冬日旅怀》(韵琴女士)。

《娱闲录》第6、7期刊行。第6期(上半月刊)"文苑"栏目含《岳色图记》(佚名)、《观剧偶作》(爱智)、《题滇生便面》(前人)、《嘉定舟中》(雪王堪)、《冷然台》(雪王堪)、《十日留宜园,赋赠劲风主人》(雪王堪)、《壬子九月送雪王堪师西归,因登焦山,大风中写此》(香草宦)、《题彊伯小照》(天一方)、《河南道中怀师京师》(天一方)、《大梁寄某君二十八字》(天一方)、《赠陈碧秀四首》(爱智)、《青玉案·赠别李慕陶》(君毅)、《如梦令》(君毅)、《东山即事》(君毅)、《种蔬堂诗稿(未完)》(吟痴)、《赠月月红联》(高腔维持会)、《又》(壁经堂)、《赠素卿联》(何处客)、《赠蕊裳校书联》(何处客)、《虎林录(未完)》(平模)。第7期(下半月刊)"文苑"栏目含《赵湘帆〈深州韩文公庙碑〉书后》(并庙碑原文)(雪王堪)、《城西山祠》(雪王堪)、《示祖生》(雪王堪)、《长生院赋句》(丁未)(香草宦)、《成都将军府观梅树,乃百年前物》(香草宦)、《丙午六月将去永宁,偕磐若为丹崖之游,磐若相期十年后结茆于此,感赋二章》(天一方)、《咏名伶月月红》(爱智)、《赠名伶月月红》(邋闷)、《〈蜀碧〉,志美写忧也》(六朝金石造像堪侍者乐府之一)(佚名)、《读〈娱闲录〉杂感》(美意)、《邻海楼养疴》(丹隐)、《丹隐居》(丹隐)、《得蔬香书感赋》(丹隐)、《自题小影》(丹隐)、《广州忆》(丹隐)、《江阴忆》(丹隐)、《月夜独步中庭》(丹隐)、《江岛遇雨,宿金龟楼》(丹隐)、《种蔬堂诗稿(续)》(吟痴)、《岁寒社诗钟录》(蘅、强、觚)、《虎林录(续)》(平模)。

《武德》第8期刊行。本期"杂俎·诗"栏目含《都门简同学诸友》(云璬)、《杂诗》(觉农)、《述怀》(觉农)、《琵琶亭》(觉农)、《旅馆题壁》(觉农)、《春杪遗怀四首》(觉农)、《冬夜对月有怀》(觉农)、《赠邹次彦》(马骥)、《塞上中秋感怀》(马骥)、《中秋忆家》(马骥)、《辰州营次感怀三首》(陶忠洵)、《秋日塞上途刘忆仙购马还越》(马骥)。

《浙江兵事杂志》第7期刊行。本期"诗词"栏目含《兴武将军应北京陆军学会二周年纪念会征诗十六韵》《五月五日陪兴武将军游五云山》(林之夏)、《送林太素归闽中》(林之夏)、《杂咏十一首》(林之夏)。

[韩]《新文界》第2卷第10号刊行。本期"词藻"栏目含《自清凉寺暮赴塔洞

诗社》(梅下崔永年)、《仍宿僧院再拈》(梅下崔永年)、《七月既望泛舟蓉山》(茂亭郑万朝)、《老妓》(漳隐元泳义)、《癸丑续〈兰亭帖〉分韵》(见山赵秉健)、《癸丑续〈兰亭帖〉分韵》(荷亭吕圭亨)、《癸丑续〈兰亭帖〉分韵(词):六幺令》(葵园郑丙朝)。其中,葵园郑丙朝《癸丑续〈兰亭帖〉分韵(词):六幺令》云:"绿维荷叶裳,珠勒桃花马。何处水边,送丽人试春游冶。美一年竞芳辰,说风光上巳宜,及时欢难舍。　　且可溯兰亭,玉流泛清□,不有画壁绕梁,怎陶写。唉荡神情,了无过扬风挖雅。研麝煤钩鼠毫,喷胸竹吐吻花,金石铿谁打。是亦修禊文,为后人感也。"

[韩]《至气今至》第17号刊行。本期"词藻"栏目含《红菊》(又可生)、《秋葵》(清居士)、《桧树》(赋玉生)、《红树》(感物主)、《归燕》(惜别生)、《代牛言》(躯盐畜)、《铁》(化驰后)、《长安寺吟》(无为子李仙民)、《登正阳寺歇惺楼吟》(无为子李仙民)、《榆帖寺吟》(无为子李仙民)、《祝辞》(海冈鲁翼周)、《又》(月庵金棨奎)。其中,海冈鲁翼周《祝辞》云:"浩浩其天渊渊其,源天覆地载道生。教立教我侍天报,此刊月愿为大降。"

陈昭常卒。陈昭常(1868—1914),字平叔,号谏墀,一字简始,亦作简持,广东新会人。光绪进士。历任翰林院编修、吏部主事、长春知府、吉林巡抚。辛亥后任吉林都督。著有《廿四花风馆诗词钞》,1930年家刻本。1函2册铅印本。跋后又附排印诗钞补遗。陈声聪《兼于阁诗话》称"其气格风度,在疆吏中,实所罕觏"。

梅兰芳来上海,在丹桂第一台作为期35天演出。沪上名流吴昌硕、郑孝胥、况周颐、朱祖谋、王国维为座中客。吴昌硕绘为《香南雅集图》,题写图卷者40余家。

吴昌硕为白石六三郎绘《清溪秋色图》并题识:"清溪雾露余,早日浴不出。野老双青瞳,倚门看秋色。茅亭位置高,泉石欣得所。此时来故人,却好对赏雨。鹿叟索画,录旧作补空。甲寅秋九月,吴昌硕。"又,为河井荃庐篆书"独宜"二字额并题诗:"磨人磨墨悲别离,我思独往君独宜。相逢一语仅可慰,汉碑新得残龟兹。龟兹将军一石,闻已凿坏,虽残甚亦可贵。荃庐南游,索书此额,并缀廿八字就教。甲寅秋九月,吴昌硕,时年七十有一。"

黄侃与陈黻宸、林损订交,作《赠公铎》。诗云:"北来惟幸见陈君,复喜贤甥最出群。竟欲雕龙遇邹奭,岂徒折角似朱云?九霄逸响传鸣鹤,午夜嚣声识聚蚊。投赠新诗有余祝,相期天末共芳熏。"

黎露苑(湛枝)侍讲来谒崇陵,住种树庐。临别,梁鼎芬有诗《潞庵侍讲谒崇陵,住种树庐三夜,临别赋赠》赠行。诗云:"君家晴眉阁,遗基在我家,家贫今有主,世浊不生花,梦到豪贤宅,情深淡泊茶,相携说忠义,陵下一长嗟。"

连横因与清史馆馆长赵尔巽在臧否人物方面意见不同,辞职回台湾。是月,连横归次上海,邀友人谢碧田、白苹洲共展庄啸谷之墓,连横作《展庄啸谷墓》。序云:

"啸谷,思明人,壮年走南洋,投身革命,为泗水汉文报经理。光复之际,被举为华侨代表。嗣以泗水之案,久居北京,而国事蜩螗,郁郁不乐,遂病死沪上。余在吉林,闻讣恸之。甲寅十月,归次沪上,邀友人谢碧田、白苹洲展其墓。伤我故人,黯然泪下。"诗云:"零乱春愁荡夕曛,停舟歇浦为招魂。艰难久历龙蛇斗,寂寞空闻鸟鹊喧。革命已成身可死,怀才未试血犹温。江山到处伤摇落,手采寒花酹墓门。"

叶德辉由北京回湖南长沙,《观古堂诗录》印竣。又,叶德辉曾设盛宴招待海盐朱彭寿,出示所藏善本书、名人字画及古钱,赏玩竟日。叶索题《丽楼藏书图卷》,朱为作绝句六首。其一:"名高南宋石林集,望重东吴绿竹堂。千载宗风谁继起,人间艳说选曹郎。"其二:"卧雪楼中书久亡,更无旧馆说琳琅(湘人藏书,以袁氏卧雪楼、方氏碧琳琅馆为最富,今皆亡矣)。君家独占江山胜,高阁巍然枕碧湘。"其三:"千元百宋及时收,插架森森比邺侯。榧几晶帘开卷处,艺林清福几生修。"其四:"十约文成绝妙辞(君著有《藏书十约》),此中甘苦少人知。藏书故实重编次,应入华宗纪事诗。(君家菊裳太史有《藏书纪事诗》。按张氏《书目答问》于生存人不录,然李善兰以天算绝学,特破格载之,则先例自可援引也)"其五:"海王村里日停车,我亦耽书等嗜痂。忧患余生豪气尽,百城坐拥让君夸。"其六:"秋老江乡木叶摧,谪居愁听远鸿哀。客中一事聊堪慰,曾入琅嬛福地来。"

太虚大师掩关于普陀山之锡麟禅院,印光法师前来封关。作《闭关普陀》四律以见意。颜其关房曰"遁无闷庐",自署曰"昧庵",作《梅岑答友》以谢诸俗缘。《闭关普陀》其一:"刹那无尽即千年,应笑长生久视仙。世相本空离寿夭,人心积妄计方圆。圣尧盗跖名奚择,白骨红颜色并鲜。万物一椎齐粉碎,一椎今亦不须怜。"其二:"此心根喜便根忧,恰是低昂称两头。纵得四禅成不动,还应三解住无求。何妨脱粟蛇同饭,偶羡清濠鲦共游!梦入旋螺凭宛转,沙盅子了亦风流。"其三:"傀儡知经几出场,等闲槎短又拖长。多爱终成不定聚,无求熟辨自由方。了知净土非天国,肯信回光即故乡。但得此心同赤子,自然垦地不盅伤。"其四:"大夫一悔无多事,活把心肠死下来。为道原须求日损,忘情那怕便身灰!萧然已是无长物,送者都将返自崖。(借韵)寄语世间休错认,卜梁倚有圣人才!"《梅岑答友》云:"芙蓉宝剑葡萄酒,都是迷离旧梦痕!大陆龙蛇莽飞动,故山猿鹤积清怨。三年化碧书生血,千里成虹侠士魂。一到梅岑浑不忆,炉香经梵自晨昏。"太虚大师在关中坐禅、礼佛、阅读、写作,日有常课。初温习台贤禅净诸撰集,尤留意《楞严》《起信》,于此得中国佛学纲要。世学则新旧诸籍,每日旁及。于严译,尤于章太炎各文,殆莫不重读精读。故关中文笔,颇受章、严影响。

林一厂应邀由上海到吴江访亚子故里,临别留诗《访亚子梨里,导观胜溪养树堂旧宅,临别赠此》相赠。诗云:"滩水伍员渡,秋风张掾乡。承先君有宅,拜母我登堂。

座见百城富，门垂五柳长。何年重访此？兼获已微霜。"时柳亚子准备隐居分湖，林一厂作《百字令·题亚子〈分湖旧隐图〉》力劝其打消退隐之念。序云："中华民国三年十月，访吾友亚子梨里，得导观其胜溪养树堂祖居。堂为古槎柳先生故宅，先生在前清嘉道间以宿学负盛名，著《养余斋诗文集》若干卷行世。既读其书，复游其地，不禁慨然向往其人。亚子更出示《分湖旧隐图》及记，属为题词。记中颇深移居之感，穷途客子读之增叹。窃以大丈夫志在四海，不妨自壮，故词反慰之。养树堂厅事联语有'无多亭阁偏临水，尽有樵渔可结邻'句。祠旁老柏大已成围，楚伧昂藏七尺之躯，抱之犹不尽。词句盖皆实写也。"词云："蒹葭深处，露无多亭阁，是真胜地。特取樵渔来结伴，想见高人风致。养树堂阶，摩娑何限，旧迹檐花雨，吾生恨晚，词坛未拜盟主。　　但是写入画图，移家非远。莫动漂流意，他日新丰犹可作，权当岐山凤住。磨剑十年，梨云一室，努力向前去。祠旁老柏，亭亭兀负奇气。"后附柳亚子《分湖旧隐图》记："余家胜溪老屋，旧在分湖之滨。湖为吴越间巨浸，汪洋数十里，南属魏塘，北属松陵，中间分界，故名分湖。俗加水旁为汾，非其朔也。濒湖而居者，元有陆辅之，明有叶仲韶，咸以风流文采，与湖水相掩映。碧梧苍石之图，芳雪疏香之集，传者至今有余慕焉。有清三百年，风雅辈出，超群绝伦，独推郭灵芬。顾飘零湖海，不遑厥居，终且移家魏塘，一往不返，宁非分湖之不幸欤？余家先世，即卜筑胜溪。高祖粥粥翁，雅好搜求乡里故事，既撰《胜溪竹枝词》若干首，复有《分湖小识》之辑，其征文考献之盛心，当与斯湖共垂不朽。乃数传而后，终亦致流离迁徙，轻弃故乡，以视灵芬当日，其感慨又将何如。念自梨川赁庑以来，忽忽一十七稔。巷南逼侧，每吟杜陵之诗；近市喧嚣，雅类晏婴之宅。欲求如儿时钓游故地之水天灏森、烟波出没者，渺不可得。晦明风雨，未能忘情；思托画图，以舒蕴结。友人玉峰余子、茂苑陆生，并擅丹青，许为点染。图成命曰：《分湖旧隐》，庶几犹有濠濮闲想欤？同好之士，可题咏焉。"

胡雪抱游南昌青云观（八大山人馆）等处，有诗记之。《秋日随喜诸寺杂咏四首》其一："穆穆神风动广寒，天香微度袅龙鸾。何当并荫云廊曲，梦引梅徐证胆肝。"其二："黄冠缟袂想精魂，自榜清虚众妙门。掷笔哀号震天地，写经羞死赵王孙。"

杨青五十生辰，作《五十述怀》七律10首；陈寿宸作《和杨淡风〈五十述怀〉》七律1首。杨青《五十述怀》小序云："五十述怀录尘大吟坛粲政，并希玉和。"其一："不应狡狯恼群真，太白潜逃匿下尘。天地岂容无用物，草茅竟作两朝人。大千几见承平日，五十偏云揽揆辰。一揖诸公谢高厚，从无寸善报君亲。"其二："星霜弹指十年中，阅历镜花水月空。沧叟论交先作古（乙巳予四十一岁，沧叟丈归道山），剑青补祝又从戎（丙午四十二岁生日，剑青载酒补祝）。龙荒伯子官何苦（是年天民大兄宦游龙州），蠖落甥儿命太穷。一事逋仙重捧檄，闽南千里盼飞鸿（崇兰听鼓福建）。"

其三："书生守礼等拘虚，岂肯非公入要途。重以子长登谳牍，一为鲁仲解官符（丁未四十三岁以某君讼事一见邑令丁公象明，一言冰释）。讼庭花落欢杯酒，老屋苔深回显车。从此云天通尺素，神明丁令化双凫。"其四："孙郎江浙最能诗（戊申四十四岁，道幕孙逊庵下交），莲幕参军妄见知。题句雪蕉三世集（逊庵乞题其三世《雪蕉斋诗文集》），谈碑风雨五更时。即今离乱无书到，何处江山有梦驰。还与子方同契阔（金芸台参军），年年丛菊费相思。"其五："飞来恶耗自炎荒，瘦弱韩家十二郎（己酉四十五岁，兴甫侄客殁龙州）。似我居家遭鬼厄，嗟渠游学竟天亡。儿书前月回南戒，尔父强颜慰北堂。不信寒门世忠厚，如何薄祚到书香。"其六："敝庐似斗早飘摇，暮雨穷栖颜不骄（庚戌四十六岁，重葺山居）。杜甫牵萝计乍就，陶潜赏菊醉还邀。金钗十二分题遍（是秋同人觞菊，和江峰青《咏菊》，仿十二金钗分题）。玉甑三千折东招（朔泉招游玉甑峰，不果）。喜道巢痕少少稳，椒山剩得一团瓢。"其七："白旆飘飘落照殷，神州光复旧江山（辛亥四十七岁，民国光复）。千官载橐蛇奔壑，万骑吹笳虎守关。乱后亲朋俱握手，老来妻子各欢颜。寒花开得秋如此，不负园林数往还。"其八："时艰辛苦阅年年，白雪难禁上鬓边。才说烽烟扰黑海，又逢水潦覆青田（壬子四十八岁，青田大水，全县覆没）。十千挽粟苏重困，百万输金仗众贤。听得残黎犹泪落，野行十里断炊烟。"其九："孤儿失母涕涟洏，老至何堪失母慈（癸丑四十九岁，先慈瞿太君见背）。堂北金萱天遽夺，灵前苫块夜长悲。寒家谁作米盐主，没世永为暴露儿。每对影堂只暗泣，断无反哺答乌私。"其十："区区着我在尘寰，沙数恒河数太烦。壮士骥疲嘶皂枥，美人兰悴泣空山。千般算计徒形役，百劫余生只赧颜。今奉一言告当世，龟毛兔角偶嬉顽。"陈寿宸作《和杨淡风〈五十述怀〉》。诗云："冷香丛里羲皇梦，城北芳园处士家。满室笼纱诗作壁，游山行李酒盈车。论交赠句逾投纻，益寿餐英胜饭麻。风雨联床苏玉局，怀吟令我托霜葭。"

周庆云编集壬子至丙辰海上消寒诗为《晨风庐唱和诗存》（10卷，锓板）始付刻，吴昌硕为之篆书题尚。刘炳照序云："予性耽吟咏，遇穷而诗不工。吏隐浔溪，五阅寒暑，仅得一人焉。曰沈醉愚，其穷殆甚于予而诗工于予。闻周君梦坡名，未获奉手。甲辰罹灾，浮家海上，其地多富商大贾，无可与言诗者，最后因醉愚得识梦坡。梦坡开敏伉爽，有经世才，治事余闲，嗜琴甘酒，而尤癖于诗。自与予交，即勾同志作销寒会。寓公过客，闻声相慕。每集，梦坡与予诗先成。嗣后续结淞社，应求益广。此《晨风庐唱和诗存》一帙，皆梦坡与诸子赓歌各作，录而存之，以志一时喁于之乐。慨自辛亥国变以来，淞南两经兵火，淞北侨民托庇外人宇下，偷安食息，逋臣穷士，咸集于斯。梦坡坐客常满，尊酒不空，有孔北海遗风。所居与予寄庐仅半里许，诗筒赠答，兴往情来，生平作诗之多，无踰于此者。予穷于世久矣，病废闲居，日课一诗，消磨岁月。梦坡谨正盐笑，日无暇晷，见予所作，有倡必和，传笺之使，日或再至。予赠诗有云，'忙里偷闲爱说诗'，纪实也。欧阳公'穷而后工'一言，予与梦坡各得一字，予年愈老而遇愈穷，君诣益进而诗益工。至于身世濩落之感，邦国珍瘁之忧，今之视昔，殆有甚焉。当亦淞社诸子所同声永叹也。夫癸丑秋七月，阳湖复丁佚老刘炳照。"有赵汤、潘蠖、秦国璋、王蕴章题辞。其中，赵汤题辞云："遗老群居海谷多，忧时涕泪发狂歌。一编体格追长庆，四座风流绍永和。重见耆英开洛社，果然行世夺苏坡。凭他世外沧桑变，文字从来劫不磨。"潘蠖题辞云："我生叹不辰，世路方危阽。注经隐虞麓，石室披牙签。亦尝聊遗老，雪夜吟叉尖。今春客海上，执简论鱼盐。濂溪真道友，霁月光风兼。气和琴愈协，襟澹酒弥甜。永谢新鼎业，独辟利锁钳。选胜敞文宴，分题韵亲拈。掷笔杯在手，雄跨剑铓铦。清词贯珠玉，锦句绚缃缣。否极心贵泰，伏处吉惟谦。行藏各前定，不必神龟占。一编存甲子，高节希陶潜。竹溪萃六逸，道义相针砭。邱隅止黄鸟，秋水怀苍蒹。下泉继幽诗，周道何时瞻？诸贤征不起，流涕悲龙髯。逸情振云鹤，洁羽丰霜鹣。远继月泉社，累卷新诗添。展读晨风集，法律皆精严。西山咏薇蕨，足令顽夫廉。我求致虚学，徼妙沈心觇。谈玄忏结习，恬淡期羲炎。见猎忽心喜，瓦釜和韶咸。微名附骥尾，岩穴复何嫌？"秦国璋题词《齐天乐》云："避秦同泛春江棹。人文蔚成，渊薮阁敞，晨风琴弹，流水星聚。一堂耆耉，芳辰莫负且结社。开樽放怀，诗酒赌韵，飞觞座中尽有，八叉手。　　沧桑易生感触悲。歌声激越，溅泪盈袖，体仿西崑，集编南岳。佳句枣梨，堪寿雕镌甫就定。价重鸡林，饼金争购，韵事遥传远宾，还辐辏。"王蕴章题词《法曲献仙音》云："香篆琴心，篆侵嫌额，好个深深庭院。雪北题襟，水南修褉，风流尽教诗战。唤梦转银屏底，双鬟唱都遍。　　玉舫劝，最难忘、舞葱歌蒨。奈曲谱，霓裳羽移宫换。门外软红飞，浣秋心、淞碧寒。剪料理丹铅，伴天涯、丝鬓吟短。待今宵酒醒，付与啼鹃声乱。"《晨风庐唱和诗存卷一姓氏录》云："乌程周庆云梦坡、阳湖刘炳照语石、金匮秦国璋特臣、石门沈焜醉愚、无锡汪煦符生、番禺潘飞声兰史、阳湖赵汤浣苏、宝山施赞唐琴南、山阴俞云瘦石、安吉吴俊卿昌硕、鄞县周鸿孙湘云、乌程刘锦藻澂如、丹徒王受禄潄六、海宁许湜祥狷叟、归安俞宗原语霜。"《晨风庐唱和诗存卷二姓氏录》（已见前者不录）云："上海高翀太痴、江阴缪荃孙艺风、太仓钱溯耆听邠、余杭褚成昌稚昭、仁和陆懋勋勉侪、山阴任堇越隽、常熟潘蠖毅远、秀水汪圻琢臣、仁和吴吴山隽伯。"《晨风庐唱和诗存卷三姓氏录》（已见前者不录）云："无锡汪昌焘含生、贵池刘世珩聚卿、丹徒戴启文壶翁、乌程张钧衡石铭、定海汤濬尔规、长沙程颂万子大、贵筑阮崇德仲明。"《晨风庐唱和诗存卷四姓氏录》（已见前者不录）云："北通白曾然也诗、黄岩喻长霖志韶、丹徒戴振声鹤皋、阳湖恽毓龄季申、太仓钱绥盘履樛、通州徐鋆贯恂、杭县钱锡宷亮臣、蜀僧大休□□、新州叶希明亦园、桐城吴祥麐石侣、常熟庞鸿书郦亭。"《晨风庐唱和诗存卷五姓氏录》（已见前者不录）云："闽县郑孝胥苏戡、钱塘吴庆坻子修、秀水陶葆廉拙存、崇阳李德潜子昭、吴兴朱缙书翰怡、无锡王蕴章蓴农、常熟庞树柏檗子、江宁陈世宜倦鹤、吴兴陈诗桂题、无锡顾广熙纯湖、江阴金武祥溎生、杭县徐珂仲可、海宁徐家礼美石、咸阳李岳瑞孟符、上海姚文栋志梁、常熟归曾祁杏书、南郑张翼廷剑丞。"《晨风庐唱和诗存卷六姓氏录》（已见前者不录）云："华阳洪尔振鹭汀、泾县朱焜念陶、阳湖恽毓珂瑾叔、吴兴崔适怀瑾、杭县孙树谊补三、杭县丁立中和甫、吴江叶叶楚伧。"《晨风庐唱和诗存卷七姓氏录》（已见前者不录）云："杭县丁三在善之、丹徒叶玉森荭渔、无锡邹弢翰飞、昆山李传元橘农、兴化李详审言、仁和许家惺默斋、上元宗舜年子戴、海宁管鸿词仙裳、杭县诸以仁季迟、宁海章梫一山、海宁查济元抢先。"《晨风庐唱和诗存卷八姓氏录》（已见前者不录）云："武进李宝淦经彝、襄平徐子升鲁山、宝山杨芄械瑟民、新安石凌汉弢素、江都王承霖睫盦、宝山王鼎梅味羹、慈溪邵苹青梅魂（女士）、绩溪汪渊诗圃、歙县吴承烜东园。"《晨风庐唱和诗存卷九姓氏录》（已见前者不录）云："宜兴蒋兆兰南笙、长沙刘式通阆青、东台陆汶景骞、萧山冯祖荫梦余、嘉定秦曾厘颂瓒。"《晨风庐唱和诗存卷十姓氏录》（均见前者不录）。

方守彝作《甲寅九月读竟伯谦〈吴船〉〈岭云〉〈西征〉〈化城〉〈风泉〉〈东归〉诸集诗篇，再题》。诗云："余生幸接大峨仙，浩浩湖江吞楚天。虎豹虹龙风月事，惠琼儋耳古今贤。襟怀洒落非关酒，造化往来成咏篇。未免杜陵忧国恨，回头天宝泪如泉。"

曾广祚作《甲寅九月北京微雪，王湘绮丈作〈宥芳女公子生日戏示胡郎〉长句，索余和之》。诗云："鲁壁余经授字时，绣闱彤管应昌期。梦吞丹篆莲钗贵，花散黄金菊残欹。朔雪微飞征玉寿，德星长聚咏兰滋。檀郎马过秋堤柳，官礼怀疑问黛眉。"

顾震福作《甲寅季秋招周蘅圃（钧）、王砚荪（鸿翔）、徐绍泉（钟恂）、詹守白（坦）、许鲁山（汝莱）、刘耀南（灼如）、邵叔武（鸿寿）、毛元征（乃庸）、季风书（逢元）、秦襄虞（遇赓）、韦东川（宗泗）暨何子久（福恒）、子吉（福谦）昆仲先后饮跬园管艇，诗以代柬》。诗云："乍离蛮触闭蜗庐，屋网窗尘渐拂除。访旧每寻枚里宅，承先重理晏楹书。小园花木容游息，大陆风云任卷舒。樽酒论文余结习，萧斋就约未应疏。"

邓尔雅作《甲寅九月，养疴乡居，夜梦陈大微尘归自柏林，绕道故里，且云小住三日将之天津省亲。晨起力疾出省垣，则微尘果于昨夕先过寓庐，留函于几。驰往逆旅访之，所言并符，三日又言别》（微尘名之达，号大我，东塾先生之曾孙也）（二首）。其一："神交入梦座为惊，认押开封审姓名。积瘵不斠今喜竖，通家屡世弗寒盟。谒来车马全无用，说到邻鸡以次鸣。姑舍歧言离白句，却将尊酒醉高城。"

华世奎作《甲寅九月入都有感》。诗云："又御风轮入帝闉，凄凉天气近重阳。秋林红叶春争艳，昨日黄花今又香。何处楼台寻旧梦，谁家儿女唤新娘。夕阳无语空惆怅，姑向黄垆醉一场。"

黄炎培作《自沪过宁之济南》（三年十月）。诗云："又携笠屐上征程，人事天时并此行。春酒宵张全市火，秋风野哭万家声。虫虫天压淮南北，鹤鹤官忙客送迎。凝望总愁青未了，弦歌况奈鲁诸生。"

[日]国井篁月作《甲寅晚秋，访望洋叔于湘南，得五绝句》。其一："飞楼高倚碧崔嵬，落日登临海色开。帆影苍茫天外尽，笛声缥渺浦边来。"其二："西窗话句且清斟，逸兴总忘秋思深。却是酒醒诗就处，青灯半壁影沉沉。"

十一月

1日　《剧场月报》创刊于上海，王笠民创办兼编辑，上海"民友社"总发行及印刷，1915年2月20日出至第1卷第3号停刊，共出3期。主要栏目有"图画""论说""剧谈""脚本""小说""艺苑""小评""笔记""词林""游记""附录"等。创刊号"艺苑"栏目含《万柳红鹃馆诗存》（张申甫）、《寄沤诗选》（左诗龄）。《名人观剧杂诗》：《十一月十六日夜携炳、垂二子观叫天演〈杨令公〉曲本》（郑孝胥）、《观〈梅花落〉新剧赠伶影、海啸》（天笑生）。

《申报》第14990号刊行。本期《自由谈》"诗选"栏目含《早起》（周揖花）、《闺思》（二首，周揖花）、《与贵州宦梦莲奕》（东园）；"文字因缘"栏目含《题酒丐先生〈三借庐剩稿〉，即步元韵》（二首，情虎）、《怀胡君伯承，时在上海任南洋路矿学校监学》（四首，松江姜岸人）、《和揆勋侄郸字韵》（松江姜岸人）、《呕血后气弱神疲，校事乏人代理，力疾上课，适伍省视学来，谓少精神，真知我也，赋寄胡君伯承》（二首，松江姜岸人）。

《妇女时报》第15期刊行。本期诗词含《清芬集》：《无题》（陈彬子）、《观演戏有感》（陈彬子）、《纸花》（陈彬子）、《玩月》（陈彬子）、《春燕》（陈彬子）；另有《晚香阁诗草》：《咏海棠》（浣青）、《其二》（浣青）、《秋柳》（三十首，浣青）、《贺某女学校校长晚婚》（傅梦兰）、《祝人六十寿》（傅梦兰）。

《中国实业杂志》第5年第11期刊行。本期"文苑"栏目含《读〈屈原列传〉》（何衡孙）、《秋夜》（何衡孙）、《铜雀台》（何衡孙）、《咏史三首》（东园）、《题〈枕琴轩诗集〉》（东园）、《淡卿出团扇索诗，为题两绝》（泽庵）、《秋景》（鸳痕）、《入秋感事》（鸳痕）。

《共和》杂志第3期刊行。本期"文苑·诗词"栏目含《詹言说诗（续）》《诗坛髦朔汇新（续）》。

[韩]《青春》第2号刊行。本期"汉诗"栏目含《猛犬》《六月十五夜》《蜘蛛》。其中，《猛犬》云："狞犬猜猜尚吠仁，买来数月扰而驯。吾家小婢名呼顺，感化应由所豢人。"

自本日起，蕙风（况周颐）撰《眉庐丛话》发表于《东方杂志》第11卷第5号，至1916年2月10日第13卷第2号止。

张謇叔兄挽伯兄联："寿七秩矣，一病病沉，顾环列儿孙，菔芥何时能有用；别两日耳，重阳阳绝，恸凋零兄弟，茱萸从此罢登高。"次日，张謇作挽伯兄联："昔归春，今归秋，藉官事两行，六月之间，期功迭遘；贺在门，吊在室，为伯氏一恸，诸子而肖，堂构庶几。"

2日　《申报》第14991号刊行。本期《自由谈》"诗选"栏目含《中秋对月有感》（小珊）、《秋夜旅怀》（小珊）、《蟹簖》（褉湖寄厂）、《蓼花》（褉湖寄厂）。

基生兰作《甲寅菊秋望日，哭幼女暴病夭亡》（二首）。其一："阅历红尘仅六年，无端摧折最堪怜。九原若见尔生母，休怪余悭买药钱。"其二："悼亡遗恨尚难抛，娇女仍逢厄运交。玉折兰摧归顷刻，空余孤冢到荒郊。"

3日　根据严复提议，袁世凯颁布《箴规世道人心》告令，认为民国初年"一二桀黠之徒，利用国民弱点，遂倡无秩序之平等，无界说之自由，谬种流传，人禽莫辨，举吾国数千年之教泽扫地无余。求如前史所载忠孝节义诸大端，几几乎如凤毛麟角之不可多得。"又说："一个国家不必愁贫，不必忧弱，唯独国民道德丧亡，则必鱼烂土崩而不可救。"最后表示要"改良社会"，"以忠孝节义四者为中华民族之特性，为立国之精神"。并传谕内务部、教育部把告令悬挂于学校讲堂，刊印于课本封面，令学生天天观看，"以资警惕"，"务期家喻户晓，俾人人激发其天良"。

《申报》第14992号刊行。本期《自由谈》"诗选"栏目含《箛》（剑飞）、《鹰》（剑飞）、《剑》（剑飞）、《雁》（剑飞）、《笛》（剑飞）；"文字因缘"栏目含《步酒丐先生原韵，题〈三借庐剩稿〉》（二首，吴门王伯芳）、《敬题酒丐〈三借庐剩稿〉》（合肥李国模）、《奉题〈三借庐剩稿〉，并步酒丐先生元韵》（二首，茗狂）。

符璋发褚九云信一函，《诗》一部；黄仲荃片一纸，《诗》两部。胡榕村大令调元来谈，赠《补学斋诗文钞》各一册。夜成七律二首。

鲁迅作《〈会稽郡故书杂集〉序》和《〈会稽郡故书杂集〉引序八则》（含《传序》《典录序》《后传序》《象赞序》《土地记序》《贺记序》《孔记序》《地志序》）。

魏清德《祝本多国手任新竹大湖公医满十三周年》发表于《台湾日日新报》。诗云："活人千百命，履任十三年。世颂今和缓，君淘老葛仙。大湖官舍月，小饮药囊钱。省识公余里，杖歌修竹边。"

4日　《申报》第14993号刊行。本期《自由谈》"文字因缘"栏目含《题酒丐〈三借庐剩稿〉》（四首，莘野情农）、《谨步酒丐先生〈三借庐剩稿〉元韵》（二首，鹩鸪诗裔投稿）、《调寄〈浪淘沙〉·〈三借庐剩稿〉题辞》（拙公）、《奉题〈三借庐剩稿〉，即步酒丐先生原韵》（二首，雪香）。

5日 《申报》第 14994 号刊行。本期《自由谈》"游戏文章"栏目含《糖炒栗子摊赋》(诗隐);"诗选"栏目含《题老友陈仲英五十岁小照》(四首,丁福保)、《重阳感怀》(二首,剑飞)、《鸦》(剑飞)、《砧》(剑飞)、《蟹》(剑飞);"文字因缘"栏目含《邹公酒丐三借庐群籍刊成,有自题二绝,见于〈自由谈〉,敬依韵奉和》(东园)、《题邹翰飞先生〈三借庐剩稿〉》(三首,茂苑食砚生张植甫初草)、《次韵奉和邹翰飞先生自题〈三借庐剩稿〉征诗两绝》(辋川旧主)、《敬步酒丐先生原韵题〈三借庐剩稿〉》(二首,醉龙)、《伯匡谱兄五十华诞,同人赋诗,征及下走,辄述昔年旧游,成六绝句,邾呈以佐一觞》(青浦张仁寿撷篯甫稿)。

6日 《申报》第 14995 号刊行。本期《自由谈》"诗选"栏目含《挽黄母诗》(汉勋)、《和李悔庵先生〈病中闻铃〉》(漱岩)。

黎宋卿生日,王闿运晨往门贺而还。道中作一联,又作二诗,记曲会。

夕,朱古微访严修,十余年不见。

7日 日英联军攻占青岛,德军投降。10 日,日军正式接收青岛。中国外交部照会日本公使日置益,要求拆除日军在山东的军用电线与铁路。18 日,又提出撤退青岛日军要求。日本对此均置之不理。

《申报》第 14996 号刊行。本期《自由谈》"诗选"栏目含《病中偕沈半峰九日登吴山值雨》(漱岩)、《湖心亭即事,用半峰韵》(漱岩)、《次韵答半峰》(漱岩)。

吴昌硕为上海孤儿院菊花会筹募经费捐画。

魏清德《爱鹅》(灰韵)发表于《台湾日日新报》。诗云:"鹅鹅成群戏水隈,鸣声不厌听千回。黄庭纵有羲之字,莫说从心换得来。"

曾广祚作《纪山东战役》。诗云:"幽光西海上,骇浪接东溟。汉月三更白,齐烟九点青。窈冥含怒气,战伐惜生灵。试入田横岛,晴皋有疾霆。"

[日] 滨田忠久作《大正三年十一月七日青岛陷落》。诗云:"巨炮轰轰天地震,独军虽猛战难为。貔貅十万忽降服,青岛湾头翻日旗。"

[日] 白井种德作《青岛沦陷》。诗云:"十一月初七,我军陷青岛。抽毫先记欢,何暇问辞藻。"

[日] 杉田定一作《十一月七日青岛开城》。诗云:"白旆高悬即墨城,辕门奏捷涌歌声。愿将樽俎折冲术,永使东邦保太平。"

[日] 木苏岐山作《十一月七日纪事》。诗云:"胡贼西方来,盘踞嵎夷宅。气吞禹九州,背拊扶桑国。天皇坐法宫,太岁摄提格。北落开和门,神将(神尾中将)拜明敕。貔貅十万兵,奰怒欲无敌。渤海一苇杭,泰山挟可亦。持满引不发,百日纡筹策。突兀石门山,巨炮惊霹雳。飞鸟超深堑,长戟坏渠答。貘貐走隐藏,土伯幽都匿。地穴血成川,冲梯舞垒壁。勀复楼船军,三千吴犀甲。水立胶州湾,鳌抃地轴仄。狡奴技

亦穷,面缚加钩索。捷书到枫宸,帝曰祸胎释。笃祐对天下,频送万邦喜。翻忆西欧州,旁午驰羽檄。独夫为戎首,不保万赤子。欲盈溪壑欲,畔援肆冯弱。合纵鲁佛英,参伐旌竿直。龙蛇日斗争,山川屡反覆。何当氛祲澄,天心未可亿。吾皇保天和,东亚置磐石。寄语支那民,勿为秦谍惑。”

8日　《申报》第14997号刊行。本期《自由谈》“诗选”栏目含《出吴淞口》(丁福保)、《出崇明城,赴排衙镇,夜行二十余里口占》(丁福保)、《崇明排衙镇晓发途中口占》(丁福保)、《秋感》(丁福保)、《遣兴》(丁福保);“词选”栏目含《下水船·蓉江秋感,依黄庭坚体韵》(东园)、《阳关引·秋宵送别》(东园)。

9日　《申报》第14998号刊行。本期《自由谈》“诗选”栏目含《秋夜,同然犀作》(拜花)、《咏菊,同然犀作》(拜花)、《秋雨》(拜花)、《咏蟹》(拜花);“文字因缘”栏目含《奉题酒丐先生〈三借庐剩稿〉》(瑟庐)、《敬步酒丐师伯元韵,题〈三借庐剩稿〉》(二首,一依刘雄)、《酒丐先生征题〈三借庐剩稿〉,作此应之,即步原韵》(二首,兰陵罗绣娟)、《应题酒丐先生〈三借庐剩稿〉两绝步韵》(禊湖寄厂)、《再步酒丐先生元韵,题〈三借庐剩稿〉》(二首,鹧鸪诗裔)、《三叠前韵》(二首,鹧鸪诗裔)、《题酒丐〈三借庐剩稿〉》(寄尘秦粤生)。

午后,朱祖谋(古微)访荣庆,同话12年之别。

10日　《申报》第14999号刊行。本期《自由谈》“诗选”栏目含《题梦蝶生〈寒塘独立图〉》(拜花)、《偶成》(拜花)、《秋夜,同拜花作》(然犀)、《西湖夜游记事》(三首,然犀);“词选”栏目含《虞美人·秋夜风雨,李君东之来访,赋赠》(东园)、《海天阔处·甲寅九月初五夜赋》(东园)、《好事近·重阳两阕》(东园)。

《甲寅》第1卷第4号刊行。本期刊登章士钊(秋桐)《调和立国论上》、陈独秀《爱国心与自觉心》;本期“诗录”栏目含《杨笃生手写遗诗》:《芬园荡舟》《利赤蒙公园》《步入罕林缘村路,西行至郭园》(四首)、《歪得湖源》《飞翠上眉头》《卡尔列麻尔嘴湖瀑布》《那诃赖嘎湖》《那诃赖嘎湖吊摆伦》《那诃赖嘎(改正近作那诃赖嘎诗并呈新制乞)》(二首)、《苦盼兄书不得邰寄》《梦觉》。其中,陈独秀《爱国心与自觉心》文中云:“今之中国,人心散乱,感情智识,两无可言。惟其无情,故视公共之安危,不关己身之喜戚,是谓之无爱国心。惟其无智,既不知彼,复不知此,是谓之无自觉心。国人无爱国心者,其国恒亡。国人无自觉心者,其国亦殆。二者俱无,国必不国。呜呼! 国人其已陷此境界否耶?”

[日] 杉田定一作《大正三年十一月十日参列即位大典恭赋》。诗云:“鸾舆西幸洛阳天,驿路山河簇瑞烟。先帝遗勋辉日月,新皇登极辟乾坤。六军貔虎严仪仗,万国衣冠灿御筵。况复大尝羞美谷,庶黎击壤贺丰年。”

11日　日本内阁通过“对华交涉案”(即“二十一条”)。

《申报》第 15000 号刊行。本期《自由谈》"文字因缘"栏目含《甲寅秋仲，率儿子明辉、孙肇均、肇培访青浦孔宅，拜至圣先师衣冠墓感赋，用壁间韵》(姚文栋)、《圣诞日释奠礼成恭纪，叠前韵》(姚文栋)、《同人集愿学堂，议立江苏孔教支会，再叠前韵》(姚文栋)。

魏清德《谨祝叶丙丁君荣升教谕》(庚韵) 发表于《台湾日日新报》。诗云："堪羡郊祈作弟兄，十年把臂每心倾。期君蕴蓄经纶学，珍重前途任育英。"

[日] 白井种德作《樱山神社战捷祈念祭恭赋，时甲寅九月二十七日》(三首)。其一："征战岂容轻，圣人之所慎。所以我森冈，祀神致诚信。"其二："祈捷樱山庙，维神本武臣。忾然如有应，恐竦满堂人。"其三："堂堂击青岛，陷落可期日。却祷协商军，疾驱僵独逸。"

12 日 《申报》第 15001 号刊行。本期《自由谈》"游戏文章"栏目含《嘲投稿》(东园)、《慰投稿》(东园)；"词选"栏目含《天香·和东园赠句韵，藉以代柬》(许瘦蝶)、《前调·叠韵酬瘦蝶》(东园)。

13 日 《申报》第 15002 号刊行。本期《自由谈》"文字因缘"栏目含《许汉勋老友三十初度，索诗为寿用，赠两律》(天虚我生)、《次韵奉和青浦徐伯匡老友〈五十自寿〉八首》(昆陵赵恺养矫)。

陈三立作《九月廿六日南翔镇猗园看菊，于晦若、渊若兄弟、王雪澄、岳秋叔侄、秦少柏、吕子才、王病山、李博孙同游》。诗云："扰扰轮蹄间，开抱迎郊原。发兴得素侣，凌晨跨南辕。苦雾暗窗几，匿语鹅雁喧。撒手三十里，车下谷风寒。石径践荦确，一溪明市廛。累转畦陌尽，墙字窥猗园。入门围古木，群鸦噪其颠。曲池压楼亭，架构半摧残。盆菊略错列，瘦影对萧然。满眼照海花，怜汝未移根。广坐沽村酿，小蟹鱼脍鲜。露菘并脆美，摩腹出笑言。独怀老画师(猗园为明李长蘅所居园)，茶灶换秋烟。终古荒残味，为客生肺肝。九土莽安之，余此看蜗蜒。晚穿疏雨去，瓦盆缠梦痕。"

15 日 《共和》杂志第 4 期刊行，是为终刊。本期"文苑·诗词"栏目含《詹言说诗 (续)》《诗坛髡朔汇新 (续)》。

《申报》第 15004 号刊行。本期《自由谈》"游戏文章"栏目含《叹世五更调》(旅汉溆笙)；"诗选"栏目含《重阳坐雨》(三首，景骞)、《由任港乘轮赴沪，登舟即书》(二首，景骞)、《七夕》(景骞)、《客中秋怀》(景骞)、《秋雨》(景骞)、《雁》(景骞)、《岁暮有感》(景骞)、《感怀》(景骞)。

《(北京法政同志研究会) 法政学报》第 2 卷第 10 号刊行。本期"文苑"栏目含《游天坛记》(犀然)、《游南岳衡山记》(犀然)、《送刚公卒业归国》(倚南)、《赠别家兄赴鄂》(二首，倚南)、《瀛谈诗社题》(七首，寄轩)、《送别家兄之淮阴》(四首，佚名)、《元日口占，时守黑河》(四首，碧斋)。

[韩]《天道教会月报》第 52 号刊行。本期"词藻"栏目含《挽金天一君》(香山车相鹤)、《九日翠云亭》(敬庵李璀)、《和敬庵九日韵》(芝江梁汉默)、《偶吟》(芝江梁汉默)、《和芝江》(敬庵)、《观枫》(辛精集)、《追忆金君天一》(凰山李钟麟)、《塔园秋夜》(凰山李钟麟)、《孟岘小集》(敬庵)。其中,敬庵《和芝江》云:"霜落天初定,秋深山更明。市子争相走,高人无所情。"

黄式苏率僚属登九江岭,补作重九,大飞清兴,用"咸"韵直至九叠。

16 日　《申报》第 15005 号刊行。本期《自由谈》"诗选"栏目含《清溪道中即事》(然犀)、《秋夜有感》(然犀)、《题洗红生〈月下葬花图〉》(然犀);"文字因缘"栏目含《敬题酒丐〈三借庐剩稿〉》(二首,野民)、《和酒丐征题〈三借庐剩稿〉原韵》(二首,绮城)。

17 日　《申报》第 15006 号刊行。本期《自由谈》"诗选"栏目含《鄂江晚瞩》(谢莲舱)、《秋夜》(谢莲舱)。

19 日　《申报》第 15008 号刊行。本期《自由谈》"游戏文章"栏目含《下人叹》(佐彤)、《打油有刺》(四首,佐彤);"诗选"栏目含《夜宿沈半峰寓斋》(黄岩王葆桢漱岩)、《秋闺》(四首,子暮)。

瞿鸿禨作《十月初三夜大雷雨》。诗云:"梦惊飞响破山来,不道初冬走震雷。疑战阴阳动摩荡,横空风雨助掀豗。直疑沧海翻天下,肯向虞渊取日回。真宰九重如可问,此中理数腐儒猜。"

20 日　《申报》第 15009 号刊行。本期《自由谈》"诗选"栏目含《寄家书》(谢莲舱)、《咏菊》(二首,啸霞山人)、《秋感四首》(倚犀真州赵二);"文字因缘"栏目含《题酒丐〈三借庐剩稿〉》(倚犀)、《奉题〈三借庐剩稿〉,即步酒丐先生原韵》(二首,啸霞山人)、《〈三借庐剩稿〉题句》(啸霞山人)、《敬步酒丐元韵,题〈三借庐剩稿〉》(二首,凤郎)。

《学生》第 1 卷第 5 号刊行。本期"文苑"栏目含《重游白岳记》(安徽省立第二师范学校本科一年级生潘襄儒)、《暑假期内一周之日记(八月九日至十五日)》(无锡竞业女学校学生李秉韠)、《游弓园记》(南通师范学校二年级生戈绍申)、《采药记》(浙江公立医药专门学校药科二年肄业生张辅忠)、《教室同级席次记》(南通师范学校学生陈绍年)、《记夏存古先生就义事》(江苏第二师范学校本科二年生徐正符)、《韩蕲王〈溯上骑驴图〉记》(广东东莞中学校三年级生尹文光)、《补南汉象塔记》(广东东莞中学校三年级生尹文光)、《与社长胡慕瑗书》(湖南省立甲种农业学校兽医本科一年甲级生于伟)、《足球部记事册序》(吴淞商船学校本科生罗杰)、《书柳州〈种树郭橐驼传〉后》(潍扬合一中学校四年级生许本裕)、《〈祭鳄鱼文〉书后》(赵县中学校丁级一年半学生马瑞征)、《春郊杂感》(五律四首)(扬州美翰书院学生董肇夔)、《四思》（四思，习追悼亲友而作也）（泰县甲种师范讲习所学员程习）、《游北京西直门外朗润园有感》（北京清华学校学生余泽兰）、《诸葛武侯》（余泽兰）、《夜雨，与友人聚谭时事，凄然有作》（南通师范学校本科三年级生张梅盦）、《荒寺》（张梅盦）、《明鲁王以海故宫怀古》（宫在锁山麓）（江苏省立第二师范学校本科三年级生傅博）、《成仁祠吊明季殉难诸烈》（江苏省立第二师范学校本科三年级生傅博）、《题雪交亭故址》（江苏省立第二师范学校本科三年级生傅博）、《登菩萨顶》（江苏省立第二师范学校本科三年级生傅博）、《枕上作》（广东阳江县中学校学生姜赞璜）、《秋感》（江苏省立第一师范学校三年级生徐澄济）、《得故人书有感》（天津陆军军医学校药科学生顾诚）、《惜花》（江苏省立第一师范学校学生魏寿铺）。

21 日　《申报》第 15010 号刊行。本期《自由谈》"文字因缘"栏目含《题酒丐〈三借庐剩稿〉》（酒侠马臻）、《题酒丐〈三借庐剩稿〉》（尤一郎）。

22 日　《申报》第 15011 号刊行。本期《自由谈》"词选"栏目含《悲回纥·黄海》（东园）、《江城子·寄友金陵，用谢逸体韵》（东园）、《于中好·赋桑维翰》（东园）；"文字因缘"栏目含《奉题〈三借庐剩稿〉》（二首，东海懒僧）、《敬题酒丐先生〈三借庐剩稿〉》（二首，高洁）、《题〈三借庐剩稿〉》（二首，朱小庐）、《奉题锡山邹翰飞先生〈三借庐剩稿〉》（二首，潜蛟）、《次韵奉和酒丐先生》（四首，南昌贞卿女士）。

严修访蔡松坡，知移居护国寺街之棉花胡同，不遇。又访汪伯唐。

吴昌硕为况周颐刻朱文"阮闇藏书"方印。

魏清德《问渔先生哭其长女颖儿颇恸，书此以慰》（三首）发表于《台湾日日新报》。其一："风雨夜窗虚，萧条客至疏。怜君肠百结，哭女泪盈书。苦说归宁日，曾经卧病余。巫医咸束手，一梦感华胥。"

释永光作《甲寅十月六日，胡良翰之官黔中，余亦北行，李君运生禊集，同寅饯别，感赠一首》。诗云："幕堂琴乌一官清，疲马关山又远行。铜柱戍烟通阁道，蓟门鼙鼓入边城。隔江晴笛他年梦，远道哀鸿故国情。孤杖双旌从此别，朋簪无语泪纵横。"

23 日　《申报》第 15012 号刊行。本期《自由谈》"词选"栏目含《一点春·十月梅窗赋，用侯夫人韵》（东园）、《纥那曲·遣兴，用刘禹锡体韵》（东园）、《闲中好·用段成式体韵》（东园）、《前调·用郑符体韵》（东园）、《相见欢·旧作二阕》（程筑甫）；"文字因缘"栏目含《奉和酒丐先生〈三借庐剩稿〉》（二首，同社袁晋和）、《遇东园，读酒丐同社〈三借庐集〉，依韵奉题》（二首，黄庭）、《题酒丐先生同社〈三借庐全集〉，依元韵》（二首，余佩玉树珊）、《酒丐社长〈三借庐集〉刊成，以诗征和，依韵赋寄》（二首，黄庭诗汝）。

陈宝琛结束齐鲁之游，回京。又游玉泉山，登妙高塔，有诗记之。

周作人校阅《会稽郡故书杂集》稿。该书是鲁迅搜集整理散失的会稽古籍，收会稽先贤著作佚文共 8 种, 刊行《会稽郡故书杂集》时, 署名"周作人"。

24 日 袁世凯发布禁止紊乱国体邪说之申令, 下令查办宋育仁复辟谬说案。陈宧向南京冯国璋发密电, 问以各省疆吏是否赞成帝制, 冯复电"皆含非宜"。

《申报》第 15013 号刊行。本期《自由谈》"诗选"栏目含《自述》(东山后裔)。

25 日 《申报》第 15014 号刊行。本期《自由谈》"诗选"栏目含《秋日奉怀李悔庵先生沪上, 次〈西湖留别〉韵》(四首, 黄岩王葆桢漱岩);"文字因缘"栏目含《酒丐新编〈三借庐全集〉惠贶二册, 又得野衲转赠二册, 喜不自胜, 叠韵志谢》(二首, 东园)、《酒丐〈三借庐全集〉由东园处盥读, 谨依原韵奉题》(二首, 李东之)、《题邹酒丐先生〈三借庐剩稿〉》(湛庐)。

《小说月报》第 5 卷第 8 号刊行。本期"文苑"栏目含《记岳鄂王精忠柏石》(钱基博)、《江亭吟集赋似太夷社主》(弢庵)、《辛亥二月二十三日集陶然亭》(苏堪)、《二月二十三日集于江亭, 苏堪主之, 春雪放晴, 景色特异》(石遗)、《夜过海藏楼, 归纪所语, 简太夷并示拔可》(贞长)、《大至阁》(贞长)、《元夕同浪公、菽民坐月洗红篿赋示》(贞长)、《徐州》(贞长)、《过京口有寄》(贞长)、《题林杭州画像》(拔可)、《路出信阳, 遇淮北友人, 有能道南塘故事者, 知手植花竹, 俨然成阴, 而予与晚翠遽有生死之隔不自知, 其情之哀也》(拔可)、《明港晚怀》(拔可)、《江上》(拔可)、《庚子八月夏口感事》(拔可)、《子夜闻歌, 兴尽而返》(拔可)、《青山湿编》(仲可)、《仲可丧其女新华, 书此慰唁》(剑丞)、《新华女士能文章、善书法, 尝写余诗一卷, 余从北归, 新华方殁, 仲可写诗示余, 相与怆然》(剑丞)、《题仲可先生贤媛新华女士遗著》(季迟)。

杨度《为获勋四位致袁世凯谢呈》刊载于天津《大公报》。自陈:"窃度久以菲才, 夙承眷遇。受命于危难之际, 运筹于帷幄之中。愧无管、乐之才, 幸遇于唐、虞之盛。乃逢国庆, 忽荷褒荣。怀组滋荣, 握珪知宠。威加海内, 敢忘在莒之规? 臣本布衣, 得封于留已足。"

26 日 连横作《甲寅十月十日》(四首)。其一:"天安门上阅兵来, 万马无声紫禁开。九派诸蛇将起陆, 一时鹰犬亦登台。秋风故国惊华发, 落日昆池话劫灰。莫说当涂能代汉, 本初健者是粗才。"其二:"回首金陵一战平, 孙黄功罪漫讥评。国魂飘荡天难问, 民气摧残世莫争。不分英雄多失势, 遂令竖子竟成名。西林亦有南洲望, 独向蛮荒老泪横。"其三:"乱世人才本最难, 沐猴终让楚人冠。三章约法翻新样, 九品威仪复旧官。白马西来山已堑, 黑龙北徙海生澜。试看周召共和史, 生恐鸱鸮毁室叹。"其四:"九有传家继夏商, 漫言逊位绍虞唐。祭天已定新仪注, 画地空移旧土疆。三海风云天帝怒, 五湖烟雨酒徒狂。东华夹道多杨柳, 应有词臣赋未央。"

陈衍作《十月十日顾景欧少尉署中赏菊》。诗云:"霜深尤觉骨嶙峋, 开过重阳又小春。吏隐君能闲似我，神清花更澹于人。寒烟漠漠微笼影，夕照迟迟特写真。似此风光须尽醉，当前何惜酒千巡。"

27日　《申报》第15016号刊行。本期《自由谈》"文字因缘"栏目含《奉题酒丐〈三借庐剩稿〉》（二首，芰蕴庐主）、《奉题〈三借庐剩稿〉》（二首，芰蕴庐主）、《奉题酒丐先生〈三借庐剩稿〉原韵》（二首，啸霞山人）、《敬题酒丐先生〈三借庐剩稿〉》（二首，包廉）、《奉题〈三借庐剩稿〉，即步原韵》（二首，仙源雪□）。

28日　《申报》第15017号刊行。本期《自由谈》"游戏文章"栏目含《辟复辟歌》（热庐）；"诗选"栏目含《读〈陶靖节集〉得诗四首》（鲍冠春）；"文字因缘"栏目含《奉题酒丐先生〈三借庐剩稿〉》（三首，道一）、《敬步酒丐元韵，题〈三借庐剩稿〉》（三首，天池）。

30日　陈三立往吊林开暮夫人之丧。午，赴冯煦招饮，郑孝胥、朱祖谋、王乃征、唐晏、李详、魏家骅等同席。散后，复偕郑孝胥、朱祖谋、王乃征步访夏敬观，不遇，遂往访康有为于辛园，观其所藏唐写经及《大观帖》，至傍晚始散。

赵炳麟作《甲寅十月十三、十四两夜，宿仰田农庄，连梦唐春卿师志感》（六首）。其一："清湘秋末雨如丝，两夜相连梦故师。车马绿杨灯照耀，依稀北海早朝时。"其二："醒来忽悟泰山颓，此老骑箕去不回。纵使人间能有夜，梦中无路访泉台。"其三："一生精力瘁《唐书》（师注《唐书》历五十年，积数千卷），白发萧骚两鬓疏。转眼乾坤遗老尽，空山酹酒当徐邑。"其四："宾朋多庆帽花新，玉树参天亦有人。底事白头遗憾在，蘼芜不是故家春。"其五："犹忆相逢七二沽，暮年深爱故山庐。如何重返燕京旆，百感阗膺遂丧躯。（去年在天津晤师，言归田甚乐。温斋世兄逝后，倬章世兄迎养至京，政府授以参政，不就，去世）"其六："料得忠魂返旧乡，师生梦里诉衷肠。何因不道兴亡事，可是春陵尚有王？"

本　月

《武德》第9期刊行。本期"杂俎·诗"栏目含《金陵怀古》（觉龙）、《送林栋民归江西》（觉龙）、《东故人》（觉龙）、《送张球南旋》（觉龙）、《赠张君球》（觉龙）、《赠黄铁吾（用萧觉民元韵）》（觉龙）、《都门秋思四首和韵》（莫南凤）、《秋日感怀（七律三章）》（莫南凤）、《外蒙竹枝词（续第六期）》（莫南凤）。

《宗圣汇志》第1卷第10号刊行。本期"艺林"栏目含《新民国之新国歌》（季直张謇）、《哀述（有序）》（芹荪张鸿藻）、《高赓恩太常自书〈双孝记〉》（任益谦来稿）、《题忠靖公〈潼关殉节图〉》（声甫邹道沂）、《读〈宗圣汇志〉有感》（三首，湘西朱玉峰）、《苏州图书馆征书启》（长洲沈修休穆）、《李守先次韵和我〈哀乾州〉一首，并谆嘱推敲，戏作长句赠之》（柯骅威）、《题陈云友〈桐阴秋读图〉》（柯骅威）、《晒书自笑》（柯骅威）。

《娱闲录》第8、9期刊行。第8期（上半月刊）"文苑"栏目含《吴贵传》（香草宦）、《城西山词》（香草宦）、《剑阁》（香草宦）、《风岭寄丁叔雅》（香草宦）、《长生院赋句》（香草宦）、《筜山曲》（赵尧生）、《吕仙祠》（赵尧生）、《荣阴公钓台》（赵尧生）、《题〈海蟾图〉》（赵尧生）、《观伎》（赵尧生）、《东坡读书楼怀古》（衷圣斋轶诗）、《花品廿四首（未完）》（王泽山轶诗）、《嘉定太守招饮陵云山》（雪王堪）、《尔疋台》（雪王堪）、《和雪王堪》（竹园）、《寄怀吴又陵》（十月五日）（邓镕）、《答邓寿遐》（爱智）、《望江楼》（郭叙五）、《舟中口占》（郭叙五）、《苏子楼》（郭叙五）、《城西山词》（清水）、《思归引》（丹隐）、《偕嗣帆游近邨》（吟痴）、《舟中午饭》（同前）、《月下饮》（同前）、《秦淮杂咏》（同前）、《岁寒社诗钟录》（蘅、强、瓠）。第9期"文苑"栏目含《古四柏堂记》（香宋）、《〈骈文读本〉自序》（爱智）、《花品廿四首（续完）》（王泽山）、《杉棚》（雪王堪）、《大坪山》（雪王堪）、《广州访南汉马廿四娘墓碑》（天一方）、《三君祠柬姓皋》（天一方）、《养疴三君祠》（天一方）、《题乐素斋先生〈滇南政余诗画册〉》（蔬香馆）、《和雪王毫元韵》（竹园）、《赠雪王毫梅》（竹园）、《种蔬堂诗稿（续第七期）》（吟痴）、《岁寒社诗钟录》。

《浙江兵事杂志》第8期刊行。本期"诗录"栏目含《兴武将军和李悔庵参政〈留别〉次韵》（二首）、《兴武将军和胡讷盦厅长〈留别〉次韵》（四首）、《胡讷盦〈留别〉次韵》（金华林）、《读兵书》（苏南）、《返下游编练土著兵临发，林子凉笙、知渊昆仲追送江干，怃然有作》（苏南）、《云栖口占》（王挈）、《感事》（刘躬）、《送苏干宝之粤》（林之夏）、《出京留别孙少侯都督》（林之夏）、《秋夜》（林之夏）；"词录"栏目含《如此江山·题吴烈士绶卿〈西城寒食图〉》（王蕴章）、《贺新凉·吊史阁部墓》（叶玉森）、《金缕曲·次韵答王庚楼》（林之夏）。

《眉语》第1卷第2号刊行。本期"文苑·碎锦集"含诗《瘦秋楼鹃血吟》（《暮春有感》《自题〈蒲团静坐图〉小影》《感作》《近作寄宁》《怀吴中表妹》《留别武林盟姊》《病中》《寄韵香姊录其一》《梅花》《送别》《展夫子手绘山水横额感作》《有感》《读〈小青传〉自感》《辛丑暮春客沪有感（并序)》）（倪绿华）、《秋闺杂感》（邵慧侬）、《秋日感怀》（前人）、《有感》（前人）、《立秋》（前人）、《独坐写怀》（前人）、《夜感》（前人）、《悼程女士蕴玉七古一章》（朱钱琬）、《吊蕴秀女士七律八章》（尤成徽）、《拟隐孤山》（马嗣梅）、《无题》（前人）、《贺穆君花烛》（前人）、《落花和韵》（四首）（前人）；"文苑·美人百咏（续第一期）"含诗《美人读书》（［日］僧六如）、《即席赠某歌妓》（［日］园田一斋）、《见友人别妓》（［日］卷菱湖）、《美人退宴》（［日］渡边精所）、《美人吸烟》（［日］刘冷窗）、《理绣图》（［日］野田笛浦）、《老妓》（［日］大洼诗佛）、《妓人入道》（［日］铃木樵云）、《美人步雪》（［日］秋月橘门）、《贫女》（［日］竹中乐山）、《题小青肖像》（［日］桥本蓉塘）、《老妓》（［日］千贺鹤堂）、《闺怨》（［日］并木菊坡）、

《访美人卧病》（[日]菅原圆成）、《弄玉》（[日]秋山玉山）、《拜新月》（[日]秋山玉山）、《双带子》（[日]秋山玉山）、《采莲曲》（[日]伊藤锦里）、《春意》（[日]下川贵庆）、《春闺》（[日]石作贞）、《采莲曲》（[日]中岛恒久）、《江南曲》（[日]山根金华）、《古意三首》（[日]三浦梅园）、《宫词》（[日]三浦梅园）、《寄衣曲》（[日]三浦梅园）、《新嫁娘》（[日]三浦梅园）、《情词》（[日]三浦梅园）、《美人假寐》（[日]市川宽斋）、《欢宵》（[日]柏如亭）、《别后》（[日]前人）、《闺情》（[日]波多橘洲）、《美人吹笛》（[日]摩岛松南）、《美人独坐》（[日]赖山阳）、《谷文一画美人》（[日]梁川星岩）、《赠女校书袖笑》（[日]梁川星岩）、《春宫怨二首》（[日]中岛棕隐）、《古意》（[日]永田东皋）、《晓妆》（[日]三浦梅园）、《莫愁歌》（[日]三浦梅园）、《当窗织》（[日]三浦梅园）。

《繁华杂志》第3期刊行。本期"吟啸栏·歌"栏目含歌4章：《大风歌》（寄庵）、《严州歌》（哲身）；"吟啸栏·诗"含诗70首：《多景楼题壁》（卜勋）、《听鼓者王玉峰三弦子作歌》（唱庵居士）、《古意六首》（蛰庐）、《闺情》（蛰庐）、《甲寅秋感》（冀公）、《北固山望江》（二首，冀公）、《泖湖棹歌》（四首，寄庵）、《彭城怀古》（二首，韵琴女士）、《秋日舟中口占》（韵琴女士）、《登云台山有感》（卜勋）、《题寄赠友人〈墨竹图〉》（卜勋）、《帘影》（寄庵）、《笠影》（卜勋）、《帆影》（卜勋）、《灯影》（卜勋）、《咏荷》（休宁程小珠）、《再叠前韵》（休宁程小珠）、《为华魂兄所著〈儿女恨〉题辞》（四首，休宁程小珠）、《消瘦》（哲身）、《采菱词》（八首，唱庵居士）、《送别颉钦》（二首，唱庵）、《鸦阵》（天香馆主）、《雁字》（天香馆主）、《甲寅孟秋，炎威未减，无可遣闷，戏与竺山、潜庐分咏海洋八景，拈得〈白岳飞云〉〈寿山初旭〉〈屯浦归帆〉〈松萝雪霁〉》（程华魂）、《凤湖烟柳》（竺山）、《夹源春雨》（潜庐）、《练江秋月》（潜庐）、《落石寒波》（潜庐）、《独坐》（唱庵）、《唱菴雪夜怀人》（简翁）、《题〈学稼图〉集东坡句》（二首，息游）、《〈雨花图〉为丽辰题》（四首，简翁）、《送皎如之金陵》（简翁）、《寄芸园即次见赠元韵》（简翁）、《次春申江》（唱庵）、《席上口占》（唱庵）、《心苦复心苦》（唱庵）、《咏凤仙》（华魂）、《咏海棠》（华魂）、《咏牵牛》（华魂）；"吟啸栏·词"含词十二阕：《玉楼春·双声，赠口吃者》（天香馆主）、《踏莎行·贺友纳双姬》（前人）、《送入我门来·梦短》（前人）、《前调·得信》（前人）、《醉红楼词》（《念奴娇·美人立》《前调·美人睡》《风入松·秋草》）（吴兴郎圃秋士周炳城倚声）、《十六字令》（朗圃）、《雨中花·冒雨菊》（韵琴女士）、《一丛花·倚风菊》（韵琴女士）、《蝶恋花·秋蝶，和李君小树》（韵琴女士）、《一剪梅·有感》（韵琴女士）。

[韩]《新文界》第2卷第11号刊行。本期"词藻"栏目含《松京杂绝》（葵园郑丙朝）、《沙里院》（葵园郑丙朝）、《过载宁长寿山城下》（葵园郑丙朝）、《海州府》（葵园郑丙朝）、《芙蓉堂》（葵园郑丙朝）、《月波楼》（葵园郑丙朝）、《浿上杂诗》（葵园郑

丙朝)、《登成川降仙楼》（葵园郑丙朝）、《至安州百祥楼》（葵园郑丙朝）、《宿宁边郡呈崔澹园使君》（葵园郑丙朝）。其中，葵园郑丙朝《宿宁边郡呈崔澹园使君》云："边府昔闻好，药山今始遭。八窗铃丽，一窦瓷高。鸡黍客便馆，茧丝官任劳。妙香何太远，情阻阮刘曹。"

[韩]《至气今至》第 18 号刊行。本期"词藻"栏目含《菊》（可饮生）、《孤桐》（知音子）、《红叶》（感物生）、《鹭》（无悯子）、《斗鸡》（观德生）、《偶吟》（德庵李道兴）、《自遣》（炼庵金炳元）。其中，无悯子《鹭》云："雪衣雪发青玉嘴，群捕鱼儿溪影中。惊飞远影碧山去，一树黎春落晚风。"

马贞榆卒。马贞榆（1831—1914），字觉渠、季立，广东顺德人。举人。以县学生肄业广州学海堂，番禺陈澧为学长，治经兼采汉宋。精旧地理之学，文笔质雅曲畅，与同学梁鼎芬相善。历充两湖书院分校、存古学堂教习、京师大学校教习。隐居武昌，于菱湖边购一屋，背山面湖，荷花掩映。辛亥兵起，避走京师，意此屋或化灰烬，及返鄂屋舍依然，马大喜，作诗纪庆云："牵萝补屋十年余，长物全无只破书。烽火已消松鹤在，依然绿荫旧时居。"沈曾植有《亡友马季立孝廉挽诗》。诗云："故旧随流水，山川黯夕阳。儒风于世尽，经苑喟人亡。懿子媷修业，翻来讲肆翔。高斋凭楚望，笃论警梁亡。大义甄刘贾，前闻总赵汪。情能综五例，询或迨三商。荀况居斋久，颜先愍楚伤。飘零仍祭酒，孤愤郁中肠。一纸传邮速，千言疾谬刚。白头逢异俗，素愿诉同方。岂意晨星散，俄然宿草长。赴来邻笛断，哭罢寝门凉。庚令江楼换，文翁石室荒。虫沙时共化，麟角学谁昌？纪叟聋焉在，曹褒视益茫。悲来偕五噫，怨极怼双王。浑沌无愚智，乾坤积痏疮。一哀回白日，来世更何彰？"

康有为游无锡惠泉，赴苏州，登灵岩，望太湖。又，康有为赠张元济排印本《戊戌奏稿》一部并跋。略云："菊生在戊戌时同日被德宗召，交亲至密，遂累菊生去官，每念，至耿耿。今刻奏稿成，先以赠菊生，想不胜感慨也……菊生治事才也，不竟其用，高洁远引，不求人知，书此以告读此书者。"

冒鹤亭重辑《冒氏潜徽录》（即《重辑如皋冒氏先世潜徽录》），计 16 册，目录 1 册，收录明、清名人文献材料甚伙，吴昌硕为之题跋。

吴昌硕题王震为哈麐《临棱伽山民画册十二开》云："山民姓顾，自号肥猪，偶作书画，往往以棱迦（伽）名。善写古松柏，苍崖古寺，涂壁多鬼怪。曾见其绘丽姝数人，倚楼俯视，墙隅骷髅蠕蠕欲动，概其有所托而然耶？抑庄周之流亚耳？是册一亭王君为观津翁手摹，其意非郁勃之气横亘胸者，曷克臻此！滕以诗曰：人心不古棱迦（伽）愁，画成搁笔如封侯。鬼趣绕屋风飕飕，一亭弄笔如弄钩。得鱼在刚腕在柔，临画犹若书校雠。令我读之酸双眸，树作人立葱茏头。发得子牙复出开姬周，蛇神牛鬼一例封神否？甲寅孟冬月，安吉吴昌硕。"王震亦题："尚书宰相何灰灭，羡尔倡家亦可怜。岂期两字能千古，今朝说道是诗天。余旧藏楞伽山民画册，哈君少甫见之心喜，属临十二页并录题句。山民多貌心古，其出之笔端，亦无不古，予则勉力为之，愿学焉而已！望一笑存之。甲寅秋月，王震并记。"

林纾作立轴纸本《仿王蒙山水》。题识曰："颓绿忽苏维雨石，浓青斗暗欲云峰。山人晓起得新句，风带吟声出万松。甲寅十月仿黄鹤山樵法。今颇将军大雅教政。林纾并识。"

况周颐与吴隐散步于上海新闸桥东，见缪筱山医室，因戏占律诗一首，以记其与缪荃孙同时、同地、同名之巧合。诗云："点检同书费审详，教人错认艺风堂（筱珊先生著有《艺风堂文集》）。杏林未必留云在，药笼何因拾藕香（先生刻《云自在龛丛书》《藕香零拾》）。缃素家珍标难素（先生富藏书，多宋、元本），顾黄学派衍岐黄（先生校勘专家，顾千里、黄荛圃后，一人而已）。还疑史笔余清暇（先生近膺清史馆总纂之聘，于前月北上），得似宣公录秘方（《谈苑》：'宣公晚年家居，犹留心于医，闻有秘方，必手自抄录，曰：此亦活人之一术也'）。"

许南英再返台湾。

陈三立为陈曾寿所辑《关棠遗稿》作跋。跋云："季华关先生既殁之十有八年，其门人陈君仁先为辑其遗稿若干篇，以授排印，竢知者。余自壮岁留鄂，即与先生相往还。先生特自矜重，不轻以篇翰示人，但习其论议行谊，识为当代之儒者学人而已。其后世变愈大，已为先生不及见，亦差幸先生不并余老此世。顷岁与仁先避兵沪上，萧晨寥夜，始稍稍从读先生文若诗。今且尽读之，类皆根据理要，质厚峻雅，颇不愧古之立言者。士之怀抱幽异，学道观化，求自重于己，诚不期表襮于天下后世，然使有志于学者，因其言益得其人之真，又幸能矫厉末俗，示所向往，而坚其艰贞树立，抑亦后死者之心俯仰今昔所不能忘，不独仁先之于先生师弟绸缪，有火传之感，为不忍其放失而泯灭也。仁先方就商编第先生未佚稿，凄怆伤懔，遂书而归之。甲寅十月。"

周庆森撰《敝帚集》刊行。楼邨署签。刘炳照作序云："吴兴周子湘龄与坡公有香火缘，灵峰示梦，更号梦坡，筑室奉之，志不忘也。海内贤豪，无不知有周梦坡其人者，最后辱下交于予，谬许予，可与言诗。出仲兄蓉史学博诗集，嘱为审定。予惟自古诗人友于之笃无过眉山两苏先生。东坡别子由诗云：'岂独为吾弟，要是贤友生。'颍滨为东坡题象赞，则云：'人曰吾兄，我曰吾师。'想见兄弟间自相师友，极天伦之乐事。周子兄弟，家吴兴之南浔镇，居人多贸丝为业，而两君独以诗鸣。蓉史初选平阳校官，假归后檄署泰顺学篆，力辞不赴。梦坡初选永康校官，亦未履任。与坡颍相约，早退闲居，旨趣相同，所谓'诗来使我感旧事，不悲去国感流年'也。秋试屡荐不售，遂绝意进取，所谓'使子得行意，青衫陌公卿'也。嗣是往来于蓬莱山，谨正盐筴，声名鹊起。暇辄击钵联吟，怡怡自得。虽蓼莪废咏，而诗学日进。存稿曰《敝帚集》。

予受而读之,近体似从梅村入手;五七律颇多名句,于大历十子为近;古体如《游凤山》《游普陀》。诸作酷摹昌黎,其佗《洋生市》及与查芝庭诸子唱和各篇关心民瘼,廑怀时局,非岩栖、石隐不与外事者比。倘天假之年,其诣当进而益上,而君年甫逾五十,遽于宣统辛亥二月先归道山。弥留时执梦坡手,诵坡公诗,云:'与君世世为兄弟,又结来生未了因。'含笑而逝。自是厥后,国变大作。举凡邦国之殄瘁,家室之播迁,君均未及见,洵为诗畊之吉人矣。梦坡避地淞北,与予寓庐最近,虽处炮雷弹雨中,唱和赠答无虚日。雠诵斯集,想见当年寒灯相对,听雨萧瑟,手足之情,形诸歌咏,不啻东坡之于颍滨也。今者梦坡闭户孤吟,孔怀同气,追惟畴昔,掩卷泣下。予终鲜兄弟,亦为之欷歔不置,夫乃知诗之感人者深也。甲寅孟秋之月,常州复丁佚老刘炳照书,时年六十有八。"崔适序云:"前平阳广文周君蓉史既没,其弟前永康君梦坡广文刊其诗成。谓予邑境之相并也,宾主之相得也,宜为之序。予欣然援笔,曰:昔郑六卿赋诗不出郑志,予与君皆吴兴人,且言吴兴之诗。予生也晚,老辈通才硕学,如严铁桥先生者,不及见矣。若杨见山太守,若施均甫观察,虽尝并世而显晦殊途,居行异方,亦未由见。幸得追随左右,晤言一室者。俞曲园师为德清之山斗吴安东令,为安吉之冠冕,暨君昆季为乌程之合璧,岂非山川灵秀所钟,固应代有诗人乎?君诗七律最多,亦最精,观其陶冶风景,则藻思绮合;书写物情,则细腻熨帖。如《再用明徐恪〈游破山寺题壁〉诗韵》云:'剪破白云僧补衲,蹴残红雨鸟归巢'。《五十自述》云:'稽氏幼男夔得一,左家娇女凤飞三。'卓然若隽。世有张为,复当采入《主客图》矣。吴兴故汉乌程地,自孙皓用乌程侯登尊位,升为吴兴郡后,世改郡为湖州,而仍附郭之县为乌程,又后析乌程之西南地为归安。今罢郡并县,复合二邑地为吴兴。予产归安,君籍乌程,君尝延予于家课其子女,读君诗,所云夔一凤三者,自伯姬早赋萧雍外,余皆在门墙桃李之列。此永康君所谓邑境相并,宾主相得者也。清室之于民国,道由禅让,《尧典》载于《虞书》,故予叙二君之官阀,但系以前而不间以清云。甲寅仲冬,崔适。"《敝帚集》题词云:"读周蓉史先生《敝帚集》遗诗,即次集中《自瓯都回平阳道中偶作》韵,奉题一首:(宝山施赞唐琴南)米画烟岚密,颜书魄力雄。金丝宣圣宅,绀碧梵王宫。作手归扶雅,伤心入变风。有题皆屈芷,无句不崔枫。骨相清于鹤,胸襟霁似虹。蓬莱三岛外,苜蓿一盘补。成花萼集交,文采照江东。"

杨圻作《浣溪沙·甲寅十月,谒张定武将军徐州军次,暇日登燕子楼作。将军将以明年重建斯楼》(二首)。其一:"城上飘飘燕子楼,美人名将尽风流,当时歌舞不知愁。　十万貔貅开重镇,无边烟月锁帘钩,绿珠红玉共千秋。"其二:"燕子楼空燕子留,可怜楼外水悠悠,南徐万点乱山愁。　画栋凄凉烟月好,玉人清节比高秋,我来岂独惜风流?"

黄侃作《喜晤公铎》。诗云:"握手相看白发新,依然四海两畸人。伤心师友多为鬼,呕心诗篇尚有神。冻雀山头非健翮,蛰龙地底亦穷鳞。悲吟无益还成笑,坐待严冬转好春。"

陈锡如作《欧洲战争行》。诗云:"廿纪风云生不测,欧洲大陆天昏黑。霹雳一声震全球,凄风惨雨满西域。塞亚无端起阴谋,墺匈皇子遭袭击。惨烈祸机隐伏生,爆然一发及列国。法为同盟欲助俄,英因协约乃拒德。更有黑山比利时,蕞尔小邦亦戮力。德墺同仇御列邦,貔貅百万战南北。炮烟弹雨漫空迷,望气而全军皆墨。快枪密密列成林,榴弹纷纷难避匿。炮声震动天地惊,日月山川皆变色。德独奋勇围巴黎,英率联军图复克。法移政府南方都,俄催大军东普迫。四郊多垒里卫柔,敌兵包围山野塞。可怜比国将灭亡,京城两陷王迹熄。八国战争未几时,锋镝死亡数万亿。尸骸累累积成邱,蝇蚋蛄嘬狐狸食。更看舰队集西洋,波罗北海日游弋。炮火交加大海中,沉尸一切付流域。复有新制飞行机,升腾恰似鸟张翼。爆弹掷下城郭灭,血肉横飞更可恻。群雄并起八月秋,攻城掠地无休息。古来争战亦时常,涂炭生灵此为极。嗟嗟列强相戕贼,所失岂能偿所得?那获仲裁美利坚,平和会议安社稷(时美国尚未参战,故云)。"

黄文涛作《小春初旬,偕庆儿、仁孙至贫儿院看菊》(四首)、《小春下澣,校先大父诗稿,告成发印,适值云门弟五十九生朝,遂亦志之,即以为诗》(二首)。其中,《小春初旬》序云:"院中收养贫儿,分科教育,花即为诸儿课余所种。"其一:"乘兴同驱薄笨车,贫儿院里访霜葩。高低左右堆如锦,直使双眸眩欲花。"其二:"小坐花旁细品评,高风真可继渊明。要知满目秋如许,多少心神莳得成。"其三:"荒园半亩辟蒿莱(谓院后老圃),亦复凌霜烂漫开。为念游人纷若蚁,是谁真个赏音来。"其四:"别类分门课已繁,退闲犹不惮劳烦。诸君莫作花农视,都是人家好子孙。"《小春下澣》其一:"世代田为砚,朝朝事笔耕。清芬相诵久,遗稿幸编成。嗣响惟期弟,甘贫宛类兄。时宜多不合,一笑掩柴荆。"其二:"蒿目当时事,风云日幻新。忏除文字劫,珍重岁寒身。华发潜增雪,蓬庐近若邻。好持一瓢酒,同醉草堂春。"

江子愚作《蝶恋花》。序云:"甲寅小春,作客江阳。有鹃城孙君者,出玉翠校书像索题,并述其爱情之厚。杨柳阴中,初逢小小;菱花影里,频唤真真。姬本多情,郎非薄幸,当为《北里记》中添一佳话也。校书,渝城人,姓刘氏。端庄流丽,冠绝一时。后为有力者夺去。自恨才非子建,难写朝霞;笔异文通,空吟春水耳。"词云:"碧玉年华刚十五。翡翠兰苕,压倒群芳谱。何事情天终莫补。东风力软花无主。 别后容光消几许。纸上崔徽,笑靥仍如故。休道梦中无觅处。朝云不隔巫山路。"

林苍作《初冬感事》(四首)。其一:"闭门不出坐过书,无酒今朝恼杀余。老觉天寒年一甚,岁除况味更何如。"其二:"老去元无自适时,冬初犹得强支持。坐看妻子皆愁物,岁度攒眉向壁诗。"

[日] 关泽清修作《小春偶成，分韵》。诗云："柴扉偶有故人敲。联袖追喧步近郊。吟到林塘春正小。狂花开在最高梢。"

[日] 松平康国作《十月纪事》。诗云："孤悬浮寄势何支，小丑跳梁彼一时。死不择音嵎虎吼，烹应上馔釜鱼悲。射书谁谕聊城将，持帜姑望赵壁师。干羽两阶方布德，徂征休道捷来迟。"

[日] 夏目漱石作《题自画》。诗云："碧落孤云尽，虚明鸟道通。迟迟驴背客，独入石门中。"

十二月

1日 瀛社、桃社、竹社、栎社、台南南社、淡社6社在台湾基隆陋园联吟，许南英主持此次吟会，参与者有百十人。所得佳章，后编为《环镜楼唱和集》。

《中国实业杂志》第5年第12期刊行。本期"文苑"栏目含《春日偶成》（丙戌）（六桥三多）、《春雨》（六桥三多）、《初夏》（六桥三多）、《四时杂咏，奉和世叔母王裔云夫人》（六桥三多）、《家大人满秩述职，适多承袭世荫引见及期，随侍北上，荣竹农勋暨内兄守彝斋典赠诗送行，赋此留别》（丁亥）（六桥三多）、《过黑水洋放歌》（六桥三多）、《游日本国记（未完）》（贾雨村）。

[韩]《青春》第3号刊行。本期"汉诗"栏目含《自鸣钟》《飞车》《猫》。其中，《飞车》云："墨子飘然驾木鸢，乘风直欲上青天。一朝亏败三年绩，小巧终为大道骈。"

潘载和生。潘载和，小名如章，学名连熙，自号虬发，又自署涤荡生，广东揭阳人。著有《听雁楼诗文集》。

张良遒作《十月十五日宗祠冬祭述怀四首》。其一："我祖逢元季，新安逼寇屯。携家依决水，聚族似裴村。庐墓松楸合，祠堂笾豆存。宗风传孝友，矩矱逮曾孙。"其二："地据麻河胜，根蟠葛藟深。比闾依丙舍，奕世有壬林。耆旧垂垂老，冰渊惴惴临。维城赖宗子，睦族在同心。"

2日 《申报》第15021号刊行。本期《自由谈》"诗选"栏目含《寄怀耕霞盟妹》（四首，贞卿女史）。

刘鹏年作《十八岁生日杂感》（十首）。其一："尺璧分阴去不回，虚名贻误十年来。忧时渐觉雄心减，人世稀逢笑口开。酒入愁肠都化泪，谁舒青眼解怜才。苍茫万感何由写，把笔沉吟大可哀。"其二："未必今吾胜故吾，依然泛泛水中凫。斩蛇毕竟输刘季，骂座何须效灌夫。肯乞人怜非傲骨，不遭天忌是庸奴。几时了却平生愿，高隐南阳旧草庐。"

5日 《雅言》第11期刊行。本期"文录"栏目含《旅西京记》（章太炎）、《陆机赞》（章太炎）、《杨文烈公祠堂碑》（赵藩）、《〈廿我斋遗诗〉书后》（赵藩）；“诗录”栏目含《逃虚子诗集（续第一年第九期）》（明代姚广孝）、《汉鹜生诗钞》（续第一年第八期）（赵怡）、《光复四君咏》（休烈）、《章太炎最近诗（续第一期）》《廮居诗存》（续第一年第九期）（逵窘）、《独弦集（续第一年第九期）》（黄侃）。本期《章太炎最近诗》含《杂诗》《无题》（四首）。其中，《杂诗》云：“北貉非吾乡，重此清秋节。黄沙蔽高岑，浮云暗白日。荡荡天门开，舆金相过轶。惨惨棘林下，降虏持刀笔。岳岳朱轩人，暮宿闾鲰室。一掷成卢枭，绕床万事毕。人生尠不死，为乐恐蹉跎。悉蟀吟西堂，华灯淡明河。欢娱复几何？青麦生陵坡。东方暾将出，压鬓何其多。抚弦试登陴，江表今如何？”《无题》其一：“时危挺剑入长安，流血先争五步看。谁道江南徐骑省，不容卧榻有人鼾。”其二：“怀中黄素声犹厉，酒次青衣泪未收。一样勋华成贱隶，诸君争得似孙刘。”其三：“歌残《尔汝》意春容，伸脚谁当在局中？笑杀后来陈叔宝，献书犹自请东封。”其四：“威仪已叹汉官消，绣裾诸子足自聊。明镜不烦相晓照，阿龙行步故超超。”《雅言》编者按语：“按太炎生平绝少为近体，截句尤未之见，偶然纵笔，成此数章，读者得此，诚不啻旷世之珍矣。”此诗又题《时危四首》。

柳溪为其太翁七旬正寿，荣庆枕上得五律一章祝之：“东粤文章伯（公诗文甚富），西湖令亦仙（大挑官浙）。长君真国器（哲嗣以文章经济显，与鄙人同官最久），群从尽多贤（诸公子均以使才称）。胜揽蛾眉日（公有西蜀之游），筹添渤海年（时寓津沪）。奉觞花下屋（赁居日界花园街），珠玉满梅边（柳溪征诗为寿，时冬月之吉）。”

6日　山东省各界推定代表上京请愿，要求北京政府交涉撤退胶济路日军。

7日　是日为光绪忌辰。林纾同前清大臣梁鼎芬及前御史温肃谒崇陵，是为林纾三谒崇陵。归来后作《三谒崇陵记》（后收录《畏庐续集》）。文中林纾发誓：“呜呼，唯先帝神圣，力图宪政，乃见沮于群小。孝定皇后，心恤黎元，不忍涂炭，让政一举，超轶古今。帝后之仁，被及万祀。臣纾不肖，未与仕版，然恋恩之心，至死不泯。祗谒崇陵，至是为第三次矣。既庆陵工之竣，二圣永安。臣纾果不就委沟壑，岁必一来，用表二百余年养士之朝，尚有一二小臣，匍匐陵下也。”

《申报》第15026号刊行。本期《自由谈》“诗选”栏目含《岁晚重赋〈北行〉，留别漱岩、半峰》（李悔庵）、《得悔庵先生沪上函，述却征不可。四电敦促，重赋〈北行〉诗以留别，次韵送之》（王葆桢漱岩）、《又》（沈钧半峰）。

9日　方守彝作《甲寅十月二十三夜梦中句》。诗云：“三月春衣五色鲜，万花群鸟四飞旋。大观亭上一杯酒，坐看长江水拍天。”

10日　天虚我生（陈蝶仙）主编《女子世界》（月刊）在上海创刊，共出6期，翌年7月6日停刊，中华图书馆发行。内容分文选、诗词曲选两类，兼及著译小说、笔记、诗话、弹词、剧本等。第1期“文选·玉台新集骈俪文”栏目含《拟重修桃花夫人庙碑》

（会稽孙庆曾遂先）、《袁柔吉女士〈湘痕阁诗选〉序》（甘泉李肇增冰叔）、《黄冶原〈服香馆记事〉序》（甘泉李肇增冰叔）、《河东君妆镜赋》（仁和胡以庄书农）、《宝娘墓铭》（番禺潘飞声兰史）、《〈娲姬封〉传奇序》（长沙王先谦益吾）、《菊花会摄影小序》（歙县吴承烜东园）、《〈戊申花选〉序》（泉塘陈栩蝶仙）；"文选·诗话"栏目含《闺秀诗话八则》（懒云楼主，晨风阁主）、《香奁诗话五则（未完）》（醉灵轩主）。"诗词曲选·《名媛集》"栏目含诗选：《惜春曲》（吴县顾影怜眉香）、《湖楼曲》（吴县顾影怜眉香）、《春阴曲》（吴县顾影怜眉香）、《短歌寄慨二首》（沚上阚寿坤德娴）、《痴》（钱塘许之雯修梅）、《情》（钱塘许之雯修梅）、《秋感》（钱塘许之雯修梅）、《读黄谷香女史〈春闺别感〉诗，戏仿其体，率成五律》（金匮杨韫辉静贞）、《悼亡》（集唐）（金匮杨韫辉静贞）、《春夜》（新安戴似烜红贞）、《春阴》（新安戴似烜红贞）、《由沪至广陵江行即景》（新安戴似烜红贞）、《金陵怀古》（新安戴似烜红贞）、《惜春》（新安戴似烜红贞）、《自嘲》（仁和汪咏霞鹣影）、《题〈锦霞阁吟草〉》（仁和汪咏霞鹣影）、《荡桨曲》（仁和汪咏霞鹣影）、《捣衣曲》（仁和汪咏霞鹣影）、《长门怨》（仁和汪咏霞鹣影）、《雨夜》（仁和汪咏霞鹣影）、《鹧鸪》（仁和汪咏霞鹣影）、《梦中得沉字韵，醒后足成之》（仁和汪咏霞鹣影）、《秋怨》（钱塘钱绿云素秋）、《纪恨词》（钱塘钱绿云素秋）、《感怀》（钱塘钱绿云素秋）、《写怀寄仪仲二弟》（婺源胡凯似静香）、《自感》（婺源胡凯似静香）、《海上吟》（旌德吕清扬眉生）、《悼某女士》（旌德吕清扬眉生）、《古剑行》（旌德吕清扬眉生）、《郊游四首》（旌德吕清扬眉生）、《奉酬南湖二律，用李悔庵韵》（旌德吕碧城）、《中夏杂作》（鸳湖黄箴鬓因）、《有感》（鸳湖黄箴鬓因）、《多时》（鸳湖黄箴鬓因）、《春柳》（鸳湖黄箴鬓因）、《即事》（鸳湖黄箴鬓因）、《有送》（鸳湖黄箴鬓因）、《江山晚眺》（宁乡钱淑生）、《苏蕙》（宁乡钱淑生）、《别离词》（婺源王纫佩韵珊）、《七夕》（锡山温倩华佩蕚）、《秋凉》（锡山江莹素琼）、《小园散步》（钱塘陈璂翠娜）、《春日》（钱塘陈璂翠娜）、《七夕》（钱塘陈璂翠娜）、《晚窗即事》（钱塘陈璂翠娜）、《睡起》（钱塘陈璂翠娜）、《拟闺怨》（钱塘陈璂翠娜）、《拟宫怨》（钱塘陈璂翠娜）、《春晓》（钱塘陈璂翠娜）、《春夜》（钱塘陈璂翠娜）、《题〈临江迟来客图〉》（钱塘陈璂翠娜）、《阿兄见怀，和〈四时闺咏〉四首，中有"偷进风帘看挽头"之句，阿母谓其憨态犹昨，命作诗责之，戏用其句却寄》（钱塘陈璂翠娜）；词选：《虞美人》（仁和朱恕懒云）、《浣溪沙》（仁和朱恕懒云）、《念奴娇》（仁和朱恕懒云）、《浪淘沙》（钱塘许之雯修梅）、《忆萝月》（钱塘许之雯修梅）、《浣溪沙》（钱塘许之雯修梅）、《虞美人》（仁和赵我佩君兰）、《清平乐》（仁和赵我佩君兰）、《江城梅花引》（仁和赵我佩君兰）、《忆秦娥》（沚上阚寿坤德娴）、《点绛唇》（沚上阚寿坤德娴）、《摸鱼子·次〈黄鹤楼题壁〉韵》（丹徒包兰瑛者香）、《泛清波摘遍·月夜泛湖》（丹徒包兰瑛者香）、《虞美人·夜坐偶成》（丹徒包兰瑛者香）、《一剪梅·桐江道中，用竹山体》（丹徒包兰瑛者香）、《散花天·即景偶成》（丹徒包兰瑛者香）、《浪淘沙·病起偶成》（毗陵庄盘珠莲佩）；曲选：《南越调·题〈寒闺病趣图〉》（仁和吴藻苹香）。"诗词曲选·香奁集"栏目含诗选：《春睡曲》（张京度）、《无题二首》（徐燮亭）、《永乐宫词》（王壬秋）、《拟塞上凯歌二首》（佚名）、《春闺》（限"溪西啼鸡齐"韵，并用二三四五六七八九十万千百两丈尺双半等字）（何问山）、《香闺杂咏》（蕉云馆主）；词选：《东坡引·冬日闺情》（东园）、《海棠春》（东园）、《梅花引·感旧》（前人）、《三字令》（前人）、《木兰花》（前人）、《花心动·寄拟碧楼姊妹》（前人）、《梦江南·美人六咏和许瘦蝶》（前人）、《菩萨蛮·集竹垞句》（雪亮）、《鹧鸪天·梅影》（问山）、《浣溪沙》（澹庐）、《洞仙歌四首》（天虚我生）；曲选：《南双角》（蝶仙）。其中，吕碧城《奉酬南湖二律》又题《由京师寄和廉南湖》。其一："笛声吹破古今愁，人散残阳下庾楼。强笑每因杯在手，俊游恰见月当头。谈空色相禅初证，思入风云笔自遒。沧海成尘等闲事，看花载酒且勾留。"其二："瞥眼韶光客里过，心期迢递渺关河。茫茫尘劫诸天黯，袅袅秋风万水波。山鬼有吟愁不尽，菩提无语意云何。欲探舾六兴亡迹，残照觚棱宝气多。"

陈师曾为鲁迅作设色山水四帧。

12日　《申报》第15031号刊行。本期《自由谈》"诗选"栏目含《西江月·秋怨》（四首，莽汉）。

13日　《申报》第15032号刊行。本期《自由谈》"词选"栏目含《答汪蔚文次韵》（东园）、《广陵舟次，喜遇黄穆安》（东园）。

[日] 白井种德作《十二月十三日，招刀冈、月泉二君开小宴，席上得三首》。其一："偶思诗画兴，为累故人车。饮膳无佳味，摘来雪里蔬（自注：侨居前园，树石疏处，垦种菜蔬，以助寒厨给供）。"其二："一杯又一杯，主客量相敌。欢醉共飞毫，云烟生四壁。"其三："买酒忘贫窭，谁知求友心。真成是三益，道味个中深。"

14日　《申报》第15033号刊行。本期《自由谈》"词选"栏目含《剔银灯·琴仙夜访，检诗就正》（绛珠）、《前调·和绛珠》（东园）、《下水船·用晁补之体韵》（苹香）。

15日　[韩]《天道教会月报》第53号刊行。本期"词藻"栏目含《出东门》（芝江）、《又》（敬庵）、《盆菊》（敬庵）、《又（盆菊）》（芝江）、《次李敬庵〈孟岘小集〉韵》（香山车相鹤）、《又》（辛精集）、《月夜登孟岘，次敬庵韵》（香山车相鹤）、《凤凰阁雅集》（悟堂罗天网）、《正庵山庄盆梅》（敬庵李瓛）、《追和〈盆菊〉》（辛精集）、《祝月报新年》（辛精集）、《新年》（芝江梁汉默）、《新年》（敬庵）、《元旦》（松轩白应奎）。其中，松轩白应奎《元旦》云："世事无为又一年，道心犹自化新天。仍诵咒文三七字，晶晶瑞日上东边。"

16日　孙中山召集中华革命党干部举行第17次会议，制定《中华革命党革命

《方略》6编。本次会议确定中华民国以青天白日满地红图案的旗帜为国旗。

《茶余漫录》（月刊）创刊于上海，冯叔鸾、宗天风编辑，"民友社"发行，仅存该期。主要栏目有"小说""剧谭""脚本""杂俎"（笔记、诗选、诗钟、灯谜、笑林等）等。主要撰稿人有马二、晓航、天风、隐逸等。

《申报》第15035号刊行。本期《自由谈》"诗选"栏目含《为某某葭莩亲代作〈惆怅词〉八绝》（贞卿女史）。

张謇作《寿张少轩六十》。联云："章贡山川，是禀灵寿；江淮草木，亦知威名。"又作束劢直母寿联云："赤木驻年，景纯作赞；白华絜养，广微补诗。"又题沈友卿同年《湖山介寿图》云："幽胜逢人辄道仙，或将诗酒媚山川。笋舆桂楫能供孝，凫藻莺花亦觉贤。扶杖宁须莱子服，听笙不假幔亭筵。洪家课读名园后，要与常州邑里传。"又题丁衡甫所藏《曲江楼遗札》三首。其一："吴文旧爱薛方山，格胜荆川与鹤滩。淮海维扬征作者，白民牛耳是齐桓。"其二："科举消沉制艺灰，欧西科学战风雷。国文谁复明明慎，日出卮言要别裁。"其三："当年宏达半于兹，一册观摩论学时。留与后生知老辈，不容轻薄到群儿。"

杨圻作《四十自寿》（甲寅十月三十日）。诗云："骨肉我不知，奚责天下为？世变如弈棋，国士今者谁？三万八千岁，中有我生时。坠地呱呱泣，自悲生也迟。我生一千日，问字母氏师。八岁来京邑，浩荡动雄思。弱冠飞后誉，如马初脱羁。京师盛文彦，见者称清奇。严父靳词色，心亦远大期。当时丽裘马，如龙如凤姿。长揖入郎署，琐屑心生疑。人或问钱穀，嗫嚅难毕辞。或云富贵至，常与老大随。同学英俊人，闻言以鼻嗤。大乱生奇才，曷为守其雌？风尘满天地，我其缟素丝。一意至德业，或失麋鹿资。濯足沧海上，晞发春江湄。愿耽渔樵乐，永辞斤斧施。林气春日暖，松露秋夕滋。吾道违世用，自用殊悦怡。荣辱绝已久，所得乃在兹。用以慰高堂，白发笑而嬉。曰愿我子孙，世为农夫宜。大名与大禄，无德转忸怩。功业在他人，尔骨非瑰琦。干请得富贵，种豆落为萁。我愿尔安步，不为世俗移。长为好百姓，白首力不疲。儿笑拜堂下，受言进玉卮。"

［日］木苏岐山作《十二月十六日，金谷学士拉余暨江上琼山、池田桂仙两画史饮于鸭西玉川亭》。诗云："穷腊重来酒媼家，无多短景照平沙。东山岚影寒将冰，凫水湍声健不哗。所喜倪黄饶士气，畴亲杜白发天葩。同遭圣代悠游好，草木何曾臭味差。"

17日 《申报》第15036号刊行。本期《自由谈》"诗选"栏目含《梅郎曲》（醉红居士）。

胡适在美国作《生日》（本拟作数诗，此为第一章）。诗云："寒流冻不嘶，积雪已及膝。游子谢人事，闭户作生日。我生廿三年，百年四去一。去日不可追，后来未容逸。

颇慕蘧伯玉，内省知前失。执笔论功过，不独以自述。"此诗最早见于胡适写于1916年1月4日留学日记中，系其"偶捡旧稿"，后收录1939年上海亚东图书馆出版《藏晖室札记》卷十二。

[日] 木苏岐山作《十二月十七日，滑川澹如来过，赠之》。诗云："枯树婆娑澹日沦，门惊罗雀响车轮。清谈屑玉寒梅动，永夜严霜白堕春。顾怪偏于诗律细，嵩樵独与墨皇亲。惟今艺苑纤儿坏，辇洛何容少此人。"

18日　《申报》第15037号刊行。本期《自由谈》"文字因缘"栏目含《金缕曲·祝朱谦甫四旬》（梁溪酒丐）、《邹翰飞先生以所著〈三借庐剩稿〉见惠，奉题一律》（谢强公）。

《民国》第1年第6号刊行。本期含《丧心病狂者谁乎》（社员）、《程泽湘传》（山父）、《秋夜咏怀》（山父）、《〈黑狱生涯〉序》（汉民）、《词征（续）》（禺麓张德瀛纂）、《奢香墓诗》（吴嵩梁）、《秦良玉锦袍歌》（前人）、《阁鸦行》（吴国伦）、《郑赞丞自挽诗》（前人）、《次奢香驿，因咏其事》（前人）、《占领天宝城口占》（林述庆遗稿）、《得南京口占》（林述庆）、《福建归途作》（林述庆）、《吴淞退赴金陵口号二律》（东辟）、《赠友》（去非）、《中秋日迩，和朱子〈伤无恶〉之作》（去非）、《中秋日迩，伤陈无恶》（蛰伸）、《粤祸谣，仿白乐天新乐府体》（文史）、《满江红》（采珊）、《养城英·重九日登镇海楼》（前人）、《百字令·题何季衡小影》（前人）、《百字令·写怀寄伯生》（前人）、《浪淘沙·村老何姓，年六十余，以治圃为业，每夕阳在山，辄抱瓮出巡诸畦，溉灌毕，乃撷园蔬而归。余斋居无俚，时行豆栅中觅叟共话，因成是阕》（前人）、《沁园春·四十生日自述》（前人）、《金缕曲·寒夜对客有感》（前人）、《百训》（上）（季陶）。

魏清德《送家永前太守挂冠归里》《挽李钧磻先辈》（二首）、《截发》（限十二文）（二首）发表于《台湾日日新报》。其中《送家永前太守挂冠归里》云："攀辕何计挽淮平，坐惜车骑去竹城。廿载鸣琴无废政，一官如水有清声。从今野鹤闲云意，共此苍葭白露情。料想故山秋色里，挂瓢高卧赏黄英。"

19日　升允作《甲寅十一月初三日，咏士邀余与岛君宏尾小饮日本桥酒楼。席间谈及琵琶湖源五郎鱼甚美。源五郎者，日本孝子，如晋王祥故事。感而有赋》（二首）。其一："海上仙人宅，湖边孝子居。伤哉朱舜水，未及结茅庐。"其二："我本避秦者，闻风愿卜邻。琵琶湖上客，长作未归人。"

20日　海上同人作甲寅消寒第一集，为周庆云题董其昌手书字册。同集者：吴昌硕、缪荃孙、潘飞声、刘炳照、戴启文、沈焜、恽毓龄、恽毓珂、陶葆廉。是集首唱缪荃孙《甲寅消寒第一集题梦坡室所藏董文敏手书字册十四种》，续唱者：潘飞声、刘炳照（二首）、吴俊卿（三首）、戴启文（四首）、沈焜、恽毓龄、恽毓珂、陶葆廉诸人。《雪桥诗话》已印订，杨钟羲是夕消寒会同人各赠一帙。其中，刘炳照（二首）其一："书家夙推三文敏，赵张之间董华亭。藏本罹劫今快睹，如逢旧识老眼青。"沈焜诗云："寒潮冻断淞江湄，酒人商略招故知。嗟余遁世不称意，谁其娱者琴书诗。前年首集双清墅，尊前倚醉调琴丝。去岁晨风欢会续，诗吟袖石衔清厓。今夕何夕复此集，风光何减去年时。华亭墨妙动四坐，遒劲中含婀娜姿。三年三度具三绝，主翁风雅良可师。为言两罍轩旧物，吴兴太守激赏之。观摩千遍更万遍，数行题墨犹淋漓。楚弓楚得有前定，劫余幸讬神护持。坐中鉴赏谁巨擘，正法眼藏推昌期（艺风）。钱（听邠）吴（苦铁）月旦亦非谬，辨别真赝穷毫厘。平生学书苦未就，乱涂鸦墨贻笑嗤。假摹于我计良得，窃恐钝拙今已迟。何如痛饮尊中酒，红泥炉火融盘匜。帘前新月媚词客，惜无歌妓争妍眉。岁虽云莫九方始，按图索醉吾何醉。夜阑归去雁飞急，一行斜字纷参差。"

《申报》第 15039 号刊行。本期《自由谈》"词选"栏目含《貂裘换酒·三九消寒会，喜梅叔自南沙回，次日余杭张君作生又至，集饮斗室，醉归赋此》（悔翁）、《前调·消寒四集上悔翁》（毓士）；"文字因缘"栏目含《〈白雁诗〉征和》（沈情虎、戚饭牛、汪痴、单纪鹤、刘醉蝶、庄乘黄同启）、《原唱》。

《学生》第 1 卷第 6 号刊行。本期"文苑"栏目含《游风洞山记》（广西桂林中学校第一学年学生欧阳昭）、《京口旅行记》（江苏省立第二师范学校学生张昭瀛）、《留日旅行箱根记》（李华揩）、《修学旅行记》（武进县立第一高等小学校无名）、《本校开学序（仿〈兰亭集序〉）》（上海华童公学学生郑兰华）、《同学五君子哀辞》（江苏省立第六师范学校学生罗会澧）、《哭张撷薇文》（南通师范学校学生施光新）、《与友人论交书》（北京畿辅中学校丙班生常雷天）、《与友人论弭盗书》（鹿邑县师范学校一年级生王宗实）、《拟邀友赏菊启》（江苏公立南菁学校二年级生陈诗）、《秋日邀友出游启》（上海华童公学学生郑兰华）、《二媪行》（永平县省立中学校学生顾宝随）、《白菊》（顾宝随）、《买书》（附作者肖像）（广东东莞县立第一中学校学生徐畅怀）、《登万卷堂（并序）》（徐畅怀）、《读韩昌黎〈祭鳄鱼文〉》（徐畅怀）、《时值秋日，同学多种盆菊，黄紫粉白，灿烂如锦，有一盆久不开，戏赠以二十字》（顾宝随）、《读〈桃花源记〉》（上海复旦公学中学四年级生贺启愚）、《蒙山晚眺》（湖北第十一区龙泉中学校第三年生谢洪恩）、《中秋夜玩月》（湖北第十一区龙泉中学校二年级生傅鸿治）、《秋兴》（潮州金山中学校学生程钟灵）、《泥美人》（程钟灵）、《登大观楼》（江苏省立第一师范学校学生徐骥）、《登吸江楼》（徐骥）、《明镜》（上海爱国女学校学生马宗文）、《华镫》（马宗文）、《书带草铭》（广东香山中学校二年生郑彦陶）。

应启埻卒。应启埻（1872—1914），字叔申，室名悔复斋，亦称悔复堂，浙江慈溪人。十岁能属文，有俊童之誉。年十七八，即以文章著闻州里。后以县学廪贡生就职训导。著有《悔复堂诗集》。民国《鄞县通志·文献志》称其"工诗词音律，姿仪英秀，动迪风雅"，又云"启墀善运白话入文，撰哀挽联语有长至百余字者，入情处令人读之泪下，盖古之伤心人也"。甲寅十一月四日病故后，好友冯开撰《应君墓志铭》，又费心搜集整理编印《悔复堂集》2卷并作序。冯开称："君美风仪，意量深远，善言名理，每朋曹燕集，渊旨眇论，连蜷闲写，四坐颠倒，往往叹绝。"应氏生前与陈训正、冯君木被称目为"三病夫"。三人又与"一狂夫"洪允祥被誉为"慈溪四才子"，此说系据张美翊先生诗《溪上诗人三病夫——狂夫歌》而来。诗前有序云："戊申〔光绪三十四年（1908）〕十月，由赣回甬，溪上陈子天婴示予以君木《应悔复诗序》，文甚奇。三君皆善病，故号病夫，读其诗尤奇。余谓溪上尚有狂夫，则洪子佛矢是。其文奇诗奇人奇，与三病夫同也。久不见四君，歌以讯之。"诗云："江关独客无于喁，登然足音三病夫。病夫善病诗不病，况有狂夫狂与竞。一灯如萤闪帘角，玦月幽幽鸡喔喔。山中困卧冯君木，楼上苦吟应悔复。九死一生陈天婴，闻鬼夜哭啾啾声。三人战诗与病魔，诗伯睒睗鬼伯逃。斯时佛矢忽大笑，谓汝病呻我狂叫。何当斗酒诗百篇，三病一狂其可疗。倘许中间着蹇翁，将来犹入图画中。迷阳却曲伤吾行，老夫躄躄走且僵。"应氏卒后，陈训正作《追悼叔申》诗六首。其一："忆昔君依我，佐我课群顽。课罢哦声作，闭户君独弦。曹伍辄哗笑，我亦谓君颠。感君还我诚，曰毋汝踹踹。擎重资集力，道贵用众屛。安能尽万斤，而以一肩肩。绝膑惩过武，藏勇美逃惩。曷不谢纷纭，兀以诗穷年。时我初入世，睅然不识艰。铎敝舌犹在，牛车强以前。但知天可登，那悲坠有渊。万诅支一祝，鬼物来相奸。俄焉困大疴，君言今果然。扰扰二顽竖，祟我夜无眠。遥睇君之室，宵深膏犹煎。凄火迥独坐，时见手一编。答我呻吟声，声相何缠绵。比明君突至，出袖有新篇。自谓得奇句，尔见倘能怜。畴知诗无命，杀人天有权。天心福庸庸，多才适多患。呕尽昌谷血，肺焦渴及咽。相依未及新，忽然君遄还。悠悠一岁中，人事益变迁。春立哭老郑，分秋伤剡山。旧盟半生死，生者况亡欢。而我同病人，那得不惴惴。忧患我出死，忍独抚君棺。岂是蹠者寿，不能赎渊骞。苍苍固不察，徒劳问之天。"冯开作《哭应叔申》（三首）。其一："天以子授我，我命实子托。取子于我怀，何乃杀之速。冥契今已逝，百身莫可赎。而我犹为人，生是遄使独。既失左右手，且复断其足。已矣吾丧我，恒干将安属。"其二："腹中所欲言，手写子能到。子有殇宛心，我亦穿其窍。方寸出秋月，虚明耿相照。知希互自贡，六合有微笑。死生忽契阔，臣质遂凋耗。苍苍非正色，胡取天之耄。文章关性命，子死畴我好。拓天积奇痛，星月惨不耀。千秋万岁情，寂寞徒自悼。"

21日　《申报》第15040号刊行。本期《自由谈》"词选"栏目含《锁窗寒·消寒第三集和韵》（袖岩遗稿）、《怨回纥·题〈苏武使虏图〉》（东园）、《一萼红（豁双眸）》（张悔翁旧作）。

王闿运作《甲寅至日前雪夜作，寄诚斋袁四公子（并序）》。序云："丙戌上始亲郊，余在沛南，郊夜霜寒。时慈禧方严约圣躬，中外危疑，故诗中有云'清无鹤漏更三点，始服龙衣尺若干'。今三十年，时事遽变，孝钦毅德，经书俱虚，可为气郁，因书此为之三叹。"诗云："夜寒忽已和，时雪曜祥霁。良辰接冬至，晏处共斋明。郊坛旷高寒，懔慄惧宵升。圣相总隆礼，躬躬肃精诚。练候岂无感，神哉沛先灵。九衢既平直，四野庆丰盈。麦兆信有莘，荔挺仛徽馨。余昔赋龙衣，徂年复自惊。幸无缁尘污，归与闭柴荆。（荔挺即水仙花）"

荣庆游李氏荣园得七律。诗云："不到荣国又半年，风和日暖仲冬天。一亭一塔晴中画，无酒无花静里缘。扫去繁华恣啸傲，尽凋木叶泖中边。此间情景真荒率，不遇同心莫浪传。"

22日 陈三立返抵金陵散原别墅，作《留别墅遣怀》（九首）。其一："溪山昼溟濛，恋倚旧吟几。寒光弄薄雾，隔水笛吹起。我来更仲冬，墙根草尽死。芭蕉留败叶，狼藉涂鸦纸。微鹊聚屋山，散咮唧啾里。一襟世已违，立壁拥尺咫。去住谁主客，扰扰杂悲喜。卧枕待雨围，宵滴饱两耳。"其二："自吾羁海隅，岁月销杯斝。喧阗叠车骑，向人护喑哑。谬许出世贤，盘嬉虮吟社。掷语言文字，内恧道气寡。梦恋返旧庐，隙地有梧槚。龌龊俯槽枥，一纵不羁马。溪楼泂超忽，霜痕留万瓦。鹅雁声东西，帆樯蔽江下。老耻湔未能，醉使沈忧写。邻圃罢桔槔，庶几忘机者。"其三："初晨鸟乌呼，夏正逢至日。漠漠悬神灵，祁祁跻阶室。天涯一杯浆，犹及荐时物。避地老虞翻，涨海照愁疾。况闻九州外，蛮触争未息。杀气薄穹苍，膏血溅禹域。喂肉鹅虎蹊，一瞬肆啖食。孰念苞桑计，怵惕不忍述。为虏念子孙，仰拂垆烟泣。"其四："金陵兵戈后，凋瘵尸胔循。流亡暂得归，犹自连蹇呻。酤盐买长市，但见逻骑陈。奸偷足破寐，益使惊四邻。谁更虑旱潦，丁此生不辰。日狃牛毛令，割剥垂死鳞。新猷匪吾事，颓趾同所亲。坐视供搏弄，遑云风俗醇。霜飙亘万里，换取鼻酸辛。"其五："世网弥九垓，极望尘土昏。蛇虺自结蟠，狐兔空崩奔。刍狗一戏具，群治莫寻源。操术懔癙痒，超然天德尊。因革示同礼，定命奠元元。纷纭等肌说，功罪焉足论。士有次公狂，众笑羝触藩。痴黠不相补，哀哉对簿言。放归蚕丛道，冷伴杜宇魂。传疑卖饼家，九旨我思存。"其六："凡骨污文俗，少小张空拳。邂逅接道流，求仙昆仑巅。饮我三危露，示我玉检篇。其秘不可传，瑟缩甘弃捐。冥冥隔鹤驭，嬉顽偿华颠。故侣列丹策，援手粪壤间。恩言暖千春，叮咛还九天。自照万怪胸，尺漕生波澜。低昂杂霞佩，神官为不欢。且与无町畦，鼻息吹大千。涕泣谢故侣，痴念尊忘筌。"其七："老有不可忘，褰裳饮文字。绮岁游湖湘，郭公牖我最（郭筠仙侍郎）。其学洞中外，孤愤屏一世。先觉昭群伦，肫怀领后辈。破箧拾遗幅，俯仰几流涕。又搜架上牍，父老表死事。泽生殉已久（黄提督忠浩），区区还素志。念交群少年，出处许气类。今亦不再得，一身赘天地。独坐并摩挲，感旧耿灯穗。"其八："梁髃羸病余，吞泪自治疗。孑身犯舟车，人识辽东帽。荒荒种树区，日伴万鸦吊。长镵了平生，剖肝诉九庙。穷庐霰雪埋，坐想改形貌。滔天浸祸水，其暇止群噪。万里共残阳，累书疢未报。看云卧溪堂，思君以寄傲。"其九："月吐山川静，虚宇坐兀然。俯几倚薄醉，孤檠映陈编。纸上字累累，感想无穷年。从来护万类，奔命圣与贤。含情迷所归，殊变相环连。扶天有大勇，其微盖莫传。眼暗复掩卷，起步庭栏前。风露袭微微，缀树寒星圆。荒城此独夜，惜无虫语延。云空生片影，绰约移飞仙。"

王少涛《浪淘沙·代友人作》(二首)载于《台湾日日新报》。其一："一笑晤莺莺。美目双清。梅花明月是前生。如汝可人真窈窕，福慧聪明。　含羞更多情。眉语通灵。无端邂逅鹭江城。记取别时今不忘，梦里呼名。"

23日　冬至，袁世凯在天坛举行祀天礼。易顺鼎陪随，赋《甲寅至日陪祀南郊即事漫作长句一首》。诗云："去年秋吟诗愤激，断句流传酒家壁。对素王师若路人，视苍昊帝如仇敌。又言老友余三人，空王蒙叟屈灵均。半部鲁论无心读，一篇天问从头呻。果然一身受天讨，日日添贫复添老。到今始信圣师言，获罪于天无所祷。大钧岂意仍诙谐，天门谲荡为汝开。辟雍圜丘两大典，使汝狂客迁生陪。初摄局长预秋祭，还官参事陪冬至。七章衣变五章衣，二等位归三等位。其意若曰惩汝狂，略示薄谴非降殃，将以风雪砭汝骨，先以冰炭置汝肠。两日北风一夜雪，是日无风逾凛冽。犹教陛楯羡儒冠，俨睹朝仪起绵蕝。真人似出夹马营，气惊户牖降祥霙。虎步龙行疑有兆，鱼丽鹤列尽无声。小儒足僵耳欲裂，陈力不能姑就列。堕驴只愿效希夷，闻鹃莫漫同康节。头白仙翁老史官，钧天闻道夜吟寒。不知鹑首剪多少，犹感龙衣尺若干(湘绮丈新作贺雪诗，述旧作南郊诗，有'始制龙衣尺若干'句)。"

康有为、沈曾植、李经迈、汪钟霖等与美、德领事集会。

吴梅访徐自华，又有吕韵清、陈世宜、叶楚伧、胡朴安诸人，公推徐自华主筹政并制酒令，众兴致甚高，尽欢而散。翌日，徐自华撰《寒谷生春记》。

梁鼎芬作《子申为文兰亭画松，题二十八字》(甲寅冬至)。诗云："老臣家在慕陵东，犯冷穿林雪几重。还说年时暂安殿，每朝来拜五株松。"

陈懋鼎作《济南冬至，有事于南郊，与祭礼成》。诗云："鲁郊卜不从，春秋讥三望。明堂竟坐毁，孰与以齐王。百代阙仁人，享帝不知量。重辱礼乐彦，空负山海壮。匹夫有明信，鉴观赫在上。启运名大同，改制衷至当。统尊括群祀，分部寄主圈。曩者缀议郎，祭礼承诹访。今兹陪同堮，州郭出平旷。大风美泱泱，九重谲荡荡。钦哉百执事，毋愧尔室相。吁惟青社民，灾寇迫死丧。勉思赎神疚，可但尸官谤。侧闻天德首，东顾宽谴让。躬垂十二章，永命请灵贶。皇穹虽至仁，人官奈自放。吾老亲吏事，充位比郡将。在齐初不图，非岱将安仰。会弁列璀璨，燔柴升凄怆。私凭寸心虔，敢祈群生畅。野烟翳晨旭，啅鸟近神仗。旅退从司存，谨识笾豆状。"

江五民作《有红菊一种，冬至方盛开，得五律二章》。其一："离群能独立，应候岂嫌差。竟有晚中晚，留开花后花。衰颜迟酒色，高格薄霜华。除却过时客，有谁青眼加。"

蔡守作《甲寅冬至，笛公、竹韵、鼎平约萝峰探梅，以疾不赴，漫成一首》。诗云："闭阁回风长至日，坐怜一病负同游。些些乐事还乖愿，峭峭幽香未与谋。冥想云和花作海，料量屐著径如油。萝峰冲雨吾曾惯，为问寒梅解意否？"

24日 财政部天津造币总厂依照《国币条例》开铸袁世凯头像银币。

南社社员、北京《国风日报》主笔吴萧因策划刺袁，在沪被捕。

中国外交部向美国驻华使馆发"请准签新驻古巴代办兼总领事廖恩焘一行护照函"。廖恩焘第三次被派遣古巴任总领事兼代办古巴使事。

25日 《小说月报》第5卷第9号至第12号刊行。第9号"文苑"栏目含《邀友人端午日小饮书》（钱基博）、《预约友人避暑小简》（钱基博）、《初夏杂感》（剑丞）、《索居投贞长、拔可》（剑丞）、《鸥枭鸣》（剑丞）、《拔可补写二十年所为诗，病中起读，不觉竟卷，赋示一篇》（贞长）、《雨中夜发上海，晓晴达金陵，复渡江趋浦口，舟中感纪》（贞长）、《剑丞南还于天津济南道中，均有诗见寄，君得归而诗意多怅失，若予者更何言哉！依韵寄之并示拔可》（贞长）、《感近事》（贞长）、《润州逢义门小聚旬日并送之官岭南》（拔可）、《岚山旅行，风雨后樱花狼藉，怅然有作》（拔可）、《韵坡已矣，宗孟复有所缱绻而重违其家人之意，诗以护之》（拔可）、《王维白招饮，议创办顺江洲小学事》（拔可）、《庄太君六秩称觞之期，哲嗣百俞、叔千等乞为之辞，乃寿之以诗》（君复）、《花犯·斋头红白梅盛开，慰情感艳，和梦窗韵》（子大）、《花犯·赋水仙，和梦窗韵》（子大）、《疏影·约庵以画梅见寄兼示新词，依韵和之》（子大）。第10号"文苑"栏目含《秦留树记》（钱基博）、《今宵》（贞长）、《送人还京口》（贞长）、《儿迈生赋示家人》（贞长）、《四月六夕雨中发上海，七日晓过江宁，舟中望浦口诸山》（贞长）、《纪别（题〈广雅图〉二十之一）》（贞长）、《饮集朱铁夫寄园二首》（子大）、《鹿泉太守兄自滇引归，相见于湘中，逾月来游石巢，喜而有赠》（子大）、《留宿湘乡县斋赠豪生》（子大）、《邀鹿老登邬小亭寓楼望浩园，次韵有赠，兼怀赵仲弢》（子大）、《王庄相验》（拔可）、《桃源感作》（拔可）、《夜泊三闸》（拔可）、《留园偶作》（拔可）、《梦里》（拔可）、《秋夜》（拔可）、《玉楼春》（夔笙）、《减字浣溪沙》（夔笙）、《绛都春》（夔笙）、《减字木兰花》（夔笙）、《寿楼春·题乌程张钧衡德配徐夫人〈韫玉楼遗稿〉》（蕈农）、《苏幕遮》（蕈农）、《洞仙歌》（蕈农）、《江城梅花引》（蕈农）、《摸鱼儿·题金侣卿先生〈桐阴觅句图〉，为辟疆园主作》（蕈农）、《虞美人》（蕈农）。第11号"文苑"栏目含《记天下第二泉》（钱基博）、《雨中赋答拔可依韵》（贞长）、《三月二十八日被酒杂书，倒用前韵，再投拔可，以尽前诗之旨》（贞长）、《石巢非居士所有，徙于西邻之宅中。春十九日罗四峰、顾塞向、黄竺友、蔡耐庵来会，要予与四峰、耐庵作画，各题句分藏之。半岁兵间文酒旷绝，用以志幸》（子大）、《过盟鸥榭怅然有感，寄太夷丈奉天》（拔可）、《病中别贞长》（拔可）、《心衡吾师别十五年矣，相见京师，衰病益甚，纵谈时事，怅然有作》（拔可）、《临江仙》（夔笙）。第12号"文苑"栏目含《记无锡公园之景》（钱基博）、《书谢家瓒事》（钱基博）、《书张烈女事》（剑丞）、《六三园》（剑丞）、《急雨》（剑丞）、《春社前一日，以旧藏廿年陈酿贻十发翁，媵以一律，冀翁醉后能见和也》（剑丞）、《塞向分饷廿年旧藏花雕越酿并诗赋谢》（子大）、《菽瑜为题诗画长卷，次韵和赠》（子大）、《湖楼》（子大）、《中表黄姊嫁四十年，惊见于乱后，题石为别》（子大）、《杭州雨中》（拔可）、《题徐积余〈随庵勘书图〉》（拔可）、《视金陵故居》（拔可）、《握金钗》（夔笙）、《凤凰台上忆吹箫·刘葱石得唐大小两胡雷作〈枕雷图〉属题》（夔笙）、《莺啼序·拟赠彩云》（夔笙）、《浪淘沙慢·偕由父过汉，宿王病山斋中，同美成作》（子大）、《水调歌头·壬子九日集，潜木先生汉上寓庐置酒，用稼轩〈九日游云洞〉韵》（子大）。

《申报》第15044号刊行。本期《自由谈》"诗选"栏目含《盘叟招饮知白老人宅中，赠朱楚君，次闵青韵》（二首，老兰）、《赠小玉凤》（四首，豁公）、《苦寒》（海盐何衡孙）、《钱剑行》（景骞）、《诗甫脱稿，即索和于峰石，而峰石和诗只六句，附录于此，以见峰石一斑》（景骞）；"文字因缘"栏目含《寿星明·六十自言敬求》（东园）。

［韩］《经学院杂志》第9号刊行。本期"词藻"栏目含《经学院讲席吟》（朴升东）、《拜龙田朱子庙，敬次朱子韵》（李容稙、朴齐斌、朴稚祥、郑喆永）、《奉和诸公次韵》（朱道焕）、《谨次龙田韵》（李大荣）、《秋享归路》（朴长鸿）、《奉呈经学院》（黄述仁）、《元朝谒圣庙有感》（李人植）。其中，李大荣《谨次龙田韵》云："千载新安接继开，异同宁有较岑苔。肖孙创奉遗祠俨，亻见衿绅续续来。"

26日　中华民国政府责内务部总长朱启钤、司法部总长章宗祥与清室商定有关优待条件，"善后办法"共7条。

周庆云偕涤尘、倦鹤、蓴农于愚园小憩，并作《冬至后三日，偕涤尘、倦鹤、蓴农愚园小憩，循静安寺，访应天泉，复游学圃，因纪以诗》。同人和作：秦国璋（《摸鱼儿·四明周氏筑学圃于静安寺南，极疏旷之致。梦坡约同倦鹤、蓴农及予往游，首赋五古索和，漫填此解以应》）、王蕴章（《好事近·四明周氏仿日人六三园风景，筑学圃于静安寺南，梦坡约同倦鹤、涤尘及予往游，首赋五古一章纪事，涤尘以〈迈陂塘〉词和之，余亦继声》）。其中，周庆云诗云："岭梅迟驿使，晴旭弄春妍。挟侣逞游屐，驱车涉桑田。桑田幻华屋，林木高参天。精蓝古自若，一俯应天泉。泉沸不可止，浊流泻何年。忽焉渡板桥，渐觉远尘缘。老圃问伊谁，家风说爱莲。清气得空旷，弥望草芊绵。苍松临野岸，翠柏欹石拳。曲水跨双虹，空亭影月圆。小阜称矮树，仄径断复连。

似听幽禽语,结庐在东偏。入室鲜尘垢,俗虑悠然蠲。几席彝器陈,位置自天然。可以弄词翰,可以张绮筵。后庭无丝竹,一榻堪醉眠。更欲退藏密,身向镜中穿。幽深非禅房,花木映窗前。锦衾叠瑶床,不寐亦神仙。东壁有静居,螺黛手自研。香枣何劳问,兰汤好试煎。行厨备五味,一墙隔炊烟。方知须弥中,能现世大千。他日寻旧梦,梦到夕阳边。"秦国璋词云:"步长隄、缓随吟侣,闲舒尘外遐眺。寒泉古寺经行处,冷落夕阳衰草。游骑少。怎大好、园林寂寂无人到。疏篱四绕。只怪石苍松,小桥流水,风景似蓬岛。　　空灵趣,踏遍球场驰道。天光云影相照。垂杨掩映疑无路,偏有曲房深窈。明镜皎。谁识是、暗通卧闼邻茶灶。片时坐啸。待赋续兰成,诗赓杜甫,扬挖乏华藻。"

《申报》第 15045 号刊行。本期《自由谈》"诗选"栏目含《明妃》(琴仙女士)、《梅花》(绛珠女士);"文字因缘"栏目含《附录〈五十自言十八律〉,以当节略(参看昨报)》(六首,东园)。

魏清德《连君雅堂归自北京,冬至前一夜与余共榻,因赋赠五首》发表于《台湾日日新报》。其一:"金锁绿沉事未能,独怜奇骨太崚嶒。淡江风雨潇潇夜,中酒人如老退僧。"其四:"男儿不幸死寻常,仗剑高歌激大荒。十卷诗篇家国恨,不堪广武吊兴亡。"

[日] 白井种德作《甲寅十月廿一日,我黉第四学年生千叶芳治以病殁。十一月十日,同学年生胥谋设追悼会于东显寺,乃赋一诗以吊》。诗云:"学才并而进,意气自轩然。讵图溘焉逝,设祭泣坛前。"

27 日　《申报》第 15046 号刊行。本期《自由谈》"诗选"栏目含《至圣诞日释奠礼成恭纪,和姚都转文栋韵》(老兰)、《管宁》(姚袖岩遗稿)、《王勃》(姚袖岩遗稿)、《孟郊》(姚袖岩遗稿)、《梦游海州》(姚袖岩遗稿)、《题袖岩舅氏遗草,叠韵四诗后次韵》(二首,东园);"文字因缘"栏目含《五十自言十八律,以代节略(续)》(六首,东园)。

江五民作《冬至后四日,早赴陡亹桥候汽船》(二首)。其一:"我行方十里,墟落尚炊烟。霜气粘衰草,霞光动曙川。潮回渔艇出,风细酒旗偏。汽笛声何处,行人意已前。"

28 日　约法会议通过《修正大总统选举法》,规定总统任期改为 10 年并可连任,继任人由现任总统推荐。

《申报》第 15047 号刊行。本期《自由谈》"文字因缘"栏目含《五十自言十八律,以代节略(续)》(六首,东园)。

叶昌炽取《藏书纪事诗》三部送西泠印社。

29 日　《申报》第 15048 号刊行。本期《自由谈》"词选"栏目含《一萼红·消寒第一集,和张悔翁》(姚袖岩)。

沈曾植移居沪上麦根路44号,郑孝胥、缪荃孙、日人中岛真雄来贺。

30日 缪荃孙约醉沤斋举行甲寅消寒集第二集,题汤熙画册。同集者:吴昌硕、戴启文、钱溯耆、刘炳照、吴庆坻、沈焜、潘飞声、曹元忠、恽毓龄、恽毓珂、刘承干、张钧衡、陶葆廉、杨钟羲。是集首唱戴启文《消寒第二集,题艺风堂所藏汤贞愍夫妇、子女合作画册》(二首),续唱:刘炳照(四首)、恽毓龄(六首)、恽毓珂(六首)、潘飞声(四首)、吴昌硕、周庆云、刘承干、缪荃孙(三首)。其中,恽毓龄其五:"傲骨西风独拒霜,凄凄冻雀纥干黄。但撑螳臂回车辙,老圃秋容晚节香。(乐民《秋菊螳螂》画册)"其六:"冰肌玉骨雪聪明,春意兜从笔底生。月落参横香雪海,喜闻么凤第三声。(绥名,贞愍三子,绥名《梅花》画册)"

《申报》第15049号刊行。本期《自由谈》"词选"栏目含《水龙吟·消寒第二集》(姚袖岩)。

王闿运作《隆福寺饯席》。诗云:"东门怅饮地,知足在明时。兹来值文坠,适馆慕雍熙。群公喜簪盍,翙凤复成仪。虽惭览辉德,庶无巢幕讥。朔风送南辕,岁暮告将辞。亲知惜欢会,论别始伤离。无田亦何归,旅泛信非宜。本无行藏计,会合安所期。春华有时荣,崇德或可师。"

31日 《申报》第15050号刊行。本期《自由谈》"词选"栏目含《山亭柳·用晏殊体韵》(东园)、《薄命女(芳草渡)》(东园)。

吴宓嗣父吴仲旗被褫职查办,蒙难入狱。吴宓多方营救。

周应昌作《换巢鸾凤·甲寅冬月十五日为民国阳历除夕,是夜月明如昼,因忆吾乡俗谚有"三十晚上出月亮"一语,竟成预谶。感而赋此》。词云:"明月当头。正天开玉宇,人倚琼楼。飞灰葭管动,妙句柏梁讴(《全唐诗话》:'景龙二年十一月十五日中宗诞辰,内殿联句为柏梁体')。桃符忽地耀双眸。缘何岁除青阳未周。真侥幸,祭诗夜、碧空如昼。 知否。休守旧。漫学东坡,还作重阳酒(《客斋续笔》:东坡有'菊花开时即重阳'之语,故记其在海南艺菊九畹,以十一月望与客泛酒作重九云)。宝镜听鸾,黄金卜凤,引得姮娥回首。谁卖痴呆说聪明(范成大《村田乐府序》:'分岁罢,小儿绕街呼叫云:"卖汝痴,卖汝呆"'),阳差阴错争先后。君休疑,看浮云、倏变苍狗。"

下旬 方守敦作《甲寅仲冬下旬,偕潘季野出郭,访其先世木崖先生河墅旧迹,因东皋诗人李介须墓得其地。介须,明末遗老,木崖至友,故乞葬河墅中也。墓旁有鹤冢及皆响亭遗址,徘徊日暮而归。是日同游尚有洪兰泉(泾人)、孙闻园、苏艺叔、子时晋、时亮亦随,共七人》。诗云:"时衰寡欢悰,吊古适莽苍;久怀河墅游,兹得慰深仰。雪消冬日暖,出郭聊少长;荒冢应纵横,战血认榛莽;迤逦茅村来,缭曲沙溪广;

旧迹迷山椒，杖策情惝恍。丰碑诗人墓，辨识意初爽；墓墅共存亡，古谊千秋朗；鹤归无片羽，亭空已绝响；龙眠黯崔巍，风雅闷尘坱。当年文献地，林昏聚魑魅；好古余裔孙，诗心传肝蛔；吟边存想像，山云变畴曩；萧条三百年，风流觇吾党。长河逝不息，落日空悲往，紫芝眼中奇，英灵若持奖（于河墅地下得一紫芝）。苍茫东皋堂，何处郊原敞（介须先生有东皋草堂，在东郭外，已失）。暮归思悠悠，春花更寻赏。（木崖先生选《龙眠风雅》时，多住河墅。李介须先生亦选有《龙眠古文》，吾邑文献赖焉）"

本 月

教育部拟定《整理教育方案》，其中第五条规定："中小学校修身、国文教科书采取经训，以保存固有之道德，大学院添设经学院，以发挥先哲之学说"，经训"务以孔子之言为旨归"，大力提倡尊孔读经。

《上海滩》（旬刊）在上海创刊，夏星社发行。插图均为名妓近影，以文言居多。

《销魂语》（月刊）在上海创刊，鸳鸯蝴蝶派刊物，戚饭牛、奚燕子、汪野鹤编辑。

《香艳杂志》（月刊）在上海创刊，新旧废物（王文濡）编辑，中华图书馆发行。

《七天》（周刊）在上海创刊，海上漱石生编辑，锦章图书局发行。

《娱闲录》第 10、11 期刊行。第 10 期（上半月刊）"梨园丛录"栏目含《白牡丹传》（虬髯）、《成都八名伶诗八首》（爱智）、《观陈碧秀演剧感赋四首》（冬心）、《观雷泽红演剧感赋二首》（冬心）、《听老伶周甫臣演〈闻铃弹词〉，感赋七首（有序）》（冬心）、《赠白牡丹》（遁闷）、《赠白牡丹》（虬髯）、《赠碧秀》（前名）、《赠陈碧秀四首》（故栽者）、《赠陈碧秀二首》（蓬岛散仙）；"文苑"栏目含《宛溪叟传》（雪王堪）、《江行》（雪王堪）、《毅夫招集慈仁看松，越十日大雪赋此》（雪王堪）、《治易硐》（雪王堪）、《妾生婉娥弥月感赋》（吟帆）、《游东湖吊卫公李文饶》（吟帆）、《陌上花》（吟帆）、《种蔬堂诗稿》（吟痴）、《题红稻老农小像》（天一方）、《柬陈锡昌》（天一方）、《紫柏山谒留侯祠》（吟帆）、《达文筑楼南郭既成，诗以贺之》（蔬香馆）、《戊申九月重游孤山烟霞洞诸胜》（快隐）、《春水词》（吟痴）。第 11 期（下半月刊）"梨园丛录"栏目含《戏赠桐花凤新声一曲序》（骈文）（壁经堂）、《牡丹引》（虬髯）、《秋日同菊盦游草堂作，示某伶》（冬心）、《夜饮重庆宜园，作此示女伶》（冬心）；"文苑"栏目含《朱君墓识铭》（香宋）、《王柞堂传》（爱智）、《谒此度费处士祠，感而吊之》（爱智）、《崇效寺看牡丹，赠王病山京兆》（庚戌）（雪王堪）、《怀江吉村》（雪王堪）、《袁督师墓》（雪王堪）、《袁大将军仆》（雪王堪）、《僧房小酌》（雪王堪）、《寿林琴南》（雪王堪）、《仇英出浴图》（雪王堪）、《以松赠瘿公，订戒坛之约》（雪王堪）、《椿荫轩诗钞》（敫金甫）、《八过金陵》（天一方）、《柳州人来告变，时天海澄清阁》（天一方）、《江南道中》（蔬香馆）、《韩侯岭》（吟帆）、《敬予过我，步月而归》（丹隐）、《种蔬堂诗稿》（吟痴）、《岁寒社诗钟录》。

《宗圣汇志》第 1 卷第 11、12 号合刊刊行。本期"艺林"栏目含《祭天祭孔之文》（礼制馆编定）、《孔教会川沙西乡分会》（明辉）、《安化丁祭迎圣乐歌》（穆莽夏德渥）、《丁祭送圣乐歌》（前人）、《又》（前人）、《圣诞歌》（前人）、《附培高等小学校校歌》（前人）、《培英学校毕业歌》（前人）、《甲寅江山支会圣诞祝文》（毛存信以成）、《七十弟子歌》（寅生）、《夫子砚铭》（穆莽夏德渥）、《桑植孔教会联》（浙西朱玉峰）、《为双亲作望儿歌》（尹昌衡）、《慈命咏平安二字寄伯叔》（闽侯林传甲）、《题女学界欢迎慈母图》（前人）、《挽同里林烈妇》（前人）、《题阳穀殉难事实》（刘奋熙振翼）、《旧历七月朔日议院独坐》（王湘绮）、《谨步湘绮师〈旧历七月朔日议院独坐〉原韵》（周仲元）、《读史四首》（天侠）、《馆中秋集，因论近事有感》（霁壑）、《感时》（采樵子）、《艺社成立，诗以志喜》（大洪山人许学源）、《校〈逊志斋集〉书后》（定孚杨晨）、《上华国新书呈文》（汉沧董清峻）。其中，尹昌衡《为双亲作望儿歌》云："望儿归来儿如何，儿不归来亲泪多。风雨淅淅入秋夜，胡天一雁萦鸣过。尘埃满眼日昏黑，云雾蔽野天垂罗。锦江城上龙钟老，两眼日带秋水波。秋水不干儿不返，荒漠旷渺空摩挲。昔闻离别已太息，况复此去遭坎坷。东家农儿能负禾，暮绕竹篱歌山歌。西家樵儿能析薪，朝依荜户理长柯。彼以何才致长乐？对此欲问羞滂沱。愿将身命轻鸿毛，弃之有益宁肯不。帝阍无路去不得，反复欲往伤蹉跎。化飞化潜化动蜇，入云入地入江河。安得健脚双峰驼，送儿一夜到岷峨。蜀山青青蜀水多，考盘在阿临江沱。耕樵渔牧皆至乐，切莫拥纛挥金戈。家有五尺白铁锄，又有百结黄宗蓑。子子孙孙万万世，世世授受为成柯。"

《浙江兵事杂志》第 9 期刊行。本期"文录"栏目含《陆军译学专修馆开馆，兴武将军训词》；"诗录"栏目含《甲寅秋送张镇守使赴台州》（黄元秀）、《送吕镇守使赴湖州》（黄元秀）、《夜行军》（刘体乾）、《春日试马》（刘体乾）、《秋季演习》（刘体乾）、《和刘钟藩〈夜行军〉〈春日试马〉〈秋季演习〉绝句三首次韵》（厉尔康）、《和秋叶〈欧战书感〉次韵》（樊镇）、《吴君鲁铎就学陆军预备学校，赋此赠行》（陈筹）、《叠〈欧战书感〉原韵寄秋叶》（钱谟）、《读若虚〈归舟〉诗感和次韵》（钱谟）、《赠秋叶》（钱谟）、《东事感言，和雪抱韵》（钱谟）、《次张伯纯〈元旦〉原韵并奉雄洲师》（钱谟）、《石龙旅次题壁》（钱谟）、《杂吟》（钱谟）、《秋感》（王雄）、《感事》（许廖）、《岳庙老柏》（许廖）、《秋夜怀苏南》（林之夏）、《友人愤国势积弱督乱自杀，闻之凄然》（林之夏）、《柴门》（林之夏）、《次韵答顾子同》（林之夏）、《西湖杂诗》（林之夏）。本期还刊登陈去病《新年辞》。诗云："人道新年喜，我以新年悲。志业百无成，老大忙相随。临风怅江梅，揽镜惭须眉。对客强欢谑，逢场聊酬嬉。四顾谁与娱，笑中哭自知。惊心应鸟友，溅泪酬花儿。宵深独坐处，早起无言时。狂歌不可遏，怒啸欲何之。一去二十载，家乡竟如遗。朋徒数百辈，生死忽分离。枯棋剩残局，欲以空拳支。哓哓舌三寸，皇皇笔一枝。经纶贮满腹，乃仅糊口资。顾顾七尺躯，匏击将奚为。孟浪悔平生，雕虫矜俗词。潮流浩无际，株守将安宜。誓乘新日月，力抉旧藩篱。诚至剖金石，气作宁虑衰。茫茫精卫海，沙填会有期。视彼愚山公，终须自我移。体魄脱有变，精神永弗隳。愿我同舟人，诵此新年辞。"

《国学丛选》第6集刊行。本集"文类·文录"栏目含《五箴（并序）》（揭阳吴沛霖泽庵）、《张氏姊哀词》（昆山胡蕴石予）、《先府君行述》（昆山胡蕴石予）、《〈松陵文集〉〈笠泽词征〉跋》（金山姚光石子）、《〈刘云鹤先生遗诗〉序》（泾县胡怀琛寄尘）、《〈雅声集〉自叙》（台山马骏声小进）、《洪秋潭〈莲藕图〉序》（乡音莲藕与怜我同，图取斯旨）（歙县黄质朴存）、《游北固山记》（吴江陈去病佩忍）、《书朱海和事》（金山高煌望之）、《谢慎修〈学文法〉序》（金山高燮吹万）、《周节妇传》（金山高燮吹万）、《杨燮堂先生家传》（金山高燮吹万）、《黄烈妇碑文》（金山高燮吹万）、《哭丰儿文》（高吹万）。"文类·诗录"栏目含《读高君吹万哭丰儿文，作此慰之》（平湖张景镛翰生）、《古意三绝》（新宁马骏声小进）、《山游仙诗》（新宁马骏声小进）、《柔佛国汽车道中夜咏示洪大》（揭阳吴沛霖泽庵）、《别尸牙》（揭阳吴沛霖泽庵）、《夜读林芙初金陵来书却寄》（揭阳吴沛霖泽庵）、《答人问诗兴》（揭阳吴沛霖泽庵）、《晚眺》（揭阳吴沛霖泽庵）、《渡海偶成》（揭阳吴沛霖泽庵）、《秋感四首》（昆山胡蕴石予）、《朔风四首》（昆山胡蕴石予）、《晴初四首》（昆山胡蕴石予）、《〈秋柳〉，渔洋山人韵》（昆山胡蕴石予）、《余怀》（昆山胡蕴石予）、《慰高吹万先生丧子即乞晒政》（泾县胡怀琛寄尘）、《赠陈国权》（泾县胡怀琛寄尘）、《宝剑篇》（泾县胡怀琛寄尘）、《吹万以哭儿文见示，为题两绝》（吴江柳弃疾亚子）、《梦春航》（吴江柳弃疾亚子）、《题〈红薇感旧记〉，为钝根作》（金山高旭钝剑）、《吊丰弟》（金山高旭钝剑）、《中秋对月》（金山高旭钝剑）、《读〈韩退之集〉书两绝句于卷首》（金山高旭钝剑）、《朱舜水祠落成征题敬赋》（常熟庞树柏檗子）、《朱舜水先生祠落成敬赋》（金山姚光石子）、《雨后西泠独步》（金山姚光石子）、《夏之夜二章》（译嚣俄诗）（金山高钧君平）、《吹万过茸城，赋呈一首》（华亭姚锡钧雄伯）、《忏情二首示道非，兼示一民、剑华、可生诸君》（华亭姚锡钧雄伯）、《和道非〈佳期〉原韵》（华亭姚锡钧雄伯）、《倒用前韵》（华亭姚锡钧雄伯）、《初至江南》（丹阳张素挥孙）、《沪宁道中》（丹阳张素挥孙）、《车中望太湖》（丹阳张素挥孙）、《苏州》（丹阳张素挥孙）、《偕力山同舟至金坛》（丹阳张素挥孙）、《赠味荪》（丹阳张素挥孙）、《寄尘赠所编〈兰闺清课〉，题此答之》（常熟庞树柏檗子）、《夜坐简蜕公》（常熟庞树柏檗子）、《酬丁君响卿，次原韵》（江都李鼎梅尹）、《楚伧招饮未赴，戏柬一诗》（山阴诸宗元贞壮）、《和骚心〈佳期〉原韵》（嘉善沈砺道非）、《再叠前韵示剑华》（嘉善沈砺道非）、《三叠前韵示同坐》（嘉善沈砺道非）、《胡石予索题〈近游图〉，作此赠之》（金山高燮吹万）、《怀王景盘却寄》（金山高燮吹万）、

《天梅书湘乡句"大隐东方朔，箸书扬子云"一联为赠，作此答之》（金山高燮吹万）、《佘山感赋》（金山高燮吹万）、《神山怀古》（金山高燮吹万）、《题俞雨堂五十岁小影》（金山高燮吹万）、《闻曼殊归国，率柬一首》（金山高燮吹万）、《怀亚子》（金山高燮吹万）、《丰儿之殇，殡其柩于秦山梅花墓道，越十有八日，余往视之，怆然成此》（金山高燮吹万）。"文类·词录"栏目含《蝶恋花·题寄尘所辑〈兰闺清课〉》（昆山胡蕴石予）、《蝶恋花》（华亭姚锡钧鹓雏）、《点绛唇》（华亭姚锡钧鹓雏）、《浣溪沙·刘三有"一天风雪薅黄精"之句，戏及之兼示其夫人灵素女士，文字游戏不失雅谐，弗诮轻薄尔》（华亭姚锡钧鹓雏）、《蝶恋花》（华亭姚锡钧鹓雏）、《卜算子》（华亭姚锡钧鹓雏）、《菩萨蛮·初来学舍，故人甚稀，午夜梦回，小楼寥寂，百感俱来，搅其心托于芳草之词，倘亦风人之旨》（金山高钧君平）、《浣溪沙》（华亭杨锡章了公）、《百字令·写怀》（吴江陈去病佩忍）、《百字令·偕味莼游于氏废园》（丹阳张素挥孙）、《水调歌头·酒阑感赋》（丹阳张素挥孙）、《莺啼序·壬子三月劫后过吴阊感赋，步梦窗韵》（庞树柏檗子）、《蝶恋花》（太仓俞锷懒残）、《减兰·鹓雏以所箸〈红豆书屋近词〉见示，赏以小词》（金山高燮吹万）、《临江仙·当湖偕内子同游瀛洲书院》（金山高燮吹万）、《柳梢青·寒食日报本塔寺晚眺》（金山高燮吹万）、《百字令·题钝剑〈花前说剑图〉》（金山高燮吹万）、《临江仙·题姚石子伉俪〈浮梅槛检诗图〉》（金山高燮吹万）。其中，高燮《临江仙·题姚石子伉俪〈浮梅槛检诗图〉》云："略费商量相缱绻，频挑纤指轻轻。嫩涂学句太痴生。湖波看动荡，赢得墨歆倾。　小叠吟笺携手坐，青山红袖多情。高歌低唱两分明。移舟杨柳下，双桨复双声。"

　　《繁华杂志》第4期刊行。本期"吟啸栏·诗"含诗93首：《寒月曲》（哲身）、《除夕守岁作歌》（寄庵）、《辛亥杂感》（七首，休宁华魂）、《承钱君香如邮赠玉照，赋此以答》（仿李白〈行路难〉体）（海阳程华魂）、《秋日拟古》（骈鸿）、《集〈千家诗〉》（八首，竹西小隐）、《甲寅小阳四日三十初度，感成二律，录尘海内诸大吟坛政和》（安化陶报癖）、《偶题》（朱石痴）、《月夜》（朱石痴）、《秋宵听雨》（朱石痴）、《读志鹤师兄遗稿不禁泫然，赋此书后》（朱石痴）、《题团扇〈美人〉》（朱石痴）、《题〈仕女摘梅图〉》（朱石痴）、《题〈寒江独钓图〉》（朱石痴）、《雷君曜君刊行〈文艺志〉，采录喟庵诗文，误以余为常熟人，戏赋此寄之》（戴简翁）、《硕父来书，以余得诗不答为非礼也，即次韵寄复》（喟庵戴简翁）、《赠人》（喟庵居士）、《申江杂咏》（八首，喟庵居士）、《无才》（五首，戴简翁泽庵）、《落叶四律》（朗圃秋士）、《家居》（朗圃秋士）、《志别》（潜庐）、《中秋偶作》（潜庐）、《旅夜寄内》（潜庐）、《〈儿女恨〉题词》（潜庐）、《题书斋壁》（三首，卜勋）、《书杨君照元题壁后》（二首，陈卜勋）、《秋夜有感》（愁庐主人陶泪民）、《题画箓》（愁庐主人陶泪民）、《秋夜闻钟》（醒龙）、《望月》（醒龙）、《秋夜读书》（醒龙）、《秋夜听雨》（醒龙）、《客窗独坐》（四首，醒龙）、《咏牵牛》（休宁程小珠)、《海棠》(休宁程小珠)、《画眉笔》(休宁程小珠)、《苦旱与华魂兄联句》(二首)(休宁程小珠)、《夏日苦热,与大姊长珠、二兄华魂即景联吟》(休宁程小珠)、《秋柳》(骊鸿)、《秋日有感》(骊鸿)、《秋宵坐数竿修竹庐》(骊鸿)、《怀秀生》(六首,穆郎)、《小窗遣兴》(隐龙)、《江干早行》(隐龙)、《野游》(隐龙)、《对月》(四首,隐龙);"吟啸栏·词"含词17阕:《惜分飞·本意》(华魂)、《惜分钗·本意》(佚名)、《声声慢·虫声》(朗圃)、《前调·雁声》(朗圃)、《蝶恋花·题太璞生小影》(手夹杂志中封面美人,地列菊花数盆,有触景怀思意)(健侬)、《一半儿·咏梦》(健侬)、《妓女观赛词·调寄〈一半儿〉》(十二首)(选);"集锦"含诗1首:《客中岁暮感怀,集〈诗经〉句》(李壬祥)。

《眉语》第1卷第3号刊行。本期"文苑·碎锦集"含诗《湘瑟斋本事诗三十首》(朱四)、《和张樾侯"鸳鸯枕畔说相思"辘轳体原韵》(五首,谈梦石)、《邯郸梦》(为王克琴而作也)(如如)、《上海旅次题壁》(前人)、《天津题壁》(前人)、《丽句题韵并序》〔《销魂双乳耸罗衣(得魂字)》《教他握着更关情(得握字)》《褪将双乳出红纱(得乳字)》《儿家惯妒桃花色(得妒字)》《一痕微透麝兰香(得痕字)》《金钗欲堕鬓云斜(得堕字)》《天女无情不散花(得花字)》《背人踏月到西厢(得厢字)》〕(群芳楼侍者醉春);"文苑·美人百咏(续第二期)"含诗《宫妆仕女图》([日]僧冷然)、《美人摘菜图》([日]鹫津毅堂)、《题〈大原卖薪女图〉》([日]大洼诗佛)、《美人折梅花图》([日]赖支峰)、《美人对镜图》([日]管茶山)、《三女对画图》(同上)、《梅花美人图》(同上)、《樵妇》([日]广濑旭庄)、《题〈宫娃肄兵图〉》([日]小笠原午桥)、《美人弄蔷薇花图》([日]千野松窗)、《题〈美人折樱花图〉》([日]日下部鸣鹤)、《美人折花图》([日]近藤牛五)、《又》([日]上句梅轩)、《题〈美人睡起图〉》([日]菊池溪琴)、《美人醉眠》([日]庄原篁村)、《倦绣词》([日]赖山阳)、《美人睡起图》([日]中井二洲)、《美人月下弹琴》([日]别役春田)、《帘内美人》([日]千贺鹤堂)、《美人临书图》([日]菊池三溪)、《还俗尼》([日]森春涛)、《宫女》([日]神永宽)、《美人调筝图》([日]成岛柳北)、《美人持扇图》([日]管茶山)、《睡美人》([日]管耻庵)、《题〈美人抱筝图〉》([日]管茶山)、《美人敛书图》(同上)、《醉妓图》(同上)、《睡起词》([日]赖山阳)、《美人集落叶作"情"字,风吹不成》([日]大洼诗佛)、《咏老妓》([日]阪井虎山)、《春闺》([日]江马氏细香)、《春词》([日]江马氏细香)、《樱花仕女图》([日]盐田随斋)、《画美人》([日]筱崎小竹)、《美人读书图》([日]筱崎小竹)、《东山舞妓图》([日]后藤松阴)、《美人宿醉》([日]大洼诗佛)、《美人拜月》(同上)、《村家见妓》(同上)、《美人扑萤图》([日]石野云岭)、《将进酒》([日]秋山玉山)、《捣衣》([日]三浦梅园)、《秋夜月思》([日]山梨稻川)、《薄命佳人,限韵》([日]植村芦洲)、《裁衣曲》([日]大沼枕山)、《宫蛾炙砚图》(同上)、《弃妇行》

（[日]村上佛山）、《岛原观妓》（[日]刘石秋）、《月下美人》（[日]加部琴堂）、《春怨》（[日]长沼东畊）、《挽车女行》（[日]村上佛山）、《饷妇图》（同上）、《闺怨二首》（[日]并木栗水）；"文苑·乳娘血弹词"含《乳娘血弹词（一名〈西瓜刀〉）》（弄珠楼泣红女史原著，集艳阁主人贯一氏阅刊）。

[韩]《新文界》第2卷第12号刊行。本期"词藻"栏目含《响云别墅小集》（茂亭郑万朝、桂堂李熙斗、梅下崔永年、响云李址镕、小溟姜友馨、川云鱼潭）、《华山感旧》（晦窝闵达植）、《宿龙珠寺》（同上）、《回路车中》（同上）、《青岛大捷歌》（梅下崔永年）。其中，晦窝闵达植《回路车中》云："轻车自动疾如飞，瞥眼华山隔翠微。斜阳还向长安去，到处萧条野店扉。"

[韩]《至气今至》第19号刊行。本期"词藻"栏目含《蜡梅》（可饮生）、《桐》（偷闲生）、《冬青树》（守分子）、《鹤》（超尘子）、《猿》（自任子）。其中，自任子《猿》云："宿有乔林饮有溪，生来踪迹远尘泥。不知三更愁何事，每向深山夜夜啼。"

林献堂参加台湾同化会。台湾同化会，由日本自由民权运动领袖板垣退助伯爵提倡，12月20日成立于台北铁路饭店。其目的在于同化台人。

陈夔龙等聚于陈仲瑀寓所。陈夔龙作《仲瑀寓斋小集，示坐中同卿诸君子，四叠前韵》。诗云："情话三更月落纤，乡心万里主宾兼。曾经劫火平为福，若问生涯俭养廉。开瓮新尝藜酿酒，登盘先喜豉加盐。薰楼醉饱鬈年事，老大沦飘各有髯。"

吴昌硕赠《红梅图》予上海演出的梅兰芳。上有于右任题诗："辉映天人玉照堂，嫩寒春晓试新妆。皤皤国老乡情甚，嚼墨犹矜肺腑香。"

张鸿任驻朝鲜仁川领事。

王葆心应湖南靖武将军兼湖南巡按使汤芗铭之聘，任湖南省官书报局总纂。又为罗田乡贤周锡恩（1852—1900）作《〈传鲁堂遗集〉序》。

张岯生生。张岯生，字孟玄，福州人。著有《梅庵诗草》。

陈三立为冯煦撰《〈蒿盒类稿〉序》。序云："蒿盒先生官安徽巡抚，引归之越二年，武昌难作，率土骚然，寻改国步。于是先生避乱沪渎，傂橡栖息，髯鬒皓然，跼天踏地之孤抱无可与语，辄间托诗歌以抒其伊郁烦毒无聊之思，宛然屈子泽畔、管生辽东之比也。先是先生未通籍，已以老师宿儒高文雅咏炳于南纪，既掇巍科，敭历中外，稍获殚心力及于民物者，訏画大计，延天命、定民志之所在，类嗫不得施用。其后群盲狂逞，益坐视颠倒败坏，莫之挽救。以是先几勇退，孤明儒术，诚不忍违衷随和，以一身浮沉而阶之厉，未久果躬遭崩坼，悬喘海裔。往事陈迹，关于国故、逐于人事，见诸先生平生所撰著，虽片楮单辞，皆足以绍先正诏来者，由今日视之，亦适成为丛忧积痛之具而已。先生重违党徒之请，遂辑前此未散佚者，次为《蒿盒类稿》，凡三十有二卷，授刊竟，以余为齐年旧侣，俾发其意缀一言。窃维天地万物之精英，形诸文字，各从其类，不可掩焉。有能者出，因而存之，曲肖而达之，而其真乃永于人心，相续而不敝。学者不察，或溢于奇衺浮剽，苟以为名，皆汩其真而速其敝者也。先生是编，所得于天与人，浅深高下，自有论定之者。独就所为文诗词为余所及知推之，吐辞结体，一出于冲淑尔雅，盎然絜然。盖导引自具之性情，以与古之能者相迎，讨原究变，溉泽典籍，衷于物则，不诬其志，庶几尤为滔滔斯世所系之能者欤？坚苦树立，成一家之言，先生固所可自信，且信之于天下后世而无愧也。甲寅十一月。"

华世奎作《甲寅冬十一月自题小照二首》（时年五十一岁）。其一："茌苒年华五十强，浑如一梦熟黄粱。本来面目存真我，犹是儿时华七郎。"其二："田园株守作闲人，文物衣冠付劫尘。惟此弁髦难割爱，留同彩服寿双亲。"

陈懋鼎作《林宰平以东事过济，续泛明湖，并怀林畏庐、陈仁先》（三首）。其一："官居甫十日，失喜宰平至。握手神顿旺，促坐谈更恣。忆随春山旅，共领岱松翠。沙散殊不期，萍合犹此志。劳生敢自择，先来恍有为。仿佛太山君，报我一年事。世缘各深浅，牵引人与地。冰雪阻幕南，吾宗复何意。"

陈篆作《恰克图议约赠陈士可》（二首）。其一："武昌旧雨感兼葭，犹记门前问字车（士可前充武昌自强学堂汉文教习）。早岁文章惊长老，丁年冠剑压风沙（士可前以考察学务，曾来外蒙）。敲余吟钵搜残碣，唱彻旗亭动暮笳。湖海元龙君最健，高楼春拥赤城霞。"

唐继尧作《甲寅冬月南巡》（三首）。其一："漫涤心田别样新，百年依旧此天真。苍茫尘海应无我，澎湃风涛且渡人。蕉叶池塘波卷绿，樱花陌路树藏春。达观一觉红尘梦，流水飞云证凤因。"其二："人海萍飘路欲迷，静观才见道心微。揭开宿雾群山在，飞净浮云尘世低。战马骄嘶旌鼓壮，村农憨喜稻粱肥。卅年书剑秋将老，不为苍生早赋归。"其三："一觉人寰梦未阑，只因谈笑挽狂澜。弥天荆棘刊删易，满地疮痍补救难。布德思丁服盘句，宣威介子斩楼兰。西风木叶萧萧去，剩有长松傲岁寒。"

升允作《甲寅冬月闻端忠敏卜葬卫辉》。诗云："死别三年阔，生存万里过。交情吴札剑，心事鲁阳戈。旧迹松云宴，新声薤露歌。从今淇水竹，添得泪斑多。"

[日] 松平康国作《十一月纪事》（二首）。其一："王师七日拔坚城，扫尽妖氛海寓清。唯此一隅关大局，堪临列国执平衡。凯歌振旅鱼龙队，优诏拜恩骠骑营。勿向西欧轻用武，请看柱下戒佳兵。"

冬

梁启超假馆于北京西郊清华学校，著《欧洲战役史论》一书。书成后赋示该校校员及诸生诗一篇《甲寅冬假馆著书于西郊之清华学校，成〈欧洲战役史论〉，赋示校员及诸生》。诗云："在昔吾居夷,希与尘客接。箱根山一月,归装稿盈箧(吾居东所,著述多在箱根山中)。虽匪周世用,乃实与心惬。如何归乎来,两载投牢筴。愧俸每颡泚,畏讥动魂慑。冗材惮享牺,遐想醒梦蝶。推理悟今吾,乘愿理凤业。郊园美风物,昔游记攸愊。愿言赁一庑,庶以客孤笈。其时天降凶,大地血正喋。蕴怒夙争郑,导衅忽刺歇。解纷使者标,合从载书歃。贾勇羞目逃,斗智屡踕踕。遂令六七雄,傞舞等中魇。澜倒竟畷障,天坠真己压。狂势所簸薄,震我卧榻龋。未能一丸封,坐遭两鲸挟。吾衰复何论,天僇困接折。猛志落江湖,能事寄简牒。试凭三寸管,貌彼五云叠。庀材初类匠,诇势乃如谍。溯往既缅缅,衡今逾喋喋。有时下武断,快若髭赴镊。哀我久宋聋,持此饷葛馌。藏山望岂敢,学海愿亦辄。月出天宇寒,携影响廊屧。苦心碎池凌,老泪润阶叶。咄哉此局棋,坏角惊急劫。错节方余界,畏途与谁涉。莘莘年少子,济川汝其楫。相期共艰危,活国厝妥帖。当为雕鸢墨,莫作好龙叶。夒空复怜蚗,目苦不见睫。来者倘暴弃,耗矣始愁慑。急景催跳丸,我来亦旬浃。行袖东海石,还指西门堞。惭非徒薪客,徒效恤纬妾。晏岁付劳歌,口呿不能嗫。"

曾习经返揭阳故居,经揭阳,访丁乃潜(讷庵)。丁有《蛰庵归,喜赋》。诗云："陶径冥鸿意已禅,经时辽鹤迟归旋。浮沉乡梦八千里,依约诗名二十年。簪笔旧曹西掖贵,荷锄今税北平田。嗣宗被酒知何世,托志佯狂不忍宣。"

萧瑞麟率家入蜀,撰有《滇蜀剿匪策》1卷、《滇蜀之间盐政》1卷。

况周颐为吴隐遁盦《秦汉古铜印谱》题诗云："上下二千载,摩挲径寸珍。印灯今续焰,铁笔此传薪。奇字人争问,古怀孰与伦。断无斯籀迹,沦落在风尘。"

冒鹤亭以所作《和谢康乐诗》寄吴仲怿之山东,谓将刻成,嘱吴作序。

连横归自大陆,仍居宁南,后迁淡北,1926年夏移家杭州。其间作诗凡254首。1927年自杭州又回台南,至1933年离台赴沪,所作凡21首,前后合编为《宁南诗草》。

王揖唐以功令军职,不得入政党,遂脱进步党籍。

陈师曾和陈衍、黄节、林宰平等在宣南法源寺祭祀宋代诗人陈后山,会后赋诗。陈师曾诗被评为第一。陈衍有诗赠曰："诗是吾家事,因君父子传。"

周庆云辑《百和香集》(梦坡室藏版)刊行。晋陵曹铨书尚。潘螺作《百和香集序》云:"古娄钱君听邠、吴兴周君梦坡,皆能诗者也。余初识梦坡于沪上,因识听邠。二公雅志离俗,春秋佳日,选胜携尊,招集同志相与流连觞咏,有作辄录而梓之。故凡能诗者,咸乐与酬唱云。一日,梦坡以香字韵索和,余赋数章,复征乡人诗若干首,及观听邠所刊《南园赓社诗存》,知此韵之更唱迭和,得声气应求之乐,非一日矣。在昔沈沧洲先生首唱七律两章,一时和作如林,刻《南园秋社诗集》,继而听邠联诸友追和成帙,刻《南园赓社诗存》。今梦坡复和其韵,征录诸什,共得百首,更名曰《百和香集》。余用是知文字之兴废,坛坫之盛衰,非关时代,有存乎人焉者。听邠继秋社刊于前，而梦坡又继之。其雅契相投，孜孜以提倡风雅为事，足令人兴起。已闻梦坡集海内知名士创设淞社，分题唱和，今已蔚然成集，他日付之剞劂，则当于松陵、西昆、庚辛集外，又添一番韵事。是编特其滥觞耳。余固好言诗者，爰承其嘱而为之序。甲寅孟夏虞山潘蟹识。"《百和香集姓氏录》："阳湖刘炳照语石（十七首）、番禺潘飞声兰史（一首）、石门沈焜醉愚（六首）、海宁许淇祥狷叟（三首）、贵池刘世珩聚卿（四首）、阳湖恽毓龄季申（一首）、阳湖恽毓珂瑾叔（一首）、常熟王庆芝瑞峰（一首）、常熟张希明嬉茗（一首）、王炳祺吉民（二首）、吴县张尔田孟劬（六首）、常熟俞钟銮次辂（二首）、常熟宗嘉树君玉（一首）、常熟邵松年息盦（四首）、常熟归曾祈归庐（一首）、常熟归曾福介亭（二首）、常熟顾葆彝兰培（一首）、常熟潘文熊瘦石（一首）、太仓钱溯耆听邠（五首）、常熟季绍龙梦莼（一首）、常熟潘蟹毅远（十一首）、常熟翁宜孙咏春（一首）、丹徒戴启文壶翁（二首）、丹徒戴振声鹤荠（十首）、乌程周庆云梦坡（十四首）、江宁归周钟玉琴薇（一首）。"

叶昌炽作《甲寅十一月吉日，叔彦太史续娶礼成，作诗言志，敬次原韵》（四首）。其一："鸡笼馆在最高峰，儒行诸生仰次宗。季女有齐偕采藻，宛童何幸适依松。韦平门第占鸣凤，管乐襟期得卧龙。想见小窗同读《易》，研朱点处露华浓。"其二："鸡鸣回首寝门时，白发青灯忆课儿。礼服曲台辉佩黻，乐章孔壁奏金丝。银鱼应制文无忝，玉燕投怀梦有期。诗到清风是佳句，岂惟黄绢有新词。"

曾福谦作《冬柳四首，为何邕威作》。其一："残年踪迹感飘零，飞絮前身已化萍。流水一湾南北岸，朔风十里短长亭。瘦腰未肯逢人折，冷眼犹难入世青。留得梅花算知己，岁寒相伴在郊坰。"

陈夔龙作《冬夜漫兴叠前韵》。诗云："才听铜壶漏点纤，更闻窗外雨风兼。棋争半着机先决，酒爱零沽价不廉。改岁忽惊新爆火，御冬仍饱旧虀盐。枯肠自笑吟诗苦，字未敲成且拂髯。"

陈遹声作《冬夜杂诗五十七首》。其六："盲风从北至，落日忽西斜。寒悯偎毛雀，聋惊沸耳蛙。苍生尽漂泊，白发独咨嗟。天缺何由补？搔头问女娲。"其七："离乱知交绝，焦劳国事艰。白山余马汗，苍水望鸥还。敢谓臣心竭，空嗟我发斑。寒天孤寂夜，霜月满柴关。"

林苍作《冬日湖上，同味秋》《寒极欲雪，归来取酒独酌》《过平冶宅，见梅花盛开》《雪夜吟归，僵卧甚病，枕上作，索退密、还爽同和》《连日寒甚且雪，因忆叒庵壬辰雪诗，用十三覃韵，和作者众。抚今追昔，不胜感喟，书以寄意》《冬晴，同退密、味秋访梅》。其中，《冬日湖上，同味秋》云："四山黄落剩寒流，收尽风华坐茗瓯。小小西湖还我有，请君莫看作杭州。"《寒极欲雪，归来取酒独酌》云："北风吹雪鬓华新，天意如将试我贫。只此一寒真见惯，借杯未肯热因人。"

方守敦作《冬日偕季野、枚生访光氏石庄，观孟超传家古砚，及姚翁当日唱和诗册，徘徊于心穀乡宾墓前，感赋一律，赠孟超》。诗云："毛溪雪后晴，访旧石庄行。江屿云犹浸（盆中石山奇古，似江中岛屿），庭梅蕚已经。醉乡谁祭酒，古砚世深耕。寂莫谈诗罢，青山百感生。"

曾广祚作《甲寅冬日，自燕至鄂，忆王湘绮丈寄诗招隐》。诗云："世事浮云客里身，秋风起后已思莼。偶从大隐游朝市，各有高歌泣鬼神。寒水萧萧铅筑破，晴川历历瓦衣新。非熊入兆知何日，辜负三千六百纶。"

宋作舟作《冬寓自遣（甲寅由开原归）》（二首）。其一："归来梦醒古扶馀（宦梦初醒），小饮乡天诸葛庐（乡天暂隐）。半世阔交知己少（知音难遇），十年误客故人疏（故旧多疏）。淡怀诗酒窗前月（诗酒疏怀），怡兴琴棋案上书（琴棋遣闷）。笑我偷闲且行乐（即时行乐），风尘莫问世何如（不问尘纷）？"

刘大同作《甲寅冬岁将暮》。序云："党人寓于旅社者甚伙。主人讨债急，频下逐客之令，同仁悲愤，莫可如何。余书两楹联以慰之：'岁寒知松柏，月落看明星。'又有'饿死夷齐犹有骨，不情天地抑何仇'之句，此作亦其时也。"诗云："群豪何苦来三岛，亡命于兹太寂寥。旅债未清年又到，愁肠欲断酒难浇。问谁弹碎田门铗，任尔吹残吴市箫。受冻忍饥君莫怨，是天磨砺屠龙刀。"

金鹤翔作《百字令·甲寅残冬，偕印士、心斋、问渠、宝书游河阳山永庆寺》。词云："山容如睡，尽风声似虎，何曾呼醒。吾辈清狂无赖甚，一再探幽索暝。古树颓云，断碑残字，认作萧梁证。高歌谁和，乱鸦林外相应。　　回溯借榻僧楼，凌寒梅月，同听空王磬。旧梦零星寻不得，剩有山林余兴。搔首乾坤，鬓随秋老，俯仰悲难定。无多猿鸟，白云谁许持赠。"

俞陛云作《甲寅冬应清史馆之聘北行感赋》。诗云："一樽岁酒醉逡巡，明日梅花驿路春。冷宦当年嗟木雁（光绪己亥入都销假，先祖赐诗，有'官冷宜居木雁间'句），素衣垂敝尚风尘。不缘家计寒于雪，何事离怀转若轮。此后故园花月夜，携节无复倚闾人。"

王国维作《题〈殷虚书契考释〉》。诗云："不关意气尚青春，风雨相看如怆神。南沈北柯俱老病，先生华发鬓边新。"

任可澄作《甲寅冬寄寓吴门，晓耕书来赠诗，次韵酬之》。诗云："老来避地常为客，愁里局门大试庵。不负晚年铁石意，雪香如海在江南。"

关赓麟作《冬日招樊山、杏城、实甫、芝山诸公集稊园小饮，席后赋呈樊山》。诗云："东华尘扰衣冠歇，南内城深殿阁墟（地为明南小城英宗所居，亦名南内）。不尽登临怀古思，都来慄栗苦寒初。弥天雪意山沈寂，入夜诗情酒破除（是日作诗钟罢，赋诗之约）。省识京曹十年事，北台风月较何如。"

基生兰作《甲寅冬日偶成》。诗云:"平地起风波,人其奈我何。可怜今日事,同室竞操戈。"

劳乃宣作《东归胜咏》(二十首)。序云:"辛亥之冬,遁居涞水之野,躬耕两载,有归田之作,以续归舟之咏。癸丑冬,以德国尉君之招,移家青岛,自涞水乘火车经长辛店、天津、济南,南至青岛。甫卸装,又以先帝后山陵奉安至西陵。叩礼归后,日与尉君讨论经籍,寓岛同人子弟多来问业。山东本旧籍,青岛在劳山之麓,为吾家得姓之地,祖居在是,此行亦可谓之归,即物成吟,不能自已。颜曰《东归胜咏》,以继诸篇,且待赓续。"其一:"一月邱国岁月遒,占晴课雨又春秋。此生已分终南亩,遄计时人识伯休。"其二:"东海双鱼忽宽关,殊方有客仰尼山。授餐适馆缁衣雅,使我开缄倍汗颜。"其三:"劳山本自属吾家,不比争墩语枉夸。愿刺轻装挈孥去,海天阔处共餐霞。"其四:"邻翁联袂课朝耕,市隐谈诗每出城。此日离亭共相送,桃花潭水见深情。"

瞿蜕园作《苦寒》。诗云:"冬初苦愆阳,逼岁宜栗烈。未凋江南草,忽坠蓟门雪。泽腹大坚厚,苇柳遽枯折。修衢更平直,辗冰不成辙。踦蹰拥瑟缩,蒲褐曳蹦蹩。宵燠兽炭死,晓汲铜瓶裂。对食叹失饪,举箸但流歠。客来欲问讯,口咔舌仍结。天地岂固阴,松柏独茂悦。关河直北望,长路何飘瞥。龟言此地寒,骨臭权门热。冰山久当摧,此心判似铁。"

刘伯承作《和邹靛澄》(又名《出益州》)。诗云:"微服孤行出益州,今春病起强登楼。海潮东去连天涌,江水西来带血流。壮士未埋荒草骨,书生犹剩少年头。手执青锋卫共和,独战饥寒又一秋。"

叶仲荪作《冬夜书怀》。诗云:"搔首踟蹰百感并,唾壶轴碎泪纵横。岂因鸡肋投时你,总为儒冠误此生。寥落填泪魂欲断,萧条身世恨难平。满腔抑郁为谁诉,都付猿啼与雁鸣。"

[日] 冈部东云作《冬夜读书》。诗云:"匆匆人生有三余,余力学文心自舒。深夜短檠油欲尽,雪窗寒月照残书。"

[日] 田边华作《冬晓》。诗云:"萧间宛似老僧家,石鼎通红夜煮茶。落月疏钟一人晓,清吟不寐对梅花。"

❧ 本 年 ❧

日本政府为分裂中国,策划"满蒙独立运动",支持宗社党运动。宗社党在日本东京成立总部,在大连设立支部。

政治会议议决,召集约法会议修改《临时约法》。邓镕预议国会,取一院制,别设参政院。及参政院成立，邓镕被任命为参政，院长为黎元洪副总统。

胡仁源出任北大校长，夏锡祺被任命为文科学长，开始引进章太炎一系学者。章门弟子马裕藻、沈兼士、钱玄同、黄侃等陆续进入北大任教。

月霞上人主办华严大学于上海哈同花园，弘扬贤首宗（不久迁杭）。学生有持松、常惺、慈舟、戒尘、了尘等，为近代佛教之一流。

若愚画学研究社成立于广州。由胡藻斌、冯磊楸等发起组织。画社主要成员有高剑父、陈树人、胡藻斌、冯磊楸等。

鲍竹君年五十，约同志立社，取名无闻社。共约 10 人入社，分别是鲍竹君、毛树青、胡叔王、陈谱笙、杨砚农、陈雨田、吴次垣、鲍中敷、夏克庵及刘绍宽。刘绍宽为作《无闻社序》。

振青社成立于上海。由丁悚、张聿光等发起组织，丁悚任社长。该社是上海图画美术院教师同仁美术团体。社员有丁悚、张聿光、徐永清、刘海粟、沈伯尘、陈抱一、杨惺惺、汪亚尘等。本年 10 月 11 日编辑出版《振青社书画集》第 1 集。

宣南画社成立。陈师曾与汤定之、余绍宋等发起成立，组织吟诗，切磋绘事。

艺社在北京创立。由孙去疾、庆珍、定信、沈宗畸等人发起创立。成员有孙去疾（谷纫）、庆珍（博如）、陈明远（哲甫）、黄璟（小宋）、定信（可安）、徐琪（花农）、袁祖光（瞿园）、沈宗畸（太牟）、袁励准（珏生）、姜筠（颖生）、曾福谦（伯厚）、成昌（子蕃）、唐复一（壶公）、周焌圻（季侠）、狄郁（文子）、卢以洽（荔青）、张景延（曼石）、张瑜（郁迟）、贺良璞（履之）、夏仁虎（蔚如）、吴坚（疴鸳）、骆成昌（南禅）、寿玺（石工）、许学源（游仙）、项乃登（琴庄）、萧亮飞（雪蕉）、黄翘芝（颖传）、嵩麟（伯衡）、张振麟（天石）、黄光汴（铁孙）、陈训（景彝）、张伯桢（沧海）、张銮（曜仙）、金绶熙（勺园）、刘光烈（纯熙）、宋大章（寰公）、王在宣（遁夫）、颜藏用（悔生）、何震彝（鬯威）、周维谷（萍紫）、马小进（退之）、李超（汉如）、谢隽彝（晓舲）、徐珂（仲可）、张之鹤（立群）、邬庆时（伯健）等 47 人。凡六课，各家大多有诗词收入《艺社诗词钞》《艺社诗钟选》。

蜕尘吟社由施琴南、王鼎梅等人于江苏同里创立。据甲寅（1914）季秋王鼎梅辑《蜕尘吟社唱和诗》（又名《槁蟫唱和编》），是集为众人与施琴南氏（槁蟫外史，号四红词人）唱和之作。其成员有：江都陈观圻（起霞）、丹徒戴启文（子开，壶翁）、阳湖刘炳照（语石，复丁）、无锡孙肇圻（颂陀，北萱）、江都陈懋森（赐卿，休庵）、金坛于渐逵（吉宜，醉六）、崇明曹炳麟（钝吟）、嘉定李镜熙（缉夫，且迪）、嘉定甘镜书（清甫）、青浦徐公辅（伯匡）、潮阳庄学忠（柳汀）、青浦徐公修（慎侯）、青浦沈其光（乐宾）、丹徒庄启传（鸿宣）、会稽沈潮（雪门）、江都王承霖（履青，睫庵）、江阴徐琢成（钰斋）、同里周时亮（钦甫，毫蟫）、同里杨应环（相玉，蠹衲，与施氏为中表，自署三当居士）、同里李钟瀚（墨农）、同里杨芄棫（瑟民，蛮鸣）、同里钱衡璋（礼南，韵盦）、同里杨勇庆（冯署，澡雪）、同里王鼎梅（味羹，尾更）等。

蒲东诗社于齐齐哈尔成立。据 1934 年王伯寅《读〈黑水诗存〉》"蒲东开社讫清明"诗句注中记载："卜奎诗社始蒲东讫清明，凡二十年。"主要成员有魏毓兰等。是年，蒲东诗社分韵，魏毓兰得"春"字，作《春雪》一诗。又，魏毓兰等人于齐齐哈尔成立哲苑诗社。是年举行第一次雅集。魏毓兰作《卜奎竹枝词》20 首。其一："奎站当年一僻乡，何来军垒蠹朝阳。齐齐哈尔西风紧，直送沙城夜过江。"其二："沙垒疏松木垒坚，于今砖垒更巍然。一城斗大经三变，小劫沧桑二百年。"其三："民族人传廿四种，边居我历十三年。采风不见辎轩史，僚谱新词当史编。"其五："元宵佳节试新灯，姊妹街头笑语应。却是谁家翻样巧？老人星挂一条冰。"

浙江安定中学校课余诗学社创立。社长吴载盛。后有《浙江安定中学校课余诗学社吟稿》刊行。

日本河西博士联络中国官绅结浩然诗社，张之汉加入该社。

梁社由陆震声提议改课诗钟，诗钟名家宗威等加入其中。萧惠清于《衡门社诗钟选》序中云："岁甲寅，汴中梁社友人陆君春霆建议改课诗钟，众论题之。爰仿闽例，每课社友各拟两题，拈阄定之，即日完卷、分评。开榜后，小酌清谈，或飞花数筹，或抚琴寄意，兴高采烈，可谓一时之盛矣。丁巳冬，春霆遽归道山，同人凄怆，社随沉寂。"刊有社作总集《梁社嘤鸣集》一种，卷首有《梁社简章》，章程规定："一、社名：本社定名'梁社'。二、社友：社友以齿为序，轮流值社，为临时社长。三、社期：每两星期开课一次，由临时社长出题，是日略备酒肴，以便聚谈。四、社题：每社定古风、排律不得过一首，律诗不得过二首，截句不得过四首，限次星期缴卷；如欲出乐府或诗余题者，备酌邀请特社。五、社评：公备社稿一本，由临时社长经理，于收卷后倩人随时誊录；次社携至社所，轮评甲乙，标写一二三四诸等第；合计时，以所取次第数目最少者为第一名，以下挨次排列，将稿本交次社社长接收，其社友原稿由本社社长收存。六、设所：每次开社，在临时社长寓所；如斋舍窄小，可借用社友之寓。七、入社：凡旨趣相同、稔熟之友愿入社者，应向社中达知，即可邀请入社，按年齿叙入轮次。八、退社：社友如有游宦、赴学、佐幕、省亲、旋里诸要务，声明退社。"梁社初名秋心社，成立于清末光绪二十九年癸卯（1903）秋季；光绪三十二年丙午（1906）改名梁社；民国三年（1914）改课诗钟；民国八年（1919）主攻诗钟，改名"衡门诗钟社"，刊印有《衡门社诗钟选》；民国十八年（1929）又回归诗歌，改名"衡门诗社"，刊印有《衡门社诗选》；民国二十四年（1935）再改名"梁园诗社"，刊印有《梁园社诗选》。

《东社》（年刊）年初创刊于上海。郭佛魂（郭绍虞）、金天翮、曾泣花、周影竹、黄松庵创办，东社编辑，先后由商务印书馆、右文社、文明书局出版，仅见第 1—3 集，第 3 集出版于 1916 年。主要内容分为文选、诗选、词选 3 部分，亦有社团史料等。

主要撰稿人有金凌霄、曾泣花、周影竹、孙谷纫、杨之廉、方侃、徐煦、徐吁公、汪馥炎、唐有烈、郭绍虞（佛魂）、沈浮海、曾进、吴冰心、金天翮、朱铁英等。

《公言》第2号刊行。本期"诗录一"栏目含《湘绮楼最近诗》：《即席和韬厂诗社征咏原韵》（王湘绮）〔附原作：《甲寅上巳汉口俱乐部诗社征咏》（韬厂王运嘉）〕、《即席和韬厂见赠原韵》（王湘绮）〔附原作：《王湘绮先生宴集诗社即席赋赠》（韬厂）〕、《法原寺留春会公宴集二首（并序）》（王湘绮）；"诗录二"栏目含《迟明看荷，呈恪士》（程子大）、《逸园饮集和赠黄宇逵二首》（程子大）、《爱晚亭》（程子大）、《虎岑堂》（万寿寺东）（程子大）、《访苏小墓遂饮酒楼》（程子大）、《六忆诗》（隼厂）、《癸丑秋日同萧松乔、陈希瑗、陈石泉、张亨一、黄聿园、家淞、芙白、鹤庄燕集即席赋》（黄深）、《哀欧战》（平子）、《己酉九日麓山待屯公不至，书寄，用渊明〈九日闲居〉韵》（醉厂）、《庚戌怀人四章》（醉厂）；"词录一"栏目含《意园词》（长沙陈启泰伯平）、[补白]《兰芷余芳录》（平子）；"词录二"栏目含《湘雨楼未刊词》（长沙张祖同雨珊）。

《扶风月报》第1、2期刊行。第1期"文苑"栏目含《为蔡伯灏光禄题凤威愍夫人画幅》（子展）、《题〈志文贞遗书〉后》（前人）、《赋得"何处生春早"》（用《有学集》韵并序）（天琴，目录题樊山）、《舜水祠落成》（张謇）、《其二》（汤寿潜）、《其三》（马浮）、《金节母》（天梅）、《春感四章》（倒用渔洋《秋柳》韵）（味农）、《鸿爪诗话》（石渠）、《题罗蓬圃先生〈出尘图〉》（用元韵）（石渠）；第2期"文苑"栏目含《谢梁鼐惠崇陵云水及梨枣柿脯启》（樊山）、《东坡墨竹卷子为伯浩属赋》（樊山）、《题东坡墨竹卷子》（乙盦）、《朱舜水先生祠落成》（公展）、《题铁城陈官一先生〈磨剑图〉》（珠泉）、《其二》（慧琳）、《其三》（味农）、《甲寅夏日杂感》（味农）、《其四》（石渠）、《感时四章》（步毛味农四兄元均）（石渠）、《鸿爪诗话》（石渠）、《题竹》（戴沐新）。

方希孟卒。方希孟（1839—1914），字小泉，亦作筱泉，号峰民，晚号天山逸民，安徽寿县人。早岁入邑庠，补廪膳生。连试于乡，均未中选，因以教职试用。历任太湖、霍山两县。时专阃疆帅以其博学，奉以重金延聘入幕。光绪二年（1876）为平定阿古柏匪帮，"卓胜军"将领金运昌率军由包头出关，方由京入其幕。次年抵乌鲁木齐，活动于乌鲁木齐至哈密一线。光绪八年（1882）回乡。后又入湖北提督程文炳幕。历经当道保荐，升用知府，分省补盐运司等职，均未赴任。三十二年（1906）应伊犁将军长庚召，再入新疆，三年后东归。辛亥革命时正寓武昌节署，仓促东返。1914年客芜湖，病卒于旅舍。著有《息园诗存》8卷。

赵怡卒。赵怡（1851—1914），字幼渔，号汉鳖生，贵州遵义人。幼年从母郑淑昭受学，又赴望山堂亲聆外祖父郑珍授课。光绪十五年（1889）举人，二十年（1894）进士，官四川新津知县。善诗古文，工书法，著有《汉鳖生诗集》《文字述闻》等。

范金镛卒。范金镛（1851—1914），字沤舫，一作藕舫，号沤道人，江西新建人。

光绪六年（1880）进士，历任礼部主事、云南知县。著有《心香室诗钞》《蝶梦词》《沤舫诗钞》《沤道人题画诗》《寒松阁谈艺琐录》等。友人曹伯荣为卜葬南昌近郊燕子湖（又名贤士湖）傍南向，即今之青山湖北岸。曹伯荣作《挽范金镛诗》。序云："藕舫年未二十即登第，五十余始以主事改选云南知县，不数年归，仍作画营生，甲寅六月下浣，犹留余欢饮畅谈。七月初，忽乌逝世，哲嗣请予卜吉，殊深感悼。"诗云："滇中偶现宰官身，依旧归来日写真。科第谁如张□早，官途偏厄薛逢贫。画缣遗迹应千古，樽酒谈心来两旬。忍泪为君定窀穸，伤怀我亦白头人。"

黄绍第卒。黄绍第（1855—1914），字叔容，一作叔颂，号缦庵，浙江瑞安人。在瑞安"五黄先生"中，为首是黄体芳、黄体立、黄体正，继之为黄体芳之子黄绍箕、黄体立之子黄绍第。光绪十六年（1890）进士，入翰林为庶吉士，散馆后授编修。任江南乡试考官时不拘常格，故多得知名士。光绪二十一年（1895）与叔父黄体芳、堂兄黄绍箕加入上海强学会，返京后常与黄绍箕联名上疏，痛陈弊政，建议改革。戊戌变法时单独上书光绪帝，建议从义务教育、工业、商业、妇女四方面提请"设法变通"，以达"内以消中国隐忧之渐，外以折列国耽视之谋"。光绪三十年（1904）由编修改道员，官湖北候补道。辛亥后回乡隐居。通训诂，工诗。著有《瑞安百咏》《缦庵遗稿》。汪辟疆《光宣诗坛点将录》称其诗"清丽"。

郭显球卒。郭显球（1859—1914），字季和，又字梦石，江西新建人。光绪二十四年（1898）进士，铨选云南易门县知县，摄宾川州事。常以"明镜"自比，滇中大吏多誉其廉明。辛亥后返回故里，曾应聘榷税樟树镇。工诗，诗风奇雄豪宕，能杂用新词。著有《松庐文稿》《过庭退学草》《出山小草》《归田吟草》《松庐诗存》。

曾对颜卒。曾对颜（1859—1914），名庆澄，字镜芙，号少泉，海南琼山人。光绪二十三年（1897）中解元。中举后无心仕宦，回琼从事教育工作。科举废除后，曾任雁峰两等小学、雁峰高等小学校长。光绪二十四年（1898），校勘丘濬《琼台会稿》和海瑞《海忠介备忘集》。著有《还读我书室诗录》。

苏舆卒。苏舆（1874—1914），字嘉瑞，号厚庵，晚号闲斋，湖南平江人。幼年随父苏渊泉读书，13岁补县学生。旋入读长沙湘水校经堂，肄业。光绪二十三年（1897），选充拔贡生，举于乡。曾师从湖南名宿王先谦受学，为其得意弟子。王先谦曾云："念厚庵从余数十年，言行素谨。"戊戌维新时，苏舆追随王先谦、叶德辉等反对湖南陈宝箴、唐才常、熊希龄、梁启超维新改革。光绪三十年（1904），苏舆赐进士，入翰林，授翰林院庶吉士。同年赴日本考察教育与邮政。后补邮传部郎中，辛亥革命后辞官归家。著有《〈春秋繁露〉义证》《〈晏子春秋〉集校》《翼教丛编》《辛亥溅泪集》《自怡室诗存》等。

[日] 冈千仞卒。冈千仞（1832—1914），号鹿门，字振衣，日本仙台人。早年受

业于安积艮斋、古贺茶溪、佐藤一斋。幕府末期，因上书主张"尊攘"之说，被捕下狱。明治维新后，到东京入史局；又为东京书籍馆长。同时开私塾绥猷堂授徒。1877 年退官以后，专意经营私塾。1884 年到中国旅行，与中国官员及文人多有相交，回国后用汉文作《观光纪游》。生平与中村正直、重野成斋、松本奎塘、南摩羽峰、李鸿章、张之洞、黄遵宪、李慈铭、沈曾植、俞樾、王韬等交游。著有《仙台史料》（18 卷），《藏名山房文初集》（6 卷），《藏名山房杂著第一集》（19 卷，含《北游诗草》2 卷），《观光游记》（10 卷），《观光游草》（6 卷）等。

杨惇甫卒。何藻翔有诗《哭杨惇甫学部》云："不解作符命，华林信道巾。六经宁堕地，一死乃完人。遗集韩承旨，高风井大春。会应乡社祭，磊砢见松筠。"

郭曾炘六十生辰，款客于什刹海会贤堂，都下知交者旧为诗文者甚夥，录为一集，贾耕、林纾亦有诗作。又，受徐世昌托，郭曾炘及樊云门、易实甫、王晋卿、张贞午、王书衡、郭则沄选诗于晚晴簃，后结集为《晚晴簃诗汇》。

况周颐获康有为赠"烟松衔翠幄，雪径绕花源"行书五言联。

朱祖谋晚岁作词甚少。张尔田《近代词人轶事》云："或问彊村翁晚岁何以少作词，翁嚯然曰：理屈词穷。"朱祖谋本年新作《洞仙歌·过玉泉山》。词云："残衫剩帻，悄不成游计。满马西风背城起。念沧江一卧，白发重来，浑未信、禾黍离离如此。　玉楼天半影，非雾非烟，消尽西山旧眉翠。何必更繁霜，三两栖鸦，衰柳外、斜阳余几。还肯为、愁人住些时。只呜咽昆池，石鳞荒水。"

吴昌硕为吴隐作《跋何震印拓二绝句册页》。其一："劫历红羊印不磨，岂真白鹤隐岩阿。古瓷斑驳尤堪宝，过眼黄陈记衍波。"其二："黯淡朱泥手细斗，细镌宗派认吴门。藏碑我有黄仙鹤，一样传家保子孙。（缶庐藏麓山寺碑，黯黄仙鹤一行）"附云："石潜宗台新得古瓷印二方，皆何雪渔手治，流传有自，宝同球璧。是册亦嘉道间旧物，展读数过，书二绝句归之。甲寅岁寒，吴昌硕，同客春申浦。"又，为少卿绘《艳色美人图》，并题云："名园芍药丛，重台眼稀见。风露一茎赠，艳色美人面。街头如有卖，倾囊实所愿。少卿老兄属。甲寅，吴昌硕。"又，吴昌硕作《长眉大仙图》并题诗："有客索我画古佛，古佛不类类古仙。眉长二尺爪尺半，捧经捧偈心虔虔。专气致柔能婴儿，神游出没崆峒巅。有时骑羊入西蜀，啖以绥山桃实犹垂涎。方瞳灼灼露真相，疑自上天谪倨佺。颜可驻衰骨成玉，寿历唐宋难记年。长生之诀非辟谷，比留旧术玄又玄。仙耶佛耶两无碍，仙能御风佛亦登青莲。老缶今年七十一，耳聋足跛筋力绵。意欲从游四禅天，欢喜即可生因缘。痴顽难跨白鹤背，终日墨戏驱云烟。诵经不熟且面壁，求脱俗骨参真诠。添毫颊上笔尖劣，愧对太白僧伽篇。"

龙璋自民国二年遭袁世凯、汤芗铭通缉以来，先避难于龙家老屋东皋别墅，后辗转流离于湘北农村，至民国三年在上海法租界定居，在此期间作《感怀八首》。其一：

"数载共和竟若斯，九州铸错复何疑。暴秦称帝鲁连耻，竖子成名阮籍悲。今日方知舜禹事，当年空慕许巢辞。瀛寰万国方同轨，东望扶桑有所思。"其二："五色旌旗印落晖，虚名争鹜总乖违。左徒宪令生诡构，邦内干戈动杀机。袖铁宁为宿将惜，避台无畏赧王饥。乾坤一赌成孤注，莽莽神州泪满衣。"其三："家天下已数千年，鼎革新猷万古传。首事方由伙涉始，驱除岂果帝王先。蒯通空抱徉狂策，精卫难将郁恨填。今日论功已灰烬，朔风枯树汉江边。"其四："叹惜金陵王气衰，芜城秋草不胜悲。雨云翻覆一朝迹，黑白纷纭数局棋。虎踞龙蟠原得地，泣麟伤凤惜非时。子山哀思传诗赋，危苦于今空费辞。"其五："歜浦雄城旧有名，秋风鏖战海涛惊。耽耽虎豹九关护，扰扰龙蛇一族争。避地人多窜荆棘，挽河星不洗搀枪。苍天欲倩湘累问，谁使蚩尤作五兵。"其六："砥柱中流峙小姑，伤心万骨逐流枯。举旗不定失先着，卷土重来非故吾。剑履仓皇群士愤，旌旗惨淡一军孤。英雄岂合论成败，飞将终看绝世无。"其七："大长臣佗亦自豪，楼船声到忽嗷嘈。当门狼虎难迎拒，移窟龙蛇远遁逃。助国纵教尊卜式，济师无复觅弦高。横流沧海安何处，谁掣长纶钓六鳌？"其八："地狭原难舞袖回，孱王腾诮任人猜。蜿兰亩蕙无香泽，紫电青霜付劫灰。画虎不成形岂类，见龙无首祸偏胎。南公三户今何在，吟望低垂白首哀。"

樊增祥应吴庆坻之请，为丁丙遗稿作《丁修府诗序》。序云："《儒行》曰：'多文以为富。'吾见富于文者矣，若富人而兼有文行，诚世所罕见也。钱塘丁氏，富甲一郡，松生、封翁昆季，见义勇为，乐善不倦，尤好聚书，宋元以来佳本，充溢厨库，其犹子修府孝廉，能遍读之。余庚辰岁居京师，修府始与计偕相见于止潜濮君座中，止潜曰：'此吾乡劬学好古之士也。'未几又见于书估李雨亭许。观其抽览群籍，辨片板本，心知此君邃于目录之学，匪直能文而已。时常在越缦堂，所交多浙人，独未与君款接，亦未见其诗也。今距庚辰三十四年，君墓草久宿，同社吴补松以君遗稿来索序，因忆顾阿瑛、倪元镇皆富而工诗，又皆遇国变，皆先富而后贫。君诗虽不逮顾、倪，然当其入洛之初，欧风已浸淫入于中土，后起聪明英特之士，皆舍旧学而猎新知。君乃独抱遗经，酷嗜风雅，所作至千余首之多。当此天地寂寥，琴笙辍响之时，而冰雪一编，宛然复见乾嘉之余韵，则亦空谷之足音矣。当君在日，素业已渐凋落，以视玉山草堂追忆洛阳年少时，云林子遭张王鞭挞以后，殆无少异。其可幸者，目不见黍离之变耳。虽然，使君而得为《黍离》之歌，虽身世之不幸，而诗心以激而愈悲，诗律以老而愈细。若明季诸遗老，其苍深雄健之作，大都入清朝后为多。然则君诗之稍亚于顾、倪，正在寿年促而不逢国变欤？补松笃于风义，为君掇拾遗稿，芟繁订讹，不愧今之古人。重违其意，序以归之。"

冒鹤亭在温州处理公务之余，因关署旧为温州总兵衙门，荒废殆甚。冒鹤亭遂节衣缩食，先后用三千余金修葺园林。园中楼台花木，则尤煞费苦心。署在偏筑园，颜其园曰"瓯隐园"。楼台又书其斋曰"疢斋"。冒鹤亭作《疢斋记》云："柳子厚谪永州，以愚名溪，曰以余故，以愚辱焉。溪之外，若邱、若泉、若沟、若池、若堂、若亭、若岛，莫不辱而愚之也。余来温州，颜其斋曰：疢斋。夫斋则何书疢哉？以余之疢，而辱余斋以疢之名，余盖悯兹斋之遭也。斋前有松、有柏、有桂，其左有石、有泉；其上有楼，夏宜当风，以披其襟；冬宜听雪。自余居是斋，而斋后冬青树产芝凡三，大者如笠，小者如盘如碗。芝上有丹砂，近土皆赤，风过若伽楠、若兰、若西番黄熟。氤氲郁勃，静参鼻气，见者以为祥。然则余之疢而兹斋，固未尝疢也。"外舅黄叔颂（绍第）于1911年辞官返里，以搜集整理乡邦文献为己任，并多作咏，有《瑞安百咏》。冒鹤亭本年与黄氏时常往还，并多请业。有诗作《奉和外舅黄缦庵夫子〈无题八首〉》《再和外舅夫子〈无题〉八首》。其中，《再和外舅夫子〈无题〉八首》其一："西风流水点栖鸦，女伴相逢旧绽纱。事去铜仙辞汉泪，愁来玉树隔江花。蛇蚹未解怜身世，鹦鹉犹能说内家。问讯雷塘几萤火，今宵亲照玉钩斜。"其二："镜里朱颜白发新，好花无复上林春。试量锦瑟长如汝，便解明珠赠向人。西狩山河王母国，中州词赋洛川神。飘零剩有樊通德，重话昭阳泪满巾。"其三："长安隐约隔浮云，独鹤南来怅失群。万里有城崩杞妇，九疑无路哭湘君。难干海鸟心头血，自数田螺指上纹。今日维摩天女散，无边花雨落纷纷。"其四："春殿灵和柳万条，承恩第一董娇娆。自从永巷成轻别，重向阳台舞细腰。垂老江山怜马齿，平生弦管误龙标。缄来红泪无人寄，剪断冰鲛寸寸绡。"其五："不应浅笑不应颦，眼底风光簌簌新。寒食泰和原有泪，靓妆天宝渐无人。烧残心字香犹热，卜尽灯花信未真。输与烟波老渔父，姓名埋没武陵春。"其六："沉沉宝帐挂流苏，帐里情人泪眼枯。红粉成灰留贱妾，黄泉相见愧慈姑。春归何处惟芳草，月尽能来有夜珠。万岁千秋谁管得，世间多少霍家奴。"其七："人琴容易怆俱亡，惹得飞花满屋狂。机上论心嫠妇纬，梦中点额内人妆。西陵路断青青柏，东海田成处处桑。自是情天都有憾，补天无石怨娲皇。"其八："簸钱斫草昔人非，凭仗游丝系落晖。鹤讶天寒犹有语，鸟经巢破已无翚。青菱镜蚀羞华发，黄竹箱空感嫁衣。欲把蘼芜寄夫婿，思量惭愧首阳薇。"

李宣龚托陈三立补辑《宋诗钞》所关16家诗事，后因李氏得别下斋旧藏本《宋诗钞补》而作罢。

何藻将陈三立3月、4月间江西之行所得诗15首刊入《古今文艺丛书》第4集，总名为《散原精舍集外诗》。

叶德辉撰《癸丑蒙难记》（1卷）。又编两次居京所作诗为《于京集》，共38首，含《甲寅春仲重来都门感赋》《为徐容舟金事题所藏阮文达〈灵隐书藏纪事诗〉手迹后》（以上为本年第一次入京时作）、《晚过鹦鹉洲吊祢衡》《偕李肖聃、杨芗诒访圆明园故址》《县人邀同湘绮年丈饮张文达祠，赋呈同席诸君子》《买书》《访神田东洋，留饮赋赠》《赠山田饮江一首》《题梅兰芳小像》《梅郎曲》《初夏偕钱仲宣同年游万生园，访三贝子花园故址，周览农事试验场，归途同作》《柯凤荪学士出示先德龙岩公镜影图像册，敬题七律一首》《同钱仲宣游隆福寺，过神武门感赋》《送山田饮江先生还日本一首》《送山田饮江登车口占一绝》《北海行》《吴景洲民部招同姜泳洪令长、易吟村孝廉、易惠泉议郎、杨芝诒、蔡斗南两主事燕集陶然亭，归途访张文达祠小憩，作歌一首》《闰五月御河荷花早开》《易实甫以诗为诸女郎所困，戏柬一首》《李燮和上将招饮十刹海藕香斋看新荷，即席作歌》《后买书行》《日本神田东洋之夫人神田操子精中馈，余每过访，夫妇必留餐，作此奉谢》《题吴莲洋、傅青主合刻诗抄》《钱仲宣同年藏白描〈揭钵图〉，旧题李公麟画，为作七古题其首》《江叔海观察备兵河南，重修白太傅墓，建亭其傍，署曰白亭，长沙王葵园阁学为撰记，属余作歌，缀其后》《同钱仲宣、李燮和、杨芝诒饮十刹海酒楼看荷，有二女郎入座，自述为宦家子，仲宣用张文襄谢奇克坦泰〈水轩置酒〉韵作歌示同席，约同作一首》《四生咏》（蝇、蚊、蜇、白蛉）、《读史四首》《送钱仲宣同年之官湖南》《雪花引》《古钱刘歌，赠广元主人》《同吴景洲民部登城南酒楼看西山》《题庄思缄都宪〈扶桑濯足图〉》《题庄思缄〈濠梁观鱼图〉卷》《以丛刻书贻贺履之路分，辱诗奖饰，同韵和呈》《题恽南田画喜报三元立幅为，庄思缄都宪作》《章式之太史为其母陈太夫人作〈夜纺课读图〉》《南归闻罗兰仙之丧，为诗悼之》。其中，《买书》云："买书如买妾，美色看不厌。妾衰爱渐弛，书旧芳益烈。二者不可兼，得失心交接。有时妾专房，不如书满箧。买书如买田，连床抵陌阡。田荒逢恶岁，书足多丰年。二者相比较，同在子孙贤。他日田立券，不如书买钱。吾生好坟籍，终日为书役。大而经史子，小者名家集。二十万卷书，宋元相参积。明刻又次之，嗜古久成癖。道藏及佛经，儒者偶乞灵。藏本多古字，佛说如座铭。百川汇巨海，不别渭与泾。迩来海舶通，日本吾元功。时有唐卷子，模刻称良工。新法玻璃版，貌似神复同。终日肆饕餮，四库超乾隆。又有敦煌室，千年藏秘密。忽然山洞崩，光焰烛天日。鲁殿丝竹遗，汲冢科斗迹。疆吏诚聩聋，坐令瑰宝失。西儒力搜求，传抄返赵壁。此事颇希闻，朝士言纷纭。轺轩使者出，残篇稍得分。我友王（幹臣）柯（凤荪）辈，持赠殊殷勤。列架充远物，岂是坊帕群。譬如豪家子，恋色拼一死。粉黛充后庭，复重西方美。又贪日女姿，爱听橐声履。书中如玉人，真真呼欲起。又如多田翁，槁卧乡井中。一朝发奇想，乘槎海西东。胡麻获仙种，玉树来青葱。不问谁耕种，仓廪如墉崇。买书胜买妾，书淫过渔色。朝夕与之俱，不闻室人谪。买书胜买田，寝馈在一毡。祈谷长恩神，报赛脉望仙。吾求仙与神，日日居比邻。有枣必先祀，有酒必先陈。导入嫏嬛梦，如此终其身。一朝随羽化，洞犬为转轮。世乱人道灭，有形不如神。买书亦何乐，聊以酬痴人。"《后买书行》云："好书要仲尼，否则同书肆。斯语载法言，自汉书有市。三国逮六朝，迄于隋唐世。皆以抄写名，卷轴纳诸笥。中唐创雕版,梨枣资刀锲。天水始右文,蜀杭本罗致。建阳坊刻兴,临安书棚萃。当时视寻常,后世殊珍异。元明承其流,圣清法益备。康雍缮写工,乾嘉校勘细。洪杨乱中原,回捻同携贰。中更几劫灰,五厄罹其二。曾左命世英,所至搜文粹。苏扬官局开,闽浙踵相继。精镂仿宋元,馀亦称中驷。插架幸苟完,簿录分条例。颇师瞿木夫(中溶,钱大昕女夫,有《藏书题跋》一卷,多载乾嘉时仿宋元刻),近刻搜罗易。卢(文弨)孙(星衍)补逸文,顾(千里)黄(丕烈)发奇秘。堂堂毕(沅)阮(元)翁,朱(彝尊)何(焯)信无愧。歙鲍(廷博)侈巾箱,读画(顾修)又其次。伍(崇曜)潘(仕诚)各效颦,宛若承謦咳。贷园(李文藻)雅雨堂(卢见曾),鼎足微波(孔继涵)峙。连筠(杨墨林)与惜阴,(李锡龄)同起道光季。北学有南风,矫矫群空冀。齐鲁吴越间,辙迹我频至。获书捆载归,充栋无馀地。计偕入京师,欲探西山邃。日从厂甸游,琳琅启金匮。路南肆如林,路北居杂厕。赝鼎寓目多,宁作朱崖弃。时有漏网珠,拾之出无意。内城隆福街,比之慈仁寺。客来访渔洋,约与寺门伺。粤维光绪初,承平日无事。王孙推祭尊(盛昱),诒晋薰香媚。潘(文勤)张(文襄)振儒风,缪老(荃荪)传清閟。丁(丙)陆(心源)勤刻书,诏旨褒嘉惠。同官半书淫,交游重文字。一朝海水飞,变法滋浮议。新学仇故书,假途干禄位。哀哉文物邦,化为傀儡戏。坐观九鼎沉,人亡邦国瘁。吾衰庶事艰,或咎书为祟。岂知兵燹馀,反获长恩庇。赉斧倘有馀,罄作收书费。问汝欲何为,老至谋生计。刻书复鬻书,较胜食租税。远法尧圃穷,近贪玉简利(罗振玉在日本买书卖书,颇获利市,所刻《玉简斋丛书》甚精)。从此道人行,不轻去乡里。连年寇盗侵,幸托此知契。天不丧斯文,或者无人忌。偶忆半生痴,何止六经醉。甘苦托歌谣,聊抵买书记(李文藻有《琉璃买书记》,仿之以诗)。"

林纾任北京《平报》编纂。又,陈宝琛常从宫中借书画供林纾观赏,林纾对山水画有所得,并开创以画论画先河。如《题退思斋画影》:"人间竟得餍尘眼,螺江太保取诏旨。梅花道人更奇警,玄宰长江写万里。饱观竟日未临摹,胡敢蝇头书纸尾。"

王国维应罗振玉之约,同往欧洲审定东方古文物,因第一次世界大战爆发未成行。罗振玉在其所著《集蓼编》中云:"宣统初,因法国伯希和教授得与沙畹博士书问相往还,又与英国斯坦因博士通书问。尝以我西陲古卷轴入欧洲者所见仅百分之一二,欲至英德法各国阅览,沙畹博士闻之欣然,方联合英德学者欲延予至欧洲为审定东方古文物,予将约忠愿偕往,乃未几而巴尔干大战起,乃中止。"

马一浮在杭州发起组织"般若会"。

林痴仙得子林陈琅,作《喜琅儿生》。诗云:"星星点鬓余垂老,婉婉投怀汝始生。万事后人堪一笑,百年有托慰无成。承家文武流风远,阅世沧桑旧局更。翘首前途奢望在,欲教温峤试啼声。"

张东苏闻讯美国实用主义哲学家詹姆斯逝世,作《吊美国乾母斯博士》云:"西风噩信惊残梦,孤烛零篇系吊思。千载是非今日定,百年辛苦几人知。伤心江海苍茫处,刻意人天寂寞时。帝网重重生世泪,中原犹赋大哀诗。"

杨守敬被袁世凯聘为顾问,任参政。

宋育仁赴京任国史馆纂修并主持馆务。

吴獬在岳麓书院讲学。

王揖唐任参政院参政。

褚辅成被拘安庆狱中,究心阳明之学。

萧瑞麟以旧资得免县知事考试,仍分四川任用。

连横返《台南新报》工作,同时用力于《台湾通史》撰稿。又在《台南新报》上陆续发表《大陆游记》和《大陆诗草》。

太虚大师请陈诵洛为《昧盦诗录》作序。

张默君加入南社。又,神州女界协济社创办神州女学,张默君任校长。

张汉英自筹经费,在湖南家乡首创醴陵女子学堂,自任校长兼教员。

陈碧岑因丈夫郁华奉命到北京任职,舍弃日本学业,随丈夫回国。

顾无咎、沈次约等撰《消寒集》索题,柳亚子为撰《消寒一绝》。诗云:"袁安高卧太寒酸,党尉羊膏未尽欢。愿得健儿三百万,咸阳一炬作消寒。"

柳亚子作《论诗六绝句》,批评王闿运、郑孝胥、陈三立、樊增祥、易顺鼎、康有为、黄遵宪等人,推崇丘逢甲和宗唐的福建诗人林嵩祁及其子林之夏。其一:"少闻曲笔《湘军志》,老负虚名太史公。古色斑斓真意少,吾先无取是王翁。"其二:"郑、陈枯寂无生趣,樊、易淫哇乱正声。一笑嗣宗广武语,而今竖子尽成名!"其三:"一卷生吞杜老诗,圣人伎俩只如斯。兰陵学术传秦相,难免陶家一蟹讥。"其四:"浙西一老自嵯峨,门下诗人亦未讹。只是魏收轻蛱蝶,佳人作贼奈卿何!"其五:"时流竞说黄公度,英气终输仓海君。战血台澎心未死,寒笳残角海东云。"其六:"快心一叙见琴南,闽海诗豪林述庵。老凤飞升雏凤健,龙门家世有迁谈。"

陈去病重游北固山过无锡返家,有哭黄摩西诗,吊张伯纯诗。《吊张伯纯》云:"湘乡老名士,湖海久推尊。风雅一门叶,清高卧雪袁。可怜杯酒罢,长断故人魂。叹息斯翁逝,中原那可言。"

景梅九到陕西任西北大学农校校长,并参加反袁斗争,撰讨袁檄文。又,避地陕西三原东里堡,独游唐园赏花,作一绝寄内云:"暖日晴空护牡丹,满身风露倚栏杆。可怜并蒂分浓淡,唤作鸳鸯懒独看。"后将首句改为"晓日笼云护牡丹",题为《咏唐苑牡丹》,收录《秦中杂咏》中。又,闻袁世凯派密探侦其行踪,乃漫吟一绝讽之云:"三春桃李竞芳菲,唐苑看花缓缓归。痴蝶狂蜂挥不去,只为余香尚在衣。"后将首句改为"踏青儿女斗芳菲",题为《唐园赏花》,收录《秦中杂咏》中。又作《咏唐园燕子》。

诗云:"雪满唐园燕子飞,人随燕去不随归。闺中少妇愁难遣,悄上增楼盼落晖。"

林之夏应浙江督军朱瑞聘请,任督军署高等顾问,主持军事编译馆,自兹徜徉湖山,安居十载。

汪二丘与友人杜召棠、戚素秋、丁悯公在扬州创办油印小报《怡情报》。4人时称"甲寅四友"。后汪二丘从商、从戎参加北伐,并任营长。

张伯苓校长引导南开学校成立"敬业乐群会",吴玉如任演说部长,周恩来为智育部长。

陈含光应国史馆馆长王闿运之聘,参与撰修国史,因不满袁世凯称帝野心,返扬州故里,自此以诗书画自娱。

侯鸿鉴出访日本,后作《五十无量劫反省诗·癸丑四十二岁》。诗云:"三岛重游览物华,西京名胜棹琵琶(是年余为商会资,往日本参观大正博览会,游西京名古屋、琵琶湖疏水诸名胜,参观奈良女高师等)。万言文字尽人竞(自上年余兼任商务、中华两局编辑时,适两局竞争营业之关系,致余之所为文亦大增价值,得津贴竞校之用),十载门墙笑我赊(余因前年建筑校舍事,日运心思,筹集款项。上年始辟校门,本年已得共有房屋七十余间。开十周纪念会七日,有《烬存》一册)。芒砀烟云胸有竹(砀山土匪骚扰学校,影响甚大,时余适视学丰、沛、萧、砀四县),琅琊山水眼无花(道出滁州,得游琅琊诸名胜)。仔肩教育牺牲日(余对于省教育行政方面,既力任艰难;而对于地方教育,自任教育会会长以后,建筑会所及市房,编辑教育杂志。是年经董县立图书馆,竭力筹备七阅月,罗掘困穷,翌年一月一日开馆,筹经费,募图书,艰苦从事者凡六年),心血弦歌冰雪夸。〔竞志女学是年学生有三百八十二人,为最盛时代。年开学艺会一次,常在一天风雪中。故十周纪念会余有联云:'心血十年洒冰雪,弦歌万里走风尘。'(此指旧生,服务者已南至爪哇,北至东三省。是以陈列室中有一校外成绩室,即旧生之成绩也)〕"

赵藩被云南乡人推为孔教会长,立国学社。

张宗祥任平政院长。政余,从事钞校。

张元济邀陈叔通入商务印书馆。

溥儒应德国亨利亲王之邀,游历德国。

冯煦介绍江宁蒋国榜(原籍宝应)拜李审言为师。

陈寅恪上半年在巴黎大学,8月欧战起,战前取道回国。秋,江西省教育司副司长符九铭电召回江西南昌,阅留德学生考卷,并许补江西省留学官费。

陈方恪经梁启超介绍入上海中华书局,任杂志部主任。此后,陈方恪还在上海商务印书馆以及设在法租界三茅阁的《民立报》及《时事新报》做编辑。本年陈方恪在沪上随狄平子、狄南士等名士交游,沾染阿芙蓉(鸦片)癖,一生均为所累;又随报界同仁拜过洪帮老大,在洪门中有较高辈分。

刘永济奉兄命,侍生母崔氏由湖南新宁至上海,依刘永滇四兄居。本年离开新宁老家赴上海时,作《甲寅别家四绝》。其一:"晓起江寒雾不飞,离巢孤燕自依依。无端省记当年事,回首柳堤何日归。"

胡先骕经留美同乡同学杨杏佛、饶树人之介绍,得与留美之胡适通函。两人遂定交。胡先骕甚敬佩胡适之学识,引为知音。

刘赜、张馥哉、孙世扬、曾缄、骆鸿凯、金毓黻、钟歆、楼巍等就学于北京大学文科国学门,执贽称黄门(黄侃)弟子。其时,范文澜亦入北大文科国学门,黄侃授以《文心雕龙》之学。范文澜《〈文心雕龙讲疏〉序》云:"曩岁游京师,从蕲州黄季刚先生治词章之学。黄先生授以《文心雕龙》札记二十余篇,精义妙旨,启发无遗。"

秦锡田分纂《上海县续志》水道志、艺文志、名宦志和交通志。又,出游途中撰《周浦塘棹歌》242首。其一:"志乘名垂周浦塘,澧溪杜浦别名详。粮船二月春风放,直达京通十八仓。"其二:"黄浦分支周浦塘,一湾一曲一村庄。九十九曲到周浦,周浦东西街路长。"

陈朴庵应恩师曾习经之公子、揭阳榕江中学校长曾靖圣之聘,担任榕江中学国文教师。后辞职,办"仰斗书屋"。

姚倚云因病求退,作《丙午年,退、啬二公召兴女学,于兹九载,自惭学浅,无补于教育。所幸前后诸生不乏美材,今以老病乞休,差慰归欤之志,再叠前韵以写余怀》。诗云:"闲踏青郊逸兴生,芳春花鸟动归情。但期桃李均成实,莫遣桑榆殉薄名。应世不才能独去,隐身有策可长行。乘风誓买沧江棹,猿鹤溪山续旧盟。"

劳乃宣将1913年冬至1914年秋所作诗结集为《劳山草》,含诗约31首。引言曰:"癸丑(1913)冬,自涞水移居青岛,以在劳山之麓为吾家得姓之地,因自号劳山居士,居此所得之诗,为《劳山草》。"其中,《敬题澂如京卿藏陆相国所赠今上御笔》云:"冲人方在疚,翰藻犹巍然。心画乾坤正,奎章日月悬。尧城丁此际,纶旅果何年。海曲孤臣泪,凄其泾短篇。"《题徐菊人相国〈双隐楼读书图〉》(二首)其一:"百尺高楼拥百城,海风吹送读书声。羡君真践联床约,雅胜苏家句里赓。"其二:"鸿翩冥冥与世遗,高情孤识更谁知。机云长住三间屋,焉有华庭鹤唳悲。"《海滨即日》云:"波光如镜暮山孤,两道长堤入画图。更复谁知是东海,宛然身已到西湖。"本年,劳乃宣又作《共和正解之作,报章大肆讥评,有报绘一老者发辫后飏,手捧一牌,大书"万万岁",向宫门而趋,宫门半掩,内出两手作摇状,门端露"爱新"二字,半"觉"字,后有西装一人,戟手而指,题曰"劳而无功"。忆庚戌在资政院争新刑律时,报纸画一翁伛偻担两巨石,一书"礼",一书"教",亦题"劳而无功"。四字见谤,反以见重,何后先符合如是,亦足见报馆意识之陋矣!率成一律,以志愧幸》。诗云:"无功莫漫笑徒劳，华衮真成一字褒。精卫口瘏终奋翼，杜鹃血尽尚哀号。昔年礼教只肩重，此日天阊万仞高。写出孤臣心上泪，画师谢尔笔如刀。"又作《摸鱼儿·余癸亥岁就姻曲阜，居甥馆者三载，甲寅重到，屈指逾五十年矣，畴昔侪辈无一存者。当时童子今俱白头，悼亡则已二十余年，复过妇家旧居院落，早割典他氏，触绪兴怀，不自知其辞之悲也》）。词云："乍重来，矗矗一鹤，依然城郭如许，回头五十年前梦，历历爪痕堪数。寻故侣，尽华屋，尘凝宿草斜阳暮。苍茫四顾，剩在昔黄童，而今白叟，握手钓游溯。　门庭冷，犹记壻乡会住，玳梁栖燕双羽。画眉窗又银墙隔，不见旧梳妆处。空自语，问环佩，魂归可认相携路。浮生电露，纵我欲忘情，谁能遣此，无那断肠句。"

曾朴投呈平政院控诉，要求彻查江苏善后公债用途，并弹劾墨吏，未果。后返宁任沙田局会办兼清理江苏省官产事宜。

黎锦熙与杨昌济、徐特立、方维夏等组织"宏文图书译社"；又附办刊物《公言》，发表正义舆论，毛泽东时常帮黎锦熙抄写文稿。

张汝钊因母命嫁与同县纨绔子弟董氏，虽数次饮药自尽以抗婚，未成。因男方有严重夫权思想，且行为不良，既阻其求学，又予以家暴。然张求学之心愈坚。

姚虞琴经友人介绍加入船山学社。

伦明与黄荣新在广州复刊《时敏报》。

王葆心与三湘名宿，如吴雁舟、程子大、黄丽泉、易石甫、刘腴深诸先生，常群聚湖南省官书报局中，"诗酒流连，论者谓不减洛社群英之会。"

毛泽东与友人萧瑜作《五言排律·湘江漫游联句》，仅存片段。诗云："晚霭峰间起，归人江上行。云流千里远，（以上萧瑜）人对一帆轻。落日荒林暗，（以上毛泽东）寒钟古寺生。深林归倦鸟，（以上萧瑜）高阁倚佳人。（毛泽东）"此诗见于萧瑜《我和毛泽东的一段曲折经历》（昆仑出版社1989年版）。当时毛泽东和萧瑜同在湖南第一师范读书，二人常到湘江边散步，纵论古今，切磋诗文。据萧瑜回忆："我在日记中写了许多诗句，至今我仍记得我和毛在一块儿漫步湘江边作的一首诗的前几句。"

苏雪林随父入安庆，在一所基督教办的小学读书。其间仿作古诗词，半年后又随母亲迁回老家安徽太平县岭下村，停止学业。回岭下第1年，正值江南春暖花开，苏雪林作《晚景》。诗云："乡村三月里，到处菜花黄。篱绕一池水，门开四面桑。蛙声喧乱草，牸影带斜阳。扶杖过桥去，云山已半藏。"又作《青门引·题海宁学舍》。词云："篱畔多黄菊，衬托秋光一幅。书声隐约出疏窗，村居何事？闲课儿童读。　小园半亩青山曲，蔬果随时足。不羡人间肉味，新霜过后千畦绿。"

陈蝶仙偕陈小翠抵上海。陈小翠与兄陈小蝶、父陈蝶仙共同翻译西方小说，始对西洋画有兴趣。陈小翠著《银筝集》，并写小说刊于《申报》。

夏瑞芳创办孤儿院，落成时，夏已遇难。张元济为孤儿院题联曰："无父何怙，我独安归，适子馆兮，风人雨人，百年如一日；大厦落成，公不复见，登斯堂也，顾我复我，九原有二天。”

张维翰奉委署理个旧县事。接事后，专心于县政之改进。不期年，即有模范县之称。

徐悲鸿续任彭城中学和宜兴女子师范学校图画教员。

林散之在南京浦江县乌江街与许朴庵、邵子退相识。

徐翼存嫁王翰存，其时王在北京大学国文系读书。婚后生三男一女：长子朝璠、次子朝璋、女儿朝琪、幼子朝瑚。

吴钟善应洪锡畴之邀，就聘南安华美丹心两等学堂教席，长子普霖随侍肄业。

台湾彰化支厅长河东田义一郎于彰化公园开观月会，邀集台湾各地士人及在台日本官绅赏月唱和，吴德功应邀与会，并有诗记其事。《甲寅彰化公园观月》（二首）其一：“蟾魄当空夜气清，将圆未尽十分明。留些缺憾存余地，欹器由来戒满盈。”其二：“官绅同乐集公园，气味相投笑语喧。畅叙幽情忘尔我，筵前醉舞古风敦。”

郑晓沧留学美国，在威斯康星大学学习，1916年获教育学学士学位。

王献唐在青岛，入青岛特别高等专门学校预科。

叶剑英被选为广东梅县私立东山中学学生自治会会长。

罗剑僧从长兄罗浮仙读《幼学琼林》《声律启蒙》《唐诗三百首》《四子书》《论说范本》。

黄稚荃在四川江安县家中受母亲教育，开始辨四声清浊，读唐宋人短篇诗。及长就外傅，优游文苑。

徐绍榮本年至次年与兄徐绍樾、徐绍桢在北京共同校注徐灏《说文注笺》。

蒋萼八十寿辰，赋《八十初度自述（有序）》（八首），并编次近作为《闰集》1卷。其中，序云：“常言人寿莫俟河清。偶述仙踪，曾经海浅。乃至沧桑应麻姑之说，山木生杜宇之愁。羲后精神，既淆定历；轩皇制度，复异垂裳。漫期鲑矿凝瓶，且惧裂冠毁冕。此铁汉所由下泪，铜狄未免沾膺也。（仆）身非木石，心悲黍禾，比当门左悬弧，合罢堂前觥酌。虽金人有口，依然日懔三缄；而玉女何心，莞尔电呈一笑（是日晴皎，微有电闪）。偶拈七字（首章末句），率赋八章。谂来梦里，同怀小谢；或赓佳句，赏到咏余。异撰大毛，应说今诗。”其一：“黄农没后世迢迢，万古愁多不待招。东海有天凭泛滥，西山无地可逍遥。诗编甲乙陶为例，诞降庚寅屈自标。八十年来亲记忆，荷花生日是三朝（有清宣庙中叶岁，在乙未六月生）。”其二：“性情芳洁本天然，昭质无亏白与坚。守素岂能求富贵，谈玄了不慕神仙。生逢有道承平日，运易非常改革年。莫怪九畴惟锡禹，寿兼五福几人全？”

王易与三弟王浩初到南昌，在报章发表诗文，为时人所推许，尤其受到前辈陈三立、胡思敬、魏元旷、程志和、夏敬观称赏。

程镜寰毕业于江西政法专科学校。

[日]森川竹磎创办《诗苑》月刊，登载明治以来日本汉学家所作诗词和文稿。

杜宣生。杜宣，原名桂苍凌，江西九江人。著有《桂叶草堂诗钞》。

周退密生。周退密，原名昌枢，号石窗，浙江宁波人。著有《周退密诗文集》。

吴调公生。吴调公，江苏镇江人。著有《调公词录》《调公文录》等。

刘翠峰生。刘翠峰，山东宁津人。著有《闲情诗草》。

刘述尧生。刘述尧，字子唐，号止堂，祖籍河北泊镇。著有《止堂吟草》。

陈汝铿生。陈汝铿，香港人。著有《月明书室诗稿》。

孟醒仁生。孟醒仁，名庆寅，安徽寿县人。著有《在兹堂吟稿》。

高鸣珂生。高鸣珂，名之珪，江苏淮安人。著有《狱中吟草》《哑钟余响》等。

于春轩生。于春轩，名善煦，号淳玄，山东福山人。著有《有竹居诗存》。

陈述元生。陈述元，湖南益阳人。陈天倪五子。著有《两间庐诗》。

王斯琴生。王斯琴，浙江萧山人。著有《近体诗剩草》《王斯琴诗钞》。

张还吾生。张还吾，河北曲周人。著有《闲己斋诗稿》。

石一宸生。石一宸，山东临淄人。著有《铁血曲》。

王家广生。王家广，四川屏山人。著有《王家广诗词选》。

黄拙天生。黄拙天，四川合江人。著有《莲湖吟草》《听雨集》。

任定国生。任定国，湖南汨罗人。著有《双栖集》。

任厚坤生。任厚坤，湖南汨罗人。著有《热风集》。

王秉钧生。王秉钧，字明微，甘肃甘谷人。著有《王秉钧诗词选》。

朱延辉生。朱延辉，江苏扬州人。著有《敝帚集诗词稿》及续稿。

伍真生。伍真，字君实，湖南邵阳人。著有《潜庐诗草》《潜庐诗剩》《邵陵诗话》。

吴君琇生。吴君琇，祖籍安徽桐城。清桐城派吴汝伦孙女。著有《舒秀集》。

冒舒諲生。冒舒諲，江苏如皋人。著有《微生断梦——舒諲和冒氏家族》。

桑文磁生。桑文磁，号静俭，浙江鄞县人。著有《静俭庐诗文钞》。

陈祖曦生。陈祖曦，广东番禺人。著有《卧云诗抄》。

傅子余生。傅子余，名敩，号静庵，广东番禺人。先后创办鸿社及《岭雅》周刊。著有《抱一堂诗》《桐花馆词》《静庵诗稿》。

刘士莹生。刘士莹，广东中山人。著有《壁照楼诗钞》。

潘小磐生。潘小磐，号馀庵，广东顺德人。著有《馀庵诗》《馀庵诗续》《馀庵词》《馀庵游草》。

张江美生。张江美，原名康年，取乡名江美为号，以"康庐"自颜书室。广东南海人。著有《心魂集》《康庐联话》《对联趣谈》《康庐诗钞》。

黄树则生。黄树则，天津人。著有《春晖寸草集》。

彭鹤濂生。彭鹤濂，上海金山人。早年从陈衍、钱仲联学诗。毕业于无锡国专，师从钱基博。著有《棕槐室诗》。

邵天任生。邵天任，辽宁凤城人。著有《征尘集》。

江树峰生。江树峰，江苏扬州人。著有《梦翰诗词钞》。

刘持生生。刘持生，又名润贤，甘肃文县人。著有《持盦诗》。

王世襄生。王世襄，号畅安，生于北京，祖籍福州。著有诗文集《锦灰堆》《锦灰二堆》《锦灰三堆》《锦灰不成堆》。

柳无垢生。柳无垢，字小宜，江苏吴江人。柳亚子次女、翻译家。与长姐柳无非选辑《柳亚子诗词选》。

罗冠群生。罗冠群，广东兴宁人。著有《罗冠群诗词选》。

赵拱卿生。赵拱卿，广东新会人。著有《爱吟诗集》。

罗传宓生。罗传宓，四川高县人。著有《吐嗷茆舍吟草》《吐嗷茆舍吟稿续集》。

张仲纯生。张仲纯，湖南岳阳人。著有《清平集》。

陈璇珍生。陈璇珍，号微尘馆主，广东大浦人。著有《微尘吟草》。

张文森撰《著涒吟社同人小传》刊行。集前有甲寅孟夏之月羞翁樵题，大灯居士陈止《〈著涒吟社同人小传〉序》。著涒吟社1908年由沈宗畸在北京发起成立，沈氏人称"京师四大才子"之一，诗社自发起时即有樊增祥、郑孝胥、陈宝琛等诗坛要人加盟，一度发展到119人，成为北京最著名的诗社。该社活动频繁，"曾不逾月"，每有诗文，则常常"一时纸贵"。该社活动地点主要在北京宣南番禺会馆。宣南乃清末京师文化活跃区，会馆林立。按《著涒吟社诗词钞》，该社可查诗词类社集有55课，其中两次失录；诗钟类社集有12课。该社编印《国学萃编》及《晨风阁丛书》。成员基本属于拥清的守旧派，如《国学萃编》撰稿人陈衍、孙雄、冒广生、参与社集的易顺鼎、丘逢甲、李国瑜、冷汝楫、袁祖光、朱点衣、定信、卓启堂、金绶熙、裴祖椿、汪应焜、阿麟、沈宗畸、成昌等人，入民国后大多做遗老。到1914年张文森撰《著涒吟社同人小传》时，尚可联络者有12人。其中前期活跃成员只剩金绶熙、沈宗畸、袁祖光、张瑜、成昌数人。著涒吟社雅集偶有闺阁名媛参加。《〈著涒吟社同人小传〉序》云："原夫命名之初，实寓编年之意。七易岁华，中更多故，白马裸京，嗟天步之忽改；青牛望气，痛柱史之无存。投彼君亲之命，人鄙臧洪；拥兹身世之荣，世多冯道。霓裳再舞，涕泪初收，风景不殊，沧桑可感。而乃顾厨健在，坛坫岿然。话子训之铜人，集令威之华表；知蛤蜊之是食，赋鹦鹉而未终。乐此不疲，等杜预之左癖；治之无罪，似刘峻之书谣，亦可谓秋荼之是甘，硕果之独抱者矣。又复征求小传，编辑成书，乞我短言，为之弁首。弥天四海，冀姓字之流传，日下云间；省里居之询问。未解谋人，既怵于三凶五鬼；不求闻世，尤惭于八达四聪。防风载骨，既著作之专车；混沌画眉，信倏忽之好事。元文覆瓿，襚帖糊门，只此遗留，何关得失。或比之射策，题名同官，著录微有雅俗之分乎？故不惜尊前剪烛为之。甲寅春三月二日大灯居士陈止谨序。"

《著涒吟社同人小传》为顺天张文森（竹畦）手录，江都吴胜（二庶）校字，内含12人小传："金绶熙，字祓青，号勺园，又号绮佛，年五十八岁，浙江桐乡人。前官补用知府。著有《清雅堂诗文集》《艳雪词钞》《勺园四种曲》。住北京虎坊桥天顺栈。通信处：天津北马路德馨栈。沈宗畸，字孝耕，号太侔，又号南雅，年五十岁，广东番禺人。己丑举人，前官礼部主事，现充交通部编辑员。著有《南雅堂诗词钞》。现住北京前青厂番禺馆。延清，字子澄，别号阁笔老人，年六十九岁，京口驻防人。甲戌进士，前官翰林院学士。著有《锦官诗文集》。住北京东单牌楼羊肉胡同延年堂柏宅。陈霞章，字孝迟，法名大灯，年四十七岁，四十岁后改名止，江苏仪征人。举人。著有《欸道堂骈散文》若干卷、《戊丁诗存》行于世。现寓顺治门外储库营。嵩堃，字公博，号彦博，年三十一岁，北京人。前官礼部主事，书法六朝，兼精指画。著有《西昆贯玉集》若干种。住北京北新桥香饵胡同内扁担胡同。周蕴章，字子蓉，号嵰盦，年三十岁，顺天人。前官盐政院参议。著有《超今问古轩诗集》。现住北京安定门内姑姑寺胡同。萧亮飞，以字行，名遇春，号雪蕉，别号髯云野人，年五十四岁，广东嘉应人。前清布衣。著有《遇园诗文词钞》《辽金元人名考异表》《函梦影枝词》《萧氏中外纪年表》《戤蠡鸡谈》。现寓河南濬县城内。王祖馀，字恩甫，别号溪西渔隐，年六十一岁，浙江慈溪人。前官都司衔守备。著有《红豆花馆诗钞》。住浙江宁波府慈溪县城内杨家巷。袁祖光，字小俦，别号瞿园，年四十岁，安徽太湖人。癸巳进士，前官吏部主事，改官直隶州知州。著有《瞿园诗文钞录》《天香雪簃诗话》《瞿园杂剧》数十种。现住湖北官纸印刷局。张瑜，字二周，号郁庭，别号铁柱轩主，年三十七岁，直隶大兴人。前清布衣，现司法使幕中事。著有《天碧阁诗》二卷、《铁花仙馆词》二卷、《六朝艳体诗选》八卷、《谜海》二十六种计百卷。住北京崇文门内箭杆白胡同。吴保琳，字林伯，别号鹿詹。年三十四岁，安徽歙县人。前官同知。著有《吴氏收藏书画史》《古今伪书考补》《新安吴氏诗文存续编》。住北京广安门大街果子巷聿居胡同。成昌，字子蕃，别号舁厂，年五十五岁，奉天锦县人。戊子举人，前官四川夔州府知府。著有《退来堂诗词钞》十卷。现住涞水县城内四松巷骆寓。"

寒山诗社编《寒山社诗钟选》（甲集，2册，铅印本）由正蒙印书局（北京）刊印。封面梁鼎芬题签，集前有陈宝琛题签，王式通、罗惇曧、易顺鼎、黄节、关赓麟序，郑沅、陈庆佑、陈士廉、金葆桢、章华题词，《例言》《社员名录》。卷一至卷四为"建除体"，卷五为"建除体""赋物体"。集后有《作者阙名补》《勘误表》。其中，易顺鼎序云："诗钟者，相传出于闽人，而其风盛于近代。余每与友聚，辄喜为之。盖尝有燕社、蜀社、吴社、闽社之刻。寒山社者，起于京师，成于诸子，而余之入社为稍后焉。社之始也，岁在壬子。于时金人辞汉，玉马朝周，然而管弦无凝碧之悲，襦匣少冬青之恨。既未至于黍离麦秀，更幸免于瓜剖豆分。诸君托足王城，藏身人海。亭疑野史，姑辑日下之旧闻；谷异王官，聊创月泉之吟社。此一时也。社之盛也，岁在癸丑，于时牛心争炙，羊头满街。政客多于鲫鱼，议郎音如鸦鸟。或非驴而非马，或如蜩而如螗。违山十里，尚闻蟋蟀之声；觅晖千仞，讵有凤凰之下。既而龙战再酣，狐鸣又发。倏忽称帝，争凿中央，蛮触成邦，欲踞两角。一篇梼杌，为群盗之春秋；两部槐檀，是众虫之世界。而诸君既不思朱毂，亦慵草玄经，甘雕虫而弗作壮夫，食蛤蜊而那知许事。十步之内，香草弥多；一山之中，馨桂逾烈。蒲牢送响，何止一百八下之声；莲杜题襟，多至六十余次之集。此又一时也。夫处九土抟抟之上，但求无过，不求有功；居众生攘攘之中，不求为善，但求不为恶。诗钟诚小技，然虽无功，亦尚无过；虽非为善，亦非为恶也。同人之数，殆将倍四十贤。所聚之贤，不止两五百里。关子颖人选刻之，得若干卷，亦有感于嘤鸣伐木之诗，不忘此异苔同岑之雅云尔。癸丑岁除易顺鼎叙。"黄节序云："诗钟之兴，肇于近世，唐宋而上，殆无闻焉。繁维雅废，国微风变，俗敝谊薄，而辞弱文寡，而制简诗钟之兴，其于诗之衰欤？然秦汉最近，顾已淳漓殊音；赋骚虽晚，而有恻隐古义。以此例之，诗钟于诗，视赋骚于三百尔。予游京邑，乃接寒山诸老，相与唱和，用解憔悴。比将甄录旧制，积素累帙，锓而存之。夫投壶称诗，庶几博物；登高能赋，可为大夫。大雅不作，吾衰谁陈，则执簧目乐，岂无招我之诗；垂带可怀，且续都人之赋。顺德黄节。"郑沅作《寒山诗钟第一集印成，颖人索题，聊书二绝兼戏实甫》。其一："黍油麦秀不成歌，萧瑟词人可奈何。难得大家吟断句，夜深孤馆赌黄河。"陈庆佑作《寒山社诗钟选第一集题词》(二首)。其一："字如骰子安红豆，句似屏风画折枝。此体东坡曾戏作，郑容高莹一章词。"《例言》云："辛壬之交，未始有社，名流偶集，遂成例会。兹编所录，托始于此。存稿日多，久恐湮佚。迄癸丑冬，为课四十有八，群丛付梓，用公同好，是为甲集。诗钟之体，为类至繁。不揣浅陋，分而二之，曰：建除体(亦曰嵌字)，凡对嵌、魁斗、辘轳、蝉联、鼎峙、双钩、杂俎、碎锦，皆属焉；曰：赋物体，凡分咏、合咏、晦明、笼纱，皆属焉。社中所作，建除体为最多，逐字对嵌，周而复始。即名一唱，以至七唱。社中初议，公推名宿主持选政，入彀之作，务从严格。比较积分，取定多数，久之不成，乃由实甫、揆东、公俌、蔚如、砚农、晦闻、颖人分任校阅，仅始蒇事。而编录主旨则一取宽大，藉志社园鸿爪，至于芟除凡卉，选撷菁英，姑俟贤哲，幸毋讥焉。诗钟以敏捷为工，非若外间吟社推敲兼旬之比。作者短晷疾书，多未修饰。兹选悉仍其真，而群贤风雅，咳唾珠玉，较之坊间选本已复矫然杰出，洵可宝贵。雷同之作，率择其尤；燕雀未称，或从割爱。其隶事偶误，瑕不掩瑜者，辄代更正，大雅恕焉。主司衡文，目迷五色，好恶攸殊，遗珠遂多。加刻烛夜深，往往引去，胪唱之下，不得主名，作者从阙，多由于此。同人倘承见告，当补入续编。覆校既终，去甲取乙，纷然涂改，钞胥不慎，联句脱落，恐所难免，亦候补遗。录稿先后，依社中誊录之本，非以佳卷为次，请勿误会。社员姓氏，截至癸丑腊月为止，以曾纳社费、赞成社章者为限，其有偶一与会，仅属来宾者，虽集中间有采录，而名义不列。如广东李君汉珍绮青、梁君伙侯用弧、安徽徐君季龙谦，皆是附志于此。"《社员名录》含："王式通书衡、石德芬星巢、朱兆莘鼎卿、李稷勋姚琴、沈瑜庆爱苍、何震彝鬯威、林步随季武、冒广生鹤亭、陈之霈椿轩、陈衍叔伊、夏寿田午诒、孔昭炎希伯、田北湖、朱联沅芷青、李国杰伟侯、沈福田砚农、易顺鼎实甫、胡彤恩慈谱、陈宝琛弢庵、陈任中仲骞、陈昭常简持、夏仁虎蔚如、文永誉公达、伍铨萃叔葆、江孔殷霞公、李景濂佑周、沈式荀养源、金葆桢实斋、胡祥麟子贤、陈庆佑公俌、陈士廉翼牟、伦明哲如、夏敬观剑丞、秦树声宥横、黄濬秋岳、黄节晦闻、许（邓）起枢仲期、梁宓卣铭、郭曾炘春榆、袁励准珏生、孙雄师郑、曾福谦伯厚、杨士燮味春、杨宗稷时百、嵩堃彦博、徐辉质夫、黄式渔樵仲、黄元蔚君豪、许之衡守白、梁启超任公、郭则沄小麓、陆增炜彤士、张鸣岐坚伯、傅岳棻芷湘、杨士琦杏城、杨增荦昀谷、叶恭绰玉甫、黄孝觉、黄懋谦默园、许宝蘅季湘、梁鼎芬节庵、章华曼仙、郭宗熙侗伯、温肃毅夫、曾习经刚甫、贺良朴履之、杨毓瓒瑟君、杨覲圭喆甫、赵惟熙芝山、赵椿年剑秋、蔡乃煌伯浩、刘樵山、谭祖任篆卿、顾印愚印伯、关霁吉符、郑沅叔进、潘飞声兰史、刘宗向挹青、顾瑗亚蘧、罗惇曧揆东、关赓麟颖人、奭良召南、邓家仁君寿、刘敦谨厚之、顾准曾仲平、罗惇曼复庵。"

艺社编《艺社诗词钞》（1卷，附诗钟选1卷，石印本）刊行。封面有梁世纶题签。《艺社诗词钞》第一课含《艺社成立，诗以志喜》（三首，孙去疾）、《前题》（庆珍）、《前题》（陈明远）、《前题》（五首，黄璟）、《前题》（二首，定信）、《夏日杂咏》（四首，定信）、《艺社成立，诗以志喜》（二首，徐琪）、《前题》（许学源）、《前题》（二首，袁祖光）、《前题》（二首，沈宗畸）、《前题》（袁励准）、《前题》（二首，龚元凯）、《夏日杂咏》（四首录二，姜筠）、《绿意·新荷》（张瑜）、《前调·前题》（贺良朴）、《前调·前题》（夏蔚如）、《前调·前题》（许学源）、《前调·前题》（吴坚）、《前调·前题》（用宋无名氏原韵，效竹垞体）（成昌）、《前调·前题》（寿玺）。第二课含《东南水灾甚重，闻谭伶鑫培演剧助赈感赋》（贺良朴）、《前题》（姜筠）、《前题》（沈宗畸）、《前题》（狄郁）、《前题》（卢以洽）、《前题》（吴坚）、《忆旧游·重过十刹海酒楼感旧》（沈宗畸）、《前调·前题》（张景延）、《前调·前题》（贺良朴）、《前调·前题》（袁祖光）、《前调·前题》（吴坚）、《前调·前题》（曾福谦）、《前调·前题》（唐复一）、《前调·前题》（成昌）、《前调·前题》（周焕圻）、《前调·前题》（从梦窗体）（寿玺）、《题〈篁溪归钓图〉》(骆成昌)、《前题》(项乃登)、《前题》(萧亮飞)、《前题》(二首,黄翘之)、《前题》(嵩麟)、《前题》(四首,张振麒)、《青岛叹》(项乃登)、《前题》(黄璟)、《前题》(宋大璋)。第三课含《题〈篁溪归钓图〉》(四首,宋大璋)、《前题》(黄光汴)、《金缕曲·陶然亭怀古》(贺良朴)、《前调·前题》(萧亮飞)、《十刹海赏荷·调寄〈忆江南〉》(萧亮飞)、《金缕曲·陶然亭怀古》(项乃登)、《忆江南·十刹海赏荷》(项乃登)、《金缕曲·陶然亭怀古》(袁祖光)、《前调·前题》(周焌圻)、《前调·前题》(李丙荣)、《忆江南·十刹海赏荷》(前人)。《艺社诗钟选》含《第一课:北雅楼》(鼎峙格)(温甫、颖生、小宋、公博、浣水、太侔、玉斋、可安、郁庭、佛平、颐陔、南禅、曼石、佛平);《第二课:蝉》(吴梅村)(文子、绂青、伯健、太侔、瞿园、石公、痌鸳、子蕃、瞿园、颐陔、郁庭、子蕃、珊园、伯衡、曼石);《第三课:朱竹垞、梅兰芳》(六桥、郁庭、小宋、雪蕉、曼石、勺园)、《第一流内阁,第一舞台》(震公、小宋、明园、□人、雪蕉、明园、甘仲、可安)。

周庆云辑《之江涛声》刊行。甲寅秋古杭叶舟署签。西神残客(王蕴章)作《〈之江涛声〉序》云:“忆余童龀时,侍先君游宦杭垣,卜居运司河沿,距西湖十数武而遥,儿时踪迹多在六桥三竺间。嗣移家姑苏台畔,忽忽二十余年,坠欢难拾,殊不胜情。岁癸丑四月,始重有湖上之游。出涌金门,湖光山色,扑人眉宇。时已薄暮,买醉楼外楼,急棹小舟沿湖行,丸月堕水,微风不波,南高北高诸螺髻,轻烟淡粉,离合神光。舟过新荷叶上,瑟瑟有声,清香静彻鼻观。扣舷狂歌,山鸣谷应。星摇摇欲堕者大于斗。盖至重关严扃,零露沾衣,而游兴犹不少减,休于虞山孙氏之别墅而息焉。翌日,周览全湖风景。见夫柳浪闻莺,一易而为桑林蛙唱。名园乔木,劫外仅存。祠中梡鞠,或付樵丁作爨下薪。而凿山浚谷,金碧藻绘,侈为土木之观者,又衡宇相望也。则又慨焉兴叹,顾语同游者,西子有知,行蒙不洁之诮。夫湖山佳丽,贵得其真,若徒以人力争胜,一趋于耳目之新异以为快,则岂足以尽西湖天然之真意哉?凭眺徘徊,感深今昔。最后乃登吴山第一峰,俯瞰钱塘江中波涛起伏,未暇穷其胜境而返。返则为《西泠尘梦录》数千言以记之。于湖中之风景,十不得二三;于胸中之所欲言者,十不得四五也。今年夏,识补梅翁于海上,出示其近所为杭州纪游之诗曰《之江涛声》者,诗都百首。续东京梦华之录,抚清明上河之图,一展卷而沧桑之感寓焉,湖山之美备焉。凡余曩所欲言而未言,与夫言之而不能成文者,又罔不笔歌而墨舞焉。则信乎凡人才力之相去不可以度量计,而补梅翁之诗之足以移我情也。抑吾尝闻潮之自龛、赭两山争流以入于江也,愀乎其若怒;俨乎其有容。浩浩乎如素车白马电掣而飙击也;皑皑乎如山崩海立之涌现于一俄顷也。盖当其目哆心骇而不知其滥觞之所届也。曾不意天地之间,乃呈此奇谲雄伟之壮观,文章之能事,亦若是已耳。残暑欲尽,秋声忽来。余不敏,犹将于八月之望,观涛于之江,以补曩游之所未及。读补梅翁此诗,潮音奔赴,正如酒气拂拂,先从十指中出矣。甲寅新秋西神残客谨序。"蹇叟《奉题灵峰补梅翁〈之江涛声〉诗卷》(四首)。其一:"前胥后种浙江潮,迸入诗声怒未消。同是遗民亡国恨,湖山无恙吊先朝。"其二:"蛙声紫色太纷纷,祠墓新成志见闻。奏凯金陵功第一,文澜阁外读碑文。"其三:"一卷新词补竹枝,伤今吊古不胜悲。最难语意多微婉,弦外余音剧可思。"其四:"灵峰独有补梅翁,感慨无端往事空。太意过江名士尽,月泉吟社剩诸公。"

毕振达辑《销魂词》(1卷,铅印本)刊行。胡韫玉作《〈销魂词〉序》云:"夫调宫协律,非无黄绢之词;戛玉敲金,不少青钱之选。然赞《易》首列乾坤,删《诗》不废郑卫。阴阳化生,夫天地男女实万物之原,礼乐归本于性真,情欲即一诚之始。所以论乐虽重正声,而言情则贵变雅。良以黄钟之管,未必感人;而红豆之生,最能解意。思窈窕于中夜,辗转伤怀;俟姝娈于城隅,踟蹰搔首。幽恨深深,悽恻裁纨之扇;柔情脉脉,委转织锦之盘,洵足使闻者感哀,读者怨慕矣。仪征毕子,以宋玉悲秋之年,当王粲登楼之日。门对青山,繁弦自理;灯辉素壁,古调独弹。酒酣拔剑,王郎惯作悲歌;漏尽闻鸡,祖生能无壮舞。然而寄幽怨于齐纨,长歌当泣;寓牢愁于秦锦,理曲忘忧。借闺阁之新词,遣身世之旧恨。若夫琵琶激楚,怅望胡沙;箜篌繁哀,堕泪河水。心伤黄鹄,公主远嫁之歌;气尽名骓,虞兮奈何之曲。文君懊恼于诗篇,山雪云月;蔡琰悲愤于笳拍,塞草边风。所谓生离饮恨,死别吞声者矣。至于所思远道,采芙蓉而无遗;寄怀天涯,辍流苏而不御。词以穷而愈工,思以伤而愈妙。柳梢月白,空断淑贞之肠;盘中诗新,已枯伯玉之泪。感情易动,为怨难胜。用是撷其秀采,薰以名香,录其菁华,装之异锦,尽是荃荪,无非琬玉。可以寄怨而思哀,可以怡情而遣性。盖以忧伤易志,只觉雨恨风愁;果能思虑一空,莫非鸢飞鱼跃。所以汉乐奏房中之曲,而《周南》首《关雎》之诗也。民国三年元月泾县朴安胡韫玉序。"《自序》云:"辛亥秋末,避地沪壖楼居近乡,门鲜人迹,烧烛夜坐,意殊寂然。展读南陵徐积余丈所刊有清一代闺秀词钞,每至词意凄婉,几为肠断。往复欷歔,不忍掩卷。暇尝摘诸家词中之芳馨悱恻,哀感顽艳者写成卷帙,以供吟讽。类多伤春怨别之辞。共选词凡九十五家二百三十四首。昔杨蓉裳之序容若词,谓为'凄风暗雨,凉月三星,曼声长吟,辄复魂销心死。'兹篇所甄录者,其凄艳处往往髣髴饮水,爰以《销魂词》题名。后之读者,亦黯然有蓉裳之感与。壬子二月清明后三日,仪征毕振达钞竟自记。"

林传甲辑《龙江诗选》(1册)刊行。作者自序云:"孔子删诗,采风十五国,南不及荆楚,北不及燕赵。孔子既殁,骚人南起于湘湄,壮士北发于燕赵,风诗所被,由近及远。汉唐以后,闽粤滇黔,人文弥盛。鸡林贾人,亦传诗于朔漠,塞上之音,特为雄厚。是以辽金元清,入主中原,终归于同化。龙江亘古穷荒,山川间阻,郁而未发。余游兹土九年,博考五百年陈迹,著之图志,播之诗歌。门下士崔嵩,抄存其什一,遂有《龙江诗集》出版。余非诗人，本不欲以诗传，特诗以地传，亦足以补《国风》所未及也。往岁尝手抄桐城方皃宗先生《老羌来》《霜迟乐》诸乐府，及程雪楼、张季端诸生之近作，凡百余首，题曰《龙江诗存》。门人传观，不知稿存何处，颇以为憾。近岁母妻相聚，仲季往来，各有篇什。日曜暇日，乃聚诸生讲学于奎垣学校，定为德行、言语、政事、文学四科，选近代及今人之诗关于龙江文化者，以资传诵，名曰《龙江诗选》。又恐传见者或致遗失也，即付聚珍板铅印，以惠初学。嗟乎！今日之今，来日之古也。斯选以后，学诗者继起于龙江，必千百倍于今日，斯编其嚆矢乎？中华民国三年元月十五日，闽侯林传甲序。”

罗振玉辑、姜实节撰《鹤涧先生遗诗》（1卷，补遗1卷，铅印本）刊行。罗振玉作跋云：“鹤涧先生画迹孤洁冷隽，嗣武云林，诗亦清迥绝俗，如其为人。顾求其嗣子所编所谓《焚余草》者，二十年不可得。而总集如《国朝诗》，别裁集《山左诗钞》《江苏诗征》，所选仅寥寥三数篇，知佚已久矣。今年春，在上海有以先生书画册乞售者，录得遗诗十余章，返东山寓庐又发箧出所藏先生画迹，合以诸家所选，先后共得诗四十九篇，亦可窥豹一斑矣！至先生平生行谊，诸家记述颇略，亦不载其生卒年月。据卷中《游尧峰诗序》及张符骧所作先生生圹记，知实生于我朝顺治四年丁亥，距明社之屋已数年矣！顾守先人之训，高不事之节，以父母未得合葬，自营生圹，不敢以妻袝。又读卷中《由木渎入崇祯桥》《赠戴南枝》诸什，家国之痛，白首如新。彼龚、钱辈，身食朝禄，名满当代，一旦桑海改易，则尽丧其平生。以视先生，能无愧死乎？集录既终，谨书卷尾以志景行。宣统甲寅后学上虞罗振玉记于东山寓居之洗耳池。”

郑珍撰《郑征君遗著》（25卷，花近楼刻本）本年至翌年刊行。《郑征君遗著》含《巢经巢文集》（6卷）、《巢经巢诗集》（9卷）、《巢经巢诗后集》（4卷）、《巢经巢遗诗》（1卷，《附录》1卷），同时附刻郑珍子郑知同撰《屈庐诗集》（4卷）。其中，《巢经巢遗诗》为郑珍外孙赵怡在原稿本散佚后于望山堂字簏中得手写零编，缀录当日均在集中者，得诗51首，皆刊行集本所无。《巢经巢遗诗》共收诗64首。《郑征君遗著》集前有陈夔龙作《遵义〈郑征君遗著〉序》云：“尝读郑君康成《易赞》及《易论》，谓‘《易》一名而含三易：易简，一也；变易，二也；不易，三也’。郑君阐发三易，郅为精塙。余尝引申斯旨，不独《易》言之，群经亦多言之，且推暨于国家政事之治乱兴衰，制度文物之因革损益，世道人心之纯驳污隆，学术文章之得失正变，胥可以三义囊括之。易道广大精微，固无所不苞孕也。遵义郑子尹征君以朴学崛起西南，蔚为儒宗。生平服膺家学，精研三礼，撰述闳博，著《郑学录》揭橥为学大义。尝以国朝经学昌盛，迈越往古乃极盛，之后治礼者，渐有标新增怪，名为申郑，实违郑旨，甚则转以驳郑以胜郑为事。见征君所为《康成生日释奠诗》，然此特致辨今古异同已尔。经学废兴，固无釁也，顾已深致叹喟如此。乌知后之惑经伪经，汔至学校废经不读而经亡。

经亡,国亦随之。征君有知,其哀痛又何如耶?征君既墨守家学以治经,所为文章,实能贯串考据、义理、词章而一之。于忠孝节烈,尤睠睠焉。又所为诗,奥衍渊懿,黝然深秀,屹然为道、咸间一大宗。近人为诗,多祧唐而祢宋,号为步武黄、陈,实则《巢经》一集乃枕中鸿宝也。征君遭际多艰,困厄忧虞,仍不沬其事亲孝敬之诚。读其诗文者,使人孝悌慈谅之心,尊君亲上之义,油然勃然,不能自已。所谓诗以导性情,礼以饬伦纪,有功于世教者甚大。尝以黎平何忠诚墓圮,作诗董劝修葺,胡文忠守黎平,即蹰为之,其征验也。莫邵亭先生谓征君诗必先经学、文章流布于世,岂非以其感人尤挚耶?夔龙少时,酷嗜征君诗;比官京师,尝手钞讽籀;侨居海上,乃荟最征君诗文重琱,哲嗣伯更诗坿焉。光、宣之际,维新立宪,制作纷然,至不易简矣。又所为变易者,往往规橅外人,削趾适履,锲舟求剑,拘于迹而不憪于用。比至天地易位,竟有举关于纲常名教之不可易者几几而变易之,势非至人类与穷尘劫灰同归澌灭不止,可不惧哉! 可不惧哉! 校刊征君诗文竟,因绅绎康成'三易'之旨,以证征君经术文章不渝家学者。薪救世于危亡垂绝之交,微尚如斯,窃以贡读征君诗文者一证之。若谓流衍乡先哲遗著者,抑亦末也已。乙卯十月贵阳陈夔龙。"集后有王秉恩作《遵义〈郑征君遗著〉书后》云:"右《郑征君遗著》,凡《文集》六卷,《诗集》九卷,《后集》四卷,《遗集》一卷,附录一卷,哲嗣伯更《屈庐诗集》四卷,总二十五卷。甲寅春,庸庵尚书属秉恩校刊,乙卯十月葳工。《文集》据高氏资州刻本,无《经说》,今据家刻本伯更手识,谓当编冠文集首。余文分类,按年编次,序类次第,与高刻微异。以原稿斠正,又补文三。《诗集》依家刻本,起道光丙戌,迄咸丰辛亥。《后集》以手稿校高刻及黔人粤刻两本,起咸丰壬子,迄咸丰辛酉。《遗集》独山莫楚生姻兄(棠)钞自蜀中,大都同治初及病中作也。《屈庐诗稿》在秉恩许,窃商诸尚书,汰其冗率及未完者,厘为四卷附焉。征君著述,海内多传刻,惟《深衣图说》《补钱氏经典文字考异》《三十一家论语注辑》凡三种,未刊。伯更撰述甚富,仅广雅书局刻《说文本经答问》、蜀刻《说文浅说》二种。未刻者,以为姚氏补《说文考异》为巨帙。(此书伯更已为订补七八,伯更卒后,秉恩录副存之。原稿寄由文襄师归之姚氏,今已入内稿矣。详见《内阁善本目》)余如《说文商议》《说文谲字》《说文述许》《经义慎思编》《愈愚录》《隶释订文》《楚辞通释解诂》,各种手稿,高两尺许,多未定。通录副存之,拟为编次,汇刊为郑氏一家之学,用饷学子。同治甲戌,黔抚曾文诚奏开书局,秉恩厕焉。提调泰和周春甫姻丈(继煦),与莫、郑两家稔,始得闻其绪论。黎平胡子何教授(长新)、莫莒升姻丈(庭芝)闲来局中,奉手亲炙,因得读征君黔刻诸书。征君篆书奇伟雄厚,罕有伦匹,见辄鉤橅,裒为大册。惜未游江介,与邵亭耼叟相颉颃也。间为山水,饶有士气,游艺精能亦如此。光绪丁亥,张文襄师督粤,开广雅书局于南园,檄秉恩充提调兼纂校事宜,聘伯更来粤为总纂。秉恩朝夕聆之,《汗简笺正》《说文本经答问》

始均刊成。伯更旋殁，秉恩去粤，事遂中变。郑氏两代遗著，存诸箧中，每一展阅，未尝不叹有子学能缵绪，乃因循坐废，弗睹厥成，为可伤也。此匪独伯更然。番禺陈先生《东塾读书记》目未刊各种，书局屡促其家，亦仅出二三种绣梓，余乃付阙如，有同喟焉。今承尚书汇刻《遗著》，俾秉恩悉心斠勘，不负逝者，此心得稍慰矣。至征君学行文章，耆儒通人久有定论，具详秉恩裒集附录诸篇，固无俟再赘云。乙卯十一月华阳王秉恩。"《巢经巢遗诗》集后有莫棠作《〈巢经巢遗诗〉跋》云："壬子十月，予至成都，从遵义赵幼渔怡得巢经先生诗五十一首，皆刊行集本所无。案先生《巢经巢诗》，先刻于家，出自手定，而先生子伯更书以授梓者也。光绪中，贵筑高氏复刻《后集》四卷，本自黎受生汝谦、幼渔为予言：同治初，先生既殁，同郡唐鄂生中丞炯方治兵于重安江，寓书伯更，觅先生晚年遗稿，伯更遂以手稿本付之。嗣中丞托某氏仍还伯更，某行至瓮安，舍于逆旅，失之，遂不可踪迹。久之，贵阳陈筱石制府忽得一传抄本，受生因从录副，上其叔父川东道尊斋先生，耸惠高氏刻之，而属幼渔弟悔予任校勘。时幼渔方走京师，迨还蜀，而已刊成。见其中编次颇乱，最晚岁诗亦绝少，乃知制府所得本，虽出于原稿，已为人窜易次第，且有脱逸矣。赵氏兄弟固同为先生外孙，而悔予齿少，不若幼渔之犹及侍先生，悉闻外家事，并曾见原本，而能证流传本之谲阙也。此数十首，壬戌至甲子先生捐馆岁之作。幼渔于原本既失后，在望山堂字麓中得其手写零编缀录，记当日均在集中者。由是观之，所佚殆不止此。受生官广东，又合乡人醵金刻先生诗。其《后集》，亦但就高本重雕。予在粤，屡摹以应访求。今获是编，他日更将播诸海内。故记幼渔所述如此。十一月朔有二日己未，独山莫棠旅邸谨书，时夜漏三下。"陈荣昌作《〈巢经巢遗诗〉书后》云："遵义郑子尹先生，以经学著闻，诗其余事也。而慕其名，往往嗜其诗。予亦嗜其诗者，且服膺历有年矣。初得其家刻本，继又得蜀刻《遗诗》。今数十首，则晚岁遗诗之未刻者。独山莫君楚生得之，因杨君次典以示予，予读之而重有感也。郑先生之名满天下，如刍豢之不厌于人口，如河岳之在地，星汉之在天。其诗亦如祥麟威凤，即一毛片羽，亦见珍于世，可谓光显矣。庸讵当日遭时之乱，极生人之不堪，流离转徙，至于穷且死耶！虽然，遭时之乱，极人生之不堪，流离转徙，至于穷且死者何限？其梦梦以生、泯泯以灭者，又复何限？彼既无传于后，后之人亦遂无举其姓氏者。独郑先生之名满天下。吾以是观之，穷且死奚足病？维不能忍其穷以遂其学，至死无可传，斯足病耳。郑先生既遂其学以传其名，并其穷且死者亦俱传焉。读其诗，可以见矣。予将归滇，及身之未死，将更劼所学，以冀收炳烛之效。因论郑先生以自策，非徒慕其名、嗜其诗、哀其遭时之不偶也。谓其穷且死而有不穷不死者存，此吾所为服膺而弗谖者欤！壬子十二月二十一日，昆明陈荣昌谨跋。"

金和撰《秋蟪吟馆诗钞》(6卷，附《来云阁词钞》1卷、《文钞》1卷)刊行。集前有谭献光绪十八年壬辰（1892）序，又有冯煦作《〈秋蟪吟馆诗钞〉序》，金遗、金还作识语。其中，冯煦《〈秋蟪吟馆诗钞〉序》云："予年十五从宝应乔笙巢先生学为赋，先生手《惜阴书院赋钞》一册授予，其间作者若蔡子涵琳、湘帆寿昌、杨柳门后、周还之葆濂、马鹤船寿龄、姚西农必成，并一时之隽，而尤以金亚匏先生和为魁杓。妥帖排奡，隐秀雄奇，融汉魏六朝三唐于一冶，东南人士莫之或先。予之知先生始此也。时赭寇方炽，先生支离岭南，半菽不饱，出没豺虎之业，独弦哀歌，不获一奉手。其后十许年，予来江宁，读书惜阴书院，与刘子恭甫、唐子端甫、秦子伯虞、朱子子期，亦以辞赋相角逐，如先生曩者与蔡、马、杨、周同，而所作下先生远甚。一日，遇先生桑根师坐上，先生年垂六十，意气遒上如三四十人，抵掌谈天下事，声觥觥如巨霆。得失利病，珠贯烛照，不毫发差忒，镌呵侯卿，有不称意者，涕唾之若腥腐，闻者舌挢不得下，先生夷如也。先生出，师顾予曰：'亚匏，振奇人也。抱负卓荦，足以济一世之变，而才与命妨，连蹇不偶。尝从东诸侯游矣，亦无真知亚匏者，足以尽其所蕴。世自失亚匏耳，于亚匏何有哉？'予心识之。既先生中子还仍珠复从予游，予乃以得于先生者授之，仍珠亦日有声。乙酉，桑根师弃诸生；未几，先生亦旅没沪上。科举既废，辞赋遂同刍狗，刘、唐诸子并为异物，讲舍且易为图书馆矣。每念先生与蔡、马、杨、周跌宕文史，放浪山泽，已如读循蜚、合雒诸纪，若灭若没，罕有能道其端委者，又独聚散存没之故，足深人遐慕也耶？今年春，仍珠始以先生诗二册，附以词及杂文，乞予校定。先生诗妥帖排奡，隐秀雄奇，犹之其赋也。词若杂文，亦能撷其中之所得，不同于凡近。独予童龀即知先生，而迟之六十年乃得卒业是编，距与先生执手时又一世矣。世运相禅，陵夷谷堙，先生既前卒，不见桑海之变，而予颓龄穷海，顾景无俦，于过去千劫，太平三世，皆一一躬丁之，今且不知所终极，读先生是编，忽不禁其万感之横集也。甲寅立冬前一日，金坛冯煦。"金遗、金还作识云："先君诗词文稿，经粤匪之乱，散失都尽，世所传《来云阁诗》，什九皆乱后之作，为丹阳束季符先生允泰所刻本。先生与先君为金石交，先君故后，葺所钞存诗稿，刻于杭州，题曰《来云阁词钞》。实则来云阁者，先君自署词稿之名，诗稿旧自署为《秋蟪吟馆诗钞》。束刻版本后存于金陵书局，辛亥、癸丑两次之乱全毁焉。男遗、还敬谋重刻，复检旧藏，得词六十六首、文十七篇，吉光片羽，手泽弥新，各为一卷，并以付梓，敬更正诗稿之名曰《秋蟪吟馆诗钞》，而以'来云阁'之名仍归之词稿，题曰《来云阁词钞》。文一卷，无题名，附于词钞之后，均从先志也。男遗、还敬注。"

　　杨调元撰《绵桐馆词》（1卷，活字本）刊行。集前有郑孝胥署签，李岳瑞作序。序云："年丈贵筑杨先生殉国之三年，其子通哀集先生遗著，得所为《绵桐馆词》若干首，将以付之剞劂，而命岳瑞为叙言以弁其耑。窃以词之为道，根荄风雅，而树基于汉魏之乐府，沉潜于六朝三唐之歌诗。其为物也，微而著，曲而有直，体芬芳悱恻，抒怀感人为用，或较诗为尤广。后儒弟狃于诗余之名，以为小道也，而庳之。然吾观两宋以来名卿硕彦、贞臣节士其为词鲜有不工者。天水却特之交，国虽亡而词道愈盛。霁山、玉潜、碧山、草窗诸老肥遯辟世，穷饿不诎，而坛社唱和，缟纻往复，抽美人芳草之思，抒黍秀稷苗之痛，节义文章，照耀千古。讫乎明代，稍稍衰歇。清兴，其道复盛，而贞元枢转之机，实在启祯诸子。当时倚声大家，以陈黄门为巨擘，后来饮水、蚕尾皆衍黄门之衣钵者也。先生根本朴学，淹贯经史，古文辞追踪晋宋，以余事为歌词，特偶然意兴所寄而渊醇朴厚，不作南宋以下一语拟其兴象风格，殆与黄门为近。盖惟至性沈笃，乃能雅词温粹。有德者必有言，岂不信欤？使际世隆平，以其所学，论思著作，宁不与洪北江、李许斋后先媲美？不幸遭百六阳九之厄，致命遂志，卓然为有清末造完人，而身后遗书悉成灰烬。虽以通之勠力掇拾，亦仅得此吉光片羽，存什一于千百，并不得与碧山、草窗诸老比，视黄门之觥觥巨集，抑又逊焉。造物之厄贞臣节士何其酷耶？虽然，自顷以来，小雅道废，颂声寖微。即仅此诗歌一术，亦骎骎虑以兜离僸佅与章咸韶濩代兴。然则先生是集之存，岂唯忠魂毅魄所呵护，必不至悉归泯没，亦将绵词道一线之传，放新声而裁伪体也。阏逢摄提格九月朔年家子长陵李岳瑞谨序。"

薛绍徽撰《黛韵楼遗集》刊行。集前陈寿彭作序云："薛恭人病亟，手自删订《黛韵楼诗词集》，谓余曰：'妇人之言，不足重于世。我随君久，轮蹄所经，性灵所托，悉在于是，无一非从艰苦中来，知我莫若君，他日幸为我叙之。'余漫应而慰焉。不虞其即是弃余长逝也。恭人既殁，长女淑宜殉孝继之，余以痛悼而病。病愈而四方兵警纷至，昼则芸芸不知所为，夜则忽忽若有所矢。偶展遗稿，翻阅数编，则汪汪然不知涕之何从。回忆生平，如烟如梦，似有千百万言填胸欲出。比及伸纸舐墨，则茫茫然不能竟成一字。何也？盖恭人之所经有，皆余所同遭也；恭人之所言者，又余欲言之而未能也。嗟夫！三十年贫贱糟糠，相随五千余里。虽有山川阅历、花月怡情，然其间忍饥渴，触风霜，冒险阻，厄疾病，强半属忧愁困顿之境，欲求一展眉之事不可得。恭人处之泰然，故所为诗词温柔敦厚，绝无怨诽语，似不应未及中寿而卒。今乃遽卒也，岂天之厄才，虽在妇女亦不曲谅耶？抑恭人有所前知，超登于清净之天，不复问人间何世耶？虽然，恭人往矣。余以垂暮之年，对此遗集，人非太上，安能忘情？纵无奉倩神伤，弥觉江郎才尽，又奚言哉！又奚言哉！宣统三年辛亥冬十有二月，逸儒陈寿彭叙于都门。"

郑如兰撰、王松辑《偏远堂吟草》(2卷，首1卷附1卷，新竹郑肇基排印本)刊行。梁启超、江春霖为其署签。卷首有郑如兰(香谷先生)遗像，吴曾祺撰像赞，又有蓝田老仙题序。吴曾祺、施士洁、江春霖、丘炜萲、罗秀惠、郑家珍为其作序、题词，又有陈宝琛作《郑香谷主政墓志铭》、黄彦鸿所作《郑香谷先生家传》，丘菽园为其作跋。

其中，施士洁序云："耐道人生当浊世，目击桑田三浅，邑邑不自聊，偶一伸吟，而愤时嫉俗、悲天悯人之概吐跃于毫楮。又窃虑为同辈所厌，然究莫能善刀而藏。此耐道人之所以短而穷愁到老也。吾世丈香谷郑先生素所为诗，无矜躁焦郁之音，斯足尚矣。先生世父仪部公与先君子在道光朝曾同僚直郎署，纪群交好，历世弥永。今先生文孙伯端，好礼而能笃故者也。吾台诗人友竹王君为之介，奉先生遗稿乞序于耐道人，将以授剞氏焉。耐道人顾谓门人郑鹏云曰：'先生善继述，乐施与，持盈保泰，富寿以终，殆书所称九五福之完人欤！虽不能诗，其人传矣，况更能诗乎哉！癸丑秋中，耐道人施士洁拜序，时客闽垣。"罗秀惠有《题词》（二首）。其一："偏远堂名集，遗篇亦巨编。照人存古道，在野寓言权。亭阢逋仙鹤，门敲岛佛砖。吉光稀片羽，佩服漫摊笺。"其二："坛坫追前矩，名齐北郭园。乐寻活泼泼，思涌出源源。立派春官第，遗风太史轩。书香偏远绍，手泽付文孙。"郑家珍有《题词（有引）》（二首）。小引云："香谷先生富而好礼，每开文宴，辄效金谷故事。岁乙未，台湾改隶，余避地来泉。先生亦谢绝时事，以诗酒自娱，积之有年，哀然成帙，颜曰《偏远堂吟草》，盖隐然以陶靖节自待也。癸丑，余东渡，先生已归道山三载矣。故人王子友竹持先生遗集相示，读其诗想见其为人，自愧不文，一辞莫赞，勉题二绝以志藏写之忱云。"其一："心远由来地亦偏，柴桑风格想当年。独留一瓣心香在，辛苦平生手自编。"其二："才名几辈播磻溪，文采风流费品题。好把梅花比诗格，世间桃李枉成蹊。"

杨笃撰、屠仁彬辑《秋湄遗集》（4卷）刊行。集前有屠仁彬作序，集中含"遗文""类稿""日记""诗钞"4卷，集后有吴庚作跋。其中，屠仁彬序云："仁彬宦游山右，早闻秋湄杨先生之名。甲寅摄乡宁篆。乡宁，先生乡也。过其居，败屋数间，若无人者。询其后人，惟一嗣孙，仅十余龄，懵无所知。先生著作等身，未行于世，意必有藏之名山者。询之，则其嗣小湄尝携之行箧不去身。小湄亦多著述，庚子殁大梁，仅以骸归，箧物为人抛取，无片纸存者，吁可慨也。先生有如夫人李氏为女校师，仁彬得相通，问捡其室，于败簏中得二卷。一为文诗杂稿，蝇头细笔，涂乙烂然，签曰《竹头木屑行馆类稿》。一无签题，中记某日读某书、撰某文、接某客，盖日记也。然亦错落断续不全，间有学说文稿综杂其中，则当时随手录者，无所谓章次。又征其亲故家，得《秋湄诗钞》《续钞》各一卷，为先生讲学西宁时所刊，原板不知所藏。仁彬又求之各寺庙，得碑文三；求之远近知者之家，得墓志、行述、行状四，汇钞一册，别之曰《遗文》；合《类稿》《日记》《诗钞》编为四，曰《秋湄遗集》，付之石印。窃思先生文章学术，名重海内，平生著书数百卷，其大者《山西通志》，次则直隶之蔚州、西宁，山西之潞安、代州属县志，凡十余种，皆已刊行。其讲学说经，宗法汉儒；其为文，根据班汉。今门下士犹有存者，类能言之，又以其余为篆籀分隶。东瀛游士闻其名者，或不远数千里亲造其门，以兼金购其寸缣断墨而不可得。呜呼！稽古之荣、没世之名如先生者,亦可无憾,顾需仁彬之斤斤为表彰万一哉?惟念先生自少至老,适国离乡,其乡人后进,或不知先生学之何宗,文之何派,近则紫色蛙声、弁髦旧学,先正典型其将坠乎!仁彬以是饷其乡之学者,使知先生负中外盛名,固自劬学中来,斯亦勖学之一道,保粹之一端也。是役也,检辑者邑人阎星三,校录者孝感梁倚侬,编审比次则仁彬与空山人商之。空山人亦乡宁人也,例得并书。民国四年三月孝感屠仁彬序于乡宁县署三尺园。"

张謇撰《张季子诗录》(2册,10卷)由上海文艺杂志社石印刊行,集前有金泽荣序。金泽荣序云:"泽荣,东韩之篡民也,何足以知张啬庵先生。虽然,获交先生三十年之中为邦运所迫,而来依于南通者十年矣。论说之与久,耳目之与迩,其一二所知,宁敢独后于天下之士大夫也。则题其诗录之卷首曰:古之所谓大人天民者,其气也庞,其心也正,其志也大而忧,其发于文章也平而实,而其施于事业也,为济世安民。自皋陶、伊傅以至韩琦、范仲淹诸人是已。其不及此者,其气也峭,其心也偏,其志也小而荡,其发于文章也奇而虚,而其施于事业也,且不能济其三族。自庄周、太史公以至李白、杜甫诸人是已。譬诸物,前之人犹布帛菽粟也,后之人犹奇花异卉也。无奇花异卉,未始不可生,而无布帛菽粟则可以生乎?然则之二人者之度量浅深可知,而天下古今之论人可以此一言而盖之矣乎?先生生有通才伟量,自其少为秀才,时已能隐蓄天下之奇志,及夫中岁释褐以来,见中国积萎,侮于列强,数上书当事大僚,陈政治利害得失之大要,卒不见采,乃绝断进取,侪伍农商,遂资实业,私建学校以沦民智,育人才为其标的,又推其余力以及于公益慈善之事者,不可胜数。于以日夜憧憧,形神俱瘁者十余年。既而中国之形变为共和,则迫于天下之公议而出焉。方将开诚布公,剔神抉智,日施其畎亩之所素定者,虽其事业之所极,今不可预言,而其所以一心忧民,好行善事,直与范文正公符契相合于千载之间,岂不盛哉!先生前后所著有诗录、杂录、政事录、教育录、实业录、慈善录、政治录,比属门人束曰珩、李祯二君类次之,二君请刊自诗录,先生笑而从。噫!今之中国,即自剥进复之会也,阴阳消长之危机,间不容发,上下大小,方且皇皇汲汲求其自治,则其于先生之文字,所愿先睹以为快者,必在于政事、慈善诸录,而诗非其急也。然先生之文章,本自平实清刚,不涉虚荡,而诗为尤然,一读可知其为救世安民有德者之言,而不止为风雅正宗而已。世之知慕先生者,请姑先读是诗,而待诸录之朝暮出也哉。中华民国三年旧历甲寅闰五月同县新民韩产金泽荣序。"

刘鉴撰《分绿窗集》(4册,铅印本)由长沙友善书局刊行。《分绿窗集》乃刘鉴自同治六年(1867)至民国三年(1914)间所作诗、词、赋自选本,诗3卷,词赋各1卷。"分绿斋"为刘鉴书斋名。其中,湘潭赵启霖题辞云:"集中各体,皆瞻逸温雅,佳句如《暮春杂感》云:'冰蚕老去丝犹在,梁燕重栖梦已非。钗影临窗歆玉燕,篆烟如水冷金猊。新愁别苑悲花落，旧憾离亭怅鸟啼。'《和菊生再侄》云：'武昌春到江鱼美，衡岳霜清旅雁征。'《与重伯侄话江宁近事》云：'名心早为迁遭减，胜地回怜少小过。'置之吴宫詹集中，殆莫能辨。"赵启霖另有诗云："眼底山河感六珈，词源浩瀚欲无涯。百年文献余彤史，一代宗风属绛纱。乔木低徊非故国，瓣香流播此名家。贞元掌故凭谁记，尚有人间宋若华。"宁乡贞林女史程琼序略云："《分绿窗集》，余受而读之。其为诗若词，闳轶朴茂，渊雅澹定，精切稳炼，无体不工。其为古赋，出入骚雅，下逮汉魏六朝，英灿维醇，气疏以达。他若《家训》《集字》等书，则胥为载道之文。以上都如干卷，哀然大观，华实并茂，传作也。"善化瞿鸿机序有云："余往从曾重伯（即曾国藩长孙）太史，得读其母郭太夫人《艺芳馆诗》，格醇而气健，已为海内赞服。顷复出示《分绿窗集》，则其从母刘太夫人所作，而菱生观察之母也。集凡四卷，冲夷澹雅，穆然以清。益叹二夫人诗才绝高，略无闺壶之态。虽意境各有不同，而其钟于天赋，镕以学力，涵而骞之，以成孤诣一也。二夫人俱出名门，内外两家极贵显。以恒情测之，多习于华盛而鲜文学，或有其文矣，而懿德无闻。乃二夫人独能兼之。为才女、为淑妇、又为贤母。藻采彬郁而端操有踪，乡党称其礼法，自非嫡挤世泽，孰能当此而无忝者乎？"刘鉴作《〈分绿窗集〉付梓有作》诗云："西头有屋蕉分绿，少署窗名老尚仍。六十三年身历境，迷离鹿梦醒何曾。"其词集中有《风蝶令·暮春》云："薄雾和烟霭，飞花共絮飘。春来春去雨潇潇，只有愁城深处不曾浇。　燕剪乘风利，莺簧坐树娇。嫣红姹紫等闲销，留得三分绿意在芭蕉。"

　　安维峻撰《望云山房文集》（3卷，刻本）、《望云山房诗集》（3卷，刻本）、《望云山房馆课赋》（2卷，刻本）、《望云山房馆课诗》（3卷，刻本）、《望云山房馆别卷》（1卷，刻本）开雕。卷首有白遇道作代序3篇。其一《高陵白五斋廉访书》（谨以弁卷首即以代序）云："晓峰先生仁兄同年大人侍右：别久思长，情曷能已。道之云远，我劳如何。月之五日接奉五月初九日手翰并大著《四书讲义》四册、《谏垣存稿》四册、《望云山房诗文集》四册、《馆课诗赋》四册、《文郎遗稿》二册，恭承嘉慧，满目琳琅，拜领之下无任感戢。敬谂述作等身，兴居多福，引跂风前，深慰驰仰。当即以次展读，穷廿余昕夕之力，始行周遍。惟时景象，如哑人享太牢，知其美而不能言其所以然，只有五体投地，佩服而已矣！虽然妄意窥测，请对以臆可乎？《四书讲义》融合章旨，推阐精蕴而取证于经传历史，隐隐皆按切时事，显示规箴而仍不戾于朱子之说，规模似真西山之大学，衍义意旨类范淳夫之唐鉴，而畅达过之，必传之。作谏稿则毫端振风，简上霏霜，篇篇皆具史鰌之直，字字都有椒山之胆。然实关至计，千人皆见，而先皇之能容谏臣也，实超越前古。观于再留二年之说出于枢廷，而知塞上之行亦非上意也。皇纲解纽，太阿倒持，所谓希烈，何能杀鲁公？宰相卢杞，欺日月者，兹者毁社屋矣。而当年之执国命，负重名者，此时或消声灭迹，或偷生视息，亦何所利，而丧心病狂，卖人家国哉？然使无我公数篇文字，则文忠文达，且欺天下，后世孰知其名不称情哉？诗文各集，旁贯百家，自成一子。塞上诸作，中正和平，毫无怨诽，尤得风人之旨。至于馆课，乃文臣尽职之事，而亦具五步塞诏之能，钵息韵成之妙，以及句集诗选、韵断叉尖，皆系我公余事。昔唐处士刘元平答人曰：'霍王无长，谓有所短，然后见长。'我公乃无一之弗长。左传王孙由于曰：'人各有能有不能。'我公乃无一之弗能，可云胸罗万卷，眼有千秋者矣。非谀也，非佞也，中心悦而诚服之也。《仲温遗稿》诗文策论，都成片段，具见渊源，的未易才而昙花一现，遽证仙因芙蓉城主欤？玉楼赴召欤？抑为文伤命，用思困神，如曹瞒陆云之虑所叹欤？皆未可知也。要之斯文者，国家之元气。斯文扫地，人才因之。君子正人既多隐而不见，而瑶草琪花亦往往苗而不秀；而庸鄙劣罪恶、滔天直流，偏皆有长生久视之术，此天心之不可问者也。此间麦收歉薄，芒种后至今未沐透雨，秋禾不能下种，眼看饥馑荐臻，而征敛无已，捐债重重。读哿矣富人之诗，而羡幽厉之时，犹为平世矣。刻下疫气盛行，耕牛死者累万，盗贼横行，白昼劫掠，被害者只有诉之于天，人人有朝不谋夕之虑，因思古人家不藏甲，功炮火器等犯禁之物，不准乡民私蓄，均有深意。自废弓矢，而令营伍乡团一律普习洋炮，而又漫无考察限制。由是奸民黠滑，人人身怀利器，不易泯灭，谁生厉阶，祸害乃贻于今日，能不叹息痛恨也哉！弟闭扉戢影，饰巾待终，遭家多难，安心顺变，顽躯如常，粗适知念，附及肃复鸣谢，敬请著安，统希荃察，不宣。同学年愚弟白遇道顿首。乙卯六月二十六日。"

宋伯鲁撰《蕤红词》（1卷，铅印本）刊行。舒沅作《蕤红词序》云："沅十八试京兆，因兴平杨春峰，得谒醴泉子钝宋先生于宣南。先生时官御史，纡尊抑贵，加颜色焉。甲辰先君宰醴泉，先生退居林下，问视之暇，辄往从游。间谱小令，许为可造。于是沅始知词学途径。而先君与先生交亦日密。未几，沅与弟鼐执经门下。是岁十月，先君见背，扶丧奔里。次年先生应聘伊犁赞翊节幕。沅墨经橐笔，砚食贵阳，比听鼓长安，文事日废。越二载，投劾去。适先生自塞外归，再诣函，丈歔歙道故，盖不相见者，已六稔矣。辛亥国变，蛰居白门，忧患余生，与世乖忤。今春，闻先生就征京师，亟脂车赴日下。先生进而慰之，以《蕤红词》见赐。拜读既竟，枨触靡已。回忆甲辰乙巳间，春秋胜日，集海棠仙馆，园亭幽邃，花木明瑟。先生巾尘萧闲，兴到据几，新声谱出，有时命小子援笔倚和，欣赏移日，不复有世外想。曾不弹指，而园居已罹兵火。追味曩尘，能勿感慨系之。先生文章政事照耀寰区，诗余特其一斑。然关中自屈悔翁后二百年来，骚坛辍响。先生起而振之，方将突过前人，昭兹来许。又况自汉通西域，天山南北，乐章寥落。先生则筹笔万里，举身之所经，目之所接，于穷荒广漠、冰天雪地中，含咀英华，发为雅音，是又于历代词家独标一帜。吾知是编一出，将见笔秃纸贵，价重鸡林。岂仅树吾党之车型也哉。如沅者由瑟不文，点琴奚鼓，谬列门墙,殊惭趋步。故略述及门以来离合之颠末。于声律指归,未遑征引,亦游夏不赞一辞之意也。甲寅三月门下士舒沅。"

周岸登撰《长江词》(2卷,刻本)刊行。《〈长江词〉自序》云:"《邛都词》既削稿,明年乃返成都,求词学旧书渺不可得。华阳林山腴同年(思进)以万红友《词律》见贻,颇用弹正,未暇一一追改也。适再知蓬溪,蓬兼有唐长江、唐兴、青石三县地,而长江以贾簿故最名。江山文藻,触感弥深,从政之余,引宫比律,倚双白之新声,无小红之低唱。自歌谁答,良用慨然,历秋涉春,亦复成帙。中有《和庚子秋词》百余首,别录为卷,最而刊之,弁以长江,犹是邛都意也。乙卯春分蓬溪官廨记,时将受代,漫卷诗书矣。"

邹弢撰《三借庐剩稿》由上海文瑞楼刊行。含《三借庐诗剩》2卷、《三借庐词剩》1卷、《三借庐骈文剩》1卷,附《三借庐尺牍》铅印本。野衲署签。集前有邹弢、徐元芳、沈鼎、乌程桂、陈诗题像诗;陆野衲、刘翰宜、张钧衡、姚文藻、唐尊玮、徐元芳作序;俞吟香、秦澹如、陈曼寿、黄文瀚、汪苣、郭晚香、李苧仙、董琴探、诸可宝、王毓仙作评语;沈云、舒家堉、俞钟銮、王大纶、沈樽镒、周梦坡、舒昌森、邹文卿、刘雄题词。其中,邹弢题像诗《酒丐六十五岁小影》(生于道光庚戌年九月二十七日)云:"管夫人不是你,赵松雪不是我。因此不用泥捏一个你,再捏一个我。就是纸上现出一个你,便知世间有了一个我。人说你是我,我说你是你。只为生前有你须有我,死后无我难无你。"沈鼎题像诗《酒丐嘲》云:"看你老头儿,似笑还非笑。满肚皮酒糟,两碗烧刀,三斤元燥,东方饥饿侏儒饱。李白之狂言,王勃之腹稿,东涂西抹,三十年来把坫坛一齐压倒。而今白发年高,还混入词场,痛饮豪吟,竟忘衰老。"唐尊玮作序云:"邹子翰飞,梁溪畸士,同光间江左词章家也。余客滇南,慕大名者十年。辛亥春始得缔交。沈约腰瘦,平子愁重,冬郎善恨,杨朱易悲。关陇鼓鼙,慑其魂梦;湘江兰芷,助其郁伊。虽广众扛毫,良时啸侣,翠袖双舞,金尊四飞,人皆赏心,君独兴慨。盖其遭逢乖舛,身世艰屯。赵壹单斗,文章失色;相如奇窘,琴书不怡。翟公绝交,刘峻无助,年年食客,莽莽天涯;游子长途,才人短气,青山飒飒,碧海深深。故其幽怨缠绵,壮心憔悴,本其志趣,发为英华。每值春晓啼莺,秋宵诉蟀,绮窗影寂,罗袂梦凉。美人不来,之子遐弃;功名迟暮,意气胶牢。于是红豆言情,绿么奏怨,柔翰晨弄,瑶琴夕张。白石九宫,清响激魄;金缸二等,哀音断肠。其或涉江采秋,登楼访旧,琵琶四座,裙屐千殇,眉语横兜,万花欲笑,心声甫吐,大地皆春。而况情怀杜陵,踪迹王粲,古忆眷眷,乡思绵绵。颖怨苕哀,通乎素臆;商清角重,付之红牙。宜乎抽秘必妍,运思独苦,钩鸾斗凤,振蛰惊翔。诚张说之珠,李贺之血也。长天易老,流水无情,吾辈头颅,渐成飞白,为序剩稿,不禁惘然。民国三年仲秋咏茗唐尊玮,时年六十有二。"俞吟香评语云:"剪裁云锦,五色陆离,而复以聪明窈窕之思,振蓬勃发皇之气，国初名手当亦让君一筹。"李芋仙评语云："翰飞才调不凡而处境多逆，故所作非缠绵悱恻，即悲壮苍凉。余尝再三勉之，谓少年之诗，须凤凰和鸣，吉祥止止，此中福泽，关系非小，不宜徒作牢骚也。"刘雄题词云："夙有刘伶达，曾无杜牧狂。平生三艺绝（公好吟，好花，好饮），守死一楼荒（公新筑小楼曰守死）。诗卷开新派，风云入幻场。将来申浦上，片纸贵词场。"《三借庐诗剩》2 卷，甲寅新秋嘉禾沈六题签。前有《刊稿缘起》云："余先世居无锡让乡之月台街，先祖筠溪公、先父正峰公读而兼农，余从之耕。辛酉发匪至，焚其居，余年十二，不胜耕作之苦。然家贫不能读，时受庭训，少进境。十七岁先祖挈余至苏，从钱乙生表叔，而愚甚，文格格不通。二十二岁一旦豁然，即学诗。二十六入学泮时，《申报》初行，遂与嘉兴孙莘田、杜晋卿等唱和。但吟稿不自收拾。辛巳秋至申江为报馆记室，于是稍稍留稿。同乡王毓仙借余稿去，被窃于金阊舟中。乙未校文湘幕，江建霞学使代余刊稿，乃又搜索诗词骈文七卷。刊未竟，建霞任满回苏，家中不戒放火，余稿全焚，自是了无只字矣。去冬陆君云苏发起代余刊稿，而刘君翰宜、张君石铭、周君梦坡、郁君屏翰均赞成焉。因商之徐馥苏、唐咏茗、汝望溪、陆甸苏诸君，咸以为可，乃再从各报及日记中搜钞，得此一册而付之手民，故名剩稿。民国三年秋酒丐志。"《三借庐骈文剩》1 卷，甲寅夏仲绮琴轩主题。集前有作者自序云："余幼喜词章而不善骈体，自丙子在吴中交秦肤雨、杭禄庭、汪燕庭后，始学习四六。迄今四十年共得八十余首，均灾于江氏之火。此卷尽从记忆掇拾来也。中有《让清慈禧太后六十万寿颂》《左文襄平西颂》二首。野衲以为恭维而失性灵，故连《浇愁集》自序一并删去。酒丐。"《三借庐词剩》1 卷，集前有吴承烜、高翀、王维城题词。其中，吴承烜题《莺啼序·用梦窗体韵》云："如游蕊宫朵殿，历千门万户。蔚香草玉叶金枝，美人休说迟暮。过梁园想见邹阳，管城光夺珊瑚树。问前因后果，感深水萍风絮。　一枕蕉窗，梦转夜午，眼看花隔雾。学书地记绿天庵，拓开纸界怀素。茧杷缄零纨碎锦，鸳镀度短丝长缕。爱情钟，海客蜻蜓，仙班鸂鶒。　抱残守缺，订坠拾遗，百年一寄旅。有多少暗中摸索，何谢曹刘，海内神交，晦明风雨。鸿雪因缘，龙云契合，万流仰镜皆知己。又一枰剩局成过渡。潜居默处，几回考献征文，故人大半黄土。　不嫌岛瘦，宁弃郊寒，且曲歌白苎。广搜取碎金谢传，片石韩陵，巢鹤楼。高山鸡镉，舞粲莲生，舌盦薇在手题词。不待翻新谱，但安弦鼓瑟母胶柱，不知寒尽阳回，黍谷春多，律吹曾否。"吴中太痴高翀题《沁园春》云："三十年前，初到蒲西，先来访君。记数椽小屋，别饶雅致，一壶浊洒，共醉斜曛。跣足科头，倾心把臂，两字生平但率真。相交久，怅流光逝水，往事飞尘。　老来词赋堪珍，奈敝帚深藏嗟我贫。羡妃青俪白，逞妍抽秘，班香宋艳，摛藻扬芬，江管花多，阮囊钱涩传作全。凭提倡，人从今后，等身书卷，誉满春申。"

徐世昌撰《退耕堂集》(6 卷，天津徐氏刻本) 刊行。坊谨署签。诗集共 6 卷。卷一含古近体诗 66 首；卷二含古近体诗 75 首；卷三含古近体诗 90 首；卷四含古近体诗 62 首；卷五含古近体诗 110 首；卷六含古近体诗 86 首。柯劭忞为其作《〈退耕堂集〉序》云："今相国徐公与劭忞同年举进士，同官翰林公居京邸，又与劭忞比邻，昕夕过从无间。公键户治经史，博涉古今，为经世之学问。作古今体诗，华而不靡，质而不臞，有开元大历之风格。尝赋五言长律百韵，读者叹服，以为使朱锡鬯为之不过如是也。劭忞固知公之劬学，期有用于世，不屑屑以词章自见。然以余力为之，其取材之富，用意之高，亦与寻章摘句者不同焉。庚子之秋，大驾西巡，劭忞与公先后至西安，公僦居僧寺，劭忞偕临清徐梧生兄弟日造公，饮酒赋诗，以相赓和。公感时抚事，一于诗发之，慨然有救焚拯溺之志。劭忞奉使湖南，濒行，公赠以诗曰：'洛阳年少长沙傅，凭吊苍茫泪满巾。'劭忞酬公之作，则曰：'今日朝廷需陆贽，不应重吊贾长沙。'盖期公以兴元之陆敬舆，而逆料其言之有中也。及劭忞自湖南入都，公已淬陟显要，赫然负中外之望。其诗亦雄奇恣肆，不施绳墨而自合于规程，此公诗之一变也。壬子春，公以宰相乞病归，卜居海上，不与世接，徜徉于山砠水滋之间，作为诗歌，自适其意，有陆务观之才思而无其窠臼，此公诗之再变也。今公出而任天下之重，异日盛德大业，固非蜷伏闾巷之士所能窥其万一。即以公诗论，则格愈老而意愈奇，学愈邃而气愈昌。澹忘乎得失之遭，故心无充诎；博达乎事物之变，故词无枝游。盖所谓言有物者。然则诗学复绝之境，其待公启牡锊而跻堂庑乎？公裒其平生所作，为《退耕堂集》六卷，命劭忞序之。劭忞辱公知垂三十年，忝附于故旧之末。虽老而衰，学殖荒落，泚笔序公之诗集所不辞云。柯劭忞序。"

徐珂撰《纯飞馆词》（1 卷，《天苏阁丛刊》本）由上海商务印书馆刊行。夏敬观序云："文章之道，系乎其人之性情品概。其性情深，品概高，则其为文章也，必有以杰出一世者。余善徐子仲可，匪特文章而已，惟其人之性情与夫品概也。仲可初以儒生从军小站，卒郁郁去，而佣笔于沪。今其侪辈皆显贵，仲可则犹是贫贱吟玩岁月以老，其性情品概为何如，人不待读其文章而后知之也。余既久知仲可，初未尝以文章为识面之贽。昨年始得见仲可于沪，读其所为歌词。今仲可复次第所作来质于余，则《小站军次感赋》诸阕皆在编中，而其近今所为，哀时感事，沉郁顿挫，非徒曼声靡歌，回肠荡气以尽其情而已矣。余曩在吴门，与归安朱古微、高密郑叔问、武陵陈伯弢或日、或数日歌一词以相倡酬，暇则从事校正宋元诸名家。积数岁，未稍间。辛亥后遁迹沪上，伯弢归武陵，古微、叔问虽不出吴门，然皆废歌咏，不复能寄其情。余用是有叹于词，以为哀世之音也。夫文章之美，能尽人之情者，莫若有韵之文，风雅骚赋，莫不然也。风始《关雎》，雅始《鹿鸣》，皆出于衰周之世。骚赋则始于屈原、宋玉，其君为楚之怀、灵，其为忧思感愤之郁积而兴于怨刺则彰彰矣。然而小雅不歌而王道绝。衰世之音，其犹未废。庶几其愈于无耳。余又以为今之世，词境顿悭，凡曩之所言，非夫今之所与言也。曩之所为尽其情，非夫今之所有情也。鹎鸠先鸣，使夫百草为之不芳。秋既尽矣，将待夫春。余之所由不歌，与仲可之不废其歌，不同而同。昔子舆至子桑之门，闻其若歌若哭。子桑之歌诗，何故若是？曰：'吾思夫使我至于此极而不得也。'余于仲可，亦犹夫子舆之于子桑也。仲可将刊其词，余虽不文，不可以默然无言，因为之序。中华民国三年十一月新建夏敬观剑丞甫撰。"

刘炳照撰《无长物斋词存》（1册，5卷，刻本）刊行。甲寅孟夏道州何维朴署检。本集含《梦痕词》2卷，彭管妩题签；《焦尾词》2卷，江宁傅春姗署签；《春丝词》1卷，庄闲题签。集前有缪荃孙作序云："同州刘语石先生，叔宝多愁，长卿善病，织天孙之余锦，为乐府之指迷，短调长谣，耳之熟矣。光绪乙未，内兄夏闰枝与君结鸥隐词社，初识面于金阊。维时君赁庑皋春，余亦舣舟唐坞，闻名十载，结契三生。词社第二集，屺怀、子绂、子纯、小坡同集于怡园，余以沈君（塘）临黄小松《访碑读画图》乞题。击钵催成，拢弦和讫。齐云鲁云之并集；今雨旧雨之联欢。赌唱旗亭，听黄河之远上；分毫兰畹，愧白雪之未谐。适有词录之征，大得佗山之助。商量文献，搜前辈之名篇；往复邮筒，传近人之轶句。此一时也。泊予移家钟阜，君亦于役吴兴。弁河叠翠，恰两点以浮眉；苔雪流青，更双流之漱齿。以为久居仙境，庶可大畅吟情矣。忽焉赤熛降怒，朱鸟流光。象无齿而焚身，鱼在池而殃及。卯金箸馔藜，不同太乙之然；酉穴丛残书，已为六丁所摄。莫存幸草，摧尽劳薪。非绛云之厚藏，天胡此酷？竟青毡之不剩，人更何堪！空收柳子之贺书，难合齐侯之余烬。此一时也。既而移家黄浦，真草草之劳人；对镜青丝，渐星星之非我。白杨斋寂，未开称意之花；黄叶村寒，讵长忘忧之草。又复远游甬上，近访曲阿。树穷枝鸟之栖，途益磨驴之迹。寒江灯小，双桨鸣潮；远道装轻，一鞭摇雨。名阜胜川以说志，吟朋快友以怡情。绮语未删，和瘦天之秦九；香心欲活，餐饮水之柳三。此一时也。若乃坏云自落，海水群飞，虎豹当关，狼貙遍野。苍鹅出地，逢元二之灾年；白雁成谣，罹阳九之厄运。沪上一隅，衣冠萃焉。君虽久客，心实伤尽。相逢旧侣，击筑衔悲。回首故乡，栖尘莫问。慷慨月泉之社，弦是哀丝；凄凉麦秀之歌，声成变徵。寄草窗之隐恨，泪洒沧桑；谱花外之闲情，韵流金石。此一时也。语石曾刻《留云借月盒词》八卷，续一卷。今删旧作，复益新篇。五卷编成，示余索叙。嗟嗟！同客天涯，偕臻老境。夕阳江上，似燕无家；春雨楼头，憎鸦搅梦。金缕衣之低唱，眉语难逢；铁绰板之高歌，牙期罕观。况乎屺怀、子绂，久归道山；子纯、小坡，远离茂苑。聚散存亡之感，缠绵悱恻之情。灵心独运，君犹寻炳烛之余光；继和未能，我殊愧操觚之率尔。甲寅人日，江阴缪荃孙序。"集后有周庆云、刘承干作跋。其中，周庆云跋云："右毗陵刘语石先生所为词，曰《梦痕词》、曰《焦尾词》、曰《春丝词》，都凡五卷，二百七十余首。先生之于词若是，其勤欤。虽然，犹鳞爪也。庆云习闻先生词名而相见独晚。曩岁，先生筦电浔溪，庆云奔走四方，未尝接席。迨辛亥避地，薜苫淞滨，亟考所谓《留云借月盦词》者，则以甲辰遭灾，版片行卷俱罹焚如。自是厥后词，遂罕作，作亦罕存，而先生亦垂垂老矣。迹其幼学壮游，老而不遇，磊落抑塞之气，一一发之于词，乃造物忌才，蓦遣六丁收去，吁可慨已。所幸饮井水处，解唱柳词；东南故家，珍若鸿宝。合浦珠还，重加选录，删汰泰半，益以近季所作。写定清本，出示庆云，从臾继梓，以饷同好。嗟乎！前尘何处，劫灰犹存；独茧自抽，五龙易变。读先生词，其亦有庾信江南之感，成连海上之思乎？岁在乙卯孟夏之月，吴兴周庆云书后。"

郭坚忍撰《游丝词》（1卷）刊行。陈芷渔署签。集前有作者照像，吴恩棠、郭宝珩、郭少槐及作者自序，臧谷题词。郭宝珩序云："女弟筼笙，幼工词翰，早年远嫁，花萼之爱，未之久也。三十年来，或数年一见，或十年一见，见辄出其述，造境乃益深；不以儿女之繁，米盐之乏，死丧之威，夺所嗜也。近纂其所为词，将付剞劂，问序于兄。兄老矣，以不能敝屣妻孥，遂至一钱不值。每值看花命酒，辄复索然寡欢。回忆尺箫寸板，侧帽微吟，恍如隔世。若以声律分刌相质，正如齐次风之堕焉，余生记忆全失，岂复能为君弥缝其阙而匡救其疵乎？抑吾闻之海上有三神山者，昔人命舟欲前，风辄引去。今桑田沧海若缩焉，是山去中国渐近，都人士女多往游观，大率乐其山川而爱其习俗，将并吾侪旧藏之六经群籍，悉拉杂而摧烧之，以奉高千秋国之教令，故近今文字，多带假名之性质。矧令幔小道，辞涩思深，尤非时贤所乐觌。然则斯编之出，欲与伊何人斯？抱此冰雪，抑亦新名词所谓困难之问题也。甲寅雨水时间兄宝珩藷厂识。"作者自序云："鄙人昧道懵学，虽托体世胄，幼奉椿萱训诫，令稍读书，仅能略辨之无。于诗词一道，并不谙其音律。惟早岁从夫，高堂远隔，乌恋之私，未能或已。每托兴于吟咏，积牍连篇，不忍自弃，已成一卷。又常读李易安之令慢，爱不释手，岂敢效颦，然余心又有难自抑者。今编成一帙，眉曰'游丝'，言其轻而且细也。秘之箧中，不以示人。俟他日或有知余者，及诸儿女辈见此，讽之上口，亦足以移情也。若云可传，则吾岂敢。癸丑冬暮延秋馆主郭坚忍自识。"臧谷题词二首，其一："二十年前识若翁，吴陵挥手各匆匆。谁知异地生儿女，柳絮新吟者样工。"其二："国初诸老爱填词，笔笔空灵宛似之。说与钝根人不解，晴空一缕漾游丝。"

江子愚撰《听秋词》（铅印本）刊行。作者《自叙》云："余幼时即喜读六一翁《秋声赋》，以为声之可听者多。上焉者使人和，中焉者使人乐，荡人心而乱人耳者，斯为下矣。至于秋声，出乎三者之外，听焉而易警，警焉而易悲，能使人缠绵悱恻，若有不容已者。存天籁之最奇者，孰有过于是乎？余恨人之苗裔也，其所学，则恨人之家派也。习于恨，安于恨，以至心之所萦，梦之所系，几无一而非恨人所恨。余恨之非人所恨，而余亦有时恨之。有可恨者，当吾之前，固恨之。即无已，亦旁搜远绍乎千载上、六合内之可恨者，以为恨。余亦知其自苦无益，每欲逃而他适，以彷徨乎无为之域，逍遥乎无事之乡，求古之所谓太和至乐者。未获其径，而恨旋集矣。如乘舟寻蓬莱山未至，而风辄引之。故其发而为文辞者，率多恨语。又如秋声乍起，易使人悲。故自名其词曰'听秋'云。庐陵六一翁犹存乎，吾将遗以是编，使其以听秋声者听我词可也。不然，独听之而独悲之，徒闻四壁虫声，助余叹息，岂非可恨之尤者哉。甲寅立秋后五日子愚书。"《又叙》云："世间之萧萧瑟瑟，愁苦而不堪听者，皆秋声也。岂必摧枯拉朽，以号于丛木间者，始谓之秋声耶？方今天下，倾耳而听，无往而非秋声，无时而非秋声者。吾听之不容自已，故寓之于词。他人之听我词，亦有不容自已者，必将寓之于泪。其然乎？其不然乎？自叙既成之次日，复缀数语，以补其略。而余之所以名其词者，义可见矣。其中亦间有愉乐闲逸之词，不过百中一二，亦强颜为笑之例，正见其恨之至也。纳兰公子有云，'须知浅笑是深颦'，盖得之矣。"

胡光国（碧澂）撰《喜闻过斋诗》（2卷，铅印本）刊行。集前有郑孝胥题签，胡碧澂先生七十肖像及黄宗泽题《碧澂表舅父大人像赞》，邓家缉题识，陈作霖、程先甲题词；集后有何允恕作跋。其中，陈作霖题词其一："宿雨初晴日上迟，冰文一卷手亲持。竹梧庭院兼葭馆，读遍愚园父子诗。"其二："极望淮东路渺漫，云龙以外更无山。晓风残月皆词料，吟向船唇马背间。"其三："杏花村外风台边，散发斜簪望若仙。欲继仓山设坛坫，敦盘阒寂百余年。"程先甲题词云："古谊日以替，友道日以漓。谁为性情交，盘敦空縻耤。胡子信肫恳，醇醪若倾瓶。所居望衡近，昕夕常追随。春花参差发，好鸟鸣碧枝。园亭寂无人，蕙风时煦吹。授我一卷读，字字皆珠玑。珍重勖光采，岁寒相与期。"何允恕跋云："右外舅碧澂先生古今体诗若干首，允恕校而录之。窃谓先生固不必以诗传也。先生天性孝友，诚于接物。生平事功，多由艰难险阻，先生不随不激，履之若夷。其虑事也，谆谆然；其待人也，恳恳然。父母昆弟，既无间言；交友执友，更相推许。盖自正笑淮南，兴吪徐方。无妇人孺子莫不颂先生如慈父母也。陈太丘之长德，郑子产之惠人，先生复何多让？先生固不必以诗传也。虽然，诗教之不作也久矣。古者太史辖轩采风，别其贞淫邪正，俾瞽工播诸管弦，使听之者正性情、端趋向，含和于彝伦、殚诚于家国。自世风不古，谈声律，矜性灵；依门傍户，入主出奴；其去诗人之教远矣。先生溯源风诗，篇中思亲怀弟之作，固《陟岵》《陟冈》之遗音也。至其于役兴怀，思归寄兴，则北山之咏，念王事而劳驰驱；东山之篇，思家室而怀瓜栗。暨乎盍朋簪，联友缟；又灿乎缁衣之好，鸡鸣风雨之思也。然则先生之诗，其有益于世道人心，足以歌泣观感，上追《三百篇》之遗教者，岂浅鲜哉？先生之诗，又乌可以不传耶？吾知读先生之诗者，益可仰见先生之盛德。本之于性天，著之于功施，发之于歌咏，大雅中正，所谓仁人之言，其辞蔼如者也。先生亦何必不以诗传耶？先生今年方晋七秩，允恕追随杖履，感世变之沧桑，仰岁寒于松柏，爰举先生之诗，付之手民，以为先生寿。先生其亦笑而颔之乎？甲寅孟春甥何允恕谨识。"

谢鼎镕撰《兰陵集、京岘集、兰陵随笔》(3卷)刊行。《兰陵集》集前有曹家达作序云:"余家江阴,江阴在《汉志》为昆陵县之暨阳乡。西去六十里,为常州府治,江阴属焉。府治即汉昆陵县,东晋时侨置南兰陵者是也。予于少时府试尝一至再至焉,然皆以事竣。后迫促东旃,故生平流连光景之作,于兰陵盖阙如焉。今岁夏,谢子冶盦自兰陵法院解职归,手一集以示予。予顾而笑曰:'退之不云乎?"日哦老槐钜竹间。"有问者,辄对曰:"予方有公事,子姑去。"'冶盦所为无乃类是。虽然,崔斯立当唐贞元之际,一举进士,再进为博学闳词科,以言事黜为蓝田县丞,故其所为,郁郁如不自得。今冶盦何所不适于中而托之于吟咏?虽然当今之世,风雅道衰,如崔斯立者,亦曷可少哉!余不才,不能效法退之作《丞厅听壁记》,姑作诗序以代之。予与冶盦固皆汉昆陵暨阳乡人也。甲寅秋日拙巢曹家达。"《京岘集》作者自序云:"京口山水之胜,甲于全吴。壬寅秋,应试白门。道出古武进,曾舣舟于此。稍稍浏览风景,顾以人事之牵率,虽游未畅也。今岁四月,张君谨菴长镇江警务,予适自兰陵法院任内被裁,谨菴招予佐理司法事宜。予于谨菴为异姓昆弟谊,不可却,且窃喜壮游金、焦之宿愿于此或稍稍遂也。虽然,天下不如意之事正有不可知者。镇江为江淮要冲,且故系商埠,警务事又至繁琐,欲以案牍余闲,汗漫于山巅水湄间,殊不易得。诵唐人诗'因过竹院逢僧话,偷得浮生半日闲'者,不禁神往久之。所幸警署办公,尚无拘牵之程序,事虽繁而易了。公余之下,非偕一二友人骑欵段作郊外游,即乘兴独往,以舆夫为前导。荒凉如鹤林,繁盛如金、焦,幽僻如竹林,一无人知之境如三官井,靡不缒幽凿险,穷极名胜,且游必有所赋。非敢云诗,盖纪实也。阅二月,积诗若干首。谨菴受代去,予亦辞职旋里。顾念十数年,渴慕京口山水之胜,至今日而始偿所愿。诗虽不工,然一时游踪所寄,不可阙也。爰汇而存之,以付诸梓。他日有为京口三山游者,倘即以是集为识途之老马乎?甲寅中元节前三日冶盦谢鼎镕自识。"

王蕴章撰《然脂余韵》印行。依其《自序》,是书因王士禄《然脂集》书阙有间,而有意续之,遂"比年傭书于涵芬楼",获遍览群书,故随记所得而成此书。又因女子之作,"为天地间必不可少之一境",是以此书于清代女文人采录尤富。《然脂余韵》凡6卷,所记时代始于清初,至于近代。每条大抵以叙其人、传其事、录评其诗为序,全书以诗词为主。所录诸人绝大多数属中国本土,也间有南洋马来群岛之作。

吴昌硕撰《缶庐印存三集》由西泠印社出版。葛昌楹序。吴隐为题词二绝,《〈缶庐印存三集〉题词,辑缶庐印谱三集成,并题二绝句以志师仰》其一:"苦铁先生工铁笔,断无苦卓不精研。一缣一字论声价,已见高名动澥暖(日本人士甚佩先生印学,挈金来求者踵相接)。"其二:"印林偻指三株树,风采丁黄此嗣音。它日寝窗开四稿,更收佳胜入清吟。"本年《缶庐印存四集》亦出版,吴隐为之序。

黄耀岚撰《求放心斋诗存》(1卷,铅印本)印行。张翰仪评曰:"幼嗜吟咏,承其

家法，率性道真，不事雕饰，诗皆纯任自然，机趣恬适。”（《湘雅摭残》）

程颂万撰《鹿川田父集》（5 卷）于长沙刊行。含诗 4 卷，词 1 卷。

易顺鼎原辑，沈宗畸选《吴社诗钟》（1 卷，铅印本）由上海广益书局刊印。

易顺鼎撰《癸丑诗存》（2 卷）约本年聚珍版印本刊行，书口署“哭盦丛书”。

樊增祥撰《樊山集外》（8 卷，石印本）由上海广益书局刊行。

刘师培撰《左盦杂著》由成都书局刻印。

刘铁冷撰《铁冷丛谈》（1 册，6 卷，油印本）由民权出版社印行。周皓题签。集前有胡常悳、王无闷、沈章、孙家树、秋梦、杨行民、徐振英作序及作者自序。题词 8 篇，依次为卷庵 2 篇，虞懒僧 2 篇，秋梦、天羽陈白、沈灏、赵学诗、徐镜澄各撰 1 篇，潘钟酿 2 篇，花奴、豁庵、庞树柏、卢文虎、澹庵、天籁、冷庐客各撰 1 篇。

［日］《以兴吟社诗存第二集》（2 册）刊行。集前有罗振玉、中洲毅题词，蒋逕大竹温作序。蒋序云：“甚矣，京师文林之凋零也。余之始来于此，以诗名家者，犹不下十数，来往倡和，殆无虚日，而今皆既逝矣，岂可胜寂寞之感哉？顷者，吟社诸彦相谋编诗存第二集，将付手民，乞余评骘。因细阅之，有如花木竟荣者焉，譬诸七香寒梅之清奇，重迈之雄伟，黄花之幽妍，末丽之素淡，蒼蔔金粟之珪质，凌波仙子之冰心，其趣不同，而皆可以娱目怡心，且较诸初集社叐之数，实三倍之，安知非文林之凋零？殊不过新陈之代谢，代而荣者，更有菁菁之观，是不独慰寂寞之私情，或将大有望于后来，遂欣然为之序。大正三年甲寅之秋。蒋逕大竹温撰并书。”集内含伊藤虚堂、马场雨峰、服部苏天、香山穿石、内海吉堂、中山白崖、近田春耕、高谷简堂、江马乔松、远藤周溪、柴田节堂、前田享庵、永松丰山、山口松南、木村择堂、上田丹厓、田中来苏、荒木凤冈、池田梅所、古杜鱼轩、前田理轩、宫岛九皋共计 22 人诗作。附录《笠原桂舟遗稿》。

吴汉声《满江红·题画〈浣纱图〉》《浣溪沙（帘外东风暮更寒）》发表于《游戏杂志》第 4 期。其中《满江红·题画〈浣纱图〉》云：“玉貌花颜，依然是、浣纱窈窕。忆当日、若耶溪畔，婷婷袅袅。莲步轻盈秋露艳，柳腰绰约春风袅。看一朝、恩宠冠金阃，颦谁效。　　越山峭，吴宫沼。英雄笑，美人老。叹旧时花草，凄凉凭吊。依意欲陈君不听，君心但爱侬颜好。报深情、只有捧愁心，伊谁晓。”《浣溪沙》云：“帘外东风暮更寒。梅花如雪压阑干。锦衾孤拥梦儿难。　　暗拔玉钗和泪卜，懒拈锦字带愁看。柔肠寸寸起回澜。”又，陈栩《清平乐·题〈礼拜六〉杂志封面画》发表于《游戏杂志》第 10 期。词云：“眉儿浅浅。红上桃花面。兀自低头偷腆腼，偏又被人窥见。　　本来不惯孤眠。况教长日如年。错把沈檀椅子，朦胧当做郎肩。”

方观澜作《三年甲寅八十三岁》（二首）。其一：“一袭青衫二十春，酒痕依旧泪痕新。来寻不舞山中鹤，想见当年湖上人。燕乳莺雏微画影，柳堤花港落车尘。冷泉亭上题诗句,都付西溪一钓纶。(杭州清泰门向来封闭,今火车由此入城,直达清波,门外湖山风景今昔殊,情曷禁沧桑之感)"其二:"乘兴来游小有天,柳边春色记年年。江湖落拓杜京兆,诗酒飘零李谪仙。难得风尘知大老,好因觞咏集群贤。华颠扶醉人归去,楼上花枝笑欲然。(是年春,重游西湖道,出申江,主李艺渊观察,同登小有天酒楼为文酒之会。今艺老归道山矣,可胜感慨)"

鲍心增作《挽宗黼廷(国桢)先生》(四首)、《哭张至生(汝阳)世丈》(四首)、《寄王仲午同年(有序)》(二首)、《乐渔同年特邀鲁山自沪渎来晤因赠》。其中,《挽宗黼廷(国桢)先生》其一:"回首临歧日,炎寒倏五迁。乍辞彭泽宁,长纪义熙年。道以知心契,天留觌面缘(今夏五月初旬晤君者再)。犹悲虚后约,未罄话缠绵。"

唐受祺作《训长孙庆诒游学美国辞》《归舟》《昔在都中,严冬苦足寒冷,于肆间购得羊皮袜归,室人笑谓"是宜用褐裘之制,表里护之",乃为余缝宽广单袜二,属先试著,后以羊皮粗厉弃去,置袜巾箱中已历二十余年。今秋,足指因湿作烂,涂药裹纸,恐其污及布被也。检得此袜著之,所包者大,不受寻常拘束之苦,为之怡然,转念益复凄然矣,成七绝一首》《到家》。其中,《归舟》云:"寂寂溪西三两家,飘然一棹水之涯。天公不放秋摇落,隔岸犹开红蓼花。(先大夫以大儿庆诒赴美,意颇郁郁。入秋多病,不肖深以为忧。后读此诗,细玩词意,跃然以喜。今检诗稿,念顾复深恩,又复涕零矣。文治谨记)"

曾福谦作《述怀》(六首)。其一:"不材社栎得天真,忧患多丛识字身。颍洞风尘成幸草,峥嵘岁月叹劳薪。四休已署孙君昉,三愿难偿赵季仁。牝牡骊黄空相马,几人不愧九方湮。"其二:"孰为浊醉孰清醒,饱读《离骚》一卷经。罢识有如僧退院,思乡无异女归宁。船中岂受胡奴米,座右常留子玉铭。何日辍歌同爨饼,渭城不唱与人听。"

陈宝琛作《姚叔节解元属题张亨甫先生题寄按察公石田画卷》《题邓铁香鸿胪遗墨》。其中,《姚叔节解元属题张亨甫先生题寄按察公石田画卷》云:"过庭耳熟姚张交,诗稿受寄更三朝。象贤抱持兵火际,卒就微禄为写雕。枣梨捆载千里致,归告家祭辞折腰。我寻棠荄后一纪,泂溯风义江天遥。晚丁颍洞再觏子,尚手此卷珍松寥。当时题赠事偶尔,世患腾沓来如潮。溪山胜画孰竟隐,何地干净如僧寮?穷通修短等一觌,万劫要恃平生要。百年可作大父行,故家文物犹票姚。"《题邓铁香鸿胪遗墨》云:"铁画霜棱肃我襟,人天何限别时心。一从谏疏明朝断,驯见神州大陆沈。往日回思真可惜,众芳萎绝更谁任?卅年留得荒滨叟,来对西山说邓林。"

王祖畬作《寿笙寄女将从其夫壻于济南,赋此言别》。诗云:"此后不相见,临歧各惘然。并将离别恨,洒入泪痕边。济水渺无极,娄江清且涟。愿珍多病体,翰墨以为缘。"

康有为作《黄岩寺》（民国三年）。诗云："峨峨孤塔抗尖峰，劈涧飞流走白龙。上织烟岚锁群峭，下临湖影结云松。"

邹永修作《李丈艺园重谐花烛歌》。序云："邵州李丈观察，吴中国变后，移家寓沪，放怀自得，以诗酒与诸遗老相周旋。甲寅岁，其夫人八十初度，适为重谐花烛之年，丈作七律十首纪其事。其子慕蘧过鄂，示余索和，爰歌七古以庆之。歌中所谓亦莱老人者，丈近年道号也。"诗云："天上明月盈还亏，乾坤寿考齐者谁。十家九室发长叹，鸾孤鹄寡伤参差。亦莱老人自康乐，天长地久歌齐眉。年登大耋各健顺，白发朱颜双瑞奇。岁在阏逢摄提格，重逢题叶催妆时。备礼青庐对红烛，冲寒梅放长春姿。合卺交饮德星聚，欢声雷动申江湄。牛女两星照当户，彼都士女涎皆垂。身世沧桑类陶翟，前耕后锄相唱随。肥遁海滨不求达，得毋知雄守其雌。季子白眉客江汉，与余结契符襟期。高堂庆典既详述，旋示重谐花烛诗。诗言五纪驹过隙，身经丧乱难追维。共和以还世益变，伉俪自由为所为。安得司牧重礼教，使民知耻维伦彝。读竟季子向余语，老人尝深乡里思。白水岂异武陵洞，桃花结实蟠中逵。鹿门妻子与偕隐，庞公遗后知安危。何当鄂渚高轩过，江上拜舞瞻严慈。仕资内助退偕老，富贵浮云让人好。长调琴瑟享期颐，嗟哉老人悟真道。结缡周甲仙飘飘，潜斋那得专前朝。八旬佳对惊宾僚，潇湘韵事亦当千古高云霄。"

夏孙桐作《周世臣同年来京师酒楼话旧，即返汴梁，见赠一诗，次韵奉留》。诗云："相逢乱后复何言，舌在相看各自扪。禽尚愿虚山未买，荆高客散酒难温。炭炎炉上谁先觉，箭处弦边亦钝根。老向夷门寻旧隐，遥知城市似山村。"

王仁安作《次韵寿民见赠之作》《次韵寿民，再用前韵见酬》。其中，《次韵寿民见赠之作》云："两年踪迹居乡好，日日河干看晚霞。故国重来冠盖里，名都旧是帝王家。岁华迟暮怜芳草，身世飘零感落花。白首知交谁健在，临歧多少路横斜。"

罗功武作《水灾后返乡区，笠翁赋诗送行，步韵答之》（三首）。其一："惨遭祸水势滔天，桑梓关怀意黯然。无术弭灾深怆痛，言旋省难亦堪怜。醇醪话别悲今日，论调同工忆去年。若问归装何所有，清风两袖助行鞭。"

刘慎诒作《公约邀饮青溪》《调方大地山》《自京师归，过下关作》。其中，《公约邀饮青溪》云："重城市语北声多，小舫携樽映浅波。一士功成甘避禄（谓吴次高），诸髦乱后尚能歌。旧堤万柳疏疏在，沧海三桑了了过。人事已非游赏倦，金吾戒路夜鸣戈。"《调方大地山》云："京洛相逢正好春，萧郎憔悴阮郎贫。九流扛喙无余地，谁省歌坊乞食人。"

魏毓兰作《伯鲁以〈渊明爱菊图〉索题（时致仕家居），为书二十八字》《山寺题壁》《柬枫轩黄滨公校》《春雪（蒲东诗社分韵得春字）》《旷旷园（仕槐）有子颇慧，十龄而殇，为十言长句慰之》。其中，《伯鲁以〈渊明爱菊图〉索题》云："栗里归来菊尚存，霜中已放两三盆。繁华阅尽能高卧，晚节栽培到子孙。"《春雪》云："已过清明两见雪，龙城三月不知春。风云半壁兴安岭（时因俄乱，边防戒严），霜霰连朝上巳辰。得月林梅留情影，和烟泥絮误前因。嫩江冰泮添新涨，又听渔家卜岁频（嫩江多鱼，俗谓清明开江后，遇雪则鱼收必歉）。"

闵尔昌作《陪王壬秋先生法源寺饯春》《崇效寺》（二首）、《豹岑为彦复校印〈北山楼遗稿〉题后一首》《鸾枝花十韵》《文官果十韵》《听鸿楼夜直》《精忠柏，为程伯葭赋》。其中，《豹岑为彦复校印〈北山楼遗稿〉题后一首》云："遗书剩向茂陵求，消渴相如早倦游。紫姹红嫣春婉晚，凄凉燕子有空楼。"《崇效寺》其一："柳河村畔驻吟鞍，古寺春光在牡丹。几朵姚黄间欧碧，茗香风暖一凭栏。"

吴庚作《吾园落成，同意空作》（二首）、《再题吾园，索意空和》（二首）。其中，《吾园落成，同意空作》其一："半亩荒园辟草莱，高低随意著池台。秋容老圃花宜晚，新雨空山石未苔。种树但期人未老，叩门不问客谁来。草玄亭宅寻常有，敢拟扬云作赋才。"其二："吾园虽小不零町，山作帘栊石作屏。过去世途水云栈，老来心境晚霞亭。春风花树闲开落，来日沧桑大渺冥。留与后人增叹息，入门犹问旧居停。"

杨芃栻作《甲寅》。诗云："残雪枝头湿未消，芒鞋踏冻过新桥。焚香默向先茔祝，第一关心咏岁朝（先大夫晚岁有《岁朝展墓》诗，小子不才，不敢自谓继承先志也）。"

姚华作《罗掞东、易实父为释道阶约集悯忠寺饯春》《甲寅周（六）印昆同梁壁园长沙观女剧诗后》《伐木歌》。其中，《罗掞东、易实父为释道阶约集悯忠寺饯春》云："频年懒尽由春去，此日从君亦饯春。秉烛早知生是梦，披襟又见酒成尘。枉嗟花事兼愁病，只剩钟声隔暮晨。惆怅天涯萍与水，东风犹许一相亲。"《甲寅周（六）印昆同梁壁园长沙观女剧诗后》云："丝竹中年易断肠，《后庭花》曲感凄凉。迷楼何处歌杨柳，旧姓于今问脱娘。未许湘裙要汉珮，共怜燕草怨秦桑。周郎记否当时秀，一顾能赢几泪行。"《伐木歌》云："伐木丁丁，鸟鸣嘤嘤；鸟鸣伊何，曰求友声。伐木伐木，载歌空谷；愿言求友，维予之淑。求友如何，如切如磋；如切如磋，如琢如磨。友骈友旐，学广于渊。谓他人先，予胡不前！"

叶心安作《崇效寺看牡丹已残》《参观古物陈列所书所见》《陶然亭咏雪，和周煜生》《十万图》（十首）。其中，《崇效寺看牡丹已残》云："古寺城南有牡丹，我来只是惜花残。泼翻地上胭脂汁，略作人间富贵看。色相空王皈净土，荣枯时节感长安。盘盘惟有双楸树，千岁长春锦簇团（庭中有二楸树，系数百年前物）。"《陶然亭咏雪，和周煜生》云："敝屣功名本若蠋，希踪敢步晋贤前。雪邀枚叟游梁苑，柳与先生共葛天。蒿目冶城成阅世，翘心净土亦随缘。输君揽辔澄清志，朝市山林一惘然。"

陈训正作《甲寅》（四首）。其一："甲寅历数太初年，岁德荒荒运竟愆。垒耻频供多白眼，矢穷犹拨大黄肩。兵归赵括谈何易，客尽张仪舌未全。闻道虎头飞食肉，

至今关塞足狼烟。"

吴秋辉作《上靳泰武将军》(四首)。其四："频年虎帐挹英风，拂拭偏殷爨下桐。自悔雕虫愧杨子，深惭病鹤累羊公。总戎旧阵娴云鸟，游子浮踪感燕鸿。剩有飘零斑管在，好磨燕石待铭功。"

范罕作《晚晴》。诗云："轻风掠雾过高城，大好光阴负此身。世事依然前后水，秋花不尽去来情。香凝半壁书横枕，雁下千声冷到檠。四十不成竟何事，一庭微月又新晴。"

姚寿祁作《君木同徐句羽(韬)养疴保黎医院，以唱和诗见示，次韵奉答》。诗云："灯影扶花上小楼，风微露重月华流。萧疏帘幕闻初雁，惨淡星河见早秋。薄病却添酬唱乐，清谈转惹浅深愁。竹竿巷口无多路，愿作平原十日留(句羽所居名竹竿巷)。"

杨赓笙作《甲寅亡命槟榔屿，口占寄内》。诗云："天涯有客夜凭栏，欲写离愁下笔难。万里椰园栖独鹤，三年菱镜对孤鸾。家无储蓄衣安寄，书到炎荒泪未干。今日好兼严父职，教儿休再著儒冠。"

王琴林作《祝白母朱太淑人六秩荣庆二首》。其一："神仙眷属幼相庄，初卜飞鸣是凤凰。绣佛祖传遗法古，课儿家拜赐书香。瑶池鹤集添筹屋，花县燕居重庆堂。蛮触未妨开寿域，麻姑原不异沧桑。"其二："学士头衔宋若华，惯餐仙果饭胡麻。世臣故国仍儿嗣，天子门生旧母家。戏彩亭前人并玉，怀清台外月如花。写经怯作《灵飞》字，侑上新诗拜绛纱。"

孙玉声作《五十述怀四首》。其一："如驶驹光去不回，壮心漫说未全灰。百年岁月已过半，两鬓霜华渐欲催(客秋起渐见白发)。憔悴瘦躯真比菊(近来消瘦殊甚)，峻嶒傲骨尚如梅(年来处境不适而傲骨天生尚能不为境困)。称觞敢负宾朋意，勉尽金罍酒一标。"其三："大地从来一戏场，醉心菊部未为狂。编排剧本开新智，改革浇风亦热肠。敢比谢安嗜丝竹，欲寻师旷订宫商。男儿莫遂平生志，娱老歌坛雅不妨。"

杨道霖作《由津至沪中途有感，寄示寿国、珊园》。诗云："壮岁负伟抱，挟策走幽燕。欣逢东阁开，及见公孙贤。慷慨论筹策，名卿为泚颜。颓波日东注，沦胥匪一端。疆臣主和议，民气郁难宣。大人不悦学，见异纷思迁。出门望蹛群，塞人云上天。履霜见坚冰，星火燎高原。美玉宁求沽，蝈螗空阓喧。君子道固穷，持正百尤愆。凤饥不择食，燕雀舞其前。愿为古人愚，不受今人怜。"

傅専作《浣溪沙》(八首)。其一："万感峥嵘到眼前，思量终夜不成眠，温柔乡是奈何天。　神女愿为三峡雨，鸱夷迟泛五湖烟，一腔心事负当筵。"其二："已是春光三月三，枝头正绿万红酣，困人天气滞微寒。　好梦但从醒后忆，奇花不称折来看，清愁惆怅是阑珊。"其三："清慧远期庸福修，狂名竟至负温柔，愁城谁与度春秋。　已过陈思期洛水，远如杜牧在扬州，多情岂合此生休。"

萧瑞麟作《京寓杂感》(六首)。其一:"闭户英雄种砚田,也同老将寄幽燕。翟家门静罗新雀,蒋径风清咽早蝉。官兴薄于棋局纸,儿书用尽画乂钱。北枝寒甚南枝暖,择遍中林咫尺天。"其二:"伥伥浊世欲何之,况是腥风苦雨时。满地江湖无处宿,十年劫运耐人思。贫愁老仆朝炊米,闲与佳人夜课诗。廿四番风今尚冷,故应花事一春迟。"

刘大同作《题〈怒目老人图〉并记》。序云:"甲寅余寓日京旅馆,见壁上悬《怒目老人图》,用笔颇不恶,因戏而题之。翌日诗社诸友见而羡之,争题句于其上。不数日而满幅烟云,几无一隙处可以着笔矣,计四十有三人。后移寓巢鸭时,即向馆主购之,主人曰:'贵国名士,半在此画图中也。平时欲求一人书,且不可得,况数十人乎?今将什袭藏之,虽万金不易也。'余退与人曰:'吾不料日人之敬重党人若此。'故记之。"诗云:"先生何许人,老来犹闲气。怒看天地间,都是不平事。"

李宣龚作《答鄂中友人见寄之作》。诗云:"蜀江楚树自苍苍,浪得声名讵是常。可惜胡床无老子,南楼虚办一秋凉。"

刘人熙作《愁城》。诗云:"愁城百雉俨雄邦,酒灌诗围未肯降。恰喜睡魔能奏捷,梦中壁垒更庞庞。"

周钟岳作《寄内四首》。其一:"朝经淮岱暮幽燕,千里长途一瞥间。惜未相携风雪里,开窗同看太行山。"其二:"客中轻别悔蹉跎,儿女侵寻苦病魔。连日求医兼问卜,别来三月累卿多。"其三:"枯禅一榻似阇梨,多病年来喜独栖。我已清斋三百日,怜君真是太常妻。"其四:"九门风雪正毵毵,寒恋重衾睡转酣。孤馆灯残更柝静,揭来夜夜梦江南。"

李经钰作《阙题》《送杨焕霆、王佑丞回肥,即和其韵》《和悔兄〈西湖杂咏〉》(二首)。其中,《送杨焕霆、王佑丞回肥,即和其韵》云:"吴市年年困软尘,臣衰敢说不如人。更无晚径开三益,且庆高堂乐五伦。门户定知他日大,乡间终觉古风醇。老夫陡触思归感,槎月巢云入梦频。"

章圭瑑作《甲寅归自苏州》。诗云:"又自吴门策马旋,一肩归去意萧然。苏裘久敝空行箧,冯铗长弹不值钱。白发催人怜鸟倦,苍头对我谢蝉联。青山小别何时见,水逝山塘年复年。"

丁传靖作《击钵限韵》。含《清明上河图》《尘》(三首)、《旧燕》(二首)、《海棠》(四首)、《柳眼》(二首)、《杜宇》(二首)、《桃花扇》(二首)。其中,《清明上河图》云:"金梁河畔久蓬蒿,往日春游忆几遭。浪说临安好歌舞,湖堤争及汴堤高。"

王允晳作《于役书见》(二首)。其一:"几树萧条远见天,一溪寒冷自生烟。惠崇小景无人买,挂在荒村不计年。"

陈懋鼎作《扬雄》《题也可园(有序)》《代孙慕韩挽日本山座公使》(四首)。其中,《扬雄》云:"已就方言更剧秦,扬雄老去胜悲辛。草玄至竟嘲难解,作诔经时泪尚新。金马陆沈方朔世,碧鸡望断子渊神。一亭但得常清静,识字何曾误此身。"《题也可园(有序)》序云:"济南运使署后也可园,先曾祖在官所葺。咸丰己未,先曾祖五十初度,园适落成,时方喜雨,同僚因以为祝,何子先生有诗,距今盖五十六年矣。属主者亦以庆寿征歌筋,得与其列。徘徊先构,树石依然。世事何常,家风非远。抚今追昔,未能忘言。甲寅冬至后十五日。"诗云:"嘉荫堂中旧酒厄,清风长在五言诗。空传名士依都转,不使曾孙接武夷。良会何知丝竹乐,休征惟得雨旸时。几场优笑成今世,老树遗台一晌思。"

黄瀚作《追挽周五姑丈梅史师八首》《读〈孟子〉感言》《新号半暗口占二首》《重到海澄》(二首)。其中,《读〈孟子〉感言》云:"疏戚殊情共一因,欢忧随分见天真。不垂涕泣能谈笑,只为关弓在越人。"《新号半暗口占二首》其一:"旧是知更雀,狂鸣彻六更。低头方顾影,反舌共无声。大地忽沉晦,秋宵不肯明。潇潇风雨夜,寒噤若为情。"

王伯沆作《杂诗》。诗云:"辛壬癸甲草间活,断发出门吾甚怍。士夫那识忠孝字,悬知天变有蝗雹。如何如何惟乐饥,每寻老蓉嘘以唏。经旬一博了白日,跌宕岂顾群儿嗤。情知吾生木草草,看人不如看花好。满眼东风一卷骚,闭门自署酸齑老。"

林尔嘉作《甲寅菽庄口占》。诗云:"卷帘一色海天清,静里从容儿物情;潮水也知人世变,去来时作不平鸣。"

丘菽园作《箴游女(有序)》《寓目有感》《寄怀罗君文仲(昌)及康夫人(同璧)》《书王湘绮老人所为〈香妃后传〉》。其中,《箴游女(有序)》序云:"女子失教,群乐佚游,颠倒裳衣,放诞自喜。先哲云:'服奇者志淫。'有心人睹此,不能无喟。"诗云:"雌雄争翻蜉羽章,相逢妹喜变儿郎。东家供食西家宿,南部风流北部妆。会睹菶蒮夸手爪,又闻蕉萃弃姬姜。汉滨游女销魂甚,士有忧思正可伤。"《寄怀罗君文仲(昌)及康夫人(同璧)》云:"双修眷属重人天,同熟灵文甲乙篇。谪降犹居蓬岛列,壮游已过阆风巅。交光干莫惊腾跃,写韵鸾萧爱静娟。聊振疏慵揩倦眼,刘网夫妇是神仙。"《书王湘绮老人所为〈香妃后传〉》云:"内传谁传穆天子,本纪难征汉武皇。乾隆朝士工笔札,开元天宝无篇章。三军伏尸为一女,万马蹀血残边疆。至今犹说香妃香,所传闻世宜有述,造金楼子湘东王。"

曾仲鸣作《晨得家书,夜坐对月,赋此寄四、六兄、大姊》(二首)、《登绿天台》(吾辈又戏名曰超然)、《感事》《夜雨》《读放翁〈示儿〉诗有感》。其中,《夜雨》云:"诗思茫茫梦不成,寒灯影雨夜空明。此身已觉飘流惯,偏爱今宵点滴声。"《读放翁〈示儿〉诗有感》云:"死去谁言事已空,精神犹在万诗中。如今虽扫胡尘净,尚恐黄泉恨未穷。"

李澄宇作《游望园作》《岳州病后作》。其中，《岳州病后作》云："慨慷驰驱燕赵久，风沙挂眼渐成佳。乍归颇忘湖山旧，多病翻疑水土乖。远路苔芩劳梦寐，清秋草树护庭阶。江城斗大谁相语，独揽边云一励怀。"

向楚作《和香草簃〈冬夜索诗〉韵》《西湖纪游诗》（十首）、《白云》。其中，《和香草簃〈冬夜索诗〉韵》云："填海未枯精卫死，埋忧天地酒杯宽。三年国步成今日，一寸冬心耐岁寒。落落故人皆党祸，堂堂新室半周官。杨朱世外悲歧路，醉把君诗雪夜看。"

古柳石作《东陵学舍》《东山述怀》。其中，《东陵学舍》云："此间学舍近东灵，暮鼓晨钟入耳听。半载情缘同证月，满门桃李对谈经。文章自得禅机悟，世事应教酒力醒。闲倚栏干供笑傲，一江琴水万峰青。"

诸宗元作《送归南者》。诗云："君复南归我独留，眼中云雾正清秋。江喧风雨成荒涨，民厄流离念本州。且置买田阳羡约，能无横涕监门忧。迂儒箝口论封禅，赖可长饥对白鸥。"

伦明作《题〈篁溪归钓图〉》（二首）。其一："故山无恙忽相逢，十里青溪在画中。莫学东坡誓江水，一竿何地不相容？"其二："桃源空记陶元亮，箬笠还输张志和。添个樵青相伴住，风斜雨细唱渔歌。"

蒋胜眉作《一九一四年，庭前乘凉，夜深人静，秋月悬空，不觉有感》。诗云："浮云蔽星月，凉风拂素兰。团扇将捐弃，棋枰亦捡收。寒虫鸣唧唧，花影渐稀梳。狸好鼾声起，稚子又唤侬。"

孙光庭作《游浴安宁温泉，便访香石、斐章四首》。其一："天放新晴纵我游，篮舆款段又扁舟。故人新宅遥相望，占断风光黄叶秋。"其二："闲云野鹤自相俦，东战西征休便休。探得湖山分管领，尽无人处任句留。"

籍忠寅作《寿梁任公尊人》。诗云："有子能收当代名，少时变法试澄清。十年著作可千卷，八海归来如再生。雨覆云翻天下溺，东流西决一身横。鲤庭诗礼渊源在，试溯珠江问老成。"

马复作《无题》（四首）。其一："青溪白石两迢迢，比似蓬山路更遥。汉水梦回空赠珮，秦台春尽怕闻箫。王昌消息多淹滞，宋玉才华坐寂寥。瘦尽琼枝衣带阔，冷灰残烛可怜宵。"其二："金鱼深锁桂丛香，谁伴垣娥独夜孀。自是鸣鸠惯佻巧，故知鹎鶋妒芬芳。啼妆慵画愁娥翠，低扇虚闻障额黄。只有旧情抛不得，分明银汉即红墙。"

林损作《感仙诗》（十首）。其一："玄中金阙化无穷，度厄藏名一老翁。却惜神符资恶客，枉教孔子叹犹龙。（老子）"其二："紫盖青城讵易逢，闻歌仓卒拜儿童。张良自有真仙骨，何必云房见木公。（木公）"其三："石室硿硐望欲迷，轩辕屡访破幽蹊。处和守一家人语，木落禽飞未许齐。（广成子）"

杨庶堪作《镰仓海浴歌》（用东坡《百步洪》韵）、《日本东京次韵奉酬泉浦见怀之作》《寄内，弹子石》。其中，《镰仓海浴歌》云："尘袜洛浦纷凌波，惊鸿戏海腾龙梭。横空赤日倒绿影，碧天如镜方新磨。中朝第一者谁子，鸩舌未令知东坡。即从滨岸弄石发，已胜池沼夸珠荷。此时忘机似鸥鹭，我亦破浪投漩涡。望洋兴叹古亦有，万流归王百川河。绽衣半袒花映肉，岂暇斜领羞轻罗。踏沙忽复忆漠北，彼中有舟唯橐驼。美人遗我双浮囊，水中笑谢相委蛇。沙场卧看万洼掘，恍去海燕留残窠。欲罢天风吹骨醒，微睡那知身在何。伊川旧是越胡俗，被发休听经所呵。"《日本东京次韵奉酬泉浦见怀之作》云："李膺今党锢，杨震独安之。二月东京道，樱花袅故枝。乡心在渔钓，雄梦及旌麾。万里故人隔，无因闻谏规。"

　　刘栽甫作《甲寅颐和园作》。诗云："巉巉荒殿浴流烟，池影盈盈照散仙。如此江山来已暮，低徊风树倦当前。百年会有兴亡世，一水聊余禾黍天。故国禾松犹昨日，汉家陵阙固依然。"

　　易孺作《莺啼序·西湖素园楼夜独饮，依梦窗均》。词云："严城故临瓷薜，散轻阴酿绮。隔瑶夜、嫩约芳踪，正澈蘋梦秋际。峭色共、繁丝野马，红衢彳亍供妍霁。甚薄凉偷送，词怀又伴风坠。　　犹认林坰，听烛醉雨，恨璘奴瘦倚。候虫伺、客枕轻襦，雪笺闲负幽翠。泥中年、诗绡酒渌，浸湖茜、红桥吹水。问人间，鬓影重来，要居何世。　　金风卷粟，隐叶零腴，净馆荡馨美。须说与、花寄人信，蕊怨霜肃，象管鸾笙，者番前事。莼鲜退省，棠明竹素，交芦荒后浮梅暗，待销凝、密腻疏香地。无端溯忆，丹青并缀芳邻，丽谯慢停苍纬。　　鳌银驾卤，驷铁排锋，记露台静迟。奈湿透、襕衫绒帽，兴转即归，往句萍飞，倦寻一二。当启绣掩，重顾华幔，穿青分紫柔意窅，讶深尊、谁忍沾罗袂。急更要上高楼，碎滴荷声，一灯万里。"

　　任可澄作《金陵怀古》（四首）。其一："劫后江山太寂寥，犹凭影事说前朝。凄迷废院余衰草，依旧空城急暮潮。燕子春灯无赖曲，琼花璧月可怜宵。如何异代悲摇落，满地长杨尚万条。"

　　蔡守作《小楼连苑·用放翁韵》。序云："甲寅岁莫，偶翻《断肠词》，夹有残茸数缕。忆是癸丑小除前一夕，王素灵绣睡鞋剩者。玩物怀人，遂成此阕。"词云："剧思江介漂零，峥嵘客里年将晚。腊灯红处，秦篝偎傍，纳怀手暖。自唱新词，岁华偷送，四邻丝管。睡鞋刚绣好，衾棱瞥见。春先到、仙娃馆。　　迅雨韶光又换。误遥期、匝年云散。扬州一觉，钗分翠凤，筝孤银雁。空剩残茸，断肠词卷，鼻薰香观。却难忘那日，雪中判袂，一声河满。"

　　朱执信作《寄陈生》（四首）。其一："北风吹鬓感千端，念子天涯共岁塞。漂泊我曹安宿命，拍张奴辈早高官。争光自耻侪魑魅，结佩人犹贱茝兰，亦欲榜船亲送妇，可怜荆棘满稽山。"其二："闻君赁庑逢贤主，只我登楼愧昔人。猿鹤虫沙都有恨，东南西北总无因。未封马鬣还中隐，合对牛衣肯怨贫。陈宝不飞天帝醉，此身遮莫是闲身。"

林孝图作《甲寅偶成》，联语《景忠祠大门》。其中，《甲寅偶成》云："国步不可测，民劳未能休。内外皆忧患，时势迫牢愁。和戎怀魏绛，禁弩谏吾丘。不闻治安策，犹挟纵横谋。革命自武溪，烽火起连秋。债团成五国，兵争重石头。荆南仍未下，蓟北既传收。天下竟拊手，关中岂控喉。可怜石敬瑭，匈奴乃世仇。何时复归我，燕云十六州。政潮更翻覆，宦海卜沉浮。弹冠笑贡禹，鸣鼓攻冉求。王政渐复古，郊天拜冕旒。不知齐义士，会为帝秦羞。奥塞值启衅，战事蔓全欧。不殆邻多难，苟免自丛尤。假涂抗强敌，复辟系清流。卷土图倾汉，问鼎几危周。侧视军枢府，谁人务远猷。五陵夸裘焉，三户叹锄耰。干戈何日已，狐火夜鸣箴。"

王元振作《闻雁声有感》。诗云："夜深万籁寂，月色自溶溶，何处来寒雁，声声触我衷。吾生似幻梦，欢少忧患众，兹十余年内，一思一哀痛。天上字一行，人间比弟兄，可知异乡客，为尔倍伤情。弱弟太聪明，三龄便千古，玉树竟长埋，荒郊一抔土。吁嗟乎！不知泉下有知否？电光石光已一生，听此哀鸿续续鸣，恍如当日牙牙唤姊声！"

李叔同选曲，吴梦非作词《废墟》。词云："看一片平芜寂寂，衰草迷残砾，玉砌雕阑溯往昔，影事难寻觅，千古繁华，歌休舞歇，剩有寒蛩泣。　且莫道铜驼荆棘，旧梦胡堪忆！数尽颓垣更断碣，翠华何处也！禾黍秋风，荒烟落日，画出兴亡迹。"

胡汉民作《寄君佩》。诗云："漂泊东南任所之，江湖波阔寄书迟。由来刻意伤春者，可有甘心醉酒时。金火交流天亦变，龙蛇满地岁何如。买田阳羡无消息，只咏南山种豆诗。"

易昌楫作《赠郭生》。诗云："群儿多蓄缩，之子独轩昂。不拜王公贵，而甘岩穴藏。笑人成疾恶，种树辄生良。执讯怜吾老，安能点尔忘？"

张维翰作《署斋偶成》（二首）。其一："五马桥西万灶烟，万春山下一城弦。民情朴厚勤耕读，煮井为盐富卤泉。"其二："盗息民安岁亦穰，尚闻肆恶有强梁。士绅结舌逾无忌，亟为闾阎去害羊。（汲卤工头杨梁恃众为恶，受害者隐忍不告，余捕而处以极刑）"

朱家驹作《竹枝词》（六首）。其一："阿侬生小住东城，海市鱼虾手惯烹。一自郎心欢白蚬，此间鲜减美人蛏。"其六："蓝桥安稳住云英，又报崎岖上玉京。最后五分钟里事，谁家郎罢笑颜迎。"

沈恩孚作《五十生朝志感》。诗云："忽忽知非岁，哀哀失恃辰（予年二十四而无母，丁戊子四月二十七日，在旧历适与予生日同）。河山竟还我，花木傥回春。一去几猿鹤，重来无凤麟。江流尽东逝，谁浣素衣尘。"

赵炳麟作《题〈美人看书图〉》(甲寅自京回全州作)(二首)。其一:"灯光如水思如潮,静坐看书恨未消。天意似怜人寂寞,和烟和月上芭蕉。"其二:"把剑挑灯泪自倾,露华含月玉阶清。寸心夜逐关山转,不是寻常儿女情。"

刘尔炘作《广自广诗》(二首)。序云:"宝千老友与余同赋小星,同歌弄瓦,作诗自广;即示以广我,我犹嫌其不广也,故再广之。"其一:"读罢香山后裔诗,满怀情绪忽纷披。人间得失都闲帐,世上乘除若乱丝。岂我独无天缺处,阿谁不爱月园时。相期放眼红尘外,一任乾坤自转移。"

李烈钧作《韵松来槟相聚,未几又之日本》《题长啸失败后》。其中,《韵松来槟相聚,未几又之日本》云:"久别相逢意倍亲,残冬松柏益精神。问君可记当年事?叹我难知此后身。把酒言欢惟旧好,联床共话喜斯人。何时得副苍生望,羞道漂流别有因。"后均载1916年2月1日云南《义声报》。

马一浮作《奉答潜庐先生》。诗云:"此老诗中有化城,开缄如见杜门情。但教天地留安养,未要唐虞致太平。十国风尘怜岁晚,西方龙象笑河清。忘言渐欲离玄句,却愧商量到后生。"

沈尹默作《浣溪沙(荷叶香清露气浓)》。词云:"荷叶香清露气浓。赤阑桥畔倚微风。不知身在帝城中。 记得年时湖上路,扁舟花里偶相逢。晓妆临水对芙蓉。"

陈树人作《江户晓望》《户冢寓居》(三首)、《送高奇峰归国》《留别户冢同志》《为中山先生绘〈灞桥诗思图〉》。其中,《江户晓望》云:"平芜极目立凌晨,照眼韶光画不真。旭日淡金霞浅紫,樱花深护满城春。"《留别户冢同志》云:"又见罡风划地狂,无端吹散尽殊方。行云流水俱知己,狁鸟蛮花亦故乡。松竹节因摧折劲,剑刀锋以炼研刚。衣冠似雪天如墨,送到荆乡泪万行。"《送高奇峰归国》云:"万里尔为行役客,十年我作出亡人。离魂消尽横滨港,秋雨秋风又送君。"《为中山先生绘〈灞桥诗思图〉》云:"万古诗魂一灞桥,漫天风雪压人骄。谁知湖上骑驴客,只拗寒香伴寂寥。"

徐鋆作《浣溪沙·甲寅留别云间雷君曜孝廉(璐)》。词云:"剪碎淞江片片愁。归人又棹木兰舟。相亲相近不如鸥。 惊蛰早闻雷贯耳,望蟾重约月当头。鲈肥莼嫩酒家楼。"

杨熙绩作《送子邕回国倒袁》(民国三年亡命在日本)。诗云:"手提匕首入秦关,此会何如易水间;新室又颁周爵禄,神州未改汉河山。固知大盗终称帝,独烛先几早辨奸;宾客衣冠都似雪,英雄原不望生还。"

张澜作《失题三首并引》。序云:"民国三年,白狼窜扰秦陇。余时由京回蜀,道出秦中,颇闻剿匪诸军云得失,感而作此。"其二:"山川聚米昔称雄,此日流亡满目中。贼似惊飙追岂得,兵如密筏过皆空。但增孤露无家痛,难觅凌烟不世功。定乱未应无岳降,高天方醉问何从?"

林伯渠作《日本大森看梅》。诗云："不负梅花约，驱车赴大森。寒云半岭重，春色一湾深。"

郑汝璋作《初抵沈阳作》《沈阳秋雪夜坐有感》。其中，《沈阳秋雪夜坐有感》云："不寐披衣坐，吟诗兴未阑。悲秋今宋玉，卧雪古袁安。久乱天应厌，非冬岁已寒。苍凉关塞外，愁眼忍频看。"

宋慈抱作《〈南唐书〉咏史三首》（原十首），含《李烈祖》《韩熙载》《冯延巳》。其中，《冯延巳》云："乐府驰名冯正中，苛征暴敛好兴戎。抚州节度城狐踞，楚国师徒社鼠穷。春水一池干底事，落花小殿让谁工。牵牛肉袒嗟他日，事主依然桑濮风。"

徐嘉瑞作《湖上》《念奴娇第一体·筇竹寺》《念奴娇·春日湖上》《念奴娇第一体·菊》。其中，《湖上》云："儿家四面水，小楼连苑起。每到春三月，都在烟雨里。"

冯振作《南方有鸟》《杂诗二首》《拟陶靖节二首》《送钟震吾》。其中，《南方有鸟》云："南方有鸟向北来，卓尔不群独高飞。陆经崇山与峻岭，水浮巨海狎蛟螭。猿狄虎豹临穴啼，腥风红浪相推排。胡为离乡独远游，历此万里之险危。惟兹鸟之不群兮，自古在昔已如斯。非练实不食兮，非梧桐不栖。嗟鸱枭之众多兮，谁识其有此高怀。以小人之心而测君子之腹兮，得腐鼠而相疑又何惑乎？接舆之狂歌乎德衰！"《杂诗二首》其一："十四下苍梧，南游浮沧海。负笈渡春申，志学良不改。投笔笑班生，登车慕仲举。茫茫一世间，悠悠谁共语。嬴氏带山河，金城以为固。非义终自毙，亡秦实三户。天地正扰攘，龙蛇乘云雾。自谓脱颖出，不向囊中处。方枘纳圆凿，焉得不龃龉。屈己以从人，惧负平生志。杖策薄言归，逍遥以适意。"《拟陶靖节二首》其一："翔鸟朝夕鸣，咿哑求所栖。而谓人灵智，不求其所归。我有田数顷，便可自安之。既耕亦已种，更理书与诗。时饮一杯酒，儿女欢相持。此事真足乐，何用华簪为。"其二："盛衰岂有常，繁华会枯槁。富贵虽云乐，未若贫贱好。祸患一朝至，存身苦不早。华亭有鹤唳，一失难更保。不如归去来，耕桑可终老。"《送钟震吾》云："良时不易得，嘉会世所稀。之子即长路，惆怅莫能辞。顾念平生亲，转增异日悲。班马鸣悲风，不觉泪沾衣。沾衣亦何为，会合自有期。浮云日渐远，流水无已时。"

袁克权作《北海杂兴》（二首）、《读史二首》《怀英国校长夫妇》。其中，《读史二首》其一："六国王孙去不回，三千宫女倚廪台。可怜辇破阿房道，全为秦王一笑来。"其二："仙掌金茎雨露中，蕲年竟死未央宫。茂陵石马埋荒草，漫对寒沙泣晚风。"又作《甲寅归国感旧》云："樱花掩映结重门，花下沾襟望故园。骨肉经年常入梦，江山何处不消魂。三秋篱菊丛丛老，一纸家书字字论。闲倚东楼虚度夜，归心明月两无言。"

李笠作《题〈临邛卖酒图〉》。诗云："酒旆垂杨锁夕曛，临邛韵事挹遗芬。未将词赋干天子，先把琼浆醉世人。"

洪能传作《甲寅有感》。诗云："青毡一幅几经秋，学业未成兀自羞。长此舌耕难可恃，误人子弟悔谁收。"

林资修作《依韵奉和季父〈夜行车北上〉之作》。诗云："危栈连云恶草骄，风铃山驿一灯遥。冥行未税尻轮驾，夜气虚侵日御霄。大壑鸣雷长隐隐，残星奔月总摇摇。王尊独有车驱念，飞梦先陵万仞标。(时季父以同化会故将上谒板垣伯于北邸)"

陈瑚作《甲寅自内地归台舟次》(二首)。其一："四年三度客扶桑，直把他乡作故乡。海上沙鸥应笑我，重来重去为谁忙。"其二："廿年往事在心头，此地何堪丰日留。一度凭栏一惆怅，马关山色正迎眸。"

林朝崧作《春雁》。诗云："乍脱风霜苦，终愁羽翼摧。稻粱烩橄伏，江海弟兄哀。岂肯朝青帝，无时忘紫台。高楼帘卷处，社燕正飞来。"

吴德功作《甲寅彰化公园观月》(二首)。其一："蟾魄当空夜气清，将圆未尽十分明。留些缺憾存余地，欹器由来戒满盈。"其二："官绅同乐集公园，气味相投笑语喧。畅叙幽情忘尔我，筵前醉舞古风敦。"

吴钟善作《岁甲寅，余在南安华美学校，课授之暇，辄与颜、吕二君憩溪边石上，流连忘返，乡人呼为三先生石。万馨纪之以诗，戏次其韵》(二首)。其一："块石顽然不自鸣，也应自喜换新名。风怀偏寄无情物，傲骨嶙峋笑我生。"其二："磊落溪边品字排，几痕脚齿绣苍苔。悬知异日相思地，惟有先生独往来。"

高宪斌作《梦游骊山引》《遣悲怀，集玉溪生句》(四首)、《有怀崔成九夫子》。其中，《梦游骊山引》序云："余于民国二年考入省立第一师范之后，得与旅行骊山之会，曾有记游诗作，断纸零笺，多未经收拾。昨夜仿佛梦中重游，情景离奇，醒后犹恍惚身在山中也，因急起挑灯，濡笔赋之。天明写定，录存箐箧。非敢谬希夫大雅，聊以纠正昔日之阑珊云尔。"诗云："天台雁荡远天涯，十二巫峰境自佳。骊山苍秀而奇特，骚人墨客劳探索。我亦年少好搜奇，山复与人兴相宜，旅游小住两三日，归时低徊不忍离。一别经年浑相忘，登山临水空惆怅。昨夜依稀梦见之，嫣如良友久违旷。倏然而去自不知，烟云飘忽风荡漾。灞浐恍惚弹指过，杨柳空垂绿婆婆。华清响沉埋玉珂，烽火楼颓披薜萝(烽火楼遗迹犹存)。我持玉杖鼓渭波，两绣峰影落翠螺(骊山有东绣岭、西绣岭)。飞上绝顶仰攀天，俯视万山大如拳，黄河浩荡东去焉，碧天无际水无边。遥见晓日浴扶桑，霞红渚翠泛紫光，思驾赤鲸乘风去，顿觉白云足下翔。回首试望长生殿，前山阴约飞匹练，倒悬已有几许年？澎湃直与海周旋。海云生兮一片，挟轻雷兮紫电；渡海来兮如箭，驱百怪兮毕现；蛟虬震怒虎添翼，挟我归来万山黑。巉岩裂，泾渭决，骤雨倾盆流泉咽；幽境惊我心，狂飙吹我襟，魂惶惶兮御辂，倦倚石兮入梦；苍梧历落彩云飞，潇湘窈窕立双妃，袅娜拖长袖，翩翩舞琼衣；横琴坐石上，屈膝为我挥，素手谱白雪，青天来皓月，余音袅袅断复续，斑竹萧萧山水绿，铿然一声剪朱弦，开眸犹倚破壁眠。霹雳横飞雨如喷，万壑千岩势吐吞，羲和鞭日下天门，手挥金戈削云根，云返故岑龙乱奔，割开青天半壁痕，气蒸长虹接昆仑，似与白练弄晴暾。悚然而醒状莫名，寒衾虚幌堆月明，谁家画阁夜调筝，疑是梦中风雨声。人言世事梦中梦，我生偏多情外情。会当结屋青崖上，茅檐瀑布使相望，醉把酒杯与君向，吸尽浊醪吞白浪；醒摘银河挂前嶂，偏洒人间作春酿。"

刘韵琴作《老梅》《风雨夕感事》（二首）。其中，《风雨夕感事》其一："宵来风雨太惊人，凄切呼号泣鬼神。时局漂摇虞大厦，藩篱破碎逞强邻。万方多难无家客，一个流离劫后身。日暮途穷空踯躅，凭谁江上指迷津？"

徐绮卿作《夜雨寄孙为屏三姐》。诗云："风雨促寒生，纱窗暗短檠。春回人未返，天末雁归声。远道书难达，愁多梦不成。胜游忘故国，顿使别离轻。"

包千谷作《鸡公颂》（四首）。其一："我畜一鸡公，冠高色正红。昂昂不入群鸡队，一望知为天下雄。"

王绍薪作《听讼》《叔弟自美毕业，归任农工商部技正，赋寄》。其中，《叔弟自美毕业》云："乘风破浪似登仙，去国归来历七年。房灭匈奴家未力，官居农部艺初铨。二张南北非虚眼（弟应考留美学生时南皮张之洞充主试总裁，今得官时南通张謇任农工商部总长），万里程途好著鞭。白发高堂频北望，且歌堂棣寄新篇。"

郭允叔作《太原市上购书歌》。序云："甲寅居太原，日游书肆，知好中同此癖者，辄相遇于其间，戏作《太原市上购书歌》。"诗云："吾尝购书谁最豪，贯三儒首真老饕。挥金已致十万卷，阅市尚复奔走劳。（张贯三）申叔博综今儒枭，十行一目风卷蒿。冷摊捆载后车满，明日便叹陈迹遥。（刘申叔）寄芟嗜古闻见饶，波斯碧眼伪莫逃。摩挲金石逮书画，余事亦及名刊钞。（洪寄芟）损庵朴学穷茧毛，抱道不达沉下僚。卢仝一婢老无齿，乱书积里治寒庖。（张损庵）向青卧室书为巢，夜读每至鸡三号。束修所入尽故纸，索债一任门频敲。（兰向青）立伯疏傥天解夔，对人往往称腹枵。买书卖马毋乃误，韵事亦足光我曹。（马立伯）拾遗补缺吴静涛，手写直欲腐万毫。（吴静涛）门人健者二三子，好事首数河津乔。（乔笙侣）田生于书尤溺苦，把臂遍缔坊人交。（田玉汝）吾侪落拓正坐此，更误君等真无聊。晋城先生日嘤嘤，伏儿每被闺人嘲。不知熟此欲安用，卿言善矣吾不挠。赵城张五我畏友，书海一钓连六鳌。（张衡玉）张五入山已两载，市上来者犹滔滔。作诗一笑付小史，他年掌故滋欢咍。（晋城先生，余自谓也）"

周鹏耋作《甲寅东渡，酬冯宣三经纬见赠之作》。诗云："咄咄冯子乃尔奇，手握巨刃断蛟螭。太华三峰不可俯，熊熊魂魂龙之而。雕虫璆刻本小技，耻挟铅椠逐群儿。偶鸣不平出金石，长歌痛哭哀时危。过眼俗流滔滔是，尸祝之间弥衡悲。肝胆照人若皓月，削方为圆亦中规。我来扶桑游汗漫，臣朔诙谐非顽痴。虽然恒干宁自弃，会须同拯溺与饥。伏枥不隘千里志，追风绝尘羡骥骐。湖海元龙气犹昨，云霞范泰真相知。人之相知贵知心，海外何幸遇钟期。男儿只身肩大任，介介菀枯亦胡为。风云郁勃尚有待，君不见，南阳卡黎伏处躬耕时。"

韩德铭作《和前年题扇诗》（甲寅）。诗云："初秋便作凉凉客，前日犹烦与暑鏖。享尔清风谁省记，怜渠无口问时髦。"

党晴梵作《意难忘（秋风秋雨）》。词云："秋风秋雨，销魂滋味也，况是客中。杯余鲁酎，碧缸冷落华红。曾记得画楼东，新月上修桐。呢呢私语，细诉曲衷。　缘何别去匆匆？也知无多日，定返征骢。奈今宵风雨，故意来愁依者，情况渠也同。梦里想应逢，又恐怕，梦残酒醒，到五更钟。"

沈琇莹作《金缕曲·菽庄眉阁》。词云："梅鹤清吟地。荟登场，高标赤帜，天南雄视。压倒聚红词社客，上薄闽中十子。问东海，认携袖里，诗佛诗仙遥接引。悟频伽楼上浮眉翠，坛坫主，执牛耳。　三千底用夸珠履。让梁园，邹岩枚马，平分韵事。烛刻金莲催白战，竞病尖叉一例。钟漏急，管城花坠，艳说旗亭人画壁。唱黄河远上歌喉脆，惊下拜，龙标尉。"

施士洁作《简菽庄钟社主人并诸同志》（八首）。其五："滥竽三百上吟坛，涂抹阿婆不耐看！痴想附名传骥尾，翻怜多累厌猪肝。偶然求友忘年好，除却鏖诗度日难。佳句何人堪引例，鹧鸪两字郑都官。"其七："四声七步八叉手，乌有子虚亡是公。未敢吓人将腐鼠，何曾好我果真龙！奇才合绣君侯虎，小技空雕壮士虫。水绘月泉都宿草，只余心血可怜红！"

罗福星作《殉难前寄爱卿游金鸾女士》（四首）、《就义前遗诗》（九首）。其中，《殉难前寄爱卿游金鸾女士》其一："人世因缘万劫空，欧风亚雨表英雄。笔花不解江郎梦，辜负神娥夜夜风。"《就义前遗诗》其一："独飘彩色汉旗黄，十万横磨剑吐光。齐唱从军新乐府，战云开处阵堂堂。"其二："海外烟飞空一岛，吾民今日赋同仇。牺牲血肉寻常事，莫怕轻生爱自由。"

吴研因作《半园戏咏十首》《石湖舟次》《题许颂慈乡先辈〈评月轩吟稿〉二首》《答杨卫玉论秦王雄才》。其中，《半园戏咏十首》其一："盈盈十五月端然，底事嘉名不命全。应是小姑犹独处，身如半璧未曾圆。"其二："耿耿星辰瑟瑟风，为谁小立桂堂东？此身亦似楼头月，可在含情脉脉中。（待月楼）"《题许颂慈乡先辈〈评月轩吟稿〉二首》其一："芙蓉江上月娟娟，照彻琅瑶字字圆。细律果然推老辈，落花应是惜华年。东城旧隐本诗史，北郭遗编似祖传。他日暨阳修邑乘，如心端合传乡贤。"《答杨卫玉论秦王雄才》云："位缘姬腹窃，基藉世家开。作圣凭多暴，贪天肆独裁。祖龙空自喜，秦鹿实堪哀。鱼臭沙丘道，雄才安在哉！"

胡适作《睡美人歌》。歌云："东方绝代姿，百年久浓睡。一朝西风起，穿帏侵玉臂。碧海扬洪波，红楼醒佳丽。昔年时世装，长袖高螺髻。可怜梦回日，一一与世戾。画眉异深浅，出门受讪刺。殷勤遣群侍，买珠入城市；东市易宫衣，西市问新制。归来奉佳人，百倍旧姝媚。装成齐起舞，'主君寿百岁！'"胡适在1916年1月4日日记中言："拿破仑大帝尝以睡狮譬中国，谓睡狮醒时，世界应为震悚。百年以来，世人争道斯语，至今未衰。余以为以睡狮喻吾国，不如以睡美人比之切也。欧洲古代神话相传：有国君女，具绝代姿，一日触神巫之怒，巫以术幽之塔上，令长睡百年，以刺蔷薇锁塔，人无敢入者。有武士犯刺蔷薇而入，得睡美人，一吻而醒，遂为夫妇……矧东方文明古国，他日有所贡献于世界，当在文物风教，而不在武力，吾故曰睡狮之喻不如睡美人之切也。作《睡美人歌》以祝吾祖国之前途。"胡适在1915年3月15日留学日记中追记此诗，后收录《藏晖室札记》卷九。

　　唐玉虬作《自题甲寅岁所摄小照》。诗云："一剑秋风万里心，凭教留得少年真。他年白发归来日，可负淮阴胯下身。"

　　陈公孟作《寿藤轩追怀李紫璈师》《海上》《牡丹词有赠》（二首）。其中，《海上》云："海上高楼绿锁烟，垂杨犹挂画阑边。兰心浣素偏成恨，花意当春忽放颠。玉虎凌晨沈碧甃，珠骊深夜泣漩渊。可怜青鸟难为使，蓬岛迢迢路几千。"

　　傅锡祺作《哭亡妻高氏绸》（四首）、《亡妻高氏死匝月，而魂魄不曾入梦，感赋长句》《废兵》《范增》《感旧》。其中，《范增》云："不向居鄛老此身，君王疑忌死谋臣。平生枉画除刘策，输与留侯善择人。"《感旧》云："一枕新凉动客愁，更难作达学庄周。魂归五夜灯初炧，梦醒孤帏泪未收。瘦我惊开新拂镜，怀人怕上旧妆楼。年来失意无聊甚，况是西风落叶秋。"

　　李相钰作《江干别勖兄》。诗云："江干送别两心同，萧瑟秋风一古桐。我返湖山兄蹈海，豪情高唱大江东。"

　　万耘箱作《新居自咏》。诗云："室真如斗大，四壁满烟萝。不见横人影，聊称漫叟窝。闲来看世事，兴至发高歌。回忆初成日，身心几折磨。"

　　[日]加纳正治作《寄怀赤田君》（二首）、《登仙洞山记梦》《挽川濑渡君》。其中，《寄怀赤田君》其一："自出冠山岁几移，冠山明月与予宜。何当共弃人间事，更啸冠山明月时。"其二："春花秋月祈平安，入梦诗谈觉又残。晓发晚归须自爱，信山六月雪犹寒。"

　　[日]浅野哲夫作《吊岩越兵曹》。序云："青岛之役，岩越兵曹等乘高千穗舰巡哨胶州湾也，风雨晦冥，波涛砰湃，行舰颇艰，遂为敌机械水雷所中，舰长伊东祐保以下二百八十余人皆沉没，时大正纪元十月十八日午前二时也。"诗云："怪风盲雨叶如墨，巡哨不辨南与北。何来水雷震舰底，轰然爆发坤轴坼。一舰二百八十人，从容含笑为鱼鳞。积水渍尸古所咏，以身殉国今成仁。犬羊原非貔虎偶，险如青岛竟不守。见危授命渠岂知，俯伏乞降不知丑。战殁攻取其忠同，奏得皇家廓清功。如今溟渤

炮烟敛，涛声月色吊鬼雄。"

[日] 杉田定一作《同寄结城蓄堂》《战诗》《盐溪观枫》（二首）。其中，《同寄结城蓄堂》云："翠壁丹崖围作城，闲云飞瀑伴吟情。恍疑魂梦在仙境，歌枕泉流激石声（余时在盐溪）。"《战诗》云："铁马纵横大陆云，兵锋智略本超群。项王例有拔山刀，未灭秦军又汉军。"

[日] 石川贤治作《欧洲战乱二首》。其一："黄祸诬他巧弄唇，岂知白祸自伤身。请看今日全欧乱，祲气滔天涨战尘。"其二："弹雨炮烟频战攻，欧洲天地昼溟蒙。平和宫殿文明梦，浑委长蛇封豕中。"

[日] 夏目漱石作《题自画》《得健堂先生〈自寿诗〉及七寿杯，次韵以祝》《闲居偶成，示临风词兄》。其中，《得健堂先生〈自寿诗〉及七寿杯》云："烟霞不托百年身，却住大都清福新。七寿杯成颁客日，梅花的皪照佳辰。"《闲居偶成》云："野水辞花坞，春风入草堂。祖徕何澹淡，无我是仙乡。"

[日] 大西迪作《访柳城画史山中温泉席上，叠前韵赋呈》《有问画石法者，赋答》《题自画牡丹》《次宝田天籁见示韵却寄》《对安山房杂吟》（四首）、《鉴湖杂诗》《题菊画》。其中，《题自画牡丹》云："天地悠悠岁月过，一双笔砚守贫家。巧名毕竟浮云耳，笑写人间富贵花。"《题菊画》云："不学先春梅占魁，一枝寒菊带霜开。料知隐士骚人意，晚节余香入画来。"

黎承礼本年至1921年作《黄鹿泉姻丈膺七十生日，两弟治具寿之，有诗赋谢寿，弟寄示，因次其韵》（二首）、《郭晬盦调元与其兄耘桂、焯莹共作生日，吴荫云士萱有诗赋祝，晬盦兄弟叠和得诗四十余首见示，辄次韵奉寄》（四首）、《次煌见过，山中六年不见矣，中更丧乱，喜遇亲知，叠韵贻之且示晬盦》（四首）、《和蓬生〈生朝海上宴集〉之作，书来言已移家青岛》（二首）、《祖安〈三和蓬生〉诗见示，叠韵寄忆》（二首）、《寄怀祖同青岛》（二首）、《祖安和吕诸作，偶成二律，有浮沉身世之慨，寄慰此篇兼讯蓬生、祖同》（二首）、《大杰寺僧越刍携观木绵图册》《李惕前显光适馆三年，相得甚欢。今将别去，因约其令叔养吾名浩哲、弟飂仲、显铭、宋仲圭、李应年、声清、云溪族侄小饮山斋，罢席同作天衢山登高之游，赋此赠行》（二首）、《李堃生茂移居近村菱角塘，以诗见投，即韵和之》（二首）、《林次煌五十初度有诗自寿，叠和寄祝》（四首）、《谭氏海上寓斋，题祖同为刘筱、宋昌炽书虎字堂幅》（四首）、《凤光以近和袁海叟〈白燕〉诗见示，感咏一首，仍用原韵》《蓬生以诗赠行，叠韵奉酬》（四首）、《雨行喜霁，舟泊九江，有怀瓶斋同人，再叠蓬生诗韵奉寄》（四首）、《茅埠舟中寄怀凤光，三叠前韵》（四首）、《翁述唐亲家寿筊，以草书诗卷索题，款署董思翁而无年月，诗笔冲淡萧疏，雅似宋贤得意之作，王湘绮丈谓是董临米书也，辄用卷中韵为题四绝句，命泰儿赍致，因订天衢看山约焉》（四首）、《怀人杂感诗十六绝，用孙蔚林文昺〈杨桥感旧〉诸诗韵，即寄蔚林麓山》（十六首）、《题李韵园封翁〈嘉瑞松鹤图〉》《绮春》（四首）、《题魏芝麓夫人〈无寒暑轩诗稿〉》（四首）、《李翰屏镇藩叠和近题令祖〈松鹤图〉诗韵见寄，赋答二律，仍用原韵》《题郭昀盦亲家遗像，应叔澂公子本潚之请，用卷中玉池丈〈光绪己卯为昀盦海上试周〉诗韵》（二首）、《待燕廊》《交加亭》《蘧盦》《寒菜畦》《耕烟小筑》《红叶村庄》《蓼畔》《托微波榭》《九日同李爵丞名邕、刘任婿寿彭、日麐、陈婿受田、毓宜暨儿侄五人饮衢山寺，至石马峰登高，感赋四律，寄李惕前、李麓石维藩》（四首）、《麓石见和九日之作，叠韵赋酬》（四首）、《再用九日韵答惕前》（四首）、《泰儿以予乡会试卷评语九纸装池成册，戏题八截句》《叠前韵寄蘧生永州兼询祖安且示仲圭》《饮徐健实城南赁宅小阁，归后叠前韵寄之》（四首）、《季弟招同黄鹿泉丈、袁叔舆、粟谷青同年揆、郭赖桂、徐健实、秦子明炳、慈秋、澄弟会饮赁宅。越日，赖桂复招，与季弟、谷青集牛角巷市楼，客有傅梅根绍严、许季纯崇熙、康刘讦甫煌，三叠前韵赋谢兼示坐客》（四首）、《王崧高镇国立春日赠诗次韵》《雪中瑞香，同前韵》《题永明蒲星槎先生〈诗意图〉，应文孙凡生、大令焕姐之请，谨依册中先公旧题四绝句原韵》（四首）、《山楼宴集，李堃生出示近作，再叠前韵答之》《祖安自永州书示近诗，饶有禅悟，辄广其意写答四律，即用来韵》《和黄鹿丈〈己未鸡日口占柬同社诸子〉韵》《吴雁舟前辈嘉瑞见示〈元旦〉诗次韵》《咏雪有感，同何少仙廷俊作》（四首）、《鹿翁见予所和〈甲寅生朝〉诗，叠韵寄谢，仍踵来韵写答》（四首）、《祖同寄示〈清明日龙华看桃花〉诗次韵》（三首）、《祖同前唱〈春江柳枝曲〉，余有和篇，盖为京师鼓娘刘翠仙作也。本托咏酬，乃为镌播。项自海壖缄来小影，衰晚遁迹，惊睹令妹，玩念曾感，题此归之云》（四首）、《叔舆寄示〈潜园社作和鹿老韵〉诗十二首，山中逃暑，倏焉已秋，叠次来韵，成〈怀人诗〉四十四首，寄海内诸朋好》《祖同闰七夕酒集夏剑丞宅，听刘娘鼓书，有诗见寄，次韵》（四首）、《六子泽洽生，傅姬为纳女罗出也，畀傅子之，而系以诗，用祖同闰七夕寄诗韵》（二首）、《衢楼坐雨，得祖安〈郴城秋起〉之作次韵》（四首）、《杜生前辈见寄怀诗和答四律且及生子之喜，叠韵赋谢》（四首）、《祖同海上九日登高有诗寄怀，令兄书示索和，次韵兼寄祖安、蘧生》《答张正阳寄怀韵》《醴东行，寄湘潭游旧游，同正阳作》（八首）、《祖同复示昨诗，中有易韵，叠和寓感，兼寄祖安郴州》（二首）、《答祖安见酬之作，寄忆祖同沪滨兼讯令子海外》（四首）、《山行，过尹泌崖豫瑞田居，别后有诗见寄，即次其韵》《送秋》《霜菊，次祖同〈晨起园中看花〉韵》《楼望月出，对寺近驿，次祖同〈楼居晚望〉韵》《上元日衡山向秀才新用正阳韵以诗见投，叠和答之》（四首）、《又酬向秀才》（二首）、《余有长姜之丧，向同尘有句见慰，即韵答谢》《叠韵答同尘》（四首）、《二月初五夜独坐，用祖安〈旧岁〉诗韵作寄郴州》（二首）、《消息，叠和祖安韵》（四首）、《青山杂咏（并序)》（二十四首）、《次韵题近人所绘〈随园图〉，同黄鹿丈作》（二首）、《题徐健实所篹零觚》（十首）。其中，《交加亭》云："石阑六角影层层，转面回看十二棱。一阵晚雷轻雨过，纳凉池上月如冰。"《红叶村庄》云："寒林霜叶红如海，一路停车趁晚晴。斜日半塘波瑟瑟，平添秋色上帘旌。"《题徐健实所篹零觚》其二："弹指兴亡廿二年，荷池宾从散如烟。论兵不阻题笺兴，来鹤楼高听雨眠。"

黄文涛诗系年：《旧疾时作，近复耳目交病，闷极书遣》《达君粹伯自去夏返维扬，音尘久隔，近询诸友，始悉境况，爰赋二律以志怀思》《纪梦》《八十四生朝作》（四首）、《书遣》《题俞体泉老友小照》（二首）。其中，《书遣》云："颠危历遍识频增，人世茫茫孰可凭。万事早由天所定，一生羞答客何能。当年间作逢场戏，此日真同退院僧。日食有谁怜齿豁，转嗤举箸等何曾。"《八十四生朝作》其一："荡析离居己一年，风声鹤唳尚依然。怪他儿妇殊多事，犹复殷勤具酒筵。"其二："一块天真九岁孙，茫无知识好评论。岂期也解为予寿，珍重谋酤与捭豚（先期仁孙特具酒称觞）。"其三："漫把愁尘积酒肠，一尊且共醉西堂（谓云门弟）。不堪回首菖蒲馆（旧居斋名），马氏于今剩二常。"其四："浪迹真成海上鸥，沧桑累历叹无休。唱随赖有梁鸿妇，同苦共甘到白头。"《题俞体泉老友小照》其一："屈计交逾五十年，几经沧海变桑田。喜君身健如松柏，愈历冰霜节愈坚。"

陈遹声诗词系年：《题文衡山〈游东禅寺图〉，用衡山〈九逵（蔡羽）〉韵》（四首）、《题钱叔美〈仙藑图〉》（二首）、《题章侯先生〈枯树图〉》《题萧尺木〈新都山居图〉》《游福庆寺》（五首）、《题戴文节〈墨竹〉》（二首）、《题文玉峰〈蓣溪绝胜图〉》（三首）、《题谢葵邱〈草堂图〉，用原韵》《题王绣水拟范华原〈溪水秋色图〉轴，图拟范华原，而神似黄子久〈秋山图〉稿本，为作此诗》《题无名氏〈冒雪清谈图〉轴》（四首）、《题陈章侯〈松下参禅图〉轴》（六首）、《题潘莲巢〈秋林抚琴图〉轴》（三首）、《题张月川仿燕文贵山水轴》（四首）、《题唐静岩〈山寺暮钟图〉轴》（三首）、《题张浦山橅洪谷子〈秋岩萧寺图〉轴》《题徐絸园拟董北苑〈夏山烟霭图〉轴》（四首）、《题蔡女萝、金晓珠合画〈花香蝶醉图〉轴》（八首）、《绝句》（二首）、《寄程平园，用东坡〈次周开祖长官见寄〉诗韵》《吴悔余提学席上口占，呈陈筱石制军、冯梦华中丞、秦幼薇按察、苏静菴观察》《海上感事诗》（十首）、《程平园方伯约同冯梦华中丞、梁节厂廉访、吴悔余提学看花吟园，适值风雨，改期清明。悔余至杭州扫墓，待其归，则春去而余又将返越矣。世事参商，非可预期，因作长歌，留别平园》《自海上归家，过孝泉里，有怀耐庵》《题明桃叶渡妓马湘兰画兰卷》（四首）、《题文南云〈竺坞草庐图〉》《题王春波绘法梧门祭酒小像》（二首）、《叠前韵又题》（二首）、《题杨西亭临关全〈关山行旅图〉》《题归文休〈墨竹〉》《又题》《题关九思仿黄鹤山樵〈夏木垂阴图〉》《题明杨忠节公临右军〈飞白帖〉轴》《题梅花僧仿黄子久〈秋山图〉》（二首）、《题大涤子〈栖霞秋眺图〉》（四首）、《夏秋之间效香山体得诗五十三首》《病中示女》《题萧灵曦为王西樵绘〈三舟图〉》（四首）、《题倪云林〈江南村图〉》《又题》《题明谭峣画册》（五首）、《题梁山方□摹姚丹邱仿张贞居〈汉阴园林图〉》（六首）、《闲居》《余得张得天旧藏明马湘兰画兰花、董玄宰题诗合装卷子，玩咏诗意，似香光曾有意于四娘，旧有题诗，再赋一绝调之》《徐太保六十寿，寄诗祝之》（三首）、《题明万年少绘〈万年青〉轴》《题明僧石涛画册》（八首）、《题明张君度画册》（六首）、《题王石谷〈秋山图〉》（四首）、《题王司农仿倪黄山水轴》《题戴文节〈河渚泛舟图〉轴》《台城路·题明马湘兰〈萍鱼〉画卷》《念奴娇·题明文端容〈松石花鸟〉轴》《暗香·杜陵内史〈梅花仕女〉轴》《题张大风〈松阴飞瀑图〉轴》《声声慢·题恽南田〈秋意图〉轴》《扫花游·题顾西梅〈涧上草堂图〉轴》《晚雪晴》《岁暮二首》《祝英台近·题杨西亭〈春原散牧图〉轴》《木兰花慢·题项易庵〈秋林读书图〉轴》《题王蓬心山水扇》《寒闺》（六首）。其中，《绝句》其一："碧柳红桃绿水滨，此中应住避秦民。山深来往无他客，只有修琴卖画人。"《题梅花僧仿黄子久〈秋山图〉》其一："江南秋色满柴关，流水故宫落照间。跛道不知人世改，犹望陵树画钟山。"《闲居》云："山光明媚水无澜，秋色般般上画阑。只有幽人能领取，千株红叶闭门看。"

王树楠诗系年：《寿梁太公》（二首）、《易实甫、辛访苏、袁抱存招饮崇效寺看牡丹》《题金宝斋（葆桢）〈北雅楼闲居著书图〉》《题曾伯厚同年（福谦）〈西山永慕图〉，图为其祖母杨太淑人作也》《题陈圆圆僧俗合璧小像》《次韵王聘三〈移居上海〉》《有赠》《题项孔彰山水画册》《有感》（三首）、《山居》《送宋芸子归蜀》《题张沧海（伯桢）〈篁溪归钓图〉》《题李观峰〈宜园图〉，兼简赵尧生》（二首）、《为程伯葭淯题〈精忠柏断片图〉》《碻士以陈石遗社长斋中宴集诗属和，次韵答之》。其中，《有感》其一："铁铸神州错已成，是非从古不分明。美人只解供鞶笑，烈士何曾识死生。得意玃猿裂周服，希仙鸡犬遍淮城。怀王一去空流涕，千载伤心屈楚平。"《山居》云："不闻时事百无忧，梦梦乾坤任意游。吹万不同皆自取，得三自适复何求。山云带雨穿窗过，涧水分渠绕屋流。早起杖藜侵暮返，兴来时上酒家楼。"《送宋芸子归蜀》云："仓猝一为别，伤哉万里行。鲁连争帝号，祢子岂书生。独抱春秋志，宁辞党锢名。迢迢三峡水，西望不胜情。"

瞿鸿禨诗系年：《次韵和樊山〈甲寅元旦〉》《叠前韵简樊山》《立春后雨，次樊山韵》《樊山齿痛戏简》《闻樊山齿痛，复作戏简》《乙庵坠车无恙，走此候之》《次韵和庸庵即席感怀之作》《和樊山〈四婵娟〉诗，变孟东野原唱为三言四韵，凡六首，亦仿其体》《题袁海观所藏金冬心画梅》《节庵招饮，出示叶忠节诗扇、陆耳山题四库〈事物纪原〉书签、曹剑亭诗集，三公皆上海人，同社各赋一诗》《题程海年〈桐月冷秋图〉》《题叶天寥画像。叶名绍袁，天启进士，工部员外郎，明亡削发》《题叶疏香女士卷子。女士凤慧工诗，婚前数日卒，时崇祯壬申也》《陆渔笙同年八十寿诗，即次其《辞寿》原韵》(六首)、《题庸庵所藏韩桂舲〈听雨第三图〉》《庸庵惠宫茶感赋》《次韵和樊山〈初夏〉,用诗钟体之作》《樊山叠花纱韵惠答,再次和》《题节庵所藏全谢山小像》《完巢见示近诗兼惠茗菜,口占奉谢,即次元韵》《樊山枉过,见赠二律,次韵奉答》《李蓺老重谐花烛并夫人八十寿》(二首)、《葆良约游庐山不果,遂独往逭暑,秋凉始归。以樱桃、瓷盎、石鱼、石耳见贻,赋谢》《题葛毓珊三十遗像》《和庸庵,次元韵》《节庵寄海棠、木瓜征诗,次樊山韵》《节庵斋中敬观所得御书"岁寒松柏"赐额》《题谭瓶斋藏茶陵李文正卷子》《题黎编修、文文肃书札》《题明南赣巡抚钱浩川先生手迹》《题钱颐园先生遗像》《题吴绚斋〈扈从负书图〉》《明遗民朱舜水先生祠堂诗》《题宋牧仲〈沧浪送别图〉,为庸庵作》《送章一山移家青岛》《效二宋体〈落花诗〉》(二首)、《夷俶作社集,将与涛园同游富春,诗以送之》《题章价人〈铜官感旧图〉》《酬涛园并简散原》《送日本长尾雨山归国,君行时乞书"诗礼传家"额》《乙庵惠新刻〈西江诗派韩饶二集〉并系以诗,次韵答谢》《再赋赠乙庵,叠山谷本字韵》《和樊山〈秋思,简同社〉诗,次韵叠二首》《完巢属题其兄可庄同年所藏〈老渔图〉,图为祝荔枝亭小影》(二首)、《樊山有诗留别同社索和,与乙庵同次原韵》(四首)、《题顾眉生绣画〈封侯图〉》(四首)、《题郭天门先生山水画》《和樊山酬送湘橘,即次其韵》《乙庵见示〈展重阳宴集诗〉,适闻其令侄女于归之喜,即次元韵志贺》(二首)、《哀丁、唐两同年》《樊山书言胸中一块不舒,已五日不作诗,走此广之》《后小尽行》《和樊山〈闺怨〉诗,限溪西鸡齐啼韵,中嵌一二三四五六七八九十百千万双半丈尺等字》(四首)、《艺风社集,出所藏顾亭林先生画像,各赋诗》《题李亦莱尊人朴安翁〈白水纪胜诗册〉》《读伯严金陵寓庐诸作感题》《咏饼师妇》《和樊山〈无题〉诗,限东坡尖叉韵,中嵌"良辰美景,赏心乐事,雨丝风片,烟波画船"十六字》《次韵和日本村山节南〈秋感二首〉》《叠和樊山尖叉韵〈无题〉诗,仍嵌字》《康长素之继室何女士哀词》《和庸庵制军寄赠伯轩太保元韵》《苦寒行》《答让三雪中饷食物》(二首)、《让三既和前诗,一山亦继声,叠韵兼酬二子》(二首)。其中,《节庵招饮,出示叶忠节诗扇、陆耳山题四库〈事物纪原〉书签、曹剑亭诗集,三公皆上海人,同社各赋一诗》云:"浣花溪西茅屋破,瓜牛一庐才容卧。梁翁赁庑更萧然,出采山薇忍寒饿。得钱沽酒还召客,时发狂言惊满座。南海金齑压鲈脍,家人治具劳亲作。琴书张补四壁空,星斗烂垂天宇大。萍浮偶合吴淞上,知非吾土谢尘埃。地主先民谁与归,化鹤飞鸣适来过。峨峨忠节题扇诗,血碧心丹臣一个。耳山如向苞七略,四库签书勤自课。剑亭投鼠劾权门,豪奴子都气先挫。长留遗集照天地,白笔霜威尚传播。鼎足成三得一难,况乃兼收真可贺。深藏密裹好护持,防被桓元寒具涴。对兹芳躅吟吴会,更欲骚魂招楚些。当君直言攀殿槛,不谓朱游遭坎坷。恩知略与容圃垺,天起愚忠激顽懦。只今悲愤慕乌号,未厌穷愁躬马磨。倔强泥沙犹屹立,宁肯看人学细唾。烟云变灭复何有，风雨潇晦谁能那。衔杯痛饮醉不辞，莫负青春抛唱和。"《题郭天门先生山水画》序云："先生讳都贤，益阳人。崇祯十八年，巡抚江西，因病乞归。国亡削发为僧。"诗云："神奸移九鼎，沦丧宁天意。哀茹填海魂，衔木更无地。危崖立霜柯，四顾写微寄。深凄寒云色，进作孤臣泪。横空出铁石，真宰吐艺事。荒山定枯衲，皎月淡萧寺。可怜洪经略，荣身易节义。桓桓阁部尊，生气懔百世。梅花守忠骨，馨烈无骞坠。青蓝自先生，沆瀣源不二。芳草根兰泽，比物贞此志。资湘衣带水，乡哲在梦寐。所悲身世同，高风笃退企。"《咏饼师妇》云："心伤摩诘息妫词，知否看花忆饼师。毕竟旧恩忘不得，宁王宫里泪双垂。"

陈三立诗系年：《徐园》《哈同园》《愚园》《夜访李道士，其弟筠盒方留养疾，仁先、恪士亦在坐》《次和樊山见诒》《夜眺遣怀》《涛园夜过，纵谈杜句》《同乙盒过饭泊园，沈观有诗，次韵奉酬》《答潘若海》《积余属题〈揽镜图〉》《读顾所持自写遗诗，悼以此作》《次申厝金陵太平门外里许为盗所发，雨中临视，凄然成咏》《舣庵园红梅两树盛开，戏占绝句》（二首）、《望钟山》《雨霁游孝陵》《伯沆、舣庵同登扫叶楼，题示惺悟上人》《晓坐》《夜坐》《郊行》《过梁公约》《渡江入西山，晚抵靖庐》《靖庐三首》《月夜墓上》《次答吴董卿〈赠别〉》《别南昌，晚泊吴城望湖亭下》（二首）、《渡湖，抵湖口》《九江铁路局楼闲眺》《江行遣兴》《江上望焦山，有怀昔游》（二首）、《过太夷，还途登愚园云起楼看雨》《诵樊山、涛园〈落花诗〉讫，戏题一绝》《于李道士宅遇仁先，遂携旧酿过饮巷尾沽肆》《节庵独往千墩谒亭林墓归，取墓旁枇杷见饷，赋谢》（二首）、《为黎露苑题文文肃震孟手札卷子》（二首）、《陈元凯母林宜人八十寿诗》《同涛园、移叔酒罢，至张园茗坐》《题死难渭南令杨和甫遗墨》《一榻》《蓝石如同年所藏史忠正负笈砚》《方伦叔所藏汤贞愍〈诗窟图〉卷子》《过康更生辛园寓庐》《雨霁楼望》《鹤柴承吴彦复遗言，以家藏黄瘿瓢画轴见寄别墅，感怆赋此》《十六夜舣庵园亭看月》《晚坐听虫声》《公约、晓暾夜过，约次日访伯沆图书馆同登扫叶楼，风雨不果，怅然作》《雨窗遣闷》《扫叶楼近为住持惺悟上人重建，嘉其有唐僧澄观之风，题句寄怀》《苦雨连朝，放晴有述》《北客过话记一绝》《仁先自西湖省母归，馈虎跑泉》《徐园晚眺》《为海观尚书题所藏郭天门遗老画》《游日本人所置六三园观菊》《十六日雷雨》《刘访渠出示沈石评翁所临褉帖书谱索题句》《徐贯恂〈梅花山馆读书图〉》《李悔庵尚书写示〈北行〉一律，词旨深痛，次韵答之》《夜观西人菊花会场》《李道士已发南昌犹未至，而其子昨忽病逝，怆念写此》《为高遁九题先世凤冈太守遗像》《夜雨兼雷电偶占》《次韵酬黄笃友〈汉上寄怀〉》《晨霁》《鹤柴集饮雅叙园酒楼》《楼坐晚眺》《夜过仁先》《偕沤尹、贞壮、剑丞访缶庐老人不遇》《夜中寻涛园，游未归》《月上楼坐》《集客古渝轩沽饮食牛尾》《樊山宅诗会夜归，经跑马厅，垂柳交荫，景物幽绝》《程白葭移精忠柏断木于西湖岳忠武庙索诗》《月夜访李道士，对其丧子初还，遂形于言》《同沤尹、病山、太夷过剑丞不遇，抚其园树而去》《张园茗坐，同雪澄、病山》《雨中赴吴鉴泉、李耕畲招饮》《愚园假山石上看夕阳》《携仁先、李道士过太夷海藏楼，赏晚菊》《微雨》《夜雨王子展宅宴集，醉归写意》《晴楼》《刘朴生索题其先人赐侯翁遗像》《沈友卿〈湖山介寿图〉》《楼外楼晚眺》《鉴泉三叠余前韵见诒，次报三首》《夜抵金陵散原别墅》《留别墅遣怀》（九首）、《溪行》（四首）、《舥庵茅亭晚望》《沈友卿、吴仲言邀饮秦淮画舫》《步月》《观仇涞之同年新筑园亭》《伯沆相遇晚饮》《月夜倚楼作》《絜漪园为海观尚书故居，过游感赋》《月下有忆》《漫兴》《傅梅根索题〈云因集〉二绝》《若海至金陵过话，偕观舥庵园亭》《登楼看落日》《十四夜，云暗风起，有雪意》《晨兴对雪》《雪中楼眺》《雪楼望梁公约居室漫咏》《雪夜读范肯堂诗集》《雪后访伯沆图书馆不遇，遂登扫叶楼作，兼示惺悟上人》《过龙蟠里顾石公故宅》《庭院有天竹两株，朱实累累，抚而咏之》《为乙盦题汤贞愍画松》《雨中登惠中茗楼》《偕涛园过乙盦晚归饮市楼》。其中，《九江铁路局楼闲眺》云："阻兵改朔一归来，莫问墙枝手自栽。槛外湖山违点笔，塔尖晴雨照衔杯。拍堤孤鹜还相识，避弹流莺去不回。往事余年三宿了，风光为我写楼台。"《庭院有天竹两株》云："繁枝气尽雪霜加，墙角偏垂四照花。有命违天终玩世，不关大索匿朱家。"《为乙盦题汤贞愍画松》云："斐然儒将风，朋酒播诗窟。（公金陵居宅名诗窟）奇怀孕艺事，工夫成画癖。兴到扫苍松，兹幅愈突兀。阴蔽牛犬卧，根护蛟蛇蛰。铁干乌铜皮，惨淡回霰雪。魂气与俱蟠，生平初不隔。去今六十年，谁谓公已没。乙盦缄烦冤，灵光泣手迹。运尽国无人，何物系一发。张壁生涛声，对语鬼神出。"

方守彝诗系年：《禅人曼殊写〈江湖满地一渔翁图〉与程总持留别，总持嘱题》《题冀平诗卷》《昨访季野，因与看馆园桃花，归来投此章句》《奉酬蒿叟先生见怀，枉用拙韵之作》《惜别一首，送马通伯北行》《雪楼、季野又示三四叠粲字韵诗，各有无端之感，勉力再酬，两慰解之》《虞山白龙松一片鳞甲歌，依冀平原韵（并序）》《次韵酬丁癹庵见赠二首》《癹庵再枉赠篇，既盛陈其山居野趣泉声之美，亦赞叹仆城宅高梧疏竹之奇，仍依来韵酬答》（二首）、《田母谢太夫人诗（并叙）》《追和程总持〈花朝前四日集宴斋馆值雷雨〉之作》《寄涵》《忆简》《送翩》《总持投〈沉阴〉〈伤春〉二律并偶成一绝，和绝句韵》《长歌一首，为姜母谢太夫人八十寿作》《次韵酬冀平题仆诗稿》《喜叔节来皖，出近诗就正，乃有望尘自伤之语，不禁失笑。题句叔节诗卷后》（二首）、《次韵答冀平》《约叔节、慎登、总持、温仲、叔存至迎江寺僧茶，冀平追寻，有句敦和》《次韵总持〈蓬莱〉四韵》《反前诗之意重赠总持，兼简长啸阁同座诸子》《酬纶士枉和迎江寺》《喜雨》《携令孺出东城，游行田垄间》《咏盆中炭根、菖蒲》《咏鹰石》《和韵七侄亮〈病起相从江上晚眺〉之作》《铁华久病初起，见和〈喜雨〉拙作，奇情壮采，欣慰不已。遂叠韵相嬉，不必激于时事也》《叔节寄示〈喜雨〉古体，和韵兼呈刘侯》《送七侄亮随父归勺园》《圣登卖文觞客，醉后歌之》《弢庵于役沿江圩田堤防，事竣来皖，遂负疴恙，持句慰劳之》《喜弢庵病起归装赠句》《次韵弢庵〈病起复往和含验堤工，便归养息，慨然有感〉之作》《感兴一首，和韵时涵寄句，兼示其两弟》《季野再以巢字韵见酬，复依答之》《为槃君题苏子谷画条》《槃君倩子善画鲁猓山中先人往迹成八图，嘱赘以诗，〈古柏〉》《柏堂》《半天山居》《清流峡》《栖贤洞》《小桃源》《龙亭》《龙井崖瀑布》《令孺寄雪粉来却寄》《喜吴辟罿生子》《久不见毅叔表弟，去年秋越游至杭，客踪先后不相接，湖山虽好，离思惘然。昨忽邮赠题咏彝会稽禹庙之作，喜慰殊深，次韵寄怀》《毅叔再寄句题仆越游诸作，次韵》《叔节寄来裴伯谦诗序，嘱为交去，因题其后以为赠。伯谦绝域归来，名益高，而道之所养者，殆益深矣》《闻悔庵老衲夏日游西湖，邮赠此篇。老衲遇吾儿孙，未忘故旧之谊，亦并及之》《次韵张石卿见寄》《与冀平别三月余，相见互索新诗，遂邀赠句。适少谷、受田、梧冈诸老见过，乃招饮长啸阁酒楼，次冀平韵》《前日过总持门，见墙头芙蓉盛开，伫立良久乃去。今辱赠园菊二种，陈之几席之间，至相媚也。赋一绝谢之》《总持得仆诗，乃以二绝见酬，聊报一章》《总持有句云："谁怜三径凋残后，犹有黄花傍短篱。"讽诵良久，再题四句》。其中，《次韵酬丁弢庵见赠二首》其一："恼彻春晴又春雨，苔滋草合伴闲居。归从山水僧寮里，坐忆交亲兵燹余。一笑酒尊疑午梦，三年人事趁朝虚。风波习惯心如砥，自在鸣榔两旧渔。"其二："九畹芳兰袭襟素，转丸脱手妙成弹。柳塘花坞家居好，剑气星文客思寒。泽国龙吟极神王，人间虎步称心安。相邀举盏青天语，洒落冰花谁得残？"《次韵答冀平》云："飞符召将急如律，工倕输班纷纷集。分布肝肾各效能，为我雕镌出新什。照人朗月总宜圆，射的良弓贵能曲。柔之不曲抟不圆，坐此枯吟仍招敌。辀轩久弃里巷诗，酱瓿覆同子云易。安用雄阵横扫除，此理凭向姚铦质。姚铦诗篇老杜陵，四海雷声谁敢触？君是飘然思不群，烨烨青莲芒最剧。同时作者王孟岑，佳句教人爱成溺。止有垂暮高达夫，强逐班行攀凤翼。持较诸子真不如，退作长沙长太息。嬉笑怒骂一齐收，垩鼻还求运斤术。"《总持得仆诗，乃以二绝见酬，聊报一章》云："连朝醉对傲霜花，似有南山近我家。岂料柴门破诗句，斜阳小院手频叉。"《携令孺出东城》云："白发萧斋太觉清，苔纹鸟迹不胜情。绿秧绕郭过新雨，携尔穿田听水声。"

姚永概诗系年：《槃君五十》《归来》（二首）、《题通伯所摹惜翁像》《得三侄哀问志痛》（二首）、《到省伦叔留宿，兼赋二律，次韵题其近诗》《赠葛温仲》（二首）、《赠宿迁臧雪楼（增庆）》《次冀平见赠韵》《再次前韵答冀平感近事》《长沙陈慎登（朝爵）榜寓斋曰"不系舟"，胡渊如为书之。皖中士夫各赠歌诗，余与慎登同游迎江寺，慎登归成诗，索为赋之》《次赵春木（继椿）见赠韵》（二首）、《铁华因病戒诗，为余来特赋一律。次韵奉酬，时端午无龙舟，故末语及之》《邓叔存（以蛰）哀治尊君绳侯先生家训成册属题，深夜翻读，感叹成咏》《去年晤蒿庵先生于沪，出示新诗，余亦以拙作呈览，辱蒙题咏。近始获读，奉怀一章并寄乙庵先生》《喜雨，投刘令君（启文）》《次潘季野（田）〈移居〉韵》《贲初居士赠猫索诗》《赠裴伯谦（景福），即题其诗集》（二首）、《张子驹（家骝）今年锐志作诗，出语惊人，辱荷见赠，久未有报。又承招饮，次其重九韵赠之》《通伯近收吾县方水村先生隶书东坡〈和陶诗〉三章，后有方植之（东树）、朱歌堂（雅）、吴正恂（庭辉）、马元伯（瑞辰）及外王父光栗原诸先生题诗，装为卷子属题。方先生名应乾，明季遗老，尝舍宅为金粟庵，自号金粟头陀》（三首）。其中，《槃君五十》云："江城执手记犹童，问字交承杖屦踪。诗礼幸逃秦烈焰，衣冠谁保鲁章缝？百年中半体犹健，二月方春花正浓。农事待兴兵事远，会携茶鼎和岩松。"《赠宿迁臧雪楼（增庆）》云："我友半为子所友，初逢便作故人看。山城夜雨添江渌，幕府清风生夏寒。埋骨孤军怀旧烈，论交千载有新欢。堂堂留得须眉在，莫愧当年管幼安。"《邓叔存（以蛰）哀治尊君绳侯先生家训成册属题》云："灯火虚斋向案青，故人细札语丁宁。僧虔诫子惟勤学，高密传家有旧经。士垄行看松蠹蠹，门材喜见玉亭亭。百年清德承何易，浑潦终存世典型。"《张子驹（家骝）今年锐志作诗》云："我老构阳九，岂任中风走。长安归两年，周旋赖亲友。藉彼珠玉华，掩此藜藿丑。浩歌送日月，顿忘穷居久。斯文如大泽，百兽依其薮。量腹随小大，各自满升斗。古来圣哲徒，一一开户牖。丽有汉都京，奇称元测首。悲愤少陵什，醇淡渊明酒。光芒耀天地，不与浮荣朽。道衰文独昌，翻幸天予厚。张生相业余，家风承五亩。箧藏叔皮书，耦得康子妇。书堂新展拓，杂植具花柳。向来不作诗，一出惊富有。此才更十年，吾军能左右。时时袖巨帙，令我避居后。夜吟醒醉眸，朝讽开笑口。腥臊野战龙，妖变天堕狗。寒儒愁浪抱，将军腹空负。和诗更就君，今日酝佳否？"

龙璋诗系年：《黄陵庙》《黄浦滩闲眺》《过洞泉熊雨胪先生故居》《七哀诗（并序）》《谭三延闿由青岛来沪，喜与相见，兼柬谭五泽闿、吕满宓筹》《金大轼新授彭泽县知事，迟未就职，追忆旧欢，寄赠四十韵兼广其意》。其中，《黄陵庙》云："二月春风杨柳花，黄陵庙畔日初斜。清风渺渺闻瑶瑟，玉珮溶溶想副珈。思古有人怀帝子，陈词无处觅重华。如今惟见江陵竹，泪染斑痕岁岁加。"《黄浦滩闲眺》云："牢落穷居百感生，独携筇杖作闲行。名园渌水浑无主，岸草汀花如有情。轻浪乍生云影碎，微风斜曳雨丝横。乡关一别重回首，怕听规声入耳明。"《七哀诗（并序）》序云："昔杜少陵作《八哀诗》。元遗山因李献能等作〈四哀诗〉，则以叹旧怀贤，伤时起兴，各哀其人，制为篇章。李献能等四人，皆投身祸乱，死于非命，故遗山四诗，其危苦悲哀，过于少陵也。辛亥以来，三年之间，时世万变，生平挚友，死亡相继。或以抱志幽独，负行奇特，至一暝不顾，九死无悔者，其趣向不必同，其际遇多可悲矣。予遁迹江湖，郁郁无似，有少陵牢落安放之思，兼遗山此身虽在之感，长歌当哭，作为此诗。诗六章而题曰七哀，亦犹曹王之义也。"《七哀诗（并序）》其四《哀钝初》云："万变风云出愈奇，一身竟足系安危。从来党派相争日，几见清流获胜时。祸召兵戎有天意，谋工鬼蜮岂人知。登车空抱澄清志，匪独奸良令我悲。"

陈荦诗系年：《读〈芸香馆诗草〉题后》《骆鼎臣新馆太平寨之太平寺。诗以忆之，用白茅堂〈题顾昌读书太平寺〉韵》《蔡烈女诗，罗邑郑思麟征作》《豁口吟寄诸子》《次汉存侄〈南归〉韵》（四首）、《张荟甄明府招饮云车寺，酒后同座客胡厚庵、顾晓亭、钱吟棣、罗惠南诸君小步寺前溪上坐石梁晚眺良久，即事有作》《凫山书寺壁》《喜得家信》《出旌德界》《晓发泾县》《田家镇》（二首）、《抵蕲城》《叶吉庵（庆元）茂才去冬已卒，远别未知，今突闻耗，恸悼有成》。其中，《次汉存侄〈南归〉韵》其一："倦游吾老矣，归自拥书城。羡汝矫奇翰，遥天作壮行。年华才弱冠，京洛早声名。翻笑符坚侄，家驹誉过情。"《喜得家信》云："家人终岁俱无恙，乡稻今年比去肥。两事传来好消息，梦魂今夜不须归。"《抵蕲城》云："才到蕲城未近城，凤麟已傍郭陬迎（凤凰、麒麟二山）。故乡何祇人情好，便觉江山大有情。"

陈衍诗系年：《送刘洙源之岭南》《与默园论诗，即送其行》《题侯雪农〈吟诗图〉》（二首）、《陈师曾寄示诗十数首，逼肖乃翁，喜而有赠并约过谈》《石孙将赴恰克图，索赠诗》《朱舜水先生西湖祠堂落成，伯葭以纸使题诗补壁》《题沈研农〈春去图〉》《喜君常至，别后却寄》《三六桥都统属题〈朔漠访碑图〉》《为马通伯题〈碧梧翠竹图〉卷》《黄玫伯寄示〈后凋草堂诗〉属题其后》《题〈秋草图〉，为姚芒僧作》《古微至，屡醉为欢，闻其将行，诗以讯之》《答惕庵寄怀之作》《寄调又点》《答大年寄怀之作》《岁暮追和暨儿〈上巳日忆都门旧游寄呈〉诗，即次其韵》《宰平夜至，读尧生蜀中寄诗，去而门外雪满矣》《岁暮怀旧绝句三十三首》《〈胡诗庐诗存〉题后》。其中，《与默园论诗》云："黄生手持荆公诗，密密圈点吟哦之。此中海藏久探索，更无余地堪因依。君家双井富书卷，驱使诘屈或汝师。兹行山水入八桂，剑铓罗带相参差。柳韩笔力藉磨砺，勿怨世路多岖崎。"《黄玫伯寄示〈后凋草堂诗〉属题其后》云："拳曲享天年，支离叟太贤。已同枯树赋，遑咏种桑篇。著述龙鳞长，风涛鹤梦便。因君惘怅处，李垞少三椽。"《岁暮怀旧绝句三十三首》其六："天道何知伯道儿，习仁竟天绣周悲。故人白社凋零尽，忍忆银屏却扇时。（许豫生兵备、孟泉部郎）"其七："小星替月事休论，博弈犹贤案欲翻。亡到斯人公等在，人间何地著深言。（林伯颖兵备）"《〈胡诗庐诗存〉题后》云："君于五七言，气体均不俗。问其不俗故，服膺在山谷。山谷之为人，磊砢见节目。生长山水窟，历皖湘黔蜀。世间清刚气，贯凑入骨肉。发为诗文字，可喜不可欲。知者谓坚凝，不知谓严酷。君生于其乡，师又谷之续。今诗尽谷体，谷致杜之曲。别古体为今，吾国之所独。音业与古异，貌自为唐局。李孟不律师，二杜沈陈属。陈律何铿然，五古古自复。要知杜与黄，万卷胸积蓄。当其欲下笔，万象森瞻瞩。春跧范奇偶,左右罔不足。七言始骚经,刘项节犹促。式微云兆端,帝力更高蹋。柏梁不易韵,杜韩斯二渎。然实骚之流,两句韵一束。但省其兮字,一韵自起伏。又视古乐府,长短句尽剧。试将枚苏李,用韵一细读。显与歌曲流,同流而异澳。因君偶放言,敢谓识归宿。"《陈师曾寄示诗十数首》云:"诗是吾家事,因君父子吟。似曾缘绮靡,终拟入精深。纂刻镂肝意,云山动操音。寥寥三益径,相望一开襟。"

沈汝瑾诗系年:《梦严吉士》《以古军持送养浩,戏侑以诗》《中原》《观烟火作》《独坐遣兴》《读徐遁庵所贻诗,感叹有作》《落花》《无题》《学堂》《闭户》《得瓦当文曰"高安万世",缶翁审为汉制,喜记以诗》《白狼》《逍遥游饮茶归,柬养浩》《晚步》《题张嗣初所琢砚》《得明张寅所琢山水砚,侧刻徐俟斋诗二绝,和原韵》(二首)、《芦花》《题李楞庄临蒋文肃折枝长卷,和吴、翁两先生韵》《成伯以手拓古陶器索补红梅,并题补空》《养浩示〈西郭外看桃花〉诗,戏广其意和之》《题〈娄东十老图〉》《自题〈品砚图〉》。其中,《中原》云:"中原罹浩劫,兵寇互抢攘。人命轻鸡狗,军威剧虎狼。肆空商滞货,贼去吏清乡。吴地方加赋,难供一月粮。"《观烟火作》云:"春夜银花放几枝,人间富贵只如斯。莫惊炙手熏天势,终有烟消火尽时。"《独坐遣兴》云:"少年场懒入,出户路多歧。身外尽闲事,眼中无可儿。文章随世降,道德在人为。挟策同臧谷,亡羊已莫追。"

曹元忠诗系年:《答叔彦弟》《鹤庐招同李梦九征君、沈孔修明经修、周乔年画师梓小饮,同征赵君闿大令(宽)继至,流连尽日,赋示鹤庐,即以留别》《五十生日》《赋得邯郸才人嫁为厮养卒妇》《夜闻鸦声甚恶》《起家》《始信》《漫与》《感流水音修禊事作,流水音在西苑门内,仿兰亭故址为之,先朝赐名也,闻与会者三十六人,各有篇咏,以右军诗滨、陈、均、亲为韵云》《蚊》《题陶念桥表兄(治元)自定年谱图册》《题张申伯太守生母刘孺人家传册》《依韵别邃庵兄、叔彦弟》《再叠邃庵兄邱字韵,示叔彦弟》《华亭封衡甫以闻远所遗绣谷亭钞藏〈方舟易学〉索跋,余往岁与闻远书已详考此书本末,无侯更言重违其意,即书题衡甫〈深山读易图〉诗代之,互体云者,易学是互体例也》《无为》《普照寺二陆草堂,〈绍熙云间志〉辨之。顾于〈古迹门〉云世传普照寺为二陆宅,〈寺观门〉云嘉禾诗文乃谓陆机舍宅为寺,则亦宋以前旧说也,耿伯斋郎中(道冲)近复修葺,授简征诗,冀与求点。故居本为波若珣珉旧宅,捨作云岩,共附精庐,传诸好事,因为赋三绝句云》《喜古微侍郎北归》《赠雷孝廉君曜(瑶)》《长至夕,君曜兄弟招饮》(二首)、《金山钱母王太夫人八十寿诗(代)》(三首)、《莲房》《酬耿伯斋郎中,即依原韵》《失题》《伯斋招集诸同人于爇治斋,即席征诗,且索古语分韵。余以玉溪生"不同醉本兰亭在,兼忘当年旧永和"应之,拈得忘字赋此》《题西津、冷香合作仿董巨墨法卷》《同征周立之观察(学渊)属题〈开径望三益〉图卷》《人日遂园探梅,和邃庵兄韵》《失题》(二首)。其中,《答叔彦弟》云:"一声鹈鹊众芳悲，春尽东风力不支。昔日蕙兰今已化，岁寒松柏后方知。虎豺易变人灵本，禽貉难扶礼乐衰。齐鲁大臣襟抱在，肯将稷嗣当先师。"《长至夕，君曜兄弟招饮》其一："冬至长于岁，客居愁未降。感君书札问，招我足音跫。鲈鲙迎寒节，蒲醅话雨窗。无端青锁梦，岁晚落沧江。"

沈曾植诗系年：《樊山病齿而诗益多，和答一首》《闻樊山病，再用前韵》《偕完巢游张园，竹匆、泊园不期而会》《钓钟花或云出罗浮，或云出顶湖，樊山赋二诗，易以雅语曰悬钟，和韵二首》《偕樊、周游徐园看梅》《东坡墨竹卷，蔡伯浩观察所藏真迹之精者，樊山持来属题》《偕筹卿赴雪塍招，中途堕车伤足，诸公枉存，以诗报谢》《答仁先询跌伤状句》《简诒书》《题郭天门山水》《若海过谈，言正月得诗数十首》《简若海》《和蒿翁韵》《和天琴新居诗二首》《俞幼莱藏常熟师冬山画卷》《和韵》《姚埭东轩晓望，拈陶诗起句三首》《晓雾》《云起》《傅沅叔得北宋本〈广韵〉于厂肆，泽存堂祖本之祖也，为题四绝》《和樊山佛字韵诗》《和答樊山二首》《送章一山编修移居青岛四首》《送涛园、诒书游富春》《赠夏映庵》《赠胡梓方》《贞长见示近诗，和其〈湖上〉韵》《寄泊园》《节庵自粤归，以兰浦先生书画扇面见贻》《夜坐漫书》《题画二首》《偶成二首》《徐积余出余乙巳年摄影索题》《文文肃与刘练江札卷，黎编修藏，节庵属题》《樊山写示留别诗，和韵四首》《再和韵送樊山四首》《三和韵四首》《答樊山和韵四首》《和天琴韵二首》《仁先游西湖，归以龙井水一瓶见饷，赋谢，此题樊山已出两章，余未能尽继也》《陈仁先义熙花斋诗》《和樊山九日韵》《和散原九日诗韵》《散原长句用单行，前作多偶句，拟而未肖也，复效一首，仍次前韵》《樊园钟集，止相以新橘一箪饷坐客，和天琴韵二首》《题圣教序帖二首》《雪塍提刑招同天琴、古微、艺风、完巢、诒书、黄楼、积余诸君饮于醉沤二首》《赠张让三》。其中，《偕筹卿赴雪塍招》云："衰年百不聊，云居忽离座。鸡栖摇兀行，蓬勃随尘堁。奔车无伯夷，古言忘则那。果然造物戏，糠粃同扬簸。抛若檐发机，转如丸下堁。电光一旋转，老骨甘摧挫。宁知鸿毛命，堕苦羊觝裹。徒令元放惊，欻起装趑坐。足跛犹可履，胁垫无妨卧。暂乘他车归，不烦病举舁。诗朋闻失箸，走视骇复贺。马偬拾遗坠，瓦非学士破。痛定一欠伸，征事助笑呵。平生舟车厄，蹉跌剧经过。掀淖雀鼠轮，摧帆浥湎柁。车倾曾败面，挽脱不伤髁。垂老有余灾，命宫真坎坷。或疑山鬼弄，才得身神呵。天意倘戒言，畏途多坎坷。门有颠当守，巢占焦冥大。正尔足蹒跚，风窗画千个。何由破斋禁，食指动羹和。小惩理亦宜，内思增切磋。周侯发谰言，蒲轮遍遮逻。正恐落车翁，不堪供著作。"

陈曾龙诗系年：《柬梦华叠前韵》《得汲侯天津电书，三叠前韵》《以诗寿大兄青岛，四叠前韵》《前诗甫发，又成一律，用上年生朝酬唱韵》《思归，叠前韵》《青袍引（并序）》《即事，三叠前韵》《许汲侯四秩生辰，诗以贺之》《过田家极目有作，四叠前韵》《寄邓花溪同年渝州，五叠前韵》《忆旧游，六叠前韵》《梦华示柬笏卿、子培诗，和答一首》《陈简墀中丞属题〈并蒂莲图〉》（四首）、《与晓南夜话，七叠前韵》《和梦华〈西园柬乙盦〉韵》《喜简墀过访，八叠前韵》《题朱曼伯方伯〈归舟载石图〉，叠前韵》《近郊极目，忽动归思，九叠前韵》《舒直夫都护自西湖归，并忆傅阮叔津门，十叠前韵》《酒酣，十一叠前韵》《春郊遣兴，三叠前韵》《子修、幼蘅招饮荔香园，得句奉酬，四叠前韵》《得友人书感赋，五叠前韵》《子修入杭展墓，诗以送之，六叠前韵》《鹬蚌一首，七叠前韵》《燕台，八叠前韵》《悠然，九叠前韵》《陈瑶圃同年由津至沪，荒斋小集，十叠前韵》《晓南馈乡蕨赋谢》《愚园晤唐章之、王丹揆》《送友人赴金陵，叠前韵》《送陆凤石傅相还朝》《题宋牧仲〈沧浪送别图〉，叠前韵》《题韩桂舲〈听雨第三图〉，四叠前韵》《雨后过徐园，五叠前韵》《读沈归愚〈竹啸轩诗钞〉竣，书后》《寄二兄播州》《初度感怀》《题徐积余观察〈定林访碑图〉后》（三首）、《题葛毓山农部同年遗照》（二首）、《寿亭秋》《白粟斋观察来申话旧，作歌赠之，即送共作庐山之游》《喜大兄至自青岛，兼忆二兄蜀中》（二首）、《枕上闻鸡声》《题黄小宋观察〈蘡铄图〉》《偕笏卿重游张园》《病起访子修同年，适止庵、协揆继至，清谈移晷，归赋小诗，索两君和》《笏卿枉过失迓，诗以志歉，叠前韵》《访梦华，叠前韵》《无题，三叠前韵》《节庵过谈感赋》（四首）、《观书遣兴，叠前韵》《与言声夜话，三叠前韵》《陈仲瑀东归，得二兄渝中消息，四叠前韵》《邓花溪以诗见怀，依韵奉酬》《怀周石臣汴州，以诗代柬，五叠前韵》《四哀诗》（《前署河南巡抚布政使朱君寿镛》《本任淮阳道丁君葆元》《吉林巡抚陈君昭常》《前明保存记道魏君允恭》）、《闻歌，六叠前韵》《得王茂轩军门书却寄，七叠前韵》《和大兄〈觅句一首〉，八叠前韵》《大兄馈来其，赋谢，九叠前韵》《夜梦周淑卿夫人，十叠前韵》《步月遣兴，索梦华、大兄和》《怀人不寐，以酒自遣，叠前韵》《客中谢客，三叠前韵》《夜雨柬梦华，四叠前韵》《梁耟赠塔忠武遗像，诗以志仰，五叠前韵》《偕子祥、言声游愚园，六叠前韵》《自叹，七叠前韵》《灯残梦短，有怀陆文节公（钟琦），八叠前韵》《梦中与二兄絮谈，醒后得句，九叠前韵》《客有自金陵来者，感而赋此，十叠前韵》《喜大兄过谈》《与内子夜话，叠前韵》《客谈梅伶色艺之胜，诗以赠之，三叠前韵》《和大兄〈箴史馆一首〉，四叠前韵》《花近楼极目，五叠前韵》《子祥由苏来沪，情话甚欢，于其归也，诗以送之，六叠前韵》《大兄偕晓南过谈，七叠前韵》《冯少竹观察来谒，余病未能见也，枨触鄂事，以诗志愤，八叠前韵》《箴孔教会，九叠前韵》《聚卿馈京师五香羊肉，诗以志谢，十叠前韵》《大兄示〈梅郎曲〉长句，余未能和也，寒夜不寐，戏成七绝十首》《喜马良臣观察至沪，兼怀二兄渝州》《北望，三叠前韵》《仲瑀谈京师近事感赋，四叠前韵》《送琴初回金陵兼讯华甫，五叠前韵》《投老一首，六叠前韵》《感事，七叠前韵》《花近楼遣兴，兼酬大兄见慰，八叠前韵》《怀家松珊给谏武陵，九叠前韵》《自述，十叠前韵》《寒夜得二兄渝州书，以诗寄答，即用大兄见寄元韵》《无题，三叠前韵》《仲瑀寓斋小集，示坐中同乡诸君子，四叠前韵》《咏史，五叠前韵》《口号，六叠前韵》《读〈初学〉〈有学集〉书后，七叠前韵》《读〈曝书亭集〉书后，八叠前韵》《雨夜约琴初、仲瑀、良丞、哲甫荒斋小集，九叠前韵》《与内子仲萱夜话，十叠前韵》《诒书送梅伶赴金陵，大兄以诗调之，余亦和作，用博一笑》《无题，叠前韵》《写渝州家书成书后，三叠前韵》《大兄叠示〈梅花诗〉，愈唱愈高，难乎为和，四叠前韵》《喜所居与大兄宅相近，六叠前韵》《寒夜与友人茗话，七叠前韵》《说黔，八叠前韵》《大兄出示王石谷〈太行山色〉手卷，十叠前韵》《接世伯宣太保同年书却寄并柬止庵、协揆》《酬大兄〈谢馈岁〉之作》《槁饿，三叠前韵》《漫兴，五叠前韵》《梦伯宣太保同年，六叠前韵》《书怀，七叠前韵》《嘲仕，八叠前韵》《遣闷，九叠前韵》《访缪艺风太史，十叠前韵》《怀左笏卿京师，叠前韵》《怀杜云秋湘州，四叠前韵》《雪后柬梦华，五叠前韵》《与内子围炉茶话，六叠前韵》《过西摩路口旧宅，七叠前韵》《怀胡琴初金陵，八叠前韵》《怀邓花溪渝州，九叠前韵》《怀顾渔溪京门，十叠前韵》《岁暮酬琇甫太史，即次其韵》。其中，《喜大兄过谈》云："炉烟微动暗香闻，茗碗清谈静息纷。客路羁迟驴折券，江天萧瑟雁呼群。神驰栗里松三径，梦觉扬州月二分。漫羡五陵裘马客，柴扉深锁付闲云。"《寒夜得二兄渝州书》云："屋梁初上月钩纤，捧到家书万镒兼。如此时犹长作客，始知吏不可为廉。一身多病缘儿女，两字关情计米盐。憔悴天涯应似我，朱颜非旧雪盈髯。"《仲瑀寓斋小集》云："情话三更月落纤，乡心万里主宾兼。曾经劫火平为福，若问生涯俭养廉。开瓮新尝藜酿酒，登盘先喜豉加盐。熏楼醉饱髫年事，老大沦飘各有髯。"

章梫诗系年：《和刘翰臣（启瑞）舍人同年用苍字韵见寄，兼柬刘式甫廉访同年》《和刘语石广文韵，答赠二首》《答赠吴莲溪前辈（怀清）京师四首》《今上御书，恭题于后，为刘澄如学士》《今上御书，恭题于后，为刘翰怡京卿》《题陈振春〈秋江晚渡图〉》《题刘翰怡京卿所藏翁苏斋学士分纂〈四库提要〉手稿》《答赠朱琇甫前辈（宝莹），即以志别二首》《题王玫伯同年后凋草堂三首》《赠孙益庵明经，即题其〈寄傲图〉》《赠刘澄如学士暨喆嗣翰怡京卿二首》《寄赠林朴山明经茂名，用王玫伯观察赋赠韵二首》《岛上和韧叟丈〈幽居〉韵》《呈锡晋斋主人，即用其辛字韵》《题黄石孙前辈（曾源）奏稿后》《青岛戒严杂咏八首》《刘聚卿参议同年双忽雷歌》《赠同县王心斋征君（守愚）》《寄赠聚卿参议》《潘渭夫茂才（锦）见访，赠画竹，答赠二首》《谒乡先正罗赤城先生墓》《答赠志韶前辈九日有怀鄙人与王玫伯、金性山诗兼柬金、王两同年二首》《志韶前辈见访》《寄符蜕庵大令（璋）温州二首》《寿郭复初前辈之母张太夫人八十二首》《秦事二首》《送周仲楣世讲兼柬王玫伯同年》《偕志韶前辈暨家广轩诸君子游广润寺》《赠家希雷上舍、永玮茂才各一首》《至沪晤张让三同年，示予和善化相国诗，次韵二首》《次前韵呈善化相国师二首》《叠韵答让三二首》。其中，

《岛上和韧叟丈〈幽居〉韵》云："中原败局失东隅，孤屿流归外国图。月夜灯光珠点的，晓天雾气白氍毹。漾开番舶疑冰镜，截取长堤似圣湖。楼阁满山帘乍卷，海风吹浪上虾须。"《秦事二首》其一："始皇严下藏书禁，吕览高悬易字金。谁说焚坑秦网密，相公门客半儒林。"《次前韵呈善化相国师二首》其二："今夕闻诗知病愈，湘渔老瘦一蓑衣。夏臣有靡关天意，不上西山赋《采薇》。"

张元奇诗系年：《鹿子岁除回津，旬日复行，夜半辞赴车站，独坐成咏》《又点过津，论诗竟日，即赴都门，赋此奉寄》（附录柳丝联句）、《口占，送许汲侯归杭州》《题林健斋前辈〈登岱图〉》《次韵答石遗》《贞孝张仲仙女士挽词》《〈西山永慕图〉，为曾伯厚同年题》《寄嘿园广西》《庭中花木盛开放歌》《同潮才孙赴小还槽观农事》《雨后见月》《东海相国以亡友俞雪岑先生诗稿见示，敬题二首》《〈晋安耆年会图〉，为畏庐题》《重九日宿山海关》《寄怀铨叙局同事诸公》《喜晤今颇将军有赠》《小河沿咏蟠池馆晚望》《和三六桥都护见赠》《日本河西健次博士以所藏文文山诗索题》（二首）、《王湘绮馆长两辱惠书，闻已还湘，赋此寄赠》《旧历除日感赋》。其中，《题林健斋前辈〈登岱图〉》云："寻常游迹混樵渔（先至西湖，归途遂登岱顶），海上邮诗日不虚。夫子能为当世重，兹山长近圣人居。秦松汉柏贞容在，日观天门老眼舒。画里冥鸿留一爪，君家封禅本无书。"《〈晋安耆年会图〉，为畏庐题》云："国门再入换楸枰，华发惊看几老成。身外已过无量劫，眼前共乐有涯生。行藏各定终同传，文酒相从不唊名。笑我鲇鱼仍上竹，度辽风雪极峥嵘。（时有巡沈之役，将出都矣）"

江起鲲诗系年：《后村师以〈旧历元旦志喜〉诗见示，次韵奉和》《美洲女教士范素将于二月间归国，友人陈企宋君请代渠夫人作诗赠行，得六章》《孙氏妹四十初度，感赋二章，寄蜀彭县》《慈溪陈润璋君，同游两载，相知颇深，索诗屡矣，因题四章，写其生平，以博一笑》《孙玉叟姻丈迁寓甬城，次韵奉和》（四首）、《玉丈复由城内移寓江北槐花树下，仍以诗来，夜宿其处，依韵奉和》（四首）、《夜同赵君丹若、胡君颂卿、朱君向卿登玉皇山乘凉》《姚城访瑞云楼故址》《登秘图山有感》《龙山谒严子陵先生祠》（二首）、《留别胡岳青场长兼同事胡慎之颂卿、赵丹若、叶昂青诸君》《叠前韵留别》《场内诸君临行送别，再叠前韵索和》《得胡慎之、赵丹若、叶昂青诸君和诗，再叠前韵二首》《重至余姚盐业试验场》《贺绍兴张竹笙君四十初度》（四首）、《徐味周礼菖毕业殖边学校，去西藏两月而返，书来见告，因遗以诗》（二首）、《〈四明日报〉登佛矢、玄父二人论诗之作，戏步原韵》《和孙铁仙丈〈五十自述〉韵》（四首）。其中，《后村师以〈旧历元旦志喜〉诗见示》序云："吾族自二年一月发起公众卫生，去年冬始能践行，而地方秽污为之一空。此后师元旦志喜之所由作也。"诗云："万目睖睖众所瞻，快除俗习慎针砭。村呼有我风初转，道颂无偏视更严。合愿大家蒙乐利，要从私见泯猜嫌。吾宗幸睹新模范，竞化应多雀噪檐。"《美洲女教士范素将于二月间归国》其一："三年驹隙迅如飞，回忆津门事已非。底事阳关初唱曲，歌喉呜咽忍言归。"《孙氏妹四十初度》其一："容易韶华客里过，天涯弟妹复如何。即今四十年初度，相隔五千程尚多。老境渐侵同想念，离情乍触不成歌。劬劳记否当时事，遗恨无从补蓼莪。"《慈溪陈润璋君》其一："不信魂游去复来，洗清池上转情胎（陈君体弱多情，曾同往上海洗清池就浴，竟被热气郁蒸晕厥，数分钟始苏）。要知旧腊新正月，汤饼需君盛宴开。"《孙玉叟姻丈迁寓甬城》其一："踪迹年年混水萍，浪游不复计衰龄。亲朋旧侣惭疏逖，仕宦艰途笑屡经。世已迁流田作海，客偏高尚座惊星。著书岁月凭君占，我愧生花梦失灵。"《和孙铁仙丈〈五十自述〉韵》其一："君比吾生后一年，辈行却比我居前。匆匆今见韶华过，琐琐惟凭姻娅联。老大容颜同感慨，坚强精力共磨研。不随世变更初操，自问心期幸泰然。"

骆成骧诗系年：《赠胡葆生编修》《春草》（十首）、《神武门》《追忆》（四首）、《会议辞归未许》（二首）、《炉城秋》《辞纂修呈馆长王湘绮师》《燕台春》（四首）、《庭槐》《戏为史馆法局赠答》（二首）、《观飞艇》（八首）、《南河泊》《北河泊》《小蓬莱》（四首）、《侍湘绮师游石闸海》《十刹海》《赠骆良山》《癣叹》《读湘绮师〈岳云别墅和叶歌述怀〉奉呈》《柘潭杂咏》（四首）、《登极乐洞最高峰》《题西山观音洞》《宿戒坛》《题人双照》《双镜词》《枯坐》《忆喻王》（二首）、《长安月》（三首）、《和湘绮师〈中秋招饮〉诗韵》《秋柳》（三首）、《送陈二庵督兵入蜀》《见雁》《长男凤嶙自柏林来书，公使遣诸生归国，蜀人皆不肯废学，时西战方酣、东机又迫，予年五十无能为也，感而赋此》（二首）、《读史》（二首）、《送湘绮师南旋》《送湘绮师南归酬留赠"大鹏六月有闲意，丛桂香风生隐心"二语》（二首）、《送人归蜀》《沧桑》《赠何崇三》《赠张子武》《赠魏冠卿》《送林生耿凡之官镇远道尹》（二首）、《赠韦南轩》《腊雪辞消寒会约》《挽唐春卿先生》（四首）、《琴心》《咏史》（四首）、《忆王聘三》《述祖德》（二十首）、《游子吟》（十首）。其中，《会议辞归未许》其一："幽燕回首锦官城，二月风和已扇荣。竹影碧遮春水长，桃花红对雪山明。振衣太华三峰峻，濯足长江九派清。记取旧游千万里，天涯何处是归程？"《辞纂修呈馆长王湘绮师》云："先生自有春秋笔，纵讳尊贤道不谀。肯重汉兴删项纪，定尊尧典冠虞书。共和名在劳稽古，游夏词穷愧起予。归去成都家四壁，欲将词赋拟相如。"《忆王聘三》云："不见恒星见陨星，三台如雨尽飘零。登山孤行余哀怨，绝漠空桑入窈冥。沧海再枯无可润，醨糟皆醉几回醒。灰心一去人间世，弥勒同龛万竹青。"《送陈二庵督兵入蜀》云："同种皆兄弟，谁为鲸与鲵。胡然振旅出，洸洸万熊罴。此必国防计，长驾西南维。岂因汉赤子，盗兵弄潢池。蜀民困生齿，勤勤忧寒饥。况经党祸炽，奔窜无宁期。生计既断绝，归路复迷离。恻怆祝网意，仁者宜心悲。果然见明命，山海容瑕疵。豺狼有更始，岂忍穷狐狸？使者下九天，万里霜威驰。远人正望岁，勿使生惊疑。惩恶岂在猛？洗心归仁慈。上存国纲纪，下恤民疮痍。放麑闻古训，买犊还旧时。萑苻苟不扰，足以威四夷。坐看遍荒徼，指臂完燕师。岩疆付心膂，深意良可知。兵符君自慎，史笔吾所持。他日画像赞，庶几无愧词。"

郑孝胥诗系年：《姚赋秋六十生日》《刘聚卿属题〈枕雷图〉》《味雪轩图》《江卢奴》《朱游》《答严几道》《杨稣甫集〈二李篆谱〉书后》《答樊云门〈踏月〉之作》《樱花》《答陈仁先〈看花〉》《自海复镇赴崇明，过古墓，柏林甚茂》《送长尾雨山北游》《徐室女新华哀诗》《题怀素〈自叙帖〉》《斜日》《吴兴周庆云为其生母董夫人造塔于杭州西湖理安寺，自书金刚且乞丁女士恒绘图刻石列置塔壁》《陈仁先自杭州归，见示诗卷且饷山泉二瓶》《题沈友卿太史〈湖山介寿图〉》《残菊》《陈仁先〈南湖寿母图〉》。其中，《姚赋秋六十生日》云："六十忽已及，初见如目前。回头顾诸郎，略如君少年。当时不畏险，妙手矜飞仙。豺狼与蛇蝎，狎玩长周旋。毒物不能害，脱命诚有天。世人空吐舌，至今知子贤。譬彼善游者，深入万重渊。婴鳞探其珠，不惊骊龙眠。君今已老成，狡狯宁犹然。往事偶一谈，颇堪娱酒边。举杯为子寿，相期绝世缘。"《朱游》云："田野幸亡事，东阁且小留。四方多奇士，来者良可收。丞相备宾主，于礼盖至优。请君为郭隗，趋风或尔俦。薛宣语从容，用意殊未周。远不如丞嘉，一言惊庸流。小生乃相吏，狂直真朱游。"《自海复镇赴崇明》云："海角无山中墓田，如云豆麦欲连天。斯人毕竟凭何力，卧拥幽林过百年。"

廉泉诗系年：《访服部宇之吉博士于下涉谷乡居即题其斋壁二首》《赠泷精一》《送狩野直喜博士回京都二首》《小口槙太招饮并试新茶》《今春樱花为雨雪摧残，损人吟兴，以诗吊之，不胜自悼之感》（四首）、《送佐藤富子还长崎》《野口多内招饮于南榎町寓园，席间出示桐城吴先生遗札并所书〈过朝鲜〉诗直幅，怆然有作》《泷精一、服部宇之吉约过市楼谈宴，赋此陈谢，两君为审定书画》《七条恺招饮于莺亭别墅，为言往年吴先生东游时曾宴集于此，七条之友菊池晋复出示桐城父子写赠诗扇各一，越日以诗谢七条兼呈菊池》《丰冈圭资子爵介逆旅主人丐余名刺，欲往大正博览会观小万柳堂陈列书画，漫写一诗付之》《赠正木直彦、大村西崖》《同野口多内游日比谷公园，时杜鹃盛开》《莺亭》《叠前韵酬惺堂居士》（惺堂，菊池晋别号）、《次韵奉酬中洲先生》《读中洲先生文稿即次见赠诗韵》《得寒厓五月廿二书，谓江南气候近如初冬，且问归期，以诗奉答二首》《题井井居士〈独抱楼诗文稿〉》《寄井井居士相州村居》《赠鸣鹤翁》《中洲先生以芝瑛〈楞严〉写本进呈日本天皇、皇后御览，颇蒙两宫嘉赏不已，朝回见告并示新诗，敬次原韵陈谢》《〈楞严〉写本由中洲进呈御览后，以诗报芝瑛一首》《红叶曲》《环花庵试茶，赋赠庵主山岸庆吉》《台麓雅集，以诗谢座上诸公二首》《题赵千里〈仙山楼阁图〉》《赠询荛斋主人二首》《游松方侯家园，侯今年正八十，以诗为寿二首》《读〈青萍诗存〉赋呈末松子爵》《次韵酬青萍》《为岩村题诗人卷大任遗墨二首》《田口米舫属题古衣冠小影》《题宫崎言成〈赤田百咏〉》《题山内孝家印谱》《恬斋男爵席上作并示诗人土居香国》《叠前韵寄芝瑛》《闻生公使赠以姚元之所画〈南万柳堂图〉,以诗为谢四首》《寿闻生》《恬斋席上之作,香国、惺堂皆有和章,再叠前韵奉酬两君》《三叠前韵似恬斋》《香国题芝瑛〈楞严〉写本四叠前韵酬之》《正木校长为题小万柳堂书画题名帖,感逝伤离不能自克,六叠前韵答之并示中洲先生》《香国有诗问芝瑛病状,七叠前韵答之》《自离故国,忽忽十旬,溽暑未阑,顿起乡思。次青萍〈城山雅集〉原韵得二绝句,即此话别,仍订后游,黯然之情,不能自已》《是日城山雅集,中洲先生以疾不果至,邮示和章中有赠余一首,因叠前韵酬之》《青萍藏有〈雪舟山水图〉,夕阳帆影,仿佛吾家小万柳堂也。三叠前韵奉题一首》《青萍席上遇吴挚老故人岩溪晋,为述往事,感而赋此》《青萍刊其亡师〈佛山先生遗稿〉成敬题一律以志钦仰》《次青萍原韵二首再题〈佛山先生遗稿〉》《青萍用坡公聚星堂韵赋诗为赠,依韵奉酬并示香国,时香国夫人罹重恙,余得家书,芝瑛亦在病中,故诗多愁苦之音,言为心声,非偶然也》《叠聚星堂韵留别青萍》《八叠鸥韵留别东京诸友》《八月三日过京都,内藤、狩野、松本三博士招饮于市楼,西村、矶野两君自大阪来会,九叠鸥韵陈谢,即以话别》《山城丸中忆城山主人至门司却寄二首》《黄海中见鲸鱼,口占一绝寄青萍,即用青萍送行诗韵》。其中,《送佐藤富子还长崎》云:"好山如画草如茵,欲语离情听未真。满院鹃声牵客梦,一楼寒雨送归人。飞花寂寂迷香径,门柳毵毵媚晚春,莫更凭栏起乡思,林园不隔世间尘。"《莺亭》云:"诗成削树共分题,飞尽杨花雪满溪。酒醒不知身是客,夕阳亭上听莺啼。"《叠前韵酬惺堂居士》云:"松阴五月凉,徙倚云生席。何处望乡关,乐国喜初适。流水入夜琴,岩花迎游屐。无日不有诗,一一经行迹。孰云此道微,论古我心获。结交多老苍,雅尚不嫌僻。傥许托平生,为君坐上客。"

严修诗系年:《郑墨林姻丈八旬双寿》(二首)、《题林迪臣先生〈孤山补梅图〉》《徐菊人同年六十寿》《费冕卿五十寿》(四首)、《次韵和刘子贞〈秋日感怀〉》(二首)、《忆智庸》。其中,《郑墨林姻丈八旬双寿》其一:"乾隆一代数乡贤,电白循声万口传(公曾祖蓬山先生以乾隆庚辰进士知电白县)。世衍嘉祥多上寿(公父寿八十有二),今逢偕老两高年。筵开八秩添萱寿(是年闰月),彩献三秋赏菊天。我忝重姻预宾末,称觞愿颂九如篇。"其二:"上溯悬弧设帨期,道光十五六年时。观棋屡易河山局,铭鼎无妨伛偻辞。园绮风规中外仰,郝钟礼法古今宜。好将全盛先朝事,说与吾侪后进知。"《题林迪臣先生〈孤山补梅图〉》云:"一诺题诗经十载,三年前始见西湖。我从展拜先生墓,更愿微名附此图。"《徐菊人同年六十寿》云:"旧北江卢人就菊,古莲池上客传觞。廿年往事如弹指,又见耆英政事堂。"《次韵和刘子贞〈秋日感怀〉》其一:"黔疆建置纪殊勋,播境原从蜀境分。近代经师尊郑莫,古来作者首卿云。如公诗笔雄无敌，愧我轩轾陋未闻。一纸书如十年读，胜披典索与邱坟。"其二："华胄相承宿望清，文章中垒政元城。东瀛使节驰嘉誉，南峤甘棠有颂声。报国孤忠余感愤，宜民美利力经营。巢居柱史原同调，宁为中林累盛明。"《忆智庸》云："嘉庆十年生吾祖，道光十年生吾父。咸丰十年窀生予，光绪十年乃生汝。后先相去八十年，家更四代帝五傅。生年俱在第十载，似若前定非偶然。祖阅四朝迄同治，父迄光绪朝亦四。惟汝生年最不永，生卒未出光绪世。祖生乙丑终壬申，父生庚寅终庚辰，汝生甲申终壬寅，我生庚申今尚存。帝政告终共和始，纪元断自宣统止。此后但应书甲子，知我当以何年死。"

周庆云诗系年：《和常熟庞郦亭中丞鸿书〈消夏八咏〉》《题徐仲可文珂〈纯飞馆填词图〉》《为潘兰史征君飞声题〈张忆娘簪花图〉摹本，戏集唐句》（二首）、《为哈少孚题李梅庵画〈松石图〉》《汤璞庵索题〈唐程夫人墓志〉》（三首）、《为兰史题花再芳〈独立簪花图〉集句》（二首）、《钱砚堂出示尊甫亮臣封翁退隐湘潭效陶靖节〈归去来辞〉意，填〈怀归词〉八阕，敬赠一律》《〈姜被寻梦图〉卷，为吴点如乞姚叔平画其弟玉声遗照，介语石征题》《送长尾雨山祯太郎还日本》。其中，《戏集唐句》其一："轻盈袅娜占季华，一抹浓红傍脸斜。尽写风流在轩槛，梦为胡蝶也寻花。"其二："嫌罗不著索轻容，别有深情一万重。若个最为相忆处，当时一笑也难逢。"《为兰史题花再芳〈独立簪花图〉集句》其一："东邻美女实名倡，袅娜腰肢澹薄妆。云解有情花解语，不因风起也闻香。"其二："再来南国见风流，倾国倾城胜莫愁。单影可堪明月照，逢花却欲替花羞。"《敬赠一律》云："忽拜瑶章诵所闻，怀归三径涤尘氛。西湖怕见前朝月，南岳常留处士云。招隐还寻姜被乐，克家别有杏林芬。病夫举国期援手，莫学韩康避世纷。"

赵熙诗系年：《跨党》（二首）、《宋坝》《乡情》《乡寺》《初归荣县》《雁》《纪事》《寄任父》《王式园贺岁》《无题二首》《送阎一士留学法兰西》《归路》《到家》《乡宅四首》《感怀二首》《忆旧》《题旧日记》《邻居》《晨行稻畦》《乡宅》（知心夜来雨）、《回城》《溪柳》《古佛寺》《金碧崖》《青阳洞》《仙岩寺》《天竺庵》《青山》《乡村》《桑梓园》（黄善人修桥于此）、《宿友人家》《上冢》《江夫人墓》《宋坝》（年光老自知）、《行圃》《即事》《种桃》《种橘》《晚香玉》《含羞草》《蚊二首》《贫居》《题董蔗林相国画册八首》《荣隐山》《盂兰庵》《此君轩五首》《廖仲枢（名衡）次韵见和，赠之四首》《寄嵩少僧》《蝉》《北城》《乡居纪梦》《万事》《送人之云峰寺》（寺在泸州）、《梅花》（寄舨公，时避难海上）、《读〈石遗室诗话〉寄慨》《上石遗叟》《寄畏庐》《蛰庵为农，戏赠》。其中，《初归荣县》云："眼明花外旭阳耕，得老空山幸此生。望里郊原尽春色，舆中江海算归程。荒鸡瘴雨前朝梦，旅雁金河二月晴。树影葱葱露城堞，幸无车骑汝南惊。"《乡宅四首》其一："十年青琐点朝班，辽海仙人化鹤还。一点乡心杨柳绿，春风疏勒玉门关。"其二："花满颓垣竹满扉，入门先见犬衔衣。先庐一亩藏书地，只当山僧乞食归。"《读〈石遗室诗话〉寄慨》云："故人各各风前叶，秋尽东西南北飞。今日长安余几个，前朝大梦已全非。一灯说法悬孤月，五夜招魂向四围。当作楞严千偈读，老无他路别何归。"

易顺鼎诗系年：《抱存公子属题王晋卿〈蜀道寒云图〉，因用坡公〈题烟江叠嶂图〉韵》《著涒吟社诗钟小集者九人，以"然后天梯石栈相钩连"分韵，余得钩字》《袁珏生拓香铭自题一诗，即和其韵》《金鱼胡同那园观剧，赋四绝句》《抱存公子招集流水音，作〈上元即事〉一首》《燕九节后骑驴游郊外即事》《侯君疑始所居九条胡同为〈疑雨集〉中左阿锁故居，招客征诗，因赋二首》《前诗既成，再咏两绝，戏简疑始》《答赠合肥李君仲平一首》《叶二兄仲鸾寿诗》《叔由弟在长沙以黄兄鹿荃、袁兄叔舆和余〈部委电局感怀〉韵各四首寄示，追溯旧游，词旨哀艳，自惭才尽，仅各奉和一首寄之》《林韵宫绳武将有秘鲁之行，和余〈部委电局感怀〉韵见赠留别，因叠前韵赠行一首》《题〈凌山策骑〉〈龙沙罔极〉图二首》《题庄思缄〈濠上观鱼图〉》《又题其〈扶桑濯足图〉》《观小叫天演〈珠帘寨〉作》《为程康题〈岳云闻笛图〉，追悼顾印伯兼悼杨、朱两君，即题印伯遗像》《寒云主人梦中游佳山水，且画之本不能画，及觉，忽能画且能忆梦中所画之稿，属鸥客作图索余题》《江南雪十首（有序）》《后江南雪十首（有序）》《自题〈江南雪二十首〉后》《集句叠前韵》《由济南至青岛》《入劳山至柳树台作》《叠前韵》《紫霞观题壁》《经北九水返柳树台作》《戏题劳山》《青岛赠晦若少宰》《劳山游归偶赋二首》《济南春感二首》《题姚柳平所藏食贴》《重登泰山书感四首》《赋呈徐太傅二首》《过崇效寺，牡丹已盛开，因题句，自书近事》《醇酒妇人歌》（稿佚待补）、《程十七郎歌，为穆庵作》《和天琴见寄韵》《再叠前韵》《再叠天琴前韵》《天琴以左手痛，电告总统乞假缓行，电生误，左手为左足，戏简一首》《代理局长偶乘马车戏赋》《寄天琴沪上，即和其见寄诗韵》《书感，再叠韵》《和寒云〈即事〉韵》《和天琴见调韵》《追悼曾蜀章提牢，示令子叔度参议》《题廉南湖藏姚少师为徐中山王所画山水》《鹃魂曲，听鹃魂女子弹琴作》《治芗社兄以诗贺余代理印铸局长，有"铸金五湖范，佩印六国苏"一联，工切无比，又有避债无车之嘲，并谓余今年桃花运稍退，劫财运更进，谑而不虐，知我尤深，因戏和苏字韵奉答名篇兼酬雅意》《题郑蕉园纪游图册》《连日宴集，主客三十五人，仿柏梁诗及〈饮中八仙歌〉体纪之》《为陈士可题〈博士山庄图〉》《东海相国寿诗，集杜一首》《又集杜五律六首，代人寿东海相国》《集杜寿副总统黎公一首》《祀天前一日，雪中偕诚斋、冰谷、彤士诸君登北海白塔》《再赠梅郎一首》。其中，《著涒吟社诗钟小集者九人》云："已过腊尾近春头，社事宜先禊事修。属对丁壬争斗角，糊名甲乙比藏钩。人难满十星躔聚，径已开三雪爪留。海样王城舟样屋，也应数点着闲鸥。"《金鱼胡同那园观剧》其二："明灯如月照华鬟，拥出芙蓉七宝冠。欲写骚人魂断句，光风转蕙泛崇兰。（王蕙芳、梅兰芳演《虹霓关》《雁门关》诸剧）"《由济南至青岛》云："青齐青遍是烟鬟，芳草连天杏霭间。谈古夫于夫己氏，过华不注不其山。欲祠日主求回驭，更访霞君乞驻颜。红煞桃花绿杨柳，春光犹幸未阑珊。"《入劳山至柳树台作》云："千岩万壑迓飞车，怪石奇松意已赊。春雪销余生涧水，空山艳绝有桃花。行来青嶂疑无路，隔断红尘即是家。坐对神州成袖手，英雄惟合老烟霞。"

陈尔锡诗系年：《小泊汤本》《箱根旅馆夜泊，望富士山》《自箱根渡芦之湖至大涌谷》《观喷火山》《送友人归国之京师》《横滨送昆琳归国》《酬沈咒顽见赠之作》《登东京浅草十二楼》《自神户登舟，绕道朝鲜釜山归国，海上晚眺》《游朝鲜昌德宫》《游景福宫》《自朝鲜京城至奉天车中，将渡鸭绿江，夜雨》《入都喜晤黄滋蔼、李特成、朱师晦及诸旧友》《赠卢毅安南归》《雪夜》。其中，《赠卢毅安南归》云："洛下重游有几时，天寒风雪更何之。侧身朝市来臣朔，散发江湖去范蠡。往事与君浑似梦，明朝看我鬓如丝。床头酿酒能招饮，无奈相逢又别离。"《雪夜》云："秉烛深宵酒一杯，绕床孤影自徘徊。无多赐拜人间世，有感心同死后灰。闭户炉红春似海，开门夜色雪成堆。鼠肝虫臂都随意，难得征衣舞老莱。"

陈曾寿诗系年：《曩岁住武昌，有卖饼叟作秦声，寒夜过深巷，其音幽咽以长，爇小炉担间，以竹筒炊饼令爇，焦香喷鼻，自予入都，遭世变忽忽二十余年，今以事复来，城中闻声呼之，果叟也，询其年已七十，自言业卖饼四十年矣感念旧事，为作一绝》《舟夜》《落花四首》《题节庵师〈崇陵种树图〉》《题劳玉初先生〈劳山归去来图〉》《三台山山居杂诗》《独行至六通寺》《龙井寺中坐雨》《楼望》《晚禽》《李筠庵以钱南园、曹剑亭二公遗迹合装一幅属题》《素心兰》《予数梦至一寺，门临大江，略似焦山定慧寺，而幽窈过之，昨又梦至其处，诗以纪之》《次韵苏堪谢遗泉水之作》《徐园看菊已残萎矣，同莘老作》《雨后同贻先、觉先买茶至法相寺》。其中，《予数梦至一寺，门临大江，略似焦山定慧寺，而幽窈过之，昨又梦至其处，诗以纪之》云："何朝遗古寺？门对荒江开。幽境出世间，梦中时一来。红廊缭千步，殿角高崔嵬。蜂房巧接连，琅函净签排。檐竹浮江光，几榻碧潆洄。老僧强为礼，雪眉映枯骸。似言暮色深，一宿且为佳。上灯起霜钟，苍茫入江雷。恍然暂已觉，我梦何时回？"

高燮诗词系年：《题胡石予〈近游图〉》《题俞雨堂五十岁小影》《闻曼殊归国，奉柬一首》《题曼殊所著〈断鸿零雁记〉》《海上重晤周人菊》《丰儿之殇，殡其枢于秦山梅花墓道，越十有八日，余往视之，怆然成此》《题丰儿五岁小影》《和姚东木先生〈青浦孔宅谒至圣衣冠墓〉诗，并步原韵》《百字令·题钝剑〈花前说剑图〉》《十六字令·心岫词人倚调题石子〈浮梅再泛图〉，颇饶佳致，余亦继声》（三首）、《虞美人·题〈浮梅再泛图〉》《〈减字木兰花·美人笑〉，一厂有此阕，鹓雏和之，余亦继声》

《浣溪沙·寒琼属题裸体美人画幅二阕》《清平乐·题高野侯小像》。其中，《闻曼殊归国》云："一别东坡今五载，相思应念我如何。住心常觉众生苦，冷眼犹嫌热泪多。奴子未容息平等，天堂变相即修罗。茫茫十丈红尘底，欢乐声中但瘄歌。"《丰儿之殇》云："墓色静无聊，山光如相诉。夕阳冷松楸，梅影亦含苦。一步万凄凉，有泪盈眶贮。孤棺斗室中，小魂谁伴汝。呼爷日百回，寂寞今无语。摩挲经再三，奇痛达肝腑。仰首发长吁，哽咽不可俯。我昔携汝来，欣喜恣蹈舞。那知才四旬，弃汝在兹土。人生非木石，谁不动恻楚。我有聘妻贤，郁郁墓中处。生前不相识，死后应相顾。汝今地下逢，定得承欢绪。此儿吾爱之，厥性非顽鲁。敢告墓中人，尚其为我抚。"《和姚东木先生》云："一代衣冠同异域，千秋道德等晨星。凤麟不作伤邦国，蛙黾无端入户庭。秦火而今灰复活，孔泾终古草犹青。尼山遥望重回首，古泪频挥荐黍馨。"《十六字令》其一："浮。携手西湖一再游。波双注，人坐木兰舟。"其二："梅。一夜孤山万树开。如相识，一一点头来。"其三："图。几度湖山梦不孤。忘机侣，鸥鸟惯相呼。"《虞美人》云："花光明媚波光绿，西子游重续。湖山依旧笑相迎，管甚沧桑劫换、景全更。　　姚王韵事追黄顾，嘉偶人争妒。倘教岁岁放兰舟，数到浮梅几泛、最风流。"《浣溪沙》其一："禁得芳魂暗自销，软温无碍赤条条。羞晔斜睬涌红潮。　　鬘发低垂云半堕，花枝初着雨难描。撩人春色人娇。"《清平乐》云："齐年宗契。标格神仙比。春在先生畴可媲。同占湖山清气。（曩年见曲园老人杖鸠独立小像，叹为神仙中人，今得君而二矣）　　西泠几度沧桑。君家犹剩荒庄。只是画梅圣手，封侯更许称王（君有梅王阁）。"

　　曹炳麟诗系年：《张柽园师见示〈百老吟〉和章，依韵为寿》（二首）、《杂感四首，叠前韵并呈柽园先生》（四首）、《严三友潮新墅落成，仍用前韵贺之》（二首）、《九叠前韵贺严二亚邹新居》（二首）、《十一叠前韵赋呈张稼生先生》（二首）、《征集消寒诗社，十三叠老韵》（二首）、《十月兰》《二色菊》《再用前韵答同社和作》（二首）、《张柽园师作〈水仙花〉画帧赠龚少莘丈，集饮分韵得图字》《消寒社集饮，再赋四十韵，赠龚丈少莘》《柽园师作〈鹤守寒梅图〉赠张稼老，集饮征题分韵得题字》（二首）、《施大赞丞集饮，拟雪前十二题，分咏戏并赋之，呈同社诸子》《再咏待雪》《香炉》《花瓶》《茶瓯》《酒斗》《题黄夫人〈夜织课儿图〉》《题画七绝》《柽园师题〈岁寒三友图〉，索和次原韵》《又和〈雪里芭蕉图〉原韵》。其中，《严三友潮新墅落成》其一："瀛洲旧甲第，故家乔木老。楚狐起妖鸣，排山海波倒。君离劫火归，尘梦天方晓。不食等系匏，有秋课剥枣。衣租食税余，闲订豳风稿。结巢风雨中，赭垩祛丹藻。家山故桃源，鸡犬喧云表。城居自清旷，市远绝嚣恼。抱瓮灌园蔬，短衣杂佣保。"其二："潜溪一尺水，溪石千年老。为君点缀工，错落复颠倒。非伊人境庐，独悟意谁晓？满屋绕狂花，小园足酸枣。兰成耻仕周，哀南属赋稿。桐江希祖风，钓竿拂荇藻。羊裘五月披,逃名入海表。莳竹却俗烦,听鸟解愁恼。考槃斯寤歌,勿谖永矢保。"《香炉》云:"净手摩挲佛案前,重帘未放博山烟。雨窗恐受花脂蚀,月夜微添檀屑然。好藉余熏融冻砚,偶吹落烬爇吟笺。吉金不袭钟彝古,款识犹镌宣德年。"

方守敦诗系年:《五十生日,叔节赠诗,次韵和之》《铜陵章锡翁挽诗二首》《题陈慎登不系舟轩》《次韵寄和慎登,兼怀铁华、渊如、演生》《和巢字韵赠季野,时由皖解职归,移居城北》《季野以泊园名其居,属丹石书之,因叠巢字韵为题壁兼寄不系舟主人》《寄怀光炯》《龙君健行移家深山,傍阮氏潜窝筑室,拟以种植畜牧为生计,有〈山居即事〉诗,持示属和,次韵答之,兼怀仲勉先生江上》《次韵和张石卿兼题其〈山中诗稿〉》《苏艺书、张石卿以僻字唱和相怨望,持诗来诉,戏次其韵判之》《寄受于至皖,将往淮上,寄一诗》《孝深二侄归皖上,寄诗篇慰我,喜赋一律,次其渡海平字韵》《题方水崖隶书卷子》《石卿书斋偕诸友摄影,次石卿韵》《艺叔表弟赠诗,并约郊行,归次韵戏答》《寄怀藏雪楼合肥》《赠方剑华先生》《送邓小外孙培先还山房(方二龄)》《次韵和晋华兼简季野》《甲寅仲冬下旬,偕潘季野出郭,访其先世木崖先生河墅旧迹,因东皋诗人李介须墓得其地。介须,明末遗老,木崖至友,故乞葬河墅中也。墓旁有鹤冢及皆响亭遗址,徘徊日暮而归。是日同游尚有洪兰泉泾人、孙闻园、苏艺叔,子时晋、时亮亦随,共七人》《吴少耕五十生日,有兄弟唱酬诗篇,次韵奉赠,兼寄光炯湖上》(二首)。其中,《五十生日》云:"交期深喜到头童,卅载江山不异踪。旧学共贪书点勘,古欢无阙酒弥缝。未堪家国兴亡感,可许岩居诗兴浓。老矣横流何日定,祝君同保岁寒松。"《吴少耕五十生日》其一:"半世相看成皓首,廿年交谊事如兄。沧桑物换人颜老,棠棣诗传雅正声。待茁兰芽娱鹤寿,定招宾客醉蹄羹。平生忠信筹乡国,何羡隆隆说上卿。"

张良遐诗系年:《哭洪梓青军门》(城破阵亡)(四首)、《夜不成寐,感赋长句,寄钝叟四首》《黄梅雨》《闻崇陵大工告成感赋》《喜雨二首》《山行即事》《幽居多暇,自课童奴,牧马饲鱼,口占遣兴》《黄瓜鱼四首》《读〈五代史〉偶成十二首》《拟子夜歌四首》《同钝叟次韵和沁香居士〈重阳感旧〉》《追悼渭丞侄》(名贻铭,师范毕业。举人,授内阁中书)(二首)、《秋夜与友人小酌》《金刚台》(城南大苏山之最高峰)(二首)、《佛山》(在城南五十里)(二首)、《将军石》(在城南七十里)、《丁浦》(在城南一百二十五里,距棠印村旧居五里许)、《丁浦吊张勤果公战场(并叙)》(二首)、《胭脂石》(在城南一百二十里)、《墨园》(距胭脂十里许)、《次韵答周咏卮明经二首》《独酌忆弟》(二首)、《再次沁香〈长夜不寐〉韵》《夜坐即事》《寒夜呼酒排闷,不觉邻鸡已唱,偶成二首》《送易镜苏明府之太原》(镜苏新考授县知事,分发山西)。其中,《哭洪梓青军门》其一:"缓带今儒将,锄瓜老故侯。平生富韬略,酷爱诵春秋。伟绩铭钟鼎,闲情狎鹭鸥。商颜山色好,拟作采芝游。"其二:"闻道光山破,潢川又土崩。喧传动鼙鼓，仓卒募乡兵。伏莽萧墙满，挥戈落照横。握拳应透爪，遗恨压山城。"《闻崇陵大工告成感赋》云："濮王嗣统拥宸旒，端拱垂裳坐委裘。离照双悬侵楚璧，乾纲一奋缺吴钩。撤帘古有韩忠献，尽瘁今无蜀武侯。英主中兴成画饼，九原碧血渍松楸。"《拟子夜歌四首》其一："络纬秋夜鸣，挑灯当户织。嗟我怀征人，寒夜催刀尺。"其二："今夕知何夕，三星刚在户。岂不恋衾裯，宵行畏多露。"

江五民诗系年：《老态》《示北溟》（二首）、《送穆郎及谢东山、桑闲鸥赴汉口》《观木笔花有感》（二首）、《钱子青以〈屭发诗〉索和，次韵奉答》《钱君以重阳诗韵叠和已多，另索一韵，漫赋以应》《报载京师有孩生，堕地一笑而瞑事》《次〈病语〉韵答钱子青》《叠痂韵复子青》《次倒叠痂字韵答子青》《再叠痂韵答楼兼山》（二首）、《感怀寄餐菊社诸子》《菜花》《次韵答钱子青》《叠藏韵答童子与》《叠痂韵再答子青》《答钱诗蚓韵》《再叠藏韵奉答吟仙》《和诗佛〈东山群仙会诗〉》《白杜鹃》《初闻杜鹃》《吟仙以〈诗虫〉诗见赠，次韵奉答》《蹇叟将过柏墅，喜占长句二章奉寄》《有鸟》《过方樵苓君别业，用杜工部〈重过何氏〉韵五章》《和钱子青〈游五磊寺〉韵》《玉叟移寓甬上，赋此寄讯》《玉叟以〈赁寓甬上〉四律见寄，次韵和之》《调叶霞仙四绝句》《寄诗佛》《谢孙秉初惠茶》《和叶霞仙〈梅雨〉韵》（二首）、《观阮汉槎演〈醉八仙〉行》《寄张寄塍》《前诗适成，寄塍书亦至，复得一律》《寄塍次韵见复，叠前韵再寄》（二首）、《叠前韵答寄塍》（二首）、《在甬感事》《玉叟复以〈移寓江北槐花树下〉诗见寄，次韵和之》（四首）、《寄塍因予近有暂过培校之约，复以诗来，再用元韵奉寄》（二首）、《汪艮巽余杭解任，归行将过我，缘母病改期，予又将赴校，因寄此诗》《前诗未寄，艮巽已至，用元韵复得一律》《叶霞仙以蝉联体续满城风雨之作，枕上有感，率尔效颦，能否异曲同工，当出此相证也》（五首）、《和叶霞仙〈菊花〉韵》（二首）、《夜卧不寐，得诗二章》《晤张謇叟，谈及应试旧事，因怀瞿子玖师》《张幼棠、孙秉初均次韵见和，叶霞仙已再次前韵，复叠韵答之》《穆勤宰甫自沪回，叶霞仙、汪玉亭诸君共饮于宁静草堂。闻余在甬，遣穆郎幼棠招之，适已返校，幼棠来始知之。用前韵寄穆君兼呈霞仙诸君》《次戴水艼〈冬至即景〉韵》。其中，《老态》云："老态催何急，昏昏倦对书。鱼蔬贪脆滑，衣履喜宽舒。爱睡醒常早，惩忘记益疏。祇益随分过，莫忆有生初。"《报载京师有孩生，堕地一笑而瞑事》云："悲愁自易梏天真，一笑缘何亦杀身。自古有生皆有苦，不关哀荣总伤神。"《叶霞仙以蝉联体续满城风雨之作》其一："满城风雨近重阳，岁岁年年憾未央。已苦避灾求地少，何堪对景负辰良。菊荒易减无愁色，酒冷难浇有恨肠。坐对一灯如豆小，不须振触已凄凉。"其五："美人迟暮怨潇湘，渺渺相思极目长。旧恨已瘳精卫口，新愁应泪石人肠。可堪大地终如晦，坐使闲愁不自量。毕竟茱萸谁遍插，满城风雨近重阳。"

王舟瑶诗系年：《题瑞安孙逊学太仆（衣言）、止叟侍郎（锵鸣）〈颐园春宴图〉》

《书感》《杂诗九首》《闲居五首》《挽程瑶华六首（有序）》《田园杂诗十首》《美人》《桃李》《林朴山明经自粤来访，欢留旬日，临别赋赠二首》《再赠朴山》《一山同年移居青岛，寄赠二首》《遣怀》《挽黄叔颂同年（绍第）二首》《挽同年杨敦父员外（裕芬）四首》《酬赠程梅卿茂才（学南）》《哭绌初女士挽词三首》。其中，《书感》云："击楫中流愿已违，澄清乏术泪长挥。人才所见都中下，舆论于今少是非。桑海忽然成变局，风波到处有危机。避秦无地将安往，望断桃花旧钓矶。"《林朴山明经自粤来访，欢留旬日，临别赋赠二首》其一："昔别五羊城，乾坤满甲兵。重逢异代感，千里故人情。时事苦难语，奇文许其评（君以文集属商榷）。连宵同剪烛，话雨见生平。"其二："访我羽山曲，归耕梅水滨。凄凉垂老别，珍重岁寒身。再见知何日，相期在古人。闲居定清兴，且望寄书频。"《酬赠程梅卿茂才（学南）》云："鉴洋湖水二百顷，中有高人垂钓丝。秋雨归帆青篛笠，暮年作伴白鸥鹚。哦诗欲过陆鲁望，辟世略如周续之。我欲与君同结网，银鱼佐酒醉眠时。"

萧亮飞诗系年：《题何道州所书〈严子陵钓台记〉后》《古寺》《醉后狂歌，书黄道人〈癸丑除夕宋园祭诗〉诗后》《贵良吟》《酒间得故人死耗，哭之以诗》《家居一首》《鸢鸠辞》《谢友人见招》《书大伾山巅禹庙壁》《吴贻堂、廖芝圃登城赏雪，用予书禹庙壁韵，各赋诗见示，仍依前韵和之》《春雪歌》《济宁孟谅三索诗，赋此应之》《袁豹岑柬约入都，赋此寄之》《题嵩伯衡〈藤窗课女图〉》《吴贻堂招客游宴大伾，归而赋此》《眼前语》《铁石道人寄书，愿以黄园见租，喜赋八绝句谢之》《雪霁携门人刘凯夑暨祁儿乐女登小浮丘晚眺，归而饮酒》《将赴都门，赋赠吴贻堂知事》《黄丈寄柬，愿以黄园见租，喜赋七绝句谢之》《入都，道出保定，曲生同年挽留小住，明日北行，柬寄黄丈、小宋》《偶游都门，遇卢子嘉中将破蒙匪归，一见索诗，赋长歌赠之》《铁石黄道人七十有四矣，又纳一姬，年甫十五，寄二绝句调之》《题金实斋〈北雅楼闲居著书图〉》《客都门，步韵和狄文子赠诗》《都门赠刘聿新之洁》《题陈哲甫〈百龄衍庆图〉（并序）》《题杨荫北〈移花归卷图〉》《艺社告成，慨然有作兼呈同社诸子》《春风曲》《读干宝〈搜神记〉书后》《凯夑自武邑旋都寄书保定，题其柬后》《游保定莲池，兼示门人刘凯夑儿子禀原》《题〈红杏影〉哀情小说》《东南水灾几遍数省，谭伶鑫培演剧助赈，闻而感赋》《程穆厂寄书索题〈岳云闻笛图〉，图盖悼其师成都顾印伯先生而作，赋五古一章以应其请》《铁石道人以黄园租我，买车入汴，过封丘宿旅店作》《题金石生所绘黄铁石骑马小影》《铁石道人以草稿乞正，走笔书其后》《夏日杂咏》《铁石道人设筵寓中，出友人所馈蒲桃酒饮客，芳冽无匹，不觉醺然，归园欣然书五绝句》《刘生凯夑以第五句诗意质予，为赋一律示之》《代祝五十有六寿诗》《金巽青过访，旋馈以诗，依韵答之》《都门秋兴，用渔洋〈秋柳〉韵》《青岛叹》《贺顾桂生续弦》《铁石道人以〈七十四岁述怀诗〉寄示属和，依韵报之》《口占，柬金巽青》《贺巽青生子》《卜筑夷门，赠时倩云歌郎》《喜晤时倩云于君辂湘清席上，饮后借榻小绵津盦，夜不成寐，再赋四绝赠倩云》《题〈墨缘丛录〉》《书〈云红集〉》《题黄道人〈宋园雅集图〉》《好徽章》《修清史》《国庆乐》《国学祀》《夷门园居绝句》《金太夫人寿诗》《依韵答王竹侯》《巽青出女以见，喜而赠此》《黄道人命孙彝山代开诗画琴第三会于宋园，并以自寿诗征和，余例不与会，书二绝句寿道人》《凯夔种苔于盆，绿润如沐，多日不老，为赋一绝》《偶游京华，多劝予出仕者，赋此示之》《沈丘高母贤孝篇》《王复园赠诗，步韵奉酬》《读〈春衾梦〉传奇书后》《柬招宜园主人，出城买花归来，置酒饮之》。其中，《酒间得故人死耗》云："饮弹胡为尔，天心那可知。酒边惊老友，膝下剩孤儿。不见土三尺，难禁泪万丝。举杯向空洒，应许九原知。"《铁石黄道人七十有四矣》其一："十五盈盈好岁华，含苞一朵碧桃花。迎来燕玉谁家女，金屋妆成月未斜。"其二："玳瑁筵开春亦香，者番座上少萧郎。遥知浓艳风流福，白发红颜耀洞房。"

吴士鉴诗系年：《题刘蕙石〈枕雷阁图〉》（六首）、《和樊山丈〈移居〉韵》《节庵丈招集葵霜阁拜全谢山先生遗像》《送章乙山移居青岛》（二首）、《送诒书、涛园同游桐江》《题明文文肃公书札卷子》《题边袖石先生〈健修堂诗手稿〉》（二首）、《题金实斋（葆桢）〈北雅楼著书图〉》《题周养庵（肇祥）〈篝灯纺读图〉》《挽黄叔颂前辈（绍第）》（二首）、《题吴紫璆夫人遗照，为赵芝山前辈（惟熙）作》《题明李云谷残砚拓本》。其中，《题边袖石先生〈健修堂诗手稿〉》其二："华泉诗派剧风流，晚有传人健笔遒。我昔访碑君子馆，荒林策马过任邱。"《送章乙山移居青岛》其一："秃尽千毫墨渖干，劫余踪迹似沙团。山中薇蕨甯能弃，海上蚶蛏正可餐。三载悲怀辞阙感，百年生计闭门难。蓬莱天室原吾土，九点齐烟放眼宽。"

夏敬观诗系年：《真长、菽民、彦殊、毅甫同游三贝子园，用真长韵》《题章价人〈铜官感旧图〉》《龙毅甫用东坡〈出东门〉韵，纪廿八日之游，依韵和之》《题金实斋〈北雅楼闲居读书图〉，用实斋原韵》《题蔡哲夫〈冲雪访碑图〉》《崇效寺牡丹》《题袁豹岑〈寒庐茗话图〉》《书梦》《崇效寺观楸花》《一日曲》《乱后移先妻骸骨，厝于西湖之上，将营葬焉而未果，经岁始来奠之》《舆行钱塘江岸口占》《云栖寺竹径》《湖上三首》《女明明生》《徐新华女士，能文章、善书法，常写余诗一卷，余从北归，新华遽殁，乃翁仲可以写诗示余，相与怆然久之》《龙达甫、诸贞长皆有书促余北往，代书答之》《晚步松林下》《同陈伯严徐园石皋纳凉》《陈子言晓过林居》《悲从兄仲玉》《有答》《客言庐山避暑之胜，每岁苦热辄思往居焉，卒不得往，因作是诗》《次韵答子言二首》《苦旱》《林居绝句》（三首）、《同包荃孙出居庸关登八达岭》《明十三陵》《戏和贞长〈食紫葡萄〉》《登天宁寺后石台》《武英殿观热河避暑山庄徙来故物》《三山》《题董枯匏所临〈破琴翁山水图〉》《西湖暮归》《太外舅左文襄公手札，为桐城马通伯（其昶）所藏，属系以诗，谨赋》《为马通伯题所藏项孔彰画》《为马通伯题姚惜抱书张君墓铭墨本》《为马通伯题刘石庵行楷卷子》。其中,《题蔡哲夫〈冲雪访碑图〉》云:"吾生茧足户庭间,中古文章眼见悭。羡子椠铅成纪录,出门河岱澹忧患。展回崖下囊应涩,雪压车头马不还。更与诗人笺草木,春风已及鬓毛斑。"《为马通伯题所藏项孔彰画》云:"孔彰学衡山,妙笔睨宋元。其间见家法,力压众史喧。午展八幅画,喜开睡眼昏。幅各异其境,掩卷幽景存。题还白眉翁,诗浅难具言。想置经帙旁,时用对晴轩。"

林苍诗系年:《次无竞〈除夕偶作〉元韵》《见〈饮翠楼诗稿〉感赋》《闻悔苏凶问,与平冶》《与平冶夜谈,去后书此》《久不得无竞诗,书此却寄》《髯始过谈,去后感作》(二首)、《老眼》《病中示退密》《有怀》《老矣》《越是》《即是》《雨中》《同爱独、平冶作生日》《坐雨怀髯始》《寄题菽庄》《未应》《髯始见和〈坐雨〉前韵感作》《感事》《老病兼至,朋友聚散之感,弥不可为怀,因掇折枝诗语续成二绝,以遗平冶》《读〈后汉书〉》《平冶来告别,书此送之》《题〈茧窝遗诗〉》(四首)、《次屯庵韵》《髯始行有日矣,书送》《次屯庵〈十七夜归书感〉元韵》《解用》《眼前》(二首)、《读屯庵别髯始诗有感》《髯始别后,书致屯庵》《呈沈涛园》《家常》《苦要》《相知》《饮别有天归,书奉涛园、贻书》《次涛园〈游小雄山听水第二斋,书寄听水主人〉元韵》《送涛园赴沪》《西湖,同拙庐、范屋》《屯庵病酒,书此讯之》(二首)、《平冶闻余有江右之行,以书来讯,作此奉答》《书答髯殊》《送屯庵之粤西》《寄平冶》《门前》《还爽生日,无辩以一画石寿,嘱为补题,率成七言一首》《屯庵自桂林以诗来,书此奉答》《夜坐怀屯庵却寄》《出处》《感梦,与范屋》《得平冶书》《梦见》《闭门》《侵晨》《见月怀平冶》《闻说》《读史寄涛园》(二首)、《月印师约作荔局》《与平冶》《厌世叹,示平冶》《寄任庐二首》《送无竞之粤东兼讯髯殊》《尔来》《小西湖泛月》《寸心》《书生》《送俟室就幕粤中》《踏月》《与范屋》《陈肖团自建宁寄示拍影,手抱一儿,旁自题二语云:"丈夫怜少子,我辈算零人",书此归之》(二首)、《同松真、平冶晚登海天阁怀弢菴》《等向》《次退密见寄并示平冶原韵》《昔今》《卓幼庭归,主平冶所,因介乞诗》《喜吴步岳旋里》《入大穆溪》《宿张氏宅》《以事至闽清,留寓县斋》《一出》《旅夜》《宿西轩夜大风雨》《近闻》《山亭晚眺》《一灯》《步月》《得家书》《往西山道中》《添衣》《山行憩虾蟆峡,因忆平冶有石鼓之约,书以解嘲》《未合》《还爽对月邮诗见怀,次韵奉答》《退密近颇郁郁,书此却寄》《读史得四首》《病归》《强欲》《病耳》《酒次,闻范屋言有感》《自忖》《平冶以余病耳而自病目有诗,用广其意》《余游梅溪,平冶以退密过谈见忆,归后始以诗示,奉答二首》《得要尘诗,病中却寄并示平冶》《寄无竞并示髯殊》《次无竞无韵,用广其诗意》《误人》《不谅》《多情》《爱独有粤东之行,诗以送之》《要尘〈中秋对月叠韵〉见示,依此奉和》《闻无竞得县却寄》《爱独将行,诸子携登于山》《得髯殊书奉答》《酒后杂感五首,与退密》《为问》《爱独行后,书示范屋》(二首)、《悟道,示平冶》《平冶以诗见示,几于道矣,为进一解》《寄屯庵》《忏悔》《与退密市楼对饮,戏成一绝示平冶》《雨夜怀爱独并示范屋》《新晴》《过范屋后,信步城南访退密,因登道山寺,归同饮酒楼》《又值拙庐、平冶诸子坐茶,至夜半冒雨还家,感赋》《自嫌》《剩个》《坐废》《得饱》《赠步岳》《爱独自大埔以诗来,次韵奉答》《用爱独韵寄无竞大埔》《得爱独诗,依韵答后,书示平冶》《往吴航,夜宿河干小楼》《众生》《韵珊索观余诗书寄》《近多吟集,因忆曩诗侣存者十无二三,书示伯谦》《饮台江酒楼》《隆山同年索诗书寄》《次述如韵》《次韵后又成一绝寄述如》《韵珊见和前诗,叠韵为谢》《韵珊询及近况,颇为扼腕。岁事正逼,不能无感,书此却寄》《惭愧》。其中,《同爱独、平冶作生日》云:"三人年纪吾差长,后饮屠苏不自羞。留与异时谈故事,春初生日有诗流。"《读〈后汉书〉》云:"一上征车志已成,富春终古客星明。羊裘自异渔家子,谁识先生亦钓名。"《题〈茧窝遗诗〉》其一:"诗名数到林黄鹄,信是吾宗一作家。输与闺中商句法,长离风雨梦京华。"其二:"天涯远嫁事凄然,饱受湖山亦宿缘。九载乡关如在客,茧窝成日又难旋。"《送涛园赴沪》云:"湖山无主待归人,一笑争迎健在身。世事云烟随变灭,晚年诗酒自因循。留春不住怀从恶,浮海相期泪政新。省识黄昏风味好,区区散聚莫伤神。"《卓幼庭归》云:"曩过君家论作者,一观陈卓唱酬诗。欲从吾友求同调,多幸今来见晚姿。对坐却教神气索,订交宁仅姓名知。行囊定有惊人句,乞取残膏起我衰。"

吴用威诗系年:《题欧阳文忠公画像卷子》《诵伯严还山省墓诸作欲和》《伯严次前韵见酬叠和奉简》《次昀谷〈招伯严游大梅寺〉诗韵,即以奉赠兼订后约》《次答昀谷》《沈友卿以〈湖山介寿图〉征诗却寄》。其中,《诵伯严还山省墓诸作欲和》云:"三年海市藏名姓,七日崝庐吊影形。誓墓早承泉下志,哦诗空乞草堂灵。安山风雨摇残檩,袖手乾坤胜独醒。一事祝君兼卜世,年年归看万松青。"《伯严次前韵见酬叠和奉简》云:"耆旧幡幡见典型,郊囚岛佛两忘形。乱余鸟迹交中国,诗就龙门擘巨灵。柳意禁寒天尚醉,角声破梦月初醒。因君我亦西山爱,分取林端一桁青。"

盛世英诗系年:《哭谢孺人》(二十首)、《葬后再哭四绝》《挽同年李培荪广文》(四首)、《芙蓉城歌》《培生乃郎以建蕙两盆见惠,作此谢之,并以志感》《怀任季唐丈》《敝裘篇》《赠芮次山同学》《挽次山同学》《感事》《寒夜感念亡室谢》《寿缪筠孙明府七十》《和缪公见谢之作,并步元韵》。其中,《葬后再哭四绝》其一:"玉雪娇儿笑口开,手披坟土看娘来。老夫未死魂先死,化作旋风绕夜台。"《感事》云:"燕昭台畔吊斜阳,事比金元倍可伤。正气莫伸文信国,放言谁谅郄君章。春陵已绝中兴望,寰海应悲劫运长。天柱欹倾难再立,瓣香五夜哭娲皇。"《寒夜感念亡室谢》云:"思子台高恨未忘,又看孤月冷空房。亦知会面无多日,莫遣悲怀此下场。药里纵横犹在眼,锦衾寥落漫回肠。世间只有愁千斛,我独愁深不可量。"

汤汝和诗系年:《登独秀峰》《万少式(武)妹倩将去全县任,以诗寄示,次韵报之》《次少式〈游柏崖〉韵》《哭亡妇靳氏十五首》《饯春》《游龙隐岩》《游七星山》《率儿子士珍游还珠洞》《前就斗西子焕文索观〈斗西诗稿〉,阅毕持还。焕文留饮訾洲酒楼,饮毕舟游水月洞》《拙集编成,展阅一过,诗以志愧》(四首)。其中,《登独秀峰》云:"三十年前蹑翠微,于今江令白头归。人登栈道云生屐,山绚文章树作衣。域外河山惊逐鹿,城中楼阁自飞晕。磨崖重读五君咏,风景依然世路非。"《哭亡妇靳氏十五首》其一:"五旬夫妇幸齐眉,一纸书来泪下縻。驾鹤卿将谒金母,擘琴我似丧钟期。此时空自营斋奠,当日曾经爨炭廖。记赋骊驹才几月,竟将死别易生离。"《拙集编成》其一:"得失文章孰共言,开元旧曲忍新翻。笼纱谁与挥尘土,覆瓿人将笑草元。浪迹剧怜孤雁影,鸣秋聊附百虫喧。惟惭往日旗亭伎,为拍红牙唱玉门。"

冯开诗系年:《巨摩大醉堕水,戏效舒铁云体调之》(附章闿《大醉堕水,君木师以诗见嘲,赋此奉答》)、《既以前诗示巨摩,巨摩答诗有"从今不饮真大愚,朝尽千杯暮百觚"云云。天婴见诗诧曰:"巨摩困于酒,子又张之,杀巨摩者,必子之言。"夫余闻而悔焉,复用前体自讼且儆巨摩》《夜访陈天婴、张申之(传保)、徐句羽(韬)于愒园》《谢句羽饷茶》《一落》《彼蠛》《遣兴口号》(九首)、《医院与句羽夜坐》(附徐韬《次韵》)、《天婴以〈杀牛〉诗见视,用广其意》《返慈数日,存问亲友,都无好怀,感赋一律》《为亡妇俞写〈心经〉百卷,忌日设位焚之并赋二律》《赠蔡君默(同璪)》《寿费冕卿(绍冠)》《论诗示天婴》(十六首)、《返里视叔申疾,为诵余"呕心未尽平生意"一绝,叔申潸焉出涕,因曰:"子真知我者,行当以著作相托。自问所旨不止此,今止此,命也。子他日必为我刻绳而严删之。"余悲其意,赋一诗以申前旨》《用前韵》《叠韵即事》《与佛天论诗不合,致相龃龉,张蹇叟(美翊)贻书解纷,赋诗报之》。其中,《夜访陈天婴》云:"尘外追幽好,闲门草树深。悬灯就佳夕,张酒助清吟。竹柏浮空合,星河著地阴。逃虚共萧寂,莫逆此时心。"《返慈数日》云:"大都蹙蹙贫为累,亦有依依病与缠。亲故渐看无好境,人生何苦到中年。停车巷陌余萧瑟,入梦烟霜赴眇绵。惘惘旧时游钓处,可怜无地作回旋。"《论诗示天婴》其一:"微尚惛惛苦未宣,谁能惨淡彻中边。一从会得无弦旨,不近琵琶已十年。"其二:"落木空山独鼓琴,天风缥缈秋阴阴。沉思忽到无人处,未要时流识此心。"其三:"人间飒沓有余哀,坐负欹奇绝代才。七宝庄严弹指现,可堪无地起楼台。"其四:"太羹至味谢醯盐,玄箸超超众妙兼。不解品诗钟记室,却将潘陆压陶潜。"《与佛天论诗不合》云:"今古才人总不天,每伤气类一潸然。蹶邛同命应相惜,蛮触纷争亦可怜。且复薑芽敛余手,不容鸡肋当尊拳。一言愿奉王生教,努力灵均惜诵篇。"《医院与句羽夜坐》云:"疏星宛变接斜楼,眼底明河淡不流。草树飘凉生夕气,肺肝将病入新秋。单衣稍稍侵风薄,残月凄凄照鬓愁。后日思量应不恶,分明桑下此淹留。"徐韬《次韵》云:"帘幕高高月满楼，可堪风露更飘流。人生病苦应憎命，天意缠绵故作秋。草际蛩螀分夕怨，阑边衣袂得凉愁。吟形呻影同岑寂，暂借虚房作小留。"

黄式苏诗系年：《送徐愚起（鲁）归乐清》《幼弟将归里奉母，作此送之》《寄家书作》《衙斋题壁》《复戡与友人书，有"惠我猪肝，使君已累"之语，惭而有作》《瀛山书院题壁》《平阳王剑丞贻书问讯，慰藉备至，作此答之》《郑志平先生（润庠）讲学井虹寺却寄》《白鹤寺住持华山自杭来访赋赠》《灵岩观瀑，用明邑令周恪题壁韵》《下乡勘灾，途遇雷雨，士民有以得雨为颂者，赋此谢之》《次韵符笑拮丈寄怀之作》《寿徐班侯丈七十》《家慈六秩生辰，辱承僚友士民跻堂祝嘏赋谢》（二首）、《奉怀舅氏郑蓉秋先生兼祝五十初度》《余信芳（朝钦）以诗问讯，久而未报，赋此却寄》《过毛鹤舫先生安序堂故宅》《连日寒甚，有怀伯兄耐庵严陵道中》《题壁》《复戡书来问讯近作戏酬》。其中，《瀛山书院题壁》序云："瀛山距邑西北四十里，宋熙宁时有詹安者，构书院于其冈，群族戚子弟而教之，下凿池引泉注之为方塘，以便游息。厥后其孙仪之与朱子往来山中，论格致之学，因为题方塘诗以见志。事载王龙溪《瀛山书院记》。"诗云："云影天光日未昏，轻舆缓度隔溪村。千秋活水源仍在，一角荒祠草已繁。自昔心传朱陆异，即今文字墨欧尊。如何百代弦歌地，歇绝风流倍怆魂。"《家慈六秩生辰》其一："有母今朝六秩辰，阿儿羁宦尚风尘。板舆未获迎乡里，菊酒翻劳到士民。苦恨辞家营薄禄，漫言奉檄为慈亲。故园此日宾朋座，应念天涯游子身。"其二："设帨还开爱日堂（县署旧有爱日堂，题额已毁，予修葺之），刚逢佳节过重阳。天教白发春常驻，座有黄花晚更香。惭愧微官无善政，殷勤良友惠文章。称觞争作千秋颂，为感群公礼意长。"《复戡书来问讯近作戏酬》云："有人夜半负山去，驱使桐严落纸飞（复戡近得诗颇多，皆于役睦州作）。只恐龙湫同被劫，苦思雁荡未能归。书来翻问有诗否，别后深知羁宦非。鹏也无厌搜句尽，肯留待我逐初衣。"

吴闿生诗系年：《梁卓如启超尊人寿诗，代徐相国世昌》《前题，代作》《袁公子婚礼即席题咏》《袁抱存公子属题〈寒云茗话图〉》《题王孝慈立承〈顾曲图〉》（二首）、《代徐太傅题家姊紫英所写〈楞严经〉卷子》。其中，《梁卓如启超尊人寿诗》云："天南山水雄吾邦，龙潜豹隐多奇龙。掩抑葹藏时一泄，冈峦突起陵崆峣。任公之豪天下骏，乾坤倾侧可独扛。窜迹十年走遐域，幽思五夜萦秋釭。国运骞开起贤俊，晴空万首瞻云幢。鹏碍九天自雷运，人间耳语惊徒哤。昨辱嘉招征上寿，绥筵如见疏眉尨。嗟我劳生今十载，洞庭有约迟兰艭。衰朽非才久退舍，岂随俊翮争飞撞？拨置万缘姑乐饮，卧闻天籁鸣琤瑽。任公盛年气尚王，开军坐受群贤降。事会艰难须大略，会麾巨纛扶修橦。伟业付公吾可老，丹霞求友非无庞。安得鹿车访高逸，吟成魂梦飞珠江。"《袁公子婚礼即席题咏》云："郅治恢中复，棱威抗八纮。高堂龙虎气，阿阁凤皇鸣。旭日当轩牖，祥风绕陛楹。椒兰何祕苾，松桂自峥嵘。擢玉苕华秀，飘香菡萏荣。宝符开大国，花萼照高城。珠箔光垂地，云旃翠拂甍。传杯鸾鹄舞，献赆海山盈。佳庆维熊协，新篇倚马成。扬和千载会，送喜万方情。戎幕惭筹笑，宾筵滥影缨。载赓韩奕咏，禹甸正升平。"《袁抱存公子属题〈寒云茗话图〉》云："谁知云汉昭回地，有此风流跌荡人。问寝龙楼炁采焕，垂竿鳌海碧漪春。三山猿鹤依真逸，一代睢麟想至仁。籞笔近前还有幸，蔗浆先乞一杯新。"《题王孝慈立承〈顾曲图〉》其一："霓裳惊破几番弦，历历开天事眼前。一代绮罗归劫梦，白头犹艳李龟年。"

贺次戡诗系年：《山顶口占》（三首）、《西镇漫步》《桃源居小酌》《为近谷题金小桃影》《青岛纪念碑》《为梦良题影》《李再生挽词》（二首）、《游李公祠口占》《寄怀郭少俦》《忆克兰校斋藏书》《示模庵》《登万里长城》《野外观雁》《代赠崔子良》《雪》《怀陈季植》《母病归省，途中有作》（三首）。其中，《青岛纪念碑》云："谋臣何以济时艰，魏绛和戎只等闲。刺眼丰碑称纪念，那堪重振旧河山。"《李再生挽词》其一："追忆京华对月时，蓬庐杯酒数交期。何堪小别成千古，挥泪歌残薤露词。"《忆克兰校斋藏书》云："庋积崂山万卷书，年年秋曝满阶除。如今料已成灰烬，兵燹何如饱蠹鱼。"《母病归省，途中有作》其一："身世茫茫柳絮飘，乡思魂梦黯然销。北堂将母南来讯，心急归程恨转遥。"

傅熊湘诗系年：《庵后闲步》《后园观桃花》《情诗一首》《脉脉》《雨甚》《后雨甚》《咏怀四首》《辑宁太一〈武昌狱中诗〉竟，因题其后述哀》（二首）、《〈陈蜕庵集〉题寄兰皋并示亚子》（八首）、《亚子以社集诗见寄，次韵和之》（二首）、《夜坐偶感》《示民讦》《感事》《检诸社友诗寄亚子，题一律》《山行》《过约真宅》（二首）、《留别今希》（二首）、《喜醉庵至》《得迈南寄讯，还报湘阴》《雪中梦蓬见访》《寄吹万、石子国学商兑会》《寄叔容长沙，即题札尾》《次中秋韵，自和一首并寄幻园》《题柳亚子〈分湖旧隐图〉四首，图为陆子美作》。其中，《辑宁太一〈武昌狱中诗〉竟》其一："如君已死更安归，风景河山举目非。传志未成应有待，母妻何托竟无依。并时功罪千秋在，惊世文章知者稀。从此西山一抔土，年年凭吊泪沾衣。"其二："名山风雨溯同门，王后卢前有旧恩。十载忧患两囹圄（丙午同创《洞庭波》杂志于海上，事发，太一被系长沙府狱三年），一时师友各阡原。茂陵遗草伤零落，叔夜诸孤重抚存。高义我输刘季子（谓约真负枢归葬事），丛残收拾恨难论。"《示民讦》云："指天画地成孤往，炙輠雕龙累万言。稍挈耶回还孔墨，欲凭游夏印颜原。垂垂文献今看尽，落落朋游世所喧。付汝狂夫旧衣钵，青灯待与觅啼痕。"《检诸社友诗寄亚子，题一律》云："竖有千秋想，横当一世谋。万端纷待理，百岁若为浮。底死看蛮触，余生付马牛。伤心文武尽，落落此旁搜。"

沈其光诗系年：《寄王丈渭生（维城）海上》《方母胡孺人挽词》《题胡心敷先生（则忠）〈淀滨寄隐图〉》《淀湖词》（三首）、《杨柳枝词》（四首）、《横塘词》《香溪词》

（二首）、《木渎钱氏端园》《灵岩山》《虎山桥玩月》《邓尉绝句》（同游者钱帅静方、徐丈宗石父子、表兄葆荪）（九首）、《邾轻钟歌》《杂诗》（七首）、《自唯亭至昆山作》《宿山村》《闲兴》《曲水园晚兴，似石年、葆荪、仁后、行百》《大旱谣》《爱俪园记事》（四首）、《奉和耿伯齐农部（道冲）重葺云间二陆祠诗》《拟唐人〈塞下曲〉》《寄山阳朱亦奇孝廉（邦伟）汉口》《松江待潮》《奉和上海姚东木先生（文栋）谒孔宅至圣衣冠墓诗》《夜坐》《江乡》。其中，《淀湖词》其二："一百五日春光妍，三十六里淀湖圆。便乘春水坐天上，恰似米家书画船。"《宿山村》云："且住尘踪十里行，阴阴桑柘叩柴荆。江村四月客初到，山雨一溪蛙乱鸣。隔竹夜明邻火远，落花风扬茗烟轻。安排藜榻眠偏早，犹恐搜诗梦不成。"《爱俪园记事》序云："爱俪园，犹太人哈同所筑。地广二百余亩，为海上诸园冠。"其一："邱壑三分胜，林篁占二分。冷飞双袖翠，绿里一楼云。花气时时袭，莺啼处处闻。可堪车马闹，门外即尘氛。"其二："游女知贻佩，邻娃解掷梭。钗声低坠翠，髻样巧堆螺。粤妓红绡舞，吴儿白纻歌。繁华矜是日，行乐莫蹉跎。"其三："夜色看尤胜，风摇树树灯。天高星斗落，寒薄绮罗胜。楼阁疑临水，帘枕似隔冰。广寒应已到，玉宇一层层。"其四："海上秋方至，人间夜未阑。兴奴夸捍拨，舞女戏橦竿。烟火光千丈，鱼龙影百般。新诗好题壁，留作纪游看。"

太虚大师诗系年：《赠李大治》《赠章巨摩》《怀湛庵即答原韵》《和王舜琴〈感怀〉》《答王舜琴，次原韵》《题〈半残牡丹图〉》《次镇亭山人〈八十自寿〉原韵》《至太白山，礼八指和尚冷香塔》《宿天童寺》《三游玲珑岩谒幻人法师墓》《过阿育王寺》《访青干禅丈，重宿云隐庵，与良弼、善亮同室》《赠别许良弼》（用杜子美《胡马行》韵）、《喜雨，与余笑予同作》《次韵陆爱伯〈感怀〉》《舟中遇张寄滕》《赴普陀舟次》《憨杜多瞩题其师弈济像》《题遁庵居士所得胸山新出〈唐程夫人墓志铭〉》《闭关普陀》《赠别湛庵归邗江》《闻圣根死，用湛庵韵哀之》《南岳山樵自太白山来，晓起有诗，乃和原韵》《答南岳山樵见赠，次原韵》《和南岳山樵韵赠昱山》《续冰弦见怀诗，依韵却寄》《慰一幻病中，即叠〈哀圣根〉韵》。其中，《赠章巨摩》云："结交三载几离合，入世两人咸烦忧。便欲千山万山去，嗒然坐忘高峰头。"《题〈半残牡丹图〉》云："富贵浮云耳，从无不散筵。日来风雨急，憔悴凡人怜！"《次镇亭山人〈八十自寿〉原韵》云："淹留禹穴几经旬，竟误彭公上寿辰。佛尘末陪支许席，儒宗共仰绮黄邻。文章岂独传当代！天地常留不老身。一院松筠三径菊，镇亭山下许知津。都无余恨到心头，尽管人间春复秋。只有国家兴废感，难禁民物乱离愁。此心落落凭谁说，举世滔滔与伍羞。恰好忘机游物外，喙鸣天合不惊鸥。茫茫宦海倦游归，悟彻蒙庄杜德机。吟席追随几髦士，钓台古今一蓑衣。山林有约寻禅隐，薇蕨堪餐且乐饥。应笑知非非亦尽，更无七十九年非。客中容易过光阴，况是来鸿去雁沉！未得筵前称拜手，半因病久阻归心。耆英社散空追慕，松鹤吟成苦自禁。为祝南山寿无极，也将俚句谱瑶琴。"《过阿育王寺》云："璎珞垂垂映宝幢，岚光云影晓空濛。千年古刹今无恙，横卧苍苍玉几峰。"《喜雨》云："一天风雨过危楼，涤尽炎氛洗尽愁。小立忽惊衣袖薄，方知时节已清秋。"《题遁庵居士所得朐山新出〈唐程夫人墓志铭〉》云："有碣有碣出朐山之土，题曰唐程夫人墓志铭，摩挲几人辨鱼鲁？费隐道不间夫妇，焉用肃肃列两庑！独行庸德偏堪嘉，粲粲儿女思哀苦。凭此肫肫渊渊精神贯天地，陵谷迁移未朽腐，字字还如新发硎，蓬莱名乡征邃古。遁庵居士飞奇思，登高一呼万窍怒，琳琅满轴光焘皇，杂糅精莹众妙聚。岩啸潮鸣一灯惨淡中，沉吟聊接诸君武。"《赠别湛庵归邗江》云："秋雨萧萧，沾履及袍，彼上人者，来自江皋。一杯沧海，千里迢遥，亦裹糇粮，亦狎惊涛。天涯良觌，道谊孔昭，欣添丰韵，长髯飘摇。作十日醉，苦无醇醪，何以兴只？新诗一瓢。秋风怒号，行色摇摇，彼上人者，归乘渐潮。一声珍重，万木刁调，离愁渺渺，别绪忉忉。波兼月涌，浪拍山高，明星疏逊，碧天寂寥。我心如结，师形其劳，何以慰之？歌此长谣。"

曾广祚诗系年：《泛舫》《觉明遗民〈朱之瑜传略〉三首（并序）》《读〈管宁传〉》《醉登北京正阳门楼题壁》（二首）、《易水吊古》《国史馆议修通史，与骆公骕（成骧）论〈三国志〉》《清史总裁赵次山（尔巽）柬招海内百余人议本纪体例，王湘绮丈与余同车至东华门口占》《见燕作寄樊云门参政（增祥）》《秋怀》《送陶炼师》《四子昭扬哀词》《愁吟》《王君欣斋与蒋夫人七十生日，湘绮丈嘱余赠诗》（二首）、《坐榻口占》《别后寄谭景铭》《登黄鹤楼归，复登岳阳楼四望》《鹦鹉洲吊祢衡》《和人〈闺怨〉》《赠岳凤梧》《思旧》《忆辟寒台》《记宋芸子为项城所囚，寻放还蜀》《效永明体作〈采荷四曲〉》《秋得邮书及诗复寄》《歌诗》《携手》《一钱》《梦杜公扶杖游雨湖昭山谈良久，觉赋》《史官》《老监谈往事》《浮海有感》《题楼窗》《待旦篇》《王文郁咨议三十九生日，余赠以长句》《妓席赠王恒子》《夜过劳劳亭题壁》《留别》《留别章莺莺》《湘水》《重过庆府大街感赋二首》《北还游大堤作》《碧气》《赠国史馆纂修阔普通武》。其中，《读〈管宁传〉》云："汉代园陵佳气浓，洛阳迁驾举边烽。三雄分鼎天何意，五德循环道莫容。袁绍但知围白马，田畴何忍卖庐龙。倏然皂帽藜床客，劲节凌云涧底松。"《易水吊古》云："易水送荆轲，风寒动素波。不愁鹰犬尽，何畏虎狼多。殿上提囊击，屏边负剑过。甘棠从此拔，千载涕滂沱。"

李豫曾诗系年：《无题》《送张会叔再至泰州》（二首）、《既雨》《梦中得句》《次三江营》《坐雨遣怀》《调叶贻穀》《陈集草店》《卉木寺即曹武惠王庙阻雨》《卉木寺有古银杏树，千百年物也，过者辄流连不去，余亦有诗赏奇》《与病骥、诒穀游小金山》《和病骥〈湖游〉韵》《猎禽篇》《自吴桥过江》《又见圌山》《与赵秋蝶》《题〈西瓜坛酒〉画幅》《过艾陵湖》《东路遇雨》《五十述怀》（四首）、《复高子愚》《宝祐城》《霞青有〈病中诀别〉诗，作此慰之》《王叟，谓湘绮先生》《子愚五十生子》《胶州》《对雪》《送金忠州挎九出山》《次鸠兹》《游李氏园》《同挎九鸠江楼望》（四首）、《采石怀古》（二首）、《和病骥见示韵》（四首）、《题包素人山水画册》（二首）、《萧斋祀雪溪师》（二首）、《久雨》《和病骥〈邗上独游〉八首韵》（八首）、《过僧度桥，忆亡友阮采臣，因访其大兄霞青》《盘古山》《荇丝湖》《和霞青〈归湖〉诗》《夜雨》《金陵识成兰孙》《和病骥〈秋日湖上〉元韵》《病骥归自山右，以诗赠之》《赠别病骥，叠前韵》《题苏长公画像》《和诒穀见忆元韵》《霞青生日招饮，为诗寿之》（二首）、《与陈休庵》《瓜渚》《送丁筱云之萍乡》《寒雨》《召封与孙同生日，诗以和之》。其中，《梦中得句》云："木兰一树炫银光，桃李新阴压短墙。三月眼前堆锦绣，满城蜂蝶为花忙。"《五十述怀》其一："推枕黄粱破梦酣，布衣五十尚淮南。中原变局从谁说，斯世逃名愿已甘。钓水有人吟草泽，买山何处结茆庵。吴门羡杀神仙尉，春在梅枝信早探。"《采石怀古》其一："颇闻太白骑鲸去，一片荒江压酒楼。何处宫袍呼月子，几时尺地借荆州。青云昂激斯须志，白日飞行汗漫游。流落布衣家在蜀，未应颠倒梦生侯。"

　　许咏仁诗系年：《落花》（步小仓山房《落花诗》原韵）（十首）、《再咏落花》（不限韵）（十首）、《挽毗陵沈子钧孝廉（保衡）》（六首）、《和张少泉先生〈七十自寿〉》（倒步原韵）（八首）、《花烛词，为周颂武令似苑葵作》（十首）、《和姑苏陈麟书孝廉（希濂）暨淑配戴夫人五十双寿》（次原韵）（三首）、《〈陟屺恸母图〉，为姑苏陈平甫题》《和钱性方茂才（荣光）〈六十自吊〉》（次原韵，存三首）、《和钱性方，为曹尹孚孝廉（家达）悬壶》（次原韵）（二首）、《再和》（倒用原韵）（二首）、《旅居寂寥，怀古人之流寓吴门者，用以寄慨》（四首）、《章萃文茂才（钟华）馆于吴中，岁暮放假回里，明春拟赴扬州，留诗话别，书此奉答》（次原韵）。其中，《和张少泉先生〈七十自寿〉》其一："可夷可惠自由身，品具清和古逸民。三领花封安淡泊，两经尘劫免漂沦。政当改革羞谐俗，会订耆英得替人。眼看大椿添寿算，八千秋更八千春。"《花烛词》其一："化起河洲被管弦，鼓钟琴瑟韵缠绵。君家自有房中乐，谱出周南第一篇。"

　　董伯度诗系年：《插花瓶中，系之以诗》《次梦因〈游天宁寺〉原韵》《种罗汉松歌》《移竹》《赠扬州任希闵（闿）》《留别戴仲熙（羲）》《中学毕业》《独坐》《即事》《寄升初》《偶成》《一字》《苦热行》《次梦因见赠原韵》（四首）、《奉和许伯新丈原韵》《初凉》《到上海》《沪寓杂感》（四首）、《慰徐觉先（模）悼亡》（三首）、《偶成》《不接家书》《寄内》《覆叔和》（五首）、《寄梦因》（二首）、《梦因见寄〈咏菊〉四律，次韵奉怀》《梦因见寄，次韵奉怀》《客中遣怀》《风雨遣怀》《遣兴》《寄叔和》《寄从祖母》《独立》《客中》《席间口成，程叔度（原纬）代书》（四首）、《书怀》《遣兴》《留别沪上同学》《还家》《漫与》《无题》《喜梦因、升初过访》（四首）、《幽兴》（九首）、《大雪，叔度索诗，报以长句》《次梦因〈岁暮书感〉原韵》（三首）。其中，《赠扬州任希闵（闿）》云："莫为忧时感不胜，依稀乡梦更无凭。能安夏日如冬日，便借兰陵作广陵。路远始求千里骏，风微迟展九霄鹏。期君浩气华年养，孟子良言好服膺。"《寄内》云："兰陵秋梦渺于烟，独客无聊到海边。不负青灯原我志，能安白发赖君贤。才华必待经艰后，颜色须窥未语先。他日归来话辛苦，一樽同醉早梅前。"

赖和诗系年：《寄石艺兄问试验后成绩》《浪迹江湖》（七首）、《读书》《无题》《凄凄月色》（二首）、《此生空负》《人间甚事》《阁春阳□》《浪趾无人》（二首）、《五百年前》《试验前寄石艺兄》《平生》（六首）。其中，《读书》云："昔时我读书，但究书中意。以谓古人言，天下无二理。每每希前贤，只望得相拟。喃喃讽诵间，瞬息十年矣。细读细玩味，亦只如此耳。琳琅满行间，大都欺人语。昔时每语人，得古人实幸耳。今日再细思，古人要且非吾比。"《五百年前》云："五百年前共一家，却因何事各天涯。而今相会春风里，满院留莺落杏花。"《试验前寄石艺兄》云："绝世佳人多见弃，倾城颜色少能知。愿卿眉黛端详画，深浅无教不入时。"《平生》其一："为人无所憾，厌世却何缘？一死除烦恼，平生示可怜。"其二："儿子哇哇初，妻房少少年。忘身君独忍，使我念悬悬。"其三："抛却人间事，飘然上去京。何如君太忍，犹恨我贪生。"其四："赢得心烦恼，终教恨不平。何事上蓬莱，疑教世上猜。"其五："秋□涕泪残，独忆一□情。平生原好道，一去便无回。"其六："诉恨谁予惜，摧心独我哀。可怜知己少，此后口难开。"

赵圻年诗系年：《广前诗末联》《闲事》《城南修禊，同空山人》（二首）、《暖泉湾看花歌》《骤雨》《题家书后》《题画，赠吾园主人》《读杜集》《空山人吾园落成》（二首）、《前题，和空山人原韵》（二首）、《前题，再和原韵四首》《乳鸭》《蒿宫》《吾园主人迟予久不至，歌以解嘲》《美人蕉》（四首）、《雨》《戏简空山人》《即夕》《黄竹篇，调空山人》《县尹屠君枉过，集杜句报之》《咏吾园桂》《桂二首》《非吾庐赏菊，柬空山人》《答谁园》（四首）、《买宅绝句》（八首）、《读史》《甲寅三祭二杨》。其中，《广前诗末联》云："读书聊愈子孙愚，莫以痴顽笑老夫。雏凤清声吾岂望，祖龙劫火近何殊。平生铁研传家物，今夜篷窗课子图。三世关中清白吏，忍令尔辈作屠沽。"

许承尧诗系年：《烈妃庙》《拂云楼》《北山寺》《金山寺》《庄严寺》《金天观》《山子石》《鸣鹤园》《五泉山》《灵岩寺》《曹氏园》《魏氏园》《水洞楼》《小西湖》《梨花馆》《一念》《寄女素闻》《寄孔少轩索唐写经并佛像》《李翼南招饮城南，即席邀作长歌》《偕林子豫游金城关》《送黄履平入都四首》《湘人卜芸庵寄题拙集，作此答之》《节园》。其中，《节园》（左文襄就明肃藩府修建，并凿池引河水）云："左侯挹河水，澄之为三池。蒲芽漾明月，雅有江南思。渺然丛树间，坐看新涨迟。龙门与积石，跬步罗恢奇。（文襄自作记，其言如此）分支灌菜畦，葵藿青离离。夜雨羞南烹，名并诸葛遗。（甘肃省蔬种多文襄携来）浮槎署'一系'（亭名），独立哦小诗。苍茫卧龙才，杯酒今何时？一笑留春风，万里杨柳枝。扫除天山雪，披拂行人衣。寄书玉关外，芦管年年吹。可怜兰芷香，箫鼓城南祠（左祠在城南）。"

杨钟羲诗系年：《晴过樊园，出示新咏，同访乙庵不值，遂至徐园茶话，拍照而归》《身云出示留别诗，倒次元韵》（四首）、《汉家》（二首）、《为逊翁题查梅壑〈林亭秋色图〉》（三首）、《为戴子开题其叔曾祖羡门尚书〈春帆入蜀图〉》。其中，《身云出示留别诗》其一："文会欧梅领将坛，半山常着竹根冠。主盟世久尊龙腹，语小词工切虮肝。辟谷未忘黄石约，征车仍作白衣看。修们重入知非愿，肯把辈簪换钓竿。"其二："人物谁为绛帖平，兴元跸路诏初成。掣铃手定中书草，破柱争传治办名。得失文章千古在，乱离身世一官轻。登车缆辔非无意，极目颓波待激清。"

柳亚子诗系年：《红梨赠谭天风丈，即题其所著〈弯弧庐诗稿〉》《汪兰皋有〈梅陆合集〉之辑，函索题词，为撰四绝》《再题兰皋所编〈陆子美集〉四首》《别子美一载矣，偶检箧衍，得旧时合摄小影一幅，感题两绝》《偕一厂、楚伧、子美观春航〈贞女血〉，一厂有〈即事赠子美〉之什，赋此奉和》《海上哭夏昕渠》《题子美小影》《题〈恨海〉悲剧中子美饰张棣华化妆小影》《卫灵水以子美所绘〈分湖旧隐图〉邮寄，赋此志喜》《梦春航》《哭周仲穆》（二首）、《恶耗两章》《〈玉娇曲〉，为傅钝根赋》《与沈次公夜话，意有未尽，别后追寄一律》《题檗子〈玉玲纵馆填词图〉》（二首）、《题莼农〈四婵娟室填词图〉》《郭频伽手写徐江庵遗诗，蔡哲夫获自燕市，携归岭海装潢成卷，并自绘〈灵芬馆写诗图〉，驰书索题，为成两律》《刘季平以苏曼殊所绘〈黄叶楼图〉索题，年余未报，岁晏怀人，赋此奉寄》（四首）、《题吴瞿庵〈藕舲忆曲图〉》（四首）、《雷母陈太君挽辞，寄慰令子铁厓南海》（二首）、《一厂南归，追赠两什》《寿陆鸥安先生七十五岁》（四首）、《题芷畦小影，印以为赠》《高天梅以〈变雅楼三十年诗征〉索题，感赋二律》《鹓雏衍静志居〈风怀诗〉成〈燕蹴筝弦录〉，为题一什》《方瘦坡有〈香痕奁影集〉之辑，函索题咏，感赋奉寄》《消寒一绝》《梦中偕一女郎从军杀贼，奏凯归来，战瘢犹未洗也，醒成两绝纪之》《感事呈蔡冶民丈，用进退格》《咏史二绝，为筹安会某君作》《徐江庵梅花小景两帧，哲夫自燕市购归，既以一幅分赠，复邮示别幅属为题咏，率成两绝》《题钱剑秋〈秋灯剑影图〉》《送黄病蝶之淮上》（四首）、《悼钱颂文（其蔚）》《读〈江左三家诗〉，戏题一绝》。其中，《红梨赠谭天风丈》云："鸳鸯湖畔幽人宅，中有歌声出金石。万里关山赋倦游，长吟自署《弯弧集》。贱子平生感慨中，十年磨剑未成龙。空余一卷怀芳志，惭愧中郎赏爨桐（余编《春航集》，丈颇激赏云）。怜才自是中郎意，仲宣未倒迎门屐。越水吴江一棹通，隔年预约相逢地。春风吹绿红梨波，相逢一笑双颜酡。漫诩雄谈惊四座，还怜同病多坎坷。弯弧磨剑心空热，身手男儿只自惜。君如凿齿称半人，我愧扬雄亦口吃。脉脉含情俱未申，相怜蛮蛆倍相亲。飙轮底事催归急？一曲骊歌黯怆神。君不见：中原龙战玄黄血，渐台郿坞风云急。何当偕隐桃源住，读画吟诗忘永夕。"《题子美小影》云："三生恩怨几曾休，又作人间汗漫游。收拾风华宁此日，沉湛歌舞亦堪愁。高丘何处佳人远，洛浦难为神女留。省识年时残醉意，来应分付钿筝筱。"《卫灵水以子美所绘〈分湖旧隐图〉邮寄》云："翩翩卫洗马，文采华江东。青鸟从西来，贻我书一通。开缄忽长笑，尺幅烟云重。借问绘者谁？道是云间龙。忆昔缔交初，尊酒相过从。丹青妙手擅，绢素陈词恭。能事不迫促，寒暑候一终。今日复何日，良会翩然逢。譬如临邛渴，忽睹远山容。又如吴夫差，浣纱初入宫。一日三摩挲，惊喜心忡忡。作诗谢卫郎，感汝酬汝庸。"《与沈次公夜话》云："大睨高谭肯息机，寒蛩四壁一灯微。更从何地衡功罪？忍信人间有是非。论世未妨中晚恕，求全自昔圣贤稀。低徊别具沧桑泪，才说开天已满衣。"《咏史二绝》其一："附骥马融曾失足，美新扬子又登场。经生家法原如此，一炬何人学始皇？"其二："卖友求荣事可羞，腼颜枉自附清流。魏珰殄后怀宁在，义子干儿记得不？"《读〈江左三家诗〉》云："眉生如是各风情，芝麓虞山称重名。谁遣玉京终入道，千秋愁绝鹿樵生。"

黄节诗系年：《南归至沪，寄京邸旧游》《宿潭柘寺，与同游诸子拈韵，分得佳字》《为何澄一题〈秋幛赞佛图〉》《郡斋风夜》《雪朝过唐天如，同登江亭》。其中，《南归至沪》云："绕道江皋计早纤，经行淞曲又旬余。无多怀抱将销歇，已换寒温问起居。听曲再来当暮雨，题诗还寄及春初。迟归别有沉绵意，难为临风一一书。"《宿潭柘寺》云："劳踪不补平生事，博得缁尘污六街。独对西山寻晚约，要令今夕属吾侪。曾知花径因谁扫，未寤茅庵此处佳。凉月疏星试回望，宣南灯火夜无涯。"《郡斋风夜》云："庭风掀树树欲落，空枝撑空狞相攫。东斋起看残月高，冻雀颤栖噤不作。袖间缩手徒尔为，霜气侵裾渐袭肌。熏炉独共寒温意，北斗阑干露未晞。"《雪朝过唐天如》云："瞑想江亭鸟绝飞，南街风雪已侵帏。向明一室疑非世，睡起余魂尚满衣。岂为叩门惊独寐，不辞纡道意多违。寻常顾览辽辽叹，岁暮天涯各未归。"

于右任诗系年：《入京酒后有怀井勿幕、王麟生、程搏九》《彰仪门外视同学茹怀西之枢》《为谢孟军题宪法起草委员会纪念墨迹》(四首)、《与友人过天安门》《出京》《再过南京杂诗》(四首)、《吊沈缦云》。其中，《再过南京杂诗》其四："山围故国人安在，泪湿新亭客更多。再造神州吾未老，是非历历指山河。"《入京酒后有怀井勿幕、王麟生、程搏九》云："重来话旧倍销魂，尘起秋风渍泪痕。欲寄缠绵无好信，不堪酬唱又黄昏。迎阶花放思君子，未老途穷念故园。愁到闲鸥天亦醉，苍髯如戟看中原。"《出京》云："泪渍征衫墨似缘，大风吹散劫余灰。穷途白眼亲兼旧，归路青天雨又雷。几见神龙愁失水，始知屠狗少真才。无端宣武门前啸，声满人寰转自哀。"

胡雪抱诗系年：《忆邻舟祁门王氏昆季》《彭百庭招往小集》《感北京法源寺留春雅集，投寄饮诸公》《无题，寄语黄樵隐四首》《袁三兄南园避暑即事》《阅四妹诗，附有桂伯华和作，次韵写致东京二首》《题黄树斋先生仙崖采药人六十写真像》《黄百我户部寄书并诗，感次见怀原韵》《熊圜桥年丈招饮赋赠并柬同座熊艾畦》《题刘严吾兄〈白石紫藤馆诗〉》《欧阳女公子为三妹书联语，字体工秀，因赋》《石钟山半即事》。其中，《黄百我户部寄书并诗》云："开函见岫壑，结想暂心娱。浩浩樵叟歌，逸籁天风俱。凰山白云满，采蕨若忘劬。鹡鸰信异量，所好亦悬殊。寒阴凝八极，灵曜倏云徂。携手念东华，秋烟笼画图。寄忧在豪素，回视尽珠玑。黄冠续前游，可胜魂断无？"《熊圜桥年丈招饮赋赠并柬同座熊艾畦》云："完形太璞如公少，珍重飞符款款招。直欲酒尊追北海，相怜辞笔走南朝。广寒秋梦伤心问，芳裸春游隔岁邀。难得鹡雏商嗜好，云华吞吐豁神霄。"《题刘严吾兄〈白石紫藤馆诗〉》云："低眉《妙法莲华》顷，袖手王风蔓草余。遁向小园谈树石，坐伤儒雅困曹胥。生儿幸写丝栏熟，学道因拈绮语疏。百丈藤萝蹊径老，商量传本待山居。"

谭延闿诗词系年：《晓烟》（二首）、《晚眺》（二首）、《欧战既起，避兵法国东北之阆乡。时已秋深，益以乱离，景物萧瑟。出门偶得长句》（二首）、《红叶》《再赋红叶》《三赋红叶》《四赋红叶》《坐雨》《译佛老里昂寓言诗一首》《浪淘沙·红叶》。其中，《晓烟》其一："槲叶深黄枫叶红，老松奇翠欲挈空。朝来别有空濛意，只在苍烟万顷中。"其二："初阳如月逗轻寒，咫尺林原成远看。记得江南烟雨里，小姑鬟影落春澜。"《欧战既起》其一："修竹三竿小阁前，平台一角屋西偏。园荒知为耰锄弃，地僻应无烽火传。雾宿初阳凉似月，回风斜雨荡如烟。秋来未便悲摇落，却为黄花一怅然。"《坐雨》云："荒原远树欲浮天，黄叶声中意渺然。为问闲愁何处去，西风吹雨已如烟。"《浪淘沙·红叶》云："江树暮鸦翻，千里漫漫。斜阳如在有无间。临水也知颜色好，只是将残。　　秋色陌头寒，幽思无端。西风来易去时难。一夜杜鹃啼不住，血满关山。"

谭延闿诗系年：《题〈癸丑日记〉后》（四首）、《食杏，和吕无闷韵》（二首）、《题袁海观〈春鸡图〉》（三首）、《重至青岛》（二首）、《赠古川大航和尚》《赠野中正教》《酒楼酬吕满》（二首）、《偶成，用前韵》（二首）。其中，《酒楼酬吕满》其一："高楼能尽醉，何惜岁年徂。短发行将老，长镵命与俱。故人同断雁，往事付啼蛄。携酒还相共，知君兴不孤。"其二："宵沉听玉漏，兴剧倒金尊。灯影兼人影，潮（声）喧杂市喧。海云低度槛，山树近当门。念此堪充隐，何心答巨源。"《重至青岛》其一："适看桃李斗清妍，又睹霜华冻野田。惟有劳山知我意，一回相见一嫣然。"其二："电掣雷奔又一时，苍茫歧路更何之。可怜无限平生感，犹有好怀能赋诗。"《赠野中正教》云："异地惊初见，知名已历年。衔刀曾虎穴，佩剑又龙渊。我亦当时侣，翻同此日筵。不辞成酩酊，琴澳雪横天。"

林志钧诗系年：《默园有广西之行，握别怅然》《送友赴恰克图议约》《赠石荪》《实甫、瘿公及道阶上人约陪湘绮老人宴集法源寺，颖生为作〈饯春图〉后改题〈留春〉》《泰山步云桥境绝胜，畏庐丈同游，为作图即题其后》（二首）、《留题西山静明园》《潍县道中》（二首）、《胶东徐山》（志称徐福自此入海）、《夜发即墨刘家庄赴平度》《黄县卧病偶成》《雪夜过石遗丈东城寓斋，读尧生先生蜀中诗，谈至夜深方归，其明日丈有诗相贻，次和一首》《题〈篁溪归钓图〉》。其中，《默园有广西之行》云："八载滞京邑，局束辕下驹。宙合浩荡内，守此宁非愚。君有万里行，此非寻常途。邂逅诚足幸，远送徒增吁。桂林山丛丛，客路多崎岖。君怀坦无系，历险如安居。况复富诗句，风物堪追摹。从来贤达士，自有寂寞娱。羞从鸡鹜争，坐为世故驱。蹉跎颜休低，才力时所须。美酒出深巷，照耀溟海珠。但行莫惆怅，离合无时无。"《留题西山静明园》云："历历湖山话劫灰，将归还自少徘徊。车尘此去城中路，恐负清泉洗眼来。"《黄县卧病偶成》云："客边小极成滋味，药里炉烟识我贤。归路方长期作健。此生随分得闲眠。薵腾早喻双灾意，虚白从知一性全。短榻更无身外物，静看日影度花砖。"

陈去病诗系年：《春暮集朴学斋》《重游北固山》《题潘老兰图卷，时余方从京口无锡归也》（二首）、《哭黄摩西》（二首）、《哭徐子鸿（秀钧）》（二首）、《梨花里留别亚子》《梦季高》《梦刘三》《吊张伯纯》《重过逸庐》《泛舟碧浪湖，因游道场山，登绝顶骋望》《嘉平望日，自吴兴放舟至莺脰湖，月色皎然，遂过梨里访亚子》《夜过分湖，一路看月出谷水》《挽虞山沈母赵夫人》（三首）、《刘廉卿先生七十，令子季平征诗》《为蔡寒琼题郭频伽手写徐江庵诗册》（三首）、《切厂见视韦斋、初我、怀庐诸公肥宽韵倡和之什，因继声投韦斋》（二首）、《酬初我》（二首）、《再赠初我》（二首）、《述怀叠前韵》（二首）、《有感四首》《和亚子〈观春航贞女血即事赠子美〉之作，次一厂韵》。其中，《春暮集朴学斋》云："市楼一角日西斜，细雨樱桃正落花。尚有斯人存古谊，独招朋旧泛流霞。残春欲去情犹恋，乳燕初飞力未奢。底事荼蘼消息晚，故教魂梦绕天涯。"《梨花里留别亚子》云："谁家水杨柳，秋末尚青青。倒影自娟媚，临风亦娉婷。离人怀远道，小饮过旗亭。向晚扬舲去，萦情入杳冥。"《挽虞山沈母赵夫人》其一："一琴一鹤旧家风，绝技鸥波异代工。叵耐瘦腰骑鹤去，遗琴长自冷焦桐。"《为蔡寒琼题郭频伽手写徐江庵诗册》其一："话雨难寻旧小楼，零星遗稿更谁求。多君独向长安走，拾得琼编手自雠。"

姚光诗系年：《伤心》《题钱景蘧〈深山炼剑图〉》《题李介节先生墓》《朱舜水先生祠落成敬赋》《湖上惠中寓楼题壁》《雨后西泠独步》《湖上早晴》《幼安属题〈梅兰芳集〉成十六字》《游余山》。其中，《伤心》云："为虺弗摧终贻戚，我谋不用复何论。伤心往事都成梦，晦冥乾坤且闭门。"《雨后西泠独步》云："雨余风定倍清新，独向西泠桥畔行。日暮湖滨人迹绝，树间时听鹧鸪声。"《湖上早晴》云："晓霞如绮山成黛，荡映波光似镜平。恰似美人新沐后，蛾眉淡扫更鲜明。"

高旭诗系年：《次韵答邵次公》《庞檗子以诗见怀，次韵答之》《闻成琢如来沪，赋寄》《次韵，答陈匪石》《自题〈变雅楼三十年诗征〉》《吊亡友宁太一，用夏存古〈细林野哭〉诗韵》《哀陈勒生》《与钝根不通音问一载矣，忽得来书，并集定庵句一绝，感和此章》《钝根函询近状，并告方为亡友宁太一辑〈武昌狱中诗〉，仍以题辞见示，次韵奉和》（二首）、《南社哀吟十二章，章六句》《搜辑亡友宁太一遗墨，感题四律》《题〈红薇感旧记〉，为傅钝根》（二首）、《耿伯齐丈于郡城普照寺陆机故宅建二陆草堂征题》《〈分湖旧隐图〉，为柳亚子题，次原韵》《对菊感赋》《吊雷母陈太君，寄慰铁厓，次亚子韵》《哭太一，次刘约真韵》《寿陆鸥安先生》《次韵答陆更存》《赠刘约真，即次其〈感怀〉韵》（二首）、《题〈幽忧集〉，为陆侠飞》《题叶中泠〈袖海集〉》《次次公韵即赠》（二首）、《和小进〈醉酒作〉》《次韵答周亮才》《次志伊韵即赠》《赠亚云》《赠陈匪石》《席间与次公、九一、芷畦、一民联句》《怨词》《和汪痴》《钝根以宋丞相文天祥〈砚歌〉索和，寄以此章》《次哲夫韵还答》《何正身之爪洼，成七律一章以赠之行》。其中，《搜辑亡友宁太一遗墨》其一："专制不死共和死，人天消息果离奇！冢中枯骨嗤公路，泽畔骚魂伴屈累。晞发西台挥古泪，断肠南国写新辞。鸡鸣风雨堪惆怅，回首当年恨不支！"《对菊感赋》云："聊复持螯且自夸，万千心事乱如麻。天生傲骨差相似，撑住残秋是此花。"《题〈幽忧集〉》云："憔悴丰姿损柳腰，蘼芜香冷燕轻嘲。不需更诵《金荃集》，禁得柔魂几度消！"《赠陈匪石》云："便有明珠万斛多，更从何地筑香窝？渡江未备王郎楫，桃叶桃根奈尔何？"

张素诗词系年：《寄阿梦北京》《送益三归吴》（二首）、《寄心民吕城》《赠伯纯》《人生忧患篇，赠孟青》《茧庐为予治印，用志和翁故事赋此谢之》（二首）、《寒夜偶成》《影禅于岁暮归里，赋寄一首》《雨夜口占》《论诗三绝句，寄亚子吴江》《梦想》《雨中即事》（二首）、《题影生所撰〈西湖四日记〉》《问忘忧病》（二首）、《寄亚子》《雨中夜行》《喜忘忧至自龙江》《用前韵似忘忧》《寄明星》《寓楼坐雨，用鹓雏韵》《忘忧复赴龙江》《病中书怀》《秋衣》《为季侯题〈针楼乞巧图〉》（二首）、《指甲花》《寄小宋北京并述旧游，成转韵一首》《江上月》《梵语一首，用楚伧、茧庐唱和韵》《用前韵似忘忧一首》《再用前韵》《寄亚子吴江》《送季侯南归》《戏赠序东》《雨中即咏》（三首）、《病起》《寄都中三友》《寄亚子三绝句》《慰非园丧子》《感事四首》《新游仙》（八首）、《病怀》（二首）、《寄影禅》《滨江重晤九衢》《喜石工自北都来，夜分即别》《渭渔族叔回自龙江》《为有》《夜归车上见月》《即席》《闻河决天津》《闲愁》《闻小柳自郑州回北都却寄一首》《月下有怀》《闻阿梦不日且来，赋此却寄》《雨夜写怀》《虚斋》《独谣》《集定庵句，自题近三年所为诗词稿》（三首）、《今日》《送渭渔族叔舟往龙江》《闻直民之丧》《再哭直民》（二首）、《始见雪》《初寒》《漂泊》《寄小宋北都》《喜见菊》《清言》《赠序东》《寒夜捡衣感赋》《晨起见雪》《飞仙》《有感》《重有感》《边城寒讯》《离惊》《踏雪夜归》《寄小宋二首》《得阿梦书，漫题其后》（四首）、《意气》《偶感》《对雪放歌》《答寄力山》《雪窗晨起》《乍寒》《临书有叹》《觭觢》《晓行南岗书所见》《坐谈》《驿亭一首似忘忧》《闲情》(二首)、《一例》《晓起偶书》《世情》《孟青自京师撰寄先府君墓铭,泣赋志谢》(三首)、《天星二首似忘忧》《客中忽有所感》《移居》《题亚子〈分湖旧隐图〉》《百字令·小宋于厂肆得段玉裁篆书联索赋》《菩萨蛮(一棱凉月关山远)》《忆旧游·石庵属题〈近游图〉》《暗香·盆梅盛开》《满江红·四十初度》《百字令·除夕》。其中,《影禅于岁暮归里,赋寄一首》云:"岁事忽已除,春风入梅萼。惓怀素心人,须发尚如昨。沈忧不猝解,归里访猿鹤。采豆登南山,哦诗坐东阁。愡忆长安游,吾敢负要约。雪中每相诣,谈笑杂然作。君时正苦贫,还共劝杯酌。堂堂白日去,意气果谁托。嗟吾独奔走,衣食在荒漠。管宁帽已敝,苏武节全落。多君能息影,高志动寥廓。不识行路难,先歌故园乐。"《百字令·小宋于厂肆得段玉裁篆书联索赋》云:"说文绝学,有金坛段氏,传书可诵。训诂奇才当代少,继轨西京叔重。小篆名家,大徐别派,声价珍鸾凤。偶留遗墨,古香犹自飞动。　　因念华国文章,故乡耆旧,欣赏今谁共。缣素飘零家宅废,地近良常山洞。岂必工书,自能寿世,抚仿嗤文董。窗明几净,与君留作清供。"《菩萨蛮》云:"一棱凉月关山远,画楼过尽南飞雁。何处有芦花,人归江上槎。　　江云千万叠,凝望帆如叶。夜梦向红桥,家家吹玉箫。"

　　金天羽诗词系年:《窗前玉兰为风雨所败》《夜乘江新船出吴淞口》《芜湖舟中寄天遂》《小孤山俗号小姑,戏成六绝》《浔阳琵琶亭题壁》《庐山吟》《石门》《入天泉洞遂登游仙石》《寻天池寺,寺已废,衲子金钵叠石为屋,熏修其中,与之言,识西来大意,示我一偈曰:"苦行经年住破山,贫僧自闲云自闲,昨夜风来云散去,到底还是贫僧闲。"已复导游文殊台,长吟远眺,因赋诗赠之》《宿牯牛岭,雨不止,明日下山,赋诗别山灵》(二首)、《汉上琴台》《黄鹤楼》《汉阳晴川阁》《岳阳城楼》《夜泊磊石山,是湘江入洞庭处》《岳麓山放歌兼怀咸同中兴诸老,诸老多岳麓书院弟子也》《长沙起程赴衡山》《衡山城外投山家宿》《上南岳登祝融峰》《自祝融峰右转入后山,寻试心石,因登会仙桥,桥尽得罗汉洞,皆奇绝,赋诗题石壁上》《长歌呈尹金汤(乾秀)》《湘行出江大风雨作歌》《武胜关》《九江得佩净书,明日舟中赋寄》《过采石矶寄题太白楼》《题江都赵明湖(永年)〈陇上吟〉》《赴济南,夜车抵泰安,城外岱宗壁立,斜月堕岭,追思去年之游,慨然有作》《大明湖》《历下亭》《泺源门外访趵突泉》《国乐家诸城王雨帆(露)留滞济南,访之于学艺馆不值,因听田英辉弹琴,时余将乘夜车南旋,赋诗留别》《渡淮口占》《锦心赠墨,答之以诗》《胶澳》(二首)、《送叶印濂(振宗)之官广东》《扫花游·为印濂题叶琼章小鸾遗影》。其中,《夜乘江新船出吴淞口》云:"风热潮回夜四更,万人枕上辘轳声。江船载梦不知重,行到海门天未明。"《浔阳琵琶亭题壁》云:"青衫有泪为神洲,王粲辞家赋远游。梦听琵琶醒听雨,江山如此四弦秋。"《黄鹤楼》云:"平楚山河一掌收,谪仙人去我登楼。英雄王霸思江表,战斗风烟急上游。手酌鸬鹚倾汉水,脚翻鹦鹉戏沧洲。浮云劫火从头换,几辈生儿欠仲谋。"《长沙起程赴衡山》云:"云梦泽南国,吾行更向南。仙云低岳麓,冥涨下湘潭。斑竹阴如画,山榴红正酣。衡疑渺何处?苍翠认烟岚。"《渡淮口占》云:"淮甸薰风动早凉,坡陀莽莽散牛羊。山榴红过符离驿,十丈车尘隔凤阳。"《扫花游》云:"仙凡路隔,坐天上聪明,堕红尘劫。吹花唾叶,怕人间绮障,返生兜率。瞥眼惊鸿笙鹤,云中写得。重凄咽,一证无生,再生无术。　晚春愁脉脉,叹荠麦荒坟,试花寒食。冷枫江驿,又疏香阁坏,莽生荆棘。大地山河,换了江南草色。长留得,砚痕青、小鬟眉窄。"

陈衡恪诗系年:《马述文有诗见赠,次韵酬之》《为季常画〈对酒图〉并题》《再题〈对酒图〉》《赋奕山庄四咏,为廖笏堂》(四首)、《日本人某将徒步游五大洲,道经北京,作此赠之》《为姚崇光画〈秋草图〉并题》《月下写怀》《法源寺看花》《法源寺看花次知白韵》《春绮卒后百日,往兴殡所》(三首)、《素韬舅嫂出示余夫妇在通州时合作画册,为题春绮〈墨梅〉二帧后》《梨花》《忆石湖旧游》《崇效寺看牡丹》《秘魔崖》《泰山南天门题壁》《石遗先生之夫人所居曰萧闲堂。夫人卒后八年,命刻萧闲堂印并为图,因题》《闻丁宗一死感赋》《得宗一书,乃知传闻之误,赋此寄之》《生别离》《题〈濠梁观鱼图〉(代)》《杂诗》《今宵,次贞长韵》《阅尽》《和梅宛陵〈水次藓花〉》《画菊贺吴仲成再婚》《吴仲成再婚感而有赠》《与棣生晚饮归来庵》《雨夜至龙泉寺晤柳翼谋、凌宴池两君》《题春绮遗像》《为周养安题〈篝灯纺读图〉》《王欣甫丈有子曰宾基、从子隽基,曾于外舅肯堂先生诗中想见其人,季子宰基同学上海圣塞威学堂。越十四年,遇隽基、宰基于京师,赋此赠之,兼呈欣甫丈》《次韵黄晦闻〈江亭雪望〉》《春绮卒期年矣,哭之以诗》《哭奠春绮殡宫》《节庵大丈饷梁格庄荍》。其中,《月下写怀》云:"丛竹绿到地,月明影斑斑。不照死者心,空照生人颜。钟期悲弦绝,好音不再弹。樵子但窃笑,千古起长叹。"《忆石湖旧游》云:"已去盟鸥不可呼,此心如水冷菰蒲。扁舟无力回天地,雨打风吹过石湖。"《泰山南天门题壁》云:"连磴步步上,山高天亦高。到此数点雨,下视皆云涛。"《闻丁宗一死感赋》云:"四十蹉跎鬓未霜,眼前人物阅存亡。最怜玉树中年折,自叹风蒲一日强。饱食宁论钟鼎贵,壮游剩对海山苍。同舟把卷犹能忆,有泪如江夜撼床。"《春绮卒后百日,往兴殡所》(三首)其一:"我居西城阓,君殡东郭门。迢迢白杨道,萋萋荒草原。来此尽一哭,泪洗两眼昏。既不簠簋设,又无酒一尊。焚香启素幄,四壁惨不温。念我棺中人,欲呼声已吞。形影永乖隔,目渺平生魂。我何不在梦,时时闻笑言。倏忽已三月,卒哭礼所敦。我哭有已时,我悲郁难宣。藕断丝不绝,况此绸缪恩。苦挽已残月,留照心上痕。"其二:"故人九原土,新人三寸棺。相继前后水,一往不复还。我何当此戚,泪眼送奔澜。生时入我门,绿发承珠冠。死别即尘路,灵輤载鸣銮。忽忽十年事,真作百年看。念此常恻怆,凋我少壮颜。少壮能几何,厌浥朝露团。会当同归尽,万事空漫漫。"其三:"子身转脱然，于我一何忍。相期白首欢，岂意娱俄顷。当时携手处，一一苦追省。伸纸见遗墨，检箧得零粉。衣绽何人补，书乱惟自整。亦有满院花，独赏不成景。一昨致盆兰，三百叶枯殒。似我同心人，寿命各不永。郁陶对暗壁，泪若繁星陨。天乎何困予，江海吊寒梗。有生有忧患，此味今再领。"《春绮卒期年矣，哭之以诗》云："别我刚成一岁回，幽宫从此闷寒灰。悠悠同是无根者，落落谁为出世才？即事寻源身正苦，浩歌作达意何哀。宵来独对寒镫下，一往沉冥泪暗催。"《哭奠春绮殡宫》云："尖风削面绕东城，呜咽重来意不任。荒寺寂寥林木异，素帏幽冷网尘生。同居华屋宁非分，猛见榱题又失声。我若先归九泉下，知君无泪得生倾。"《节庵大丈饷梁格庄菹》云："先生恶韭独好菹，臭味取舍与我同。题笺荷眷远将寄，雕琼落俎膘理松。四海困穷仍作客，种树余畦土花裂。帝陵霜雪老臣心，炙手厨娘那能说。"

李笠诗系年：《生别离》《饮马长城窟行》《话桑楼》《鳌阁留雨》《飞云渡》《游北郊溪潭》（二首）、《游鱼吞花影》《荒江独泛图》《晚霞》《山窗晚眺》《村居》《偶见》《香雪庐夜话》《野色》《一都叹》《雪》《行路难》《蛙鼓》《咏新嫁娘》《雁字》（二首）、《挽同学蔡君又之（日新）》《桂枝香·闺情》《忆秦娥》《踏莎行·秋社同人岘山雅集》《百字令·冬夜感怀》。其中，《鳌阁留雨》云："湿云飞起海之湄，山外青山敛翠眉。檐溜跳珠风淅淅，岩泉舒布雪霏霏。云横古渡愁枫叶，烟满江城熟晚炊。日暮乡关无限趣，踟蹰搔首苦低垂。"《踏莎行》云："银烛秋光，西风黄叶，良宵正值中秋节。披襟相对放豪歌，大江东去滔滔雪。　　几点峰青，数声蛩咽，海天阔处云明灭。莫辞杯酒醉如泥，与君共卧藤萝月。"

许南英诗系年：《和陈丈剑门见赠原韵》（四首）、《再叠前韵》（四首）、《三叠前韵》（四首）、《四叠前韵》（四首）、《题王焕斋翁园落成》《杜鹃花》《寿黄菊三中将六旬荣寿》《祝黄仲训令堂郑太夫人六旬荣寿》《和庄畹耕〈秋感〉原韵》《祝陈漱轩六秩晋一寿》《菽庄观菊，赋呈主人》《〈鹭门灯谜合刻〉题词》（二首）、《寄南洋林少眉、庄贻华》（二首）、《施君涵宇为其所叹索句，书此应之》（二首）、《祝江杏村侍御令堂林太夫人八十》。其中，《题王焕斋翁园落成》云："有志终教事竟成，池亭洞壑费经营。青山我愧无钱买，妒羡君家两弟兄。"《和庄畹耕〈秋感〉原韵》云："秋原负手立斜阳，反顾家山欲断肠。佳节插萸悲逝水，他乡就菊近新霜。依人自笑冯唐老，玩世无如阮籍狂。试上晃岩高处望，海天万里战云黄！"

钟熊祥诗系年：《黄天荡》《江阴炮台》《金陵》《无家歌》《小姑山》《蕲州道中》《黄石港夜泊忆蜀》《重登伴鹤楼》《晤章丹秋，喜作长夜之谈》《通州途次》《村外看桃花》《醉后对花，又成一律》《清平张仲仙女士三首》《日本小枫》《松石盆景》《月夜书怀》《长至后晚眺感怀》《独归》。其中，《金陵》云："半壁东南苦战争，三年困难几回惊。春前又放黄州櫂，乱复重临白下城。政治虽更犹觉霸，干戈初定未销兵。

升平或有真消息，祭孔先看莫两楹。"《无家歌》云："天下四海我无家，我家却在天之涯。天涯有水、琼浆与玉液，天涯有火、星光共明霞。玉宇瑶台嵯峨起，金童彩女相邀遮。蟠桃初熟即开宴，灵芝奇草杂仙葩。珍禽鸣时异兽舞，丝竹弦管竞纷挐。逍遥自在乐无极，醉时更开顷刻花。既乘五凤辇，复驾六龙车。瞬息十万八千里，往寻炼石补天之女娲。无家却胜有家乐，厌看春申浦上之繁华。"《重登伴鹤楼》云："阔别已三秋，重登伴鹤楼。恩光自昔被，风景似前不。函丈复亲侍，文坛多旧俦。相看各努力，借箸若为筹。"《村外看桃花》云："偶然村外睹娇姿，红透夕阳柳衬之。烂漫春光胜东阁，逍遥清梦到西池。名山未得仙人果，流水先听渔父词。世俗相怜惟命薄，根生净土有谁知。"《月夜书怀》云："明月当户牖，乐此向南屋。习习风徐来，清凉散一服。窗外峙双松，苍苍蔽大陆。崭然露一峰，杳自千仞缩。喧嚣绝不闻，冥心处幽独。空旷虽尘寰，不啻隐岩谷。富贵转瞬间，中原笑逐鹿。世人徒纷纭，那识此中福。渴时饮我酒，饥时食我肉。醉后发狂歌，倦就北窗宿。声不入吾耳，色不染吾目。师训志善途，守真选抱朴。噫吁嘻，仙境在人间，但向此心卜。"

江子愚诗系年：《薛涛坟》《读〈封禅书〉》《散步郊外》《西望》《城北古刹歌》《旧游八首》《造物三首》《经城西宋氏废园》《化龙河》《游忠山武侯祠兼憩吕仙阁二首》《滴乳岩》《题画二首》《题黄绍衡〈苦竹轩诗草〉》《游泸县龙马潭》《过尹吉甫故里》《雨渡化龙河》《过资中怀王谏议二首》《过苌宏故里》《无题》《画凤尾松歌，为友人作》《题画》《惆怅》《青门曲》《岁莫怀绍衡二首》《寄绍衡重庆》《和乐吉占〈落梅〉》。其中，《题画二首》其一："亭亭翠盖倚斜阳，卷起晶帘一阵香。记得豳风堂外过，芰荷池畔数鸳鸯。(荷)"《游泸县龙马潭》云："汉相旌旗烟雨昏，仙人岛屿至今存。白云渺渺半潭水，黄叶萧萧双石门。东海长鲸翻日月，西山啼鸟惨精魂。蹑舟笑看群鱼舞，可有神龙留子孙。"

王海帆诗系年：《拟古》《白狼匪入甘境，一日连陷数县，陇西知事陆恩泰竟开门跪迎以入》（二首）、《健侯书来，附见怀诗，依韵奉酬》《闲中杂述》（二首）、《南园访李长吉墓》《早年读〈读通鉴论〉之〈宋论〉，即向往家船山先生，今见全集有成》《有忆》《岁暮杂感》（四首）、《有忆》（二首）、《寄怀尹汝青前辈陕西》《重晤芷青有赠》。其中，《寄怀尹汝青前辈陕西》云："回忆青门事，深闲共论文。乾坤今有我，肝胆又逢君。雅抱天中月，诗心石上云。索居时引领，笔砚欲将焚。"《重晤芷青有赠》云："湖海相从阅岁华，漫将心事诉琵琶。同听北里新歌扇，共醉南朝卖酒家。枫叶青天牛渚月，春帆红雨马江花。风光转眼成凄恋，谁道吾生未有涯。"

吴宓诗系年：《过关中南馆口号》《宿三原南馆》《和碧柳〈归家感怀〉诗韵》（八首）、《寄答碧柳》（八首）、《寄答润民》（五首）、《赠仲良星叔兄弟》《赠君毅》《感事》《观同学演剧即席口占》《闻西安寇警感赋，即寄仲侯》《赠尧臣》《悼绥弟殇》（四首)、《清华园词》《京邸谒伯澜姑丈即乞教》《石鼓歌》《金台怀古》《前题》《甲寅杂诗》(三十首)、《寄答碧柳》(二首)、《偶成一首》《哀青岛》《挽马季立先生》《谢友》《述怀》《岁暮书怀》(二首)、《呈父述怀五言排律一首》《感事》《复讯碧柳》。其中,《过关中南馆口号》云:"堂中尽住新来客,篱外犹开旧种花。一度春风相似景,慈云今被陇云遮。"《宿三原南馆》云:"三载回旋景,竭来人意长。物情原代谢,斯馆亦沧桑。座失达官贵,竹添幽士芳。书声间鸟语,静里啭琅琅。"《悼绥弟殇》其一:"一夜罡风折嫩枝,鹡鸰原上废吟诗。云边应识慈心苦,陇驿传书故故迟。"其二:"中年哀乐事离奇,兰蕙偏摧初秀时。斑彩趋庭余弱妹,游方惟有泪如丝。"其三:"情亲襁褓仅知名,两载胡然断紫期。屈指几人呼爱弟,凄凉身世旅魂惊。"《石鼓歌》云:"几辈曾为石鼓歌,前有昌黎后东坡。歌成狂啸骑箕去,名共石鼓传不磨。文章意气凌沧海,健笔如椽光芒在。后来作者悉俯伏,敢与岱华争崔嵬。旷世我过旧辟雍,累累石鼓得重逢。古彩斑驳逼人视,叩之铿锵鸣神钟。其文剥落至难解,点画犹见古模楷。不知水火历几劫,忽忽已阅二千载。忆昔周王搜狩年,华夏声威日中天。申甫勋伐载小雅,四夷翘首望岐洀。后王功业屡不武,腥膻酪裘遍中土。洛下铜驼陷荆榛,长安钟虡归索虏。沙漫日炙风雨湮,色污形枯字迹浑。此鼓原野久抛掷,不经好事谁定论。纷纷离合亦多舛,神物由来有晦显。汴京方喜赵宋完,燕都又被金源挈。谁迎石鼓入圣宫,瞻拜诸生礼数崇。考古记当元皇庆,仿制复见清高宗。我闻读书须识字,是篆是籀言人异。潘迪音训尚近真,杨慎完本太作伪。即今儒道日益微,太学荒落过人稀。先代遗宝如此鼓,只向暗陬生光辉。竭来横流灌禹穴,文献摧残柱维折。滔滔日下伊胡底,不经秦火恐亦绝。西土竞传石鼓型,中士浑忘石鼓名。鲁鱼亥豕纷莫辨,几人能道鼎彝形。我愧年来习梵贝,旧学荒落等自郐。徘徊摩抚空咨嗟,敢向蝌蚪乞灵狯。昔见长安景教碑,碧眼眈眈涎久垂。又闻孔庙笾豆籍,半入伦敦半巴黎。吁嗟乎,典章璀璨难更数,亡羊尚幸牢可补。神州声教危若丝,几回珍重抚石鼓。"《岁暮书怀》其一:"乾坤同黯澹,岁暮若为情。人事纷劳扰,天伦半死生。囊诗愁欲满,匣剑怒长鸣。家国恩仇意,空怜涕泪倾。"其二:"浮云西北望,而我有沉冤。不怨德名累,终伤正士魂。薰莸三字狱,骨肉百年恩。广乐钧天醉,何缘叩帝阍。"

李思纯诗系年:《感怀二首》《感事》《口号》《漫兴》《偶作四首》《辛苦》《月夜》《雨霁微月口占》《自题二十一岁小照》(二首)、《乞画扇一绝》《玉簪花二绝》《即事》《自题所藏永历大钱》《即景》《口号》。其中,《感怀二首》其一:"苦我奈何桓子野,污人尘土庾元规。中宵抚枕不成醉,怕读王敦四字诗。"其二:"鸡虫得失不堪说,拔剑驱蝇事亦奇。受侮襄阳小儿女,羡他唾面好风仪。"《感事》云:"紫茧红蕉乙乙抽,懊侬怀抱酿离忧。玉筝迟暮愁成调,翠袖天寒独倚楼。莫负桃根盟素约,肯抛杨柳觅封侯。鲲鹏鹣鲽凭谁择,锦瑟华年似水流。"

吕思勉诗系年：《高渐离筑》《水菸》《虫声》《萤火》《扇》《山居，限六言》《月夜闻笛》《残荷》（四首）、《怀人》《咏史》（二首）、《纸币》（四首）、《春江花月曲》（社作，题为丁捷臣拟）。其中，《咏史》其一："阿蒙十五六，奋志事戎车。岂不念阿母，贫贱难可居。善哉元龙论，御将若养鹰。饥乃为我用，饱则将飞腾。不见蜀二主，养士三十年。丰衣复美食，临战谁张弮。"其二："贺弼熊虎士，口语竟亡身。载思临命言，宁不渐其亲。口祸非不知，骨鲠吐乃快。已快人必怨，终当与祸会。所以金人铭，特懔三缄戒。"《纸币》其一："钱神有论太诒痴，南朔阴阳各异宜。载道辀车充赏赐，连樯海舶致珍奇。最愁薄宦分微俸，况复征缗异昔时。一炬可怜成底事，关津指点到今疑。"《春江花月曲》云："春江花月繁华地，歌管年年沸如水。为解吴侬厌旧观，遂教菊部翻新技。何郎生小最温存，娇小由来似采云。澧沅兰芷多秋思，原隰榛苓解效颦。仙风吹向蓬莱住，惯抱琵琶作胡语。鹘健常教碧眼愁，莺娇每被纤腰妒。游戏文章最擅长，归来粉墨且登场。轩渠学作齐东语，结束能为时世妆。泠泠指上冰弦误，争奈周郎不相顾。七尺谁怜臣朔饥，三年枉学邯郸步。忽然声价重遥西，卷土重来整鼓旗。欣看劳燕翩翩集，怅望青鸾寄语迟。京华舭舭多名士，功狗功人愁巨子。随阳作且稻粱谋，巢林合避金丸伺。刺绣何如倚市门，雪泥鸿爪且留痕。天涯沦落同为客，海角栖迟最断魂。深情曲曲传眉妩，从此梨园罢歌舞。携得名花北里来，相将春柳门前驻。二十年来扑面尘，绿衣且现宰官身。屠门大嚼原豪举，破瓮寻思漫怅神。云翻雨覆多迁变，一一能教肺肝见。今日应知靧蔑心，当年未革然明面。凌波仙子最婵娟，顾影翩翩我亦怜。甘陵月旦侔冯贾，歇浦春申被管弦。曾经百战何辞酒，南八男儿为身手。潘郎虽美子南夫，坐上玉人曾见否？丁君三爵惯征歌，白板红牙奈汝何。为怜法曲知音少，每抚瑶琴感慨多。我言此意何须怅，世事而今空我相。衣冠但使肖休离，规矩宁劳问宗匠。争随野鹜弃前鱼，种树还愁五石瓠。桑田沧海迁流尽，岂独伶官泣路隅。"《怀人》云："人生如燕雁，踪迹每相违。接席情如昨，联床事已非。遐思花后发，吟兴酒边希。多少怀人意，泠泠寄玉徽。"《月夜闻笛》云："梅花零落尽，此曲岂堪听。留得关山月，送人长短亭。"《残荷》其一："旧日横塘路，重来有几人。同根怜并命，坠粉亦成尘。越吹想思苦，江讴景物新。画船空四壁，长夜孰为邻。"

萧觉天诗系年：《三海开放》《送黄丈树恺之奉天二首》《游大明湖》《趵突泉听鼓书》《曲阜祀孔》《戏柬王小宋》《咏蝉》。其中，《曲阜祀孔》云："突兀此城阜，千年祀素王。楷槐林断棘，文杏庙凝香。风泳雩檀古，金声鲁殿长。大哉何所颂，小子斐然章。"《三海开放》云："禁地容游赏，新华大与胞。九重千叶梦，三海一城包。濠濮知鱼乐，瀛台解帝嘲。居仁堂上客，谁识葛庐茅。"《游大明湖》云："导泺东流竟入湖，乱泉漾射历亭孤。花香四面开三面，月照今吾识故吾。山雨欲来飞柳絮，海风不断跳荷珠。板桥俊赏闲无那，难得糊涂祗自娱。"《咏蝉》云："气禀乾元饮露清，每依高树发哀声。立身自比泰山重，致远惟愁仪羽清。一抹荒烟新蜕脱，几株疏柳夕阳明。凌风何事兴嗟怨，卒岁无衣百感生。"

熊瑾玎诗系年：《游桔洲》《和唐四〈晚眺天心阁〉》（三首）、《寄罗咏田》（三首）、《和刘涤尘〈书怀〉》。其中，《游桔洲》云："偶趁清和到桔洲，洲依水面自沉浮。水分二派随洲去，淘尽英雄日夜流。"《和刘涤尘〈书怀〉》云："负耒山中岂为身，且从高卧葆天真。功名蹭蹬都成福，出处留连各有因。沧海曾经陈迹在，棋枰几见劫灰新。津梁终日偏疲我，不暇鸥夷泛水滨。"《寄罗咏田》其一："无穷书味夜灯知，回首乡关感别离。几欲折梅无驿使，清风明月倍相思。"其二："疏慵成性少磋磨，半载驹光草草过。忽忆山中人独坐，不知寒疾近如何。"其三："《离骚》读罢夕阳残，搔首徘徊独倚栏。世事沧桑何足怪，劝君高卧且加餐。"

黄濬诗系年：《孝觉以〈将雨〉诗相示，怃然有触，次韵奉和并呈双涛先生》《抱存累书促写诗，作此奉和》《挽陈简墀》《为杨千里题张倾城夫人所赠〈茧庐摹印图〉》（四首）、《澄意道人属题〈秋幢赞佛图〉》（三首）、《程穆厂属题〈岳云闻笛图〉，经岁未有以报。今冬君自来京都索诗，雪夕挑灯，遂成此作》《前诗既成，余意悢然，复为此律》《陈后山先生逝日，同人会祭于法源寺，以诗纪之》。其中，《程穆厂属题〈岳云闻笛图〉》云："冻雪飘窗黯断魂，彻泉旧泪隔年温。已怜积毁埋诗卷，更遣沉哀到酒尊。季重昔游终可念，孝标新札欲谁存。披图心折君风义，剪纸还期哭寝门（去年岳云追悼之日，余适南行不获预）。"《前诗既成》云："朱生死别魄全沈（谓芷青），杨顾风流不可寻（谓味春、印伯）。始信得名干酷劫，曾劳携袂赏孤吟。飘风已谢人间世，丛稿犹镌地下心。便欲洗除文字障，任教物物恣相侵。"《陈后山先生逝日》云："酸寒事业从人说，残腊僧房共酹卮。此老信为异代式，苦吟终遣后贤知。穷年诗役真思祓，凤岁心香敢费词。今日参禅薄曹洞，侧篇浮学百堪疑。"

陈夒（子韶）词系年：《踏莎行·甲寅悼黄翰臣妹倩。佐治天台，卒于归舟，旅榇尚滞野寺》《浪淘沙（嘉树近檐端）》《踏莎行·题钱斐仲雨华庵词》《谒金门（湖上水）》《台城路（棠梨开尽春将暮）》《虞美人（瞳瞳霁日烘晴翠）》《减字木兰花·题画三首》。其中，《踏莎行·甲寅悼黄翰臣妹倩》云："问客何能，唱公无渡。天涯祗有依人苦。繁霜一夜碎春红，刘家小妹伤心句。　古寺钟声，危巢鸟语。旅魂千载何曾瘗。桃花无意赚刘郎，茫茫烟水迷归路。"《台城路》云："棠梨开尽春将暮，天涯又还羁旅。玉勒嘶风，金貂换酒，寂寞铜街游侣。闲情自赋。怅隔水娟娟，美人修阻。待折琼枝，结言无女黯延伫。　瑶台今尚在否？众芳摇落后，唯有飞絮。折柳官桥，持觞曲岸，总是伤春心绪。何堪杜宇，又祗解声声，劝人归去。历乱乡愁，鬓丝添几缕？"《虞美人》云："瞳瞳霁日烘晴翠，檐雀声声碎。花香微度入纱窗，瞥见翻飞胡蝶自成双。　闲庭永昼科头坐，日色红于火。绿阴时有好风邀，最爱绕篱一带种芭蕉。"

[日] 冈部东云诗系年：《次高贺北山〈恭贺玉正〉韵》《陆军纪念日贺章》《吊远藤忠藏翁》《谨奉悼皇太后陛下晏驾》《贺古宇田常山翁金婚式》《寄友》（三首）、《人心》《赠小岛听松君》《赠高桥不急君》《赠山田素仁君》《诘某市长》《古人咏十春，予效颦，咏十秋（节录）》（四首）（含《秋风》《秋月》《秋雨》《秋水》）、《读〈东坡诗钞〉》《苗岳早雪》《赠青岛敌军》《赏中村清右翁菊圃》《送翠轩八卷老君归寓东京》《寒夜闻雁》《送人之青岛》。其中，《次高贺北山〈恭贺玉正〉韵》云："到处村民欢醉讴，新年瑞气自然浮。如今偏俟圣天子，万岁声中登极秋。"《吊远藤忠藏翁》云："家产功成乐静闲，遂遁尘世入仙寰。追怀去年盆栽会，花卉香中谈笑颜。"《谨奉悼皇太后陛下晏驾》云："淑德昭容配至尊，余芳文墨满重阊。寒云忽掩西山月，万里东瀛春夜昏。"《寄友》其一："春游有约莫相违，风雨妒花花易飞。杜老一言君记否，人生七十古来稀。"《人心》云："涌似波涛声似泉，如朱如墨又如绵。人心恰是夏云状，变化无量方寸天。"《赠小岛听松君》云："君少于吾二十年，越南教育夙特权。白髭如雪何须叹，意气才华依旧全。"《赠高桥不急君》云："俗中知雅高情仁，忙里乐闲太平民。春雨之朝秋月夜，吟盟棋客共相亲。"《寒夜闻雁》云："旅雁风霜夜，哀音过草庐。天涯故人在，欲托一封书。"《送人之青岛》云："蹴波向青岛，战场何所寻。云衢飞艇影，海路爆弹音。危险炼忠胆，苦心研道心。知君生死界，欲报国恩深。"

[日] 关泽清修诗系年：《寒翠庄雅集，酒间次梦舟主人诗韵》《赠上海小万柳堂主廉南湖（泉）兼寄芝瑛夫人，用前韵》《悼菊圃夫人》《贺青岛陷落，次冷灰博士诗韵》（二首）、《仙寿山房吊菊会，席上率赋》《鹗轩博士招饮，次韵道谢》《寒翠庄席上，分王摩诘句，得孤字》《山口松陵招饮，星陵有诗，次韵》。其中，《悼菊圃夫人》云："病中栽菊菊依然，秋惨东篱日暮天。纵是黄花开似旧，一花一叶泪涟涟。"《赠上海小万柳堂主》云："《楞严》写了记芳名，此日夫君一笑迎。想见他时归桨后，东瀛韵事话凉棚。"

[日] 木苏岐山诗系年：《赋得社头杉》《出门》《梅花》《自画墨竹》《畑仙龄画》《贯名菘翁〈寒林〉》《日根对山〈寒江〉》《自君之出矣》《游山寺》《绝句》《题森川竹磎〈闻蜀妓唱其乐府，戏作绝句〉后》《有客携清国近人画山水来索诗书后》《漫兴》《题松阴馆丈小照》《赠何海鸣（并序）》《中洲》《漫兴》《渔翁图》《园庐》《委苍》《桂仙画》《三高诗》《浑河写望》《朝鲜杂诗》（十一首）、《独柳草堂杂诗》（二十一首）、《天稌》《香雪藤田男颂》。其中，《出门》云："出门意所向，杖藜城北行。沟浍日流恶，宿莽寒复荣。素梅花一树，粪上扬琼英。忽忆缊衣诗，不是夸誉石。畴令上路人，泾渭涌浊清。志士莫嗟怨，人事多冲盈。"《朝鲜杂诗》其一："手把舆图眼欲穿，精明云物麦秋天。山河再造年经五，百里人烟耘稻川。（平壤）"其二："指点云间松岳秋，古

都乔木拥荒丘。枯棋覆局恩雠冷，犹说当年郑梦周。(开城)"其八："龙山东望鹭梁津，北汉峰涵水作鳞。杨柳一行两行绿，白衣鸥似钓鱼人。(汉江)"《题森川竹磎〈闻蜀妓唱其乐府，戏作绝句〉后》云："镇长相守复相思，锦水菖蒲花发时。乐府新传歌吹海，美人齐唱竹郎词。"《有客携清国近人画山水来索诗书后》云："家在万山心，树密云迷谷。饮水诵遗经，所侣惟麋鹿。侧闻沧海公，来自扶桑国。大义明春秋，章句鄙夏服。卅年始下山，倾盖展良觏。生不逢尧舜，保身道前踬。逝卜由东邻，天地块然独(往余访副岛公时所语如此)。嗟公今也亡，清社又已屋。皇天未厌乱，新莽膺图箓。芒芒禹九州，墋黩战蛮触。谁与盖代雄，了个弈棋局。披图慨以慷，恨不与公读。缀以当日谈，耿耿犹在目。"《赠何海鸣(并序)》序云："何海鸣，支那湖南衡阳人。癸丑夏，率革命军婴守南京城数月，战败潜遁，东渡寓浪华，卖文为活，偕佐藤澹斋来过余茶坊侨居，次韵其所示感怀作，以赠之。"诗云："金陵城阙九攻中，饮血登陴炮火红。三月埋根先士卒，一时忍死亦英雄。邪卿卖饼堪逃世，郦坞搜牢恐不衷。蒿目风尘勿忧愤，且应东海护君躬。"

[日] 森川竹磎诗系年：《漫成六首》《次韵耕石〈春初绝句〉》《戏柬东郭》《牡丹有凌霜侵雪而开花者，亦奇种也，顷有人送一朵来，乃赋小诗四首》《绝句》《庄亲王〈九宫大成谱〉博搜广采，为曲谱之最，而尚恐未免有得失，便摘出数项，聊陈鄙见，得绝句十五首》《闻蜀中妓女歌我所作词者多，戏赋小诗四首》《次户仓梅室韵寄怀》《野间悦堂赠松菌，滕以绝句一首，次韵言谢》《水调歌头·闻樱岳喷火，便柬竹隐》《蝶恋花·次王国维韵二首》《采桑子》《西江月·有客嘲余曰："君自言弃世，亦得无为世所弃乎?"即赋小词以解》《纱窗恨》《琐窗寒·节近清明，峭寒如水，满天风雪，冻煞春光》。其中，《次韵耕石〈春初绝句〉》云："一笑夫君鬓未疏，向人休漫赋闲居。梅花倩影春堪抱，也怕风怀不易除。"《戏柬东郭》云："无分清才事事宜，从何着笔赋高词。故人却在玉堂上，待制惯裁昭代诗。"《次户仓梅室韵寄怀》云："思君不见诵君诗，一片离愁怕笛吹。记取夜深风露底，相凭阑角听秋时。"《野间悦堂赠松菌》云："松菌香味与秋清，不数嘉蔬绿笋茎。望断广陵千里远，谢君为我最人情。"《蝶恋花·次王国维韵二首》其一："水逐落花泥化絮。赢得青青，芳草空如许。天又黄昏春又暮，销魂时候销魂雨。　帘幕低垂香烬处。独自思量，怎把今宵度。只管伤春情不住，词愁争得随春去。"其二："人欲除愁天不许。烟景兰残，愁里留人住。蝶守余花莺禁语，风来燕子空来去。　漫劝一瓯茶泼乳。小倚栏干，道近斜阳暮。把好时光闲说与，伊家未解青春误。"《水调歌头》云："炼石有何用? 不是补天来。漫言地底藏火，此事甚奇哉? 敢是山灵游戏，抵得人间惊悸，有理亦谁猜。那怪古长爪，清浅说蓬莱?　新生面，天有意，为君开。雷硠崩豁，划摆偏待试君才? 君有如椽大笔，一洒直须裁去，天与好诗材。且把雁鱼促，翘望眼先揩。"《纱窗恨》云："轻

阴阁雨春寒峭,待冲融。嫩花欲发微含笑,怨东风。 定天意、要风情富,恼煞人、偏是娇慵。故减东风力,费春工。"

[日]砚海忠肃诗系年:《儿岛高德五百五十年祭,赋此》《岚峡》《修善寺怀古》《长崎枇杷》《石磬》《平泉金色堂》《高馆感慨》《日比谷公园心字湖》《函岭午凉》《环翠楼怀伊藤公》《听雪院墓前》《游高雄》《大丸温泉》《平福百穗所画〈七面鸟图〉》。其中,《平泉金色堂》云:"金色堂边树郁苍,泉城落日转荒凉。千年陈迹中尊寺,三世荣华梦一场。"《日比谷公园心字湖》云:"心字湖心彻底清,蘸花涵月碧波平。羡他禽鸟与鱼鳖。自适悠悠了一生。"

[日]松平康国诗系年:《书上疏稿本后》《龙头浦望杉田》《内田仲准丧长女,诗以吊之》《次学圃诗韵》《冬夜读史》《邪党行》《新潟》《望佐渡》《会津》《河原汤途上》《白根山》《同牧野君益斋藤某甫游盐原妙云寺》《机织村怀红叶山人》《岁晚》。其中,《邪党行》云:"邪党邪党何日灭,为鬼为蜮真咄咄。言职为汝污,公器为汝缺。王纲为汝坏,国步为汝蹶。呜呼奈此邦家何,祸根廿载牢不拔。人众胜天虽可叹。天定胜人亦可必。狐已失社鼠失城,所余议院古巢窟。议院岂是争夺场,宪法赫赫如天日。简在帝心淑慝分,国之蠹贼宜废黜。不许苞苴公举妨,不许冠带公堂立。大黠小痴负且乘,一旦奇祸无人恤。宁若归耕作良人,不然市井逐什一。如欲富贵骄妻妾,墦见有肉任汝乞。"

[日]田边华诗系年:《过轻井泽途上》《题〈买牛帖〉,为松尾老人》《乡梦》《尼崎酒楼》《六乡川上即目》《四月十日恭作》《送志贺矧川之土耳其斯旦》《题〈钱塘江图〉卷》《足柄山怀古》《夜坐书感》。其中,《过轻井泽途上》云:"花明二十四邮亭,一路东风过井陉。衣上闲云飞不去,春天已放半峰青。"《乡梦》云:"夜来乡梦似余醒,隐隐晓钟鸣不醒。杨柳蘼芜青两岸,分明人在落帆亭。"《送志贺矧川之土耳其斯旦》云:"长亭短亭我问程,千里万里君周行。穆王八骏假其一,一鞭直到可汗京。"

[日]德富苏峰诗系年:《老莱衣》《游小金井》《胶州湾占领》《别爱吾庐诗》(三首)、《平林寺》。其中,《胶州湾占领》云:"铁拳透破古胶东,黄祸图成霸业隆。人算不如天算巧,白旗今见飑秋空。"《别爱吾庐诗》其一:"枕书饮水淡生涯,抱瓮灌园分最宜。四岁星霜如电抹,别家情似别人情。"其二:"岁岁双京几往还,此生不觉鬓毛斑。爱吾庐畔手栽树,翠盖堂堂高似山。"其三:"白岳青旻斜照残,低徊欲去又凭栏。庭花历乱秋方好,留与他人仔细看。"

[韩]金泽荣诗系年:《遥题开城红叶楼》《得郝衡之热河寄信》(二首)、《寄陈子贞》《退翁邵夫人挽》(八首)、《为汤蛰仙赋明遗民朱舜水先生事》(三首)、《蕉石山房同晋奇夜饭,杨君毅孙亦在座,归后有寄》(二首)、《再赋蕉石山房会饭事》《寄小湖求刻印石》《十五夜晋奇招同张峡亭、杨毅孙、徐淡庐诸君子玩月》(六首)、《谢澹

庵赠腊梅折枝一束》（三首）。其中，《遥题开城红叶楼》云："故园风景总依依，最忆城东新石屝。祇树何年闻梵呗，兰亭今日集冠衣．澄潭如月沙堪数，红叶满山径欲非。铜雀黄尘嗟溢目，诸君且饮不须归。"《寄陈子贞》云："世上少年多躁妄，走如狂愤驰田中。君独阒然守绛帐，津梁日度群儿童。茅生杀鸡以养老，费公吃虫堪得道。寄语少年莫相嘲，吾但见吉云下覆书带草。"《为汤蛰仙赋明遗民朱舜水先生事》其一："归归魂魄愿遄归，中国如今返汉仪。入海岂缘徐市药，亡秦竟是博浪椎。长江击楫风云怒，殊俗传经草木知。太息蛰翁敦古谊，栖灵为近岳王祠。"其二："怀邦无奈辱身何，狂走蓬山葬薜萝。遂作珠沉三百载，忽随风渡万重波。谁添复社遗民传，合侑文山正气歌。请洗驹笼摇落恨，明湖十里接天荷。"其三："全浙江山有主持，闻君曾下董生帷。鸿谟几慰苍生望，好事仍看白骨滋。雪简授枚惭匪分，酒船寻贺定何时。申江烟树相望处，愁绝西风笛一枝。"

一九一五年（乙卯）

一 月

1 日 《小说海》(月刊)于上海创刊。至 1917 年 12 月终刊,共出版 36 期。编辑为黄山民,印刷与发行为中国图书公司和记。《小说海》共分 4 个栏目:"插画""短篇小说""长篇小说""杂俎"。其中"杂俎"含"笔记""诗文""传奇""弹词"等子栏目。《小说海》作者多为"鸳鸯蝴蝶"派,主要有林纾、王无为、李涵秋、姚鹓雏、孤桐、刘半农、徐卓呆、王西神等。创刊号"杂俎·诗文"栏目含《春暮书怀》(诗舲)、《客谈近事,吁不欲闻,率作一诗以当歌哭。时壬子春莫也》(王善余)、《重到西坝有感》(王善余)、《清河城北有废垒一,旧时十三协驻兵于此,光复后聚乱而焚毁者也。仲勋过而感之,赋诗寄慨,季渊同年复有和作,殆伤心人别有怀抱欤? 余本恨人,重经旧地,敢述往事以写遐思》(王善余)、《己酉薄游白下感遇抒怀》(鲍毓东)、《题王复初先生〈卧牛图〉兼答范伯子之意》(沙元炳)、《利津门晚望》(周沄生)、《桓温》(周沄生)、《同年胡皋文下第,作诗以慰之》(陈更生)、《咏三门八景》(项建中)、《月华清·月夜闻雁》(鸳痕)、《秦楼月·秋思,用太白韵》(鸳痕)、《爪茉莉·赋茉莉,用柳永体韵》(东园)、《太平时·花前月夜小饮,用贺铸体韵》(东园)、《卜算子·秋暮,用苏轼体韵》(东园)、《霜天晓角·由荷叶洲抵金陵,用辛弃疾体韵》(东园)。

《申报》第 15051 号刊行。本期《自由谈》"游戏文章"栏目含《新年歌》(仿小热昏卖橄榄糖调)(钝根);"诗选"栏目含《归隐吟》(集药名)(瘦蝶)、《田家乐》(每句首字隐十二支)(瘦蝶);"词选"栏目含《锁窗寒·雪意》(姚续)。

《中国实业杂志》第 6 年第 1 期刊行。本期"文苑"栏目含《戊申元旦试笔》(六桥三多)、《梅花》(前人)、《螃蟹水仙,次友笙元韵》(前人)、《九月初四日晓起见雪,戏作此歌》(前人)、《早春》(黄鬃因)、《春日睡起》(前人)、《有送》(前人)、《有寄》(前人)、《见邻儿放纸鸢,偶得一绝》(前人)、《题〈扁舟五湖图〉》(前人)、《登城隍山远眺》(前人)、《落花四首》(前人)、《壬寅七夕》(前人)。

《娱闲录》第 12 期"元旦纪念号"刊行。本期"文苑"栏目含《蜀中新年竹枝词》(刘止唐)、《人日约铁华师重同杨太守、胡侍御集江叔老宅郊游》(雪王堪)、《出平则门经西置门外》(雪王堪)、《山行杂诗》(十二首,雪王堪)、《椿荫轩诗钞》(敖金甫)、《广州人日》(天一方)、《某君将赋小星,宠以二十八字》(天一方)、《某君新姬将有弄璋之举,戏束二十八字》(天一方)、《诸葛祠》(爱智)、《惠陵》(爱智)、《草堂》(爱智)、《薛涛井》(爱智)、《杨兰皋常称余为龙尾,戏赋此诗》(爱智)、《初梦》(日本即事)(璪公)、《渔子吟》(八首,匏舟)、《冬夜早醒》(吟痴)。

[韩]《青春》第 4 号刊行。本期"汉诗"栏目含《解穷词》《金刚山歇惺楼》《梅花》

《五虎弄》《二大欲歌》。其中,《解穷词》云:"百尺竿头立兀然,从今羽化有登仙。仵看驱得天龙下,大雨滂沱万旱田。"

况周颐续撰《眉庐丛话》,又撰诗庆新年。序云:"新历四年元旦,蕙风搁管续《丛话》。是日也,风日妍和,云物高朗。俯仰身世,聊乐我员。口占一律,即以实《丛话》。"诗云:"阳生一九叶龙躔(距长至九日),宝录欣开泰运先。吉语桃符春骏发,清辉桂魄昨蟾圆(值旧历十六日)。衣冠万国同佳节,歌管千门胜昔年。晴日茜窗挥彩笔,岁华多丽入新编。"

易顺鼎作《阳历乙卯元旦作》。诗云:"重对舻棱拂晓寒,他时曝背话金銮。黍离幸免伤周道,稷嗣应能了汉官。上日受终衡始正,东风入律吕还干。岁星待诏真堪笑,只办归来著客难。"

陈夔龙作《久客沪滨,又逢新历改岁,叠前韵》。诗云:"已拼老病寄孤篷,如此河山涕泗中。独客忍攀前种柳,衰翁浑似早凋桐。泉流从古殊清浊,岁月而今有异同。弈局旁观归袖底,本来妙手太空空。"

黄式苏作《新历元旦》并简刘景晨。诗云:"一自颁新宪,山中旧俗疑。政当王者贵,朔异夏之时。椒酒陈偏懒,桃符换每迟。使君嗟独乐,强醉倒深卮。"

[日]石川贤治作《大正四年元旦》。诗云:"凯旋三祝半生中,改岁今朝万累空。薰沐挥毫歌圣代,国光烂照海西东。"

2日 田兵生。田兵,原名王自成,字从化,山东临沂人。著有《田兵诗集》。

3日 《申报》第15052号刊行。本期《自由谈》"文字因缘"栏目含《李生野民归自都门,将于新历元旦成嘉礼,诗以贺之,并乞〈自由谈〉同人赐和》(天白)、《陈君仲久与徐文湘女士结婚,诗以贺之》(八首,赘虏)。

4日 《申报》第15053号刊行。本期《自由谈》"诗选"栏目含《秋感》(陈琴仙女士)、《秋感和韵》(绛珠女士)、《秋夜忆母》(四首,徽州屯溪难女罗素秋拭泪草)、《大明湖上赠廉南湖四首》(姚□图)。

陈夔龙作《十一月二十九日纹女生辰感赋,五叠前韵》。诗云:"老去安昌食不甘,割慈空掷宝刀三。逢场学母呼双陆,侍坐随爷诵二南。泼墨淋漓书紫石,牵丝颠倒绣红蚕。金闺往事重重忆,此恨真同无底潭。"

严修作《新历一月四日修生世恰两万日》(三首)。其一:"五十五年两万日,蹉跎不进奈余何。此生莫信无功过,但坐无功过已多。"其二:"四十年前弟子员,后生虚誉动前贤。谁知老大徒伤叹,文行曾无一可传。"其三:"东抵扶桑西不列,南穷邛僰北鲜卑。可怜足迹半天下,不见今吾胜昔时。"

5日 《妇女杂志》(月刊)于上海创刊。商务印书馆编辑发行。至1931年12月停刊,前后共17卷(每卷12期)204期。内容分"图画""论说""学艺""家政""小说"译海""文苑""美术""杂俎""传记""通讯""余兴"共12栏。提倡发展女子教育，向妇女介绍自然科学、生理卫生等新知识，冀妇女自立，"谋妇女解放"。杂志历任主编有王蕴章、胡彬夏、章锡琛、杜就田、叶圣陶、杨润余等人。本期"文苑·诗选"栏含《读〈选楼诗稿〉》（太仓王采蘋涧香）、《林下诗存》（巴陵刘璠蜀生）、《送春》（杭县朱承芳蓉笙）、《晓泊和外子》（杭县朱承芳蓉笙）、《登楼》（杭县朱承芳蓉笙）、《峇甫大弟在金阊，诗以怀之》（杭县朱承芳蓉笙）、《题巢南〈笠泽词征〉》（石门吕无逸韵清）、《题潘兰史〈惠山访听松石图〉》（语溪徐自华寄尘）；"文苑·词选"栏目含《烛影摇红·庚戌感事，偕徐芷升同赋》（旌德吕碧城）、《法曲献仙音·题吴虚白女士〈看剑引杯图〉》（旌德吕碧城）、《南歌子》（旌德吕碧城）、《忆秦娥·听箫》（语溪徐自华）、《渡江云·问秋》（语溪徐自华）、《金缕曲·送秋璇卿妹之沪，时将赴扬州》（语溪徐自华）；"文苑·杂俎"栏目含《天足考略（未完）》（杭县徐珂仲可）、[补白]《联语撷华》《今妇人集（未完）》（常熟庞树柏著，内史程灵芬注）、《可中亭传奇》（无锡王蕴章蓴农填词）、[补白]《闺秀词话》。

《申报》第15054号刊行。本期《自由谈》"诗选"栏目含《怀人诗》（寄萍社同人）（五首，蕊轩女士吴绛珠）；"词选"栏目含《好女儿·雪美人》（张碧琴女士）。

袁世凯复书王闿运遥领"国史馆馆长"史职。

李子申画松、梅分畀陵官，又为文兰亭画松，梁鼎芬分别题诗，作《甲寅十一月二十日子申画松、梅，分畀陵官，各题一诗》。其一："遗山横身昔所过，吁嗟松兮将肖之。日日雪风都不管，闲来试取两三枝。"其二："李亭收泪见梅花，偶住钟山数鬓华。天地荒荒人迹少，不知铁石在谁家。"又作《子申为文兰亭画松，题二十八字》。诗云："老臣家在慕陵东，犯冷穿林雪几重。还说年时暂安殿，每朝来拜五株松。"

6日　教育部拟定《提倡忠孝节义施行办法》，经袁批准，并令应将《孟子》《论语》分别列入初等及高等小学教科书。

《申报》第15055号刊行。本期《自由谈》"诗选"栏目含《西查午饭》（东园）、《冬至后》（东园）；"词选"栏目含《天仙子·为王南士君题画中美人》（莽汉）、《贺新郎·本意，赠黄君谔丞》（莽汉）。

易顺鼎在政事堂与机要张一麐等叠韵唱和，以东方朔自拟，而时寓感慨，作《叠韵酬仲仁并和王晦如参事》。诗云："薇省题襟亦雅谈，幽人岂少吉兼甘。秦黄朱约七九十，巽葛滕鄌二六三（连日雪后北风更厉）。寸铁我将成再北，兼金君更比双南。方平莫动桑田慨，今日中原乱已毚。"又作《阳历正月六日怀仁堂听剧作》。诗云："飞灰验候过吹葭，庭榜云龙见汉家。二十八鹓珠贯蕊（二十八席），百千万树玉交花（宴时大雪）。水从管贮温和炭，冰以床行稳胜槎（入西苑门，即坐拖床行冰上）。仙曲霓裳还听取，叫天高唱战长沙。"

曾熙为叔父曾广照（仰皆）《湖山随在吟诗稿》作序。序云："《湖山随在吟诗稿》四卷，仰皆叔父所自定也。叔父少负隽才，好诗酒，性情落廓。咸丰军事兴时，士人但习帖括，叔父独喜读左氏、孙武之书。县试，叔父名冠，军令某将以首选属叔父，叔父作感时诗，书之卷上，长揖请辞。遂从军皖北，擢保知县，历任江苏宝山、桃源诸县，升署徐州府。叔父论事，词气纵横，独谳狱雍容不动声色，卒得信狱。南洋大臣左、曾、沈、刘皆爱其才，由知县擢至道员，任两江营务兼筹防局事近十年。临卒，身无长物，箧中仅有诗稿数卷。刘忠勤因念叔父居差日久，身后萧然，乃筹万金，优恤其家。熙庚寅侍白香师游金陵，壬辰自京师再见叔父于筹防局。叔父曰：'白香温柔敦厚，诗教也。予所学浅，但少年任才性为之。然其指事系情，谲文隐讽，亦诗中之史也。'今冬，静涛弟捡叔父手编，用聚金法印之，工竣以告熙。熙曰：呜呼！叔父没，今且十余岁矣。白下置酒，纵论世事，今何时耶！读叔父诗者，其在《民劳》《板荡》之间乎！民国三年甲寅小寒，侄熙谨序。"

[日] 砚海忠肃作《十一月念一日访陶庵公于洛北田中村别业，壁间有赖山阳〈咏兰〉七绝，乃用其韵，得数首节录》。其中，《野菊》云："野菊傍篱荒径斜，闲游半日到归鸦。暮天偏怕霜威紧，霎雨无心洒晚花。"《富士》云："山自崇高云自斜，旷原秋杳闪寒鸦。雪峰一万三千尺，天上芙蓉八朵花。"《高尾》云："山含淡霭落晖斜，僧打时钟散暮鸦。满目霜枫高尾晚，斓斑秋色丽于花。"

7 日 《申报》第 15056 号刊行。本期《自由谈》"诗选"栏目含《宫词》（三首，野民）、《有感》（东园）、《归自扬州》（东园）、《赠包黎先》（东园）。

8 日 《申报》第 15057 号刊行。本期《自由谈》"诗选"栏目含《秋风，和桐生韵》（东江王大觉）、《有赠八首，集〈闲情集〉句》（删存四，东江王大觉）；"文字因缘"栏目含《贺野民新婚》（琼华女士）。

周学熙父周馥（玉山）生日。11 日为周学熙生日。袁世凯送礼致贺，欲命周学熙再掌财政。周馥夜避之，出关东游，先至唐山，查看洋灰、滦矿工厂；后至山海关、葫芦岛，冒风雪、浴严寒，半月始归。同行者赵幼梅、王筱汀诸人。

严修往周宅为玉山师暖寿，作寿联云："天下有大老；海内一吾师"。

9 日 《申报》第 15058 号刊行。本期《自由谈》"诗选"栏目含《中华民国四年新历元月一日之感想，率赋》（肃霞）。

杨度被袁世凯任命为国史馆副馆长。

杨守敬卒于北京。杨守敬（1839—1915），本名开科，字鹏云，号惺吾，晚号邻苏老人，湖北宜都人。同治元年（1862）中乡举，次年入都会试报罢。后曾 6 次赴京应礼部试皆不售。其间曾在京断续就馆，在家开馆授徒兼营商，并刻书发售。光绪六年（1880）应驻日本公使何如璋召赴日本东京，出任使馆文化随员。光绪十年（1884）

回国就黄冈教谕职。光绪二十五年（1899）任两湖书院地理教席。越三年任勤成学堂总教长，加四品衔。次年张之洞保奏为经济特科第一。辛亥事起，仓促避地上海，藏书因日人寺西秀成请求，得都督黎元洪明谕保护，随即运往上海。1915年因黎元洪荐，赴北京任袁世凯政府顾问、简任参议，藏书亦随行北运。杨七赴公车不第，48岁遂绝意科名，专心著述，以名山事业为己任，博学多通，为中国近代著名历史地理学家、金石学家、版本目录学家、方志学家、书法家。其藏书之富，一时雄视国内。藏书室名有邻苏园、观海堂、飞青阁等。治历史地理学成果《水经注疏》，被同代学者认为足与段玉裁《小学》、李善兰《算学》并称清代学术"三绝"。杨嗜古成癖，被人戏呼为"杨疯子"。近代日本书道宗尚北魏风骨，实多出杨之倡导。1982年，国务院古籍整理出版规划小组负责人李一氓建议重新整理出版《杨守敬集》。1984年以北京师范学院谢承仁为首的整理小组正式成立，收录杨氏一生40余部重要著作的《杨守敬集》于1988年4月起陆续由湖北人民出版社公开出版发行。杨氏平生不以诗鸣，全套文集13巨册，第6册中含《古诗存目录》，第8册中含《藏书绝句》。李审言作挽诗："长身玉立鬓毵毵，曾侍扬云一夕谈。舟壑疾同星火逝，梁阴虚被月光涵。笑因绣梓思伪叔，衃起雠书记选庵。可惜宜都山水窟，归魂哀郢不重探。"饶汉祥作挽联云："藏书轶韦处厚，博识轶束广微，含味独游，晚岁更参齐物旨；注经规郦道元，论字规张怀瓘，遗函尚在，后生终负定文心。"

邹永修作《家母游太宜人八十生日敬祝》。诗云："古稀已是十年前，喜惧交加幸得天。江汉归来忙绕膝，弟兄随侍半齐肩。显扬儿愧冯勤贵，登拜人多郭泰贤。九九寿筹参数理，诸孙请业色陶然。"

10日 据寒山诗社编《寒山诗钟社姓名住址录》（民国四年一月十日止），截至本日，寒山诗钟社社员计有：王湘绮、王式通、王允晳、王揖唐、王荫槐、孔希伯、文公达、文和、文狷庵、方地山、石星巢、田北湖、左念康、伍叔葆、朱鼎卿、朱旭辰、朱芷清、朱祖谋、朱味辛、汪友箕、江瀚、江霞公、林寒碧、李姚琴、李伟侯、李右周、李珊园、李孟符、李汉珍、沈瑜庆、沈福田、沈养源、沈曾桐、沈淇泉、何震彝、何寿芬、吴康伯、吴士鉴、吴痌鸳、余楚帆、宋寰公、宋育仁、易顺鼎、易君左、金实斋、长寿卿、林季武、周养庵、胡迟圃、胡祥麟、胡葆生、胡夔文、胡仁源、冒鹤亭、伦哲如、夏寿田、夏仁虎、夏敬观、夏孙桐、秦树声、桑又生、徐质夫、袁珏生、袁克文、袁树五、袁丕钧、袁丕佑、高步瀛、纪香骢、孙雄、陈宝琛、陈公俌、陈椿轩、陈仲骞、陈翼牟、陈石遗、陈简持、陈师曾、陈公睦、陈霞章、陈伯澜、许宝蘅、许邓仲期、许守白、梁鼎芬、梁宓、梁启超、梁璧荃、章华、郭曾炘、郭则沄、郭宗熙、陆彤士、麦敬舆、崔聘候、梅光远、黄孝觉、黄濬、黄樵仲、黄嘿园、黄节、黄君豪、黄阗生、黄笃友、张坚伯、张鲁恂、贺履之、温毅夫、曾习经、曾福谦、曾广钧、曾广祚、傅治芗、傅增湘、区仲怿、覃孝方、嵩彦博、杨味春、杨杏城、杨瑟君、杨时百、杨增荦、杨喆甫、杨云史、叶恭绰、赵芝山、赵椿年、爽良、樊增祥、蔡伯浩、潘飞声、黎露苑、刘樵山、刘宗向、刘厚之、刘伯远、刘剑候、刘光烈、刘伯崇、诸宗元、邓君寿、郑叔进、骆成昌、龙毅父、谢晓舫、钟镜斋、萧遇春、谭篆青、谭宾秋、饶敬伯、严复、顾亚蓬、顾印愚、罗惇曧、罗惇曼、关吉符、关赓麟。

《游艺杂志》（月刊）于浙江杭州创刊。黄严编辑，杭州兴业公司印刷，《之江日报》社发行，仅存1期。主要栏目有"插画""文辞""诗""诗话""传奇""小说""弹词""谐薮""美术""谈荟""笔记""杂俎"等。主要撰稿人有亦农、飞涛、冷斋、子绥、佩夫、羲皇、傅希轼、风雪阁主人、燕基、故吾、笑吾生等。第1期"诗"栏目含冷斋、漱芳轩主、文波等人诗；"词"栏目含《菩萨蛮》（佩夫）、《谒金门》（佩夫）、《满江红》（傅希轼）；"诗话"栏目含《乐颜楼诗话》（心云）、《寸楼诗话》（羲皇）。

《申报》第15059号刊行。本期《自由谈》"诗选"栏目含《题皖江寄渔〈钓鱼台诗〉四绝，和鹗士》（瘦蝶）、《舟夜闻笛》（南汇李凤超）、《闺思》（南汇李凤超）、《寒夜》（南汇李凤超）。

《女子世界》第2期刊行。本期"文选·玉台新集"栏目含《〈新蘅词〉弁言》（钱塘学景祁繁甫）、《〈吟香室诗〉序》（奉新许振纬仙屏）、《题〈佩秋阁遗稿〉》（长洲秦云）、《题〈兰闺唱和集〉》（歙县吴承烜东园）；"诗话"栏目含《闺秀诗话》（十六则）（蕙云女士、晨风阁主、淑芬女士、橘农、红树）、《香奁诗话》（醉灵轩主）、《曲栏闲话》（栩园）；"诗词曲选·名媛集·诗选"栏目含《美人六咏》（海昌许诵珠宝娟）、《合欢词四首》（长洲曹贞秀墨琴）、《苔痕》（泄上阚寿坤德娴）、《香篆》（泄上阚寿坤德娴）、《帘影》（泄上阚寿坤德娴）、《睡起》（泄上阚寿坤德娴）、《不有》（钱塘许之雯修梅）、《集时贤句题〈津楼惜别图〉一首，即次南湖诗韵》（桐城吴芝瑛紫英）、《次韵〈新秋感赋〉呈南湖、芝瑛两师》（海门黄逸尘雪兰）、《赠刘姊韵芳》（海门黄逸尘雪兰）、《赠毛姊裕蕙》（海门黄逸尘雪兰）、《月夜怀陆姊芹征》（海门黄逸尘雪兰）、《萍》（海门黄逸尘雪兰）、《春柳》（海门黄逸尘雪兰）、《春草》（海门黄逸尘雪兰）、《大明湖上作》（香山谭佩鸾）、《绣余口占》（香山谭佩鸾）、《卖花词》（香山谭佩鸾）、《伤春词》（香山谭佩鸾）、《回赣闻讣，哭陈彩霞女史》（南昌许贞卿）、《畊霞盟妹之蜀十余载，讹传已逝，感赋一律》（南昌许贞卿）、《消夏杂诗》（锡山江莹素琼）、《甲寅九月之秋偕倩华表姊同摄一影，借留纪念，即赋二绝》（佚名）、《咏荷十四首选七》（锡山孙婉如）、《咏荷十四首选六》（吴江邹梅修）、《咏菊八首选七》（钱塘汪咏霞）、《四老吟》（锡山孙啸秋）、《秋柳》（锡山孙啸秋）、《黄叶》（锡山孙啸秋）、《梅雨后野步，用意萱姊韵》（清溪嵇逸仙）、《薄暮舟中》（清溪嵇逸仙）、《寒蛩》（歙县吴蕊先绛珠）、《秋夜》（歙县吴蕊先绛珠）、《秋夜怀碧霞》（盐城杨瑛青碧珠）、《和苹香、碧霞〈兰闺清咏〉之作，次韵》（盐城杨瑛青碧珠）、《冬闺》（扬州许碧霞绮云）、《冬闺和韵》（歙县鲍苹香秋白)、《谢庭咏絮》（杭县汪彤）、《即景》（杭县汪彤）、《重九登高》（南海潘韵若）；"诗词曲选·名媛集·词选"栏目含《霜叶飞·黄叶》（吴县吴苣佩纕）、《暗香·咏梅》（吴县吴苣佩纕）、《疏影·前题》（吴县吴苣佩纕）、《唐多令》（仁和朱恕懒云）、《台城路》（仁和朱恕懒云）、《风入松》（仁和朱恕懒云）、《壶中天·题钱唐丁松生征君配凌芷沅夫人〈翠螺阁诗词集〉》（丹徒包兰瑛者香）、《齐天乐·送张碧筠女史贞竹之上海》（丹徒包兰瑛者香）、《洞仙歌·季秋乘笋舆出清波门，从南屏穿花港登葛岭，复至玉泉观鱼，归途作此》（丹徒包兰瑛者香）、《高阳台·红叶》（歙县吴蕊先绛珠）、《忆秦娥·石城秋感，用孙夫人体韵》（歙县吴蕊先绛珠）、《荆州亭·有感，用吴城小龙女体韵》（歙县吴蕊先绛珠）、《四字令·拜月》（扬州许碧霞绮云）、《四字令·秋情》（扬州许碧霞绮云）、《浣溪沙·寒夜，用张曙韵》（盐城陈琴仙友瑟）、《风蝶令·暮春》（长沙刘鉴惠叔）、《风蝶令·春闺》（长沙刘鉴惠叔）、《月底修箫谱·冬闺晓起》（长沙刘鉴惠叔）；"诗词曲选·名媛集·曲选"栏目含【南仙吕·步步娇】《昔韩昌黎有〈送穷文〉，张平子作〈遣愁咏〉，皆坎坷之境抒厄塞之辞。余穷既不殊，愁尤相类，借彼短调，写我长怀》（东海刘清韵古香；【南仙吕入双调·新水令】《〈倚翠楼吟草〉题辞》（仁和朱恕懒云）"诗词曲选·香奁集·诗选"栏目含《镜湖忆赠》（潘兰史）、《四时闺词，仿东坡体》（毓铁人）、《闺中书事》（毓铁人）、《金陵席上留别》（刘醉蝶）、《无题》（孙瘦鹤）、《日本京桥冶春词》（丁叔雅）、《怨晓月·梁元帝有〈怨晓月〉题而缺其篇，为赋其意》（曹拙巢）、《〈绮怀〉六首选四》（徐梦鸥）、《冬夜闺情三首》（魏春影）、《新艳体四章》（陈佐彤）；"诗词曲选·香奁集·词选"栏目含《满庭芳》（瘦菊）、《金菊对芙蓉·花影》（萍隐）、《湘春夜月》（萍隐）、《金缕曲·题〈葬花图〉》（红树）、《虞美人·闵行舟中》（红树）、《醉高歌·清闺四咏和韵》（东园）、《更漏子·秋夜，用王碧山韵》（东园）、《醉落魄·秋晓，用王碧山韵》（东园）、《踏莎行·秋声，用王碧山韵》（东园）、《淡黄柳·秋思，用王碧山韵》（东园）、《沁园春·美人发》（实甫）、《沁园春·美人口》（实甫）、《齐天乐·题〈玉雪留痕〉，次林琴南韵》（天虚我生）、《一萼红》（瘦梅）、《浣溪沙·有赠》（瘦梅）；"诗词曲选·香奁集·曲选"栏目含【南正宫·锦缠道】《潘兰史为惜洪姬银屏之别，作〈红豆图〉索题》（天虚我生）；"说部·弹词"栏目含《潇湘影弹词（续）》（天虚我生著，影怜女士评）；"说部·传奇"栏目含《落花梦传奇（续）》（钱塘陈蝶仙谱，仁和华痴石评）；"音乐·杂俎"栏目含题词随录：《东园师为〈女子世界〉征文，赋此寄题》（碧珠女士）、《〈女子世界〉题词》（苹香女士）、《题〈女子世界〉》（碧霞女士）、《题钝根、蝶仙新编〈女子世界〉，应东园之征》（琴仙女士）；"卫生·杂俎"栏目含题词随录：《连珠十二章（未完）》（东园）、《〈好女儿〉词一阕》（瘦蝶）。其中，吴芝瑛《集时贤句题〈津楼惜别图〉一首》云："小阁重楼落日寒（伯严），谈禅说鬼有余欢（樊山）。名山谁信身堪隐（苏堪），客里相逢岁又阑（子言）。柱叠华巾绾空髻（寒厓），可堪梦窄较春宽（穆忞）。绿波南浦情何限（咏霞），顾曲频登旧将坛（澍生）。"

杨宪益生。杨宪益，生于天津，安徽泗县人。著有《银翘集》。

魏清德《春柳》（拈阳韵）（二首）发表于《台湾日日新报》。其一："龙池雨色深深见，上苑莺声故故忙。我亦访春来系马，新愁旧恨两茫茫。"其二："金缕衣歌金缕黄，千条摆露濯春堂。灵湘殿上依依貌，不羡芙蓉比六郎。"11日又刊于《台湾日日新报》。

11 日　鲁迅将历来所购石印名人手书及石刻小册清理汇聚，请人装订成册，并开始大量搜集古碑和研究金石。

12 日　《申报》第 15061 号刊行。本期《自由谈》"诗选"栏目含《掬水月在手》（包者香女士）、《弄花香满衣》（包者香女士）。

李刚己卒。李刚己（1872—1915），河北南宫人。早年就学于保定莲池书院。光绪二十四年（1898）考中戊戌科三甲第 191 名进士。历任灵丘、繁峙、五台、静乐等县知县。辛亥革命爆发，积极响应，至大同，兼署知府。民国三年（1914）受聘于保定高等师范国文部。工诗文。有《李刚己遗集》5 卷。徐世昌《晚晴簃诗汇》评曰："其志、才、命略似唐李贺、宋王令，诗亦雅与二家相近。"汪辟疆《光宣诗坛点将录》评曰："刚己得诗法于范通州，清刚健举，则又从涪翁直溯杜、韩者也。"钱仲联《梦苕庵诗话》云："肯堂诗法，李刚己得其传，虽未出蓝，已能具体……其古诗辞气驱迈，雄怪惊人。"又云："刚己七律气势俊逸，酷肖其师，不愧霸才，稍失之粗。"

沈幼卿太史为其母杨太君七十征诗，叶昌炽为沈幼卿题《湖山介寿图》，作《题沈节母杨太君〈湖山介寿图〉》（沈幼卿太史之母也）（二首）。其一："漆室难忘恤纬劳，琼筵且莫醉蒲萄。闺中绛县称人瑞，湖上青山避世嚣。三日板舆为母寿，一枝藤杖伴儿曹（太君以百钱买藤杖一枝，付太史曰：'会见汝携此杖也'）。毗岚不到金仙界，千朵莲华放白豪。"

王闿运作《送幼丹，媵一绝句》。诗云："料无清水饮清官，近市传餐尚有盘。好与东坡祝长健，今年馈岁有吴团。"

13 日　南洋学会成立。推举唐文治为名誉会长。南洋学会下设言语、编辑、游艺三部。每月至少有常会两次，如办中英语演讲、辩论，或请名人演讲等。拟刊行杂志。

《申报》第 15062 号刊行。本期《自由谈》"诗选"栏目含《听梅郎歌》（天白）、《中秋无月书闷》（包者香女士）、《九日偕闺友登高》（包者香女士）；"曲选"栏目含《秣陵秋·用尤西堂题〈美人图〉韵》（吴绛珠女士）。

廖道传作《四年一月十二三日振武上将行署公宴纪事》（二首）。其一："阳月春光旧历回，军门高宴举霞杯。花萦侧帽名流入，剑佩歌风猛士来。五岭艰危悬砥柱，四年父老伫熙台。画图一百余人在，几倍瀛洲将相才。"其二："主宾迭享语从容，振鹭西邕客幸逢。河海风云通一气，节旄卿将景三峰。铜琶江去诗情壮，羯鼓花催酒兴浓。人散六街香不断，绮襟都插紫芙蓉。（首日各官公宴龙上将军济光、李少卿巡按国筠、镇守使龙中将觐光、海军司令饶中将怀文、治河督办谭次长学衡、桂省来宾逢道尹恩承。翌日六公回宴同僚，席间迭奏军乐并击鼓传花角饮）"

14 日 《申报》第 15063 号刊行。本期《自由谈》"诗选"栏目含《旅夜怀人》（一鹤）、《剑》（一鹤）、《题画美人》（一鹤）；"词选"栏目含《满江红·有感》（东园）、《二郎神慢·移家白下感言，用尤西堂韵》（绛珠女士）；"文字因缘"栏目含《寿星明·奉介吴东园先生六秩寿，即用原韵》（青浦徐公辅伯匡甫稿）、《挽陈征君莲舫》。

15 日 《申报》第 15064 号刊行。本期《自由谈》"游戏文章"栏目含《改良门联》（钝根）；"诗选"栏目含《卖鱼湾》（东园）、《仙源道中》（即太平县）、《减价粥》（东园）、《平粜米》（东园）；"文字因缘"栏目含《寿星明·东园君以〈六十初度自言〉嘱和，因倚奉酬，藉以祝嘏》（鲍苹香女士）、《前调（重与论文）》（许碧霞女士）、《前调（天眷斯文）》（陈琴仙女士）、《前调（有味青灯）》（杨碧珠女士）、《前调（术守庚申）》（张碧琴女士）。

《民权素》第 4 集刊行。本集"名著"栏目含《渔蓑赋·以"绿蓑烟雨江南"为韵》（唐才常）、《〈梦余诗草〉序》（无尽）、《〈白门悲秋集〉序》（国实）、《〈颇罗诗集〉序》（卷庵）、《〈哀荣录〉序》（郁嶷）、《快阁记》（漱岩）、《月色斋记》（匪石）、《倪纲小传》（鲁源）、《送沈生归越郡序》（箬超）、《致山东昌邑议会书》（陈干）、《与檗子论词书》（匪石）、《新年与友人书》（昂孙）、《答胡穆卿书》（箬超）；"艺林·诗"栏目含《黄藏鲁正叔铜琴歌》（苏戡）、《月夜忆樊山》（茧叟）、《观剧夜归》（茧叟）、《月夜闻笛》（茧叟）、《五君咏》（五首，皙庭）、《秋夜游古刹》（皙庭）、《遣怀》（实丹）、《忆钝剑》（二首，实丹）、《病中》（二首，实丹）、《谒孝陵》（天梅）、《桃根桃叶歌》（天梅）、《谒明孝陵》（吹万）、《和天梅〈金陵杂感〉》（十首，哲夫）、《客中》（六首，亚宾）、《自观》（六首，亚宾）、《感怀》（五溪）、《宝刀歌》（五溪）、《弹铗吟》（二首，卷庵）、《在赣州拘留中作》（二首，公甫）、《阻风岩子祠书壁》（公甫）、《舟次闻家堰，题寄同乡诸子》（公甫）、《渔舟竹枝词》（七首，恫百）、《济安自黄梅来索诗，长歌赠之》（海鸣）、《鹡鸰行》（蘖子）、《和张友栋〈题清凉山扫叶楼〉诗》（东苏）、《吊美国乾母斯博士》（东苏）、《游陶然亭》（东苏）、《病中哭稚晖》（并示孟陶老者）（二首，蜕庵）、《病中哭寄禅》（并怀永光和尚）（蜕庵）、《病中酬永光》（并痛寄禅）（蜕庵）、《养疴帆山寓斋》（豁庵）、《山塘泛舟并游虎邱》（豁庵）、《西湖柳（步渔洋山人〈秋柳〉韵）》（四首，楗）、《慰孟硕》（二首，天羽）、《题〈汾堤吊梦图〉》（万里）、《五十述怀》（四首，橘厂）、《游东瀛赠大河先生》（三首，孤剑）、《偶题》（箬超）、《无题》（箬超）；"艺林·词"栏目含《醉花阴·无题》(天骄)、《雨中花 (一任残红飞去了)》(天骄)、《金缕衣·濒返吴矣,匪石邀饮酒家并为词属和,倚此示之》(叔子)、《虞美人·依韵和匪石》(叔子)、《金缕衣·游静安寺,口占示叔子》(匪石)、《金缕衣·依韵和叔子》(匪石)、《眼儿媚·寄钝庵》(枕亚)、《小重山·前意》(枕亚)、《鹧鸪天·贺归娶》(五首,蛎须)、《金缕曲·赠春航》(剑华)、《菩萨蛮·过旧销魂处题壁》(四首,庐)、《菩萨蛮·别季英》(泣花)、《清平乐·和〈断肠词〉》(天放)、《生查子·前意》(天放)、《浪淘沙·前意》(天放)、《菩萨蛮·前意》(天放)、《桃源忆故人·无题》(箸超)、《浣溪沙·无题》(箸超);"游记"栏目含《沪北两日闻见记》(季陶)、《岭东旅行记》(志群)、《西湖里六桥游记》(箸超);"诗话"栏目含《集隽诗话》(记者)、《揽怀斋诗话 (续第三集)》(南村)。其中,张东荪《和张友栋〈题清凉山扫叶楼〉诗》云:"清凉山上百云浮,扫叶楼前淮水流;天下几人共哀乐,江南此日可遨游。当时文字张平子,异代山川孙仲谋;我欲渔樵相伴老,人间无复重贻忧。"《游陶然亭》云:"雨后江亭快晚晴,与君携酒且闲行;荒台玉佰思天来,蔓草铜驼泣月明。不为兴亡留古寺,也因风雨卧孤城;西山怪底多峥嵘,看尽人间更不平。"叶景葵 (卷庵)《弹铗吟》其一:"长铗苍凉鸟夜啼,唾壶击碎暮云低。只余壮志酬车剑,忍委春心付雪泥。薛国笙歌空狡兔,秦关风月尚闻鸡。天涯倘有归来客,谁访田文学事齐?"其二:"先生一剑足从容,弹到无鱼隙自封。肥泌尘高嘶战马,延平人去失真龙。光腾赤堇山头石,梦绕木兰饭后钟。最是多才任寥落,流星百里有霜锋。"陈匪石《金缕衣·依韵和叔子》云:"抵事将人误。问何时、春愁漾尽,杜鹃声住。剩有诗情如海阔,专作懊侬词句。算一曲、周郎能顾。白雪阳春人间少,怕流莺、笑我惟长噱。知己感,肯轻负。 淞波平剪春江暮。是吾曹、狂奴故态,儿呼文举。烟柳危栏肠断未,一角斜阳无主。凭凤管、红儿分付。回首皋桥风流梦,甚花间、影事今无据。心上事,共谁语。"

陈夔龙见冯煦。陈夔龙作《嘉平朔日梦华同年过谈,越日适逢弧旦,作此奉祝,九叠前韵》。诗云:"仲尉蓬蒿只自甘,为君特扫径三三。读书种尚留江左,介寿星先耀极南。敝甚黑貂知汉腊,织成文锦贵吴蚕 (君著述宏富,已次第刊成)。万家生佛迎司马,安得宏开广运潭 (筹办淮徐义赈,全活甚多)。"

陈遹声作《十二月朔日天雨雪》。诗云:"昨夜北风竞,帷幕寒威肃。早闻儿童喧,雪满前山麓。婢言敲冰坚,妾报煮茶熟。起来隔窗望,林树失翳绿。独坐寡所营,闲检道书读。家贫门无罗,冻雀纷相逐。一雀噪檐头,一雀穿庭竹。踏枝猝作惊,簌簌屑霏玉。老仆畏天寒,终日掩茅屋。犬惊山河改,吠声出丛木。"

16日 《申报》第 15065 号刊行。本期《自由谈》"词选"栏目含《江南好·送袁锡龄之无锡》(东园)、《双红豆·寒夜坐雨》(东园);"文字因缘"栏目含《寿星明·和东园〈六十初度〉》(瑞竹)、《前调·酬叶君瑞竹,和作》(东园)。

魏清德《送石崖词兄之福州》发表于《台湾日日新报》。诗云："石崖读书皆好奇，闽游示我七言诗。天长地阔大八表，苦恨健翮受羁縻。行将短衣立马万山上，叱咤闽江水奔驰。筋强力壮不进取，坐令老大徒伤悲。北望燕京暮气黑，以暴易暴何时息。南方志士无斧柯，奈此龟山终不得。我昔浮海入广州，放歌独上五层楼。闾闾扑地百万户，不见药师与剑虹。年来郁郁愁欲死，如逢失道落苍耳。俟君归话一灯青，狂笑怡我神冥冥。"

17日 《申报》第15066号刊行。本期《自由谈》"诗选"栏目含《寄怀冯秋心》（冷红）、《寄怀陈淑梅》（冷红）；"文字因缘"栏目含《调倚〈千秋岁〉·祝吟斋老友七旬寿》（酒丐）、《蘅香馆主以〈七十述怀〉诗嘱和，步韵呈政》（四首，野衲）。

魏清德《击钵吟，席上赋送石崖词友入闽》发表于《台湾日日新报》。诗云："闽水闽山次第过，此行吊古又如何。王郎斩棘披荆地，莫漫春风感卧驼。"

18日 日驻华公使日置益向袁世凯提出"二十一条"要求。要求承认日本继承德国在山东享有的一切权利，并加以扩大；延长旅顺、大连的租借期限等。袁世凯为换取日本对其称帝支持，派陆征祥、曹汝霖同日本代表秘密谈判。5月9日，袁世凯政府除对一部分内容声明"容日后协商"外，均予承认。

《申报》第15067号刊行。本期《自由谈》"诗选"栏目含《观梅二首》（真州赵二）、《水仙花》（真州赵二）；"文字因缘"栏目含《挽罗敏仪女士》（二首，琼华女士）、《岁暮寄怀〈新闻报〉主笔张小吹》（松江方稜）。

杜国庠填写入南社申请书，介绍人陈家鼎。

19日 《申报》第15068号刊行。本期《自由谈》"诗选"栏目含《小松》（追和李商隐韵）（东园）、《拟李商隐〈春日寄怀〉，用原韵》（东园）、《赠妓》（四首，莽汉）、《衰柳》（龚之英）；"词选"栏目含《饥民叹》（东园）。

梅兰芳自上海演出回京，沈葆桢之孙沈昆山设席为其接风。易顺鼎、樊增祥、陈衍、罗惇曧、梁鸿志、黄濬、林志钧、杨毓璿等作陪。易顺鼎赋《再赠梅郎一首》。诗云："天遣癯仙领众芳，藐姑射作美男装。云高太甲归迎雪，林际春申去钱霜（梅郎以初冬赴沪，腊月返都）。一国轮钱看西子，万人击鼓乐东皇。沉香压倒青莲笔，唤取姜夔制乐章。"又作《沈公子昆山十二月五日宴席有作》。诗云："侯官沈二佳公子，招我寒宵倾绿蚁。梅郎新自春申归，入座翩然美无比。玉光照室如琼瑶，玉气辟寒还胜貂。玉梅一株照天地，矞然举世皆唐尧。陈（石遗）罗（掞东）中岁称诗伯，梁（众异）黄（秋岳）林（宰平）杨（瑟君）并英绝。四朝独有樊山翁，七十曾无一茎雪。主人选客何精妍，蜂腰愧我成华颠。醇醪未饮各先醉，祇合诗中呼八仙。云郎来对虞山叟，韵事前朝亦希有。三百年来无此伶，三百年来无此酒。当筵我逊牧之才，犹较廉夫怀抱开。那要两行红粉笑，试听一曲紫云回。"黄濬作《十二月五日昆三招同樊山先生、石遗师、石甫、瑟君、剑丞、宰平、公达、众异饮于寓斋）。诗云："今冬乃奇寒，诗思久苦蛰。沉埋万人海，壮抱付羁縶。昨闻樊山来，春气转京邑。沈侯命清尊，薜苣约佳集。小巷初张灯，薄雪犯微湿。入门拜诗老，温貌最可挹。吾师辩澜翻，高论亦渼潏。眼前三五公，诙笑恣翾给。阿梅盈盈至，隽采见玉立。身上江南香，隔袂作余裛。素颜幸无恙，未遭严霜袭。流波无停姿，翩影去何急。酒阑申崇谭，洗席理茶笈。嘉游固难常，坠韵倘可拾。"

魏清德《钓雪》（限真韵）（二首）发表于《台湾日日新报》。其一："大江喷雪浪如银，上有蓑翁下伏鳞。多少红炉羔酒客，一竿谁及富春滨。"

20 日 《大中华》杂志（月刊）在上海创刊。1916 年 12 月 20 日终刊。共出 2 卷 24 期。梁启超任主任撰述。大中华杂志社编辑，上海中华书局发行。主要撰稿人有康有为、章太炎、吴贯因、任致远、谢无量、蓝公武、陈霆锐、王宠惠、张君劢、张东荪、马君武、张謇、林纾等。分设"政治""专题论文""文（文、诗、词）""时事日记""要牍""选报""余录"等栏目。创刊号上，陆费逵在《宣言书》中宣布办刊目的有三："一曰养成世界智识；二曰增进国民人格；三曰研究事理真相，以为朝野上下之南针。"梁启超在《发刊辞》中提出该刊宗旨是："注重社会教育，使读者能求得立身之道与治生之方，并能了然于中国与世界之关系，以免陷于绝望苦闷之域；次则论述世界之大势，战争之因果及吾国将来之地位，与夫国民之天职，以为国民之指导。"对袁世凯复辟帝制和日本强迫中国接受"二十一条"，该刊旗帜鲜明表示反对。创刊号"文苑"栏目含《〈西疆建置沿革考〉序》（梁启超）、《甲寅冬假馆著书于西郊之清华学校，成〈欧洲战役史论〉，赋示校员及诸生》（梁启超）、《杂感十首》（集定庵句）（鹃声）、《短歌四章》（方尔谦）、《寄地山兄》（方尔咸）、《次韵答田大》（庚戌）（大渊）、《答啬庵春日见怀》（大渊）。

《申报》第 15069 号刊行。本期《自由谈》"诗选"栏目含《塞外四律》（少侠）、《留别李公木斋先生八首》（旧作）（吴东园）、《青溪有酒家名杏林居者，当垆三女极明媚之致，醉后题二十八字于壁，以当鸿爪》（拜花）、《雪意》（拜花）、《暖阁》（拜花）、《层冰》（拜花）、《残荷》（龚之英）。

《学生》第 2 卷第 1 号刊行。本期"文苑"栏目含《武林旅行记》（江苏省立第二师范学校本科二年级生汪钧材）、《旅行长潭记》（附黄君像）（蕉岭县中学校第三年级生黄辟东）、《记大渔地方之形胜》（平阳大渔雄海初高等小学校二年级生钱政）、《春日游湖祭岳坟记》（浙江铁道学校学生赵伟如）、《叙春假时之村居》（易县中学校预备班二年生任维屏）、《月夜泛舟长江记》（江苏第三师范学校本科二年生蒋启藩）、《孤山看梅记》（杭州安定中学校学生顾鸿棻）、《鹡寄楼读书记》（江苏省立第二师范学校学生黄声）、《重修扬州文选楼序》（泰县国文专修科四年级生吴钟仁）、《读〈史记·刺客列传〉书后》（广东东莞中学三年级生尹文光）、《虚中先生传》（吴兴中学三年级生汶水南委）、《约友人游春书》（江苏第四师范学校一年生陈汝棻）、《余读板桥〈孤儿行〉，不知泪之何从也，因仿其体为之》（永年县省立中学校学生顾宝随）、《过韶春园故址》（南通师范学校本科生张梅盒）、《家书》（前人）、《重九登文峰塔》（前人）、《秋词》（八首，成都联合县立中学校学生饶炜）、《秋闺怨，集唐》（前人）、《九日书怀》（北京清华学校高等二年级生沈鹏飞）、《舟次》（广东潮州中学校学生陈又东）、《熏笼》（吴淞商船学校学生袁定远）、《言志诗》（成都中国青年会补习学校学生黄先科）、《落叶》（二首，浙江省立第三中学校四年级生慎言）、《新秋》（广西桂林中学校第一年级生欧阳昭）、《秋兴》（前人）、《步王君虔〈登谢眺楼〉》（安徽第四师范学校学生包直）、《问雁》（上海复旦公学中学科学生贺芳）、《新秋》（江苏省立第二师范学校学生徐介）、《玩月》（吉林双城县立中学校学生张璚书）。

《公言》第1卷第3号刊行。本期"诗录一"栏目含《鹿川田父诗》（程子大）；"诗录二"栏目含《九秋诗（并序）》（隼厂）、《寄醉厂长沙》（屯艮）、[补白]《白云麓琐录》（醉厂）；"词录一"栏目含《湘雨楼未刊词》（长沙张祖同雨珊）、[补白]《兰芷余芳录》（平子）；"词录二"栏目含《萝厂词》（长沙郑泽叔容）。

21日　《申报》第15070号刊行。本期《自由谈》"游戏文章"栏目含《新山歌》（劝人仿造洋货）（韵清女史）、《北京奇冷纪》（无聊）；"诗选"栏目含《江行夜作》（和王次陶）（野东生）、《夕阳晚眺歌，和文丞相元韵》（野东生）、《松竹庐即景》（二首，啸霞山人）。

陈夔龙与陈夔麟游张园。陈夔龙作《嘉平七日偕大兄游张园，遂往酒家小酌，叠前韵》。诗云："清风两袖不嫌贫，喜有芳园近结邻。湖海轮君豪士气，笠瓢伴我苦吟身。耕无绿野装中立，醉解金龟贺季真。作客江南惊岁晚，梅花先报一枝春。"

叶昌炽和秦绥章诗，作《佩鹤前辈出示新诗并招近局，敬赋两律奉酬，次集中〈和耿伯齐农部〉韵》。其一："同里才名大小秦，后先鹰隼出风尘。我师愚叟居河曲，君痛难兄剩颍滨（长公苟龄大令去年归道山，君有《挽伯兄》四律，又有唱和诗）。林下农书搜蔡葵，寰中战略问庄辛。冰霜且莫嗟迟暮，九九寒销渐到春。"

22日　《申报》第15071号刊行。本期《自由谈》"诗选"栏目含《惆怅词》（二首，拜花）。

陈夔龙在朱荣躁寓所举行消寒集会，陈夔龙作《腊八日假晓南宅治具消寒，示坐中诸君子，四叠前韵》《嘲仕，八叠前韵》。其中，《嘲仕》云："为贫而仕本非贫，车马喧阗动四邻。一德格天工献颂，万人如海善藏身。迷途未识今犹昨，宦梦方浓幻亦真。太息楼头双燕子，重来已是别家春。"

叶昌炽作《题方绥之小影》（三首）。其一："乔柯葆岁寒，凌霜有奇节。此真高士图，矧见徐黄迹。"其三："安隐槃陀坐一卷，得言忘象意忘筌。十年一觉扬州梦，松下清斋作散仙。（君久客广陵，以盐笑起家）"

23 日　《申报》第 15072 号刊行。本期《自由谈》"游戏文章"栏目含《外国缩脚诗》（钝根）；"诗选"栏目含《答剑公》（一鹤）、《劫后喜得秩秋书》（一鹤）；"文字因缘"栏目含《挽罗敏仪女士》（沘水日生）、《挽罗敏仪女士》（八龄女子李孝琼）。

大仓喜八郎诸人访徐世昌。晚，徐世昌与杏城、干臣宴屈文六、张季直、梁任公、蔡松坡、汤继武、章仲和、梁燕孙诸人小聚。

赖和作《日志》（四首）。其一："凄风瑟瑟撼窗棂，晓枕朦胧睡半醒。拥住重衾强不起，雨声滴沥梦中听。"其二："起来无奈晓风寒，肌栗身颤意自安。总为人情耽逸乐，稍凌辛苦学艰难。"其三："露花□树晓凄凄，庭下风微雾尚迷。池畔浣纱人早起，晨鸡犹向竹西啼。"其四："皎洁霜痕留菊叶，朦胧云隙漏朝晖。昨宵雨滴知多少，停下微晨湿不飞。"

24 日　《申报》第 15073 号刊行。本期《自由谈》"诗选"栏目含《为林君悼亡》（二首，野民）。

留美学生任鸿隽等创办《科学》月刊。杨铨（杨杏佛）等先后主编。

25 日　《中华妇女界》（月刊）于上海创刊，中华书局刊行。杂志旨在为女学生徒、家庭妇女增进知识，培养性灵。杂志鼓吹良母贤妻淑女之主义，推崇妇德反对女子参政。杂志刊载诗文作品。创刊号"文艺"栏目含《和外》（衡山陈德懿女士）、《静溪偶成，寄诸弟妹》（衡山陈德音女士）、《为袁抱存君题〈寒庐茗话图〉》（无名）、《岭南归家喜成》（语溪徐自华女士）、《送畹香嫂氏之大梁》（语溪徐自华女士）、《金焦怀古》（语溪徐自华女士）、《晚泊燕子矶》（语溪徐自华女士）、《庐阳郡斋后园晚眺》（语溪徐自华女士）、《晓渡巢湖》（语溪徐自华女士）、《如梦令·题画》（语溪徐自华女士）、《菩萨蛮·题〈野梅〉画幅》《渡江云·问秋》（语溪徐自华女士）、《自罗马寄妹书》（高君珈女士）、《观日本女子职业学校展览会记》（汪长寿女士）。

《申报》第 15074 号刊行。本期《自由谈》"文字因缘"栏目含《敬贺李君野民于新历元旦成嘉礼，即步卢天白原韵》（逸侠）、《贺李君野民元旦新婚》（二首，剑飞）。

《小说月报》第 6 卷第 1 号刊行。本期"文苑·诗"栏目含《西湖暮归》（剑丞）、《题苍岩上人〈山水图〉》（剑丞）、《顾石公同登扫叶楼》（剑丞）、《和陶渊明〈形赠影〉〈影答形〉〈神释〉三首》（剑丞）、《海藏楼观樱花》（贞长）、《七夕东城醉归》（拔可）、《公约卧病新居，辞不出游，明日予去秣陵，赋此为别》（拔可）、《映庵徙宅，将为京兆之行，车埭角林木之盛，无因再至，书以寄慨》（拔可）、《陈郎豪生引疾去湘乡，留家湘潭，独还武昌，出示近诗，为次韵五首，题其卷端，并寄女娟》（子大）；"文苑·词"栏目含《惜奴娇·董洵五属题其大父枯匏先生所摹戴务旃山水行看子》（仲可）、《望云涯引·金台怀古》(仲可)、《雪狮儿·金陵怀古》(仲可)、《水调歌头·九日与塞向携榼渡江,醉于潜木斋中,塞向和稼轩〈九日〉词韵见赠和答》(子大)、《水调歌头·塞向追赋庚戌九日吴祠山游,忆戊申秋为节庵主禊,己酉秋为下走主禊并在山堂,时塞向方令武昌未归,庚戌以后山丘零落,抚今思昔,能毋慨然,再叠辛韵赠塞向》(子大)、《水调歌头·九日之集,罗四峰、郭百迟、黄竺友、舒湜生并在座,三叠韵赠潜木并示诸公》(子大)、《水调歌头·九日四叠韵题〈酒人抱瓮图〉》(子大)、《水调歌头·十日偕塞向翁还武昌,潜公、迟父散步送至渡口,循览洋场风景,黯然赋之,五叠辛韵》(子大)、《水调歌头·十日归舟望黄鹤楼,慨念昔游,六叠辛韵》(子大)。

叶昌炽和秦绶章诗,作《腊八粥,再叠前韵》。诗云:"鹑首当年未赐秦,雍和宫事溯前尘。帝京风物祇园里,客馆情怀歜浦滨。饘橐未堪忘薏苦(刘姬不食薏苣,故以此讽之),饤盘且共献椒辛。艰难犹在芜蒌日,建策何人继奉春。"

26日 《申报》第15075号刊行。本期《自由谈》"游戏文章"栏目含《仿刘禹锡〈乌衣巷〉句》(朱继程)、《敬步原韵》(钝根);"词选"栏目含《满庭芳·即席分韵得中字》(舻士);"文字因缘"栏目含《哭敏仪妹》(四首,适李罗静仪女士)、《挽罗敏仪女士联》(合肥李平斋)。

杨钟羲赴刘承干招饮,与缪荃孙、叶昌炽等同观宋椠《前汉书》《后汉书》。叶昌炽归后作《嘉平望前二日,倮装将发,佩鹤前辈寄贲新诗二首,既蒙赓和,兼以赠别,再次前韵奉酬》再答秦绶章。其一:"漆书汗简出先秦,手勘丹黄若扫尘。携杖行吟薇蕨野,登车待发菉葭滨。汉家火尽逢刚卯,燕市金多笑剧辛。只合旗亭拼醉倒,秫田新酿瓮头春。"其二:"哗世文章正剧秦,屏居肯逐庾公尘。隐囊绨帙东皋麓,皂帽藜床北海滨。老去诗篇斗邢尹,近来词客数姜辛(谓薑材、又莼诸君)。梅花消息家山早,献岁前头已发春。"

魏清德《悼郑广文毓臣》《小窗晴暖,鸟语琅琅,清晨有客袖赠〈明治桥图〉一幅,寄我省庐故人并系以诗,似不忘昔日圆山之游也》发表于《台湾日日新报》。其中,《悼郑广文毓臣》云:"郑老襟期好,交游遍海涯。白头常作客,壮志不思家。夜雨榕城道,春风试馆花。几时闻赋鹏,清泪哭长沙。"

27日 《申报》第15076号刊行。本期《自由谈》"文字因缘"栏目含《寿星明·奉和东园先生》(景□)、《声声慢·用梦窗韵题周际五兄令妹丈镜白先生遗像乞和》(耳似)、《前调·用梦窗韵和耳似题周叠影之妹丈镜白先生遗像》(一鹤)。

杨度与梁启超、孙毓筠等人一道被袁世凯授少卿。

秦绶章与叶昌炽话别,袖出两诗见贻。其一和《腊八粥》,题为《缘督同年惠腊八粥,赋此柬谢,四叠前韵》。诗云:"漕罢三吴籴乞秦,萧条旅舍甑生尘。为稽故事嘉平节,来慰调饥寂寞滨。菰米生涯炊饭午,椒花吉语佐盘辛。帝京景物都非旧,燕九天涯说咬春。"其二言情之什,为闺中作也,题曰《前荷赐什,有"白头各有司香侣,姊妹花开一室春"之语,西昆丽句,白傅闲情,戏演一律,三叠前韵》。诗云:"椒房云幕虢兼秦,羞附香车逐路尘。鸿案倘分邻庑下,鸱夷或泛五湖滨。袂联桃叶歌怜子,盘供椒花抵荐辛。别启销寒诗社例,银屏不隔两家春。"

30日 《申报》第15079号刊行。本期《自由谈》"诗选"栏目含《兰闺寒夜曲》(四首,陈树轩女士);"词选"栏目含《好女儿·雪美人》(用尤韵)(张碧琴女士)、《好女儿·泥美人》(鲍苹香女士)、《好女儿·玉美人》(吴绛珠女士)、《好女儿·绢美人》(杨碧珠女士)。

叶昌炽携家眷返苏,作《嘉平望后一日,俶装回里,登车口号,六叠前韵》。诗云:"越人肥瘠不关秦,涂炭衣冠溯洞尘。缩地轨联津浦路,极天水接淀湖滨。嚣声驮沓催旁午,杂事荒唐炫秘辛。何似轺车安隐出,鞭丝遥指玉关春。(余度陇按部,两至肃州,汉之酒泉郡也。嘉峪关距城仅百余里,西望玉门,千里而遥)"

陈遹声作《甲寅十二月二十八日题斋壁》。诗云:"卅载玉堂天上客,白头归越作遗民。带山之下种薇蕨,猿鹤招呼去结邻。"

董伯度作《季冬望后一日,为吴钟伟(馥初)结缡之夕,诗以贺之》(六首)。其一:"嫦娥乍下彩云端,万树梅花带笑看。从此人间春不断,团圆还比昨宵欢。"其三:"海上齐谐久擅奇,洒将香墨作新词。他年绝妙闲情稿,记取同眸一笑时。"其六:"绮席连云列酒樽,横空箫鼓送黄昏。堂前闻有双飞鹤,夜返松巢翼尚温。"

31日 《申报》第15080号刊行。本期《自由谈》"诗选"栏目含《寒意》(琴仙女士)、《雪意》(绛珠女士)、《雨意》(苹香女士)、《鹦鹉》(绛珠女士)、《促织》(绛珠女士)、《和卞仲咸二首韵》(二首,东园)。

沈尹默与马裕藻、钱玄同、沈兼士、朱希祖、汪东(旭初)、许寿裳(季茀)、鲁迅八人公宴章太炎于章宅,谈笑甚欢。

张溶川生。张溶川,安徽定远人。著有《溶川诗草》《溶川诗话》。

本 月

海上同人于本月至次月作甲寅消寒集第三至六集。其中,第三集首唱缪荃孙《消寒第三集,观嘉业堂所藏宋刻〈两汉书〉,因题》(五首),续唱:刘炳照(四首)、戴启文、陶葆廉、周庆云(二首)。其中,戴启文诗云:"古物无如金石寿,秦汉碑版俱不朽。惟有往籍难长存,空说陈篇藏二酉。晋唐古本无传焉,传者断推宋居首。何期快睹两汉书,宋椠精良曾见否。我闻在昔葫卢中,班固真本得未有。此册流传知者希,历元明清阅世久。二百余卷原璧完,神物护持劫火后。前有项氏(子长)后汪(阆源)郭(筠仙),展转留贻胜琼玖。刘郎凤抱嗜古癖,不惜千金一挥手。百城坐拥拟侯封,四库搜罗愿世守。记志先得已足珍,四美兼收更非偶(先得宋本《史记》《三国志》,

今又得宋本前后《汉书》。老我见之犹眼明,获此异书快下酒。毡炉雅集正清寒,痛饮何妨尽一斗。"甲寅消寒第四集。是集首唱戴启文《消寒第四集,咏丹徒李氏三女殉母诗》,续唱:章棳、恽毓龄(二首)、恽毓珂(二首)、张钧衡、陶葆廉、刘炳照、潘飞声、刘承干、周庆云。其中,恽毓龄其一:"苦县渊源仙世裔,甘泉侍从旧名门。和鸣彩凤难谐曲,反哺慈乌为报恩。祚薄尚留天性厚,家寒不碍笑言温。率民孝养婴儿子(《国策》语),异论休将癸巳存(俞理初《癸巳类稿》,有《贞女说》,深致不满之意)。"张钧衡诗云:"女贞托庇赖椿萱,怙恃无存声暗吞。立志养亲生共命,同时殉母死难言。北宫终守婴儿节,东海谁明精卫冤。多少逋臣偷息活,剧怜孝女为招魂。"甲寅消寒第五集。是集首唱刘炳照《消寒第五集会于听邠,寄庐即席赋得〈望雪〉,以谢惠连〈雪赋〉"值物赋象,任地班形,素因遇立,污随染成"分韵,予分得地字》,续唱:恽毓龄《分得赋字》、戴启文《分得形字》、缪荃孙《分得物字》、周庆云《分得成字》、陶葆廉《分得值字》、刘承干《分得染字》、恽毓珂《玉漏迟·分得素字》。其中,戴启文诗云:"秋阳久不雨,坐视旱象呈。螟螣复为害,致慨偏灾成。纵云禾稼纳,那得箬车盈。严冬更苦寒,忍冻怜穷氓。滕六不税驾,未见霏琼霙。岁暮时既昏,但有愁云平。土膏失沾润,预恐妨春耕。遗孽入地浅,尤虑蝗蝻生。农人劳引领,忧心如悬旌。吾侪幸闲逸,丰岁仍同情。所期天降康,瑞雪来瑶京。及时需三白,大地腾光明。消寒订后约,觞流而令行。举酒共欣赏,诗思浣益清。好踵北台韵,角险尖义赓。"甲寅消寒第六集。是集首唱缪荃孙《消寒第六集大雪即事,限雪字韵》,续唱:潘飞声、戴启文、刘炳照、恽毓珂、刘承干、恽毓龄。其中,潘飞声诗云:"昨日同赋望雪诗,今日欣然得快雪。天公作意慰诗人,诗可格天亦奇绝。室内重茵坐不温,檐角枯枝冻欲折。深山大泽玉龙出,翻动长江合一发。频年野战血元黄,净洗乾坤入清洁。银汉星槎万里通,玉宇天梯六丁掣。顿忆京华多酒侣,孤怀远瞩讵殊别。西欧锋镝葬胡马,东海漩涡起鱼鳖。擒纵谁抒诸葛筹,间关虑落苏卿节。时危国愤岂有极,对饮狂歌且消歇。老坡一笑聚星堂,酒阵诗军莫持铁。"

《笑林杂志》(月刊)于上海创刊。天竞主编,笑林杂志社编辑、发行,文盛堂书局出版,仅存1期。主要栏目有"笑话本"(笑林丛说)、"唱书场"(小说)、"留声机"(游戏文章)、"八音琴"(诗词、歌赋、书牍)、"杂货摊"(古今遗闻)、"西洋镜"(外国新闻)、"文具箱"(传序、议、说记、铭、文、契、启、广告)、"零件店"(折告、示禀、单状、条约、条陈、条例、冤单、冤呈、呈文、章程、批令、判、简章)、"字纸篓"(五更调、对联、灯谜、小曲、酒令等)等。主要撰稿人有志鉴、文庵、安圃、天竞生等。

《女子杂志》第1卷第1号刊行。由女子杂志社编辑,广益书局发行,仅存第1卷第1期。主要栏目有"图画""社论""选录""名著""科学""家政""传记""译丛""纪事""小说""文苑"(悲秋集、文、诗、词)、"丛谈"等。主要撰稿人有张廷华、叶楚伧、陈去病、南华、德征、杨雪瑶、张侠魂、吴峥嵘、刘友梅、胡彬夏、韵若、咏英、甫孙、翡饰、昭英、敏知、慧若、凰、小风等。本期"文苑·悲秋集"栏目含《鉴湖女侠秋瑾传》(吴江陈去病巢南)、《鉴湖女侠秋君墓表》(崇德徐自华忏慧)、《鉴湖女侠秋君墓碑》(吴江柳弃疾亚子)、《徐自华传》(吴江陈去病巢南);"文苑·文"栏目含《祭秋女士文(并序)》(崇德徐自华忏慧)、《轩亭吊秋文》(吴江陈去病巢南)、《鉴湖女侠周年祭文》(吴江陈去病巢南)、《〈秋女士遗诗〉序》(余杭章炳麟太炎);"文苑·诗"栏目含崇德徐自华忏慧诗作小辑:《赠秋璿卿女士》(附山阴秋瑾璿卿和作)、《迟春,与璿卿联句》《晚窗,同璿卿妹小酌,叠前韵》《再叠前韵,答璿卿〈戏赠〉之作》《戏赠》《送别璿卿妹》《集唐人句赠璿卿》《沪上返里,留别璿卿》《和鉴湖女侠〈感怀〉元韵》《偕璿卿妹游西湖作》《代柬答璿卿》《吊鉴湖女侠》《八月二十二日重游西湖,感悼璿卿,怆然有作,用其〈感时〉诗元韵》《过平湖秋月有感,用"秋雨秋风愁煞人"原句足成四绝》《十一月二十七日为璿卿葬事,风雪渡江,感而有作》《戊申正月二十四日葬璿于西泠,视窆既讫,感而有作,次巢南子元韵》(附吴江陈去病巢南原作)、《和吴芝瑛〈西泠吊秋〉原韵》(附桐城吴芝瑛紫英原作)、《六月六日祭毕秋坟,风雨大作》(桐城吴芝瑛紫英)、《中原光复,重入越中,有悼璿卿》(前人);"文苑·词"栏目含《满江红·民国元年正月二十七日为璿卿开追悼会于越中大善寺,谱此为迎神之曲》(语溪徐自华忏慧)、《后叙》(泾县胡韫玉朴安)、《玉台诗话》(朴庵)、《镜台词话》(病倩);"附录"栏目含《林下词选》(松陵周铭勒山编集)。

《繁华杂志》第5期刊行。本期"吟啸栏·诗"栏目含《灵岩》(徐哲身)、《懒猫歌》(寄菴)、《杨白花》(周炳城)、《月》(骊鸿)、《有怀黄汉伦、刘伯瀛诸同人》(骊鸿)、《题戴简翁先生〈喟菴校书图〉》(马寿黄)、《老少年》(有吾)、《金陵杂诗》(二首,戴简翁喟菴)、《有客》(戴简翁)、《自题〈喟菴校书图〉》(戴简翁)、《画梅》(周炳城)、《宫怨》(二首,周炳城)、《雪天杂兴》(周炳城)、《梅花二律》(周炳城)、《自题独立小影》(报癖)、《步张君芹荪〈五十自寿〉元韵》(报癖)、《题钱香如君〈游戏科学〉七绝四首》(逸龛居士)、《钱子香如〈游戏科学〉书成,率题四绝》(颍川秋水)、《沪上岁事衢歌》(十首,颍川秋水)、《姑苏道中》(颍川秋水)、《读〈长庆集〉见乐天有〈何处难忘酒〉诗,戏成四章,工拙在所不计也》(穹汉)、《新年有感,即寄香如》(程华魂)、《除夕感叹,即寄客申、睡翁、莪禄诸友》(华魂)、《入春感事》(二首,华魂)、《金陵旅次遇铁铮》(二首,一鹤)、《酬一鹤见赠之作,即用原韵》(二首,铁铮)、《与铁铮唱和之作,激楚之音不堪卒读,叠韵再成二律,为铁铮解愁兼以自解》(一鹤)、《登钟山极顶》(一鹤)、《少白寄示〈寒隐庐诗〉,赋此赠之》(喟菴)、《学古》(骊鸿)、《感旧,寄究新内子三首》(骊鸿)、《寒夜过剑青兄斋中赋赠》(朱石痴)、《岁暮杂句》(四首,悼棠)、《有客问余何不出山,赋此答之》(悼棠)、《刘烈妇诗》(悼棠)、《自题圣楼》(二首）（悼棠）、《晴柳》（汪雨农）、《题〈长亭泣别图〉》（二首，瘦影轩主）、《甲寅十月之望，偕淡庐访悼棠于圣楼》（晋琦）、《闺怨》（竹西小隐）、《题郑筱石〈歌楼听雨图〉》（六首，朱石痴）、《六花诗》（赠坤伶小湘云，现隶湘舞台，六首）（陶报癖）、《雪夜感怀》（陶报癖）、《感时》（程华魂）、《读竺山〈怀旧有感〉，即次原韵》（程华魂）、《再叠前韵》（程华魂）、《梅花》（六首，汤善吾）；"吟啸栏·词"栏目含《调笑令·客况》（樗瘿旧作）、《前调·题美人对镜照片》（前人）、《如梦令·暮春》（前人）、《前调·闺情》（前人）、《长相思·送别》（前人）、《醉太平·有感》（前人）、《西江月·金陵杂感》（四首，一鹤）、《剔银灯·金陵遇铁铮》（一鹤）、《金缕曲·题钱香如先生〈游戏科学〉》（樗瘿武鑫）、《金缕曲·题俞君〈病雁孤栖旅雁图〉》（镇海轶池）、《两同心·祝菊如董先生伉俪五秩荣庆》（镇海轶池）、《浪淘沙·题陈君〈孤雁月明图〉》（镇海轶池）、《浣溪沙·咏薛涛井》（家熊）、《海棠春》（三郎）、《风入松·题〈舞剑图〉》（有吾）、《过龙门·题〈弹铗图〉》（有吾）、《南楼令·题〈玉指环传奇〉》（有吾）；"吟啸栏·曲"栏目含【南仙吕入双调合套】《祝云章老友令郎吉夕之喜》（镇海轶池）。

《眉语》第1卷第4号刊行。本期"文苑·碎锦集"栏目含《咏情》（佚名）、《离情》（邵慧侬）、《其次》（前人）、《病中感怀》（前人）、《述怀》（前人）、《秋夜》《述怀》（前人）、《早起偶成》（前人）、《拙政园》（丁、程、陆三人叙酌荷亭遇雨）（前人）、《留园》（前人）、《离情》（前人）、《感雨》（邹梅魂）、《顾影恨》（怜影）、《题汪雪女弟子玉照二首》（幽篁）、《无题》（悼花）、《又五律二首》（前人）、《悼亡》（雪泥）、《前赋悼亡，意犹未竟，再赋四章》（前人）、《有悼》（凌君）、《新情书十首》（许啸天）；"文苑·美人百咏（续第3期)"栏目含《美人簪花图》（[日] 片山远平）、《美人扑蝶图》（[日] 名和又吉）、《宫人拜月图》（[日] 大沼枕山）、《红叶仕女》（同上）、《观妓二首》（同上）、《旧宫人》（[日] 大沼竹溪）、《题〈宫人月下侍宴图〉二首》（[日] 佐藤一斋）、《双美读书图》（[日] 鸠津毅堂）、《美人倦绣》（[日] 池永寿散）、《与歌妓诀》（[日] 吉田东海）、《题〈美人春睡图〉》（[日] 竹内青柯）、《弃儿行》（[日] 村上佛山）、《扑萤词》（[日] 本田种竹）、《题〈双美人图〉》（[日] 大坞古关）、《相思二首》（[日] 宫寄芙蓉）、《美人图》（[日] 多久良造）、《美人吃烟》（[日] 平田虚舟）、《美人扑蝶图》（[日] 竹腰豫堂）、《其二》（[日] 中井敬所）、《春绣图》（[日] 山东三栗）、《美人卷帘图》（[日] 南条文雄）、《田家妇》（[日] 南摩羽峰）、《闺怨》（[日] 近藤晴涨）、《月下抱琴图》（[日] 岩谷一六）、《题某校书写真》（前人）、《美人春睡》（[日] 吉田松阴）、《美人取落花作情字，风吹不成谷嘤斋》（前人）、《晚酌拥妓》（[日] 西岛兰溪）、《深川竹枝词十首》（[日] 菊池五山）、《美人折牡丹图》（[日] 大沼枕山）、《吉原词》（[日] 柏如亭）、《春闺》（[日] 山田永年）、《仿香奁体》（前人）、《美人扑萤》（[日] 米泽雪江）、《美人扑蝶二首》（[日] 村上拙轩）、《题〈本朝美人图〉》（[日] 宫本氏蘋香）、《题〈美人出浴图〉》（[日] 高阶春舣）。

《浙江兵事杂志》第 10 期刊行。本期"文苑·诗录"栏目含《兴武将军题陈太夫人〈篝灯纺读图〉》《次李悔庵参政元韵》（王犟）、《甲寅夏作甬上游，秋叶赠诗壮行，次韵寄答》（李光）、《寄怀秋叶》（李光）、《甲寅秋重游都门，旅夜口占》（樊镇）、《游清涟寺》（许麈）、《迎春》（钱模）、《草木》（钱模）、《用东坡〈聚星堂雪〉韵和林诚庵〈都门踏雪〉诗》（钱模）、《读史杂吟》（钱模）、《游虎跑泉》（林之夏）、《赠王少樵》（林之夏）、《秋兴八首之一》（林之夏）、《澄江》（林之夏）、《金焦》（林之夏）、《夏夜》（林之夏）、《水蜜桃》（林之夏）、《熟藕》（林之夏）、《臣里》（林之夏）、《秋课》（林之夏）。

《娱闲录》第 13 期刊行。本期"文苑"栏目含《宋横溪阁碑》（香宋）、《〈王圣游遗集〉叙》（爱智）、《父母弟妻墓志》（吴申商文伯）、《嘉祐寺题壁》（赵熙）、《游石景山纪行》（雪王堪）、《香溪》（天一方）、《宋玉宅》（天一方）、《椿荫轩诗钞》（敖金甫）、《雨霖铃》（安素）、《忆旧》（六首，爱智）、《成都诣岳庙诗》（吴申商文伯）、《在珠市灞元妻王故庐饮酒二首》（爱智）、《小园春晴》（六梅轩）、《西湖杂诗》（快隐）、《即事感怀，书奉春海先生和政》（懽獃）、《风雨一首，柬杨公及》（懽獃）、《种蔬堂诗稿》（吟痴）。

[韩]《新文界》第 3 卷第 1 号刊行。本期"词藻"栏目含《春风》（松观吴克善、晦窝闵达植）、《春雨》（松观吴克善）、《春月》（松观吴克善、晦窝闵达植）、《春山》（松观吴克善、晦窝闵达植）、《春水》（松观吴克善、晦窝闵达植）、《春云》（松观吴克善、晦窝闵达植）、《春雪》（松观吴克善、晦窝闵达植）、《春寒》（松观吴克善、晦窝闵达植）、《春鸟》（松观吴克善、晦窝闵达植）、《春梅》（松观吴克善、晦窝闵达植）、《春饼》（松观吴克善、晦窝闵达植）、《春菜》（松观吴克善）、《春柑》（松观吴克善）、《春灯》（松观吴克善、晦窝闵达植）、《春睡》（松观吴克善）、《春衣》（松观吴克善、晦窝闵达植）、《春妓》（松观吴克善、晦窝闵达植）、《春歌》（松观吴克善、晦窝闵达植）、《春酒》（松观吴克善、晦窝闵达植）、《春市》（松观吴克善）、《春日》（晦窝闵达植）。其中，晦窝闵达植《春饼》云："卵色晴天淑气阑，槐芽黄淡可登盘。坡翁先我风流得，一笑鸣椰尽意欢。"

[韩]《至气今至》第 20 号刊行。本期"词藻"栏目含《红梅》（清逸居士）、《鸡鸣》（早觉生）、《蚪蝌》（超然子）、《梦得"龙钟犀角"一联，因足成七律，呈朴惠观晶东，聊博一粲》（肯农朴准弼）。其中，早觉生《鸡鸣》云："金鸡花冠傍舍栖，清晨相叫一声齐。开关自有冯生计，不必天明待汝啼。"

日本人长尾雨山归国，郑孝胥、吴昌硕为题陆恢《海滨话别图》壮其行。郑诗云："吾友雨山子，粹然师孟荀。复如兰陵令，此日去春申。惟我卅年旧，相期千载人。他时必相忆，怅望海天滨。甲寅岁暮，送雨山先生东归。孝胥。"吴诗云："且歇东坡屐，言闻北海尊。道心存瓦甓，游迹缋昆仑。秋水新诗魄，沧溟古月痕。归与吾羡汝，轶荡仰天门。甲寅冬仲，雨山先生东归，诗以言别，教我为幸。吴昌硕。"又，吴昌硕为傧君篆书"左阪橐弓"八言联云："左阪右原驾吾二马，橐弓执矢射彼大麃。傧君先生属书，为集旧拓猎碣字。时甲寅岁寒，安吉吴俊卿。"

缪荃孙自北京归上海，见况周颐所作咏其姓字巧合之律诗，甚为赞赏，况氏因再占《调寄〈点绛唇〉》。词云："男女分科，霜红龛主原耆宿（太原傅青主先生山，以医名，著有《男科》《女科》，今盛行）。藕香盈掬。何用参苓匦（先生刻精本丛书，名《藕香零拾》）。八代文衰，和缓功谁属。医吾俗。牙签玉轴。乞借闲中读。"

周学熙奉大总统袁世凯命为高等财政顾问。

刘绍宽辞职返乡（温州平阳），自此不复入政界。

陶行知父亲病逝。数年后陶行知作《追忆美国得父没耗后之生活》。诗云："我欲忙。我欲忙。忙到忘时避断肠。几回心内伤！我欲忘。我欲忘。忘入梦中哭几场。醒来倍凄凉！"

陈夔龙撰《花近楼诗存》（初编，3卷）"甲寅腊月刊于沪上"。卷一为《壬子集》（上），卷二为《壬子集》（下），卷三为《癸丑集》。瞿鸿禨署检，黄孝纾、冯煦作序。其中，冯序云："壬癸之交，仆与庸庵同年并蛰沪上。陈迹落落，邈若燕劳；微尚謇謇，依于蛮駏。向秀有触，乍经黄垆；管宁无归，且岸皁帽。眷灵修兮易化，吹参差兮谁思。北祖既孤，击渐离之断筑；南归不复，抚元量之碎琴。望楚泽而行吟，念周京而窞叹。于时白社方张，青楼竞逐；晨赌旗亭之唱，夕联石鼎之吟。时非天宝，乃从八仙之歌；世非建安，自标七子之作。鱼腹将烂，而优游釜中；燕羽既铩，而差池幕上。于戏，异矣！仆与庸庵独弦哀歌，键户深语，羁鹤一反，人民已非，荒鸡再鸣，风雨如晦，间有吟讽，互相嘲弄。庸庵都两岁所作，授之厥氏，属缀琐言，用镜来许。仆本恨人，亦耽苦语。摩挲铜狄，宁复人间；顾瞻玉堂，真在天上。窃不自撰，从庸庵后。关右羁客，解歌五噫；杜陵野翁，潜行二曲。而卷施之草，苦心先拔；婆娑之树，生意都尽。一编流览，万感横集，神摧气索，聊复序之。甲寅腊月日金坛冯煦。"

陈荣昌作《〈桐村词〉自序》云："《桐村词》二卷，名曰《陶情》，非陶写性情之谓，其谓以我之情，求合乎渊明之情也。虽然，有同有异。彭泽挂冠，济南解组，同矣。陶见事于几先，是曰智士；予遯荒于变后，是曰顽民，则又异焉。卜宅求素心，结庐得幽侣，同矣。陶戮力田亩，是曰躬耕；予糊口岁租，是曰坐食，则又异焉。曝背茅檐，依光瓮牖，同矣。陶受饥驱，有伍员之乞；予饱粗粝，无庄周之贷，一苦志、一甘节，则又异焉。嗜书好静，耽咏寡交，同矣。陶卧北窗，结羲皇之想；予穷末路，发阮籍之哭，一淡定、一牢愁，则又异焉。同者优孟之似叔敖，异者端木之望颜子，是皆予憾，恶得陶情？然而盂圆水方，肖其形也；马鸣牛应，感其音也。以予慷慨悲歌，凭吊忠烈，非陶之《咏三良》乎？酬恩报怨，流连任侠，非陶之《咏荆轲》乎？抗怀遗逸，非陶之颂巢许、慕沮溺乎？托兴神仙，非陶之思绮里、记桃源乎？望美人、撷香草，非陶之赋闲情乎？携薄酒、对寒柯，非陶之劝孤影乎？空谷足音，草草欢会，陶之《停云》也；寻花问鸟，徘徊佳节，陶之《时运》也。九原茹痛，陶之念亲也；一经授儿，陶之责子也。平原脊令，陶之重友于也；七夕牛女，陶之笃伉俪也；瞻望师友，陶之念班荆也；沉吟墟陇，陶之感墓柏也；至于琐屑凌杂，不胜觌缕，则陶咏田园诗之类也；抑郁支离，几难索解，则陶读《山海经》之遗也。夫词调之兴，昉自李唐，盛于赵宋，陶乃晋贤，谬攀附之，拟不于伦，僭越已甚。然《归去来词》，陶有词矣；怨诗楚调，陶称调矣。天下之山，不皆曰昆仑，昆仑其起脉也；大江之水，不皆曰岷峨，岷峨其发源也。予昔侨沪上，词名《骚涕》；今老河干，词号《陶情》。《骚涕》客中之作，故妄援屈子之行吟；《陶情》村居之作，故窃比渊明之归隐。且古今人不相及久矣，生今之世，志古之人，行虽不掩，或亦孔子所思之狂士欤。甲寅十二月，陈困叟序于明夷河村舍。"

陈懋鼎作《公宴日本日置公使即席占，和船越男爵诗韵》。诗云："岱色河声迓客程，使星三日耀名城。固知参佐多贤士，座上诗情似水清。"

谭延闿作《自青岛泛海归沪上作》《和吕满生日宴集诗二首》。其中，《自青岛泛海归沪上作》云："仲氏喜浮海，宗生愿长风。不睹溟海大，安知天地空？凌冬涉冰雪，返棹回艨艟。初日耀丹景，列屿呈青葱。波涛如陵谷，云物忽沖瀜。吾生信有涯，阅世嗟无穷。扣舷发长谣，邈尔神山踪。"

唐继尧作《游华亭寺，时甲寅十二月》。诗云："如此江山画不成，万家灯月势纵横。艰难国步行犹易，混浊人心洗要清。岂是池龙甘水浅，宁知天马视山平。林中一线边城小，眼底浮名未足争。"

[韩] 申奎植作《元旦杂感，寄南社》。诗云："东风猎猎浪相惊，中夜沉沉梦未醒。从古燕南多慷慨，只今沪上最文明。秘密丧权哀后辙，鼓吹无力惜时名。痛哭不乾五年泪，茫茫何处觅秦廷。"

二 月

1日 《申报》第15081号刊行。本期《自由谈》"游戏文章"栏目含《新五更调》(韵清女史)；"诗选"栏目含《书怀》(琼华女士)、《寒夜偶咏》(琼华女士)。

《小说海》第1卷第2号刊行。本期"杂俎·诗文"栏目含《再集定盦诗》(诗舲)、《癸丑重阳，时客邗上》(王善余)、《留别尹大》(王善余)、《泊白驹，戏占》(东园)、《江南弄》(东园)、《流莺》(用李义山韵)(东园)、《蜂》(用李义山体韵)(东园)、《灵岩山中即景二首》(东园)、《新乐府》(养新社)、《七娘子·偶忆》(诗舲)、《钗头凤·独醉》(诗龛)、《送入我门来·悲秋》(诗龛)、《解连环·寻秋》(诗龛)、《驻马听·题〈扶郎上马图〉二枝》(东园)、《青玉案·春暮》(东园)、《水调歌头·客窗坐雨》(东园)、《喜迁莺·用竹山体答陈君蝶仙》(筠甫)、《踏莎行》(筠甫)、《蝶恋花·秋怀》(筠甫)。

《中国实业杂志》第6年第2期刊行。本期"文苑"栏目含《〈大同同学录〉题辞四十韵》(大同学校任公)、《冬蔬八咏》(嘉鱼)、《乙卯元日和日本松浦伯爵原作》(李文权)。

《妇女时报》第16期刊行。本期诗词含《清芬集》:《暮春即事》(五首,陈彬子)、《曹大家》(二首,陈彬子)、《昭君》(五首,陈彬子)、《酬吴辟疆,和梁众异韵》(时辟置与阮斗瞻君奉使来宁)(逸尘)、《送南湖先生入都并叠前韵》(逸尘)、《伍员》(杨纶沛)、《荆轲》(前人)、《赠严女士之沪》(虚)、《壬子七月之沪,舟中即事》(二首,绛贞)、《春日遣兴》(二首,绛贞)、《雨过》(杜咏絮)、《春夜偶成》(二首,杜咏絮)、《灯花》(杜咏絮)、《长至夜口占》(杜咏絮)、《夜闻春雨》(参天)、《送别》(凌云)、《闲步山林》(凌云)。

严修同张伯苓往清华学校参观,由副校长赵月潭陪同。

2日 《申报》第15082号刊行。本期《自由谈》"诗选"栏目含《山居》(东园)、《倚装》(东园)、《登三墩》(碧珠女士)、《贫女叹》(碧珠女士)、《过西溪》(碧珠女士)。

冯煦至古渝轩,赴同人一元会集,郑孝胥、朱祖谋、王乃征、陈三立、李传元、杨钟羲在座。

樊增祥与易顺鼎、罗惇曧等人晚至广德楼观看鲜灵芝演出《电术奇谈》。沈宗畸《便佳簃杂钞》之六《名士闲情》云:"民国三年某月日,女伶鲜灵芝在广德楼演《电术奇谈》一剧,鲜伶饰凤美,作西式梳妆,艳丽异常。三大名士均在座,实甫喝彩声尤高。瘿公作诗调之曰:'台上眼波流凤美,楼前声浪识龙阳。相逢尚在神童日,不向花轿念喜郎。'喜仲达,乃剧中林凤美之夫。以'凤美'对'龙阳',可谓工巧极矣。此剧尤为樊山所赏,因填《霓裳中序》一阕,索实甫和:'莲灯照翠黻,甲帐丁帘红一抹。五彩同心互结。尽润靥炉花,圆仪羞月。安琪艳质,绣领中、微袒肌雪。人仍似宋家五若,整整雁行列。   裙褶。翩翩金蝶,又莺啭珠吭圆折。红衣翻尽旧拍,是龙女飞梭,凤仙倚瑟。洛阳倾国色,漫分别三花两叶。还看作、一群鸳鸟,翡翠共鸂鶒。'嗣以实甫近年都不填词,因代和一解云:'云屏十二叠。五朵洛花红一捻,软舞娇歌并发。是倚扇红鸾,穿花银蝶,蜻蜓炉雪。婵凤肩,三绺云发,分明见、凌波十瓣,窄窄小莲袜。   倾国。芝云独出,似天上、瑶星伴月。阑干谁解按拍,听绛树歌声,恁般亲切。女牛情脉脉,更临去、秋波暗掷。除卿外、瑶台四美,合是牡丹叶。'演此剧各女伶，妆饰皆极美。樊山此词，意主博爱，而仍推崇鲜伶。实甫见词大喜，即和原韵云：'珠鬓拥翠甎，定子靥霞分几抹。火树银花正结。见琼玉宝山，五轮圆月，十眉丽质。赤凤歌，惊舞回雪。真全压、天魔十八，先帝入千列。　　衣褶。泥金千蝶，似争唱花开堪折。广寒宫里按拍。睹王子登箫，范成君瑟。云霞红紫色，更芝菊、连茎接叶。依拼向、桃花浪里，化作锦鹨鹕。'此为刘彩仙、杜云红诸伶咏。又和后词专咏鲜伶云：'霓裳曲几叠，点罗鞋尖纤指捻。彩树珠灯遍发，照女鸾女几，仙裙仙蝶。罗巾裹雪，衬黛眉、粉靥玄发。将化身、甎觚十幅，稳贴洛妃袜。　　花国。花王捧出，似银浦、流雪捧月。红牙檀板漫拍，怕舞错伊州，萧郎情切。灵犀通脉脉，便千万、黄金也掷。湖州恨、宫沟更恨，绿叶与红叶。'就各词论之，可谓极旖旎之闲情，足以粉饰升平矣。"

严修在京，参观北京大学。严修同伯苓、孟和同往大学预科参观。遇校长胡次珊仁源于庭，邀至校长室晤谈。

[日] 冈部东云作《甲寅岁十二月十九日夜，茅屋始点灯，喜赋》。诗云："电灯一线始相传，照自黄昏至晓天。蜡烛如今失光力，风吹残焰泪涟涟。"

3 日　《申报》第 15083 号刊行。本期《自由谈》"游戏文章"栏目含《铁路赋》（仿《阿房宫赋》）（济航）；"诗选"栏目含《题宋轶亭〈纪游草〉》（东园）、《别珠溪亲好》（东园）、《和涧泉见赠之作》（东园）、《怀古》（周古愚）、《棉花》（海盐何衡孙）、《赴东淘》（苹香女士）。

叶昌炽作《自海上归，寄佩鹤都护，七、八叠前韵》寄秦绥章。其一："一家愍楚暨游秦，同侍清光上苑尘（谓葵初昆仲）。豹尾班随香案吏，龙髯泪洒鼎湖滨。车攻吉日思庚午，簅衍遗闻识癸辛。莫谓今年无甲子，江南江北一齐春。"

4 日　春音词社由王蕴章、陈匪石、周庆云等人倡立于上海，推清末常州词派朱祖谋为社长，限题限调填词，社集共 17 次，至 1918 年止。主要成员有朱祖谋、王蕴章、陈匪石、周庆云、庞树柏、吴梅、袁思亮、夏敬观、徐珂、潘飞声、曹元忠、白炎、李岳瑞、陈方恪、叶楚伧、郭则沄、邵瑞彭、林葆恒、叶玉森、杨铁夫、林鹍翔、黄孝纾、恽毓龄、恽毓珂。春音词社一度声势鼎盛，"海上词社，以民初春音为最盛"（王蕴章）。

《申报》第 15084 号刊行。本期《自由谈》"曲选"栏目含《新样四时花·题〈女子世界〉蝶仙〈落花梦·秋宴〉》（东园）。

5 日　《申报》第 15085 号刊行。本期《自由谈》"诗选"栏目含《我今，和野民》（嚣嚣）；"文字因缘"栏目含《家东园师以朱先生谦甫〈四十初度〉诗索和，谨依元字以应》（四首，绛珠女士）、《和邹翰飞先生〈三借庐征诗〉原韵》（二首，伍祐蔡选青）。

《妇女杂志》第 1 卷第 2 号刊行。本期"文苑·诗选"栏目含《读〈选楼诗稿〉》（太仓王采蘋涧香）、《林下诗存》（巴陵刘璐蜀生）、《秋日感怀》（二首，师愚）、《古意》（徐新华)、《秋柳》(前人)、《园卉未开感成》(前人)、《残菊》(包素香)、《春日杂咏》(三首,前人)、《巢贞女》(淡如)、《观弈》(二首,醒华)、《和〈独漉堂集〉中〈怀古〉七律十首》(摘录四首)(王惠中);"文苑·词选"栏目含《秋笳集》(兰陵吕采芝寿华)、《洗蕉吟馆词钞》(阳湖恽戴青书卿)、《苏幕遮·春日闺情》(包素香)、[补白]《西笑丛译》;"杂俎"栏目含《天足考略(续)》(徐珂仲可)、《今妇人集(续)》(庞树柏檗子著,程嘉秀灵芬注)、《中萃宫传奇(未完)》(小凤填词,忏慧、韵清正谱)、《彤芬室笔记(未完)》(杭县徐新华彤芬)。

《雅言》第1年第12期刊行。本期"文艺·诗录"栏目含《逃虚子诗集(续)》(明代姚广孝)、《髩春集(续第1年第9期)》(李介立)、《拙存堂诗录》(蒋衡)、《最近诗》(章太炎)、《独弦集(续)》(黄侃)、《通一诗存》(曾道)。

叶昌炽作《立春日九叠前韵寄佩鹤前辈》。诗云:"皇华驿路忆经秦,道较年年飏曲尘。浮白饮从金谷后,踏青游俟石湖滨。瓶华寒勒催荨甲,鼎实香焚杂芷辛。想见建章千万户,桃符依旧换宜春。"

陈夔龙作《立春日雪后偕大兄游愚园,遂至古渝轩夜酌,兼怀二兄渝州》。诗云:"鸿爪曾留雪后泥,杖藜重过沪城西。楼台易主殊今昔,梅柳争春费品题。万籁寂时钟磬远,一灯红处酒旗低。开轩且觅尊前醉,迢递三巴望眼迷。"

黄文涛作《腊月廿二日立春节即事口号》。诗云:"昨日雪花舞,今晨霁色开。时方当岁晚,春已渡江来。扶老聊凭药,禁寒惮访梅。欢言团稚子,相与共衔杯。"

黄式苏作《立春日作》。诗云:"微雨不成雪,荒城又早春。山中风俗旧,劫后岁时新。盘菜犹歌杜,桃花岂避秦(时已新历二月)。土牛长寂寞,无复劝耕人。"

6日 超社第二十六集,沈曾植、沈瑜庆招集,以《题〈林文忠公手札〉》为题,陈三立、缪荃孙、张彬、杨钟羲、瞿鸿禨、林开謩等同集。

《申报》第15086号刊行。本期《自由谈》"诗选"栏目含《夜泊安丰东三里》(东园)、《雪夜吟》(二首,啸霞山人)、《独坐无聊,赋此排闷》(啸霞山人)、《谢姜友赠茗》(啸霞山人)、《望雪》(啸霞山人)。

曹炳麟作《祀灶》《祀灶日大雪》。其中,《祀灶》云:"噬嗑于今卌四年,苟无饥渴意俏然。糟糠妻子休辍釜,菽水晨昏屡罄钱。小俎黄羊循旧俗,大书绛腊换新笺。如何报赛家家遍,犹有寒炊未举烟。(北沙岁歉乏粮,民有数日不炊,举家自毒死者)"《祀灶日大雪》云:"寒突烟不起,万闾亭玉峰。漠漠天垂幕,戏水矫璎龙。鳞甲纷散堕,碎玉夏玲玖。起视沟塍满,荦确布圭琮。江城澈不夜,月意澹溶溶。俄惊爆竹裂,天为战寒容。匪赛滕六神,执爨为谁共?黄羊列折俎,老妇鞠诚恭。寒醅发冻蘖,湿薪烧斫松。载拜荐牲醴,饱饫祝殒饔。宁知口腹餍,何与刀匕供?丰年谷如土,瑞雪兆先冬。勿须蓝田种,已看琼枝封。土膏冻脉润,僵蛰札蝻螽。菜铺满陇玉,抃舞欢三农。

庖厨乃香溢，落日千家春。饮啄思食源，酬此六花庸。有斋尸中馈，明禋审所宗。"

7日 沈尹默赴致美斋朱希祖宴席，同席有钱念劬、钱玄同、钱稻孙、沈兼士、马裕藻等人。

陈曾龙与陈曾麟游张园。陈曾龙作《立春后二日偕大兄张园赏雪，三叠前韵》。诗云："聚作琼瑶散作泥，东风吹送曲栏西。尽教盐絮随人拟，惭少尖叉对客题。去国三年惊岁晚，登楼一望觉天低。寻梅便欲骑驴往，只恐前村路已迷。"

王少涛《离亭燕（绿水青山如画）》载于《台湾日日新报》第5258号。词云："绿水青山如画，惹我心情潇洒。万里长江天尽处，云影波光相射。古岸小舟横，系住桥边渔舍。 柳样夕阳斜挂，袅娜炊烟低亚。客路风光无限好，写入寄楼诗话。忆友凿荄东，几点啼鸦飞下。"

方守彝作《立春日晴暖，后二日雨，冰凝奇寒，送弢庵回里度岁，兼谢医治拙疾》。诗云："自疑老卧病僧房，懒到鼻头涕尺长。已废吟情从药裹，深劳妙手示经方。春芽草木生机活，雪凝山河彻骨僵。想得迎门儿女子，献椒暖酒闹年芳。"

郑孝胥作《十二月廿四日伯严、仁先冒雪见访》。诗云："倚楼三士送残年，有酒无肴雪满天。薄醉愈知寒有味，放言自觉道弥坚。收身遗子虽人外，历劫沈霾奈死前。便欲将君比松竹，离披相对转苍然。"

8日 《申报》第15088号刊行。本期《自由谈》"诗选"栏目含《送童叔涛（益升）归望江》（东园）、《岁暮》（东园）、《淮阴侯钓台》（许碧霞女士）、《立春》（许碧霞女士）、《新年》（东园）、《答妹》（甬上子枚）、《到家》（甬上子枚）。

天津张云阶自南通至张謇处。张謇作《都门冬尽，占三绝句寄怡儿，以代家书》（三首）。其一："今年若雪闭成冬，北地凝寒气更浓。扶海垞中梅破腊，有无新蕾两三重。"其二："儿归今始勤家事，祀有鸡豚足馂余。米贵须知凶岁获，邻穷尚有隔年储。"其三："父学书楹年十三，卖钱买吃担头柑。儿今字解摩山谷，父已官慵似剑南。"

骆成骧作《忆梁节庵》（乙卯元日）。诗云："传闻梁父不堪吟，零落相逢泪满襟。一疏更生先见力，三年子夏独居心。鱼龙江上悲湘瑟，麟凤山中恋舜琴。大节不随天地变，烈风雷雨漫相侵。"

9日 《申报》第15089号刊行。本期《自由谈》"诗选"栏目含《春夜偶题》（十四龄女陈海棠）、《感言》（沘水日生）、《冬雪》（许贞卿女士）、《画梅》（许贞卿女士）、《追悼》（先夫子殁于吴淞口，另有《断肠词》《绝命词》四十绝）（许贞卿女士）、《赠汪女史》（许贞卿女士）、《郊行》（许贞卿女士）；"文字因缘"栏目含《天白小友以〈贺李生野民元旦新婚〉诗索和，走笔应之》（耳似）。

方守彝作《予病肠红两月余，倚榻披阅〈河海昆仑录〉，至十二月二十六日阅竟，有〈与伯谦书〉，题诗于后》。诗云："浩亭丈人吾先执，嗣贤继声四十年。著书远塞彻道要，风尘苍莽辞鲜妍。有时借酒浇块垒，眼花清圣迷浊贤。楞严座上日负耳，幻妄所见非本然。冤禽衔石口流血，荒荒寒日照皇天。我能识子用心苦，风波海大何由填。倚枕翻披三叹息，沾襟不觉涕泪涟。寒江枯落饥鸥冷，岁行尽矣病犹缠。强挽白头事追述，寂寥相伴药炉烟。"

10日 蔡守作《湿罗衣（聊寻囊迹画图中）》。序云："甲寅十二月二十七夕，仲瑛以余己酉客上海时寄赠之黄宾虹仿程穆倩《枯笔壶天阁图》属题。余去岁北游，正是日过沪渎，与宾虹重逢，为作《泰岱游踪》卷子，亦有是图，但非焦墨。因走笔填此一阕，聊欲纪实，固未共也。"词云："聊寻囊迹画图中，无端六载匆匆，重展花前，又腊灯红。　去年今夜重逢，写游踪，还输此幅，润如春雨，干裂秋风。"

12日 袁世凯聘梁启超为政治顾问。梁未受命。

拂晓，讨袁护国军进占丰都县城。下午，北洋军曹锟部攻打丰都，放火围城，烧毁民房两千余家，民众死伤甚重。吴芳吉作《曹锟烧丰都行》记其事。诗云："曹锟烧丰都，难为女儿及笋初。何处阿娘去，荒田闻鹧鸪。阿爷死流弹，未葬血模糊。阿哥随贼马，伏枥到边隅。阿弟独不死，伴我两无虞。离乳百余日，餐饭要娘哺。失娘怒阿姊，入怀啼呱呱。满城灰飞尽，瓦砾无人除。故居犹可识，朽木两三株。狼狈丘陇间，十日头不梳。我欲从娘去，弟幼焉所徂？我欲弃弟去，骨肉痛不舒。阿娘如已死，魂魄夜来无？阿娘如未死，念我惨何如！"

夏敬观与汪鸥客、陈衍、罗掞东、罗敷庵、黄节、诸宗元、梁鸿志、胡梓方、黄孝觉等13人公祭陈师道于法源寺，公请陈衍主祭，作祭文一篇。同人均有诗记其事。夏敬观作《祭诗之前一日，会祭陈后山于法源寺，先生之逝日也。汪鸥客作图，陈石遗、罗掞东、敷庵、黄晦闻、诸真长、梁众异、胡梓方、黄孝觉皆赋诗，石遗且为文，杨昀谷、陈师曾期不至》。诗云："书邀祭后山，往奠期可剋。投饭向光公，橄令作美食。入寺日方午，出寺日已昃。明日复祭诗，生涯冷淡极。诗名满天下，何句闭门得。本自不枝梧，初非勤约敕。穷工工必穷，其语吾甚惑。持此论穷通，亦用纷朱墨。制科复诗赋，富贵不可测。不然如卢仝，呻吟玉皇侧。"陈衍作《腊月二十九日，同人集法源寺祭陈后山先生，成五言三十韵》。诗云："死生一大事，欲恶乃有甚。先生千古人，念此盖已审。五十始除官，差可偷仓廪。谁知未温饱，遽醒黄粱枕。想当陪祀时，冰雪天坛瀁。宁须左伯桃，冻踣僵且噤。但令忍寒归，已足发病瘏。平生李文叔，倡和几墨沈。挺之皆姻姬，推衍意亦訧。谁知摽使者，寡谐天所禀。想当苦吟时，万象入衾衽。如闯韩京兆，推敲步踯躅。如蓦投金濑，日斜水光渗。用以沈刻思，下笔似镌锓。至今五七言，尝脔识隽品。竞欲配杜陵，俎豆敬荐脥。念此十日前，借坡多张饮。岂如此展拜，跋慕在凄凛。明宵即除夕，祭诗或烹饪。岂如持瓣香，一集抱瘦沈。嗟余老顽健，今岁忽内茬。顿增髭鬈缟，服食乏桑葚。重裘不能温，衰惫尽兆朕。明年即六十，息我疑预谂。右军与杜梅，皆五十九稔。人生谁不死，起起宁足憪。谁知尚告存，少微星枉瞫。求死不可得，愧恨头自烦。修文本称郎，见屏殆貌寝。先生当吾岁，早逝若甘寝。"诸宗元作《甲寅岁除前一日集法源寺，为陈后山先生设斋供，先生殁于宋建中靖国元年即是日也，既归，赋诗纪之》。诗云："法源古兰若，盛集惟花时。行厨沸酒炙，下及屠沽儿。今来岁残腊，竹冻无新枝。邈焉千载怀，酹酒将为谁。欲呼古今人，一一皆诏之。吾曹何好事，独为无已悲。生死本乘化，时日无可疑。岂如绵山火，寒食哀之推。座中有何言，群客称其诗。精灵亘天地，饷糈与歠醨。如身触暑寒，造化不敢私。酒罢各散去，吾悲复谁知。"黄节作《十二月二十九日设祭法源寺，追忆陈后山逝日》。诗云："谡谡长松绕佛坛，致斋为位讵无端。顾兹一往相从意，益叹于今后死难。贤达同时天独啬，士夫明耻国犹安。流风已绝熙丰世，诗卷凭谁共岁寒。"

陈三立作《小除日同仁先过太夷海藏楼看雪，酌瓶酿》。诗云："飞光雪压檐，万瓦白无缝。倚栏揖俊人，湿衣皮骨冻。余兴托奔车，互穿琼瑶洞。俨然寻谷口，握手跻高栋。围影水晶域，寒声落云空。侧顾极荒陂，银海没枯菶。从知天地闭，千代纳孤诵。鼠绝鹊拳枝，毡位曲身共。呵壁吐狂言，怪迂今不用。各余杯中物，自浇陆沈痛。世逐歌呼尽，道以支离重。岁晏驮醉归，街灯摇寸梦。"

陈懋鼎作《自济赴京车中作，时立春后七日，旧历之小除也》。诗云："离却文书一日烦，窗中野马带周原。冥冥江海春来路，历历幽齐雪后村。及物不惭儒寡效，得天犹信国长存。星移万事谁能较，自认都门作里门。"

13日　农历除夕，孔昭绶有感于第一次世界大战，作《客倭除夕感怀》（二首）。其一："太平洋里太平舟，汽笛声声此壮游。一粺海环衣带水，三神山拥暮云秋。鹃因望帝流丹血，乌悯亡燕也白头。故国萧萧无限意，不堪回首望神州。"其二："大地风云起大争，东西洋卷战涡生。腕挥毕相禁持铁，颈斩楼兰不系缨。秋影远书惊雁断，血痕两剑化龙轻。何时梦也狮王醒，怒向群雄吼一声！"

胡适代表康奈尔大学赴纽约参加抵制增兵会。于纽约遇黄兴。

张謇作《守岁行》。诗云："少陵度岁咸阳居，呼卢喝枭博塞娱。今来山中岁亦徂，堂空夜冷偎火炉。张（蔚西）秦（晋华）许（泽初）薛（秉初）与老夫，相对寂寞语欲无。牙牌卅二行簏储，用代卜珓非撝蒲。检出幸有好事奴，分之五人六各殊。君子缓二二置隅，制自宣和或有图。久伏不传焉可诬，见首见尾龙伸舒。同数相应缺则逋，嬉戏习自儿时俱。心计亦到王相虚，薛生黠捷锐两胪。张叟答讽拈白须，老夫秦许季孟趋。不名一钱何赢输，絜量刘毅抑已愚。涔涔蜡泪没烛趺，推牌起看霜华敷。寒星在空牌联珠，一笑高枕游华胥。"后又作《阴历岁除休假，续西山之游》云："京尘厌嚣恶，岁除逃入山。去年有成例，襆被趋巉岏。马（良）翁江海人，张（相文）孟能文翰。管（国柱）许（振）二生健，但觉从游欢。盍戠有贤主（英华），布榻盗盘桓。

元辰陟众巇,仰睇云物斑。俯听松壑泉,策杖穷林峦。坐笑人世忙,己亦殊未闲。今年得秦仲(瑞玠),愿与同跻攀。薛(嵲)生兴尤逸,夙戒亲治餐。游侣益至七,数足成一班。长者命篮舆,少者联辔鞍。榼饷既颇富,罂酒亦不单。谈谐此守岁,何必辛具盘。谷鸟好毛羽,流音胜歌鬟。胜地得容乐,宇宙宁不宽。一年只一游,粮尽方当还。"

陈三立作《甲寅除夕》。诗云:"歘逢四除夕,掌故海楼盏。曜灵掷大圆,雪痕髭发满。岁时变益剧,虎兕互蹂践。传烽照天根,种人蹙吹喘。安排俎上肉,近吻宁自免。箧中督六图,下取雷电卷。雾阁语不闻,娭光迎婉娈。二典载尧舜,博娱贾胡眼。逢人涕泪干,抱蜀殉沈洏。升霄隔坠涸,舐鼎说鸡犬。几案把秃毫,看作万金产。有身不愧耻,领儿噉肥脔。碎魂爆竹声,老我法华转。"

况周颐作《烛影摇红·甲寅除夕》。词云:"问讯梅花,蚤春消息残寒外。小窗儿女自团栾,幽恨凭谁解。往事思量莫再,隔朦胧、金炉翠霭。为谁诗鬓,苦恨销磨,年年春在。 邑好屠苏,引杯不分愁如海。椒红柏绿总依然,谁念朱颜改。梦里风云万态,作兰夜、笙歌一派。此时情味,减了年时,东阳腰带。"

林苍作《除夕》。诗云:"报道一生除夕尽,猛惊四十五年过。甲寅诗谱兹篇止,料得来朝事若何。"

章梫作《甲寅除夕,寄怀劳韧丈曲阜》。诗云:"曾从涞水归东海,又向济南入圣居。老鹤盘空心万里,未知天意更何如。"

黄式苏作《除夜》。诗云:"寻常节物已心惊,况听山城爆竹声。岁岁光阴如此了,星星毛鬓可怜生。灯前涕泪兼家国,海内风尘几弟兄(时伯兄耐庵、从弟仲簏均在遂)。三载天涯游子梦,白头愁绝倚闾情(予自壬子除夕负米他出,今已三卒岁矣)。"

傅熊湘作《甲寅除夕》。诗云:"寻常爆竹声中意,剩遣蹉跎入酒痕。历历残年看雪尽,摇摇春影逼灯昏。山中岁月忘新旧,镜里华鬘有怨恩。且拨炉灰坐相守,开樽一为酹诗魂。"

赖和作《爆竹声中》。诗云:"爆竹声中出梦醒,梅花香里岁时新。红云紫气三千界,黄卷青灯一十春。宇内正当多事日,风光尽属少年人。天翻地覆吾何管,消受清闲且在身。令转青阳气像新,劳劳又见一年春。逢时可惜身无用,落魄非关命不辰。志望几多如愿偿,寒酸其奈此生贫。看人酒醉空欣羡,买取屠苏约比邻。无奈天涯游子身,随宜樽酒庆新春。迎眸景象繁华甚,搔首风云感慨频。袖手观天徒怅怅,何事凄然自苦辛,抛尽出怀学□神。回思往事都成梦,碌碌又看过甲寅。年齿渐加长鬓短,柳眉初展爱痕新。而今景物方堪乐,无病何须作苦呻。"

董伯度作《除夜偶成,即简海外诸子》。诗云:"同云高压九霄风,雪阁挥毫烛影红。万国纷纭蜗角里,一年容易药壶中。寒消柏叶酒痕浅,春透梅花天意公。何日诗囊添好句,挂帆来览海潮雄。"

吴庚作《甲寅除夕》（二首）。其一："光阴如水事如烟，霜鬓明朝又一年。老觉此身成逆旅，病逢小适即神仙。渊明自作生前圹，盘古谁知劫后天。三二故人邀一醉，任它沧海变桑田。"其二："老夫髓结愧时髦，稀发江干学谢翱。已作沙虫心未化，数经戎马胆仍豪。隔年酒熟春风暖，除夜诗成北斗高。乞取明年似今岁，城南依旧作遁逃。"

叶心安作《除夕有作，邮代家函》。诗云："岁宴客梁苑，快雪映山房。诙谐狎枚叟，觞咏推邹阳。相如厕末坐，抽思不成章。赋都敢诩左，励志窃比张。劳人叹草草，于役走四方。何处望金台，不如归故乡。今夕是何夕，爆竹换桃浆。家家饮长夜，儿女罗一堂。诘朝庆元旦，团拜先爷娘。嗟我是游子，引领涉高冈。屠苏侍少一，亲恐不甘尝。捧读两亲谕，易地共思量。食无分鱼肉，职未列侍郎。心奚为形役，而忘倚闾望。无乃如苏季，貂敝策亦藏。发箧引锥刺，志岂干秦王。橐笔佣升斗，聊以充宿粮。遥佐侍亲膳，冀纡绩敬姜。昨夜梦少时，岁底逃塾庠。邻儿呼三五，竹马骑郎当。蓬然一惊觉，啼泪湿衣裳。如何中年来，绝少欢乐场。大父重孙器，属望业显扬。乌私答祖刘，凤愿孰与偿。蹉跎复蹉跎，侧身中傍徨。每当清明时，呜咽不能忘。椿庭知儿拙，涉险戒危樯。萱堂更舔犊，如鹿时呼麑。有妹嫁钟离，中道悲早亡。吊影如孤雁，稻谋羁衡湘。亦思安家食，娱亲弄瓦璋。奈何事违志，黔突若不遑。今昨两除夕，未获躬称觞。遥想小儿女，罗拜列孙行。弄饴过新岁，舞勺背书囊。重闱或戏之，稍忘万里航。客居近春苑，不苦黄沙黄。幸际清明时，云树勿暗伤。帝京闹元夕，灯市城煌煌。驰念故闾里，同日迓春祥。景物参闻见，北都南吴闽。咏以自娱乐，兼以慰榆桑。儿孙喜春日，倍荫椿萱苍。奏言驻羲驭，常不老春光。（年年大除夕，齐祝百岁觥）"

李烈钧作《甲寅除夕》。诗云："吁嗟何日得休肩，仆仆风尘又一年。杀气弥漫欧大陆，妖氛黯淡故乡天。愁肠断尽巴黎女，好梦惊残蓬岛仙。我为众生抱悲悯，爆花声里枕戈眠。"

鲍心增作《岁除日元恺侄孙放学经旬，明日即九龄矣，特勉以诗》。诗云："温席曾闻香九龄，当知孝悌重家庭。大人事备小儿语，朗朗高吟仔细听。"

陈夔龙作《除夜即事，索大兄和》。诗云："东篱残雪伴残冬，红烛西窗泪已浓。衰病畏人呼百药（经年药裹，直可命名百药），盘桓容我抚孤松（庭前松树一株，极葱郁之致）。浊清流品尊中酒，新旧年华夜半钟。在笥黑貂犹可著，浩身愁检五花封。"

康有为作《甲寅除夕感逝，自延绍山庄抚棺归，车中口占》。诗云："岁尽凄凄缥帐风，人间万事总成空。玉棺长卧思天上，环佩归来只梦中。归国因缘六月息，环球形影七年同。从今沧海看明月，怕听胡笳奏落红。"

李绮青作《绛都春·甲寅除夕，自酒楼饮归》。词云："渠冰未泮。正薄雪满街，宵寒人倦。旋过酒亭，空雾飞香蛾灯乱。谁家箫吹秋娘院。尚轻发、吴声歌缓。小坊喧闹，朱扉未掩，画鸡粘燕。　　曾见。清时乐事，禁城正放夜，钿车雷碾。一枕梦华，灯火樊楼随烟散。残梅难洗春风怨。听断漏、铜龙自转。醉归琢就新词，烛边细看。”

方守敦作《甲寅除夕感怀，示儿女》（二首）。其一：“采药名山不可医，年华逝水百与悲。诗书渐已江河废，婚嫁纷如羽檄驰。远驾无缘历昆阆，长吟有侣半寒饥。苍茫消息东皇秘，海涌吞舟浪正吹。”其二：“松楸先垄夜号风，寂寞山阿又殡宫。万卷遗书心有痛，百年同穴梦难空。只今歌哭余衰叟，从古荣枯属化工。真感不消天黯黯，且看儿女闹灯红。”

蔡守作《喜迁莺·用吴梦窗〈福山萧寺岁除〉韵，有序》。序云：“甲寅岁除不寐，思去年今日在沪渎驱车访刘三，遇徐家汇故居。余以己酉春挈眷赁庑于斯，至辛亥春始归里。一旦重来，门庭犹昔。与邻人话旧，低徊久之。旋至黄叶楼，一别四载，残年再晤，喜可知也。刘三尽发所藏石墨，剪灯共读。更以古甓拓本十数种题赠。是夕，并与灵素夫人裁句为令，欢饮彻明。客中似此度岁，洵人生不可多得。今宵回忆，倏忽经年，胜事难忘，因填此，即寄刘三。”词云：“孤车投暮。记冲岁访友，风推棼橹。腊鼓连村，春旗飘雪，愁见旧时栖旅。故柳欲遮妆合，寒燕还依吟户。遇邻媪，问袁家中妇，妍如前否。　　过处都囊迹，萧寺野桥，塔影欹斜午。黄叶楼中，良宵重会，休叹韶光飞羽。传烛读碑题字，停盏擘笺裁句。奈今夜，拥瓶花细忆，经年情缕。”

周岸登作《春从天上来·甲寅除夕，用玉田体》。词云：“腊鼓声催。看门迎岁轴，户挂灵馗。喜溢粈盆，喧腾爆竹，灯火十里春雷。今岁今宵濒尽，待明日、斗转星回。满香街。灿天行彩帖，欣阜民财。　　衙斋。夏时早革，记隔月笙箫，律换蓬台。汉酺胪欢，唐花献瑞，诗兴恰过官梅。争认桃新符旧，迎傩更、锦簇珠排。畅襟怀。问谁边镜卜，吉语同来。”

冒鹤亭作《除夕诗钞有述》。诗云：“衙斋宾退冷于冰，叠鼓宵长睡未能。落落千秋皮选豹，荒荒双眼字成蝇。衣冠罗拜心知妄，文献凋残老足征。此外万缘都屏绝，回车无梦到觚棱。”

萧瑞麟作《清滩除夕》。诗云：“逆旅为鸡黍，萧然度岁华。滩声添爆竹，山意酿梅花。待旦呼舟子，寻春问酒家。离情消不得，一醉上三巴。”

俞明震作《甲寅除夕，时久病初起》（二首）。其一：“万方多难日，今夕倍凄然。家祭存残腊，人心有旧年。养疴贪睡早，移烛得春先。幼女分梨栗，吾衰祝汝贤。”其二：“难向庸医说，深杯掩病容。有家甘自放，忧国竟何从？乐忆儿时味，诗寻乱后踪。告存应自笑，重数隔年钟。”

廖道传作《甲寅除夕省寓》。诗云：“十年除夜尽天涯，塞北滇南转客车。残岁且斟新岁酒，故乡仍看异乡花。乾坤斡运占魁柄，儿女啁嘻感鬓华。欲献高堂蓝尾爵，梅香深处忆吾家。"

刘栽甫作《甲寅除夕》。诗云："又看梅柳破烟晓，夏与松筼消雪妍。往夕驱傩真不说，是谁朝服立阶前。"

林思进作《除夕饯岁，因念年儿在渝，望、谷、雨儿在沪，题此寄之。明年太宜人七十矣，故有白发之句》（二首）。其一："寒雨凌残腊，春花满故园。绿樽傅饯蛊，白发眵灯昏。今夕怜儿女，他乡着弟昆。年荒复时难，羁旅漫重论。"其二："扰扰宁能国，茫茫但说官。嗟余衰钝及，举世是非难。旧岁随人去，空山掩卷看。夜阑惊爆竹，无语惜团栾。"

潘恩元作《旧历甲寅除夕》。诗云："我意兀兀去未泯，白日方遒窥来轸。翠尾金花不能飞，欲断高云愁思紧。未便即此辄永辱，不足自伤犹人悯。忽然爆竹怮地来，人事年华同一陨。年来踯躅大道傍，眼看腾踔心徒忍。金钱未买当前意，不值妻儿弄嘲鞭。杯盘罗列酒浆满，高堂之欢欢无尽。佳节空抛游子过，今得逢此意初允。人生原来不百年，何必常自戚戚故相窘。"

臧易秋作《除夕作》（五首）。其一："岁岁逢今夕，桃符换旧门。百年先世宅，一柳老夫村。春记王正建，人犹汉腊尊。馨香笾豆下，谁与荐苹蘩。"其二："岁岁逢今夕，相携工墓坟。遥怜人独往，应感雁离群。松柏啼孤泪，关山隔暮云。弟兄头并白，衰谢益怜君。"

李思纯作《除夕口占》。诗云："春蔬腊酒薄微醉，袖手流光过隙驹。珍重明年好春色，可怜渺渺独愁予。"

丁子居作《甲寅除夕祀灶，用宋·范致能〈祀灶〉诗韵》。诗云："三月初三四月四，献荠荐鸡遵故事（'三月三，荠菜花儿上灶山；四月四，杀只鸡儿请灶司'，杭谚也）。前宵送别今宵迎，七日之中两祭祀。罗列园蔬并海鲜，家家分岁庆团圆。叩门索债人惊避，独我归来忧转喜。尔家敬灶天已闻。尔家倒灶心莫嗔，明日有宝进尔门。天公愦愦我云云，尔得横财与我分。"

[日] 森川竹磎作《除夕偶得》。诗云："灯前独坐叹今吾，诗句不多何况芜。一事向人较夸说，应酬文字看全无。"

[韩] 申奎植作《寄忘年会》（甲寅除夕）。诗云："无国无家尚忍言，经新经旧任他喧。今宵宜作忘年会，明日讲来新纪元。"

14 日 元日。上午，溥仪在列祖列宗圣容前拈香行礼，然后赴乾清宫升座受贺。正午，溥仪在养心殿先书"开笔大吉"四字，是为一年动笔之始。

陈夔龙与陈夔麟游徐园。陈夔龙作《午后偕大兄游徐园，再叠前韵》。诗云："寻芳只合问园宫，神武年来已挂冠。莼菜尚迟乡里梦（初拟游味莼园，以车马喧阗不果往），梅花同向客中看。曲终怅望人千里（往岁恽兰生诸君假此地作曲会，今则风流人散矣），棋罢闲消子一盘（园中有观棋室）。楼阁上灯归去晚，阳春和较早朝难。"又作《元日书怀》。诗云："卿长传家忝汉官，贺正犹著旧衣冠。留将一发千钧系，且作居夷浮海看。独客何心斟卯酒，老妻亲手荐辛盘。太平吉语蝇头字，福逊山舟下笔难（梁山舟先生每逢元日以芝麻一粒书'天下太平'四字，余适丁末运，福泽腕力均愧昔贤，对此嘉辰不免怅触耳）。"

康有为过访陈三立，以《乙卯元日与孺博、若海谈国事，兼寄乙老》相示。诗云："逝波年运往多经，淑气晴光春半醒。风草茫茫无故物，山河莽莽又新亭。衣冠避地几如扫，沧海惊涛不忍听。五十八年忧国事，今年忧甚可沉冥。"陈三立以《更生示元旦感怀之作，次韵和酬》酬答。诗云："贯桴月窟纪曾经，头白归来忍独醒。把酒光阴交履舄，生春魂气满池亭。乖龙掉海虚空震，疮雁啼霄断续听。山鬼已传知一岁，女萝含睇昼冥冥。"

鲁迅、张默君、钱玄同、朱希祖、马裕藻、许寿裳、马叙伦往钱粮胡同访章太炎。章太炎被幽禁在北京钱粮胡同时，监视人是军警执法处长陆建章所派密探。据传章氏发表"约仆规则"六条："一、每日早晚必向我请安；二、见我时须垂手鹄立；三、称我曰大人，自称曰奴仆；四、来客统称曰老爷；五、来客必须回明定夺，不得擅自拦阻，亦不得擅行引入；六、每逢朔望，必向我一跪三叩首。"又云："你们要吃这碗饭，就照做，要不就滚蛋。""这些特务中间，有一个是京师警察厅的副课长，他每逢初一、十五，遵照规则，向章一跪三叩首，章特别为他讲一段《大戴礼》，以示'有教无类'云。"（陈鸣树：《二十世纪中国文学大典》）

吴昌硕为白石六三郎绘《雪山图》并题诗："雪压云荒寿几千，化龙栖鹤得何年。栋梁材料无人识，痈肿偏能得自全。鹿叟属写，为拟江上外史。佛经云，不似之似，是为大似，此画有焉。乙卯元旦，试笔于海上篆云楼中，安吉吴昌硕。"

许湔祥作《乙卯元日书怀，写呈梦坡》。同人和作：周庆云（《和狷叟〈元日书怀〉元韵》）、沈焜（《元日试笔，奉步狷叟、梦坡唱和元韵》）、刘炳照（《元日奉和梦坡原韵，兼述子怀》）。其中，许湔祥诗云："鸥寄浮踪不算家，三年留滞海之涯。敞门养病辜元日，呵冻吟诗乐岁华。寒气潜消非鲁酒，春心先逗似唐花。万家爆竹声如霆，祖腊人人不记差。"沈焜诗云："爆竹喧春更几家，吾生依旧滞天涯。黄金浪掷年随尽，白发频添鬓易华。懒访梦坡浮柏叶，闲招狷叟问梅花。眼前细弱皆疣赘，转悔当时一念差。"

陈三立作《乙卯元旦，仁先、李道士见过》。诗云："新晴为我暖瓶枝，四壁吹香更醉谁。饱眼海云成故旧，垂头国论卜雄雌。忘年野服能排闷，生菜春盘看上匙。隔夕沥肝衔袖纸，古愁只许凤凰饥。"

萧亮飞作《乙卯旧元日观剧，赠倩云》（四首）。其一："捐除旧例最居先，已是中华二月天。为听君歌入城市，泥人遮我拜新年。"其四："懒赋寻常酬应诗，每逢人怒惹人嗤。阿侬一晞词流出，万遍思量不自知。"

曾广祚作《元日试笔》。诗云："蓟辽土地分崩后，吴楚雷霆合斗间。一岁履端望晓霁，万人扶病敌春寒。势如破竹神犹王，客有屠苏泪自干。衰鬓谈经空夺席，庐眈鹤去旧朝班。"

傅熊湘作《乙卯元旦，新历二月十四日》。诗云："差幸尊前未老身，劫余犹作太平人。米盐自笑都成计，花鸟无妨稳卜邻。玩世东方长隐汉，著书柱史待游秦。侍臣近有椒盘颂，不用扬雄更美新。"

赵光瀛作《乙卯元旦书怀，录呈味梅观察吟坛粲》。诗云："酹柏斟椒觅句频，不堪回首圣湖滨（游浙六年，每届岁除必与同寅唱和）。澜翻世界棋当劫，水逝光阴磨转轮。爆竹声如前岁少，烛花辉比去年新。试将马齿从头数，六甲重周第一晨。"

张素作《元日》。诗云："东方晓日鸡初鸣，天宇轶荡春风生。迎年倏换桃符帖，饯腊犹余爆竹声。愧我风尘频作客，家酿屠苏倾未得。独将节物付闲吟，一去年芳成浪掷。托从癸丑客江洲，箫鼓荒村一片愁。官阁梅花今渐老，宾筵柏叶为谁酬。甲寅我复游都下，连胖陶瘤袂争把。艳歌灯畔屡闻莺，暗尘陌上时随马。此日还逢乙卯春，冰雪遭回出塞身。对镜怯看须鬓改，送穷不损性情真。家园万里江南路，料应开遍梅千树。朔旦欣看合荬时，归期总被传柑误。斑白高堂鸠杖持，岁朝儿女乐含饴。愿将寿考南山颂，遥献春风酒一卮。"

黄文涛作《元旦作》。诗云："饮罢辞年酒，深宵炉火亲。荒鸡惊唱晓，旧历又更新。岁月去难挽，儿童乐最真。老怀何所事，涵养太和春。"

沈曾植作《乙卯元日》。诗云："磙硌苍龙七宿回，王周视裎一登台。贞符已见威香草，道助宁无照世杯。笛里屈平归国乐，书生强华奉福来。天心复处终相见，只是衰年肺疾催。"此诗又作《宣统七年乙卯元日》。尾联云："天心复处终相见，只是孤臣肺疾催。"

杨钟羲作《用乙庵〈元旦试笔〉韵》。诗云："四见春城北斗回，朝天梦断小蓬台。支头长物余书卷，易貌从人误镜杯。沟木青黄甘自弃，海沤疑似竟何来。闭关谢客朝慵起，懒漫宁堪史课催。"

瞿鸿禨作《乙卯元日》。诗云："白发凋疏病后身，羁栖又见岁华新。游氛直掩天双阙，元气谁扶日一轮。鸾辂青旂犹在望，蛙声紫色不成春。十洲龙战方云扰，东海鲸波更逼人。"

唐晏作《乙卯元日，用东坡〈除夕赠段屯田〉韵》。诗云："蹉跎五十九，百年逾强半。升沉显晦遭，不足置一叹。所以怡然乐，正赖义爻玩。哀今厄屡倾，怀古帙频散。时于尚论闲，幸遘达生伴。今辰复何辰，单阏岁朝旦。宿酒泛满樽，时花扑盈案。兰芬及梅馥，二气交凌乱。无穷奚暇送，不荐安用盬。但睹帘外驹，飞辔何曾缓。三年居海上，风物差能惯。不作伧父骄，且学吴儿懦。楼高春易入，搴帱屏兽炭。何须寻云仙，别筑争春馆。正恐似梅梢，阴阳殊冷暖。慎勿赋从军，凭栏笑王粲。"

骆成骧作《乙卯元日重谒崇陵》（四首）。其一："隔岁重瞻拜，陵功竟告成。云开梧野迥，龙睇鼎湖清。节俭君王德，崇高众庶情。再三回首处，郁郁望佳城。"

周岸登作《八节长欢·乙卯元旦赋》。词云："蓬阆壶天。喜山城里，又过新年。摄提回斗建，七始丽星躔。屠苏芳酒竞传坐，更万家、同荐辛盘。独有寒衡早放，曾见羊昙。 椒花粉荔依然。嬉绣陌、丝鹅蜡燕争先。箫吹闹云边。丹凤舞、青缯卷得春还。迎年珮，应共祝、八节长欢。行歌意、东风罗绮，娇随宝马香鞯。"

王舟瑶作《元旦》。诗云："浑忘今日是何日，鲁史春王谁复传？海外鲸波连七国，宫中龙蛰已三年。乾坤整顿惭无术，文献搜求苦自编。五十八年成底事，愁看霜雪上华颠。"

张质生作《元日试笔》。诗云："朔漠和风至，春光入旧年。儿时心趣好，客里鬓丝牵。壮志云生壑，高情月在天。咏成还自喜，清气在词先。"

周树模作《乙卯元日樊山以〈京邸守岁〉诗见示，示答四首》。其一："隔岁梅花未改香，喜神先入读书堂。梦回耳冷钧天乐，更听云门第一章。"

张相文作《乙卯元日山中呈张季直先生》。诗云："阴阳婺尾续前游，更上云山最上头。槛外火龙低远寺，灯前腊酒解新篘。楼台且喜成弹指，海屋无妨再记筹。为向赤松坚旧约，明年重与迓留侯。"

张謇作《三至香山静宜园》。诗云："名山五月别，邈然思故人。梦寐亦一晤，近即弥可亲。入围叩山扉，迎客犬意驯。何况北道主，款款惬饮醇。壁张岩壑图，口数辽金春。导以昔游处，旧书如再温。磴道揖乔松，苍髯俨天神。玉乳与双井，窈窕素女亲。择地卜栖止，信美得所仁。出山但一步，浩荡污人尘。安得冰雪窟，素交来结邻。"又作《和蔚西〈元日山中〉》。诗云："朱颜白发青藤杖，张子登临兴自豪。有客云龙随孟尉，何人地虎羡敖曹。江河禹贡寻源迥，冰雪秦城问牧劳。纵与赤松坚后约，封留辟谷已愁高。"

英敛之作《癸丑除夕，丹徒马相伯先生、通州张季直先生同来山中度岁。甲寅元旦，相与登梯云山馆。张蔚西成七绝一首云："晓来岚彩四山浮，云外晴光杖底收。献岁愿教成吉谶，年年常伴赤松游。"今岁，梯云山馆已由张公捐款修葺完整，复如前约，惜马先生以病未能到。乙卯元日，天气晴和，相与谈宴其中，一时极为欢畅。当此时局沸扰，举世惶惶，此乐岂可多得？仆本不知诗，率写四绝，聊伸鄙怀，亦打油歌类也》。其一："久拼身世等浮沤，贵贱悲欢一例收。独有天人悲悯念，未能一日去心头。"其二："二老诚为天下老，力将砥柱挽狂澜。愚公之愚不可及，谁毁谁誉平等观。"其三："抽闲又作香山会，岂是徒矜风雅来。莫笑山林经济拙，民天邦本要栽培。"其四："从来贵贱同一死，毕竟贤愚各不同。浮世爱憎冬夏日，人间趋舍马牛风。"

升允作《乙卯元旦》（二首）。其一："旧历换桃符，乡风记得无。儿童争爆竹，父老让屠苏。消息邀青鸟，光阴逐白驹。桑榆未嫌晚，托足在东隅。"

丁立中作《乙卯元旦试笔，用十八巧全韵》《乙卯元旦咏兔，用宋梅尧臣〈白兔〉诗韵》。其中，《乙卯元旦试笔》云："敬仰吾师王威乙（海帆师住威乙巷），追思父执许丁卯（榆园）。年年元旦例有诗，春光时助诗肠搅。挥毫落纸擘云笺，墨花笔采相辉姣。吾父吾兄并唱酬，赠答邮筒尝佼佼。甲午大吉集吟朋，诗语征祥如杯筊（道光十四年，《甲午大吉诗》创自许子社先生，和者甚众）。当年盛事乐承平，雅颂雍熙赋娥媌。昔贤著述藏名山，学富五车饰金瑶。小子深渐抽乙丝，俭腹只宜菜甲咬。刚经柔史未研求，六甲五丁徒拘绞。家储图籍富八千，编目妄希夕阳鲍。涉猎佔哗愧荒芜，忝列胶庠歌采茅。荫承祖泽幸随兄，计车日下两轴挠。命宫磨蝎恨蹉跎，阅历始知世路拗。瓯海风波叠震惊，游踪犹幸留三泖。年华转瞬届知非，日躔推迁参与昴。砚田枯洌已无闻，神仙不使蟫鱼饱。大地潢池竞弄兵，烽烟未靖雕题獠。所见怪于马肿背，遇事棘如鸡介爪。更苦萑苻动地生，黄巾顿集空山獟。书生手力难缚鸡，安得声威扬金铰？糊涂且学信天翁，藏拙速营窟兔狡。种蔬继述潘灌园，饔餐或得生稻炒。翁子原无富贵心，吉词漫乞银州巧（余今年政五十）。"《乙卯元旦咏兔》云："猛虎一去不复返，瞬息狡兔来人间。狡兔上天之骄子，珠宫贝阙常往还。三十六旬谋职位，百千万劫知循环。经营三窟工心计，括尽土地搜尽山。玉皇闻之长太息，薄惩一载投散闲。可怜嫦娥不敢言，时掩半面遮愁颜。"

潘恩元作《旧历乙卯元日三首》。其一："人生无通塞，即事终有托。岁序递承谢，黾勉不能却。满眼多新意，余情但漠漠。好景已成往，在今又胡作。以往者视今，应亦转眼错。"

曹炳麟作《乙卯元旦离感》（六首）。其一："枥驹增齿意怆然，镜里霜花落鬓边。人惯清寒忘卒岁，天教风雪渡残年。《春秋》谁识正义义？诗卷空题《甲子篇》。且醉屠苏一杯酒，无聊自写送穷篇。"其二："汉家腊尽百忧讧，咄咄频书向太空。横海风云移战祸，新朝宵旰议和戎。繁征头会千铢细，累债台封万级崇。除夜叩门通赋急，最怜人是卓锥穷。"

张震轩作《乙卯新正书怀》。诗云："平生恩怨散轻尘，两鬓飘萧剩老身。尚友空怀千载业，贺年又值一番新。天留傲骨何妨隐，家有藏书未足贫。却喜趋庭儿解事，雨窗搦管谱阳春（大儿毓寯元旦开笔填《春光好》词一阕为贺）。"

廖道传作《乙卯春节》（五首）。其一："微暾疏雨嫩寒天，岁庆三元故事沿。一卷新编增月令，千秋春节肇今年（去年春节期过，方奉令补行）。"其二："献岁梅花柏酒陈，家家爆竹帖宜春。贺正漫笑多从旧，国政如今只半新。"其三："自从数岁解庭训，廿载亲聆元日诗。十二年来无此咏，梅花如雪断肠时（先君每元日辄哦前人咏梅名句）。"其四："十年远志误当归，残腊单寒客子衣。独幸桂林辛亥岁，全家春酒奉慈帏（余客中度岁者，自乙巳至今十一年）。"其五："银灯除夜彻天明，琐话家常杂笑声。爱听孩儿算年齿，两行兄妹是同庚（四儿、五儿俱五岁。七女、八女俱二岁）。"

瞿蜕园作《乙卯元日》。诗云："自别湘春两度春，举家犹是未归人。沧溟跋浪骄龙伯，汀潊随阳羡雁臣。撰杖园林承暇景，开尊花蕚遂天伦。熟精文选知难副，多愧年年觅句新。"

赖和作《乙卯元旦书怀》。诗云："自自冉冉幸福身，欢欢喜喜过新春。平生得意知何事，一世无忧能几人。"

赖雨若作《乙卯元旦偶感》。诗云："内无以益己，外无以益人。公不能华国，私不能华身。皇城久浪迹，逆旅独迎春。开口饮樽酒，低头怀老亲。我龄三十八，未得乐天伦。放眼高楼上，万家烟景新。"

施梅樵作《乙卯元旦试笔》。诗云："细雨轻烟近卯桥，倚笻同看鹿江潮。年来差喜吟身健，老树临风不动摇。"

李采白作《家祭（并序）》。序云："此吾纪念祖德之作。高其义也，敬其节也！岂为追远，亦非家谱。相传十世祖香谷府君，为明末诸生，爱国立节，留发拒剃。顾丹心有传，而碧血不灭。今鞑虏驱除，神州光复，二百余年之国仇家恨，一朝雪洗。十世以来之高风亮节，永世欣存。自怜不肖，长负祖德。每念陆放翁'家祭无忘告乃翁'之句，未尝不泫然流涕也！今当家祭之余，敬赋古诗一首。影静丹青里，心苏香花前。濡毫一挥，欣慰无极也！"诗云："烈士慕义我慕德，亘古男儿都爱国。香谷府君民族节，辜榷吾族真难得。香花奉养遗黎恸，逐臭吞膻经噩梦。忠肝义胆代代传，神州光复终获胜。今朝亲眼见亡清，李氏儿孙告乃翁。家祭敬向中堂拜，光辉灿烂看丹青。"

刘之屏作《乙卯元旦谒先君勤果公遗像》。诗云："白发苍颜隆准公，仪型犹与昔年同。爷今神在九天上，儿亦须生两颊中。未有显扬亏子职，勉为勤俭继家风。中厨添个调羹妇，婚嫁如今始告终。"

王揆墀作《乙卯元旦》。诗云："颓然犹得住人间，老至无闻觉厚颜。黄极九天回日驭，黑甜一枕出年关。春生鸭绿门前水，晴涌螺青屋外山。拄颊楼东玩云物，默翁愁绝续瀛寰。"

张学华作《乙卯元日》（二首）。其一："春光不解为谁妍，独卧空山雨雪天。晓梦惊回残腊后，芳尊辜负好花前。南飞何处栖乌鹊，北向潸然拜杜鹃。剩有匣中《心史》在，一编私署景炎年。"

严廷桢作《乙卯元日》（四首）。其四："儿女喧哗说过年，衣裳楚楚拜堂前。敬天祭祖家常事，莫问沧桑竟变迁。"

[日] 津田英彦作《乙卯岁朝》(二首)。其一："轮轮朱彩灿萦杠，暖漾鹅儿黄一缸。南极峰峦排闼笑，西来寇盗竖旗降。托踪苕雪之间宅，寄傲羲皇以上窗。颂绍椒花春未献，鹿门且仿道玄庞。"

[日] 松平康国作《乙卯新年》。诗云："五十加三岁，余生新境开。道从忧患悟，朋为切磋来。莫若修天爵，何须骋我才。行藏知有命，肯谓壮心摧。"

[日] 森川竹碛作《新年望山》。诗云："回姿如有待，溪壑望何长。入坐风初暖，当轩景自祥。停云无冻色，腊雪带春光。节改吟情畅，欣遭万物昌。"

[日] 德富苏峰作《乙卯元旦》。诗云："五十三年是与非，世情尝尽遂忘机。险夷前路不须说，云海茫茫一鸟飞。"

[日] 杉田定一作《乙卯新年游镰仓》(三首)。其一："山海形胜固，霸业忆当年。邸第荆榛茂，祠堂丹碧鲜。"其二："伟哉总追捕，坐握天下权。奈何同根烹，却招外戚专。"

[日] 加纳正治作《乙卯元旦书怀》。诗云："跫音戛戛到门前，乃识今年第一便。簿领匆忙无寸暇，笔研如铁五更天。"

15 日 [韩]《天道教会月报》第 55 号刊行。本期"词藻"栏目含《祝大道主寿朝祝辞》(游庵洪基兆、车相鹤、朴宪卿、安商惠、金泳彦、张孝根、崔周亿、桂英宣、张基濂、李廷馥、尹龟荣、朱昌键)、《大道主弧辰侑酒词》(李瓘)、《斋洞夜集》(苇沧)、《又》(芝江)、《和》(莲游、苇沧、凰山)、《凤凰阁见家书有感》(松石)、《青洞雪夜小酌》(古友)、《又》(我铁)、《待箫客不至》(凰山)。其中，凰山《待箫客不至》云："一犬寥寥雪满扉，洞箫不至月空飞。请君起看梅稍上，鸟宿残花故不归。"

邹弢作《贺新郎·乙卯元旦后一日，同门徐君馥苏四十九初度，招饮醉歌》。词云："湖海多良友。莽平生、性情道德，谁能消受。君是空群城北选，擅得才华八斗。更占领、岐黄国手。公量流行天下达，算程门、几个交长久。还濯濯，灵和柳。　　男儿堕地居年首。把寻常、一齐压倒，王前卢后。但愿名山留片席，抵了松椿永寿。非我辈、狂言肆口。万岁千秋皆幻想，算何如、野外荒楼守。三影对，花间酒。"

陈匪石作《石湖仙(江波烟渚)》。序云："亚子故居为陆辅之桃园遗址，既移家梨川，迺为《分湖旧隐图》记之。甲寅秋暮，驰书索题。荏苒数月，倚此寄之，时乙卯元旦后一日。"词云："江波烟渚。浸天影壶中，词仙曾住。亭外石苍苍，共梧桐、秋窗碧护。楼前新雁，好句索、玉田同赋(陆辅之有《碧梧苍石图》，自题《清平乐》调，和玉田韵，有'怕听楼前新雁'之句)。今古。倚竹枝、往事愁诉。　　青桑又生海底，引滴滴(作平)、沧洲泪注。点染丹青，祖研摩挲宵午。忆月秦淮，酒醒何处。一般凄楚(亚子先德莳安先生有《秦淮忆月图》，子屏先生有《酒醒何处图》)。重认取。

枫渔一棹来去。"

16日 叶昌炽得秦淮海函,用去年"秦"字韵,报诗两律,岁朝一首,又和芸巢一首,题曰《缘督同年邮诗寄怀,中述春明旧事,惘然有感,赋此寄答,五叠前韵》《奉答寄怀之作,七叠前韵》《乙卯岁朝试笔》。其中,《缘督同年邮诗寄怀》云:"漫言城阙辅三秦,回首长安梦似尘。瘴雨腥风沧海劫,新蒲细柳曲江滨。空传厌胜镌刚卯(今有双龙宝星、单鹤金章诸式,岂玉刚卯遗意邪),忍问祈年筮上辛(闻旧岍斋坛,今已辟为游观之地)。多少京华冠盖客,江南庾信独伤春。"《乙卯岁朝试笔》云:"子建周正亥建秦,朝元那复梦京尘。高翔威凤皆天际,狎处闲鸥尚海滨。一集义熙编甲子,两番沪渎识庚辛(咸丰庚申、辛酉在沪度岁,今自宣统辛亥来止沪滨,倏亦四更岁琯矣)。寻芳有客忙探杏(阳历已作二月十四日),何似梅花赋早春。"

张謇作《宿梯云山馆》。诗云:"夜来高处气逾凝,窗隔颇黎望远能。松际微风频作籁,草根残雪尚成冰。绚空白认盈城火,延烧红疑列寺灯。要使下方传睹记,故留余烛炯崚嶒。"

17日 《申报》第15090号刊行。本期《自由谈》"诗选"栏目含《岁暮》(东园)、《新年》(二首,东园)、《对月有怀》(东园)。

张謇作《刘命侯〈梅山归隐图〉》(二首)。其一:"世人有母皆毛义,官以娱亲亦可哀。若为但求升斗计,西山东海尚污莱。"

林苍作《正月四日以诗自寿,并索同社诸子和》《寿天遗》。其中,《正月四日以诗自寿》云:"得健贫中煞是难,能延一日一为欢。问年动有虚生悔,忍死休将好事看。百意浸灰论甚寿,吾诗任瘦幸无官。此情只合同侪喻,莫便轻言我达观。"《寿天遗》云:"归来四五年,赖尔存吾真。笑问吾与尔,向日属何亲?今乃两不舍,浑然无主宾。名固是尔名,身亦是尔身。一杯为尔寿,即借吾生辰。朋侪持句来,致意殊频频。独念尔非吾,早晚成路人。任尔长不朽,吾当委灰尘。"

18日 《申报》第15091号刊行。本期《自由谈》"诗选"栏目含《汗马余沥》(平江吴朝凤):《出山吟》(甲午中东事起,出山从军)、《辽阳行》(中东之役,从军关外,年仅二十而发白十分之三)、《别涂渔笙茂才,即次其送别原韵》《遣怀》《中州咏古》;《尊瓠室主人左顾,赋此简之》(野民)。

[韩]申桯(圭植)以《与同社诸子书》致柳亚子等。以《韩日协约》为前例,提醒中国仁人志士警惕日本向中国提出"二十一条"。并作《元旦题感示南社诸公》(青丘恨人未定草,旧历元月五号)。诗云:"东风猎猎客先惊,中夜沉沉尚未醒。从古燕南多慷慨,只今沪上最文明。秘密丧权哀后辙,鼓吹无力惜前名。痛哭不干五年泪,茫茫何处觅秦庭?"

汤汝和作《新正五日和兰陔近作元韵》(二首)。其二:"劫转红羊世运移,年来鸾影复分离。瑟琴弦断悲潘岳，山水音清契子期。又见韶光回禹甸，谁珍法物爱商彝。题诗不待逢人日，一幅先颁杜拾遗。"

19日　《申报》第15092号刊行。本期《自由谈》"诗选"栏目含《小除日大雪，次尊瓠韵》（野民）、《初冬有怀》（合肥十四龄女子李贞）、《微雪，拟古》（练西恨人）；"词选"栏目含《庆春泽·先立春三日客窗风雪》（绛珠女士）；"文字因缘"栏目含《江南好·〈女子世界〉出版祝词》（程筱筠自盐城寄）、《高阳台·东园函嘱题钝根、蝶仙新编〈女子世界〉，倚此赋寄沪江》（陕西申仲渔自淮北寄）、《双红豆·得东园信，知〈女子世界〉已为钝根、蝶仙编成，喜而有赋》（纫琴女士）、《十六字令·题〈女子世界〉》（二首，绛碧女士）。

袁世凯下令将吴鼐杀害于军警执法处。吴鼐（1877—1915），字慕尧，号虎头，贵州黔东南锦屏人。光绪二十九年（1903）在贵阳参加乡试，被定为"有乖时宜"，录入副榜，不得入京会试。三十三年（1907）离乡直赴京津，走上革命道路，当众立誓，口占一诗："列强入寇国遭殃，满贼专横天不光。为拯神州于水火，敢将铁骨碰刀枪。"1912年加入同盟会，同年加入南社，入社号为45。而后主《国风日报》笔政，批判袁世凯政府。袁下令查封报馆，避走上海。1913年"二次革命"爆发，著文痛斥袁世凯，袁悬重赏5万银元通缉。1914年秘密回上海策划刺杀袁世凯，后被抓捕遇害。《绝命诗》云："慷慨挥椎搏浪沙，丹心一片兴中华，男儿一死无他恨，大千世界是吾家。"著有《吴学士诗文集》《百萼红词》。

吴昌硕过访郑孝胥，逾二日，郑孝胥回访。

叶昌炽作《佩鹤前辈和诗述都门旧事，镐饮雒宴，宏我汉京，读之亦慨然有怀旧之思，再呈一首，十叠前韵》《新春感事，十一、二叠前韵》答秦绶章。其中，《佩鹤前辈和诗述都门旧事》云："渭阳车乘不忘秦，珠履平津忆接尘（君为潘文勤师宅相，下走假馆潆喜斋时，过从甚密）。秋禊江亭萧寺麓，春明坊宅玉河滨。选楼作赋群推甲（大考翰詹君以一等第二名峻擢侍讲学士），秀野编诗未断辛（顾侠君《元诗选》，世所有者，自甲至辛八集，然自有壬、癸两集，但传本稀耳。君诗亦日新而未已也）。细柳新蒲前日事，那堪重问帝城春。"《新春感事》其一："东西各自帝齐秦，百六飙回旧劫尘。帷剑登坛盟夹谷，楼船出海下横滨。风声草木疑藏甲，月象苞符际伏辛（虞仲翔《易纳甲图》：'月十五日盈于甲，十六日退于辛'）。正朔闰朝浑未定，两头春后岂无春（去岁正月、十二月皆有立春节，俗谓之'两头春'）。"后附秦淮海和作《和〈新春感事〉，十叠前韵》《缘督同年将涖沪上，诗以迓之，十一叠前韵》。其中，《缘督同年将涖沪上》云："渭城不唱远游秦，望气先迎驿路尘。便拟轻舟来剡曲，好营别墅住瀼滨。诗篇酬赠怀丁卯，杂识编题补癸辛（许浑丁卯桥、周密癸辛里，皆就所居以名其集）。莫讶安车轻就道，随身杖履健行春。"

20日 袁世凯"以四川地方为重",任命陈宧为四川军务会办,率领北洋系伍祥祯、冯玉祥、李炳之三旅入川。

《申报》第15093号刊行。本期《自由谈》"诗选"栏目含《甲寅除夕》(景骞)、《除夕坐雪窗前,水仙盛开》(燕双双馆)、《南园看雪》(二首,啸霞山人)、《雪满山中,景殊清绝,晓起呵冻,戏书二十八字》(啸霞山人)。

《大中华》第1卷第2期刊行。本期"文苑"栏目含《题姚广孝为中山王画山水卷》(梁启超)、《拟夐叟先生寿诗》(梁启超)、《题庄思缄〈扶桑濯足图〉》(梁启超)、《哀欧吟》(规盦)、《北海杂兴》(规盦)、《冬兴二首》(规盦)、《雪楼望梁公约居宅,漫咏二首》(伯严)、《偶成》(方尔谦)。其中,梁启超《拟夐叟先生寿诗》云:"荷衣昔赋高轩过,京国今看寿域开。载道口碑古杭郡,藏山著述汉兰台。归来作赋仍为客,岁晚逢春一举杯。行马诸郎正年少,登堂杖履幸追陪。"

《剧场月报》第1卷第3号刊行。本期"词林"栏目含《赠歌者梅郎之〈虹霓关〉》(武进王笠民)、《梅郎曲》(醉红)、《叫天诗五首》(寄沤旧稿)、《观第一台梅兰芳演剧》(厌纭)。

《学生》第2卷第2号刊行。本期"文苑"栏目含《游峨嵋山记》(附图)(四川宜宾华美中学校二年级生尹全瑜)、《游天平山记》(江苏省立第二师范学校学生李霆震)、《季春游洪山记》(附图)(湖北省立第一区勺庭中学校二年生钟英)、《游灵岩山记》(附图)(平江中学校一年生钱宗起)、《春日远足会记》(浙江省立甲种商业学校二年级生宣重华)、《登东山记》(浙江第二中学校二年级生朱德金)、《观竞球记》(浙江吴兴县立中学校三年生闵思澂)、《〈狄君武日记〉序》(江苏省立第二师范学校学生戴笠)、《郭笑葵〈百鸡问题解释〉序》(江苏省立第一师范学校三年生沈雷渔)、《谏王子嘉先生辞》(吴淞中国公学法科学生郁井心)、《〈史记·货殖传〉书后》(同里私立丽则女师范学校讲习科二年级生朱惜分)、《感怀述事九章,呈钱硕人师》(有引)(湖南省立甲种农业学校兽医本科一年级生于伟)、《过香水溪》(江苏第一师范毕业生魏寿铺)、《题严园壁》(魏寿铺)、《虎邱远足四咏》(魏寿铺)、《拟古》(南通代用师范学校学生易作霖)、《颠倒衣裳四首》(拟李长吉)(泰县甲种师范讲习学生程习)、《题程习〈奏雅亭传奇〉》(泰县甲种师范讲习学生尤慕哉)、《感怀四首》(浙江第二中学校学生吴敩)、《咏史》(文天祥)(山西省立第一中学第二年级王作人)、《蓉城春夜临眺》(四川高等学校理科二年生张显)、《哀江南二绝》(江苏省立第二师范学校学生戴笠)、《月当头夜有怀方冲之》(戴笠)。

朱希祖、钱玄同访沈尹默,受鲁迅委托,将《会稽杂集》3册分赠沈尹默、沈兼士和马裕藻。

吴宓日记云:"今日诗文,均非新理想新事物不能成立,而格律词藻,则宜取之旧。

他日乘风云之会，挟天禀之资，树帜中原，为诗文界一开千年新生面，而发其永久之光气者，吾知其必大有人也。"

杨度函来，有所馈，杨钟羲答以诗。杨钟羲《人日答友》云："酒价高时每乏斟，书来人日比跫音。剧怜鹿食相呼意，应解鸿冥避弋心。昔日林宗知季伟，它时敬伯访裴谌。廿年手种孤生竹，分我西窗一径阴。"

梁启超作《寄赵尧生侍御，以诗代书》。诗云："山中赵邡卿，起居复何似？去秋书千言，短李为我致。坐客睹欲夺，我怒几色市。比复凭罗隐，寄五十六字。把之不忍释，浃旬同卧起。稽答信死罪，惭报亦有以。昔岁黄巾沸，偶式郑公里。岂期姜桂性，遽撄魑魅忌。青天大白日，横注射工矢。公愤塞京国，岂直我发指。执义别有人，我仅押纸尾。怪君听之过，喋喋每挂齿。谬引汾阳郭，远拯夜郎李。我不任受故，欲报斯辄止。复次我所历，不足告君子。自我别君后，嘐嘐不自揆。思奋躯尘微，以救国卵累。无端立人朝，月躔迅逾纪。君思如我慭，岂堪习为吏。自然枘入凿，窘若磨旋蚁。默数一年来，至竟所得几。口空瘝罪言，骨反销积毁。君昔东入海，劝我衼慎趾。戒我坐垂堂，历历语在耳。由今以思之，智什我岂翅。坐是欲有陈，操笔则颡泚。今我竟自拔，遂我初服矣。所欲语君者，百请述一二。一自系匏解，故业日以理，避人恒兼旬，深蛰西山阯。冬秀餐雪桧，秋艳摘霜柿。曾踏居庸月，眼界空凤滓；曾饮玉泉水，冽芳沁瘟脾。自其放游外，则溺于文事。乙乙蚕吐丝，汩汩蜡泫泪。日率数千言，今略就千纸。持之以入市，所易未甚菲。苟能长如兹，馁冻已可抵。君常忧我贫，闻此当一喜。去春花生日，吾女既燕尔。其婿夙嗜学，幸不橘化枳。两小今随我，述作亦斐亹。君诗远垂问，纫爱岂独彼。诸交旧踪迹，君倘愿闻只。罗瘿跌宕姿，视昔且倍蓰。山水诗酒花，名优与名士。作史更制礼，应接无停晷。百凡皆芳洁，一事略可鄙。索笑北枝梅，楚璧久如屣。曾蛰蛰更密，足已绝尘轨。田居诗十首，一首千金值。丰岁犹调饥，謇举义弗仕。眼中古之人，惟此君而已。采笔江家郎，在官我肩比。金玉兢自保，不与俗波靡。近更常为诗，就我相砻砥。君久不见之，见应刮目视。三子君所笃，交我今最挚。陈林黄黄梁，旧社君同气。而亦皆好我，襟抱互弗闭。更二陈一林，老宿众所企，吾间一诣之，则以一诗贽。其在海上者，安仁嘻憔悴，顾未累口腹，而或损猛志。孝侯特可哀，悲风生陟屺，君曾否闻知？备礼致吊诔。此君孝而愚，长者宜督譬。凡兹所举似，君或谂之备，欲慰君索居，词费兹毋避。大地正喋血，毒螫且潜沸。一发之国命，懔懔驭朽辔。吾曹此余生，孰审天所置？恋旧与伤离，适见不达耳。以君所养醇，宜夙了此旨。故山两年间，何借以适己？箧中新诗稿，曾添几尺咫？其他藏山业，几种竟端委？酒量进抑退？抑遵昔不徙？或言比持戒，我意告者诡。岂其若是恝，辜此邮筒美。所常与钓游，得几园与绮？门下之俊物，又见几骐骥？健脚想如昨，较我步更駃。峨眉在户牖，贾勇否再似？琐琐此问讯，一一待蜀使。今我寄此诗，縢以《欧战史》，去腊青始杀，敝帚颇自憙，下酒代班籍，将弗笑辽豕。尤有《亚匏集》，我嗜若脍菆，谓有清一代，三百年无此，我见本井蛙，君视为然否？我操兹豚蹄，责报乃无底。第一即责君，索我诗瘢痏，首尾涂乙之，益我学根柢；次则昔癸丑，禊集西郊汦，至者若而人，诗亦杂瑾狶，丐君补题图，贤者宜乐是；复次责诗卷，手写字栉比，凡近所为诗，不问近古体，多多斯益善，求添吾弗耻；最后有所请，申之以长跪，老父君夙敬，生日今在迩，行将归称觞，乞宠以巨制，乌私此区区，君义当不诿。浮云西南行，望中蜀山紫，悬想诗到时，春已满杖履。努力善眠食，开抱受蓄祉，桃涨趁江来，伫待剖双鲤。岁乙卯人日，启超拜手启。"

陈遹声作《乙卯人日，次沈石田韵，题其〈山游〉卷子》。诗云："归乡忘世事，终日得萧闲。人老烟霞里，家居水竹间。题名镵紫石，倾俸买青山。松桂都无恙，欣然贺我还。"

康有为作《乙卯人日闻大盗死》。诗云："乱国残民十四年，喜诛大盗自皇天。血漂岭海户十万，命革中华岁五千。赤化传来人尽畏，黄巢运尽劫堪怜。千万惜未刲王莽，举酒欢呼吾粤先。"

夏敬观作《人日出游》。诗云："春幡正在国门前，回施东风与少年。错道芳菲容探借，不知烂漫果谁先。鬓边旧插银幡直，盘里今忘苜蓿膻。还向担夫争路处，白头更费买花钱。"

傅熊湘作《人日梦蘧邀饮》。诗云："初春赢盼一晴开，却倚嬉游荡酒杯。自走泥汀能速客，独怜歌哭渐成埃。摇天孤梦醒残醉，越世高谈冷劫灰。还共死生相过访，江湖寥落剩君才。"

张素作《人日雪》《点绛唇·人日》。其中，《人日雪》云："擘纩飘霙十万重，冰花旋结雪花浓。乍惊节候当人日，欲话丰穰得老农。入梦渐增雅背冷，催春未遣马蹄鬆。郊原一白吾何羡，鳞甲时时炫玉龙。"

舒昌森作《满江红·乙卯人日，与天宁寺慧园长老对酒》。词云："愧煞男儿，把六十、余年浪掷。空自顾、头颅怎好，霜华点白。击剑曾为游侠子，吹箫竟作羁栖客。问满天、风雪独冲寒，将何适。　　敏方外，谈禅寂。来寺里，饫香积。正早春时候，梅花已坼。杜老草堂留妙咏，坡公玉带怀陈迹。向酒边、放眼看尘寰，由他窄。"

陈夔龙作《人日漫兴》。诗云："浦西三度逢人日，惆怅东风易白头。延客偶将花径扫，题诗例向草堂酬。食单煮菜还煎饼，劫话怜春甚感秋。却忆海王村畔路，书摊庙市是前游。"

金天羽作《人日和冬木老人秦散之病中见怀》（二首）。序云："散老来书，言'抱疴山居，候经半载，想不能久于人世矣！'蒙寄近诗，病中曾题数语，曰：'鹤望此编多访古怀人之作，一往情深，颇得浣花之髓，近来诗人何能望其项背？'云云。又题一律，另笺'奉呈乞赐和,力疾未能多书'。邮书者言散老病笃矣,顾惓惓鹤望,方作此书时,令人扶起叠被为几,悬腕以书,书犹中锋也。读之感涕,乃急和之。"其一:"话在心头酒在襟,忘年交许隔年寻。名山浪迹虚前诺,人日题诗感苦吟。天以散材饶匠斧,公无哀唱托桑琴。华山亦睡希夷叟,阖眼神洲梦陆沉。"其二:"东风冷入鼓鼙天,新注犹龙病病篇。岁晚橘租收薄值,春深药裹换流年。沥醪胸腹回真气,对镜头颅扶雪颠。会脱沉疴理轻策,杏花红到蔡亭边。(诗人自注:诗去而散老病革,目不能视,须臾易箦矣,哲嗣秋伊乃供之灵座。闻信为之一恸,有祭文,见《文集》)"

沙元炳作《人日招同社诸友集志颐堂分体》。诗云:"有地真愁人类尽,得天今喜日光和。初开梅怯东风恶,耐死松含北雪多。拾海仍分传座菜,隔墙遥和踏春歌。诗情且向花前发,此房宁能我辈诃。"

沈汝瑾作《人日出郭,应王季玉之招,养浩过访不值,赋诗示我,原韵和答》。诗云:"新雨招邀丽日天,爱书画胜得鱼筌。忘开花径迎三益,坐听松涛沸一川。促膝更当谈款款,联吟常共乐年年。檐端玉茗朝霞似,约看还期致锦笺。"

周岸登作《一萼红·乙卯人日,用石帚淳熙〈丙午人日〉韵,赋西园官梅》。词云:"曲池阴。折横枝幽萼,华发不胜簪。槛脚苔皴,瓶眉石冻,还似春睡沉沉。照疏影、寒泉古瓮,唤梦回、应有并栖禽。桂管箫声,宣华龙影,谁与追临。   十载魂销无地,伴含章一卧,飞近眉心。姑射冰姿,罗浮蝶怨,遗事凄绝重寻。抚时序、烧灯渐近,贴春人、华胜簇祥金。只恐归来佩环,感慨同深。"

刘善泽作《人日东池宴集(并序)》。序云:"乙卯人日,宴传九观察谧盫东池草堂,杜翘生太守、曾履初廉访、李佛翼观察、苏康侯明府、粟谷青农部、王靖宣太令、郭耘桂同转、许季纯别驾、吴梦舟骑尉、黄鹿泉、吴雁舟、表叔舆、杨吉甫、程子大、徐实宾诸先生均至。广筵逸爵,兴发题诗,心切时疢,见之咏叹。"诗云:"和风轩然来,春气弥乾坤。开岁始七日,端居息营魂。东池展嘉招,令辰命芳樽。胜引集飞盖,骈席盘罗餐。诸老河汾俦,情话相与敦。人生离合间,亦有神运存。藻翰富裁制,琼想穷天根。花前思争发,乱后头俱髡。振奇杂群彦,贱子难俱论。时艰心不夷,俗污道逾尊。侧闻东海隅,氛祲千里昏。贤达各自卷,谁能康世屯。拥怀恋幽期,颓曦忽西奔。即事已为逸,何必思鹿门。"

钟熊祥作《人日江途忆符卿弟》。诗云:"忆弟江南又几秋,却逢人日溯江流。刘郎浦胜春申浦,濯锦楼高黄鹤楼。昔日我偕春杜饮,今朝谁伴草堂游。迢迢相隔八千里,瞻望云天不尽愁。"

21日 《申报》第15094号刊行。本期《自由谈》"诗选"栏目含《汗马余沥》(平江吴朝凤):《示荆江水师将士》《示里河水师将士》《扬州》《过夷齐墓道》《出关吟》(二首)、《秋夜纳凉》《哀青岛》《小窗夜坐》《渭水钓鱼图》《渊明爱菊图》《忆儿女》;

"文字因缘"栏目含《卖花声·题〈女子世界〉》(绮碧女士)、《蝶恋花·得乡人东园手书,欣悉天虚我生新编〈女子世界〉,奉题一阕》(歙县方笏庭自京都寄)。

叶昌炽得曹元弼(叔彦)书五律一首。诗云:"杖履先春到,传闻喜欲狂。半年思捧手,万绪总回肠。魑魅忧人少,义和乱日常。天心终有属,咫尺望严光。"

22日 《申报》第15095号刊行。本期《自由谈》"诗选"栏目含《甲寅旧岁除,奉酬稚公伦敦除夜见寄,并呈南湖先生》(二首,寒匜)、《乙卯旧元日寿寒匜孙先生,兼酬稚公》(二首,南湖)、《读南翁与寒匜、稚公唱和之作,感时伤逝,情见乎词,依韵奉酬二首》(逸尘女士)、《江村岁暮》(琼华女士)、《岁暮感怀》(侍仙);"文字因缘"栏目含《双红豆·东园师函来,为钝根、蝶仙两君新编〈女子世界〉征文,赋以代柬》(盐城杨碧珠女士)、《又》(歙县吴绛珠女士)、《和碧珠、绛珠韵》(东园居士)。

国立北京高等师范学校开办三年制手工图画科,陈师曾受聘为国画教师,并兼任北京女子师范及女子高等师范博物教员。

叶昌炽得吴郁生函,商《藏书纪事诗》题签格式。

23日 吴昌硕与同人以蜜枣、醉梅为题,于式式轩举行甲寅消寒第七集,分咏蜜枣、酸梅。同集亦有:恽毓龄、缪荃孙、刘炳照、杨钟义、朱锟、刘承干、恽毓珂。吴昌硕首唱《消寒第七集,合咏蜜枣、酸梅》,续唱:恽毓龄、缪荃孙、刘炳照、杨钟义、朱锟、刘承干、恽毓珂诸人。其中,吴昌硕《消寒第七集》云:"枣未如瓜大,蜂糖制更鲜(吴人呼蜜为蜂糖,见《十国春秋》)。甘香防鼠窃,物产著龙涎。铭颂仙人镜,羹传内则篇。含饴佐娱老,美意说延年。蜜枣青梅本奇酸,甘咸制未已。怀孕妇喜吞,训蒙师堪比。和羹久知名,吐核犹软齿。莫思鼎调和,如今安用尔。"缪荃孙(二首)其二:"风絮时光雨脚斜,绿阴门巷路频差。深林遥望津生颊,回味方知沁齿牙(酸枣)。"刘承干(二首)其一:"骨醉沉沉未必醒,干蒌检出倍青青。名场色界多含妒,合与曹公浸一瓶(酸梅)。"

《申报》第15096号刊行。本期《自由谈》"诗选"栏目含《劫后逢凤池》(一鹤)、《八月十六夜,月明如画》(一鹤)、《除夕》(一鹤)、《元旦试笔》(一鹤)、《和内子佩芬》(一鹤);"文字因缘"栏目含《题蝶仙新编〈女子世界〉》(兴化张碧琴女士)、《题〈女子世界〉》(盐城陈琴仙女士)。

美国《纽约先驱报》报道廖恩焘一行在美国纽约行踪,妻廖邱琴接受该报采访。

叶昌炽作《和曹叔彦太史韵》(二首)。其一:"不为良友弃,肯学次公狂。落日频睎发,临风欲断肠。闲居聊养拙,素位但安常。且喜梁高士,相庄有孟光。"

24日 《申报》第15097号刊行。本期《自由谈》"诗选"栏目含《从军行》(嘉定徐少范)、《消寒八咏》(含《寒云》《寒潮》《寒菜》《寒梅》《寒罂》《寒桥》《寒鸡》《寒鸦》)(郁拙弇)、《梅萼》(郁拙弇);"文字因缘"栏目含《蝶恋花·方君题〈女子世界〉一词，读之想见王、陈两君丰采，为此赋寄，即用笏庭韵，以当祝词》（天长后雨田自西团寄）、《胡君让之〈百寿印谱〉题词》（青浦徐公辅）、《题松江钱剑秋先生〈灯剑印图〉》（二首，青浦徐公辅）。

夏承焘16岁初度，有句自嘲云："可怜半件青衫，今我依然故我。"

汤执盘作《忆江南·小祥登亡妻陈氏墓》（民国四年夏正正月十一日）。词云："思往事，愁绪断还连。梁案尘封鸾镜冷，秦楼梦渺风箫间。弹指又经年。　　春至也，芳景为谁研。千叠青山明月夜，一抔黄土暮云天。相对亦潜然。"

费树蔚作《乙卯正月十一日亭午，解维鲟溪，日未晡，抵木渎，偕内子游端园》。诗云："长风似为清游设，断梦重温亦大奇。澹对斜阳人不识，绕行芳径妇偏迟。青山红叶流光换（庚戌秋，曾偕聪生登课耕楼，看枫叶），白石沧波到眼知。添得女郎三五在，褰裙烟笑折花枝（纪所见也）。"

25日　蔡元培与李石曾等愤日人提"二十一条"欲亡中国，在法国巴黎组织"华人御侮会"。

《申报》第15098号刊行。本期《自由谈》"诗选"栏目含《秋夜书怀》（庚子联军入京，从军固关）（平江吴朝凤）、《中秋望月》（平江吴朝凤）、《渝关寄鸣琴从弟》（平江吴朝凤）。

《小说月报》第6卷第2号刊行。本期"文苑·诗"栏目含《鸣雁篇》（剑丞）、《车出泰山，下驰入燕境，道中口占》（剑丞）、《都中喜遇胡梓方，为教育部官》（剑丞）、《题徐积畬观察〈狼山访碑图〉》（涛园）、《题徐积畬〈随庵勘书图〉》（涛园）、《北风》（乙盦）、《赠周彦升》（乙盦）、《江永舟中》（乙盦）、《坡仙生日歌》（五芝）；"文苑·词"栏目含《减字浣溪沙·民国三年九月十一日作，时政府方以全欧战争波及青岛，守局部之中立也》（仲可）、《探芳信·赠孟莼生》（仲可）、《梦玉人引·自题〈天苏阁娱晚图〉》（仲可）；"杂俎"栏目含《顾曲麈谈（续）》（吴梅）。

《中华妇女界》第1卷第2期刊行。本期"文艺"栏目含《旅邸偶成》（西蜀畹君王梦兰女士）、《悼亡》（三首，前人）、《遣悲怀》（前人）、《遣悲怀·调寄〈满江红〉》（前人）、《哭幼女》（绝句三章）（前人）、《咏蟹》（前人）、《咏茶壶》（前人）、《步外子和友人题夫妻山原韵》（二首，前人）、《题写意山水二绝（回文）》（前人）、《北游，次李悔庵韵》（吕碧城女士）、《悼华吟梅女士》（胡孙森玲女士）、《前题》（姜一才女士）、《雨》（华吟梅女士）、《观花有感》（前人）、《荷花》（前人）、《荷珠》（前人）、《荷钱》（前人）、《荷盖》（前人）、《晚村风景诗》（杨包文渊女士）、《雪花诗》（前人）、《扑蝶诗》（二首，前人）、《为程白蕤君题〈精忠柏图〉》（吕碧城女士）、《青玉案·题蕴华舍妹〈双韵轩诗草〉》（语溪徐自华女士）、《满江红·感怀用岳武穆韵，示秋璇卿妹》（语溪徐自华女士）、《金缕曲·送秋璇卿妹之沪，时将赴扬州》（前人）、《浪淘沙·秋窗风雨感怀》（王梦兰女士）、《西江月·刻磁茶壶》（前人）、《地球圆歌》（杨包文渊女士）、《年假歌》（杨玉兰女士）、《春日开学歌》（前人）。

麦孺博（孟华）卒。麦孟华（1875—1915），字孺博，号驾孟，一号蜕庵，广东顺德人。光绪十九年（1893）举人，受业于康有为。二十一年（1895）赴京应进士试，参加"公车上书"，加入强学会，任《中外纪闻》编辑。二十四年（1898）列名保国会。戊戌政变后流亡日本，协助梁启超办《清议报》。袁世凯任中华民国总统后，试图恢复帝制，两次召其相见，欲授以教育总长，但其离京出走，与同门潘之博共入江苏都督冯国璋幕府，谋划倒袁。1912年与陈焕章等发起成立孔教会。康有为称其和潘之博为"粤两生"，将两人之作汇编为《粤两生集》。诗词并擅，词尤工，著有《蜕庵诗词》（3卷）。梁启超有《哭麦孺博》（八首）。其二："学贯天人邃，身兼道器尊。沈冥观末俗，内热为黎元。牢落真何得，流传祇罪言。大荒披发者，应是未归魂。"其三："十载瘴江路，无家更苦饥。独忧天下溺，此谊古人稀。余事归吟望，流风尚起衰。只今俱已矣，吾道适安归。"其四："时贤多好我，笃爱孰如君。责善无宽假，持危亦苦辛。绸缪皆大计，商略到斯文。此后连床雨，高言可复闻？"其五："去年重重九，并马俯长城。得句频相诧，传觞亦屡倾。送君及明发，临别一吞声。谁信西门路，交期尽此生。"其六："所婴竟何疾，属疾几何时。鹏集原知命，云归亦太奇。诸孤未六尺，两弟各天涯。泪滴重泉尽，天高听岂知。"梁启超后又作《祭麦孺博诗》。诗云："乙卯寅月下丁日，启超设位于北京。谨漱溪毛漉潢水，哭荐亡友麦君灵。呜呼天道久吻昧，诬酷至此吾益荧。以君器量及志节，才气学识言文行。天笃生斯知匪易，生而厄之良既狞。厄之未已遽夺去，信有宰者谁度营。我十八岁交君始，君弱于我裁一龄。相将顾盼惜毛羽，睹者辄比双凤鸣。同时草堂多俊物（谓万木草堂同学），惟君与我尤忘形。钻穴名理斗邃密，讲析文史掸芳菁。粤秀月夜蜡轻屐，海珠春涨扬浮舲。所与上下议论者，语出长老恒咋惊（少时最喜与君月夜登粤秀山，或泛舟珠江，往往谈辩至夜分）。君时凭轩得佳句，坐闻鬼啸看云生。我籀讽竟喜且戚，颇怪少作何沉冥（'晏岁坐闻山鬼啸，临江东有海云生。中年哀乐应销尽，肯近弹棋恨不平。'此君二十岁所作诗也，吾极喜诵之。然当时已颇讶其衰颓。呜呼，由今思之，二十岁非君中年也耶）。国命阳九遭甲午，腥沫愤触东海鲸。相从师门在京国，急难走吁冠弗缨。书生呓语众所摈，三年空辜岁峥嵘。关帝庙中月照席，琉璃厂外泥碍轩（八年前夏穗卿赠君诗有云：'流璃厂外泥没脚，关帝庙前酒尽肠。'盖甲午乙未，闻吾与君同居达子营关帝庙一年。夏穗卿诗指此）。西山试马吸秋爽，二闸击汰淘春醒。有时征歌荡回肠，醉扶归及参斗横。至今龟年偶相值，对诉影事魂犹馨。盛年意态百如梦，君倘有知宁忍聆。耗矣戊戌抄瓜蔓，我戢鹏翼图徙溟。君亦有家归不得，饥鸥海上同伶俜。自尔国事及身世，如风撼叶波激萍。六飞呜咽度陇水，多士黯默沉湘图（谓庚子汉口之役）。鼎湖龙去遂不返，篝火狐嗥无复宁。君每先忧就我语，七度奔命航沧瀛。诸所规画徒薪策，什傥一二能施行。败坏当不至今日，此论甚公吾敢承。苍生虺孽且未已，吾徒坎壈足安惩。海市浩浩万声沸，中有丈室支短檠。敝裘无温饱不宿，却睨余子犹蚊虻。时时商歌动寥廓，波澜积岁趋老成。不知者谓肿背马，其知者谓能言鹦。自我之归在官守，几辈牵率尘网撄。独君十征不肯起，大泽一笠容严陵。顾常忧我蹈世患，相见苦语逾叮咛。上言事会岂终极，慎保千金全令名；下言名山业未就，忍以刍狗辞榛苓？我再拜受日三复，谓当与君齐所程。君才十倍我岂翅，万一天未沦斯氓。时危异人或一出，执鞭庶不楹辞莛。呜呼楚毒竟今日，海枯石烂谁能平！或言有才例无命，兹理益诞吾弗凭。计君别我曾几时，去年重九跻长城。昌平居庸亦遍历，犯雨不惮山路泞。相与酹酒酬田畤，更有深语吊管宁。霜枫露柿艳挂眼，哀彼悴卉犹暂荣。与君累夕所窃叹，在耳历历余碎琼（皆当时怀古即景之语）。既别君书亦四至，最后一纸殊凄零。谓昔急劫惊败棋，今真敛手成推枰。书距易箦月未半，宿墨丽纸犹黝莹。痛哉岂意此绝笔，故作变征留尾声（君之逝以旧历正月十二日，吾于除夕前一日犹得君手书，语日本要挟事，忧愤殊甚，谓国其真亡矣。'半局败棋惊劫急，九州放眼觉才难。'此五年前君和余诗句也）。我方避地事述作，其日酷冻雪寒庭。海电八字报君逝，入手狂怛如触霆。君体非尪我凤诊，况未病袭宁死婴。更阅五日得次报，审以首疾濒殂殘，呜呼忧国血逆涌，大命遂先神州倾（君正月初十之夕，犹能赴友招饮，归而觉头痛。入夜痛欲裂，遂弗省事，越二日而逝，盖急血攻脑也）。永怀平生素心人，没者日与存者争。礼吉（陈君秋）著伟（曹君丁泰）绝代骏，墓木久拱南山棱。铁樵昆季（吴君应及其弟以东）善知识，蜀魄惨惨啼深菁。幼博（康君广仁）复生（谭君嗣同）与暾谷（林君旭），更有林李随绂丞（唐君才常及林君圭、李君炳寰）。斯皆蹈海同申徒，到今碧血埋芄宏。山中公度（黄君遵宪）既宿草，海上简始（陈君昭常）还新茔。诸我所交风义士，悉与君昵犹弟兄。知君夜台不岑寂，各豁冤枉劳相迎。相见勿复语世事，坐使槁壤红泪盈。况君归去就翁媪（君丁母忧未释服，旋丁父忧，今又未释服也，惨哉），复与逸妻寻旧盟（君结婚一年余，而卢夫人卒）。未知生死孰可慕，彼哀君者何不弘。升皇掩袂忽反顾，曷其于极痛此萅。渡头断楫泣桃叶（君如夫人马氏本北里中人，归君八年淑闻久播，闻遭变后两次服药谋殉，今尚辍食，云吁贤矣），天边只影号鹡鸰（君仲弟曼宣方在粤，季弟公立方在京，皆闻变奔丧）。哀哀眼枯已见骨，叩地万唤君宁应。诸孤扶床或在抱，责在友生辞孰能。矧有两弟可覆翼，君勿忧此宜且瞑。独我一自失君后，累日绕室惟嫇伶。念我有蔽谁与解，我有愆谬谁与绳。我哭谁踊歌谁和，我主谁客醉谁醒。前尘屡拂偏在目，新恨勉茹还填膺。呜呼有生在今日，岂有佳趣劳牵萦。坐看九域付孤注，漫洒涸泪啼新亭。不能入山随李广，便合荷锸从刘伶。吾曹余生焉置此，莽莽未察天所令。君今意外得解脱，庸知非福吾略明。浃旬黄砂蔽白日（得君讣后，屡日黄沙蔽天若雨血，益吾悲怆），一尊苦酒空渌酿。馨我入骨伤心语，寄君千秋万古情。呜呼哀哉魂来飨，勿惮凄咽其垂听。"陈三立作《麦孺博挽词》。诗云："中宵破梦了斯人，蜃气缠雷作惨春。临视阖棺如欲语，余生抵几更谁亲。温温常度藏忧患，耿耿微馨醉鬼神。一瞑知甘免奴虏，应怜坐待海扬尘。"严复作《挽麦孺博》（三首）。序云："康长素高弟麦孺博君，客死海上。梁任公、罗掞东以乙卯正月廿九日于法源寺为位以哭。余赴吊，掞东问余与孺博凡几相见，漫应之曰：尝于海上一面。实则余与孺博，未修士相见礼也。梁、罗二君相督为诗，则挽之如此。"其一："观徼穷无死，知常临九州。弥天寄精爽，托体见浮沤。已分归冲漠，徒劳计短修。遁天忘所受，流恸决悬疣。"曾习经作《挽麦孺博》哭之。诗云："志士不得老，夭枉又斯人。直是肝肠断，休言文字亲。道穷徒反袂，泪短亦沾巾。海雨江风地，经过只怆神。"朱祖谋作《水龙吟·麦孺博挽词》。词云："峨如千尺崩松，破空雷雨飞无地。京华游侠，山林栖遁，斯人憔悴。一瞑随尘，九州来日，谅非吾事。正苍黄急劫，推枰撒手，浑不解，茫茫意。　　也识彭殇一例。怆前尘、飙轮弹指。长城并马，沧溟击楫，穷秋万里。归卧荒江，中宵破梦，惨春衰涕。更大招愁赋，湘魂纵返，甚人间世。"陈衍恪作《挽麦孺博》。诗云："酝酿廿年才一见，潇湘烟水意多迷。群鸿戏海终无赖，老鹤寥天甘独栖。阅世文章归定命，平生风义露端倪。空江痛惜中仙去，酹酒苍茫晚照低。"夏曾佑作《哭麦孺博》。诗云："藏山那有纸千张，惜往空余泪万行。浊酒素筝犹昨日，渊才雅思本文王。渐多宿草应知晚，一枕邮亭未算长。文酒蹉跎荒日夜，寄声来日惜韶光。"何藻翔作《哭麦孝廉孺博》。诗云："九日仰射弓弦绝，阴蜺横天剑铓缺。雨酸风湿角声死，月晕黄云红喷血。白鼋化龙黑雾结，跛驴簸车棘轴折。蛰雷不起地肺闭，流星有声天窍裂。呜呼孺博人中铁，幽兰娟秀桂馨烈。秋鹰试击初下韝，六翮遽殒江南雪。北望淮徐气骚屑（上月书招余游徐），万劫耿耿性不灭。丈夫未死观晚节，龙耶猪耶那忍说（康长素云：梁麦今一龙一猪）。"吴士鉴作《麦孺博（孟华）殁于海上，罗掞东（惇曧）诸君为位于法源寺祭之，赋此志挽》。诗云："早从文字叹畸才，晚向沧江共一杯。方谓斯人成显学，岂期英物竟中摧。草堂访旧曾如梦，萧寺招魂可述哀。高义诸公吾所仰，定应和泪入风埃。"

［日］冈部东云作《乙卯新正十二日，今成隼一郎君招宾客十余人，列楸枰三四，使乌鹭会战，一胜一败数十局，及晚开宴，佳肴珍膳，陈列满楼，羽觞频飞，谈笑如涌，宾客悉极欢，因赋一律，以谢君之厚意》。诗云："晚撤楸枰开酒宴，橘中仙化饮中仙。饮中犹语死生迹，醉后相忘成败缘。闻说欧洲逾邀战，堪欢东瀛独安全。谢君此际新春宴，雄壮谈论胜管弦。"

26日　溥仪生辰行礼日。每年是日，溥仪依例面对五宫全佛叩首，并在列祖列宗圣容前拈香行礼。同时，在乾清宫升座，钟鼓齐鸣，举行"万寿节"盛典。王公大臣排班叩拜，民国政府礼官等亦来观见。

《申报》第 15099 号刊行。本期《自由谈》"诗选"栏目含《梅蝶吟春集》(存二十首，梦梅陆景骞首唱，瘦蝶许仲瑚和均)：《以落花寄瘦蝶并媵以诗》(梦梅)、《和梦梅》(瘦蝶)、《叠前韵》(梅)、《和韵》(蝶)、《再叠韵》(梅)、《再和均》(蝶)、《三叠均》(梅)、《三和均》(蝶)、《四叠均》(梅)、《四和均》(蝶)、《五叠均》(梅)、《五和均》(蝶)。

本日至次月 8 日，叶昌炽与曹元弼往还唱和。曹元弼作诗云："鲁阳旋日驭，楚客问□狂。极望三宵目，回思九曲肠。待清余国老，纯嘏祝天常。香案聊班秩，诗应集近光。"叶昌炽和作《正月十三日，皇上初旬万寿，叔彦太史有诗祝嘏，谨次其韵》。诗云："自脱朝衫后，诗狂更酒狂。台莱冲子颂，葵藿野人肠。潜邸时遵晦，灵台法守常。(如用新历，岁月日皆不同，自古帝王圣贤诞降之节，无可据依，何典礼之有)"又，曹元弼作诗四首。其一："沧海横流亟，观澜孰挽狂。斯文裁伪体，正气郁刚肠。圣口惟贤译，臣心得主常。富春云气寿，瑶草撷金光。"其三："黑白今颠倒，群呼胜作狂。有心随骥尾，失足借羊肠。史纪春王始，诗陈时夏常。秉经正名分，古鉴炳晨光。"叶昌炽和作《再和曹叔彦太史，仍叠前韵》(二首)。其二："滔滔嗟莫返，手障百川狂。竹箭圭璋器，梅花铁石肠。秦坑留伏胜，蜀统正萧常。大道因文见，巾箱万丈光。"叶昌炽又作《述怀，再叠前韵，呈叔彦》云："六龙嗟失驭，百犬吠声狂。降辱余衰鬓，歌呼尚热肠。心空神不灭，道在学何常。大暮何时旦，高丘望曙光。"

张素作《元夕前二日大雪，用前韵赋之》。诗云："上灯时节暮寒重，拂幔沾衣雪倍浓。却遣旌旗明戍堞，更无箫鼓赛村农。围炉便欲盘辛荐，入地都教菜甲鬆。边塞苦寒人早出，一鞭蹴踏马如龙。"

27 日 《申报》第 15100 号刊行。本期《自由谈》"诗选"栏目含《梅蝶吟春集(续)》：《六叠均》(梅)、《六和均》(蝶)、《七叠均》(梅)、《七和均》(蝶)、《八叠均》(梅)、《八和均》(蝶)、《九叠均》(梅)、《九和均》(蝶)、《读梦梅、瘦蝶唱和诸什，感赋一绝，步元均》(次青)。

晴日闻雷声，叶昌炽作《立春后三日(客腊二十五)积雪初霁，午曦穿牖，忽闻巨雷一声，破空而起。今年正月十二日又雷雨一昼夜，非其时也。世难未夷，天变可畏，作长歌以纪之》。诗云："秋一物华即为异，春一物枯即为灾。异哉献岁首，饯腊先闻雷，而况飘风冻雨、先霰后雪、纷纷飚飚何喧豗。白战鏖作霹雳响，赤熛怒照琅玕堆。层冰峨峨积如阜，闪电烨烨天门开。檐瀑一尺下垂筯，晶莹化作青琼瑰。密云匼匝日争出，踆乌欲跃还徘徊。父老骇相告，我生婴婗今于思。雨旸时若寒暑节，天之生物栽者培。冷风浴甽土始拨，春阳百卉蓝根荄。曷为春行夏令更秋令，炎官白帝相追陪。

卧者闭门闻失箸，沍为泽腹融流杯。飑气方至消寒勒，曙色欲动终风霾。兹日何日，岁在乙卯，摄提贞斗魁。鸿范五行具占验，其理深远难可推。天心仁爱大示警，务令张皇耳目惊愚骇。风伯前驱，雨师后催。如霆如电，为飓为台。云旗下阊阖，霆鼓砰埏垓。四时之气浃辰集，百昌之汇崇朝摧。冯夷脚踏海波立，共工头触天柱颓。阴阳炉炭共一冶，化工炼出昆明灰。譬如熊山埽野振旅出，槀鼓一震铙吹回。廓清坱圠万籁息，依然天清地宁无纤埃。呜呼，太史观象今无台，但闻南河之南，箕山之阴，讴歌讼狱归乎来。寅亮天地皆贤才，岁书大有歌康哉。"

沈其光作《上元前一日，寄会稽沈雪门明府（潮）吴中》。诗云："万里伤严谴，归来坐寂寥。家依皋伯庑，船候伍胥潮。豪气贫无碍，奇愁醉不消。春风又灯市，且控玉骢骄。"

28日　林尔嘉招邀社侣在菽庄花园开展灯谜活动，从此"年年张灯，诗酒猜谜"，成为定制。是日，钟社复开第十六集，当会拈出"展、都"二字，为第一唱，限旧历正月底交齐，二月发唱。

《申报》第15101号刊行。本期《自由谈》"诗选"栏目含《甲寅感怀》（平江吴朝凤）、《感时》（剑仙）、《补祝同邑王申蕃谱伯八秩寿（并引）》（青浦徐公辅伯匡稿）、《祝同社李君瘦兰令祖母六秩寿》（前人）；"文字因缘"栏目含《读〈玉田恨史〉有感》（八首，学诗）、《水调歌头·题黄山民君〈小说海〉》（鲍苹香）。

《湖南教育杂志》第4年第2期刊行。本期"诗录"栏目含《长郡中校杂咏》（黄铭功）。

吴昌硕为况周颐篆书"翡翠芙蓉"八言联。联云："翡翠笔床流黎研箧；芙蓉玉碗莲子金杯。阮闇先生属句，即蕲正讹。乙卯元宵，客芦子城北，安吉吴昌硕，时年七十又二。"

叶昌炽作《沪行束装，尚未筮日，佩鹤前辈先以诗迓，再和二律，十三、四叠前韵》答秦绶章。其一："乘韦十二早输秦，我似弦高拜下尘。（先后拙稿就正亦适有十二首）结社更从桑海后，移家还住菊溪滨。卮言遄问儒兼墨，壶隐惟偕勒舆辛。好待草堂人到日，新泉共试碧螺春。"其二："同谷歌声直到秦，麻鞋相与拂征尘。鲈鱼早日思林下，鸥鸟同时集海滨。太华削成齐太乙，高阳诞降嗣高辛。机云今见君门第，为报题诗乐正春。（云间耿伯齐农部建二陆草堂，因病足，以乐正春自况，见自题小象诗。此次和韵，即其首唱也）"

陈夔龙作《元夕观灯，和大兄韵》。诗云："银花绚烂管弦清，不夜城开掉臂行。拼醉罚依金谷酒，胜游如采玉山琼。客来赤壁双眸豁，马踏芳泥四足轻。乘兴未妨归路远，锋车宵半走雷声。"

丁传靖作《上元集下关酒楼，分韵得阁字》。诗云："璧月卷金波，华灯灿春阁。

此夕绮筵开，觥筹劝交错。光妓列如屏，竹肉相间作。主宾各洒然，相对展欢谑。酒酣抚前尘，此地惯栖泊。盛衰一刹那，历历都如昨。我初来金陵，江岸烟漠漠。西风芦苇花，白沙噪寒鹊。一朝轮轨通，骈阗成聚落。飞虹碧栏楯，宝马黄金络。曲巷起笙歌，香风动帘幙。我时游其间，每引无数爵。城中侠少年，都道此间乐。转使青溪头，烟波春寂寞。鲛鳄掀江波，豺狼据城郭。功狗与功人，日夕相跳跃。兹地益繁盛，彻旦大酺醵。醉弛摩登衣，狂露虬尤髆。一笑挥千金，广场喧六博。我亦携尊酒，来对空江酌。倚醉听筝琶，但觉声声恶。有如古战场，戈甲相持搏。谩语坐上人，此地将榛薉。不幸谈言中，一夕狂烽灼。十载营缮功，逝如风埽箨。乱后重经过，坊巷记依约。寒蛩啼败垣，野雉窜丛薄。坏栋支槎枒，森然如欲攫。回首行乐场，闪闪青燐烁。年时复经营，台榭重丹薆。灯火水边楼，依旧飘珠箔。十里大堤花，还闪新梳掠。旧人逢何戡，漂泊菱枝弱。话到十年事，铅泪堕弦索。怪我意兴减，渐不胜杯杓。知否老令威，愁绝重来鹤。春宵漏欲尽，虑下严城和。出门呼巾车，襟袖酒痕着。人事漫低徊，江月自寥廓。不如长醉乡，向人发狂噱。"

王棼林作《乙卯元宵热闹异常，三年以来民生困苦极矣，至此一舒，因作诗二首志庆》。其一："更无劳度昆仑关，巧借新年复古欢。月放通天成白昼，春潜暖雪忘清寒。千红万紫花如海，错彩镂金灯有山。赢得杞人才一笑，中原从此报平安。"其二："蹉跎鼙鼓已三年，狂喜笙歌又一天。火树花开连燕九，风筝线袅系秋千。雪因小旱齐称瑞，月为新晴倍觉圆。看到淡妆更浓抹，熙熙士女总神仙。"

张素作《元夕题寄江南》《齐天乐·滨江元夕》《庆宫春·元夕有怀昨岁北都之游》。其中，《元夕题寄江南》云："怊怅灯时节，传柑不度辽。岁华真冉冉，鬓雪两萧萧。天末同明月，人间惜此宵。江南春正好，酒社待招邀。"

张良暹作《次韵和钝叟〈元夕感怀〉》。诗云："满城灯火彻三更，桴鼓居然夜不惊。冷灶无烟途有殣，祸机隐伏乱将生。烛花暗堕通宵泪，箫管偏含乐岁声。欲向成都询卜肆，下帘何处觅君平。"

魏毓兰作《灯政司》。诗云："灯政司，来施施。满爵秩，汉官仪。匪今匪古君伊谁？貂褂毛外披，羽扇肘横挥。乘骑堂皇坐，法螺作对吹。缨帽花翎珊瑚顶，长戈大钺飞虎旗。前有路鼓作雷吼，观众夹道相追随。后有如花之美眷，骏马雕鞍款款骑。万人空巷望颜色，一日踏遍城四陲。是何意态骄且贵，居然恣作福与威。皂隶呵声如饿虎，令下畴敢泰山移（商民门首，或偶未张灯，辄谓有妨灯政，罚烛或撦粉元宵若干，往往其数虽巨，无敢违者）。有时掀髯还自笑，乐哉为官莫予违。气焰逼人炙手热，忆否身犹田舍儿？田舍儿，善戏嬉，下马农家子，上马灯政司。上马何贵下何贱，伸眉摇首振有辞。谓贱与贵争俄顷，白衣苍狗原非奇。君不见市屠狗，无立锥，一朝运至金带围。又不见附翼虎，食肉飞，末路失势蝼蚁欺。造物弄人原戏耳，威权不用贵奚为？我闻此语为莞尔，世态炎凉诚如斯。叔季衣冠半优孟，现身说法胡可非。其人有似卖柑者，其言可作药石规。人世纷纷傀儡舞，上场终有下场时。袍笏登台孰非假，榜样当前知未知？吁嗟乎，灯政司。"

李笠作《元宵》。诗云："宝炬辉煌拥火城，元宵佳节雨初晴。门前插柳才调马，楼上传柑欲听莺。歌奏瑶笙高下韵，声催铜漏短长更。一年好景君须记，花月无如此夜明。"

本 月

留日学生总会集会，抗议日政府提出的"二十一条"。李大钊代表中国留日学生总会起草《警告全国父老书》云："首须认定中国者为吾四万万国民之中国，苟吾四万万国民不甘于亡者，任何强敌，亦不能亡吾中国于吾四万万国民未死以前。必欲亡之，惟有与国同尽耳。顾外交界之变幻，至为诡谲，吾国民应以锐敏之眼光，沉毅之实力，策政府之后，以为之盾。决勿许外敌以虚喝之声，愚弄之策，诱迫我政府，以徇其情。盖政府于兹国家存亡之大计，实无权以命我国民屈顺于敌。此事既已认定，则当更进而督励我政府，俾秉国民之公意，为最后之决行，纵有若何之牺牲，皆我国民承担之。智者竭其智，勇者奋其勇，富者输其财，举国一致，众志成城。胜则此锦绣之江山可保，而吾祖宗袭传之光荣历史，从此益可进展于无穷。败则锦绣之江山虽失，而吾祖宗袭传之光荣历史，遂结束于此。葆有全始全终这名誉，长留于宇宙之间，虽亡国杀身，亦可告无罪于我黄帝以降列祖列宗之灵也。河岳镇地，耀灵炳天，血气在人，至刚至大。九世之深仇未复，十年之胆薪何在！往者不谏，来者可追，愿我国民，从兹勿忘此弥天之耻辱可耳。泣血陈辞，不知所云。"

周庆云招饮于若兰妆阁。戴启文作《晨风庐主人招饮若兰妆阁，即席有赠，用狷叟〈元旦书怀〉韵》。续唱：刘炳照、洪尔振、潘飞声、钱绥槃、朱锟、汪煦、恽毓龄、恽毓珂（二首）、沈焜。其中，戴启文诗云："枇杷门巷旧儿家，春色深藏讵有涯。劝进金尊烦录事，拈来红豆记年华。闲情不惹风中絮，老眼聊看雾里花。香气袭人谁得似，如兰臭味喜无差。"潘飞声和诗云："楼台杨柳认苏家，何必扁舟问水涯。镜里红妆画眉样，尊前锦瑟数年华。宵深记曲频拈豆，春暖开筵好坐花。老去潘郎看鬓影，玉京迢递路全差。"

《莺花杂志》（月刊）于上海创刊，孙静庵、胡无闷编辑。

《娱闲录》第14、15期刊行。第14期（上半月刊）"文苑"栏目含《复某君书》（爱智）、《白象庵》（雪王堪）、《至石景山》（雪王堪）、《山半》（雪王堪）、《由天空寺归至八里庄》（雪王堪）、《椿荫轩诗钞》（敖金甫）、《蓬海篇，酬吴君毅遥寄近词，因忆张重明上海、曾阆君美洲》（清寂）、《访寿遐不值，却寄二首》（爱智）、《赠曾阆君四首》（爱智）、《发芦沟桥见董军四集》（拔石）、《过龙窝寺》（拔石）、《静坐一首，再寄杨君》

（懺獄）、《再赠张少南》（懺獄）、《题胡玉津先生山水画册》（二首，虬髯）、《登成都鼓楼》（四首，吟帆）、《感怀》（六梅轩）、《休沐小雨，望匏舟不至》（蔬香馆）、《同日忆冰巢》（蔬香馆）、《秋日游京师西山戒坛》（胡思仲）、《游戒坛寺》（前人）、《戒坛雨霁远眺》（前人）、《戒坛望月》（前人）、《种蔬堂诗稿》（吟痴）、《岁寒社诗钟录》。第15期（下半月刊）"文苑"栏目含《公置九经训故学堂记》（吕雪堂）、《摩诃庵》（雪王堪）、《以石景山松寄延真阁主》（雪王堪）、《椿荫轩诗钞》（敖金甫）、《谒武乡侯祠》（爱智）、《杨家街旅舍题壁诗》（爱智）、《青玉峡》（拔石）、《闻喜登红鹤楼有感》（拔石）、《简杨辛武（并序）》（黄尊瑞）、《种蔬堂诗稿》（吟痴）。其中，吴虞（爱智）《赠曾阖君四首》其一："治安策好竟谁怜，辜负瑶华十万笺。有限文章教虮诵，无聊人物付诗传。山川形势思孙策，宇宙纵横待鲁连。憔悴闭门还种菜，汉家何日勒燕然。"其二："秦筝抚罢事堪伤，红泪凄凉剩几行。世外烟霞成痼疾，眼前风景即沧桑。荒唐秽行同孙绰，运命孤怀叹李康。便□平生文字友，金盘何用荐槟榔。"其三："白羽何时效一挥，毛锥三寸壮心违。能图狗马功原薄，已落骅骝事总非。相士齐桓难不肉，求万楚国但知肥。由来富贵输贫贱，合向丹徒作布衣。"其四："惆怅华年少故知，相逢今日未嫌迟。班彪儿女堪修史，王霸夫妻尽避时。一箧谤书磨傲骨，三闾幽意忆蛾眉。自怜才地宜江海，早晚从君理钓丝。"《谒武乡侯祠》云："汉道昔之季，群雄方战争。当世谁管萧，惨澹悲炎精。缅怀诸葛公，南阳久躬耕。凤雏为俦侣，虎狗怜弟兄。空山恒抱膝，龙卧悬高名。一朝鱼得水，指顾风云生。从容隆中对，鼎足势已成。王业虽偏安，正闰殊分明。十锡奚足辞，惜未还旧京。荆襄良失算，吴魏更连盟。受诏永安宫，千年想忠贞。家国既草创，戈马正经营。三顾恩莫酬，两表志独诚。峨峨八阵图，何言不知兵。纶巾挥羽扇，潇洒失韩彭。大星倏云坠，小朝亦遂倾。悠悠定军山，莽莽白帝城。空留祠庙在，恻怆恨难平。应叹谯周策，徒嗟陈寿评。再拜意激昂，慕古心纵横。英雄寡契合，出处宁自轻。平生伊霍志，偶令一世惊。知遇谅无端，兴衰倍伤情。分香同寂寞，紫气复凄清。金陵耿颓照，铜爵断歌声。何如闭宫里，遗像肃睁蝶。"

《繁华杂志》第6期刊行。本期"吟啸栏·诗"栏目含《玉树后庭花曲》（寄庵）、《题竹君〈栈云峡雨诗草〉》（寄庵）、《林荫村以寿山石章一匣见赠，赋此答之》（南海于适园）、《登五山狂吟》（画侨）、《为梦云题〈卧蕉图〉》（悼棠）、《癸丑中秋前一夕，刘烈卿邀同孙湘南、陈树森、徐初白诸君集双清馆拍昆山曲，豪竹哀丝，极酒绿灯红之乐，归后记之以诗》（悼棠）、《题〈林黛玉焚诗图〉》（悼棠）、《补和钱仲英〈伤逝词〉》（悼棠）、《和淡庐〈次张船山〈宴坐〉六首〉韵，即以送行》（六首，悼棠）、《四十纪言四首之二》（悼棠）、《秋怀八首，次孝方韵》（沧海君）、《秋怀八首，和沧海君元韵》（冷宦）、《喟菴步月》（戴简翁）、《谒朱文公祠》（简翁）、《登吴山望太湖》（简翁）、《听雨》

（简翁）、《拟朱子〈挽蔬园〉〈秋香径〉诗，即用原韵》（简翁）、《喟菴即事》（简翁）、《溪头远眺》（简翁）、《题桥》（简翁）、《岁暮口占》（喟菴居士戴坤）、《祝安化陶报癖先生三十大庆，即和自寿原韵》（二首）（休宁潜庐）、《落叶二首》（骢鸿）、《新柳》（骢鸿）、《敬和陶报癖君〈三十自寿〉原韵》（钱香如）、《暮春偶成》（竹西小隐）、《秋水》（竹西小隐）、《无题》（四首，海阳程华魂）、《午夜有感》（三首，华魂）、《咏津门名妓红宝》（华魂）、《甲寅午节前二日某妓遣媪以枇杷、绿豆糕见饷，赋诗答谢》（二首，华魂）、《明妃》（二首，雏燕）、《秋海棠》（雏燕）、《山家》（琢旅）、《田家》（前人）、《渔家》（前人）、《酒家》（前人）、《铜雀台》（帘青）、《题〈罗浮梦传奇〉》（朱石痴）、《篱菊，和笠生韵》（石痴）、《秋思》（石痴）、《村居》（枵焉）、《闲居》（前人）、《野居》（前人）、《幽居》（前人）、《登镇海楼》（前人）、《游丁公庙》（前人）、《调琴》（枵焉）、《喜友夜至》（前人）、《感怀》（前人）；"吟啸栏·词"栏目含《自题小影，调寄〈解珮令〉》（枵㾕）、《捣练子·本意》（前人）、《忆王孙·本意》（前人）、《忆秦娥·本意》（前人）、《相见欢·客况》（前人）、《鹧鸪天·送郑钧继康返浙》（前人）、《一剪梅·再送继康》（前人）、《叠前调》（前人）、《再叠前调》（前人）、《菩萨蛮·乡思》（前人）、《渔家傲·前题》（前人）、《高阳台·予得大理石屏风数架，喜题此阕，惜光复时全行遗失，检阅旧作，为之黯然》（前人）、《轶庐诗馀》（《蝶恋花·夏日即景》《买陂塘·题哀情小说纪念碑》《满江红·吊访兰女士》《前调·励志词》《浪淘沙·即事》《沁园春·菱角》《前调·藕丝》（镇海轶池）、《绮罗香·春夜闺笛》（李瘦红）、《双红豆·无题》（瘦红）、《捣练子·春闺风雨夜》（瘦红）、《前调·拜月》（前人）、《忆王孙·侍儿春睡》（前人）、《忆秦娥·送人》（前人）、《相见欢·杨花》（前人）、《贺新郎·松江华君侍仙因贺友人结婚，倩画〈三生石图〉征题，漫倚此解以应》（有吾）；"吟啸栏·曲"栏目含《题〈生离死别图〉》（李瘦红）。

《眉语》第1卷第5号刊行。本期"文苑·碎锦集"栏目含《春吟七律》（回文体，含《春闺》《春绣》《春情》《春意》《春怨》《春雨》《春寒》）（啸山）、《金缕曲》（二首，灵鹫）、和弄珠楼主连环体〈春暮绮怀〉原韵七律八首》（情疯）、《月夜观花》（前人）、《长亭怨慢》（沈布衣）、《题黄遗珠诗册》（前人）、《挽吴夫人余娟娟》（前人）、《校订叶绮娴诗册书后》（前人）、《养疴》（在派克路广育医院）（褚铁华）、《夜雨不寐》（九月初六夜偶发胃疾，赋此）（前人）、《送丁静娴女士回杭》（前人）、《喜雨》（周婉兰）、《咏盆中白莲》（前人）、《早秋漫兴》（二首，前人）、《古意》（前人）、《过先师故居》（前人）、《秋夜喜晴》（前人）、《秋夜不寐》（前人）、《拟曹子建〈美女篇〉》（前人）、《秋虫吟》（前人）、《除夜》（前人）、《春晚闲居即事》（前人）、《养蚕词》（前人）、《咏瓶中长春花》（前人）、《题贞媛胡母马孺人〈筠心阁诗草〉》（方信甫）、《闺怨·一剪梅》（耳似）、《闺思·十六字令》（前人）、《苏幕遮（雨淋铃）》（前人）、《如梦令（江干舟次）》

（前人）、《杉棚二首》（张庆珍）、《鹦鹉》（前人）、《腰带》（前人）、《手巾》（前人）；"文苑·美人百咏（续）"栏目含《子夜春歌》（唐代郭振）、《怨情》（唐代李白）、《长干行》（唐代崔颢）、《伊州歌》（唐代盖嘉运）、《古别离》（唐代孟郊）、《半睡》（唐代韩偓）、《春闺》（前人）、《怨妇》（唐代刘商）、《宫词》（唐代王建）、《长信秋词》（唐代王昌龄）、《江南曲》（唐代于鹄）、《病中遣妓》（唐代司空曙）、《悼亡妓》（唐代朱褒）、《旧宫人》（唐代刘得仁）、《春闺》（唐代李中）、《春女怨》（唐代朱绛）、《无题》（唐代王周）、《水调词二首》（唐代陈陶）、《闻雨》（唐代韩偓）、《遥见》（前人）、《新秋》（前人）、《踏青》（前人）、《宫词》（前人）、《新上头》（前人）、《中庭》（前人）、《偶见》（前人）、《半睡》（前人）、《戏赠赵使君美人》（唐代杜审言）、《西宫春怨》（唐代王昌龄）、《西宫秋怨》（前人）、《思妇眉》（唐代白居易）、《春宫怨》（唐代杜荀鹤）、《秋思》（唐代李白）、《幽窗》（唐代韩偓）、《信笔》（前人）、《懒卸头》（前人）、《五日观妓》（唐代万楚）、《咏浴》（唐代韩偓）、《席上有赠》（前人）、《昼寝》（前人）、《意绪》（前人）、《惆怅》（前人）；"文苑·百花弹词"栏目含《百花弹词》（钱怒白）。

《浙江兵事杂志》第11期刊行。本期"文苑·诗录"栏目含《甲寅湘西使署与玉成、笏山二兄摄影感作》（田应诏）、《次韵和友人》（田应诏）、《题悦庵〈汉江萍聚图〉》（田应诏）、《西湖晚棹》（胡大猷）、《谒钱王祠》（崔宝鐄）、《登飞来峰》（崔宝鐄）、《观弈》（崔宝鐄）、《合江楼闲眺》（钱谟）、《与秦子质》（钱谟）、《哭亡友赵百先》（钱谟）、《冬至祀天》（许賡）、《孤山观梅》（许賡）、《柬秋叶》（王元龙）、《行路难》（林之夏）、《买舟钱塘游云栖》（林之夏）、《买书口占》（林之夏）、《题王次回〈疑雨集·感怀杂咏〉后》（林之夏）、《冬至夜雨感怀》（林之夏）。

［韩］《新文界》第3卷第2号刊行。本期"词藻"栏目含《南至雪天，分"老枝擎重玉龙寒"，得老字，约会于李桂堂书庄》（梅下崔永年）、《得枝字》（晦窝闵达植）、《得擎字》（桂堂李熙斗）、《得重字》（几堂韩晚容）、《得玉字》（于堂尹喜求）、《得龙字》（鹤山李锺奭）、《得寒字》（又黎韩镇昌）、《分韵外合七韵赋呈》（茂亭郑万朝）。其中，梅下崔永年《南至雪天》云："丛桂山中雪如缟，岁暮一歌歌政浩。其音徘徊远羲昊，和者无人空懊恼。风流儒稚交有道，历落千古罄怀抱。山西老将衣锦袄，古家诗礼好论讨。樽中有酒案有稿，鬑髻老仆竹迳扫。大珮琼琚杂玉璪，词客如云双屐倒。六鳌高手撼蓬岛，大黎小黎藏文藻。长吉学士瘦颧槁，广文先生霜发皓。穆如清风时共造，珊瑚枝冷新月好。一树梅花春色早，群玉名家列诗草。波斯古市烂七宝，漠然逸响入熙皞。眼前一乐不知老。"

［韩］《至气今至》第21号刊行。本期"词藻"栏目含《述怀》（肯农朴准弼）、《山斋咏夜》（文斋李性钦）。其中，文斋李性钦《山斋咏夜》云："月满长空雪满山，林泉夜色正清闲。无言静坐念师道，其味其如在此间。"

[韩]《公道》第2卷第2号刊行。本期"汉诗"栏目含《观公道有感》（锦堂朴天表）。诗云："穷达在人命在天，自然公道不推迁。改善要求当内事，安全谨守再回缘。欺骗滑稽心莫计，谗言忘说口无宣。居必择邻交择友，治家勤俭以为先。"

叶璧华卒。叶璧华（1841—1915），号润生，别字婉仙，清道光二十一年（1841）生于广东嘉应。祖父翼庭为广州府教谕，父羲初，历任钦州、化州、广州教谕，在广州学署掌教。咸丰七年（1857）嫁与梅城翰林院编修、广西提学政、进士李载熙四子李蓉舫秀才为妻。蓉舫在叔伯兄弟中排行十二，人称璧华为"十二少奶"。光绪十三年（1887），其夫病逝于羊城，五年后，由其族叔越华书院教授叶兰台招至广州，设馆定园授徒，曾在广雅书院讲学，与越华书院同窗女友唱酬甚多。其时在广州广泛接触新思想和新事物。二十一年（1895）英法联军攻入广州前返回故里。戊戌维新前后，开创女学教育，先在梅城办女子识字手工班，后在黄遵宪及梁诗五夫人张玉仙等支持下，于三十二年（1906）在培风书院办懿德女校，教授诗词文学为主。梁浣春受其影响在城西办崇实女校。1913年懿德、崇实等女校合并改为梅县县立女子师范，聘叶璧华为学监（该校后改为省立梅州女子师范）。叶氏一生诗词甚多，尤工于词，于光绪十九年（1893）亲编《古香阁一集》并序，上下两卷，收入各体诗377首、词75首、赋6首，1903年印成。1911年秋，叶氏拟将晚年所作草稿及《古香阁一集》所未刊之续编《古香阁全集》第二集付印，但未如愿，且文稿遗失。1951年，其侄李承恩将《古香阁全集》（即第一集上下卷）重刊出版，1961年其外家丙村庐陵人叶伟康在泰国曼谷再将《古香阁全集》影印重刊。在全集中，嘉应诗人黄公度评曰："其诗清丽婉约，有雅人深致，固女流中所仅见也。"丘逢甲评云："翩翩独立人间世，赢得香名饮粤中。""桐花阁外论词笔，更遣香闺作替人。"与大埔范黄香、嘉应黎玉珍被誉为晚清粤东三大女诗人。

龙文公学开学，同时梅城西厢公学争聘古直为教员，教书两月即因病辞归。同年8月，省立梅州中学又特聘古直为国文教员。

王一亭临吴昌硕所藏八大山人《鹿》。吴昌硕题："一亭画鹿饮岩阿，一例王孙感慨多。掷笔不堪回首处，纵横荆棘上铜驼。予藏八大山人画《鹿》，一亭喜其古朴有致，伸纸临之，为题二十八字。乙卯孟陬，安吉吴昌硕。"

刘大白因发表反对"二十一条"的《留日华侨大会公启》，受日本警视厅监视，被迫离开东京，转赴南洋，辗转于新加坡、苏门答腊一带。刘大白到落后荒凉的廖内岛，在华侨开办的端本学校任教国文一年多。在南洋期间，刘大白作《图南》《任运》《四月二十八日夜坐》《四月二十九日夜，次剑侯〈玩月〉韵，时足疾未痊》（二首）、《晚凉》《自窜南荒，倍怀中土，偶闻国事，不禁怆然》（三首）、《送曾汉武归国》（二首）、《乙卯长至书怀》《别西湖三年矣，某日得〈西湖名胜图〉一卷，以显微镜读之，回忆旧游，因题二绝》《自苏门答腊寄瘦红》（二首）、《闻滇师起义感赋》《寄怀剑侯星洲》，后结集在《白屋遗诗·南冥小草》中，扉页由沈玄庐题签。其中，《图南》云："万里长风激浪青，无端吹我向南冥。九关虎豹饥思瞰，大陆龙蛇梦未醒。海气苍茫吞日月，天声砰磕走雷霆。扶摇负翼翱翔远，鹦笑鸠嘲不耐听。"《任运》云："放眼窥天地，冥心数古今。纵横无所可，俯仰独沉吟。往运长流水，浮生大冶金。推移从造化，消息任阳阴。"《乙卯长至书怀》云："又见日南至，未容身北旋。中冬犹似夏，久客欲忘年。举目河山异，惊心岁月迁。不堪冥海外，闻说帝乘乾。"《别西湖三年矣》其二："谁携胜景过炎荒，对此浑忘在异乡。今夜归魂遮不住，轻潮挟梦上钱塘。"《闻滇师起义感赋》云："义旗风动卷妖氛，北极朝廷敢立君。我愿苍生齐用武，英雄岂独故将军。"

张学良奉父命到郑家屯与于凤至相亲。因素未谋面，张学良托病推辞，仅开一张彩礼单送往于家。于凤至将其退回，并在彩礼单背面写诗一首："古来秦晋事，门第第一桩。行聘时尚早，劝君三思量。"

汪石青因父在芜湖去世，遂辍学扶枢回黟县，守孝在家，读书创作。

黄玉堂撰《瑞莲轩诗钞》（1册，2卷，石印本）、《痴梦斋词草》（2卷，石印本）刊行。民国四年（1915）岁次乙卯孟春，粤东羊城关东雅影印。南海梁志文署端。缪云湘为其作序云："昔欧阳永叔序梅圣俞诗集有曰：'诗人少达而多穷。'又曰：'穷而后工。'今读仙裴先生大集，始知其言之不确也。先生少登科第，回翔云路，垂二十年，不可谓穷。及观其所著《瑞莲轩诗》，则如绛云在霄，舒卷自如，岂不工者能如是乎？《痴梦斋词草》则更豪情胜慨，跌宕自喜，奄有姜、史、苏、辛遗意。是其工者，又不仅诗已也。今先生已归道山，其哲嗣焰初世兄等，哀其所作为一集，将付梓，请序于余。余维与先生交最稔，不可无以纪之，因弁数言。俾后之读是集者，得以想见其为人，并以知诗词之工不工，固不系乎境遇之穷达也。甲寅仲夏，姻愚弟缪云湘序并书。"亦有缪国钧、李鹤年等为之作序，黄衍昌、梁煦南为之题词。

周岸登撰《邛都词》（2卷，刻本）孟春刊行。周氏自序云："不佞向不能词，亦少为诗。壬子浮湘归蜀，与长宁梁叔子俱，每有所触，辄寓之诗。癸丑复偕叔子南行，国忧家难，底于劳生，其情弥哀，志弥隐，诗所难达，一托之词。行部鲜暇，恒于舆中枕上为之。自四月逾邛来泷，八月奉权会理，止得日百二十，得词百三十有八。嗟乎！鼎鼎中年，已多哀乐，悠悠当世，莫问兴亡。夫君美人之思，《闲情》《检逸》之篇，不无累德之言，抑亦伤心之极致，忆云生盖先我矣。排比既竟，乃付写官，叔子和作坿焉，命曰《邛都》。读者但作游记观可也。甲寅腊日蓬溪官廨书。"

苕溪生编《闺秀诗话》由上海广益书局出版。上海新民书局1934年8月初版，1934年10月再版。苕溪生得近代新文化之风，特选反礼教之"闺秀诗"。

梁启超作《题庄思缄〈扶桑濯足图〉》（二首）、《谭伶自绣像作渔翁乞题》《题周养安〈篝灯纺读图〉》《〈对酒图〉五章，章八句，为塞季常题，"浊""醪""有""妙""理"为韵》（五首）。其中，《题庄思缄〈扶桑濯足图〉》其一："六螭矫首向东方，手顿羲轮出大荒。一帧烟波心万里，人间何地不沧浪。"其二："京雒淄尘事偶然，海山回望又经年。何当还作双涛主，满榻松风抵足眠。"《〈对酒图〉五章》其一："兀者彼何人，帝以畸零畜。葆光得天游，玩世俯众浊。养命适肉菜，栖影打头屋。弊弊余乌知，万古一尊足。"其二："得丧语覆鹿，厚薄校投醪。有生实匪易，用之毋乃劳。挂席东海阔，卷书南山高。鸡虫纳一壶，蛉蠃笑二豪。"其三："平生欠一死，营目向往久。天以病报之，虽薄亦云厚。逃官芒脱背，乘化柳生肘。隐几问今吾，屑然汝何有。"其四："一榻图书横，四壁花枝照。有客携榼来，品流杂屠钓。惊坐忽阮哭，绝缨时陆笑。主人夫何为，支颐观其妙。"其五："渊明自欺世，止酒岂尝止。开口叹时运，不达乃至此。乞食本达尊，闲情况明理。图中形影神，哓哓其可已。"

夏敬观作《新春》。诗云："春风不入时，来在汉腊后。王城酺十日，惜不得官酒。红尘暖游步，吹面弥作垢。强买新花枝，欲簪羞白首。相知罕新人，落落齐年友。杯阑忆绮语，且看春光否。人谁不姣好，春与增老丑。不如不逢春，犹可岁寒守。"

曾广祚作《甲寅腊秒自京归湘，乙卯正月由涟水泛舟出游，留别龙生二首。龙颇称余歌行，故有吹箫学仙之句，其友简生亦好吟咏，登舟相送，遂并及之》。诗云："湘城十日草波春，楼上燕歌动陌尘。才学吹箫仙未得，遥闻摩笛世翻新。柱前有鸟题年盛，舟下犹龙觉性驯。江树似怜游已倦，相当枝叶拥行人。"

沈其光作《初春二首，似葆荪、行百》。其二："春风日妍暖，景物总依然。丛草芟逾怒，啼莺听渐圆。邻分新劚笋，燕觅旧栖椽。写似幽居士，吾诗勿浪传。"

赵熙作《孟春》。诗云："天公用意在春耕，蚕豆花开半月晴。节过烧灯闻夜雨，四乡杨柳送莺声。"

张素作《祝英台近·初春寒甚》。词云："剪银幡，吹玉笛，春事暗中数。梅柳江城，几日作晴煦。转头风雪飞时，衣簟冰冷，尚留得、新寒如许。　　念羁旅。一番侧侧闲吟，都无好心绪。归梦辽天，顾影鹤能语。久判佳节阑珊，踏青挑菜，总输与、故园儿女。"

金武祥作《乙卯孟春，吴蔚若侍郎招同刘澄如京卿及邹甥紫东尚书，携酒偕访狮林，由画禅寺后而入，则台榭亭馆无存，惟山石少事修砌，不堪驻足，乃别访金凤坊金觉生宅，谋一醉焉（并序）》。诗云："藤崖广荫绿阴繁，洽隐真堪避世喧。城市犹存小林壑，天留此景冠诸园。"

黄濬作《早春，和众异》。诗云："东风日夜催千绿，逐逐官曹负早春。癖睡已思安懵懂，观棋旋喜得翻新。无多诗力输强敌，绝好家居羡俊人（君新居甚佳）。难忘圣湖结茅约，横流何日贳萍身。"

熊亨瀚作《题照》《昆明湖泛舟》。其中，《题照》云："问尔龄，二十春，察尔容，悒郁憔悴有忧心。如今沧海溢流横，胡不励尔志，热尔忱，踏天磨刀割紫云?"《昆明湖泛舟》云："昆明湖上柳，旖旎似南朝。画舫红牙板，高楼碧玉箫。维新摧帝制，照旧刮民膏。莫作书生叹，闻鸡试舞刀。"

骆成骧作《过涿州》《京汉道中》。其中，《过涿州》云："太行千里似青城，钜野仍开陆海平。忍去故乡甘五就，渴闻真主肯重生。阪泉有力诛三冢，玉垒无辞配两京。久别惠陵松柏路，楼桑瞻望不胜情。"《京汉道中》云："归心万里雁南翔，昼过邯郸夜大梁。醉眼未醒燕市酒，细腰空对楚宫妆。别来风雨新交态，阅尽江河古战场。明日挂帆更西去，猿声三峡吊襄王。"

林思进作《乙卯正初行成都市感作》。诗云："年年行国感春风，每到春来望转空。八口累人惟饱计，四方何处不途穷。雪晴宿麦看看绿，日送残花旋旋红。好景无多还共恋，管弦急切锦城中。"

李建兴作《剪辫》（民国四年正月先严五十初度，我兄弟同时剪辫）。诗云："由来结辫习风长，先觉宜兰李望洋。响应中华新革命，弟兄同日剪光光。"

张炜作《乙卯春初，虞薰将有赣川之游，作此饯之》（二首）。其一："吴侯意气欲凌秋，跌荡身经十载游。眼倦幽燕云万变，心萦章贡水双流。过江名大鞭先著，谋国功深策可售。今日马当风甚便，知文阁帅正招邀。"其二："五年前与晤京师，一见奇文未见诗。利器君应囊底脱，棨才我愧管中窥。黑头谢掾身终显，青眼王郎望匪迟。珍重千金休浪掷，江湖任侠好男儿。"

张履阳作《乙卯初春，重任资阳法曹，途中有作》（四首）。其一："片帆依旧赴东风，尽日舟行细雨中。未必长途资老马，不堪陈迹问飞鸿。荒城戍鼓岩昏晓，野寺寒钟落远空。惆怅兵戈犹满眼，几时重见九州同。"

邓中夏作《艮岩一首，得鱼字》。诗云："洞口何年辟，我来岩正初。悬岸垂细草，浅水足游鱼。树影清流底，钟声高讼余。寻山劳履齿，临眺独踌躇。"

王大觉作《乙卯新春游魏塘东园五章》《题东园梅花》。其中，《乙卯新春游魏塘东园五章》其一："探春处处荡吟魂，古埭斜阳晚市喧。流水小桥遥在望，一鞭残照过东园。"其三："梅花深处驻吟鞭，一字推敲频耸肩。引得落英齐笑舞，个侬吟态太痴颠。"

[日]白水淡作《呈福岛将军》。诗云："壮游千里意扬扬，过处江山引兴长。谁识将军胸字旷，春风二月马蹄香。"

[日]砚海忠肃作《乙卯早春过尾道驿》。诗云："路入黄薇爽旅魂，车窗隔水望东村。故人家在梅花下，晓色模糊月一痕。"

1日　《申报》第15102号刊行。本期《自由谈》"诗选"栏目含《有感》(王谟道)、《终日兀坐炮船,无聊极赖,爰凑一百十二字,略抒所感》(四首,石瀚);"词选"栏目含《金缕曲·寄酒丐、野衲沪江,即用酒丐〈赠野衲〉韵》(东园)、《前调·甲寅秋感,叠酒丐〈赠野衲〉韵》(东园);"文字因缘"栏目含《题〈女子世界〉》(四首,逸民汪幼兰)。

《小说海》第1卷第3号刊行。本期"杂俎·诗文"栏目含《刀笔吏》(诗舲)、《清明书怀》(诗舲)、《秋日登楼风雨遥集偶成》(诗舲)、《风雨遣闷》(诗舲)、《菩萨蛮·集定盦词》(诗舲)、《前调·集定盦词》(诗舲)、《虞美人·集定盦词》(诗舲)、《踏莎行·集定盦词》(诗舲)、《卖花声·集定盦词》(诗舲)、《拟陶靖节〈咏贫士〉七诗》(东园)、《前调·苹香以美人画册索题,因用其韵应之》(东园)、《江南春·春思,和友,用莱公体》(东园)、《前调·用寇莱公体韵,和〈春闺〉》(东园)、《醉花阴》(二首,东园)、《菩萨蛮·乙卯旧历元日,得南昌女士许贞卿和余〈六十初度寿星明〉词,附以〈菩萨蛮〉二解,依韵奉酬》(东园)。

曹炳麟作《元宵后一日,饮富春山庄赏月》。诗云:"纤云无翳天黝碧,海风吹波月舒白。春灯满城犹昨明,烛龙戏焰衔珠出。一年月满昨宵始,今夜月圆非昨比。山人好月邀客醉,月入山庄清似水。演影明窗竹数竿,一湾溪水照人寒。伸手欲将月捉起,掬水如弄宜僚丸。青莲已逐月波去,欲往从之月不许。谪仙不降酒楼空,月明夜夜都无趣。今月犹然古月圆,主人况是酒中仙。举酒属客客当歌,灯前月下影婆娑。穆生不饮仰天笑,古来几见诗人老?苍茫万古一卷存,青山无数埋残稿。安得诗人长不死?对月狂吟和月醉。如何月落客散归?湛然水木清辉闷。"

张素作《兰陵王·上元后一日喜晤炎公,用美成韵》。词云:"斗杓直,暮倚云天回碧。香尘散、灯火万家,遥与羁人写春色。依稀梦故国,佳节传柑饷客。吟怀记、花月夜阑,乍瘦腰身减盈尺。　东风滞行迹。有药裹移床,书带横席。相逢鲭老侯门食。道撬雪寒解,灶烟春暖,松花江畔第几驿。雁飞遍南北。　凄恻,鬓丝积。照素镜虚堂,谁慰沈寂。中年心事微茫极。付一卷箫鼓,半城笳笛。流连今夜,愿暂缓,晓漏滴。"

2日　《申报》第15103号刊行。本期《自由谈》"诗选"栏目含《朱楚君吹笙曲》(老兰)。

廖恩焘在古巴哈瓦那履新,陆国祺任副领事。

吕小薇生。吕小薇,名蕴华,号竹村,江苏武进人。著有《竹村韵语剩稿》。

叶昌炽本日至次日家祭,作《翊日收先影,礼成再赋,十六叠前韵》《上元日祭影堂感赋,十五叠前韵》。其中,《翊日收先影》云:"东西阡陌自开秦,五十圭田化作尘。斗粟皆输乡井税,铅笔但采涧溪滨。寝门合谶悲辰巳(先大夫弃养在光绪七年辛巳),兆域藏形筮乙辛(紫石山先墓卯山酉向,兼乙辛三分)。差喜先畴还未坠,桐芭柳稊故园春。"《上元日祭影堂感赋》云:"底须五时盛言秦,拂拭丹青隔岁尘。铁锁星桥元夜节,画船露井旧时滨(先祖墓在紫石山,先大夫暨先权奉政公祔,每岁扫墓泊露井滨登岸)。家传礼学张曾子,室有宗彝好父辛(见《积古斋钟鼎款识》)。三字南阳阡乍表,先臣同戴泽如春(寒家郡望出南阳,石湖先墓援《汉书》原氏之例,题曰'南阳阡')。"

江五民作《正月十七日问穆勤宰疾》《同日访孙玉叟不遇》。其中,《正月十七日问穆勤宰疾》云:"问疾维摩室,空将四大分。相看应涕泪,乍见尚欢欣。落落生平意,悠悠江上云。此情谁遣得,回首枉殷勤。"

[日]冈部东云作《乙卯新正十七日,高桥不急君招雅友五六名开宴,美酒佳肴,谈笑极欢。日暮,杯盘之间围棋,一输一赢,不觉到夜半。时风雪扑窗,街上无人声,然而楼头春气蔼蔼,不知寒,因赋一绝句以换谢词》。诗云:"美酒佳肴醉乐棋,何须枣核仅拯饥。输赢相竞漫漫夜,风云扑窗终不知。"

3日 《申报》第15104号刊行。本期《自由谈》"词选"栏目含《一剪梅(战垒萧萧芦荻秋)》(莽汉)、《寿楼春·为黄伯钧明经题其宋太夫人〈夜纺课儿图〉》(莽汉)。

张震轩作《枕上感怀》。诗云:"年逾五十甫知非,忽度驹光又六骓。揽镜朱颜惊日改,论文青眼与时违。身如枥骥空思奋,心似枯棋渐息机。纵有故交多宦达,此生端不羡轻肥。"

严廷桢作《乙卯正月十八值新历三月三号,招饮同人》。诗云:"昨日春灯罢,今朝三月三。尊中有浊酒,胡涂醉一酣。"

4日 《申报》第15105号刊行。本期《自由谈》"诗选"栏目含《从军乐》(佚名)、《勖从军》(佚名)。

沈曾植在上海为嗣子慈护(颖)完婚,宴于海日楼。梁鼎芬观沈曾植所藏汪洛年《海日楼春宴图》并作《题〈海日楼春宴图〉》以贺。诗云:"花放长春念帝都,月泉社酒好相呼。传家自有三刘集,照席同观《百爵图》。海屋霜颜人更健,葵亭心事世难摹。佳儿堂上初成礼,宴坐衣冠不用扶。"沈曾植和作《和藏翁寄赠〈海日楼春宴图〉诗韵》(二首)。其一:"七纸邮笺出上都,吟成如见绕床呼。经行燕赵悲歌地,写貌朱陈嫁娶图。云海迥留诗眼在,天门还乞旭轮摹。丰貂毵落颠毛白,怅忆春风侍史扶。"其二:"海角逃名郑次都,厌闻鹤噪与猿呼。向平事毕将游岳,摩诘形同偶借图。历劫犹留人帖在,题名为侍孝堂摹。可知羲驭终回辔,梦有黄人夹毂扶。"时,杨钟羲亦有《海日楼春宴图》诗云:"仙眷东西李,交期大小任。楼高闲读画,薰罢海南沈。"

5日 《申报》第15106号刊行。本期《自由谈》"诗选"栏目含《连日体胃欠健,夜多惊梦,感赋二律,用前韵》(烂石)、《哀吴生(并引)》(中江骨董)、《平江吴崧冈先生与余多年阔别友也,顷见〈自由谈〉"诗选"中载其〈汗马余沥〉诸著,既非名士清谈,又非新亭流涕,其忠勇悲壮之怀,愿今之留心军国者尚其猛省,余因作寄怀一首,聊以代面》(峄县马千里南京寄)、《感时书愤》(默庵);"文字因缘"栏目含《题李定夷先生〈湘娥泪〉》(二首,绛珠)、《贺东园六十初度》(仲安陈赐年)。

《妇女杂志》第1卷第3号刊行。本期"诗选"栏目含《蕴素轩诗稿》(桐城姚倚云)、《味雪簃小草》(漱冰女士)、《宛转歌》(药心女史)、《拟〈横吹曲〉》(前人)、《送别》(上海爱国女学校学生部文艺会首选刘恕)、《史女士遗诗》(江都史敬之);"词选"栏目含《青玉案·忆昔》(桐城姚倚云)、《好事近·即景》(前人)、《南乡子·春闺》(南昌万方芸佩芬);"杂俎"栏目含《天足考略(续)》(徐珂仲可)、《今妇人集(续)》(庞树柏著,程灵芬注)、《彤芬室笔记(续)》(徐新华)、《中萃宫传奇(续)》(小凤填词,忏慧、韵清正谱)、[补白]《莼庐杂缀》。

《女子世界》第3期刊行。本期"文选·玉台新集"栏目含《款冬园〈灯榭雅聚诗〉序》(歙县吴承烜东园)、《拟庾子山〈春赋〉》(歙县吴承烜东园)、《重修慈元庙碑》(番禺潘飞声兰史)、《〈吟香室诗〉跋》(阳湖冯光通)、《〈红蕉集〉序》(梁溪邹漪流绮)、《〈红豆词〉弁言》(南海叶芬少云)、《〈怨女诗〉序》(曾其萱独鹤)、《拟王嫱〈上汉元帝书〉》(嘉禾陈拨匡恨人);"杂俎"栏目含《题词随录:联珠十二章(续)》(东园)、《两部鼓吹轩〈九秋词〉》(九首,长洲孔惠昭孚心)、《蕉轩杂译》:《美人之发》《高卢烈妇》(匡予);"诗话"栏目含《闺秀诗话》(懒云、香草)、《香奁诗话》(栩园、蕉轩)、《曲栏闲话》(栩园);"诗词曲选·名媛集·诗选"栏目含《春闺》(海门黄逸尘雪兰)、《夏闺》(海门黄逸尘雪兰)、《秋闺》(海门黄逸尘雪兰)、《冬闺》(海门黄逸尘雪兰)、《梅花二首》(海门黄逸尘雪兰)、《水仙花,和韵》(石门吕逸韵清)、《冬日装锦,苦无对手,盘旋一室,形似磨驴,作此自解》(石门吕逸韵清)、《寒夜著书,狸奴卧案阻之,感而有作》(石门吕逸韵清)、《代简寄韩靖庵先生》(石门吕逸韵清)、《题〈并肩顾影图〉》(石门吕逸韵清)、《落花》(兰陵俞玉霞)、《秋感》(兰陵俞玉霞)、《夏日偶成》(兰陵俞玉霞)、《秋九感怀》(二首,兰陵俞玉霞)、《看月,寄林锷风女士》(金城刘岑坚香)、《秋日哈同园有感》(金城刘岑坚香)、《避夏》(金城刘岑坚香)、《秋夜》(金城刘岑坚香)、《田居》(金城刘岑坚香)、《和凤仙女史韵》(二首,钱塘汪咏霞鹣影)、《夏夜雨后》(二首,钱塘汪咏霞鹣影)、《悼韵仙二姊》(四首,钱塘汪咏霞鹣影)、《口占》(钱塘汪咏霞鹣影)、《题吴紫英夫人(芝瑛)西湖〈小万柳堂〉,次汪咏霞世姊韵》（四首，丹徒包兰瑛者香）、《秋日闲眺》（锡山江莹素琼）、《秋宵即景》（锡山江莹素琼）、《春柳》（锡山江莹素琼）、《冬闺》（锡山江莹素琼）、《明妃村吊古》（盐城陈群仙友瑟）、《赋梅》（盐城陈群仙友瑟）、《断肠词》（三十六首，南昌许贞卿）、《春夜》（和戴红贞女士韵）（吴县王梅素静贞）、《春阴》（和戴红贞女士韵）（吴县王梅素静贞）、《题〈林黛玉焚诗图〉二律》（吴县王梅素静贞）、《和倩华如姊四首》（钱塘陈璪翠娜）、《春闺》（四首，钱塘陈璪翠娜）、《初夏》（二首，钱塘陈璪翠娜）、《戏赠二首》（钱塘陈璪翠娜）、《拟夏日闺情》（二首，钱塘陈璪翠娜）、《春晓》（钱塘陈璪翠娜）、《湖上》（钱塘陈璪翠娜）、《梦中得"阳关吹断岭南春"句，因足成之》（沪渎钮玲华姗蓉）、《雨夜忆家》（沪渎钮玲华姗蓉）；"诗词曲选·名媛集·词选"栏目含《苏幕遮（曲廊斜）》（仁和赵我佩君兰）、《浣溪沙（帘卷春寒飏玉钩）》（仁和赵我佩君兰）、《摸鱼儿·秋夜》（沚上阚寿坤德娴）、《浣溪沙（昼歇棋停扫落花）》（沚上阚寿坤德娴）、《又一体（春雨一犁花已透）》（沚上阚寿坤德娴）、《高阳台·吴倚云夫人婉〈绿窗吟草〉题词》（沪渎赵棻仪姞）、《祝英台近·徐藕香夫人延照遗稿，戴铜士属题》（沪渎赵棻仪姞）、《南歌子（春梦迷鸾镜）》（旌德吕湘惠如）、《鹧鸪天（凤纸书词墨不干）》（旌德吕湘惠如）、《浣溪沙（凤咽双鱼响兽环）》（旌德吕湘惠如）、《菩萨蛮·春晴》（锡山孙啸秋）、《醉花阴·秋感》（锡山孙啸秋）、《一剪梅·闺思》（锡山孙啸秋）、《高阳台·题陈蝶仙先生〈芙蓉影〉说部》（歙县鲍苹香秋白）、《沁园春·题天虚我生〈花木兰传奇〉》（歙县吴绛珠蕊先）、《调寄〈酒泉子〉·十忆词·用潘逍遥体》（吴县王梅素静贞）；"诗词曲选·名媛集·曲选"栏目含【南仙吕入双调】《中秋对月遣怀》（东海刘古香韵清）、【南仙吕】《秣陵秋，用西堂韵》（歙县吴蕊先绛珠）；"诗词曲选·香奁集·诗选"栏目含《灯词》（壬辰旧作）（八首，天虚我生）、《怨女诗（有序）》（另刊入文选）（二十首，蜀鹤）、《赠歌者梁玉莲》（四首，潘兰史）、《半塘词》（张荫民）、《寄穗城侨寓者，步原韵》（四首，张荫民）、《四春小咏》（四首，吴东园）、《谁家》（五首，小蝶）；"诗词曲选·香奁集·词选"栏目含《小重山（吹皱鸳纹昨夜风）》（徐仲可）、《踏莎行（被梦渝裙吹愁殢）》（徐仲可）、《阮郎归（平堤芳草碧烟笼）》（徐仲可）、《喝火令·别后寄阿莲》（吴眉孙）、《浪淘沙·嵩山道偕月子步月夜归》（潘兰史）、《清平乐·寄月子》（潘兰史）、《青玉案·寄眉子》（潘兰史）、《玉麒麟慢》（二首，陈蝶仙），"诗词曲选·香奁集·曲选"栏目含【南越调】《题〈香艳丛话〉》（魏春影）；"弹词"栏目含《潇湘影弹词（续）》（天虚我生著，影怜女士评）。

桂念祖卒。桂念祖（1869—1915），一名赤，字伯华，江西德化县人。光绪十一年（1885）中副举。甲午战后感于清王朝腐败无能，参加康、梁变法，力主变法图强。先在上海主编《萃报》并任主笔。梁启超离开湖南时，推荐念祖代理时务学堂讲席，未及行而戊戌变法失败，归匿于乡。旋，至金陵师从杨文会学习佛学，沉酣内典。后又与其弟东渡日本留学 10 余年，习梵文，通密宗，宣扬佛学。后客死日本。临终时有自挽联云："无限惭惶，试回思曩日壮心，只余一恸；有何建白，唯收拾此番残局，准备重来。"念祖从小师从经学大师皮锡瑞，在经学、词章方面均有深厚功力，尤擅于词。在日本期间曾作多篇论著，因其住所毁于火而无存。今存《桂伯华遗诗》1 卷。叶恭绰《广箧中词》评曰："语含哲理，诗杂仙心。"梁启超《饮冰室诗话》谓："客有自署公耐者，忽以伯华近作诗词见寄，以绮语说法，感均顽艳。维摩诘耶？天女耶？文殊师利耶？舍利弗耶？吾乌从测之，惟喜诵不克割舍耳。乃录入诗话。"夏敬观《忍古楼词话》评其词云："伯华词多不注意平仄，是学佛人所为，当例外视之也。"钱仲联《近百年词坛点将录》将桂念祖点为"地魔星云里金刚宋万"，并言"伯华沉酣内典，妙悟三乘，东游秋津，精究梵语"。

6 日　《申报》第 15107 号刊行。本期《自由谈》"诗选"栏目含《贺孝廉方正申蕃王老谱伯明伦堂悬匾》(涵公项寰)、《感事》(黄穆安)。

吴昌硕为潘飞声行书《饮六三园》《饮秦录事家，赠粟香，得风字》《听东妓鼓琴》《长尾雨山东归，赋此赠之》《离乱》《苏阁说剑图》《查氏铜鼓堂汉印残本》等诗轴。其中，《查氏铜鼓堂汉印残本》云："铸凿精神别汉秦，紫泥留影照千春。吾衰刻画犹能事，到眼浑如揖故人。文何流弊已成风，吴(让之)赵(㧑叔)涂殊轨辙同。□作二人齐老去，谁眠索靖考车工。"又，为六三园叶娘绘寄《仕女图》，并题云："无端识面倚枯桐，夏月轩南鹿柴东。柳下风怀沾亦可，武梁祠里画图中。乙卯孟春之月雨窗写寄可人叶娘。老缶，时年七十有三。"又，为白石六三郎绘《国色天香图》，并题云："昨夜醉梦游赤城，仙人寿我流霞觥。醒来吐向雪色纸，奇葩万朵堆红英。人言此花号富贵，百卉低首谁争衡。欧公为作洛阳记，贵妃曾倚沉香亭。合移金屋围绣幕，珠翠照耀辉长檠。闲蜂浪蝶不敢觑，灌溉甘露滋银瓶。大声作客穷书生，名花欲买力不胜。天香国色画中见，荒园只有寒芜青。换笔更写老梅树，空山月落虬枝横。(鹿叟属，吴昌硕写，时乙卯惊蛰)"

7 日　《申报》第 15108 号刊行。本期《自由谈》"诗选"栏目含《元日述怀》(二首，南徐秉芝氏)、《榕城客次得家函，惊悉茂桐胞弟病殁，哭赋二律并寄慰双亲》(海盐任茂梧)；"词选"栏目含《如梦令·听雨》(奎馨)；"文字因缘"栏目含《寿星明·和东园〈六十初度〉次韵》(酒丐)、《寿星明·和东园〈六十初度〉次韵》(休宁方丙南)、《寿星明·和东园〈六十寿词〉次韵》(南昌女士许贞卿)、《集句四绝，题我梦园〈金钗传〉》(半解子)、《题〈黄金祟〉说部》(半解子)、《题〈玉田恨史〉》(半解子)、《题〈落花魂〉说部》(半解子)。

劳乃宣作《赠孔晴甫内弟，即祝其六十生日，八十韵》。序云："晴甫少予十三岁，以致戚为至交。识自孩提，今成白首，予宦游畿辅，相从者二十年，迨予归田，君客山左节幕。又十年，独立变作，拂衣而归，予奉召复出，回翔中外。值国变，退耕涞野，橐笔胶滨，海上兵兴，又相见于关里。予年七十二，君五十九矣。回首旧游，恍若梦寐。开岁乙卯正月下旬二日，为君六十生辰。抚今追昔，述慨抒情，有不能已于言者，成长律八十韵以写我怀，且为君寿。"诗云："缅昔咸丰岁，初逢茂苑边。兰芽方在抱，葛藟记新联。游见胥台鹿，飞随朔野鹯。泗滨秋未暮，贰室月刚圆。燕寝欣掺袂，龙文快著鞭。温经音朗朗，数典口便便。径薛朝骑竹，庭莎昼簸钱。泮游时把臂，沂祓每随肩。别绪纷南浦，征程指北燕。一从咏潭水，几度换星躔。再见疑新识，相从总夙缘。弁兮何突尔，冠者乃翩然。沈李南皮乐，栽花曲逆妍。蠡吾官舍敞，重合故城偏。徐水才移棹，吴川又返船。年年资佐助，处处共回旋。鼓听黄绅被，琴鸣绿绮弦。政疑赖商榷，句险待推研。对弈旁观静，挥毫逸兴骞。持筹考古算，辨韵订新编。庙市千商集，郊原百戏阗。缘竿童夭矫，履索妓翩跹。流水车争捷，追风骑竞先。时和春蔼蔼，民乐道平平。舆诵惭盈耳，妖氛诧奋拳。孙恩称秘术，张角诩真诠。伐叛行师果，投巫用法专。刑驱魑魅退，血染髑髅鲜。纵寇咙言哄，辞荣去志坚。铜章俄脱屣，竹帛亦忘筌。古里寻双阙，灵源问五泉。鹤归世已易，鸟倦晚同迁。畎亩仍怀土，江湖复扣舷。鲈莼厌吴会，鱼菽荐泷阡。我种篱根菊，君吟幕府莲。席珍身比玉，草奏笔如椽。累牍恒辞荐，诸公雅好贤。不求金作带，但以砚为田。小丑公为乱，高牙遽失权。褰裳完洁白，拂袖绝营牵。出昼轻装速，迁陬乐事全。佳儿森玉树，良友契金荃。病退强逾少，心安寂似禅。云霄骞鹓鹊，泥滓视貂蝉。忆税柴桑驾，犹惊浪泊鸢。履綦惟坦坦，贲帛作戋戋。懔赴丹毫召，爰赓绛帻篇。入沾温绋露，出惹御炉烟。珥笔趋清禁，陈谟侍讲筵。轺车宏乐育，黉序愧陶甄。阙诣重霄凤，堂升太学鱣。潢池弄兵甲，江汉肆戈鋋。未见骊烽逼，无端洛鼎迁。锄携涞浸侧，冠挂国门前。庑寄梁鸿灶，家余子敬毡。辍耕心耿耿，闻笛涕涟涟。身世离群雁，情怀望帝鹃。西畴孤杖返，东海尺书传。青峤林峦淑，缁衣礼数虔。宛成邹鲁党，忘是首阳巅。讲易研朱坐，抛书枕石眠。韦编穷矻矻，鼟鼓动嚻嚻。滇渤遥违险，宫墙近托廛。倾襟陈迹数，握手旅愁躔。五十余年梦，三千里外天。追思泥印爪，坐对雪盈颠。岂识王家腊，还推绛叟年。古稀吾逼矣，花甲子周焉。凤纪看回斗，蟾辉欲下弦。梅开春正永，桃熟算齐绵。翟茀琴调好，斑衣彩舞翩。捧觞思不匮，举案礼无愆。兄弟歌棠棣，妻帑乐豆边。辑颜师卫武，信古比彭篯。即此为园绮，奚庸羡偓佺。慨从陵谷变，讵望耄期延。旧雨今重话，余晖且共怜。旷怀观水月，抑志慎冰渊。大耋休嗟若，分阴各勉旃。愿将无尽意，染翰付华笺。"

8日 《申报》第 15109 号刊行。本期《自由谈》"诗选"栏目含《南湖所藏姚少师为中山王画山水长卷，东海相国有诗，要余同作》(樊山)、《感怀》(王廷彦)、《和廷彦〈感怀〉原韵》(礼)、《寄廷彦，即用元韵》(奎馨)、《煮雪烹茶》(十四龄女陈海棠)、《春日》(禁用杨柳百花名)(十四龄女陈海棠);"文字因缘"栏目含《送嚣嚣、野民两社长入都》(非非)、《前题》(践行社主)。

9日 《申报》第15110号刊行。本期《自由谈》"诗选"栏目含《燕子矶》(戴梦香遗稿)、《梅花岭》(戴梦香遗稿)、《乙卯春,偕晓耘舍弟入都,留别沪上诸友》(嚣嚣)、《送嚣嚣外子北上》(琼华)、《送嚣嚣大兄北上》(叔星)。

魏清德《上元夜示振传、篔村二君兼寄心南山人》《凤庵先生伏枕经旬,病褥中不废吟咏,作此存问,自惭无杜老"子章髑髅"句也》发于《台湾日日新报》。其中,《上元夜示振传、篔村二君兼寄心南山人》云:"底甚佳辰不出门,年来韵事总销魂。沉沉酒国浇长夜,脉脉春光到上元。同室亲朋堪作伴,隔江灯月自成村。红炉榾柮无聊赖,手拨残灰子细论。"

10日 孙中山命中华革命党党务部发出通告,揭露日本"二十一条"要求与袁世凯阴谋称帝之关系,号召党员积极讨袁。

超社核心人物樊增祥出仕民国,超社解散。随后上海超社同人成立逸社。本日逸社第一集,瞿鸿禨假沈曾植寓宅作主人,即事为题,不拘体韵,陈三立、缪荃孙、冯煦、吴庆坻、沈曾植、王仁东、陈夔龙、王乃征、沈瑜庆、朱祖谋、杨钟羲、林开謩、张彬等十四人同集。瞿鸿禨作《乙卯正月二十五日假乙庵寓斋作逸社第一集,招冯蒿庵、陈庸庵、朱沤尹、王病山诸公入社,同人各赋诗》。诗云:"滔滔不返东流水,世事苍茫一如此。惟有春光去复来,昨日枯林今绿矣。琴尊聚散谁能料,行者远索长安米。重筑诗坛开雅集,淑气方新与更始。凫鸥傍渚自忘机,猿鸟藏山招不起。莲社初延元亮入,草堂差免稚圭耻。命名窃比古逸民,茹恤同为旧朝士。乙庵新斋地偏旷,合坐深谈味清美。蒿翁齿宿壮且坚,宜主齐盟执牛耳。庸公蹇蹇终不济,避地甘蛰蜗庐底。朱云王遵两遗直,同处海滨忘转徙。文雅纵横尽飞将,蜚弧先登敢摩垒。缪吴二沈陈王林,最初联吟从七子。两离寒暑共文宴,时出一篇腾矮纸。黄楼断句撞洪钟,恨不能诗特诙诡。丰镐留垞掌故家,余事亦能为别体。苦忆梁髯会不恒,洒涕桥山种松梓。原庙衣冠落叶时,故宫禾黍寒烟里。极天龙战元黄血,并海鲸磨刀剑齿。岂惟虢国痛唇亡,坐恐蒙庄叹心死。十四人垂九百岁,莫讶流光如云驶。何必千年感今威,眼中城郭宁能是。径须酪酊销堙郁,付与浊醪论妙理。郊原何处不伤春,犹愿东风护红紫。"陈夔龙作《正月二十五日止庵协揆假座乙庵寓斋作逸社第一集,不拘体韵》。诗云:"浦西一亩宫,背水绝尘障。隐侯新卜宅,二美兼奥旷。平津此开筵,郁伊偶一畅。沉阴忽换晴,春暖意尤盎。当门草先苏,百花犹未放。旧雨络绎至,劫后各无恙。遣怀慰离索,乘兴发高唱。主人古姚宋,救时良宰相。闲却补天手,枚卜感畴向。群公旷世才,高风无以尚。或钟岳渎灵,或副霖雨望。或学海经师,或骚坛飞将。下走虽无似,南针识所向。一自掌北门,焦烂百无状。乾坤慨翻覆,几人争霸王。

宁知螳捕蝉,黄雀睨以抗。老病卧江湖,摇落非少壮。不缘避地居,哪得相造访。星辉东井间,泪洒新亭上。回溯义熙年,中心但凄怆。已拼醉携锸,遑恤玄覆酱。诗成讵待催,风起茶烟飏。如过后东皋,草堂千载仰。胜游倘许续,斯会乃其创。"沈曾植作《逸社第一集,止庵相国觞同社诸公于敝斋,相国与庸庵尚书诗先成,曾植继作》(三首)。其三:"霁雪照江邑,不能濡海漘。余寒独渗骨,袭我羊裘人。秀树迥含绿,时禽亦还新。天光延午景,草色晞遥圳。花事可蜡屐,雨行随垫巾。适来秦楚月,噫此荆蛮民。夕照散归辙,长烟凌寒氛。还将洛生咏,后待临川论。"吴庆坻作《正月二十五日止庵相国公招饮乙庵寓楼,作逸社第一集》。陈三立作《正月廿五日止庵相国假乙庵斋作逸社第一集,招嵩庵中丞、庸庵制府、沤尹侍郎、病山方伯入社,同人咸赋诗》。诗云:"暖姝互提携,散吟满海甸。历历婆娑影,明灭隔霜霰。融风含柳梢,照楼有新燕。相公抚时物,坐觉负几砚。去住肯相妨,易帜奖高宴。为招四老人(嵩叟、庸庵、沤尹、病山),古之逸民选。譬彼溃围军,骁腾待邻援。又如玄霄云,脱坏续片片。终知羽翼成,霸图获再奠。晴昼居士庐,盆枝花欲遍。神光在襟裾,须眉眼中见。酒酣悲生肠,八极仍血溅。蝮蛇伺我侧,吞噬逼寝荐。束手与偕亡,果验儒术贱。雁影迷关山,鸡声静庭院。留此歌泣地,聊许道不变。"杨钟羲作《止相假乙庵寓斋举逸社第一集》。沈瑜庆作《止庵相国公招饮乙庵寓楼作逸社第一集,呈庸庵尚书、古薇侍郎、病山方伯、子勤、黄楼两观察并示同社诸老》。冯煦作诗云:"孟诹勒余寒,掩关久未出。旧雨雅见招,攘霍起衰疾。沈侯栖隐地,颇似支公室。角诗张吾军,昔超今则逸。叱彼鸣豫凶,叶此敦艮吉。夷齐际揖让,周粟甘于蜜。畴知支离叟,颓然老旧箪。取舍既殊万,动静且贞一。愿师树社樗,匪逐逾淮橘。齿序乃先予,列坐次甲乙。清谈蠲鄙吝,微尚希真率。迹侪莲社三,数倍竹林七(凡十四人)。梁髯荷长镵,种松苦未毕。东邻腾责言,咄咄实相逼。应物扩大公,安用藏诸密。海西阵云莽,蛮触肆侵轶。一击縻万族,人道遑所恤。徐方况荐饥,块草公发掘。嗟哉沟壑中,残雪照白骨。感此心烦冤,有酒不忍竭。旧相和天倪,一泯意与必。诸老互嘲讽,舜跖犹一映。我生逢百罹,神亡在此觅。柱史患有身,漆园论齐物。大化久纵浪,焉有腾化术。且尽今日欢,茫茫视来日。"

叶昌炽作《题邹建东嵰尹(嘉立)小象》。诗云:"五羊仙人昔招我,烟波如画珠江舸。海天一雨便如秋,欲诣清谈惟君可。萧寺风幡澹荡摇,药洲云气氤氲锁。十年两度尉佗城,饱啖荔支三百颗。结客当时尚少年,白头有约待归田。一官不调金门隐,万里长歌《陇上篇》。陇上岭头不相见,梅花消息空传遍。丘园束帛忆飞来,悔未躬耕井田砚(张文襄在粤开广雅书局,搜罗海内方闻之士,校刊群籍,其中有广厦九间,仿井田之制,昌炽屡辞嘉命,至今犹愧负公知)。此时寰海犹安流,君家阿兄微管俦。筹海文章光属国,立朝意气托同舟。窃幸林宗附元礼,常从长公问子由。

世变沧桑难可量，瘴海归帆幸无恙。归来却扫各掩关，未登君堂见君象。劫后相逢事已非，修髯如雪神犹王。君兄海东作寓公，黄农一曲歌未终。二劳山畔风波恶，回雁天边果有峰。迢递重瀛浮一苇，嵚崎晚节傲双松。白发满头垂遇耳，兄弟贞元旧朝士。此是商山园绮圆，莫作寻常行看子。"

张謇作《与韩、周、管、许、薛同游泰山》。诗云："路转峰回眼忽明，月牙亭下旧题名。将军鹤化辽东语，故友鸥寒海上盟。陵谷不辞人阅世，云泉如厌客忘情。重来驻策还珍惜，他日摩挲有后生。"

11日　《申报》第15112号刊行。本期《自由谈》"诗选"栏目含《虞美人崖》（在无锡县太湖之滨）（寒厓）、《再叠寒厓、稚晖韵二首》（南湖）、《春兴》（默庵）、《园居》（黄默庵）、《题兰花》（黄默庵）、《窈窕破瓜女》（黄默庵）、《夜坐感怀，和吴东园韵》（黄默庵）、《春望》（真州赵大）；"词选"栏目含《醉太平·元旦日宴集，即席分韵，得春字》（树轩女士）、《前调·分得春字》（苹香女士）、《前调·分得淮字》（丽琴女士）、《调寄〈菩萨蛮〉·贺东园六十初度》（二首，南晏史许贞卿）；"文字因缘"栏目含《题〈礼拜六〉第三十八册》（丁自韦）、《调寄〈醉太平〉·题钝根、剑秋所编〈礼拜六〉》（绍彭）、《调寄〈沁园春〉·题〈礼拜六〉》（夬庭）。

曾习经偕二兄畬经（仲樵）游普宁大坝云石岩，作《云石岩》。诗云："俏茜青葱竹柏间，郊游首数六乡山。乾隆旧刹重经眼，康乐新诗故恶颜。社后川原风物美，雨余岩溜水声潺。疏钟遥度须弥顶，一树棠梨半掩关。"

12日　《申报》第15113号刊行。本期《自由谈》"诗选"栏目含《奉题姚少师山水长卷，南湖先生与芝瑛夫人同正》（哭盦）；"文字因缘"栏目含《水调歌头·题钝根、剑秋所编〈礼拜六〉》（程筠甫自淮东海关寄）。

[日] 白井种德作《小石川天满宫观梅花，时乙卯一月二十七日也》。诗云："寻春来访砺川隈，菅相祠头花正开。应是神灵含笑看，高标仿佛古飞梅。"

13日　《申报》第15114号刊行。本期《自由谈》"诗选"栏目含《五十自言》（黄穆安）、《明故宫》（慕篯）、《明孝陵》（慕篯）、《明故宫，和王慕篯韵》（东园）、《明孝陵，用王慕篯韵》（东园）、《寒夜有感》（鹿门旧隐）、《有感》（啸霞山人）、《直书》（啸霞山人）、《游雾山夜宿龙王庙》（啸霞山人）、《悼亡》（二首，林味书）；"文字因缘"栏目含《寿星明·再和东园，效朱竹垞体，全隶吴姓事》（汪诗圃）。

叶昌炽作《观落梅有感，和叔彦韵》（二首）。曹叔彦原作云："为怕梅花落，天教风息狂。蜂攒怜瘦骨，蝶恋转柔肠。旨蓄冬同御，华松春有常。早开新世界，万卉仰余光。"叶和诗其一："故枝辞不返，风雨夜来狂。灭度真仙劫，离魂倩女肠。阴晴三日变，荣谢四时常。数点留天地，孤芳葆吉光。"

14日　《申报》第15115号刊行。本期《自由谈》"诗选"栏目含《和拙弇〈消寒八咏〉原韵》(荪汉)：《寒云》《寒潮》《寒菜》《寒梅》《寒罾》《寒柝》《寒鸡》《寒鸦》。

冯煦至式式轩参加壬午宴会，郑孝胥、朱祖谋、陈三立、王乃征、唐晏等赴会。

叶昌炽得曹叔彦函，内含梅花诗二首，题曰《缘督先生见和〈落梅〉诗，仍次前韵》《去岁奇寒，梅蕊枝头多不放，感赋次前韵》。其中，《缘督先生见和〈落梅〉诗，仍次前韵》云："新芽花后茁，澹静息蜂狂。结实能留种，飘英莫断肠。百年春不考，一度岁为常。琼玉高寒格，终争雪月光。"

林苍作《正月二十九日宛在堂吟集示同社》。诗云："人人今日送穷九，我独迎穷大作诗。说与贵游应绝倒，湖堂元早属书痴。"

15日 《双星》(月刊)于上海创刊。上虞倪羲抱主编，文明书局发行。首载西神残客、姚鹓雏《发行词》各一。内容设有"小说""传奇""文苑""剧本""野史""剧评""杂俎""词话""曲话""艳屑""弹词""美术""谐海""幻术"等栏目。创刊号"文苑·诗"栏目含《〈玉娇曲〉，为红薇生赋》(亚子)、《携雷辟世适与周梦坡先生邻，辱承佳什，依韵奉酬》(贵池刘世珩聚卿)、《消寒第九集，观朱子念陶百镜屏，作韵纪之》(三首，江阴缪荃荪艺风)、《壬子仲冬十有二日消寒第一集饮于双清别墅，观周梦坡所藏赵松雷遗琴》(汪洵渊若)、《消寒第七集，即席分韵得癸字》(吴俊卿仓硕)、《分咏扑蝶戏》(集古)(周庆云梦坡)、《和润生先生〈忧时感事〉原韵二章》《东家行(感中日协约作也)》(檗子)；"文苑·词"栏目含《点绛唇·孙子颂陀以所集定公句曰〈缀珍集〉见示，且索题词，宵灯籇诵，触绪悲来，为赋二解》(尊农)、《好事近·四明周氏仿日人六三园式筑学圃于静安寺南，梦坡约同倦鹤、涤尘及予往游，归赋五古一章纪事，涤尘以〈迈陂塘〉词和之，予亦继声》(尊农)、《减字木兰花·题武进庄繁诗女士手写〈楚辞〉》(尊农)、《忆旧游·题王尊农〈梅魂菊隐室填词图〉》(语石)；"谐海"栏目含《梅魂菊隐室谈隽》(西神)、《战事趣闻》(西神)、《谐文撷腴》：《老学究致老妓书》(霆銎)、《共和竹枝词》(四首，霆銎)、《装大脚诗》(霆銎)。

《申报》第15116号刊行。本期《自由谈》"诗选"栏目含《读〈阿房宫赋〉》(黄默庵)、《望月叹》(黄默庵)、《双溪野望》(黄默庵)、《少年行》(黄默庵)、《效张茂先〈情诗〉》(二首)(黄默庵)、《蕉窗》(黄默庵)、《虞美人崖》(在无锡县太湖之滨，其左为愤王庙，故名)(逸尘女士)。

《民权素》第5集刊行。本集"名著"栏目含《淮阴侯钓台赋》(唐才常)、《以太说》(谭嗣同)、《松存先生著书图记》(古香)、《〈仲叔四书义〉自叙》(谭嗣同)、《〈湘报〉叙》(唐才常)、《〈史例〉自叙》(襄冥氏)、《二十初度自叙》(昂孙)、《〈滑稽诗文集〉序》(阿阁子)、《送沈生北上序》(箸超)、《与昂孙驳〈辨命论〉书》(箸超)、《复昂孙书》(箸超)；"艺林·诗"栏目含《不敢再来行》(南海)、《次韵和寄禅上人〈夜吟〉一首，时上人住扫叶楼》(樊山)、《寄汪莘伯并怀令弟憬吾》(蛰仙)、《得蛰仙诗后依韵寄憬吾弟》(莘伯)、《重阳前三日登扫叶楼有感》(寄禅)、《夏剑丞观察于六年前枉顾毗卢寺，以诗投赠，迟迟未和，庚戌九月于陈史部宅中相遇，索和前作，奉酬解嘲》(寄禅)、《陈师曾自日本归，遇于金陵，感而有作》(寄禅)、《俞园观李提学书楹联有赠》(寄禅)、《梦重阳日与王梧生户曹、李梅庵、俞恪士两学使、萧稚泉少尉登扫叶楼，分韵赋诗，余拈得楼字，立成七律一首，觉而不忘，录以纪异并志梦痕》(寄禅)、《赠樊云门方伯四绝句》(寄禅)、《永夜》(佛矢)、《演〈易林〉》(九首，天婴)、《春感》(观雪)、《题〈月底横筝图〉，效昌谷》(君木)、《题照》(一雁)、《登大阪城》(一雁)、《杂诗》(四首，惨佛)、《偶述》(惨佛)、《赠伯兄》(惨佛)、《岁阑口占》(二首，孟劬)、《书愤》(东荪)、《送孙君之金陵》(东荪)、《九月有感》(东荪)、《重过华阳，效吴天章青县题壁》(漱岩)、《春雨》(楚材)、《送江春霖侍御南归七律四章并序》(曦炎)、《题老梅画》(一斋)、《春烟》(一斋)、《汤婆子》(一斋)、《荆沙遣怀》(凤翔)、《偕记室游太晖观》(凤翔)、《冬日致京中吟友》(鲁岩)、《感怀》(毅然)、《无我四首》(箸超)、《为友人题〈湖上骑驴图〉》(箸超)；"艺林·词"栏目含《湘春夜月(尚勾留)》(笠杖)、《绕佛阁(画眉翠敛)》(笠杖)、《金缕曲·送东荪弟之日本》(孟劬)、《阮郎归·雨后快晴，郊外闲步，怅然成咏》(孟劬)、《寿楼春·皋桥酒座招小鬟度曲，时盆花盛开，欣然沾醉，感音而作，不知司马青衫视此何如也》(孟劬)、《浣溪沙》(二首，东荪)、《菩萨蛮·庚戌秋词》(枕亚)、《鹧鸪天(雨鬓飘萧奈何天)》(枕亚)、《踏莎行(一径荒榛)》(枕亚)、《太平引(灯前清泪落纷纷)》(枕亚)、《点绛唇(落魄半生)》(枕亚)、《和〈断肠词〉·调寄〈清平乐〉》(天放)、《浪淘沙》(二首，鸳春)、《浪淘沙(梅瘦雪魂)》(鸳春)、《玉京谣·舟行鉴湖》(箸超)；"诗话"栏目含《夫须诗话》《摅怀斋诗话(续第四集)》(南村)。其中，张东荪《九月有感》云："四野萧疏草已霜，行吟空负菊花觞。已枯大地无归雁，向老中原唯夕阳。翻眼频多今日泪，只愁不见古人狂。西风无限登楼意，六合烟云共渺茫。"《书愤》云："山河失色诗犹在，骸骨成灰气未沦。放眼古今谁是智，到头天地孰为真。早知有我原无我，却自为人强做人。从此伤心不须语，生涯相看逐流尘。"《送孙君之金陵》云："江头日落孤鸿远，吴下霜浓秋气高。世界为人何梦梦，中原无鹿亦嚣嚣。慷他歌哭千家醉，与子狂吟一日豪。郑重此言须记取，百年兴废属吾曹。"《浣溪沙》其一："万里西风欲暮秋，城笳起处独登楼，那堪醉眼看神州。　此日生涯悲汉土，他年心事负吴钩，可怜回首两悠悠。"其二："秋老深山落木多，中原回首意蹉跎，夕阳西下奈君何。　高处凭栏低处笛，醒时垂泪醉时歌，依然风雪满关河。"张尔田(孟劬)《岁阑口占》其一："一炉团坐各支颐，天遣劳人慰所思。岂有蛾眉畏谣诼，绝怜鹤骨太清奇。肠浇苦茗愁堪涤，梦忆寒梅俗可医。手拓轩窗聊一笑，残年饱饭欲何为。"其二："十日曾无一事成，愁听腊鼓闹年声。宦情似茧重重缚，客味如醪细细倾。欲把大醇还宇宙，敢忘小忍就功名。

诸公莫讶狂奴态,坐拥残书乱一檠。"《阮郎归》云:"一些儿雨,一些云,今朝真个晴。去帆远水绿鳞鳞,白蘋愁杀人。　　花压鬓,酒沾唇,人生无那情。杖藜扶我过桥行。翠禽三两声。"《金缕曲》云:"回首消魂地。莽西风、雁声四塞,暮烟凝紫。乱后湖山秋笛贱,挽了三分变徵。问何日、黄龙东指。满目车尘凭阑望,飐征衫、都是啼鹃泪。清夜舞,为君起。　　临歧斗酒须重醉。算连江、沈沈夜雨,故人有几。煮海孤灯神州梦,两地寸心而已。是男子、休教情死。一纸沧浪残尽稿,待他年、收拾扁舟里。三尺剑,向天际。"《寿楼春》云:"陪深杯流霞。有双鬟顾曲,宫鬓堆鸦。却称装成金屋,载来名葩。双燕子、今无家。甚赏音、偏逢天涯。叹柳眼还稊,桃根渐老,春色二分差。　　清卧擅,风流夸。对飘蓬身世,如锦年华。抵得江关词赋,白头同嗟。尊易尽,愁难赊。看泥人、芳思交加。趁一幅屏山、移来好花红上纱。"

[韩]《天道教会月报》第56号刊行。本期"词藻"栏目含《哭金炳泰君》(金蕢培)、《挽金炳泰氏》(李仁淑)、《惠化门外》(敬庵李璡)、《和〈惠化门外〉》(芝江梁汉默)、《又拈天字》(敬庵)、《三仙坪,与凰山》(古友崔麟)、《和〈三仙坪与凰山〉》(凰山李钟麟)、《又〈三仙坪与凰山〉》(凰山李钟麟)、《看棋》(惺轩李泰夏)、《三仙坪访张老人》(敬庵)、《追和〈三仙坪〉韵》(刚斋申泰錬)。其中,刚斋申泰錬《追和〈三仙坪〉韵》云:"在山世虑少,在野乡怀多。过境心何二,晴天发浩歌。"

16日　甲寅消寒第八集,题灵峰寺贝叶经。同集者:吴昌硕、缪荃孙、白曾然、章梫、刘炳照、潘飞声、施赞唐、潘蠖、洪尔振、戴启文、汪煦、刘承干、刘世珩。是集缪荃孙首唱《消寒第八集题灵峰寺〈贝叶经〉》,续唱者:白曾然、章梫(三首)、刘炳照、潘飞声、施赞唐、吴俊卿、潘蠖、洪尔振(二首)、戴启文、汪煦、刘承干、刘世珩诸人。其中,章梫(三首)其三:"当世争传外国语,江南无复梵王书。儒门弟子尤衰歇,珍重周郎上露车。"吴昌硕诗云:"灵峰佳气郁氤氲,锦带绫装淡古芬。涤笔定应沾法雨,藏珍端合傍慈云。高吟七易龙泓稿,真谛重参鹫岭文。为说经名无量寿,只愁聚讼尚纷纭。(《无量寿经》,唐石刻有之,今存云《无量寿佛经》者,误也)"

《申报》第15117号刊行。本期《自由谈》"诗选"栏目含《秋兴八首,用少陵韵》(合肥张承治少将)。

17日　《申报》第15118号刊行。本期《自由谈》"诗选"栏目含《豪士行》(金匮秦剑霜遗稿)、《黄天荡怀古》(金匮秦剑霜遗稿);"游戏文章"栏目含《滑稽酒令》(陆师尚)。

张耀金《大霹雳竹枝词》(十首)本日至次日刊于[马来亚]《槟城新报》"文苑"栏目。其十:"行过新桥步草坡,传来耳鼓解情多。一群梦醒新黄裔,高唱从军爱国歌。"

吴芳吉作《寄吴雨僧家门》。诗云:"祖先诚至德,不避海南滨。天下以三让,世家第一人。青铜荒冢断,香径古城存。孝友未陵替,沈吟看子孙。"

18 日　上海 4 万人在张园召开反对"二十一条"大会，发起抵制日货运动。

《申报》第 15119 号刊行。本期《自由谈》"诗选"栏目含《呜咽》（陈化成遗著）、《将才》（陈化成遗著）、《药石》（二首，陈化成遗著）。

叶昌炽作《去岁奇寒，梅蕊不放，叔彦赋诗志悼，次韵二首》《仲春之朔，束装赴沪，留别邃翰前辈、叔彦太史，仍叠前韵》（二首），以和曹元弼、曹福元。其中，《去岁奇寒》其二："九九寒销未，枝头雪尚狂。病余憔悴骨，望断辘轳肠。舒惨关天运，炎凉反物常。无亏昭质在，中有瑾瑜光。"《仲春之朔》其一："穷途且莫哭，转叹步兵狂。避地间关日，怀人缱绻肠。榛苓嗟国变，菽粟虑家常。风雨天如晦，荧荧炳烛光。"

陈宧作《绝句》（二首）。其一："三月清明客正归，昔年风景尚依稀。不堪回首登临处，黄鹤楼头旧酒旗。"其二："汉阳城树早归鸦，沽客收帆日已斜。渔笛一声愁欲绝，隔江犹唱落梅花。"

19 日　夜，中国留美学生纷纷反对日本提出的"二十一条"，主张对日作战。胡适发表《致留学界公函》，认为"当务之急，实在应该是保持冷静。让我们各就本分，尽我们自己的责任；我们的责任便是读书学习。我们不要让报章上所传的纠纷，耽误了我们神圣的任务。我们要严肃、冷静、不惊、不慌的继续我们的学业……在目前的条件下，对日作战，简直是发疯"。此函登出，群起驳斥。

《申报》第 15120 号刊行。本期《自由谈》"诗选"栏目含《渡江》（合肥张承治少将）、《夜泊》（合肥张承治少将）、《晓发》（合肥张承治少将）；"文字因缘"栏目含《族兄少耕五十生日，梦雏、辟疆兄弟皆以诗为寿，依韵奉祝二首》（芝瑛女士）、《送李嚣嚣君入都》（天白）。

王闿运作《题木瓜花》。诗云："唐宫最重深红色，十赋倾家卖牡丹。谁识珊瑚高一丈，诗人解道报琼难。"

20 日　《申报》第 15121 号刊行。本期《自由谈》"诗选"栏目含《梦中句》（黄默庵）、《夜坐吟》（黄默庵）。

《大中华》第 1 卷第 3 期刊行。本期"文苑"栏目含《跋周印昆所藏〈左文襄书牍〉》（梁启超）、《题周养安〈篝灯纺读图〉》（梁启超）、《〈对酒图〉五章，章八句，为塞季常题，以"浊醪有妙理"为韵》（梁启超）、《题袁海观尚书所藏〈冬心画梅〉》（梁启超）、《夜坐》（欧阳溥存）、《湖上》（欧阳溥存）、《赤壁所刻东坡文字》（欧阳溥存）、《辽东杂感》（此诗成于辛亥以前，目击辽东政治之非，感而赋此）（张更生）、《绥远城中作》（友箕）、《读生计学书，感念时变，匆发深省，奋笔成此》（友箕）。

《学生》第 2 卷第 3 号刊行。本期"文苑"栏目含《普陀山游记》（附图）（我一）、《游嘉定大佛岩记》（附图）（四川犍为岩场高小学校李济春）、《游北海记》（附图）（北京明德大学校高等专门部商科三年生傅缉光）、《游汉阳记》（附图）（国立武昌高等师范学校博物部学生韩旅尘)、《游平山堂记》(扬州杨氏书塾学生俞长源)、《游孤山记》(江苏省立第三师范本科二年生蒋启藩)、《游玉泉山记》(沙市育才学校高等班三年生王子文)、《小石山记》(广东东莞中学四年级生尹文光)、《梦枣别字说》(南通师范学校学生易作霖)、《冯玉瑛山水画本跋》(上海徐汇公学毕业生谢寿昌)、《读柳柳州〈天说〉》(南通代用师范二年生戴隆)、《某君富于学,性狂傲,时有点窜〈尧典〉、涂改〈清庙〉之举,诗以张之》(安徽省立第三中学学生沐佳木)、《偶成》(二首,四川工业专修学校电科一年生萧公弼)、《感怀,和朱平之韵》(广东东莞学校四年生尹文光)、《子耀以恃才傲物见规,诗以谢之》(尹文光)、《砚铭》(尹文光)、《怀古》(二首,湖南高等师范附属中学学生喻际春)、《拟古》(二首,江苏第二师范学校一年生金份)、《即目》(二首,金份)、《题画》(金份)、《夜坐》(湖南省立甲种农业学校兽医本科二年甲级学生于伟)、《有感》(于伟)、《有感》(于伟)、《祭周韫馨女史文》(宁波益智女学校学生陈妫)、《留侯》(二首,浙江第四师范学校四年生张熊醒)、《有感》(直隶赵县中学校二年生李圭璋)、《励学歌》(广东省城河南育才书社学生郑耀添)、《牡丹》(萧山蕙兰两等小学校高等三年级生杨俊)。

叶昌炽作《避地海滨,与佩鹤前辈唱酬甚乐,归后得书,过自抑损,作志愧诗见示。夫惟大雅,卓尔不群,何有所谓愧者。如下走之东涂西抹,斯可愧矣。再呈一律,敬矢服膺,十七叠前韵》《到沪呈佩鹤前辈,十八叠前韵》《佩鹤前辈仿松陵唱和之例,取新旧诸稿汇编成帙,又作诗历叙今昔,情文相生,读之益增友生之重,敬和一律,十九叠前韵》,与秦绶章唱和。秦淮海原作有《缘督同年寄怀诗奖饰谥分,自念就学日荒,且行箧无书,獭祭伎俩,不可以质大雅也,赋此志愧,十四叠前韵》《两月来承赐新诗,裒然成秩,并取箧中旧所寄赠庚子、丙午年诸作汇两编之溹缀一律,历叙今昔,亦藉以志我两人翰墨缘也,十五叠前韵》《录稿既竟,复附一律,十六叠前韵》。其中,秦淮海《十四叠前韵》云:"西巡往事话燕秦,荒寺题诗满壁尘(庚子同寓龙王庙,越日出走,有《昌平客舍》诸诗,实为唱和之始)。轺传重归吴郡日,邮筒几返浈川滨。(丙午假归,君陇轺已先返吴下,时寓浈川,亦有叠韵诗酬唱)招邀吟社联知己,阅历名场共苦辛。一样琼瑶新赠什,多惭下里和阳春。"叶昌炽《十七叠前韵》云:"西行无记愧三秦,沈约车前拜下尘。金马幸随词馆末,铜龙高筑墨池滨(君家有《铜龙馆集帖》石,尚存)。愿从始一推终亥,何敢论甘蹈忌辛。边笥便便皆在腹,只须汲蒙发师春。"《十八叠前韵》云:"吕相空言诡绝秦,哗然徒益开合尘(中日有违言,到时适逢张园开会,议拒舶来诸品)。龙丘祗合逃岩穴,蜃市由来幻海滨。窗可横肱眠向午,野多被发讥征辛。门墙愿附童冠列,风浴从游近暮春。"《十九叠前韵》云:"六国连鸡共入秦,开天遗事话蒙尘。荒邮同出沙河畔,净土还依法海滨(龙王庙在德胜门外,庚子秋同避地于此)。敌忾无师歌弃甲,赢粮有店过长辛。陇皋闽海归来日,惨懔冰霜又到春。"

陈通声作《二月五日游福清寺归，四次韵》。诗云："乱世能容隐，居家只爱闲。鸟飞青嶂外，僧函白云间。溪水抱丛树，钟声度隔山。故人莲社侣，一棹载诗还。"

21日　《申报》第15122号刊行。本期《自由谈》"诗选"栏目含《二月初三日》（东园）、《访歌者不遇》（二首，东园）；"词选"栏目含《菩萨蛮·美人妒》（东园）、《浪淘沙·春夜客窗，绛珠来告别，赋此赠之》（东园）、《前调·将赴秣陵，留别东园，即用其赠句韵》（绛珠）；"文字因缘"栏目含《百字令·题胡让之〈百寿谱印〉》（有吾）、《西湖艳歌行》（东园）。

22日　《申报》第15123号刊行。本期《自由谈》"诗选"栏目含《从军有感》（定远方秀生）、《悲歌》（三首，陈化成遗著）。

冯煦赴古渝轩雅集，郑孝胥、林开謩、朱祖谋、王乃征、李传元、缪荃孙、唐晏、杨钟羲等皆至。

叶昌炽得吴郁生为《藏书纪事诗》题签二纸，赞其字"遒隽如小唐碑"。

23日　《申报》第15124号刊行。本期《自由谈》"诗选"栏目含《美人梳头歌，和黄君山农绮之作》（东园）、《感时》（二首，陈化成遗著）。

24日　《申报》第15125号刊行。本期《自由谈》"诗选"栏目含《一苇禅院赠月上人》（黄默庵）、《集观庐君句》（无我）；"文字因缘"栏目含《题南汇顾旬侯先生〈梅村雅集图〉》（二首，徐公辅）、《读〈黄金祟〉竟，感题二绝句》（拜花）。

刘泽湘作《乙卯花朝前三日与约弟谒钝安于王仙馆中，感赋八首》。其一："二月花魂正返枝，君门桃李乍开时。楼船渤海惊氛恶，经传名山尚论驰。亡国有哀啼望帝，浮家无计逐鸥夷。可怜庾信多愁思，赋罢江南恨不支。"其二："搴芷滋兰续大招，傅岩家世著前朝。暮云几片乱山蔽，今雨一宵桦烛烧。我赋雄风同宋玉，君酬仙乐奏虞诏。三狮灵药无能采，莫问黄精新旧苗。"

25日　《申报》第15126号刊行。本期《自由谈》"诗选"栏目含《田家》（清溪嵇畹清）、《山居，和瘦鹤韵》（清晰嵇畹清）；"词选"栏目含松江张笔芳女士遗著：《调寄〈十六字令〉·美人发》《前调·美人面》《前调·美人额》《前调·美人眉》《前调·美人目》《前调·美人鼻》《前调·美人口》《前调·美人牙》《前调·美人耳》。

《小说月报》第6卷第3号刊行。本期"文苑·诗"栏目含《癸丑七夕》（剑丞）、《初十夜玩月》（剑丞）、《后园一抔土》（剑丞）、《废井石》（剑丞）、《留别豫生》（弢庵）、《检黄斋手札，怆然有感》（五首，弢庵）、《同橘叟江亭看雪，兼柬陶庵、默园》（涛园）、《超社十六集东坡生日，子培置酒樊园，以粤人朱完者所绘图像分题，中多翁覃溪诗跋，率成长句呈同社诸君》（涛园）、《中夜闻风筝作》（宏燨）、《哭张戊生》（宏燨）、《美人石》（石在南通博物院）（宏燨）、《武英殿观热河徙来故物》（曡空）、《三山》（曡空)、《坡仙生日歌》(五芝);"文苑·词"栏目含《摸鱼子·呈郑苏戡前辈》(仲可)、《一丛花·梦坡招饮于若兰妆阁,即席作,座客赋诗以宋潘邠老"满城风雨近重阳"句为首唱,余谱此词应之》(仲可)、《剔银灯·席次酬陈倦鹤、庞蘗子、王尊农》(仲可)。

《中华妇女界》第1卷第3期刊行。本期"文艺"栏目含《红梅花馆诗话》(甘肃兰州雪平女士)、《淡香轩杂咏》(西蜀畹君王梦兰女士):《秋日旅次即景》《秋山行》《塞外旅次风雨口占》《旅次霁后作》《秋日早行》《海市》《春尽雨声中》《咏息妫》《访菊》《赏菊》《夏日即事》《其二》《秋日旅次口占》,《绿珠怨(犀钩戛玉愁)》(浦东宋佛影女士)、《将进酒(天风拂)》(前人)、《采桑子·申江送友往东之作》(四首,漱冰女士)、《先姒事略》(顾公毅)、《女子张藩绝命书》(顾公毅)。

[韩]《经学院杂志》第10号刊行。本期"词藻"栏目含《元朝谒圣庙有感》(朴稚群、李大荣、郑喆永)、《经学院讲席吟》(朴升东)、《释奠日有感》(黄敦秀)。其中,黄敦秀《释奠日有感》云:"万世尼师庙万年,周旋瞻仰两楹边。嗟余藐小后千载,未及昌平侍坐筵。"

26日　《申报》第15127号刊行。本期《自由谈》"词选"栏目含松江张笔芳女士遗著(续昨):《调寄〈十六字令〉·美人颈》《前调·美人肩》《前调·美人腰》《前调·美人爪》《前调·美人臂》《前调·美人手》《前调·美人足》;"游戏文章"栏目含《打油诗:海上拉杂吟》(用刘禹锡韵)(四首,豁庵)。

27日　花朝,逸社第二集。冯煦式式轩招饮,以杜诗"白日放歌须纵酒,青春作伴好还乡"序齿分韵。与会者有冯煦(主人)、缪荃孙、沈曾植、瞿鸿禨、陈三立、陈夔龙、朱祖谋、王乃征、杨钟羲、张彬。缪荃孙得"白",吴庆坻得"日"(未赴补作),沈曾植得"放",瞿鸿禨得"歌",王仁东得"须"(未赴补作),陈三立得"纵",陈夔龙得"酒",朱祖谋得"青",沈瑜庆得"春"(未赴补作),王乃征得"作",林开暮得"伴"(未赴),杨钟羲得"好",张彬得"还",冯煦得"乡"。陈夔龙作《花朝日梦华中丞同年招作逸社第二集,以少陵"白日放歌须纵酒,青春作伴好还乡"为韵,余分得酒字》。诗云:"我生今年五十九,四海论交一蒿叟。郎潜幸结鹣鸯侣,太史肯逐牛马走。春申江上开芳筵,饮我百花生日酒。五星东井聚亦奇,剡在陵谷沧桑后。畴昔醉吐丙相茵,今日又过堂万柳。十日东君料峭寒,红情绿意夫何有。清尘朝雨润无声,得意春风狂欲吼。茫茫举目异山河,萧萧揽鬓嗟老丑。浮生无地可埋忧,孤愤逢君偶一剖。酒楼促席集群彦,刀斫鲈脍盘登韭。坐中诸老尽人杰,脱略不暇问谁某。临觞忽漫醉延醒,霏屑何恤午到酉。瞬届清明上冢时,几人还乡策马首(止庵、伯严、子修、爱沧、诒书诸君先后归家上冢)。白田路较金筑迩,君倘归与吾尚否。陇冈表墓曾几时,梦绕图云绝壁陉(图云关距贵阳城南十里,地极险隘,为省门要塞)。昨枉梁髯谒陵书，流落人间感鸡狗。白发孤臣走忘疲，青史斯人名不朽（来函云月前敬谒东九陵、西七陵，并有‘白发孤臣，偷生负负’等语）。下走昔忝掌门钥，海滨偷活呼负负。漏天无补但吟诗，自享千金惭敝帚。诗成剪烛写赠君，独立苍茫望北斗。”冯煦有社作五首。其一：“朅来久滞水云乡，伤别伤春断客肠。已分百年成逆旅，忍教一昔负韶光。人居西晋清流次，地近东林复社旁。酒赋琴歌祛物虑，不知世外有沧桑。”其二：“不知世外有沧桑，且入春山笋蕨乡。试马风柔宜纵辔，浴蚕波暖竞承筐。孤根自拔卷葹草，美荫难寻蔽芾堂。今日百花生已瘁，任他蝶浪与蜂狂。”其三：“任他蝶浪与蜂狂，渺渺余情自信芳。柳细蒲新韦氏曲，萧昌蕙替楚人乡。俯眉宁肯同群碎，被发犹能叫大荒，太息清明将上食，桥山北望郁苍苍。”其四：“桥山北望郁苍苍，知有孤臣拜隧旁（谓节庵）。多难袁闳栖土室，观空摩诘隐绳床。兰防见刈休当户，萍已长浮况去乡。却羡南归瞿相国，春帆细雨下清湘。”其五：“春帆细雨下清湘，我亦悲歌效楚狂。吴质虚孤莲社约（子修之杭），林逋还集荔枝香（诒书归闽）。虎狼逐逐方闯室，燕雀闲闲尚处堂。寄语淮西诸父老，朅来久滞水云乡（白田旧隐，欲归不得，故未及之）。”瞿鸿禨作《逸社第二集，蒿庵老人用辘轳体成十律五章，三复感叹，辄次元韵奉和》。其一：“故乡小住又他乡，一昔频回百结肠。世事那堪成断梦，人生能得几春光。参差城阙浮云外，晻蔼河山落日旁。剩有义熙高士宅，素心吾欲访柴桑。”又作《花朝日，蒿庵招饮酒楼，作逸社第二集，以少陵“白日放歌须纵酒，青春作伴好还乡”分韵赋诗，予得歌字。明日还湘省墓，倚装作此》。诗云：“春风煦骀荡，万族欣时和。吾生独何依，乃罹忧患多。花朝百卉始，烂漫敷枝柯。坐对郁楚囚，奈此佳辰何。蒿翁真解事，近局招经过。森然领雄阵，行处安吟窝。拈题忆老杜，分韵追髯坡。鲜肥芼蔬笋，时味纷骈罗。四皓兼八厨，壶觞共婆娑。狂言喙敢吐，尽醉微颜酡。惜少吴与林，故里留烟萝（补松、夷俶还乡，是日未与）。清明感墦祭，思家古同科。自顷避地来，萍飘逐江波。三载履露濡，流光怵掷梭。永慕违松楸，明发悲蓼莪。归帆指湘浦，杖策寻山阿。行拜墓门深，伏地涕滂沱。仓黄前出走，黪黩迷干戈。儿戏已移国，岂关天荐瘥。至今难未纾，海气喷鲸鼍。神州惧终沦，遑恤躬坎坷。惊魂返辽鹤，风景殊山河。俯仰失陈迹，金狄空摩挲。吾庐闭荒径，新绿翳园莎。海棠应及开，锦围春一窠。何当老西岩，披我渔翁蓑。小别勿怊怅，东游聊养疴。放浪从诸公，十丈降愁魔。风雨虽如晦，鸡鸣交切磋。莫纵伤春目，长怀采薇歌。”陈三立作《乙卯花朝逸社第二集，蒿庵中丞邀酌酒楼，用杜句分韵得纵字》。诗云：“时危踯躅将安之，偎随辈行翻吟弄。沈庐晌开第一社，促坐欢呼延酒瓮。俄顷有句吐肝膈，闭抑百鸟奏鸾凤。犹怜变雅易语言，眷写十手博一痛。桃杏竞发春光浓，纠饮花朝古所用。蒿叟耆硕坛坫长，又倚市楼召徒众。生平蓄抱券寸效，龃龉当世自矜重。束手大事不可为，拂衣旁睨坏梁栋。退哀述作诏来者，阴阳儒墨久穿综。发为文章裨家国，只供穷海拾断梦。写忧行吟存孑遗，吾曹漫比蚊虹哄。穹轴颠覆腾杀声，幸保不死杯盘共。昼晴风物况娱人，屋角柳黄绿无缝。行者居者各有适，稷契巢由待聚讼。仰天嚘唶掉臂还，海蟾照席枯毫纵。"沈曾植作《花朝日蒿庵中丞招作逸社第二集，以少陵"白日放歌须纵酒，青春作伴好还乡"为韵，余分得放字》。诗云："饥人梦饱古有云，游子思乡画难状。春波千里草芊芊，远望当归默惆怅。"

《申报》第 15128 号刊行。本期《自由谈》"诗选"栏目含《四十九岁自述诗三十首（未完）》（八首，古吴舲诗氏陈希濂）。

程松生《水调歌头·奉题钝根、剑秋两君所编〈礼拜六〉》刊于《礼拜六》第43期。词云："正气塞天地，言论辟机关。感人如此，文字砭订到愚顽。翻译几邦礼义，铺叙几家节孝，直道在人间。野史一支笔，莫当等闲看。　善和恶，既惩劝，复彰瘅。可知宣父诗教，郑卫不曾删。多少泮芹淇竹，多少澧兰沅芷，灵秀毓尘寰。鸣凤朝阳处，一笑指丹山。"

叶昌炽为耿伯齐作《松郡普照寺，陆士衡故宅也，耿伯齐农部即其中建二陆草堂，征诗纪事，为赋五言一首》。诗云："吾党耿侠游，云间振奇士。自比乐正春（君因病足，以乐正子春自况），愧非安邱子。拂衣事躬耕，洁身桑海里。平生尚友心，眷怀在桑梓。五茸论文章，椎轮典午始。江东有陆生，天衢二龙驶。后来几社贤，陈夏皆踵起。所惜三世将，终乖道家悒。河桥功未收，一战鼓声死。萋菲孟玖谗，慷慨孙惠诔。至今两头屋，莫访洛阳市。惟兹古道场，昔为钓游里。陆沈嗟闇朝，香火依释氏。异代托神交，宗风参佛理。传芭歌招魂，塞蘋荐明祀。近瞻鹤滩亭，远吊鹿苑垒。灵兮归去来，修门故乡是。"

梁鼎芬作《乙卯花朝为元初题〈六梅堂图〉》。诗云："六梅十二柳，相亲胡与徐。俄来皋兰宅，重话武昌鱼。二子能安母，千摇不撼予。旧时月在壁，酒尽试同嘘。"

陈通声作《花朝日，三次韵》。诗云："林泉容我老，猿鸟喜人闲。枕石清流上，支书绝壑间。茶烟萦绿树，瀑线界青山。日落崦嵫暮，开门待鹤还。"

张素作《花朝》《杏花天·花朝》。其中，《花朝》云："好春又作花生日，只恨东风一味狂。略有雨来寒历乱，更无人处泪淋浪。尊前扑蝶谁寻梦，卧后闻莺倍断肠。千万金铃容借得，未妨阿醋在邻墙。"

吴虞作《题杜柴扉（关）〈蜀山夫人海天独立图〉》（三首）。其一："杜陵清誉浃龟沙，卫铄高才艺苑夸。自写《南华》《秋水》义，绛帷今见大方家（书法《龙颜》《宝子》，有名海内）。"其二："邹衍谈瀛意气孤，麻姑桑海几回枯。鲁连高节玄虚赋，更觉张融不可无。"其三："海水群飞事可思，兰舟桂棹竟何之。佳人别有伤心处，翠袖苍茫独立时。"

高燮作《蝶恋花·花朝日作》。词云："卷起湘帘骚首伫。寂寞闲庭，空见斜阳去。

万种愁思无着处。缠绵欲向花魂语。　　墙外杜鹃啼不住。啼得声干,似诉花无主。昨夜东风风又雨。梅花吹落知无数。"

28 日　台湾台北新庄人杨临密谋起义抗日,事泄,被日人捕杀 70 余人,是为"新庄事件"。

《申报》第 15129 号刊行。本期《自由谈》"诗选"栏目含《四十九岁自述诗三十首 (续)》(八首,古吴舲诗氏陈希濂)、《送蒋士超从军》(寄尘);"文字因缘"栏目含《竹西军次,题王君钝根、孙君剑秋所编〈礼拜六〉说部》(赵赓云)。

29 日　《申报》第 15130 号刊行。本期《自由谈》"词选"栏目含《高阳台·留别萍社吟伴》(绛珠女士)、《极相思 (桂花香满云屏)》(邨儿)、《西子妆 (润柳舒鬟)》(邨儿)。

柳亚子作《〈陈蜕翁遗稿〉编后记》云:"蜕翁殂落之岁,汪子兰皋即以遗稿付余,使执编纂之役。余逊谢未遑,还以相属,汪子乃竭经年之力,网罗散佚,惨淡经营,辑为《诗词刊存》及《文集》各一编,剞劂行世。子云身后,赖有桓谭;敬礼定文,卒归子建。吾蜕有知,庶几无恫矣。醴陵史子蕨园,于蜕有知己之感,藏其佚稿最富。余介傅子钝根求之,零珠剩玉,悉以见畀,而刘子今希、约真昆季又各出其所藏相质,傅子且督余排比,为诗文词续刊。余以汪子前编,既有典型,足资遵率,补苴隙漏,事半功倍。辄复奋笔,窃附当仁,于是滴露晨研,燃脂夕写,期以旬日,钞成《卷帘集》一卷。诗一百三十九首。《残宵梵诵》两卷,诗一百三十七首。词一卷,计十阕。文一卷,二十五首。寿陵学步,周鼎绝膑,不度不量,无所逃罪。爰呈汪子,乞其校定,然后梓行焉。"

荣庆乘车游十刹北岸,作诗云:"人到衰年万念轻,花开花落了无情。当前风日真知己,乱后亲朋话再生。多少楼台非旧主,依然山水结新盟。鸥眠鸭睡纷无数,人共忘机心太平。"

曹元忠作《二月十四日春雪》。诗云:"飞来整整复斜斜,吹上宣南薄笨车。看汝漫天能几日,更无才思作杨花。"

30 日　《申报》第 15131 号刊行。本期《自由谈》"诗选"栏目含《四十九岁自述诗三十首 (续)》(五首,古吴舲诗氏陈希濂);"游戏文章"栏目含《清明诗》(觉迷)。

吴昌硕客沪上,为王震篆书"既逢多识"七言联,联云:"既逢君子同求道,多识贤人为写真。(一亭先生集猎碣文字。乙卯花朝,同客春申浦,安吉吴昌硕)"

31 日　《申报》第 15132 号刊行。本期《自由谈》"诗选"栏目含《四十九岁自述诗三十首 (续)》(九首,古吴舲诗氏陈希濂);"游戏文章"栏目含《滑稽詈仆诗四律》(倚犀)。

魏清德《宿于来馆》(二首) 发表于《台湾日日新报》。其一:"暮渡铁线桥,斜日正敧侧。其下气阴森，万壑流泉激。我行入于来，爱见苍松色。夜深异鸟声，野趣转无极。梦回弦月坠，念此山馆黑。"其二："蹈尽深菁路不分，鸿蒙一气横氤氲。此行恐触山灵怒，慎勿长吟破白云。"

本 月

《小说新报》（月刊）于上海创刊。该刊由《小说丛报》蜕化而来，国华书局发行。初由李定夷任编辑主任。自第 5 卷第 8 期起，改由许指严任编辑主任。第 6 卷第 1 期至第 12 期，编辑兼校订为包醒独。第 7 卷第 1 期至第 12 期，由贡少芹任编辑。第 8 卷第 1 期至第 9 期由天台山农（刘音）任编辑主任，朱大可、陈逸民为编辑。1921 年停刊一年。1923 年 9 月终刊。共出版 8 卷 9 期 94 册。为鸳鸯蝴蝶派期刊中出版时间较长、影响较大者之一。设有"小说""传奇""弹词""笔记""艳藻""艺府""谐薮""花史""谜海""风俗""剧话""剧本""译丛"等栏目，拟与《小说丛报》相抗衡。撰稿者先后有陈蝶仙、周瘦鹃、吴双热、江山渊、胡寄尘、吴绮缘、刘哲庐、许廑父、姚民哀、林琴南、程小青、徐卓呆、张碧梧、郑逸梅、包醒独、李涵秋、徐哲身、赵眠云、朱瘦菊、王西神、严独鹤、范烟桥等。

《戏剧丛报》（月刊）在上海创刊。夏秋风主编，编者有胡寄尘、俞剑尘、钱化佛等。第 1 卷第 1 期"杂俎·丛谈"栏目含《挹翠轩杂缀》（笑筠）、《戏源》（尊匏）、《茶花女遗事》（白藾）；"杂俎·文苑"栏目含《赠梅郎》（岵荨）、《万古愁曲》（哭庵）、《梅郎曲》（藐庐寂者）、《梅郎曲》（樊山）、《祝民鸣社周年纪念》（彦如）、《祝民鸣社周年纪念》（彦深）、《民鸣社周年纪念》（崇质）、《祝民鸣社周年纪念》（叔衣）、《观碧云剧赋此二律》（镜波）、《吾友白藾每游扬，陆郎子美色艺独绝，余心识之，固未尝谋面，顷白藾以其化装小影来属余题辞，率成四绝，未能状其仿佛也，质诸白藾以为何如》（笑筠）；"杂俎·文府"栏目含《观〈东亚风云〉新剧书慨》（秋风）、《悼陆郎子美文》（次雄）、《钱化佛〈社会八面观〉序》（刘树屏）、《〈梅陆集〉自叙》（兰皋）、《评戏俱乐部宣言书（录戏剧新闻）》（兰皋），[补白]《咏梅郎》：《赠梅兰芳》（哭庵）、《癸丑即事赠梅兰芳，次易五韵》（休莫）、《为歌者梅兰芳作》（季刚）。

《南社》第 13 集出版。柳亚子编辑，收文 107 篇、诗 582 首、词 138 首。"文录"栏目（107 篇）含苏玄瑛（一篇）：《〈双枰记〉叙》；沈厚和（一篇）：《与蔡寒琼书》；马骏声（两篇）：《与柳亚子书》《再与柳亚子书》；蔡守（一篇）：《汉建初玉笅辨》；周明（一篇）：《梦霞楼记》；古直（一篇）：《朱骞小传》；李才（五篇）：《韩信论》《书韩退之〈师说〉后一》《书韩退之〈师说〉后二》《卢母李太夫人八旬开一寿序》《明处士玉泫卢先生墓表》；丘复（八篇）：《赠宋忠勋先生序》《送海山序》《〈蛟湖诗钞〉序》《与柳亚子书》《先伯父墓碑铭》《詹烈妇诔》《海山生母何太夫人六十有一寿序》《题〈分湖旧隐图〉后》；林之夏（一篇）：《与柳亚子书》；谢无量（五篇）：《与马君武书》《与马一浮书》《再与马一浮书》《三与马一浮书》《四与马一浮书》；雷昭性（一篇）：《先姊行述》；张光厚（一篇）：《壬子七月十五日祭四川死难诸烈士文》；龚尔位（一篇）：《与傅钝根书》；李德群（一篇）：《〈分湖旧隐图〉跋》；周咏（一篇）：《与雷铁厓书》；殷仁（一篇）：《与南社诸子书》；郑泽（四篇）：《润荄先生五十寿颂》《长郡中校校友会杂志序》《与傅钝根书》《与柳亚子书》；傅専（十八篇）：《里之熬》《傅君子芬墓志铭》《封庐墓文》《赛渌江传》《〈一昔词〉序》《〈钝庵诗〉自序》《〈钝庵词〉自序》《〈钝庵诗词〉后序》《〈残宵梵诵〉校记》《〈残宵梵诵〉补记》《〈太一遗稿〉书后》《与胡石予书》《与柳亚子书》《再与柳亚子书》《三与柳亚子书》《四与柳亚子书》《五与柳亚子书》《六与柳亚子书》；刘泽湘（三篇）：《小端砚铭》《与傅钝根书》《与柳亚子书》；刘谦（五篇）：《与柳亚子书》《再与柳亚子书》《三与柳亚子书》《四与柳亚子书》《五与柳亚子书》；文斐（两篇）：《与柳亚子书》《再与柳亚子书》；黄堃（一篇）：《与柳亚子、朱少屏书》；王钟麒（一篇）：《扬州饥民惨状记》；黄质（一篇）：《与柳亚子书》；程善之（三篇）：《〈骈枝余话〉自序》《〈倦云忆语〉自序》《与柳亚子、朱少屏书》；胡韫玉（一篇）：《与同学诸君论国文书》；胡怀琛（八篇）：《王女士小传》《〈儿童诗歌读本〉序》《〈续杜工部诗话〉序》《〈分湖旧隐图〉诗跋》《与柳亚子书》《再与柳亚子书》《三与柳亚子书》《与七襄社诸子书》；徐大纯（一篇）：《与柳亚子书》；周亮才（一篇）：《胡衡青传》；郑之章（一篇）：《赵书青哀辞》；陈无名（四篇）：《与柳亚子书》《再与柳亚子书》《三与柳亚子书》《四与柳亚子书》；陈樗（十七篇）：《伶圣》《与冯春航书》《再与冯春航书》《与〈民立报〉记者书》《与不平生书》《与柳亚子书》《再与柳亚子书》《三与柳亚子书》《四与柳亚子书》《五与柳亚子书》《六与柳亚子书》《七与柳亚子书》《八与柳亚子书》《九与柳亚子书》《十与柳亚子书》《十一与柳亚子书》《十二与柳亚子书》；陈训恩（两篇）：《与柳亚子书》《再与柳亚子书》；刘筠（两篇）：《庄子〈天下〉篇书后》《与朱屏子书》；"诗录"栏目（582首）含白炎（一首）：《题亚子〈分湖旧隐图〉》；苏玄瑛（二十三首）：《东居杂诗十九首》《汽车中隔座女郎言其妹氏怀仁仗义，年仅十三乘摩多车冒风而殁，余怜而慰之，并示湘痕、阿可》《憩平原别邸赠玄玄》《东行别仲兄》《饮席赠歌者》；汪兆铭（四首）：《辛亥狱中误闻汉民凶信》（三首）、《舟中感怀》；潘飞声（十九首）：《秋感》（四首）、《湘舲以〈七夕游湖观水灯〉诗见示，次韵二首》《陶拙存以先世元晖中丞公遗集见示，敬题一律》《瓜州》《露筋祠》《枕江阁观杨忠愍公墨迹卷》《〈宋史〉金兀术分兵渡江，韩世忠先屯焦山寺，战将十合，梁夫人亲执桴鼓，金兵终不得渡》《〈焦山志〉载明万历庚寅秋郭郡汪宗尼载女郎马凤笙来游，赋题壁凤笙诗云："漠漠江上云，垒垒水际石，何意金粉姿，睹此烟霞迹。"余偕月子沿江滨观石刻，独不见凤笙题字，代月子和韵一首》《松寥阁》《水晶庵》《题哲夫〈冲雪访碑图〉二首》《题亚子〈分湖旧隐图〉三首》；沈宗畸（十

首）：《杨花诗，和陈阜苏韵》（五首）、《叠前韵》（五首）；沈厚慈（七首）：《狱中偶成四首》《秋夜寄友》《寄季蔼，用东坡〈狱中寄子由〉韵》《哲夫嘱题〈冲雪访碑图〉，即送如山左》；黄节（二首）：《南归过邓尔雅，题〈水周堂图〉》《题寒琼〈水榭谈诗图〉》；蔡守（十三首）：《小进索和〈无题〉二首原韵》《小进索和〈梦中作〉原韵》《题亚子〈分湖旧隐图〉》《甲寅冬至，笛公、竹韵、鼎平约萝峰探梅，以疾不赴，漫成一首》《尹笛叟折梅归，分赠一枝，病中得此，足慰无憀》《十一月十七日重游萝峰观梅》《重过萝峰，寄黄晦闻、马小进、李秦齐都门》《萝峰折梅，归供汉永宁元年甄瓶，赋诗宠之》《赠春儿，集定庵句四首》；黄忏华（四首）：《感亚云事并寄亚子》（四首）；邓万岁（十三首）：《纪得邝湛若先王所遗唐绿绮台琴》（二首）、《自题〈废雅〉》《自题〈印雅〉》《玄想二首》《得大我书，闻其归自柏林，喜而不寐》《大我归自柏林，将之天津省亲，赋此赠别》《大我自津门来书，答之以诗》《寄黄晦闻、陈大我、许守白、罗瘿公都门》《寒琼嘱题郭频伽手写〈徐江庵遗诗〉》《题亚子〈分湖旧隐图〉》（二首）；吴沛霖（二首）：《九月十三夜宿榕江，与家兄雨三同观书画》《十月八夜与家兄雨三对话》；周明（四首）：《秋感，集定公句》（四首）；杜国庠（四首）：《题亚子〈分湖旧隐图〉》（四首）；林百举（二十二首）：《题〈菊影记〉传奇，用亚子〈梦春航〉韵》《题〈菊影记〉传奇后再寄亚子》《秋感四首，叠楼字韵》《秋感，再叠楼字韵》（四首）、《旧历展重阳日，风雨独坐旅楼作，仍叠楼字韵》（二首）、《送南珍表妹之闽》《访亚子梨里，导观胜溪养树堂旧宅，临别赠此》《题石予〈近游图〉》《赠簇孙》《呈谢丈质我》《与质丈谈辛亥广州光复事，有感再赠》《赠慰碧田丧幼子》《赠勇甫》《久客初归，练公以诗索和，愁感万端，不能成句，仅占此绝却寄》《潮州送叔野之南洋》；古直（十六首）：《偶于敝箧获亡友李三画梅一小幅，怆然成咏》《答赠寒云》（二首）、《由埔寨往石子塘山庄示礼亭》《闻谨侯噩耗》《邀窝侍蔼其师夜话感赋》《题蔼其师〈东省游记〉后二绝》《登南山绝顶怀长啸》《得断魂书却寄》《冷圃见月有怀海外故人，示天籁》《晚游义方学校即目示汉维》《题亚子〈分湖旧隐图〉》（四首）；朱骞（二首）：《镇日》《席上口占》；温见（十一首）：《晚蝉》（二首）、《秋思》《哭李三，次寒云韵》（二首）、《偶成》《天籁》《居冷圃，书报寒云、断魂》《登紫金山，用寒云〈暮秋车过常州〉韵》《秋柳》《山行》；钟动（二首）：《过中国海》（二首）；曾颐（十四首）：《海行》（二首）、《春暮偕薛生登春申楼小酌》（二首）、《重到冷圃，忆亡友李季子》《书感》《鄱阳夜泊》《寄友》《次韵却寄》《登焦山》（三首）、《松寥阁坐月》《焦山闲居》；邓家彦（二首）：《答匪石》《有怀》；陈郁瑞（一首）：《送谭介夫归湘》；丘复（十四首）：《题〈蟹肥酒熟菊花黄〉画》《题李伯琴模南沙〈百龄富贵图〉》（二首）、《壬子十月南社诸子雅集沪上，予阻冶城不得与会，有作》《哭宋钝初》（二首）、《四十初度感怀》（四首）、《艾生以〈杂感〉诗属和，阻雨三洲，因用其韵成四律，嗟乎风雨飘摇，百忧交集，固不自知其词之悲怨也》；苏南（一首）：《观春航剧戏作寄亚子》；林学衡（十首）：《赠汪笠云》《文相国祠题壁》《感怀》《闻筝》《舟中作》《春柳四律，用渔洋韵与程凤笙联句》《登陶然亭》；谢无量（一首）：《西湖旅兴寄怀伯兄五十韵》；雷昭性（二首）：《遇陆君文辉言孙婳死事，哭之以诗》（二首）；张光厚（五首）：《代友人题像寄内》《代友人题像寄家》（四首）；任鸿隽（四首）：《岁暮杂咏》（四首）；刘民畏（四首）：《简孟硕》《哭亡友某君》《题怀霜和定庵〈己亥杂诗〉》《调公孙长子结婚》；郭惜（一首）：《春雨怀叔孟》；张昭汉（十八首）：《辛亥仲冬赠别钝根先生返湘》（二首）、《久别琼玉表妹，赋此志怀》《次韵寄三妹》《荷亭坐雨》《午夏偶成》《七夕》《修竹》《癸丑暮秋偕襞子漫游长江，歌以纪事》《甲寅春西湖小麦岭吊吴子一粟（即孝女弘任）墓》《悼遁初先生》《秋夜书感》《甲寅春悼渔父、太一》《春雨》《春痕》《秋日感怀，和家君〈衡山舟中望月〉韵》（三首）；龚骞（十首）：《无题》（四首）、《六忆诗》（六首）；龚尔位（十三首）：《己酉九日麓山待钝庵不至书寄，用渊明〈九日闲居〉韵》《情诗，次钝庵韵》《钓诗，次钝庵韵》《少君事人，红薇书来，谓龚子将宥情乎？抑尊命乎？作二绝句还告》《为刘三题筱湘云小照，集龚》（二首）、《题白玉梅小照，集龚》（二首）、《游醴感赋二章，次钝庵见赠原韵并示梦蘧、竟心》《与定元、志元两社友及平子、让楠游麓山率赋》《病中有怀》；朱静宜（二首）：《题亚子〈分湖旧隐图〉》（二首）；周咏（十九首）：《燕台春感八章之六》（六首）、《去国吟》《秋怀八首并留别湘中诸友》《题〈农园读书图〉》（二首）、《赠龙生》《舟发申江，怀少屏、楚伧》；刘国钧（四首）：《和海澄同学〈四秋诗〉元韵》（四首）；殷仁（十五首）：《答胡铮子女士〈谢画梅花〉诗，即次其韵》（二首）、《瘦魂二十三岁初度，同志皆有诗，辄呈二律》《咏怀》《读〈唐伯虎集〉》《自号三一先生》《普咏无量世界之美人》《梦画鸳鸯独宿，蕉叶离披，觉后恍然在目，嗒然有怀，系以诗寄内兼示恫鸳》《与瘦魂纵谈身世，感而赋此》《春夜登浔阳延支山亭望月，与〈信报〉同社诸子同赋》《民国三年元日庐山晓望》《东林寺悼聪明泉》《题长春主人壁》《登凌云阁，阁在日本东京，高十三级》；骆鹏（二首）：《舟行过丁字湾，巍然一峰起于江上，余蛰处舟中，但见峰巅掠牖而过，其他山腰山麓以及诸山之低伏者则降在牖下不得见矣，感赋一章》《感怀》；郑泽（六首）：《壬子秋日钝庵尊翁润荄先生来城泽，与痴萍、醉庵、梦蘧、葵生、钝庵侍饮，义园、钝庵邀摄影象，作诗奉呈》《题钝庵侍其尊翁摄影》《题画，钝庵属为觉子作》《佩忍初来长沙，游麓山返，夜与钝庵、梦蘧、痴萍、醉庵邀饮云泉，即席奉赠》《读钝庵〈红薇感旧记〉作一首》《悲怀诗一首示钝庵》；傅尃（七十五首）：《夜坐偶感》《为石予题〈近游图〉序》《石予寄赠画梅并诗，次和一首》《再示民吁》《感事一首》《检诸社友诗寄亚子题一律》《过采崖，求蜕庵遗诗，作二首》《以〈红薇感旧记〉乞亚子介瞿安旧友惠赐一曲，俾附悲秋望岳之例，因寄二首》《寄尘社兄别三载矣，旧枉寄诗，至今未报，因奉寄此首，知必有以教我也》

《过约真宅二绝句》《寄啸苏长沙一首》《荆谭钓月山房与今希联句二首》《玲珑馆词十首》《戏示约真、镜心》（二首）、《又追记二首》《喜醉庵至，赋赠一首》《戏示醉庵、镜心》《戏集定庵句，答痴萍问〈红薇感旧记〉中本事》《长歌行，戏示醉庵、采崖》《三十一岁初度作》（三首）、《留别今希二首》《由枧下至铁门关，雨中舍轿徒行，踚巅作》《得迈南寄讯还报湘阴》《磨墨诗书一绝》《醉庵用前韵见寄叠和二首》《旭芝用前韵见寄，叠报一首并示醉庵》《哭太一诗，和约真作，次原韵》（十首）、《杂诗后五十首之十》《自县还乡，得醉庵书，还寄七首并示叔容》（七首）、《雪中梦蘧见访》（二首）、《题〈蜕庵残稿〉即示采崖》；刘师陶（四首）：《题亚子〈分湖旧隐图〉》（四首）；刘泽湘（二首）：《玉娇曲，为钝根作》《题亚子〈分湖旧隐图〉》；刘谦（二十五首）：《哭太一诗（并序）》（十首）、《哭太一诗后十首（并序）》《钝根过访，畅谈累日，去后怅然，赋此却寄》《题亚子〈分湖旧隐图〉》（四首）；刘鹏年（三十四首）：《秋兴》（二首）、《闻雁》《哭鸿凤二弟》《暮春》《雨霁》（二首）、《寄冈望痴禅》《夏夜》《诫蝉》《秋兴》《有感》（二首）、《秋怀》《晚望》（二首）、《薄暮》《落花》《吴淞秋感》（四首）、《十八岁生日杂感》（十首）、《题亚子〈分湖旧隐图〉》（二首）；文斐（十首）：《哭太一，次狱中原韵》（二首）、《哭代耕仲叔》《去国二首》《辞家》《月下怀钝根即寄》《秋夜寄怀雪安并示式南、湘芷、羽翙、树芬》《感旧，分寄叔容、痴萍、攘夷、钝根、梦蘧、约真、侣霞、旭芝、醉庵诸友》《甲寅九月十八日》；黄堃（二十三首）：《赠钝根》《校中夜感》《钝根以〈狂笑〉章见饷，次韵答之》《梦渡海遇风，惊寤有作》《晤梦蘧》《默坐》《感兴一首》《德麟侄没两月，余痛稍杀，作此自解》《万古桥山庄杂兴》（四首）、《山居午憩》《自忏》《浔阳二首》《郊居纳凉》《赋愁四首》《三十四初度感赋》《寄钝根山中》；方荣杲（五首）：《用钝根〈赠醉庵〉韵奉寄一首》《题亚子〈分湖旧隐图〉》（四首）；吕碧城（二首）：《次韵和南湖二律》；奚侗（一首）：《哭仲弟次渔五十韵》；杭海（一首）：《书怀》；方廷楷（十首）：《寄亚子》《寄寄尘》（二首）、《题亚子〈分湖旧隐图〉》（五首）、《雷母陈太君挽诗》（二首）；黄质（一首）：《为石予绘〈近游图〉附题一绝》；程善之（七首）：《自芜湖至徽州道中》（三首）、《和孟硕〈狱中诗〉》（四首）；王横（三首）：《题〈恨海〉二首》《题亚子〈分湖旧隐图〉》；胡怀琛（七首）：《咏史》（二首）、《杂诗》《答钝根》《赠旦平》《病中至徐家花园》《题亚子〈分湖旧隐图〉》；胡先骕（二十二首）：《阮步兵》《芳树》《游仙廿绝》；杨铨（六首）：《故人赵仲楣死逾月矣，以生时曾索美术画，不忍负诺，卒购寄其家，临邮黯然有作》《苍生》《无题》《题周君仁摄影册子歌》《遣兴，集定庵》《对月有怀三兄吉甫》；周斌（二十二首）：《甲寅七月三日南社同人临时雅集于愚园，患病未赴，寄呈一律》《哭同社死友》（七首）、《独坐口占》《感怀，用燕京和次公韵》《醉后，七叠次公韵》《感怀，八叠次公韵》《即事》《海上赠□生》《叠韵赠仲权》《夜泊北沈舟中不寐作》《亚子寄〈蜕庵文集〉至，感成二律》《题亚子〈分湖旧隐图〉》（四首）；李云夔（四首）：《题亚子〈分湖旧隐图〉》（四首）；李拙（二首）：《次韵答醉红》《叠韵答了公》；李绛云（五首）：《阑干词》（四首）、《清溪小泊》；余一（四首）：《集定公句赠芷畦》（四首）；"词录"栏目（138首）含潘飞声（二首）：《抛球乐·子梁招饮槎上，旁晚移尊猗园赏荷》《青玉案·寄眉子》；马骏声（一首）：《忆王孙·连天大雨不出户庭，无聊作此写寄客星》；林百举（一首）：《百字令·题亚子〈分湖旧隐图〉》；谢华国（一首）：《高阳台·题茗柯先生〈寒夜听琴图〉》；张光厚（四首）：《换巢鸾凤·友人归国，即题其像志别》《如梦令·前题》《鹧鸪天·代题友人像送友》《谒金门·前题》；张昭汉（四首）：《渔家傲·七夕》（二首）、《河满子·中秋月色不佳》《青玉案·秋日纪游》；郑泽（二首）：《秋波媚（红蕖袅袅绽淤池）》《菩萨蛮·壬子春仲从事城中，淫潦兼旬，赏游靡暇，偶经前院，瞥见夭桃短枝繁华，亭亭怒发，夫以明艳之质居风雨之中绽蕊，无妨嫣然自笑入诸歌谱，亦纫兰搴芷意也》；傅尃（十六首）：《浣溪沙》（三首）、《蝶恋花（偏是花开风又雨）》《浣溪沙·集唐》《水龙吟·题画〈雨中春树万人家〉，十二年前吴石明笔也》《满江红·题画〈半江红树卖鲈鱼〉》《水调歌头·题画〈杨柳依依人访船〉》《百字令·题画〈偶逢樵者问山名〉》《浣溪纱·集定庵句》（五首）、《满江红·采崖出狱赋赠》（二首）；黄钧（十首）：《点绛唇·一昔词》《忆王孙（香车宝马逐花丛）》《眼儿媚（山桃带雨不胜娇）》《如梦令（眉眼盈盈秋水）》《醉太平（楼高月明）》《丑奴儿（酒阑人静春无那）》《菩萨蛮（红楼几度曾相识）》《调笑令（调笑）》《相见欢（一腔心事谁知）》《忆江南（花信早）》；刘鹏年（二首）：《一剪梅·旅沪偶成》《蝶恋花（满院东风兼细雨）》；陶牧（三首）：《太常行·题哲夫〈冲雪访碑图〉》《三犯渡江云·题石子〈近游图〉》《甘州·题亚子〈分湖旧隐图〉》；胡先骕（八首）：《忆旧游·怀仲通，步玉田寄元文韵》《沁园春·步晓湘见赠元韵，即以奉答》《长亭怨慢·怀啸迟，用白石韵》《翠楼吟·劫后重来，山河易色，抚今思昔，百感横生，适仲通索影，即赠一帧，赘以此阕》《夜半乐·马缨盛开，有感而作》《台城路·言志》《上林春·春情》《转应曲（明月）》；杨铨（一首）：《贺新凉·吊季彭自溺》；沈砺（八首）：《浣溪沙·集李义山句》（七首）、《女冠子·风前小立》；周斌（九首）：《桃源忆故人·用玉茗曲体，和匪石原韵》《满江红·题李彝士〈十香词〉》《前调·赠詹天容，叠前韵》《前调·醉后三叠前韵》《前调·重阳后三日，东园雨中赏菊，示一民、誉侯，四叠前韵》《前调·答卤香五叠前韵》《洞仙歌·答陆丈鸥安七十五岁感怀诗，即以为寿》《蝶恋花·题心侠〈三姝媚〉说部》《菩萨蛮·夏日骤雨（回文）》；余一（二首）：《虞美人·探梅》《满江红·送春有感》；周亮才（二首）：《浪淘沙·武昌怀古》《金缕曲·落花》；刘筠（一首）：《临江仙·夏夜雨后》；陈世宜（二首）：《好事近·题娄东某夫人〈红情绿意图〉》《声声慢·题秦特臣〈淮海诗词丛话〉》；叶玉森（二首）：《桃源忆故人·檗子仿钮玉樵诗，嵌"雨丝风片、烟波画船"八字于本调句首，尊农、匪石、楚伧、剑华、朴庵诸子均有和作，索余效颦，勉成此解》《前调·与半梦谭边事，呜咽久之，复谱此阕，直变徽声矣》；姜可生（一首）：《满江红·南岙吊张苍水先生》；徐梦（二首）：《更漏子（碧鸳鸯）》《南楼令（金粉卷潇湘）》；蒋同超（二首）：《大江东去·扬子江》《望海潮·黄河》；王蕴章（十二首）：《鹧鸪天·西风树树言愁欲愁，偶拈此解，奉和梦坡丈礼查感事之作》（二首）、《秋宵吟（螅虫啼）》《如此江山·题秦特臣〈淮海先生诗词丛话〉》《貂裘换酒·钝根老友遁迹山中，憔悴可念，日前以〈红薇感旧记〉索题，率成此解，以为他日相思张本。钝根见之，当知余怀之渺渺也》《太常引·题亚子〈分湖旧隐图〉》《鹊踏花翻·题天梅〈变雅楼三十年诗征〉》《好事近·四明周氏仿日人六三园风景，筑学圃于静安寺南，梦坡约同涤尘、匪石及予往游，首赋五古一章纪事，涤尘以〈迈陂塘〉词和之，余亦继声》《点绛唇·孙北蘐肇圻以所集定公句曰〈缀珍集〉见示，索题为赋二解》《减字木兰花·题武进庄繁诗女士手写〈楚辞〉》《偷声木兰花·题乐闲翁写生小册，册中画狸奴双睡，饥鼠窃食盘中飧，虫蚁蠕蠕行，争欲分其余润，翁自题乐府短章，至有思理》；姚锡钧（八首）：《高阳台·题〈兰芳集〉》《水调歌头·中夜阅杜十娘小说，悲愉无端，感激万状，因成此解，寄一厂、楚伧、亚子、刘三》《浣溪沙》（二首）、《卖花声·雨望》《点绛唇·阅辛亥年所作诗，有怀楚伧、亚子、浚南、道非》《菩萨蛮·白芷惠赠徽墨湖笔，赋谢两解》《清平乐·前题》；杨锡章（一首）：《疏影（秋风至矣）》；高增（十首）：《虞美人（缁尘染遍京华了）》《忆江南（关山月）》《相见欢》（二首）、《浪淘沙（嘹呖雁声哀）》《菩萨蛮（天开杀运人难免）》《浪淘沙（何处水淙潺）》《蝶恋花（悄向乐游原上步）》《桃源忆故人·庞、陈诸子用钮玉樵"雨丝风片、烟波画船"嵌字格，余读而好之，因亦继声》《水调歌头·题亚子〈分湖旧隐图〉》；钱润瑗（一首）：《减兰（佳期未遇）》；邹铨（一首）：《沁园春·吴门，简心侠》；俞锷（六首）《鹊桥仙·七夕约匪石、可生同赋》《惜秋华·中元月蚀》《惜分钗·寄尘见慰悼亡之作，怅然赋答》《忆秦娥（刀环折）》《暗香疏影·溪山小农出其夫人所绘红绿梅二枝，题曰〈红情绿意图〉，索词为赋是阕》《莺啼序·用梦窗韵》；庞树松（一首）：《凤衔杯·希姚属题毛韵珂饰约瑟芬小影，率填一解》；庞树柏（八首）：《菩萨蛮·拟花间》《秋宵吟·尊农招饮，即席有作，踵和白石自度腔协四声》《清平乐·古泥为余琢白石研，题以此解》《减字木兰花·题秦特臣〈淮海诗词丛话〉》《贺新凉·题南通徐澹庐〈梅花山馆读书图〉》《剔银灯·夜饮若兰妆阁，次仲可丈韵》《前调·题亚子〈分湖旧隐图〉叠前韵》《踏莎行·张园访菊，偕匪石、尊农、楚伧》；黄人（一首）：《贺新凉·吊吴江范振中》；陈去病（一首）：《清平乐·题潘兰史〈惠山访听松石图〉》；沈昌眉（二首）：《买陂塘·题石予〈近游图〉》《换巢鸾凤·题亚子〈分湖旧隐图〉》；"附录一"栏目含吴梅：《题钝根〈红薇感旧图〉》；"附录二"栏目含《周公权来书二》

《下狱口号》《周道芬女士来书一》《周道芬女士来书二》;"附录三"栏目含申樨:《与同社诸子书》《元旦题感,示南社诸公》。其中,姜可生《满江红·南岙吊张苍水先生》云:"江流呜咽,诉不尽,古今成败。三百载、猖狂胡运,天何此醉。万里山河谁收拾,龙城飞将今安在。剩斜阳,一抹照西崦,伤时泪。 斑马急,嗟无计。家国恨,萦寤寐。望天南孤援,事功全弃。大好头颅捐掷易,从容柴市精忠誓。听萧萧、万树断猿啼,君应记。"苏曼殊(玄瑛)《东居杂诗十九首》前15首曾刊于1914年7月《民国》第3号,题为《示萧十二》。其一:"却下珠帘故故羞,浪持银烛照梳头。玉阶人静情难诉,悄向星河觅女牛。"其二:"流萤明灭夜悠悠,素女婵娟不耐秋。相逢莫问人间事,故国伤心只泪流。"其三:"罗襦换罢下西楼,豆蔻香温语未休。说到年华更羞怯,水晶帘下学箜篌。"其四:"翡翠流苏白玉钩,夜凉如水待牵牛。知否去年人去后,枕函红泪至今留。"其五:"异国名香莫浪偷,窥帘一笑意偏幽。明珠欲赠还惆怅,来岁双星怕引愁。"其六:"碧阑干外夜沉沉,斜倚云屏烛影深。看取红酥浑欲滴,凤文双结是同心。"其七:"秋千院落月如钩,为爱花荫懒上楼。露湿红蕖波底袜,自拈罗带淡蛾羞。"其八:"折得黄花赠阿娇,暗抬星眼谢王乔。轻车肥犊金铃响,深院何人弄碧箫?"其九:"碧沼红莲水自流,涉江同上木兰舟。可怜十五盈盈女,不信卢家有莫愁。"其十:"灯飘珠箔玉筝秋,几曲回阑水上楼。猛忆定庵哀怨句,三生花草梦苏州。"十一:"人间天上结离忧,翠袖凝妆独倚楼。凄绝蜀杨丝万缕,替人惜别亦生愁。"十二:"六幅潇湘曳画裙,灯前兰麝自氤氲。扁舟容与知无计,兵火头陀泪满樽。"十三:"银烛金杯映绿纱,空持倾国对流霞。酡颜欲语娇无力,云髻新簪白玉花。"十四:"蝉翼轻纱束细腰,远山眉黛不能描。谁知词客蓬山里,烟雨按台梦六朝。"十五:"胭脂湖畔紫骝骄,流水栖鸦认小桥。为向芭蕉问消息,朝朝红泪欲成潮。"十六:"珍重嫦娥白玉姿,人天携手两无期。遗珠有恨终归海,睹物思人更可悲。"十七:"谁怜一阕断肠词,摇落秋怀只自知。况是异乡兼日暮,疏钟红叶坠相思。"十八:"槭槭秋林细雨时,天涯飘泊欲何之。空山流水无人迹,何处蛾眉有怨词。"十九:"兰蕙芬芳总负伊,并肩携手纳凉时。旧厢风月重相忆,十指纤纤擘荔枝。"雷昭性《遇陆君文辉言孙娅死事,哭之以诗》其一:"龙蛇起陆风云变,赋别南溟任所之(辛亥革命军起,别君归国)。鸟道蚕丛当我去,鲸波龟浪伴君驰(余归里,时君适渡美游学)。一书绝笔背无覆(壬子秋,得君由美寄书,因循未报,岂知即为绝笔,悲夫),万里还乡病不知(君病甚,由美还粤,卒于澳门,余绝未闻)。噩耗乍闻哀往事,蛮风蜓雨学诗时。"其二:"解脱尘埃从此去,青灯黄卷化云烟。落花流水招难返,折玉摧兰倍可怜。六合昏霾人比兽,九幽清净鬼如仙。夕阳佳句何人续,重过槟榔却惘然(君居槟榔屿,时有'有鸟鸣春树,无人话夕阳'句)。"黄人(摩西)《贺新凉·吊吴江范振中》云:"天醉无时觉,视梦梦摧苗擢莠,跖修渊夭。难得生才偏易杀,才比童乌更妙。却死比童乌还早。兰檗锄残雏凤锛，问旋埋旋扪何颠倒。终不信，有天道。　碧翁向我掀髯笑，道因材深心笃处，坎蛙焉晓。鬼畜泥犁三恶界，怎着祥禽香草。要收转青霄才保。雷电肃清期不远，再投胎永作兴朝宝。勤未倦，莫轻消。"林百举（一厂）《题〈菊影记〉传奇，用亚子〈梦春航〉韵》云："莫当高唐是梦思，闻歌情绪似桓伊。湘君信怨长捐佩，山鬼应悲俗好祠。舞鹤杀翰空白惜，驯龙生性实难知。有音弦外深深托，哀乐中年伏勉持。"

《娱闲录》第16、17期刊行。第16期（上半月刊）"文苑"栏目含《论"风""骚"之风骨体裁》（吕雪堂）、《邓寿退〈灯赋〉序》（爱智）、《登成都江楼赋》（艹）、《松杉谷砚》（雪王堪）、《山农》（雪王堪）、《老林口》（雪王堪）、《感怀三首》（刘师培）、《读刘申叔〈感怀〉诗漫书》（三首，爱智）、《镇江》（艹）、《瓜州》（艹）、《九江》（艹）、《汉口》（艹）、《读〈全唐诗〉》（艹）、《读〈荀子〉》（艹）、《所思》（八首，一粟）、《答匏舟寄示和耕云〈曾园访梅〉诗并柬耕云》（四首，蔬香馆）、《春节怀感》（五首，蘅斋）、《古松》（胡思仲）、《捣衣曲》（胡思仲）、《铜雀台》（胡思仲）、《蜀后主》（胡思仲）、《种蔬堂诗稿》（吟痴）、《岁寒社诗钟录》（吟痴）。第17期（下半月刊）"文苑"栏目含《范翁园明语序》（爱智）、《寄锦城诸友十律之四》（陈蓉镜）、《感怀旧游诗三十首（未完）》（赵孔昭）、《新野道中》（敖金甫）、《闺情十首》（集唐人句）（爱智）、《登岳阳楼》（艹）、《游岳麓山》（艹）、《游西岩寺》（艹）、《登宜昌城楼》（楼塑关帝勒马望荆州之像）（艹）、《种蔬堂诗稿》（吟痴）：《题凭阑幽怨图》（四首）；《岁寒社诗钟》。其中，刘师培《感怀三首》其一："历历江东树，斯人竟索居。守雌周柱史，玩世汉相如。多病痴行药，忧生负灌蔬。犹惭《辨命论》，应寄秣陵书。"其二："嘉树滋春色，庭花澹夕阴。荣枯知应节，开落本无心。聊悟无生理，闲标物外吟。由来弹指顷，綦迹去来今。"其三："牢落《迷阳曲》，凄凉《广泽篇》。栖迟成底事，哀乐嬗中年。春色生巴舞，秋心变蜀弦。坐看崦谷日，万里下虞渊。"吴虞（爱智）《读刘申叔〈感怀〉诗漫书三首》其一："市国仍多难，劳生负遂初。徒非辨命论，强写茂陵书。骏骨怜虚市，峨眉恨有余。重华不可就，江海日萧疏。"其二："丛桂新阴满，逍遥悟养生。庄遵知弃世，李耳贵无名。仙圣愁迁播，栖迟得性情。沧浪堪鼓枻，清浊未须明。"其三："众寡相倾久，推移感变迁。人夸河曲智，世绝广陵弦。屎溺争谈道，椿芝岂辨年。儒生方甚密，哀乐几时捐。（申叔谓蜀人自为风气，俨如古国。余三年来亦深有感于夔门以内之言论焉。呼！）"

《宗圣汇志》第13号（第2卷第1号）刊行。本期"艺林"栏目含《请傅青主先生建祠呈文》（允叔乙卯稿）、《清阳城县典史郑公传》（允叔乙卯稿）、《咏史》（允叔乙卯稿）、《卖花声·题马立伯小照》（允叔乙卯稿）、《貂裘换酒·春夜被酒感赋寄立伯》（允叔乙卯稿）、《题画》（徐世昌）、《南湖所藏道衍为中山王画山水，希世宝也，行住坐卧与俱, 借观三日, 题长歌归之》(梁启超)、《伯兄叔弟生日相继举觞, 赋此志幸, 并致慰诸兄弟》(李经羲)、《太原市上购书歌》(兑叔稿)、《北雅楼中州诗征》(宝斋选辑)、《作诗余兴十二首》(尹昌衡)、《题梅君〈琴台问月图〉》(芹荪张鸿藻)、《次韵拟王默庵先生后凋草堂落成四章》(柯进明)、《拟题〈秋思集〉绝句》(林崇轩)、《和瑶田老农三首》(林崇轩)、《岁暮杂感》(愚干)、《感愤, 简李省庵》(孙百福)、《和孙谷纫先生〈都门秋思〉三叠前韵》(黄梅吴应燮)、《北雅楼中州诗征: 隆中》(金实斋选辑)、《和〈广归去来辞〉》(梁士贤子瑜)、《庐山高一首, 效欧公体兼用其韵, 题〈介石山房图〉》(樊山)、《咏金陵夫子庙》(张相)、《恭题》(毛存信以成)。其中, 尹昌衡《作诗余兴六首》其一: "吾闻吾言古, 肇自汉之人。秃节没白雪, 清风挥玉京。阐创亦岂易, 磨砻固其真。大雅日沦胥, 追述何足承。暖暖溯流光, 皎皎开我心。欲充浩然气, 文章宁大成。"其三: "太白古豪人, 落笔动沧溟。射虎不得志, 雕虫聊可营。诗酒所挥洒, 冰雪之聪明。龙隐一爪现, 文成千古钦。云厚不蔽日, 时穷安可沦。愿言访之子, 飘然乘长鲸。"

《浙江兵事杂志》第12期刊行。本期"文苑·诗录"栏目含《题〈乘风破浪图〉》(翟骎)、《白雁》(翟骎)、《甬江送别》(陈筹)、《感事》(陈筹)、《十二月十一夜对月》(陈筹)、《秋日由京返浙, 因公宿军署书感, 上兴武将军》(樊镇)、《有作, 寄吴静山》(樊镇)、《和竹笙〈四十自述〉元韵》(王犟)、《步秋叶〈柴门〉原韵》(黄尔甲)、《登温州卧树楼》(万文衡)、《赠秋叶》(许麑)、《泊沈家门》(许麑)、《渡黄溪》(许麑)、《象山县》(许麑)、《象山寒夜》(许麑)、《次韵答秋叶》(李光)、《过浙江将士祠》(吴钦泰)、《吴山晚眺》(吴钦泰)、《买储蓄票》(林之夏)、《苏干宝从武昌来杭州相寻, 作西湖游》(林之夏)、《苏干宝抵杭州之翌日, 适余生日, 同泛西湖, 儿女从焉》(林之夏)、《干宝调厦门参谋长, 邮馈肉靶, 作诗谢之》(林之夏)、《寄李少华》(林之夏)、《民国四年春节, 吴山观俗, 感完颜亮立马第一峰故事, 因念山东战区撤兵问题未解决也》(林之夏)。

《眉语》第1卷第6号刊行。本期"文苑·碎锦集"含《槎上新年词》(六首, 范钟瑛)、《春夜》(前人)、《种花》(冷梧女士)、《汉宫春晓》(前人)、《闻笛》(前人)、《塞上曲》(前人)、《其二》(前人)、《其三》(前人)、《其四》(前人)、《游灵隐寺参具德尊者塔院》(前人)、《无题》(前人)、《赠赵三宝眉史》(前人)、《观丁霖芝少华山》(前人)、《赠顾三宝词史》(前人)、《题采菱图》(前人)、《忆洪如意》(前人)、《戊申感事》(前人)、《己酉张园即事》(前人)、《徐园即事》(前人)、《观王克琴剧有感而作》(前人)、《庚戌观女伶张文奎剧, 赋此》(前人)、《柔情销壮意》(前人)、《自嘲》(前人); 《绣余草》(余蓉华): 《海上即景》《登茅庵山顶》《梅花》(十三首)、《春草》(二首)、《和啸岩弟〈梅杏桃李花〉诗原韵》。"文苑·婉转词"栏目含回文诗: 规式回文《镜铭》

（四言一首，陆景升）、玉连环《墨铭》（四言一首，唐寅）、玉连环《印铭》（四言一首，怡轩公）、玉连环《咏松》（四言一首，佚名）、玉连环《咏竹》（四言一首，佚名）、转尾连环《春词》（七言四句二首，佚名）、转尾连环《夏词》（七言四句二首，佚名）、转尾连环《秋词》（七言四句二首，佚名）、转尾连环《冬词》（七言四句二首，佚名）、转尾减字连环《春词》（七言四句一首，佚名）、转尾减字连环《夏词》（七言四句一首，佚名）、转尾减字连环《秋词》（七言四句一首，佚名）、转尾减字连环《冬词》（七言四句一首，佚名）、脱卸连环《采莲词》（七言四句一首，佚名）。

《留美学生季报》第 2 卷第 1 期刊行。本期"文苑"栏目含《〈土壤学〉序》（盘珠祁）、《梅笛生风景记》（郑宗海）、《甲寅杂诗》（四首，曾天宇）、《寄树人芝加谷大学》（杨铨）、《遗兴》（杨铨）、《登纽约六十层楼放歌》（任鸿隽）。

[韩]《新文界》第 3 卷第 3 号刊行。本期"词藻"栏目含《李桂堂将军书楼共集》（梅下崔永年、松观吴克善、愚斋李世基、鹤山李种奭、晦窝闵达植、桂堂李熙斗）、《雪天小集》（小溟姜友馨、又黎韩镇吕、雪史金圭瓒、鹤山李种奭、小棱具羲善、响云李址镕、素湖郑镒溶、桂堂李熙斗、梅下崔永年）。其中，鹤山李种奭《雪天小集》云："凡鸡猥入鹤成群，暇日斯游未早闻。披立其帷旋惟去，回看开座亦难分。轻飘北郭千家雪，遮掩西湖一帆云。自见梅残诗意减，水仙花下又逢君。"

金太恭人病耗，归里 27 日，太恭人卒，王甲荣作诗哭之。

周庆云得《贝叶梵文无量寿经》，将施诸西湖灵峰寺法藏，乞东南耆旧播为题咏。后周将同题诗作辑为《灵峰贝叶经题咏》，集前有丙辰夏五童大年题尚，集中收庞鸿书、邵松平、缪荃孙、白曾然、汪煦、刘炳照、潘飞声、戴启文、吴俊卿、洪尔振、潘蠖、俞钟銮、潘文熊、宗嘉树、翁宜孙、言家鼐、李维翰、施赞唐、王鼎梅、高翀、徐鋆、刘世珩、朱锟、吴闻元、丁敬、梁同书、吴锡麒、黄模、魏成宪等人同题诗作。宗嘉树《梦坡先生以梵书〈无量寿佛经〉庋灵峰寺征题，余亦好内典，聊吟四绝，用酬雅意》其一："名士连簪选佛场，借秋阁上读昙章。龙泓墨迹今何处，说到咸平事渺茫。"徐鋆《梦坡吟丈出示〈贝叶经〉，率草三绝应教》其一："一僧驮自锡兰岛，千佛书成贝叶经。无量寿中无量字，问谁能讲问谁听。"

白石六三郎临八大山人《鹿图》，吴昌硕、郑孝胥、李瑞清为之题。其中，吴昌硕题云："王孙画鹿意无他，修到还兼福寿多；握管不堪回首处，可怜荆棘满铜驼。鹿叟索临八大画鹿。乙卯春，吴昌硕。"郑孝胥题云："采真宜延仙客，养寿亦友伊尼；安得南华秋水，高谈野鹿标枝。鹿叟属题，孝胥。"又，吴昌硕为白石六三郎绘《竹林七贤图》，并题云："竹林深处水涓涓，裙屐风流坐七贤。颊上何须豪更著，清谈挥麈小神仙。秀水杜氏藏石田翁画兰亭册，逸趣横生，兹就彼溪径为鹿叟作《竹林七贤图》，唯拙笔止能大写，未敢求工也。乙卯二月，吴昌硕。"又，为楼村篆书"流水斜阳"六言联，联云：“流水吔鲨鱼立，斜阳微猎马归。楼村先生鉴篆。乙卯春仲，集猎碣字。安吉吴昌硕。”又，游杭州，客西泠印社，为楼村题西泠印社图卷二首，其一：“邓陈丁蒋道同归，苦读奇书读汉碑。活水源头寻得着，派分浙皖又胡为。”又，为吴隐行书烟霞洞禅房诗轴，题云：“洞古吞元气，泉甘交凤因。烟霞埋佛骨，岩壑抱湖漘。帘卷花争坐，亭敧石攫人。眼中无芥蒂，鱼鸟欲谁嗔。烟霞洞禅房诗，为石潜老兄宗台录于海上禅甓轩。乙卯春仲，吴昌硕。”

瓯海关监督冒鹤亭捐俸修葺江心寺及东西二塔，徐定超邀约同游江心屿，赋诗相和，作《和冒广生〈江心寺〉诗》。诗云：“出郭无尘事，扁舟泛绿漪。中川浮古刹，孤屿隔江湄。境与金焦并，名因谢孟驰。随风帆影远，带雨馨声迟。突兀标双塔，庄严礼两祠。借龙原谬幻，跨虎亦离奇。消长潮流悟，清辉御笔遗。投钱看旋中，剔藓读残碑。时事殊今昔，游踪有合离。腥膻污净土，寒瘦得新诗。烟暝城头树，光沉寺上楣。兴亡同感慨，归路费吟思。”

王国维携眷返国，回海宁扫墓，旋独赴上海。

周学熙奉父周馥命由津入都，至总统府答谢去冬袁世凯祝寿之谊，被强留再授财政总长，坚辞不获，乃就职。

周瘦鹃与包天笑同时受聘入中华书局，担任月刊《中华小说界》撰述和英文学专门翻译。

胡石予在苏州草桥中学的同事魏迪元归湘省母病，以诗送之。迪元名荣恺，湖南邵阳人，学校文书。体育教员魏旭东族叔喜吟咏，常与胡石予诗作唱和。

连横从两年多来游历祖国大陆期间所作145首诗中选出126首，编成《大陆诗草》。连横在自序中写道：“余固不能诗，亦且不忍以诗自囿。顾念此行穷数万里路，为时几三载，所闻所见，征信征疑，有他人所不能言而言者，所不敢言而亦言者。孤芳自抱，独寐寤歌，亦以自写其志而已！杀青既竟，述其梗概，将以俟后之瞽史。”

古直受聘为梅城西厢公学教员。

冯月庵生。冯月庵，宗名彩增，又名霁光，字月庵，后以字行，晚号澹安，辽宁沈阳人。著有《冯月庵诗词书法选》。

[日] 沼田香雪撰《香雪遗稿》（1册，附《竹溪遗稿》《松石遗稿》）印行。发行所为香雪先生建碑会，印刷者为岛连太郎，印刷所为三秀舍。集前有《香雪沼田先生之碑》文、前田慧云题诗、《沼田家系图》《沼田香雪先生肖像》。其中，前田慧云作《奉贺沼田香雪翁还历》云：“学问重躬行，行藏任碧翁。声容未曾接，千里想高风。”集后有宇都宫矩网作《哭沼田香雪阿兄》。诗云：“竹马相亲骨肉情，凭依同是乐余生。春风昨夜忽传讣，忍听黄鹂求友声。”

王一亭作《墨痕花香图》。自题：“约伴登高醉夕阳，酒瓶空后再商量。西风落帽寻常事，写得黄花满纸香。乙卯春仲录旧作，王震。"吴昌硕题："白帝铸秋金，黄华大如斗。枝瘦能傲霜，孤高复无偶。荒岩少人踪，与谁作重九。落英餐疗饥，饮泉权代酒。一亭先生此帧大写得清湘、雪个遗意，为题小诗补空。乙卯春仲吴昌硕。"

梁鼎芬作《乙卯二月，公隽二弟上海侍母病，有怀一首》。诗云："吾弟邮书急，贫家奉母难。山深身尚在，春峭雪初干。坟墓思泉石，江湖惜羽翰。教忠书塾在，此意付谁看。"

骆成骧作《归蜀至宜昌，却寄李瑶琴编修》（十首）。其一："铁马兵常动，金牛路未开。残山高太华，委浪失蓬莱。舆棒悲王气，楼船感将才。猿声啼已断，不尽杜鹃哀。"其二："楚塞遥通蜀，春江冷似秋。五云衔日出，一水抱天流。风带燕山雪，城余汉将楼。怜君归未得，独步访三游。"其三："此日上林苑，何曾桃李花。兰台非我宅，柳岸是君家。地暖偏宜雨，江清不见沙。阿戎欢就语，乡意满天涯。"其四："来往逆鸿雁，潜逃寻鲔鳣。桃源孤客路，枥社散人年。蠹喙愁倾柱，鸡声懒着鞭。自嗟钢绕指，珍重祖生先。"其五："宋、景同师久，邹、枚共主欢。琴存东海远，弓在鼎湖寒。不辨长安乐，宁辞蜀道难？王阳翻叱驭，愁绝贡公冠。"

张寿镛作《王君勘生以〈勘廉堂相册〉见示，中有〈忆母怀旧歌〉，读之增感，爰步原韵》。诗云："风月楼头怀庾公，王子襟期迥不同。三世仕宦何足贵，羡兹清白守家风。龚黄治行推第一，花阴满布河阳邑。最是汉川乱离中，报国心皎民隐恤。旧雨别来已十年，歇浦相逢意陶然。示我勘廉堂中照，曰此念祖与景贤。记注岁时编姓氏，鸿爪雪泥证往事。盎然更有忆母词，我亦寸草同情致。昔时先子官京曹，秋灯课读念母劳，绘图征文遍海内。泷冈瞻望心慆慆，漫说丹山有雏凤。仲氏五马快引鞚，板舆就养茬施南。子子长途白云送，归来萱草遽悲秋，转悔高年莫远游。小子捧檄又来楚，怆怀凤昔意绸缪。等是人子思亲所，鲊鱼谁封武昌署。禄不逮养胡为乎，负米不得仲由语。凄然含泪更披图，人生悲惨与欢娱。顾影自有真面目，鹄非洗白乌自乌。往古来今千百载，惟有清风明月在。区区形骸有若无，何况少长鬓毛改。世事海市与蜃楼，佛陀本来幻部洲。人笑王子太多事，江山欲藉人豪留。吁嗟乎水有源头人有祖，云海会合能几许。彝伦于今如未斁，懔懔斯编汗若雨。"

张其淦作《寄尹翔墀》（二首）。其一："不厌百回读，苍凉八首诗。河梁一赋别，云树又相思。津海秋风候，燕台暮雪时。思量十年事，回首各凄其。"其二："岂不识时务，真难改服从。奥亡天下事，槁俄逸民踪。我似漂流梗，君成倚壑松。诗篇和泪寄，冰雪证心胸。"

田桐作《无题》。诗云："破晓出星洲，潮平稳客舟。晴云挂帆角，初日射楼头。海水碧复碧，蛮山秋不秋。此行有生意，泗水乐重游。（乙卯春仲书应，山本先生大家正腕）"

余觐光作《获海风采楼成，有怀襄公六首》。其一："节旄曾抚岭西东，韶石浈江被泽同。遗族未能忘旧德，名楼又见矗层空。地当三县河流汇，人是千年国士雄。难得白沙重作记，此诗聊以述宗风。"其二："弹章甫上谪筠州，从此英名四谏留。本以孤忠持鲠论，曾无标榜诩清流。一声凤哕开言路，重列鹓行黜帝猷。谁喜朝端风采动，君谟佳句自千秋。"诗后有注："风采楼，在获海余襄公祠后，光绪三十二年，祠楼并建，时妙选杰材，广罗哲匠，至少民国四年，凡十易寒暑，工事始藏，规制钜丽，甲于岭南。此诗民国四年三月落成时作。"

任可澄作《文山道中》。诗云："抗尘几日许开颜，到此清愁一例删。林籁喜听新雨后，画图偏爱夕阳山。村春遥和鸠声急，野水浑如客意闲。便拟携筇成独往，白云黄叶不须还。"

周咏作《秋怀八首并留别湘中诸友》。其六："烹狗藏弓事可哀，看他海蜃结楼台。频以啄黍悲黄鸟，且向寒炉泣死灰。莽莽河山谁是主（中国名为民主国，其实民于国有主权否）？奄奄其豆苦相摧。国魂缥缈今安逝，帝遣巫阳倘召回。"

万选斋作《乙卯二月送次女往汉》。诗云："单车就道诣江干，但有前征返驾难。纵使鱼龙惊古岸，独持忠信涉狂澜。傅岩楫作川无艮，宗悫风乘险亦安。九十程途登转眼，且休惶恐说团栾。"

［日］杉田定一作《三月赴北海道，时大雪》。诗云："政战心期奏凯歌，满天风云感如何。此行快绝冠平昔，马踏坚冰渡大河。"

春

景耀月与牛保才、袁英等策动张作霖起兵反袁称帝，秘泄遭捕，政友会被迫解散，旋又因新华宫炸弹案，涉嫌被袁缇禁。

南社诸友公宴连横于固园，以为接风，兼以嬉春。相约乔装与会，至者32人，乃合影留念，即《南社嬉春图》，连横有作《题〈南社嬉春图〉》。诗云："大道有端倪，真人得其窍。鏊破混沌心，各擅平生妙。娥娥南社徒，嬉春态奇纱。变化若有神，一一尽穷宵。而我独好奇，化作美人妙。罗裙六幅裁，拈花睇微笑。以此不坏身，幻为天花绕。吁嗟造物心，众生亦微藐。虫臂与鼠肝，随形赴所召。断鹤而续凫，其名为诡吊。吁嗟南社徒，游戏亦天矫。纷纷浊世中，面目谁能晓？盗跖而孔丘，衣冠虚其表。臧获即侯王，贵贱本同调。况值春光和，万物各震曜。写此春人图，收作春诗料。我亦图中人，题图发大笑。"

《麗社丛刊》第2期刊行。本期"文艺·诗"栏目含《春柳（步袁简斋先生元韵四律）》（铸麓山人）、《咏宋钝初》（三首，顾亚）、《冬景杂咏》（四首，午峰）、《秋夜独坐》（杜济川）、《孤雁》（杜济川）、《汽车》（杜济川）、《春寒》（杜济川）、《春日偶题》（杜济川）、《夏旱》（杜济川）、《挽同学黄君寿曾诗》（伯严）、《题山水画册》（四首，天吴）、《夏赏绿荷池》（天吴）、《失意吟四首（录一）》（众恶）、《麦秋泛鉴湖舟中作二首（录一）》（众恶）、《人生最苦恼之况味，莫不得意若也，今余以此中况味，乃于夜静灯炮、风狂雨烈之候而身受之，吁谁解我困，殆无人耳，只得倩秃管断砚，勉成四律，以写予之苦恼（录二）》（众恶）、《悼亡二律》（太瘦生）、《和友〈将游幕镇江〉二律，即以赠别》（太瘦生）、《洋菊花》（余一）、《蝴蝶花》（余一）、《题陈璞先生山水》（陶情女士）、《稽山即景》（饮冷）、《鉴湖秋景》（慈勤）、《古意二首》（慈勤）、《柳丝》（陈诵洛）、《闺情》（陈诵洛）、《采莲吟》（四首，陈诵洛）、《秋感》（四首，陈诵洛）、《龙山吊古》（陈载荣）、《秋感》（陈载荣）、《县公园奉化楼闲眺》（陈载荣）、《登龙山有感》（黄夜号）、《杂感》（潇风）、《夜归》（潇风）、《逐客令》（志喜）、《春日步行至五车堰》（愈之）、《美人筝》（暮客）、《独饮》（暮客）、《谒卢生庙》（承夫）、《兰花》（骆建勋）、《二十感怀》（杜啸泉）、《龙山怀古》（杜啸泉）、《题〈墨兰画册〉》（杜啸泉）、《旱困》（杜啸泉）；"文艺·词"栏目含《生查子·步月怀旧》（五宽）、《菩萨蛮·回文》（五宽）、《如梦令·校生送毕业生歌》（真）、《蝶恋花·送春》（二首，黄夜号）、《点绛唇·春残》（杜啸泉）、《沁园春·读〈兰娘哀史〉有感》（陈诵洛）、《凤凰台上忆吹箫·秋思》（陈诵洛）、《卖花声·夏闺》（陈载荣）；"杂俎"栏目含《暑假中文字游戏之兴趣》（杜啸泉）、《消暑赋》（以"风亭水榭、沉李浮瓜"为韵）（杜啸泉）、《消夏二绝》（济川、啸泉）；"丛谈"栏目含《英国最古之诗歌》（启明）、《读画轩墨剩》（陈诵洛）、《雪窗识小》（杜啸泉）；[补白]《美人与髑髅》（陈诵洛）、《雪窗识小》（杜啸泉）。其中，陈诵洛《柳丝》云："垂柳垂杨影入湖，淡妆浓抹足清娱。丝丝金缕殷勤折，毕竟郎心绾得无。"《采莲吟》其一："呼郎莫午眠，伴妾采莲去。同驾木兰舟，荡入花深处。"其二："花下有鸳鸯，熟眠成两两。好梦正游仙，劝郎莫打桨。"其三："斜日映红腮，芳姿更艳绝。花如妾貌不，含笑请郎说。"其四："采来并蒂莲，视作同心草。携回供室中，愿尔长偕老。"《秋感》（四首）其一："无限幽情孰与论，秋风秋雨几消魂。此生青眼谁曾及，三径黄花澹不言。铁马金戈荆棘满，昏天黑地虎狼蹲。悠悠世事何堪问，一石醇醪且醉髡。"《凤凰台上忆吹箫·秋思》云："阶下蛩鸣，屋前笛奏，无聊倦倚西风。凭几枝秋草，如梦帘栊。不是伴疴中酒，偏如许、蝶懒莺慵。停书处，有无限意，在不言中。　　朦胧，最难解释，这一看愁情，神疲衣松。叹知音前辈，何处相逢？唯有庭前秋色，间接一阵雁来红。应添些，诗情酒意，开拓心胸。"谢五宽（五宽）《菩萨蛮》（回文）云："落花春去人情薄，薄情人去春花落。归燕待帘开，开帘待燕归。　　鸟啼惊梦晓，晓梦惊啼鸟。飞蝶舞风微，微风舞蝶飞。"

　　吴昌硕为梓青篆书"花角鱼中"七言联云："花角树幡出深秀；鱼中寓帛道平安。

梓青仁兄大雅属，石鼓字'帛'作'白'。时乙卯春，安吉吴昌硕。"

易顺鼎应冒鹤亭之请为戏台撰柱联。联云："何事干卿，风吹皱一池春水；多情笑我，浪淘尽千古英雄。"

章梫有《答金雪孙前辈同年》之作，纵论沪上遗老结社、流连诗酒之行。文云："承述秦幼衡提学称'海上诸遗老留连诗酒，太不雅驯'，即明末南岳和尚谓周礼部（之玙，号玉凫）'临死含笑，大非所宜'之说。侍初亦以和尚之言为然，后读徐昭法孝廉文集论此事，略谓'人以率真不伪为贵，礼部死时一笑，或自念困苦数十年，幸留此无玷之身见先皇于地下可以无愧而发，正其率真之处。和尚责之，未免过当'。其言亦有至理。若诗酒，乃遗民常事。渊明高节，人人无异词也；而无日不酒，无诗非酒。宋则月泉汐社，遂为诗会。明末遗民，江浙相错之壤，诗社百余，宁波一城，多至十有余处，均散见明清之间诗文杂记，朱竹垞及全榭山集中所载，亦存其大略。现今海上寥寥一二社，偶尔酬倡，愧明末甚矣。"

章太炎被幽禁，黄侃住章处，拟《致教育总长汤济武论救太炎师书》《申请章太炎建议案——附太炎先生〈陈情书〉》。

周庆云赴杭，丁立中招游西溪归，作诗呈周庆云，其依韵酬之。其中，丁立中《昨自西溪归，适王君纬如以〈风木盦诗〉见赠，用十八巧全韵，即次韵纪事呈湘舲》云："西溪水源发南苕，支流曲折注长泖。溪上墓庐先世贻，乔木葱茏古梅姣。喜有嘉宾不速来，车驾乘箕歌降昂。微雨如膏气清如，农田出耕刚小卯。太湖灵秀毓南浔，爱莲周子人中狍。骚坛牛耳执吴淞，运笔直似胡钉铰。天上王郎擅绝才，操守贞刚体不挠。齿尊安节古来稀，守正有谁扑此獠。叔重说文九千言，海波世业曾熬炒。经传弓冶绍康成，译学精通龙见爪。姚崇应变更多能，三世联交同管鲍。辉生蓬壁筮盍簪，一堂济济庸中佼。烹茶味试梅花泉，汲水呼童戒轻狡。声惊四座逞谈锋，欢洽竟忘世路拗。杀鸡为黍田家风，烟起庖厨焚竹茭。市远深惭兼味无，园蔬野笋除根绞。村酿新醅酌兕觥，侑酒莼羹杂芹茆。兴酣更作河渚游，野航款乃难为巧。兼葭深处叩禅关，临流读画夸华瑶。新罗遗翰奚九诗，妙句直欲唐贤咬。高风杭厉攀心香，如漱清芬六艺饱。西山日落映水湄，舟子频催归思搅。讴吟殊愧砚田芜，纪事无暇问愧猫。"周庆云和作《丁君和甫招游西溪，饮于风木盦，继复泛舟交芦庵，归后寄示纪游诗，用十八巧全韵，勉步原韵奉酬》云："溪影随帆转似湘，溪光照镜澄于泖。圣湖借得美人名，此亦分来西子姣。夏始春余麦润晨，律吹中吕日在昂。习闻胜地以人传，岂独桥题许丁卯。我思先德倚庐居，哀感豚鱼动禽狍。早著羲之誓墓文，制锦宁甘学蓥铰（松生先生经左文襄公应诏，特荐县令，不之官）。恨抱终天痛鲜民，木无声处风为挠。仁人孝子本同源，庠序弦歌教氓獠（松丈主持同善堂数十年，多设义塾，成材甚众）。百万藏书富五都，球琅汲古心煎炒（梅尧臣诗：'若此煎炒何心肠，五都浩浩多球琅',君家藏书似之)。两贤已逝尚留盦,霭霭余晖寄鸿爪。上绳祖武继双丁,远拟汉京夸二鲍。渊源家学有传人,名满凤池称佼佼。和神当春气穆冲,见者心倾戢粗狡。似君磊落正英奇,那许郭公讯十扨。槛挈双柑荐笋樱,舟浮一叶搴芦笶。空濛细雨不需衣,春服新裁试单绞。樊榭香清认种芸,荒词水绕思歌茆。王郎一唱君再赓,险韵齐拈互争巧。却使鲉生负雅游,漫斟杯斝陪车瑶。绝无烟水盎胸中,只合菜根向齿咬。凡鸟当门不敢题,蠹鱼食字应能饱。阳春和寡况连篇,枯涩诗肠几搜搅。为忆东施惯效颦,波光曼睩羞娥猫。"

袁嘉谷拜访陈荣昌、王仲瑜,相见甚欢。袁嘉谷醉后索笔狂书,又作《明夷河呈陈虚斋师、王仲英丈》。诗云:"明夷河畔绿参差,半是桑枝半柘枝。牛背归鸦春水外,犬声如豹夕阳时。醉乡王绩逃真隐,汉腊陈咸寄孝思。一片连然山上石,淮南应刻小山辞。"陈荣昌赠袁嘉谷诗六首。其一:"雨过云未收,微月不能白。巷曲闻犬声,款扉来嘉客。知是卧雪子,访我入芜室。草草具杯盘,灶烟缭檐隙。坐语忘夜深,但喜慰暌隔。儿曹强解事,为君拂床席。却恐不成眠,乱蛙号四壁。"

吕碧城春夏间时居北京,闻袁世凯与日本签"二十一条",百感交集,遂作《出居庸关登万里长城》。诗云:"摩天拔地青巉巉,是何年月来人间。浑疑娲后双蛾黛,染作长空两壁山。飙车一箭穿岩腹,四大皆黝幽难烛。石破天惊信有之,惟凭爆弹迁陵谷。万翠朝宗拱一关,山巅雉堞长蜿蜒。岩峣岂仅人踪绝,猿鸟欲度仍还还。当时艰苦劳民力,荒陬亘古冤魂集。得失全凭筹措间,有关不守嗟何益。只今重译尽交通,抉尽藩篱一纸中。金汤枉说天然险,地下千年哭祖龙。"

何藻翔为广东军警祭关岳庙作宣告揭帖。

诸宗元作《缶翁喜余至海上,以诗见赠依韵》《缶老斋中悬自写菊花障子二,奇横之气直可为花写照,欲取而谊有不可,欲置而吾又不能忘怀,因为此诗以投缶老,如能举一为赠,则吾诗不虚作矣》《雨晴出游,先投缶老》《为吴缶老题其太翁如川先生像》寄怀吴昌硕。其中,《缶翁喜余至海上,以诗见赠依韵》云:"卧憎髀病方春始,来问楼居复腊初。视昔交情若醇醴,感翁文字为爬梳。皈心白业犹耽酒,挥手黄金悦荷锄。尚可姓名相尔汝,胜它李志与曹蜍。"

黄宾虹应柳亚子约,为南社社友雷铁崖母病殁撰《雷母陈夫人诔》,将文寄柳亚子,并附以书。有云"稍稍研求前者朴学涯涘,兼证迩来新知物理,渐悟中国学术,蔽于时好者多,而误于泥古者亦复不少",以为疑古、泥古是中国学术之所以不振之由。又,黄宾虹应黄节函请,为绘《祭后山图》《后山诗意图册》。黄节题黄宾虹赠之山水画,作《春日题滨虹山水幛》。诗云:"旧忆松江经岁别,春阴元俪叹滨虹。平生能事都如此,浦溆渔舟着意工。"又,黄节作《春夜同栽甫过小素梅阁听曲》。诗云:"变征无端遏不回,流云忽断夜寒催。犹能敛气归弦柱,剩欲闻歌覆酒杯。袅袅春幡原曩见，深深帘烛又宵来。坐令投老龟年泣，楚调秦声尽可哀。"

林纾作立轴水墨纸本《倚楼静听》（又名《倚楼听松图》）。题识曰："新词我笑张春水，欲净花香作么生。争抵道人空色相，倚楼静听出山声。此帧用石谷法，参以己意，颇清丽可喜。乙卯春日，林纾作于宣南寓楼。"又作横幅绢本《荷亭闲适》。题识曰："茅亭坐对万风荷，夹岸垂杨带水拖。不向家山思旧隐，画中暂借作行窠。乙卯春三月，独游陶然亭，归作此图，切芗太史大雅正之。畏庐弟林纾并记。"

齐白石绘《仕女》并题诗云："万丈尘沙日色薄，五里停车雪又作。慈母密缝身上衣，未到长安不堪看。齐璜。"

陈树人遍游日本上野、江户川、岚峡、圆山、隅田川、古战场等地，得《樱花名胜十首》。其一："天涯风信过多番，不是伤春独闭门。蓬岛风光评度遍，樱花时候最消魂。"

陈寅恪在京短期出任经界局局长蔡锷秘书。

张伯驹与陆军混成模范团（袁世凯于1913年创办）受训学员一起参加宣誓大典，作为第一期学员结业。毕业后至陕西都督陆建章部任职。

袁克文代父为张镇芳五十寿辰祝寿，前往天津避祸。克文字寒云，袁世凯二子，是张伯驹早年亲密知己，并称"中州二云"。袁克文在津期间，张伯驹终日陪伴，出入天津大饭店、戏院，还常与沪上词人王伯龙、名士方地山等结社唱和。张伯驹作《人月圆》。词云："戍楼更鼓声迢递，小院月来时。绮筵人散，珠弦罢响，酒剩残卮。　　锦屏寒重，帘波弄影，花怨春迟。愁多何处，江南梦好，难慰相思。"

王易与王浩赋诗简呈胡雪抱。胡雪抱次韵答赋，作《叠韵简二王》。诗云："寒消九九春难买，狂撒榆钱当五铢。看核六朝双管下，钩摹二㝿四方无。连镳精骑三千匹，百媚文鸳七十图。一串清歌回万象，八琅声律冠蓬壶。"

俞平伯入江苏平江中学读书。

顾廷龙入江苏吴县县立第四高等小学就读。

廖基瑜长女梅焯孝病卒，年仅22岁。廖树蘅作挽联云："福慧本难双，如此聪明宁耐久；老怀原易恶，那堪殇逝重愁予。"

陈伯陶等评辑《孟山吟社诗册》（铅印本）由粤东编译公司刊印。尹庆举题签。集前有苏泽东作《孟山吟社诗序》及《孟山吟社第一次征诗题名录》。其中，苏序云："松阴独坐，倚石看云，花下狂歌，举杯邀月。情悄悄其何托，夜迢迢而未央。邻笛凄清，曷胜黄垆之感；寺钟阒寂，谁联白社之吟。客有祁子武垣辈，岁杪偶闲，诗兴勃发。孤灯摇雨，读骚赋以消忧；长剑嗥风，郁雄才而感遇。饮思文字，会效耆英，闲情订竹坞幽栖，佳话纪兰亭胜事。说者谓红羊劫换，正军人讲武之秋；白雁谣传，岂词客歌风之地。不知世既变而寡合，诗以穷而愈工，唐蒙纵非制敌之才，杜甫尚抱忧时之作。沧桑世界，文藻江山，爰乃邀集同人，辟兹吟社。笠屐结东坡之侣，鸿雪缘深；樽罍开北海之轩，龙云角逐。时则松涛沸鼎，梅月挂窗，雪冷空山，袁安高卧；霜团老屋，罗隐长吟，恍游黄岭之亭，媲美红棉之馆。有盂山者，东官城之名迹，陈献孟之诗窝，高歌但有鬼神，雅奏曾铭金石。河山半壁，非仙人劫外之棋；金粉六朝，半才子酒痕之赋。陶潜适性，李贺呕心，趁炉香碗茗之余，写象塔珊洲之景。劈笺共咏，击钵分题。古刹访苏玉局之碑，文通禅偈；官阁动何水部之兴，梦入梅村。胜地重游，古欢远结，靡不笔花竞放，意蕊横飞。风雅倡自通人，月旦评诸宗匠。吾友子砺、豫泉两公，本木天雅望，文苑逸才。陈秋涛之学问渊深，张芷园之词章尔雅，鉴衡悉当，菁菲无遗。阆仙经韩愈权商，推敲弥善；敬礼使陈思润色，怀抱特殊。笙磬同音，珠玑满掇，梓桑争诵，萝葊何分。座有李膺，喜龙门之不远；才非梦得，愧骊颔以同探。旧雨人多，下风我拜，所征东坡阁、学耕堂二诗，佳作如林，名山增色，镌为一卷，寿以千秋。庶几凤台瑶草之吟，定多作者；春水鱼虾之句，不乏传人。过鳌海而搜珍，筑骚坛而树帜。铸金以事，低首读宣城之诗；覆瓿何嫌，腼颜撰士安之序。乙卯之春二月花朝邑人苏泽东选楼甫谨序于祖坡吟馆。"《盂山吟社第一次征诗题名录》(东坡阁谈禅、学耕堂放梅，不拘体韵) 陈子砺先生评阅东榜一名：羊石顽艳生、慈博、东州钓徒、延年翁、拜鹃道人；六名：定慧生、岭南游宧、天寿归来叟、古禺第一楼、长城旧游客；十一：天官叟、松园樵隐、江夏桐、花南道侣、挥犀客；十六：萧竹朋、番禺钟杞卿、李少白、芷馨草堂、祁恩濂；二一：桥东渔隐、梨花村农、祁恩湛、珠溪老杞、太原公子；二六：桥东渔隐、祖坡吟馆、尘外人隐轩、武垣、祖坡吟馆；三一：祖坡吟馆、桥东渔隐、武垣、梁又农、梅花女史；三六：灵山芭馨氏、隐庵、祁恩澎、棉斋主人、老竹君；四一：剑仙氏、番禺钟次张、萧翰杰、梦园主人、桐花吟叟；四六：祖坡吟馆、新种红梅馆、叶乃勤、谷臣、古禺叟。张豫泉先生评阅西榜一名：慈博、天寿归来叟、古禺第一楼、羊石顽艳生、梁又农；六名：定慧生、东洲钓徒、养花轩主人、拜鹃道人、武垣；十一：江夏桐、祖坡吟馆、修梅、桐花吟叟、祖坡吟馆；十六：古禺叟、新种红梅馆、隐庵、祁恩濂、梨花村农；二一：挥犀客、贲隅张国康、桥东渔隐、泽田氏、粤峤剑仙氏；二六：梦园主人、祖坡吟馆、花南道侣、灵山芭馨氏、潘枢纬；三一：延年翁、珠江老杞、李宜园、松园樵隐、劬学室；三六：祖坡吟馆、尘外人隐轩、长城旧游客、翠香园主人、香山博子；四一：谭伯根、因树屋主人、芷馨草堂、萧竹朋、赵吉庵；四六：棉斋主人、祖坡吟馆、商隐、叶霭莲、黄艾渔。

杨赓笙于南洋槟榔屿作《忆弟》(二首)。其一："恻恻篴声梦里来，星明贯索不胜哀。谁怜党锢为公罪，要识文名是祸胎。肥瘦累年难问讯，菀枯随俗漫疑猜。须知郁郁松和柏，都为凌霜作栋材。"其二："佯狂诗酒走天涯，远胜樊笼桎梏加。浪卷青萍三月絮，风摧丹桂两枝花。伤心我痛鸿罗网，望眼君怜犬丧家。何日对床寻旧约，一窗灯火诵南华。"此诗后刊载于 1916 年 9 月 11 日云南《义声报》。

陈夔龙作《春夜客散后作》《春感五首，仿梦华辘轳体，即次其韵》。其中，《春夜客散后作》云："客散茶烟歇，翛然百虑清。柝更深巷寂，邻火半窗明。荒径花无信，寒宵酒易醒。鸡声仍喔喔，老去不胜情。"

郑孝胥作《春寒》。诗云："入春只道寒无力，叵耐春寒不可当。好为花枝留十日，春阴阴后作春光。"

瞿鸿禨作《乙卯二月，予还湘省墓，散原亦返崝庐，适同轮舟，乃彼此不相遇，怅然久之。抵沪晤散原，言发南昌时，方意归途邂逅，有诗见忆，爰和此篇》。诗云："云迷宰木连山冈，清明泪洒游子裳。感君昨岁已上冢，念我久客从还乡。同舟并发不自意，共一老秃须扶将。峨峨巨舰失交臂，判隔户牖藏蜂房。初闻喜跃继怊怅，咫尺离合成参商。诚通肝胆绝楚越，不见蒇面庸何伤。回帆邂近入梦寐，握手袖视琼瑶章。悬求友声出岩谷，春风簧喈调清呪。崝庐诵芬慕前烈，泷冈树表今欧阳。吾翁挚友怆宿草，两家旧德俱义方。百罹流徙诏余痛，浊世礼坏川无防。墓门斧棘郁松柏，岁寒晚节敦偕藏。抱残各守遗经意，忍饥濡煦聊徜徉。"

于右任作《春感》（五首）。其一："潮涨潮平信有因，花开花落总无尘。文章到底成何用？不哭秋风转哭春。"其二："乱余宾客搜亡命，赦后英雄耻故乡。不信遗民阁古古，万千劫外看沧桑。"其三："蹈海魂归尚涕零，义兼师友泣湘灵。阿兄殉国全家烬，老母扶尸不忍听。"其四："文宪中原野史亭，百年恩怨倘分明。党人休望黄流哭，几个书生赠上卿。"其五："日暮谁挥一旅戈，东南鹤唳足风波。海边精卫冤禽满，梦里国殇知友多。"

严修作《春阴》。诗云："春阴暖靅春寒重，有约寻芳且展期。嫩叶初含朝气润，柔条又受晚风欺。根虽渐固犹嫌浅，花但能开不厌迟。四月深山应送暖，安排柑酒听黄鹂。"

乔大壮作《乙卯春再题庭北桃树》（二首）。其一："前岁深杯不自持，去年重付断肠诗。如今三度开还落，又是先生病起时。"

许之衡作《临江仙·甲寅、乙卯间春明杂感》（八首）。其一："一样风光朝与暮，东君妥贴偏难。欺花困柳弄寒暄。谁分春色，来作两般看。　旧苑不随芳事改，新枝朵朵争妍。春工尽费买春钱。笼阴送暖，暝幂度华年。"其二："几队南来新乳燕，日长屋角争巢。啄花剪水斗林梢。园公无语，负手听啁嘲。　银匠金铺添点缀，好春百样呈娇。窥帘悉窣也魂销。野花朱雀，谁认旧红桥。"其三："香国满园春色好，燕莺何事轻分。怜他争垒逐香尘。调簧刷羽，总是误芳辰。　一叶一枝成向背，翻教鸟恼花嗔。几番凝伫到黄昏。画楼低度，无计遣王孙。"其四："才觉酿花风袅娜，摧花又是狂飔。封姨毕竟最难知。春容乍转，吹散几繁枝。　从此虢秦休斗艳，绮园芳事全非。却愁风力渐离披。酝晴做雨，又换一年时。"

陈逢源作《乙卯春咏梅花》（用高青邱韵，节二）。其一："雪花昨夜下瑶台，疑是前身玉共栽。好伴林逋归隐去，应欣何逊咏诗来。烟村十里迷寒月，茅舍三间掩绿苔。独向春风传早信，江南遥寄一枝开。"

江衡作《乙卯春，海门茅黼屏先生寿八十，介同里刘君乙青索诗，为按事实成五古一首》。诗云："迅风掀危澜，滔滔悯皆是。东海一遗贤，笃行贞素履。茅君本仙人，秀仰三峰峙。已及杖朝年，常为在野士。少壮多雄心，报德先怵惕。折肱无良医，刲肱有孝子。锥刺又至再，淋漓几断指。疗亲亲不知，但梦神驱使。更有活人方，药言千百纸。口讲复手钞，砭俗自乡始。邻有背盟女，黔娄贫如洗。君为赡其家，合卺感流涕。莽莽俯中原，大道惧将圮。古人已山邱，文字乃精髓。祖龙一炬余，讵可等闲视。惜字如惜阴，从不失寸咫。孔庙观礼器，史迁同仰止。大学补新图，琼山许继起。肴馔圣贤书，新学直糠秕。清白子孙名，浮荣陋青紫。汉诏举孝廉，达尊推德齿。会当改革时，古义弃敝屣。鼠狐既塞途，鸾凤合栖枳。用人如积薪，往事随流水。俯仰身世间，时局频迁徙。爱古不薄今，此意无偏倚。其奈较短长，畴能夺臧否。新人不如故，例如缣素比。行遁无桃源，敬恭有桑梓。夙受孔子戒，社盟执牛耳。宜推乡饮宾，孰爱饩羊礼。晚年乐同善，任事勤董理。生憎逐末徒，独阐务本旨。抗怀追儒先，努力扶纲纪。身隐焉用文，功高不在仕。耆德式门闾，皓眉侣园绮。亡羊多歧途，射鹄此正轨。我恨识君迟，祝君寿多祉。一言堪解颐，里名参人氏。君家在江村，我来客茅里。在易为互卦，惟诗乃信史。一笑跻君堂，为君酌觥儿。并以寿刘伶，德邻君所喜。"

金天羽作《〈康熙己巳南巡图〉粉本，为宋云皋（赣寿）七世祖少司马（骏业）奉敕绘。原本十二卷，今存无锡至苏州一段，另三截不辨何处，乙卯春展观属题》。诗云："中天日照闾阖门，彩霞羃地香烟温。太平天子巡方岳，龙舟远在蓉湖滨。亭长堠短九十里，警跸扈从如云屯。中流锦帆澹容与，鱼龙裹浪朝至尊。千官鳞集万艘动，垂杨画出江南春。望亭东去浒关路，郊原飞鞚扬麹尘。旧时冷落枫桥畔，一朝冠盖成通津。山塘烂漫莺花绕，江山如画开城阛。画师吴中数宋玉，丹青右相陪紫宸。驱使群工布邱壑，虞山石谷充下陈。图成天颜对之喜，经营六载著剧勤。贮庋清闭镇艺苑，独以粉本传后昆。欧云东走海氛恶，圆明之火三月焚。六丁雷电敕下取，仁庙在天为帝宾。江南铜马亦肆劫，纸条裂碎山河痕。只鳞片羽拱璧视，仅此断素留乾坤。方春二月杏花闹，风流小宋开金樽。静永堂前展图看（堂名系仁庙御书），恨我不作康衢民。忽忆庚子乱离岁，素衣豆粥行西巡。孱王几见下殿走，长星竟天天昼昏。行宫到处壮蓬艾，鸟鹊不朝禹会村。此图要足备掌故，灵光历劫巍然存。故家乔木不易得，世世永宝宜子孙。"

陈逼声作《春日田园杂兴》（六首）。其二："春光明媚百花朝，镜水稽山景倍饶。

禹庙莺天祈谷鼓,沈园燕雨卖饧萧。争船儿唱青梅曲,挑菜人过白板桥。闻说西园花柳艳,卧龙开口任逍遥。(社日)"其六:"辍耕陇上坐苍苔,麊尾同斟浊酒杯。几度花风吹碧栋,连朝谷雨酿黄梅。蝶须余粉燕衔去,牛背夕阳鸦带回。故国田园依旧好,月泉吟社可重开。(谷雨)"

王树楠作《春愁》(感中日订约事作)。诗云:"困人天气日迟迟,唤起芳魂强自支。幕上风来妨燕唾,帘前密语怕莺知。百年已订同心结,一夕翻成绝命词。寄语东园诸女伴,崔郎空画护花旗。"

周应昌作《乙卯春捕蝗蝻事,乡民颇受扰,拉杂成此,以讽当事者,幸获查禁》(十二首)。其一:"争说田家乐事多,一春辛苦问如何。秋来收货知多少,惟祝官家政莫苛。"其八:"乡村四月本来忙,打麦声中更打蝗。乞缓须臾待卖麦,好遵明令暗输将。"其十:"何患无辞罪易加,官衙才了又私衙。乡愚那敢论真伪,一例金钱奉老爷。"十二:"穷民已是劫余灰,能觅灰中几许财。莫怪老夫太饶舌,曾听一路哭声来。"

林苍作《春来》(二首)。其一:"昨报春来今果然,行看众卉弄鲜妍。寄声莫放东风过,仅汝繁华到万年。"其二:"隔岁残红久作厌,旁观满意说花开。须知别有明年在,转眼芳韶属后来。"

张素作《春寒》《三部乐·春夜大雪,和炎公韵》《扫花游·春夜微雪,用梦窗韵》。其中,《扫花游》云:"塞春远隔,糁片片飞花,一天寒峭。篆烟自袅,倚阑干为惜,玉关人老。梦向檐梅,怪得朦胧易晓。伫游棹,问江南故乡,应有书到。 遥夜愁缥缈。偶透露晴光,素蟾留照。润回塞草。奈归心更逐,雁飞雪窅。怨入东风,变却琵琶旧调。起清早,掩林亭、慢呼童扫。"

钟熊祥作《春望》。诗云:"杨柳枝头泛麯尘,天涯芳草绿成茵。山明川媚欣欣意,云淡风轻寂寂春。野鹤空闲无罣碍,沙鸥静逸息贪瞋。涵容淑气看沧海,白发萧萧把钓纶。"

李鸿祥作《乙卯春偕严仲良游大同云岗,过张家口,次安太史维峻韵》。诗云:"天风何浩浩,山势且峨峨。征戍英雄尽,登临感慨多。边墙横紫塞,乱水接浑河。犹有匈奴患,经年剑未磨。"

曾广祚作《春过建业悲怀》《春望》。其中,《春过建业悲怀》云:"繁梅晴昊本鲜清,残雪微红血洗城。进退君臣凭甲士,安危社稷任书生。我思南岳幽居好,谁使中原大乱平。九节杖携过建业,江头宫树待啼莺。"

傅熊湘作《春雨谣》(六首)。其三:"故人遗我书,镌字青琅玕。上有毋忘之古镜,下有长生之玉盘。置书怀袖中,反诵涕汍澜。明知此意难复道,壮不如人今已老。春风能开二月花,不能长使花开好。呜咽陇头水,嵯峨门前山。青山艮止自常在,水流东去何时还?"

贺次戡作《春感》。诗云:"春风吹绿上杨枝,碧草如茵试马时。懊恼黄鹂千百啭,为他勾起故国思。"

董伯度作《春日杂咏》(五首)、《春日遣兴》《春柳》。其中,《春日杂咏》其一:"细雨珠帘懒上钩,轻寒漠漠鸟声柔。江南芳草依然绿,尽日春风不解愁。"其五:"雨过空庭淡夕晖,数竿绿竹绕柴扉。身轻始意随风转,不是杨花不肯飞。"《春柳》云:"灞岸章台处处宜,细腰漫把楚宫疑。三眠梦稳羁骢足,十里花飞扑酒旗。晓日朦胧穿紫燕,春风淡荡啭黄鹂。眉痕自被东皇写,便解依依不忍离。"

赖和作《谁怜落落》。诗云:"谁怜落落远游身(一写:辞家犹记重阳后),异地今逢乙卯春。祝岁不嫌柏酒薄,迎年令让柳条新。他乡久住忘(一写:关山难越长)为客,堂上关怀总累亲。此日天南回首望,东风吹断湿罗巾。"

赖雨若作《乙卯春游,上野梅花盛开,樱花初放,口占一绝》《步痴仙词兄〈热海晓望〉瑶韵》(乙卯春)、《乙卯春上野观樱即景》。其中,《乙卯春游》云:"春风掠地起香尘,花拥楼台簇簇新。红白及时奇挺秀,梅樱无语笑游人。"《步痴仙词兄〈热海晓望〉瑶韵》云:"庭花献媚鸟声娇,似为诗人慰寂寥。吟兴偶随潮势起,心香妙共矿烟烧。向阳地暖梅开早,近海鱼鲜酒味饶。仙骨灵泉初浴罢,衔杯醉看水天遥。"

李叔同作《春游曲》。诗云:"春风吹面薄于纱,春人妆束淡于画。游春人在画中行,万花飞舞春人下。梨花淡白菜花黄,柳花委地芥花香。莺啼陌上人归去,花外疏钟送夕阳。"

朱鸳雏作《春风谣三叠》。其一:"二月花初发,春风似剪刀。饧箫声欲咽,隐约过红桥。"

郁达夫作《过小金井川看樱,值微雨,醉后作》。诗云:"寻春携酒过城西,二月垂杨叶未齐。细雨成尘催小草,落花如雪锁长堤。社前新酿家家熟,陌上重楼处处迷。我亦随人难独醒,且傍锦瑟醉如泥。"后载于本年7月19日上海《神州日报》"神皋杂俎·文苑"栏目。又作《重访荒川堤,八重樱方开,盘桓半日并摄影以志游,赋此题写真后,次前韵》。诗云:"行尽青溪更向西,新蒲细柳绿初齐。风狂麦涌千层浪,路窄人争十里堤。花到三分装半醉,津经重问看全迷。春游欲作流传计,写得真容证雪泥。"后载于本年7月21日《神州日报》"神皋杂俎·文苑"栏目。

胡先骕作《春日游海滨》(二首)。其一:"海国春无极,遥山入望青。野烟笼远树,斜日下平汀。沙鸟忘机立,渔舟傍岸停。流连不知晚,天际见疏星。"其二:"十里草萋萋,游人满大堤。沙平春浪弱,天阔暮烟低。远树迷莺语,秾花乱马蹄。兴阑控金勒,归去画桥西。"

方令孺作《和二兄〈海棠巢〉诗》。诗云:"棠社秋风诗思成,黄花沽酒想宜城。一篇霞绮传江国,十载山城慰别情。吟梦有时随海月,桃源无复问秦名。何当鼓枻平江去,霄汉楼高听雁声。"

梁广照作《金缕曲·乙卯春月赠沈子善南归》。词云:"斜日宣南路,最凄凉,临歧踯躅,伤心无数。贫贱相依聊慰藉,几月忘形尔汝。记剪烛、西窗话雨。风雪残年都过了。甫开春,催把歌骊赋。丝柳袅,别离绪。　兴怀屺岵征车苦,君此行,孝思可敬,为谋将母。冠盖京华知己少,竟令斯人憔悴。甚无赖、南来北去。触我频年身世感。剩双行,惜别伤时泪。同不饮,怎生醉。"

罗章龙作《定王台晤二十八画生》。诗云:"白日城东路,娉嬛丽且清。风尘交北海,空谷见庄生。策喜长沙傅,骚怀楚屈平。风流期共赏,同证此时情。"(二十八画生,即毛泽东同志)

陈夔(子韶)作《虞美人·湖上饯春》。词云:"人生断合花前醉,不管朱颜改。花枝莫笑少年心,已是星星双鬓、不胜簪。　湖边春色归何处?寂寞春无语。惜春常是替花愁,只恐飞花如雪、逐东流。"

高宪斌作《春雪夜酌,有怀璧城,时君在蓝田》。诗云:"龙山千里雪,吹度落春城。月暗灯无影,窗明竹有声。哦诗嫌调促,倚枕觉寒生。遥想蓝田路,清樽恨独倾。"

[日]关泽清修作《春郊晚归,分韵》。诗云:"青青草色映春衫,十里平郊淡蔼缄。路转忽逢杨柳岸,夕阳流水送归帆。"

四　月

1日　《申报》第15133号刊行。本期《自由谈》"游戏文章"栏目含《滑稽诗话》(情虎)。

《小说海》第1卷第4号刊行。本期"杂俎·诗文"栏目含《谒曾文正祠,同刘伯远作》(诗舲)、《金椎奋》(诗舲)、《酬谢朴将军,用原韵》(诗舲)、《书感,步朴将军见示韵》(诗舲)、《书愤》(诗舲)、《怀古四首》(东园)、《新乐府》(二首,东园)、《秋水》(鸳痕)、《秋月》(鸳痕)、《秋山》(鸳痕)、《秋露》(鸳痕)、《秋烟》(贻苏)、《赠女伶碧云霞(有序)》(十六首,季良)。

《中国实业杂志》第6年第4期刊行。本期"文苑"栏目含《寄赵尧生侍御,以诗代书》(任公)、《偶阅胡文忠〈一统舆图〉有感,各系以诗存十二首》(周仲元)、《〈对酒图〉五章,章八句为,蹇季常题,以"浊醪有妙理"为韵》(任公)、《谭伶自绣像作渔父,乞题》(任公)。

2日　吴昌硕等同人举行甲寅消寒第九集,并有合影。同集亦有:章梫、戴启文、刘炳照、恽毓珂、沈焜。是集章梫首唱《消寒第九集,题九九消寒小影》,续唱者:章梫(二首)、戴启文、刘炳照、恽毓珂、沈焜。其中,戴启文诗云:"曲终应奏雅,卢后继王前。九转消寒会,三春酿雨天。盛筵开别馆,列坐集群贤。普照全神现,何劳画笔传。"吴昌硕诗云:"海雨晚欲霁,消寒坐春风。九九不辜负,旧历相推崇。刘郎践宿诺,开宴招群公。主客人十六,少长兼衰翁。摄影飞电光,坐花开芙蓉。历劫惭吴刚,好客交孔融。不闻吠者犬,不识屠者龙。一醉游桃源,醒亦夸瘖聋。我心比石坚,补天何由从。填海更所难,蛟鳄当其冲。我诗君过褒,聊用镌心胸。啼血随杜鹃,飞破鸿濛中。"

《申报》第 15134 号刊行。本期《自由谈》"诗选"栏目含《寄外子秋塘诗六首》(陈云贞女士)。

廖道传作《乙卯二月十八日迁粤秀山下挹秀庐新居,咏怀八首》(挹秀楼额,黎黄陂书)。其一:"三年珠海此悬车,粤秀山前漫卜居。晏子宅何妨近市,倪家楼只可藏书。闭门敢拟肓泉石,将母差便奉板舆。梅水烟波千里阔,松花犹自爱吾庐。"其二:"花亚庭阶雀噪梁,居然第二好家乡。机云分住东西屋,咸籍清谈上下床。菜切青芹新蟹嫩,酒浮红粙旧醅香。十年蓬梗妻孥笑,才向高堂一举觞。"其三:"拈毫懒作上梁文,助我清狂有故人。髹几纷题名士笔,盆花移借别家春。庭无钟鼎豪宾远,座有诗书古道亲。但愿儿孙能世守,寸缣尺物亦为珍。"其四:"岭南合咏寓公诗,巢许鹪鹩寄一枝。白屋咿唔尘客笑,黄虀风味老农知。棋余日影移楸局,书罢灯花落砚池。我室在城心在野,五湖何日理竿丝?"其五:"草庐龙卧愧无才,散鹤游云意半灰。迷迭香萦风里篆,清凉茶熟雨前杯。闲挥麈尾邀鹦语,每卷湘帘迟燕回。除是诗人来剥啄,杜陵蓬户几曾开。(梅县清凉山产佳茗)"其六:"四壁骈罗洞府琛,名山碑简列如林。虽无二竹三泉地,自有千岩万壑心。食粥不轻书乞米,典裘未肯赋售金。卧游静领闲中味,晴日凭栏独抚琴。"其七:"柴门半掩对斜晖,稚女娇儿散学归。挟卷庭前频问字,分甘花外竞牵衣。门闾敢遽期光大,牛马只愁受绊羁。却恐向平婚嫁晚,欲先五岳聘征騑。(次月入都,准拟往游泰山)"其八:"凭楼四望足怡颜,夜月晨霞与往还。碧海潮音通梦近,白云山色入窗闲。长安日远尘千丈,茆屋人怀厦万间。一笑赵刘王业尽,杨虞遗宅尚容攀。"

3 日 《申报》第 15135 号刊行。本期《自由谈》"诗选"栏目含《时事感怀》(佐彤)、《将之粤东》(默庵)。

杨令茀作《乙卯二月十九日纪事,用茧师〈花朝〉韵》。诗云:"暂向花丛取次留,钿车绕海过楼头。极天尘土迷红日,跐地长杨绊鞭鞴。九尽自饶春意味,巢荒空作菟裘谋。帘深六度唐花落,薄縠驱寒不藉裘。"

4 日 《申报》第 15136 号刊行。本期《自由谈》"游戏文章"栏目含《顽童》(六首,旭人);"词选"栏目含《高阳台·送绛珠之秣陵》(碧霞女士)。

叶昌炽得顾燮光来函,附赠所撰《非儒非侠斋诗稿》(民国三年会稽顾氏铅印本)。

毛泽东到芋园访黎锦熙。黎锦熙看毛泽东日记,告以读书方法。

[日] 松田敏作《南京怀古》(七首)。序云:"辞岳阳舰游南京,高野、小笠原、羽田三氏送到蓬莱馆。舰中所相知崎川工学士追至,请同游,乃僦马车及译官同发。"其一:"黍离麦秀感何胜,王气难终几废兴。自有春风无限恨,落花吹乱古金陵。"其二:"金粉雕残庙貌荒,无言翁仲倚荒凉。落花芳草春空老,独有钟山对夕阳。"其三:"断墙花笑为谁娇,世换无人守庙桃。四百楼台今不见,空蒙烟雨绘南朝。"

5日 《妇女杂志》第1卷第4号刊行。本期"文苑"栏目含《问丹亭游记》(平阳县立女子第一高等小学校第三年级生姜韫如)、《浙江女子师范学校同学录序》(汤修慧)、《郑康成诗婢赞(并序)》(广州公益女学师范四年级生曾孝敏)、《郑康成诗婢赞(并序)》(广州公益女学师范三年级生叶雪梅)、《说秋夜读书乐趣》(广州公益女学师范四年级生曾孝敏)、《追记重九日登高》(广州公益女学师范三年级生李竹泉)、《〈湘痕吟草〉序》(孙景谢);"诗选"栏目含《蕴素轩诗稿》(桐城姚倚云)〔含《送别漱芳大姊》《偕大姊晚眺》《悼侄女莲》《三弟以诗来,索和答之》(八首)、《秋夜偶题》《次大人试院偶成韵》《次大人韵呈夫子》《次大人〈秋柳〉韵》〕、《题李长吉美人梳头诗意画卷》(药心)、《春灯词》(华芳)、《闻莺》(二首,华芳)、《滇芬女士残稿》(顾莲)〔含《秋夜》《泥人(并序)》《溪居见山》《薄暮野望》《送钱楚湘舅氏游汴》〕、《梦回》(醒华)、《留别西泠寓所》(二首,上海民立女中学学生王蕴文);"词选"栏目含《浪淘沙·夜坐》(丹徒李兰如)、《如梦令·偶成》(丹徒李兰如)、《又·暮春》(丹徒李兰如)、《又·寄远》(丹徒李兰如)、《深院月·本意》(九皋)、《秋筎集》(兰陵吕采芝寿华)(含《念奴娇·春暮偶见落花有感》《浪淘沙·春感》《高阳台·秋夕有怀》《一剪梅(深院无聊香懒焚)》《临江仙》(二首));"杂俎"栏目含《人间可哀集》(无锡王蕴章辑)、《中萃宫传奇(续)》(小凤填词,忏慧、韵清正谱)、《辛亥秋日记》(金陵归周钟玉琴徽)、[补白]《谜画》(南洋双汗中学堂学生陈添祥)。

陈衍作《寒食日寄怀梅生兼讯西湖》(二首)。其一:"寒食寒犹甚,东风怒若雷。尺书前日到,襆被不能来。栽杏方含蕊,停尊懒举杯。故山猿鹤侣,饥饱费疑猜。"

段朝端作《寒食》。诗云:"七十三岁春过半,一百五日花正开。红襟语燕相对立,白发酒人无数来。穷汉备瓮斯可矣,横吏索钱胡为哉(杜诗'普天无吏横索钱')。会须暂卸膝盖骨(见《酉阳杂俎》),持竿独上韩侯台。"

瞿鸿禨作《清明前一日过岳阳》。诗云:"万绿包山郭,重湖吸郡楼。鸟鸢窥野祭,鱼鳖伏春流。子美平生涕,希文早岁忧。苍茫天地外,暝色赴行舟。"

许南英作《乙卯清明前一日送王少涛归台湾》。诗云:"黯然欲别近清明,触我思乡百感生。指点来家书画舫,雨丝烟柳送归程(少涛收罗书画甚富)。"

张素作《玉楼春·寒食》。词云:"梨花一树明寒食,院门漏管侵琼瑟。是谁放得小风筝,红丝漾处和愁摘。　　酒痕未褪香裙色,泼黛双蛾眉样窄。压帘春雨断知闻,扫晴娘向墙头出。"

6日　《申报》第15138号刊行。本期《自由谈》"诗选"栏目含《广陵舟中述怀》(默庵)、《渡扬子江》(默庵);"词选"栏目含《卜算子·集词句二》(诗圃)、《又》(诗圃)。

蒋萼卒。蒋萼(1835—1915),字跗棠,自号醉园,江苏宜兴人。从小就读于岳父储炳焕门下,除应科举考试诗文以外,兼攻诗词和骈体。后又从学于陈锡光、路允遵。咸丰十年(1860)因太平天国战争避走南昌,侍奉父母。光绪元年(1875)举人,官江苏高邮州学正、丹徒县教谕。家居时,与宜兴县令万立钧、荆溪训导顾云,结文字道义交,常聚集品茶吟诗,与立钧唱和之诗尤多,有《阳羡唱和集》2卷。归里后,曾分修《宜兴荆溪县新志》。著有《醉园诗存》26卷、《醉园啻白词》1卷、《爱吾庐稿》13卷。林葆恒辑《词综补遗》载:"《闺秀词话》:'萼工诗,早岁知名。老为丹徒教谕,对客辄谈故事,及身所经历,终日不倦。娶同邑储啸凤,贫而早卒。每举其《哦月楼诗余》告人,且自叹以为不及。'"

徐世昌清明祀祖。又,宴请方丹石、王晋卿、王鹤芝、王荫南、贺性存等,久谈。

曾习经到棉湖贡山祭祀先祖墓,归作《鲤鱼沟谒先大夫墓三首》。其一:"疏疏涧底松,兀兀山头石。含凄陟连冈,暖焉先子宅。微生足忧患,有愿守蓬荜。廿载饥驱去,一蹶遂扫迹。久知日月晚,真见邱墟易。尺璧幸自完,孤根复何植。"

叶圣陶由郭绍虞介绍到上海商务印书馆附设尚公学校代课。郭绍虞原是尚公学校教员,时应上海进步书店邀请往任编辑。郭遂介绍叶圣陶到尚公学校补缺。叶圣陶教小学高年级国文、地理、历史、习字诸课,并为商务印书馆编小学国文课本。

吴昌硕为赵云壑绘《王者之香图》并题诗云:"王者之香苦幽独,当门必锄处空谷。孤芳憔悴风雨中,恶草塞涂荆棘足。宣尼去后谁鼓琴,《猗兰操》寂无知音。离骚读罢楚天碧,明月无情湘水深。谁识当年王者香,满山荆棘满天霜。孤根欲结无盘石,采撷何人供玉盘。不生空谷不当门,且寄山家老瓦盆。伴读离骚灯影里,一丛芳草美人魂。云壑仁弟嘱试墨。乙卯清明日,客芦子城北隅,吴昌硕。"又,为颂周篆书"流水斜阳"六言联云:"流水亟鲨鱼立;斜阳微猎马归。(颂周仁兄属,集猎碣字。乙卯清明雨窗,安吉吴昌硕)"

冯煦作《高阳台·乙卯清明,张园坐雨,阒其无人,孤抱凄黯,仍倚沤尹均写之》。词云:"扑蝶风柔,听鹂雨峭,西园倦柳梳青。翠毂钿车,前游恰似江亭,小阑干外棠梨谢,蘸春波、一碧无情。箅年时,谢傅沾襟,不为闻筝。　　断无人处新烟换,怅双鸯不到,幽砌落生。旧曲潇潇,吴船同诉漂零。花消酒被伤心地,问争禁、四度清明。待朝来,阮屐重携,陌上初晴。"

陈衍作《清明日怀尧生荣县》（二首）。其一："寒食不出游，清明无花酒。风厉花未开，酒好迟上口。低徊花树下，恺恺念我友。几度共春游，一度寻万柳。棠梨挂纸钱，麦饭哭村妇。感之念家山，颇悔轻出走。君今天一方，乡里经年守。今日天阴晴，上家泊船否。可有柳插檐，可有花当牖。旧事可上心，可持杯在手。韦公念兄弟，兄弟我何有。柳州念丘墓，吾妇早丘首。此痛复谁怜，亦我与君偶。风光为我愁，日色渐变黝。"

陈遹声作《清明日，五次韵》。诗云："开宝旧朝士，萧然共赋闲。年忘秦汉后，梦到葛怀间。松菊存三径，桃花满一山。武陵津已熟，渔父掉舟还。"

陈三立作《清明日祭墓》。诗云："一宵雷雨垂，晨仰天墨色。狞飙号空荒，篁苇互靡抑。牲礼列墓所，吁告儿在侧。隔岁如隔世，活国计安出。黍离悲已沉，诸夏亡无日。预恐吞鲸鲵，匪独持蚌鹬。宿昔绸缪意，事往谁复恤。到今五运尽，诡荡毁天则。寸衷斗群嬉，急归留一息。山压愁云低，万松向霄直。衔纸寒雨中，饥乌作行疾。"

汤汝和作《清明日作》（二首）。其一："倦飞林鸟认巢还，半亩蓬蒿屋雨间。病赋新诗追谢草，梦携亡友眺吴山。雨声满院珠跳急，岚影浮床枕藉间。孤负百花生日过，闭门环堵似禅关。"

方守敦作《清明日偕季野、晋华出游东郭外，俯仰辛亥兵事遗迹，怅然有作》。诗云："春郊无限好，良日共行游。古寺黄花满，荒桥碧水流。山川阔大野，城阙自千秋。感慨当年事，还疑兵未休。"

贺次戡作《清明》（二首）。其一："清明消息杏花知，池草新生春梦时。试看窗前双蛱蝶，因风飞上最高枝。"其二："踏青女伴画桥东，步入桃林万树中。绯颊红英浑不辨，秾华一例笑春风。"

成多禄作《抱山展墓》。诗云："平明登抱山，树静栖羽寂。长跪酹佳城，往事思历历。我父卒丙戌，葬日雨渐沥。前母乃同穴，负土坚四壁。其地湿且卑，我心常戚戚。丁酉惊盗发，白日飞霹雳。恨无汾阳兵，志此徒悲激。罪人幸而得，沉痛那可涤。我母复见背，牛眠此中觅。风雨感崩防，迁徙同辟狄。伤哉乙巳春，万古漆灯阒。东西南北身，展转捧毛檄。二年出守绥，三载书考绩。推恩及九泉，褒赠膺殊锡。君恩日以深，亲面何由觌？况当八表昏，满眼愁锋镝。华屋与山丘，险过矛头淅。生儿亦何用，往训空启迪。春秋缺瞻拜，祸变同疏逖。默数生平罪，擢发岂足析。仰观松楸寒，雨泪纷纷滴。"

黄瀚作《清明日作》（去年清明展墓得颈联，今始足成之）。诗云："久将万念付浮烟，上家携来一陌钱。慈母颜容余宿草，故交名姓半新阡。谁人解达无生地，终古惟留不老天。泣向东风怯回首，寝门寒冷已三年。"

吴芳吉作《清明》（二首）。其一："小妇缝衣趁晓明，春衣和暖受风轻。从知物力非客易,怜汝万针刺得成。"其二:"落红如雨缀青苔,流过墙头杂水隈。日暮推窗闲展读,蜀山争入晚帘来。"

林散之作《清明诗》(四首)。序云:"余设帐卜家集小夏庄,其村有清明鸡蛋换诗故事,余不谙此风习。村人谓余无诗难以赠蛋,余乃作《清明诗》四首,以赠诸弟子,免村人笑我拙云。"其一:"清明时节雨凄凄,水满平湖草满堤。忙煞营巢双燕子,飞来飞去日衔泥。"其二:"春郊无处不芳菲,柳正摇青草正肥。珍重诸生须发愤,寸阴是惜莫相违。"

李采白作《乙卯清明示弟采荣三首》。其一:"赐赠文孙愧远鸿,幽光潜照祖心中。青衿两代悲何用,香谷梅花拜下风。(陈让三函赠七古有'潜德其祖才其孙'之句。相传十世祖香谷府君,于明鼎革,未尝剃发。盖余族寒微,明清两代,各一诸生,一为香谷府君,一即不肖云)"其二:"自艺园蔬五十年,歌鱼焚卷总陶然。青莲美字呼名惯,敢拟风人望古贤。(先大父字梅谷,卒年八十有七。焚卷事,见邑志义行。常喜呼余名,盖音近太白云)"其三:"风霜敬谢先生笔,日月当悬后代居。苦守勤俭甘稼穑,轻求完美重诗书(桐轩先生赠先君旧句)。"

陈宧作五言律诗一首。诗云:"二十年前事,追思亦怆神;有门常闭雪,无甑可生尘。世难惊奇险,家贫累老亲;回首望乡国,嗟予又西征。"

8日 虞洽卿等在上海发起中华救国储金团,以"国民协力保卫国家"为宗旨,"冀达人人爱国,人人输金之目的"。一个月间全国成立储金分事务所250余处。

《申报》第15140号刊行。本期《自由谈》"游戏文章"栏目含《穷民雨夜五更词》(五首,东园)。

陆子美卒。年二十三。陆子美(1893—1915),名遵熹,字焕甫,以号行,南社成员,江苏吴县人。江苏师范高才生,投身新剧活动,演悲旦。曾与冯子和同演《血泪碑》,为柳亚子所赏,名重一时。又擅演《红鸾禧》《恨海》《家庭革命》等。柳亚子有《梨云小录》,记载与陆子美遇合因缘,并为刊《子美集》。陆亦能作水彩画、曾为柳亚子绘《分湖旧隐图》,社员题咏者数百人。柳亚子撰《陆生传》。柳诗《追哭子美》云:"菊影翻新谱,梨云剩旧编。素车悭一吊,泉下倘相宽。"

魏清德《雨雹》(限东韵)(二首)发表于《台湾日日新报》。其一:"来如挝鼓响隆隆,径寸团团下碧空。绝胜望湖楼上望,跳珠乱打水晶宫。"其二:"不伤禾稼损农功,大小团圆错落中。可惜绿珠无处买,满天辜负白玲珑。"

9日 《申报》第15141号刊行。本期《自由谈》"游戏文章"栏目含《打油诗:虹庙闲吟》(四首,情虎);"诗选"栏目含《秋柳》(次渔洋山人韵)(四首,秦淮寄渔子瘦)。

10日 《女子世界》第4期刊行。本期"文选·诗话"栏目含《闺秀诗话》(栩园、蕉轩)、《香奁诗话》(喋喋、笛舫)、《曲栏闲话》(栩园);"文选·杂俎"栏目含《两部鼓吹轩〈九秋词〉》(长洲孔惠昭争心);"诗词曲选·名媛集·诗选"栏目含《胥江词》(二十四首,吴县吴苪佩纕)、《边风》(鸳湖黄箴鬘因)、《边月》(鸳湖黄箴鬘因)、《边尘》(鸳湖黄箴鬘因)、《边笛》(鸳湖黄箴鬘因)、《边角》(鸳湖黄箴鬘因)、《边雁》(鸳湖黄箴鬘因)、《边马》(鸳湖黄箴鬘因)、《边柳》(鸳湖黄箴鬘因)、《边草》(鸳湖黄箴鬘因)、《赋呈马师鲁川》(海门黄逸尘雪兰)、《寄癫柏叔二首》(海门黄逸尘雪兰)、《杂感》(二首,吴县李然曙支)、《西施咏》(吴县李然曙支)、《道出津门有感》(锡山王桐华井梧)、《保定至武强道中有感》(锡山王桐华井梧)、《思亲》(锡山王桐华井梧)、《扇上牡丹》(锡山王桐华井梧)、《和外子〈赠妓〉诗原韵》(四首,锡山王桐华井梧)、《自嘲》(锡山王桐华井梧)、《诗魔》(锡山王桐华井梧)、《追悼》(锡山王桐华井梧)、《读〈小青传〉书后,用琳仙如妹韵》(四首,德清徐畹兰鬘仙)、《冬闺》(四首,锡山温倩华佩葶)、《春阴》(锡山孙苏玉啸秋)、《春夜即事》(锡山孙苏玉啸秋)、《病起》(锡山孙苏玉啸秋)、《落花》(锡山孙苏玉啸秋)、《新晴野步》(锡山孙苏玉啸秋)、《纳凉》(锡山孙苏玉啸秋)、《秋日晚晴》(锡山孙苏玉啸秋)、《七夕》(锡山孙苏玉啸秋)、《中秋望月》(锡山孙苏玉啸秋)、《寄赠琴彩女史》(二首,奉贤刁素云红薇)、《病起杂咏》(二首,奉贤刁素云红薇)、《挽沈琴彩女史》(五首选二,奉贤刁素云红薇)、《辛亥三月十九枕上口占》(奉贤刁素云红薇)、《寄静仙即和赠韵》(清溪嵇逸仙)、《舟行》(清溪嵇逸仙)、《病夜口占》(清溪嵇逸仙)、《题家兄梦鸥〈个影庐吟草〉》(四首,德清徐锦华)、《金陵怀古》(歙县吴蕊先绛珠)、《前题次韵》(歙县鲍苹香秋白)、《前题和作》(盐城陈琴仙友瑟)、《前题和韵》(盐城杨瑛青碧珠)、《前题和韵》(扬州许碧霞绮云)、《惊鸿吟》(集古三十首选十五,吴门吴钧才忏情)、《接朱美林女士信有感》(二首,吴门吴钧才忏情)、《予担任健文女校绘事,张生萱画有〈明月苍松一叶舟图〉,设色颇佳,为题四句》(沪渎李华影)、《题何生芍香〈松石盆景图〉》(沪渎李华影)、《题汪生蓉〈秋菊图〉》(沪渎李华影)、《菊影二律》(会稽马静宜女士);"诗词曲选·名媛集·词选"栏目含《南楼令 (朱箔卷红霞)》(东海刘清韵古香)、《疏帘淡月 (疏帘淡月)》(东海刘清韵古香)、《菩萨蛮·春寒》(东海刘清韵古香)、《菩萨蛮·晓妆》(东海刘清韵古香)、《百字令·题某女士醉书轩》(东海刘清韵古香)、《薄幸·题〈潇湘影弹词〉》(仁和朱恕懒云)、《浪淘沙 (六曲小房)》(仁和朱恕懒云)、《减字木兰花·冬晓》(锡山温倩华佩葶)、《浣溪沙·夜雨》(锡山温倩华佩葶)、《菩萨蛮·雨夜不寐》(锡山孙婉如)、《如梦命·春睡》(锡山孙婉如)、《采桑子 (黄昏独立回廊立)》(南昌许贞卿)、《满江红·听雨》(长沙刘鉴惠叔)、《前调·闻蛩》(长沙刘鉴惠叔)、《河满子·冬月自沪返里,风阻河干,泊城外一宿》(兴化刘韵琴)、《满江红·癸丑乱后过金陵有感》(兴化刘韵琴)、《百字令·有感》(兴化刘韵琴)、《江城梅花引·雨夜蕉窗,题〈美人画册〉》(歙县鲍蘋香秋白)、《江城梅花引·病中》(兴化张碧琴韵岑)、《前调·冬夜碧霞来》(歙县吴绛珠蕊先);"诗词曲选·名媛集·曲选"栏目含【五色丝·白练序】《题〈昭君出塞图,用尤悔庵〈满装美人〉韵》(兴化张碧琴韵岑)、【新样四时花·小桃红】《题观音绣像,用尤西堂〈美人图〉韵》(歙县吴绛珠蕊先)、【南吕·梁州新郎】《云裳妹〈邓尉探梅图〉》(仁和吴藻蘋香);"诗词曲选·香奁集·诗选"含《题〈水绘庵填词图〉》(文廷式)、《今别离四章》(毛万庸)、《游仙五首》(王湘绮)、《莫愁湖》(四首,何问山)、《重游留园》(八首,陈蓉仙)、《无题》(二首,陈佐彤)、《冬闺新咏》(十首,魏春影);"诗词曲选·香奁集·词选"栏目含《莺啼序·题哀情小说〈二乔蜕恨〉》(刘醉蝶)、《系裙腰·记恨》(刘醉蝶)、《玉漏迟·题杨瘦人白华〈东楼望美图〉》(刘醉蝶)、《临江仙·题美人画卷》(刘醉蝶)、《蝶恋花·题潘兰史飞声〈红豆图〉,图为洪银屏词史作》(刘醉蝶)、《浣溪纱·客感》(刘醉蝶)、《唐多令(芳树弄柔姿)》(张荫民)、《摊破浣溪沙(粉堕香消画东阁)》(张荫民)、《菩萨蛮·赠梅云》(四首,潘兰史)、《卖花声·兰史属题〈苏台五美图〉》(樊樊山);"诗词曲选·香奁集·曲选"栏目含【北正宫·端正好】《除夕书怀》(天虚我生);"弹词"栏目含《潇湘影弹词(续)》(天虚我生著、影怜女士评)。

南社雅集后,柳亚子偕佩宜夫人与高吹万夫妇、姚石子夫妇同游杭州,流连二十余日。

冯煦赴郑孝胥宴,朱祖谋、王乃征、李传元、唐晏、杨钟羲、王仁东等在座。

蒋箸超撰《蕲庐非诗话》(甲集)由海上蕲庐出版,总发行所为民权出版部。

11 日 《申报》第 15143 号刊行。本期《自由谈》"诗选"栏目含《和钱尹臣姻丈〈七十自嘲〉原韵》(二首)(晋臣)、《赏梅,用东坡〈松风亭〉韵》(练西恨人);"词选"栏目含《扬州慢(窗罥蛛丝)》(诗圃)、《前调·春日别情,用诗圃韵》(东园)。

吴昌硕赴郑孝胥宴。宴毕约郑孝胥于小有天。

毛泽东、萧瑜、陈焜甫访黎锦熙,黎锦熙向其讲述读书方法。

12 日 《申报》第 15144 号刊行。本期《自由谈》"诗选"栏目含《感怀》(二首,蔡选青)、《〈陶湛春先生行状〉书后》(默庵)。

沈其光作《乙卯二月二十八日,熊鞠孙(祖诒)、徐伯匡(公辅)、慎侯(公修)、项涵公(寰)、邹蒪荪(尊德)、钱静方(学坤)、叶行百(春)及余觞上海姚东木先生(文栋)于丁家酒楼,席间有出张文敏公丙戌〈入都途中杂咏〉手书长卷者,因各次其韵以为赠,余拈得齐韵律句》。诗云:"江左师儒表,谈经觉众迷。云开千仞岳,天白一声鸡。高宴当莺序,东风驻马蹄。夜阑重拾韵,红烛照频低。"

13 日 缪荃孙访沈曾植。又,罗振玉由日本归来,是日访沈曾植。

14 日 春社成立。发起人陈衍,成员有樊增祥、易顺鼎、左绍佐、周树模、俞明震、江瀚、吴绹斋、黄濬、梁鸿志等人。陈衍《石遗室诗话》将春社第一次雅集诸人之诗节选编排并作序。序云："今年三月一日，寓庐有春社之集。集者樊山、笏卿、沈观、叔海、实甫、确士、绹斋、众异、秋岳，并余十人。人各有诗，诗长不具录，节摘编排，以当一篇序记焉。樊山诗云：'石遗爱淡交，不数数相见。十日前谓余，景光老可恋。耆旧此数翁，栖心在琴砚。月当一再会，互出新诗看。清言美于酒，旧书熟于饭。人生贵意适，呕心非所愿。'都下最盛诗钟之会，余颇苦之；因与樊山诸老，谋另结一社也。笏卿诗云：'东城最深处，闽客此为家。略有园林意，小桃新著花。邀人作春社，把盏酹流霞。'叙余建社于东城寓庐也。社建于暮春之初，故以春名。樊山又云：'野王有二老，出入相与偕（余与少朴同往）。西头至东头，六七里以来。横穿玉蝀桥，直走铜驼街。逶迤入深曲，坊巷揭粉牌。过门不自觉，历扣三四扉。久乃得君居，两辕复折回。'沈观诗云：'端居常谢客，亦未辄诣人。诗翁招我饮，命驾乃欣欣。幽栖在何许？缭曲东城根。过巷车百转，误打邻家门。街童指谓客，此屋侯官陈。'皆言路偏居僻，觅许久始到也。樊山又云：'排闼笑且呼，主人迎降阶。疏疏白竹篱，花树历乱裁。堂室并修洁，洒扫无纤埃。书画满东壁，亲斟绿茗杯。'沈观又云：'入门有花竹，眼洗都邑尘。架书与壁画，古色纷璘玢。'实甫诗云：'僦居得花颇不易，室宇清净疑禅关。天为维摩设此榻，更以佳侠罗珮环。碧桃半开杏花盛，絓衣拂帽枝堪攀。'叔海诗云：'灼灼桃始华，垂垂柳初阴。'确士诗云：'老味淡处真，春光闲可掬。窗外花始蕾，余寒怯春服。'皆言敝庐小有花树也。绹斋诗云：'樊山大师已先至，巍然一老兰陵儒。泊园健者笔更健，识度复旷腾高衢。竹匆老人兴飙举，庞眉不带烟霞癯。三年社帜树海曲，我亦屡属追履绚。长汀淹雅设绵蕝，汉寿善咏探灵珠。舥庵度陇诗最富，普梨听彻《凉州》无？梁、黄才名今二妙，众中嶷秀真吾徒。'叙社中诸人也。樊山齿最长。沈观有园西北城，颜曰'泊'。竹匆，笏卿自号。'三年'二句，谓与樊山、沈观、笏卿在上海结超社。叔海，长汀人，方为礼制馆总纂。实甫，古汉寿人。舥庵，确士号，前提学甘肃。叔海又云：'留连趁佳日，顾盼皆南金。燕歌终爱昔，楚材方盛今。'谓同社皆南人，樊山、笏卿、沈观、实甫皆楚籍。《燕歌》句，谓坐中谈北方女伶事。沈观又云：'开箧示佛象，以寸量金身。日本天文造，刻镂令犹新。'谓出观日本天文十年造象。又云：'萧奴解烹炙，鼎味饫众宾。'樊山又云：'嘉蔬罗髹案，女酒酌花甆。厨人故佼佼，识字工文词。治任出新意，如其所为诗。'实甫又云：'君治酒食能召客，豪举足破儒生悭。'笏卿又云：'一事尤堪异，诗奴似易牙。'绹斋又云：'所思既得酥梨笋，杂以海错罗珍腴。'皆谓家仆能治肴，亦知文字也。沈观又云：'相对数甲子，五百念八春。'确士又云：'相对数甲子，人生如转烛。'言坐中总数年岁也。樊山又云：'扪腹既醉饱，试客无他题。请以今日事，发为珠玉辉。'言相约即事赋诗也。诸君诗皆如画如话，樊山自谓'我诗如序记，笔与意相随'者，恐不得一人专美矣。余与梁、黄作未录。"陈衍作《三月一日于东城敝寓为春社首集，集者樊山、沈观、笏卿、叔海、确士、实甫、绚斋、众异、秋岳并余十人。约各为即事诗一首，次日沈观诗先成，次韵示同社诸君》。诗云："王城文字饮，动集百十人。斗巧为断句，赏奇各自欣。我老苦才尽，僻典窘金根。对客惮挥毫，逃之常闭门。托言挽颓波，欲追射洪陈。纠合诸老翁，觞咏续前尘。香山数不足，晁张招彬玢。恍聚吴会英（吴会英才集凡十人，此会人数同之），各阐尊前身。敝庐虽僻陋，一例春色新。藤蔓互蒙密，柳丝宕风神。所输秀野堂，元诗留凤因（旧住上斜街，为顾侠君先生故宅）。尚喜螺蛤厨，足以呼嘉宾。高轩首樊周，迷路旋回文。儿童指柴门，揭橥书曰闳。自我淹京华，十年雌甲辰。独屋似禅房，入室乏我闻。竹条鸣我秋，梨杏蓓我春。渭城求何戡，潭水逢汪伦。中间遇乱离，分向潇湘秦。后此良会合，霜鬓看松筠。惟有即事诗，时时写其真。喜君诗先成，开函矿出银。"黄濬作《三月朔日，春社第一集，赋呈石遗师》。诗云："春城花欲然，佳怀定何预。信当谋社尊，光景得少驻。楚才真可畏（社中樊、周、左、易诸公皆楚人也），高学无咫尺。吾师晚好咏，扫室纳杖履。言披风沙夕，分索冰雪句。杯觞洗凡色，花竹见朴素。此庐固非远，会心始一遇。致知诗境深，触譬寄孤慕。平生少年场，着意欲自度。黾勤事俯仰，惧坐文字误。得从诸老游，饯此春物暮。明日更层楼，冲寒倘能赋。"

《国学杂志》（月刊）于上海创刊。1917年1月停刊，共出8期。由国学昌明社发行。倪羲抱编辑。分设"总论""经学""小学""史学""舆地学""兵学""文学""学术""附录"栏目。倪羲抱作《〈国学杂志〉序》云："自海禁开，中夏与诸国往来，其输入之新学实不乏。吾国先圣昔贤之留遗，因是而泯没者，岂少哉！今大者远者，不佞未尝知，即其易知而习见者，弁集为书；其不足者，咨佞于世之有道，由而讨论商榷，以不佞为众讥之敌，待发明而光大焉。固不佞之所乐任，亦不敢辞也。"第1期"文学"栏目含《云高士云林尺牍》；《伊人思》（吴江沈宜修宛君氏辑）：《灌春逸尚序》（朱盛藻）、《维仪妹〈清芬阁集〉序》（方孟式）、《共姜》（方维仪）、《寒月忆妹茂松阁》（前人）、《晓庭》（前人）、《蚤声》（前人）、《空庭》（前人）、《暮春与吴姊话别》（前人）、《古意》（前人）、《春夕》（前人）、《夜琴》（前人）、《仝二美人文庄溪望》（前人）、《独坐》（前人）、《花影》（前人）、《至东郊望何夫人居》（前人）、《携二女和瑜、如瑾游半山》（田玉燕）、《寄娇飞妹》（前人）、《和洪掌珍〈风花雪月〉》（四首，前人）、《看红梅》（前人）、《夜柳》（前人）、《子夜歌》（屠瑶琴）、《元日》（前人）；《梅边笒谱卷一（榆园钞本）》（仁和李堂允升撰）：《天香·岁暮将归城西，赋别斋前梅，且以订后期也》《台城路·城西山枝巷有古井阑，唇刻"淳熙四年修"，丁卯冬日偕胡瘦山寻之，各赋此解》《高阳台·春晚养疴杜门，偶至湖上，花事已阑，赋此写怀》《菩萨蛮（梅花开后归期准）》《望湘人·秋水》《清平乐·屈韬园属题〈携笠图〉》《惜秋华·城东看菊,怀东皋翁》《水龙吟·戊辰九年十五日偕施石樵、赵白亭访小石上人于城东,时自维扬归,遂留池上看月茗话,久之出〈半亩居图〉索题,且订销寒之钓,赋此即书卷尾》《湘月·题友人〈琴趣图〉》《高阳台·城北沈氏园有古桂二株,每当著花主人招饮其下,吟赏乐甚,今秋过之,古香已阑,主人亦下世,感旧伤今,率成此解》《庆春宫·题宋徽宗画牡丹》《更漏子(雨帘纤)》《醉太平·桂花》《凄凉犯·岁莫沈园探梅,追念旧游,零落怆然于怀,因赋此解,山阳邻篴,不足喻其悲也》《点绛唇·题闺媛胡缘〈琴韵楼遗稿〉》《西子妆·送东皋翁之扬州》《壶中天·胡瘦山访郭频伽于魏塘,属屠琴坞写〈魏塘访友图〉,索余题句,赋此为沤侣问》《汉宫春(宝屑扬尘)》《眼儿媚(画船亭午系垂杨)》《长亭怨慢·柳丝》《柳梢青·禾中有赠》《壶中天·寄题卷勺园在乍浦城内》《庆春宫·祝纪堂新抱骑省之戚,即有粤西之行,赋此赠别,弥觉黯然矣》《南楼命·清明日舟出北关有感》《琵琶仙(如此溪山)》《南浦(城郭望如浮)》《虞美人·登烟雨楼》《琴调相思引(谁理琵琶待月明)》《祝英台近·山塘月汛》《洞仙歌·秋蝶》《齐天乐·登湖山望江上残雪,怀祝纪堂》《木兰萼慢(病余常懒起)》《八声甘州·怀郭频伽客吴兴》《台城路(路通城北穿黄叶)》《玉漏迟·慰徐咏梅悼亡》《南乡子·题周松泉画松》《沁园春·泪》《又·汗》;《扬州鼓吹词序》(广陵吴绮园次著,梁溪王蕴章尊农校):《文选楼》《争春馆》《东阁》《蕃厘观》《谢安宅》《董井》《石塔寺》《斗鸭池》《重城》《康山》《芜城》《蜀冈》《隋宫》《迷楼》《月观》《萤苑》《鸡台》《隋堤》《玉钩斜》《平山堂》《明月楼》《竹西亭》《芍药厅》《九曲池》《二十四桥》《雷塘》《云山阁》《红桥》《广陵卫》《梅花岭》《淳于梦宅》《茱萸湾》;《海山仙龛诗录》:《辛亥二月二十三日集陶然亭》(苏龛)、《二月二十三日集于江亭,苏龛主之,春雪放晴,景色特异》(石遗)、《夜过海藏楼,归纪所语,简太夷并示拔可》(贞壮)、《元夕同浪公、菽民坐洗红簃赋示》(前人)、《徐州》(前人)、《过京口有寄》(前人)、《雨中夜发上海,晓晴抵金陵,复渡江趋浦口,舟中感纪》(前人)、《感近事》(二首,前人)、《市上赠黄晦闻》(檗子)、《白桃花》(檗子)、《寓斋杂诗》(四首,李详)、《与徐亢庵、谢诩斋话旧》(薇孙)、《无题八首和韵》(广生)、《路出信阳,遇淮北友人有能道南塘故事者,知手植花竹俨然成阴,而予与晚翠遽有生死之隔,不自知其情之哀也》(拔可)、《庚子八月夏口感事》(倦鹤)、《秋柳,和渔洋》(四首,倦鹤);《箧中词续》:《谒金门》(二首,彊村)、《更漏子(玉钗凤)》(彊村)、《临江仙(灯影花梢小阁)》(叔问)、《谒金门》(二首,叔问)、《紫玉箫·甲寅四月二十二日晤沤尹苏州,商定近词,深谭移晷,略涉身世,因以曲终奏雅自嘲。向来危苦之言,以跌宕出之愈益沉痛,是亦填词之微恉也。行沽市楼,草草握别,归途惘然,倚此却寄》(夔笙)、《寿楼春·子大闲删均无题诗,自和至数十首,余读而艳之,为拈此解,乃欲艳而不能。近来填词皆然,亦天时人事为之耶》(夔笙)、《四字令·冰弦得小铜印，文曰："石家侍儿"，白文方式，以拓本见贻，赋此报之》（夔笙）、《浪淘沙（未雨已潇潇谅到）》（仲可）、《剔银灯·席次酬陈偍鹤、庞檗子、王尊农》（仲可）、《浣溪沙·民国三年九月十一日作（是时方以全欧战争波及青岛，守局部之中立）》（仲可）、《金缕曲·空江拥被，万感如潮，忆张南湖舍人云骧〈芙蓉碣传奇〉最为婉艳，爰倚是调题寄，言愁欲愁，不觉江州泪湿矣》（子大）、《采桑子·横塘夜泊》（檗子）、《菩萨蛮·舟中雨霁月出，笛声凄然》（檗子）、《鹧鸪天·题病鹤丈〈石屋寻梦图〉》（檗子）、《法曲献仙音·陈子巢南以十四年之心力纂〈笠泽词征〉一书，索题赋此》（偍鹤）、《鹊桥仙·甲寅七夕》（偍鹤）、《龙山会·题巢南〈征嫠论词图〉》（瘕庵）、《玉漏迟·癸丑中秋月蚀，和半塘老人〈中秋抱病视姬人抱贤拜月〉韵》（尊农）、《西子妆·西湖晚眺，和梦窗自度腔》（尊农）、《浣溪沙（柳柳依依别意饶）》（佛慧）；《锦树林传奇》（无锡王蕴章尊农填词）；《无斋漫录（未完）》（倪羲抱）。

《申报》第15146号刊行。本期《自由谈》"曲选"栏目含【仙吕过曲·皂罗袍】《移军邗上，留别淮东》（绍彭倚声，东园润文）。

叶圣陶加入东社，并助曾品纯编辑《东社社集》。社友有刘大白、胡天月、曾问渔等。

张震轩作《小楼卧听雷雨，欹枕不寐，口占一律》。诗云："万窍呼号怒，轰雷震耳鸣。乖龙渊起蛰，睡鹊夜巢惊。雨泻檐成瀑，风翻瓦有声。小楼欹枕听，不寐到天明。"

15 日 《申报》第15147号刊行。本期《自由谈》"游戏文章"栏目含《闺情》（集词曲牌名七绝十五首，济航）。

《双星》第2期刊行。本期"文苑·文"栏目含《〈天香石砚室弈选〉序》（尊农）、《〈之江涛声〉序》（西神残客）；"文苑·诗"栏目含《七夕楼外楼作》（檗子）、《张园晚坐》（檗子）、《雨夜怀伯兄》（檗子）、《题〈天香石砚室棋谱〉》（吴梅）；"文苑·词"栏目含《琴调相思引·袁子辛〈采菱图〉，伽庵嘱题》（檗子）、《章台月·七夕过含芳妆阁》（檗子）、《南洋竹枝词》（尊农）；"杂俎·丛录"栏目含《特健药斋诗话》（鹊脑）、《梅魂菊影室词话（未完）》（尊农）、《剩墨斋笔记》（企翁）、《海山仙鲛随笔》（松风）。

[韩]《天道教会月报》第57号刊行。本期"词藻"栏目含《挽金炳泰君》（仁庵洪秉箕、张世华、李龙雷、白应奎）、《送沈相卨南征》（凰山李钟麟）、《雨后即事》（凰山李钟麟）、《旅中述怀其一》（不才子金光熙）、《旅中述怀其二》（不才子金光熙）、《临别口号》（不才子金光熙）、《自仓洞向牛耳》（敬庵李瑾）、《又（自仓洞向牛耳）》（芝江梁汉默）、《偿樱》（芝江）、《入洞》（敬庵）、《牛耳洞偿樱纪行》（芝江）、《又（牛耳洞偿樱纪行）》（敬庵、桂轩、辛精集）。其中，芝江《牛耳洞偿樱纪行》云："十里行春绿映天，近城芳树远城烟。小车转向郊门北，牛耳楼台在鹤边。"

刘珣生。刘珣，湖北嘉鱼人。著有《碧栖山馆诗草》。

16日 碧湖诗社于长沙碧浪湖上巳修禊。参加者有王闿运、曹典球、李肖聃、王啸苏、刘善泽、曾广钧、吴雁舟、程颂万、袁叔舆、易由甫、陈豪生、徐实宾、海印等凡十数人，推王闿运为首座，最年少者刘善泽(字腴深)任诗社副社长。

林尔嘉招邀社侣在菽庄花园举行上巳修禊，此后年年赓续。沈瑗莹作《金缕曲·乙卯三月三日菽庄傍禊，分韵得地字》。词云："雨洗屏山翠，鹭江阴，镜涵鸥影，楼空蜃气。春色三分何处所，断送二分流水。一分在、杜鹃声里。鸟唤提壶人荷锸，任东风，撼得花铃碎。金谷酒，兰亭会。　洞天别有神仙尉，邑幽情，前筋后咏，主醒宾醉。如画须麋三十六，南国词人老矣，羡王谢、翩翩公子。粗服乱头狂似我。问柳枝，可解燕台意。双蝶舞，消魂地。"施士洁作《买陂塘·乙卯三月三日，菽庄修禊，用禊序字，分韵得此字》。词云："莽神州，沧桑劫后，不期簪盍于此。此间况是腥膻地，鲛市蜃楼而已。重三禊，藉曲水流觞，袯尽金银气。主人谁是？是世外逋仙，山中谢傅，吟社执牛耳。　千秋事，为问芳园隽侣，何如春宴桃李？而今也有兰亭会，肯让右军专美？群贤至。更童冠联翩，风浴咏归矣。文豪诗史，把浪屿林泉，洞天图画，收拾管城里。"许南英作《乙卯上巳菽庄修禊，分韵得群字》。诗云："形骸放浪聊乘化，千载风流晋右军。我亦咏觞同一致，公然山水竟平分。偶逢令节陪时彦，得与清流挹古芬。不管苍生霖雨事，招邀谢傅与同群。"

罗惇曧集同人修禊什刹海，并分韵唱和。雅集者有罗惇曧、俞明震、姚永概、闵尔昌、林志钧、邓镕、黄濬等86人。其中，俞明震作《乙卯上巳日修禊十刹海，分韵得洒字》。诗云："八年不到十刹海，泼眼春光忍抛舍？旧时燕子再来人，相逢同是悠悠者。词流老去抱冰死，犹傍宫墙作春社。倚楼烟柳断肠处，斜日苍黄乱鳞瓦。旦暮承平又一时，瓮中春色谁相假？东风作恶尘土飞，咫尺湖光不忍写。哦诗赌酒盛文物，顺时哀乐吾聊且。未死尚思来日事，故园樱笋初盈把。料量春事不如归，经天泪向苍茫洒。"姚永概作《乙卯修禊十刹海，分韵得同字》。诗云："辛苦一泓水，照我少成翁。堤柳数十株，青意仍濛濛。言怀永和人，胜事千载同。宾主集高楼，履舄翔虚空。箫韶音久绝，岂有日再中。今辰不自乐，谁为开余衷？陋哉王右军，胡独感无穷。"黄节作《上巳日，瘿公集同人十刹海修禊，予以病未至，亦补一诗》。诗云："佳晨已负独酬诗，坐辍斯游讵失期。渰被未能胜久病，兴怀原不在同时。当春委结吾何往，搂日鸣弦古可悲。湖壖不违强十里，尽留陈迹一寻遗。"闵尔昌作《十刹海修禊，分韵得萌字》。诗云："雪尽土膏润，卉草苏句萌。风咏慕前哲，及兹春服成。朔方地隆高，偏少溪河萦。城阴一泓水，乃以海为名。会心岂在远，望中烟柳明。群公皆胜流，谈谐有余清。尚想抱冰叟，旧居接巍闳。山丘既零落，桑田俄变更。大化自推移，有涯嗟吾生。毋为感今昔，长教尊酒盈。"陈衍恪因事未与，后有补作《十刹海修禊，以事未与。子方为拈得文字韵，越数日补成》。诗云："上巳清明都遇了，留连春色强三分。残僧且打闲钟鼓，莫读义之修禊文。"林志钧作《樊山、实甫、重伯、叔进、绚斋、挨东邀集十刹海修禊，分韵得创字》。诗云："人生不自欢，托物得寄畅。春光随处好，临水更殊样。洛滨与河曲，绿榭接锦障。繁华三月三，觞咏足娱放。犹以解禊名，故俗记沿创。后人说永和，茧纸序诚壮。节物重以人，如军得佳将。逡巡千载后，兹会未敢让。主人贤好客，兼复乐闲尚。令辰感前规，古意属新况。高楼俯海子，檐影随浩漾。邻桃寒未花，门柳低压桁。飘风忽自南，入户恣摇飏。无亦人间客，横来作主张。其时觥筹错，饮者各盈量。喧谭夺张裴，素论澈性相。伊余故拙讷，倾听神亦王。所怀前年游，西郊触今怅。英英吾芷青，宿草又已长。苍茫倏千劫（跌宕一杯元巳酒，苍茫千劫水和游。芷青癸丑修禊句也），此日永不忘。"邓镕作《乙卯禊日集十刹海，分韵得参字》。诗云："我官冗散疏朝参，时来城北寻诗龛。惟见车厩填马矢，一洼积水明寒潭。今此俊游集缨弁，乐与群彦联镳骖。吾生有涯不满百，惟莫之春方重三。波纹如縠烟漠漠，杨稊拂盖丝鬖鬖。陂隅拨剌万苇苗，栗留嘤鸣双柑甘。登楼凭栏系感慨，故宫殿阁犹眈眈。想见羽觞泛三海，金人奉剑交龙函。九门云采王气尽，太行朝爽余烟岚。西涯故宅渺何许，得钱卖文宁非贪。南皮宾馆虽在望，修禊松客庸堪谈（张文襄故第在十刹海东南，《广雅堂集》有《南下洼修禊送客》诗）。霸功雅道两沈寂，禹域方乱谁能戡。六经之表有人在，读书种子皆枯蟫。我欲投劾便归去，头白与僧同一庵。不然待到作重九，登高再会南城南。"黄濬作《上巳日十刹海修禊，分韵得形字》。诗云："清池如禅心，朗澈无留形。可怜千兴衰，视此潭中星。水滨复何有？佳日花冥冥。诗人忽麇至，飙聚同轻萍。令节信有酬，言高发玄扃。分曹各引满，铺歡杂醉醒。开轩采柳丝，失喜西山青。惜无白莲风，隔水飘芳馨。三年屡被除，忧患知难停。群公正整暇，四方怀仪型。夏统颇能歌，清激谁与听。"曾福谦作《上巳十刹海禊集，因事未至，分韵得豫字》。诗云："平生抱微尚，爱领林塘趣。涸迹王城中，千扰无一豫。眷言春华滋，风物供欢饫。诗人雅好事，湔祓临流处。觞咏集群贤，方驾兰亭庶。令辰启盛会，走也怅未与。回首忆旧游，湖上朋簪屡。湖柳长于人，笑人同飘絮。胜地话沧桑，俯仰生幽虑。清景孰追摹，名作连篇著。销夏倘嘉招，定策疲驴去。"吴士鉴作《上巳日与樊山诸公招集同人修禊十刹海，主客八十六人，分韵得祚字》。诗云："前年樊园禊事新，诸老过江尽侨寓。骖䯢昨岁入修门，共喜樊山迓巾屦。海南二子兴飙发（谓挨东、颖人），招致群贤严治具。城阴一曲海子桥，此是旧京最佳处。西涯咫尺峙危楼，指点诗龛剩烟树。非从洛渚侈流觞，直向梦华谈掌故。接席宾朋八十人，方驾晋贤应倍数。擘笺选韵斗新颖，定有瑰词与奇句。低回我独眷前游，卅载短辕禁城路。晖文第宅几沧桑，修梵伽蓝尚环互。云是辽金缔构初，阅尽天兴溯天祚。世事贸迁八百年，残钟断磬犹朝暮。衣冠朝士此重来，似曾相识惊鸥鹭。沙堤散策采简苾，祗少柳阴系艖舣。我家带水越江滨，梦想浮家兰上住。归鞍蹀躞不成咏，昔事今怀莽奔赴。临河一序足千秋，已见樊山先我赋。"关赓麟作《三月三日修禊十刹海，分韵得帝字》。诗云："古人濯祓逢嘉辰，自周以来有春禊。执兰三月本郑俗，曲水一祠盛汉世。初旬巳日巳者祉，旧之取义寓禳祭。不知何意改重三，元巳顾名近疣赘。相沿晋宋备掌故，君臣歌舞乐融泄。鱼龙百戏陈杂沓，车马九衢逐鳞切。张华后园陪世祖，王导连骑从元帝。乐游颜既妙作序，风光沈亦工应制。此皆令节供宸游，风浴民闲寂无继。自从兰亭一觞咏，始与文人开先例。后来朝贤竞好事，传集胜流岁复岁。前年梁子执牛耳，宾从西郊忆联袂。名园高宴非水涯，本义稍嫌相凿枘。今年樊易主风雅，诸子联翩有同契。城北坡塘春水生，折柬延宾应时芘。骄阳乍敛天气清，烟织平林风转蕙。扑人山色青欲浮，倚槛波光绿无际。菰蒲出水短没叶，凫鸭狎人浴沿砌。酒家亭午扫除待，连棔洞閜恣谈艺。传觞促席忘主宾，擘笺分吟备众制。舐笔关全复荆浩（座中能画者至多），清言裴颜惊王济。永和题名有故事，省称门阀具贯系。晋贤四十今倍之，揭来儒雅风未替。此时俯仰独深念，坐视神州掩霾曀。一枰危局劫正急，东望海云伏氛沴。却观都市壒埃浊，赤癍如血煽褫疠（时有猩红热蔓延甚炽）。是均谥曰不祥物，急与祓除逐波逝。吾曹浇愁苦无地，托此微尚宁玩愒。忽然噫气转蘋末，吹花猎柳豁尘翳。楼下湖波皱如织，披襟视天暂晴霁。酒阑日暮众客散，相将觅句张侯第（谓君立）。我独归途重有思，两度胜游均失计。既非流杯傍山涧，亦未湔裳近川澨。不如预订明年约，要使临流泛容裔。远当解衣汤山试温泉，近或昆明湖边鼓兰枻。"罗惇曧作《乙卯上巳集十刹海，分韵拈服字》。诗云："性癖尤散诞，起倒不供俗。胜日偏着忙，疲脚为游目。不愁春路泥，去觅河桥曲。得水如得宝，渺然在濠濮。矧兹水可师，自洁而纳浊。相携就风漪，宁用兼竹肉。隔年烦秽迹，祓除苦不速。一嬉捐百忧，临流岸巾幅。验候鸣禽变，视景隙驹促。日昏可微寒，及此未春服。"林纾桢作《乙卯上巳十刹海修禊，分韵得不字》。诗云："昭明累人作寒乞，莽莽繁愁无可祓。高旻未厌过口才，杯酒青云盛文物。当年抱冰爱国死，老柳弥天犹郁郁。只今涕泪向谁好？马耳春风自披拂。楼皋酒罢看净湖，湖上朱门斜日颭。何人送老解结茅？惟见谈空多学佛。竖儒秀句久已无，但到幽燕稍奇崛。平生自有永和天，随例作诗吾欲不。"

周庆云于海上晨风庐招禊，白曾然作《上巳晨风庐禊饮，用香山韵》（三首）。续唱：陈世宜、秦国璋、汪煦、俞云、周庆云。其中，陈世宜诗云："卉木渐萋萋，仓庚不住啼。碧波深远浦，红雨浣香泥。会仿兰亭盛，樽开北海齐。宾筵歌振鹭，赋笔拟乘鹥。印欲留鸿爪，书先忆赫蹄。鲁戈空逐日，隋柳尚笼堤。杜宇痴魂徼，缃裙密字题。回肠怜宛转，素手强招携。辽鹤千年化，秦云五色迷。愁心春黯黯，幻影梦栖栖。缬眼看天醉，修眉学佛低。祇余觞咏地，坐对夕阳西。"俞云诗云："郊外草萋萋，窗前鸟乱啼。虚堂开绿野，词客踏青泥。绣幰千家丽，春旗一色齐。隔年闻唳鹤，临水感浮鹥。世事翻棋局，韶华逐马蹄。乍归西子櫂，曾上白公堤（与梦坡同游西子湖，甫经归櫂）。举酒哦新句，抽毫忆旧题。盛筵欣再遇，画本合重携（癸丑上巳，予曾为双清别墅修禊，图卷藏晨风庐）。天醉几时醒，尘飞入望迷。袛今成独寐，何处觅幽栖。赖有朋堪盍，宁甘首自低。永和春已逝，流水夕阳西。"

《申报》第15148号刊行。本期《自由谈》"游戏文章"栏目含《嘲老学究》（旭人，续）；"曲选"栏目含【南商调·梧桐树】《〈李贞女传〉书后》（魏在田）。

郭则沄招都下吟侣禊集江亭，以"江亭"二字为韵。自是岁有禊筋，多由郭则沄主之。

魏清德《送李逸涛社兄之厦》《送倪炳煌社兄东游》发表于《台湾日日新报》。其中，《送李逸涛社兄之厦》云："天迷地密意如何，惜别临歧发浩歌。同是卖文成一叹，若耶买剑悔蹉跎。"

庞树柏作《乙卯上巳海上修禊，分韵得兰字》。诗云："光风无复泛崇兰，庭院阴阴阁暮寒。客里忍将春禊废，眼前惟觉酒杯宽。中年丝竹终何补，三月莺花略已残。醉墨分题在行卷，江山横涕几人看。"

沈汝瑾作《上巳出郭》。诗云："梵呗山岚外，花香水郭西。人随罗绮集，性为鬼神迷。风俗成佳节，舟航接大堤。春游各行乐，时事不须提。"

汤汝和作《上巳遣怀》。诗云："时事频年口不谈，苦吟有似吐丝蚕。春秋明岁五旬五，风雨今朝三月三。谁识羲之曾誓墓，剧怜弥勒与同龛。此身只合青门隐，嵇懒终知七不堪。"

蔡守作《塞垣春·用梦窗〈丙午岁旦〉韵，乙卯上日，寒琼水榭雨中书所见》。词云："听隔河丝管。便似觉、风光暖。灵花颂美，绿醽觞寿，新曲娇啭。倚雨窗、又把屠苏盏。枋羽髻、年幡短。话前游，驹光迅，旧时情事偷远。　　草湿石榴裙，绣鞋惜冲泥，延步桥岸。嫩柳傍檐牙，掠香密双燕。看邻娃净岁，喧笑藏弆，眩浓妆、故教见。芋叶弄春灯，认灯痕红浅。"

17日　《申报》第15149号刊行。本期《自由谈》"诗选"栏目含《哭世清胞妹》（佐彤）、《无》（二首，佐彤）、《登楼》（天白）；"文字因缘"栏目含《悼范夫先生》（丁福保）。

蒋焕庭介费树蔚访叶昌炽，欲聘其为江苏省第二图书馆馆长，叶次日致书辞之。

魏清德《春鸿》（二首）刊于《台湾日日新报》。其一："昨夜江湖春水生，翩何照影惹为惊。自从不喜趋炎热，背着东风更北征。"其二："惊心柳暗又花明，不见芦苇水浅清。大地即今虽易主，雍雍犹听作秋声。"

18日　《申报》第15150号刊行。本期《自由谈》"诗选"栏目含《口占》（赵赓云）、《江上》（赵赓云）、《洗甲》（赵赓云）、《有感》（绍彭）、《排闷》（绍彭）。

19 日 《申报》第 15151 号刊行。本期《自由谈》"诗选"栏目含《夏日游小金山法海寺莲花桥,适重建五亭将竣,口占得四截句》(王韵仙遗稿)。

杨道霖六十生辰,自撰联语有"国弱民贫寿为灾"句。

张謇作《寄任公天津》。诗云:"笔破乾坤舌雷雨,别十四年不得语。将舒将惨战阴阳,子归三年同听睹。人生离合哪可期,功名有命无是非。云昏辽左鹤正苦,春冷江南莺懒飞。"

20 日 《申报》第 15152 号刊行。本期《自由谈》"游戏文章"栏目含《自由谣》(四首,快人)。

《大中华》第 1 卷第 4 期刊行。本期"文苑"栏目含《哭孺博八首》(梁启超)、《祭麦孺博诗》(梁启超)、《三年游河套,得成吉斯汗、帖木尔郎两影像,据传者云,此像系转得之于库伦者,喜成绝句一章》(张相文)、《元月夜宴赠章五》(规庵)、《叠前韵再赠章五》(规庵)、《费鉴清先生墓志铭》(林纾)、《费鉴清家传》(严复)。

《学生》第 2 卷第 4 号刊行。本期"文苑"栏目含《寒假两周记》(江苏第二师范学校四年级学生丁传商)、《赴美纪程》(附图)(北京清华学校学生郑宗海)、《游象山军港记》(杭州安定中学四年级生吴载盛)、《曲阜名胜记》(附图)(江苏省立第一师范学校三年生沈雷渔)、《旅行太华山记》(华县教育会附设高等小学三年级生张克仁)、《游千佛山记》(山东私立育英中学二年级生杨立范)、《与陈重远君书》(四川工业专门学校电科一年级学生萧公弼)、《与友人论作文书》(广东文昌广文高等小学三年级生祝兴憬)、《二危庐记》(广东东莞中学三年级生尹文光)、《游农埭村》(广东公立法政学校学生钱燿)、《春雨》(前人)、《黄花篇》(前人)、《西湖即事》(江苏第二中学四年级生汪家泰)、《不寐》(吉林省立第一中学校学生李惠峰)、《寄怀杨南村》(时君客保定)(湖南省立甲种农业学校一年级生陈世经)、《与马济中夜话》(前人)、《偕友出游》(山东省立第一中学校三年级生李治栋)。

21 日 《申报》第 15153 号刊行。本期《自由谈》"诗选"栏目含《乙卯春日军次观涛作》(彭绍)、《暮春即事》(王韵仙遗稿)。

黄侃因患重病,拟辞教职回乡,学生多次来信相催,故有《复北京大学文科同学书》。

黄式苏被荐入都觐见。此次知事试验甄录试为旧例礼部会试,本届与试者几及一万人,黄式苏作《都门漫感》。诗云:"十年不作春明梦,今日重逢策吏科。犹忆长安三月好,谁营广厦万间多。三千荐剡名原忝,八百孤寒眼共摩。相对不无飞动意,黄尘又蹴计车过。"时保免试验有三千余人,黄式苏亦在保免之列。

基生兰作《乙卯三月念八日游东郊会》。诗云:"楚楚衣裳时样裁,游人半为踏青来。文明转入奢华境,漫说边城风气开。"

22日 陈夔龙见那桐。陈夔龙作《那琴轩相国同年来申过访，赋此奉赠即送北旋》。诗云："春申江上寒，三月犹披裘。浃旬苦风雨，萧瑟如九秋。万方殷多难，羁客生百忧。胸中伤心事，独上花近楼。郁伊谁共语，掩关绝赓酬。晨起拥书坐，尚友愧前修。安得旧雨来，慰渴蠲旅愁。苍头报君至，江畔系扁舟。发箧琼甫贻，款门刺已投。兼葭咏水湄，枨杜歌道周。我惭戴安道，君乃王子猷。握手发长喟，容颜似昔不。云治津门装，来作西湖游。五夜宿湖上，鹤梅作骞修。拿云韬光顶，立马吴山头。兹游诚不恶，乾坤任拍浮。独惜余衰病，未克陪前驺。忆昔庚子闰，民教适相仇。两宫遂蒙尘，九国肆诛求。尔时君与我，拜命留台留。忝赞和戎策，尊俎化戈矛。不有李西平，几碎此金瓯。承平又十载，论功思故侯。无何大盗来，窃国等窃钩。驱狼已无术，纵虎出林丘。武汉狐一鸣，东南半壁休。我病犹掌钥，一傅苦众咻。君适解枢柄，药笼珍勃溲。补天无片石，忍见禾油油。姚崇犹作相，安有式微讴。辛亥溯辛丑，存亡一局楸。栖遁异南北，有如风雨牛。偶然萍作合，大海聚浮沤。鸟兽难为群，岂可人无俦。何况患难交，投分逾祖刘。今日是何日，陆沉慨神州。江山一举目，风景黯双眸。君归已办严，无计挽文辀。江南花信晚，蓟北柳丝柔。相期保岁寒，勿贻猿鹤羞。"

叶昌炽作《和曹邃庵前辈〈六十自寿〉诗韵》（四首）、《和刘雅宾师〈七十述怀〉诗韵》（四首）。其中，《和曹邃庵前辈〈六十自寿〉诗韵》其一："著作承明数孟坚，摩厓高处勒燕然。一峰独秀题名地，三辅分曹校士天。星渡蒲津双节合，月移桂海一轮圆。（君先奉使粤西，继典山西试，是年因拳匪之难，晋省停科，借秦闱同试）关中舆颂金城遍，回首西征共十年（君入关时，昌炽亦奉使在陇）。"《和刘雅宾师〈七十述怀〉诗韵》其一："待诏承明尚少年，元成世业嗣韦贤。蓬莱藏室绀书地，筱荡封轺校艺天。夹袋英才乔岳秀，扶轮正学捍城坚。诏求奉职修身吏，所纪循良似马迁。（师在词馆，一典陕西试，外简福建延平府。丁内艰，起复改放四川叙州，署绥定府）"

23日 《申报》第15155号刊行。本期《自由谈》"文字因缘"栏目含《送别上海姚东木先生，用张文敏公〈入都途中〉韵》（二首，青浦徐公辅天民稿）。

24日 叶昌炽为顾聪生题《胥江送别图》作《题顾南雅通政〈胥江送别图〉（有序）》（四首）。原画为其父顾肇熙所藏。序云："通政与陈仲鱼、黄荛圃、夏方米三先生同上公车，所作画者钱东塾石桥也。铜井方伯藏此图，归道山后六载，哲嗣聪生同客沪上，携示属题，蒿隐同年先有七绝四首，追次其韵。"其二："万里滇池持节去，青蛉水向叶榆流。吹君直上蓬山路，五两轻帆一叶舟。"其四："女墙临水柳依依，共祝春风及第归。今日长安花似梦，点头何处有朱衣。"

魏清德《桃花浪》（限阳韵）（其一）发表于《台湾日日新报》。诗云："长辞故树花无主，自出空山浪不昂。惟有锦潭千尺水，深情还说踏歌狂。"

25日 《中华妇女界》第1卷第4期刊行。本期"文艺"栏目含《十一月望观月》

（衡山陈德音女士）、《旅中述怀寄方德公大甥》（前人）、《申江小驻，风雨连朝，慨然有感，蓄室表甥来视起居，赋此相贻》（前人）、《菊酒，步家慈原韵》（戴鉴女士）、《秋日即事，和同卿叔弟原韵》（朱绮生女士）、《感怀再叠前韵》（前人）、《怀古四首》（孙浣云女士）、《杭州诸姊妹侄女以〈秋夜偶成〉索和，即依韵奉答》（戴钟女士）、《送青来二兄应礼部试》（前人）、《天中景物词》（前人）、《百美吟（选录）》（十首，雪平女士）、《浪淘沙·秋日》（朱绮生女士）、《醉红妆·月季》（郭坚忍女士）、《罗敷媚·兰花》（前人）、《夜行船·舟行丹徒，水浅湾多，一行一顿，咏本意》（前人）、《浪淘沙·雪窗作，示素冰女士》（前人）、《陈女士芝瑛圹志》（陈时望）、《方节母事略（附诗）》（储石）。

《小说月报》第6卷第4号刊行。本期"文苑·诗"栏目含《先农坛书所见》（剑丞）、《北海》（剑丞）、《雍和宫》（剑丞）、《积水潭》（剑丞）、《依韵和晦闻〈同天如雪朝江亭〉之什》（贞长）、《元日出游》（贞长）、《饼师儿（并引）》（义门）、《赠李审言》（义门）、《和义门》（审言）、《秋日闲居杂感》（毅亭）、《秋日送师晦还京》（毅亭）；"文苑·词"栏目含《西河·孙谷纫〈秋思集〉题辞》（仲可）、《蓦山溪·许觉园洪涢〈耕钓图〉题辞》（仲可）；"杂俎"栏目含《顾曲麈谈（续）》（吴梅）。

毛泽东访黎锦熙，告以在校研究科学之术。

方守彝作《三月十二日晨，铁华简告病笃，附诗二章，为诀别嘱后之词，并嘱传示诸旧好乞和。读之惘然，次韵以慰》。其一："君病当吾老，情怀非世期。沉沉愁日晚，莽莽闷云垂。化蝶要同幻，灵椿岂免悲？达人解嘲笑，厌胜事堪追。"其二："诗篇参佛慧，眼底孰能如？危坐摩来札，难言搁答书。悬崖从勒马，歧路信回车。藏我樽中酒，待君欢尽余。"

26日 逸社第三集，缪荃孙云在月龛招饮，嘱题怀《巾箱图》。陈三立、冯煦、吴庆坻、瞿鸿禨、陈夔龙、王乃征、杨钟羲、张彬等同集。杨钟羲致缪荃孙信中云："艺风前辈寓斋展禊，出观〈鬟持老人巾箱图〉。"同人有社作：缪荃孙《逸社第三集，题旧藏恽、杨合作鬟持老人〈巾箱图〉》、杨钟羲《逸社第三集，艺风出观余澹心〈巾箱图〉，为填〈水龙吟〉一阕》、吴庆坻《余澹心〈巾箱图〉》等。其中，陈夔龙作《逸社第三集，缪艺风太史属题余澹心先生〈巾箱图〉手卷》（图为恽寿平、杨西亭合写，题咏极多）（五首）。其一："闽海无家荒径三，江南作客一茅庵。暮年萧瑟庚开府，前辈风流郑所南。"其二："韵事鸥波影赠形，双红袖薄一毡青。传经不羡金籯满，桃李新阴在鲤庭。"其三："宅近青溪似圣湖，鹤梅宜伴老林逋。西亭意匠南田笔，合写天伦乐事图。"其四："对影横波总汗颜，值钱脱履事尤艰。龚吴家国无穷恨，不及先生自在闲。"其五："金粉匆匆送六朝，江山儿女易魂销。展图如共幽人语，杂记他年续板桥。"瞿鸿禨作《三月十三日艺风老人招逸社第三集，属题余澹心先生〈巾箱图〉，图为杨、恽合作》。

诗云："我从湘上来，梦绕西岩宿。起寻莲社约，柴桑酒新漉。芳辰展禊事，艺叟招近局。持示巾箱图，澹心澹于菊。言从武夷顶，栖隐青溪曲。过江风景异，山带前朝绿。怀古立苍茫，诗成唾寒玉。幽情建业钟，独寐槃阿轴。椎髻与蓬头，妻儿从耕牧。西亭为写真，南田为画屋。孤标复三绝，仙骨无由俗。出处各熏莸，骥尾惭芝麓。遥羡画中人，移居追抱朴。海滨寄遗民，复此晞高躅。代谢成古今，伤春共歌哭。流风如可起，把臂潜空谷。"

叶昌炽为江标女弟子宋梦仙题画，作《题宋梦仙女史遗画》。序云："建霞之女弟子也，著有《天籁阁诗文稿》，归许幻园，早卒。"诗云："丹青慧业本天成，私淑何妨托子京（即指天籁阁）。认取江郎一枝笔，门生门下女门生。"

魏清德《桃花浪》（限阳韵）（其二）刊于《台湾日日新报》。诗云："锦浪胭脂涨激扬，是溪端合近仙乡。落红簌簌迢迢水，流出人间度阮郎。"

胡适在美国作《老树行》。诗云："道旁老树吾所思，躯干十抱龙犀枝，蔼然俯视长林卑。冬风挟雪卷地起，撼树兀兀不可止，行人疾走敢仰视！春回百禽还来归，枝头好音天籁奇，谓卿高唱我和之。狂风好鸟年年事，既鸟语所不能媚，亦不为风易高致。"

27日 吴昌硕与缪荃孙、钱溯耆合影。

28日 《申报》第15160号刊行。本期《自由谈》"诗选"栏目含《题〈余节妇毁容殉夫纪略〉》（王韵仙遗稿）、《和东园》（四首，南昌许贞卿女史）。

刘大白作《四月二十八日夜坐》。诗云："满天风露扑人衣，向晚炎荒暑已微。有酒且谋今夕醉，无家漫赋故园归。迷离梦境三山忆，飘泊生涯一剑依。起拨浮云看明月，树头乌鹊正南飞。"

傅熊湘作《三月十五日偕式南暨诸生游三狮洞，遂至洪家湾题诗塔上，记同游姓名而去》（二首）。其二："地接三狮秀，流从万壑归。江空澄远碧，山好淡晴晖。此意人识，长天有鹭飞。笼纱肯珍重，名胜得因依。"

29日 严复作《寿梁卓如尊甫七十》。诗云："荣坑先生谁与俦，至隐不减陈太丘。生儿声名能九州，高年天星七十周。伯安之翁宜优游，老松偃亩为民庥。一乡讼争泯乾猴，蕴崇鹦粟焚箓殽。梁上君子惊自投，团保守望勤霄搠。不劳吏为援鼓枪，持己不竟亦不绿。乃覆间井如红畴，戊己之际罹百忧。刊章名捕钩党钩，携挐乘桴天东头。二方愉愉亲厕牏，长公学圃利锄耰。次公箨展穷迢搜，国论有获皆野谋。新运以之司舌喉，惜哉蝥纬恕陨周。先生太息望松楸，归里还狎凫与鸥。康强加昔扶灵鸠，季春海屋今添筹。乡人畀酒炙肥牛，令子南向称千秋。满堂宾客皆胜流，贱子隅坐衣亲抠。四座莫喧吾请讴，先生为敬一觞不。"

黄瀚作《三月十六夜禾山校舍对月》。诗云："无端离绪短长紫，儿向三山女有行。

忆上御轮啼恋恋，试题封鲤思怦怦。趋庭绕闼多娱景，咫地涯天总别情。四处同悬今夜月，团团故放十分明。"

刘大白作《四月二十九日夜次剑侯〈玩月〉韵，时足疾未痊》（二首）。其一："肯照天涯沦落人，年来与月倍相亲。神光未得团成片，大患终缘尚有身。"其二："偏是愁中得月多，奈何声里况闻歌。姮娥底事藏灵药，不为人间却病魔。"

邹永修作《乙卯三月十六日，与袁补之（华衮）、周凤山（毓丰）、袁梅溪（开先）、周蓉轩（世坊）、曾彝生（奎）同饮高平学舍》。诗云："高平水浒息征轮，满眼枌榆白发人。五簋共谈今夜月，百年几醉故乡春。地连楚汉悲戎马，天泯参商爱老民。誓与渔樵营旧业，不劳分手戒风尘。"

30 日　《申报》第 15162 号刊行。本期《自由谈》"诗选"栏目含《漫兴》（二首，诗圃）、《咏祢衡》（东园）。

郭璧君《南洋竹枝词》（五首）刊于 [马来亚]《振南报》"文苑"栏目。其三："三五成群驾白牛，扬鞭高唱百无忧。佛陀宗教无人我，莫管沧桑万古愁。"其四："紫须碧眼气豪雄，怒马飞车大道中。手挽美人频笑语，桃花人面又笼纱。"

张震轩作《卖花词》《种花词》。其中，《卖花词》云："采得筠篮满，声声唤卖花。长街还短巷，送入美人家。春色一肩挑，雨过深巷走。惹得香闺人，开窗招素手。本是丰台业，缘何卖此间。问渠来卖者，家半住茶山。剪彩说隋宫，灵心夺化工。莫嫌斯业贱，宜雅亦宜风。卖花不论钱，花好人争取。色助晓妆妍，奚须催羯鼓。"

郑孝胥作《三月十七日，丁衡甫、于晦若、余寿平、许鲁山同游天平山范文正祠》。诗云："五年在梦中，未得山入眠。今朝忽惊觉，对此高嶙峋。数峰石戴上，翠色耀近远。长松约万株，重叠倚云阪。希文留祠宇，门外春水满。石桥缘曲折，小阁昔止辇。老树俨侍臣，离立根抱藓。盂泉声掩抑，踯躅红将陨。徘徊各无语，望古空一泫。九原谁与归，高义仰天篆（纯皇题曰'高义园'）。"

下旬　梁启超返粤省亲，兼庆其父莲涧先生寿。

袁世凯酝酿帝制，梁启超备悉其事，致函劝其悬崖勒马，急流勇退。

本　月

《正志》第 1 卷第 1 期刊行。本期"文苑"栏目含《〈大同书〉成题词》（康有为）、《耶路萨冷观犹太人哭所罗门城壁，男妇百数，日午凭城，泪下如縻，诚万国所无也，惟有教有识，故感人深远。吾念故国，为怆然赋，凡一百韵》（康有为）、《游龙井度、凤凰岭、寻烟霞、石屋诸洞，经理安寺，晚至虎跑泉》（金凌霄）、《冒雨上栖霞访紫云洞，赴岭至白沙泉，寻黄龙、金鼓二洞一首》（金凌霄）、《寓西湖孙圃坐雨示佩忍、伯升》（金凌霄）、《西郊行》（曾泣花）、《忆庚子拳乱，西幸陕蜀，和后还宫》（十七首，李培禧）、《劝戒洋烟》（二首，李培禧）、《嘱儿辈担任教务》（四首，李培禧）、《哭亡兄花卿可侯》（四首，李培禧）、《戊申七十述怀》（三十五首，李培禧）、《闻贤母劝邻妇尽妇道》（李培禧）、《同治癸酉甲戌建竹冈南北二桥》（六首，李培禧）、《闵行渡南埠，修竣后已经三十余年无恙》（李培禧）、《忆咸丰三年红巾贼乱，上南二邑城亡》（四首，李培禧）、《光绪三十三年丁未春目睹饥民》（二首，李培禧）、《吊上海学师宣琴山》（二首，李培禧）、《光绪丁未三月子莲弟〈自述十二章寿〉序，即步原韵》（十二首，李培禧）、《伤时》（志前清光绪二十年甲午中东之役）（十首，戈朋云）、《题公忠树》（戈朋云）、《与严忧热志士旅马市志事》（戈朋云）、《光绪丙午夏登虞山剑门之颠》（四首，戈朋云）、《满江红·闻讣哭母》（朱文炳）、《如此江山·拳匪入都》（朱文炳）、《梁州令·夜宿张家湾》（朱文炳）、《满庭霜·马兰峪被厄》（朱文炳）、《江城子·重入京师》（朱文炳）、《太常引·吊袁太常》（朱文炳）、《苏武慢·哭许竹筼少宰暨袁、徐两同乡》（朱文炳）、《谢燕关·出都偶感》（朱文炳）、《满江红·渡黄河》（朱文炳）、《永遇乐·清江题壁》（朱文炳）、《更漏子·月濠营次》（朱文炳）、《钗头凤·津门旧感》（朱文炳）、《破阵子·微水村吊古》（朱文炳）、《甲寅四十述怀》（四首，朱文炳）、《顾丹泉先生追悼辞》（李味青）。

《娱闲录》第18、19期刊行。第18期（上半月刊）"文苑"栏目含《〈音乐小杂志〉序》（李凡）、《碧漪辞》（蜀南仁寿毛伊）、《豹》（雪王堪）、《柳花》（雪王堪）、《巫山舟中》（雪王堪）、《忠州道中》（雪王堪）、《巴厓》（雪王堪）、《延真阁话别》（天一方）、《送万慎六首》（华阳土芝子石）、《赠爱智》（子石）、《夏雨杜门，感念时事，书寄云沧、山腴》（爱智）、《都中别杨叔乔》（四首，苣）、《洞庭阻风》（苣）、《曼园》（四首，江阳山人）、《辛亥六月冰巢宜昌书至，诗以答之》（蔬香）、《牵牛花柬冰巢》（蔬香）。第19期（下半月刊）"文苑"栏目含《请褒扬新繁县黄君文翰文》（爱智）、《江行》（雪王堪）、《东山寺》（雪王堪）、《宜昌旅夜》（雪王堪）、《归州》（雪王堪）、《巫峡泉》（雪王堪）、《书怀》（爱智）、《三君咏并自述》（四首，爱智）、《杜篁女士〈海天独立图〉，柴扉嘱题》（三首，爱智）、《重九诗三首》（蔬香）、《曼园》（四首，江阳山人）、《有感》（二首，苣）、《新楼落成》（二首，苣）、《种蔬堂诗稿》（吟痴）：《傍晚由老宅返县，舆中述景》《吾乡山清水佳，秋日买舟赴太平场，推篷眺，望殊快心目》《由太平场打桨暮归》《雨夜怀人》；《岁寒社诗钟录》。其中，吴虞（爱智）《夏雨杜门》云："穷巷雨连日，黯然天地愁。风云徒变化，草野易淹留。端居念二子，落落谁为俦。老云性古峭，浩荡万里鸥。时作凤皋叫，燕雀空啁啾。阿腴意潇洒，脱绊追骅骝。开怀纳宇宙，日替苍生忧。嗟我实狂狷，素从二子游。枯槁笑沮溺，寂寞嗤巢由。读书贵行道，贤圣宁身谋。所学仅为己，狭隘良足羞。世路纷波澜，帷幄罕运筹。申胥既抉眼，范蠡亦乘舟。刍狗聊重饰，只雏竟何尤。土方处閟闭，平视伊与周。讵知任廊庙，醒龊同瘿瘤。涕泗感新亭，陆沉叹神州。虾蟆遂食月，螳蚰岂悲秋。黄金恒有疵，宝剑忽化柔。相马每失瘦,窃钩安得侯。会当偕二子,蹑跷观五洲。恶能久郁郁,坐守貉一丘。"《书怀》云:"四皓行采芝,岩陵独披裘。达人能自贵,遂遗身外忧。不知高与光,岂屑萧邓俦。众生争扰攘,日夜未肯休。青简多断烂,举世徒恩仇。道德既已失,仁义至足羞。嗟此一丘貉,甘为名利囚。井蛙诚有乐,安识大海流。蟪蛄自云寿,宁辨春与秋。始知天地仁,万类各自由。吾生一蓬庐,何暇万古愁。青霞郁奇意,浊酒助清游。毋为反招隐,桂树生岩幽。"《三君咏并自述》其一:"延州激清风,高蹈谢时彦。江山契玄赏,缨冕释尘愿。顾问非所期,乐道固无厌。寂寥钓台高,千秋有余羡。(吴伯揭先生)"其二:"孔教日沉沦,陋儒益标榜。苦心探坠绪,微言炳天壤。南北感深芜,章康传逸响。蜀学奇何人,聊又实心仰。(廖季平丈)"其三:"饶君秉孤介,性懒意弗扰。西方郁灵英,东溟拾瑶草。矫矫鸾鹤姿,宛宛龙蛇道。江汉日萧条,藏身谅为宝。(饶伯康君)"其四:"马迁先黄老,扬云好辞赋。任心非外奖,高世无余慕。古谊殊未遥,薄俗方难瘳。悠悠千载情,及身宁感遇。(自述)"

《眉语》第1卷第7号刊行。本期"文苑·碎锦集"栏目含《眉语第五号开端,丽图数幅,各缀丽诗一句,玩而艳之,因各凑成一绝而以原句系厥尾焉》(六首,汝华)、《伤春吟》(八首,钟瑛)、《眺雨》(痴雁)、《闺思》(前人)、《沁园春·愁》(张庆珍)、《梦江南(深院悄)》(前人)、《淘浪沙(芳草引回汀宾引)》(前人)、《采桑子(黄昏几阵潇潇雨)》(前人)、《绣余草》(《柳线》《柳带》《春风》《茧》)(蓉华)、《春暮游园有感二首》(前人)、《红楼本事诗》(一百首,李步青)、《秋夜慢兴》(佚名)、《绿牡丹》(二首,任翰芳女士)、《悼虞女士遗影》(二首,任淑云)、《京师八大胡同竹枝词》(八首,冰心);"文苑·婉转词"栏目含回文诗:矩式回文《幽居吟》(五言四句八首,佚名)、锦缠枝《春词和南山韵》(七言八句二首,佚名)、锦缠枝《夏词》(七言八句二首,佚名)、锦缠枝《秋词》(七言八句二首,佚名)、锦缠枝《冬词》(七言八句二首,佚名)、三言回文《咏古松》(三言四句二首,佚名)、三言回文《咏桂节》(三言四句二首,佚名)、花嶂《秋闺词》(菩萨蛮一首,佚名)、灵檀几《咏寒梅》(菩萨蛮一首,佚名)、横纵其亩《游春词》(七言八句一首,佚名)、离合藏头诗《诗次太监王瑾》(七律,明宣宗)、相思璧《闺思》(长短句一调,佚名)、藏头折字诗《春日感怀》(七言八句,佚名)。

《浙江兵事杂志》第13期刊行。本期"文苑·诗录"栏目含《春寒步笕桥练兵场》(刘体乾)、《次韵答黄子》(刘体乾)、《督战安溪,夜寒不寐》(刘泽沛)、《初八夜归壁,闻杨参军负创有感》(刘泽沛)、《得十月三日军报》(刘泽沛)、《十四夜诸军破贼,还得俘三十八人,喜而赋此》(刘泽沛)、《山贼悉平,班师有日》(刘泽沛)、《二十三夜闻泉州有警》(刘泽沛)、《病足不寐》(刘泽沛)、《谢贾司令赠酒》(刘泽沛)、《遣兴》(刘泽沛)、《戍楼闻笛》(刘泽沛)、《读〈入塞曲〉》(刘泽沛)、《读近世史》(古直)、《楼外楼晚眺有怀》(许诚)、《沪上逢知渊口占》(苏南)、《春望寄秋叶》(苏南)、《赠同学周恭先中将》（李光）、《寄友》（林汝复）、《游灵隐寺》（吴钦泰）、《过陶焕卿墓》（吴钦泰）、《西泠遇雨》（吴钦泰）、《除夕有怀》（许鏖）、《吴山即目》（许鏖）、《索友人书》（许鏖）、《岳王坟怀古》（林之夏）、《孤山见梅花》（林之夏）、《奉金梁园中将》（林之夏）、《杭州除夕》（林之夏）、《新岁湖船对月》（林之夏）。

[韩]《新文界》第3卷第4号刊行。本期"词藻"栏目含《咏鸡林古都，赠津田代议士》（晦窝闵达植）、《逢张松坞德根话旧》（晦窝闵达植）、《郑素湖生朝，约会李桂堂书庄，分韵"流水今日、明月前身"得流字》（梅下崔永年）、《得水字》（三首，又黎韩镇昌）、《得今字》（晦窝闵达植）、《得日字》（五首，小绫具羲书）、《得明字》（响云李址镕）、《得月字》（素湖郑镒溶）、《得前字》（三首，桂堂李熙斗）、《得身字》（小溟姜友馨）、《梅下生朝，约会于桂堂李将军书庄》（小溟姜友馨、辉庭尹惪荣、鹤山李种奭、松观吴克善、晦窝闵达植、桂堂李熙斗、梅下崔永年、愚斋李世基）、《春日雅会》（斗岩李范星）。其中，梅下崔永年《郑素湖生朝约会李桂堂书庄》云："一唱南飞曲，再成北社游。湖光长带月，桂树不知秋。碧酒八仙会，寒梅十丈楼。为叹长若此，讵叹岁华流。"

[韩]《至气今至》第22号刊行。本期"词藻"栏目含《鸡雏》（天然生）、《鹊》（知音生）、《苔钱》（有心子）、《辛夷花》（观初生）、《述怀》（晚觉生）、《自遣》（梦外子）。其中，观初生《辛夷花》云："嫩如新竹管初齐，粉腻红轻样可携。谁与诗人偎槛看，好于笔墨共分题。"

朱希祖、何炳松、陶履恭、蒋梦麟、翁文灏等发起成立北京高等师范学校史地学会。会员有王桐龄、白月恒、陈映璜等人。

林纾入徐树铮所办正志学校执教，推重桐城派古文。姚永概亦任教于此校。

叶德辉被选为湖南教育会长。

杨度发表《君宪救国论》，拉开袁世凯称帝序幕。

况周颐赋《高阳台·和沤尹社作韵，我非社中人也》以和朱祖谋。词云："网户斜曛，铜街薄暝，窥人柳眼犹青。几换晴阴，东风又绿林亭。流莺劝我花前醉，怕花枝、万一多情。最愁人、何处高楼，今夕残筝。　　韶华不分成萧瑟，奈江关庾信，略约平生。戏鼓饧箫，尊前尽费春声。蘼芜特地伤心碧，算年年、总负清明。更何堪、旧垒红襟，来话飘零。"

康有为偕门人王公祐、邓百村及康同璧、康同复、康同琰、康同篯等，游杭州高庄。自丁酉九月康有为偕长女康同薇来游西湖，翌年出亡走异域，忽忽十九年矣。旧地重游，康有为怆怀无已，作《乙卯三月重游高庄》。诗云："湖水仍清柳放绵，高庄庭户尚依然。记携弱女曾三宿，苏武重来十九年。"又，偕徐老子静登杭城，远望吴山，游仙霞洞。在南高峰麓，有六朝佛像数十，精妙逼肖，神气如生。世称罗马雅典刻像之精，而中国古旧刻像能如此，实为瑰宝。康有为有诗记之。又，康有为作《重游三潭印月》。序云："此岛筑于北宋时，在西湖中，内作四湖三岛，以三十折桥通之，老柳环堤，红荷满水。千年旧物得此，为欧美公园所无，吾遍游数十国，叹为绝景。"诗云："湖中有湖岛中岛，三十折桥堤柳早。闹红一舸入荷花，三塔犹存明月老（岛外有三塔，塔、潭同音，碑文误写作三潭）。"又，作《泛舟游公园》。序云："园本旧行宫，二十七年前曾游之，乙卯归国再游，朝市变易，已改公园，为之感慨。"诗云："湖波澹荡卷寒风，梦入华胥事已空。二十七年春色过，烟迷雨冷忆行宫。"

罗振玉返国，王国维迎之于沪上。王国维在沪上因罗振玉介绍与沈曾植订交。旋又随罗振玉返日本。

朱祖谋与吴昌硕等共游日本旅沪商人白石六三郎私家园林六三园，赏樱花，作有词。曹元忠君直《凌波词》有《解语花·樱花，和彊村》。词云："摇春艳雪，晕日娇霞，翩若东邻女。似闻烟语。倾城貌、还值动人一顾。蓬山此去。便探看、亦无多路。偏自矜、绝世丰姿，狂趁回波舞。　莫为群芳旧谱。牡丹时声价，遥起相妒。也知青帝。花权柄、管领众香非故。玉京阆圃。谁遣汝、萼红无主。休怨伊、来占春光，乘海天风露。"张尔田《遁庵乐府》有《花犯·六三园赋樱花》一阕。词云："倚云栽，琼蕤坠粉，明霞艳成绮。锦娇天醉。偏暖霭辉迟，嫣破凝睇。炫空浴日交珠佩。倾城人第几。正隔箔，恼春如火，香台沈梦里。　玉娥为谁斗新妆，狂蜂眼错认，胡天胡帝。窗外见，浑不似、旧红千子。轻阴乞、紫丝步障，颠倒任，东风桃并李。但只恐、韶光归海，蛮愁萦绛蕊。"况周颐因病足未与，后赋《花犯·和沤尹〈赋六三园樱花〉。今年花时，缶庐、沤尹同游，余病足弗获与》以和。词云："数芳期，风怀倦后，多情误佳丽。雾霏烟媚，重认取飞琼，天外环佩。晚晴画罨明霞绮，阑干心万里。渐暝入、销魂金粉，沧洲余泪儿。　东风鬓丝涴香尘，啼鹃外、满眼斜阳如水。抛未忍，探芳信、系骢前地。仙山路、茜云恨远，憔悴尽、浓春残醉里。更梦警、玉窗寒峭，笙歌邻院起。"

吴昌硕为王承吉绘《水墨荷花》，并题云："避炎曾坐芰荷香，竹缚湖楼水绕墙。荷叶今朝摊纸画，纵难生藕定生凉。乙卯暮春之初，蔼人仁兄属。吴昌硕画于春申浦。"又，为张钧衡绘《大寿图》，并题云："芝兰满庭茂慈竹，群玉山桃正烂熟。乾坤硕果悬丹霄，五色云霞拜朝旭。彩舞莱衣鸣鸑鷟，双鹤冲筹添海屋。开花结实三千年，献北堂兮多福禄。味甘于酒能延龄，世间松柏皆凡木。唯有月中桂树可比伦，金英飘香叶同绿。石铭仁兄两正之。乙卯春暮，安吉吴昌硕，时年七十又二。"又，为胡淦绘《西泠印社图》，并题云："柏堂西崦数弓苔，小阁凌虚印社开。记得碧桃华发处，白云如水浸蓬莱。乙卯仲春三月，佐卿仁兄同社属画，希教我，吴昌硕，时年七十有二。"又，为芸青绘《秋菊图》《黄花忆旧图》并各题诗一首。其一："每到重阳忆我家，便拈秃管写黄花。芜园风雨应如旧,老菊疏篱浅水涯。芸青仁兄属画。乙卯春晚,吴昌硕。"其二:"黄花扶醉竹篱边,乘兴来寻细雨天。若与泉明谈往事,不堪重忆义熙年。芸青仁兄属写。乙卯春杪,吴昌硕。"

曾习经春杪将回京,同里郭心尧(餐雪)送行。曾习经作《还京留别》。诗云:"哀乐年来百感并,一帘寒雨近残春。最怜明月江头别,从此天涯忆故人。"郭心尧有《和曾公刚甫〈还京留别〉》。诗云:"促送行诗与酒并,别离偏在落花春。平生怕领销魂景,薄雨声中送远人。"日后,郭心尧将诗赠林廷玉(醉仙),林廷玉作《郭君餐雪以曾公蛰庵〈留别唱和〉诗赠阅,依韵感赋》。诗云:"南丰别后百怀并,有道倾谈几度春。我处青溪杨柳岸,关山频忆两诗人。"又,曾习经临回杨漕时,学生林毓琳(清扬)作《送蛰庵先生之京师》。诗云:"五载宣南旧草堂,启窗衡宇正相望。士风不改犹琴操,花事全消只海棠。密雪拥帘嫌酒恶,他乡学稼迫年荒。夜阑秉烛分携处,忍道重痕是泪光。"又,曾习经从揭阳棉湖返北京,途经杭州西湖,有《西湖旅寓》。诗云:"准拟湖船度半宵,昆山弦子玉屏萧。旅怀已自难消遣,春月昏黄过断桥。"

苏雪林安庆省立与女师同学参加安徽安庆民众集会游行,戎装佩剑留影,以申斩倭爱国之志。作《自题倚剑小影》。诗云:"也能慷慨请长缨,巾帼谁云负此身?磨拭宝刀光照胆,要披巨浪斩妖鲸。"

王希曾撰《莲友斋诗续钞》(1册,2卷,铅印本)由武昌书局刊行。琴珊题签,履中书端。集前有乌程杨兆鋆作序,王希曾作自序,五河刘淇苕生、黄冈陶炯照月波、蜀西陈潼辛湄、江陵朱家璠焕如、平江李元音子韶、孝感陈熙坤理臣、黄陂夏通梅策廷、关中庐晋葆荆题词,陈恭云题跋。集后附湖北孝感张开南寿山撰《如松斋诗选》,王希曾作序;王希曾外甥女陈恭云撰《静怡阁诗选》,王希曾作序;王希曾长子王鸿文撰《芸窗课草》。其中,乌程杨兆鋆序云:"莲友词人王省三司马所著《莲友斋诗钞》《麝尘莲寸集》,余已于清光绪庚子八月为之弁言,宣统庚戌刊印行世矣。溯自庚子夏,余督蓰漴河,莲友时方挟策游公卿间,管漴河刑法簿书,与余有桑梓之雅,时相过从,极一时文酒之乐。是年秋,莲友之皖城,继而幕游荆山而平梁。余于次年赓奉使比利时之命,约与同游,适因事不果行。丙午丁未间,莲友掌江皖土税文书,应官鸠兹,移皖城而浔阳,旋改官鄂中综盐榷,羁栖于皖、赣、鄂者廿余年。余奉使归来,流寓金闾,年亦垂垂老矣,时莲友司蓰汉皋,常与往复函问。辛亥秋,国变共和,莲友赓当道之征,由科长而移调孝感小河溪榷运局,因依于此,又四年矣。莲友性恬淡,不慕荣利,畴昔与余唱酬谭宴之余,颇以隐沦言志。今余避地苏台,闻莲友亦移家黄陂,有东坡买田阳羡之志。忆赠莲友句云:'他年相约烟波里,带水盈盈两钓舟。'抚今追昔,诗谶可征。吴楚迢遥,长江衣带;盈盈在望,脉脉相思。他日莲友归田,或泛一叶扁舟,访廿年旧雨,当与买醉于灵岩虎阜间,寻馆娃之芳草,拾羼廊之遗香,铁板铜琶，唱大江东去，逸致豪情，当不减同舟澥上时也。今莲友将刊诗钞续集，因掇拾廿余年踪迹，欲与莲友快谭者，拉杂书以寄之，以志鸿雪因缘，兼为弁言之续。至莲友之诗，能自存其真，世必有知之者，余又何序为？是为序。乌程杨兆銮诚之。"

王希曾自序云："莲友词人年少喜读书赋诗，攻书作画，弱冠因贫而游幕，既壮而游宦。公余之暇，不废文学，研经镂史，歌风诵雅，枕胙眠沫而无倦焉。出与当代豪俊交游，亲历吴楚齐鲁燕赵，或为诸侯客，或为捧檄吏者，综二十余年。清末宣统庚戌，刊印《莲友斋诗钞》于汉皋，辛亥兵燹，略遭毁失，而保存尚多。国变后，自愧不材，无心问世，虽因依盐榷，恐亦无补时艰，颇欲买田阳羡以为归老之计。癸丑甲寅间移家黄陂，购得老屋废圃，略加修葺，取'自适其适'之义，名曰'适园'。又得薄田数顷，种稬作酒，聊为衣食之资，并取'舍之则藏'之义。他日赋《归去来辞》，乐天知命，课子读书，暇而赋诗，攻书作画，一如年少时，遂我初服，优游田间，与田父野老话桑麻而占晴雨，或如避世桃源，'不知有汉，无论魏晋'，我与世以相忘，又奚论夫今是昨非，今是何世耶？进而学易寡过，得称乡里善人，斯亦可矣，抑何求乎？是续集之诗，多淡泊之怀、宁静之气，言为心声，诗以言志，亦不期其然而然者矣。世有陶、韦、王、孟，其人者景行行止，亦非敢望其项背也。既编成，偶题数语，以志世境之变迁，而觇诗学之进退焉。知我君子，幸有以教之。中华民国三年八月八日，杭县莲友词人王希曾自题。"五河刘淇苕生题词四首。其一："置驿通宾道义先，萍蓬相聚总前缘。山川吴楚经行变，胶漆雷陈信誓坚。自分园樗成散木，却看云鹤起高天。匡扶危局群贤在，一过新亭一惘然。"黄冈陶炳照月波题词四首。其一："便从水墨觅奇观，确信良工下笔难。画拟昆壶壮王宰，论传盐铁忆桓宽。多情祇被诗名扰，不祷深知寿骨安。日暮小河溪上路，石泉榴火迓归鞍。"陈恭云跋云："莲友舅父，笃行君子也。令仪早失怙，侍慈母携弱弟，育于舅家，饮食教诲，与两表弟同一致焉。舅父频年游宦，或治文书，或理财政，尘牍填委，不遑启处。虽絜家于外而在家时少，公暇偶一归来，匆匆即出，令仪见其无一日为燕闲放逸之游，而稍有怠忽也。其敬事也如此。舅父性恬淡，无嗜好，惟喜读书，工古文辞书画，尤喜为诗，暇常手执一卷，吟声达户外。或与二三同志津津谭艺，茗椀炉香，萧然尘表；或考证令仪及两表弟课程，与吾师寿山先生一款洽焉，不及其他。舅父崇节俭，布衣蔬食，训家人以勤谨节用，虽处膏腴，一如寒素，遇有济困扶危、敦亲睦友诸事，辄慷慨解囊，不稍吝惜。俸给所余，储为买山之资，年来置有田产，早为归隐之谋。维持生计，有备无患，宏规卓识，异乎常人，洵足佩也。两表弟读书敏慧，鸿文弟亦喜为诗，饶有父风，德门集庆，克昌厥后，可为操券。舅父以提倡风雅、诱掖后进为己任，见人一善，誉之不去口。不才如令仪，学为诗，舅父以为可与言也，指导而奖藉之，期于有成，概可知矣。今舅父将续刊《莲友斋诗钞》，令仪喜步趋得随大人之后，而有附骥之荣。命为校字，不敢辞，谨贡所知，以为斯集之跋云。"王希曾《〈如松斋诗选〉序》云："余于民国二年癸丑冬十月榷盐于濡川之小河溪，得识张君寿山。其人纯朴诚实，聆其言恂恂儒者，余心许之，延订为儿辈授读师。时余移家黄陂，相约寿山同游，其门弟子为鸿文、鸿宝两儿，陈恭济外甥、恭云甥女课读之。余授以诗学，陶冶性灵，铸镕经史。大儿鸿文、甥女恭云亦能执经问难，勤学相勖。余偶一假道归来，相与说诗论文，考证儿辈功课，亦欣欣然有余味焉。乙卯春，余刊印《莲友斋诗钞续集》，属寿山拣选近作数章，附刊是集，以纪唱酬之雅。并令大儿鸿文、甥女恭云拣课草之可观者，缮正副本，一并阑入集尾。非欲自眩小儿女一得之长，亦聊志避地山城能得读书之乐云尔。中华民国四年乙卯三月，杭县莲友词人王希曾。"王希曾《〈静怡阁诗选〉序》云："《静怡阁诗草》，甥女陈恭云女士芸窗课草也。女士早失怙，襁褓之年随慈母弱弟育于余家。吾妹淑仙年甫三十而孀，抚孤子弱女，随余以居，教养辛勤备至。恭云随吾儿辈同砚读书，年较大，为学长，知自刻苦而能立志向。学读余诗，秉笔学作，初似生涩，不半年渐就范围，揣摩诗味，亦颇有得，时有秀句佳篇可寓目焉。大儿鸿文见姊发愤，亦争求进步。岁乙卯，鸿文十一龄亦能为诗，虽不无童稚气，而文理亦渐明顺矣。余顾而乐之，命将窗稿略书数首附刊续集之后，以见一堂歌诵之雅，兼励勤恳向学之心。甥女年十六，缔姻江夏张次珊通政之文孙忠，似今岁于归。溯恭云生而依余，迄今十六年，余膝下无女，亦视同己女，桃夭迨吉，转眴仳离，虽带水盈盈，归宁亦易，然相随久而相暌速，不无眷恋之情焉。为选数诗汇刊，以志融融之乐，兼纪悃悃之怀也。是为序。中华民国四年乙卯三月，杭县莲友词人王希曾。"

丁传靖（署名"鹤睫"）撰《红楼梦本事诗》（1册，1卷，石印本）由有正书局刊行。收丁传靖所作七绝100首。其一："荒山万劫泣神瑛，此错娲皇自铸成。若使当时补天去，大千世界总多情。"其二："灵河岸上尽栖迟，偏把枯根挹露滋。废弃牢骚容易遣，最难摆脱是情丝。"其三："从此红楼幻境开，生生死死总堪哀。不知青埂峰前事，何与人间薛夜来。"

王树楠作《暮春试院中作》。诗云："无力杨枝怯晓风，泥人春雨泣残红。百年讵料逢今日，一痛何堪到老翁。避乱方知身是累，浇愁翻恨酒无功。坐思历历人间世，都在乾坤泪眼中。"

王舟瑶作《乙卯暮春，朴山明经访旧重来，既游西湖，拟复入天台，次韵奉赠》（二首）。其一："故人如海燕，一岁一归来。能念白头旧，相逢青眼开。照人同古月，知我有寒梅。风雨连宵暗，深谭共举杯。"其二："客路三千里，春风又一年。交情乱后重，诗笔老来妍。袖我西湖去，携归南海边。为君鼓游兴，再看石梁泉。"

汤汝和作《暮春久雨，杜门养病，率成四律》。其一："料峭春欲暮，吹到楝花风。病体嵇生懒，儿曹楚语工。光阴蚕市节，耆旧鹿门翁。杰句新吟罢，江声下郭东。"

方守敦作《铁华别经年矣，江皋贫病，时系怀思，昨忽传二律，凄然身后之思，若告永诀者。读之怆我欲泪，依韵寄和，以解其悲，时乙卯三月》。其一："老寿祝君子，当如荣启期。何为掩关卧，吟思苦低垂。华发丹能转，骚人春不悲。百年歌自好，岁晚寸心追。"

林苍作《春暮书奉韵珊，并示幕中诸君子》。诗云："何物官书足恼人，解绂暂遣作闲身。满期移柳垂成荫，苦被流莺送断春。衽尺大非吾辈事，劳薪各有未来因。故林虽好无枝借，举扇风前辟路尘。"

黄荐鹗作《暮春伤怀》（旅京作）。诗云："今岁花开又一年，茫茫春梦不如前。醉看紫绶新人物，愁听青楼旧管弦。不见金台迎郭隗，何堪燕水慕青莲。流光一去同梭疾，中夜闻鸡猛着鞭。"

吴闿生作《乙卯暮春归营，先兆方伦老自安庆远来会葬，赋诗二律，兼约见过，依韵奉答》。其一："先子高名震九州，祇今弱息欲童头。胸中浩气空千卷，身后孤坟祇一丘。云物沉沉天欲暮，风烟飒飒候如秋。正当卷却凌云意，来就邻翁一醉谋。"

陈昌任作《法曲献仙音·乙卯春暮过白下，吴鼎丞邀饮秦淮酒楼》。词云："桃叶迎人，柳花催客，去燕乌衣重到。往日停桡，几年听笛，还看白门斜照。喜旧雨联欢笑。别情话多少。　　恨深渺。望舣棱、黯然天际，听月夜、杜宇苦啼未了。雪爪印秋鸿，最难忘、人海花好。迅羽光阴，觉匆匆、陈迹都扫。认春衫旧渍，更把玉樽同倒。"

魏元旷作《乙卯三月答绍唐、持庵久期未至见怀原韵》（二首）。其二："尊前怅怀抱，身世居舟流。故籍丛残贵，跫音取次留。干戈憎盗守，糜沸哑民忧。运劫谁能测，惟期安旧邱。"

赵启霖作《山居二十首》（乙卯三月）。其二："彻底浑无用，幽栖但苟全。逃名青史外，送日绿芜边。播荡知何世，盘桓别有天。予怀自多惬，已觉愧林泉。"其八："种菜二三亩，时看清露团。芥苔肥可摘，芹甲脆且餐。孰谓生涯薄，差无世网干。闭门缘养拙，非是为曹瞒。"其十："尝闻老氏训，兵后有荒年。顾此颠连众，都无饱暖缘。天瘥方未已，物力日萧然。粗粝吾滋愧，东皋种薄田。"十一："风光自流转，都不管沧桑。草色羌无际，杨花渐欲狂。蜻蜓窥院落，蛙黾占陂塘。万族固如此，微吟日正长。"十三："新霁爱开爽，偶沿溪路行。䴔䴖如可狎，鹈鹕为谁鸣。又送残春去，曾逢几日晴。百花刚落尽，不见绿阴成。"二十："天醉知何谓，时艰不忍听。江湖从大瓠，丘壑一浮萍。广武逢周党，辽东老管宁。松篁随分有，即此是冬青。"

易孺作《踏莎行·暮春游西湖，住素园。自泛小舟，期茂菽主人不至，寄怀乔上、谭三京师，用梦窗韵》。词云："櫂短分烟，衣轻妥雾，空濛初釂菱丝浅。桥腰翠羽嗲春深，湖头红柳催晴乱。　　远树残阳，轻舠似箭。新荷摇曳香罗腕。倚阑闲蝶写伶俜，落花天末增离怨。"

廖道传作《乙卯暮春，余至京日访罗瘿公，即邀与法源寺赏丁香会》(三首)。其一："独访诗人野寺来，恰逢高会对花开。十年万里京华梦，应为丁香特唤回。"其二："暗香疏影拂僧寮，花落花开倏几朝。绝感尊前着旧话，风流吟社久萧条(座间赵次珊先生为余言数十年无此会云)。"其三："丽如天女丑天魔，妙画禅堂四壁罗。三十二番穷变相，未知世态幻情多(时东邻交涉甚亟，兼微闻有改变国体事)。"

陈懋鼎作《财政厅署西园宴赏宋海棠，传为曾南丰手植，今年花最盛》。诗云："老树类作古丈夫，岂从纤质争粉朱。鹊华济泺稽清淑，破例赋与绝代姝。瓣香敬为种花手，传会甘棠告官守。勿烦图经证故实，自然风韵专永久。颇闻来者戒好事，多谢主人促置酒。侵寻累劫偶相逢，张王(去声)两株惊希有。一株已占庭四垂，繁花全掩叶与枝。肌丰晕薄尽骄贵，妆成睡足能矜持。主称此时最难得，光艳十分无亏昃。便忙休遣失欢赏，极盛何曾碍标格。渐过清明上巳天，坐想熙宁元丰前。会波桥南通画船，名士轩中飞锦笺。照水恍见惊鸿翩，桃根柳枝难后先。奈何薄命同后山，倾身事主不尽年。不因无香恨绵绵，恨留舞衣供春妍。春来春去漫开落，更阅千岁只如昨。草莱几处化池阁，花底鸣驹也不恶。风柔日暖鸟声乐，且共我曹慰栖托。眼前百事须强名，忍唤古人起九京。苦持好语追太平，折花归来插铜瓶。登楼一望尘冥冥(园在道署西邻，登楼可见)，明日绿阴还满庭。"

王光祈作《暮春送赵三之江南》(二首)。其二："去年落拓去都门，相对欷歔酒一尊。今日送君过白下，秦淮河畔易黄昏。"

林散之作《春晚散步》。序云："余设帐卜家集小夏村，于季春上弦傍晚独步荒原，见野花郁郁，新月纤纤，因而有感，遂□笔记之。"诗云："夕阳西下渐黄昏，散步荒原气尚温。馥郁野花红拂地，迷离曲草绿侵门。一弓新月凉无影，半亩寒烟湿有痕。几处流莺归翅晚，柳堤清唱逗诗魂。"

江子愚作《望海潮·题鹤仙〈种梅轩诗草〉，时乙卯暮春》。词云："三生情种，十年香梦，翩翩小杜才华。俊语如仙，豪情似侠，新题到处笼纱。掷果记盈车。更浔阳舟上，同吊琵琶。燕子西飞，楚江飘泊尚无家。　归来重问梅花。任东园锄月，南浦餐霞。仆本恨人，君真达者，何妨唱和交加。春老夕阳斜。看绿阴掩冉，随处藏鸦。留得梅梢一分，滋味寄天涯。"

熊瑾玎作《和黄胜白观大水》(五首)。其一："如君风雅叹无双，邀我楼头眺晚江。无数田庐付湮水，那堪急雨扑西窗。"其二："记昔水灾成丙午，偶然思索令人悲。今逢巨浸稽天势，百万编氓亦殆而。"

[日]冈部东云作《暮春作》。诗云："暮春风雨妒余芳，朝起开窗空断肠。杖履如今懒吟步，梨花落尽满庭霜。"

[日]田边华作《春晚漫兴》《游春》。其中，《春晚漫兴》云："青帝提春将远行，

玉壶不惜为君倾。东方万古樱花国，四月海霞明更明。"《游春》云："丝管阑珊春欲归，东风吹尽郁金衣。江都年少轻生死，健羡樱花作雪飞。"

◇ 五 月 ◇

1 日 《申报》第 15163 号刊行。本期《自由谈》"诗选"栏目含《春闺即事》（四首，佐彤）。

《光华学报》（双月刊）于武昌创刊。恽代英等编辑，武昌中华大学发行。全刊分设"论丛""学海""评玄""艺苑"（内分"文""诗"两类）、"思潮"等栏目。恽代英在本刊发表系列政论文、随笔和诗词。《光华学报》第 1 年第 1 期刊行。本期"艺苑·诗"栏目含《见牺楼遗诗（未完）》（黄陂方与时湛一撰，黄安陈冠冕辑）、《锦州客舍》（杨寿潜）、《自金陵返鄂舟中，依韵酬黄笃友观察兼答叔澄文学》（王乃征）、《道旁枯柳心空头秃，生意尽矣，赋诗悼之，兼讽其旁枝》（冼震）、《拔剑曲》（冼震）、《由九江附轮至黄石港，漏下沉沉已五鼓矣，冻不成寐，口占一律》（陈季陶）、《凌霄阁题壁》（张恕）、《还家》（用周海南韵）（陈时）、《正月初一夕放歌》（旅尘）、《拔剑曲》（冼震）、《晓登黄鹄峰》（范维济）、《春雨初霁，小步城南门外，桥滑坠水，赋此解嘲》（陈季陶）。

《小说海》第 1 卷第 5 号刊行。本期"杂俎·诗文"栏目含《咏史》（东园）、《江干》（东园）、《幽居》（东园）、《蓄须戏歌》（果隐）、《燕子矶晚眺》（刘佛船）、《永济寺题壁》（刘佛船）、《蟠龙松》（刘佛船）、《夜泛秦淮》（二首，刘佛船）、《有怀》（集词选）（刘佛船）、《薄命女》（诗圃）、《谒金门》（诗圃）、《柳梢青》（诗圃）、《前调·赋柳》（东园）、《醉太平·元日书感二阕》（吴绛珠女士）、《菩萨蛮·乙卯五日》（杨了公）、《前调·乙卯六日》（杨了公）。

《中国实业杂志》第 6 年第 5 期刊行。本期"文苑"栏目含《赞成储金救国之义举》（录《时报》）（录八首）、《樱花已落，樱叶初绿即景》（二首，李文权）、《和王渔洋〈秋柳〉诗》（四首，佚名）。

袁世凯任命陈宧兼任四川巡按使。

荣庆游李公祠，以诗记之云："丁香如雪海棠天，榆叶梅开十倍妍。今岁寻春春渐晚，成荫桃李柳芊绵。今朝怡喜雀屏开，卐字平桥去复回。倚栏看鱼鱼不至，晚花如锦蝶纷来。"

胡适在美国作《春日书怀和叔永》。诗云："甫能非攻师墨翟，已令俗士称郭开。高谈好辩吾何敢？回天填海心难灰。未可心醉凌烟阁，亦勿梦筑黄金台。时危群贤各有责，且复努力不须哀。"

陈昌作《感时二首》。其一："商量时局愤孤忠，外患犹将接内讧。大地群雄方逐鹿，岂堪同室又兴戎。"其二："西北风云势正危，余波犹震我边陲。愧无击楫匡时略，极目遥天空白悲。"

2日 《申报》第15164号刊行。本期《自由谈》"诗选"栏目含《渔阳操》（东园）。

[韩]《学之光》第5号刊行。本期含诗《怀友》（朴夏征）、《偶吟》（朴夏征）、《解缆釜港》（右山野人）、《玄海滩舟中间波涛声》（右山野人）、《马关怀感》（右山野人）。其中，右山野人《马关怀感》云："赤马关前问旧盟，有楼春帆只传名。悠悠往矣今何说，大理原来缺复盈。"

郑孝胥访杨钟羲，示以《天平山》诗。

3日 沈汝瑾作《三月二十日观竞渡，乡社所赛之神张睢阳、李烈士也》。诗云："画船箫鼓一番新，吴俗遗风尚鬼神。唐宋千秋忠烈士，湖山十里绮罗人。危时点缀承平景，僻地销磨浩荡春。谁说东夷事方亟，落花飞絮任迷津。"

4日 《申报》第15166号刊行。本期《自由谈》"诗选"栏目含《题汪诗圃〈藕丝词〉集二首》（汪牲甫）、《时事感怀》（四首）（东野）；"文字因缘"栏目含《调寄〈醉太平〉·题天虚我生〈泪珠缘〉》（陈琴仙女子）、《调寄〈行香子〉·又》（应东园之征）（绛珠）。

5日 《妇女杂志》第1卷第5号刊行。本期"名著"栏目含《女世说（续）》（李清映碧辑）、《吴中十女子集》（李清映碧辑）、《清溪诗稿》（匠门女史张氏滋兰）、[补白]《蕈庐杂缀》；"文苑·诗"栏目含《读选楼诗稿》（太仓王采蘋涧香）、《蕴素轩诗稿》（桐城姚倚云）、《久别琼玉表妹，赋此志怀》（湘乡张昭汉默君）、《次韵寄三妹》（前人）、《修竹》（前人）、《春痕》（前人）、《春日》（泰县女子国文专修馆三年生吴秉筠）、《春日苦雨》（前人）、《梅妃》（前人）、《登高》（鹃依）、《赏菊》（鹃依）；"文苑·杂俎"栏目含《然脂余韵》（无锡王蕴章）、《中莘宫传奇（续）》（小凤填词，韵清、忏慧正谱）、《读书随笔（未完）》（善初小学教员张朱翰芬）。

张謇作《挽袁海观》联云："政随官好，谤与名俱，岭海堕鸢终所历；境以世迁，人同春去，衡湘归雁有余哀。"

金寄水生。金寄水，原名颐丰，字瘦梅，满族，北京人。著有《如是观阁诗词吟草》《野石斋吟草》。

6日 陈三立过沈曾植寓所座谈，陈三立作《立夏过乙庵》。诗云："初接挥弦坐，偕还上冢人。衔楼凄倒景，点茗恋余春。句挟三姑出（见君《还里述三姑》诗），谈援九主亲。鸮音坠天表，深念隔车尘。"

丘复作《送春四首，乙卯旧历三月作》。其一："大事已随春送去，宁为秋杀莫春温。人间久被和风误，眼底今无好景存。风雨飘摇增别感，河山锦绣欲离魂。酒杯以外皆愁物，且对残花尽一尊。"

7日　日本政府向北京政府提出最后通牒，要求袁世凯不加任何修改，立即接受"二十一条"，并限于9日6时前答复，否则日本帝国将采取"必要手段"。

《申报》第15169号刊行。本期《自由谈》"栩园词选"栏目含《无愁果有愁曲》（程子大）、《美人梳头歌》（程子大）、《懊恼曲》（程子大）、《湘妃怨》（程子大）。

郭沫若为抗议日本帝国主义向中国提出"二十一条"不平等条约，从日本回国。但在上海客栈待三天后毫无结果，只好再回日本。时，郭沫若作《哀的美顿书》。诗云："哀的美顿书已西，冲冠有怒与天齐；问谁牧马侵长塞？我欲屠蛟上大堤！此日九天成醉梦，当头一棒破痴迷！男儿投笔寻常事，归作沙场一片泥！"

王竞作《感事十二绝》书愤。其一："廿年前事忍重论，遗恨绵绵今尚存。青岛战云欣乍敛，又吹杀气到中原。"其二："瞥惊东海起风波，杜宇声声唤奈何？尺一书传青鸟使，篇篇都是懊侬歌。"其三："折冲谁弭天骄祸，樽俎雍容岂有人？无复富公争献纳，伤心甘作小朝廷。"其四："沉沉大梦剧堪怜，蹈海谁如鲁仲连。我国国魂今在否？酒阑频诵《大招》篇。"其五："漫讥衔石类精禽，沪渎新储救国金。为道铜山崩已久，洛钟群与庆同音。"其六："纷纷抵掌论兴亡，地棘天荆总断肠。同是漏舟焚居客，漫教胆只越王尝。"其十："床下盟成饮恨深，日边消息久浮沉。迅雷一霎何因至，通牒飞传万马喑。"十二："最怜歃血订盟时，岂许楸枰安著棋。似剪春风太摧炉，廿番花信耐寻思。"

方守敦作《立国》。诗云："立国天地间，常恐变为夷。持较奴隶辱，为夷犹慕之。哀哀黄炎胄，文明千载师。山川物产丽，圣哲英豪奇。风云从幻态，治乱循常轨。神禹自为域，雄风无或雌。如何昭昭姓，忽成冥冥魑。岂伊失其性，一堕万世卑。虎豹相噬吞，魑魅乘昏危。鼎折宜悚覆，羊亡非路歧。自古皆有死，壮哉比利时！"

王冷斋作《国耻》。诗云："中华百年纪国耻，莫过甲午与五七。甲午耻为城下盟，河山破碎瓜分急。于今二十有余载，振奋图强非无术。卧薪尝胆沼吴邦，生聚教训犹能及。奈何举国皆善忘？热度五分便消失。国家不患贫与弱，苟安不振斯为疾。东邻有寇屡凭陵，欲肆鲸吞先蚕食。乘机提出廿一条，扼吭贯胸足亡国。折冲四月叹无功，口舌何能分曲直。来使前驱后刀刺，逞其凶焰挟强力。岂无民气起争持，空言何补势已逼。五七投来最后书，台省群公计无出。伤哉五九约竟签，大错铸成痛何极！谁言弱国无外交，媚外图私罪应得。报章传播天下愤，五亿人民皆变色。热血齐向三岛喷，丹心争把倭夷刻。此耻不雪仇不湔，国于天地何能立？强邻大欲本无厌，得寸进尺尤难测。前车已覆望来轸，急起直追须汲汲。立庭应有人狂呼，莫忘此日是何日！"

傅尃作《二全诗》（明国耻也）。其一："全仁厥姓周，津市小学生，投身澧浦亡，殉国秉至诚。方其未死时，刺指作血书：愿勿忘国耻，我身葬江鱼。血书悬讲堂，血心照天日，倘念周全仁，毋忘五月七（日本以五月七日致战书我国）。"其二："杨全商伙徒，奋死投清湘，再救再自沉，哀告声琅琅。齐心即枪炮，舍命即海军，救国莫救我，有耳宁不闻。与其奴隶生，不如鱼腹死。但愿举国心，毋忘今日耻。"

黄文涛作《三月二十四日喜寿儿归》。诗云："饥来驱尔去，终岁离双亲。今日喜归省，相思慰卌旬。形虽劳案牍，颜未老风尘。慨念京周事，持杯一一询。"

9 日 袁世凯正式承认"二十一条"修正案。外交总长陆征祥、次长曹汝霖亲往日使馆递交复文，对日本最后通牒予以承认。

全国教育联合会规定每年5月9日为国耻纪念日。同日，上海各群众团体约四五万人召开国民大会，誓死反对"二十一条"。与此同时，全国各地均出现抵制日货高潮。后来国民普遍将5月7日和9日视为国耻日。青年毛泽东在湖南第一师范学校刊印《明耻篇》中题词曰："五月七日，民国奇耻，何以报仇，在我学子。"

中国国防会于美国波士顿成立。成立于中国政府屈服于日本、承认其五项"二十一条"之后。由波士顿留学生自发组织，为中国留美学生之爱国团体。入会者有梅光迪、吴宓、陈寅恪等人。宣传部为国防会印书局。后于上海1919年刊行《民心》周报，吴宓作为国防会董事，负责该报在美国征稿和发行工作。

南社于上海愚园举行第十二次雅集。到者陈去病、柳亚子、郑佩宜、蔡寅、叶楚伧、余天遂、姚光、高燮、冯平、汪文溥、王蕴章、宋一鸿、朱少屏、陈世宜、李云夔、周斌、朱宗良、徐自华、陈布雷、邵力子、徐大纯、胡怀琛、陆衍文、周瘦鹃、许湘、狄君武、顾震生、蔡璠、李志宏、陈以义、余十眉、徐蕴华、钱永铭、刘筠、章阎、周湘兰、刘鹏年、周宗泽、曾赜、张光厚、杜羲等42人。是日，袁世凯政府接受日本政府关于"二十一条"之最后通牒，南社社友怀沉痛激愤之心情雅集。柳亚子《我和南社的关系》记："1915年5月9日南社第十二次雅集'过后，便和高吹万、姚石子同游杭州，恰值冯春航在湖滨演剧'，'诸人殷勤招待，流连了二十多天。曾在西泠印社举行过南社杭州临时雅集，又在孤山冯小青墓畔为春航勒碑纪念，胜概豪情，自命不可一世，实在是黄连树下弹琴，苦中作乐罢了'。"柳亚子作《五月九日晨起，偕顾旦平赴愚园社集，车中口占》（二首）。其一："驱车林薄认朝暾，草草重来已隔春。至竟何关家国事，羞教人说是诗人。"其二："故鬼烦冤新鬼恨，黄垆涕泪自年年。士龙死后羊车杳，携手江东顾彦先（去岁与子美同车赴此）。"余其锵（十眉）作《五月九日南社雅集海上愚园云起楼，次芷畦韵》。诗云："长安西去路途修，王粲无端又上楼。寥廓乾坤名士泪，萧条兰芷美人愁。可无诗酒酬良会，剩有沧桑感旧游。半壁湖山斜照里，东南王气已全收。"周斌作《九日社集愚园，即席示诸同志》（二首）。其一："吴山雨过浦烟平，有客登高涕泪横。风激怒潮犹作势，霜摧败叶不留情。青衫浣酒当年梦，红袖调筝隔院声。惆怅江南秋色老，那堪重赋庚兰成。"

《申报》第 15171 号刊行。本期《自由谈》"栩园诗钞"栏目含《懊恼曲》(天虚我生)、《美人梳头歌》(天虚我生)；"栩园词选"栏目含《洞仙歌·和友人〈纪恨〉三阕》(三首，程颂万)。

吴江费树蔚影印袁世凯《圭塘倡和诗》。柳亚子作《中日条约签字之日，适见所谓〈圭塘倡和集〉者，感题一绝》谴责之。诗云："鹑首何缘竟界秦，石郎勋业迈穷新。流芳遗臭寻常事，犹见歌功颂德人。"本日前后，顾无咎作《醉后适有人持〈圭塘唱和集〉一卷投赠者，遂掷之地，并占五十六字，呈南社诸子》。诗云："长醒何如长醉后，我虽醉矣愈于醒。轮囷肝胆醁空泻，摇落河山月半荧。宝剑不曾诛贼桧，神州拚使泣新亭。愤来掷碎《圭塘》稿，便欲从军出井陉。"

袁克文在"五·九"国耻日写 40 把扇面，录其《五月九日放歌》。诗云："炎炎江海间，骄阳良可畏，安得鲁阳戈，挥日日教坠。五月九日感当年，曜灵下逼山为碎，泪化为血心中摧，哀黎啼断吁天时。天胡梦梦不相语，中宵拔剑为起舞，誓捣黄龙一醉呼，会有谈笑吞骄奴，壮士奋起兮毋踌躇。"

康有为作《乙卯三月二十六日送春诗》。诗云："园林半割幸偏安，万紫千红竟送春。骤雨连朝太无赖，凭栏尽日最伤神。坐看落花随逝水，又惊宝马碾香尘。闭门莫道东风恶，只见啼莺不见人。"

方守彝作《乙卯三月二十六日，辟疆奉安挚父京卿窆岁于邑南乡朱家湾。守彝率侄时涵前往会葬致礼。追怀老学，感触身世，归途成长句却寄辟疆》。诗云："四方上下求不得，十载迷劳梦自萦。白发无闻惭后死，青山及见葬先生。美邱端合酬明德，人杰还将表地灵。学者仰天思泰斗，会看下马拜高茔。"

吴宓作《五月九日即事感赋示柏荣》。诗云："九州局残惊劫急，白日沉昏海水立。茫茫禹甸灵光摧，被发左衽吾终及。卵石横压势莫当，举朝尽畏强邻强。国耻由来忘坛坫，兵威先自折锋铓。迁延和战无成数，末着棋输全盘误。河山拱手让他人，一纸约章飞孤注。哀我将作亡国民，泪眼依稀看劫尘。十年歌哭成何补，千祀文物自兹沦。醉生梦死生亦贱，酣嬉尚思巢幕燕。只手欲遮天下目，翻诩外交能权变。盈廷衮衮类童蒙，国亡犹望富家余。豆剖瓜分行自取，飞扬跋扈待谁雄？哀莫大于人心死，江河日下情何已。昨忧敌到尽莺迁，今喜和成复雀止。眼中伤时更几人，济济多士竞趋新。饮馔声色供笑乐，兰苕翡翠斗轻春。独怜憔悴刘子政，此日椎心长号恸。看人熙熙人尽痴，问天茫茫天入梦。湘水千年幽怨深，芳馨屈贾有遗音。海枯石烂陵谷渺，忧国终见此丹忱。我来问君愁不语，怀抱旧称同岑侣。心绪如结泪如泉，泪绝心灰仍凄楚。忧患余生百事穷，万千恩怨罗胸中。骨肉无因陷荆棘，乾坤大好遍沙虫。中原鹿走胡骑乱，避秦可有桃源县？回首郑重语刘郎，我有一言凭君断。河岳千载纪丰功,汉家衣冠百代崇。日翻应作回驭计,岁寒人看后凋松。当前且住狂歌哭,劫运他年转剥复。执铤国门殉气节,抱书空山守穷独。吁嗟乎! 苍茫宇宙战血浑,长留不死是精魂。无端痛语孤臣业,满纸书成涕泪痕。"

张光厚作《五月九日之感言》(六首)。其一:"地噎天霾郁不开,阴森鬼气逼人来。葫芦依旧三韩样,撞破金瓯此一回。"其二:"晋阳天子儿皇帝,十万横磨傲乃公。底事天威又神武? 今朝都作可怜虫。"其三:"自信平生大外交,奸雄心事有推敲。定知密结非常约,不在文书廿四条。"其四:"欲把河山换冕旒,安心送尽莽神州。君王欢喜生民哭,都在今朝一点头。"其五:"鞭笞绳缚太难堪,一一伤心不忍谈。读罢全文为痛哭,此何如事竟心甘!"

徐树铮作《采桑子·再题〈填词图〉,用畏庐韵。时乙卯春三月廿有六日,新历四年五月九日也》。词云:"楼高望极斜阳外,乱叠云山,憔悴阑干,盼尽春光一半寒。　吹花搅絮东风恶,静闷悲欢,不上眉端,暗引湖波当镜看。"

10日　《甲寅》杂志第1卷第5号刊行。本期刊登《时局痛言》(秋桐)、《学理上之联邦论》(秋桐)、《复辟平议》(秋桐)、《制治根本论》(东荪)、《再纪欧洲战事》(渐生)。本期"文苑"栏目含《拟进呈〈新元史〉自序》(魏源遗稿)、《致龙松琴书九首》(袁昶遗稿)、《奂彬同学属题〈丽楼图〉》(章炳麟)、《梦中作》(桂念祖)、《登鹿山,倦宿万寿寺,夜半闻风雨作》(易培基)、《赠王湘绮先生》(易培基)、《好山》(蒋智由)、《浩浩太平洋》(箧中藏元和汪君衮甫荣宝"浩浩太平洋"一律,乃近诗之秀者,因步其韵)(二首,蒋智由;附汪君原作五律)、《朝鸟欢》(蒋智由)、《癸丑九月十日感事》(张尔田)、《闰月五日梦后作》(张尔田)、《寄雪生》(赵藩)、《春感》(赵藩)、《答曼殊赠〈风絮美人图〉》(黄节)、《题某邸绣角梨花笺》(黄节)、《简晦闻》(苏元瑛)、《无题》(苏元瑛)、《述哀》(三首,陈仲)。其中,陈独秀(陈仲)《述哀》序云:"亡兄孟吉,与仲隔别,于今十载。季秋之初,迭获凶电,兄以肺疾客死关东,仓卒北渡,载骨南还。悲怀郁结,发为咏歌,情促辞拙,不畅所怀。聊写衷曲,敢告友生。宣统元年秋九月,陈仲志于沈阳寓斋。"诗云:"死丧人之戚,况为骨肉亲。所丧在远道,孤苦益酸辛。秋风衰劲草,天地何不仁。驾言陟阴岭,川原低暮曛。临空奋远响,寒飙逐雁群。一月照两地,两地不相闻。秉烛入房中,孔怀托幽梦。相见不暂留,苦虑晨鸡弄。牵裙频致辞,毋使薄寒中。言笑若生平,奚以怀忧恸。起坐弄朱弦,弦乱难为理。凉风扣庭扉,开扉疾审视。月落霜天冥,路远空延企。掩户就衾枕,犹忆梦见之。辗转不能寐,泪落如垂丝。扁舟浮沧海,去住随风波。浩淼不可测,起伏惊蛟鼍。仙人御离合,聒耳如哀歌。海立天俯仰,安危在刹那。一潮落玄渚,尧桀无殊科。救死恐不及,岂复悲坎坷。坎坷复踽踽,慷慨怀汨罗。孤篷岂足惜,狂澜满江河。区区百年内,力命相剸磨。蓬莱阻弱水,南屏落叶多。所违不在远,隔目成关河。生别已恻恻,死别当如何。感此百念结,巨浪如嵯峨。嗺嗺鹡鸰鸟,双飞掠舷过。与君为兄弟,匆匆三十年。十年余少小,罔知忧苦煎。十年各南北,一面无良缘。其间十年内,孤苦各相怜。青灯课我读,文彩励先鞭。慈母虑孤弱,一夕魂九迁。弱冠弄文史,寸草心拳拳。关东遭丧乱,飞鸿惊寒弦。南奔历艰险,意图骨肉全。辛苦归闾里,母已长弃捐。无言执兄手,泪湿雍门弦。相携出门去,顾影各涓涓。弟就辽东道,兄航燕海边。海上各为别,一别已终天。回思十载上,泣语如眼前。见兄不见母,今兄亦亡焉。兄亡归母侧,孑身苦迍邅。地下告老母,儿命青丝悬。老母喜兄至,泪落如流泉。同根复相爱,怎不双来还。朔风吹急雪,萧萧彻骨寒。冰砾里蹄足,蹇骡行蹒跚。寸进复回却,蜷曲以盘桓。盘桓不能进,人心似弹丸。汽车就中道,人畜各喜欢。一日骋千里,无异策虬鸾。余心复急切,长夜路曼曼。路长亦不恶,心怯且自宽。吉凶非目睹,疑信持两端。驱车入城郭,行近心内酸。入门觅兄语,尚怀握手欢。孤棺委尘土,一瞥摧心肝。千呼无一应,掩面不忍观。仆夫语疾语,一一无遗残。依依僮仆辈,今作骨肉看。故旧默无语,相视各汍澜。中夜不成寐,披衣抚孤棺。孤棺万古闭,非梦无疑团。侧身览天地,抚胸一永叹。"

《女子世界》第 5 期刊行。本期"文选·玉台新集·骈散文"栏目含《龙泉观看梅花记》(周建中屏侯)、《〈栩园丛书〉弁言》(白门孙潏源瘦鹤)、《〈昙花小草〉序》(长沙舒焘绮轩)、《〈桐花笺〉弁言》(丹徒吴清庠眉孙)、《题汪诗圃先生〈麝尘莲寸词〉卷》(歙县吴承烜东园)、《吊潇湘妃子文》(海宁许天一京人);"诗话"栏目含《闺秀诗话》(翠翠楼主、栩圃、含英)、《香奁诗话》(亚庐、香草)、《曲栏闲话》(佚名);"诗词曲选·名媛集·诗选"栏目含《秋怀八律,用少陵〈秋兴〉原韵》(吴县吴苣佩纕)、《自君之出矣》(四首,吴门吴钧才忏情)、《静女吟》(吴门吴钧才忏情)、《春夜》(和戴红贞女士韵)(吴门吴钧才忏情)、《春阴》(和戴红贞女士韵)(吴县王淑仙竹筠)、《题〈林黛玉焚诗图〉二律》(吴县王淑仙竹筠)、《春夜二绝》(吴县王淑仙竹筠)、《春草》(和王梅素女士韵)(吴县王淑仙竹筠)、《喜晴》(吴县王淑仙竹筠)、《柳枝词》(二首,吴县王淑仙竹筠)、《春日山行》(吴县王淑仙竹筠)、《癸丑感时》(剡川丁志儁)、《校园即景》(剡川丁志儁)、《清明日口占》(剡川丁志儁)、《春假漫成》(剡川丁志儁)、《春寒》(剡川丁志儁)、《落花》(四首,吴县王梅素静贞)、《簪花曲》(吴县王梅素静贞)、《新柳》(四首,吴县王梅素静贞)、《落叶》(二首,吴县王梅素静贞)、《留别吕锦如女士》(四首,六安涂兰芳柏芬)、《和翰芳姊见寄原韵》(二首,会稽马静宜女士)、《附原韵》(二首,会稽任翰芳女士)、《秋》(刘岑坚香)、《客中赠龙女士》(刘岑坚香)、《绘墨兰赠神膺世姊并系一绝》(刘岑坚香)、《红叶》(刘岑坚香)、《题梅花画册》(九首,沈若钰竟英)、《春鸳曲》(丹徒李兰如)、《梅花》(用王渔洋《秋柳》韵)(四首,丹徒李兰如)、《采莲曲》(四首,休宁吴晓秋冷侬)、《西施》(休宁吴晓秋冷侬)、《玉环》(休宁吴晓秋冷侬)、《自述》(休宁吴晓秋冷侬)、《春夜即事》(休宁吴晓秋冷侬)、《书所闻》(休宁吴晓秋冷侬)、《新岁吟》(休宁吴晓秋冷侬)、《春闺十二咏》(奉贤刁素云)、《霜晓》(杭州吴淑仪静云)、《百丈》(杭州吴淑仪静云)、《抵石门》(杭州吴淑仪静云)、《旷野》(杭州吴淑仪静云)、《即目》(杭州吴淑仪静云)、《杉青闸》(杭州吴淑仪静云);"诗词曲选·名媛集·词选"栏目含《清平乐》(香山谭珮鸾)、《蝶恋花》(香山谭珮鸾)、《虞美人》(香山谭珮鸾)、《鹊桥仙·七夕》(锡山杜敬景姜)、《浪淘沙·秋柳》(锡山杜敬景姜)、《桃源忆故人·寄浣香》(锡山杜敬景姜)、《菩萨蛮·春寒》(东海刘古香清韵)、《菩萨蛮·晓妆》(东海刘古香清韵)、《鬓云松令·惜花》(东海刘古香清韵)、《百字令·题某女士醉书轩》(东海刘古香清韵)、《卖花声·春眠不觉晓》(东海刘古香清韵)、《长相思·有怀》(钱塘项澧芬)、《浣溪沙·寄赠》(钱塘项澧芬)、《醉花阴·春暮》(长沙刘鉴惠叔)、《金菊对芙蓉》(长沙刘鉴惠叔)、《菩萨蛮·夜楼与碧珠分赋回文,依尤西堂体韵》(兴化张碧琴韵岑)、《菩萨蛮·夜楼与碧琴分赋图文,依尤西堂体韵》(盐城杨瑛青碧珠)、《水调歌头·〈小说海〉题词》(歙县鲍苹香秋白)、《浣溪沙·夜坐待旦》(歙县鲍苹香秋白)、《浪淘沙·绛珠将赴秣陵,赋以赠别》(歙县鲍苹香秋白)、《高阳台·留别萍社吟伴》(歙县吴绛珠蕊先)、《庆春泽·黄山民〈小说海〉题词》(歙县吴绛珠蕊先);"诗词曲选·名媛集·曲选"栏目含【南北曲·新水令】《自题〈望云堕泪图〉》(东海刘古香清韵);[补白]《两部鼓吹轩〈九秋词〉》(长洲孔惠昭孚心);"诗词曲选·香奁集·诗选"栏目含《追和李长吉〈美人梳头歌〉》(默庵)、《游仙词》(四首,剑英)、《晓仙曲》(剑英)、《春暮》(剑英)、《问花》(剑英)、《初春入山》(三首,骖龙)、《春日郊行》(二首,骖龙)、《新柳词》(二首,骖龙)、《秦淮晚景》(五首,剑隐)、《虞姬庙》(剑隐)、《怀魏子俊三》(二首,剑隐)、《读〈兰娘哀史〉感成》(五首选三,剑隐)、《秋柳》(二首,剑隐)、《本事诗》(十二首,月僧);"诗词曲选·名媛集·词选"栏目含《高阳台·〈风云月露词〉,索藕社同人和》(四首,筠甫)、《卜算子》(筠甫)、《唐多令》(筠甫)、《浣溪沙·秋夜梦中得句,晓起足成之》(筱峰)、《垂杨》(筱峰)、《醉太平·镇江道中》(醉蝶)、《忆秦娥·题周子炎〈桐花笺〉》(醉蝶)、《鹊桥仙·题仕女册页》(醉蝶)、《秋蕊香》(醉蝶)、《谒金门》(醉蝶)、《南乡子》(醉蝶)、《清平乐》(醉蝶)、《满宫花》(醉蝶)、《调笑令》(少文)、《水龙吟·题小爱女史〈琴楼弹月图〉》(少文)、《生查子·题林伶罌卿小影》(少文)、《南歌子·为慕琴题画》(小蝶)、《虞美人·又》(小蝶)、《花发沁园春·题瘦鹃〈香艳丛话〉》(小蝶)、《蝶恋花·题〈天女散花图〉》(剑英)、《海棠春》(剑英)、《望江南·四时闺情,代蕙兰女史作》(月僧);"诗词曲选·香奁集·曲选"栏目含【南北仙吕入双调·新水令】《清明》(浪仙);"弹词"栏目含《潇湘影弹词(续)》(天虚我生著,影怜女士评)。

叶昌炽夜冒雨赴翰怡之约。艺风、子勤、益庵同坐，尚有钱念劬、俞恒农两客。

柳亚子、高燮、姚光三人携眷游杭，抵达后当晚往新舞台观冯春航演剧。

章太炎作《免彬同学属题〈丽楼图〉》。诗云："汳京荡旡纪，散帙存江东。阅世逮八百，上与衡湘通。叶君何卓踪，储书满园丛。旧臧操潭建，次及皇明中。自从卢鲍来，改窜不足重。礼失求四夷，采伐穷瀛蓬。梧楸岂不盛，白露相迎逢。老夫夹何寄，携手临山戎。周召久衰歇，楚宝遗南封。悲哉永嘉年，托子留教蒙。"

11日　北京总商会发起救国储金，在中央公园举行大会，到会者二三十万人，储金 100 万元，并宣传抵制日货。

《申报》第 15173 号刊行。本期《自由谈》"词选"栏目含《莺啼序·题德清曹君〈艺圃图〉，用梦窗韵》（东园）。

叶昌炽作《贺刘翰怡京卿新第落成》（三首）。其一："新巢燕子贺雕梁，海上今瞻履道坊。陂住凡亭樊氏宅，山围别墅谢公乡。门前列戟探金社，阶下眠琴置石床。我是羊求三径客，接羅倒著愧疏狂。"

陈莘作《三月二十八日同顾景欧式尹（尚桢）、胡厚庵（福熙）、罗蕙岚（世荣）出城南过石梁，度长原，至太子庙僧房小憩，即事有作》（二首）。其一："遥望阴森古木沈，荒原近处有禅林。欣来初地停游脚，聊共诸天证道心。宝殿梁倾春雨烂，法王阶圮野苔侵。只余三百五年物，劫火逃残卧壁阴（寺始前明，规模甚壮。正殿已毁于兵，只余巨钟一、巨鼎二，巨烛檠尚正殿中，皆万历三十二年铸，迄光绪丁未计三百五年）。"

13日　黄节作《三月三十日与栽甫过崇效寺看牡丹，多已披谢》（四首）。其一："聊为花时一问存，迟开恨晚更何言。寻僧旧识前朝寺，促座犹悭入市尊。不意芳寒生绝艳，已愁春色近黄昏。客怀三月匆匆过，却是今朝最断魂。"其二："解道春归忽送春，斜街飞絮逐车尘。等闲绿树栖莺后，来对朱颜被酒人。染柳熏梅殊未了，才晴乍雨更无因。可怜俯仰低枝在，划地东风又浃旬。"

14日　《申报》第 15176 号刊行。本期《自由谈》"栩园诗选"栏目含《房中曲》（程子大）；"栩园词选"栏目含《南乡子（帘幕晚如烟）》（程颂万）、《醉花阴（眉愁堆满菱花镜）》（程颂万）；"文字因缘"栏目含《调寄〈浪淘沙〉·题〈礼拜六〉》（黄芸台）。

《国学杂志》第 2 期刊行。本期"文学"栏目含《砚铭》（梁同书山舟）、《观所养斋诗稿（未完）》（泾县朱琛筱唐）、《谭复堂先生遗诗（〈思归读庐丛书〉初集之一种）（未完）》（仁和谭献）、《梅边笛谱（续）》（榆园钞本）（明代李堂允升撰，许增迈孙校）、《今虞初志》（常熟庞树柏辑录）、《无斋漫录（续）》（倪羲抱）；"附录·诗"栏目含《西瓜》（三首，上海函授国文专科学校正科生徐蔚）、《前题》（上海函授国文专科学校正科生王毓藻）；"附录·词"栏目含《菩萨蛮·红杏》（上海函授图文专科学校正科生郑梦驯）、《前题》（上海函授国文专科学校正科生王泽）、《感时》（三首，王泽）、《菩萨蛮·红杏》（上海函授国文专科学校正科生谢杏林）、《爱国歌》（上海函授国文专科学校正科生章黼华）。

冯豹为《劳草吟》作《自叙》云："此编系前清乙巳、丙午两岁作也。饶其逐满之气，一意孤行，心有所感，目有所触，耳有所恶，事为有所抑，皇辗屈舒之不得，哭之以诗而已；哭之不得，奔走以健其足而已。故取风诗'劳人草草'句以名篇。革命党隐语，革呼草，劳草之草，盖革也，抑草草吟诗云。民国四年四月一日，叙于第十一师校。勿翁冯豹甫。"

陈昌作《怀友》。序云："午后复润之（毛泽东）兄书，又上子升兄书，作怀友一首。"诗云："久别难为语，阳春付水流。思亲徒洒泪，顾国怕登楼。家国两危绝，我生逢此忧。何时一樽酒，重与话离愁。"

15 日　《双星》第 3 期刊行。本期"文苑·诗"栏目含《乙卯上巳随庵招同人在味莼园修禊，晚集六娘妆阁，分韵为诗；舫政之苛，翻同金谷，拈得群字，率赋塞责》（庞树典鲖隐）、《味莼园修禊，拈得峻字》（庄纶仪纫秋）、《海上修禊，分韵得兰字》（庞树柏檗子）、《随庵社长兄集同志海上修禊，拈得阴字》（高旭钝剑）、《佛士侄在味莼园修禊，分韵代拈得有字，寄书索诗，走笔成此》（杨鉴莹云史）、《乙卯上巳修禊，分韵得竹字》（孙肇圻颂陀）、《佛士修禊海上，代拈得此字韵索补》（杨天骥茧庐）；"文苑·词"栏目含《点绛唇·上巳修禊佛士招领惜春妆阁，分韵得在字》（王蕴章莼农）、《湘月·星洲秋感，寄示沪上诸友》（王蕴章莼农）、《迈陂塘·帆影》（王蕴章莼农）、《喝火令》（王蕴章莼农）、《虞美人》（王蕴章莼农）、《高阳台》（王蕴章莼农）、《金缕曲·赠仰光杨子贞，用蒋竹山韵》（王蕴章莼农）、《凤凰台上忆吹箫·用漱玉韵》（王蕴章莼农）、《祝英台近》（王蕴章莼农）、《南洋竹枝词（未完）》（十三首，莼农）；"杂俎·笔记"栏目含《剩墨斋笔记（续）》（企翁）、《捧苏楼墨屑（未完）》（吴县尤翔）、《波罗奢馆杂记》（寄尘）；"杂俎·诗话"栏目含《一虬室诗话（未完）》（南通州峰石张麟年）；"杂俎·词话"栏目含《梅魂菊影室词话（续）》（莼农）；"杂俎·曲话"栏目含《藤花亭曲话》（藤花亭长）。

《正谊》杂志第 1 卷第 8 号刊行。本期"艺文·诗录"栏目含《狱中有赠》（精卫）、《感事》（精卫）、《狱中感事》（孟硕）、《住西湖白云禅院作此》（曼殊）、《吴门，依易生韵》（曼殊）、《感事》（观槿）、《调贞长》（观槿）、《感怀》（义门）、《对雪有怀，用苏韵即寄铸夫海上》（海外虬髯）。

[韩]《天道教会月报》第 58 号刊行。本期"词藻"栏目含《偿花》（敬庵）、《牛耳洞路次》（松石金完圭）。其中，敬庵《偿花》云："满地山樱花，行看不厌多。愿将

此世界，六洲作一家。"

严修抵沪，参观省立第二师范，校长贾丰臻陪观。

张震轩设馆于瑞安后里陈永生洋楼，名曰"聚英楼"，并订《自强斋学约》。又作《聚英楼即景》（十一首）以记之。序云："乙卯春间，予借后里陈永生洋楼为课徒之馆，楼高敞，四面可以眺望，课余赋此，兼示诸生和之。"其一："一角危楼耸碧空，西洋房子制精工。苍茫山海无边景，收入先生杖履中。"其二："登楼高望渺云烟，把酒遥吟拟谪仙。底事三分邻买水，四围万顷是湖田。"

16日 南社在杭州西湖西泠印社举行临时雅集，到柳亚子、高燮、姚光、李叔同、丁三在、丁以布、王毓岱、陈樗、陈无用、张心芜、林之夏、周侠生、费龙丁等30余人。众人凭吊孤山冯小青之墓。李叔同手书柳亚子"明女士广陵冯小青墓"题记及同游诸子题名，立石于冯小青墓侧。

《申报》第15178号刊行。本期《自由谈》"栩园词选"栏目含《洞仙歌·春晓》（许瘦蝶）、《陌上花·题〈筝楼聚影图〉》（潘兰史）、《南乡子·春草》（华痴石）、《阮郎归·湘溪舟次》（华痴石）。

吴昌硕为建筑西湖隐闲阁，题襟馆书画会发售书画券筹款。

17日 《申报》第15179号刊行。本期《自由谈》"诗选"栏目含《春日书怀》（选青）、《登胜棋楼》（选青）；"文字因缘"栏目含《金缕曲（湖海元龙气）》。

江五民作《四月四日校役供芍药一枝，感赋》。诗云："花相芳名艳古来，自应花国冠群材。却怜荸尾终成性，怕煞东风不敢开。"

[日] 冈部东云作《乙卯四月四日鱼江客船覆没，溺死六人，得报恻然赋》。诗云："濛濛春晓如雨烟，汩汩奔流覆客船。波上几人漂溺去，悲风传报泪潜然。"

18日 逸社第四集。社集主人吴庆坻，参与者有吴庆坻、陈夔龙等。主题是题吴振棫（吴庆坻祖父）《花宜馆辑诗图》长卷。陈夔龙作《浴佛前三日，吴补松同年招作逸社第四集，奉题仲昀太年伯〈花宜馆辑诗图〉长卷，敬赋长歌志仰》。诗云："生圹营成海桑变（曩在西湖右台山自营生圹），湖山镇日梦中见。补松示我辑诗图，如睹之江旧文献。君家祖德何嶙峋，云近蓬莱五色新。玉帐争迎老开府，青灯仍是一诗人。先生辑诗若编史，迁固世继谈彪美。以诗存人人存诗，晬年风雅秋毫里。编成功逾守残缺，固应罗拜古衣冠。亦如膏雨遍梁益，苍生慰望士欢颜。先君昔试详柯吏，值公绣衣陈皋事。训言捧到八分书，梦草池前饮文字（先生工八分书，梦草池在黔皋署中）。我与文孙忝齐年，所惭未结蓬山缘。无分玉堂称后辈，却从绢素炙先贤。历历红羊幻苍狗，劫后砚笏犹世守。多君七叶珥丰貂，笑我千金享敝帚（近作《花近楼诗存初编》刊成就正）。春申江上阻归航，遥望西湖如望乡。何当过访花宜馆，不数编诗秀野堂。"瞿鸿禨作《为吴补松题其大父仲云先生〈花宜馆辑诗图〉》。诗云："兰苣滋芳根，江河导洪源。贻庆钟达人，郁为通德门。吴公浙故家，诗礼厚本元。璠玙挺令器，杰立德功言。禁中毗颇牧，出填国藩垣。流泽西南徼，归隐安丘樊。温公式洛下，颐性独乐园。待问今古事，胸罗星斗繁。著书咨故实，七略包雄尊。湖山发吟啸，天葩新且敦。继志捧遗砚，文献宏讨论。风雅甄同州，耆旧精神存。青箱缵前业，绵绵起文孙。祖德述康乐，累叶承清芬。俯仰垂百年，变极毁乾坤。黄农忽云没，何许招骚魂。踵成唐一经，订坠赖后昆。抚图余喟息，乔木空轮囷。延津照长铗，中有劫灰痕。铜狄感推迁，岂直魏笏珍。景行溯流风，亦用广国闻。"

荣庆游孙园，归得诗二律。其一："今游补昨游，名园处处幽。盆鱼金绀色，琪卉亚欧洲。翠倚松间屋，荫浓树里楼。牡丹多异种，为尔更开眸（昨只见红、紫、白，今于楼东见绿者一株）。"其二："两度到孙园，堂厅静不喧。藤萝知绕树，薜荔每当门。迤递回廊丽，庄严尚像存。陶家行屋在，旧事更休论。"

王闿运作《周凤池送芍药，作诗二首谢之》。其一："记向丰台访艳春，如今蕤尾负芳辰。君家自有留春槛，不染扬州十斛尘。"

柳亚子作《五月十八夜，招王漱岩、沈半峰、平复苏、高吹万、姚石子、陈虑尊、越流、丁不识、展庵偕饮湖上酒楼，即席分得"真"韵》。诗云："携手登楼笑语真，相逢莫漫问前因。几钱能值嗤名士，双桨初归恋美人。终古湖山羞妩媚，只今肝胆郁轮囷。江才阮涕新来尽，草草壶觞愧主宾。"

19 日 《申报》第 15181 号刊行。本期《自由谈》"词选"栏目含《浣溪沙（帘押金钩玉漏轻）》（小蝶）、《荆州亭（灯背晚妆初卸）》（小蝶）。

尹昌龄任贵州黔中道尹，次年 2 月辞职。

刘绍宽在杨志凯处晤徐崧生，睹所著书，为作《徐崧山先生医书序》。

叶昌炽作《芸巢前辈有诗寄怀，次韵奉答》（二首）、《芸巢忧生念乱，憔悴致疾，诗以广之，仍次前韵》（二首）。芸巢原作二首。其一："故里诸耆宿，倾囊叶石林。三长才识学，一悟去来今。风送湖边舸，情移海上琴。他年遗老传，或许附同心。"叶昌炽《芸巢前辈有诗寄怀，次韵奉答》其二："海内留殷献，无忧吾道孤。咏归狂士志，导引列仙图。精舍三长物，扁舟一钓徒。灵岩登眺未，香径有蘼芜。"《芸巢忧生念乱，憔悴致疾，诗以广之，仍次前韵》其一："世事如棋局，清谈即语林。后人犹视昔，昨日岂知今。有酒便携锸，无弦仍抚琴。莫嗟双鬓改，最好是童心。"

20 日 《申报》第 15182 号刊行。本期《自由谈》"栩园曲钞"栏目含【南商调·二郎神】《题徐湛庐〈梅花山馆读书图〉》（天虚我生）。

《大中华》第 1 卷第 5 期刊行。本期"文苑"栏目含《梁太公莲涧先生寿文》（杨增荦）、《公博、藤龛为予作〈紫阳峰图〉，赋谢》（叠均）（梁启超）、《周孝怀居忧，以母太夫人事略见诒，敬题其后奉唁》（梁启超）、《谭伶自绣像作渔翁乞题》（梁启超）、

《上任父》（赵熙）、《寄怀蒲伯英长安》（赵熙）、《得瘿公书，知杨昀谷近状，百感作寄》（赵熙）、《得瘿公书，识京华故人消息，喜极志感》（赵熙）、《寄瘿公》（赵熙）、《乙卯早春》（规庵）、《九龙碑歌》（规庵）、《西湖》（严山）、《孤山观梅》（严山）、《徂东杂兴》（十首之四，己丑年作）（农生）、《书〈康熙字典〉后》（蟫魂）。

《学生》第2卷第5号刊行。本期"文苑"栏目含《雁山游记》（江苏省立第二中学校二年级学生尤志庆）、《旅顺游记》（营口实业学校本科一年级学生邱树人）、《白雀山游记》（吴兴县立中学校四年级学生闵思澂）、《淮阴访漂母冢记》（上海徐汇公学毕业生谢寿昌）、《史公祠探梅记》（江都县第一高等小学校毕业生许本纯）、《拟东坡〈前游赤壁记〉》（福建道山高等小学校学生陈乾进）、《东湖泛月叙》（江西心远中学校学生柳报青）、《送社兄胡君惊勃序》（湖南省立甲种农业学校兽医本科甲级学生于伟）、《读郭隗〈千金市骏马喻〉》（前人）、《〈丛桂山房文钞〉自序》（江苏第四师范学校学生凌树勋）、《哭范师蔼人文》（同里私立丽则女学校二年生严韵仁）、《祭诸葛武侯庙文》（广东东莞中学校四年级学生徐家哲）、《短文铭》（江苏省立第三农业学校学生刘光）、《咏白莲》（二首，广东番禺中学校四年级学生虞辅）、《游罗浮洞》（二首，富顺县县立中学校三年生陈洸贻）、《西湖漫兴》（前人）、《问梅》（北京畿辅中学校丙班生常雷天）、《竹床》（前人）、《雪》（南通师范学校二年级学生易晋康）、《寒假别刘季亮》（前人）、《题画竹》（前人）、《门神》（前人）、《旧历新年》（前人）、《饯腊诗》（浙江嘉善师范讲习所学生孙察秋）、《春游西湖》（前人）、《春月》（江苏省立第二农业学校学生严汝南）、《望汉台怀古（并序）》（直隶赵县中学校丙班学生胡克昌）、《渔家傲·夜郎道中》（贵州遵义县立中学校二年级学生李锡祺）、《长相思·春思》（广东省立惠州中学校四年级学生魏佐国）、《游运堤》（江苏省立第四师范学校二年级学生周钰）、《观书作》（前人）。

冯煦赴瞿鸿禨、沈曾植招饮，陈三立、朱祖谋、沈瑜庆、王乃征、汪大燮、林开謩、张元济、康有为等赏园观画，诗以酬和。康有为作《无题》（二首）。其一："冻风飞雨月将沉，晓湿春烟流水深。天上人间事难说，只从烹酒有知心。"其二："雨冻天将沉，烟湿风和春。纤指晓弄丝，飞鸾如向人。有月常不明，芳心说难真。"诗后自注云："善化相国、沈乙老招梦华、伯严、晦若、古微、涛园、聘三、伯唐、诒书、菊生雅集，看花读画于吾新嘉园，陪赏弥日，为禁体诗，摘《六如集》七言诗十二句，凡八十四字，得诗二章呈诸公。孔子二千四百六十六年，乙卯四月七日。"

吴芳吉由吴宓介绍入右文社。右文社为吴宓表兄陈君衍创办，后并入中华书局。吴芳吉主要负责校勘章太炎《章氏丛书》，月薪12圆，其中6圆济家，6圆自食。其间吴芳吉得阅《老子》《庄子》《杨子》《新序》《古文辞类纂》《康熙字典》《芥子园画传》、南社、东社诗文集等。研读顾炎武、龚自珍、黄遵宪以及南社诗人作品。此外，还通览亚里士多德、柏拉图、但丁、莎士比亚、丁尼生等人著作。

21日　《申报》第15183号刊行。本期《自由谈》"游戏文章"栏目含《五更调》（叶吴音）（天虚我生）；"诗选"栏目含《寄怀毓如五舅古诗一章》（秦寄尘）。

柳亚子等自本日起陆续离杭。事后，于本年刊行《三子游草》。高燮、柳亚子、姚光撰。冷禅题签，乙卯夏五楼村题端。集前有王祖庚、高吹万作序，寄尘、屯艮、红冰、石予、天梅、卍庵、芝畦、少华、澹庵、不识、少文、海帆、展庵、谱哲、君深、鄂不、和甫、白丁、思永、平阶、泽庵、适斋、鹓雏、端志、景盎、吹万题词。集后有潘普恩、姚石子作跋。本集含高吹万《武林十日游记》（屯艮署签）、《武林新游草》（吹万社长属息翁题签）、《武林旧游草》（滨虹署签），柳亚子《湖海行吟草》（天遂署签），姚石子《续浮梅草》（君平署签）、《浮梅草》（寒琼蔡守署眉）。其中，姚石子《续浮梅草》《浮梅草》有自序。附录含《西泠缟纻集》《孤山环佩集》。高吹万作序云："《三子游草》者，余与柳君亚子、姚生石子同游西湖所成，而友朋赠答倡和纪事诸作，皆附焉者也。斯游也，为时仅十日，而游记达七千言以上，游什几及数百首，可谓豪于游矣。顾所游同，而所以游者不同。我妻尝戏谓余平生具三癖好，曰山水，曰美人，曰文字。余谓此三癖好者，不特余有，三子皆有之，惟文字之好，固为三子之所同，而其他二者，则有次第之异焉。余之所好，山水为上，美人次之，亚子则反是。石子所好，未知其次第之何若。故余之游也，以武林之山水，而亚子之游也，以春航。观其诗曰'双桨初归恋美人'，可以证其所好矣。抑余尝致亚子书云：'君之痴于春航，与不佞之痴于西子，其情正未尝不同。'而亚子答书则曰：'春航有"尊前知己"之语，而西子无之，不免相形见绌。'余无以难也。既而思之，山水之性情往往与人心相通，而武林山水之美，适与余心有冥合，旧游新游，相视莫逆也久矣。山水虽无言，欲不谓之知己而不得也，且余尤有说焉。昔人以西湖比西子，而亚子诗复以西施比春航，是则西湖也，西子也，春航也，虽谓之同一物焉，亦可也。山水美人，原无差别，区而二之，固余之陋也，而皆一见于是书，则是书实兼山水、美人、文字而一之矣。不知亚子、石子见余言，得无大笑而首肯否乎？因即书此以为序。乙卯双星渡河之日，吹万居士。"姚石子《续浮梅草》自序云："余也柔弱，性复善感，甚爱武林山温水软。每至必皆有诗，而多悲凉之音，诚以西湖历经沧桑，可感之多也。岁己酉，与妇王粲君四至武林，成《浮梅草》一卷。乙卯春暮，偕粲君又至武林。朋从甚得，游览殊胜，勾留十日，乐且未央。回忆曩游，相越六年，风景不殊，废兴顿异，则又不禁感慨系之矣。兹检所作诗词文，合如干首，即题曰《续浮梅草》。呜呼！余之来此，皆作泛舟之范蠡，骑驴之薪王。他日者，得偕隐湖上，垂纶于六桥之间，则于愿足矣。"《浮梅草》自序云："《浮梅草》者，姚子与其妇王粲君偕游西湖之作也。己酉春三，姚子与妇结缡，而至虎林，以度蜜月。流连于孤山黛色，西湖波影间。携手同车，并肩双桨，六桥三竺，与子偕行。

姚子深于情，好诗歌，偶有所感，微吟低唱，而不拘拘于韵句之间。绿窗检字，红袖添香，甚自得也。既归，粲君为我汇而录之，得如干首。昔王东生、顾和知伉俪游西湖，有《浮梅槛诗》，因取名焉。"泽庵作《吹万居士嘱题〈三子游草〉，为成两律》。其一："笑鹤调梅意自闲，十年风雨梦孤山。是谁著屐春归后，替我行吟夕照间。生爱江南多逸侣，眼看湖上尽清班。翩翩三子尤文彩，一集琳琅孕古斑。"其二："钗光钿影数娉婷，墓草凄凄悼小青。天赐奇情矜柳子，地留片石宠冯伶。诸公好事能题句，一客为花苦系铃。览卷别添惆怅恨，年来秋雨黯西泠。"天梅作《题〈三子游草〉》（二首）。其一："可能此笔武林扛，照眼螺鬟绿到窗。龙虎即今谁第一？鸳鸯从古例成双。荒坟浇酒情无那，画舫论文兴未降。风景依然城郭改，哀时《水调》不成腔。"其二："病中开卷忽茫然，身到杭州近五年。两岸波光迟远客，六桥花气荡晴天。伤春不解西湖乐，历劫因知南社贤。我已浮名付云水，管他卢后与王前。"姚石子作跋云："余嗜山水，又好朋友。今年送春迎夏之候，与高吹万舅氏、吴江柳亚子，各携眷道海上，作武林之游。平原十日之雅，不是过也。既归，舅氏汇集诸作，刊为《三子游草》。夫武林山水，清淑温柔。余虽未尽览天下名山大川，然以谓为余所绝爱者，当无逾于武林矣。余于戚党朋友中，固多交契。然交最深而性情相契者，亦为我舅氏与亚子。今偕性情深契之人游素所酷嗜之地，其欢乐为何如哉！抑余读舅氏序言，有山水、美人、文字之三癖好；而谓此三癖好者，三子皆有之，足征我辈相知之深矣。又以文字之好，为三子所同；而其他二者，则有次第之异。余意山水、美人，固无先后其间也。盖因美人而思山水，因山水而怀美人。譬之树草，山水其叶，美人其花，美人藉山水以生光彩，山水藉美人而不寂寞。言美人者，眉曰远山，目曰秋水，则美人而山水也。言山曰婷婷，言水曰温温，则山水而美人也。美人山水，不容轩轾矣。而山水美人，又须藉文字为点缀，则三者又互相关也。吴街南曰：'以极有韵致之文人，与极有恣态之美人，共坐于山水花月间，不知此时魂梦如何？情思如何？'窃谓此游可得而兼之，宜其梦魂、情思之颠倒于无穷矣。惟是余不学无文，偶有所感，率尔成章，实未足以灾梨枣。今并称'三子'，正如小巫之见大巫，滋惭恧耳。挑灯披此，窗外秋雨霏霏，回忆前游，益驰念故人不置。乃泚笔而识简末。岁在乙卯，双星渡河后四夕，姚石子跋。"

叶昌炽为顾聪生题所藏，作《题董小宛小像》（改七芗画，先有郭频伽题二绝句，聪生藏）（二首）。其一："乐府无人续昉思，长生密誓阿谁知。寓言十九感甄赋，试读清凉赞佛诗。"

张謇作《百舌行》。诗云："江南唤起春光早，朝朝唤起春天晓。清歌妙啭不惜劳，百舌玲珑解事鸟。自从前年去京师，春来正月二月迟。乌哑鹊喑不中听，陌头芳草空迷离。南归匆匆已夏至，百舌正苦声噤时。南人好汝为汝好，无声可好谁养之。

深林绿叶浓如幄,容汝养羞一年足。毛丰羽泽我复归,听汝嬉春千种曲。高高下下断又连,柔脆似管和似弦。耳聒欲敲睡趣足,眼缬乍展晨熹妍。只惜春来春易去,反舌聪明为汝误。鸲鹆剔后能人言,万柳千花造谣妒。"

22日 《中国白话报》创刊。创刊号"词林"栏目含《从荒物肆市得照片数帧,中有一帧为最有关系之纪念,漫题纸背》(太寒)、《时贤诗(其一)》(太寒)。

《时报》本日起刊登《章氏丛书》广告,谓:"阳历六月底截止预约,七月底全书出版。预约只以万部为限,现已售出数千部,如期前售满,即行停止。"《广告》"附告"云:"一、本《丛书》原由先生及门诸君编录,现复经先生自行审定,略加修改,《文录》中并增若干篇;二、《訄书》一种,先生改名《检论》,大加修改,与初印本绝异;三、《国故论衡》,先生亦正在修改中,较之原印本,新增入者甚多;四、全书由先生门人康逵宦、潘力山、康心儒三君担任校勘,自信讹字甚少"云云。

浙江朱介人(瑞)将军、屈文六(映光)巡按使访严修。严修参观省立第一师范学校,校长经子渊(亨颐)导观。严修夜记云:"大抵江浙之学生,气宇之清,精神之足,非北省所及,而书画秀润,尤其特长。"又记在杭印象:"浙江政界要人多本省人,且多四十以内人,而老成镇定,条理井井,实特色也。屈君注重实业,可谓知本。"

23日 政事堂礼制馆奉准制定国乐乐章通行。歌词曰:"中国雄立宇宙间,廓八埏,华胄来从昆仑巅,江河浩荡山绵连,勋华揖让开尧天,亿万年。"出自荫昌手笔。

《申报》第15185号刊行。本期《自由谈》"游戏文章"栏目含《赋得要求》(得求字五言八韵,有序)(蹬庐)。

毛泽东为湖南一师同班同学易昌陶书挽联:"胡虏多反复,千里度龙山,腥秽待洒涤,独令我来何济世;生死安足论,百年会有役,奇花初苗,特因君去尚非时。"

吴湖帆娶苏州大姓潘氏之女树春(静淑)为妻。

25日 《申报》第15187号刊行。本期《自由谈》"栩园曲钞"栏目含【南正宫·锦缠道】《再题徐湛庐〈梅花山馆读书图〉》(天虚我生)。

《小说月报》第6卷第5号刊行。本期"文苑·文"栏目含《〈纯飞馆词〉序》(剑丞);"文苑·诗"栏目含《霜》(剑丞)、《东城夜归》(剑丞)、《天坛》(剑丞)、《颐和园偕诸贞长、恽菽铭同游》(剑丞)、《徐州道中》(拔可)、《车发太原》(拔可)、《海棠花下四首》(众异)、《秋雨闲坐,纬舆见过,偶赋一律却寄》(毅亭)、《感事二首之一,为素弟改作》(毅亭)、《又作》(毅亭)、《古意一首,示李碧棠校长》(毅亭)、《夜雨独坐》(毅亭)、《初发成都调查,赴郫道中作》(二首,卫道)、《临邛感旧,呈龚秉师》(卫道)、《牟紫宸同学赐和,仍依前韵奉酬》(卫道)、《诸将十一首》(大槩山人);"文苑·词"栏目含《寿星明(并序)》(四首,东园)、《千秋岁·石铭乞为其母夫人撰寿词》(仲可)、《减字木兰花·题董乐闲先生〈写生小册〉》(仲可);"杂俎"栏目含《顾曲麈谈

（续）》（吴梅）、《美国婚律大凡（续）》（老圃）。

《中华妇女界》第1卷第5期刊行。本期"文艺"栏目含《妇人诗话（未完）》（常熟苏慕亚女士）、《乙巳季秋偶检旧箧，见昔时所和渔洋〈秋柳〉四章，彼时先夫子尚客保阳，弹指已二十余年矣。当此秋霜刻轹，玉露雕伤，感往抚今，泫然流涕，爰为删改，聊存一二，略见当年意绪耳》（衡山陈德音女士）、《柳枝词》（四首，朱绮生女士）、《村居即事，和绮生大姊原韵》（孙浣云女士）、《春日即事，再叠前韵》（前人）、《秋夜》（戴鉴女士）、《郁林载石》（戴钟女士）、《生公点石》（前人）、《女子军（并序）》（十四首，锦龙）、《焦女士绝命诗十首》（锦龙）、《无俗念》（小峰二弟来扬葬亲，余适旋里，乔居三十年，驰忆一旦相逢，词记其感）（郭坚忍女士）、《一箩金（长日恹恹无意绪）》（前人）、《贺新凉词》（二首，江都无名女士）、《费夫人墓志铭》（吕碧城女士）、《幽兰谏》（汪长寿女士）、《祖姑母淑贞女士八秩生辰征文启》（常熟钱贞元女士）。

陈衍六十生辰，言"不许家人称觞介寿，惟门人中江刘复礼由蜀寄散文一篇，以杜甫氏，韩愈氏为比。林畏庐丈散文一篇"。

魏清德《石崖屡生女，行三十二韵，为石崖社兄谨作》发表于《台湾日日新报》。诗云："石崖屡生女，啸霞一赠诗。统言生女好，未必生男宜。石崖读之喜，次韵竞纷披。顾谓润庵曰，亟赋不容辞。润庵诺唯唯，磨墨奋毛锥。因将韵语掇，聊慰友朋思。古者男女一，进化始分离。譬如行道路，渐去日多歧。又如论百官，州牧各有司。莫因情好恶，来判位尊卑。欧土最文明，男为女所颐。其上要政权，叱咤扬蛾眉。豪雄走且僵，汗流若为疲。东亚今退化，男子如伏雌。销沉慷慨志，造作温柔姿。积弱不能强，万事受羁縻。念此三叹息，泪下湿吟髭。所愿男与女，缓急各有为。男勿徒萎靡，女勿徒娇痴。男勿徒弄文，女勿徒凝脂。为王作干城，为国作藩篱。君看花木兰，代父伍熊罴。不见梁夫人，挝鼓扬军威。妇人解奋发，努力世堪师。岂必操井臼，汲汲倡与随。吾兄殊豁达，尊阃亦矜持。既生皆设帨，有兆尽梦蛇。亲朋咸蹙额，吾独为君嬉。愿君慎教育，异日宠门楣。况当来日长，可卜屋与伊。深春昼正和，过雨绿方滋。吾兄有余暇，再和开诗牌。"

张震轩作《调处董田小典下捕鱼争界讼事，感赋一律》。诗云："边界争桑兆祸胎，渔人鹬蚌亦遭灾。谁偿项籍头颅价，几费随何舌辩才。白璧连城分赵邑，黄金市骏筑燕台。寻常交际风波险，忍看中东战衅开。"

26日 《申报》第15188号刊行。本期《自由谈》"栩园诗选"栏目含《淮安纪行十六首》（张季子）。

张元奇作《夜梦稊暗，枕上赋此》。诗云："百辈周旋苦笑颦，卅年奔走倦风尘。岂知魂梦能通处，只有平生最契人。故里溪山犹自好，残宵情话抑何亲（二句梦境）。分明地下嘤鸣意，持向晨窗记不真。"

贺次戡作《四月十三感怀》。诗云:"四载前今日,依依膝下从。晨昏欣定省,弧帨祝华封。遽痛灵椿陨,终天构鞠凶。大祥方越岁,继志恨才庸。"

27日 陈宝琛同林志钧、黄懋谦游上方山,至兜率寺。陈宝琛作《四月十四日同嘿园、宰平游上方山,至兜率寺》。诗云:"畿南之山最大房,石凛层沓摩穹苍。银陀峻极古弗贵,伟此岩壑称上方。峰回洞束合林翠,森壁留罅穿天光。折盘开阖路几绝,数武一换山阴阳。岂无飞流与争道,上方栏楯临洸洋。石梯历极三百尽,复磴稍坦云屏张。庵堂七二半颓阤,错落丹碧仍相望。入门古柏俨初祖,建寺或者真隋唐。洞游岩坐絜先后,争取余晷腰脚强。经行荦确亦劳止,差喜所得堪汝偿。"陈宝琛归作《览一斗泉,憩华严洞,归过十方院,白牡丹正盛开》《晨循摘星陀游云水洞》《自上方归柬赞虞》。其中,《自上方归柬赞虞》云:"老尚携朋到上方,后公已是一年强。云梯猿引犹能上,阴洞蛇行幸免创。有兴再来还我共,兹游所欠要天偿。奇岩夹涧无飞瀑,好树弥山未著霜。"

太仓钱伊臣自沪寄至叶昌炽斋刻六种,含《稀龄赠言》《百老吟》《明钱浩川中丞疏草》《劳劳语》《春风草庐遗稿》《心白斋剩稿》。又,叶昌炽作《芸巢自祭文后又自题绝句一首,即次其韵》《意犹未尽,再题二十八字》等诗再答邹福保。其中,《芸巢自祭文后又自题绝句一首,即次其韵》云:"寂寞为郎扬子云,剧秦尚有美新文。西台记与河汾集,珍重千秋视典坟。"《意犹未尽,再题二十八字》云:"狐貉人间共一丘,本来生死等浮休。愿天不绝斯文种,安隐青门住故侯。"

吴芳吉作《瓜洲吊吴际泰君》《楚江回首》。其中,《瓜洲吊吴际泰君》云:"瓜洲渡,别君处。芦花开,君西去。桃花发,春欲暮。我重来,君已故。露瀼瀼,青枫树。惟有金焦不解愁,忆君打桨上扬州。二分明月从天起,犹见青山立渡头。"

陆宝树作《乙卯四月十四日泊舟南渡桥感赋》。诗云:"此地重来系画桡,十年尘梦已全消。江头弄影初生月,船尾喧声正上潮。树带远烟迷北阁,车回近市度南桥。滔滔浊世风波恶,愁倚篷窗酌酒瓢。"

28日 《申报》第15190号刊行。本期《自由谈》"栩园诗选"栏目含《淮安纪行十六首(续前)》(张季子)。

29日 《申报》第15191号刊行。本期《自由谈》"诗选"栏目含《荷叶洲》(诗圃)、《大通》(诗圃)、《青阳》(诗圃)、《奉酬王君绥青见赠之作》(东园)。

严修参观浙江省立第七中学,校长室楹联曰:"操行当先恶魔战,学术无为古人奴。"又参观女子师范学校,张謇候于此。

鲁迅与许寿裳往访章太炎。

方守教作《乙卯孟夏既望,吾来江上,适铁华已先二日长逝,未获面诀,怆然成诗。于大观亭后鸭塘边为视葬地,冀以慰君之灵也》。诗云:"我至遽闻君逝矣,一棺凄绝寸心摧。最伤客死琴书陨，苦忆平生笑语陪。尘劫茫茫夫子幸，江山寂寂友生哀。鸭塘春水诗人墓，应慰吟魂夜月来。"

叶昌炽作《芸巢又用前韵寄贻二首，仍次韵奉答》。其一："不为西州屈，中原有杜林。遗经常抱古，阙史窃伤今。单绞岑牟鼓，高山流水琴。岂惟栖遁志，悯世有深心。"

江蕴玉《调寄〈昼夜乐〉·清明日送王少涛先生归台，并希吟政》、欧阳桢《调寄〈昼夜乐〉·清明日送王少涛先生归台并希吟政》刊载于《台湾日日新报》第5366号"南瀛词坛"栏目。词云："清明佳节今朝遇。君莫匆匆归去。忽闻户外骊歌，唤起离愁万缕。此日良辰应轻负。最伤心、灞陵风雨。真个是销魂，断肠江淹赋。　　春风不解离情苦。柳青青、飘飞絮。依依携手河梁，泪眼相看无语。其奈故人长别后，多少事，欲凭谁诉。此去几经年，问重逢何处。"

30日　毛泽东、陈焜甫访黎锦熙，久谈改造社会事。

陈通声作《四月十七日，红衲君返自吴门，明日同泛鉴湖》（四首）。其一："一幅蒲帆绕越城，湖光潋滟夕阳赪。荼蘼院落听莺寺，杨柳人家放鸭声。剩水残山收泪看，风蓑雨笠荡船行。蓬窗同坐选眉样，纤月娟娟隔渡明。"其三："连日黄梅雨乍晴，淑风吹浪縠纹平。村藏修竹半依水，山约腻云只出城。沽酒帘后花底见，卖鱼船在镜中行。三山夕照湖桑路，画里红楼一角明。"

31日　《申报》第15193号刊行。本期《自由谈》"诗选"栏目含《北桥感逝》（东园）；"词选"栏目含《浣溪沙（曲曲阑干曲曲通）》（小蝶）、《鹊桥仙（软风甜雨）》（小蝶）、《昼夜乐（聪明不合多伶俐）》（小蝶）。

叶昌炽得邹福保寄贻《华严·行愿品》石刻并《曝书杂记》各一册，次日赋谢，作《三叠前韵和芸巢》（二首）、《芸巢寄赠〈华严·行愿品〉石刻及甘泉乡人〈曝书杂记〉，赋谢二律，四叠前韵》。其中，《三叠前韵和芸巢》其一："退笔将成冢，谈诗共入林。黄农遥望古，杞宋足征今。高揭浮丘袖，偶弹梁父琴。井中他日史，耿耿所南心。"《四叠前韵》其一："普贤行愿品，法苑闭珠林。刻石珍逾昔，传镫续到今。四轮原梵网，百衲亦囊琴（可入《百衲帖》第三集）。此是安心诀，空诸所有心。"

魏清德《夏雨》（限麻韵）发表于《台湾日日新报》。诗云："荡涤炎熏积，青梅酒可赊。溪云连阵蚁，涧水挟鸣蛙。菡苕香初过，莓苔色正加。珠帘高卷处，坐赏葛巾斜。"

本月

春音词社于沪上六三园第一集。命题樱花，调限《花犯》。作品多载《南社》丛刻，陈匪石致同社社友邵瑞彭信中云："《樱花·花犯》，近贤多此调此题，有珠玉在前之叹。"社题起因是"时东事正急，一日，同游六三园，睹绿樱花一株，幽艳独绝，同社诸人，意忽忽有感，乃拈是调以寄慨。"词成，由朱祖谋评阅，明定甲乙。榜发，王蕴章第一，庞树柏第二。留存词作有：王蕴章《花犯·春音社第一集赋樱花，依清真四声》、庞树柏《花犯·樱花》、徐珂《花犯·乙卯初夏春音词社第一集赋樱花》等。非春音词社中人徐蕴华有词《花犯·赋樱花，步调和春音社诸君子》。徐珂词序云："社中人为朱沤尹、周梦坡、庞檗子、恽瑾叔、陈匪石、吴瞿安、王蓴农、叶楚伧、夏剑丞、袁伯夔及予。"词云："抚危阑，看花倦眼，斜阳迟残醉。玉窗何地。拼寸许芳心，轻负姝丽。海天恨远孤根倚，琼阴扶困起。便与说、佳期蓬岛，啼鹃春万里。　　嫣然弄姿殢东风，邻墙畔，总是蛮妆红紫。仙路回，倾城色、黯销英气。余寒外、翠苔更点。莺燕妒、枝头空绣绮。漫记省、旧家眉妩，前尘寻梦里。(况夔笙先生曰：组绣镂琼，拍肩花外，'玉窗何地'四字佳，'琼阴扶困起'五字能肖樱花之精神)"徐蕴华词云："隔蓬莱，飘云一片，胭脂洗芳雾。虎飚微动，恁斗取铅华，鼓点催暮。北州血溅移根苦。凄情鸿鹄诉。奈转首，东邻一笑，窥人终肯顾。　　仙娥岂屑作浓妆，箜篌咽，翠帷依稀回护。遭碧水，潜勾引，妒春应妒。休羞看、并肩绰约，只会向、层台承玉露。怎料得，莲前梅后，南天花作絮。"陈匪石词云："悄阑干、青禽去后，番番信风换。露条催绽，浑未洗千娇，轻绮霞烂。占香弄粉花阴晚。墙东凝望眼。问几日、夕阳烘透，平芜春半剪。　　刘郎梦中到蓬山，盈盈水，有分仙姿重见。云雾冷，凌波步、麝尘飘散。余寒峭、醉魂易醒，呼望帝、归来清泪满。尚暗想、一枝连理，华鬓天际远。"

《风雅杂志》于江苏无锡创刊。创办人及主编负生(我负此生)。风雅杂志社(主要成员有冯愍农、杨午培、嵇珊之、李兰生、蔡振汉、沈露香、张元坤、何淑英等)发行。锡城印刷公司印刷。仅存第1期。主要刊发小说、弹词、诗词、杂文等。主要栏目有"文苑""杂俎""庄谐文粹"等。主要撰稿人有秋心、我负此生、佯狂、翔霄、黄凤、瀛仙、志鹏、迦汭、一父、东吴廉庵、江东小谢、倚翠楼主、蝶生等。

《南社》第14集出版。柳亚子编辑，收文103篇、诗869首、词164首。"文录"栏目(103篇)含马骏声(四篇)：《〈居庸秋望图〉记》《与柳亚子书》《再与柳亚子书》《三与柳亚子书》；易象(一篇)：《与柳亚子书》；傅钝根(二篇)：《〈变雅楼三十年诗征〉序》《〈忆梦楼《石头记》泛论〉书后》；刘谦(一篇)：《与柳亚子书》；黄质(三篇)：《雷母陈夫人诔》《〈分湖旧隐图〉书后》《与柳亚子书》；程善之(四篇)：《说枪》《说炮》《锡兰茶园记》《与柳亚子、朱屏子、胡朴庵书》；郑之章(一篇)：《朱襄廷〈蜗庐诗草〉序》；陈无名(二篇)：《与柳亚子书》《再与柳亚子书》；陈越流(三篇)：《与柳亚子书》《再与柳亚子书》《三与柳亚子书》；周祥骏(一篇)：《长江赋》；周伟(一篇)：《车桥乡记》；阮式一(一篇)：《七录〈山房幽怪记〉序》；叶玉森(一篇)：《与柳亚子书》；张素(一篇)：《与柳亚子书》；姜可生(二篇)：《与柳亚子书》《再与柳亚子书》；徐梦(三篇)：《寓园记》《〈沧海星辰室文存〉自叙》《与柳亚子书》；邹遇(一篇)：《悔悔生自传》；汪文溥(一篇)：《与柳亚子书》；蒋同超(七篇)：《先高祖醉峰公事略》《〈拙存堂文集〉跋后》《〈萍矿说略〉序》《游安源公园记》《润州刘蔼卿先生传(代)》

《丘母何太夫人六十一寿言》《雷母陈太夫人谏》；王蕴章（七篇）：《〈碧血花传奇〉跋》《〈天香石砚室奕选〉序》《〈绿绮台传奇〉序》《〈可中亭传奇〉序》《〈天足考略〉序》《〈多罗艳屑〉序》《与柳亚子书》；姚锡钧（八篇）：《金西爱传》《姜峻甫传》《〈红蚕茧录〉序》《国学私塾启》《姜岸人先生传》《〈菊影记传奇〉跋》《与柳亚子书》《再与柳亚子书》；高燮（二篇）：《黄烈妇碑文》《周节妇传》；高旭（五篇）：《答陈蜕老书》《答陈匪石书》《答胡寄尘书》《六铭》《陈晦叟先生墓志铭》；姚光（二篇）：《姚雨亭义士传》《何爱文女士传》；何痕（一篇）：《刘慧芳遗传》；万以增（三篇）：《邹生传》《柳亚子〈分湖旧隐图〉序》《胡石予〈近游图〉序》；冯平（一篇）：《祭顾补文文》；顾震生（二篇）：《李德林传》《高福楠传》；杨济（一篇）：《与柳亚子书》；胡蕴（五篇）：《乞兰启》《寄翁菜子》《己酉六月寄上海师范校友会书》《柳钝斋先生像赞》《〈变雅楼三十年诗征〉序》；余天遂（一篇）：《柳钝斋先生谏辞》；吴梅（二篇）：《〈香艳丛话〉序》《〈绿窗怨记〉序》；朱锡梁（一篇）：《夬卦印铭》；尤翔（一篇）：《〈捧苏楼诗稿〉自序》；叶叶（一篇）：《〈中萃宫传奇〉序》；王德钟（一篇）：《与柳亚子书》；陈去病（一篇）：《重刊〈度曲须知〉叙》；蔡寅（一篇）：《〈变雅楼三十年诗征〉序》；沈昌直（二篇）：《跋〈午梦堂集〉》《冯子结婚赠序》；钱祖宪（二篇）：《古砚记》《梨社启》；柳弃疾（十篇）：《〈练塘小志〉叙》《〈变雅楼三十年诗征〉叙》《〈拙存堂文集〉叙》《〈空中语〉叙》《〈燕蹴筝弦录〉叙》《陈蜕庵先生传》《陈悔叟先生传》《沈孝子、姚烈妇合传》《周母敖太君墓志铭》《陶母张太君寿辞书后》；顾无咎（三篇）：《梨社启》《〈吟秋阁遗诗〉序》《与内子徐琼仙书》；"诗录"栏目（869首）含蔡守（一首）：《冬闺晓起和伦灵飞（莺）元韵》；马骏声（十首）：《丹桂园重见女伶张小仙，赋赠二绝》《题天梅〈三十年来诗征〉》（二首）、《题亚子〈分湖旧隐图〉》（二首）、《自题〈居庸秋望图〉，集玉溪生句》（四首）；杜国庠（三首）：《吴淞夜泊》《茉莉》《夜坐》；林百举（三首）：《题谢慧生小照》《呈蕙根伯》《挽雷母陈太君》；古直（四首）：《乙卯元夜》《竹羊道中寄曾二》《读罗先生近诗》《松口喜逢林一厂》；饶真（十九首）：《时中学校暑假日，同钟君作》（二首）、《湄江晚眺》《秋夜独酌，有怀故乡诸友》《忧患》《夜雨》《答问梅》《夜半》《黄昏》《寄俊士》《寄淑尧》（二首）、《寄俊士》《中秋寄俊士》《寄则思》（四首）、《月出》；林之夏（十二首）：《赠友》（三首）、《送太素回闽》（四首）、《千宝到杭之翌日适余生日，同访西湖，家人从焉》（四首）、《题亚子〈分湖旧隐图〉》；林景行（四首）：《楚伧属题〈分堤吊梦图〉，额竟署分湖，盖从作词仙旧院也，因系两绝》《题亚子〈分湖旧隐图〉》（二首）；丘翙华（七首）：《春日即事》（二首）、《自讼》《入梅花洞访主人，即成四首》；谢树琼（二十三首）：《野步》《独坐》《宝剑吟》《自励》《书愤》（二首）、《咏怀》《晚眺有怀》（三首）、《读书有得》《秋兴》《漫兴》（二首）、《自嘲》《偶成》（四首）、《醉题》《自遣》（二首）、《闲中赋》；张光厚（五十五首）：《达州寄女弟南浦四章》

《万县别女弟》《绥定病中》（四首）、《渝中听唱》《哭任百一诗三十首》《题扇赠日本小女》（二首）、《寄友》《题肖影寄铁厓》《寄家》《送某君西归》《赠恨石二首》《西山行》《有所思》《慰剑华悼亡》《自祝（有序）》《寄亚子三首》；龚骞（九首）：《九秋诗（有序）》（九首）；周咏（四首）：《题亚子〈分湖旧隐图〉》（四首）；刘国钧（二首）：《题林烈士圭遗象并手札册子》（二首）；傅尃（九首）：《寄醉庵长沙》（四首）、《题蜕庵评〈石头记〉遗稿二绝》《甲寅除夕》《乙卯元旦新历二月十四日》《人日梦蘧邀饮》；刘泽湘（十首）：《哭太一十首，次季弟韵》；刘鹏年（十三首）：《哭太一先生诗，和季父原韵》（十二首）、《莲花落》；文斐（三十四首）：《寄怀惠湘季弟湘潭》（四首）、《罗女士绮兰以小照索题即赋》（二首）、《喜麓莪七弟护送内子莲君抵东》《惊闻筱吟四弟病体增剧》《送麓莪七弟归国》《题谢君逸如小照》《遇盗》（四首）、《与同乡诸子欢饮会芳楼》《攘夷、汝沧过访，喜作》《喜内子习写真术有成》（二首）、《乙卯元旦》（二首）、《喜济闿、石岑、侣云、伯文见过》（二首）、《题亚子〈分湖旧隐图〉》（四首）、《柬式南》《悼谢母张太夫人》《甲寅除夕》（二首）、《次韵和孔君攘夷〈除夕四章〉之二》《偕内子留影即题》《闻筱吟四弟旧病复作，书感即寄》；方荣杲（六首）：《题〈红薇感旧记〉》《钝根以〈三十一岁初度〉诗索和，勉次原韵奉祝》（三首）、《三十感怀》（二首）；奚侗（二首）：《题亚子〈分湖旧隐图〉》（二首）；王横（二首）：《春感，用黄仲则韵》（二首）；胡怀琛（二首）：《题董小宛小影》《题马小进〈居庸关秋望图〉》；徐自华（六首）：《题潘兰史〈江湖载酒图〉》（四首）、《题潘兰史〈惠山访听松石图〉》（二首）；徐蕴华（一首）：《自题小影》；周斌（十六首）：《题天梅〈变雅楼三十年诗征〉》（二首）、《晓过分湖》《九叠次公韵答魏在田》《感怀，十叠前韵》《愤怀，十一叠前韵》《饮柳溪市上醉归》《月夜怀人》《春日偶成》（二首）、《小病两首》《寄燕京天石》（二首）、《重题〈子美集〉寄亚子》（二首）；李拙（一首）：《题亚子〈分湖旧隐图〉》；谭天（七首）：《纪岁珠》《晚眺悲歌》《题亚子〈分湖旧隐图〉》（四首）、《题石予〈近游图〉》；沈云（四首）：《读书漫兴》《叠前韵》《读龚定庵、魏默深集，再叠前韵》《书感》；周亮才（七首）：《次石庵〈冬日感怀〉韵六首》《侠士行》；郑之章（二首）：《髯头陀歌，为家言如题照作》《程心叟六十寿挽和章》；金体乾（十四首）：《感怀杂咏》（十四首）；诸宗元（一首）：《题哲夫〈冲雪访碑图〉》；邵庸舒（一首）：《与曼殊、孟硕同游江之岛》；陈无名（二十六首）：《赠春航》《和越流〈观春航《血泪碑》作〉》《赠春航，同越流作》《题〈春航集〉寄亚子》《叠前韵再寄亚子》《和亚子〈梦春航〉之作》《题亚子〈分湖旧隐图〉》（四首）、《杭州第一台观毛韵珂演剧，赋赠三绝》《观毛韵珂剧五首，同梨梦作》《挽徐新华女士》（二首）、《省葆逊疾》《以〈南社〉集假葆荪，媵诗一章》《读史四首》；陈越流（二十二首）：《冯郎曲》《赠春航，和微庐韵》《送春航之汉》《再送春航之汉》《观春航〈孟姜女〉剧作，赋别一首以赠》《赠春航》《甲寅夏重来沪上，观春航剧有赠，时欧战方剧》（三首）、《亚子以〈梦春航〉之什寄示，即和原韵》《重简亚子，仍和原韵》《题亚子〈分湖旧隐图〉》《桐影词三首》《岁晚倦游，言归故园，别春航二首》《甲寅十一月感事》《无题》《渐湄风怀》《旅邸暗记》；邢启周（六首）：《追哭太一先生》（六首）；邵瑞彭（三首）：《天梅斋中见汉元〈万里〉一首，次韵和之》《酒后偕九一、天梅联句》（二首）；王葆桢（十九首）：《沪上见所见十首》《归台过椒关，有友招饮，选四校书侑酒，皆玉山人，醉后赋赠》（四首）、《江山船》（四首）、《归台州过乱礁洋》；张烈（五首）：《次韵咏慈山水月庵梅花》（二首）、《咏慈山水月庵桃花，即用前韵》（二首）、《次韵奉赠耐楼居士》；刘筠（二十八首）：《哭宋遁初先生三首》《再哭遁初先生》《咏史十首》《赠冯春航三首，集定公句》《题〈春航集〉二首，集定公句》《再题〈春航集〉》（二首）、《客中送别春航》《赠陆子美》《闻歌余兴四章》《赠林翚卿》；周伟（十七首）：《海上送别亚子》（二首）、《酒后》《旅次夜雨柬雪抱》（四首）、《王子桂秋以诗见赠，依韵酬之》（四首）、《次王子榦周韵》（六首）；张冰（二首）：《客海滨》《性情》；刘去非（一首）：《秋日登高》；邵天雷（四首）：《题亚子〈分湖旧隐图〉》（四首）；仲素其（十首）：《有寄四绝，集放翁句》《闲吟二首》《无题二首》《怀人一绝》《客久》；洪为藩（一首）：《饮秦淮酒家》；袁圻（二首）：《重过天生港，追忆宴池》《秋夜渡浦》；李志宏（一首）：《月夜泛舟口占》；叶玉森（十五首）：《题陈少鹿先生画孤松》（二首）、《自西郊归晤芰川，遂同憩于琴园》《移寓旧藩经厅署，半梦、仲咸、寄丹、养芝均来同水榭敲诗，风亭说梦，致足乐也，赋此志感》《一雨》《无题四首，与半梦、中垒联句》《题子美小影六首，集义山句》；李寿铨（二十二首）：《上元李菊仙善画菊而工诗，曾邀诸同人游萍乡横龙寺，赋诗四章，和者甚多。予以未与斯游，胜地风光，无从领略，而诗兴勃然，因用原韵，率成四章，聊抒所感》《口占》《一砺》《放歌行》《春晨放歌》《看山》《安源山斋卧病》（四首）、《自诔歌》《谈医》《安源山居即景》（三首）、《从白芳赴上珠岭勘铁矿道中口占》《首途往上珠岭》《感怀》《题亚子〈分湖旧隐图〉》；张素（一首）：《题亚子〈分湖旧隐图〉》；姜可生（三首）：《羁客吟》《甲寅秋初，饥驱南奔，凭吊明故臣张公煌言遗祠。天末书生慨世衰道微，思古人兮不见，中情悱发，遂赋是篇》《题亚子〈分湖旧隐图〉》；徐梦（十五首）：《题〈蓉衫别恨图〉》（二首）、《柳丝》《题〈吴山图〉》《登黄鹤楼》《静坐》（二首）、《古别离》《无题，和中垒，即用原韵》（四首）、《题亚子〈分湖旧隐图〉，图为陆子美作》（三首）；邹遇（六首）：《春日杂感，和陈子筱舫原韵》（二首）、《题亚子〈分湖旧隐图〉》（四首）；汪文溥（二首）：《题亚子〈分湖旧隐图〉》《子美嘱题化佛化装百相，即柬亚子》；庄庆祥（一首）：《题亚子〈分湖旧隐图〉》；许国英（二首）：《四十初度祭稿诗》《题亚子〈分湖旧隐图〉》；蒋同超（四十四首）：《小姑山》（五首）、《伯牙台》《读〈美国独立史〉有感》《革命》《古枸杞井歌》《梁园吟》《九日登安庆迎江寺塔作》《〈分堤吊梦图〉，为楚伧题》《挽革命先烈同学黎科》《挽吴旸谷》《追挽陈西溪先生德配程蕴秀女士》《午日吊屈》《新禽言》（二首）、《甲寅中立声中漫游梨里造访亚子，偕游太平桥之中立阁，惓顾时局，果能保守中立而无恙乎？率成五律一章，还以质诸亚子》《题亚子〈分湖旧隐图〉》《前诗意有未尽，再成五绝》《集龚十八绝句简亚子》《芦墟沈长公昆季有分湖文社之倡，柳子驰书索和，漫成》；华龙（一首）：《题亚子〈分湖旧隐图〉》；华振域（四首）：《送倩朔哥之滇南，次〈留别子翔哥、裳吉弟〉原韵》（二首）、《叠前韵再赠》（二首）；姚锡钧（二十二首）：《中夏偶书》（二首）、《和了公和》《即事和韵三首》《偶感》《拟同人作》《初春感怀》《坐雨有作》《与了公偕步城南，归而有作》（二首）、《拟之粤东》《杂诗》（二首）、《杂兴》《感于了公"牧马空山"之句，复成一律，作壮语酬之》《示康弼》《即席示檗子、随庵》（二首）、《南社酒集沪上，书似楚伧，兼示同社诸子》《沪上逢张企韩仁彦即寄北京》《题亚子〈分湖旧隐图〉》；杨锡章（十八首）：《和鹓雏韵》《再和鹓雏》《即事和韵两首》《叠韵一首》《叠韵和鹓雏》《赠张伯贤》《西施》《示朱蘖儿》《杂诗》《和鹓雏杂兴》《送鹓雏之粤东》（二首）、《赠鹓雏》《即事》《示鹓雏》《赠康弼》《感怀》；高燮（十一首）：《简亚子》《丰儿之殇，殡其柩于秦山梅花墓道。越十有八日，余往视之，怆然成此》《题钝根〈红薇感旧记〉》《题亚子〈分湖旧隐图〉》《题石予〈近游图〉》《怀王景盘却寄》（二首）、《新历元旦偶书，即答钝根见寄》（四首）；高旭（二十九首）：《都门与次公、小柳、九一、鲁生联句一首》《皎皎明月光，与次公、九一联句》《艳芬楼即事，与九一、巢南、亮才、晦闻联句》（二首）、《题〈红薇感旧记〉，为钝根作》《钝根获一男，缄嘱为辞，吟成二十八字寄之》《题亚子〈分湖旧隐图〉》（四首）、《耿伯齐丈于松江城内普照寺陆机故宅建二陆草堂征题，赋此应之》《挽雷母陈太君，寄慰铁厓，次亚子韵》（二首）、《寿丘母何太君六十一生辰》《寿陆鸥安先生七十五岁》（四首）、《哭太一，次约真韵，与钝根同作》（十首）；高增（十四首）：《新游仙十四章》；姚光（二首）：《观剧赠冯春航》（二首）；钱润瑗（五首）：《题〈子美集〉后》（五首）；俞锷（六首）：《读楚伧〈菩萨蛮〉词率题二绝，呈一厂、亚子并调楚伧》（二首）、《范文正读书园亭》（客山东博山作）《七夕》《匪石、可生出示"楼"字韵唱和之作，感今悼往，歌而和之》（二首）；狄膺（九首）：《轻骑六首》《题赵伯先之墓》《饥驱》《羁旅》；杨璠（五首）：《偶见》《即事和韵》（四首）；庞树松（十七首）：《影事三首，赋谢某姬》《寄黄微尘陇上》《怡红院小坐赠阿媚》（三首）、《中秋漫感》《席上步鹓雏韵》（二首）、《雅宜园座中口占》（二首）、《巽庵丈招饮市楼，同楚孙、小圃，即赠》《题〈莺花杂志〉集定庵句》（四首）；庞树柏（十九首）：《哲夫有山左之游，道出沪上，以〈冲雪访碑图〉属题》《七夕登楼外楼》《雨夜怀伯兄独笑》《张园晚坐》《秋晚园步》《东家行》《蓴农席上，和梦坡丈韵》《甲寅中秋》《即事二首，次鹓雏韵》《送素云归太原》（二首）、《双十节社集鹓雏示诗，即次其韵》《夜坐》

《得乡贤魏仲雪先生画象敬题》《重阳前二日赴梦坡丈夜集分赋》《渡望》《渔父辞》《甲寅初冬，钱钝老父子及金病鹤、杨让渔、从弟梦蝶游河阳山水庆寺》；杨济（三首）：《题亚子〈分湖旧隐图〉》《秋日游破山寺口占》（二首）；胡蕴（四十五首）：《甲寅春，校中得并蒂素心兰，喜而有作》（四首）、《戏效某君体》（四首）、《题亚子〈分湖旧隐图〉》（四首）、《早起》《投老》《题钝根〈红薇感旧记〉后》（四首）、《奉和鸥安先生〈病后感怀〉即以为寿》（四首）、《丘母何太夫人六十晋一寿诗》（四首）、《冬日早起作》《〈变雅楼三十年诗征〉题辞》《客心》《题钱剑秋〈秋灯剑影图〉四绝》《小病》《出门》《春初》《偶思》《乍暖》《江馆》《写愁》（二首）、《十载》《观世》（二首）、《雷母陈太君挽诗》；余天遂（五首）：《叠韵酬雪庵并呈石予师二首》《偶书便面三首》（三首）；吴梅（四首）：《题亚子〈分湖旧隐图〉》（四首）；朱锡梁（二首）：《李汝航为祝心渊作〈后望岳图〉，代题一律，次册中唐荕丞韵》《慧山》；尤翔（一首）：《寄凭岩并示三台诗社诸子》；叶叶（一首）：《题周瘦鹃〈香艳丛话〉》；王德钟（十七首）：《读〈蜕翁遗著〉感题四绝》《题亚子〈分湖旧隐图〉》（三首）、《题〈菊影记传奇〉》（十首）；陈去病（六首）：《长沙题钝根小照》（二首）、《都门崇效寺立夏得两绝》《梨花里留别亚子》《酬钝根醴陵山中》；蔡寅（八首）：《瞻园，次渐庵韵》《题秋鸟秋花画幅》《读柳古楂先生〈养余斋诗集〉及韬庐先生〈食古斋诗录〉，得一绝句》《题亚子〈分湖旧隐图〉》（四首）、《一厂来访亚子，余亦得数日聚，临别留诗一律，依原韵和此》；沈昌眉（一首）：《和一厂〈留别〉用原韵》；沈昌直（四首）：《题亚子〈分湖旧隐图〉》（四首）；柳亚子（四十七首）：《频伽手写〈徐江庵遗诗〉，寒琼获自燕市，携归岭海，装潢成卷，并自绘〈灵芬馆写诗图〉，驰诗索题，为成两律》《刘三以曼殊所绘〈黄叶楼图〉索题，年余未报，岁晏怀人，赋此奉寄》（四首）、《题瘿庵〈藕舲忆曲图〉》（四首）、《雷母陈太君挽辞，寄慰铁厓南海》（二首）、《一厂南归，追赠两什》（二首）、《寿陆鸥安先生七十五岁》（四首）、《题芷畦小影，即以为赠》《天梅以〈三十年诗征〉索题，感赋二律》《鹓雏衍静志居〈风怀诗〉成〈燕蹴筝弦录〉，为题一什》《瘦坡有〈香痕奁影集〉之辑，函索题咏，余谓泥犁黑狱之说，不足以吓吾辈。两庑特豚，尤非所屑顾，郑声乱雅，下流同归，亦复无取。佛氏所谓"视横陈时，味同嚼蜡"者是也。缘情善感，哀艳凄馨，平生所慕，独有吾乡〈枫江渔父本事〉一集耳。辄因斯恉，成长句奉寄瘦坡，以为何如》《论诗六绝句》《消寒一绝》《梦中偕一女郎从军杀贼，奏凯归来，战瘢犹未洗也，醒成两绝纪之》《感事呈冶公，用进退格》《咏史二绝》《徐江庵梅花小景两帧，寒琼自燕市购归，既以一幅分赠，复邮示别幅，属为题咏，率成两绝》《题钱剑秋〈秋灯剑影图〉》（四首）、《送黄病蝶之淮上》（四首）、《悼钱颂文》《读〈江左三家诗〉，戏题一绝》；顾无咎（三首）：《题亚子表叔〈分湖旧隐图〉》（二首）、《题〈菊影记传奇〉》；周云（二首）：《题亚子〈分湖旧隐图〉》（二首）；范天籁（四首）：《题亚子〈分湖旧隐图〉》（四首）；朱慕家（二首）：《题亚子〈分湖旧隐图〉》（二首）；"词录"栏目（164 首）含蔡守（九首）：《意难忘·纪遇阿菻，用清真韵》《忆江南·题释白丁画兰》《湿罗衣（聊寻蠹迹画图中）》《小楼连苑·甲寅岁莫，偶翻〈断肠词〉，夹有残丝数缕，忆是去年小除前一夕，王素君绣睡鞋剩者。玩物思人，遂成此解，用放翁韵》《望梅花·题徐江庵〈墨梅〉》《喜迁莺·用吴梦窗〈福山萧寺岁除〉韵》《一落索·甲寅元旦次夕，刘三招友博篆，余与灵素夫人灯前对坐，索画水仙花一帧，破晓才毕。今夜看花，忽又经岁，遂成此阕，用陈后山韵》《塞垣春·乙卯上日，寒琼水榭坐雨书所见，用吴梦窗〈丙午岁旦〉韵》《换巢鸾凤（凄绝阿娇）》；郑泽（十七首）：《谢秋娘（阑夜里）》《双红豆·别情》《浣溪沙》（六首）、《点绛唇·题浣香阁女史诗草》《浣溪沙·荷花》《前调（社鼓声声起素秋）》《卜算子（帘外东风瘦）》《长亭怨·赠朱益斋东归》《念奴娇（重重出成）》《绮罗香（豆蔻阴红）》《前调·新中秋》《陌上花（素娥霜影）》；周宗泽（一首）：《蝶恋花（东风着意吹春去）》；胡韫玉（一首）：《满江红·古乐云亡，戎狄之声杂然并作，请君为我歌一曲，琵琶胡语不堪听，怆我元音，为填斯阕》；胡怀琛（三首）：《罗敷媚（分明是个伤心地）》《前调·夜雨》《采桑子·匪石有此调，题曰〈新移居跑马厅畔，闻之居人，旧为吴中费某藏娇之所，词以记之〉。余居与君为邻，依调填和》；徐自华（一首）：《摸鱼儿·为楚伧居士题〈分堤吊梦图〉》；徐蕴华（七首）：《意难忘·薄暮视鉴湖旧舍归，沿河往浦滩，輤窗写感，有寄慧僧》《点绛唇·题自绘越牡丹双带鸟帐额，为淘芙四姊作》《前调·题自绘双燕白莲花帐额》《新雁过妆楼·仲可叔父命题〈纯飞馆填词〉图卷》《声声慢·岁莫哀感，忽得陈、柳诸贤先后手柬，或约西碛之探寻，或征胜溪之题咏，缅想世外游侪，独能以无怀为乐也。因谱此曲，奉题〈分湖旧隐图〉后》《壶中天·巢南先生既刊〈笠泽词征〉，客有为画〈征献论词图〉卷，因题其后》《丑奴儿令·楚伧居士嘱题〈分堤吊梦图〉》；周斌（二首）：《碧窗梦·题〈绿蕉吟馆词笺〉》《惜分飞·送剑华入闽》；周亮才（二首）：《买陂塘·次铁庵韵》《卜算子（昔日送郎行）》；邵瑞彭（四首）：《菩萨蛮·效〈蕃锦集〉，用太白韵》（二首）、《浣溪沙·效〈蕃锦集〉》（二首）；陈世宜（二十九首）：《虞美人·答可生》《暗香·癸丑重午》《浣溪纱·张园愚园书所见》《如梦令（天气阴晴一半）》《芳草渡（花事了）》《祝英台近·和蓴农韵》《绮寮怨·中秋对月，百感交集，用清真韵》《水调歌头·依韵和檗子，并题其〈玉玎玖馆词集〉》《金缕曲·偶谈小说不可思议有感作》《二郎神·用徐干臣韵》《满庭芳·春雨》《临江仙（记与藐姑曾有约）》《卜算子（仙骨自珊珊）》《点绛唇（秀挺孤标）》《相见欢（蛾眉淡扫为容）》《好事近（瘦影写横斜）》《瑞龙吟·用梦窗韵，与中泠、中垒聊句》《玉楼春（冥迷竟日催肠断）》《踏莎行·题中泠〈春冰词卷〉》《兰陵王·送友人南渡，用清真韵》《瑞龙吟·中泠书来，以近制新词见示，依元韵率和一解》《西河·和清真〈金陵怀古〉用元韵》《大酺·寄中泠鸠江并怀眉孙》《洞仙歌·啼鸟不春，斜阳欲泣，予怀渺渺，悲从何来！偶检旧日词稿，觉伤心泪不可抑止也，用蒋剑人韵，题词其上》《倦寻芳·甲寅元夕，和梦窗韵》《暗香疏影·梅郎来沪，檗子为谱〈暗香〉〈疏影〉二曲，约子同作，逡巡未果。今梅郎去也已两月矣，依梦窗体赋此补志，梅痕、檗子见之，其亦有歌逐云沈之感否耶》《木兰花·送中垒之鸠江》《水龙吟·寿汪符生丈六十，用梦窗〈寿梅津〉韵》《石湖仙·亚子故居为陆辅之桃园遗址，既移家梨川，乃为〈分湖旧隐图〉记之，甲寅秋暮驰书索题，荏苒数月，倚此寄之，时乙卯元旦后一日》；张素（一首）：《忆旧游·题石予〈近游图〉》；姜可生（十二首）：《卜算子·秋夜怀杏子》《河满子·海上赠剑华》《虞美人·次匪石韵》《秦楼月（鹃啼夕）》《昭君怨（扶病风前弱柳）》《蝶恋花·调剑华》《渔家傲·视秋社诸子》《踏莎行·春夜》《鹧鸪天·邵园雅集，杜鹃盛开，醉后呈席上诸公》《眼儿媚·偶经小园见并蒂蛱蝶一株，含苞欲吐，折置案头胆瓶中，晨起双花争放，填此宠之》《霜天晓角·瓶中双射子右株憔悴，左枝凄黯无色，似悼亡然。呜呼！鸳鸯同命，蝴蝶双生，物犹如是，何况吾人，偶感近事，触目怆怀，赋此以当一哭》《醉落魄·自题小影》；王蕴章（三十三首）：《湘月·星洲秋感，寄示沪上诸友》《迈陂塘·帆影》《喝火令（宝瑟栖尘冷）》《虞美人（新霜昨夜迎秋到）》《高阳台（病叶敲秋）》《金缕曲·赠仰光杨子贞，用蒋竹山韵》《凤凰台上忆吹箫·用漱玉韵》《祝英台近（怨红绡）》《水调歌头·星洲步月》《醉太平·乞玉梅花道人作〈西湖寻梦〉行看子》《采桑子（东风不伴愁人住）》《减字木兰花（箫残剑怒）》《南乡子（双鬓罢调）》《清平乐（别情难说）》《疏影·读樊榭〈秋声词〉，悄然有感，倚此和之》《踏莎美人·寒夜放言》《台城路·登惠山云起楼题壁》《清平乐·菊影楼小坐口占》《祝英台近·题钱警笙〈玉烟珠泪词〉》《摸鱼儿·珍珠菜，汕俗宴客多用之》《百字令·偕忏红游双清别墅联句》《踏莎行·裙带》《前调·袖笼》《前调·裙带》《前调·袖笼》《前调·裙带》《前调·袖笼》《苏幕遮（剪红情）》《寿楼春·题乌程张钧衡德配徐夫人〈韫玉楼遗稿〉》《洞仙歌（刍泥卜罢）》《无俗念·徐丈仲可有才女曰新华，工书法，擅文笔，平居喜读佛家言，守贞不字，有北宫婴儿子之风。甲寅四月以侍母病忧劳成疾，母愈而女竟不起，年仅二十有一。仆曾披柔翰，目哆芳华，近睹遗真，心伤馨逸，感采云之易散，问观星而已移，率制芜词，藉伸哀诔云尔》《玲珑四犯（璧月梦圆）》《酹江月·题宋梦仙女士遗画〈清英草堂图〉》；姚锡钧（五首）：《蝶恋花（玉鸭烟消寒恻恻）》《点绛唇（九十流光匆匆过）》《浣溪沙·刘三有"一天风雪艺黄精"之句，戏及之兼示其夫人灵素女士，文字游戏不失雅谐，弗诮轻薄尔》《蝶恋花（寒食清明都过了）》《卜算子（好是画帘疏）》；杨锡章（二首）：《浣溪沙》（二首）；俞锷（一首）：《垂丝钓近·题亚子〈分湖旧隐图〉》；庞树松（一首）：《百字令·题胡无闷女士东篱采菊小影》；庞树柏（二十六首）：《霜天晓角·秋怨》《望江南·水乡枯坐,回首秣陵,旧游如梦,赋此以寄子均》(四首)、《踏莎行·裙带》《前调·袖笼》《转应曲·效彊村作》(三首)、《玉楼春·用宋人韵》《一萼红·近效樊樊山〈红梅〉禁体和诗八篇,寒窗枯坐,意绪未尽,再用玉田生〈红梅〉词原调倚此索病鹤丈和》《高阳台·春草》《永遇乐·癸丑七夕立秋》《眼儿媚 (低照银灯十万枝)》《荷叶杯 (梦里相逢何地)》《浣溪沙·有赠》《生查子·悼亡女阿琐,即题其小影》《点绛唇 (片石摩挲)》《相见欢·玉溪生象砚,为石女题》《暗香·赠梅兰芳,和白石道人韵》《疏影·前影》《金菊对芙蓉·观凤卿、兰芳合演〈迥荆州〉》《眼儿媚·题兰芳化妆小影》《绛都春·兰皋为梅郎编〈兰芳集〉属题谱此》《金缕曲·送春,集宋人词句》;黄人(六首):《沁园春·美人泪》《前调·美人唾》《前调·美人汗》《前调·美人气》《前调·美人血》《前调·美人骨》;叶叶 (一首):《清平乐 (向天涯处)》;"附录"栏目含《题〈西泠悲秋图〉》(吴梅)。其中,柳亚子《徐江庵梅花小景两帧》其一:"江乡画笔数徐熙,流转翻从燕市归。直似当年曹孟德,黄金绝塞赎蛾眉。"其二:"双龙不作延津合,一幅罗浮卧白云。从此中原人望气,迢迢吴粤要平分。"林百举《题谢慧生小照》云:"善士如君岂一乡,十年湖海意难忘。照人肝胆双眸水,忧世心怀满鬓霜。倘遇虎头置丘壑,合称蝴蝶拟溪堂。无多晤对尤珍重,别后空看云树苍。"陈去病《都门崇效寺立夏得两绝》其一:"十年革命老同志,一夕重逢宣武门。聊与闲游过萧寺,美人清酒尽消魂。"姜可生《羁客吟》云:"颜子在陋巷,嗣宗哭穷途。廓落无友生,人情今古殊。独酌新丰店,丈夫为饥驱。蓦见鹰隼飞,鸿鹄下庭除。嗟余何所从,日月忽不居。西风驿路紧,归心一片虚。"《甲寅秋初》云:"丈夫怒叱风雷起,乘鲸飞渡三千里。匣中宝剑欲凌霄,狂来吸尽东流水。摩厓峭壁高入云,啼猿惨惨不忍闻。古时贤圣垂遗训,鸟兽不可与同群。不见夫,江水滔滔黑白分,至今遗老不忘君。万山罗拜孤臣庙,我来千古吊英魂。凄绝兮,戎马仓皇犯帝阙,故国山河尽失色。只手直欲挽狂澜,伤心未捉胡天月。旌旗重整会兴戎,登高一呼四海从。贼子狡谋竟先发,柴市捐躯飞碧血。吁嗟乎,孔曰成仁,孟曰取义。文山而后胡烈烈,遂令三百年还过客闻之肝胆裂。"《题亚子〈分湖旧隐图〉》云:"江南春色分湖好,一代才人数小鸾。隔院恍闻金屈戍,当年小立玉阑干。斜阳一抹香巢圮,乳燕初鸣午梦寒。若问渔樵兴废事,会须重展画图看。"《河满子·海上赠剑华》云:"吾辈飘零惯事,相逢快诉平生。烂漫芳樽拼一醉,山前绿树云横。无限伤春情绪,催人听觉啼莺。　　磨剑十年倦矣,行看世局纷更。薄利浮名谁与竞?荷锄自足躬耕。涤尽闲愁烦虑,寻君共订诗盟。"《虞美人·次匪石韵》云:"形骸放浪江头醉,销尽闲愁未。东风无绪乱花飞,燕子来归春日又先归。　　客边游子飘零惯,雨止乡魂断。更从何处问奇花,不见青青芳草遍天涯。"《蝶恋花·调剑华》云:"念五年华芳讯早。燕子南归,啼破春山晓。十里红霞吟未了,伤心南浦青青草。　　李戴张冠非异道。本是同根,顾影唏嘘吊。

妹妹林家人已杳，如何镇日闲愁恼。"刘去非《秋日登高》云："寒潮呜咽哭神州，无限伤心懒上楼。民主竟为君主政，丈夫誓斩独夫头。珠沉赤水愁千缕，血染黄花鬼一丘。莫负男儿好身手，一声长啸看吴钩。"

《民权素》第6集刊行。本集"名著"栏目含《花九锡赋》(以"一院有花春昼永"为韵)(白发童)、《三月桃花水赋》(以题为韵)(邂伦)、《拟唐时三月三日赐侍臣细柳圈谢表》(古香)、《蒨桃墓志铭》(眉叔)、《海峤府君家传》(谭嗣同)、《历代文字变革考》(一山)、《〈治事篇·释名〉自序》(蹇冥氏)、《哀南京文(并序)》(毂仁)、《书明末黄鼎妻事》(仪许)、《〈湖上骑驴图〉跋》(箸超)、《报邹岳生书》(蹇冥氏)、《复友人论唐诗分体书》(箸超)、《馈酒小启》(昂孙)、《论文》(连珠十首)(唐才常)。"艺林·诗"栏目含《板桥遗著》(十首)：《春阴，次王少文韵》《雪后同人携酒饮冰谷先生斋中》《拟闺怨三首》《西村舟中》《过张士诚墓》《清明》(二首)、《破屋行，为陈四维作》，《述怀一》(谭嗣同)、《述怀二》(谭嗣同)、《馈岁》(唐才常)、《题涂山》(邹容)、《狱中赠邹威丹》(太炎)、《狱中偶感》(太炎)、《花魂》(幼翀)、《杏花落》(幼翀)、《无题》(幼翀)、《题〈兰花图〉赠新婚》(幼翀)、《忆别》(幼翀)、《登甘露寺望江亭》(幼翀)、《庚戌八月于南洋劝业会场湖北馆观樊山布政督乡人摹构黄冈竹楼因题》(寄禅)、《送俞恪士学使之官甘肃》(寄禅)、《江南重晤李梅庵学使，并约九日扫叶楼登高》(二首，寄禅)、《包协如舍人以其友李商山君吊女弟子花月痕诗见寄，为题二绝句于后》(寄禅)、《题王梧生户曹所藏韩人〈金醉堂诗卷〉》(二首，寄禅)、《西湖寻秋墓》(天婴)、《观潮行》(古香)、《仿六朝人写经字体写华阳洞〈天春帖〉，成后题此》(四首，漱岩)、《吊黄花岗英雄》(二首，汉民)、《即事》(二首，铭彝)、《怀人》(二首，周浩)、《寓言》(四首，惨佛)、《咏史》(陈干)、《登碣石》(陈干)、《寻秦皇岛》(陈干)、《山海关吊古》(陈干)、《送唐荃身赴日留学》(秋心)、《偕徐守宽游沧浪亭》(秋心)、《落花祠》(二首，咏仁)、《赠布雷》(钝根)、《咏史四章之一》(尘因)、《记事》(昂孙)、《书感》(剑吾)、《感怀》(海啸)、《渡钱塘江》(箸超)、《春雨》(箸超)；"艺林·词"栏目含《摸鱼儿·重游沧浪亭吊苏子美》(韦庐)、《满江红·泊舟金陵，用〈雁门集〉中韵》(韦庐)、《蝶恋花·伤北征之不进也》(利贞)、《风蝶令·西湖舟中遇雨》(古香)、《忆旧游·小住桐江，赋此寄沪上友人》(浪仙)、《鹧鸪天(何用浮名伴此生)》(孟劬)、《浣溪沙(碧乳调冰雪藕丝)》(孟劬)、《临江仙(留得青山歌舞地)》(孟劬)、《蝶恋花(斜月莺啼花满树)》(天仇)、《蝶恋花(笑嗅梅枝销客味)》(天仇)、《念奴娇(百年醉眼是麻鞋)》(钝盦)、《南楼令·偕家兄古香游西湖舟中遇雨各赋》(箸超)。"诗话"栏目含《今日诗话》(古香)、《愿无尽庐诗话》(钝剑)、《摅怀斋诗话(续第五集)》(南村)、《琴心剑气楼诗话》(肝若)。其中，张尔田(孟劬)《鹧鸪天》云："何用浮名绊此生。黄尘鞍马笑峥嵘。花开不改吟髭白，山好都随倦眼青。　　歌宛宛，思盈盈。谁家玉笛乍飞声。东栏惆怅一株雪，看得清明有几人。"《临江仙》云：
"留得青山歌舞地，秋来呼酒登临。篱边丛菊绽黄金。天风吹落帽，明月照弹琴。　一
笑蘧庐真似寄，感时无限沈吟。萧萧短发不胜簪。微官余客梦，多病自侵寻。"《浣
溪沙》云："碧乳调冰雪藕丝。熟梅微雨涨平池。隔花来往蜜蜂儿。　珠箔笼灯啼
脉脉，绣檀回枕梦迟迟。薄游当记少年时。"

　　《娱闲录》第20、21期刊行。第20期（上半月刊）"文苑"栏目含《〈牡丹新颂〉
序》（古闽江瀚）、《牡丹新颂（未完）》（愿花长好轩桂辛朱启钤选目）、《绮忆》（四首）
（爱智）、《高阳台》（爱智）、《疏影》（爱智）、《水调歌头·同香祖望月》（爱智）、《百
字令·香祖大病初愈，赋此示之》（爱智）、《旱象叹》（艻）、《游留园》（艻）、《过屈贾
祠》（艻）、《朱洲晚泊》（艻）、《零陵道中》（艻）、《甲寅初度书感》（我异）、《归云栖
里经双流道中作》（我异）、《种蔬堂诗稿》（吟痴）。第21期（下半月刊行）"文苑"
栏目含《牡丹新颂（续）》（朱启钤选目）、《感怀旧游诗三十首（续17期）》（赵孔昭）、
《拟燕歌行》（爱智）、《秋怀四首》（爱智）、《玉楼》（爱智）、《谒九疑山舜陵》（艻）、
《游大邑鹤鸣山》（艻）、《登阆中奎星阁》（艻）、《登黄鹤楼》（艻）、《北门篇》（蜀岷）、
《高阳台》（蜀岷）、《种蔬堂诗稿》（吟痴）。其中，吴虞（爱智）《绮忆》其一："鸾离凤
别剩蛮笺，消息初闻泪欲流。娇媚逢人惟说病，聪明对客怕言愁。金闺谢蕴悲天壤，
玉洞灵均失蹇修。喜字枉书三十六，瑶京迢递不重游。"其二："锦障春深款素尊，断
肠人隔凤窠门。羊家静婉腰肢弱，李妹雍容笑语温。爱读《国风》因好色，拟歌楚些
为《招魂》。琵琶弹罢珠帘远，小杜青袍渍泪痕。"其三："莫唱人间《懊恼歌》，长卿
才调半消磨。心同莲子分明苦，恨比甘蕉宛转多。剩有春婆嗤学士，更无天女伴维
摩。芳名琬琰劳镌锲，手抚苕华唤奈何。"其四："万古中心总不平，蒙双民定悔同生。
自伤儿女多情累，忍讳英雄好内名。屈子二姚空人赋，佳人一顾已倾城。年来哀乐
须陶写，待遣桓伊为抚筝。"《玉楼》云："玉楼迢递旧曾过，彩凤随鸦恨若何？入世
有情生意少，壮年无奈绮怀多。难因小婢探消息，苦为佳人受折磨。今日天涯摇落
甚，不堪红豆止悲歌。"《秋怀四首》其一："朱阁常年记旧游，情多儿女易悲秋。荆
卿自爱佳人手，屈氏徒深美子愁。私解香鞯怜窈窕，徐安宝髻想风流。玉兰花底匆
匆别，无限相思欲白头。（旧居有玉兰一株，高出楼上）"其二："三载空为宋子邻，红
罗复怅感栖尘。无端梦雨迷灵媛，有限华年殉美人。生恐凄凉销绿鬓，每因憔悴念
青春。珠珰玉佩增惆怅，更把闲情赋洛神。"其三："夜合花残懒画眉，病来瘦尽旧腰
肢。龙须褥冷胜将息，凤颈灯孤怨别离。金钿坠怀伤往事，玉钗敲枕忆眠时。背人
肠断羞抬眼，喜鹊无凭暗泪垂。"其四："别后愁看璧月圆，归思长到画堂前。黄姑天
上殊难见，碧玉人间剧可怜。日暮无心矜翠袖，夜寒有恨寄红弦。芙蓉城远空回首，
自隔秾华又几年。"

《浙江兵事杂志》第14期刊行。本期"文苑·诗录"栏目含《杭州遇秋叶，别后寄赠》（吴锡永）、《移镇多伦，留别燕东父老》（王怀庆）、《杂咏四首》（夏士杰）、《典兵皖中，月夜口占》（刘恩沛）、《有感》（刘恩沛）、《北京车站迎长兄不至》（刘泽沛）、《送黄静岩南归》（刘泽沛）、《南归赠章静轩京口》（刘泽沛）、《春日偶占》（沈养吾）、《感事寄秋叶，仍用原韵》（李光）、《赠邹剩庵兼质若虚、子昶诸君子四首》（李光）、《赠军士教导团诸子》（徐原白）、《赠友》（刘躬）、《海上即兴，和杨少石原韵》（钱谟）、《梧州道中》（钱谟）、《秋日杂怀》（李爽）、《湖路晚步》（吴钦泰）、《尖山临眺》（吴钦泰）、《闻浙东八堡剿平山贼》（吴钦泰）、《春雨》（许鏖）、《春风》（许鏖）、《题柳亚子〈分湖旧隐图〉》（林之夏）、《杭州寒食步万松岭有怀》（林之夏）、《金陵过颂亭故宅》（林之夏）、《莫愁湖》（林之夏）。

《眉语》第1卷第8号刊行。本期"文苑·碎锦集"含《织梦》（俞蓉华女士）、《池上》（前人）、《西湖以数名成诗》（前人）、《灯花》（前人）、《冬至夜雨》（前人）、《即景》（前人）、《秦溪道中》（前人）、《咏檐头铁马》（前人）、《瓶中腊梅》（前人）、《晚眺》（前人）、《蔷薇》（前人）、《新葵》（前人）、《临水》（顾佛郎）、《放诞》（前人）、《采桑子》（前人）、《十美吟》（《西施》《虞姬》《明妃》《红佛》《绿珠》《文君》《贵妃》《褒姒》《丽华》《飞燕》）（慨华子）、《感旧词，用湘瑟斋〈本事诗〉韵》（三十首）（冰心）、《立秋日有感》（前人）、《秋夜独坐》（前人）、《病起看月》（前人）、《晓行见雪》（前人）、《绿梅》（前人）；"文苑·婉转词"含回文诗：连环叠字诗《寄友》（长短句二百六十字，佛印）、合蒂梅《寒宵吟》（七言绝十二首，万树）、火齐环《幽斋夏日》（七言八句二首，佚名）、六棱品字玦《春日闺情》（《虞美人》三调，五言四句六首）（佚名）、一垣星斗《闺怨》（《南乡子》四调，《长相思》四调）（佚名）、蜂房《秋兴》（《长相思》八调，佚名）、霹雳环《四时怨》（七言四句四首，佚名）。

[韩]《新文界》第3卷第5号刊行。本期"词藻"栏目含《桂堂书舍雅集》（晦堂生二首、松观生、辉庭生、桂堂生、晖庭生、桂堂生、小溟生、松观生、鹤山生、晴沙生、愚斋生）、《小酌》（梅下生）。其中，梅下生《小酌》云："真珠红下水晶盐，杨柳轻尘缕缕纤。万户春声生远市，一楼雨气入疏帘。诗佳酷爱龙鳞好，语嘡还嫌鹤嘴尖。求食堪叹徒碌碌，庸材俱是妇垂髫。"

[韩]《至气今至》第23号刊行。本期"词藻"栏目含《有感》（自警生）、《杨花》（偷闲生）、《牡丹》（乐观子）、《子规》（梦外子）、《睡燕》（静观子）、《蝴蝶》（有心生）。其中，有心生《蝴蝶》云："寻艳复寻香，似闲还似忙。暖烟沈蕙径，微雨宿花房。书幌轻随梦，歌楼误采妆。王孙深属意，绣入舞衣裳。"

浙江省政府当局欲续修本省通志，敦请沈曾植为总纂，又先后聘定朱祖谋（古微）、吴庆坻（子修）、陶葆廉（拙存）、章梫（一山）、叶尔恺（柏皋）、朱福清（湛卿）、金蓉镜（甸丞）、喻长霖（志韶）、刘承干（翰怡）、张尔田（孟劬）等人任分纂，续志起乾隆元年迄宣统三年而止。

樊增祥在京受袁世凯礼遇。刘成禺《世载堂杂忆·樊樊山之晚年》云："袁世凯解散国会，设参政院，搜罗清旧臣，国内名流，特聘樊樊山为参政院参政，待以殊礼。樊樊山亦刻意图报，故参政谢恩折有云：'圣明笃念老成，谘询国政，宠锡杖履，免去仪节。赐茶，赐坐，龙团富贵之花；有条，有梅，鹊神诗酒之宴。飞瑞雪于三海，瞻庆云于九阶。虽安车蒲轮之典，不是过也。'世凯宴樊樊山诸老辈参政于居仁堂，宴毕，游三海，手扶樊山，坐于高座团龙缕金绣牡丹花椅上，樊山视为奇荣。大雪宴集瀛台，世凯首唱，樊山继之曰'瀛台诏宴集'，故谢恩折及之。樊山平生，酷嗜鼻烟，终日不辍。世凯赐以老金花鼻烟两大瓶，皆大内库藏，琵琶碧玉烟壶一双，樊山亦目为至宝。洪宪退位，樊山潦倒，仍把弄双玉壶不释手。"

陈三立由沪上移家还金陵。湖南省政府拨款2万元周济陈三立。

连横在京时，连梦琴以鹤道人论词书授连横。后归次台北，夜访魏清德，请为游大陆所作诗撰序。连横返家，仲兄德裕赋诗以志困苦："残冬困苦日摧乘，家计如同劫后灰。镇日忧愁抛不起，漫天烟雾拨难开。谬荷阮籍穷途泪，拟控红崖上汉才。恨熬儒冠终误我，至今避债竟无台。"

吴昌硕题《庄闲楚辞》（楷隶）（二首）。其一："如闻幽兰香，不数簪花格。一片灵均心，传神胜飞白。"其二："取法唐以前，高古多逸趣。因笑须眉人，六书洛神赋。乙卯四月维夏，安吉吴昌硕。"又，吴昌硕为沈尹默绘《梅石图》。题识："幽谷元冰。尹默先生属。乙卯首夏，吴昌硕。"又，孤山创建隐闲楼竣工，吴昌硕撰记志之。又，为诸宗元绘《双松图》并题云："鳞甲之而太古苔，虬枝横扫白云开。支撑大厦无倾覆，安得天生此异材。贞长先生正，泼墨。乙卯初夏，安吉吴昌硕，时年七十又二。"又，为丁宝书绘《红梅图》，并题云："芜园一本宋朝梅，小阁相依□劫灰。颜色孤山嫌太好，夕阳扶影自徘徊。乙卯首夏，云轩仁兄属画。吴昌硕，时年七十二。"又，为葛昌楹题顾麟士《松溪高隐图》云："胸中五岳罗苍茫，吴淞剪水真寻常。鹤逸游艺自古今，不变促迫拘翱翔。飘摇尘海见此幅，水石孤秀南天独。沧洲满壁如可移，光贾明珠论百斛。书征三兄属题。乙卯四月，吴昌硕。"

陈夔龙与许夫人至杭州，陈夔龙作《初夏与亭秋重至杭州西湖》（二首）。其一："夕阳红度塔尖铃，一曲杭州喜再听。止屋已输鸟有托，无家转送妇归宁。潮平江影依然白，劫后山光不改青。襟上酒痕应似旧，只愁旧雨太凋零。"

顾麟士为朱祖谋绘《彊村填词图》并题记，其后题图者众。主要有沈修、张尔田、孙德谦题记，郑孝胥、瞿鸿禨、陈三立、夏敬观、吴庆坻、陈衍、黄节等题诗，冯煦、陈曾寿、况周颐等题词。其中，瞿鸿禨《题朱古微〈彊村校词图〉》诗云："君家竹垞词中龙，甄综诸家操国工。彊村才力敌宗衮，研正声律昭盲聋。诗余递降源波通，变体微类骚与风。根苗三唐绚五季，有宋一代专其雄。后来作者竞驰逐，小令新调皆附庸。出同归异互得失，圣处要在中声中。君包众有悟三昧，笔挟元气盘秋空。铿訇金石入天籁，吐纳海岳生奇胸。森然壁垒不可当，秦七黄九俱摧锋。平生精锐动堂奥，肯以小技轻雕虫。挂观神武隐渔钓，吟弄风云甘长终。别裁邃密极要眇，具眼照射光熊熊。一编写校杂丹墨，尚友百世相追从。何人添毫得意象，纸上度曲酺笙镛。绝怜身似玉田翁，百感凄怨鸣孤桐。山中白云今尚在，真宰共诉扪苍穹。"况周颐《还京乐·为沤尹题〈彊村校词图〉》词云："坐苍翠，著意鸣泉唳鹤皆商羽。更梦寻香径，玉笙铁板，荃云何处。近埭西幽胜，香山最惜孤游侣（白香山诗：'唯有上彊精舍好，最堪游处未曾游'。上彊山在埭溪归安地）。念桂苕招隐，画里丹铅朝暮。　似（去）周郎顾，费春来红豆，销磨记曲，银屏多少丽绪。时闻驻拍微吟，倦评量、世事鱼虎。写烟岚、翻砚北新声，花间旧谱。倚笛樵歌发，松风相和溪路。"

　　陈蜕撰、汪兰皋编《蜕翁诗词文续存》刊行。此集含《陈蜕庵诗续集》《蜕词续稿》《陈蜕庵文续集》。其中，《陈蜕庵诗续集》含有《卷帘集》（古近体诗139首）、《残宵梵诵上卷》（古近体诗86首）、《残宵梵诵下卷》（古近体诗51首）、《残句附录》；《蜕词续稿》含《鹊桥仙》（二首）、《金缕曲》《西江月》（二首）、《前调》（二首）、《高阳台》《满江红》《忆吹箫》；《陈蜕庵文续集》含有赋类、学说类、论类、序跋类、传赞墓志类、书类和杂文类。《卷帘集》集后有柳亚子跋。《残宵梵诵》集前有作者《〈残宵梵诵〉自序》。《陈蜕庵诗续集》集后有作者《自跋》、傅钝根识语、柳亚子识语、傅钝根跋。《蜕翁诗词文续存》全集集后有柳亚子总跋，傅钝根、周斌、王德钟题诗，马超群文。其中，柳亚子为《卷帘集》跋云："蜕翁《〈残宵梵诵〉自叙》有'去岁侨渌江数月，题襟笼壁，不乏可存，或有裒集，可于《瓣心吟》后增《卷帘集》一卷'云云。疑蜕于斯集，第假定其名，实未有写本也。蜕既殁之次年，傅子钝根，乃自史子蕨园许，尽裒其所藏碎稿邮余，属为编纂，且曰诸稿大都寓醴时所作，宜即定名《卷帘》，以符蜕旨。余乃竭三日夜之力，为之写定如右，计得诗一百三十九首。诗自己酉以迄辛亥岁作，虽不必尽属寓醴，而寓醴者为多。其编写之次序，一依岁月为先后，有缺不可考者，则以意推度之，或辨其款识，或察其纸色，或审其之相类似者，咸为汇集焉。余交蜕之日浅，识其行事甚疏，知不免于误谬，亦聊以谢傅子而已。考蜕之自编其诗也，自《映雪轩初稿》至《瓣心吟》止，为一大结束。庚戌病足长沙，危而获全，于是有《残宵梵诵》之作，而《蜕僧余稿》殿焉，其在《瓣心》以后，《梵诵》以前，标题命名，则有四集，曰《卷帘》，曰《题襟》，曰《九疑云笈》，曰《梦楼续雨》，盖皆寓醴时作。今《题襟集》存《自题两律》，《九疑云笈》存一序，疑与《卷帘集》同为有目无书，即《梦楼续雨》半卷，见于致蕨园书者，亦杳不可得。然则《瓣心》而后,《梵诵》而前,蜕诗之不亡者,仅此一百三十九首而已,吁可哀也夫。四年乙卯春分夜柳弃疾识。"陈蜕庵作《〈残宵梵诵〉自序》云:"岁庚戌之夏,得死疾,悉以两三年来所存碎稿付蕨园,不意复活。中秋前养疴星沙,迄九月,呻吟间作,约逾百篇,散佚以外,存者什八,手自录之,号以《残宵梵诵》。自《映雪初吟》起,《庚庚集》《寄舫偶存》《东归行卷》《沧波听雨集》《瓣心吟》外,此为七集矣。前三集存长女处,后三集存施君心泉处,付蕨园者六集尾声也。然去岁侨渌江数月,题襟笼壁,不乏可存,或有衷集,可于《瓣心吟》后,增《卷帘集》一卷,则此应置之第八。嗟乎!文通老而才尽,子瞻病而禁诗,自郐以下,不待此集出也。"傅尃作《题蜕庵残稿即示采崖》。诗云:"丛残收拾意何如,不负虞卿老箸书。今日渌江风雅歇,元龙地下倘愁余。"王德钟作《读蜕翁遗著感题四绝》。其一:"是谁恢复旧神州,鼠雀偷功尽列候。百尺楼头击筑客,依然憔悴一诗囚。"马超群《读陈蜕庵先生遗集》云:"呜呼!士生当世,富怀抱,志在利国泽民。泊不得志于时,而区区以文字自见,抑已末矣。乃不欲以文字自见,而为境遇所阨,衣食奔走于文字,身殁之后,将付之飘风凄雨,不知零落何所,而二三知己,为之掇拾于煨烬之余,镂板孤行,冀以章其行谊,不尤可悲乎?方《苏报》案之发生也,余时在沪,章、邹二君相将入狱,友人辗转相告,靡不含泪盈眶若重有忧者,而不知先生之初脱缴而后离网也,更不知覆其巢而并无完卵也。呜呼!积威之下,志士真不可为哉!"

黄侃作《〈慎所立斋诗文集〉题辞》云:"谨案先生(江瀚)之文,不尚过高之谭,不作专己之论,言皆有物,语不求奇。与廖季平、傅星槎二书足见择术之宽、衡古之允,与王壬秋书足见不阿流俗,不震虚声。称曰通人,夫岂溢美。侃幼曾受读,近荷传书,录稿既周,欢喜无量。乙卯四月弟子蕲春黄侃谨记。"

郭沫若在日本冈山作《新月》。诗云:"新月如镰刀,斫上山头树。倒地却无声,游枝亦横路。"初见于1921年1月11日脱稿之《儿童文学之管见》。

赖雨若作《乙卯初夏游靖国神社后苑,与友人谈诗即景》。诗云:"樱花落尽叶青青。有客来游坐小亭。过眼风光随处转,长留天地是诗灵。"

章梫作《乙卯孟夏刘潜楼、胡漱唐两前辈来沪,用陈伯严吏部前年诒二君来沪韵赠之》。诗云:"横术荒荒鸣吠外,雪翎双鹤下江滨。回翔霜坂无多地,寥廓云天有故人。磨海难销长夜恨,画灰留著劫余身。漫言水浅龙如猬,唤取雨师来洒尘。"

刘筠作《咏史十首》。其一:"江南明月乌啼夜,比户流离大可悲。上将功成枯万骨,安民两字益凄其。"其二:"路人传说官民战,吴楚烽烟燕赵春。读尽千秋相斫史,成王败寇复何人!"其三:"孟德奸雄盖一时,马昭心事路人知。黄袍加体阴谋遂,翻说宗周赖护持。"其四:"狐埋狐搰事堪羞,覆雨翻云第一流。谁秉汉家南董笔?二臣列传首黎丘。"

王大觉作《乙卯首夏,陈君洪涛来东江作十日留,合摄一影,即题一律于后》。诗云:"一棹东江十日留,故人握手话绸缪。抛残红豆空余恨,吟到清商无限愁。私证行藏惟尔我,对眠风雨几春秋。王郎斫地豪情减,犹羡元龙百尺楼。"

黄文涛作《喜达君粹伯由维扬至,旋有浙江瓯海之行,兼以赠别》(时四月下旬)。诗云:"遭乱不相见,星霜倏再更。颠危几经历,鄙吝潜丛生。尺素亦屡达,纸短虽具呈。迢迢望云树,魂梦时牵萦。午斋坐把卷,忽闻叩柴荆。入报故人至,亟起欢相迎。丰采瞻犹昔,案牍嗟劳形。各道别后思,问慰殷且诚。慷慨论时事,拔剑歌不平。新书卑孟德,遗旨宗麟经。蓬心藉以展,离愁欣尽倾。私冀可长聚,诗酒修前盟。何期不信宿,即将有远行。念君橐笔游,名早动公卿。下榻劳仲举,夺席侔戴凭。今为升斗计,不惮事长征。东瓯多胜迹,山水逾嘉陵。吟怀苟得骋,勿吝寄吴兴。促谈尚未已,骊歌唱渭城。握手又言别,悠悠无限情。"

梁启超作《周孝怀居忧,以母太夫人事略见诒,敬题其后奉唁》。诗云:"我有执友头久童,峦峦但作孺子慕。廿年板舆走万里,岂不惮劬奈疾固。武侯峻法怵今蜀,鱼服屡脱群魈怒。翻诒母戚煎百虑,痛定自挝惩己误。犊裩负米瘴江滨,采斑照室春无数。此乐端不万钟易,此景何当百年驻。天耶人耶集楚毒,短晖辞草风摇树。千号百擗泪继血,滴向泉台何处路。劝君莫自使眼枯,得母如君已天祚。谁怜卅载无母人,魂逐归舟望楸墓。"

罗学瓒作《挽学友易咏畦联》(二首)。其一:"韩潮苏海有文章,起八代之衰,满腔英伟今何在?欧雨亚风多浪沫,惊祖国之日,一生怀抱几曾开?"其二:"天昊无情,竟使颜回短命;国家多故,难忘贾谊英才。"

陈曾寿作《乙卯四月归里谒祖墓》(三首)。其一:"十载重来祖墓山,老僧成塔隶为官。更无煮笋烧茶事,已过花时问牡丹。"其三:"老屋当年聚族欢,只今池水剩清寒。本来难语还无语,落日荒庭拜一棺。"

黄濬作《初夏偶成》。诗云:"凉痕和雨上垣扉,老屋深灯百感微。樱笋颇残春渐远,桑麻纵好梦慵归。心愁来日亲醇酒,贫坐闲官失布衣。世事如环循不尽,未妨渊默见初几。"

李笠作《满江红·初夏郊外踏月》。词云:"云淡天青,正梅雨,初晴时候。蓦地里、刺桐枝上,月华微逗。隐隐青山螺黛远,迢迢绿水波纹绉。任幽人、戞戞耸吟肩,邀三友。　心头事,频叉手。眼前景,休低头。爱流萤三五,绕人前后。乌鹊有声惊古树,熏风无意移南斗。看依依、柳影恋游人,君知否?"

[日] 夏目漱石作《题自画》。诗云:"隔水东西住,白云往也还。东家松籁起,西屋竹珊珊。"

　　1日　刘去非邀约张冰、周伟、周颂南等为生辰之会,感念时局,以"明年此日未知何如"为题,分韵赋诗,作"亡国之纪念"。刘去非《〈三十初度唱和集〉序》云:"乙卯四月十九日,为余三十初度之期,正中日交涉签约之后。举国忧惶,蹙额而吊。外交失败,覆辙相寻,况虎视鹰瞵,逼人咄咄,而文官武将,终日嬉嬉,不思合群策以固边疆,惟务戕善人而保私位。封圻日蹙,言论无权。始皇帝一意愚民,冒千古之不韪;宋真宗甘心献币,争一字其何裨哉!民独何辜,天胡不吊,可为痛哭流涕长太息者已!夫莼羹鲈脍,季鹰思归故乡(张君雪抱);经明行修,康节蔚为儒者(邵君叔庭)。英雄无用武之地,且学种瓜(邵君仲若);沧海有横流之悲,寄情秋菊(周君人菊)。胸怀洒落,有如霁月光风(周君颂南);意识深沈,志在高山流水(史君占奎、殷君春荣)。诸君子皆乘兴而至竹林游,逊其清狂而走也。虽生不逢辰,素心人畅谈怀抱。命题分韵,连篇多珠玉之辞;把酒论文,逸兴干云霄而上。乐则乐矣,豪则豪矣,奈何酒兴方酣,茶烟未歇,忽起故宫之感,骤闻变徵之音(人菊、雪抱酒后悲歌)。岂伤心人衷曲难言,抑天下事实逼处此者耳!嗟嗟!人皆心死,祸迫眉燃,高会不常,盛筵难再,耿耿忧心,汲汲顾影,即以'明年此日未知何如'为题,得诗计若干首,作亡国之纪念焉尔。唱和云乎哉!嗟夫嗟夫!来日大难,见铜驼而泣下;夕阳无限,听杜宇兮神伤。歌耶哭耶?墨耶泪耶?其哀哀亡国之音耶?是为序。"

　　《申报》第15194号刊行。本期《自由谈》"文字因缘"栏目含《浣溪沙》(三首,小蝶)、《荆州亭》(三首,小蝶)。

　　《小说海》第1卷第6号刊行。本期"杂俎·诗文"栏目含《甲寅消寒》(指严)、《春夜与幼陶剧谭》(绂云)、《春夜剧谈,次绂云韵》(冶盦)、《赠继配张宗英女士》(四首,醉红)、《送友》(小谷)、《赠友》(小谷)、《咏墨蟹》(小谷)、《秋望》(小谷)、《郊望》(小谷)、《与友泛舟》(小谷)、《即景》(小谷)、《陈养直太守伤其爱女芝瑛未能自已,诗以慰之》(净愿)、《减字木兰花·花朝》(冶盦)、《浪淘沙·渡南台江》(冶盦)、《浪淘沙·初白招饮乡祠之杏花春雨山房,漫填此解为赠》(冶盦)、《青衫湿(半生沦落)》(冶盦)、《壶中天·自题填词图二阕》(姚袖岩)、《前调(是谁手笔)》(姚袖岩)、《献衷心·集句》(诗圃)、《柳梢青·集句》(诗圃)、《柳梢青·清明集句》(诗圃)、《人月圆(墙西月子弯环样)》(诗圃)。

　　《中国实业杂志》第6年第6期刊行。本期"文苑"栏目含《将有远行,集同人小饮,席上口占以留别》(李文权)、《赠兵爪先生》(李文权)、《和江右濡需〈自叹〉二律》(鹅湖恨生)。

2日 《申报》第15195号刊行。本期《自由谈》"栩园诗选"栏目含《胡无人二章》（程颂万）。

《中国白话报》第2期刊行。本期"词林"栏目含《春日湖上偕世秀作》（亮聃）、《花朝》（太寒）、《得适之纽约书却寄》（太寒）、《送蒋叟之黄山采药》（太寒）。

荣庆为焦书卿题梅坡所绘《榆园图》。诗云："我识坡公三十年，初惊妙墨泼云烟。君家林壑君图画，难得王维写辋川。种树千章已得荫，豆棚瓜架写秋心。一畦寒菜三椽屋，雅称幽人抱膝吟。"

3日 《崇德公报》创刊，至1916年1月终刊，共出版32号及样刊一号。样刊"文苑"栏目含《猛虎行》（应城万瑞旒藻卿）、《贞烈婢（并序）》（应城万瑞旒藻卿）、《嫁婢》（应城万瑞旒藻卿）、《闻伊藤被刺有感》（葆罗）。第1号"文苑"栏目含《野望口占》（四首，冷眼）、《春田即事》（二首，冷眼）、《雨后晚眺五律二首》（冷眼）、《安重根》（忆）。

《申报》第15196号刊行。本期《自由谈》"栩园词选"栏目含《江月晃重山·秦淮吊许少玉太守》（诗圃）、《减兰》（诗圃）。

4日 《申报》第15197号刊行。本期《自由谈》"游戏文章"栏目含《耻赋》（仿江淹《恨赋》）（半仙魏起予）。

廖基瑜作诗、联《挽长女梅焯孝》《哭长女焯孝》《检阅亡女焯孝小照，凄然成韵》。其中，《挽长女梅焯孝》云："聚为骨肉，散为风烟，明知聚散靡常，奈廿载恩勤，滚滚爱河流不尽！存也奚荣，亡也奚戚，要识存亡有数，况多生烦恼，茫茫宙合浩无边！"

5日 《妇女杂志》第1卷第6号刊行。本期"文苑"栏目含《绿槐书屋肄书图记》（张曜孙）、《金陵旅行记》（无锡竞志女学校中学四年生龚晖）、《湘影楼诗选》（《武陵访余畹香夫人即和其岁暮见怀元韵》《范蕴素姊寄示和吕惠如女士〈落花〉七律二首，即步其韵》《金陵偕童纫薇女士登清凉山，用龚崑竹元韵感赋二律》《观陈水德女士遗画，感赋二十八字》）（汉寿黄易瑜）、《学凤楼诗钞》（《题画白芍药》《客中题驿壁》《送人》《十姊妹二首，和人韵》《拟古》）（学凤女史徐映萱）、《绛帐吟》（三首，黑龙江省立女子教养院院长巴陵刘璸）、《湘影楼词钞》（《金缕曲·用两当轩韵敬和家大人》《前调·题两当轩后》《水调歌头·中秋感怀和叔由六兄，用东坡韵，庚子岁作》）（汉寿黄易瑜）；"杂俎"栏目含《然脂余韵（续）》（梁溪王蕴章莼农述）。

姚华生日，陈师曾作山水便面相赠，并作《姚重光四十生日，为画山水便面》。诗云："四十浮沉我似君，不如意事日相闻。何如此老山中住，步出柴门闲看云。"姚华有诗答之。

6日 《申报》第15199号刊行。本期《自由谈》"游戏文章"栏目含《小热昏》（息游);"栩园诗选"栏目含《踏莎行·清明游留园作》(马拙樵)。

谢仲琴、王揖唐访徐世昌,并同用晚餐。

王闿运作《程二嫂赵氏》联云:"淑慎早传徽,忆佩环来自仙源,湘东共识名家韵;频繁能率礼,惜筐筥初终妇职,堂北俄倾寸草晖。"

7日 沙俄与袁世凯政府签订《中俄蒙协约》。其内容主要有:沙俄承认中国对外蒙古的宗主权,北京政府承认外蒙的"自治"和沙俄在外蒙的各种特权等。

《申报》第15200号刊行。本期《自由谈》"栩园词选"栏目含《惜余春慢·春兴,和陈海客韵》(东园)、《双红豆·赠柳娃二阕》(东园)、《捣练子·和程筠甫〈赠妓〉词次韵》(东园)、《鹧鸪天·和绛珠女史》(东园)、《露华(绿华去后)》(沈太侔);"文字姻缘"栏目含《沈老师隐以六十寿诗见示,赋此补祝》(东园)。

荣庆赴芥园,游黄氏依园。有诗云:"闻道黄园在比邻,无心相遇运河滨。水西池馆今何处,只剩花佣是旧人(谢姓丰台人,相见仍话旧事)。"

张謇为濠南别业先像室题联云:"将为名乎,将为宾乎,自有实在;瞻望父兮,瞻望母兮,如闻戒词。"

黄式苏作《四月二十五日先农坛参观储蓄票开奖有作》。诗云:"晓日天街走马忙,农坛如海万人藏。香车逦迤倾城出,市语喧阗举国狂。唾手彩标谁在握,随身竿木偶逢场。夕阳芳鞯归途塞,踯躅晴尘大道傍。"

8日 袁世凯政府内务部令查禁《救国急进会宣言》《救亡根本谈》《纪念碑小说》《中国白话报》《爱国晚报》《救亡报》《五七报》《公论报》等报刊、小册子。

《申报》第15201号刊行。本期《自由谈》"文字因缘"栏目含《念奴娇·寄怀钝根》(用坡公体韵)(莽汉)、《念奴娇·寄怀东野》(莽汉)。

9日 《申报》第15202号刊行。本期《自由谈》"文字姻缘"栏目含《念奴娇·寄怀瘦蝶》(用坡公体韵)(莽汉)、《念奴娇·寄怀小蝶》(莽汉)、《念奴娇·寄怀觊庐》(莽汉)。

10日 《申报》第15203号刊行。本期《自由谈》"栩园词选"栏目含《洞仙歌·兰闺久聚》(五首,杨苏庵);"文字因缘"栏目含《天虚我生所著〈泪珠缘〉八十回见赠,三复读之,唾壶击碎,因依自题元字以摅钦佩之忱,缀诸纸尾》(四首,东园)、《题李佩荫君之血书》(四首,吴江冯寄吾稿)。

《甲寅》杂志第1卷第6号刊行。本期"文苑"栏目含《吴山三妇人合评〈远魂记〉跋》(叶德辉)、《杨仁山居士别传》(张文昌)、《送张敦复夫子致政还里八首》(戴名世)、《拟古宫词》(十三首,文廷式)、《为人题陈圆圆丽妆、道妆、优婆夷妆三小影》(文廷式)、《东华门内,俗传有回妃楼,未知其审,聊赋二绝志之》(文廷式)、《海上绝句》(四首,文廷式)、《莫愁湖,和壁上璹华女士题句》(文廷式)、《雨中旅思》(二首,文廷式)、《缥缈》(文廷式)、《题徐次舟〈徐二先生鬼趣图〉》(四首,文廷式)、《泛元武湖》(龙继栋)、《朝鲜金姬葆指书歌》(龙继栋)、《九月六日宴集同人塔射山房》(三首,龙继栋)、《发宝庆》(龙继栋)、《偶感》(龙继栋)、《读陶集三首》(朱孔彰)、《忆人》(邓萩孙)、《与常季山行》(邓萩孙)、《与常季宿车心涧》(邓萩孙)、《同人步碧罗汉》(邓萩孙)、《送葛义乾之任保康》(邓萩孙)、《和伦叔〈六十自寿〉》(二首,邓萩孙)。本期还刊登《知过轩随录》(文廷式遗稿)。

张寿镛任湖北省财政厅厅长。即将离浙江,张作《去浙》告别。注云:"乙卯夏卸浙篆,别父老。"诗云:"瓠系愧三年,贱子陈其实。自愧一瞀儒,所耽在砚笔。遭逢浙自治,他邦莫与匹(熊秉三谓:'光复以来,自治各省,惟浙为最。'此公论也)。汤蒋惜民财(汤君寿潜、蒋君尊簋均未尝添练士卒,有自卫意),朱屈探政术(朱君瑞、屈君映光皆勤民瘼,且殷殷求贤)。忆我始来时,行年三十七。考绩求公平,秉心时战栗。有辜父老期,涓埃未及物。"到达湖北之时作《莅鄂》云:"衣冠怀昔日,此出非驱饥。自来谈鄂政,民瘠而官肥,下车勤吏治,绍闻德言衣。经界未云正,乱起中肠悲。褚多良足患,况欲是其非。强项犹如旧,世方与我遗。扫除失其帚,深省早当归。一册理财稿,意在古人师。"

刘海擎生。刘海擎,湖南湘乡人。著有《惊涛舫语》《东游纪词》《啤泉诗词稿》。

蕙风(况周颐)《眉庐丛话》刊于《东方杂志》第12卷第6号。丛话中录有况氏署名"始安周笙颐(夔)"咏美人足词《念奴娇(踏花行遍)》,并其夫人(署名"吴县某闺媛")之《醉春风(频换红帮样)》。其中,《念奴娇》云:"踏花行遍,任匆匆,不愁香径苔滑。六寸圆肤天然秀(韩偓诗:'六寸圆肤光致致'),稳称身材玉立。袜不生尘,版还参玉,二妙兼香洁。平头软绣,凤翘无此宁帖。　　花外来上秋千,那须推送,曳起湘裙摺。试昉鞋杯传绮席,小户料应愁绝。第一销魂,温存鸳被底,柔如无骨。同偕谶好,向郎乞(作平)借吟鴌。"《醉春风》云:"频换红帮样。低展湘裙浪。邻娃偷觑短和长,放、放、放。檀郎雅谑,戏书尖字,道侬真相。　　步步娇无恙。何必莲钩昉。登登响屟画楼西,上、上、上。年时记得,扶教(平)小玉,画阑长傍。"

郁达夫《东渡留别同人春江第一楼席上作》《荒川堤看樱归舟中口占》刊于上海《神州日报》"神皋杂俎·文苑"栏目,署名"达夫"。其中,《荒川堤看樱归舟中口占》云:"归舟遥指石桥西,渔火空江一字齐。蓣末风寒多刺骨,林梢烟淡半笼堤。玉楼歌舞人初醉,曲岸牛羊路欲迷。向晚独寻孤店宿,青衫灯下涤春泥。"

11 日　郁达夫《有寄》刊于《神州日报》"神皋杂俎·文苑"栏目,署名"达夫"。诗云:"只身去国三千里,一日思乡十二回。寄语界宵休早睡,五更魂梦欲归来。"

12 日　《申报》第15205号刊行。本期《自由谈》"栩园诗选"栏目含《无题》(二首,孙瘦鹤)、《春日过某氏废园,寒烟野蔓,弥望凄凄,墙阴有古藤一株,老干枒槎,瘦㧪似铁，盖百年物也，与杨七、质夫同咏之》(孙瘦鹤)、《军山》(徐澹庐)、《花笑盦坐雨》(徐澹庐)。

《中国白话报》第3期刊行。本期"词林"栏目含《绝句》(太寒)、《题亡友韩孤云遗像》(太寒)。

胡适作《满庭芳》。词云："枫翼敲帘，榆钱入户，柳棉飞上春衣。落花时节，随地乱莺啼。枝上红襟软语，商量定，掠地双飞。何须待，销魂杜宇，劝我不如归？   归期，今倦数。十年作客，已惯天涯。况壑深多瀑，湖丽如斯。多谢殷勤我友，能容我傲骨狂思。频相见，微风晚日，指点过湖堤。(久未作词，偶成此阕。去国后倚声，此为第三次耳。疏涩之咎，未始不坐此)"后载1915年9月《留美学生季报》秋季第3号。其时，胡适于康奈尔大学毕业，正待转入纽约哥伦比亚大学专攻哲学。

13日 《崇德公报》第3号刊行。本期"文苑"栏目含《客中偶成寄祝公》(奉天将军署顾员心怆)、《哀辽东五古四首(未完)》(《安奉铁路》《铁岭电杆》)(泪鹃)。

时任福建巡按使许世英视察厦门，其间游历鼓浪屿菽庄花园，并作有《三都月夜》七律一首(原诗未辑得)，菽庄社侣纷纷叠韵以和。其中，许南英《和许巡按使静仁〈按部三都月夜〉原韵》云："使星炯炯摇银汉，照澈天南海尽头。闽峤八方人望岁，陂塘五月气如秋(时在菽庄避暑)。南巡蔽芾留嘉荫，东望扶桑起远愁。到处树人培国脉，英雄干济老成谋。"施士洁作《和许静仁闽按使韵》(二首)。其一："蜃市蛟宫鲲岛外，蜺旌虎节鹭江头。苍生疾苦谁司命？黄落山川易感秋！露冕六条为世出，星轺九坂使人愁！一韩一范军中在，定慑强邻挫异谋。"其二："蒸然百度维新日，草莽遗臣已白头。何处桃源秦世界？他年瓠史汉春秋。群公纵下神州泪，逋客难埋异地愁！眼底乘轩三百辈，凡人肉食远能谋？"

14日 《申报》第15207号刊行。本期《自由谈》"栩园诗选"栏目含《晚泛》(诗圊)、《太白酒楼》(诗圊)、《杂兴》(诗圊)。

夏敬观晤郑孝胥、徐乃昌、朱祖谋、于式枚(晦若)等于诸宗元家。

15日 《正谊》杂志第1卷第9号刊行，是为终刊。本期"艺文·诗录"栏目含《登六和塔》(觉公)、《癸丑十一月解议员职出都》(觉公)、《题李印泉中将先指挥公墓碑文》(觉公)、《简法忍》(曼殊)、《寄小隐》(精卫)、《春日晚眺》(精卫)、《答小隐》(精卫)、《读小隐诗感赋》(精卫)、《庭前偶见新绿，口占一绝》(精卫)、《为小隐题〈读书图〉》(精卫)、《感事》(二首，精卫)、《春尽日出金陵》(浚南)、《十年一首寄镇潮》(浚南)、《春尽日得东生柬却寄》(浚南)、《不信一首》(浚南)、《即席送仲挺之日本》(浚南)、《赠人四首》(浚南)、《无题》(八首，浚南)。

[韩]《天道教会月报》第59号刊行。本期"词藻"栏目含《过毓详宫》(凤山李钟麟)、《仝》(过毓详宫)(南隐卢宪容、晤堂罗天网)、《三清洞即事》(凤山)、《过豆

毛浦》（南隐）。其中，南隐《过豆毛浦》云："闲人暇日临江流，柳外萧萧百帆秋。回首西林孤寺在，聊将古事问钟头。"

夏敬观赴一元会。同至者有缪荃孙、左孝同（子彝）、李瑞清、朱祖谋、于式枚、汪洵（渊若）、王乃征、王秉恩（雪澄）等。

江五民作《孙铁仙五月三日病殁，富阳玉叟书哀，赋一律》。诗云："方喜仲兄寿，拟歌纯嘏词。如何人事变，先作挽君诗。桐水滩声恶，梅花笛弄悲。记曾留饮日，肯信后无期。"

16日 《申报》第15209号刊行。本期《自由谈》"诗选"栏目含《读〈列子〉》（武廷琛）、《读〈庄子〉》（武廷琛）、《读〈离骚〉》（武廷琛）、《读〈战国策〉》（武廷琛）；"栩园词选"栏目含《洞仙歌·家藏黄佩衡女史绘〈春闺图〉一幅，工致绝伦，为题此阕》（陈蓉仙）；"文字姻缘"栏目含《久不见蠡隐诗，昨见其祝耳似新婚四绝，故人无恙，如近芝颜，即用原韵贺耳似续弦之喜》（醉蝶）。

张震轩作《秋日感事兼怀陈孝侯（承富）》（二首）。其一："末俗今无让畔民，蹂田挑衅有西邻。隔墙宋玉频窥色，下蔡阳城善惑人。果否疑团蛇影破，伊谁直节豸冠伸。公庭幸遇贤明尹，万象昭苏黍谷春。"其二："元方清望冠瓯东，况复鞭丝折狱工。差幸镜悬天上朗，忍看旗返故乡红。事繁食少贤劳甚，法肃心慈道貌丰。老我襟怀难拨遣，梦魂时绕寄书鸿。"

17日 《申报》第15210号刊行。本期《自由谈》"栩园诗选"栏目含《月夜步河岸忆江谦》（金沧江）。

章太炎赠鲁迅一轴，文云："变化齐一，不主故常，在谷满谷，在坑满坑。涂却守神，以物为量。书赠豫才。章炳麟。"

洪弃生为日据后二十年之台湾招魂，作《乙卯重午》。诗云："五月五日吊屈原，六日又当吊台湾。台岛此日蛟螭蟠，户三百万海漫漫。海底残魂招不起，三百万人同日死。髑髅蒋骼郁嵯峨，虎狼戛戛磨牙齿。彼一人些千古伤，全台奈何不断肠。羌沉江兮羌沉海，黑风毒浪鱼龙僵。昨夜雷门搷大鼓，觵羊觺觺商羊舞。灯火煌煌黎邱市，旌旗窣窣修罗府。"

于凤至偕父至奉天。在吴文俊安排下，张学良与于凤至得以见面交谈。张对其一见倾心，填《临江仙》词一阕赠于。词云："古镇相亲结奇缘，秋波一转销魂。千花百卉不是春，厌倦粉黛群，无意觅佳人。　　芳幽兰挺独一枝，见面方知是真。平生难得一知音，愿从今日始，与姊结秦晋。"于亦回赠一首《临江仙》。词云："古镇亲赴为联姻，怪满腹惊魂，千枝百朵处处春，卑亢怎成群，目中无丽人。　　山盟海誓心轻许，谁知此言伪真？门第悬殊难知音，劝君休孟浪，三思订秦晋。"

黄文涛作《端午书遣》。诗云："斯志终难赋遂初，百年计尚几年余（予年已八十有五) 避兵符漫争求画,引睡媒还仗有书。早岁痛怜同永叔,老来病竟等相如。一樽劝晋菖蒲酒,灾眚从兹可涤除。"

吴昌硕作《端阳节物》。诗云:"一筐复一瓶,果黄蒲草青。如锦开一花,入座闻微馨。人为辟百恶,泊此五毒灵。平生思无邪,戒杀尤安宁。"

陈三立《端午》。诗云:"角黍堆盘蒲艾香,被除阶闷晓传觞。移居妇子妨追忆,垂老乾坤入自伤。闹舸踏歌还寂寂,荒城叠鼓对茫茫。反骚吊屈余今日,休问生儿得孟尝。"

张素作《大圣乐·重午,用草窗韵》。词云:"熟了黄梅,半阴天气,雨喧三径。更艾香满注铲熏,睡鸭梦沈,一室琴书都润。借问曲江何风物,有细柳、新蒲归管领。水嬉罢,散龙舟十二,波面铺镜。 看看暑深昼永,待凉汲、冰泉临碧井。念故园时节,邻墙箫鼓,帘光灯影。茧虎紫红钗头袅,谩风起今宵催酒醒。匆匆忆,又江南、斗瓜期近。"

陈衍龙作《端午日琇甫太史以诗问讯,依韵和答,并呈尊甫小笏观察》(二首)。其一:"三度天中劫后天,潇潇风雨又今年。夺标非复唐宫锦,系粽空吟楚客篇。菖叶绿浮芳盏里,榴花红湿画帘前。恩荣曾拜香罗赐,海角孤臣忆日边。"其二:"阶前种就科名草,两代书香即国香。六察巡风真位业,三天画日大文章。观乔故国有乔木,益智今时无智囊。同客春申逢令节,头街当暑署清凉(韩蕲王罢兵后自号清凉居士)。"

黄节作《端阳日过十刹海同栽甫》。诗云:"客中过佳节,言寻友朋欢。驱车薄湖埚,遂憩朱楼阑。重云蔽野黑,高柳依人寒。便欲委渊沙,所嗟湖不宽。"

蔡守作《五福降中天·用江致和韵,乙卯重五舟中书所见》。词云:"剪菖蒲筹酒,薄醉泛海珠东。看竞渡人归,画舫花容。轻浪珠翻翠袖,夕照纱明粉胸。汎汎朱桡,十指剥春葱(借白香山句)。 浮萍偶聚,奈语托、微波未通。渌水一摇人渺,鬓影因风。浑疑洛浦,漂瞥见惊鸿梦中。复似常娥,蓦然飞入广寒宫。"

雷铁厓作《乙卯端午》。诗云:"此日是何日?旧历五月五。吾母此日生,兄弟斑衣舞。一自走云海,称觞不复睹。虽云隔天涯,母龄默可数。稽首望夔巫,精神飞故土。母目不见儿,儿心与母聚。遥知家宴开,欢言偕老父。俯尝角黍味,远听龙舟鼓。一儿即缺祝,四儿侍堂庑。两妹共承欢,诸孙亦堪瞧。绕膝既盈门,略减思儿苦。母心差可料,万里如一户。但冀际承平,言归事农圃。十年未上寿,晨昏聊自补。执意豺狼去,又叹生虎虎。风云倏万变,母去瑶池府。今逢旧寿期,坟上生兰杜。再忆家庭景,老父鳏无伍。定知灵位前,杂遝陈酒脯。家人叩冥诞,纸灰飞四堵。伤哉此何情!胸如被锁斧。从此无母儿,年年泣端午。"

朱鸳雏作《端午有怀鸬雏》。诗云:"一团榴火迎端午,艾酒枭羹又上筵。灵节钗符垂户户,孤魂湘水自年年。安排笔砚消长日,坐揽风雷入夏天。还忆龙潭姚伯子,可堪醉倒落花边?"

18日 《申报》第15211号刊行。本期《自由谈》"栩园词选"栏目含《贺新凉》(二首,李镜庵)。

梁鼎芬自梁格庄南归,过沪,以崇陵祭品馎馎一枚赠叶鞠裳(昌炽)。

蔡守作《韵令·重午后一日殇弱子》。词云:"昨朝臂缕,长命索丝。俄而乐变悲(梁简文帝《哀子辞》'乃变乐而为悲')。掌中珠碎,膝下龙摧(借庾信《伤心赋》两句)。频年乱稿,今更添噎(金仁山所为诗曰《乱稿》,世乱也;曰《噎稿》,丧子也)。情钟我辈,山简那能知。 诞同曼倩,朔字名儿(子以五月初一生日)。啼声识异姿。痛过潘岳,没一旬期(潘岳《西征赋》'子无七旬之期'。注:子以三月壬寅生,五月甲辰夭,六十余日也)。东门达意,匪我能之。阮籍剪烛,交泪伴人垂。"

19日 教育部派社会教育司司长夏曾佑筹设京师图书馆,以方家胡同前国子监南学为馆址。7月31日,袁世凯任命夏曾佑为京师图书馆馆长。

瀛桃竹联合吟会创立,是日开初次击钵吟会于台北艋舺公学校,并推瀛社社员颜云年(吟龙)为联吟会长。1923年颜云年逝世,活动歇止。瀛桃竹联合吟会由台北瀛社、桃园桃社与新竹竹社共同组成,合计成员400余名。联合吟会"四时轮值,瀛社每年主政两次,桃社、竹社各主政一次",桃社辄开于公会堂。联吟会课题击钵兼行,诗钟律绝并励。1918年4月,联合吟会向全岛征求诗钟,所出钟题为《瀛桃竹,鼎足格》,得稿经菽庄主人林尔嘉评阅,甄选出甲选20联、乙选30联、丙选50联,作品连续刊载于日据时期台湾岛内发行量最大的报纸《台湾日日新报》。如:《瀛桃竹,鼎足格》:"瀛洲采药扶龙竹,玄观看桃感兔葵。(润庵)瀛洲仙杖曾扶竹,潘县官桃尽放花。(补臣)桃娘缓渡篙撑竹,学士登瀛杖藉藜。(散人)"

《申报》第15212号刊行。本期《自由谈》"游戏文章"栏目含《端午新开篇》(东埜);"栩园诗选"栏目含《朱楼曲》(楚望阁主)、《春风从东来一首》(楚望阁主);"栩园词选"栏目含《江城梅花引(片帆动雪苦难留)》(周剑青)、《翠楼吟·赠□水翠林录事》(华痴石)、《采桑子·过秀娘旧居感赋》(华痴石)。

贺次戡作《五月七日》(四首)。其一:"国势江河日下流,深杯无计涤烦忧。从今世事不堪问,祇合随同渔父游。"其二:"缄口无言志弗甘,忍将耻辱付汪涵。鸡声未醒南柯梦,风满危楼意不禁。"

20日 《申报》第15213号刊行。本期《自由谈》"栩园诗选"栏目含《湖上曲》(张季子)。

《大中华》第1卷第6期刊行。本期"文苑"栏目含《寄赵尧生侍御,以诗代书》(梁启超)、《蛰庵为农戏寄》(赵熙)、《读〈石遗诗话〉记慨》(赵熙)、《上石遗叟》(赵熙)、

《万年道中》(陈治)、《山行二首》(陈治)、《题宋本〈百衲史记〉》(规盦)、《北海春日》(规盦)、《感怀》(规盦)、《西湖岳忠武墓》(严山)、《湖上西园作》(严山)、《嘉兴南湖》(严山)、《烟雨楼》(严山)、《落帆亭》(严山)。

《学生》第2卷第6号刊行。本期"文苑"栏目含《太湖游记(未完)》(附作者肖像)(无锡胡氏小学初等毕业生年十岁胡健生)、《盘游小草》(直隶蓟县高等小学校毕业生王鸿恩)、《游鸿山记》(江苏省立第一师范学校四年生钱朝模)、《绿绮台琴记》(广东东莞中学三年生容肇庚)、《欢迎教育实进会长沈戢仪先生记》(湖北省立荆南中学校四年生张朝桢)、《慈利中学校记》(湖南慈利县立中学三年生莫祖介)、《览景阁记》(同里私立丽则女学校学生张浣英)、《四时读书乐记》(安徽旅扬公学甲班生朱戢门)、《〈一琴山馆印谱〉跋》(湖南慈利县立中学校二年级生张权)、《读屈子〈离骚〉》(广东公立监狱学校学生柳荣煦)、《同学范君衷甫小传》(山东省立第十中学校二年生于丽翰)、《一饭歌》(江苏省立第九中学校二年生陈相枢)、《春兴》(江苏省立第七中学校学生朱宝森)、《游南湖》(二首,湖北寒溪中学校三年生王润槐)、《游樊川》(前人)、《咏怀》(前人)、《登骆公楼》(四川富顺县立中学校三年生陈洸贻)、《游玄天宫》(前人)、《悼同学周君巽宣八首》(浙江省立第一中学校四年生蒋本湘)、《秋日登镇海楼感赋四首》(附作者肖像)(广东公立法政专门学校三年级生虞槐伯)、《乌拉点将台怀古》(吉林省立第一中学校一年生李惠峰)。

《崇德公报》第4号刊行。本期"文苑"栏目含《哀辽东五古四首(续完)》(含《尺余铁线》《一罐煤油》)(泪鹃)、《咏史七绝十首》(泪鹃)。

21日 《申报》第15214号刊行。本期《自由谈》"词选"栏目含《蝶恋花·集词句十阕和啼红君》(邝摩汉)。

林志钧作《五月九日有招饮者,辞未赴,独坐西斋,慨然赋此》(日本最后通牒限满之日)。诗云:"人事岂关遘阳九。鸡口何如作牛后。小窗独对落日昏。韦絮无心更饮酒。"

22日 《申报》第15215号刊行。本期《自由谈》"文字因缘"栏目含《忆旧游·端午日寄青浦方仁后君》(二首,莽汉)。

唐受祺作《阴历五月初十日为归河间武陵甥女殁日,追悼记此》(甥女归同乡俞君隶云,佳士善人也)。诗云:"人惟性仁厚,方能笃情谊。亦惟具才能,始可治百事。武陵我甥女,秉姿凤纯粹。忆共室人处,陈词胥合意。自我客京华,时有音书寄。故乡三千里,土物远为致。迨乎赋归来,问馈月屡至。相见道家常,心思征密致。我自倚老迈,事劳代措置。天何降酷罚,一病不可治。我方借助殷,陡痛折一臂。回首望停云,尘寰回屏弃。兀坐万感集,但有纷纷泪。(武陵先表姊为先姑丈顾叔因先生长女,归姊丈俞君隶云(俞君事迹见文治昔年所撰墓志),即凤宾甥之萱堂也。德容言功兼备，先祖考暨先大夫、先太夫人咸钟爱之，偶有拂意事，姊至数言即解，其贤慧婉娩如此。今读此诗，追忆幼年中表昆弟姊妹环绕先祖考膝下时情景宛然在目，不禁涕泗之交集也。文治谨记）"

23日 《申报》第15216号刊行。本期《自由谈》"诗选"栏目含《柳絮·限韵同寅伯作》（三首，青浦徐公辅）。

24日 《申报》第15217号刊行。本期《自由谈》"诗选"栏目含《柳絮·限韵同寅伯作（续昨）》（四首，青浦徐公辅）。

25日 《申报》第15218号刊行。本期《自由谈》"诗选"栏目含《柳絮·限韵同寅伯作（续）》（四首，青浦徐公辅）。

《小说月报》第6卷第6号刊行。本期"文苑·诗"栏目含《夜从静安寺遛归，过恕斋故居，闻恕斋昨日葬西山矣，感赋一篇》（贞长）、《夜自城外督课归》（诗庐）、《早春》（众异）、《别所居花木三绝》（众异）、《为马通伯题姚惜抱、刘石庵书二首（并引）》（剑丞）、《太外舅左文襄公手札为桐城马通伯所藏，属系以诗谨赋》（剑丞）、《居湘为马通伯题所藏项孔彰画》（剑丞）、《拔可先生薄游京国，相见甚欢，今将遛归江南，赋此为赠》（哲维）、《偕贻书、崧生谒严祠并登钓台西台，观谢翱羽先生痛哭处》（涛园）、《梁节庵为泰宁总兵岳梁（柱臣）索书扇，即以寄赠》（二首，涛园）、《易州使至，寄崇陵枣栗；辛园俘来，致忌日馂余。廿载悲怀，一夕骈集，恍若神灵之质临者，感答南海兼报节庵，甲寅八月十三夜瑜庆记》（二首，涛园）、《涛园年丈己亥庚子间数共文酒，以后未之见也。适粤，为余上官，重有知己之感。顷同在上海，辄为一诗，因拔可奉呈》（存子）、《秋夜感事示友》（毅亭）、《读黄吉棠先生〈乾荣堂诗稿〉赋呈》（毅亭）、《师晦将行再赋一律》（毅亭）、《甲寅二月至津，冲雪访葦村，同年十月再至则赴奉天矣，寄此奉怀》（又点）；"文苑·杂俎"栏目含《顾曲麈谈（续）》（吴梅）、《小说家言》（歙县吴日法）。

《中华妇女界》第1卷第6期刊行。本期"文艺"栏目含《初夏书感》（范姚蕴素女士）、《赠吴芝瑛女士》（前人）、《题陈康晦册子》（前人）、《自题菊花条幅》（前人）、《酬吕惠如女校长》（前人）、《乙巳元旦感怀，和万儿韵》（二首，衡山陈德音女士）、《杂咏》（八首，湖州洪道华女士）、《春燕》（湖州洪翠华女士）、《题赠花金粟女史》（前人）、《纨扇美人》（前人）、《望月》（前人）、《病后口占二首》（杭州竹筠筠女士）、《近作三首》（林素皑女士）、《题女子军十首》（炳文）、《蝶恋花·画梅花赠蒋毓秀女士别》（郭坚忍女士）、《浪淘沙·癸丑春暮沪上作》（前人）、《虞美人·得二女申江来信》（前人）、《湘月·题真州汪小纯先生令堂下，夏两太夫人〈寒灯课读图〉》（前人）、《林典史诔（有序）》（巴陵刘璒女士）、《赠易仲厚归龙阳序》（范姚蕴素女士）。

《双星》第4期刊行。本期"传奇"栏目含《〈红楼梦〉散套（续）》（荆石山民）；"文苑·文"栏目含《〈阿娜恨史〉序》(通州白中垒)、《〈变雅楼三十年诗征〉序》(虞山杨济随庵);"文苑·诗"栏目含《江山万里楼诗》(《北游诗四十首》(癸丑)、《北上赠别》《金陵江岸夕望》《春日游小金山佛寺》《将赴南溟,迟徊不果,家居有感》《癸丑九月入都寄居李翼侯宅有感》(四首)、《金陵雪夜渡江》)(东吴杨鉴莹云史)、《题南通徐澹庐〈梅花山馆读书图〉》(归安朱祖谋古微)、《九十六镶瓶诗》(澹庐)、《无锡纪游竹枝词》(三首,澹庐);"文苑·词"栏目含《鹊脑词》(《减字木兰花·题南通徐澹庐〈梅花山馆读书图〉》《浣溪沙·题云间宋梦仙女士遗画,为许幻园赋》)(尊农);"文苑·文话"栏目含《论文琐言》(江阴章廷华绂云);"文苑·诗话"栏目含《一虱室诗话(续)》(通州张峰石);"文苑·词话"栏目含《梅魂菊影室词话(续)》(鹊脑);"笔记"栏目含《捧苏楼墨屑(续)》(吴县尤翔玄父)、《剩墨斋笔记(续)》(企翁)、《寒碧斋撷谭》(瘦霜);"艳屑"栏目含《西厢记本事(续)》(赵德麟著,鹊脑词人校录)、《忆旧图咏》(竹间吟客遗稿,双红豆斋移录)、《镜台丛考(续)》(寄尘)。

[韩]《经学院杂志》第11号刊行。本期"词藻"栏目含《讲演日吟》(金光铉)、《明伦堂听讲》(金东振)、《三月十四日瞻拜开城文庙识感》(韩昌愚、金东振、李大荣)。其中,金光铉《讲演日吟》云:"杏坛日暖际方春,济济衣冠讲话新。行顾其言言顾行,人称经学院中人。"

毛泽东致信湘生,谈治学问题,对课堂学习有新认识,并随信抄录为哀悼亡友湖南一师同班易昌陶所作挽诗:"去去思君深,思君君不来。愁杀芳年友,悲叹有余哀。衡阳雁声彻,湘滨春溜回。感物念所欢,踯躅南城隈。城隈草萋萋,涔泪侵双题。采采余孤景,日落衡云西。方期沉濯游,零落匪所思。永诀从今始,午夜惊鸣鸡。鸣鸡一声唱,汗漫东皋上。冉冉望君来,握手珠眶涨。关山蹇骥足,飞飙拂灵帐。我怀郁如焚,放歌倚列嶂。列嶂青且茜,愿言试长剑。东海有岛夷,北山尽仇怨。荡涤谁氏子,安得辞浮贱!子期竟早亡,牙琴从此绝。琴绝最伤情,朱华春不荣。后来有千日,谁与共平生?望灵荐杯酒,惨淡看铭旌。惆怅中何寄,江天水一泓。"

26日 《申报》第15219号刊行。本期《自由谈》"游戏文章"栏目含《戏咏沈佩贞》(十二首,莽汉)。

方守彝作《五月十四日夜,大雨翻盆,明日槩君将返勾园,怅然和其"凌寒亭"新句。凌寒亭予旧有题篇,诵新句所感浩然》。诗云:"旧题愁忆作诗年,愁里榴花似火燃。有地著书终覆瓿,何人不寐夜鸣弦?孤亭阅世成今古,寒色满寰无近边。聊复高歌和新句,离情庞杂雨喧天。"

汤汝和作《端午后九日漓江大水》(四首)。其一:"浊浪如山震郭门,遥闻万室哭声喧。江干茅屋贫家女,竟作曹娥水底魂。"

27日 《申报》第15220号刊行。本期《自由谈》"诗选"栏目含《刺绣每至夜阕,感而有赋》(韵仙女史遗稿)、《读〈红楼梦〉悼潇湘妃子》(韵仙女史遗稿)、《即景》(韵仙女史遗稿)、《蔡文姬》(韵仙女史遗稿)。

《崇德公报》第5号刊行。本期"文苑"栏目含《寿耐翁先生六十》(云中小主)、《鹊踏花翻·均县丁君潽甫之妻蒋氏甲辰春死于河口白狼之难》(蒋山)、《前调(垆月云深)》(蒋山)。

曾广祚作《和陈散原〈五月既望与陈伯弢、郑叔问、朱古微、张次珊、张柏琴、吴渔川、黄小鲁饮集姑苏顾园〉》。诗云:"园景何如响屧廊,山云楼起雨飞觞。肩舆径入避朝热,腰玉鬆围贪夜凉。哀咏江头蒲叶绿,醉思湘上竹根苍。安中仙去留佳日,今有群公与鹤翔。"

恽毓鼎作《隐公长兄,七载相知,两心默印。劝善规过,有古人风。其志洁行芳,难为不知者道也。太夫人年逾九十,隐公挈妻孥归省,即日戒途。垂老分襟,重来何日?黯然伤别,彼此同之。方其聚首一方,不自知光阴之可贵。尘劳间之,疾病阻之。迨别后相思,未尝不以阔疏为悔。屋梁落月,惆怅而已。暑雨积潦,赋诗赠行。同心之言,尚望继作》。诗云:"岭南重见陈夫子,旅馆相逢意便倾。旧学凋零朋辈少,晦冥风雨听鸡鸣。松间精舍拟沧洲,列坐莘莘尽胜游。一卷谨言惩党祸,狂澜砥柱障中流。千秋格致得真诠,圣道居然一贯传。省识吾心皆易象,寒梅皎月见先天。道义论交肯尽规,长安良友亦严师。布帆无恙归南海,吾过能闻更望谁。高堂健饭喜相闻,乡里从兹德共熏。独有离群南望恨,佛桑初日万重云。"

许南英作《乙卯五月望夜菽庄张灯词》(四首)。其一:"夜游秉烛踏山庄,裙屐相邀趁晚凉。月正圆时花正好,花光月色与低昂。"其二:"万灯点缀碧山巅,丘壑真成不夜天。待月似嫌高树密,大家伫立小楼前。"其三:"涧水潺湲又上潮,参横斗转夜迢迢。游鳞喽月频吹浪,自理竿丝钓小桥。"其四:"随园胜事成陈迹,此夜风骚续古欢。潮月暂低眉阁静,寿星遥指彩云端。"

[日] 白井种德作《乙卯五月十五日,我师范黉僚友相谋,设筵于岩山半腹,酒间有作》。诗云:"半日闲游欲饯春,远斋樽酒会同人。山中下物何攸有,一串黎祈赛八珍 (结用梁公图句)。"

28日 《申报》第15221号刊行。本期《自由谈》"栩园诗选"栏目含《呈姜若旭明》(许贞卿女史)、《滕王阁》(许贞卿女士)、《秦淮月夜泛舟》(吴绛珠女士)、《石城月夜》(吴绛珠女士);"栩园词选"栏目含《柳梢青·集成句三阕》(诗圃)。

姜可生父姜石琴六十大寿。刘泽湘作《寿姜石琴先生集选二十韵》(后刊于《南社》十五集),林一厂作《寿世伯姜石琴先生》(后刊于《南社》十五集),沈道非作《姜石琴先生暨淑配赵太君双寿序》(后刊于《南社》十六集),高旭作《姜丈石琴六十诞辰,草长古为祝,并贺胎石、可生两社友》(后刊于《南社》十八集),蒋同超作《丹阳石琴姜先生六十寿言》（后刊于《南社》十八集），柳亚子作《祝丹阳姜石琴先生六旬双寿》，张素作《寿石琴丈六十》予以庆贺。其中，林一厂《寿世伯姜石琴先生》云："先生锄药问何须，胜煮山中白石无。老钓磻溪犹遇卜，高韬淮海竟难图。景行恨未随鸠杖，清韵欣曾识凤雏。夜夜练湖腾紫气，少微南极并天衢。"柳亚子《祝丹阳姜石琴先生六旬双寿，为令子胎石、可生昆季赋》云："寄奴巷陌风云粗，金焦两点青模糊。江山灵气不可阖，尾闾还注丹阳湖。丹阳湖水清且涟，鄱阳老子仙乎仙。髫年健笔文场扫，壮岁高风锁苑传。蟾宫才折吴刚树，遂初早逐兴公赋。偕隐从知德曜贤，五噫婉娈同心句。谢家子弟森成列，冰雪聪明玉比洁。两到同时负盛名，双丁并世称材杰。芝兰玉树庭阶朗，掀髯一笑供欣赏。含饴雅爱弄孙枝，步屧何须曳邛杖。一自投簪卧故园，市朝变易不须论。麻姑沧海三千劫，柱史雄文五万言。平头花甲匆匆是，莱彩承欢献觥兕。恰喜齐眉小一龄，木公金母同栖止。贱子江湖蓬累身，跻堂介寿愧无因。捧觞恨少筵前拜，覆瓿还惭袖底文。"

恽毓鼎作《太平湖晚步》。诗云："绿阴幽草晚微凉，缓步湖边意欲忘。一种清芬人未晓，南风处处枣花香。（自来未经诗人道及）"

29 日 《申报》第 15222 号刊行。本期《自由谈》"诗选"栏目含《喜雨，鹿庐诗五章》（乙卯五月）（东园）；"文字因缘"栏目含《百字令·再依坡公韵酬黄觊庐》（二首，莽汉）。

叶昌炽得李审言函，以骈文旧稿一卷请叶氏作序，又赠诗两绝。其一："吴阊匹练亘云天，处逸通人继宋廛。昨过春明坊畔宅，轻装早泛夜航船。（顾访沪寓未值故云）"

魏清德《内田藩宪招饮鸟松阁，即席赋谢》《鸟松阁雅集，谨步竹窗方伯瑶韵》发表于《台湾日日新报》。其中，《内田藩宪招饮鸟松阁，即席赋谢》云："鸟松生长在南国，翠黛参天变云色。道旁美荫及行人，阁上清吟留翰墨。竹窗方伯公退余，清宵置酒临庭除。芸芸花气风吹后，谡谡松声月照初。此时之风凉不热，此时之月白如雪。座客欣陪玳瑁筵，词人自励冰霜节。方今太平民乂安，王风浩荡圣恩宽。只宜竞赋清河颂，不见高歌行路难。鸟松之上凤来巢，枝柯磊砢茑萝交。文章岂特千秋事，覆帱常思万物包。更看高阁凌云雾，宁独三台供指顾。南洋群岛若星罗，东亚诸屿如棋布。台湾同种又同文，扫除城郭通殷勤。民胞物与念殊切，一视同仁政不分。德也南瀛一布衣，得叨末席浴光辉。愿言率土长心服，远近闻风一体归。"该诗后于本年 9 月 15 日发表于《台湾时报》。

[日] 芥川龙之介致井川恭信中附诗一首。诗云："放情凭栏望，处处柳条新。千里洞庭水，茫茫无限春。"

30 日 《申报》第 15223 号刊行。本期《自由谈》"栩园诗选"栏目含《梅花岭吊古》（鲍苹香女士）、《题〈辋川图〉》（鲍苹香女士）、《姑苏台》（陈琴仙女士）、《西子妆台》（陈琴仙女士）；"栩园词选"栏目含《祝英台近（雨如酥）》（诗圃）、《绮罗香·维舟野岸，风雨连宵，不能成寐，赋此自遣》（诗圃）、《浣溪沙·赠秦淮某录事》（诗圃）、《又》（诗圃）。

下旬　黄文涛作《夏仲下浣达君粹伯由瓯海寄赠四律，久未赋答，近以尘嚣少静，因步原韵奉酬》（四首）。其一："一曲高难和，迟迟复有因。风云惊日幻，医药苦相亲。懒更逾中散，文原逊太真。枯肠强搜索，聊寄海滨人。"

本　月

蔡元培、李石曾、吴玉章等在法国发起组织勤工俭学会，以"勤于工作，俭于求学，以进劳动者之智识"为宗旨。

南洋学会主办《上海工业专门学校学生杂志》第1卷第1号出版。唐文治称："盖徒知文明之足以治天下，而不知甲胄戈兵之已随其后，悲夫！近代学子稍稍研求科学，而究其实，乃徒知物质之文明……我知中国必将有圣人者出，先以无形之竞争，趋于有形之竞争，乃复以有形之竞争，归于无形之竞争……我校诸生讲求工业，谨印杂志，公诸当世，余特发挥文明之学说以勖勉之，益将以振起我国民也。"

《娱闲录》第22、23期刊行。第22期（上半月刊）"文苑"栏目含《送友人归贡井序》（觚斋）、《感怀旧游诗三十首（续廿一期）》（赵孔昭）、《牡丹新颂（续廿一期）》（朱启钤选目）、《夜过欧阳倚松谈八首》（爱智）、《闲居杂咏六首之二》（二首，高城南）、《内江舟次》（高城南）、《题冀国夫人祠》（苣）、《咏卓文君》（苣）、《咏薛涛》（苣）、《咏秦良玉》（苣）、《赠李子惺先生二律》（蜀岷）、《壬子春杂诗》（六首，蜀岷）、《种蔬堂诗稿》（含《春归四咏》）（吟痴）。第23期（下半月刊）"文苑"栏目含《复王霞九论韩文书》（爱智）、《小园杂咏》（十三首，象予氏）、《拟杜工部〈秋兴八首〉》（杨子纯）、《婕妤怨》（苣）、《咏梅妃》（苣）、《沪上行》（苣）、《秋柳四律，步云石原韵》（壮悔）、《曼园》（六首，江阳山人）、《种蔬堂诗稿》（含《销夏八咏》）（吟痴）。

《民权素》第7集刊行。本集"名著"栏目含《但祈蒲酒话升平赋（以题为韵有序）》（古香）、《丁征君善举二十八事碑》（袁爽秋）、《重建扬清祠碑》（眉叔）、《〈是程堂倡和投赠集〉序》（书农）、《群萌学会序》（谭嗣同）、《淮川李氏四修族谱序》（唐才常）、《〈频罗诗集〉序》（卷庵）、《〈神州女子新史〉序》（箬超）、《蠚虿解》（章太炎）、《〈贺监乞湖图〉题辞》（昂孙）、《复家兄古香书》（箬超）；"艺林·诗"栏目含《何棠荪观察久官蜀中，与余不通音讯逾二十年，辛亥秋遇于沪上，坐谈时事，感而有赠》（二首，寄禅）、《题多竹山太守〈香雪寻诗图〉》（寄禅）、《天婴以题定公诗集二绝句寄示，次韵答之》（二首，寄禅）、《寓言》（二首，惨佛）、《述感》（四首，惨佛）、《舟中夜眺金陵城怀古》（天婴）、《舟次安庆，登舵楼望远，时皖中大水百日矣》（天婴）、《薜书》（古香)、《木笔》(古香)、《赠天婴》(瓢瓦)、《同君木游姜家岙》(瓢瓦)、《别林养素》(佛矢)、《漫成》(佛矢)、《塞上杂感》(二首，南雅)、《牛疫叹》(君木)、《白下放怀》(晋瓒)、《将去申江，席上赠南社同人》(二首，楚伧)、《题潘琅圃重摹〈张忆娘簪花图〉》(三首，万里)、《无题三章》(觊庐)、《鸡林道行》(红冰)、《学绣》(海鸣)、《西施》(四首，海鸣)、《卜居》(梅子)、《寄庐》(梅子)、《游西子湖和箨石韵》(豁庵)、《襄阳船户曲》(四首，哲身)、《喜晴》(南村)、《春日书怀》(南村)、《读书》(昂孙)、《有感而作，请读者猜之》(昂孙)、《登卧薪楼》(箨超)、《由娄公埠上兰亭》(箨超)、《醉蒲觞》(箨超)；"艺林·词"栏目含《湘月·寓斋独坐有怀》(浪仙)、《临江仙·题先大父玉坡公〈听雨楼著书图〉》(古香)、《水调歌头·吴淞口晚眺》(钝庵)、《望海潮·送人出使日本》(孟劬)、《南歌子 (短褐登楼赋)》(孟劬)、《菩萨蛮 (蝇头蜗角都休竞)》(天仇)、《清平乐 (睡绒残线)》(天仇)、《临江仙 (留得青山歌舞地)》(天仇)、《满江红·题柳大年狱中纪念卷册》(海鸣)、《蝴蝶儿·本意》(海鸣)、《卜算子·春晚》(海鸣)、《菩萨蛮·冬夜有怀》(南村)、《浪淘沙 (帘幕昼沉沉)》(南村)、《满江红·画川吊古》(梦龙)、《买陂塘·柳絮》(箨超)；"诗话"栏目含《今日诗话 (续第六集)》(古香)、《愿无尽庐诗话 (续第六集)》(钝剑)、《琴心剑气楼诗话 (续第六集)》(肝若)、《摅怀斋诗话 (续第六集)》(南村)。其中，张尔田 (孟劬)《南歌子》云："短褐登楼赋，长樏行路难。风尘回首误儒冠。拚得松醪送老白云边。　　勋业诗篇换，生涯药裹传。老夫随分也欣然。起看今宵花影绘阑干。"

《宗圣汇志》第14号刊行。本期"艺林"栏目含《祀天乐章》《知本歌》(柯进明)、《读史至曲阜庆云见有感》(五十韵)(梁士贤子瑜)、《步朱九江〈春怀八首〉原韵 (录四首)》(梁士贤子瑜)、《励志》(实斋选辑)、《遣怀》(实斋选辑)、《题〈高氏殉节遗事〉》(实斋选辑)、《岁聿云暮，史馆寂处寡欢，偶阅渊明杂诗，随兴所至，依韵和十二首，聊以写胸中抑塞之气，工拙不计也》(右荃)、《题〈太平金氏藏书录〉》(宁海章梫)、《咏史 (续)》(二首，允叔郭象升)、《步朱九江〈春怀八首〉原韵》(录四首，梁士贤子瑜)、《中日交涉解决后，国民义愤填膺，云合风从，誓不忘五月七日之耻，人心不死，时尚可为，爰赋短章以志感云》(二首，吴尔梅)、《和彩卿先生〈中秋有感〉原韵》(周仲元)、《偶成》(不忍生)、《二十五岁感怀》(不忍生)、《重修元遗山先生冢墓记》(声甫邹道沂)、《节孝从伯母黄孺人传》(张鸿藻)、《先君子爱吾公行述》(癸巳述)(子固黄巩)。

《眉语》第1卷第9号刊行。本期"文苑·碎锦集"栏目含《反白香山〈长恨歌〉》(邹爱群)、《雨后登城》(二首，聊园朱竹泽生)、《山中新霁》(二首，前人)、《春城远望》(二首，前人)、《新秋即事》(四首，前人)、《冬日即景》(前人)、《春日游眺》(二首，前人)、《山店题壁》(前人)、《感怀》(前人)、《白菊》(四首，前人)、《泉水寺》(养拙轩陈子藩洲支)、《蜂群》(前人)、《悼友人傅幼明》(八首,前人)、《古意》(十首,前人)、《游仁圣寺晚归》(竹石山馆姚鸣时当可)、《游关帝庙》(二首,前人)、《早起》(前人)、《夜话》(前人)、《赠柳治斋》(前人)、《消夏》(四首,前人)、《题冷星三别墅》(前人)、《题罗侠仙别墅》(前人)、《赠独崇山李峻峰》(前人)、《暮春苦雨》(前人)、《夏日西郊有感》(前人)、《晚眺》(前人)、《城头晚眺》(前人)、《送陈洲支往鄂》(二首,前人)、《暮冬自遣》(前人);"文苑·婉转词"栏目含回文诗:金花胜《杂诗》(七言四句三十首,佚名)、翠蕉《四时词》(七言四句四首,佚名)、锡朋《柳枝词》(七言四句三首,佚名)、同心栀子《秋闺》(七言十二句一首、六言四句一首,佚名)、蛛丝《闲居吟》(七言八句、五言八句、六言四句各一首,佚名)、聚景灯《咏上元灯月》(七言四句十二首、五言八句三首、五言廿二句二首,佚名)。

《浙江兵事杂志》第 15 期刊行。本期"文苑·诗录"栏目含《咏浙江兵事杂志社所登诸小说》(李光)、《题关岳庙从祀二十四位》(林之夏)。

《留美学生季报》第 2 卷第 2 期刊行。本期"诗词"栏目含《送许肇南归国》(胡适)、《游影飞儿瀑泉山作》(胡适)、《墓门行(并序)》(胡适)、《病院寄怀》(杨铨杏佛)、《纪梦》(前人)、《题照书怀六首》(民国三年秋稿)(毓祥)、《贺新凉(一杓分湖水)》(杨铨)。

《游戏杂志》第 19 期刊行。本期"游戏文"栏目含《滑稽诗》(《在汉上闻人谈及辛亥八月中旬武汉起义时情形,有感》《旅滬时见某君发生杨梅,书以嘲之》《天津天仙茶园某女伶被他埠某园约去,某君素爱此伶,予时居津,以此调之》《丙辰冬再入都门,赠老于花丛某君》)(王秉九)、《五更调》(湘平)、《商场杂咏》(八首,康成)、《牛皮歌》(解颐)、《古人名新酒令》(非我)、《古人名新酒令》(诛心);"诗词曲选·诗"栏目含《游西子湖过亡友秋女侠墓,次寒云韵)》(吕碧城女士)、《琼楼》(次邕威韵)(前人)、《游葛仙岭,次省庵韵》(前人)、《拟子夜四时歌》〔《春歌》(四首)、《夏歌》(四首)、《秋歌》(四首)、《冬歌》(四首)〕(刘鉴女士)、《题吴胡莲仙女史代绘〈春闺梦影图〉(并序)》(前人)、《无题八首》(邓寄芳)、《雨后园游》(前人)、《悼蔡松坡》(前人)、《北郭》(月僧)、《纪游》(罗仲霖)、《中秋夜感怀先考妣》(前人)、《丙辰九月初吉贺寂周吴参军续弦并祝庐母太夫人六旬诞辰》(慕盦)、《丁巳二月偕诸女伴探梅邓尉,率题十绝以志鸿雪》(吕碧城女士)、《谒撄宁道人,叩以玄理与反复辩难,归后诗以寄之》(二首,前人)、《答诗次原韵》(二二首,撄宁)、《送碧城将之京师》(张默君女士)、《新柳》(用渔洋山人《秋柳》韵)(四首,刘鉴女士)、《怀友》(邵振华女士)、《无题》(前人)、《拟宫怨》(前人)、《春日即事》(前人)、《无题三十首,用蝶仙筝楼韵》(空观)、《和儿临别勖之》(翁莘老)、《哭筱溪弟六首》(莘老)、《拟古》(黄诗汝)、《往事》(前人)、《忆姑苏》(前人)、《春暮思家》(前人)、《赠同门马蜕桴》(前人)、《枫桥夜泊》（集成句）（东园）、《美人魂，自题四首》（前人）、《四时谣》（四首，前人）、《寻春》（集词句）（前人）、《忆春》（集词句）（前人）、《留春》（集词句）（前人）、《送春》（集词句）（前人）、《寓斋雨霁，杏子有花招友同赏，感而有言》（前人）、《和张君梦兰辘轳体诗》（五首，前人）、《联句志谢王钝根先生赠〈游戏杂志〉，由东园师转呈》（琴仙、绛珠、碧珠、碧霞、琴仙）、《春闺》（四首，月僧）；"诗词曲选·词"栏目含《金缕曲（剪烛蕉窗底）》（吕碧城女士）、《忆王孙》（十首，沈宛君女士）、《又（岁暮舟行）》（前人）、《如梦令·别恨》（前人）、《又·元夕感怀》（前人）、《又·月夜》（二首，前人）、《浣溪沙·暮春感别》（二首，前人）、《又·春情》（二首，前人）、《点绛唇·春闺》（前人）、《浣溪沙（几日轻阴冷翠绡）》（张倩倩女士）、《忆秦娥（风雨咽）》（前人）、《蝶恋花（漠漠轻阴笼竹院）》（前人）、《菩萨蛮·梅花梦中》（黄鸿耀女士）、《忆秦娥·月夜忆亡女引庆》（二首，王凤娴女士）、《杏花天·清明后八日南行舟中作》（东园）、《虞美人·用栩园韵，与胡君让之、姚君汝滋、程君幼彝同舟作》（前人）、《浣溪沙·读栩园词集》（前人）、《浪淘沙·白驹舟次》（前人）、《南乡子·怀栩园，即用其题费君画册韵》（前人）、《欸乃曲·用元结韵》（前人）、《江南春·春闺，用寇莱公韵》（或谓此调乃莱公自度曲，不知创自李白）（前人）、《花蝶犯·疏影楼体》（前人）、《蝶恋花（纤紫托青何足道）》（前人）、《城头月·春闺尺幅，为聂葆岑作二阕》（袖岩遗稿）、《玉连环·〈扶郎上马图〉》（袁卓然倚笛）；"诗词曲选·曲"栏目含【双调·新水令】《题姚舅氏袖岩〈自怡轩词〉集》（东园）、【仙吕入双调·醉扶归】《挽昭齐、琼章两姊》（沈蕙端女士）。

[韩]《新文界》第3卷第6号刊行。本期"词藻"栏目含《开城彩霞洞观桃花》（梅下崔永年）、《同韵》（开城彩霞洞观桃花）（锦农崔瑗植）、《暮春小集》（桂堂李熙斗）、《同韵》（暮春小集）（鹤山李种奭）、《忆梅下词伯》（鹤山李种奭）、《和鹤山词伯》（梅下崔永年）、《饯春日桂堂有约未赴，用前韵寄之》（梅下崔永年）、《暮春偶吟》（东樵崔瓒植）、《暮春兴天寺小集》（东樵崔瓒植）、《同韵》（暮春兴天寺小集）（锦农崔瑗植）、《同韵》（暮春兴天寺小集）（厚斋朴麟钟）、《观鸿门宴妓戏》（梅下崔永年）。其中，梅下崔永年《观鸿门宴妓戏》云："荒原老妪哭秋霄，赤帝雄心尚未销。女约月绳红颊隐，虞陪玉帐翠眉娇。婆心咄咄空仁弱，妇貌堂堂不寂寥。一场休道佳人戏，想象当年尽阿娇。"

[韩]《至气今至》第24号刊行。本期"词藻"栏目含《丽春花》（感时生）、《紫竹花》（幽斋）、《叹落花》（惜阴子）、《柳》（偷闲生）、《莺》（醉醒堂）。其中，醉醒堂《莺》云："暖辞云谷背残阳，飞下东风翅渐长。却笑金笼是羁绊，岂知瑶草正芬芳。晓逢溪雨投红树，晚啭官楼泣旧妆。何处离人不堪听，灞桥斜日袅垂杨。"

[韩]《至气今至》第25号刊行。本期"词藻"栏目含《偶吟》（东里道人）、《又》

（东里道人）。其中，东里道人《偶吟》云："下楼彳亍复登楼，楼上琴书度十秋。方外未会寻学海，圈中恒欲出时流。祸福在人支警枕，是非于世泛虚舟。云开天见成圆觉，坐榻如临寂寞洲。"

吴昌硕为伯渔行书《散原翁持诗见访》《自嘲》二诗轴。其中，《散原翁持诗见访》云："观剧客招我，而疏倒屣迎。情馋诗百读，楼窄月孤撑。横影窥梅蕊，驱寒倚酒罂。长城攻不克，徒尔笔纵横。"又，为上海西泠印社主人吴隐题王震《风竹图》绝句二首，其一："琅玕万个莫重删，留此天风妥醉颜。奢望期君犹有说，梅花多种接孤山。"其二："金石缘深喜万端，灯光鱼脑手亲刊。料知社酒如泥醉，南北高峰作印看。石潜宗兄小影。乙卯仲夏，昌硕。"又，为王震题《王铎自书诗卷》题识云："明季论书法，我推王觉斯。渊源溯羲献，波磔走蛟螭。气节惭千古，才名重一时。平生黍离感，只有五言诗。觉老写此时，已在南都倾覆之后，晚年所作，可宝也。觉老论书，以腕力为主，以胆气为辅。无力不能运笔，无胆不能行气。然所谓胆，非狂纵放诞之谓；读书十年，养气十年，庶几近之。乙卯仲夏，一亭老兄属，吴昌硕。"又，为甘作蕃篆书"左陂橐弓"八言联，联云："左陂右原驾吾二马，橐弓执矢射彼大麛。翰臣先生属篆，为集猎碣十六字请正。时乙卯夏五月，安吉昌硕。"又，为杨谱笙绘《竹石》（横披）并题云："岁寒抱节有霜筠，野火烧山未作薪。莫笑离披无用处，犹堪缚帚扫黄尘。谱笙五哥亲家属泼墨，幸教我。乙卯五月，吴昌硕。"又，为颂陶绘《水仙图》并题云："溪流溅溅石岈崚，菖蒲叶枯兰未芽。中有不老神仙华，华开六出玉无瑕。孤芳不入王侯家，苎萝浣女归未晚，笑插一枝云鬓斜。颂陶仁兄大雅属画。乙卯夏五月，安吉吴昌硕。"

沈曾植过嘉兴，赴杭州。在杭期间购书，游西湖，作《乙卯五月重至西湖口号》。诗云："来趁西湖五月凉，凭栏尽日醉湖光。圣因寺古佛无语，一杵残钟摇夕阳。"

陈伯严自金陵至沪与梁鼎芬相见，梁鼎芬有诗奉简。诗云："乱后莺飞尚在庐，冶春一事不关渠，若来灵谷寻诗路，欠个当年介甫驴。"

何藻翔与梁启超、王协吉、韩文举至九江，谒朱九江先生祠，旋游西樵山白云洞。何藻翔作《梁任公约同王协吉、韩树园游西樵白云洞，遂登观音岩》（乙卯五月）。诗云："廿年不到白云洞，山灵见我应腾讽。是何俗物呵道来，看山银刀小队相迎送（时畏盗贼龙济光，令潘斯凯以广海兵轮护送往九江，谒朱子襄先生祠）。昨宵解揽九江口，晓饭李村换舆从。入山到洞日卓午，黄冠已办伊蒲供。避喧载荔后山亭，幽寻独与故人共（谓任公）。说法颇苦一年忙，静坐难得半日空。不闻人声唯水声，去山三里谷响哄。黑云一角过冈阴（粤俗以白昼黑云为冈阴），榕腹避雨绿无缝。七十二村烟冥濛，大科峰尖屹不动。逍遥台转观音岩，岩口谺谽窄于瓮。天然石眼螺旋梯，仰瞰崩云压头重。左歪右躲手攀藤，造物狡狯将人弄。划然中开太虚宫，日光斜漏得上矼。卖符道士几生修，扫地焚香听鸟哢。欲借藤床一觉眠，晚钟惊断出山梦。"

陈独秀回国，积极筹办《青年杂志》，并特约高一涵担纲助阵。

董必武受孙中山派遣回国策动军队反袁。路过上海时，与中华革命党人潘恰如取得联系。到武汉后，发觉北洋政府监视甚严，潜回黄安家中。后被黄安当局逮捕，入狱3个月。冬，因袁世凯加紧镇压革命党人，董必武再次被捕入狱。

贾若愚生。贾若愚，四川合江人。著有《贾若愚诗词选集》。

浙江安定中学校编《浙江安定中学校课余诗学社吟稿（第一集）》（铅印本）仲夏刊行。集前有王晴作序。序云："圣人以文字范天下，六经之大，各妙其用。《书》以道政事，《礼》以经节文，《易》推天道以明人事，《春秋》本褒贬以正是非，皆如菽粟布帛之不可一日缺，后之人故尊而名之曰'经'。经之为言，常也。世有隆污，道无升降，合天下古今之人伦道德，非群经之鼓吹不为功。以视《诗》之缘情赋景，托辞于禽鱼草木者，高下判矣。然则执是说也，《诗》曷为而列乎经？诚以《诗》之为体也大，其为用也广，推其极，足以察治乱，辨贞淫，感发善心，惩创逸志。其有裨于世，与群经同，不然圣人曷为而删《诗》，又曷为诏小子以学《诗》？诗教之兴替、人心之厚薄、风俗之淳浇系焉。是故太史陈诗，周知民隐，輶轩所采，上列《国风》。一代之文物典章，赖有《诗》以发明者，比比矣。自前清之季，新学盛行，操觚之士皆从事于旁行斜上之文、声光化电之学，薄声律为陈言，视咏歌为末务。求所谓扬《风》抱《雅》者，几十不得一。而古今盛衰之迹，民物变迁之故，更无论矣。国粹将亡，吾道之忧，因与吴子天放招集同志，课余之暇，结社联吟，月凡两课，积一岁之久，得诗如干首，汇而存之。非敢云诗教之衰藉吾侪以振兴之也，亦以见欧风广被中，尚有此下里巴人之词，冀维持于一二。而能为阳春白雪，卓然有以成家者，忍坐视其音沈响绝不起而提倡之欤？分阳王晴怒涛。"本集含云裳（7首）：《西湖晚眺》《新月》《残碑》《纸鸢》《无题（霜林风战雁声酸）》《春阴》《无题（四年聚首忽分行）》；恨初（3首）：《无题（古塔留残照）》《公园》《闻雁》；槎孙（9首）：《乡思》《无题（金牛湖上好风光）》《明妃出塞》《离亭燕·送别吴君天放》《菩萨蛮·送别秋君颂获》《阮郎归·送别金君奋庸》《惜分飞·送别吴君雨溪》《阑干万里心·送别陈君悲观》《南浦月·送别钱君颖周》；天放（4首）：《无题（一弯玉玦映帘帏）》《无题（惊寒塞雁楼头度）》《赠别金君奋庸》《满江红·明妃出塞》；筱笙（14首）：《无题（画就峨眉夜未阑）》《西湖消夏词》《无题（盈盈一段掌中擎）》《无题》（二首）、《秋草》《无题（羞邀恩宠藉金银）》《绿珠坠楼》（二首）、《冷泉亭怀古》《无题》（四首）；奋庸（5首）：《岳墓》《无题（胡人未灭身先死）》《无题（得吹嘘力便飞驰）》《钱江观潮》《将去安校，留别诗社诸君》；悲观（2首）：《无题（黄龙未抵恨难消）》《无题（惊寒阵阵过楼头）》；雨溪（4首）：《西湖谒徐烈士墓》《春日书怀》《无题（独留坏土野桥边）》《凤凰山怀古》；怒涛（14首）：《柳絮》《书窗即事》《无题（漫寻方外去）》《红线取盒》《暮雨》《无题（一夜潇潇雨)》《送别吴君雨溪》《送别吴君天放之甬江》《送金君奋庸、秋君颂获、钱君颖周、陈君悲观之越》《春阴》(回文诗)、《春阴》(回文诗)、《春日放棹》(回文诗)、《春夜》(回文诗)、《虞美人·春晓》;颂获(7首):《无题(读罢〈黄庭经〉一篇)》《破画》《无题(黄叶西风又一年)》《文姬入关》《孤山怀古》《无题(欲着归鞭去又迟)》《无题(垂杨两岸绿如丝)》;残僧(10首):《旧书》《无题(飞白书真妙入神)》《红梅》《无题(风紧获花洲萧萧)》《登吴山第一峰放歌》《栖霞岭怀古》《春夜》《夜雨》《金君奋庸、秋君颂获、吴君天放、钱君颖周、吴君雨溪、陈君悲观卒业归,赋诗送之》《蝶恋花·送别》;颖周(5首):《垩笔》《老将》《无题(秋堂寂寂夜沉沉)》《万松岭怀古》《无题(满园桃李发新枝)》;海峰(2首):《小青墓》《无题(四载同窗友谈经)》;太素(1首):《戚继光》;幻仙(4首):《无题(栖霞风景郁松楸)》《春晓》《无题(细雨黄昏敲碧纱)》《无题(世无祖逖誓中留)》;君彝(2首):《西泠桥怀古》《无题(西山暮雨送残红)》;麟若(1首):《无题(山下南朝古迹空)》;兆统(2首):《火车》《无题(汽笛声声出武林)》;翰青(3首):《无题(客衾寒到酿花天)》《无题》(二首);天泽(1首):《夜雨》。

上海进步书局编《现代十大家诗钞》4册由文明书局承印,文明书局、中华书局发行。本集收录《王壬秋诗钞》《樊樊山诗钞》《康南海诗钞》《陈三立诗钞》《易顺鼎诗钞》《郑孝胥诗钞》《梁任公诗钞》《章太炎诗钞》《蒋观云诗钞》《刘申叔诗钞》。集前有《现代十大家诗钞提要》、王文濡所作《弁言》《例言》。其中,《现代十大家诗钞提要》云:"风雅道衰,海内诗人屈指可数,辑汇十家,宗法汉魏,胎息唐宋,渊源所在,自成派别,取法贵近,请读此编。"王文濡所作《弁言》云:"有清一代,诗人辈出,康乾两朝,于斯为盛。南朱北王,开之于前;两当瓶水,殿之于后。超唐轶宋,已成定论。延及同光,此学渐息。而江夏公以此鸣粤峤间,《人境庐》一编不懈而及于古。近今庠序林立,欧学错杂,莘莘学子,鄙为小道,而遗老闻人犹于举世不为之日,相与维持风雅于不敝,晨星硕果,弥足珍矣!汇而辑之,得十家共若干首,比麟一趾,比凤一毛,见知见仁,是在读者,沟瞀如余,敢赘一辞!民国四年五月十日王文濡识。"《例言》云:"本编辑录不溯既往,以生存为限;集中诸人不名一家,或工古体,或工近体,就其精诣,辑录为多;卢后王前,本无轩轾,略以诗之多寡为次;当代作者不止十家,见闻攸限,搜集为难,补辑之举,愿以异日。"

况周颐笺著《漱玉词笺》(附补遗、附录1卷)由上海中华图书馆石版印行。署名"蕙风簃主"。其所辑之《绘芳词》亦由中华图书馆印行,署名"玉楳词隐"。

汪兆铭作《六月与冰如同舟自上海至香港,冰如上陆自九龙遵广九铁道赴广州归宁,余仍以原舟南行,舟中为诗寄之》(四首)。其四:"难得抛书一晌眠,梦回灯蕊向人妍。此时情况谁知得?依旧涛声夜拍船。"

圆瑛作《归途口占》（三首）。序云："乙卯仲夏偕达真和尚、邱卫材、陈添丁、谢联棠、陈文福、陈觉今诸君同游荷属棉兰摩达山。"其一："振衣临绝顶，四顾落群峰。阅历云间境，遨游海外踪。诗情生远黛，禅意入孤松。一片斜阳里，归途动晚钟。"其二："乘兴登摩达，山高冠众峰。风云观世态，烟水寄行踪。泉咽清溪石，凉生夹道松。红尘飞不到，午梦破疏钟。"其三："飘然临绝顶，环顾我为峰。不似人间境，俨同物外踪，朱曦悬碧汉，白练挂苍松。胜景催诗兴，高吟度远钟。"

曹广权作《乙卯五月步和柏岩逸士见赠》（二首）。其一："陈咸守汉腊，华阳号隐居。拂衣逃厄闰，临水自湔除。暂听蛙鸣夏，还看蠹走书。飘风不终日，挂杖倚吾庐。"其二："梦断论交地（原唱起句'莫话春明梦'），艰难近十年。晨星已寥落，湖海几名贤。赠答凭香草，知心耐石莲。麻姑借吾眼，一瞬女桑田。"

金鹤翔作《秦楼笛·乙卯五月泛舟尚湖，听陈道士吹笛》。词云："湖天碧。水云围住狂吟客。狂吟客。且休归去，共鸥眠食。　　眉峰翠落银杯侧。梅花风笛同谁拍。同谁拍。空山琴韵，一般凄绝。"

[日]关泽清修作《仲夏冷甚，分韵》。诗云："树梢霏雨滴苔阶，忽地冷风吹我怀。忆得晃山清暑日，拥炉夜半坐茅斋。"

[日]杉田定一作《六月游香山》。诗云："楼上筑楼山上山，石阶重叠断崖间。无心我亦凭栏角，目送孤云带雨还。"

[日]土方久元作《大正四年六月赐雪中山水画屏风，恭赋记喜》。诗云："皑皑瑞雪净乾坤，昭代余光及僻村。若卜幽居何处是，料知胜境此中存。静观似与世喧隔，安卧好围诗梦温。曲曲溪山云欲动，寄怀尘外拜鸿恩。"

◇━━ 夏 ━━◇

因日本要求传教自由，孙毓筠、杨度、严复等承袁政府意，发起"大乘讲习会"，邀请月霞、谛闲主讲。8月，筹安会帝制议兴，孙毓筠等名列六君子，月霞称病南还。独谛闲于京中讲《楞严》，传袁克定受皈依。

南社社友举行西湖雅集。其时，冯春航正于杭州登台演出，柳亚子、高吹万、姚石子等人各携家眷，共11人，同游西湖。王葆桢与程光甫、林之夏等南社社友均在此，适逢丁宜之、丁善之、丁宣之兄弟，陈虑尊、陈越流兄弟等赶来相聚。此次西湖雅集间还在西泠印社举行临时雅集，与会者30余人。高吹万原撰有《武林十日游记》，又续写《武林新游草》。柳亚子撰《湖海行吟草》。姚石子撰《续浮梅草》。王葆桢作诗云："纷纷社友到杭州，啸傲西湖数日游。观舞听歌丝竹响，孤山泛棹美名留。"

温州"永嘉诗人祠堂"建成，冒鹤亭邀集僚友于此结社．社友有符笑拈、陈墨农、陈子万（寿宸）、吕文起、徐班侯（定超）、洪栋园（炳文）等人。冒鹤亭先后作《赠洪栋园》《乙卯春正为吕文起寿兼挽其行》《直道歌，赠陈墨农》《寿徐班侯七十》《永嘉诗人祠堂禊集，和笑拈韵》《再和笑拈》若干首。加之符笑拈、陈墨农等五六人唱酬，成唱和诗一卷。又，吴祁甫（承志）从平阳雇舟过访冒鹤亭，劝冒鹤亭续辑永嘉诗传，并多所商榷。次年，吴祁甫去世，冒鹤亭闻耗，作《挽吴祁甫》（三首）。其三："绝忆艰虞日，扁舟访我时。六年才出户，一见与论诗。此意非流俗，重谈祗欢悲。平生知己泪，有道待题碑。"

吴昌硕为仁甫作《菜根香》（扇面）。负面题《六三园即席》《临雪个画鹿》二诗。其中，《临雪个画鹿》云："谁驱白鹿饮岩阿，唤醒王孙一刹那。掷笔不堪回首处，纵横荆棘上铜驼。"又，为倪田《钟馗图》题云："皱纹镞镞上眉端，老态钟馗太不干。路鬼揶揄千百计，请君捉去当朝餐。乙卯夏，墨耕画，吴昌硕题。"

朱祖谋与吴昌硕夏末秋初共游六三园赏荷。后告况周颐，况氏作《品令·缶庐来言，六三园荷花甚盛。翌日沤尹见过，乃曰："殆将残矣。"戏占此解，园中绿樱花绝佳，令人作除却巫山想》。词云："倦游心眼，萼华去、花开谁管？芳信昨日今朝变。旧携酒处，随意流年换。　　红妩绿深云锦烂，付鸳鸯栖恋。翠娥期与经春见。杜鹃须唤，珍重韶华晚。"

[日] 盐谷温之父盐谷时敏专程到长沙向叶德辉表达谢意。叶款待数日，诗酒征逐。盐谷时敏邀叶德辉访日，叶以老母在堂辞谢。

江孔殷有感于广州发生历史罕见大水灾，作《乙卯大水》。诗云："岭南非地卑，水患迄无已，胡为数千年，不补水经志，此源经夜郎，一泻万千里。漓江会浔梧，统名曰郁水，羚羊峡束之，南下成饱死；史禄灵渠筑，文渊石塘祝，加以浈江流，清远峡中汇；东南两海潮，虎崖二门峙，积涝西北倾，倒灌撑持退。石角围已崩，峡下堤尽圮；蓄潴珠海中，尾闾变涡底。中宵来撼床，房栊履浮起；四邻纷号呶，卷席上楼避。侵晓目街衢，门前小船舣，三城一汪汪，浮家此同慨；日食炊两餐，泛舟买鱼菜。吾庐独处高，水深仅三尺，游目江以南，鳌洲地脊比。独怜稿百篇，诗簏忘收庋，片纸都浸淫，只字苦寻识。流入咸海归，冲淡意良美。西关观察苏，河帅之犹子，风流蝎浦称，水大羊城逝；梁悬七日棺，咄咄道奇事，吾生不工泅，厉揭无所施，乡老惊创见，纷来问所以，赈米船偶过，上水行不利。十日苟不下，吾民其鱼矣！痛定仍思痛，惩前后宜惩，吾闻东印度，所患亦复尔；荷兰向同病，治之有奇技，粤民多脂膏，晋用楚材易，治河官亦专，不当秦越视。"

王一亭与题襟馆书画会同人吴昌硕、倪墨耕、黄山寿、哈少孚（夫）、商笙伯、王念慈、夏小谷、沈荷卿、余德玘等及三公子季眉，应赵云舫之邀，游南翔古漪园赏荷。

吴湖帆作《仿古山水图》四屏。其一："松鸥云泉；仿方方壶。湖帆。"其二："松间飞泉；仿范华源。遒骏。"其三："松壑奔泉。仿九龙山人法。湖静楼主作。"其四："松谷流泉；仿唐子畏。乙卯长夏，湖帆。"

裴景福在京师晤马其昶，嘱马其昶为其所撰《壮陶阁书画录》作序。又，裴景福作《答周立之》。诗云："天意茫茫不可知，斯人汲汲欲安之。旧邦应以殷为监，新国缘何莽是师。扪虱尚余王霸略，荐雄谁解白玄思。与君同作山中栎，拥肿支离岂数奇。"

林寒碧为避当局迫害，至辽东本溪湖避难，徐蕴华随行。

陈独秀由日本回国。

胡适被推选为美国东部中国留学生创办的"文学与科学研究部"文学股委员，负责年会分组讨论论题。他与同期留学的赵元任商量，决定本年度文学组论题为："中国文字的问题"。赵元任论文是《吾国文字能否采用字母制及其进行方法》，胡适论文是《如何可使吾国文言易于教授》。此时胡适已认为："文言是半死之文字，不当以教活文字之法教之"。他在留学生年会上宣读所作论文，明确提出古文之弊。他设问："汉字究竟可为传授教育之利器否？"此言一出，闻者哗然。胡适将古文与希腊文、拉丁文相类比，主张像当代法、英、意、德文那样在流行口语中创立活文字。他还说，文言文"不易普及；而文法之不讲，亦未始不由于此，今当力求采用一种规定符号，以求文法之明显易解，及其意义之确定不易"。为此他写有《论句读及文字符号》，推行10种标点符号。胡适对中国文字改革的思考来自此前钟文鳌的偶然启发。钟氏那时在中国留美学生监督处工作，热心社会改革，经常在给留学生发放月票时顺带邮寄各种小传单。传单内容不一，大抵都是"不满二十五岁不娶妻""废除汉字，改用字母""多种树，种树有益"之类。胡适所接传单内容是："欲求教育普及，非有字母拼音不可。"起初胡适认为钟文鳌是强加于人、滥用职权，于是写信批评说："你们这种不通汉文的人，不配谈改良中国文字的问题。你要谈这个问题，必须先费几年工夫，把汉文弄通了，那时你才有资格谈汉字是不是应该废除。"信发出后，胡适为自己的骄傲和鲁莽非常不安。他晚年回忆道："这张小字条寄出之后，我心中又甚为懊悔。觉得我不应该对这位和善而又有心改革中国社会风俗和语言文字的人这样不礼貌。所以我也就时时在朋友的面前自我谴责，并想在（文字改革）这方面尽点力。"适逢梅光迪由美国西北大学毕业，前往哈佛大学师从文学批评家白璧德。转学前来康乃尔大学所在地绮色佳，同胡适、任叔永、杨杏佛等留学生度假。他们便在一起讨论中国文学问题。胡适后来回忆说："这一班人中，最守旧的是梅觐庄，他绝对不承认中国古文是半死或全死的文学。他越驳越守旧，我倒渐渐变得更激烈了。我那时常提到中国文学必须经过一场革命。"又说："梅君与我为文学改革引起了一场辩论；也就是因为他对我的改革观念的强烈反对，才把我'逼上梁山'的。"

王易与诸弟奉母胡太夫人游南昌百花洲，三弟王浩作《夏日侍母偕诸兄弟泛湖，归灯书兴》(二首)记之。其一:"南湖北湖柳一围,十里五里荷满陂。斜阳风烟草殊碧,冲堤水气云与随。板舆定不减潘令,曲舫渐能容谢儿。安土耕山愧未足,诵诗与古乐在斯。"又,王易与王浩兄弟邀胡雪抱、龙吟潭、吴端任共饮。胡雪抱作《二王具酒虚明室,仍征吟潭、端任共饮并饯端任》以记之。诗云:"一语微波拍手来,碧筠醑雨又行杯。熏香独坐犹能艳,对酒当歌且莫哀。琴趣轻除消渴疾,画心直夺扫眉才。销魂五月梅花落,玉笛声高别思催。"

徐志摩毕业于杭州浙江一中(原杭州府中学堂)。在杭州就学期间作《清明雨中》。诗云:"檐溜潺潺插柳斜,异乡佳节不须夸。暂时为客还飞客,此日离家总忆家。听雨有愁宜中酒,寻春无梦到看花。隔墙薄暮新烟起,暗减心情负岁华。"

冯友兰于中国公学毕业后考取北京大学中国哲学门。

邓中夏报考湖南高等师范学堂,结识蔡和森、毛泽东。

金廷桂撰《自娱吟草》(1册,4卷,木活字本)刊行。金鹤翔为其父诗集《自娱吟草》作跋云:"家君性喜为韵语,第以之自娱,而不欲示人。鹤翔兄弟时或录之,以质诸名辈,咸谓似香山、放翁。今年已七十有六矣。自谓蹊径渐变。盖前此十年间,喜读温李集,近尤爱读杜集,而辄叹为不易学步也。去岁,叔弟客沪,值沈先生子培亦寓在沪,曾将所藏稿录呈,属为点定。沈公谓可传者甚多,而所删亦不少。益以石友所选及年来近作汇为一册。屡请刊印,辄不许。盖谓阅者所见不同,作者且不敢自信也。会我族续修家谱,延剞劂氏于家,与弟专任编辑文苑,而《自娱吟稿》中所刊不过什一,仍请家君自行删定,得三百五十首,分为四卷,印而藏诸家塾,固不必问诸世,又岂遂拂堂上之初意耶?时乙卯初夏,男鹤翔谨跋。"

冯云昇为妹冯士均《梅花窗诗草》作序云:"余尝读《周南》矣,《关雎》《葛覃》《卷耳》《芣苢》诸篇,说者以为女子所作,美哉!世之盛也,其若此乎!其大人君子皆蓄道德、能文章,而闺秀芳年亦多抒写性灵,形诸歌咏,虽格调攸殊,而才未易及矣。周室衰,大道隐,世拘于'女子无才是德'之论,以汤睢州之贤,而不重女学,宜二千年来风雅稍稍替矣。余亡妹幼聪敏绝人,识字辄不忘,稍长与余及仲弟同受学于杨贤堂先生,读书甚颖悟,作文飘飘有凌云气,尤长于诗,清辞丽句,得晚唐风味。妹之作,初不敢方南国淑媛才女,然与鲍照所称'妹才亚于左芬,臣愧不如太冲'者亦庶几焉。若天假之年,使不懈而及于古,安知不如《断肠》《漱玉》诸作,长留天地间耶?年十八卒于家,平日著述吟咏又多散失,惜哉!余于暇日收拾残零,得诗若干首,辑为兹编。妹尝读书梅花窗下,故曰《梅花窗诗草》。倘为輶轩采风不弃,妹亦足以千古矣。中华民国四年夏,兄云昇序。"

陈三立作《暑夜纳凉有忆》。诗云:"万仞明河有涸鳞,霏烟疑是海扬尘。遥怜月下亭亭影,楼角池头饮泣人。"

瞿鸿禨作《夏五移居》。诗云："海角藏蜗又徙居，南村聊拟寄吾卢。莳花稍拓三弓地，束笋唯携数卷书。蝉响自高尘壒外，燕巢新定雨晴初。只怜身似庞邱葛，琐尾遗民念故垆。"

冯开作《夏日简洪左胡（日湄）》。诗云："端居廓落感孤吟，暑气侵人旋旋深。那得清风穿地胁，坐看白日烂天心。微删草树通凉思，密合帘栊取嫩阴。苦念可人洪玉父，露初星晚肯相寻。"

贺次裘作《文甫三兄电示，五月廿九日粤水患连日，高涨不已，人民仓皇奔避，络绎于道，琐尾流离，哀鸿遍地。生灵何幸至此，不禁有世乱蒢祾之感》。诗云："家乡灾潦复灾兵，无奈频年客梦惊。火热水深衽席外，兵荒马乱表章平。桑田水涸犹龙战，梅岭风多听鹤声。百劫危楼难极目，英雄何地哭苍生。"又作《夏感》。诗云："野外虫鸣入耳频，蹉跎岁月苦吟身。光阴泥我忙中过，畏热何当到瘦人。"

闵尔昌作《夏日雨中》。诗云："长夏郁炎蒸，一雨蠲百恙。墨云翁然来，漫空不须酿。檐溜注飞瀑，坳堂泛春涨。卉草看一碧，欣欣恣抽放。有如豪饮徒，得酒神先王。虚斋昼沈冥，半日借闲旷。嚣尘暂可屏，茶瓜还自饷。一枕北窗风，心寄羲皇上。"

曾广祚作《积感至炎夏赋诗》。诗云："东方红镜晓炎炎，南陌薰风扑绮檐。策对天人朝屡谒，表分年月国频添。乌头马角遥回巹，翠羽麟毫暗织帘。涂罢梅檀吾不恼，近来文藻似轻縑。"

董伯度作《消夏》（十六首）、《夏日遣兴》（六首）。其中，《消夏》其一："客去掩双扉，奕倦忘成败。梦醒小亭空，明月松梢挂。"其九："杨柳临清溪，日长不知暮。忽听新蝉声，忘却初成句。"《夏日遣兴》其二："夏日毋庸畏，幽居问几春。酒因知已醉，文爱古人真。夕照余红润，新凉众绿匀。小窗初过雨，风送鸟声频。"

张素作《夏日寄明星》《暑夜》《夏夜苦热，作长谣遣之》《鹧鸪天·暑日寄亚兰》。其中，《夏日寄明星》云："何地弥忧患，唯人善解排。沧桑关世运，文字属吾侪。但有书堪读，真无锸可埋。偶因摩诘病，且作太常斋。露滴当窗竹，蝉鸣别院槐。招凉延胜赏，看奕遣幽怀。枕簟清宜睡，图书净若揩。世都忘汉魏，梦亦恋江淮。客久居何卜，诗成俗未谐。坐惊关塞夕，眯目起风霾。"《暑夜》云："夜长人怯暑，相与看星河。宿酒催愁醒，流萤惹怨多。开帘低见月，拂簟细生波。更漏迢迢处，沉思奈汝何。"

韩德铭作《乙卯初夏过西苑偶成》。诗云："年来目见兴亡史，冷眼观成正负棋。底事临风复凄绝，轻车方过景山西。（三句又作'今日仓皇又微啸'）"

严修作《莲峰山消夏赠同游张子安》（二首）、《伏日陪武清张子安先生游北戴河，浴于海滨，先生检得一黄石，甚宝爱之，属予题志，率成二十八字》。其中，《率成二十八字》云："袖携东海压归装，山与仁人共寿康。千载沧桑无限事，又教黄石遇张良。"

唐继尧作《乙卯夏日病中偶成》（二首）。其一："辟天龙剑作雷鸣，底事苍穹太不平。渺渺尘心天地老，茫茫正气日星明。河山遥控八千路，貔虎何难百万兵。台沼他年三岛上，樱花楼阁笑闻莺。"其二："重任轻担一病肩，飘然裘带当林泉。自观五蕴都成幻，境到三清始见天。燕子泥衔新雨后，蜂儿花摘晓风前。无端救世心偏热，梧叶蕉云且暂眠。"

毛泽东作《游泳启事》。诗云："铁路之旁兮，水面汪洋。深浅合度兮，生命无妨。凡我同志兮，携手同行。晚餐之后兮，游泳一场。"

余觐光作《颐和园》《游清故宫》《望居庸关》《登烟台山观海涛》《客都门将归，马学士旭楼招饮十刹海》《咏秋扇酬覃参事孝方》。其中，《颐和园》云："柏梁灾后建章营，楼阁连云俯北京。遗老已挥先帝泪，宫监犹恋佛爷情。灵台不与民偕乐，琼室终同国并倾。日暮林昏游客去，泠泠惟听玉泉声。"

江子愚作《夏雨初过书堂即景》。诗云："书堂接兰若，闲与佛相宜。榴火照窗槅，蕉云落砚池。雨凉人意豁，林茂鸟声嬉。一卷足终日，门无征马嘶。"

徐蕴华夏秋间作《齐天乐·乙卯夏秋，逭暑刘庄，晚值平湖雨过，红香狼藉，荡桨荷丛，归桡写此，戏足玉溪之意》。词云："莲飘不约斜晖住，宜招北窗诗侣。柳际微波，堤根细叶，才看双凫眠处。平湖过雨，爱携笛瓜皮，倚留容与。瑟瑟红衣，谁家楼上玉溪句。　　亭皋摇落又暮，凉波三十六，留听凄舞。千点濛香，三更败翠，惹得惊蟾窥顾。江妃漫妒，恁弹指西风，暗中年度。只忆深宫，那人曾怯暑。"

夏宇众作《夏日避暑三车庵》《夜渡黄河有感》（暑假还里途中作）。其中，《夏日避暑三车庵》云："野草新侵径，溪声夏日长；小庵堪笑傲，大地勿回翔！柳岸蝉初唱，西畴稻半黄，昼闲无一事，高枕意微茫！"《夜渡黄河有感》云："长车偶驾出幽燕，六跨黄河岁四迁！漫就星槎穷碧落，更舒双袖贮云烟。凭窗片念经千劫，微唾随风遍九天；俯瞰横流涌明月，万头无语水潺湲。"

傅柏翠作《归国途中口占》。诗云："孤客随行月满舟，冰心端在故园秋。归航一夕几千里，犹觉乡关路阻修。"

林散之作《处馆小夏村两岁，清明均有事未得回家》。诗云："池塘草绿遍鸣蛙，寂寞空斋只自嗟。何事今日惯离别，清明两岁未还家。"

金毓黻作《夏日登陶然亭诗三首》。其一："独眺上江亭，流连正忘形。林从溪上白，苇向径中青。飞鸟帘前过，流云槛外停。且当常住此，端坐诵黄庭。"

陈小翠作《消夏词》（四首）。其一："仙人楼阁面山开，天际余霞落酒杯。一片竹阴凉似水，夜深和月送诗来。"其二："透薄纱帏绣月华，水晶窗里剖银瓜。凭谁点缀丹青笔，开遍一池红藕花。"其三："半臂鲛绡袭嫩凉，月明时节爱凭廊。玉肌新扑莲房粉，难怪蔷薇花不香。"

陈夔（子韶）作《清平乐·夏日山居三首》。其一："小园西角，斜日迟迟落。照眼榴花红一尊，不负故山归约。　　昼长午梦初回，沉沉帘幕低垂。开着窗棂一扇，待他双燕归来。"

李笠作《消夏偶咏》（二首）。其二："月华冉冉出云衢，风动荷花香满途。消尽炎威人不觉，我怜玉兔恶金乌。"

[日] 关泽清修作《夏晓泛舟，分韵》。诗云："扁舟容与晓凉多，残月微茫逗绿波。安得吴娃扣轻楫，一齐唱出采莲歌。"

[日] 大西迪作《乙卯夏日访南氏席上赋视》。诗云："煮茗松风拂石床，庭前兴味话偏长。入门谁识君家夏，绿荫穿泉别贮凉。"

[日] 白井种德作《夏日游清澄山》（山在房总之界，追忆曾游而作）、《夏日赋寄佐藤狼岩》《夏日杂诗》。其中，《夏日游清澄山》云："避暑清澄寺畔楼，老衫古桧翠如流。山巅更有余凉在，一望豁然揽十州。"《夏日赋寄佐藤狼岩》云："街衢尘十丈，虐暑毒诗肠。遥想狼溪上，清风万斛凉。"《夏日杂诗》云："苦我岂唯暑，绳虻及蚤蚊。喧阗啼又笑，别有小儿群。"

[日] 田边华作《谏访夏夕》。诗云："风轩三面接青芦，淅淅萧萧风入菰。夜半梦回微雨过，开门明月满鹅湖。"

七　月

1 日　袁世凯申令参政院推举宪法起草委员，组织委员会，起草宪法。推举李家驹、汪荣宝、达寿、梁启超、施愚、杨度、严复、马良、王世征、曾彝进为宪法起草委员。

《诗声》（雪堂月刊）创刊于澳门。由"雪堂"编辑、发行。至 1920 年 6 月 30 日第 4 卷第 10 号停刊，共出版 4 卷 46 期，是民国时期澳门第一份文学社团刊物。《诗声》第 1、2 卷先用钢笔抄写在蜡纸上再行印制。至第 3、4 卷，改用铅字印刷。主要栏目有"诗话""笔记""词谱""歌曲""文苑""投稿""词论""诗论""野史"等。《诗声》社址为深巷十八号冯家（秋雪、印雪），自第 3 卷第 9 号始，增加"新马路南华印书馆"，至最后一期，则记"澳门红窗门街六十一号"。创刊号"词论"栏目含《张炎〈词源〉（未完）》；"诗论"栏目含《〈渔洋诗问〉节录（未完）》；"词谱"栏目含《莽苍室词谱》（雪堂编辑）；"杂俎"栏目含《赵松雪与吴梅村》；"野史"栏目含《飞烟传（未完）》；"墨外"栏目含《水佩风裳室笔记》（秋雪）；"诗钟"栏目含《端菜》（三四辘轳格）、《袍到》（五四卷帘格）、《大司马》（鸿爪格）、《公居》（魁斗格）、《织女会牛郎》（碎锦格）（不对）、《雪练西瓜》（碎锦格）（对）、《可下》（蝉联格）、《太常先蝶》（双钩格）、《是当年》（押尾格）（不对）；另有其他篇目《雪堂诗社广告》。其中，《雪堂诗社广告》云："雪堂发起于今二周年矣，幸我同志诸君，不我遐弃，为器为型，此古人观摩之道，故仅历年二，已有可观，循此为之，将升堂入室矣。兹为策我雪堂进步计，特倡办《雪堂月刊》，每月刊布一册，凡属社友，皆得享有，如有前人佳作，不出诗词范围者，请邮寄来，定必刊登。再者《雪堂月刊》，同人初拟仍汇卷办法，凡属社友，始能享有该书。后公议更改，如属同志（好词章者），现未入社者，欲取是书，亦能寄赠。如欲阅者，请预付邮票四分来，即奉寄一册。兹将本期送阅，回邮票以民国邮票一二分者为限，澳门邮票亦通用（地址：澳门深巷十八号，转雪堂诗社收）。"

《申报》第 15224 号刊行。本期《自由谈》"诗选"栏目含《游莫愁湖》（二首，蔡选青）、《登胜棋楼》（蔡选青）、《赏花》（二首，蔡选青）、《和选青〈中秋对月〉之作，次韵二首》（陈仲安）。

《小说海》第 1 卷第 7 号刊行。本期"杂俎·诗文"栏目含《和游仙诗》（十首，诗圃）、《虞姬》（四首，东园）、《乙卯元日之夕作二首》（东园）、《柳絮》（用同邑叶春寅伯韵）（十一首，徐天民）、《兰》（王蕴文女士）、《竹》（王蕴文女士）、《雪中竹》（王蕴文女士）、《雨中竹》（王蕴文女士）、《鹧鸪天·集成句四阕》（诗圃）、《竹枝》（端午即景，用皇甫崧体韵四首）（东园）。

郁达夫、郭沫若在东京第一高等学校预科毕业。郁达夫被分配至名古屋第八高等学校大学预科第三部（医科）学习。郭沫若被分配至冈山第六高等学校学习。郭沫若在冈山六高结识成仿吾，两人在冈山同住近两年。冈山期间，郭氏作《月下》及《蔗红词》。其中，《月下》云："月下剖瓜仁，口中送我餐。自从别离后，相见月团栾。"《蔗红词》云："红甘蔗，蔗甘红，水万重兮山万重。忆昔醉蒙眬，旅邸凄凉一枕空。卿来端的是飞鸿，乳我蔗汁口之中，生意始融融。　那夕起头从，才将命脉两相通。难忘枕畔语从容，从今爱我比前浓。红甘蔗，蔗甘红，水万重兮山万重。"

金问洙作《角山》。序云："临榆县北有角山，山上有寺曰'栖贤'。乙卯夏五月壬午，余与同学陈质卿（廷绚）、金丹仪（祥凤）共游焉。"诗云："清晨理轻策，言登北郭阜。眼前山崔嵬，足下道蜿蟺。四野多陂陀，长城峙我右。青青者菽麦，荒冢间陇亩。其树松柏杨，其莱葱薤韭。历坦方交驰，遘险戒惊蹂。循蹊转更高，缘厓上益陡。须臾陟翠微，修路忽中剖。蹇驴鞭不前，仆夫痶犹后。小亭足可憩，新碑诵在口。兹路尝威夷，石砾交榛莽。岭南来富商，塞罅而夷壑。此山始可游，此业亦不朽。拾级理前程，伛偻舍骑走。邈若隮其巅，瞻瞩恍不苟。被岑日晧旰，盈谷风飍飍。仁观海汀镜，俯眄邑聚斗。逶迤古障伏，潺湲清川浏。肃肃古祠庙，熙熙村童叟。夸我以形胜，口讲舞以手。山阴岩峦幽，虬龙相缭纠。坠岸猿饮艰，悬崖人上愀。回首山南原，竟海无所蔀。幽平辽沈间，通逵未有偶。四海昔承平，八荒慑旒黈。不尚公输攻，遽废墨翟守。叠障日以削，天阻不能有。隙墙坏骤雨，往事更谁咎。忽悟忧端多，不觉游眺久。归来发长啸，浩然尽斗酒。"

2日 《申报》第 15225 号刊行。本期《自由谈》"词选"栏目含《踏莎行·集成句四阕》(诗圃)。

《娱闲录》第 24 期刊行。本期"游戏文"栏目含《乙卯端午竹枝词》(十首，觚斋)、《弹禅误入女厕赋》(觚斋)、《游戏诗话(续)》(嗾谈)；"艺坛片影"栏目含《赠陈碧秀和爱智四首》(南公)、《次爱智君赠陈碧秀韵四首》(侠生)；"文苑"栏目含《王霞九传》(爱智)、《甲午节事八首》(爱智)、《蜀中杂感》(四首，苣)、《种蔬堂诗稿》(含《村景》《雪藕》(二首)、《少年行》《垂钓》《南郊春日六咏》)(吟痴)、《齐天乐·端午》(壮悔)。

3日 《申报》第 15226 号刊行。本期《自由谈》"诗选"栏目含《偕诸女士游百花洲，题柳茵精舍》(许贞卿女士)、《游三村，咏桃花》(许贞卿女士)、《酬蒋庄之女士二首》(许贞卿女士)；"词选"栏目含《数花风·赋芦花，用张玉田韵》(东园)。

魏清德《冰亭》发表于《台湾日日新报》。诗云："悬灯垂幔曲江头，凉味勾人为小留。绝胜劳劳行处苦，玉壶红豆不胜秋。"

4日 《申报》第 15227 号刊行。本期《自由谈》"游戏文章"栏目含《时事杂咏》(诗癯)；"词选"栏目含《惜红衣·题〈败荷图〉》(诗圃)、《一剪梅(记得江城停画桡)》(诗圃)。

《崇德公报》第 6 号刊行。本期"文苑"栏目含《蒋山出示其殿撰公〈金貂踏雪图〉，同时有先曾祖云中公题诗，今八十年矣。勉追旧德，感赋一律于后，聊以志翰墨，因缘之不偶也》(云中小主)、《寓鄂三载，于泥清仁弟无一字之赠，情真者文不能达，诚信然也。连日心绪潮翻，偶得数律，以感时之什为投赠之篇，不计工拙也》(雨林)。

5日 《妇女杂志》第 1 卷第 7 号刊行。本期"名著"栏目含《女世说(续)》(李清映碧辑)、《吴中十女子集(续)》〔含《两面楼诗稿(续第六期)》:《拟唐人秋宫曲》《隔溪梅花》《邓尉竹枝词》(四首)、《荷花荡竹词》(四首)、《浒墅竹枝词》(四首)、《胥江竹枝词》(四首)、《齐女门竹枝词》(四首)、《南园竹枝词》(四首)、《晚春赠别口占》《题梧竹画扇》《赠碧岑江姊》《咏鸦》《咏史，同蕙孙妹作》(二首)、《拟唐人〈关山月〉》《寄怀素窗陆姊·调寄虞美人》(回文)、《虞美人·夜坐忆汪媛》《相见欢·梦蒋氏女甥瑶玉，感赋》《减字木兰花·〈美人踏青图〉》《玉蝴蝶·秋蝶，同沈蕙孙妹作》《疏帘淡月·春夜忆诸姊妹》《浣溪沙·咏兰，和清溪姊作》《卖花声·元宵村居即事》《扬州慢·冬夜闻卖锡击锣声》〕(长洲张芬紫繁)、《送来宾歌》(直隶女子师范学校校歌之一)；"文苑·文"栏目含《〈读选楼诗稿〉序》(许振祎)、《姚节母何太夫人七旬晋一寿序》(高燮)、《孙母〈寒灯课子图〉序》(严籁)；"文苑·诗选"栏目含《读选楼诗稿》(《寒风》《寒星》《寒色》《寒汀》《寒泉》《寒士》《寒灶》《寒玉》

《寒衾》《寒苔》《寒蝇》（太仓王采蘋涧香）；"文苑·词选"栏目含《花影歇笙室词》〔《蝶恋花（一夕凉飚辞旧暑）》《百字令·和林畏庐诗丈汛湖之作》《长亭怨慢·戊戌二月寄拔可长兄杭州》《一落索·春雨缠绵，偶以遣闷》《念奴娇·寄杭州蕙愉大姑》〕（闽县李慎溶樨清）、《玉台艺乘》（蕈农）；"杂俎"栏目含《然脂余韵（续）》（王蕴章蕈农述）、《彤芬室笔记（续第1卷第3号）》（徐新华）。

6日　《申报》第15229号刊行。本期《自由谈》"诗选"栏目含《朱楼曲·和楚望阁主之作次韵》（东园）、《春风从东来·和楚望阁主之作次韵》（东园）。

《女子世界》第6期刊行。本期"文选·玉台新集"栏目含《黄默庵先生芝亭序》（歙县吴承烜东园）、《卞祠看牡丹记》（歙县吴承烜东园）、《梁孺人小传》（南海叶芬少云）、《〈香雪庐词〉叙》（钱塘张景祁蘩甫）、《〈红袖香销诗〉序》（茗溪慧香居士）、《〈秋日游北郭诗〉序》（歙县鲍家骏）、《春郊赛马记》（浙江李怀白）；"文选·扬芬集"栏目含《德化蔡编修二女贞烈诗序》（会稽李慈铭恶伯）；"文选·散花集"栏目含《〈寒琼阁遗诗〉序》（南昌刘素兰）、《晓园诗序》（丹徒王国琛雅如）、《〈致和堂遗稿〉后序》（前人）、《〈望云楼集〉序》（广陵裴凌仙筱芸）、《〈香远斋诗〉序》（长洲曹贞秀墨琴）。"谭丛"栏目含《〈红楼梦〉竹枝词》（栩园）。"诗话"栏目含《闺秀诗话》（梦罗浮馆、含英、栩园、双吟楼主）、《香奁诗话》（亚庐、蕉轩）、《曲栏闲话》（栩园）。"诗词曲选·名媛集·诗选"栏目含《春柳》（用王渔洋《秋柳》韵）（四首，吴县王淑仙竹筠）、《湘云眠药图》（娄东郑一定芬）、《书〈石头记〉后，集天虚我生〈新疑雨集〉句》（娄东郑一定芬）、《题〈花月痕〉，集次回句》（娄东郑一定芬）、《题天虚我生〈桃花梦传奇〉，集原曲句》（娄东郑一定芬）、《秋夜》（效回文体）（娄东郑一定芬）、《咏纸鸢》（勾曲葛秀英玉贞）、《送春》（二首，勾曲葛秀英玉贞）、《春海棠》（勾曲葛秀英玉贞）、《绿牡丹》（限红字）（勾曲葛秀英玉贞）、《月夜观梅，适双妹至》（勾曲葛秀英玉贞）、《春日游灵岩山》（勾曲葛秀英玉贞）、《种兰》（勾曲葛秀英玉贞）、《访吴梦梨墓不见，吊以二绝》（勾曲葛秀英玉贞）、《读家玉书伯（金简）石刻〈西湖十咏〉，因步原韵以当一游》（十首，武林冯兰芬）、《消寒词，步素琼妹韵》（六首，锡山温倩华佩萼）、《消寒词》（六首，锡山江莹素琼）、《四时闺咏》（四首，前人）、《新春游吴兴白雀山遇雨》（平湖张宗英觉民）、《暮春登宅后楼外楼》（平湖张宗英觉民）、《东园杂咏》（家有小园，颇饶花木，因在城之东隅，故名东园）（五首，平湖张宗英觉民）、《初春忆广南风景》（五首，吴门张石君）、《送春词》（太仓陆景兰小霞）、《不寐》（太仓陆景兰小霞）、《春日杂诗》（二首，太仓陆景兰小霞）、《采莲歌》（三首，太仓陆景兰小霞）、《秋夜，和慧玉韵》（锡山杜敬景姜）、《梅花》（锡山杜敬景姜）、《桃花》（锡山杜敬景姜）、《踏青》（鄂渚曾广璟）、《题背面美人图》（钱塘陈瑈翠娜）、《春日》（钱塘陈瑈翠娜）、《秋夜》（钱塘陈瑈翠娜）、《山居》（钱塘陈瑈翠娜）；"诗词曲选·名媛集·词选"栏目含

《唐多令 (谢了木芙蓉)》(元和陆珊佩娟)、《谒金门·题芳草蝴蝶便面》(元和陆珊佩娟)、《清平乐 (梦回莺啭)》(元和陆珊佩娟)、《南乡子 (无赖是东风)》(元和陆珊佩娟)、《长相思 (风丝丝)》(元和陆珊佩娟)、《金缕曲·和采湘》(元和陆珊佩娟)、《江梅引 (朝归来梦忒匆匆)》(元和陆珊佩娟)、《江梅引·寄采湘》(仁和赵我佩君兰)、《虞美人 (潇湘一桁帘波隐)》(仁和赵我佩君兰)、《清平乐·雪窗偶作》(锡山温倩华佩萼)、《清平乐·寒夜》(锡山温倩华佩萼)、《羽仙歌·春寒》(锡山温倩华佩萼)、《醉太平·闺情》(锡山温倩华佩萼)、《浣溪沙·寒夜,用南唐后主体韵》(盐城杨瑛青碧珠)、《江城梅花引·病后赋》(盐城杨瑛青碧珠)、《菩萨蛮·送琴仙返湖北,绛珠入江南》(扬州许碧霞绮云)、《卖花声·琴仙自武昌贻书并见怀之作,次韵寄酬》(歙县吴蕊先绛珠)、《满江红·江楼寒晓,感而成咏》(歙县吴蕊先绛珠)、《菩萨蛮·送琴仙之楚》(歙县吴蕊先绛珠)、《行香子·秣陵春感》(歙县吴蕊先绛珠)、《菩萨蛮·雨花台,用西堂〈佳人〉韵》(歙县吴蕊先绛珠)、《高阳台·题昆山盛春浪〈添香伴读图〉》(歙县吴蕊先绛珠)、《踏莎行 (惹恨游丝)》(吴县王梅素静贞)、《淡黄柳 (纤纤柳叶)》(吴县王梅素静贞)、《眉妩·柳眉,用白石体》(吴县王梅素静贞);"诗词曲选·名媛集·曲选"栏目含【南仙宫·新水令】《题王翼臣茂才〈泰山堕泪图〉》(东海刘古香清韵);"诗词曲选·香奁集·诗选"栏目含《房中曲》(天虚我生)、《夜坐吟》(天虚我生)、《懊恼曲》(天虚我生)、《美人梳头歌》(天虚我生)、《巫山高二章》(程子大)、《春日行》(程子大)、《秋夜长》(程子大)、《无题四首》(程子大)、《冶春绝句四首》(程子大)、《青溪杂咏》(二首,张季直)、《代赋闺思》(张季直)、《题王西室画〈本事诗〉后》(四首,张季直)、《春日新乐府四章》(吴东园)、《春兴四绝》(集唐人句)(闻野鹤);"诗词曲选·香奁集·词选"栏目含《风流子·题仕女图》(剑英)、《月下笛·题王岳云〈月湖归梦〉画册》(剑英)、《垂杨 (章台梦杳)》(曼伽)、《前调 (江南两岸)》(实甫)、《南歌子·杨花》(实甫)、《齐天乐·夏夜露坐寄怀颂周章门》(实甫)、《摸鱼子·落花,用稼轩韵》(厥猷)、《念奴娇 (鲛绡一幅)》(厥猷)、《金缕曲 (人静黄昏后)》(厥猷)、《湘春夜月 (镇魂销)》(厥猷)、《踏莎行·〈梅溪送别图〉,为琴仙、绛珠题,用西堂〈坐月浣花图〉二阕韵》(二首,东园)、《踏莎行·题鲍苹香〈簪花拜月图〉用前韵》(二首,东园)、《高阳台·游内园口占》(野鹤)、《沁园春·鬓》(诗圃)、《沁园春·唇》(诗圃)、《陂塘柳·舟过严陵,景物清旷,为填此解,扣舷歌之》(诗圃)、《蝶恋花 (满地残花春不管)》(春影词人);"诗词曲选·香奁集·曲选"栏目含【南商调·二郎神】《题徐澹庐〈梅花山馆读书图〉》(天虚我生)。"弹词"栏目含《潇湘影弹词 (续)》(天虚我生著,影怜女士评)。"音乐"栏目含《补红词谱》(天虚我生)。

7日 淞社愚园第二十四集。吴昌硕、洪尔振、钱溯耆、戴启文主人。

《申报》第 15230 号刊行。本期《自由谈》"游戏文章"栏目含《四时做官乐·仿宋翁秀卿先生〈四时读书乐〉别裁》(潘葛民);"栩园诗选"栏目含《一半儿·扬州春事曲》(四首,李涵秋)。

卢叔度生。卢叔度,字尚志,号征雁,祖籍广东新会,生于高州。著有《卢叔度集》。

张震轩作《喜得褚景陆自山西太原邮函问讯,书此却寄》(四首)。其一:"故人频念我,远道劝加餐。语爱从头溯,书楷老眼看。三年真阔别,两字报平安。自愧稽生懒,临风下笔难。"其二:"一片绸缪意,天涯递羽翰。开函如面晤,怀旧转心酸。味久苔岑契,盟堪车笠寒。知君今遇顺,贡禹庆弹冠。"其三:"时局嗟翻覆,横流处处浑。仓空喧雀鼠,税重察鸡豚。果否称能吏,艰难慰至尊。老夫无远志,新政望太原。"其四:"回忆前年乐,良朋聚一村。轩车时过访,诗酒共谈论。月好中秋赏,棋残午夜温。祇今江馆寂,空认旧巢痕。"

8 日 《申报》第 15231 号刊行。本期《自由谈》"栩园诗选"栏目含《快意》(二首,潘兰史)、《题〈桃花扇传奇〉后》(三首,赵伯亮);"栩园词选"栏目含《念奴娇·题〈桐花笺〉》(王镜寯)。

魏清德《蒲剑》(限歌韵)发表于《台湾日日新报》。诗云:"叶叶锋芒拟太阿,凤传插户斩妖魔。即令只合为鞭教,何用兵尘草木多。"

9 日 《申报》第 15232 号刊行。本期《自由谈》"栩园诗选"栏目含《采莲吟》(赵伯亮)、《秋夜》(赵伯亮)、《晚游即事》(三首,李镜庵)、《古意》(三首,李镜庵)。

吴芳吉参照康德学说,自拟修身养性六条。

10 日 《申报》第 15233 号刊行。本期《自由谈》"游戏文章"栏目含《宫酒专卖赋》(以"遥飞一盏贺江山"为韵)(蛛隐);"栩园诗选"栏目含《夜泊闻笛》(徐哲身)、《襄阳船户曲》(四首,徐哲身)。

袁世凯政府制定公布"修正报纸条例"。

《甲寅》杂志第 1 卷第 7 号刊行。本期刊登《共和平议》(秋桐)、《联邦论答潘君力山》(秋桐)、《政治论上》(东荪)、《纪中日交涉》(诏云)、《三纪欧洲战事》(渐生);本期"文苑"栏目含《致龙松岑书》(袁昶)、《致龙松岑书》(唐景崧)、《致龚定庵书》(魏源)、《复邓守之书》(魏源)、《致邓守之书》(龚自珍)、《闻琉球为日本所灭》(龙继栋)、《碳秋见怀以诗次韵奉酬》(龙继栋)、《寿谷怀内兄》(龙继栋)、《书事四首》(龙继栋)、《辞史馆还南隆福寺饯席》(王闿运)、《雨坐参政院一首》(王闿运)、《衡阳山中送客作》(王闿运)、《偕印泉登碧鸡山,望昆海放歌》(杨琼)、《自华亭寺往游太华寺罗汉壁,即景有作》(杨琼)、《寄怀章太炎宛平》(易培基)、《哀杨惺吾》(易培基)、《饯花二首》(易培基)、《远游》(陈仲)、《夜雨狂歌答沈二》(陈仲)、《辛亥杂诗》(十五首,吴虞)、《谒费此度祠》(二首,吴虞)、《题宁梦兰画》(二首,吴虞)、《寄吴伯揭先生》(吴虞)。其中，陈仲（独秀）《远游》云："晨风一嘘吸，吹落羲和车。细雨海上来，蒙蒙弥空虚。骄阳不驭世，冥色惨不舒。寒暄各异恨，晴晦两弗愉。百年苦劳役，汲汲胡为乎。达人识此意，裂冕轻毁誉。阳春玩小儿，入眼等空无。小草檐间碧，青山门外矑。读书破万卷，只以益懦愚。徒步历州郡，穷途泣海隅。挈空窥五岳，破碎混中区。忽然生八冀，轻身浮天衢。初见海如勺，熟视益模糊。撮土载万类，旦夕相诛锄。强弱不并处，存灭争斯须。寥廓不可尽，星火何稀疏。微尘点点外，幽暗不可居。归来观五蕴，微命系囚俘。贪痴杂粪岁，妄葆千金躯。仙释同日死，儒墨徒区区。佳人进美酒，痛饮莫踟蹰。"《夜雨狂歌答沈二》云："黑云压地地裂口，飞龙倒海势蚴蟉。喝日退避雷师吼，两脚踏破九州九。九州嚣隘聚群丑，灵琐高扃立玉狗。烛龙老死夜深黝，伯强拍手满地走。竹斑未灭帝骨朽，来此浮山去已久。雪峰东奔朝岣嵝，江上狂夫碎白首。笔底寒潮撼星斗，感君意气进君酒。滴血写诗报良友，天雨金粟泣鬼母。黑风吹海绝地纽，羿与康回笑握手。"吴虞《辛亥杂诗》其一："河伯犹能叹望洋，蟪蛄全不解炎凉。广从世界求知识，礼教何须限一方。"其二："大儒治国自恢恢，坐见中原几劫灰。始信诗书能发冢，奸言多藉六经来。"其三："小院秋深锁绿苔，低吟赤凤有余哀。谁知金井胭脂水，曾照惊鸿倩影来。"其四："狮吼何堪拄杖闻，荒唐暮雨更朝云。辁车尘尾谁家屋，绝倒王公九锡文。"其五："金谷花飞梦易残，银瓶落井露华寒。沈园哀怨诗难写，肠断当年陆务观。"其六："古今朋党论纵横，罪可滔天亦足惊。解得亡身由悻直，不妨伯鲧有凶名。"其七："朝家兴废事无穷，爱国东西义不同。欧九漫修《冯道传》，有人孤识慕扬雄。（书杨度'忠义之衰，由于孝悌'二语后）"其八："不使民知剧可伤，恰如行路暗无光。秦皇政策愚黔首，黔首愚时国亦亡。"其九："平等尊卑教不齐，圣人岂限海东西。若从世界论公理，未必耶稣逊仲尼。"其十："李耳曾闻法自然，迦文平等义凋残。独怜儒早分为八，苦辟杨朱是异端。"十一："大地耶回教力驰，衰残六艺几人师。早知儒术终难起，好咏哀时杜老诗。"十二："相斫书成剧可惊，百家罢黜用儒生。生民立命徒虚说，万世何曾见太平。"十三："经世春秋志已疏，低头长笑注虫鱼。不妨大索惊天下，正好空山读素书。"十四："王衍清谈漫自夸，东门长啸事堪嗟。鸡鸣狗盗能生患，薛下奸人六万家。"十五："自有高名擅五洲，卅年林墅足优游。六经日月终何补，此是江河万古流。"《谒费此度祠》其一："老共苏门赋采薇，羞言杀贼马如飞。江湖满地遗民泪，三百年中此布衣。"其二："一门词赋几名家，明月扬州老岁华。传得二南风雅派，诗人从古爱桃花。"《题宁梦兰画》其一："寒影垂垂情脉脉，玉麟寂寂飞无迹。獭髓吴宫补不匀，香痕吹作胭脂雪。"其二："芳茎窈窕秋霞簇，响散金风乱浮绿。惆怅江南暮雨时，潇潇更听吴娘曲。"《寄吴伯揭先生》云："益都自昔多豪杰，儒林文苑今寥寂。蜀才谁复继周秦，旷襫蒙山异人出。先生浮湛百不如，秃帽乌巾聊著书。出入百家有真宰，厥协六艺成通儒。菁华聊藉文章露，手剖鸿濛入词赋。竟成大冶不祥人，锥锤万象天应怒。落笔何必惊鬼神，盲左腐史堪为邻。便从两汉论风雅，不数卿云以后人。年年憔悴蒙山道，纵擅吹竽谁解好。相知四海定何人，前有朱公后壬老。文翁石室讲筵开，当时同辈夸英材。孙阳一顾骐骥奋，回视万马皆驽骀。龙门整齐心独苦，先生冥契遥深许。默识群经有是非，不从千载争今古。幽怀颓澹复芳菲，由来古乐赏音微。一官灌口容樗散，好对灵山暂息机。贱子相逢正午少，糟粕书生众人笑。每闻高论启遐心，最怜绝俗稀同调。先生缪许狂狷流，意气已足倾九州。眼光直出牛背上，一朝谈笑思千秋。自游门墙渐开拓，造化虽工知可夺。谩嗤混沌饰蛾眉，恰喜金丹换凡骨。学到移情索解难，精神离合意无端。瑶琴别为传师法，东海波涛静里看。只今宇宙悲萧瑟，五洲龙战玄黄血。剩有离骚怨屈平，潇湘兰蕙增呜咽。转瞬沧桑剧可怜，名山事业几人传。蓬莱无恙成连在，孤操苍茫托水仙。"

《东方杂志》第12卷第7号刊行。《东方杂志》（月刊）创刊于1904年3月，终刊于1948年12月，持续45年，共出版44卷（819期）。杂志以"启导国民，联络东亚"为宗旨。杂志由夏瑞方主办，编辑有徐珂、孟森、杜亚泉、胡愈之等人，由商务印书馆编辑发行。杂志主要栏目有"社说""谕旨""内务""军事""外交""教育""财政""实业""交通""商务""宗教""杂俎""小说""丛谈""新书栏目"等。文学栏目主要有"杂俎""小说""丛谈""海内诗录"等。本期"文"栏目含《命运说》（伧父）、《石遗室诗话续编卷一（未完）》（陈衍）；自本期开始，《东方杂志》开辟"海内诗录"栏目。本期"海内诗录"含《舟行杂诗》（八首，沈曾植）、《夜中寻涛园，游未归》（陈三立）、《刘访渠出示沈石坪翁所临禊帖书谱索题句》（陈三立）、《三月十七日丁衡甫招游天平山范文正祠》（郑孝胥）、《过龙蟠里顾石公故宅》（陈三立）、《夜中读〈石遗集〉，时三更后矣》（赵熙）、《喜得石遗书，文集到后十日》（赵熙）、《调畏庐》（赵熙）、《书竟有余幅，漫系一绝》（赵熙）、《雨过山中晚步》（陈曾寿）、《楼望》（陈曾寿）、《九月四日李庄口占》（陈曾寿）、《念八日同马卓群、朱先生刘庄坐雨小饮》（陈曾寿）、《浴佛日写双松，为石遗诗老寿》（陈宝琛）、《得石遗文集快纪》（赵熙）、《甲寅除夕，时久病初起》（俞明震）、《晚禽一首》（陈曾寿）；《眉庐丛话（续）》（蕙风）。本期《眉庐丛话（续）》中收录蕙风（况周颐）咏美人词13首，署名"始安周笙颐（夔）"，自比朱彝尊《茶烟阁体物集》词。计有：《定风波·美人窝》《菩萨蛮·美人辫发》《减字浣溪沙·美人唇》《沁园春·美人舌》《减字浣溪沙·美人颈》《凤凰台上忆吹箫·美人胸》《减字浣溪沙·美人腹》《白蘋香·美人腹》《减字浣溪沙·美人脐》《减字浣溪沙·美人肉》《减字木兰花·美人骨》《金缕曲·美人骨》《满庭芳·美人色》。其中，《减字浣溪沙·美人肉》云："丝竹平章总不如，屏风谁列十眉图（杨国忠冬月令美姬环之，名肉屏风），收藏惯贴是郎书。　　似燕瘦才能冒骨，如环丰却不垂腴。鸡头得似软温无。"

邹福保卒。邹福保（1852—1915），字咏春，号芸巢，江苏元和人。八岁能诗，光绪五年（1879）举人，十二年（1886）进士，授翰林院编修。十八年（1892）出任会试同考官。二十二年（1896）擢翰林院侍讲。二十九年（1903）始以文学侍从无济于民，乃潜心研究经世之学。三十三年（1907）因疾告归故里。宣统元年（1909），在苏州存古学堂担任主讲。辛亥后闭门养病，以读书焚香，吟诗自遣。著有《文钥》《读书灯》《彻香堂诗集》12 卷等。叶昌炽闻友邹福保病殁，叹称："今一世横目蚩蚩，良心澌灭殆尽，虽谓世人皆死而公不死可也。"次月 2 日，叶昌炽作《挽邹咏春侍讲》（三首）。其一："同是沧桑劫后身，谷音月社两遗民。儿时镫味当逢乱（童年避地如皋，与君同学），老去盘餐但率真。柱下轺从安国问，田间喜结道乡邻。濯缨未竟沧浪咏，三载皋比一刹尘。"

严修作《和菊人见怀》。诗云："逢人莫漫视行藏，举世如今似醉乡。小草幸无天下志，幽兰惜此雨余香。摊书偶喜晨窗静，谢客恒贪午枕凉。笑我年来疏懒甚，欢潮犹拟向钱塘。"

11 日 《申报》第 15234 号刊行。本期《自由谈》"栩园词选"栏目含《南浦·秋夜》（华痴石）；"曲选"栏目含【北双调·新水令】《赠方藜尹》（东园）。

《崇德公报》第 7 号刊行。本期"文苑"栏目含《端午日书怀》（焦桐馆主）、《谢汪公赠佩刀二律》（焦桐馆主）、《谢政府故人见招》（蒋山）、《夏郊即景》（王奇峰来稿）、《水调歌头·赠王雨林兄》（云中小主）。

毛泽东访黎锦熙，问"小学"作法，黎锦熙告之宜读段玉裁注《说文》。

陈三立作《五月二十九日子申酒集胡园，分韵得德字》。诗云："环庐烟树迷，微晴有佳色。好事挟李侯，作社侑酒食。名园奖凤尚，水石留胸臆。依径绕亭榭，相看长荆棘。齐叶满池荷，承日净如拭。袅袅新燕浮，漠漠游鲦匿。挥扇坐虚堂，嬉弄污纸墨。裙屐虽老丑，枯肠漏渑沇。低散苍蝇声，几案接喘息。兴亡不关人，狂痴欲成德。风光借一醉，柳影向深黑。酸骨托奔轮，夜城忘南北。"

胡适作《题欧战讽刺画》（八首）。序云："自战祸之兴，各国报章之讽刺画多以此为题，其中殊多佳品，偶择其尤，附载于此。"其四："狂风吹我，我则唾汝！丑尔英伦，上帝祸汝！"其七："八岁卖肉，七岁卖面。父兄何在？为国苦战。"诗后有跋："既载此八画，戏为作题词，以三十分时成七则，亦殊自隽妙之语，颇自喜也。四、七两章大有古乐府风味。"

12 日 台湾志士余清风发起抗日暴动。8 月 22 日，余清风等近千人被日本殖民当局处死。

《申报》第 15235 号刊行。本期《自由谈》"游戏文章"栏目含《杨贵妃六月一日生辰祝词》(凡十六章并序)(东园);"栩园词选"栏目含《台城路·〈清词综〉载吴竹桥〈台城路〉一阕,旅夜不寐,怅触旧游,即用其韵》(周梦蝶)、《前调·闺怨,复用竹桥韵》(周梦蝶)。

陈宝琛于漱芳斋听戏,作《六月初一日漱芳斋听戏》(四首)。其二:"一曲何堪触旧悲,卌年看举寿人卮。相公亦是三朝老,宁见椒风受册时?(壬申大婚礼成,元和癸酉始来京)"

黄文涛作《六月朔由永安里携家返江干老屋赋志》。诗云:"身世频年叹式微,一枝仍傍故林依。残书幸尚留孙读,破屋怜还待我归。放眼江天容俯仰,伤心节序判从违(时分中历西历,各从其便)。多情剩有邻园蝶,时向空阶款款飞。"

13日 《申报》第15236号刊行。本期《自由谈》"栩园诗选"栏目含《病中书怀》(张峡亭)、《题陈蝶仙〈筝楼泣别图〉》(张峡亭)。

杨道霖移居京西海淀静缘寺,作避暑计。

魏清德《题六四居士〈南瀛吟草〉》发表于《台湾日日新报》。诗云:"迂轩好作诗,诗与穷俱进。卷中百首诗,头上双蓬鬓。屡叩润庵门,剧谈灯火烬。愤时泪盈把,悟道神还镇。方今大寰区,逐利亦云迅。作诗本无益,怪底为时摈。我痴与君等,狂吟不自慎。往往遭讥弹,时时闻忠荩。读君南瀛草,灿烂堆瑚琏。古人既可师,辟境手独刃。神来机自圆,词从意亦顺。熟按其准绳,骤视绝羁靷。君今索我诗,君我复何吝。甚恐河汉言,未孚豚鱼信。君诗诚可传,定宝枣梨印。不见岛与郊,纵穷名犹震。"

14日 《申报》第15237号刊行。本期《自由谈》"笔记"栏目含《明季奇女子秦良玉汇编》:《庚午典试蜀中,归舟晚泊西界沱,寄题秦太保良玉玉音楼》(善化陶澍)。

张謇有感徐夫人诗,作《管姬得心疾后,忽自投大悲庵祝发,许之,旋又请归,义所不可,因感先室徐夫人》。诗云:"一梦欿歔廿四秋,谁云无爱即无忧。采芜何事山犹下,累葛徒伤木有樛。花去亦令春静悄,水枯宁有月沉浮。洗心参祖浑常事,只是无人证凤由。"

15日 《申报》第15238号刊行。本期《自由谈》"文字因缘"栏目含《念奴娇·依坡公韵酬莽汉》(小蝶)。

[韩]《天道教会月报》第60号刊行。本期"词藻"栏目含《挽金浪庵》(仁庵洪秉箕、友人金蕡培、友人罗龙焕、友人梁芝江、郑广朝、黄锡翘、李钟麟、金洙玉、金永伦、李仁淑、崔俊模、李教鸿、白应奎、车相鹤)、《翠云亭》(辛精集)、《翠云亭》(罗天纲)、《东门行》(敬庵)、《宋洞路中》(凰山)、《自三山坪入塔洞》(凰山、素水)、《又拈歌字》(我铁、凰山)、《客有歌鼓者》(凰山)。其中,凰山《客有歌鼓者》云:"冬冬花外鼓,镇日隔窗歌。陌上参差柳,条条惹恨多。"

黎锦熙与毛泽东说研究法。

16日 《申报》第15239号刊行。本期《自由谈》"词选"栏目含《行香子·题昆山盛春浪先生〈添香伴读图〉》(树轩女士)、《高阳台·题〈添香伴读图〉》(绛珠女士)。

张謇抵京,作《江干堤下柳高过丈,大亦欲拱,询之居人,云落絮所生,已五六年矣,感赋二绝句》。其一:"何年落絮此生根,未中梁材已中薪。当日若随流水去,更无人识化萍身。"其二:"树到成材几暑寒,生涯原比化萍难。年年三月东风晚,鸥唼鱼吞绿满滩。"

17日 《申报》第15240号刊行。本期《自由谈》"游戏文章"栏目含《热得歌》(杜悲吾);"词选"栏目含《雨中花·试茶》(诗圃)、《百媚娘(深院木樨开后)》(诗圃)、《雨中花·饮茶》(东园)。

王葆心次女王礼媛早殇。王礼媛幼好诗联,年十四时已有诗作。如《平台纳凉》云:"夕阳忽西坠,罗衫渐清爽。挈伴乘夜凉,携琴坐台上。素月如迎人,邻笛送风响。不管世间愁,只管洽幽赏。"《夏日晚兴》云:"一片蝉声送夕阳,藕花初谢稻花香。自携小扇当风立,明月阑干纳晚凉。"

魏清德《渔家乐》(限东韵)(二首)发表于《台湾日日新报》。其一:"世路成艰险,人生总杳濛。心安名利外,宅卜水云中。楚竹燃无尽,淞鲈钓不穷。更无征税苦,占梦兆年丰。"19日,又刊于《台湾日日新报》。

廉泉作《六月六日船泊长崎,寄芝瑛二首》。其一:"病客如僧懒,出门诗思多。倚阑看飞雨,把酒听离歌。水气收烦燠,山光拥翠螺。中川好风景,吟啸几经过。"其二:"又作天涯客,劳生验鬓丝。梦回孤枕雨,泪尽送春诗。沧海难为别,音书总觉迟。藕花开缓缓,为我证归期。"

18日 袁世凯令准教育部设通俗教育研究会,以研究通俗教育事项,改良社会,普及教育为宗旨。9月6日,该研究会正式在京成立。

《申报》第15241号刊行。本期《自由谈》"词选"栏目含《解佩令(桂眉碧聚)》(诗圃)、《前调·和诗圃》(东园)。

《崇德公报》第8号刊行。本期"文苑"栏目含《新乐府·部长逃》(乌台)、《荶荪兄招游吴门,邂逅徐兰如君,渥荷款洽,为赋一律赠之》(云中小主)、《留别荶兄》(云中小主)、《壬子三月二十九日,追悼粤东殉难诸烈士》(三首,杨寿鹳)、《口占》(王雨林)、《满江红·赠云中小主》(贾玉吉)。

荣庆至天仙观朱伶演剧,作诗云:"曾是当年供奉班,风神无改貌凋残。德和旧事分明记,多少遗官不忍看。"

19日 《申报》第15242号刊行。本期《自由谈》"诗选"栏目含《春病》(温倩华女士)、《病起遣怀》(温倩华女士)。

20日 《申报》第15243号刊行。本期《自由谈》"游戏文章"栏目含《戏名十更调》(恨呆);"诗选"栏目含《咏草》(诗圃)、《晓发望吴淞口》(诗圃)。

《大中华》第1卷第7期刊行。本期"文苑"栏目含《〈曲阜碑碣考〉序》(康有为)、《祭先姊文》(陆费逵)、《篝灯纺读图》(张謇)、《篝灯纺读图》(严复)、《题〈精忠柏断片图〉》(严复)、《高庙西堂》(樊山)、《挽麦孺博》(伯严)、《挽麦孺博》(诗庐)、《挽麦孺博》(子言)、《怀畏庐叟》(赵熙)、《凭石遗寄海藏楼》(赵熙)、《得翊云书,上叔海先生》(赵熙)、《燕王台》(规庵)、《〈太史公自序〉窃比〈春秋正义〉》(李国珍)。

《学生》第2卷第7号刊行。本期"文苑"栏目含《汉阳归元寺伯牙台游记》(附图)(武昌国立高等师范学校本科生张汝受)、《游农事试验场记》(附图)(北京师范学校三年级生王炳南)、《太湖游记(续)》(胡健生)、《重游东坡阁记》(广东东莞中学三年生容肇祖)、《甲寅春假远足记》(江苏公立法政专门学校法科三年生俞殿华)、《浦南二日记》(江苏第二师范学校四年生丁传商)、《钵盂山半山亭记》(广东东莞县立中学校三年生何自芳)、《贫民工场记》(南通师范学生龚徵桃)、《水龙吟·题顾旬侯太宗丈〈梅花村雅集图〉》(江苏省立第一农业学校农科一年生顾宪融)、《仿辘轳体赠友人三首》(江苏第二师范本科第二部学生陈鲁城)、《乡民智识未开,见剪发者辄窃笑之,因作解嘲诗六绝,以示同学诸友》(直隶丰润县立中学校三年生戴凌阁)、《春假村中晚眺》(四川成都联合县立中学三年生秦翊化)、《梨花》(江苏省立第一师范学校讲习科学生朱鹤影)、《春夜与粉郎、楚英二子醉后有感》(前人)、《帆山岚影》(前人)、《岳庙梵音》(前人)、《施园春色》(前人)、《张墓秋林》(前人)、《夏兴》(前人)、《秋兴》(前人)、《过钓台口占》(浙江第八中学校学生聂崇沄)、《读史二首》(京兆师范学校学生马志铠)、《寄友》(福建工业学校电信科学生周萍)。

梁启超发表《复古思潮平议》一文,反对取消国会。

南社社员仇亮遇害。仇亮(1879—1915),湖南湘阴县人,原名式匡,字韫存,号冥鸿。早年肄业求实书院,究心王船山、黄梨洲、顾亭林之学。光绪二十九年(1903)留学日本东京法政大学,肆力研寻救国之术,因悟革命非武力不为功,改入振武学校习军事,后升入陆军士官学校。在日本期间与陈家鼎、杨毓麟、宁调元等人创办《汉帜》等报刊,宣传民主革命。加入同盟会后被推为湖南支部部长。与湖南程潜、江西李烈钧、云南唐继尧友善。因笃实长厚,有"仇长厚"之称。宣统元年(1909)春,留日归国前夕,黄兴相送时赠联云:"天生此才必有用,我与子别当谁从?"仇亮答之以诗,有句称:"誓把雄心挥一剑,积尸不羡故人多。"归国后,先在清廷军咨府任职,继任湖南新军混成协议务教员,旋赴北京参加清廷陆军部考试。次年奉派往山西担任督练公所督练官,与阎锡山同练新军。时吴禄贞任新军第六镇统制,屡次上疏陈述改革意见,未被采纳。仇亮即密与联络,策划新军反正。宣统三年(1911)武昌起义后，仇亮集合山西同志以谋响应。山西光复后，即往助吴禄贞图谋幽燕，及吴禄贞在石家庄被袁世凯派人刺杀，改派段祺瑞继任，窥伺山西，仇亮即拟冒死往劝段祺瑞，连夜作家书，有云："晋事急，不冒死求援，无以对禄贞及山西国民。倘竟为国死，吾父母勿悲伤。"即单骑入段营，晓以大义，又连夜别去，即受山西都督阎锡山委派，到上海，以求援于东南。民国成立后，黄兴为南京临时政府陆军总长，仇亮被任为陆军部军衡司司长。南北议和后辞军衡司长职，旋创办《民主报》，时在报端阐扬齐民为治之理，力斥君主立宪之非。民国元年（1912）8 月，同盟会与各小党派合并为国民党，就任本部会计部长。次年"宋案"发生后，仇亮借《民主报》抨击袁世凯，袁氏许以 10 万金收买该报，峻拒不纳。"二次革命"失败后，党人四散，遂潜回湖南湘阴原籍隐居。民国四年（1915）5 月，仇亮应陆军部次长蒋作宾函邀赴京，住同乡梅蔚南家。不数日，为袁氏侦探所知，被逮下狱。军政执法处 4 次刑讯，均慷慨抗辩，始终不为稍屈。自知不免于难，在狱中书家信一通，作绝命诗 6 章。其一："非种锄除绝稗莨，无端荆棘冒山溪。有人竟指鹿为马，争食何分鹜与鸡。和议铸成顽铁错，冤魂长伴宝刀啼。高冈忍令生枭獍，谁信人天物我齐。"其二："祖龙流毒五千年，百劫残灰死复燃。碧血模糊男子气，黄袍骄宠独夫天。那堪新莽称元首，定有荆轲任仔肩。世不唐虞心不死，望中凄绝洞庭烟。"其三："一别家山痛绝裾，壮怀几幸汉朱虚。十年大梦羞屠狗，万卷残篇饱蠹鱼。却憾诗书真误我，从知魑魅不欺余。戈挥落日终难返，青史千秋自毁誉。"其四："兰荃憔悴不闻香，欲托湘累续九章。大地风云斗龙虎，孤臣铁石铸心肠。沧桑一觉黄粱梦，傀儡谁登劫火场。三尺剑锋膏鹡鸰，几回搔首问苍苍。"其五："曾将宝鼎铸神奸，自笑天生本性顽。热血尽堪膏野草，痴情偏欲学文山。圜扉寂寞空搔首，泉路交游不赧颜。努力追随宋渔父，头颅同我索生还。"其六："南冠孤客任浮沉，九死何曾有悔心。独恨魔王能作怪，忍教壮士早成擒。当途豺虎塞天地，片刻波涛变古今。谁与招魂归故里，茫茫湘水俯千寻。"7 月 20 日，英勇就义于北京鬼门关二龙坑，其遗骸由仇鳌之二兄昆山收殓。

21 日　《申报》第 15244 号刊行。本期《自由谈》"诗话"栏目含《吴宫曲》（宝山沈梦塘）、《圆卿曲》（宝山沈梦塘）。

魏清德《鸟松阁雅集席上次手岛三惜阁下〈赠云石山人〉瑶韵》《又次三惜阁下〈四时乐吟〉却寄》发表于《台湾日日新报》。其中，《又次三惜阁下〈四时乐吟〉却寄》云："遥山云去尽，近水月明多。独坐耽吟咏，怀公发浩歌。"

22 日　《申报》第 15245 号刊行。本期《自由谈》"诗话"栏目含《采莲曲》（青浦王兰泉）、《采菱曲》（嘉定钱辛楣）。

郁达夫《花落后，过上野，游人绝迹，感而有作》刊载于《神州日报》"神皋杂俎·文苑"栏目。诗云："东风池上好花枝，无复浓香扑酒卮。九陌尘空春寂寂，浔阳商妇独愁时。"

魏清德《雨意》（限虞韵）（二首）又刊于《台湾日日新报》。其一："楚江巫峡半模糊，隐约云情作态俱。谁信高唐魂梦里，更传消息到庭梧。"

23 日 教育部公布大学及专门学校名称。国立、公立大学及专门学校计有国立北京大学、公立北洋大学等 53 所；私立大学及专门学校计有北京私立中华大学、民国大学等 21 所。

《申报》第 15246 号刊行。本期《自由谈》"游戏文章"栏目含《九九消夏歌》（觉迷）；"诗选"栏目含《郊外闲步》（温倩华女士）、《乙卯三月十四记盛》（八首，温倩华女士）。

况周颐再咏樱花，赋《减字浣溪沙·余赋樱花词屡矣，率羌无故实，偶阅黄公度〈日本杂事诗注〉及日人原善公道〈先哲丛谈〉，再占此九调。时乙卯大暑前一日》。其二："万里移春海亦香，五云扶舰渡花王，从教彩笔费平章。 萼绿华尤标俊赏（绿者尤娟倩），藐姑射不竞浓妆，遍翻芳谱只寻常。"其六："舜水祠堂璨雪霞，广平铁石赋梅花，葛薇身世一枯槎。 红树仙源仍世外，彩幡春色换邻家，过墙蜂蝶近纷拿。"

24 日 《申报》第 15247 号刊行。本期《自由谈》"诗选"栏目含《消暑吟》（仿汪老诗圃体五首）（东园）。

廉泉作《六月十三日贺逆旅主人西村贯一新婚》。诗云："爱河渺渺隔红墙，今夕仙娥会玉郎。连理枝头花赛锦，合欢筵上酒倾筋。夭桃含笑窥行客，月扇遮羞试晓妆。半幅新词写绵纸，成阴结子祝梅芳。（旅馆楹联只悬一幅，曰'梅经寒苦发清香'）"

25 日 《申报》第 15248 号刊行。本期《自由谈》"词选"栏目含《高阳台·和啼红君韵》（邝摩汉）。

《小说月报》第 6 卷第 7 号刊行。本期"文苑·诗"栏目含《留散原别墅杂诗》（九首，伯严）、《独坐舫庵茅亭看月》（伯严）、《甲寅元旦楼望》（伯严）、《舫庵园红梅两树盛开，戏占绝句》（二首，伯严）、《上巳禊集十刹海，分韵得"蕃"字》（诗庐）、《归林居》（映庵）、《拔可前来都门，暂留即去，别后弥复相忆，作此奉寄》（映庵）、《北学堂海棠》（映庵）、《哀麦孺博》（拔可）；"文苑·词"栏目含《木兰花慢·题罗四峰〈仙源归棹图〉》（子大）、《绛都春·别况夔笙，六年遇于海上，以词索和，不自觉其骚抑也》（子大）、《临江仙·与夔笙联句八阕》（子大）、《八声甘州·癸丑残腊薄游武林，遂登吴山泛西湖，主人情重，羁客有怀，信宿言归，感成此解》（澄碧）；"杂俎"栏目含《论言情小说撰不如译》（铁樵）、《顾曲麈谈（续）》（吴梅）。

《中华妇女界》第 1 卷第 7 期刊行。本期"文艺"栏目含《芸香阁怀旧琐语（未完）》（吴江汪静芬女士）、《若华馆诗钞》（海门黄逸尘女士）、《丙午张謇公召兴女学于兹九载，自惭学浅，无补教育，所幸前后诸生不乏美材，今以老病乞休，自写所怀》（南通女子师范校长范姚蕴素女士）、《校中避暑，戏用杜少陵〈夏夜叹〉原韵》（前人）、《立秋前夕遣兴》（前人）、《考察沪上赠项趾仁、张怀之两女士》（前人）、《新晴遣兴》（前人）、《校中避暑偶题》（前人）、《赠王坤英女士元宵新婚志喜》（张淡烟女士）、《菩萨蛮》（郭坚忍女士）、《如梦令》（前人）、《浣溪沙》（前人）、《祝英台近·寄妹》（前人）、《栏杆万里心》（前人）、《前调》（前人）、《点绛唇·题琳玑大姊小影》（前人）、《致某女士书》（转载本局出版〈留美学生季报〉）（陈衡哲女士）、《先妣吴太夫人事略》（廖退岩）、《致万国妇女和平会颂词》（聂曾纪芬女士）。

《崇德公报》第9号刊行。本期"文苑"栏目含《次程君在勤韵却寄》（二首，云中小主）、《感怀四首》（纵先）、《次良弼先生韵呈泥清师》（寿鹤）、《且沽酒》（张子正）。

郁达夫《寄钱潮——时正新婚，赋此嘲之》刊载于《神州日报》"神皋杂俎·文苑"栏目。诗云："海天云树久离居，青鸟西来绝简书。旧雨无踪今雨杳，新人如玉故人疏。怀旧半为西湖景，惜别非关北里闾。何日吴山重立马，看花并蒂玉芙蕖。"

26 日 《申报》第15249号刊行。本期《自由谈》"词选"栏目含《双红豆（风一程）》（诗圃）、《青玉案（湘帘一带垂无缝）》（诗圃）。

杨圻作《登玉泉山塔望颐和园、圆明园》。诗云："一塔耸云外，寒萝到古寺。石隙窥太虚，千峰伏平地。西山渐北转，苍苍荡高意。气凌扪月窟，势绝出星纬。西望十三陵，烟草入幽冀。落日满平原，云霞余王气。回头见离宫，窈窕千门闼。雕墙抱秋山，缥缈入空翠。忆昔御六龙，避暑华清里。驰道夹槐柳，禁卫从万骑。飞盖出建章，绣幰渡清渭。万几多幽赏，词臣珥笔侍。仙舟荡烟月，水殿起歌吹。悠悠五十载，几度伤心事？明烛照骊山，白头旧官吏。风吹昆明湖，波凉红藕坠。秋花寒更艳，暮苔绿犹腻。山下绝宫车，门前结游辔。举目古今平，悲欢原莫二。萧然感盛衰，秋色为憔悴。莫诵阿房赋，斯文令人泪。"

27 日 《申报》第15250号刊行。本期《自由谈》"栩园词选"栏目含《暗香·题崇川徐淡庐〈梅花山馆读书图〉》（李可亭）、《疏影·前题》（李可亭）。

张謇作《平湖葛翁遗像》。诗云："贡举重提卯酉年（翁清光绪己卯举人，子乙酉举人），前尘枨触许谭篇（许景澄、谭献作翁墓表）。未能拜纪交群事，已见贻孙翼子贤。家世自涵句漏井，宗亲俱食范庄田。义声在是千人俊，遗像应令百本镌。"又令怡儿录旧诗《元日望，秦、许、薛三子登后山》《和蔚西〈元日山中〉诗》。其中，《元日望，秦、许、薛三子登后山》云："巉绝上三里，峰乃鬼见愁。樵行自有路，奚必与鬼谋。盘空见蛇径，不辨尾与头。犹赖帝王力，尚烦来者忧。秦仲与许薛，年壮兴实遒。凌晨奋健足，矫若鹰脱鞲。既降缅所述，俯视桑乾流。遥睇山外山，岚霭天空浮。何有栖息处，巍巍三成丘。人生贵知止，奔逸安得休。老夫量劣薄，壮语一切收。微尚企庄惠，踵息从天游。"《和蔚西〈元日山中〉诗》云："朱颜白发青藤杖，张子登临兴自豪。有客云龙随孟尉，何人地虎羡敖曹。江河禹贡寻源迥，冰雪秦城问牧劳。纵与赤松坚后约，封留辟谷已愁高。"

沈其光作《飓风叹》。诗云："乙卯六月十六之半夜，飓风东来吁可怕。初闻调调复刁刁，壮士叱咤神鬼号。忽焉林莽皆梢杀，万窍怒吗天惨栗。豺虎啸穴山谷膺，蛟鳄骑涛海水立。平明里巷无人过，城南老树横街卧。千家屋瓦置不牢，譬似飞鸢跕跕堕。卷茅发屋犹未足，硬雨飞来如箭镞。岂无舟楫在江湖，累舸连樯葬鱼腹。我婴百感为悲歌，对此涕泪双滂沱。东南古来赋税苛，无人呼吁理则那。万民嗟叹郁噫气，上天之应应非讹。前年大水去年旱，沟中之瘠如鱼多。非死于此则兵戈，呜呼奈尔苍生何！呜呼奈尔苍生何！"

28 日 《申报》第 15251 号刊行。本期《自由谈》"游戏文章"栏目含《逐蚊赋》（仿梁简文帝《采莲赋》）（醒厂魏颂予）。

萧金石生。萧金石，别号易寒，四川南溪人。著有《重华吟稿》。

张謇作《观梅郎戏艺有此作》《寿谭许夫人七十生日》。其中，《观梅郎戏艺有此作》云："京师乐籍噪青衫，家世同光溯至咸（梅之祖巧林有声于清咸丰朝）。歌彻碧箫莺欲哑，舞回红绶凤教衔。千人得笑都成趣，一艺传名信不凡。已幸品题归士类，姓名应付五云函。"《寿谭许夫人七十生日》云："岭南文学盛陈朱，谭子谭经企两儒。校士著声悬藻鉴，宜家终吉洽威孚。一门瑜珥瑶环彦，再缀《天吴紫凤图》。毕竟礼门钟郝贵，养堂高处白云扶。"

黄文涛本日至次日作《风灾行》（志上海六月十七夜、十八日事）。诗云："飓风陡自海外来，倾盆大雨相继至。雨师风伯各逞威，洪涛汜滥复为祟。偃禾拔木鸟雀逃，翻江倒海蛟龙戏。浪卷巨舶疑鲸吞，波摧小艇随流逝。大厦倾圮泰山颓，茅庐飞舞天花坠。一日一夜不肯息，呼救哀声动天地。出门寸步苦难行，胡来慈航能普济。不识庆生有几人？惟闻死者以千计。兵戈浩劫尚未终，何堪又降此大厉。彼苍岂无好生心，召之未必非人事。人能悔祸即为福，慎勿怨天当自义。因思远近诸邻疆，能否幸免此灾异。"

陈三立作《六月十七日盲风晦雨枯坐作》。诗云："宵游横大月，倦枕尚偷看。破寐风摇雨，晨光与控抟。铩翎啼更乱，脱叶气吹寒。掩卷沉沉坐，端倪养肺肝。"

29 日 孙德谦访叶昌炽，以《邠州石室录》写样见示。叶赞其"嶙峋露骨，瘦硬可喜"。

凌学放作《乙卯六月十八日晨起，雨晴暑退，陪许丈静山及仲蔚、陶端、翼侯、伯文泛水，居杨园过大漹而还》（二首）。其一："晓开初旭断溪虹，枉渚澄潭处处通。菱叶凉生前夜雨，藕花香逗早时风。偶从答问皆师友，随野疏闲有叟童。小集高楼人五六，咏归可待夕阳红。"其二："水色山光晕碧丛，便逢胜处快推篷。荷陂废后通鱼桁，松径行时放鹤笼。军嶂（名山）眠云僧寺外，浦帆飞月钓船中。漫言归去来何晚，头白仙凫出世翁。"

张謇作《重赠梅郎五绝句》。其一："细数生年说马儿，香绷绣袱菊花围。不堪重忆科名事，宫锦还家变雪衣。"其二："世间只有美弟子，雌蝶雄蜂强较量。若使词人逢宋玉，不应神女赋高唐。"其三："珠样玲珑玉样温，性情仪态邈无伦。最怜一段幽娴意，似不能亲却是亲。"其四："为爱春华不爱闲，千金尺璧好时间。登场乍试南腔曲，洗研旋临北院山。"其五："唐突微闻谢楚伧，镂冰琢雪称聪明。愿将香海云千斛，常护摩登戒体清。"

30 日　《申报》第 15253 号刊行。本期《自由谈》"诗选"栏目含《春寒二首》（汪诗圃）、《街口》（汪诗圃）；"词选"栏目含《桂殿秋·秦淮即事》（程筼甫）、《蝶恋花·题东园〈河桥送别图〉》（程筼甫）。

许珏作《乙卯六月十八日伯升邀游水居，明日赋诗四章见示，余久疏吟咏，勉成一律》。诗云："万顷湖光漾碧漪，片帆天际共云迟。尽收好景归诗卷，已少豪情付酒卮（近戒酒已三月）。松菊犹思三径益（去年六月题高子《松菊犹存图》，并考定绘图年月），金兰何止百年期（高子《水居独坐》诗：'百年天地有金兰'）。洗心藏密吾曹事，剥复循环理可知。"

31 日　袁世凯公布《国民学校令》《高等小学校令》，改初等小学为国民学校，申明国民学校施行国家根本教育，以注意儿童身心之发育，施以适当陶冶，并授以道德、知识、技能为宗旨；并规定以读经列为国民学校、高等小学校必修课目。

《申报》第 15254 号刊行。本期《自由谈》"词选"栏目含《扬州慢·邗上题襟馆赋落叶》（程筼甫）、《水调歌头·黄金台怀古》（程筼甫）。

《湖南教育杂志》第 4 年第 7 期刊行。本期"文艺栏·诗录"栏目含《次韵山谷〈弈棋〉诗二首》（黄铭功）、《广山谷〈弈棋〉诗》（十首，黄铭功）、《续〈弈棋〉诗》（六首，黄铭功）、《再续〈弈棋〉诗》（四首，黄铭功）。

黎锦熙日记载："晚，在润之处观其日记，甚切实，文理优于章甫（陈昌），笃行俩人略同，皆大可造，宜示之以方也。"

廉泉作《夜游岚山归，得芝瑛六月廿日书，以诗代简答之》。诗云："到底无尘染，扁舟压浪花。身闲微病酒，梦好不离家。萝月下层壑，松风隐暮笳。客心正孤回，雁字又横斜。"

本　月

以黄兴为主的欧事研究会与中华革命党言和，结束革命党内分裂局面。

《国学杂志》第3期刊行。本期"文学"栏目含《湛园尺牍(诗附)》(明代进士程言笋云著、倪中轸校刊)、《羲抱室文钞》(倪羲抱)、《无斋漫录(续)》(倪羲抱)、《论文琐言》(江阴章廷华绂云述)、《星园漫笔》(章奎森)、《谭复堂先生遗诗(续)》(《思归读庐丛书》初集之一种)(谭献)、《闺秀摘珠集(未完)》(浙太平黄濬壶舟选评、金嗣献重编)、《梅边笛谱卷二(续)》(榆园钞本)(仁和李堂允升撰、许增迈孙校)、《伊人思(续第一期)》(明代沈宜修宛君辑)。

《民权素》第8集刊行。本集"名著"栏目含《丁征君墓碣》(陈蓉曙)、《拟庾子山〈对烛赋〉》(用原韵)(古香)、《得句将成功赋》(以及其成功一也为韵)(遁伧)、《〈远遗堂集外文初编〉序》(谭壮飞)、《〈香苏山馆诗集〉序》(书农)、《〈萧香舫诗集〉序》(秋心)、《游寒山寺征文序》(黄觉)、《〈蔽庐日月〉自序》(箸超)、《〈唐文粹〉书后》(昂孙)、《谢友人惠茶扇、凉鞋、竹席启》(庆霖)、《复友人论近日政局书》(箸超);"艺林·诗"栏目含《赠邱文阶》(蹇冥氏)、《君木病中以诗见寄,作此问讯,兼柬惨佛、天仇》(寄禅)、《南洋劝业场观菊花会》(寄禅)、《题王梧生户曹所藏韩人全醉堂诗卷》(二首,寄禅)、《岳忠武王玉印歌》(余三)、《客有赠米囊花者,因赋十二韵》(古香)、《题废寺四首》(恫百)、《卧病月余,处州章生闾时时存问,为赋一诗》(君木)、《寄寄禅上人》(君木)、《同仲车、辑父夜宿叔申斋中,有怀念若并示诸君》(君木)、《赠天仇》(四首,惨佛)、《嗟嗟当世贤行》(四首,天婴)、《江行书所见》(天婴)、《过大宝山》(天婴)、《哭妹》(二首,南村)、《读史》(七首,天醉)、《永嘉会园与李躬斋、陈守庸诸君痛饮,别后却寄》(二首,佛矢)、《明妃曲》(哲身)、《禹碑歌》(遁伧)、《佳话》(海鸣)、《艳词四绝》(海鸣)、《春闺五首》(粹宇)、《赠孟硕》(花奴)、《无题》(三首,警先)、《怀伯兄古香即寄》(箸超)、《偕昂弟登楼外楼》(箸超);"艺林·词"栏目含《绛都春·春夜,为清河画舫赋》(孟劬)、《上行杯·庚子秋,闻半庚老人与古微、伯崇诸君围城中。余亦同经乱离,曼声低唱,不能无南斗京华之感矣》(孟劬)、《念奴娇·岳阳楼晚眺,用苏韵》(韦庐)、《高阳台·挽岳女士》(复苏)、《尾犯·竹荪过海上,倚此为赠》(匪石)、《念奴娇·莫愁湖》(笑生)、《前调·秦淮河》(笑生)、《蝶恋花·相思愿》(海鸣)、《露华·孤愤》(海鸣)、《菩萨蛮·晚凉得鲜鱼,乐甚沽酒,偕昂弟就湖滨饮之,信口倚此,不计工拙也》(箸超);"诗话"栏目含《今日诗话(续第七集)》(古香)、《愿无尽庐诗话(续第七集)》(钝剑)、《摅怀斋诗话(续第七集)》(南村)。其中,张尔田(孟劬)《上行杯》云:"延秋门上乌头白。野老吞声江岸哭。满地惊尘。北斗遥应接凤城。 万方多难干戈里。壮不如人今老矣。蜡泪成堆。梦到昆明话黑灰。"《绛都春·春夜,为清河画舫赋》云:"花奴罢宴。正天半画阁,流苏齐卷。醉擘钿钗,虬箭丁东敲琼管。碧棠华下双双燕。照绛蜡、秋千斜胃。睡妆初就,香围密座,舞葱歌茜。 别苑。秦箫按彻,琐窗隔、月底行云吹散。背解绣裆，蕤帐藏娇春无限。梦腾休恨良宵短。任一枕、鸳鸯栖暖。判教红日扶头，晓莺漫唤。"陈匪石（匪石）《尾犯·竹荪过海上，倚此为赠》云："花月满春江，江岸落梅，声送风笛。车走轻雷，黯天涯行客。翻覆手、阴晴未定，雨云踪、梦魂犹隔。血痕题遍，十幅练裙，一色榴花赤。　姬姜蕉萃损，矗蛾黛、数尽晨夕。日影昭阳，妒寒鸦颜色。买椟恨、珍珠无价，问卜悔、金钱暗掷。金粉飘零，恨海有波浸天碧。"

《眉语》第1卷第10号刊行。本期"文苑·碎锦集"含《山塘曲》（雪霞）、《拟唐人宫词四首》（前人）、《七夕两首》（前人）、《秋夜寄远三首》（前人）、《无题两首》（前人）、《咏红指甲》（前人）、《绮怀十二绝》（余菊秋）、《怨青春》（前人）、《捱白昼》（前人）、《怕黄昏》（前人）、《睡初醒》（前人）、《相思泪》（前人）、《墙头》（前人）、《池上》（前人）、《咏梅花四绝，呈翰芳胞姊》（任淑云）、《和淑云胞姊原韵四章》（任翰芳）、《和〈秋夜漫兴〉律诗》（前人）、《题〈雪美人〉》（劳翰芳）、《题〈秋树〉》（前人）、《题〈秋柳〉》（前人）、《题〈白莲花〉》（前人）、《爱月》（前人）；"文苑·慈悲十种曲"含《慈悲十种曲》（淄川蒲榴仙遗著）。

《浙江兵事杂志》第16期刊行。本期"诗录"栏目含《滩行》（钱模）、《怀张冶羲》（钱模）、《除夕遣闷》（钱模）、《感事》（沈培元）、《赠郝参谋旭东》（李光）、《寄怀浙江兵事杂志社诸子》（李光）、《首夏西郊口占》（崔宝璜）、《有感》（胡宗麟）、《假归舟中》（徐原白）、《入新建军署口号》（刘恩沛）、《值宿军署》（刘恩沛）、《值宿军署得伯兄自闽来书》（刘恩沛）、《烟霞洞》（顾乃斌）、《题孤山林少尉墓》（顾乃斌）、《乍浦军次》（樊镇）、《强权世界》（夏士杰）、《和秋叶〈岳王坟怀古〉次韵》（黄元秀）、《舟中和汪楚僧次韵》（黄元秀）、《读五月七夜邸报》（林汝复）、《寄怀施仲西》（李爽）、《闻外交日紧》（许鏖）、《登胜棋楼感事》（许鏖）、《闻岳坟附近野操，往觅阵地不遇》（吴钦泰）、《游灵隐上韬光》（吴钦泰）、《四时从军乐》（林之夏）、《答吴仲言》（林之夏）。

[韩]《新文界》第3卷第7号刊行。本期"现代鸣世诗家"栏目含《拜坡会得篱字》（愚山吴命焕、小湖尹相衍）、《翠云亭雅集》（梅下崔永年）、《翠云亭归路，更饮李少南书庄》（梅下崔永年）、《宿鍊光亭》（云养金允植）、《游云达山金龙寺》（兮樵张复七、左海申锡荣、退畊权相老、兮穑张复七、绮山黄羲用、久檗孙永准）、《逢玉樵俞凤焕》（鹤侬李相夏）、《暮春送别》（南隐金锡震）。其中，南隐金锡震《暮春送别》云："三笑虎溪客，欣寻业下缘。梦断江云外，泪添渭水边。杜宇空啼血，垂杨自织烟。巴灯他日雨，诗袂好相连。"

张汉英卒。张汉英（1872—1915），字惠芬，号惠风，湖南醴陵人。肄业于长沙女校。清光绪三十一年（1905）秋赴日留学，加入同盟会。明年冬，其夫李发群以谋炸端方事牵连下狱。张归，探李于狱中，泣诉端方，请以身代夫。又多方设法，李始于宣统二年（1910）得释。辛亥革命成功，参议院制定《临时约法》，张汉英力争女子参政权,语惊四座。旋创办湖南最早妇女报纸《女权日报》。民国三年(1914)回醴陵女子学堂任教,积劳成疾,咯血而死。生平与南社女诗人唐群英交最契。善诗,留学日本时,课余历览名胜,所至吟咏。其诗多散佚,《南社湘集》仅存其日本纪胜绝句四首。其诗《咏厥头》有"万里长江一望明,归舟无数自纵横。何时一击中流楫,顿息遥天巨浪生"等句,流传广远。傅熊湘为作《张汉英传》。唐群英惊闻张汉英病故,悲痛欲绝,作《祭张惠风文》。序云:"维民国四年□月□日。张君惠风卒于醴陵私第,春秋四十有四。阅十有二日,同学弟唐群英闻其讣而哀之。乃致诚遣使,远赍香花清酌庶羞,请张生贞祥代表致祭于君之灵。呜呼!"文云:"天地无心,万物同壑。福善则虚,英蕊夏落。既孤我德,女界销铄。潜灵不反,余晖闪灼。吊君德行,周规折矩,虚比洪钟,静若幽谷。吊君文学,浩瀚渊深,沟通今古,气蕴风云。吊君言语,为世之范,于侪辈中,亭亭孤干。匪桐不栖,匪竹不食,既调琴瑟,笃其伉俪。欧风东渐,诟病专制。君与民争,洪流萃域。君亦崛起,不虑其败。武汉举义,末帝逊位。夫婿英雄,血膏草莱。民国肇造,素志既酬。寡鹄哀鸣,孤枕寒衾。蜚声教育,桂兰有馨。济济来学,月异日新。川静波澄,风雨骤惊。世界竞争,合纵连横。奥塞启衅,英德交讧。全欧振荡,莫顾远东。日乘其隙,虐我震旦。泣血志士,抚剑三叹。忧愤成疾,骨朽心惨。呜呼哀哉,鲸浪滔天。惟君既死,后死勉旃。雪兹国耻,仍告贞魂。兹当永诀,奠酒三樽。阴阳虽隔,謦咳如闻。知君英灵,尚有心属。嶓嶓高堂,檐前风烛。呱呱黄口,正在襁褓。养之教之,兄弟手足。驾言往兮,无为踯躅。呜呼噫嘻,人生几何。譬如朝露,去日苦多。非寿非夭,共感逝波。君无悲戚,听此薤歌,哀哉尚飨。"

张謇到京,易顺鼎与樊增祥、罗惇曧等宴请之,并招同观梅兰芳演出。

严修为周恩来所在南开中学丁二班题"含英咀华"四字,作为丁二班在全校举行国文比赛中荣获第一名之奖状。

况周颐代赛金花作书致冒鹤亭。

林纾本月及次月南游徐州、南京、上海等地。在上海会见郑孝胥、沈瑜庆、高梦旦等人,并作诗数首。访沈瑜庆时,作《喜晤涛园诗》。诗云:"当年老猛今遗老,海上相逢话故林。流寓真成栖隐地,先皇早鉴谒陵心。艰难不死天非靳,酸梗无言味转深。明日别君过建业,霜风又向鬓毛侵。"

夏敬观赴杭州,游桐庐。

李厚安、袁树五等发起辑刻《云南丛书》。方树梅将历年所得滇先哲著作20余部、诗文500篇选送刊。

张鸿与程竞强在朝鲜仁川创办华侨子弟两等学校。张鸿任校长,程竞强任教务长,专聘教员数人,凡侨胞中劳工子女,一律免费入学。

吴昌硕为题王震《菊石图》云:"朱菊味苦腹难受,黄菊落英香可口。此泉明未曾道及，而屈原先生不知果能辨之否？多事饶舌吴老缶。乙卯季夏，一亭涉笔成趣，草率题之。"又，为陈摩篆书自作诗轴，题云："离奇扛鼎笔，写此达摩佛。祝吾寿无量，身坚比山骨。美意能延年，欲拜阙袍笏。松下一炉香，观心坐寒月。伽盒先生属书。乙卯长夏，安吉吴昌硕老缶。"又，与倪田合作《牡丹玉兰图》（玉兰）并题诗二首。其一："琉璃世界净无尘，皎皎临风似玉人。记与云英桥上遇，琼浆乞得祭花神。"倪田款识云："墨耕补牡丹。"又，为葛昌枌绘《佛像图》，并题云："折苇过江胜杯渡，道成只履西归去。十年面壁空山中，影入石中坐禅处。我今想像一写之，虬髯古貌心慈悲。《易筋经》法真传少，技击空言游侠儿。乙卯长夏，于海上旧家见花之寺僧画佛像，约略拟其意。祖芬仁兄教我。吴昌硕。"又，为长尾甲行书《述怀》《客来》《烟霞洞禅房》《于大行看子》四诗轴。其中，《于大行看子》云："独立思悲翁，裳衣瑟瑟风。客吁成木强，囊脱见髯丰。性命长镜外，乾坤野哭中。草玄寥落后，剧美失扬雄。"

《最新时装百美图咏存》（1册，线装）由上海才记书局印刷刊行。陆子常绘图、海上诸大名士书咏。

范古农为圆瑛《一吼堂诗集》作《〈一吼堂诗集〉序二》云："我佛说法，不出真俗二谛。于俗谛，随顺世间因缘；于真谛，开示第一义处。真谛，犹光明之镜；俗谛，犹镜中之像。无真谛，安有俗谛；无俗谛，不显真谛。是故真外无俗，俗外无真。真俗别异，其实一也。然有德者，必有言。悟真者，能谈俗，通达诸法实相，而后法法皆真，头头是道。溪声尽是广长舌，鸟语无非般若音，而况高僧之歌咏章句乎？尝诵天童寄禅上人吟稿，觉其清逸之气、超脱之风，足使鄙夫宽、懦夫立，未尝不翛然神往于高僧诗化，一至于斯。乃者圆瑛法师住持天童有年，颇有寄公遗风。禅悦之余，亦曾寄兴于吟咏，自非胸襟高旷，深入妙玄者，乌能得心应手，咳唾珠玉若是？又以见法师之为人心切，应以诗人得度者，即现诗僧而为说法。诗集出世，将见师子一吼，百物震惊，与夫挥麈谈禅，曾不稍异。然则斯集也，偈颂耶？语录耶？见仁见智，自在读者。（农）于诗门外汉，承师不弃，属予为序言，姑述所见，以塞责云尔。己卯季夏幻修居士范古农和南谨序。"

陈夔龙作辘轳体诗《长夏无事，偶阅〈两当轩集〉，中有"异乡偏聚故人多"一语，缅维身世，怅触久之。仲则才丰遇啬，赍志以殁。身际太平，犹属幸事。余学愧黄童，时丁板荡，安得太白仙人之句，已非乾嘉全盛之年。既伤仲则，行自伤也。爰拈七字，率赋五章，索同社诸君正和》索和。其一："异乡偏聚故人多，眼底沧桑可奈何。归梦心随云共远，劳生病与墨交磨。晨参早破枯禅戒，夜猎休烦醉尉呵。劫后江南同作客，莫因羁旅惜蹉跎。"其二："流徙江湖鬓已皤，异乡偏聚故人多。闲商棋谱兼琴谱，笑遣诗魔与酒魔。风过寒森檐际铁，雨余锈涩枕边戈。少年跋扈飞扬意，老去忧时一刹那。"瞿鸿禨、缪荃孙、冯煦、沈曾植、吴庆坻、陈夔麟、朱启凤小笏、朱宝莹琇甫、徐士培有和作。其中，冯煦有和作五首。其一："异乡偏聚故人多，浅醉微吟奈老何。万劫虫沙频变幻，一篇蠹简足研磨。忍尤攘垢天难问，著相观空佛不诃。七十笼东游物外，敢云将寿补蹉跎。"其二："明镜朝窥玄发皤，异乡偏聚故人多。漆书几欲登三叛，金著宁能折万魔。何以解忧杜康酒，最难返景鲁阳戈。初庚烦督如尘涌，安得雍羌献扈那（扈那、雍羌国乐，能涤烦适情，见《唐书·南蛮传》）。"其三："成亏一局渺山河，急劫旁观已烂柯。绝域每惊新鬼大，异乡偏聚故人多。频瞻门钺将生莠，早办山装更制荷。浊足清缨皆自取，沧浪孺子莫重歌。"其四："灵琐难招吊女萝，知公行处有吟窠。苏祠松籁三高续，蒋径蓬踪二仲过。晚景只薪来日短，异乡偏聚故人多。翻云覆雨知何事，争似湖阴一荷蓑。"其五："钓徒久欲狎烟波，况有金焦两点螺。辽左几时返玄鹤，太康何地出苍鹅。六经传业心先醉，一日省愆头自科。靖节漫嗟形答影，异乡偏聚故人多。"缪荃孙和作《小石尚书拈两当轩"异乡偏聚故人多"一语作辘轳体五篇，谨和》。其一："异乡偏聚故人多，海角偷生五载过。握手旧游惊岁月，伤心避地改岩阿。聊从诗卷寻麟阁，莫学痴儿梦蚁窠。雀鼠鸡虫都不管，药炉经卷伴维摩。"沈曾植和作《和庸庵尚书"异乡偏聚故人多"五首》其二："放意江干发棹歌，异乡偏聚故人多。丹心有愿寻伊霍，白首如新共涧阿。闲共山翁论甲子，长留心史映山河。华胥节物都成梦，元老新书记若何？"吴庆坻和作《庸庵以两当轩集中"异乡偏聚故人多"句，用辘轳体为诗五章索和，次韵答之》。

宋伯鲁作《追题葛毓珊（金烺）同年玉照（并序）》（二首）。序云："乙卯六月，毓珊同年之文孙名昌楣字荫吾来京，出其乃祖三十岁小照属题，余与毓珊之子弢甫名嗣溁者为乙酉举贡同年。而毓珊与余为己卯举贡同年，又为丙戌黄榜同年。两世而同年者三，诚佳话也。毓珊乔梓皆早世。独其诗集传于世，毓珊有《传朴堂诗》四卷，弢甫有《弢华馆诗》一卷。"其一："句容仙籍本青城，咀嚼丹华入上清。两世论交寻佛谱，九峰当日有诗名。干戈满地人千里（毓珊早年避乱往来闽越间），书画扁舟客一生（毓珊性情嗜古，著有《沤艇书画录》四卷）。料得云軿来去处，几回清浅识蓬瀛。"

瞿蜕园作《六月大风纪异》。诗云："将雨不雨云模餬，大风忽来吹欲无。将雷不雷鼓噎气，风来更欲撼天地。黄浦遥连海潮声，胥母怒作高过城。五更三点不知曙，千军万马蹴踏鸣。楼台岌岌波浪涌，六种震动魂魄悚。禽犬窜伏蝇蚋痴，昏灯焰摇驼褐摛。修柯老树距斯脱，茅苫破屋飞相踵。船夸横海帆定裂，车号武刚辕亦还。谷置山身战阵中，拔旆投衡犹有勇。"

廉泉作《绿子，东山寄庐之女书记也。书追晋轨，写有〈昭明文选〉。乙卯六月重游京都始识之，许为余写〈东游吟草〉，赋此陈谢，即题卷首》。诗云："环佩珊珊不自持，绛仙才调畏人知。未容言语真无奈，得见婵娟恨已迟。万壑松涛迎翠袖，一帘花影写乌丝。为传闻雨伤春句，欲报琼瑶更有谁。"

[日] 杉田定一作《七月渡津轻海峡》。诗云："青山一发是虾洲,重上津轻海峡舟。不识都门三伏热,凉风满榻气如秋。"

八 月

1日　上海中国银行、交通银行与钱业公会是日起将以前所开龙银行市一律取消,只开新币(袁世凯头像银元)行市。

浙江修《平阳县志》开局。事前,刘绍宽拟定《县志序目》并《说略》《采访条例》。开局后,查阅《温州府志》《通志》《文献通考》《四库总目提要》及朱彝尊《经义考》等书,抄县志人名。

《申报》第15255号刊行。本期《自由谈》"游戏文章"栏目含《大风歌》(漱冰);"词选"栏目含《行香子·题友人便面》(诗圃);"文字姻缘"栏目含《和天虚我生自题〈泪珠缘〉原韵》(四首,蔡选青)。

《小说大观》(季刊)由文明书局在上海创刊。共出15集,1921年6月停刊。包天笑主编。由文明书局、中华书局共同发行。鸳鸯蝴蝶派刊物。多登载小说,尚有"剧本""笔记""日记""宫词""外传""蠹余录"等栏目。作品多为文言。主要撰稿者有包天笑、苏曼殊、叶楚伧、姚鹓雏、陈蝶仙、范烟桥、周瘦鹃、毕倚虹等。

《通俗杂志》(半月刊)在上海创刊。李辛白编辑,汪建刚发行。仅见第1、2期,第2期1915年8月16日出版。主要栏目有"演说""时闻(国内、国外)""特著""译丛""戏曲""小说""词林""杂录""歌谣""文艺""专件"等。主要撰稿人有独秀、守庸、天一、洁予、莲心、苦力、横山武夫、悦義、一萍、逸民、蒙明、菜佣、小梦、寂凄、尘因、更生等。本期"词林"栏目含《西湖游归,紫翁世伯以诗见赠,依韵奉报》(蒙明)、《游龙珠山途中口占》(菜佣)。

《小说海》第1卷第8号刊行。本期"杂俎·诗文"栏目含《后和卿先生六十寿序》(东园)、《赠潘仲良》(东园)、《谋道》(东园)、《拟李太白〈秋夕书怀〉用原韵》(东园)、《沁园春·和友人〈元日〉之作,次韵》(东园)、《醉太平·和筠甫》(东园)、《归国遥》(东园)、《明月生南浦》(东园)、《西山游记》(吕苏厂)、《夜宴曲》(诗圃)、《钗头凤》(诗圃)、《古香慢·此梦窗〈赋沧浪看桂〉自度腔也,万氏〈词律〉失载,为赋之》(诗圃)、《小重山》(诗圃)、《子融先生〈六德吟传奇〉,为方蘤尹景乐而作,赋此以志》(诗汝)、《题胡君让之〈百寿印谱〉》(二首,朱星白)、《和东坡〈蝶恋花〉词,即用原韵》(王蕴文女士)、《青玉案·由西泠女校回苏,舟中偶作》(王蕴文女士)、《一剪梅·画梅绢灯》(王蕴文女士)。

《崇德公报》第10号刊行。本期"文苑"栏目含《酷暑杂感》(悟缘)、《登黄鹤楼有感》（云中小主）、《晴川阁望汉口》（云中小主）、《漫兴二首》（寿鹤）、《晚发南湖》（寿鹤）、《清平乐》（悟缘）。

《中国实业杂志》第6年第7、8期刊行。本期"文苑"栏目含《太平洋舟中杂咏》（李文权）、《消夏四咏》（崔玉公）。

《诗声》（雪堂月刊）第1卷第2号刊行。本期"词论"栏目含《张炎〈词源〉（续）（未完）》；"诗论"栏目含《〈渔洋诗问〉节录（二）》；"词谱"栏目含《莽苍室词谱（二）》（雪堂编辑）；"诗话"栏目含《一鹗庵乙卯消夏录》（海飞）；"笔记"栏目含《水佩风裳室杂乘（未完）》（澹於）；"野史"栏目含《非烟传（续）（完）》；"诗屑"栏目含《天河，蟋蟀》《屏风，鬼》《牛，美女簪花》。

2日　《申报》第15256号刊行。本期《自由谈》"栩园诗选"栏目含《清明舟中》（张季子）、《还家》（张季子）。

陈夔龙作《六月二十二日纹女十周忌期有感》（四首）。其一："年来亡国无穷恨，儿女私情付达观。今日过庭思咏絮，炎天不雪亦生寒。"其二："爱甚安昌转自怜，中郎旧业更谁传。临风遥奠一尊酒，触我伤心十载前。"

廉泉作《岚山寄吴观岱二首》。序云："六月廿二日，罗叔言邀游岚山。与佐藤夫妇乘电车至嵯峨驿，在渡月桥边买一舴艋，溯保津川而上，两岸好山如画。舟随滩转，每上一滩，辄回头不见来处，于前路亦然。凡经十数滩，过聚书、莲华两岩，由落合至屏风岩止焉，溪流倒峡，瀰腾澎湃，令人目眩神竦，不敢逼视上滩。以三人牵行下，则一泻如箭，一舟师横篙足矣。夜归赋此，寄吴布衣，他日为我图之，不啻奋身瞿塘三峡间也。"其一："平生梦想蛾眉碛，打鼓作歌亦有情。三峡鸣猿齐下泪，却来岛外听滩声。"其二："翠壁丹崖气郁盘，鹃花红晕雨初干，热心到此全无著，两岸松阴六月寒。"

3日　袁世凯宪法顾问、美国政客古德诺在北京《亚细亚日报》发表《共和与君主论》，鼓吹帝制。

荣庆至品泉茶社，作诗云："本来佳趣静中生，不喜人声喜鸟声。益广何妨开径望，品泉须识在山清。短墙低护花为障，旭日初升苇作棚。感触故园郊外景，荷坞稻馆不胜情。"

陈祖宪生。陈祖宪，字伯章，号易庵，福建泰宁人。著有《怀古斋焚余草》。

胡适作《水调歌头·今别离》（吾前以英文作《今别离》诗，今率意译之，得《水调歌头》一章）。词云："但愿人长久，千里共婵娟。吾歌坡老佳句，回首几年前。照汝黄山深处，照我春申古渡，同此月团栾。皎色映征袖，轻露湿云鬟。　　今已矣，空对此，月新圆。清辉脉脉如许，谁与我同看？料得今宵此际，伴汝鹧鸪声里，骄日欲中天。帘外繁花影，村上午炊烟。"原载于1917年3月《留美学生季报》春季第1号。

后收入 1920 年 3 月初版《尝试集》(附《去国集》)时,胡适增加一段长序:"民国四年,七月二十五夜,月圆。疑是阴历六月十五也。余步行月光中,赏玩无厌。忽念黄公度《今别离》第四章,以梦咏东西两半球昼夜之差,其意甚新。于四章之中,此为最佳矣。又念此意亦可假月写之。杜工部云:'今夜鄜州月,闺中只独看。'白香山云:'共看明月应垂泪,一夜乡心五处同。'苏子瞻云:'但愿人长久,千里共婵娟。'皆古别离之月也。今去国三万里,虽欲与国中骨肉欢好共此婵娟之月色,安可得哉。感此,成英文小诗二章。复自译之,以为《今别离》之续。人境庐有知,或当笑我为狗尾之续貂耳。"

4 日 《申报》第 15258 号刊行。本期《自由谈》"栩园诗选"栏目含《送江宁周彦升归里》(张季子)、《浣香以画册乞题,书此归之》(二首,绣桥女士)、《月》(绣桥女士)、《寓目》(二首,绣桥女士)。

张通典卒。张通典(1859—1915),字伯纯,号天放楼主,晚号志学斋老人,湖南湘乡人。早年与县城及近郊青年陈瀚灯 10 余人结东山诗社,活跃于清光绪初叶,世称"东山十子"。1889 年应曾国荃之邀,任奏牍兼江南水师学堂提调。1896 年陈宝箴任湖南巡抚,张在长沙倡办矿务总局,开矿设厂。1898 年与谭嗣同等创办南学会、时务学堂、《湘报》《时务报》。1900 年初在武汉起义失败。逃往上海,与章太炎等发起救国会。旋又创办上海制造局、广方言馆。又任两江学务处参议兼编学务杂志。1911 年广州新军起义时曾赴香港,广州起义失败后返回上海。武昌起义爆发后,集同志参与光复苏州。南京临时政府成立后,任内务司司长及临时大总统府秘书、秘书处军事组组长。政府北迁后解职归沪,不久退隐湘中,直至病卒。著有《匡言十卷》《天放楼文集》《袖海堂文集》等。其女张默君嫁邵元冲,后为民国政界诗坛要人。丘逢甲与张通典有交往,其《赠张伯纯通典》诗云:"伯子天下士,十年知汝名。相思黄歇浦,相见赵佗城。落日秋山色,寒涛大海声。九边田牧计,击楫送君行。"丘氏自注云:"张时办广西垦牧。"

甘作蕃辟沪北新圃,吴昌硕篆书潘飞声"偶种喜逢"七言联为之补壁。联云:"偶种杂花成小圃,喜逢佳日得闲身。翰臣先生于沪北辟小圃,兰史征君撰联题壁,属为书之。乙卯荷花生日,吴昌硕,年七十二。"

5 日 《日本潮》在上海创刊,由群益书社编辑发行。

《申报》第 15259 号刊行。本期《自由谈》"游戏文章"栏目含《戏迷诗》(集京剧名)(十五首,细柳村夫)。

《妇女杂志》第 1 卷第 8 号刊行。本期"文苑·诗选"栏目含《春柳》(四首,常熟潘曹兆兰女士)、《春草》(四首,常熟潘曹兆兰女士)、《落花》(四首,常熟殷潘亚光女士)、《芝草醴泉行》(为常熟姚氏婢陈二妹作)(寄沤)。"杂俎"栏目含《然脂余韵（续）》（蓴农）、《新见闻随笔》（卢振华女士）、《连文释义（未完）》（西神）。

于式枚卒。于式枚（1853—1915），字晦若，祖籍广西贺县，生于四川营山。光绪六年（1880）中进士，授兵部主事。充李鸿章幕僚多年，奏折多出其手。1896年参加康有为倡设保国会。1906年任广东提学使。1907年充出使考察宪政大臣，上奏反对立宪和召开国会，维护专制皇权，立宪派请罢。清亡后，不仕，寓居山东青岛。1913年清史馆成立，任纂修清史稿总阅。于氏精通外语，擅诗词，人称"桂海奇才"。又多怪异之举。陈散原说他"寻常挟孤愤，滑稽评今古"，徐世昌说他"喜作谐语，时涉嘲笑"，黄公渚说他"刚肠世难容，小楷独妩媚"。赵启霖作《于晦若侍郎挽词》（二首）。其一："日没虞渊底，风凄大海湄。人亡邦瘁后，天祝圣悲时。毅魄从孤竹，芳心托卷葹。堂堂十数字，绝笔署穿碑（公临没自书墓碑云：'清故吏部侍郎于式枚之墓'）。"其二："当年持使节，抗疏独觥觥（公奉使考察宪法，归国上疏，于时论多所驳正）。余事文章赡，高名译寄倾。自全龚胜节，羞作褚渊生。一痛屠躯在，颓云莽八纮。"严修挽以两联。其一："文学大类元裕之，一事胜古人，东方寄，西方鞮，行九万里者再；志节尤肖陶征士，两贤同命运，丑年生，卯年殁，寿六十三而终。"其二："刮目赏吾文，十字荣褒，知己感逾门下士；洁身见公志，一函诀别，题名惨署未亡人。"罗瘿公作挽联曰："国故罗胸，惜哉不就横云稿；陆居无地，凄绝难寻野史亭。"于氏之死，说法不一。一说被袁世凯毒杀，又一说死于突发疾病。于式枚与袁世凯本有师生之谊，但后来对袁深恶痛绝，曾作《浣溪沙》词斥袁："顿足捶胸哭遁初，装腔作势骂施愚，可怜跑坏阮忠枢。　　包办杀人洪述祖，闭门立宪李家驹，算来总统是区区。"于氏后来选昆山为隐逸之所，定居于顾炎武墓地附近。台湾高阳在《清末四公子》里认为于氏因携《起居注》未归还袁世凯，又一再写诗刺袁，故被袁派人设计毒杀。于氏故友乔茂萱持相近看法，曾云："于晦若相差一百八十度，不难离本初之弦上矣。"刘成禺《洪宪纪事诗本事簿注·于式枚》言："项城好邪辟，多丑行，晦若患之，然知其枭雄有为，能成大事。遂举其逐日行动，随笔详录，曰《袁皇帝起居注》。每写一条，手示项城……项城显贵，屡索晦若日记不获，阴嗾王存善子展设法邀晦若游济南、青岛，入北京，谋收回日记也。"另据《后孙公园杂录》云："世凯将称帝，忽忆微时丑德，皆在晦若手记起居注中，欲消灭之。知沪商会有力董事王子展与于最善，属其谋得原稿……"于氏故交陈散原曾作诗悼念于晦若。诗有注云："余自沪还金陵，君亦旋移居昆山。君居昆山病危，夜载小舟往沪，响晨泊岸，卒于舟中。"诗中有句云："自深幽愤疾，药物孰宜忌。"按陈说，于晦若死于疾病。

　　6日　《申报》第15260号刊行。本期《自由谈》"游戏文章"栏目含《夜花园赋》（仿《阿房宫赋》）（半仙魏起予）；"诗选"栏目含《酷暑戏作》（四首，诗圃）、《读史》（十四首之二，东园）。

7日 春音词社第三集于上海徐园双清别墅举行。周庆云携宋徽宗松风琴、赵松雪风入松琴征题，词调不限。自此集始，仅加圈点，略示商兑扬榷之意，而不复按次排列。本集留存词作有：周庆云《风入松》，徐珂《风入松·春音词社第三集，拟赋宋徽宗宣和年制松风琴》，夏敬观《高山流水·梦坡斋中有宋徽宗风入松琴、赵子昂松风琴》，朱祖谋《高山流水·宋徽宗松风琴》（故宫法曲冷朱弦），王蕴章《高山流水·春音社三集，赋宋徽宗琴》（凤池一勺啸龙寒），潘飞声《风入松·题周梦坡〈海上获琴图〉》（君家门对浙江潮），况周颐《风入松·宋徽宗琴名松风》（北来征雁带魂销）、《风入松·禁前调所用典》（故宫风雨咽龙吟）、《风入松·第三咏，仍前禁体》（苍官拥仗凤鸾鸣）、《风入松·第三咏，仍前禁体》（层楼倚翠万松岭）。此集还有非社课词作数首，如庞树柏《瑞龙吟·徐园春音词社雅集，用清真韵》（淞波路），陈匪石《瑞龙吟·淞滨久客，游赏多在徐园，离合悲欢事乃万状。乙卯立秋前一日，春音社又集于此，檗子和清真此调见示，率同其韵》（长堤路），此词后改为《瑞龙吟·乙卯秋初陪彊村翁游扈西园林，和清真，同檗子作》（长堤路）。夏敬观于春音社集中结识邵瑞彭。其中，朱祖谋《高山流水》云："故宫法曲冷朱弦。倚龙吟、风雨潸然。开宴记芳时，南薰韵入流泉。河清慢、征角重翻。宸游处，仙籁层霄遍彻，仗合苍官。和春雷别殿，笃耨御香前。 无端。青城几千里，黄鹄谱、应指秋寒。零乱杏花词，梦落万水千山。问霓裳、几度飘烟。知音少，枨触孤臣老泪，怨拨哀弹。恨宫声不返，凄绝陇禽言。"况周颐《风入松·宋徽宗琴名松风》云："北来征雁带魂销，夕吹咽寒涛。太清楼畔鸥弦涩（《宋史》：宣和四年四月丙午，诏置宣和楼及太清楼秘阁）空回首，仙乐层霄。旧谱水云舟夜，新声国宝湖桥（汪水云淮河舟中夜闻宫人弹琴，赋《水龙吟》词。太学生俞国宝题《风入松》词于西湖断桥酒肆屏风上）。 杏花词事剪冰绡（徽宗《燕山亭》杏花词首句'裁剪冰绡'）。遗恨付桐焦，音官大晟飘零后（《宋史》：崇宁四年八月辛卯，赐新乐名。大晟置府建官。音官，乐官也，见《国语》），风和雨、送尽云韶。今古人天凄籁，霓裳一例蓬蒿。"陈匪石《瑞龙吟》云："长堤路。还见翠冷侵苔，荫交迷树。残蝉凄咽高柯，院桐未陨，新凉处处。忍停伫。曾记绽桃春晚，笑窥帘户。而今已觉秋多，画梁旧燕，临风倦语。 吹度荷香如醉，闹红亭馆，罗衣轻舞。桑海泪中相看，人半新故。蛛尘冒壁，谁问笼纱句。重回首、鸥乡过影，莎阶联步。逝水飘花去。题襟尽有，吟情醉绪。平剪愁千缕。斜照敛、无端西风催雨。闷怀又结，一天云絮。"又，周庆云作《立秋前一日，偕沤尹、倦鹤、檗子、仲可、蕈农、也诗、子昭小集双清别墅，饮后复至学圃遇雨，遂同归敝庐，晚酌尽欢而散，为赋一律，呈同社诸君》。同人和作：白曾然（《梦坡招饮双清别墅，复游学圃，归后再集晨风庐赋诗纪事，次韵报谢》）、陈世宜（《立秋前一日社集徐园，梦坡丈复招游学圃，归饮晨风庐，坡丈即席有作，次韵奉政》）、王蕴章（《徐园社集，和梦坡丈均》）、庞树柏

（《立秋前一日，社集双清别墅，和梦坡丈原韵》）。其中，周庆云诗云："清游不减旧风流，胜友名园事事幽。莫对王孙哀往恨，偶弹古调解闲愁（予携宋徽宗、赵松雪两琴抚弄）。千丛花木皆宜画，一雨林亭已着秋。未罄情怀重把盏，又迟新月上帘钩。"王蕴章诗云："心迹双清饮碧流，飞尘不到小园幽。偷声减字才人谱，换羽移宫故国愁。寂寂花时温旧梦，冥冥海气赴新秋。酒杯深浅情多少，更拟题诗上玉钩。"

《申报》第 15261 号刊行。本期《自由谈》"游戏文章"栏目含《戏迷诗》（集京剧名）（十五首，西柳村夫）；"诗选"栏目含《夏夜怀蝶仙》（用颜延年〈呈散骑车〉韵）（东园）。

刘尔炘作《立秋前一日雅集五泉山，醉后步石头主人韵》。诗云："男儿事业许封侯，要觅桃林去放牛。幻想忽惊三古梦，新诗羞为一身忧。云天飘渺飞黄鹄，烟水苍茫问白鸥。栏外青山楼外树，也应酬我到千秋。"

8 日 各省袁党或被收买的社会名流组成"请愿"团，要求实行帝制。

《申报》第 15262 号刊行。本期《自由谈》"游戏文章"栏目含《投稿歌》（汗颜生）；"诗选"栏目含《苦蝇谣（并序）》（黄诗汝）。

《崇德公报》第 11 号刊行。本期"文苑"栏目含《新乐府·捕蝗虫》（失名）、《感事》（悟缘）、《卖花声》（悟缘）、《次悟缘丈韵》（云中小主）、《邺中》（楚狂）、《楚中》（楚狂）、《梦登晴川阁得句》（寿鹤）、《登楼重感》（寿鹤）。

黎锦熙与毛泽东谈论学问与政治，告诫毛要善于引导群众。

陈衍作《立秋日访泊园不值》。诗云："便觉秋风入我怀，泊园秋色定然佳。驱车廿里长安道，剩见斜阳上古槐。"

汤汝和作《六月二十八夜作，此日即立秋节》。诗云："观书辄为古人愁，北牖迎风且卧游。云影上依星彩焕，月华中带电光流。乍凉蝶梦三更雨，乱咽虫声万窍秋。此际草堂谁与伴，樵青煎茗夜窗幽。"

傅熊湘作《立秋夜书感》。诗云："专扇渐看捐短夜，高楼已欲近西风。曲栏干外梧桐院，絮书惊秋几个蛩。"

张震轩作《夏午后从瑞归，舟中即景》。诗云："夏雨凉生暑气收，西河桥外泛归舟。岸欹碧树浓浮黛，山挟黄沙浊泻流。鸟影横冲天际雾，虫声预报夜来秋。倚篷默溯磨驴迹，年少知交半白头。"

刘尔炘作《立秋日登镜泉楼赏雨》。诗云："连朝望雨不胜愁，得雨如封万户使侯。到处都成消夏地，寻诗先上镜泉楼。廿年树老园更主，一叶风来客感秋。冷暖也关忧乐事，始知造化在心头。"

9 日 《申报》第 15263 号刊行。本期《自由谈》"词选"栏目含《金缕曲·入都感怀二阕》（诗汝）。

10 日 《申报》第 15264 号刊行。本期《自由谈》"诗选"栏目含《和天愁〈感怀〉元韵》（二首，邨儿）；"词选"栏目含《一剪梅·雨窗》（泾县王梦鸾女士）、《浣溪沙·风雨闲庭，落花满径，感而有赋》（泾县王梦鸾女士）、《菩萨蛮·春暮》（盐城陈琴仙女士）。

《甲寅》杂志第 1 卷第 8 号刊行。本期刊登《国家与我》（秋桐）、《说宪》（秋桐）、《爱国储金》（秋桐）、《政制论下》（东荪）；本期"文苑"栏目含《致龙松岑书》（四首，王鹏运）、《与苏子谷书》（章炳麟）、《由木渎入崇祯桥》（姜实节）、《虎丘赠山阴戴南枝》（姜实节）、《题赵松雪〈平林秋远图〉》（姜实节）、《阳山白龙庙前老树内寄生槐树，一枝绿荫如盖，殊为可观。予以春日过其下，徘徊不能去，为作诗纪之》（姜实节）、《扬州感旧》（姜实节）、《出黄山后寄黄虞道士》（姜实节）、《饮虎邱山下》（姜实节）、《赠女校书张忆娥》（姜实节）、《虎邱》（姜实节）、《西湖寓楼毛奇洪昉思为予填词，约歌者未至》（姜实节）、《癸丑秋纪金陵围城事五首》（朱孔彰）、《读史二绝句》（王国维）、《送日本狩野博士奉使欧洲》（王国维）、《蜀道难》（王国维）、《旧国》（蒋智由）、《鹡鸰叹》（蒋智由）、《镜里流光》（蒋智由）、《观溪有忆治道书感》（蒋智由）、《咏吴季子挂剑》（蒋智由）、《梁甫吟》（李白集中有此题作，今仿之）（蒋智由）、《赠马浮》（六首，程演生）。

《东方杂志》第 12 卷第 8 号刊行。本期"文"栏目含《石遗室诗话续编卷二（续）》（陈衍）；"海内诗录"栏目含《游上方山至兜率寺示嘿园、宰平》（陈宝琛）、《归自上方寄赞虞侍郎》（陈宝琛）、《国界桥》（沈曾植）、《展墓后行视生圹地域》（二首，沈曾植）、《小除日同仁先过太夷海藏楼看雪酌瓶酿》（陈三立）、《雨中登惠中茗楼》（陈三立）、《甲寅除夕》（陈三立）、《寄节庵》（陈三立）、《招次公饮不至因寄》（罗惇曧）、《得亮奇奉天诗却寄》（黄濬）、《赠胡梓方》（黄濬）、《到家作》（沈曾植）、《崇效寺三首》（陈曾寿）、《晦闻属题〈广雅图〉》（罗惇曧）、《寓居丁香二株盛开，中夜披月，独玩久之》（黄濬）；另有其他篇目《眉庐丛话（续）》（蕙风）。

张謇题粤李云谷《残研图》三首。其一："旷代炎洲高士，深衣皂帽终身。山泽自有光气，不必白沙门人。"其二："对人都宜拱手，对官岂可开口。相依键户著书，残研乃非剩友。"其三："传研何必子孙，祭社听之乡里。世间万物刍狗，玉带等闲一纸。"

11 日 国立南京高等师范学校正式公开招生入学。江谦为创校校长，奉命在两江师范学堂原址勘查筹建。江苏省教育会会长沈恩孚、副会长黄炎培任南高师评议员。

吴昌硕为筱溪题《苍松图》。诗云："挐攫风云吼瀑雷，空山自养栋梁材。苔荒太古无樵径，匠石安能一顾来。筱溪仁兄属，画于海上去驻随缘室。乙卯立秋后三日，安吉吴昌硕，时年七十又二。"

[日] 白井种德作《喜雨》。诗云：“沛然泻庭宇，濯热有余清。喜雨诗成未，且呼翠茗烹。”

12 日　王一亭与吴昌硕、何诗孙、郑孝胥等应六三园主人之请赴园雅集，在座有日人佐佐木等。

13 日　《申报》第 15267 号刊行。本期《自由谈》“游戏文章”栏目含《送夏诗》（仿唐贾岛《送春》诗）（山阳宋焜）；“文字因缘”栏目含《和宝山施琴南先生〈昔梦篇〉，次韵应青浦徐伯匡及上海程棣花两先生之征》（东园）。

廉泉作《七月三日与且顽、孝直、师石同游岚山即送师石还江南》。诗云：“小雨轻风独倚楼，且收涕泪看神州。故关何处重回首，世路多端似急流。压浪好分蓝尾酒，忘机来伴赤松游。云容水态何无赖，一任喧豗荡客舟。”

14 日　杨度串联孙毓筠、李燮和、胡瑛、刘师培、严复，即“洪宪六君子”联名发起筹组“筹安会”。6 人联名发表《筹安会宣言》，鼓吹君主制，为袁世凯复辟做准备。杨度劝动严复作为发起人，袁世凯极为欢悦。《筹安会宣言》称：“我国辛亥革命之时，国中人民激于情感，但除种族之障碍，未计政治之进行。仓卒之中，制定共和国体，于国情之适否，不及三思。一议既倡，莫敢非难。深识之士，虽明知隐患方长，而不得不委曲附从，以免一时危亡之祸。故清帝逊位、民国始创绝续之际，以至临时政府、正式政府递嬗之交，国家所历之危险，人民所感之痛苦，举国上下，皆能言之。长此不图，祸将无已。近者，南美、中美二洲共和各国，如巴西、阿根廷、秘鲁、智利、犹鲁卫、芬尼什拉等，莫不始于党争，终成战祸。葡萄牙近改共和，亦酿大乱。其最扰攘者，莫如墨西哥。自爹亚士逊位之后，干戈迄今无宁岁。各党党魁，拥兵互竞，胜则据土，败则焚城，劫掠屠戮，无所不至，卒至五总统并立，陷国家于无政府之惨象。我国亦东方新造之共和国，以彼例我，岂非前车之鉴乎？美国者，世界共和之先达也。美之大政治学者古德诺博士即言：世界国体，君主实较民主为优，而中国尤不能不用君主国体。此义非古博士言之也，各国明达之士，论者已多，而博士以共和国民而论共和政治之得失，自为深切著明，乃亦谓中美情殊，不可强为移植。彼外人轸念吾国者，且不惜大声疾呼，以为吾民忠告，而吾国人士乃反委心任远，不思为根本解决之谋，甚或明知国之危，而以一身毁誉利害所关，瞻顾徘徊，惮于发议，将爱国之谓何？国民义务之谓何？我等身为中国人民，国家之存亡，即为身家之生死，岂忍苟安默视，坐待其亡？用特纠集同志，组成此会，以筹一国之治安，将于国势之前途及共和之利害，各摅其见，以尽切磋之义，并以贡献于国民。国中远识之士，鉴其愚诚，惠然肯来，共相商榷，中国幸甚！发起人：杨度、孙毓筠、严复、刘师培、李燮和、胡瑛。”

《申报》第 15268 号刊行。本期《自由谈》“游戏文章”栏目含《新世界竹枝词》（四首，漱冰）；“词选”栏目含《满江红·和陶益滋〈三十述怀〉原韵二阕》（程筠甫）、《双红豆·集词牌》(二首，东园)、《浣溪沙·看牡丹》(东园)。

刘栽甫作《阅报》。诗云："呆呆朝阳欲坠渊，危楼默坐只慨然。旧都已过三春梦，名世能兴五百年？测海窥天曰予圣，醉生梦死主颓龄。竖儒怀恤焚坑烈，亦念东门牵犬贤。"

雷铁厓作《八月十四夜》。诗云："八月十四夜，金鼓何雄壮！喧阗不能寐，出门察其状。万人攒聚处，入云声正唱。女伶小翠芬，扮作英雄样。云是杨四郎，盗令将胡诳。间关奔故国，为慰倚闾望。当其母子会，悲哀酸五脏。情景合天伦，何必问真妄。我观正入神，忽焉心凄怆。小人亦有母，倏经黄土葬。临丧不能归，今犹羁烟瘴。他时即得还，惟有哭幽圹。安得如此剧，生聚诉离况。挥涕入我门，搦管书纸上。可怜无母儿，随触皆惆怅。"

吴宓作《咏史》(二首)、《秋日杂诗二十首》《感事八首》等以刺时事。其中，《咏史》其一："六国何缘欲帝秦，局危南渡媚强邻。纵横诡辩苏张舌，兄弟约和辽宋亲。丰沛故人图后贵，陈桥拥戴想前因。垂裳难系苍生望，扰攘兵戈禅代频。"诗后自注："奸人倡为君主说，谓外人皆望中国改为君主，假客卿美人古德诺氏之言以耸众。又谓昔年陆徵祥自欧回国，德帝威廉二世令致密札于袁总统，力劝回复帝制。与德互相提携，为东西二大君主国云。"《秋日杂诗二十首》其一："漫天黄叶秋来雨，小院微寒暑后风。怀抱沉沉观物象，新诗终为写愁工。(总起)"其二："密密愁云酝酿时，非烟非梦我偏疑。残山一角斜阳老，樽酒欲翻劫后棋。(君主政体之复活)"《感事八首》其一："世变终无极，苍生大可哀。妖星沉帝座，清议出云台。开济三朝老，纵横绝代才。黄粱梦富贵，作剧笑狐埋。"其二："独猿啸空谷，群鸟噪高林。扰扰百魔舞，冥冥万象沉。生民伤桎梏，清庙听讴吟。饮酖吾能惯，千年痼疾深。"

15 日 《国货月报》在上海创刊。该刊"以发达工商，提倡国货"为宗旨，黄砺生编辑，泰华书局发行。

《申报》第 15269 号刊行。本期《自由谈》"诗选"栏目含《春日杂咏》(十首之二，蔡选青)。

《崇德公报》第 12 号刊行。本期"文苑"栏目含《大风雨后汕头早发》(悟缘)、《夜泊厦门》(悟缘)、《临江仙》(悟缘)、《越中》(楚狂)、《燕中》(楚狂)、《虎丘》(云中小主)、《游河》(云中小主)、《自乙巳至庚戌过黄州已八度矣》(寿鹤)。

[韩]《天道教会月报》第 61 号刊行。本期"词藻"栏目含《三清洞》(源庵吴知泳)、《翠云亭》(香山车相鹤)、《三清洞雨后》(云溪金洙玉)、《三清洞幽赏》(芝江梁汉默、敬庵李瑾)、《登开心寺大乘庵》(金光熙)、《万和亭》(香山车相鹤)。其中，金光熙《登开心寺大乘庵》云："海上十年明月客，花前一宿白云家。碧山春色迎人早，正是东风不世邪。"

吴芳吉作《读雨僧（吴宓）诗稿答书》。曰："诗之为道，发于性情，只求圆熟，便是上品。若过于拘拘乎声韵平仄之间，此工匠之事，反不足取。"

冯开作《七月五日胸痛几殆，病间有作》。诗云："奇苦真应裂肺脾，终朝何止谒三医。命垂俄顷偏难绝，死亦寻常但恨迟。暂托哀呻苏气息，只将泪眼对亲知。吾生未受天刑酷，今日犹深痛定思。"

16日　《申报》第15270号刊行。本期《自由谈》"诗选"栏目含《春夜月》（东园）、《野屋》（东园）。

《娱闲录》第2卷第1号刊行。本期"时事小言"栏目含《即事杂咏十首》（云水）。"艺坛片影"栏目含《蜀中名伶李琴生挽词》（冷公）、《闻伶人李琴生卒，感成南北曲一套》（中江怪物）、《戏挽伶人李琴生》（珣）、《其二》（游人）、《荷花生后二日，锦新舞台助赈，观李凤卿演〈双合印〉剧，感而题画凤仙花以赠》（双玉鱼生）；"文苑"栏目含《云从西归，弟□□写奉四图，各缀一绝》（香草宦）、《黔阳怨》（觚斋）、《悼亡妾》（董汉苍）、《感事四首》（爱智）、《京师别守瑕》（八十松馆）、《曼园》（江阳山人）、《种蔬堂诗稿》（吟痴）、《秋心词稿》（华阳冯江遗著）、《岁寒社诗钟录》（蘅、强、觚）；"弹词"栏目含《卖花记（未完）》（雪儿）。

17日　周庆云招集淞社第二十五集，同人有诗作。李详作《七夕，周梦坡招为淞社第廿五集，分得拟杨鸿〈七夕图〉诗，姑为二首贴之》，戴启文作《淞社第廿五集，分题，拈得拟李郢〈七夕寄张氏兄弟〉一绝》，吴昌硕作《七夕淞社分题，和梁简文〈七夕穿针〉》。其中，吴昌硕诗云："缕长孔又细，月微云不开。纵使能穿得，针神少夜来（夜来姓薛，魏文帝妃，有针神之号，即灵芸）。良夜佳朝误，罗帷风自开。孔微丝不度，花暗月迟来。"

王仁东招逸社第五集，沈曾植、冯煦、吴庆坻、瞿鸿禨、朱彊村、王乃征、杨钟羲、缪荃孙在座。同人有社作：沈曾植《七月七日逸社第五集，会于完巢新居，即和其〈移居〉诗原韵》（三首）。其一："飘摇正尔风雨恶，俯仰倏然天地宽。五浆十馈光不谍，一堂二内贞可盘。开轩定知儿女乐，斗室应无扫除难。醉吟诗句容易得，未遣新愁挽古欢。"王仁东《移居四首》其一："危巢几覆幸重完，出谷才知俯仰宽。且对明窗安笔砚，偶留佳客共杯盘。回旋旧地三弓窄，拳曲频年一饭难。更喜德邻吴季子，望衡对字日追欢。"陈夔龙《乞巧日旭庄招饮为逸社第五集，余以腹疾未赴，五叠韵赋谢，并呈社中诸诗老》。诗云"屈子秋来新卜居，嘉招拟造故人庐。岂期牛女双星会，正读岐黄百草书。堪笑诗成须厕上，遥知宾醉肆筵初。残膏剩馥祈沾润，杜律元评见匪墟。"吴庆坻《七月七日完巢招饮新居，即用其〈移居〉诗韵》（四首）。其一："旅燕新巢且缮完，醉乡应拓百弓宽。随身长物书盈篇，乞巧芳筵果钉盘。揖客孙能谐笑语，明农儿解说艰难。月泉吟侣今萧索，重洗尊罍结石欢。"杨钟羲《刚侯招饮，出

〈移居〉诗,次和》（四首）。其四："著书岁月闭门多,笑比尧天懒出窝。幸有素心容醉语,每将短咏当悲歌。当筵雨急车初洗,归路云开鉴乍磨。多事频年髡鹊首,为人风浪渡银河。"瞿鸿機作《完巢七夕招饮新居,作逸社第五集,见示〈移居〉四律,即次原韵奉和》（四首）。其一："巢父安巢室苟完,癯歌真践硕人宽。兰成萧瑟坏同凿,李愿徜徉谷处盘。早识狎鸥浮海惯,故应栖凤择条难。北窗高卧南窗傲,日对琴书结占欢。"其三："飞凫我亦步王乔,新卜幽居绝市嚣。仲蔚蒿居唯月照,少陵茅屋任风摇。观空本觉心无住,齐物从教意也消。敢续君家醉乡记,愁来酩酊且云聊。"

《申报》第 15271 号刊行。本期《自由谈》"诗选"栏目含《题吴东园〈蜃楼记〉》（五首,湘中周汇湘）。

吴昌硕为伯渔扇面行书《为匏道士题画四首之二》。诗云："坐观云起思摩诘,独树老夫怀杜陵。心地寒冰人木彊,热中看尔汗如蒸。夕阳红树涨秋痕,扶醉归来酒再温。坐我画中犹未适,人间愁煞石壕村。为匏道士题画四首之二。伯渔仁兄有道属,录于海上。乙卯七夕,吴昌硕。"又,戴启文返杭留别,吴昌硕有诗送之。

方守彝作《七夕邀臧雪楼、韩伯韦、陈慎登、胡渊如、汤葆民、杨天遒饮于大观亭,时涵率孙瑛德从伯韦归,即投句戏次来韵》。诗云："诗句奇成下马虹,蛛丝小巧那能同？将坛擒虎千夫指,国子送穷四壁空。龙睡得珠骄席上,鱼惊缩项逐波东。今宵块垒消杯酒,天上人间颊尽红。"

陈三立作《七夕步溪上》。诗云："槐烟竹露夜荧荧,掩映银河度万萤。耳语沙堤诸女伴,似疑天上有双星。"

江五民作《七夕偶成》。诗云："避秦何处有桃源,大好银河匝地圆。岁岁牛耕同女织,贫来犹得借天钱。"

张素作《摸鱼儿·七夕寄亚兰》《百字令·滨江七夕,用湖海楼韵》。其中,《百字令》云："淡云河汉,道羽衣仙客,曩曾来此。织女牵牛相望处,又报秋期近矣。梦里杯盘,客中瓜茗,忒自无情味。漫云今夕,鹊桥如见天使。　　暗念秋气多悲,巧心难乞,今古滔滔是。一例关山羁旅恨,照遍九州月子。井落梧桐,阶鸣蟋蟀,总入愁人耳。神仙何往,夜乌啼过城垒。"

沈汝瑾作《乙卯七夕》。诗云："繁星嘉会鹊桥填,离合悲欢各一天。碧血河山争战国,金盘瓜果共和年。晒书孰具匡时策,织锦难偿送聘钱。乞巧不如还守拙,明朝银汉隔神仙。"

黄节作《七夕园坐,归途同栽甫》。诗云："雨后明河澹欲流,病余不觉已成秋。万鸦顿尽成寥廓,众女方怜托蹇修。巧胜向人终奈懒,夜凉如水可无游。车行渐乱归时语,稍惜宵眠且自休。"

刘裁甫作《乙卯七夕调此叟》（二首）。其一："仰天笑语昔年为,凄绝蜘蛛十万丝。

静夜相从弥岁阙，深杯寝寐有心期。为怜羁缕身安适？待苗红芽愿已违。彻夜低昂秋思尽，明星耿耿是何时？"

何藻翔作《乙卯七夕》。诗云："妇织夫耕剧可怜，儿孙此债苦难填。神仙亦有人间恨，只悔当初赍聘钱。（时北京大借外债议成）"

杨令茀作《乙卯七夕》（六首）。其一："银浦无情若水流，柘枝小队按凉州。钧天法曲谁传播，弹雀明珠惜误投。铜辇秋衾空选梦，玉珰缄札只言愁。垂虹桥畔寻红叶，独辗雕轮过御沟。"

张恨水作《七夕诗》。诗云："一度经年已觉稀，参横月落想依依。江头有个凭栏客，七度今宵尚未归。"后载于1927年8月6日北京《世界晚报》副刊《夜光》，题为《记事珠：七夕诗》，署名"水"。诗前序云："七夕诗，古今作者，何止千万。若不就本身略事寄托，更不必作，只集古人句，便可书所言矣。前年与故友张楚萍客金陵。七夕之夜，散步江边，见银汉横江，繁星照水，各有所感。楚萍谓今夕不可无诗，尔先咏之。予乃口占一绝。"诗后跋曰："楚萍因闺中无画眉之妇，故流落在外，且七年矣。读予诗，以为不谅而规戒之，凄惨不复能语。今吾友亦死七年矣，一忆此事，终日不欢也。婚姻不自由，诚杀人之道哉！民国四年，落拓下金陵，寓下关。"

18日　黄节致信刘师培，肯定共和制，谴责其组织筹安会、鼓吹帝制行为，望"深察得失，速为罢止"。31日又致函，刘师培置之未复。此后遭袁党监视，恐为所害，即避地天津，寓法租界友人家。旋称病移住法租界北洋医学校附属医院。

陈夔龙补和作《逸社第五集之翼日，补和旭庄〈移居四首〉》。其一："善居差似子荆完，得地依然放眼宽。半壁槐阴蝉甫唱，一庭草色马初盘。琴书客里移家便，鸡犬人间拔宅难。不惜沧浪钱四万，良宵风月故情欢。"

19日　《申报》第15273号刊行。本期《自由谈》"游戏文章"栏目含《新慷慨歌》（仿《史记·滑稽传》《慷慨歌》）（山阳宋焜）；"诗选"栏目含《己酉归自武昌将五载矣，今有燕京之行，赋此以别珠溪诸子》（黄诗鲁）、《乙卯五月朔道过金陵，客有为予话辛壬往事者，诗以纪之》（黄诗鲁）。

20日　由杨度起草的《筹安会宣言》公开发表，筹安会宣布正式成立。杨度为理事长，孙毓筠为副理事长，严复、刘师培、李燮和、胡瑛为理事。同日，筹安会通电全国，谓："本会之立，将筹一国之治安，研究君主、民主国体二者以何适于中国，专以学理是非，事实利害为讨论范围，至范围以外各事，本会概不涉及，以此为至严之界限。"湖南、吉林、安徽、江苏等相继组织分会。广东分会取名为集思文益会，梁士诒派所组，不肯依附于杨、孙。

《船山学报》创刊。由刘人熙所创办的船山学社主持，主要撰稿人为湘籍学者。后几经停刊复刊。创刊号"文苑"栏目含《玉屏集（未完）》（益阳王德基）、《毅庵类稿（未完）》（记事）（益阳曹佐熙）、《瓣姜诗（未完）》（浏阳欧阳中鹄）。

《申报》第 15274 号刊行。本期《自由谈》"诗选"栏目含《流亡叹》（东园）；"词选"栏目含《天香·龙涎香》（诗圃）、《月华清·春夜，用洪璪韵》（东园）；"文字因缘"栏目含《冯建统君与韦瑶珊女士新婚后即偕赴美国游学，感而赋此，藉以志别》（蛟川红袖）。

《学生》第 2 卷第 8 号刊行。本期"文苑"栏目含《春假一周记》（北京公立第一中学校学生吴佑）、《旅行华山记》（陕西省立第二师范学校本科二年级学生陈泰丰）、《太湖游记（续）》（胡健生）、《湖舠旧游记》（广东东莞中学校三年级生容肇祖）、《拟戴南山〈意园记〉》（浙江吴兴县立中学校四年级学生王德林）、《甲寅暑假游积翠岩记》（安徽歙县梅溪小学校高等四年级学生洪璪）、《闻波楼读书记》（浙江吴兴县立中学校四年级学生闵思澂）、《日记自序》（江苏省立第二中学校二年级学生尤志庆）、《拟少城种花序》（四川浙江馆中学校三年级学生何鸿业）、《宝汉茶寮饯春序》（广东公立监狱学校学生柳荣煦）、《莫春约同学赴军山试茶启》（江苏省立第七中学校一年级学生季忠琢）、《题赵子昂画马》（上海民立中学校学生张训诗）、《调寄〈忆秦娥〉·乡思》（上海浦东中学校三年生闵智）、《过明故宫》（江苏省立第七中学校学生朱宝森）、《咏明宏光》（前人）、《登雨花台》（前人）、《游莫愁湖》（前人）、《过四望桥》（前人）、《柳眼》（上海交通部工业专门学校中院学生桂铭敬）、《乡居四时乐》（江苏第三师范讲习科学生周子诚）、《题竹箸》（手工制作有感）（前人）、《蝶》（湖南省立第一中学校三年级学生雷昞）。

《大中华》第 1 卷第 8 期刊行。本期"文苑"栏目含《白葭居士属题〈精忠柏断片图〉》（康有为）、《三月朔日石遗招集伊园同赋》（二首，樊山）、《归里后口占六首》（九一）、《送辟畺夫子南归》（规庵）、《盘门戍楼野望》（霜杰）、《定海鲁王宫》（严觉之）、《象山港》（严山）、《岚山逭暑，南面王不易也，以诗报东海相国并示梧生、樊山、哭庵、凤荪、仲鲁诸公》（廉惠卿）、《沈君穆堂家传》（吕景端）。同期刊载梁启超《异哉所谓国体问题者》。略云："吾言几尽矣，惟更有一二义宜为公等忠告者：公等主张君主国体，其心目中之将来君主为谁氏，不能不求公等质言之。若欲求诸今大总统以外耶？则今大总统朝甫息肩，中国国家暮即属纩，以公等之明，岂其见不及此？见及此而犹作此阴谋，宁非有深仇积恨于国家，必绝其命而始快？此四万万人所宜共诛也。若即欲求诸今大总统耶？今大总统即位宣誓之语，上以告皇天后土，下则中外含生之俦实共闻之。年来浮议渐兴，而大总统偶有所闻，辄义形于色，谓无论若何敦迫，终不肯以夺志。此凡百僚从容瞻觐者所常习闻，即鄙人固亦历历在耳。而冯华甫上将且为余述其所受诰语，谓已备数椽之室于英伦，若国民终不见舍，行将以彼土作汶上。由此以谈，则今大总统之决心可共见也。公等岂其漫无所闻，乃无端而议此非常之举耶？设念及此，则侮辱大总统之罪，又岂擢发可数？此亦四万万人所宜共诛也。""略云：吾作此文既成后，得所谓筹安会者寄示杨度氏所著《君宪救国论》，偶一翻阅，见其中有数语云：'盖立宪者，国家有一定之法制，自元首以及国人，皆不能为法律外之行动。贤者不能逾法律而为善，不肖者亦不能逾法律而为恶。'深叹其于立宪精义，能一语道破。惟吾欲问杨氏所长之筹安会，为法律内之行动耶？抑法律外之行动耶？杨氏贤者也，或能自信非逾法律以为恶，然得毋已逾法律以为善耶？呜呼！以昌言君宪之人，而行动若此，其所谓君宪者，从可想耳，而君宪之前途，亦从可想耳。"

时任总统府高等顾问汪凤瀛反对君主立宪制，撰《致筹安会与杨度论国体书》。汪凤瀛初拟定此文，曾示汪荣宝、汪东宝诸子。略云："读报载，我公发起筹安会，宣言以鉴于欧美共和国之易致扰乱，又念中国人民自治能力之不足，深知共和政体，断不适用于中国，因发起斯会，期与国中贤达，共筹所以长梫久安之策，并进而研究帝制之在我国，是否适用于今时，是否有利而无害。宏谋远虑，卓越恒情，令人钦仰不已。然就目前事势论之，断不可于国体再事更张，以动摇国脉，其理至显，敢为执事缕晰陈之：由上年改订新《约法》，采用总统制，已将无限主权，尽奉诸大总统，凡旧《约法》足以掣大总统之肘，使行政不能敏活之条款，悉数划除，不得稍留抵触之余地；是中国今日共和二字，仅存国体之虚名，实际固已极端用开明专制之例矣。""今国基甫定，人心粗安，而公等于民主政体之下，忽倡君主立宪之异议，今大总统又有予决不为皇帝之表示，纲常之旧说已沦，天泽之正名未定，使斯议渐渍于人心，不独宗社党徒，幸心复炽，将不逞之徒，人人咸存一有天命、任自为之见，试问草泽奸尻，保无有妄称符命，惑众滋乱者乎？专阃将帅，保无有沉吟观望，待时而动者乎？召乱速祸，谁为厉阶？心所谓危，不敢不告！不佞之愚，以为新《约法》创大总统开明专制之特例，治今中国，最为适当。民国宪法，谓宜一踵前规，无所更易。若公等必谓君主世及，可免非法之觊觎竞争之剧烈，则请取干宝分晋史论及六朝、五代之历史，博观而详究之！忧危之言，不知所择，幸垂谅焉！"

魏清德《宜园小集》（支韵）（二首）发表于《台湾日日新报》。其一："错落亭台长短篱，宜园景物入新诗。座中竞赋高轩过，笔下谁传幼妇词。落日遥天红绚烂，晚风近树绿离披。也应此会年年健，珍重群公续后期。"

高旭作《感事六咏》分刺筹安会六君。其一："为獭驱鱼事岂诬，辨言乱政惑当涂。他年看汝终投阁，三字流芳莽大夫。"其二："新朝劝进著鞭先，名士而今值几钱？学佛可怜根太钝，一生参得野狐禅。"其三："通儒硕学世争推，臣本欧西贩卖来。纵虱其间拚阁笔，芙蓉城里老奇才。"其四："误人红粉与黄金，覆雨翻云万变心。此辈只宜束高阁，枉谈经术到刘歆。"其五："当年丰采似天神，虎啸齐州气象新。岂为功名隳志节，中庸原要姓胡人。"其六："开府吴淞彼一时，胸无点墨竟何施。无端又被魔来袭，愧对先人李药师。"

中旬 刘裁甫作《阅报有感，夜梦黄神白昼堕地》。诗云："黄神白日堕中天，俯视齐州九点烟。五服已惊陆沉始，共和元纪周亡前？妄贪肤箧匆遗策，坐昧让王是废篇。点检此征时已异，可能洗甲仗潜泉？（李长吉《梦天》诗：'遥想齐州九点烟'）"

21日 《申报》第15275号刊行。本期《自由谈》"诗选"栏目含《题丈竹侯重修勺湖草堂，席间出诗相示，赋此答之》（寄尘秦粤生）、《读东园所作杨妃生日十六章，吴中和者较多，清词丽句，美不胜收，因亦效颦，得十一首就东园、觉迷两君正之，作于苏州沧浪亭测量队军次》（嘉兴叶清芬）。

周庆云作《七月十一日，偕澹如湖边啜茗，忽来阵雨，云山万态，画笔难描，感而赋此》、丁三在和作《奉和梦坡世丈〈十一日湖边遇雨〉原韵》、秦国璋和作《梦坡以〈湖滨遇雨〉诗由杭州寄示索和，依原韵奉酬，并简澹如同政》。其中，周庆云诗云："雷声隐隐动山邱，渐觉炎威次第收。骤雨驱风飞入室，平波作浪势吞舟。全湖绘出襄阳画，绕郭摧残菡萏秋。瞥眼又看新月上，此中奇幻梦难求。"丁三在诗云："翁之乐者在林邱，瞬息风云眼底收。动地雷声三击浪，连天山色一孤舟。炎威销尽莲塘夏，凉意新添茅店秋。湖上雨奇晴亦好，坡仙诗思此中求。"

22日 《崇德公报》第13号刊行。本期"文苑"栏目含《寿丁衡山镇军，次其犹子吉晖参谋韵》（四首，湛园）、《夏日同力轻、良弼两师登黄鹤楼感赋》（二首，寿鹤）、《秋夜不寐口占二绝》（云中小主）、《秋日挈鼎儿同登鹄矶，小憩茶楼倚此》（悟缘）。

叶昌炽为李审言作骈文稿序。

[日] 芥川龙之介自田端致恒藤恭信中附诗四首。其中，《波根村路》云："倦马贫村路，冷烟七八家。伶俜孤客意，愁见木棉花。"《真山览古》云："山北山更寂，山南水空回。寥寥残础散，细雨洒寒梅。"《松江秋夕》云："冷巷人稀暮月明，秋风萧索满空城。关山唯有寒砧急，捣破思乡万里情。"《莲》云："愁心尽日细细雨，桥南桥北杨柳多。棹女不知行客泪，哀吟一曲《采莲歌》。"24日，芥川龙之介又将《松江秋夕》写在明信片上，赠与石田干之助。

23日 《申报》第15277号刊行。本期《自由谈》"诗选"栏目含《甫入都门，怆然有感》（黄诗鲁）、《赠同门马蜕桴》（黄诗鲁）。

吴昌硕借王仁东寓共宴李瑞清，宴集者有郑孝胥、何维朴、沈爱苍、左子异、洪尔振、林怡书及王仁东。

24日 在袁世凯授意下，北京及各省纷纷出现请愿团，要求变更国体。南社先后参加请愿者有林獬、景耀月、马小进、汪东、谷思慎、杨曾蔚、王葆桢、方赞修、黄慕松、李德群、席绶、孙湜、郑衡之、于定、李大钧、伍崇学、郑宝善、张振麒等。

章敬夫访吴昌硕，持任颐《清荫草堂图卷》索题，吴为之写陶潜《饮酒》（其五）。吴见卷中有胡公寿、任颐题字，有感而发，又媵以诗云："草堂烟树绿痕苔，水木清幽不受埃。何处香风吹入户，牧童睡醒报花开。两君仙去几时回，曾记当年笑语陪。遗墨淋漓传盛事，人人仰止共徘徊。乙卯七月几望，安吉吴昌硕。"

胡适作《临江仙（隔树溪声细碎）》。词云："隔树溪声细碎，迎人鸟唱纷哗。共穿幽径趁溪斜。我和君拾葚，君替我簪花。　　更向水滨同坐，骄阳有树相遮。语深浑不管昏鸦。此时君与我，何处更容他。"后刊载于1917年9月《留美学生季报》秋季第3号。

25日　《申报》第15279号刊行。本期《自由谈》"栩园诗选"栏目含《粤中旅思》（默庵）、《题鲍梦星梅花画册》（默庵）、《又题》（默庵）、《月夜怀朱柳门》（默庵）。

《小说月报》第6卷第8号刊行。本期"文苑·文"栏目含《〈大颠诗〉序》（湘乡颜昌峣）；"文苑·诗"栏目含《赠刘崧生》（涛园）、《为季常画〈对酒图〉并题》（觭庵）、《月下写怀》（觭庵）、《法源寺看花》（觭庵）、《同映庵游积水潭，遂次其韵》（觭庵）、《出门》（觭庵）、《八日书所见》（剑丞）、《陈师曾悼亡，诗以唁之》（剑丞）、《尹村居士出视先德和甫先生遗墨，敬题其后》（鹤柴）、《前诗语有未尽，再题一绝》（鹤柴）、《挽麦孺博孝廉》（鹤柴）、《九峰山石》（功度）、《兰溪阻雨，登望江楼》（功度）、《晓发兰溪至严东关》（功度）、《除夜》（听永）、《亮奇见示〈北陵纪游诗〉却答》（听永）、《于役辽西诸邑车中书所见》（听永）、《闲居偶成》（听永）；"杂俎"栏目含《三娘子外传》（西神残客）、《顾曲麈谈（续）》（吴梅）。其中，陈师曾（觭庵）《为季常画〈对酒图〉并题》云："季常如头陀，落拓颇自异。寂居萧寺中，终日惟取醉。醉眼看醒人，纷纷果何事。湛然托冥漠，隐几异天地。万古有此乡，游者得几辈。吾曾造君居，相见若梦寐。伸纸促作画，骤不了何义。割据姚氏席，秃笔漫为戏（在姚崇光案上作画）。踞者石未枯，植者叶已瘁。牵篱补霜菊，佳色灿可珥。荒荒瓦檐下，磊落置国器。君但骆驼坐，宁有二豪侍。孰为陈礼法，况复奋袂议。嗟君必若此，莫感动孤泪。一别七八载，烟莽各分辔。其间所历览，零乱不省记。毒龙豁机牙，白日啸魑魅。涉念百岁后，曼衍焉所墍。人屦群象中，天实司其秘。道胜安若命，成亏理无二。曝此鸱夷腹，岂为后人媚。浊酒且自陶，古语诚有味。"

《中华妇女界》第1卷第8期刊行。本期"文艺"栏目含《芸香阁怀旧琐语（续）》（汪静芬女士）、《秋夜读饮冰室文有感》（南通女子师范学校校长范姚蕴素女士）、《同人邀集水心亭小饮，余触旧感，即席步前韵赠之，以志鸿爪之意》（前人）、《咏史二首》（犍为幻云女士）、《访友不遇》（前人）、《七夕咏雀桥》（犍为毖琼女士）、《题〈木兰从军图〉》（三首，俞淑媛女士）、《小说题词十首》（雪平女士）、《意园词》（长沙陈启泰遗稿）、《如梦令》（李佛如女士）、《苏幕遮·戊戌中秋有感》（郭坚忍女士）、《满江红·寄扬州琳姊》（前人）、《苏幕遮·二妹新赋悼亡，作此寄之》（前人）、《巴陵刘璪女士事略》（记者）、《刘节母家传》（夏子沐）、《从母吴夫人事略》（汪纫兰女士）。

孙中山以察视舟山群岛之便，偕胡汉民等往普陀山，了余与道阶两法师陪游。孙先生为太虚大师手题"昧庵诗录"，署姓名于左。

齐白石绘《菊花》。画上题："余少时尝过流泉，与七琴（唐七琴）善，吟余画倦，偶访陶轩道纯先生，煮茶闲话，逸趣横生。今欲索拙画于七琴，以为余之忘却故人也。因检旧藏四幅以寄七弟代达。知道兄尝玩后，口将欲笑耳。时乙卯七月十五日，弟齐璜并记，观者陈子仲甫。"

陈三立作《七月十五夜，舥庵水阁玩月》。诗云："萧萧溪上月，吐夜作秋光。草树初深静，楼栏出混茫。虫声低入坐，鱼沫细吹凉。何处翻归翼，风霄引恨长（舥庵将南还，未至，故有末句）。"

陈曾寿作《七月十五夜，登海上最高楼看月》。诗云："弹指虚空不夜城，市烟海气漫纵横。更无烟火阑珊处，却与何人共月明。"

张素作《中元书事》。诗云："人间鬼节说中元，会启盂兰梵呗喧。忍饿未忘梁武帝，舍生争向给孤园。万流恐怖铃边鸽，一佛庄严殿后鸳。多少青磷兼碧血，那堪行哭遍郊原。"

26日 《申报》第15280号刊行。本期《自由谈》"栩园词选"栏目含《摸鱼儿·游岳麓书院，进至爱晚亭》（镜湄）、《菩萨蛮·偕太仓陆伯葵宝忠重游岳麓峰》（镜湄）、《玉碾萼·玉簪花》（诗圃）、《浣溪沙·集成句》（诗圃）、《生查子·集成句》（诗圃）、《踏歌辞·集成句》（诗圃）。

27日 《申报》第15281号刊行。本期《自由谈》"游戏文章"栏目含《投稿赋》（仿梁简文帝《采莲赋》体）（醒予魏颂予）；"栩园词选"栏目含《翻香令·将渡洞庭湖，登岳阳楼作》（周镜湄）、《望江南·溯湘过汨罗江口》（周镜湄）、《高阳台·岁暮客长沙抚署，登澄湘台作》（周镜湄）、《江神子·俗以除夕燃双烛于内寝，谓之守岁烛，今予在客而主人乃复贻此》（周镜湄）。

蔡守作《乙卯七月十七夕，与携李陆四娘贵真湖上访碑归，同读〈红薇感旧记〉，顿忆乙巳秋著书获戾，避地武林，柳意之殷勤。去年京华吟咏触时忌，刘春之巧为护持，不胜哀感，遂挑灯走笔为制斯图，并系四绝》。其二："十年斯地作亡人，柳意能教秋气春。同有美人恩未报，为图今夜一怆神。"其四："图成哀艳复荒凉，感旧怜新暗自伤。敲断琼钗寒月坠，贵真还唱玉娇娘。"

28日 《世界观杂志》创刊。杂志发行人为傅殷弼，以"采撷欧化、阐扬国学，以提倡民德、民生为主旨"。1915年12月28日出版第5期后与《教育杂志》合并，共出5期。主要栏目有"插画""祝词""论说""学艺""记载""文苑"（包括"文录""诗录""词录")、"杂纂""杂录"(笔记)、"杂史""书牍""谱记""传奇""小说""戏曲"等。主要撰稿人有萧公弼、彭举、傅畅和、曾学传、林思进、李晃父、张曜唐、如何道人、曾道侯等。本期"文苑·文录"栏目含《〈道腴室遗稿〉序》(《拙尊园集外文》)(黎莼斋)、《李云生〈湁上草〉序》(顾印伯)、《灌县重修唐阮居祠记》(吴之英伯揭);"文苑·诗录"栏目含《乖崖诗存(未完)》(宋代张咏)、《明遗民诗钞(未完)》(陆世仪)、《曝书亭集外乐府(未完)》(朱彝尊)、《之溪老生集(未完)》(盍旦子)、《澂霞阁诗略(未完)》(武谦抑斋)、《十一月廿四日销寒第二集,分咏题襟馆所藏画卷,得冷谦〈细柳营图〉》(李眉生)、《秋日书怀》(顾印伯)、《小园》(顾印伯)、《山行杂诗》(赵尧生)、《颐和园歌》(吴伯揭)、《壬子元旦有作》(曾学传)、《展〈扬园集〉睹先生遗像有感》(曾学传)、《寄南海康子》(曾学传)、《秋兴八首,次刘观察韵》(原作附后)(曾学传)、《重九游草堂寺,续〈秋兴八首〉》(刘心源幼丹)、《冷吟仙馆诗稿》(左冰如女士)、《咏史》(熊芝露女士);"文苑·词录"栏目含《己卯春尽日,从东门岱祠步还院,云昏风淡,新绿独明,感惜余芬,寄张永州》(王湘绮);"杂纂"栏目含《拜星月慢》(樊樊山)。

张謇作《拟以石庵四言联寄梅郎,因题联上》(二首)。其一:"丝且不如竹,蕙如何胜兰。非关强分别,要与万人看。"其二:"兰自生空谷,蕙自生下湿。涪翁尝第之,兰一而蕙十。"

杨杏佛作《水调歌头·适之将去绮城,书此赠之》。诗云:"三稔不相见,一笑遇他乡。暗惊狂奴非故,收束入名场。秋水当年神骨,古柏而今气慨,华贵亦苍凉。海鹤入清冥,前路正无疆。 羡君健,嗟我拙,更颓唐。名山事业无分,吾志在工商。不羡大王(指托那司)声势,欲共斯民温饱,此愿几时偿? 各有千秋业,分道共翱翔。"

29日 《申报》第15283号刊行。本期《自由谈》"栩园诗选"栏目含《寄林琴南》(四首,述庵)、《和林述庵》(四首,琴南)、《航海》(默庵)、《十月九日登越王台远眺》(默庵)、《夜至绥江,喜晤故乡诸友人》(默庵)、《白纻四时词四首》(诗圃);"栩园词选"栏目含《过龙门·泊船湖上》(东园)、《江城子·西湖》(绛珠)、《归国遥·湖上闻笛》(绛珠)、《醉太平·过富春》(绛珠)。

《崇德公报》第14号刊行。本期"文苑"栏目含《段封翁七十寿》(二首,湛园)、《罔威屡以诗觇,作此答之》(悟缘)、《浪淘沙》(悟缘)、《叠〈同刘、汪二师登黄鹤楼感赋〉韵》(二首,寿鹤)、《追和寿鹤〈黄鹤楼感赋〉二律原韵》(云中小主)。

胡适作《将去绮色佳,留别叔永》。诗云:"横滨港外舟待发,徜徉我方坐斗室,柠檬杯空烟卷残,忽然人面过眼瞥。疑是同学巴县任,细看果然慰饥渴。扣舷短语难久留,唯有相思耿胸臆。明年义师起中原,遂为神州扫胡羯。遥闻同学诸少年,乘时建树皆宏达。中有吾友巴县任,翩翩书记大手笔。策勋不乐作议员,亦不欲受嘉禾绂。愿得东游美利坚，为祖国乞活国术。远来就我欢可知，三年卒卒重当别。几人八年再同学？况我与君过从密，往往论文忘晨昳，时复议政同哽咽。相知益深别更难，赠我新诗语真切。君期我作玛志尼，我祝君为倭斯袜。国事真成遍体疮，治头治脚俱所急。勉之勉之我友任！归来与君同勠力。临别赠言止此耳，更有私意为君说：寄此学者可千人，我诗君文两无敌。颇似孟德语豫州，语虽似夸而纪实。'秋云丽天海如田'，直欲与我争此席。我今避君一千里，收拾诗料非关怯。此邦邮传疾无比，月月诗筒未应绝。"

30日　《申报》第15284号刊行。本期《自由谈》"栩园诗选"栏目含《咏史四首》（林琴南）、《台江即事》（八首，林述庵）、《三生行》（林述庵）。

31日　《申报》第15285号刊行。本期《自由谈》"栩园诗选"栏目含《车遥遥》（诗圃）、《送春曲》（诗圃）、《清江曲》（诗圃）、《杨白花》（诗圃）、《静坐》（诗圃）；"文字因缘"栏目含《五十抒怀四律，敬呈诸大吟坛敲正，乞赐和章，不拘体韵》（乙卯秋初慎侯徐公修）。

筹安会宣布各省代表"一致主张君主立宪"，"废民主而立君主"。

黄节再度致函刘师培，痛斥筹安会所作所为。

梁鼎芬作《送崔伯越（师贯）妹倩之汕头》。诗云："世乱惊相见，秋晴又此分，千忧成老大，万劫尚纷纭。海试孤臣泪，楼栖一片云，凄凄宾亭月，昨夜为殷勤。"

本　月

湖南教育会会长叶德辉在长沙成立"经学会"，鼓吹"尊孔读经"。后又于12月上呈袁世凯，要求："明定读经程序，妥订教授系统"；主张初等小学读《论语》《孝经》，高等小学读《大学》《孟子》，中学必读《尚书》《左传》。

刘师培以筹安会名义在北京召集学界名流集会，动员拥戴袁世凯称帝。章太炎《黄季刚墓志铭》云："民国四年秋，仪征刘师培以筹安会招学者称说帝制，季刚邪与师培善，阳应之，语及半，即嗔目曰：'如是，请先生一身任之！'遽引退，诸学士皆随之退。是时微季刚，众几不得脱。"

中华农学会成立。由留日农业研究者数十人发起，张謇为名誉会长，以联络同志共图中国农学之发展及农业之改进为宗旨。

《民权素》第9集刊行。本集"名著"栏目含《石鼓说》（太炎）、《霜信赋》（枚道子）、《美人泪赋》（起予）、《拟宋时诏群臣赏花后苑谢表》（古香）、《〈募梅精舍诗〉序》（爱伯）、《拟王十朋〈会稽风俗赋〉自序》（花农）、《〈琼游笔记〉序》（李开侁）、《〈谢亦嚣诗集〉序》（采畴）、《〈寒窗灯影图〉赞》（仪鹓）、《文摹吴道子〈嘉陵山水图〉题跋》（箸超）、《谢苏阶师惠折扇汴纱启》（昂孙）、《与沈小沂书》（谭壮飞）、《与笈云书》（箸超）；"艺林·诗"栏目含《咏怀四首》（枚道子）、《读〈淮阴侯传〉》（枚道子）、《闷极有作》（枚道子）、《重阳后一日，金陵寄魏学佐太湖》（寄禅）、《题王梧生户曹〈粤西从军纪略〉》（寄禅）、《夜吟》（寄禅）、《病中畜秋虫十许头，唧唧斋壁间，藉破寂寥》（君木）、《内热》（君木）、《寄怀佛矢》（君木）、《兰亭怀古》（古香）、《赠戴季陶》（天婴）、《沪杭汽车中赋》（天婴）、《读定公词》（二首，天婴）、《访寄禅》（惨佛）、《寄君木》（惨佛）、《旅沪偶感》（二首，惨佛）、《杂诗》（惨佛）、《宝瑟怨》（六首，冷女）、《书感》（二首，谱琴）、《李太白黄鹤楼搁笔》（遁伦）、《金粉曲，集定庵句》（孽儿）、《秋风》（二首，佛矢）、《常州道中》（怡渊）、《晓抵丹阳》（怡渊）、《雨中过繁昌》（怡渊）、《和陶靖节〈读山海经〉》（枕亚）、《弃马行》（枕亚）、《废眠》（哲身）、《南刘智庙题壁》（哲身）、《湖口守风》（哲身）、《玩月》（赣民）、《游青山谒李墓》（二首，赣民）、《和苦吟原韵》（二首，梅子）、《拟韩昌黎〈石鼓歌〉，用原韵》（惠生）、《月钩》（醉樵）、《风剪》（醉樵）、《无题》（南村）、《愁怀》（昂孙）、《无题》（昂孙）、《用樊山〈内帘肝韵〉讽政局》（箸超）、《自笑》（二首，箸超）；"艺林·词"栏目含《高阳台·题陈厚甫先生〈红楼梦传奇〉》（枚道子）、《滴滴金·闺怨》（枚道子）、《水调歌头·九日偕同人饮虎邱涌金亭，即席赋此》（韦庐）、《水龙吟·夜半闻笛有作》（韦庐）、《两心同·戏效子昂体，殊无谓也》（古香）、《烛影摇红（双照楼头）》（孟劬）、《八声甘州（记西风吹笛玉关行）》（孟劬）、《暗香·癸丑重午》（匪石）、《鹊桥仙·为〈珠泪雨〉作》（二首，海鸣）、《蝶恋花·闺情》（二首，佛郎）、《南歌子·时事》（佛郎）、《卜算子（残梦绕屏山）》（果痴）、《水调歌头·枚丈〈咏怀〉四章，幼时未曾见之，今读一过，感喟百倍，因用坡公韵以书其后》（箸超）；"诗话"栏目含《今日诗话（续第八集）》（古香）、《退思斋诗话》（庆霖）、《摭怀斋诗话（续第八集）》（南村）、《竹雨绿窗词话》（碧痕）。其中，张尔田（孟劬）《八声甘州》云："记西风吹笛玉关行，匹马黑貂裘。眺残阳乱堞，平沙落木，老梦惊秋。我为苍生弹泪，莽莽古神州。王粲伤春眼，休更登楼。　　一卧沧江无恙，换莼丝鲈雪，张翰扁舟。叹飘零身世，几个旧盟鸥。算纵有、黄花招客，笑簪来容易白人头。相思意、不堪回首，醉觅封侯。"陈匪石（匪石）《暗香·癸丑重午》云："薄寒小阁。被几丝彩缕，将愁牢缚。黍梦未回，酿得蒲觞放闲却。榴花依然照眼，只裙褶、残红斑驳。问旭日、是否中天，阴翳掩云薄。　　歌罢。吊沈魄。漫赋作楚些，较量清浊。泪珠暗落。江上风涛晚来恶。束艾曾盈一把，甚画虎、铸成真错。转瞬便、眉样月，笑人天角。"

　　《浙江兵事杂志》第17期刊行。本期"诗录"栏目含《武林怀古》（许诚）、《九峰远眺》（许允颖）、《月下游卧虎峰地藏庵》（许允颖）、《过关岳庙》（孙星环）、《酒次》（刘躬）、《月夜登山海关》（刘躬）、《从军录》（邹铨）、《和黄琴山〈赠别〉，即送琴山东游二首》（钱模）、《祝〈砭群报〉发刊》（钱模）、《赠惕君》（钱模）、《读〈日俄战纪〉有感》（诸葛麒）、《谒明孝陵题壁》（刘泽沛）、《关岳庙宣誓》（刘泽沛）、《岁暮杂感》（徐原白)、《六介大令蓄素兰一瓯,久不花,取乡土培之,忽茁双花,治酒邀赏,即席赋此》(汪莹)、《柬秋叶》(苏南)、《春日步苏堤》(许麐)、《自述》(许麐)、《审山吊古》(吴钦泰)、《读〈关帝史略〉》(吴钦泰)、《和秋叶〈新岁湖船对月〉》(李光)、《怀柳子》(李光);"词录"栏目含《满江红·武胜关感事》(刘泽沛)。

《眉语》第1卷第11号刊行。本期"文苑·碎锦集"栏目含《慕园悼亡百绝句》(许传霈先生遗著,许啸天恭录);"文苑·慈悲十种曲"栏目含《慈悲十种曲(续)》(淄川蒲榴仙遗著)。

[韩]《至气今至》第26号刊行。本期"词藻"栏目含《排遣》(东里道人)、《扶余郡八景诗》(东兰畸人)、《养气》(全钟骥)、《养生》(全钟骥)、《养性》(全钟骥)、《漫吟》(谦庵金士永)。其中,全钟骥《养性》云:"人心危殆道心微,微者益微禽兽归。一以养其微妙者,使之宣著有光辉。"

李葆恂卒。李葆恂(1859—1915),原名恂,字宝卿,号文石,更号叔默,戒庵、猛庵,别号红螺山人,50岁后又号熙怡叟,辛亥(1911)复改名理,字寒石,号凫翁,又称孤笑老人,直隶易县人。5岁即能作擘窠书,9岁能属文,后官至江苏候补道。精鉴赏,为端方所重,题跋所收藏古文物300余篇。工诗词、善书画,天文舆地无不究。辛亥革命后避居天津。著有《红螺山馆诗钞》《无益有益斋读画诗》《梵天庐丛录》《工余谈艺》《猛庵文略》《然犀录》《三邕翠墨簃题跋》《旧学庵笔记》等。

吴昌硕题丁仁子治平遗像(王云绘)。又,为洪尔振于扇面行书《六三园三首》《烟霞洞二首》二诗。又,为愿如绘《雁来红图》,并题云:"斓斑秋色雁初飞,浅碧深红映落晖。绝似香山老居士,小蛮扶醉著青衣。愿如仁兄属画。乙卯初秋,安吉吴昌硕。"

康咏偶得旧作《北极楼题壁》。序云:"此戊戌年作,旧未存稿,而题壁又被僧垩去。今年始于陈禹门处得之,因录此。"诗云:"江远趋南海,楼危镇北辰。登高初纵目,阅世怅斯人。倦马空驰道(山上有坡,自楼观之,酷肖马形,名倒地马),囚龙失旧津(楼踞龙山之顶,城垣域之)。抚时增感慨,天末泣孤臣。"

章梫旅居青岛,作《咏雁》。诗云:"文能作篆武能阵,经纬云端未易才。今日南来无北信,茫茫天意费人猜。"此诗为诸遗老传诵,群咏不绝。如止庵(瞿鸿禨)、庸庵(陈夔龙)、节庵(梁鼎芬)、乙庵(沈曾植)、刘翰怡、王病山、洪鹭汀、周庆云、曹东寅、杨钟羲、金蓉镜、叶鹤巢等皆有和诗。瞿鸿禨作《和章太史〈咏雁〉》《再和〈咏雁〉》。其中,《和章太史〈咏雁〉》云:"万里云罗伏祸机,朔风寒雪自孤飞。上林消息何时到,未达传书不忍归。"

黎元洪为袁世凯软禁于瀛台,饶汉祥亦受监视。后设法脱身,潜返家乡湖北广济。

周学熙上书劝阻筹安会。又请辞,不允,遂以"积劳成疾",长请病假,赴北海养疴,得住壕濮间,以仆自随,家人戚友,概不与通,以明心迹。

吕碧城因袁世凯决心称帝,毅然辞官离京,移居上海。

夏敬观入都,次月返上海。

王福庵至长沙看望病中李辅耀。应李之请,王为李氏"芋园"亭馆特制"芋园笺"篆书以作纪念。此笺绝伦,惜毁于战乱。其时,李辅耀亦为王福庵之父著作题签并赋诗。

钱基博受吴江任传薪之聘,转任吴江县丽则女子中学国文教员。

古直所创办的梅州学校已并为省立梅州中学,古直兼教国文,并作《梅州中学校歌》。歌云:"五岭东趋尽揭阳,中有梅花乡,横枝独傲冰雪里,畸人节士代相望。流风犹未泯,大启我门墙。前临铁汉负雄岗,一堂济济,弦歌洋洋。媲前修而独立,芳菲菲其弥彰。行已有耻,为学之纲。自强不息,进德之方。勖哉吾辈,毋怠荒。毋怠荒,努力好修以为邦家光!"该校歌在此后90余年间一直被沿用。

陶行知从美国伊利诺伊州立大学毕业,获政治学硕士学位。次月,入哥伦比亚大学师范学院学习教育学。

郭力生。郭力,原名增莲,曾用名争,河南许昌人。著有《风雨诗草》。

徐吁公《自忏诗》(四首,含《忏慧》《忏情》《忏狂》《忏豪》)刊载于《小说新报》第1年第6期。其中,《忏慧》云:"旧是梁园作贼才,长门心血几经陪。聪明未必将人误,文字由来比鸩媒。燕子空梁遭忌妒,鹦哥弄舌费疑猜。从今抛却从前习,半学痴顽半学呆。"《忏狂》云:"生平从不解虚谦,一肚牢骚酒后添。有限胸襟藏块垒,无聊文字托香奁。论兵杜牧言多罪,慢世嵇康我自嫌。故态莫教依旧发,骂人刘四苦针砭。"

梁鼎芬作《哀示儿诗》。诗云:"负土成坟昔所为,崇陵今日倍凄其,孤臣身世孤儿泪,千载无人识此悲。"

陈三立作《初秋写兴》。诗云:"云阴吸残暑,荡漾溪水秋。新凉媚园庐,咽入蝉蜩幽。阶前花叶满,团团玉露浮。蝶飞日气薄,光影笼层楼。坐吟改节序,散帙开我愁。近古陈死人,蹀躞迎两眸。衣冠半相识,亦知有汉不。悠然举觞尽,山光依白头。"

陈衍作《初秋杂咏》(八首)。其二:"露冷莲房坠粉残,青青犹自有荷盘。欣当微雨初过后,盛著明珠万颗寒。"其三:"微物犹知气候更,便听蟋蟀夜来声。儿童喜尔能挑战,争绕荒阶古砌行。"

林苍作《秋初病热,得雨而苏,感作》。诗云:"始愿平生百不存,眼前病热敢深论。寻常一雨消烦恼,剩向天公说感恩。"

余十眉作《寄怀二绝》。其一:"碧纱窗外雨如丝,冰簟银床梦觉时。岂是文园秋病客,些些情味一灯知。"其二:"雨帘深下夜何其,万一红闺作忆时。惆怅画眉人易老,天涯况是少归时。"

陈匪石作《瑞龙吟·乙卯秋初,陪彊邨翁游沪西园林,和清真,同槃子作》。词云:"长堤路。还见翠冷侵苔,荫交迷树。残蝉凄咽高柯,院桐未陨,新凉处处。忍停伫。曾记绽桃春晚,笑窥帘户。而今已觉秋多,画梁旧燕,临风倦语。　　吹度荷香如醉,闹红亭馆,罗衣轻舞。桑海泪中相看,人半新故。蛛尘冒壁,谁问笼纱句。重回首、鸥乡过影,莎阶联步。逝水飘花去。题襟尽有,吟情醉绪。平剪愁千缕。斜照敛、无端西风催雨。闷怀又结,一天云絮。"

李叔同作《早秋》。诗云:"十里明湖一叶舟,城南烟月水西楼。几许秋容娇欲流,隔着垂杨柳。远山明净眉尖瘦,闲云飘忽罗纹绉,天末凉风送早秋,秋花点点头。"

王浩作《早秋得句讯雪抱》。诗云:"桐阴新露晨为引,槐夏轻霾晚欲开。长自寂寥犹老至,暂时安便怕秋来。冥搜贝籍无灵响,闲解囊琴有旧埃。叩得定中寒衲意,禅天浓翠逼帘回。"

唐继尧作《七月黑龙潭养疴》(四首)。其一:"秋来何事有龙鸣,小视神州削要平。亚陆风云原是幻,欧洲波浪不须惊。他年放胆重经国,此日开诚且治兵。日驭回天鞭有力,问心吾自励吾生。"其二:"少年未醒浮云梦,亦复雄心赋大风。柏老弥坚寒岁节,花开不减旧年红。模王范帝今犹昔,锁利缰名色是空。睡起披襟狂笑傲,一竿烟月钓潭龙。"其三:"饭罢从容理钓舟,浮生大梦尽风流。频年悲悯人空老,举世沉沦杞独忧。热血不禁真爱国,冷心翻笑假封侯。静观一悟曲肱乐,身在天风最上头。"其四:"江山放眼谁为主?大地茫茫任我行。事业英雄宁有种,功名王霸总无情。千章老树饶生意,百尺寒潭订旧盟('订旧盟'一作'有道心')。举世由来平等看,誓凭肝胆照苍生。"

张仲炘作《水龙吟·乙卯七月,重至京师,和裴韵珊》。词云:"浪游别久方蓬,酒边小坐浑疑梦。河山举目,苍茫今古,紫金杯重。秋气多悲,老怀都懒,无聊吟弄。最难忘胜赏,凫潭社散,空萧寺、槐龙动。　　林下追凉还共。乱云飞、碧天微空。昆仑睡里,丁歌申舞,莺花千种。棋局声喧,客窗烛短,埋怨无冢。怕西风易到,扁舟且去,看潮头涌。"

郁达夫作《初秋客舍二首》。其二:"不羡神仙况一官,觚棱那复梦长安。脱樊野鹤冲天易,铩羽山鸡对镜难。黄叶欲凋闻敕勒,苍生回顾足悲酸。秋来百事仍依旧,只觉罗衫日渐单。"其二又名《偶成》,载于1915年9月5日上海《神州日报》"神皋杂俎·文苑"栏目。

[日]白井种德作《初秋风泉小榭即事》。诗云:"树竹郁苍边,凌霄花灼灼。不知残热侵,凉吹满池阁。"

九 月

1日 筹安会组织各省旅京人士以"公民请愿团"名义,向参政院请愿,并为各"请愿团"代拟要求变更国体请愿书。筹安会鼓吹帝制,罪恶昭著,遭到国民强烈谴责。时人指斥其"乱政灭国",要求将其"明正法典"。

美国教会在南京设立金陵女子大学,是日开学授课,校长为德本康夫人。

长沙《大公报》创刊。李抱一、张秋尘任总编辑。

《申报》第15286号刊行。本期《自由谈》"游戏文章"栏目含《筹安词》(潘葛民);"诗选"栏目含《四尖吟》(东园);《眉尖》《舌尖》《指尖》《鞋尖》。

《小说海》第1卷第9号刊行。本期"杂俎·诗文"栏目含《戏拟李白答杨贵妃笺》(东园)、《过金谷园吊绿珠》(东园)、《挽汪生复亭》(东园)、《四时谣》(东园)、《五更词》(五首,东园)、《春日游朱氏日涉园,呈小湖先生》(谢冶庵)、《和侯葆三视学〈游孤山〉作,即次其韵》(谢冶庵)、《书感,原韵和莲禅》(谢冶庵)、《沙魂用葆三〈游孤山〉韵成寄怀八截句,次韵答之》(谢冶庵)、《邯郸口占》(苍园)、《过郑州望朱仙镇》(苍园)、《抵都》(苍园)、《卖花声·梅窗望月图册子》(绮碧女士)、《前调·武昌作,索东园和》(陈琴仙女士)、《前调·和琴仙武昌之作,次韵》(东园)。

《诗声》(雪堂月刊)第1卷第3号刊行。本期"词论"栏目含《张炎〈词源〉(三)》;"词谱"栏目含《莽苍室词谱(三)》(雪堂编辑);"诗话"栏目含《山藏石室诗话(二)》(原名《一鹗庵乙卯消夏录》)(海飞);"笔记"栏目含《水佩风裳楼杂乘(二)》(秋雪);"野史"栏目含《邵飞飞传》;"诗屑"栏目含《夜读,朝暾》《芦花,蟹》《秋,驴》;另有其他篇目《雪堂诗社启事》《紫君启事》《〈诗声——雪堂月刊〉之邮费》。其中,《雪堂诗社启事》云:"本社二周年增刊汇卷,本于八月内发出,惟以酷暑蒸人,不得不减少工作之时刻,以故延至今日耳。一俟第二十五课汇卷发出后,当即付之剞劂。屡承社友驰函责问,感愧无既,用特报闻。"

叶昌炽本日及次日为耿伯齐题画及小像。又作《松江耿黄庵太守〈身行万里图〉亡于兵燹,喆嗣伯齐农部从余游,补绘征诗,敬赋二律》《题耿伯齐小象》(五首)。其中,《敬赋二律》其一:"汗漫云间一鹤翔,枋榆肯共鸑鸠抢。书椷汲冢藏亲舍,画舫清河住婿乡(先生幼诗,尝随父卫辉公任,又入妇翁张温和公祥河幕)。五岳归来皆培塿,九峰佳处足徜徉。遨游八极浑无睹,却笑长房缩地方。"《题耿伯齐小像》其一:"赁酒长安市上眠,扬尘三度见成田。镜中留得须眉在,六十平头又一年。"其二:"津帆湿雨陇云飞,拂袖归畊共息机。羡煞江乡风味好,鲈鱼作脍紫莼肥。"其三:"电石能传阿堵神,贞元朝士葛天民。云间本有先贤象,慧带荷衣示后人。"

施士洁作《王海门比部八十寿诗》。诗云："吟筒遥祝鹭江天，先我筹添二十年。鲁殿一篇延寿赋，缑山七月子乔仙。爽鸠分职称前辈；雏凤莺声望后贤。桐郡衣冠公最古，相招黄绮列华筵。"

2 日　《申报》第 15287 号刊行。本期《自由谈》"游戏文章"栏目含《三笑赋》（吾非）；"诗选"栏目含《寄怀良朋腻友，叠韵十首》（槁蝉）。

《娱闲录》第 2 卷第 2 号刊行。本期"游戏文"栏目含《说哭》（某）、《赋得空心架子老父台》（笑）、《赋得人不伤心不吊泪》（笑）、《赋得铁秦桧变肥猪》（笑）、《赋得鬼想钱捱令牌》（笑）、《游戏诗话（续第 1 卷第 24 期）》（闻见）、《十干令》（悔余）、《十数令》（悔余）；"艺坛片影"栏目含《赠吕蕙仙序》（璧经堂）、《赠吕蕙仙四首》（爱智）、《赠京伶吕蕙仙（并序）》（剑僧）、《挽伶人李琴生联》（中江怪物）；"文苑"栏目含《觉奴〈松岗小史〉序》（爱智）、《〈松岗小史〉序》（壮悔）、《杨花曲·咏杨翠喜事也》（壮悔）、《读〈松岗小史〉所感》（安素）、《马嵬驿题杨贵妃墓（并序）》（六朝金石造像堪侍者）、《曼园》（江阳山人）、《四月二十七日》（毛伊）、《七夕书怀》（雪儿）、《种蔬堂诗稿》（吟痴）。

胡适即将离开绮色佳康奈尔大学，前往纽约哥伦比亚大学哲学系，师从杜威，作《沁园春·别杏佛》。序云："杏佛赠别词有'三稔不相见，一笑遇他乡，暗惊狂奴非故，收束入名场'之句，实则杏佛亦扬州梦醒之杜牧之耳。其词又有'欲共斯民温饱，此愿几时偿'之语。余既喜吾与杏佛今皆能放弃故我，重修学立身，又壮其志愿之宏，故造此词奉答，即以为别。"词云："朔国秋风，汝远东来，过存老胡。正相看一笑，使君与我，春申江上，两个狂奴。客里相逢，殷勤问字，不似黄垆旧酒徒。还相问：'岂当年块垒，今尽消乎？'　君言'是何言欤！只壮志新来与昔殊。原乘风役电，戡天缩地，颇思瓦特，不羡公输。户有余糈，人无菜色，此业何尝属腐儒。吾狂甚，欲斯民温饱，此意何如。'"后刊载于 1917 年 9 月《留美学生季报》秋季第 3 号。

周一萍生。周一萍，原名周鸿慈，江苏无锡人。著有《书剑吟》。

3 日　《申报》第 15288 号刊行。本期《自由谈》"诗选"栏目含《杂感十二章》（赘虏）、《题〈吴门唱和诗集〉》（埜衲）、《又》（步前韵）（尾更）、《又》（二首，秦民）；"词选"栏目含《小重山·浪花高》（镜湄）、《玉楼春·野鸥飞》（镜湄）、《燕归慢·秋燕》（诗圃）；"文字姻缘"栏目含《和青浦徐慎侯君〈五十述怀〉元韵》（四首，武进赵敉矫）。

费墨娟卒。费墨娟（1869—1915），幼名绳绳，湖北阳新县人。父费担农，为优廪贡生，例授兴国州候选教谕，家中藏书万卷。墨娟幼年早慧，尤长于诗，年方十五，才名远播。其嫂石绣云亦能诗会文，二人闺中唱和，传为美谈。18 岁嫁大冶县富户张坤轩为妻。张家亦书香门第，儒雅之士往来甚多，常切磋诗艺，互赠诗文，影响遍及阳新、大冶、蕲春、崇阳诸县。其诗集《二如阁诗抄》一时争相传抄。2009年黄群建收录、校注费诗389首，出版《二如阁诗集》。费氏闺秀诗作处处流露少女闲适之情和天真之态。《花月吟》（二首）其一："人生莫负好花天，月下闲吟兴悄然，几度看花花灼灼，者番步月月娟娟。年年但愿花容艳，夜夜常陪月色妍，安得花开明月在，与花同醉月同眠。"其时与平生"第一知己"嫂子石绣云相唱和，"窗下与君同刺绣，花前为我和新诗"（《寄怀阿嫂》），而在石绣云眼中，"冰壶涤笔不沾尘，绮阁闲吟得句新，借问小姑何所似？一窗明月是前身"（《赠小姑墨娟女史》）。婚后生活颇多俗累，有诗叹曰："西风催我鬓如丝，俗累多多强自持，为问故人知也未，如今不是在家时。"（《寄怀阿嫂》）《张氏宗谱·坤轩公及德配费夫人续传》载，费氏"勤俭苦节，慈善恭谦，远虑多愁，爱人及物……故亲串友，交游之间，莫不啧有贤声"。中日战事起，费氏感时诗作增多，如"纵观世界起长愁"（《和怡萱女史〈感时〉》）、"潮流震撼我心惊"（《感时》）、"闺中难避兴亡事，枯坐东窗痛生民"（《夏夜感时》）、"何缘觅得尚方剑？好替人间斩不平"（《自感》）、"我是男儿当奋志，与君扶困亦扶危"（《留别阿兄》）、"独愧此身闺阁里，锦葵空有向阳心"（《送黄星臣夫子》）、"花钿从此两离分，铁甲金戈系战裙。莫谓蛾眉难报国，也能替父远从军"（《木兰从军》）。七律《感时》云："难将消长问阳阴，举目金瓯感莫禁，除弊恨无三尺剑，纾怀聊借一张琴。普天谁献平戎策，绮阁犹怀报国心，身是女流空有志，出师二表且长吟。"1905年夫丧后，费氏独撑门第，怀归悼亡之作居多。如"凋残花柳景全非，忆昔伤今泪暗挥"（《秋日游过绿轩有感》），"知己可怜零落尽，不堪回首少年场"（《重阳又感兼怀阿嫂》），"荒郊一望草芊芊，无限酸辛到眼前，未识芳魂何处去，空挥双泪洒寒烟"（《过阿嫂墓》），"醒也凄凉，梦也凄凉，月照帘波人不见，空留蛮语咽空房"（《悼亡词》）。其《鹧鸪天·暮春》词云："一片伤心对落红，可怜春尽雨声中，帘前飘忽常憎燕，檐下盘旋最恼蜂。　休怨雨，莫愁风，繁华大抵易成空，无端触目消魂处，飞絮飞花满院东。"《悼亡》（乙巳岁作）云："今生命薄不逢辰，百劫千磨是此身，心绝万缘无别念，早归泉下伴亡人。"

4日　《申报》第15289号刊行。本期《自由谈》"诗选"栏目含《无题杂咏》（三首，佐彤）；"文字因缘"栏目含《琴南、述庵两先生诗沉郁苍凉、悲歌慷慨，具识曲中意，因知弦外音，感不绝于予心，爰次韵以代札》（四首，仁后）。

况周颐作《西江月·乙卯七月二十五日，梦中哭醒口占》。词云："梦里十年影事，醒来半日闲愁。罗衾寒侧作（去）深秋，清泪味酸于酒。　何处伤心不极，此生只恨难休。眼前红日在帘钩，听雨听风时候。"后又作《鹧鸪天·忆梦再占》。词云："苦恨疏钟送夕晖，晨光何事也熹微。十年凤纸相思字，并作天涯老泪挥。　芳事改，素心违，凄凉无色上罗衣，鬓丝得似梧桐叶，未到秋深已渐稀。"

5日 《申报》第15290号刊行。本期《自由谈》"游戏文章"栏目含《海上新焰口》(六首,息游);"诗选"栏目含《旅夜书怀,即呈马秘书蜕桴》(黄诗鲁);"文字因缘"栏目含《怀人六诗》(东园)。

《妇女杂志》第1卷第9号刊行。本期"文苑·诗选"栏目含《哀词二十首并序》(范姚蕴素)、《寄范蕴素通州,时方得其手书》(汉寿黄易瑜)、《送孙济扶女士归无锡》(汉寿黄易瑜)、《龚崌竹赠诗,因步元韵敬答一首》(汉寿黄易瑜)、《水仙花》(二首,侯官沈林步荀)、《水仙花,和步荀先生韵》(二首,朱瑛)、[补白]《来鸿去雁》;"杂俎"栏目含《然脂余韵(续)》(蕈农)、《新见闻随笔》(卢振华女士)、《连文释义(续)》(西神)、《小南强室笔记(未完)》(江宁周钟玉翠徽)。

《崇德公报》第15号刊行。本期"文苑"栏目含《呈龚耕庐先生二十韵》(纵先)、《述所见陈列馆诸物,各赋一律》(甲寅冬日之作)(五首,纵先)、《渡江云》(悟缘)。

6日 袁世凯示意国体问题应"征求多数国民之公意",梁士诒、杨度等人闻风而动,收买各请愿团,组成"全国请愿联合会"。

《申报》第15291号刊行。本期《自由谈》"诗选"栏目含《题费瑚卿小沧桑馆》(赘房)、《自题三十一岁小像》(赘房)、《无题,和忏庵韵》(三首,赘房)。

7日 北京《天民报》以反对帝制被封。

《申报》第15292号刊行。本期《自由谈》"词选"栏目含《答真州李翰卿丈》(黄默庵录稿)、《雪渡南园口占》(黄默庵录稿)、《送徐二赴蜀》(黄默庵录稿)、《明皇》(黄默庵录稿)、《春日言怀》(黄默庵录稿)、《寄赠徐桂材野味,附以小诗》(黄默庵录稿)。

杨度对梁启超公开发表《异哉所谓国体问题》一文发表声明:"予之宗旨非立宪不能救国,非君主不能立宪,虽举国反对,予必一人坚持,无论何种利害祸福皆非所计。若反对仅出于文字语言,更不必计较。"

8日 《申报》第15293号刊行。本期《自由谈》"诗选"栏目含《咏史六首》(秦寄尘)、《补录〈咏史七绝〉四首》(秦寄尘)、《周衡甫夫子出都门所得定武兰亭命题,勉成三绝》(寄尘秦粤生)、《题襄虞三叔〈桃源问津图〉》(四首,寄尘秦粤生)。

鲁迅收陈师曾所刻"会稽周氏收藏"印。

9日 《文星杂志》创刊。第1期"文录"栏目含《香泾仙史小传》(清代青州赵执信)、《梦记》(兰谷邓芳龄)、《祭陶孺人文》(步冰子)、《〈三砚图〉跋》(石桥)、《〈剑霜龛吟稿〉序》(阳湖赵汤珊簃)、《〈妇女杂志〉序》(无斋);"诗词"栏目含《江山万里楼诗(续〈双星〉杂志第4期)》(东吴杨鉴莹云史)、《中磊唱和诗》(通州白中磊)、《上海新竹枝词》(叶玮)、《汉昌路竹枝词》(蜑秋);"杂著"栏目含《制谜丛话(未完)》(慧因)、[补白]《无斋课剩》(无斋)、《春航谭(未完)》(越流)。

《申报》第 15294 号刊行。本期《自由谈》"诗选"栏目含《中秋俗传嫦娥生日，坐对偶成一律》（王韵仙女士）、《十弟妹赴资州过邘话别，赋以赠行》（王韵仙女士）、《中秋后五日，紫艳菊开并蒂，志喜以诗》（王韵仙女士）、《桂花厅》（王韵仙女士）、《雪洞》（王韵仙女士）；"词选"栏目含《行香子·秣陵春感》（绛珠女史）、《水调歌头·黄鹤楼题壁》（琴仙女史）。

郑孝胥诸人设宴于广福楼为吴昌硕贺寿。

10 日 上海《亚细亚日报》创刊。该刊以赞助帝制运动为宗旨，总理薛大可。次日晚 7 时，党人王道派杨玉桥投掷炸弹于该报社门内，发生爆炸，死伤数人。杨为英捕所执，旋被引渡上海护军使署。12 月 17 日夜，该报编辑部再次被炸。

《申报》第 15295 号刊行。本期《自由谈》"栩园词选"栏目含《捣练子·集成句二阕》（诗圃）、《踏歌行·集成句》（诗圃）；"文字因缘"栏目含《昆山顾渭耆君客死沪寓，举目无亲，既送其殓，复送其丧，归淀山湖中金家庄原籍，赋此聊当挽歌》（八首，莽汉）。

《甲寅》杂志第 1 卷第 9 号刊行。本期刊登《帝政驳义》（秋桐）、《联邦论，再答潘君力作》（秋桐）、《宪法与政治》（东荪）；本期"文苑"栏目含《原史》（曹佐熙）、《孙征君诒让事略》（朱孔彰）、《明永历皇帝赐鸡足山寂光寺敕书跋》（赵藩）、《县人招饮岳云别墅，焕彬吏部作歌见示，奉和请正》（王闿运）、《空泠》（王闿运）、《重游泮水后四年再宿桂堂，忆丁丑习乐于此，又二十五年矣，感作二律》（王闿运）、《观红叶一绝句》（王国维）、《壬子岁除即事》（王国维）、《咏史》（三首，王国维）、《昔游》（四首，王国维）、《阅〈甲寅〉杂志，言余癸丑之岁转徙老死于金陵，口占二绝句告存》（朱孔彰）、《吊刘太史可毅》（朱孔彰）、《三月十五夜月》（易培基）、《风雨》（易培基）。

《东方杂志》第 12 卷第 9 号刊行。本期"文"栏目含《〈石遗室诗话〉续编卷三（续）》（陈衍）；"海内诗录"栏目含《杂诗》（二首，郑孝胥）、《元旦试笔》（沈曾植）、《用乙庵〈元旦〉韵，偶成一首》（杨钟羲）、《人日晳子书来，赋寄一首》（杨钟羲）、《幼云至自青岛，瘦唐返自西湖，相聚于别墅，同游孝陵》（陈三立）、《花朝蒿庵举逸社第二集，分韵得好字》（杨钟羲）、《雨后观觚庵园亭》（陈三立）、《咏巢燕》（陈三立）、《觚庵南下信宿旧庐，遂之沪入浙，顷倦游重过，取下关还都，叙别一首》（陈三立）、《别映庵》（李宣龚）、《园游赋示孝若》（诸宗元）、《四月二十八日发南通至上海，夜赴天生港待船，却寄诸故人》（诸宗元）、《雨后别云居寺》（罗惇曧）、《房山道中》（二首，罗惇曧）、《入山口号》（罗惇曧）、《清明日怀尧生荣县》（二首，陈衍）、《题桐城姚氏所藏石田长卷后卷，吾闽张亨甫先生寄赠石甫先生者》（陈衍）、《节庵寄二扇为寿，报以小诗》（陈衍）、《题〈汉江秋望图〉，为徐又铮中将》（二首，陈衍）、《又题〈填词图〉》（二首，陈衍）、《题实甫所存张船山诗画册》（陈衍）、《涛园、夷叔、几士偕游泰山,抵金陵过访,遂泛棹青溪》(陈三立)、《戒坛潭柘六绝句》(沈瑜庆)、《追悼王寿萱锡祺》(李详)、《感事一首》(李宣龚)、《四月三日哀迈》(诸宗元)、《雨宿云居寺》(罗惇曧)、《寒食日怀梅生兼讯西湖》(二首,陈衍);另有其他篇目《眉庐丛话(续)》(蕙风)。

11日 《申报》第15296号刊行。本期《自由谈》"游戏文章"栏目含《烧香娘歌》(诗隐投稿);"诗选"栏目,《甲寅杂感四首》(春风草庐主人)、《题河东君小像,集钱牧斋句》(四首,黄岩王葆桢淑岩)、《新柳》(四首,黄岩王葆桢淑岩)。

郁达夫离东京赴名古屋第八高等学校大学预科学习,作《八月初三夜发东京,车窗口占别张、杨二子》赋别。诗云:"蛾眉月上柳梢初,又向天涯别故居。四壁旗亭争赌酒,六街灯火远随车。乱离年少无多泪,行李家贫只旧书。夜夜芦根秋水长,凭君南浦觅双鱼。"后刊载于1915年10月6日《神州日报》"神皋杂俎·文苑"栏目,又化入小说《沉沦》中。

12日 《申报》第15297号刊行。本期《自由谈》"栩园诗选"栏目含《夏日偶成》(四首,温倩华女士);"诗选"栏目含《和古华次韵》(十首之六,鹤龛);"栩园词选"栏目含《无俗念·谢剑飞先生属题〈桐荫读书图〉》(温倩华女士)、《浣溪沙·夏夜》(温倩华女士)。

《崇德公报》第16号刊行。本期"文苑"栏目含《新乐府·六君子》(乌台)、《述所见陈列馆诸物,各赋一章》(五首,纵先)、《减兰》(悟缘)。

13日 《申报》第15298号刊行。本期《自由谈》"栩园词选"栏目含《酷相思(灯黯翠帏人别处)》(汪诗圃)、《浣溪沙(留伴芙蓉镜里人)》(东园)。

沪上同人为于式枚举行公祭,陈三立、缪荃孙等参加。

吴昌硕偕缪荃孙、吕幼舲、恽毓龄、恽毓珂同主淞社第二十六集,以《上丁释菜礼成恭赋》为题。

柳亚子、顾无咎在吴江黎里发起组织酒社。顾无咎自号"神州酒帝",柳亚子任社长,先后举行雅集多次,参加者有王德钟、沈次约等多人,所作诗嬉笑怒骂,表露对袁世凯复辟帝制的强烈不满情绪。顾无咎《酒社小启》云:"风景不殊,河山已异,腐鼠沐猴,滔滔皆是。洁身自好之士,辄欲遁迹糟窟,以雪奇恨,此酒社之所以作也。时维中秋佳节,丹桂香飘,招集鸥盟,觞于吾里,踏灯秋禊桥畔,泛月金镜湖头,结一段因缘,留他年佳话,同心可证,芳躅非遥已。此启。乙卯八月五日,神州酒帝。"顾无咎作《酒社第一集,次亚子表叔韵》。诗云:"兰芷飘零萧艾蔓,江山如此奈群氓。座中我是高阳帝(余自署神州酒帝),眼底谁为阮步兵?长对尊罍容啸傲,别开世界尽纵横。仔看柳永编青史,酒国拚垂万世名。"柳亚子《酒社第一集》云:"谁使英雄无用武?翻投酒国作宾氓。挥戈便借刘伶锸,环壁争观项籍兵。虎啸龙吟声叱咤,雷轰电掣气纵横。伫看谈笑关符谶，三驾终成破虏名。"柳亚子《酒社第二集》云："收拾余生付酒杯，已拚蜡炬尽成灰。疏狂便合称名士，慷慨何由老霸才。强破愁城回一笑，独留恨史供长埋（一作"长哀"）。苍茫百感无端集，愧负诸君作健来！"蒯文伟作《酒社第二集，分次亚子〈悼秋〉韵》（二首）。其一："地转天旋会有日，河山不信事全非。挥戈先树黄天帜，仗剑终销赤帝威。竖子岂能长狗盗，英雄至竟效鹏飞。一杯预为前途祝，眼见征人奏凯归。"柳亚子《酒社第三集》云："豪情一纵不可阊，草草频来访酒家。入座杯盘尽狼藉，空肠芒角奈槎枒。才名画饼君休问，哀乐中年我未涯。输与路旁人笑杀，狂奴故态总喧哗。"柳亚子《酒社第四集》云："草草生涯拚纵酒，沉沉心事强为欢。招邀雅爱诸君意，跳荡休令隔座看。但觉晨星渐寥落，不堪灯火已阑干。几时长夜开良会，金镜湖头月色寒。"柳亚子《酒社第五集》云："飞扬逸兴对秋葩，烂醉江东处士家（是集设宴悼秋旻）。自是主人情意重，不妨我辈笑谈哗。天边缺月明于昼，墙角孤芳艳似霞。风露满庭凉未觉，有人诗思正无涯。"

魏清德《达观楼上留别瀛、桃两社诸社兄，即请海正》《又分韵，得东韵》发表于《台湾日日新报》。其中，《又分韵，得东韵》云："无限河山指顾中，暂时分手路西东。云帆风柳萧萧景，作客逢秋自不同。"

14日 逸社第六集。陈夔龙招集花近楼，并举京师古迹故事分题赋诗，瞿鸿禨、陈三立、吴庆坻、沈曾植、冯煦、缪荃孙、沈瑜庆、王乃征、林开謩、杨钟羲、张彬、朱祖谋等同集。席中林开謩建议以晚香玉和竹荪为羹，色味兼胜，陈三立为名"玉胎羹"，颇得众人赞同。陈夔龙作《八月六日花近楼作逸社第六集，分咏燕京古迹，余得天桥酒楼，率赋长歌求正》。诗云："先帝龙飞之二载，我偕计吏初游燕。一击不中狂呼酒，日日长安市上眠。南北饥驱倏十稔，杏花招我曲江筵。蓬莱方丈可望不可到，埋头乃读孙武十三篇。尔时帝京丽景物，海波不扬燧无烟。五侯七贵盛珂马，前门车毂声喧阗。东市列珠玉，西市罗肥鲜。六必居达都一处，酒旗一角东风颠。绝似汴京全盛日，樊楼灯火星钩连。而我藏身万人海，豆羹宁受呼尔怜。散衙有时谋一醉，不惜三百青铜钱。天桥酒家尽识我，自惭才调非青莲。庚子三迁尹京兆，章台走马先著鞭。郎潜块垒偶一吐，所惜黄杨厄闰逢灾年。九国联兵拳祸起，台城围急断纸鸢。十六门开两宫狩，三条五剧白骨填。仓卒拜命作留守，摩挲铜狄涕泗涟。斯楼是我醉眠处，驱车行迈心愀然。昔日繁华选歌舞，只今瓦砾无一厘。天生李晟为社稷，一言九鼎辑裒氊。钟簴不惊翠华返，虹桥十里依旧沸管弦。出领封圻又八载，谒帝重拜委裘前。江亭寂寞花市散，嘉招此地飞云笺（己酉北觐，晦若、润甫、渔溪诸君招饮酒楼）。北门锁钥偶寄耳，魂梦驰逐天街边。天维地轴几翻覆，眼中沧海成桑田。淞滨伏处阅鹍蜕，幸有诸老相周旋。征诗许继月泉社，买醉还寻小有天。好借长歌聊当哭，莫因无酒便逃禅。坐中俱是望京客，一片心常北斗悬。衣冠第宅长安有，只有荆高姓氏传。呜呼只有荆高姓氏传,我今不醉胡无荂?"另有同社诸作:瞿鸿禨《天宁寺塔灯》、冯煦《金台夕照》、缪荃孙《碧云寺魏阉葬衣冠处》、吴庆坻《净业湖李文正故宅》、沈曾植《陶然亭》、陈三立《龙树寺古槐》、沈瑜庆《斜街花市》、王乃徵《崇效寺〈红杏青松〉卷子》、林开謩《长椿寺九莲菩萨画像》、杨钟羲《慈仁寺双松》、张彬《东西廊市》、朱祖谋《寿楼春》。其中,冯煦《金台夕照》云:"我昔北征滞人海,驱车屡过黄金台。遂宇百重激繁吹,交衢十丈飞嚣埃。台空木落走秋兔,夕阳衰草空徘徊。燕昭不作郭隗死,骏骨不市市驽驹。讲院峨峨校文艺,兴酣一倒蒲葡醅(曾校金台书院课卷)。纵谈当世薄金紫,宁知万劫昆明灰。往者益都翊新运,堂开万柳藉英才。去台尺咫足游衍,朱陈严李纷追陪。坐上谈经轶郑服,殿前作赋穷邹枚。陵谷迁贸三百载,旧时觞咏生蒿莱。古刹萧寥罕游屐,松涛怒咽声何哀。黄昏蝙蝠向人舞,败壁犹锈前朝苔。夸杖已逐穷域化,鲁戈莫挽残阳颓。兹台突兀渺云际,白衣苍狗争喧豗。吁嗟乎白日一逝不可回,侧身四望心悲摧。骐骥伏枥士槁卧,凄风飒飒从天来。"

《申报》第15299号刊行。本期《自由谈》"栩园词选"栏目含《风月闲情,与筱甫同作三十首》(东园)。

徐继孺作《八月初六日微亭来曹同愚叟、春桥、西箴、释筼七人连日会饮,钝士诗先成,因次其韵》。诗云:"敢拟七贤能乐天,苔岑臭味本同然。桑田世变经三劫,草具情亲抵万钱。论史交推裕之笔,矢诗闲话羲熙年。乱离会合真难得,且复婆娑杯杓前。"

15日 《青年杂志》(月刊)在上海创刊。陈独秀为主编,上海群益书社发行。《青年杂志》于翌年2月15日出版至第1卷第6号后休刊半年。9月1日自第2卷第1号起复刊,更名《新青年》,同时成立新青年杂志社。1917年1月迁至北京。1918年1月第4卷起改为同人刊物,由陈独秀、钱玄同、高一涵、胡适、李大钊、沈尹默等轮流编辑。不久,鲁迅加入编辑部。五四运动后休刊半年。1919年10月前后迁返上海。陈独秀复任主编。该刊倡导新文化运动,提倡科学与民主,反对旧道德,提倡新道德,反对旧文学,提倡新文学。自1920年9月1日第8卷起,成为上海共产主义小组刊物。1922年7月休刊。1923年6月改为季刊,成为中国共产党中央委员会机关刊物,迁广州出版,由瞿秋白任主编。出四期后休刊。1925年4月复刊,为不定期刊,出5期,次年7月停刊。陈独秀在创刊号上发表《敬告青年》一文,称"青年如初春,如朝阳,如百卉之萌动,如利刃之新发于硎,人生最可宝贵之时期也。青年之于社会,犹新鲜活泼细胞之在人身。新陈代谢,陈腐朽败者,无时不在天然淘汰之途,与新鲜活泼者以空间之位置及时间之生命。人身遵新陈代谢之道则健康,陈腐朽败之细胞充塞人身则人身死;社会遵新陈代谢之道则隆盛,陈腐朽败之分子充塞社会则社会亡。"陈独秀向中国青年提出"自主的而非奴隶的""进步的而非保守的""进取的而非退隐的""世界的而非锁国的""实利的而非虚文的""科学的而非想象的"六点希望。此外，陈独秀文还确认"人权平等之说兴"与"科学之兴""若舟车之有两轮焉"，是推进现代社会进化的基本条件。同期还刊登汪叔潜《新旧问题》一文，略谓："吾国自发生新旧问题以来，迄无人焉对于新旧二语下一明确之定义。在昔前清之季，国中显分维新、守旧二党，彼此排抵，各不相下，是谓新旧交哄之时代。近则守旧党之名词，早已随前清帝号以俱去，人之视新，几若神圣不可侵犯，即在昌言复古之人，亦往往假托新义，引以为重，夷考其实，则又一举一动，罔不与新义相角触。因此之故，一切现象，似新非新，似旧非旧，是谓新旧混杂之时代。新旧交哄之时，姑无论其是否，然人各本其良心上之主张，不稍假借，国家一线之生机，犹系于此。独至新旧混杂，非但是非不明，且无辨别是非之机会，循此不变，势必至于举国之人，不复有精神上之作用，吾不知国果何所与立也？夫有是非而无新旧，本天下之至言也。然天下之是非，方演进而无定律，则不得不假新旧之名以标其帜。夫既有是非、新旧，则不能无争，是非不明，新旧未决，其争亦未已，始则口诛笔伐，终且兵阵相攻矣。吾国新旧问题，倘不早日解决，所谓新旧之争，必愈演而愈烈。试观数岁以来，国法何以朝更夕改？政治何以举棋不定？曰惟新旧之争故；人心何以涣散不宁？社会事业何以停滞不进？亦惟曰新旧之争故。此本过渡时代必经之阶级，原不足怪，今日所可异者，人人投身于新旧竞争之漩涡，行其实而独避其名。今试举一人或一事焉，欲辨别其孰为新、孰为旧，几不可能。明明旧人物也，彼之口头言论则全袭乎新；自号为新人物也，彼之思想方法，终不离乎旧。譬之封爵，旧事也，而取义于平等，则新矣；譬之办学，新事也，而明分乎阶级，则旧矣。诸如此类，不胜枚举。是故从前新旧之争，如火如荼，近则新旧之争，为鬼为蜮。磊落光明之态度，一变而为昏沉暧昧，一旦积久而卒发，将有过当倾侧之虞。"

《申报》第15300号刊行。本期《自由谈》"诗选"栏目含《风月闲情，与筠甫同作三十首》（东园，续昨）；"文字因缘"栏目含《贺陈先生子珣八十寿诗二首》（东园）。

[韩]《天道教会月报》第62号刊行。本期"词藻"栏目含《挽泰仁教区长金炼九君》（泽庵罗龙焕、泷庵金熏培、刚斋申泰鍊）、《登南山》（香山车相鹤）、《牛耳洞》（香山车相鹤）、《蝉》（香山车相鹤）、《次〈三清洞〉韵》（香山车相鹤）。其中，泽庵罗龙焕《挽泰仁教区长金炼九君》云："胡上徘徊鹭，缘何故不飞。满腔无限恨，一夕主人归。"

16日 蔡锷明拥帝制，暗以倒袁。

《娱闲录》第2卷第3号刊行，是为终刊。本期"文苑"栏目含《蛰庵为农戏寄》（香宋）、《上任父》（香宋）、《寄怀蒲伯英长安》（香宋）、《读〈石遗诗话〉记慨》（香宋)、《哀贵州》（觚斋）、《悼亡词》（象予氏）、《拟古诗三首》（苣）、《赠友四首》（费竹心遗著）、《拟〈遣悲怀〉（并序）》（振羲）、《游峨嵋，夜梦刘君树皆，即以寄之》（蘅斋）、《秦淮》（江阳山人）、《卢生词》（江阳山人）、《种蔬堂诗稿》（吟痴）、《秋心遗稿》（华阳冯江遗著）、《岁寒社诗钟录》（觚）；"弹词"栏目含《卖花记（续第2卷第1号）》（雪儿）。

黄文涛作《八月八日为予八十五生朝，先期儿辈具酒称觞，醉后作》（二首）。其一："乱余犹获一枝安，膝下儿孙解尽欢。老妇病躯欣已健，合将尊酒庆团栾。"

17日　《申报》第15302号刊行。本期《自由谈》"诗选"栏目含《续咏史八首》（秦寄尘）：《许由》《伯夷》《苏秦》《司马昭》《李白》《冯道》《苏轼》《文文山》；"词选"栏目含《洞仙歌》（二首，诗圃）、《少年游·集成句》（诗圃）、《又》（诗圃）。

胡适作《送梅觐庄往哈佛大学诗》（三首）。其二："凡此群策岂不伟？有人所志不在此。即如吾友宣城梅，自言'但愿作文士。举世何妨学倍根，我独远慕萧士比。'梅君少年好文史，近更撝拾及欧美。新来为文颇谐诡，能令公怒令公喜。昨作檄讨夫已氏，俔令见之魄应褫。又能虚心不自是，一稿十易犹未已。梅君梅君毋自鄙。神州文学久枯馁，百年未有健者起。新潮之来不可止，文学革命其时矣。吾辈势不容坐视，且复号召二三子，革命军前杖马棰，鞭笞驱除一车鬼，再拜迎入新世纪。以此报国未云菲，缩地戡天差可儗。梅君梅君毋自鄙。"任叔永戏撦此诗中字句，作诗赠胡适云："牛顿爱迭孙，培根客尔文。索虏与霍桑，'烟士披里纯'。鞭笞一车鬼，为君生琼英。文学今革命，作歌送胡生。"胡适戏和其韵成56字，作《戏和叔永再赠诗却寄绮城诸友》云："诗国革命何自始？要须作诗如作文。琢镂粉饰丧元气，貌似未必诗之纯。小人行文颇大胆，诸公一一皆人英。愿共勠力莫相笑，我辈不作腐儒生。"

18日　《申报》第15303号刊行。本期《自由谈》"游戏文章"栏目含《短歌行》（仿魏武帝《短歌行》）（炎炎）；"诗选"栏目含《乙卯秋日感怀，即柬强公老友》（三首，佐彤）、《秋日感怀，续成两律，再呈强公》（佐彤）；"栩园词选"栏目含《南柯子（袖卷风侵腕）》（汪诗圃）、《喝火令（漏涩穿疏箔）》（汪诗圃）。

张謇作《以汤乐民画红梅寄梅畹华》（二首）、《因忆梅郎以九月生，重作一诗》。其中，《以汤乐民画红梅寄梅畹华》其一："为忆梅郎对画梅，翩跹缟素出瑶台。美人若化身于亿，应有亭亭月下来。"其二："小汤士女美无伦，画作梅花亦可人。寄与玉郎时顾影，一丛绛雪媚初春。"《因忆梅郎以九月生》云："画到京师日，犹丁诞日前。人应一笑粲，花永四时妍。以此为郎寿，宁当与世颠。丹砂如可饵，飞辇蹑梅仙。"

魏清德《敬祝问渔先生令堂郭太孺人七秩晋一荣寿》（四首）发表于《台湾日日新报》。其一："记曾童卯学书时，早识君名切向葵。倾盖何缘成握手，联床有幸共谈诗。遗羹考叔贤而孝，画获欧阳母作师。今日登堂齐介寿，黄花晚节正芳滋。"

19日　《申报》第 15304 号刊行。本期《自由谈》"词选"栏目含《浣溪沙·集成句》(诗圃)、《更漏子·集成句》(诗圃)。

《崇德公报》第 17 号刊行。本期"文苑"栏目含《秋夜不寐偶占,呈悟缘、力轻、纵先、寿鹤、楚狂、蒋山诸公教并希和》(雨林)、《次雨林韵》(悟缘)、《四字令·憩园晚步》(悟缘)、《次雨林先生韵》(楚狂)、《次雨林兄韵》(云中小主)、《留别里中诸友》(云中小主)、《凤凰山玩月》(蒋平轩)。

湖南省教育会改选,徐特立当选为湘江道候补干事。

陈曾寿作《八月十一日生日偶作》。诗云:"早忘自念犹伤逝,难洗余哀那入禅。味简多生宁有债?把诗过日岂非天。僵蝉咽断繁霜后,瘦菊魂销细雨前。一念嵯峨妨学道,倘看射虎未残年。"

20日　《申报》第 15305 号刊行。本期《自由谈》"诗选"栏目含《金陵书感》(吴绛珠)、《和湖南女子马锵锵》(二首,陈润泉)、《秋窗夜雨》(王韵仙)、《有悟》(二首,王韵仙)。

《船山学报》第 2 期刊行。本期"文苑"栏目含《玉屏集 (续)》(王德基)、《毅庵类稿 (续)》(曹佐熙)、《瓣姜诗 (续)》(欧阳中鹄)。

《学生》第 2 卷第 9 号刊行。本期"文苑"栏目含《太湖游记 (续)》(胡健生)、《参观汉阳铁厂记》(国立武昌高等师范学校学生韩旅尘)、《南通游记 (未完)》(江苏省立第二师范学校学生丁传商)、《四明形势谈》(浙江省立第四师范学校一年级学生屠显恒)、《本校小池记》(山东省第一中学三年级学生余锟)、《龙台岩游记》(广东龙川中学二年级学生张蔚文)、《书〈汉书·律历志〉后》(浙江第二中学校二年级学生曹鸿泰)、《种菜赋》(以英雄无事且种菜为韵)(江苏省立第一农业学校一年级学生顾宪融)、《蝶恋花·莫愁湖上》(前人)、《西江月·中秋》(广东阳江县立中学校学生姜赞璜)、《题苏子卿〈牧羊图〉》(三首录二,阳兴中学校二年级学生孙之桢)、《春游》(前人)、《采菱歌》(二首,赞文国文专修科学生王迈群)、《咏蝉》(广东焦岭中学校三年级学生黄纫华)、《独立》(前人)、《观易即事》(前人)、《雨后散步后园》(前人)、《书怀》(前人)、《书感》(前人)、《夜读》(四川成都工业专修学生萧公粥)、《萤》(江苏省立第九中学校学生陈相枢)、《蝉》(前人)、《蟋蟀》(前人)、《蜘蛛》(前人)、《养性》(五言古)(江西崇仁东上区私立莲溪小学附课生黄一中)、《风雨萧条之夜百感交作,因出客岁抱恨君所赠〈春申江上送别图〉一幅,展而阅之,偶成四绝》(上海复旦公学毕业生徐再侗)。

《大中华》第 1 卷第 9 期刊行。本期"文苑"栏目含《〈天影庵诗存〉序》(王闿运)、《赋赠杏城左丞》(二首,樊山)、《乙卯三月三日十刹海修禊,分韵得伊字,效齐梁体》(樊山)、《天琴老人以诗赠余并及顾姬,因和元韵奉答》(二首,一庵)、《为庄思缄题

〈西泠感旧图〉》（一庵）、《燕京八景》（规庵）、《晓起》（规庵）、《六月大雨夜作》（规庵）、《谷城过项王墓》（潘复）、《石遗翁六十生日》（霜杰）、《上巳前一日游十刹海，留柬修禊诸公》（髯仙）。

[日] 芥川龙之介自田端致恒藤恭信中附《竹枝词》一首。诗云："黄河曲里暮烟迷，白马津边夜月低。一夜春风吹客恨，愁听水上子规啼。"

21日　《申报》第15306号刊行。本期《自由谈》"诗选"栏目含《顾丈竹侯以〈重修勺湖草堂〉诗属和，赋此答之》（四首，秦粤生）、《舟中望海》（二首，秦粤生）、《武昌即景》（陈琴仙）。

胡适抵达哥伦比亚大学，正式追随杜威学习美国实验主义哲学。

沈曾植作《中秋前二夕，月色致佳，忆甲午中秋京邸望月有诗，今不能全忆矣》。诗云："依然圆满清光在，多事山河大地依。十五年来天不骏，百千劫去泪长挥。当时棘为铜驼叹，后夜潮催白马归。垂发髯鬙凭阑影，只怜朝露未能晞。"

22日　《申报》第15307号刊行。本期《自由谈》"诗选"栏目含《丁石逸丈搜得令祖颐志斋老人〈七旬学易图〉，作歌志慨，赋此答之》（秦粤生）、《消夏绝句》（秦粤生）、《即景》（秦粤生）、《荷塘即景》（秦粤生）、《遣兴》（秦粤生）；"曲选"栏目含《金珑璁·北曲一套，奉题又坪先生〈古器传真〉手卷》（王淡明）。

魏清德《新秋》（限真韵）（二首）发表于《台湾日日新报》。其一："平生肝胆太轮囷，揽镜惊秋百感新。最是不堪庭畔立，一梧叶下月如银。"

沈曾植作《中秋前一日简詶叟》简李传元。诗云："醉唱侬家七返丹（坡句。道家此丹，袭用释典），华阳服是楚囚冠。上生睹史归依法，变相明王炽盛观。百劫不迷臣宝愿，九围重式泰山安。嫦娥作证吴刚侍，破碎山河影忍看。"

陈遹声作《八月十四日七十生辰作》（四首）。其二："海录谷音编次成，耄惛赢得古希名。儿孙材器逊王吉，婚嫁经营累向平。望国中兴臣已老，买田下喫子佣耕。全家尚食清朝俸，温饱偷生负圣明。"其三："劳薪七十掷韶华，岁月耄年没处赊。兵燹余生翻梵呗，乾嘉法物寄袈裟。杼山瓜似青门种，萝渚莲开白社花。故国山河留影子，独看明月忽咨嗟（山河破碎，明月长圆。新亭对泣，彼何人斯？吁真悲已）。"其四："眼底沧桑几变迁，故乡依旧月团圆。残书甲乙收秦烬，外史庚申禅宋年。竹浪幸存三世业，梅村不值一文钱。青山买就栽梨杏，建福山头好墓田（建福寺山多梨杏，余生圹在也）。"

韩德铭作《乙卯中秋前一日作》。诗云："阴云合天际，似黯予心愁。更聚秋怀深，淋淋杂雨流。予性喜恢阔，凄咽今不休。乃知屈宋辈，生非哀怨俦。湘楚风露寒，宁遣萧兰忧。虫声振秋爽，意谓时可留。计短趣常足，识大翻成因。颓然放今古，来日嬉中秋。"

郑孝胥作《市楼有号新世界者，八月十四夜与聘三、锡之、鉴泉共饮玩月》。诗云："醉中惟觉灯光热，暗处方知月色清。万户市声散空阔，九天夜气入新晴。同游肮脏应相许，举世披猖信可轻。穿尽人群聊睥睨，放歌还欲拊檐楹。"

柳亚子作《酒社第六集》。序云："旧中秋前一夕，集金镜湖舟中。"诗云："波光灯影现楼台，凉月如丸浸酒杯。谁使鱼龙长寂寞，自携星斗与徘徊。哀丝豪竹中年感，吊梦歌离大雅才。一笑筵前成目逆，太原公子褐袭来。（谓王玄穆）"王德钟作《酒社第六集次亚子韵》。诗云："少年有泪洒西台，拇战狂歌酒百杯。击剑吹箫多感慨，呼灯踏月尽徘徊。秦图赵厕君留意，铁马金戈我不才。相约燕然山下去，贼头不斩莫归来！"

曾广祚作《八月十四夜泊舟湘潭城外，塔下玩月，寄怀从兄履初》。诗云："桂树丛生水镜流，客随征雁宿芦洲。影沉孤塔微寒夜，光入虚船不满秋。珍重碧潭寻古剑，回翔青琐剩垂钩。几人能画云台上，莫叹文渊羡少游。"

王浩作《八月十四夜，听汪竹居先生鼓琴三十韵》。诗云："风雷堕地十三金，龙门百尺太古音。昔人空山淡容与，往见十指无此琴。非关驱龙难暴额，极知搏虎如守心。城东琴师汪处士，摩挲灵台吐松气。李侯为甥韵作子，法中龙象大心志。剧谭楼那妙高弟，自言绝无苍生意。李侯短褐有长处，奉师再拜蹈且舞。槃槃大腹坐寒暑，肉山裹云未易煮。归牛浮鼻过积水，呼吸关元鳞春露。海东青鸾哕十指，手色清于玉柄尘。初弹窔寥味甘苦，娥江女儿神弦语。忽然进作万猿叫，施州去天尺有五。优昙偶现道人绿，眉鬓枯藤挟风竹。黄庭中人袖拂石，坐令十洲漫金粟。少年相期在澄清，老色上面抱关更。富春山塘十日雨，一百八盘车走声。纷如九秋下鞲鹰，稍稍雪山落霜翎。胸中直有过秦论，下指已是陶唐生。我持高丘苏肺热，龙头芝菌缩百结（谓吟潭）。莫辞清瘁损二阮（谓定山、子云），聊同刑天舞跋鳌。四无人声耸项领，风味不减鬼瞰室。往时吴侬歌尔尔（谓端任），此行净淬筝笛耳。后来一李端能事，西方金音敛手底（谓运和）。其余隅坐裹头靡，不识不知叹韶美。归去彭湖仰青蠾，梦中开门落松子。吁嗟三闾亦大夫，巫阳采兰能启予。予亦齐王学吹竽，亦颇挟瑟雍门趋。成亏曾不辨有无，终朝鼓琴色不腴。中庭但有明月珠，斗酒豚蹄醉斯须。明朝高斋云卧冷，羲皇午窗日上井。"

23日 《申报》第15308号刊行。本期《自由谈》"诗选"栏目含《苏台纪游》（十首，盎鸣）；"词选"栏目含《渡江云·西风画角》（镜湄）、《前调·暮秋怀伯先》。

陆润庠卒于京师，谥文端。陆润庠（1841—1915），字凤石，号云洒、固雯，苏州人。清同治朝状元，医家陆懋修之子，精通医学，曾与商部主事力钧共同为光绪帝问诊。历任工部尚书、吏部尚书、国子监祭酒。辛亥后，留清宫，任溥仪帝师。喜交艺友，或作诗文，或作书画，尤擅制联。与吴荫培、叶昌炽、潘遵祁、潘曾莹、陆增祥等时有往来。陈宝琛挽之云："来日大难，及此全归天所笃；个臣又弱，公然后死责安辞。"叶昌炽为陆润庠作挽联云："平生事陆宣公，尚在童年，溯奉教官箴，道义相期，白首沧桑同一恸；祈死如范文子，克完晚节，诵饰终恩诏，哀荣无忝，丹心汉简照千秋。"并于次年 3 月 11 日作《太保东阁大学士赠太傅陆文端公墓志铭》。

刘心源卒。刘心源（1848—1915），原名文申，又名崧毓，字亚甫，号冰若，别号幼丹，自号夔叟，晚年自号龙江先生，湖北嘉鱼县人。同治癸酉（1873）中举人，光绪丙子（1876）中进士，在清廷为官二十九年，历任翰林院庶吉士、国史馆编修、江南道监察御史、江西道掌广东道御史、京畿道御史、广西按察使、夔州府及成都府太守等职。光绪乙巳（1905）告病归里，将祖宅取名"濑庐"，辟"石鼓轩"，并北筑"奇觚室"，统称"江云居"作书斋，谢绝交游，潜心著述。宣统年间积极参加保路运动，辛亥革命后历任湖北省临时议会议长、中华民国首届国会议员、湖北省民政长（及省长）等职。1915 年 10 月 27 日，大总统签发策令，追赠刘心源为中卿，宣付国史馆立传。生平酷爱诗文，通晓经史，尤擅书法金石。毕生以金石为基研究古汉字，攀崖拓摩不畏其险，甚至"质裘被以购"青铜器及古币，亲采精拓，校录博研，从无间断。书法尤以新体魏碑见长，与宜都杨守敬、鄂州张裕钊被张之洞誉为湖北三大书法家。著有《乐石文述》40 卷，《吉金文述》20 卷，《三代六书存》18 卷，《凡海书》11 卷，《古文审》和《通鉴系注》各 8 卷，《川程坐游记》4 卷，《凡海篇》《古音》《游西山记》《使豫轺程记》《瓿馀集》《自著年谱》各 2 卷，《广西兵事》《孙子事证》《楚辞注笺》各 1 卷。《益州书画录》载其官成都府时，适庚子事变（1900），所作《秋感》（八首），蜀中争为传隶。后人辑有《刘心源先生奇觚室瓿余集》（诗集一、二卷合册）行世。

陈诵洛于杭州客舍"大醉题诗"，醒后即行。次年三月，其友蔡烛民以三绝抄寄，"并谓诗语豪放，不类君平日所作，及观诗后别署，则赫然君也。"

朱祖谋与况周颐唱和，朱祖谋作《夜飞鹊·乙卯中秋》，况氏作《解连环·乙卯中秋和沤尹〈夜飞鹊〉》以和。其中，朱词云："金波暖斜汉，流照屏山。桦烛冷散青烟。珠帘欲上美人去，谁家今夜今年。当窗乱云雾，恣霓裳狂舞，换谱钧天。乘风汗漫，问琼楼、何似人间。   多事桂宫仙斧，七宝尚凌虚，装缀婵娟。阆外秋香泣露，移槃清泪，消尽金仙。广寒殿阙，怕嫦娥、不许流连。共孤光谁与，不成把盏，北望凄然。"

康有为访傅增湘于西湖小万柳塘，并书陶诗一幅相赠。

陈树人偕妻在日本横滨赏月，作《与若文中秋玩月横滨》（五首）。其一："市醪初熟菜根香，不羡钟鸣鼎食场。最喜儿曹娇绕膝，齐操井臼助娘忙。"其二："漫道同看又独看，海山应共此团栾。谁知心会神通处，塞外闺中一例观。"其三："买山旧约几时酬，门第何心愿五侯。风月只须同管领，五湖一舸范蠡舟。"其四："虚幌低依意欲伸，烦凭月姊讯殷勤。人间多少双怜侣，可有曾如我与君。"其五："柴扉开处地如冰，小榻移来就月明。斗转参横更过五，尚将诗句细推评。"

王光祈二十三岁生日，与友人黄廷锐登陶然亭，议古论今，赋诗《乙卯秋节，余廿三初度，与黄廷锐登陶然亭，感而赋此二首》，遥寄温江挚友崔干臣。其一："举世如狂乱象生，独来亭畔听秋声。直言已愧苏推事，临眺应怜阮步兵。南国干戈他日泪，西风芦荻故乡情。年年江海都成梦，此日休疑节序更。"其二："西台痛哭谢皋羽，东观淹留定远侯。投笔声威闻万里，临风涕泪亦千秋。布衣常笑轻秦帝，残照相看类楚囚。枯柳飘蓬无限意，还如王粲赋登楼。"

陈夔龙作《中秋雨后看月，和酬小笏观察、琇甫太史乔梓》。诗云："桂庭风过雨初残，催送新诗属和难。鸡犬人间空饮恨，玉琼天上不胜寒。一年佳节秋将老，永夜清辉影独看。料得眉山贤父子，江湖作客忆长安。"

陈衍作《中秋雨后得月，和樊山》（四首）。其一："楼台七宝乍修成，百宝原从沐浴生。洗罢广寒三万户，银涛才向广陵行。"其二："牛女相望一水横，云车洗雨渡河行。嫦娥久断巫山夕，不许微云污太清。"其三："舒卷罗纬梦未成，翩翩归妹久西行。若为玉宇琼楼去，合共吴刚话到明。"其四："疏雨微云仁兴成，天香桂子宋延清。南楼老子樊楼酒，听雨诗成看月生。"

江五民作《中秋玩月》。诗云："客里看明月，年年此倚楼。三千新世界，四度好中秋。皎洁谁当涴，团栾讵易求。浮云空缭绕，相对不胜愁。"

贺次戬作《中秋夜》。诗云："飘泊京津又一年，澄光虚鉴静如禅。剧怜隔岁中秋夜，同咏霓裳会众仙。"

董伯度作《中秋夜怀梦因、升初》（二首）。其一："落木声喧皓月明，一庭凉露乱蛩鸣。怀人不待中秋夜，况是中秋夜五更。"其二："出水芙叶态最妍，相逢曾记晚凉天。人间离别浑闲事，祇有无情月又圆。"

冯振作《中秋夜会饮有感》。诗云："长风九万看扶摇，身世飘零听海潮。诗兴已随衰病减，离魂未许故人招。中天明月为谁好，数载穷愁与子销。满目江山悲寂寞，江南秋水路迢迢。"

沈汝瑾作《乙卯中秋感赋，同养浩作》。诗云："中秋又是一年逢，对月心情各不同。洪水为灾方待振，纤儿卖国欲争功。香花供幸酬佳节，冰雪光难洗热中。俯仰乾坤感身世，唾壶击缺和寒虫。"

柳亚子作《中秋泛灯词，同玄穆作》（四首）。其一："万花丛里酒盈卮，强遭牢愁借绮思。收拾铜琶铁板曲，红牙低按泛灯词。"其二："香雾朦胧月作围，红妆白袷两相依。祝他情海无波浪，队队鸳鸯作对飞。"又作《酒社第七集》。序云："旧中秋夕，再集舟中，次病蝶韵。"诗云："月自当头杯在手，填胸块垒可能消。高歌未免惊邻舫，薄醉终怜负此宵。逝水华年成冉冉，晨星吾辈尽寥寥。无端哀乐凭谁诉？一剑何当更一箫。”

江春霖作《乙卯中秋夜游白塘》。诗云：“宦海归来几度秋，等闲初作白塘游。流连诗酒三高士，放浪形骸一小舟。月到天心光上下，水涵山色影沉浮。隔船妓乐喧器甚，为问清欢似此不？”

庄嵩作《乙卯中秋夜无闷草堂望月，时痴仙卧病不出》（二首）。其一：“秋月年年好，今宵分外明。佳人隔咫尺，孤客有生平。历历山河影，劳劳鸿雁声。遥怜传枉矢，列国未休兵。”其二：“江湖空说饼，岁岁对金瓯。上界清虚符，何人汗漫游。百忧侵独夜，一醉了中秋。拟挽姮娥问，云霄倘自由。”

林思进作《中秋见月，感念伯坚亡子，凄然成赋。时仲儿在渝，季儿犹羁沪也》。诗云：“巴山仲子应垂泪，海上孤雏正断肠。万里今宵共明月，数声哀雁不成行。书来但觉中心棘，镜里浑余满鬓霜。只欲呼归守门户，蓬头对客尽无妨。”

诸宗元作《乙卯中秋》。诗云：“纤云扫尽露华明，此意何能语太清。一夜思量在乡国，四年南北向阴晴。广筵烛烬香还爇，夹巷歌喧月渐生。此境儿时不堪纪，未应扶梦坐深更。”

罗惇曧作《乙卯中秋》。诗云：“风雨方愁败月明，层阴将夕翳高城。长空忽遣浮云尽，万里相看秋气清。儿女中庭分芋栗，邻家深夜拂琴筝。遥怜玉臂清寒甚，水宿吴江第几程（内子方自广州北还，计程当至上海）。”

黄节作《中秋依韵和贞壮》。诗云：“但看明月百休思，晚过层阴甫阅时。若以何年问今夕，且从天上说佳期。夜行早已辞多露，对坐吾犹叹子遗。一醉可招裙屐共，更携长句倒尘卮。”

陈衍恪作《中秋饮书堂宅感赋》。诗云：“紫蟹堆盘酒满觥，三年前事眼中横。举头对月今何夕，破涕追欢枉此生。情话聊因亲戚共，岁华终与鬓毛争。略无佳句酬佳节，直是秋来秋恨成。”

刘季平作《乙卯中秋，予以买梅至扬州，止吾弟黄胜白家，导游诸胜，归时送予渡江，珍重而别，意为黯然，归家赋此》。诗云：“难遣深情伉俪知，车回已薄上灯时。二分月子和谁诉，一代风人总我师。仓卒易为秋后别，殷勤犹见画中诗。话言已醒扬州梦，万种苍凉是牧之。”

郁达夫作《中秋夜中村公园赏月，兼吊日故大将丰臣氏》。诗云：“社鼓村讴处处同，旗亭歌板舞衣风。薄寒天气秋刚半，病酒情怀月正中。废圃而今鸣蟋蟀，虚堂自昔产英雄。由来吊古多余慨，赋到沧桑句便工。”后刊载于本年10月7日上海《神州日报》“神皋杂俎·文苑”栏目。

王次清作《乙卯中秋口占》。诗云：“碧梧叶落桂香浮，镇日帘垂未上钩。祇负一庭好明月，年来病里过中秋。”

关赓麟作《中秋待月》。诗云："几回盼得今宵霁，雾气迷漫混太清。秋色苍然经雨洗，月轮深处逆云行。未妨露立三更冷，终放空澄万里明。缓下台阶频却顾，隔林不觉起鸡声。"

[日] 德富苏峰作《中秋对月》。诗云："桂影上阶虫语悲，一天风露夜阑时。阿翁仙去知音少，独对月明不赋诗。"

[日] 服部辙 (担风) 作《乙卯中秋，桑名阿谁儿楼观月，分得秋字，赋似逵雅堂，五言排律七十韵，押韵自尤至头，总依韵府所载序次，是醉中之一适也》。诗云："十二度圆月，年年兹夜尤。团团临海驿，皎皎照山邮。今古迭盈欿，阴晴交劣优。孤眠终叵耐，独往且忘忧。路熟三川畔，程沿万里流。峰峦敛螺黛，浦溆带茅庼。估舶挂蒲席，神丛建画旒。入城日方落，挟妓客皆留。长笛谱杨柳，幅裙拖石榴。船街驱钿毂，马巷系黄骝。我岂倒蘺简，君真荷锸刘。相携喜良觌，何暇语来由。攀阁身如化，置尊醪若油。因为步虚想，告此渡江游。花记鹤林寺，雪谱王子猷。坠欢浑杳杳，胜事更悠悠。宝镜扬华彩，凉飔拂郁攸。邀之形对影，失彼女兼牛。拟补金枢坏，应须仙斧修。雾云频吐纳，象纬奈遐脩。窃欲寒帷鉴，翻怜掩面羞。旧踪经一纪，偶坐又中秋。萤老暗莎草，叶飘疏梓楸。偏惭双鬓短，颇感四时周。谢尚泛牛渚，杜陵伤鄜州。名宁慕轩冕，志本在沧洲。例设陈徐榻，常钦李郭舟。豁襟谈杂谑，洗盏献仍酬。愿作素娥匹，恐遭苍狗雠。繁星渔火远，行雁橹声柔。烂醉毋多酌，清狂甘寡俦。村梢迷曲槛，稻颖满平畴。晤久带移孔，更阑漏数筹。光穿细帘散，翳衬巨松稠。持偈叩荒刹，欹巾陟小邱。磬鸣泠未罢，诗思乙难抽。转觉俗机息，而令痼疾瘳。境灵疑鹫岭，壑黑讶龙湫。劈纸兴先旺，挥毫气亦遒。新篇题壁遍，奇句括囊收。譬尔才同骥，嗟余拙似鸠。赏音于世罕，知己有人不。吟苦捻髭断，肠枯信手搜。折腰嫌斗米，没齿绝群驺。齐剩书生习，动牵儿女愁。蟾蜍辉忽晦，乌鹊匝斯休。促膝搁匙箸，无灯咍狱囚 (白居易句：'寒狱无灯囚')。惩羹征发烛，炙辖缓归辀。诃止蛤蟆食，吹开弦管求。魂飞将闯阙，酒醒要披裘。盘荐蕈横伞，炉煨栗脱球。邻廊歌串串，伧叟语仇仇。造次氛埃灭，须臾河汉浮。桂香禅莫隐，醇味妇宜谋。两赋艳苏轼，联珠亚窦牟。风烟资抵掌，霜露写凝眸。走集乡关隔，尾闾潮汐侔。野航滑舴艋，堞树列戈矛。力战说前幕，雄图喑故侯。争追营窟兔，否则戴冠猴。墟市贾连户，旗亭姬啭喉。鼓钟春日 (名祠) 庙，丝肉竹枝讴。妾恨深于水，郎情轻比沤。占残梦蕉鹿，寻冷眼沙鸥。地是九华扇 (桑名一作九华，因又称扇城)，天犹碧玉瓯 (范成大句：'天如碧玉瓯，下覆白玉盘。')。佩兰吾辈社，吞景阿谁楼。指动已非郑，眼明殊忆娄。仆夫催结束，厨婢谢卑陬。延伫别姑叙，后期闲可偷。乱蛩鸣咽处，回首月当头。"

24日 《申报》第 15309 号刊行。本期《自由谈》"游戏文章"栏目含《筹安会新唐诗》(四首，天台山农)；"词选"栏目含《减兰·用石孝友体，集成句》(诗圃)、《清平乐·集成句》(诗圃)、《南乡子·题〈柳影箫声帐眉〉》(诗圃)、《浪淘沙》(诗圃)、《调笑令·花片飞》(周峨卿)、《菩萨蛮·中秋沪上》(周峨卿)、《小桃红·集成句》(时甫)、《相见欢·集成句》(时甫);"文字因缘"栏目含《调寄〈沁园春〉·题天虚我生〈芙蓉影〉小说》(张碧琴女士)、《调寄〈高阳台〉·又》(鲍苹香女士)。

台湾彰化再开观月会,吴德功应邀与会。是夜于彰化水源地赏月赋诗。

柳亚子作《酒社第八集》。序云:"旧中秋后一夕,三集舟中,次王玄穆韵。"诗云:"余生忍见莽元年,披发佯狂事可怜!断胫将军三尺铁,过江名士几文钱?不堪花月成良会,剩借笙歌结绮缘。秋禊湖头一泓水,明年此夕为谁妍?"又,沈次约作《酒社第八集,次大觉韵》。诗云:"荆棘铜驼又一年,凄风冷雨剧堪怜。国亡文字休论价,世乱头颅不值钱。仗剑杀人真快事,裁诗把酒亦良缘。愿拼十万男儿血,洒遍燕山分外妍。"

王树楠作《东海相国中秋夜招饮,值初昏偶雨,而贱躯适抱寒疾,不果赴,翌日示以图曰西园雅集王晋卿不可无诗,乃拈此以报之》。诗云:"九州非不广,万牛中一毛。百年非不长,石火一瞥销。众窍怒号声,有如风过箫。人生刹那间,役役胡为劳。所以巢由辈,念此洗耳逃。相国隐朝市,勇退不可篙。富贵不挂眼,弃之轻秋毫。筑园城东隅,聊避尘世嚣。兴来呼酒徒,斗句联愈郊。念我落世网,老朽不受雕。臣朔饥欲死,日被侏儒嘲。斗米岂不贵,惜此元亮腰。累累丧家子,屡荷诗酒招。今宵月中天,忽遭秋雨漂。小极不可风,惭愧折简邀。斫肉不得遗,空对妻妾骄。翌朝示我图,戏以驸马嘲。寄诗讯后约,垒块终须浇。"

[日] 关泽清修作《八月既望,同人胥谋邀饮岩溪裳川于偕乐园,以慰丧明之痛》《中秋后一夕,偕乐园吊慰,会席上分韵》。其中,《八月既望》云:"邀君一夕倚高楼,遣闷无如诗酒游。仍怕易催怀旧泪,当栏明月似中秋(闻令尊以中秋日病殁,三四故及)。"《中秋后一夕》云:"桂子纷纷座上流,碧天如水夜悠悠。一声长笛数行雁,忆杀当年赵倚楼。"

25 日 《申报》第 15310 号刊行。本期《自由谈》"诗选"栏目含《吴山谒阮文达公祠》(漱岩)、《偕曾又僧吴山品泉》(漱岩)、《与客泛舟至西湖广化寺,门扃阒若无人》(漱岩)、《宝莲山房赠澄上人》(漱岩)、《雪居庵访性通上人》(漱岩)、《过梅花碑》(漱岩)、《游梵天禅寺寻南宋故宫》(漱岩)、《所见》(二首,漱岩)、《大观台》(在杭州紫阳山)(漱岩)、《逃舫》(漱岩)、《偕半峰出钱塘门追凉,至旧圣因寺待月》(漱岩)。

《小说月报》第 6 卷第 9 号刊行。本期"文苑·诗"栏目含《渡江入西山,晚抵峥庐》(散原)、《清明日上冢》(散原)、《和王荆公古诗,仍用其题句以发兴端(未完)》(四首,剑丞)、《游富春四首》(剑丞)、《掏鹿谣》(薑斋)、《寄苏堪天津》(薑斋)、《夜宿三面船》(薑斋)、《绑票行》(薑斋)、《再题〈对酒图〉》(觟庵)、《春绮卒后百日,往哭殡所》(觭庵)、《法源寺看花,次知白韵》(觭庵)、《忆石湖旧游》(觭庵)、《上巳招子大、次郇小饮寓斋,次老拈先韵赋五言四首索和,去其重韵得三首》(曼青)、《补和十发〈花朝集饮会画〉之作,次韵》(曼青)、《赠颂成》(听永)、《寄易中实海上》(子大)、《和夏黄恂〈寒香集〉韵三首》(子大)、《和诗庐答秋岳韵》(又点)、《和诗庐作,竟见秋岳原唱甚美,依韵再和,时甫移居》(又点)、《春日杂题(未完)》(四首,郁离);"文苑·词"栏目含《金缕曲·井上新桐植七年矣,无觉,顾而叹曰:此手种前朝树也!斯语极可念,拈以发端》(彊村)、《水龙吟·麦孺博挽词》(彊村)、《还京乐·赠庞檗子》(彊村)、《夜行船·题徐又铮〈汉江秋望图〉》(又点)、《花犯·题徐又铮〈填词图〉》(又点)、《玉京瑶·徐仲可以其女公子(新华)山水画稿二帧见贻,冰雪聪明,流露楮墨之表,于石谷麓台胜处庶几具体,为谱夷则商犯无射宫腔,即以答谢》(夔笙)、《清平乐·和陈芷庭〈题曹娥庙〉词》(仲可)、《浣溪沙·题朱研涛〈天山归猎图〉》(仲可);"杂俎"栏目含《董小宛考(未完)》(心史)、《顾曲麈谈(续)》(吴梅)。

《中华妇女界》第1卷第9期刊行。本期"文艺"栏目含《晚晴》(江西女子师范监学常熟吴斯玘女士)、《纳凉》(前人)、《新秋》(前人)、《中秋》(前人)、《湘波七姊以山水条屏见赠,作此寄谢》(前人)、《奉和二姑母大人抵吴镇见示原韵》(四首,前人)、《步春绮和师曾〈悼亡〉原韵》(南通女子师范校长范姚蕴素女士)、《咏白荷华,和叶孟青〈红荷华〉原韵》(前人)、《和吕惠如〈落花诗〉原韵》(前人)、《读〈妇女界〉题词》(奉天金郁云)、《咏史二则》(前人)、《春日小园中与外子联吟即事》(前人)、《张女士哭父诗》(五首,婉卿女士)、《浪淘沙·秋柳》(江西女子师范监学常熟吴斯玘女士)、《虞美人·瓶中桃花》(前人)、《河满子》(郭坚忍)、《风敲竹·题真州汪小纯先生〈春辉寸草图〉》(前人)、《袁母单太夫人事略》(单毓元)、《朱少屏故妻周湘云女史诔(并叙)》(陈去病)。

陈懋鼎作《八月十七夜,宝华里楼上对月》。诗云:"月色当窗烂不收,翛然客意警清秋。未成中隐惭荒径,漫与全家恋小楼。音绝牙弦空自赏,道存羿彀尚能游。此生须断江湖梦,完取沧波付白鸥。"

26日 《申报》第15311号刊行。本期《自由谈》"诗选"栏目含《寄怀王漱岩、沈半峰》(李经羲)、《次韵报李悔叟津门》(王漱岩)、《前题》(沈半峰);"词选"栏目含《望江南·题曹玉圃〈艺薮〉》(四首,镜湄);"文字因缘"栏目含《题耿思泉前辈〈荑庵诗集〉及〈游行万里图〉,应伯匡、东园两君之征》(佚名)、《陂塘柳·秋日怀诗圃,即用其〈过岩滩〉韵》(东园)、《迈陂塘·秋日怀诵先,即用其见赠韵,藉以代柬》(东园)。

《崇德公报》第18号刊行。本期"文苑"栏目含《和玉吉兄〈中秋感怀〉原韵二律》(云中小主)、《奉怀力轻师》(寿鹤)、《秋斋偶兴》(悟缘)、《明月生南浦·蝉》(悟缘)。

27 日 《申报》第15312号刊行。本期《自由谈》"诗选"栏目含《伯山寺》(诗圃)、《柳絮》(和沈瘦东)(十一首,方仁后);"词选"栏目含《陂塘柳·舟过岩滩,景物清旷,为填此解,扣舷歌之》(时甫)、《迈陂塘·赠东园》(诵先)。

28 日 《申报》第15313号刊行。本期《自由谈》"栩园诗选"栏目含《西湖十咏选五》(泗滨野鹤):《南屏晚钟》《花港观鱼》《苏堤春晓》《曲院风荷》《柳浪闻莺》;"词选"栏目含《满江红·题〈春思图〉》(时甫)、《满江红·八月十六夜,病中作》(镜湄)。

《世界观杂志》第1期第2卷刊行。本期"文苑·文录"栏目含《廖季平〈张子馥墓志铭〉》(廖平)、《廖季平〈冷吟仙馆诗余序〉》(廖平)、《曾习之跋韩文公〈对禹问〉》(曾学传);"文苑·诗录一"栏目含《乖崖诗存(续)》(宋代张咏)、《明遗民诗钞(续)》(陆世仪)、《曝书亭集外乐府(续)》(朱彝尊)、《〈弱水集〉咏古乐府(未完)》(屈复)、《之溪老生集(续)》(盍旦子)、《潋霞阁诗略(续)》(武谦)、《贞庵诗存》(胡雨岚太史)、《冷吟仙馆诗钞》(女士左锡嘉)、《飞鸿集钞(未完)》(女士曾懿);"文苑·诗录二"栏目含《关山月》(伯葛)、《除夕大雪,若海送酒,进示瘿公》(尧生)、《感旧》(尧生)、《题此君轩》(尧生)、《秋蝉》(习之)、《秋蝶》(习之)、《秋萤》(习之)、《秋雁》(习之)、《乙卯夏即事》(杞);"文苑·词录"栏目含《朴道人词存》(孙棷棠);"文苑·诗话"栏目含《蜀诗话(未完)》(道侯)。

29 日 《申报》第15314号刊行。本期《自由谈》"栩园诗选"栏目含《秋晚》(毛逸名)、《长相思》(毛逸名)、《寄扬州友人》(毛逸名)、《篆香楼看花》(毛逸名)。

黄渊源《过龙门·暮秋又祝林岳叔祖母寿》载于《台湾日日新报》第5485号。词云:"榴花时正芳。年七一当。展重九后更称觞。嵩祝征文取意良。惟受华章。　壸德震家乡。儿媳列双。诗会吟集慰萱堂。佳宾满座献琼觥。仁寿而康。"

30 日 孙中山派胡汉民等赴菲律宾、许崇智等赴南洋筹饷加快讨袁。

《申报》第15315号刊行。本期《自由谈》"游戏文章"栏目含《新唐诗》(秋梦):《送别》(仿王维《送别》诗)、《讽时》(仿李颀《古意》体);"诗选"栏目含《时局叹》(山阳秦寄尘)、《人心叹》(山阳秦寄尘)、《吏治叹》(山阳秦寄尘)、《民生叹》(山阳秦寄尘)、《儒生叹》(山阳秦寄尘)、《美人叹》(山阳秦寄尘)、《金丝桃》(徐公辅)、《芍药》(徐公辅)、《腊梅花》(徐公辅);"词选"栏目含《眼儿媚(十万金铃拥落花)》(人菊)、《浣溪沙(鱼钥沉沉尽掩扉)》(诗圃)。

顾无咎将酒社雅集所作诗录为一卷,朱剑芒为之作序。

魏清德《乌石山头见月,怀吾党诸友生》《中秋夜寄怀吾党吟社诸君子,时客闽中》《鼓山(并序)》《定光塔》发表于《台湾日日新报》。其中,《定光塔》云:"落落定光塔,盘空接太阴。八闽供指顾,孤客试登临。感叹成何事,缠绵是此心。且将诗句遣，东寄海云深。"

本　月

上海右文社创办《秋星》月刊。徐知章、徐惕子任编辑。陈方恪《赠贾碧云扮〈杜十娘投水〉·调寄〈浣溪沙〉》（二首）载于《秋星》1915 年 1 卷 1 期，《蝶恋花》（二首）又载于《秋星》本年 2 期。其中，《赠贾碧云扮〈杜十娘投水〉·调寄〈浣溪沙〉》其一："相见平生意已多。绛花红泪护清歌。好留情志折消磨。　　银槕三竿人似玉，青山两剪水如螺。一声归去奈愁何。"《蝶恋花》其一："习习秋风回玉殿。强驻欢娱，惟近伤高宴。彩袖清尊勤捧劝。千秋万岁长相见。　　梦醒津亭弹别怨。故国愁鬓，日暮低鸾甸。一曲锦城肠九转。归时莫使酡颜变。"

《民权素》第 10 集刊行。本集"名著"栏目含《清故光禄大夫河南补用道魏公墓志铭》（谭继洵）、《阴阳历新旧七夕赋》（柳桥）、《安亭新建震川书院记》（望之）、《〈归田琐记〉序》（书农）、《〈江陵地志问答〉序》（魏羽）、《〈詹湘亭诗集〉跋》（望之）、《与杨皙子书》（汪凤瀛）、《答沈去矜书》（书农）、《与友人书》（血侠）、《筹安亡国论》（箸超）；"艺林·诗"栏目含《丁酉元夕前台湾总督唐薇卿中丞夜宴观剧，出〈除夕〉诗见示，即席次韵奉和》（二首，康南海）、《行路难》（枚道子）、《枕上口占》（枚道子）、《自笑》（枚道子）、《登千佛山》（蛰老）、《感事示布雷》（寄禅）、《赠伯严》（寄禅）、《秋夜宿僧舍三首》（恫百）、《放歌三章》（古香）、《赋忌字韵寄佛矢》（天婴）、《旅病杂感》（四首，君木）、《咯血感赋》（君木）、《金陵述感》（惨佛）、《往金陵观赛，意不在赛也，得五律数章而归》（四首，惨佛）、《题庞士元墓》（黼农）、《褒城道人》（黼农）、《凤岭》（黼农）、《潼关》（黼农）、《闲情》（八首，悔复）、《秋闺》（粹宇）、《天涯望雁图》（四首，起予）、《芦花》（二首，幽客）、《消夏》（六首，南村）、《旧司城怀古》（老禅）、《晓吟》（寄芳）、《寂坐》（寄芳）、《有感》（寄芳）、《冬日晴明重游观音岩》（太瘦生）、《上族祖百岁老人寿》（太瘦生）、《七夕之夜》（昂孙）、《效〈疑雨集〉斥筹安会》（箸超）、《截句》（箸超）；"艺林·词"栏目含《离亭燕·励庵清明解馆归，连日扫松，不获畅谈，今日又闻理装矣，心中怅怅，难已于言》（枚道子）、《西江月·成病旬余，不觉春光如许，倚声写此，渺渺兮余怀也》（枚道子）、《念奴娇·金陵纪游》（二首，笑生）、《蝶恋花·春燕》（古香）、《如此江山·海上留别郭子雪怀》（韦庐）、《阮郎归（桃花结子柳垂丝）》（孟劬）、《御街行（东风直恁无情绪）》（孟劬）、《沁园春·题〈梦鞋图〉》（起予）、《鹊桥仙·七夕》（南村）、《阑干万里心·秋宵》（箸超）、《前调·秋闺》（箸超）；"诗话"栏目含《洪武佳话》（秋水）、《装愁庵诗话》（怀霜）、《摅怀斋诗话（续第九集）》（南村）、《纲庐诗话》（昂孙）、《竹雨绿窗词话（续第九集）》（碧痕）。其中，张尔田（孟劬）《御街行》云："东风直恁无情绪。帘半卷，黄昏雨。杏梁双燕不还家，落尽碧桃千树。断肠又听，几声啼鴂，催送春归去。　　凭高试纵天涯目。忍泪留春驻。倚阑何限好斜阳,可奈乱山无数。年年芳草,玉骢嘶断,不见蘅皋路。"《阮郎归》云:"桃花结子柳垂丝。年年春尽时。日高蝴蝶作团飞。黄鹏不住啼。　　缄旧泪,绣新题。一双红折枝。酒阑翻污镂金衣。绿窗教睡迟。"

《宗圣汇志》更名为《宗圣学报》,第 15 号刊行。本期"艺林"栏目含《祀孔子乐章》(夹钟清均、夹钟起调)、《悯潦诗》(五十五韵)(梁士贤)、《旭南公别传》(梁士贤)、《书怀》(一凡李鸣凤)、《晚望》(一凡李鸣凤)、《观陈吉六先生殉节图》(一凡李鸣凤)、《谒虞山言子墓》(青浦徐公修)、《苏文忠公石鼓砚歌》(以成毛存信)、《晚眺》(麦棠)、《己酉元旦二首》(夏德渥)、《论古文九首》(录六首,夏德渥)、《微子十一篇七律(并序)》(龙纶沛)、《甲寅秋仲率儿子明辉、孙肇均、肇培访青浦孔宅,拜至圣衣冠墓感赋,用壁间韵》(姚文栋)、《同人集愿学堂,议立江苏孔教会支部,再叠前韵》(姚文栋)、《恭纪孔子生日祭礼告成》(尹铭绂)、《白鹿洞怀古》(尹铭绂)、《挽黄烈妇》(青浦徐公修)、《谒孔宅至圣先师衣冠墓记》(青浦徐公修)、《邑侯郑公去思碑》(清源郭宗仪)。

《眉语》第 1 卷第 12 号刊行。本期"文苑·碎锦集"栏目含《佩韦斋外集》(武原朱绣山先生遗稿)、《闺情十首》(滇生)、《送别果成同学》(滇生)、《忆反书怀叠前韵》(滇生)、《忆江南·怀友》(滇生)、《前调》(滇生)、《浪淘沙·吴门感怀》(滇生)、《有所赠》(八首,滇生)、《牧童遥指杏花村赋》(徐幽客)、《周子爱莲赋》(徐幽客)、《太乙乘莲赋》(徐幽客)、《江枫渔火赋》(徐幽客)、《秋雁橹声来赋》(徐幽客)、《天孙云锦赋》(徐幽客)、《谢道韫咏雪赋》(徐幽客)。

《浙江兵事杂志》第 18 期刊行。本期"诗录"栏目含《病起偶成》(周骏)、《次邱心甲韵赠秦子质》(钱模)、《香港灯市歌》(钱模)、《黄龙寺口占》(钱模)、《望海,叠方四乃实君原韵》(五首,钱模)、《读书》(钱模)、《东杭州丁不识》(黄家濂)、《秋感》(四首,蒋贞金)、《袭锡堂少尉爱国自戕,作诗吊之》(李光)、《寄卢弟觉华武昌》(李光)、《朱舜水先祠落成敬赋》(姚光)、《题潘菊潭先生〈百梅谱〉》(林之夏)、《林夫人书来,告颂亭上将已葬》(林之夏)、《归闽》(林之夏)。

《留美学生季报》第 2 卷第 3 期刊行。本期"诗词"栏目含《读杜工部〈忆弟〉诗怆然有作》(乙卯六月)(任鸿隽)、《晓行六里涧》(在美绮色佳城)(杨铨)、《满庭芳》(乙卯有序)(胡适)。同期刊登易鼎新《文言改良浅说》。略谓:"吾国人则以文字之难,虽有志向学,亦无以问津,苟非预先研究文字数年或十数年,则无论何项书籍,皆不能读。""所谓文言合一,亦指普通之文,至专门之文,不能降格以趋就语言,则彰明甚矣。即普通之文,笔之于书与出之于口者决不能全然相同,但吾国文言相差大远,不可不急谋二者之合一也。""文字必有革命,而后文字可为人民之文字。"

[韩]《至气今至》第 27 号刊行。本期"词藻"栏目含《镜》(石泉子)、《扇》(石

泉子)、《牛》(石泉子)、《木屐》(石泉子)、《草履》(石泉子)、《猫》(石泉子)。其中，石泉子《猫》云："善登尖处巧行边，忽逐厨人入菜田。堪怪虎君猜肖像，生憎鼠窃扰多年。短毫棘立超穷境，细眼针悬占午天。行步安危何足说，篱如桥架屋如船。"

[日] 田边莲舟卒。田边莲舟，名太一，号莲舟、可斋主人、倦知。生于东京，幕末儒官田边石庵次子。嘉永二年 (1849) 受教于昌平黉，毕业时甲科及第，为幕府聘为徽典馆教授。庆应二年 (1866) 赴法工作。明治元年 (1868) 辞官，在藩校任教。明治十三年 (1880) 任驻清大使。明治十六年 (1883) 任元老院议员、贵族院议员。晚年任维新史料编纂会委员长。莲舟善诗文、书法，著有《莲舟遗稿》《幕末外交谈》。

吴昌硕题王震《渊明栽菊图》云："落英无数且加餐，不有王宏酒厌酸。绝爱须眉浑不俗，田园诗兴晋衣冠。乙卯仲秋，一亭画此，安吉吴昌硕题字。"王震亦自题云："自从彭泽令归来，三径就荒日渐开。觅得他乡佳菊种，呼童次第傍篱栽。乙卯秋仲，白龙山人王震写于海上海云楼。"又，为王震临石鼓 (册页)，并题云："一亭先生属临阮刻天一阁北宋本石鼓全文。乙卯秋仲，吴昌硕，时年七十又二。"又为之作二绝句咏之。其一："柞械鸣条古意垂，穴中为臼事堪悲。昌黎涕泪挥难尽，此鼓还成没字碑。"又，题王震、黄山寿、程璋《岁朝清供图》云："神仙富贵祝平安，如意团栾百事难。时作酒龙作诗虎，海天如缋看波澜。乙卯八月杪，一亭写果品、古陶、铁如意，旭初水仙、瑶笙天竹，老缶缀诗。"

参议院假意"征求多数国民之公意"，内务部以"硕学通儒"征林纾赴衙署名"劝进表"，林纾称病坚辞，自"计果不免者，则豫服阿芙蓉 (鸦片) 以往"。又，林纾至上海，寄住高凤谦寓楼。其间，感其长兄凤岐之亡，怀其仲兄尔谦之别，流连久之，赠诗而行。后又访郑孝胥于海藏楼，并题诗赠之。又访沈瑜庆，亦赠之以诗。

叶德辉在长沙成立经学会，自任都讲。又，汤芗铭于长沙组建筹安会湖南分会，吁请北京政府实行君主立宪，推定叶德辉为筹安会湖南分会会长，符定一为副会长，左学谦、杨树谷等均为会员。

曾习经伯兄曾述经 (月樵) 编辑明代乡贤薛侃 (中离) 遗著，成《薛中离先生全书》20 卷付梓，曾习经为题签二纸，一用于封面，一用于扉页。

毛泽东为征求志同道合者，以"二十八画生"之名，向长沙各校发出征友启事。启事云："愿嘤鸣以求友，敢步将伯之呼"。长沙第一联合中学学生罗章龙当即回信约见。

黎锦熙由湖南一师赴北京任教育部教科书特约编纂员。其后 5 年间，毛泽东 6 次给黎锦熙写信，称黎"弘通广大"，"可与商量学问，言天下国家之大计"。黎则云："得润之书，大有见地，非庸碌者。"

施蛰存入松江县立第一高等小学就读。校长钱菊詹任施蛰存授课业师。约在此间，施蛰存与浦江清同班，渐渐过从甚密。

康有为作《游烟霞洞》。序云："洞在南高峰麓，有六朝佛像数十，精妙逼肖，神气如生，天下皆称雅典、罗马刻像之精，不知中国古旧刻像能如此，实为中国瑰宝，国人宜共珍之。洞外巨石离奇，梅桂数千，时当八月，桂花大开，偕徐子静侍郎丈同游。"其一："万木森森磴道回，桂花影里记徘徊。燃灯到佛笑迎我，似为破烦招隐来。"其二："经年易劫尚山青，洞里沉沉佛未醒。酌取钱塘一江水，烟霞痼疾愿沉冥。"又作《再登韬光，携婉络、鹤及女同璧、同复、同俶、子同箴同游，偕徐子静侍郎登杭城城隍山远望》。诗云："万竹盘青磴道分，北高峰下一钟闻。左江右湖供一酌，足踏飞来顶上云。"

许家惺作《乙卯八月，同族兄弟八人先后同集澥上，合摄一景，题曰"淞滨雁影"，爰作此以志之》，周庆云和《〈淞滨雁影图〉，为许默斋题，用原韵》。其中，许家惺诗云："梦魂不羡桂堂仙，沪渎栖迟十九年。故国鹃啼羁旅恨，他乡雁影弟昆联。同惊岁月侵霜鬓，却趁茱萸载酒天。独有愁怀偏枨触，难从雷岸盼书传（时新有妹丧）。"

鲍心增作《仲秋高遁庵（觐昌）同年招陪冯公蒿隐（煦）游焦山并示诗四章，率尔奉和》。其三："纯儒高士品孱颜，此日晴峦恰共攀。秀绝澄江明镜里，秋华洗净是秋山。"

任可澄作《署斋假日即事书怀》。诗云："入世还耽物外情，每从假日乐无营。苔深别院欲无路，果落空庭时有声。午枕松风藤榻稳，宵延萝月竹窗明。官闲得似山家否，惭愧真同坐啸成。"

释永光作《乙卯八月游西山戒台寺，心畬居士招坐慧聚堂，以颜平原告身墨迹见示，诗以志之》。诗云："宝墨光凝慧聚堂，蒲团披展衲衣凉。偶然悟到无心处，岩草岩花自在香。"

冯豹作《乙卯八月，全国师范校长会议京师，予忝在列，感作此诗》。诗云："地球无国虚无教，学校得师为育材。赴会君等皆长者，同时我亦逐风来。抚心铁石顽难转，抗议纵横折不回。辅而行之赖有政，奈何抑制不栽培。"

朱清华作《四年八月将有塞外之游，别蔡松坡君，时君将有川滇之行》。诗云："尔我一樽酒，常怀千古心。明朝蹄影乱，南北各分襟。玉塞寒吹雪，锦城灿落云。澄清推素抱，何必计升沉。"

[日]橙阴正木彦二郎作《乙卯夏八月初院，东条未亡人与令嗣英机太尉、二令弟、一孙娘等自东都来游，而未亡人、二令弟、孙娘草堂二泊，夜夜谈及故将军事，各不觉更阑，盖近来之快心事也，乃赋》。诗云："怀旧情浓谈自宽，霭然宛作一家看。团栾连夜草堂下，楣上将军共似欢。（草堂楣间揭将军之小照，故结句及之）"

[日]夏目漱石作《题西川一草亭画》。诗云："十年仍旧灌花人，还对秋风诗思新。

一草亭中闲半日,写从红蓼到青苹。"

秋

《清华周报》(创刊于1914年3月24日)改版为《清华周刊》。陈达任总编辑,吴宓、洪深、汤用彤、闻一多等任编辑。该刊宗旨有二:"一、求同学之自励,促教育之进步,以光大我校固有之荣誉,培养完全国民之性格。二、荟集全校之新闻,编列新鲜之历史,使师生之感情日益密,上下之关系日益切。"

春音词社第四集于徐园举行。课题为"咏菊",调限《霜花腴》。本集留存词作:陈匪石《霜花腴·菊花,和梦窗韵依四声》,此词后来修改为《霜花腴·菊,和梦窗》;王蕴章《霜花腴·春音社四集,赋菊花》等。其中,陈匪石词云:"泪丛旧色,带晚香、多情恋取衰冠。容比秋癯,骨因天傲,丹青替写仍难。故园尽宽。任万花、开落风前。向柴桑、自续佳盟,径松门柳伴天寒。　酬节最饶幽兴,甚吟商促拍,又换哀蝉。零雨年光,繁霜身世,淋浪恨墨盈笺。泛觥作船。许滟波留影娟娟。怕无言、淡了伊人,卷帘相对看。"

菽庄吟社举办首届"征诗",所征诗题为"虞美人"(七排二十韵),共收到投稿1704卷。得奖诗稿由林尔嘉辑为《虞美人诗录》,于"丙辰(1916)上元日"刊行。录福州龚文青、扬州王睫盦、福州林米庵、江宁陶隆撰、兴化知庐、福州吴翊庭、福州池纫绮、福州肃元、新加坡嚼墨主人、苏州金人富等前10名获奖人员作品各1首,合计10首;集前有林尔嘉撰序,集后附录前120名获奖者名单及等次、金额等。林尔嘉撰《虞美人诗录》序云:"岁癸丑,小园既成,里中朋好约修吟集,于是有菽庄钟社之举,吟咏无间,二年于兹矣。乙卯秋日,偶拈〈虞美人〉排律,广征海内佳什。诸君子不鄙谫陋,投赠逾千余首。尔嘉与社友循讽而雒诵之,乃拟定次第,录前列作者,付之排印,以志一时墨缘云尔。丙辰上元日菽庄主人林尔嘉识。"其中,第一名福州龚文青诗云:"销沉霸业可怜才,剩此丛残亦艳哉。故里锦衣无树挂,深宫玉帐有花开。依然薄命生卿寄,至竟多情种又胎。洒泪莫寻干土在,幻身还向墓田来。旧时手爪欢奚似,抵死葳蕤恨未灰。沆茫卿应忧再写,山榛首欲我频回。钗光明媚红千簇,剑血飘零碧一杯。中道琼枝轻折散,后天金粟总成堆。翩跹月下云裳想,耽搁春前羯鼓催。椒寝何人夸得地,蓬壶他日倘移栽。莺哥饶舌仍呼字,鸠鸟伤心谢问媒。解语犹疑屏后见,觅踪真悔镜前猜。虽云皎洁非秋实,难得伶俜附楚材。即色即空都了澈,如顰如笑辄低徊。舜英久绝同车念,妫馆谁夸贰室陪。看取孤芳侪翠柏,忍教丽质委荒苔。黄陵涕泪苍梧远,青冢留连白草哀。怨魄不衔填海石,羞颜肯上望夫台。婢将唤汝杨妃菊,仙尚输他萼绿梅。隆准重瞳俱寂寞,惜香且覆掌中杯。"第三名林米庵诗云："楚宫烟雨散胭脂，濠水芳魂逐逝骓。负力拔山空霸业，衔恩入地是蛾眉。化为弱草羸愁绪，舞向微风认履綦。劫后效坰开的烁，怨留原上见葳蕤。褒斜谷远春如染，益部名新记不遗。丽粉宁输蝴蝶活，啼妆暗结杜鹃悲。洞庭斑竹怀湘女，故国夭桃笑息妫。妾比尧厘徒晦朔，人言随柳逊腰肢。孤茎褭露常弹泪，翠叶凝烟肯弄姿。偶遇启唇哦纂纂，未辞弹影对傲傲。苔衣铺处氍毹展，罂粟丛中锦绣披。侑饮罢倾金凿落，承恩忆按玉参差。广筵长袖传謦扇，羽调柔铃竞柘枝。怎似轻讴翻旧谱，俨然妙拍感离思。若教垓下冲围出，重有江东卷土期。莺嘴细喉容不复，鹿归谁手尚难知。请看军帐高歌夜，胜唱哀蝉短气词。璧月犹惊声四起，峡云终遣梦相随。阴陵何恨迷田父，性准无能庇戚姬。自古菀枯浑一体，龙门本纪至今垂。"

林景仁在台湾招集社侣为"寿菊会"，辑有《寿菊诗集》。其中，施士洁作《菽庄寿菊雅集，次健人韵》。诗云："万里西风浪屿来，黄金幻作此花开。（园中多购泰西名种）才人绵绣空双眼，隐者园亭寿一杯。日涉颇谙陶令趣，夕餐顿起左徒哀！老夫秋骨偏增健，饮水新从郦谷回。"许南英作《和林健人〈寿菊小集〉原韵》。诗云："西风雁帛忽飞来，召我东篱病眼开。穷巷日需菰米馔，骚坛辜负菊花杯。罢官栗里陶潜隐，流寓江南庾信哀！廿四番风花事了，寒梅消息待阳回。"

朱祖谋秋冬间慨于袁世凯窃国阴谋，戏谓姬人曰："我当化虎，扑杀此獠。"况周颐为此赋词《醉翁操·为沤尹赋与客谈人变虎事》。词云："枢星，之精，堪惊。底平生，不平，牛哀异闻淮南征，择肥而噬膨脖，如大烹。我意动怦怦，欲负隅咀嚼有声。 暂宜豹雾，红袖丁宁。恁时未分，文采斑斓焀映。罴与猵兮纵横，爪与牙兮凌兢，食牛容未能。深山寒无情，虎拜旧通明，殿中风度谁敢撄。"

黄式苏与刘景晨（冠三）、池仲麟（源瀚）同寓，忽刘氏因事被逮羁狱，黄式苏遂代为通知温郡，请人设法营救。黄式苏作《潜庐以事被诬，为奔走营救不得解，感而有作》。诗云："蹈来人海最相亲，杯酒殷勤数夕晨。仓卒惊涛偏不测，流传飞语太无因。固知公冶冤非罪，岂有曾参妄杀人！为汝胸中生万感，思量归去有鲈莼。"

王一亭与吴昌硕、程瑶笙合作《鲈鱼酒香图》。程瑶笙题："玉尺银棱似雪浑，烟苗雨甲带霜痕。客中消尽秋滋味，相对梅花一酒樽。白岳程璋写鲈鱼蔬果，因题。"又，王一亭与黄山寿合作《菊花图》，吴昌硕题词云："几番沉醉伴颜红，为有东篱菊数丛。乱插满头归未晚，且开笑口对西风。乙卯秋，旭初、一亭合作，安吉吴昌硕题。"三人又合作《花卉轴》，吴昌硕题其中"白菊"云："伊谁作画王吴程，颜色似与佳人争，笑插一枝云鬓横。乙卯秋，一亭、瑶笙画竟，索缶道人补白菊。"又，吴昌硕为王震绘《新篁图》，并题云："老夫画竹仿东坡，涴壁涂墙不厌多。斯世惜无文与可，墨君堂里共婆娑。客中虽有八珍尝，那及山家野笋香。写罢篔筜独惆怅，何时归去看新篁。乙卯季秋雨窗，七十二叟吴昌硕。"又，吴昌硕为杨谱笙属王震所作《美人图》补画梅花,并题云:"修竹不倚罗不牵,风鬟雾鬓殊娟娟。得非罗浮古仙子,梅边犹坐春风前。香雪袭衣帘岂隔,越女本来天下白。若是所思吟末成,不比伤春杨柳陌。珍重平生咏絮才,香闺粉腻笺轻裁。诗敢和翠羽,啁啾来个个。乙卯秋季,一亭写美人,属予补梅题句,吴昌硕。"又,吴昌硕为陈年作《墨梅》及《自作诗》。又,吴昌硕为柯鸿年绘《岁寒三友图》并题云:"松气如云伴修竹,顽石离奇古苔绿。囊空愧乏买山钱,安得梅边结茅屋。贞贤仁兄正画。乙卯秋,吴昌硕。"又,题王震《虬松小雀图》云:"树孤僵立蓬头鬼,鸦冷干号乞食声。绝以流民图一幅,西铭读罢一诗成。乙卯秋,一亭作画,老缶题之。时同客春申浦上。"

舒昌森邀后为"希社"之同好于天宁寺饯秋,并作诗云:"饯秋筵敞竞追陪,更喜禅房远俗埃。佳句欲成争搦管,剧谈初罢快衔杯。赏心同采篱边菊,屈指应开岭上梅。多谢诸君敦社谊,不辞风雨出城来。"

冒鹤亭作《二哀诗》(二首)。二哀者,一邹咏春(名福保)侍讲,一陆凤石傅相,皆为冒鹤亭前辈,并有来往。其一:"秋到江南木叶飞,新亭无恙旧人稀。华年哀怨搴兰芷,薄粥凄凉视蕨薇(公自辛亥后日啜薄粥,不饭食也)。绝笔陶潜文自祭,招魂宋玉死安归。堂堂气节兼科第,宰相吴棉世莫讥。"其二:"北望京华一失声,骑箕元老竟长行。生吟楚些骚能续,死谢秦封泪未晴。地下鬼犹依帝座,路旁人敢薄科名。文刘并论公无憾,祇憾鸿毛异日轻。"

黄宾虹为柳亚子作《分湖归隐图》并题识《〈分湖归隐图〉书后》云:"凿池蓄水鱼千里,叠石为峰蚁百盘。肯信有人行汗漫,云山无际海波寒。此灵芬山馆题《万里浪游图》句也。亚庐先生自撰《分湖归隐记》,飘零湖海,与郭灵芬同有身世之感。仆亦羁旅人,游踪萍梗,遥望故山,因写斯图,不禁为之累欷已。滨虹黄朴存。"

陈树人为孙中山绘《折枝秋花》,并作《为中山先生绘〈折枝秋花〉》。诗云:"商飙动林薄,乡思近何如。秋气催为厉,春华去日疏。所思犹远道,攀摘奈吾徒。百卉俱腓尽,凄凄待泽苏。"

陈师曾在张棣生家中借住。因堂前有槐一株,遂名之曰"槐堂"。陈师曾作《张棣生于其所居之东葺堂一椽以居我,堂前有槐一株,因名之曰槐堂》。诗云:"老槐相对净秋光,坐叹张侯用意长。着我斯堂元不负,因人成事竟何妨。栖迟孤枕三年梦,萧瑟西风八月凉。有客打门来问讯,余畦赢得种花忙。"后刊于1917年9月17日《大公报》"文苑"栏。

陈方恪热衷打茶围、吃花酒,结识龙姓女子,私订终身。迫于家人反对,在外赁屋与龙氏同居。旋经亲友与俞夫人说项,同意以如夫人身份住入散原精舍。

俞平伯考入北京大学文科国文门,入京后自字直民,号屈斋。

梅光迪入读哈佛大学,杨杏佛作《送梅觐庄之哈佛序》。

袁克文到颐和园散心，泛舟昆明湖上，作《分明》（二首）。序云："乙卯秋，偕雪姬游颐和园，泛舟昆池，循御沟出，夕止玉泉精舍。"其一："乍着微棉强自胜，古台荒槛一凭陵。波飞太液心无住，云起魔崖梦欲腾。偶向远林闻怨笛，独临灵室转明灯。绝怜高处多风雨，莫到琼楼最上层。"其二："小院西风送晚晴，嚣欢艾怨未分明。南回寒雁掩孤月，东去骄风黯九城。驹隙留身争一瞬，蛩声催梦欲三更。山泉绕屋知深浅，微念沧波感不平。"后将此诗供诗友品评，易顺鼎认为两诗意思雷同，遂将原诗两章合并为一，另名之曰《感遇》。诗云："乍看微绵强自胜，阴晴向晚未分明。南回寒雁掩孤月，西去骄风黯九城。隙驹留身争一瞬，蜇声催梦欲三更。绝怜高处多风雨，莫到琼楼最上层。"不久，袁克文因此诗被袁世凯软禁于北海中。

叶剑英邀好友至油岩野游，作《油岩题壁》。诗云："放眼高歌气吐虹，也曾拔剑角群雄。我来无限兴亡感，慰祝苍生乐大同。"吟后将此诗写于油岩石壁之上。

陈家英在北美闻袁世凯与日本签订"二十一条"，不禁痛哭流涕，作《秋夜次秀元三妹韵兼呈伯兄》。诗云："夜起披衣感不禁，虫声唧唧晓钟沉。神州断送惟挥涕，沧海横流独放吟。万里思亲游子梦，百年过客酒人心。眉山兄弟天涯别，应念慈帏老病侵。"

陈毅高小毕业，旋入成都工业讲习所学习操作。其时陈毅迷上足球，一度成为闻名讲习所内外的足球前锋，球友和球迷称之为"陈Forward"（足球前锋）。年底时，因家负甚重，陈毅被送至当铺做学徒。

唐圭璋以南京市会考第一名成绩小学毕业，考入南京江苏省立第四师范学校，受到校长仇埰的赞赏和鼓励。

周庆贤撰、周庆云辑《晚菘斋遗著》（锓版）刊行。全书含解、说、书、论、赋、诗、颂等。潘任希作《〈晚菘斋遗著〉序》云："吾友吴兴周梦坡先生，以其长兄琴轩先生遗稿若干篇示余。既卒业编次因僭言其首曰：自明代以制义取士，迄于清季而古学之不废者，赖有书院维持之。乾嘉之际，阮文达于粤东创学海堂，又建诂经精舍于浙，提倡实学，同时各书院咸以经古课士，一洗从前空疏之弊。而考据词章，竟超轶前代矣。余尝考《说文》云士事也，数始于一，终于十，引孔子曰'推十合一'。为士盖数始于一，终于十，即由博返约之旨，亦即一贯之道。孔子曰：'博学于文，约之以礼。'又问赐曰：'女以予为多学而识之者与？'曰：'然。'曰：'非也。'予一以贯之，夫多学而识，即博学于文；一以贯之，即约之以礼。夫子非斥子贡多识之，非因子贡不知多者可贯以一，故又告知以一贯多识，即推十一贯，即合一也。考据词章之学，皆取义于博，而会归其极，则皆所以发明道德，充塞义理为主。游、夏列圣门文学科。今读《言子》三卷、《子夏易诗传》皆斐然文章，性道即于是寓，谁谓考据词章无益于身心哉？周先生所著说经诸作不尚门户，于汉宋两家，平心折中，实事求是，诗赋诸篇亦俱尔雅，非有深造者不可几焉。惜余与先生未获一面，比交其弟梦坡于海上，服其著作等身。今又披其兄遗稿，而仲季所作，羼和其间，盖其曩时，同肄业于各书院，相与商榷，互有撰述。梦坡已刊其仲兄蓉史《敝帚集》行世。今复选刊是编，不独彰窦氏苏门之盛，而友于之爱尤足称者。南丰谓蓄道德而能文章，备于一人且不易，况并灿于一家也欤？甲寅季冬之月，常熟潘任希郑甫谨序。"周庆云作跋云："甲寅冬，予为仲兄校刊《敝帚集》竟。复检伯兄琴轩遗箧，知其生平酬应之诗不恒作，作亦罕存稿。顾喜读玉溪生诗，尝集集中句百数十章，各体咸备，见者无不倾叹，求其稿又渺不可得。不知于何时散佚，仅存断笺零墨。若经解，若赋，若诗，若颂，细读之，类多杰构。盖当时夜窗灯火所推敲，讲舍晦朔所角逐者也。惧其久而愈湮，适虞山潘君毅远止予寓斋，乞为甄录如干，首题曰《晚菘斋遗著》。呜呼！伯兄之蕴蓄，止于是耶？伯兄少好聚书，博览邱坟，研精训诂，所录诸家说经之文，多至千余篇。折衷群言，独申古谊，徒以博取科名、疲精于制义者二十年，六上春官仅获挑取誊录，遂以县令需次吴中，幡然求经世之学，为中丞陆公元鼎所器重，乃浮沉十载，未绾铜符。惟壬寅之岁分校秋闱，得士称盛，稍慰落寞。重以时变日亟，忧愤填膺，遘疾假归，不数月卒于家，年四十有九。循览遗刻，略缀生平，益不胜脊令之痛也已。乙卯秋七月，弟庆云谨跋于淞北晨风庐。"

俞陛云作《乙卯秋日移眷入都》。诗云："移家千里走江关，蕉鹿浑疑梦里还。发箧有书仍结习，闭门无客即深山。惯经离乱身如寄，饱阅升沉梦亦闲。忆得重闱亲送试，英年弹指已衰颜。（余丙戌初应春官试，时年十九）"

陈衍作《秋日同客寻罗州城故址，因吊宋处士林敏功、敏修两先生》。诗云："乾坤何处非陈土，往迹茫茫焉悉数。自秦郡县析天下，方域由来异今古。蕲州在昔为县多，间亦加圻为路府。罗州祈置自北齐，城处依稀野烟莽。南宋迁城就凤麟（今之麟山凤皇山），至今州治滨江浒（罗距我家较近，计里通衢才卅五）。寻常往复自频过，未暇登临问居户。今秋有客恣幽讨，拉我闲探古城所。到来满目景荒凉，不见遗城见平楚。几丛墩树带村落，洼者茭塘原者圃。寒云漠漠草离离，一片斜阳放羝牯。郛闉陴堞杳无迹，石甓销沉作泥腐。更距罗城二里遥，宋时大有高人宇。高人坚不就征辟，塞户著书齐两庑。祇今遗集什方一，百卷诗文烬烽炬（敏功，字子仁，著《蒙山集》十数卷，《高隐集》七卷。弟敏修，字子来，著《松坡集》若干卷，今散见者俱无几矣）。翘瞻三十六湾中（蕲春河水入江有三十六湾，二林适居其十），渺渺蒹葭杂蒿苣。溯洄莫得游莫从，使我沉吟首频俯。感时怀古立苍茫，独对荒郊泪如雨。一城斗大邑弹丸，以视九州犹粒黍。垣墉废圮浑等闲，禹甸深怜莫安堵。江山自屹人自撼，闹作棋枰迭旁午。兼并割据果何事，虎踞龙蟠总徒苦。毕竟输他大块牢，地不易形惟易主。为沿为革代骚然，通志亦空为记簿。即今县复作蕲春，后事改观谁料与。

太息文人有何力,占得一廛名遂予。任他时势几迁流,豪夺巧偷终莫取。念兹破涕又堪笑,不禁仰天为掌拊。兴亡休管且酣歌,去向漕河贳攻醑(罗城下里许有漕河镇,新酤店有玫桂酒,佳甚)。"

陈三立作《秋夕》。诗云:"宵宵孤鸿逝,幽幽络纬吟。飘愁千万里,舒卷海云深。苦月移醅战,佳期掬此心。何因除桂蠹,楼馆结层阴。"

张良暹作《秋夜与吴吉生大令樽酒论文,因询及今日同里诗人,吉生亟称柯君宾谷不去口,并出近作见示,皆戛戛独造,不肯拾人牙慧。英年负此隽才,竟能授读穷山,不求闻达,其玉川、东野之流亚欤?因寄小诗四首,以当介绍并柬周啸湘征君》。其一:"贺监长安逢李白,世间始识谪仙人。横溪竟不知宾谷,敢以疏狂傲季真。"其二:"唐时干谒例呈诗,白传犹求顾况知。谁似柯亭栽箖竹,猗猗原不借风吹。"

康有为作《寄梁任公弟》(一九一五年秋作于上海)。诗云:"云黑风颠八表昏,谁能独立奠乾坤。狂澜手挽无多事,芳草萋萋归闭门。"

王景禧作《乙卯秋日客塞上,送友人之官五原》(二首)。其一:"银瓮秋风洗玉壶,解携何用惜分途。南村尽送柴桑酒,彭泽今饶秫稻租。景略入关余一虿,子乔行县有双凫。山林轩冕随缘去,吾道于今幸不孤。"其二:"中天甲帐月轮明,话到离群感易生。客久渐逢新旧雨,眠迟细数短长更。故园三径菊英早,古佛一龛灯火清。知尔西行定回首,河梁落日不胜情。"

林苍作《秋日忆韵珊却寄》《秋阴》。其中,《秋日忆韵珊却寄》云:"坐老乾坤一冗人,却从闲里敝形神。秋风见惯浑无觉,来日为难定有因。猛忆江湖滋味好,私怜侪辈鬓毛新。何当把晤谈杯酒,置眼东流送此身。"《秋阴》云:"寄身浮世似无家,秋后阴多日易斜。梦事奇离皆阅历,才名颠倒有咨嗟。微官折尽今生福,晚局疑从一着差。送老诗中元不恶,也应惜取鬓边华。"

夏敬观作《秋日即事》(五首)。其一:"桑林烁日已枯枝,尚恨西风逐暑迟。底事山川黄落甚,人间秋士又生悲。"其三:"蟋蟀方秋催女红,一生作苦异春虫。玉阶略不憎寒贱,写入幽诗殿国风。"

曾广祚作《秋还湘江道中口占》《秋夜咏楚弄》。其中,《秋还湘江道中口占》云:"芙蓉仙国碧湘源,草径牛羊下远村。摇落也应怜宋玉,雄豪空自舞刘琨。拆盘入魏金流泪,怀笔游梁木敛魂。人道频年征戍苦,鸿钧一气竟无言。"《秋夜咏楚弄》云:"凉蟾夜艳凭钩栏,四弄琴徽哕九鸾。应为楚妃长叹息,桂花风绕髻云端。"

李鸿祥作《秋偕严仲良游明陵到长城》。诗云:"是城亘西北,迤逦且万里。昔时披图籍,恨未入眠底。清秋动游兴,不惜劳屐齿。南口停征车,吟鞭尚北指。下马谒思陵,肃恭各敬止。国君死社稷,赫赫光明史。成祖居其中,壮丽殊奇伟。皇皇十三陵,雁行列山址。可怜永历帝,骨灰扬滇水。忆昔始皇帝,筑城因谶纬。灭秦防胡人,岂知即其子。役民数十万，白骨丘山委。功罪在千秋，利远害则迩。凭吊发幽情，悲欢秋风起。"

贺次戡作《秋夜听雨》。诗云："秋老篱边菊正开，潮痕昨日已侵苔。中宵夜雨连绵甚，瘦影离披入梦来。"

徐世昌作《秋思十二首》《秋游一首》。其中，《秋思十二首》其二："殿阁崔巍出上方，万松阴下礼空王。何缘四万八千偈，证取香花供佛堂。"其五："年年赐宴数君恩，捧上琼浆进至尊。今日紫光高阁在，功臣名字几人存。"《秋游一首》云："太行云树故关秋，万里长城一剑游。北塞寒沙新战垒，西山落日旧歌楼。胸中诗句风花好，眼底江河日夜流。欲泛五湖烟水去，不须重话古今愁。"

王浩作《秋床昧爽得句》《呈汪山翁，并赠梦庐、柏庐兄弟二首》。其中，《秋床昧爽得句》云："梁月已惊新雁翔，平明青奴寒抱香。半篝灯影堕秋室，一桁屋纹登晓床。枕棱频叩自为雨，被浪未翻疑有霜。支颐况复百虫出，梦来松气侵龙堂。"《呈汪山翁》其一："黄农虞夏不可作，白发渡江天马行。我来拜倒石千仞，道大欲观韶九成。愁看楚师换禹鼎，仰觉伏氏皆秦生。丈人二子并真妙，吐语况有崆峒声。"

赵熙作《秋夜望月》。诗云："花好人同寿，书多屋不宽。一家随分过，孤月耐秋寒。失足旁人惕，煎心近史看。惺惺腰障扇，含笑对新官。"

张素作《秋夜独至公园》《秋夜旅怀，和伯纯韵》《减字木兰花·秋夜作家书》。其中，《秋夜独至公园》云："渐觉游人少，林亭生夕凉。溟蒙如泼水，历乱有啼蛩。风起雀争树。月移花过墙。万千摇落感，休更赋垂杨。"《秋夜旅怀，和伯纯韵》云："人世龙泉志未酬，吾家平子早工愁。青衫黯黯都如梦，白日堂堂肯暂留。秋老待寻三径菊，人闲合上五湖舟。年年写尽登楼赋，惆怅临风泪不收。"

吴宓作《秋望》（二首）。其一："风急秋高望里昏，中原落日遍啼痕。长江大泽鼋鼍横，丰草长林虎豹尊。赋重千家同破甑，创深百战未招魂。几人虚负苍生愿，起痼仙方莫更论。"

余觐光作《游西湖》。诗云："归舟移泊浙江湾，回首京华梦已删。百岁抽将闲日月，一行收尽好湖山。境开紫陌红尘外，人在荷风竹露间。最羡烟波垂钓者，得鱼便趁暮潮还。"注云："民国四年秋自京还抵沪，往游杭湖时作。"

周钟岳作《秋日张镕西（耀曾）招引陶然亭》。诗云："斗敂缁尘外，江亭载酒过。苇荒潴水阔，树老得秋多。每忆南皮会，时闻小海歌。昔贤觞咏地，陈迹近如何？"

黄濬作《秋日杂诗八首》。其一："寒号竞鸣秋，秋老虫转绝。不须哀众啾，微叹供一掣。四围秋浩荡，其气实凛冽。世间趋长夜，墐户那求热。可怜金天尽，凌晨更霜雪。"

黄节作《秋夜赠贞壮》。诗云："日日逢君潭水边，看花情态共茫然。宵寒尚待持携至，车过方知踽踽贤。老大怜渠庸自计，沉吟无意便成篇。得诗强为红颜解，此事他人恐不传。"

诸宗元作《徐州》。诗云："北望寒云晓不收，南归今始过徐州。日光将出云奔马，风力初温渚泛鸥。地画中原风尚僿，民居山碛气难柔。半生乘障思为法，世论悠悠孰可谋。"

徐旴公作《乙卯惊秋词》（十首）。其一："西风一夜木萧萧，万里惊秋激海潮。漪苑咽声吟白纻，鲛人留泪织红绡。似闻帝阙歌长恨，谁向天阍赋大招。不尽玉泉山上水，依然流入五龙桥。"其二："九月新寒露有痕，苍云紫气总消魂。北归玄鸟无栖息，南望朱楼独闭门。曲枕梦回仍寂寞，塔铃语咽正黄昏。长风送籁天沉醉，抱月飘烟诉留恩。"其九："谁言薄幸托香奁，惭愧郎官如戟髯。独夜裁缝金孔雀，长年圆缺玉蟾蜍。鼎湖去日曾陪泪，骏马无端作挽盐。昨晚三更初脱稿，剧秦美奏印先钤。"

李绮青作《乙卯秋日游太学，见庚寅进士题名碑有感》。诗云："黍离满眼风萧索，铜驼倒卧荆榛驳。蹇驴独步古城隈，凄凉来访成均学。秋草离披护琐扉，老槐撑拒支危阁。瞻拜先朝御制碑，文谟武烈几人知。只今满地兵戈日，犹想诸生习礼时。松间多少题名谒，如数华严佛千亿。忽看榜额署庚寅，贱子姓名堪仿佛。已叹龙华劫后灰，谁知沧海波先竭。正是先皇御政初，八方清晏少封书。早见皇心求治理，特颁恩诏召公车。才地谁堪当贾谊，天人犹自重江都。（是科朝考试题为《贾谊、董仲舒论》）遭逢异数堪追忆，细数人才用叹吁。碑书策试年月日，下列姓名各里籍。人文科第盛开元，圣德诗章夸庆历。回头二十六年间，似宿邯郸还未食。贞元法曲叹销亡，朝士零星鬓亦霜。免葵何遽悲残观，小草空怀恋太阳。惆怅当前新凤翼，低徊昔日旧鸩行。自昔登科称宝祐，庐陵高第褒然首。悯忠慷慨叠山亡，厓海沉沦君实踣。英烈居然聚虎龙，光芒犹自齐星斗。等是朝廷养士恩，古今度越谁知否。块垒难容借酒浇，慈恩残字薛花飘。江湖无地藏罗隐，歌哭何人识谢翱。偶遇南冠谈故旧，独怜北士亦萧条。不知青史空山笔，还有评量到我曹。"

章梫作《乙卯秋日重游青岛五首》。其四："主人弃牛食两虎，勇者可搏弱奈何。况是中原方失鹿，江湖无处无风波。"其五："我似辽东一鹤来，仙人示我劫尘灰。天风吹下海西信，十国鸡连战未回。"

赖雨若作《悼痴仙词兄》。诗云："故国河山逢破碎，纵情诗酒似伴狂。悲君尚抱同胞恨，一去空留墓草香。上野观樱共赋诗，暮春一别几多时，而今我看重阳菊，有否吟魂到竹篱。"

郑曼青作《乙卯秋武林鲁塍北（坚）见过》。诗云："鹫岭南来道路长，东山席地话沧桑。泥鸿风雪千山印，裘马关河两鬓霜。多谢仲连天下士，不嫌思肖少年狂。滔滔浊世双青眼，交到忘年未可忘。"

李叔同作《悲秋》。诗云："西风乍起黄叶飘，日夕疏林杪。花事匆匆，梦影迢迢，零落凭谁吊。镜里朱颜，愁边白发，光阴暗催人老。纵有千金，纵有千金，千金难买年少。"又作《秋夜》云："正日落西山，一片罗云隐去。万种情怀，安排何处？却妆出嫦娥，玉宇琼楼缓步。天高气清，满庭风露。问耿耿银河，有谁人引渡？四壁凉蛩，如来相语。尽遣了闲愁，聊共月华小住。如此良宵，人生难遇。正寒蝉吟罢，蓦然萤火飞流。夜凉如水，月挂帘钩。爱星河皎洁，今宵雨敛云收。虫吟侑酒，扫尽闲愁。听一声长笛，有谁人倚楼？天涯万里，情思悠悠。好安排枕簟，独寻睡乡优游。金风飒飒，底事悲秋？"

黄侃作《燕京秋日杂诗》（十首）。其一："太液谁能问劫灰？残阳还解恋平台。莫嫌一沼无情水，曾洗金元旧恨来。"其二："败柳衰芜尽可怜，琼华岛畔晚愁天。皇孙无恙仓琅闭，不见宫车又几年。"

郑汝璋作《秋日偕陈仲尧、叶次鹤登安庆迎江寺宝塔》。诗云："振衣直上最高头，形胜东南眼底收。此塔几经尘劫换，吾生真似水天浮。风高木叶当空下，日暮江声绕郭流。入望龙山遥对峙，奔苍烟树接清秋。"

夏宇众作《秋夜怀陈佩忍师西泠》。诗云："草堂今夕虫声乱，蟹火零星摇断岸。泽国秋风红蓼疏，江城落木征鸿怨。美人千里隔云岑，清商一曲奏瑶琴。我欲相随采兰杜，烟水南湖深更深（时佩忍师寓南湖别墅）。"

朱执信作《观物》（二首）。其一："沉麝各多忌，木雁皆不材，巷谈尊狗曲，物变剧牛哀。乌竟瞻谁止，虫仍出怪哉。漫持白马论，辛苦度关来。"其二："世事衣苍狗，人言海大鱼，沐猴冠已久，腐鼠璞何诛。问鹿非征马，占龟便献图，如闻避风鸟，不独是爱居。"

徐樵仙作《乙卯秋题秋瑾女烈士像》（二首）、《乙卯秋感》。其中，《乙卯秋感》云："非想非非幻梦中，繁华真觉转头空。苍生何处歌霖雨，亭长无端唱大风。世界纷纷悲野马，乾坤惨惨战群龙。高秋枫叶无穷恨，尽是英雄泪染红。"

郭沫若于日本冈山作《晚眺》。诗云："暮鼓东皋寺，鸣筝何处家？天涯看落日，乡思寄横霞。"此诗初见于1933年11月30日所作散文《自然底追怀》。

孙介眉作《清夜》。诗云："梦回枕上月三更，小案璃灯耀榻明。卧阅宋唐诗数韵，壁钟时报一声清。"

韩德铭作《乙卯秋京寓蚊萤恼人感赋》。诗云："初秋孕霜气，余热顾绵绵。伤哉萤与蚊，谓此可穷年。振羽出宵耀，入帷揽客眠。声光役金令，自诩犹雷焉。霜露旦夕凉，汝命乌得延。常年事如此，短计能独全。自来生死轮，当局识每颠。均日有奇策，不落覆辙边。讵知炎凉序，旷古无爽权。虫乎行矣哉，士何为亦然。"

方守敦作《通伯去年属题〈碧梧翠竹山馆图〉，久未成诗，今偶有触，赋此寄北京

（乙卯秋月）》。诗云："家山无限好，况此林馆鲜；画图伊何人，能传淇澳天。我家实咫尺，常对此中贤；泉石坐潇洒，图书富丹铅；高文述前辈，精灵三百年；潜思极今古，万象窥云烟。饥溺有素抱，声名每相牵；出处亦偶尔，沧桑又纷然，郁此世界悲，忍以独善全。江河逝不返，冰霜寒已坚；侧闻故山思，修修梧竹前。惟竹有高节，惟梧荫清泉；萧萧明月夜，冷冷太古弦。题诗意不宣，待赋归来篇。"

[日] 砚海忠肃作《秋思，次冷灰博士韵》。诗云："大臣底事藉纶言，时事回头转断魂。蹇蹇匪躬人已去，秋风吹雨暮天昏。"

[日] 关泽清修作《秋晴，分韵》。诗云："渚莲早已著西风，翠盖将残衣脱红。吟断湖天秋远近，雁声杳杳度晴空。"

十 月

1日 黎元洪向参政院咨请辞副总统职。

《新中华》（月刊）创刊。该刊反对帝制复辟，力主联邦自治，警惕险恶之经济侵略，呼唤新道德文明。

《申报》第 15316 号刊行。本期《自由谈》"诗选"栏目含《看菊感赋》（陈寿庵）、《大风晚吹》（陈寿庵）、《岳王墩怀古》（陈寿庵）、《书感》（寄庵）、《虎邱感咏》（二首，寄庵）、《秦淮感旧》（寄庵）、《柳湖棹歌》（四首，寄庵）。

《小说海》第 1 卷第 10 号刊行。本期"杂俎·笔记"栏目含《上海闲话（续）》（公鹤）、《小奢摩馆脞录》（汪国垣）：《塔灵》《打尖》《平面子》《蛛异》《磁涧题壁诗》《果报》《鹧鸪村》《沙魔》《雷文鼎》《汪芝衫诗》《余忠宣为唐古特氏》《筋斗戏》，《缘萼仙馆诗谭（续）》（汪蕉心）、《骈园文缀（续）》（柴骈陆）、《松竹庐问答詀谭（未完）》（程南园）；"杂俎·诗文"栏目含《六顺堂续置义庄劝捐启》（东园）、《四尖吟（录三首）》（东园）、《肖黄山歌》（程南园）、《酒民篇·用韩昌黎〈赠张十八〉韵》（程南园）、《寄夏艇斋表兄都门，时官外交部秘书》（谢冶庵）、《剖瓜戏咏》（谢冶庵）、《中元》（谢冶庵）、《闻孔笙三所长谈及江阴兵匪交哄感赋》（谢冶庵）、《送程棋卿之溧水检察官任》（谢冶庵）、《游北固山既竟，复绕游山麓一周，江涛啮石，山势干云，口占一绝以纪其胜》（谢冶庵）、《追悼丁恒斋师》（谢冶庵）、《梦江南》（三阕，集成句）（诗圃）、《忆秦娥》（二阕，集成句）（诗圃）。

《诗声》（雪堂月刊）第 1 卷第 4 号刊行。本期"词论"栏目含《张炎〈词源〉（四）》；"词谱"栏目含《莽苍室词谱（四）》（雪堂编辑）；"诗话"栏目含《山藏石室诗话（三）》；"笔记"栏目含《水佩风裳室杂乘（三）》（秋雪）；"野史"栏目含《本事诗（崔护）》（唐代孟棨）；"题跋"栏目含《杏香书屋书画跋》（杏香居士）；"诗屑"栏目含《白海棠,砚》《麦芽糖,竹夫人》《手,帕》(以上择录《听秋馆诗钟》);另有其他篇目《雪堂启事》。其中,《雪堂启事》云:"本社二周年增刊汇卷,现已印就,惟只欠封面。一俟封面印成,即行钉装寄奉。屡蒙函促,仅此附阅。再者,以后《诗声》各栏,凡上有□者,是本社同人著作,合并声明。"

2 日 《申报》第 15317 号刊行。本期《自由谈》"栩园诗选"栏目含《即事》(二首,袁小俪)、《无题》(何子祥)、《夜宿东寺》(毓铁人)、《赠友》(毓铁人)、《渡春申浦》(朱稺庭)、《鸳湖棹歌》(朱稺庭)、《吴门舟次》(朱稺庭);"栩园词选"栏目含《摸鱼子·和家花农兄》(徐仲可)、《南乡子·嘉兴道中》(徐仲可)、《齐天乐·晴湖》(吴君孙)、《齐天乐·雨湖》(吴君孙)。

3 日 《申报》第 15318 号刊行。本期《自由谈》"文字因缘"栏目含《六十初度》(二首,天长和卿)。

《崇德公报》第 19 号刊行。本期"文苑"栏目含《寄拥香居主》(自述也)(乌台)、《次雨林兄〈秋夜不寐〉韵》(纵先)、《再次雨林兄〈秋夜不寐〉韵》(云中小主)、《次雨林先生韵》(汪润民)、《长亭怨慢·秋帘坐雨》(悟缘)。

4 日 沈曾植招同人补作逸社第六集。瞿鸿禨、陈夔龙、沈瑜庆等在座。以本土乡俗各赋秋成词。同人诗作:沈曾植《八月廿四日补作逸社第六集于敝斋,吴俗于是日为稻稧生日,禾志载俗谚曰:上午雨则灶上荒,言米贵;下午雨则灶下荒,言柴贵也。是日快晴,庬黔墨突,因拈此题以谂诸公,各以乡俗赋"秋成词"》(四首)、陈夔龙《八月二十四日乙庵方伯补作逸社第六集,以"秋成词"命题,各咏乡邦风俗,率成四律求正》、沈瑜庆《八月二十四日浙俗为稻稧生日,逸社第六集,乙庵主席以"秋成词"命题,诸君各赋乡风,余家世以笔墨糊口,守先人遗训亦未敢以官禄置田宅,除尹京兆,扈从亲,推及行省,晴雨祈祷外,殆未尝一日亲农事,四体不勤、五谷不分是之谓矣,赋十绝句》、瞿鸿禨《乙庵作社集,约为"秋成词"四章,各以农收乡语为题,予拈乡俗作此》。其中,陈夔龙《率成四律求正》其一:"丰岁何烦卦肆占,穰熙佳气集茅檐。嘉禾异颖欣成实,滞穗贪多不害廉。满地黄云妨齿屐,前宵新月试腰镰。壤歌独羡康衢叟,穤稑场头负日暹(纳嫁)。"沈曾植《各以乡俗赋秋成词》其一《稧生日》云:"山人足樵苏,田家足秸秆。无米我曷餐?无柴我曷爨?燔紫字从示,稿秸尚箅莞。缅想及初民,造端在睽旰。仲秋不宜雨,下四日元建。有潷灶养愁,曰霪老妇粲。凌杂占五行,艰难惟一饭。午晷桑阴浓,疏墉菜秧蒨。数機绽已足,睍颖锐方健。屈指计冬烘,踞觚叟言善。吾庐市桥北,柴船晓鱼贯。耳熟篙师谈,喜传姆姆遍。屏居忘日月,琐屑摘谣谚。且复究言源,因之梦田溁。"

《申报》第 15319 号刊行。本期《自由谈》"游戏文章"栏目含《〈秋闺怨〉开篇》(东野);"栩园诗选"栏目含《题画》(徐哲身)、《春夜》(徐哲身)、《题旅店壁》(徐哲身);"栩园词选"栏目含《醉太平·镇江道中》(刘醉蝶)、《浣溪沙·月华山馆纪事》(华痴石)、《蝶恋花·录别》(清上闲史)、《南楼令·皓月照疏棂》(许默斋)、《鱼水同欢·咏栀子花》(王琴言)、《又·排闷》(王琴言)、《喝火令·别后奇阿莲》(吴眉孙)。

5日 《妇女杂志》第1卷第10号刊行。本期"文苑"栏目含《〈灌香草堂诗〉序》(熊文烺)、《西湖游记》(杜清持女士);"诗选"栏目含《题〈九九消寒图〉》(况桂珊)、《咏雪》(况桂珊)、《梅花下作》(况桂珊)、《春日偶成》(况桂珊)、《为大兄题〈斗影图〉》(桐城姚倚云)、《夫子和陆鲁望〈渔具〉诗,以皮袭美后五首相属》(桐城姚倚云);"杂俎"栏目含《然脂余韵(续)》(尊农)、《花月痕传奇(未完)》(墨泪词人编)、《婴磐室摭言》(婴磐)、《新见闻随笔》(含《濯发箱》《婴孩游行栏》《夜光表》)(卢振华女士)、[补白]《馥香阁丛拾》(沽上张蕙如辑)。

6日 《申报》第15321号刊行。本期《自由谈》"栩园词选"栏目含《沁园春·菱角》(庞绮庵)、《前调·藕丝》(庞绮庵);"文字因缘"栏目含《寄东野索和》(泗滨野鹤)、《与泗滨野鹤初识荆,诗来索和,次韵报之》(东野)。

彭桓武生。彭桓武,生于吉林长春,祖籍湖北麻城。著有《物理天工总是鲜——彭桓武诗文集》。

7日 林朝崧卒。林朝崧(1875—1915),字俊堂,号痴仙,别号今吾,又号无闷道人,台湾彰化县雾峰乡人。19岁中秀才,青年时期因政局动荡,无意仕途,寄情诗酒。1901年倡建栎社,与社友蔡启运、赖绍尧、陈怀澄等时相唱和,一时风靡台中,有"全台诗界之泰斗"雅称。台湾割日之后,林氏深具苞桑之痛,遂多寄情酒色,以遗民排忧解恨,《无闷草堂诗存》多收乙未以后苦吟之作。曾与林烈堂、林献堂、全台士绅发动台湾第一个请愿运动——设立台中中学,对日本殖民教育政策发出不平鸣。1914年板垣退助来台鼓吹创立同化会,林氏一度上东京亟思有所作为而未果,遂抑郁而终。著有《无闷草堂诗存》5卷。卒后,许天奎、陈贯、傅锡祺、陈瑚、庄嵩、郑玉田、连雅堂、蔡子昭作挽词。许天奎《忆旧游·吊痴仙》云:"记新秋题句,宋玉多情,祇写哀词,未了伤心事。听寒虫夜泣,魂断依依。西风不管人意。忍折玉琼枝。望汴水溪头,雅啼暮雨,泪洒相思。 苍天凭谁诉,叹落拓才人,得数偏奇,甚对黄花节。忆琴歌酒赋,再见无期,青工千古遗恨。芳草带斜晖,忆遗稿长留,一篇珠玉楚江辞。"陈贯作《忆旧游·哭痴仙社兄》《哭林俊堂先生》。其中,《忆旧游·哭痴仙社兄》云:"甚孤帆风雪,万里蓬莱,只带愁归。廿载沧桑恨,叹杜陵僝僽,不为吟诗。狂飙一夜吹断,春梦忽天涯。怅击钵高歌,题栎社志,都负心期。 噫嘻,今已矣,望黑塞枫林,魂去何之。梦里频相见,料人天遥阻,情尚依依。文章千古憎命,吐气竟无时。但揽茝纫兰,空传秀句接楚词。"傅锡祺作《哭痴仙》(二首)。其一:"一命商量托阿谁(余往问疾时,君谓余曰:'命将来须托定一医。'时盖两医轮治也),神针妙药奈垂危。事多拂意人增病,力不回天志益悲(客冬随板垣退助伯爵倡设台湾同化会,卒至解散)。厌世信陵兼纵酒,忧时子美自工诗。有才恨煞偏无寿,欲叩苍穹与质疑。"其二:"十载为邻许望衡(十数年前君由雾峰移家来聚兴庄,三年前始从居詹厝园),月泉还引结鸥盟。与君风义兼师友,遇我情亲等弟兄。今岁秋风增杀气(君卒于八月杪),前溪流水作哀声。屠躯未果长相保(君客夏慰余丧妻有:'与君且学庄生达,各保屠躯慰九泉'之句)读罢遗诗涕泪倾。"陈瑚作《哭林社兄痴仙》(二首)。其一:"论交常恨十年迟,气节文章是我师。辽海风云添旧恨,扶桑山水入新诗。玉楼作记偏征汝,大雅扶轮更有谁。羽化早超尘世网,痴仙到底不会痴。"庄嵩作《哭痴仙社兄》(二首)。其一:"轻裘白面渡江人,电火俄成过去身。阅世虫沙余惨淡,偾辕牛马见酸辛。斯文将丧吾滋惧,同辈相知子有真。曾是埋忧兼避俗,茫茫后顾重伤神。"连雅堂《哭林痴仙社兄》:"来日大难君竟死,此时痛哭我何痴。江山憔悴秋先老,风雨飘零梦亦疑。胸有千秋唯纵酒,交从十载况论诗。汴溪流水声呜咽,他日招魂拜子规。"蔡子昭作《哭痴仙前辈》(三首)。其一:"山暝云横处,椎床一叹嗟。斯人今已矣,吾道日非耶。歌哭成千古,文章自一家。可怜方丈室,无复散天花。"

林纾与马其昶、姚永朴、朱孔彰等17人同游净业湖上,为姚永概贺五十寿。

叶昌炽闻彝殁已逾月,作挽联云:"兰蕙香烧,适当桐叶飘萧,半月遽闻长吉病;葭莩谊重,况与竹林过从,九京共悼阿咸才。"

8日 《申报》第15323号刊行。本期《自由谈》"诗选"栏目含《鲸如舅氏为画〈深山读书图〉,漫题五古一章》(秦寄尘)、《偶占》(佐彤);"词选"栏目含《锦堂春·集成句》(诗圃)、《西地锦·集成句》(诗圃)、《琴调相思引·集成句》(诗圃);"文字因缘"栏目含《题廉南湖与孙寒厓书四绝》(趋炎)。

9日 《申报》第15324号刊行。本期《自由谈》"词选"栏目含《浣溪沙(羊角灯红印麹波)》(诗圃)、《前调·久客都门,盼家书不至》(筠甫)。

吴芳吉从右文社辞职,离沪赴北京。在京与吴宓、童季龄、刘庄等相见、宴叙。吴宓作《即事抒怀,赋赠碧柳》。诗云:"寥落乾坤岁将暮,远道风霜来故人。吴蜀燕寒程万里,生世流转如轻尘。胸中块垒邱山积,故人颜色系梦魂。事繁时促书少寄,郁郁孤意久难伸。握手方期十年外,乍见还疑梦非真。今昔苍茫失所语,九曲回肠莫解纷。愿取纸笔代喉舌,聊撮梗概为君陈。呜呼世变日益亟,沉思坐阅足伤神。天道人事两茫昧,才与不才岂定论。霜寒狐腋难称体,火烈乌头已焚身。行危言逊当时鉴,冻雀枝上守余温。声色货利竞耽逐,风节道义久沉沦。纵君被褐怀珠玉,谁辨椒艾异荃荪。几辈况更为饥驱,鸡虫得失甘自泯。昔闻高论动湖海,今但安居娱乡邻。畛域严别人非我,衡量不出米与薪。莫问沧桑来日劫,愿学羲皇以上民。一代兴亡成已矣,消息谁悟此中因?庠序今号储材地,我虱其间伤见闻。干禄巧藉终南径，捧心惯效西施矉。艳服冶容夸绮靡，饮水思源忘苦辛。发言盈廷失所谓，坚白同异徒纷纭。自桧以下复何讥，世犹视此硕果尊。网底安得青珊瑚，天马行空贵不群。吾生取友常冷眼，学道相期资磨磷。素心伴侣人三五，参鲁柴愚异疵醇。就中意气惟君好，鱼水相忘逾弟昆。君才皎皎李太白，昂头作赋欲凌云。君行游龙万仞上，矢矫飞翻不可驯。君情更似海门潮，浩荡磅礴奇且浑。君遇乃如萍逐絮，所至不合屡逡巡。翘翘易折嫩先污，致君与我终参辰。昔别记逢癸丑夏，飘然琴剑出国门。其时同室戈正操，萑苻遍野豺狼狺。转徙流离寻归棹，桃源境里乐天伦。蜀道惯经无险路，利器一举摧盘根。峨嵋俯瞰诸山小，吾生所忧岂贱贫。忍见世中多魑魅，乘时发愿愿为仁。云游颇有高僧意，南舣北驾任驰奔。海上羁旅常念我，书笺纷叠惠临存。我感且愧难为报，聚散今朝情倍亲。自惭随俗为进退，碌碌三载忘晨昏。忧患纷集百魔扰，读书殊逊旧精勤。惘惘忽若被醇酒，瑟瑟常疑卧荆榛。明知世局同幻梦，形色万态足纷纭。其如遣愁无良药，及时行乐非易云。坐劳歌哭伤怀抱，诗成每见泪墨痕。近颇澄神摄思虑，千金之躯能自珍。吾生有涯责无尽，从今莫为无病呻。平生志业略异俗，赧颜告君倘欲闻。声华种种非所望，誓愿探源搜典坟。国人愚昧不悦学，江河日下顽且嚚。道义为法笔为口，千篇文字医俗昏。吾奋吾力何悚惧，横流砥柱仰昆仑。大厦端藉众材构，烦君到处作斧斤。十室之内有芳草，每想同怀气谊敦。临歧珍重天寒约。何年重与话诗文？"又，吴芳吉得吴宓赠资 25 元，自京返蜀，途中作《三自上海归蜀，九月至于夔门》（二首）。其一："故国几沧桑，天心犹混茫。乱离如昨日，漂泊到重阳。草色经秋暗，江云渡岭长。英雄疲百战，父老拜君王。"

[日] 芥川龙之介致浅野三千三信中附诗一首："闲情饮酒不知愁，世事抛来无所求。笑看东篱黄菊发，一生心事淡如秋。"

陈天倪作《九月朔日祀船山分韵得动字》。诗云："汉家百六失铃总，膻流襄陵飞濛漰。蓊丰日沐黯无光，谁为天地辟瞳矇。奄有孤臣应连生，垠崖划落万象动。直浮析木浴羲和，岂但铁挝追南董。当年小腆贪稻粒，跄踖虏廷竞鞾琫。亦有竖儒衍扈言，因缘浮屠倾水桶。大界竟敢裂三维，至道何堪窥一孔。先生危坐柱中流，弹指群妖化蠛蠓。刮垢六经生精莹，袭微万物获挺桐。欣逢炎黄灰复然，高冈雝喈杂姜葑。形质消泯灵爽怿，群士瓣香仰胼胝。观海言水吾知难，甫惜大泽拟鼍空。"

10 日 《中华新报》在上海创刊。宣称："根据确当国情，宣达真正民意，只求公理正谊所在，不为金钱、势力所倾。"欧阳振声任总经理，谷钟秀、徐溥霖、李述膺等任编辑。至次年 7 月，由吴敬恒任编辑；8 月，钮永健任总经理。该报辟有"杂俎""小说""文苑"等栏，南社社员多在其上发表作品。

《申报》第 15325 号刊行。本期《自由谈》"诗选"栏目含《宿梅蒙关》（后洛蘅）、《渡黄坡》（后洛蘅）、《过龙头岭》（后洛蘅）、《榕叶》（后洛蘅）、《石门渡口》（后洛薥)。

《甲寅》杂志第 1 卷第 10 号刊行。本期刊载《民国本计论》(秋桐)、《评梁任公之国体论》(秋桐)、《吾人理想之制度与联邦》(东荪);本期"文苑"栏目含《自题造象赠曼殊师》(章炳麟)、《王校〈水经注〉跋》(易培基)、《题〈陶渊明集〉后》(文廷式)、《答沈子培刑部寄赠五律一首》(附原作五律)(文廷式)、《缪小山前辈、张季直殿撰、郑苏龛同年招饮吴园,别后却寄》(四首,文廷式)、《和杜写怀二首》(此丁亥年作,稿久失去,八弟廷华为余录存,因复钞于此,五古二首)(文廷式)、《赠吴亚男》(康有为)、《鹤柴承吴北山遗言,以所藏黄瘿瓢画见寄别墅,感怆赋此》(陈三立)、《感旧》(章炳麟)、《孝定景皇后挽歌辞九十韵》(王国维)、《癸丑三月三日京都兰亭会诗歌》(王国维)、《汨罗》(易坤)、《过金陵寄颁》(易坤)、《雨花台》(易坤)、《湖上二首》(易坤)、《葛洪岭》(易坤)、《灵隐寻韩蕲王故宅》(易坤)。

《东方杂志》第 12 卷第 10 号刊行。本期"文"栏目含《〈石遗室诗话〉续编(续)》(陈衍);"海内诗录"栏目含《由摘星陀入云水洞》(陈宝琛)、《登岱过济南,同振卿前辈泛明湖》(陈宝琛)、《湫芳斋听剧有感》(陈宝琛)、《端午》(陈三立)、《诒公约》(陈三立)、《翟孚侯过话有赠》(陈三立)、《次韵答李审言沪居见寄》(陈三立)、《若海自沪至感赋》(陈三立)、《鉴园晚坐呈剑泉》(陈三立)、《月夜》(陈三立)、《后湖观荷,同游为谭祖安、大武兄弟、吕蓬生、韩子腾、成习之、萧稚泉、俞寿丞》(陈三立)、《过籀园旧居》(陈三立)、《过汪甘卿逆旅》(陈三立)、《胡琴初、李子申、汪甘卿见访》(陈三立)、《节庵自梁格庄赋一绝写扇见寄,把笔戏酬》(陈三立)、《喜雨》(陈三立)、《苦雨》(陈三立)、《雨霁登楼看日出》(陈三立)、《游西园》(胡朝梁)、《鬻医篇》(王潜)、《和潜道人〈鬻医篇〉》(沈曾植)、《瘦唐侍御〈匡山归隐图〉》(陈三立)、《岁暮怀旧绝句三十三首》(陈衍)、《偶成》(胡朝梁)、《游上方山杂诗》(林志钧)、《金薥意来诗,盛言彭泽山水之胜,君官翰林二十年,坚卧不出,今忽两作县令,寄此调之》(王存)。另有其他篇目《眉庐丛话(续)》(蕙风)。

《崇德公报》第 20 号刊行。本期"文苑"栏目含《策士叹》(湛园)、《宿白云观》(纵先)、《秋怀》(云中小主)、《次雨林丈〈秋夜不寐〉韵》(蒋蒋山)、《次岳丈〈秋夜不寐〉韵述感》(蒋凭宣)、《明月生南浦》(悟缘)。

姚华有感于洪宪建元消息散出,作《国庆日对菊书怀》。诗云:"山中甲子今何岁?世外风烟又晚秋。寒雨连天催落木,他乡何日赋登楼。芳辰且自消棋局,薄酒仍堪话樛舟。此后无花须尽赏,重阳虽好易生愁。"

沈惟贤作《宴清都·乙卯国庆日感赋,和清真》。词云:"曙色催箫鼓。金风拂,几声羌管徐度。清秋燕子,依依欲觅,旧家门户。蓬莱只是高寒,算别有、霓裳俊侣。怎怪得、纨扇须捐,千金枉索人赋。　　伤心怕听离弦,巾车待发,河满声苦。天涯又恁，云僝雨僽，卷斜阳去。黄华转约重九，问载酒、人来甚处。更眼中、不见旌旗，那时见否。(不半月，本初背誓武帝，旌旗见矣)"

刘大同作《祝民国四年国庆纪念》。诗云："人为国庆祝，我为国庆哭。哭国祚不长，民贼祸五族。昔起革命军，始得清社屋。烈士掷头颅，死者不胜数。换来共和魂，扫除专制毒。五色国旗扬，人唱自由曲。灿烂汉河山，不见蛮夷俗。并立有三权，国利而民福。不料一沐猴，勋良暗杀戮。断送我库伦，蒙藏不我属。呜呼大借款，一二再三续。国会竟取消，虐民何太苦。三海亡自尊，平民如奴仆。二次起义师，中原再逐鹿。一败而涂地，天灭我何速。日杀人如麻，淋漓血与肉。重者先抄家，轻者亦下狱。笔之党祸篇，令人不忍读。吾党死万千，泪下盈十斛。忽又让满鲁，岂止百里麑。最后一通牒，不战国之辱。彼逆无心肝，腼然老面目。会又设筹安，欲将帝制复。脱去民国衣，服彼桀纣服。黄袍加其身，共和国运促。历数袁逆罪，削尽南山竹。孙袁非尧舜，揖让乌能学。立国才四年，摇落风中烛。我劝众同胞，兄弟与伯叔。秣马而辀车，忙整我征轴。犹嘱避秦人，切莫甘蛰伏。志士不盲从，党人贵和睦。或战胜沙场，或运筹帷幄。执梃而揭杆，运装以输粟。箪食与壶浆，麦饭和豆粥。带甲满天地，旌旗耀河岳。高唱大风歌，霎时秋霜肃。路易断头台，拿翁荒岛逐。就是秦始皇，二世失天禄。蠢尔袁世凯，乌得不毂觫。五百兆国民，匡扶此危局。人心即天心，确实老把握。破坏而建设，须鉴前车覆。民国亿万年，长存东大陆。不必怕瓜分，不必忧覆觫。君主天不容，从此绝帝箓。万国争观光，香花共芬馥。三呼万岁声，祝词作忠告。"

陈仲权作《双十节》(八首)。其一："豺狼当道岁星周，洒酒临风愁更愁。弹指明朝双十节，不堪往事诉从头。"其二："一回国庆一向愁，马齿徒增志未酬。髀肉复生功未立，伤心岂独使君刘。"

陈匪石作《蝶恋花·四年国庆日》。词云："一夜西风摧碧树。冷雨凄迷，做就江天暮。如此韶光能几度。杨枝尚弄妖娆舞。　　片片彩云飞别浦。不见当时，解佩蘅皋路。巫峡三声清泪注。多应好梦无寻处。"

11日　《申报》第15326号刊行。本期《自由谈》"诗选"栏目含《秋日即事》(二首，陈佐彤)。

12日　《申报》第15327号刊行。本期《自由谈》"词选"栏目含《忆旧游》(汪诗圃)、《三台令·集成句》(汪诗圃)。

13日　况周颐作《定风波·九月五日咏牡丹，或曰："非时。"沤尹曰："非非时"》。词云："百宝阑边蜂蝶忙，云烘月托出天香。秾李夭桃浑烂漫，须看，看它低首拜花王。便相姚黄妃魏紫，多事，骚人阁笔费平章。　　凝露一枝红艳绝，芳节，断无杯酒酹斜阳。"后又作《多丽·秋雨》。词云："碎秋心，断鸿残角疏砧。更何堪、潇潇飒飒，黄昏付与愁霖。问谁消、虫声四壁，知难醒、蝶梦重衾。败叶阶前，孤桐井畔，丝丝浑似泪沾襟。美人隔、红墙碧汉，尘世自晴阴。重阳近，横空作（去）暝，见说登临。　锁姮娥、浓氛惨结，西风消息侵寻。费香添、猊薰恁热，兼露滴、鹤警还暗。变征无端，移宫未稳，邻家铁笛入云深。向此际，违寒避湿，菊酿索浓斟。沧江晚，斜阳回首，恨满烟林。"二词皆为讽袁之作。

胡适在美国作《相思》。诗云："自我与子别，于今十日耳。奈何十日间，两夜梦及子。前夜梦书来，谓无再见时。老母日就衰，未可远别离。昨梦君归来，欢喜临江坐。语我故乡事，故人颇思我。吾乃无情人，未知'爱'何似。古人说'相思'，无乃颇类此？"

14日　《申报》第15329号刊行。本期《自由谈》"诗选"栏目含《无题》（戏集词牌）（东园）、《春风·戏集词牌》（二首，东园）；"词选"栏目含《古香慢·紫薇，用吴梦窗》（时甫）、《后庭花（绿窗花气清）》（东园）、《十六字令（愁）》（东园）。

魏清德《福州苍前山漫句》发表于《台湾日日新报》。诗云："秋来佳气满林间，松径萧条独往还。不尽登临孤客感，片帆东去是台湾。"

15日　筹安会通告全体会员，改名"宪政协进会"。

《申报》第15330号刊行。本期《自由谈》"诗选"栏目含《名器叹》（秦寄尘）、《军人叹》（秦寄尘）、《盗贼叹》（秦寄尘）、《诗人叹》（秦寄尘）；"词选"栏目含《醉太平·绿纱窗》（周镜湄）、《浪淘沙·客心秋二阕》（周镜湄）。

［韩］《天道教会月报》第63号刊行。本期"词藻"栏目含《清凉馆》（敬庵李瓘）、《过张园》（芝江梁汉默）、《东园晚景》（金鼎燮、金衡国、张翰星）、《汉江暮泊》（香山车相鹤）。其中，芝江梁汉默《过张园》云："行人晚到小山空，见取张园牒百红。徐步更从松外路，飞鸦点点夕阳风。"

16日　《申报》第15331号刊行。本期《自由谈》"游戏文章"栏目含《新开篇》（蔚云室主）。

溥仪赏陈宝琛黄绢匾一面，上书"温仁受福，若金作砺"。

夏敬观作《重阳前一日过海藏楼夜谈》。诗云："叩门惟见月当楼，竹径松窗夜自幽。胜会共欣明日健，豪情真向此间收。绝无一语论京国，应笑频归似置邮。聊复就君成洗耳，诗清知比颍长流。"

17日　《申报》第15332号刊行。本期《自由谈》"词选"栏目含《清平乐·明月三更》（周镜湄）、《壶中天·题徐夫人〈蕴玉楼遗稿〉，用陆云苏韵》（东园）、《酹江月·题庐公耀桥，应程棣花君之征，用太痴韵》（东园）。

重阳，南社举行第十三次雅集于上海愚园。到蔡寅、叶楚伧、姚光、蔡模、王灿、狄君武、汪文溥、郑国淮、姜可生、陆曾沂、朱少屏、陈世宜、李志宏、李云夔、周斌、余十眉、刘筠、邵力子、胡怀琛、刘鹏年、黄澜、张光厚、申枉、王文濡、钟观诰、王时杰、张泰 27 人，柳亚子因足疾卧床，未出席。雅集中，检点用通信收到之选票，在 161 票中，柳亚子以 152 票继续当选主任，书记、会计、干事员等均仍旧。事后，朝鲜籍社员撰文记录雅集经过，并赋诗寄呈柳亚子。蔡守作《乙卯九日南社诸子愚园雅集，远莫能赴，遥寄一章》。诗云："高会频年双十节，今秋为底作重阳。劳劳四载都成梦，落落孤花未肯黄（是日无菊）。聊仗登临观万汇，好拼酩酊醉千场。留连文酒宁非乐，国士投闲尽可伤。"傅熊湘作《九日登嶑冈作》（三首）。其三："旧种家园菊，归来径已荒。犹能谋一醉，便与作重阳。出处两无著，江湖兴未忘。遥知南社客，相意蟹脐黄。（是日海上南社雅集）"王大觉作《乙卯重阳南杜社友雅集于愚园，予以事羁身弗克躬逢其盛，赋此为寄并示亚子》（四首）。其一："题糕几辈在天涯，时事何堪又似麻。从此登高多感慨，新亭哭龙哭黄花。"其二："故把重阳嫩约违，诸君相谅莫相讥。病禅病酒三秋里，怕与黄花较瘦肥。"

逸社第八集举行。沈瑜庆招饮上海哈同花园。主题是登高作九言体诗，参加雅集者：沈瑜庆、瞿鸿禨、吴庆坻、陈夔龙等 12 人。沈瑜庆有诗《逸社第八集哈园登高，用九言体，兼怀不预会诸君》。陈夔龙作《重九日涛园中丞招饮哈同作逸社第八集，各赋九言体诗，得句呈教》。诗云："故乡云树千重万重遮，曰归曰归尚滞天之涯。春申江上四阅岁寒暑，每逢佳节客里空叹嗟。沈侯邀我哈园作重九，故人鸡黍有如到田家。华风渐被中西为一体，浦西一角即是欧罗巴。入门不闻禅房木鱼响，但闻阁阁鼓吹公私蛙。疏疏落落三竿两竿竹，红红白白十枝五枝花。凭轩俯视方塘鱼可数，中有长桥一道虹腰斜。古来重阳沿例多风雨，宁知气清天朗秋日华。虽无白衣来送陶令酒，却喜碧油竞随丞相车。忆昔金闾持节吏兼隐，拙政吟菊恨不见山茶。陈遵不作罗隐复强死，惟遗咳唾留芬沁齿牙（往岁抚吴，借拙政园作重九，余与陈伯平方伯、罗申田观察均有诗）。北门乃亦有秋政清暇，藏海园中正散午前衙。山妻南来登楼作高会，持螯泛蚁红袖伴乌纱。前尘昔梦迁流曾几日，白云苍狗变幻何纷拿。迩来羲和失官岁历改，阴阳晦朔每歧阶蓂芽。独此龙山落帽好时节，乃与周正汉腊无忒差。偶同看竹到门主休问，莫愁催租败兴手徒叉。明年此会应较今年健，某山某水归去老尘霞。"陈夔龙又作《重九夕茶楼赏月，步大兄九言体诗韵》。诗云："杖藜亭午西园赏素秋，秉烛还登缥缈之飞楼。九日黄花晚节人同淡，一年明月今宵我独愁。浮家几辈天涯常作客，筑室岿然道左竟成谋。却笑看花似雾羞看镜，醉归强把茱萸插满头。"瞿鸿禨作《乙卯九日逸社第八集，涛园招饮哈园登高，各赋一诗，限九言体》。诗云："吴淞江头萍泊四重九，年年此日朋旧常开尊。隐侯兴至别选登高处，置酒招我同游海客园。浦西诸园以此为巨擘，缭曲往复迷路不知门。红桥碧沼竹树相映蔚，奇石突兀鹄峙而熊蹲。钟鱼礼佛辟建阿兰若，参差罗列燠馆兼凉轩。游观所及百不刀五六，其中幽旷难可以具论。人方效夷彼独能用夏，规制题署一一从中原。晴初霜旦天宇正萧爽，酬此佳节聊散心忧烦。惜无重楼纵目远眺望，安得长绳系住日车翻。吾曹朝晞暮喈亦安用，人问何地更有桃花源。五柳先生唯以饮自适，徜徉林泽不必皆南村。菊华佳色烂漫满篱下，采采盈把得意已亡言。枯槐聚蚁巍然娱大号，髑髅自乐乃傲南面尊。举世奔忙同归一大梦，蘧蘧自栩何如胡蝶魂。倒著接篱今日且浪醉，风吹帽落白尽秋蓬根。坐中俱是贞元旧朝士，长安九陌犹忆故巢痕。积水潭西龙树天宁寺，一童一马携壶挂车辕。顾瞻周道离离成彼黍，忍摘茱萸插作头上幡。剧谈狂语共吐喙三尺，不畏旁人嗔我先须吞。沈廖气清归对寒月上，憀秋独悲吾欲叫天阍。"吴庆坻有《九日涛园招同人哈同登高，作九言诗》。况周颐与朱祖谋等游哈园，作《霜花腴·哈园九日同沤尹作。园主人哈同，犹太人》《紫萸香慢·九日再赋》。其中，《霜花腴》云："撰幽载梄，翠浅深、楼台画里参差。芜划烟疏，石皴霜碎，寒香看取东篱。问花主谁，甚絮萍、人各天涯。凭危阑、暂得忟晴，俊游说与彊支持。　愁目乱云残照，怕文峰一曲（《河南野史》：'唐尹氏善歌，重阳与群女登南山文峰，顣眉缓颊，歌一曲，声达数十里。'），易换哀丝。葵麦吟情，茱萸年事，兰成鬓雪谁知。暮山敛眉，影断鸿、遥黛凄其。吊荒台、戏马何人，只今秋气悲。"《紫萸香慢》云："凭危阑、茱萸愁把，作寒野色凄迷。拚一回扶醉，便消得、夕阳西。信是无风无雨，甚寥天鸿唳，梦压云低。笑刘郎、恁日搦管怯糕题，指峻路（《西都赋》：'临峻路而启扉'）、有人手携。　秋期，省记疑非。颦欲损、远山眉。算黄花晚婉，闲情得似，陶令东篱。可无白衣人至，最醒处，易成悲。峭西风，未妨吹帽，茂陵丝鬓，谁惜绿减霜欺，清泪自持。"陈三立本日在南京未与会，但有和诗。冯煦有和作《霜花腴·次乙卯哈园九月韵，为古微前辈同年题〈校词图〉》。词云："嫩寒虚阁，有蜕翁霜前，重诉凋零。竹所微吟，藜床独据，争知尘外阴晴。旧狂步兵。算几经箔戍旗亭。况而今，灵琐无归，胸中五岳郁难平。　赢得困花殢酒，甚身如愁燕，倦羽伶俜。祖柳鉏黄，模姜范史，消磨桑海余生。断檠自凭。问九天、畴察中情。且相逢，月底修箫，野鸥来茝盟。"

王易、王浩、龙吟潭、胡雪抱等8人登滕王阁赋诗饮酒。王浩作《九日滕阁小集》。诗云："九日相携此举杯，万方更剩一登台。荒荒禹甸经秋换，莽莽虞渊逐日来。天地重阳忘节候，川流八道走风雷。明年好取临高意，云护层城照眼回。"胡雪抱作《家居无诗，晚秋重晤诸友并约九日小集》《九日吟潭宅会汪竹居、李定山、子云、王晓湘、瘦湘登眺滕王阁，寻集饮城外酒楼，诗以纪之》。其中，《家居无诗，晚秋重晤诸友并约九日小集》云："宁独催租能败兴，每愁击钵不成篇。辞家未及莼丝老，看友重寻菊梦圆。沼榭秋深闲酒舫，星河夜紧促歌弦。多君好事勤觞咏，稳约东篱恰好天。"《九日吟潭宅会汪竹居、李定山、子云、王晓湘、瘦湘登眺滕王阁》云："天清海绿过重九，乱后剩作章江吟。去年南园菊花雨，舫斋卧梦洞庭深。今年走会怀湘宅，天听盟约收重阴。玄流稽阮少长集，嚣甚欲得涤尘襟。高山之志流水心，锦囊昨买名家琴。摩挲灵物各起舞，遂赏古意凌江浔。千年杰阁一凭槛，老翠掬饮西山岑。鸾声珮响渺何处，城隅日落飞清砧。才人文宴涉幽想，空潭云影若可寻。未遑多让谋一醉，买琴幸余沽酒金。壶觞政令由己出，宽严略变深浅斟。青牛出关事不易，白驹过隙愁难禁。汀洲晚籁鸣萧森，水木澹逼倪云林。登高旷览足忘世，似与天地俱浮沉。"

周庆云登高有感，作《九日登高，有怀邹翰飞先生》。同人和作：邹弢（《梦坡老友寄示九日登高见怀诗，因次其韵》）、施赞唐（《梦坡吟长以〈九日登高寄怀邹翰飞君〉一律见示，次韵奉和》）、汪煦（《重九后五日，梦坡社长出示寄怀瘦鹤词人诗，感旧述怀，敬赋一律，即用元韵呈教》）。其中，周庆云诗云："问谁身在白云巅，眼底楼台尽化烟。洗耳犹疑流水浊，谈天独佩使君贤。惭无江令生花笔，剩有陶公止酒篇（予因得手颤之疾，近暂止酒，君招入酒社，故辞）。闭户不知风雨扰，相看篱菊绽年年。"邹弢《梦坡老友寄示九日登高见怀诗，因次其韵》云："抗志清高遭极巅，功名梦里笑凌烟。南梁逸调儿三谢，西晋遗民祖七贤。国事怕谈新旧党，诗情且托短长篇。君吟我饮能终古，值得中山醉几年。"

淞社第二十七集。张钧衡寿母桂氏七十赋诗征和。题有"适园八景"。同题者：戴启文、缪荃孙、潘飞声、朱锟、施赞唐、汪煦、周庆云、孙德谦、恽毓龄、徐珂、恽毓珂。

《崇德公报》第21号刊行。本期"文苑"栏目含《和寿鹤见怀十章》（云中小主）、《中秋述怀二律》（贾玉吉）、《扬州慢》（悟缘）。

吴昌硕为严履庵绘《流水桃花图》，并题云："秾艳灼灼云锦鲜，红霞裹住颇黎天。不须更乞胡麻饭，饱嗽桃花已得仙。履庵仁兄雅属，乙卯重九，吴昌硕。"

郁达夫在日本名古屋第八高等学校读书之余，作《重阳日鹤午公园看木犀花》。诗云："满城风雨正重阳，水阁朝来一味凉。华发不妨缀帽侧，残秋难得桂枝香。茱萸莫问明年事，醽醁权倾此日觞。扶醉旗亭题壁后，被他歌女说王昌。"此诗原载于本年11月日本名古屋第八高等学校《校友会杂志》第16号，署名"春江钓徒"。

张謇作《重阳晴暖，置酒与退翁合饮，并令诸子侍》（二首）。其一："年来惯见海成桑，秋至难禁露欲霜。不雨不风能几日，老兄老弟说重阳。坪花烂漫鲜无赖，镜发萧骚懒似狂。愁绝怕听江上雁，波涛满地觅遗粮。"其二："人言秋气令人悲，摇落山川信有之。宋玉偏伤梧欲刈，陶潜亦爱菊无知。百年此日看金注，四海何人对酒卮。为语儿曹须学稼，南山豆落是农期。"

陈遹声作《重九日过兰亭》（三首）。其一："故乡风景近如何，鉴水云门次第过。山经木客奇峰出，路近兰亭修竹多。鸟避炊烟投远树，驴驮落日下危坡。挥鞭遥指天章寺，独对荒林懊恼歌。"

夏敬观作《九日偕李拔可、高梦旦登高》。诗云："凭谁筑此伤高地，将纵吾眸试一登。片席斜阳容小坐，暮天危槛有同凭。云光到此奇难绘，人力终然事可兴。还恐睡龙烧不起，空教照海有繁灯。"

董伯度作《九日》。诗云："携酒上高台，菊花依旧开。云连帆影没，风带雁声来。为客身多病，忧时念未灰。九州兵甲满，流泪暗盈杯。"

沈其光作《九日游千山，同葆荪、行百》。诗云："诗瓢茗榼随宜具，萧洒如斯已出尘。嘉节政逢重九日，野航恰受两三人。暗苔露湿游山屐，高阁风吹漉酒巾。插了茱萸成一笑，百年几个自由身。"

陈曾寿作《九月以事至天津，季湘、苕雪、治芗、子安、楚生八兄、寥志二弟皆自京来会，适逢九日，就市楼小饮即别去，途中感赋二首》。其二："回车念念盈眶泪，未解真为徐李哀（李猛庵丈、徐莹甫兄新逝）。从掷千冤争一恸，已空旧梦可重来？天寒白雁江湖尽，秋老丹枫日夜催。未了余青迷望眼，参天岱色只成灰。"

赵熙作《九日登翠笔峰，高出云霄之上。曹靖仁先、罗浚志潜各携稚子同游，聚饮蓝桥溪，次归作纪行小诗，存北乡故事三十一首》《古重阳》。其中，《九日登翠笔峰》其二："高田望雨入秋稀，聚石笼沙作堰宜。沿岸草香花带露，新安水色不如伊。"其六："点头沙鸟导人行，道似无情似有情。自分海鸥驯得下，忽然飞去两三声。"《古重阳》云："花寒十日古重阳，陶令诗成作酒香。偶检旧年留破墨，或充吟壁点秋光。"

许承尧作《重九日子豫招游太清宫》。诗云："奇气莽胸臆，突奡不可扪。登高一摅写，携酒城西门。轩然据峻宇，坐见群山蹲。贤主爱娱客，倾倒笑语喧。凭栏独苍茫，不醉愁肠翻。吾道怆何之？黯然望中原。秋威造凉节，万木无语言。大宇摇落色，离离接清尊。天风送鸿雁，浩淼留一痕。钝剑涩不花，凄箛亢无温。振衣茱萸落，濯足河水浑。冰雪尚在后，霜霰安足论！何时得舍去？老我江南村。寒雀相啁啾，此意镌梦魂。"

徐世昌作《重阳柬梧生》。诗云："清秋风日好，病里负重阳。白雁抑何远，黄花亦自香。市楼人扰扰，宫观树苍苍。日暮迟君久，栖鸦过几行。"

沈汝瑾作《乙卯重九寄昌硕》。诗云："无兴登高但闭门，艰难病妇守晨昏。远怀旧侣专修札，为报灵方得返魂。白石英煎莲子盏，青山酒负菊花樽。老来情重粗豪减，云梦犹思八九吞。"

张其淦作《九日二首》（乙卯上海作）。其一："铁笛吹残怅路歧，满城风雨客心悲。横空雁字书能寄，盛会龙山我不知。诗兴久销箛鼓里，羁愁少遣菊花时。年年爱剪吴淞水，鳕胹三秋快朵颐。"其二："故山此日亦登临，望远凭危感慨深。遍插茱萸思往事，偶翻竹素负初心。飘飘落帽长风紧，点点繁霜短鬓侵。一醉曹腾为卧孙，倚楼最怕听秋砧。"

汪兆铨作《重九日次韵答俞伯扬》。诗云："倦不登高意不聊，闷来愁思涌寒潮。

南州菊晚虚佳节，西舍梅先趁此朝（庭梅已著数花）。豪气已如香渐散，古忧谁谓酒能消。词人问讯劳诗札，一日三秋赋采萧。"

陈尔锡作《重九与澧蘅夜饮》。诗云："客里当秋苦不支，西风吹断鬓边思。山无可入官犹丐，事有难言佛是师。薄酒岂堪酬好友，深谈微问此何时。荒芜三径秋来晚，归去陶潜系我思。"

刘绍宽作《乙卯重阳雨中客瑞安，寄鲍仲敷上海，次楼攻愧〈重阳寄人〉韵》。诗云："客里光阴去不知，真同一唊剑头吹。重阳佳节肯相负，海畔登高安所之（沪上无山）。风雨可能千里共（是日阴雨甚寒），唱酬又是隔年期（与君重阳唱和连四年矣）。想君雠校多闲暇，应对黄花觅寄诗。"

邓尔雅作《乙卯九日与杜鹿笙、伦竹骞伉俪登独秀峰绝顶》（在王城内后宰门）。诗云："如笔凌云劲以遒，题名绝顶禊清秋。愿□高蹑轻风举，赋得崇阿帝子州。足下群峰咸俯伏，眼前万象一齐收。靖江山水吾能对，都入清湘画稿搜（清湘靖王裔也）。"

黄节作《江亭九日》。诗云："带郭无山此独尊，登高吾已俯重门。三年京国伤秋客，九日江亭对酒言。原草渐黄人亦瘁，霜花曾雨晚犹存。竭来吟望嗟何似，寒雀争枝为暝喧。"

李思纯作《重九用山谷韵四首》，其一："霜气九月渐为厉，当窗敛影时读书。残荷败干滋宿雨，但有病叶承盘珠。今年菊花清不腴，而我憔悴将何如。持螯且复斗酒力，便有逸想随江湖。"其二："寒叶扑门飒飒雨，青山乱叠床头书。病夫掩户不窥牖，自向典籍探骊珠。碧醅瓮底何芳腴，餐英瀣露清难如。会当把酒钓肥鳜，一叶扁舟彭蠡湖。"其三："苦雨十日郁秋气，埋首坐理西窗书。晚桂未零菊花早，无数残滴垂明珠。镜中颜色知非腴，离忧煎我悲谁如。凉风天末便搔首，池鱼笼鸟思江湖。"其四："阶除苔气绿一尺，细纹碧篆疑虫书。牙签如海照双眼，抚哀自有灵蛇珠。腰脚方健心未腴，修誉胜概百不如。茱萸插罢倚残醉，便拟轻舠游五湖。"

林志钧作《重九日同石遗、瘿公、默园、几士游天宁寺，日暮方归》《归后又成一律》。其中，《重九日同石遗、瘿公、默园、几士游天宁寺》云："重阳无雨复无风，寺静人闲一笑同。檐语飘铃虚想象，塔形控野自高雄。节寒盆底菊初蕊，柿老霜前叶渐红。回首家山乌石顶，小楼只在夕阳东。"《归后又成一律》云："世乱郁郁久为客。（杜句）此语辛酸不可闻。随兴又成今日意。得闲便与俗人分。虫声迫砌数丛草。雁影高秋一握云。转盼何须感陈迹。祇愁无酒遣微醺。"

方守敦作《乙卯重九日，与晋华出郭登高于观音崖上，遇方林辰诸子赋诗，归成一律》。诗云："星霜感不休，重九共遨游。人事年年改，山河处处秋。荒岩多古谊，高咏有吾俦。莫话兴亡劫，苍茫日暮愁。（时袁氏方谋帝制）"

刘师陶作《乙卯重九四十初度感赋》。诗云："又是黄花烂熳天，直将弹指比流年。敢矜不惑希前圣，已分无闻避后贤。厕上早惊生髀肉，镜中行且见华颠。当筵漫进延龄酒，一念蹉跎转惘然。"

陈衡恪作《重九》。诗云："时已深秋冷更催，御冬尽拟拨炉灰。留柯败叶嗟无月，忍死残蚊久不雷。紫蟹正肥乡味美，黄花几见笑颜开。极知重九休轻过，步出西城眺一回。"此诗后发表于1928年1月10日《东方杂志》13卷1号。

关赓麟作《重阳日不出》。诗云："重阳十度客京华，更不登高总恋家。今日无钱复无酒，罢官陶令负黄花。"

谭侃作《重九避嚣》。序云："民国四年，袁世凯妄图称帝，予拒为省督军指派之劝进代表，避入西山。"诗云："仙枰大石独登高，石涤尘污此避嚣。更挟云眠左右望，连山趋势若波涛。"

江子愚作《重九感怀》。诗云："菊花无恙傲霜开，笑检茱萸学辟灾。故国河山犹未改，中年日月苦相催。厌闻举世谭符命，且共幽人倒酒杯。红树半江鱼正美，白云千里雁初回。难寻庄子无何有，好咏陶潜归去来。最是天涯惆怅处，暮猿声里望燕台。"

陈天倪作《九日雅集分赠同社诸君子》。其一《黄太守麓泉》云："江右大宗黄鲁直，元和新体白香山。瘴花蛮鸟供吟思，芝草瑶田驻寿颜。四海无家双屐在，百年多故一生闲。料编家世联珠集，应念先朝玉笋班。"其二《吴太史雁舟》云："芒鞋得得踏红尘，野马氤氲别有春。国故于今成绝学，名山终古属斯人。及关李叟犹长叹，应世瞿昙未了因。三过虎溪拼一笑，曼陀花雨下垓埏。"其三《杜太史蔲生》云："回首河山总黯然，春风薇蕨又三年。埋轮早识坚冰渐，请剑难将谏草宣。入宋但知题甲子，伤殷弥自重坤乾。要知蜗角原无国，休向冬青哭杜鹃。"其四《曾太史重伯》云："江山见惯不须哀，尧桀千秋总尘埃。才大似嫌三界小，词雄能使九垠开。触蛮两角人间世，松菊一园归去来。注就南华吾丧我，忘机孰辨地文灰。"其五《袁户部叔舆》云："倚马推袁压百僚，北征一赋塞氛消。薜萝香泽擘三楚，花鸟精神撷六朝。王骆江河原不废，曹刘堂室未容骄。薰香展读唐贤画，独卧寒窗雪满蕉。"

18日 《文星》杂志第2期刊行。本期"诗话"栏目含《一瓻室诗话（续）》（峰石张麟年）；"诗选"栏目含《贞丰八景》（徐麟）、《鸿麓十八咏》（华梅庵）、《仓稊居士诗》（仓稊居士）；"词钞"栏目含《齐天乐·蟋蟀》（丹徒吴清庠眉孙）、《金缕曲》（梁溪王蕴章莼农）；"杂著"栏目含《瓶史》（明代袁宏道）、《禽虫异名录》（云根）、[补白]《少年诗避忌》（无斋）、《制谜丛话（续）》（慧因）、《波罗奢馆杂记（续〈双星〉杂志第4期）》（泾县胡怀琛寄尘）、[补白]《无斋课剩：阴阳平》（无斋）；"传奇"栏目含《〈红楼梦〉散套（续）》（荆石山民填词）；"剧话"栏目含《春航谈（续）》（越流）、《采桑子》（古微）、《蕙兰芳引》（古微）、《齐天乐》（古微）、《蝶恋花》（彦通）、《高阳台（用季刚韵再钱神武门残荷)》(茧庐)、[补白]《无斋课剩：晚生学安》(无斋)。

林纾作画《雪景山水》。题识曰："细泉幽烟带轻冰，雪岭何人犯雪登。梁格庄西山不断，记曾冒冻谒崇陵。摩诘雪图久无人见，即营邱、道宁，世亦罕观，然尚有人斥两家古劲之气有余，荒寒之韵不足者。大雪之中，何地不足荒寒，只恨写不出耳。然吾尝见痴翁（元画家黄公望，号大痴道人）真本古劲无伦，却有荒寒之韵，惜论比不及也。畏庐林纾并识。乙卯重阳后一日。"

张謇补录前诗《八月二十九日厚生渡江来访，次日冒雨偕游狼山，历观音院、准提庵休憩，天晴而返，赋此二诗》。其一："南山亦有事，故人忽远来。倾谈一逾宿，诘朝巾车偕。山雨朝霏霏，稍湿路不埃。路新辄欹狭，业业恶石乖。意向既有适，徒行良坦怀。山僧惯应客，劝酌陈罂醅。客自不能饮，谈玄杂庄谐。极目浩无际，坐待江江天开。"其二："山下有小筑，期以一年后。欲揽朝气多，度址东岩肘。植竹剪丛秽，磊岸夹回溇。经营不辞劳，略可当一亩。但恨山不深，安得成泽薮。差幸与佛近，一席悦离垢。异时兴适至，蜷归有所受。安排小磐陀，稳著烟霞叟。"又作《检校别业积材，得榆根一，长五尺许，槎枒鹘突，色黝似铁，侧而视之，丰上锐下，类太湖石之有逸致者。复获一柏根，中孔若半璧，有心若杵，当璧口之缺，略刔而广，纳榆根之锐而植焉，以俪梅坛之石。作此诗当偈，解脱一切》。诗云："木石不同天，因何具石质。谓为岁久化，石无变木日。物理别种类，天演有界率。嗟此枯榆根，僵卧骨尽出。殆受土气深，又直地之瘠。筋骸尽块磊，包孕杂瓦砾。支离复支离，老寿出贞疾。何年身受戕，遗根独若黜。身或已成器，不器幸而佚。啬翁器视之，提携与石一。同佚复得偶，牝牡天使匹。世间万生死，齐物孰得矢。欲究种种因，造物语亦塞。假使生石林，当入谁何室。人弃我取焉，是为啬翁啬。"

19 日　《申报》第 15334 号刊行。本期《自由谈》"诗选"栏目含《闲情四首》（佐彤）。

林纾作立轴绢本《幽谷携杖图》。题识曰："谷暝林涛敛夕曛，神灵髣髴见芳君。年来世局重重幻，输与山人当看云。乙卯（1915）重阳后二日，畏庐老人林纾并识。"

熊希龄作《谒黄忠浩墓》。诗云："拜将仓皇矢靡他，临危尚挽鲁扬戈，尽其在我当如此，算不由人可奈何，黄土白杨悲月夜，青嶙碧血化烟梦，捐躯就义成君志，清史留传自不磨。杜鹃啼破蜀山春，数定先知感鬼神，万厦欢颜曾有士，三年泣血不忘亲，资江日落边思苦，粤岭云深战迹陈，历数生平诸大节，吾湘能有几完人。困苦艰难重力行，相期各不负平生，感君风义兼师友，待我情怀若弟兄，故国山河余感慨，男儿生死甚分明，盖棺论定真无恨，自愧何能比重轻。青山黄叶墓门秋，惨惨忠魂其一丘，不料燕台成永别，那堪湘水恨东流，凄凉先轸方归首，慷慨严颜肯断头，奠罢椒浆同一哭，摩娑故剑不胜愁。"

20日 汤芗铭召开湖南国民大会，指定叶德辉为"硕学通儒"代表。28日，汤芗铭操纵湖南国民大会投票国体，全体赞成君主立宪。

《申报》第15335号刊行。本期《自由谈》"诗选"栏目含《题舒老问梅之〈问梅图〉》（上下平三十韵）（东园）；"词选"栏目含《齐天乐·集成句》（诗圃）。

《船山学报》第3期刊行。本期"文苑"栏目含《玉屏集（续）》（王德基）：《与涂稚衡孝廉书》《与邓弥之观察书》《致威毅伯书》《八月十五夜集浩园记》；《毅庵类稿（序跋）》（益阳曹佐熙）：《〈虞书释例〉序》《〈山经释例〉序》《〈海外、内经、大荒经释例〉序》《〈上古三代艺文志〉序》《〈骈文通义〉序》《〈夏小正释例〉序》《〈帝系释例〉序》《瓣姜诗（续）》；《莽苍苍斋诗（未完）》（浏阳谭嗣同）。

《学生》第2卷第10号刊行。本期"文苑"栏目含《南通游记（续）》（丁传商）、《皋兰山旅行记》（甘肃省立师范学校预科生魏象贤）、《润州南郊纪游》（南京河海工程专门学校特科生许心武）、《秋山鼓琴记》（江都何氏学校学生何一鸣）、《登抱冰堂记》（湖北英算专科学校三年级生石光渚）、《岩泉寺记》（云南工业专门学校冶金科四年生何廷楷）、《郭氏小桃源记》（四川富顺县立中学三年生陈琦）、《游虎跑泉记》（杭州安定中学三年级生裴建恂）、《书柳柳州〈蝜蝂传〉后》（南通师范学校预科生王翌奎）、《管城子传》（江苏女子蚕业学校本科三年生陆以振）、《咏古》（上海民立中学预科生张训诗）、《中秋杂咏》（江苏第一师范本科二年生王伟生）、《感春》（交通部唐山铁路学校学生郭彝）、《春假旅行》（天津南开中学校学生王嘉梁）、《怀刘子瑞同学》（天津南开中学校学生孙希渠）、《故乡思》（天津南开中学校学生云娄子）、《郊外散步》（江西省立第一师范学校学生张劼）、《教室箴》（江苏省立第一中学校学生周景濂）、《自修室箴》（江苏省立第一中学校学生周景濂）、《膳室箴》（江苏省立第一中学校学生周景濂）、《寝室箴》（江苏省立第一中学校学生周景濂）。

《大中华》第1卷第10期刊行。本期"文苑"栏目含《至日前夜雪作，寄袁诚斋四公子》（王闿运）、《题倭藏汉砖》（王闿运）、《题袁抱存公子〈流水音修禊图〉》（王闿运）、《忆焦山》（王闿运）、《游莎士比故居》（严修）、《石甫自伤老大，余视石甫犹是神童，子琴夫人如新嫁娘也，各赠一诗，希双笑和之》（樊山）、《六月六日船泊长崎寄芝瑛二首》（廉惠卿）、《再寄芝瑛》（廉惠卿）、《塞上曲二首》（芝山）、《天宁寺牡丹》（刚甫）、《宿云居寺杂诗三首》（颖人）、《柳枝怀旧词十首》（斐庵）、《为马通伯题姚惜抱书张君墓铭墨本》（映庵）。

林纾作镜框纸本《泛舟访友图》。题识曰："生平不涉三王派，家法微微近苦瓜。我自孤怀能山水，几曾着意作名家。乙卯重阳后三日奇寒不出，畏庐老人林纾并识。"又作立轴《松阴荒寺》。题识曰："晴窗摹仿燕文贵，粉本新从内府来。一道松阴隐荒寺，山花沿路向人开。余恒于每月下澣后必作画数帧藏之。此帧经二月有半成之，气势颇雄厚可取。乙卯重阳后三日。畏庐林纾。"

叶昌炽复益庵一信片作楹帖一联《挽劬庵中丞》。联云:"苗疆问莫、郑遗风,兴学崇贤,一柱天南,诸葛摩厓同纪绩;桑海励龚、唐高节,焚香却扫,七弦溪畔,巫阳拂水下招魂。"

萧丙章作《乙卯重阳后三日》。诗云:"塞道高轩撼市嚣,雨风凄咽响刁刁。万方多难天心厌,四野求贤士气骄。久说党魁通海外,又闻枚卜举兴朝。功人事业知无分,澒落生涯愧生萧。"

21 日 《申报》第 15336 号刊行。本期《自由谈》"诗选"栏目含《望云有感》(兴化黄敬熙默庵)、《古砚词(并序)》(兴化黄敬熙默庵)。

王闿运作《郭葆生母于氏》联。序云:"郭父为母寿作屋城中,未几焚败,几不能保,去年借我名驱占兵,乃费万金重修,故为喜事。郭先在江南娶于氏,及还,父母已为聘杨氏,乃以于为次妻。生葆生,有文武材,除说谎外,皆可取,亦可传也,惜不得为何贞翁记之。"联云:"称觞喜重理池台花木;教子能增光将相门楣。"

李澄宇作《乙卯九月十三为大知二十七岁生日,次和》。诗云:"旦暮湖山相向老,矢弧忧患与俱来。黄花并命应能瘦,白日燔心总未灰。偶与乾坤分席地,尽教风雨满秋台。余生落落谁怜汝,文字撑肠换万哀。"

22 日 《申报》第 15337 号刊行。本期《自由谈》"诗选"栏目含《拜戴东原先生(震)墓二首》(诗圃)、《溪山》(诗圃)、《郎溪》(诗圃)。

上海龙华孤儿院举行菊花会。吴昌硕与王震诸人捐赠书画作急济券开奖赠品。

23 日 《申报》第 15338 号刊行。本期《自由谈》"诗选"栏目含《无题》(佐彤)、《苦雨即事》(佐彤)、《答友辞》(佐彤)、《外子佐彤以〈秋日即事〉两首示余,感其忧时,深秉体弱,因颠倒元韵,聊当慰藉,非敢言和也》(二首,陈姜映清)。

袁世凯任命刘师培为参政院参政。刘师培此时声名显赫,被誉为"国师"和"莽大夫"。刘公馆楼馆壮丽,有数十军士握枪环绕守卫。每当刘师培回府,车子刚到胡同口,军士就举枪高喊,刘参政回来了!刘成禺作诗专绘此景:"千枝灯帽白如霜,郎照归朝妾倚窗。叫起守关银甲队,令人夫婿有辉光。"濮伯欣亦有一诗描绘此景,嘲笑刘氏夫妻变节忘旧:"门前灯火白如霜,散会归来便举枪。赫奕庭阶今圣上,凄凉池馆旧端方。"

魏清德《林君痴仙挽诗二首》发表于《台湾日日新报》。其一:"醇酒妇人强自宽,长歌往往挟悲酸。同为挥麈生犹死,久绝书鱼暑复寒。亘古文章辽海恨,晚年风月汴溪竿(君住汴溪)。不应便此抛尘世,地下相寻管幼安。"

张謇作《壶外亭,壶池腹周十七丈有奇,傍池北为亭,作半扇形向之,课佣之暇,于是休息》(二首)。其一:"脱落瓠芦界,孤危此出尘。当池三十度,与竹二分邻。扇避花笼月，帘遮水绉春。欲邀吹笛客，可有采珠人。"其二："种完名果种常蔬，更筑闲亭领一区。为障西风留折叠，不从东壁问胡卢。开花落叶巡栏记，去马来牛听野呼。却笑坡公犹好事，寻春频挂杖头沽。"

基生兰作《菊秋望日为亡女周年，触景感怀偶成》（二首）。其一："菊花天气值秋阴，对菊思儿感慨深。回忆花残归顷刻，去年今日最伤心。"其二："西风落叶忽萧萧，触动愁怀心欲焦。寄语内人备碗茗，女儿忌日是今朝。"

24日 《申报》第15339号刊行。本期《自由谈》"诗选"栏目含《重九登高放歌》（秦寄尘）。

《崇德公报》第22号刊行。本期"文苑"栏目含《赠烈士遗孤教养所所长李俊英女士二律》（相予）、《次何元起〈赠范三〉韵述感》《哭毕子仲先生》（农隐）、《满江红·秋虫》（贾玉吉）、《代遗孤教养所学生送所长李月卿序》（纵先）。

张謇作《懒散》。诗云："懒散朝来发不梳，闭门白发恋江湖。看松渐熟成嘉友，种菜能真是老夫。错认漫嘲扬子宅，卧游还醉少文图。即今已胜东曹掾，不用扁舟逐鲙鲈。"

25日 任鸿隽、杨铨、赵元任等留美中国学生发起中国科学社，"以联络同志，共图中国之科学发达"为宗旨。

《申报》第15340号刊行。本期《自由谈》"游戏文章"栏目含《利赋》（冰心）；"诗选"栏目含《孤山谒林处士墓》（二首，遁庵）；"词选"栏目含《望湘人·集成句》（诗圃）。

《小说月报》第6卷第10号刊行。本期"文苑·诗"栏目含《断肉诗》（香严）、《子既为〈断肉诗〉自警，范古农见而喜之，属作近语以讽，于是有言》（香严）、《乙卯立秋，腹疾少差，寄怀段蔗叟淮上并为〈秋林习隐图〉》（公约）、《纪江北灾》（公约）、《题孙师郑〈诗史阁图〉》（公约）、《和公约〈纪江北灾〉》（审言）、《义门招同伯严，心白午饮于新半斋，梅庵期而未至，余请于伯严，即以梅庵为题，因赋一诗，分致诸君乞和阙人，拔可亦同日逃席者也》（审言）、《冯蒿庵先生惠赐类稿三十二卷，谢赠》（审言）、《访郑苏翁未值，独赏樱花而返》（审言）、《甲寅暮秋，偶道淮安，感触旧游，怅然有作》（温叟）、《送竹庄解官南归》（诗庐）、《冬日得竹庄书却寄》（诗庐）、《春日杂题（续）》（郁离）、《槐堂》（觭庵）、《中秋饮书堂宅感赋》（觭庵）、《联珠洞》（古愚）；"文苑·词"栏目含《百字令·枕上闻雨声，梦中得赋新涨一阕，醒而记之，寄仲可》（花农）、《湘月·为臧砚秋题〈校史图〉》（又点）、《百字令·艺社第十三课，赋浮瓜》（仲可）、《百字令·艺社第十三课，赋沈李》（仲可）、《风入松·春音词社第三集，拟赋宋徽宗宣和年制松风琴》（仲可）、《采桑子》（疚斋）、《浣溪沙·乙卯秋日海上见疚斋词曰："于今那有商量地。"嘻！疚斋误矣，痴男怨女何时何事不可商量者，辄为下一转语,疾斋见之,其有以语我来》(瀣碧);"文苑·杂俎"栏目含《董小宛考(续)》(心史)、《顾曲麈谈(续)》(吴梅)、《洞庭东山会馆记》(吴继杲);"文苑·新体弹词"栏目含《西泠剧弹词(未完)》(绛珠女史著,东园润文)。其中,梁公约《乙卯之秋,腹疾少差,寄怀段温蔗叟淮上并为〈秋林习隐图〉》其一:"微飚趁晓霁,江南秋已新。竹树青暖暖,穷巷无嚣尘。居静病易苏,揽景怀伊人。淮喷足蒲葭,天末如比邻。便欲倾浊醪,慰我平生亲。"

《中华妇女界》第1卷第10期刊行。本期"文艺"栏目含《兰闺丛录》(程洛)、《闻仲厚述其侄女孟微之聪颖,惜未得相见,今于其案头得阅来书,愿从吾游,读其诗,清芬满纸,喜而次前韵寄赠》(范姚蕴素女士)、《游五亩园》(黄涤凡女士)、《月夜书怀》(黄涤凡女士)、《寒梅》(前人)、《后彤松》(前人)、《送佩芸三妹于归后返鄂》(吴斯玘女士)、《偶占》(前人)、《慰佐彤外子》(前人)、《金缕曲·绮华甥女来函索手描花绣并询近状,复此长调附以小影》(郭坚忍女士)、《前调·自题抛书哺子小影,寄示水月女士》(郭坚忍女士)、《十六字令·冬夜寄怀佩芸三妹》(吴斯玘女士)、《壶中天慢·雁》(前人)、《乙卯重阳有感》(陈姜映清女士)、《乘飞机自记》(香港尚志女校教员番禺洪美英女士)、《张贞孝诔词》(张元奇来稿)、《其二》(王闿运来稿)、《其三》(易顺鼎来稿)。

张謇挽许久香联云:"仕宦未崇,事农商未终,所苦在华生疲于津梁,奈何无命;才辩得望,好议论得谤,乃复以贞疾厄其年寿,是则可哀。"

孙中山与宋庆龄在日本东京举行婚礼。

26日 徐世昌称病辞国务卿职。

27日 《申报》第15342号刊行。本期《自由谈》"诗选"栏目含《和施琴南先生〈自讼诗〉,次韵二首》(筠甫);"词选"栏目含《行香子·集成词》(诗圃)、《八声甘州·集成句》(诗圃)、《念奴娇·集成句》(诗圃)、《前调·重九,用诗圃韵》(东园)。

28日 《申报》第15343号刊行。本期《自由谈》"词选"栏目含《添声杨柳枝(病了梨花)》(顾佛郎)、《鹊踏枝·闺夜》(顾佛郎)、《南乡子·闺情》(顾佛郎)、《沁园春·夏日幽居》(东园)。

《世界观杂志》第1期第3卷刊行。本期"文苑·文录"栏目含《王聘三与廖季平书》(王潜)、《廖季平答王聘三书》(廖平)、《曾习之〈邓慕颜传〉》(曾学传);"文苑·诗录一"栏目含《乖崖诗存(续)》(宋代张咏)、《明遗民诗钞(续)》(陆世仪)、《〈曝书亭集外乐府〉(续)》(朱彝尊)、《〈弱水集〉咏古乐府(续)》(屈复)、《之溪老生集钞(续)》(盍旦子)、《潄霞阁诗略(续)》(武谦)、《铁叟哑草》(赵绅)、《飞鸿集钞(续)》(女士曾懿)、《虔共室遗集》(女士曾彦);"文苑·诗录二"栏目含《由桂湖过东湖,湖旁署李文饶凿也,国朝程令祥栋葺之为宴集,所禁不通人,内管钥焉。余周览竟日，恶然有怀，因醉咏以胜后来者》（吴伯褐）、《剪发》（赵尧生）、《见留辫者戏赠》（赵尧生）、《见强剃人发者记此》（赵尧生）、《寓中偶检残书，仆从皆窃讪，漫记一诗，天下竟有不知时务如余者》（赵尧生）、《送杨昀谷入蜀》（赵尧生）、《励志》（曾习之）、《怀旧》（曾习之）、《归舟杂感六首》（曾习之）、《杂诗》（陆香初）；"文苑·词录"栏目含《子馥词存》（张祥龄）；"文苑·诗话"栏目含《蜀诗话（续）》（曾道侯）。

29 日　《申报》第15344号刊行。本期《自由谈》"栩园诗选"栏目含《谁怜》（二首，南湖东游草）、《秋日侨寺题壁》（越中作）（好楼）、《咏史》（好楼）、《奉和周衡甫夫子〈感怀〉，叠韵二律》（寄尘）、《遣怀》（守默）；"栩园词选"栏目含《破阵子·集成句》（诗圃）。

《西湖竹枝词》（佚名）刊于《南洋总汇新报》"词林"栏目。序云："竹枝词应时而生，此词两年前旧作，录以见将当日风光与今殊否？有初从西子湖者，当能唱几什较新颖者，则抛砖引玉，愧始为不虚矣。"诗云："船到河心唱棹歌，四围岚翠映微波。划来放鹤亭前歇，空谷传声趣最多。姜家小住钱塘岸，一世生涯是荡舟。每到西泠桥畔过，飘零心事总低头。白堤柳浪苏堤桑，从此西湖改尽装。怪底人争新样好，依船来去最匆忙。南屏山脚卖花翁，篮里花儿朵朵红。卖与划舟小女子，蟠云髻上舞春风。林家鹤子与梅妻，省得春归杜宇啼。偏是孤山梅树底，忏情诗又背人题。月到三潭总是圆，似怜还妒照依船。侬心更比嫦娥好，不待人家望眼穿。莫怪断桥桥不断，痴情最好与他同。陌头柳色重新绿，难了相思花信风。保俶从前拟美人，如今风韵已非真。我来醉后一经过，无数胡姬作比邻。夷楼百尺图书馆，此是当年天子关。更令湖山生色者，纪功碑上国旗翻。苏白堤分里外湖，似垂帘子隔邻姑。年来画舫新装斗，独有瓜皮入画图。轻妆懒整髻蓬松，听着凤林撞晚钟。打桨归来游客散，雷峰恨不变巫峰。"

30 日　《申报》第15345号刊行。本期《自由谈》"栩园词选"栏目含《翠楼吟·赠潋水翠林录事》（华痴石）、《采桑子·过秀娘旧居感赋》（华痴石）。

张鹏《满江红·祝研弟林问渔令慈七秩晋一》载于《台湾日日新报》。词云："筵敞画堂，尽道是、婺辉南极。抬望眼、篆浮宝鸭，锦屏华饰。九牧门楣泽未远，阶前兰蕙根先植。且商量、菊酒晋延年，花有色。　　红羊劫，已陈迹。临鸾镜，鬓丝白。问丸熊教子，母仪谁匹。一幅书传青鸟使，三千岁熟蟠桃摘。看君家、戏彩上瑶池，联双璧。"

31 日　《申报》第15346号刊行。本期《自由谈》"栩园诗选"栏目含《纪事》（七首，李镜庵）、《雨后》（张峰石）、《遣怀三首》（张峰石）；"栩园词选"栏目含《鹊桥仙·遣怀，用陆剑南韵》（江若原）、《绮罗香·自遣》（江若原）。

《崇德公报》第23号刊行。本期"文苑"栏目含《都门感事四首》（王雨林）、《次云中小主〈秋怀〉韵》（悟缘）、《喝火令·畅威话西湖之胜，怅触旧游，愀然命笔》（悟缘）、《送别悟缘表叔》（云中小主）、《故剑》（焦桐馆主）。

[日] 白井种德作《乙卯天长节恭赋》。诗云："红叶黄花秋灿然，乾坤霭霭罩祥烟。天长佳节欢何限，况又遭逢登极年。"

本　月

中华革命党总理孙中山命陈其美在上海，居正赴山东，朱大符（执信）赴广东，石青阳赴四川，夏之麒赴江西，于右任赴陕西，运动起兵讨袁。

《国学杂志》第4期刊行。本期"文学"栏目含《梅边笛谱（榆园钞本）（续）》（明代李堂允升撰，许增迈孙校）、《迟庵集杜诗（未完）》（〈思归读庐丛书〉之一种）（济宁孙敏汶）、《闺秀摘珠集（续）》（黄濬壶舟选评，金嗣献重编）、《观所养斋诗稿（续第2期）》（朱琛筱唐）、《痴山随笔》（选录）（江阴张之纯辑）。

《民权素》第11集刊行。本集"名著"栏目含《迎寒赋》（云门）、《常熟陈子准妻张氏墓志铭》（书农）、《亡女事略》（太炎）、《〈梅骨龛诗钞〉序》（古香）、《罗处士〈忠孝图〉合编序》（起予）、《悼虞集序》（佛慈）、《朱节母陈汝凝行述》（前海）、《鲁两生论》（喟庵）、《〈友兰室著书图〉题辞》（昂孙）、《报沈剑依书》（布雷）、《集曲牌名拟寄外书》（南村）、《与褚曼非论历代小学家书》（箸超）；"艺林·诗"栏目含《雨中随李莼客业师、陶子珍年兄游柯岩，傍晚小霁复至寓院谒祁忠惠公像》（三首，樊山）、《灞桥遇雨》（枚道子）、《次韵六皆哥沃州见寄》（枚道子）、《溪上赠美人》（枚道子）、《时局》（古香）、《登梅山》（古香）、《何条卿贻余梅报翁书，赋此报谢》（君木）、《寄怀天婴杭州》（君木）、《次韵君木见怀》（天婴）、《遇马浮》（二首，惨佛）、《题〈桐阴洗砚图〉》（二首，望之）、《塞上六首》（萧斋）、《谨次家大人〈游铁佛寺〉韵》（喟庵）、《自题〈喟庵校书图〉》（喟庵）、《观物篇》（玄父）、《述感》（二首，玄父）、《感中日交涉》（宾乐）、《寿孙玉叟六十》（四首，靡是子）、《所思》（腐草）、《心有所感，辄取周末诸杰为祷，思为饮酒祝福之豫券》（八首，佚名）、《题周柏生〈春景美人图〉》（四首，起予）、《题〈红杏影〉小说》（四首，魏羽）、《赋得文选楼》（遁伧）、《题画》（集《疑雨集》句）（鸳春）、《登虎门》（思痛）、《读〈陈同甫集〉》（思痛）、《采菱歌》（少侯）、《观稼庐书怀》（四首，周爝）、《和蔚侯〈焦山题壁〉》（三首，殷朴）、《过猪脸姑子庙》（冬心）、《锡兰感怀》（冬心）、《春柳》（愚农）、《午夜不寐》（佛郎）、《自兰亭归得一律》（昂孙）、《感旧》（昂孙）、《月夜思兄》（二首，海啸）、《对酒》（箸超）、《题汪绮云〈秋林曳杖图〉》（箸超）；"艺林·词"栏目含《齐天乐·家慈为驷儿绣抹胸，读东野〈游子吟〉，曷胜慨然》（枚道子）、《双双燕·余既读马克事，噩梦如潮。因念女子用情挚于男，夜苦不睡，辄以春怨寄意，谱此词。发乎情，止乎礼义，亦风人之极致也》（孟劬）、《雨中花（垂柳岸莺儿已老）》（古香）、《沁园春·题〈昭君出塞图〉》（起予）、《深院月·集古句二首》（碧痕）、《浪淘沙·寄怀杨秋心同学》（愚农）、《蝶恋花（弌径裙腰凝隔浦）》（佛郎）、《卜算子·和东坡韵》（味韶）、《如梦令（淡淡孤灯絮语）》（味韶）、《双调江南好（相思苦）》（鸳春）、《如梦令·题立斋画菊》（昂孙）、《踏莎行·秋夜读〈名臣言行录〉》（箸超）；"诗话"栏目含《今日诗话（续第九集）》（古香）、《摅怀斋诗话（续第十集）》（南村）、《退思斋诗话（续第九集）》（庆霖）、《绿雨竹窗词话（续第十集）》（碧痕）；"谐薮"栏目含《七命八首》（仿张景阳《七命八首》）（咏簁）、《冬烘先生序》（瘦梅）、《大风赋》（起予）、《孔方子传》（磻湖）、《月姊请复旧制书》（尘因）、《拈花吟（有序）》（甫卿）、《麻雀吟（并引）》（缩天）、《花花室花话》（花奴）、《退思斋谐墨》（庆霖）。其中，张尔田（孟劬）《双双燕·余既读马克事》云："雪酿落了，过春社烧灯，酿寒欺暖。香泥粉润，忙杀玳梁栖燕。南陌雕轮去后，渐懒向、红窗匀染。翩翩睡蝶花梢，翠柳看摇金线。　　帘卷。天涯望断。怅嫩约匆匆，梦云吹散。彩毫谁画，恨入镜鸾双黛，欲织盘丝寄远。怕多病、裙腰都减。何时喜卜归期，天教有情相见。"

《眉语》第1卷第13号刊行。本期"文苑·碎锦集"含《赠杭县李生》（佚名）、《秋日寄怀沪江笑春校书》（佚名）、《梦成》（张圣陀）、《秋闺怨》（前人）、《寄内》（前人）、《闻故乡今年清明灯会盛甚，赋寄内子韵桦》（前人）、《为金校书宝宝作，兼戏花宝玉，校书之身外人》（四首，前人）、《偶成》（二首，佚名）、《七夕都中作》（二首，前人）、《和凰英女史原韵八叠》（滇生）、《美人风筝二首》（滇生）、《题俞德媚女士在公园合影》（顾淑循）、《临江仙·与荫婶母出视女子函牍谨题》（前人）、《偕女伴展北乡石桥头外祖墓，并看乡人赛会畅叙》（前人）、《读李女文而兴感》（前人）、《满江红·在习府观表婶习徐浣玉东洋手工各件》（前人）、《一点春·春游访农家》（前人）、《浣溪沙·窗外月季，与妹淑成同生，人亡花谢有感》（前人）；"文苑·爱吾庐诗钟"含《爱吾庐诗钟》（婉卿女士）。

《浙江兵事杂志》第19期刊行。本期"文苑·诗录"栏目含《陆军大学校毕业日口占》（苏南）、《秋叶乡居雨夜过访联句》（苏南）、《登普陀作》（余名铨）、《过海门》（余名铨）、《自永嘉之青田》（余名铨）、《集诗述感（并序）》（李光）、《江干观潮遇雨》（吴钦泰）、《读郑成功传》（吴钦泰）、《梅花岭吊史可法》（林之夏）、《避暑庐山耦耕园，夜半酒醒，怆然有怀》（林之夏）、《答黄家濂次韵》（林之夏）、《夏夜热不成寐，遣兴七十韵》（林之夏）、《乡居枕上作》（林之夏）、《秋日同少华、穉艺游理安寺》（林之夏）；"文苑·词录"栏目含《满江红·赠干宝从军》（张秉铨）、《望海潮·登六和塔望南宋故宫》（张秉铨）、《大江东去·题〈温生才传奇〉》（邹铨）。

[韩]《至气今至》第28号刊行。本期"词藻"栏目含《月》（石泉子）、《花盆》（石泉子）、《笋》（石泉子）、《自转车》（石泉子）、《盘》（石泉子）、《养鱼》（石泉子）、《乌》

（石泉子）、《袜》（石泉子）、《挽宗庵朴梦说》（张永奎、张璿镇）。其中，石泉子《乌》云："胡为乎反哺，至孝出天然。雌雄难辨色，老少不知年。燕看秦关出，郭瞻汉室颠。哑哑羁窗近，终宵梦未全。"

袁世凯妄图称帝时，"广罗名士劝进，某君请于袁，愿游说太炎上请愿书，以为交换释放之条件。某趋谒太炎，说明来意，太炎伪诺之。明日，果有一纸呈览矣。袁拆而阅之，有曰'某忆元年四月八日之誓词，言犹在耳。公今忽萌野心，妄僭天位，匪惟民国之叛逆，亦且清室之罪人。某困处京师，生不如死，但冀公见我书，予以极刑，较当日死于满清官僚之手，尤有荣耀'云云。袁大怒，欲杀先生，大为舆论所不容。乃自作解嘲曰：'彼一疯子，我何必与之认真。'"（汪太冲《章太炎外纪》）

陈三立接长沙友人寄书，知王闿运北上任国史馆馆长，赋《得长沙友人书，答所感》讽之。诗云："名留倾国与倾城，奇服安车视重轻。已费三年哀此老，向夸泉水在山清。"凡木《蓬屋说诗》略谓："清末民初之诗坛，两大家而已。一湘潭王湘绮，一义宁陈散原。散原有《送别湘绮丈还山》诗云：'看海逢春花片飞，邀题扶醉万灯围。悬天箕斗夜初吐，满眼楼船公又归。兴废至人安若命，去来浊世道能肥。石船蔫瓮滋苔藓，自养霜髯杜德机。'此当是湘绮初应国史馆长之命，往京过沪，为遗老沈子培之流所劝阻，遂返湖南，散原乃有此作。诗中有'看海'与'楼船'句，知必在上海也。又有《尚贤堂欢迎湘绮丈雅集即事》五律二首，有'道论无畦畛，天倪见智仁。德辉下千仞，钟鼓已摇春'诸句，是散原未尝不尊敬湘绮也。及其为杨皙子、夏寿田辈怂恿，仍应袁世凯之招，沪上诸遗老昔之尼之者，遂不无微词。散原有《得长沙友人书答所感》一绝云：'名留倾国与倾城，奇服安车视重轻。已费三年哀此老，向夸泉水在山清。'虽未显然指谪，而读者一见知为王氏无疑也。大致湘绮楼门人，向来诗宗汉魏及正唐，视江西诗派，弗屑也。由此门户之见愈深，以至进而诋毁宋诗，并波及当时闽派之陈石遗衍，目为一不读唐诗之人也。其实湘、赣两派，各有千秋。学者自毋庸轩轾其间。然以今世诗学眼光观之，散原终身为一纯粹之诗人，在诸遗老中矫然不缁，人格卓出诸人上。如康有为、郑孝胥、沈曾植之流，多有惭德，虽相与酬唱，实皆陈氏之罪人也。他如易实甫、樊樊山辈，虽不无文辞，然相去远矣。"

吴昌硕作《淫雨》，周庆云、沈焜次韵唱和。周庆云《和苦铁韵》云："频惊风雨扰，肥蕨委荒阡。渍酒伤今日，簪花学少年。醉扶残梦里，红近夕阳边。却笑穷居客，忧天泪注泉。"沈焜《梦坡寄示和苦铁近作，谨步原韵奉答》云："一雨惊天地，万家忧陇阡。那堪经浩劫，复此遭荒年。活计蕨薇外，馋涎鸡鹜边。平生志温饱，谁肯饮廉泉。"又，吴昌硕为顾荣绘《天半朱霞图》，并题云："飘遥岂是九秋蓬，染尽丹沙见化工。天半朱霞相映好，老来颜色似花红。（拟李晴江笔意，六笙仁兄雅属。乙卯岁秋九月，安吉吴昌硕）"又，绘《天竹贞石图》，并题云："岁寒松柏未全凋，天竹如花慰寂寥。老石一拳天位置，昆仑奴子侍红绡。略师赵㧑叔画法，乙卯岁秋九月，为六笙仁兄雅属，即正。安吉缶道人吴昌硕。"又，为沙鸥篆书自作四言诗，诗云："伏羲画卦，文字伊始。爰变结绳，黄帝史臣。仓颉沮诵，肇作书契。海宇同文，利延永世。九及遐隔，富无遁形。万害诘曲，译以中声。今古如面，幽显皆明。沙鸥先生属篆。乙卯秋杪，吴昌硕，时年七十有二。"又，为瀓海篆书"水西雨后"七言联，联云："水西寓公识渔具，雨后归禽鸣柳阴。瀓海先生属，集北宋本石鼓文字。时乙卯九月，安吉吴昌硕。"又，吴隐于孤山建遁盫，吴昌硕为篆书"君子弥勒"四宫门联。联云："君子好遁，弥勒同龛。石潜仁兄属句，幸教我。时乙卯凉秋，七十二叟吴昌硕。"

潘若海再赴南宁归，以陆荣廷所贻白花蛇转赠何藻翔，何为潘若海画策，使陆荣廷与冯华符、龙子城合订《金兰谱》。

林献堂任台湾制麻株式会社取缔役社长。

李超生。李超，原名超然，回族，河北迁安县人。著有《李超咏戏剧诗词选》。

陈述琳生。陈述琳，别号老石，湖南益阳人。著有《养拙山房剩草》。

陈逎声本月至次月作《重阳至立冬，淫雨不止，遂成荒年》。诗云："人世纷纭论禅让，天心反覆作灾殃。湖田未刈冬遭水，泥土不干雨替霜。日莳蛙黾喧陇陌，夜深鹅鸭哄池塘。年荒真待春秋后，似惜花荒与月荒（春雨花荒，秋为月荒，老铁语也）。"

陈宝琛作《秋深寄内》。诗云："出水荷钱看到花，又成败叶上轻艖。坐惊大陆深秋气，偏贷余生阅物华。皈佛只赢心地净，忧天能免鬓霜加？相知犹有同心侣，不怨离人不忆家。"

唐受祺作《深秋杂感》（二首）。其一："凉风飒飒雨潇潇，散步难教积闷消。花撷黄香人境淡，酒浮白堕客情豪。愿扶鹏翼云千里，怕涨鱼鳞水一篙（谓连日甚雨，水势陡涨尺许）。倘使坐忘希往哲，漫将时事系心苗。"

章梫作《乙卯九月，偕叶鹤巢（泰椿）、高孟贤（天元）两主事，陈鹤侪（蜚声）礼部同年，刘伯明民部（希亮）游劳山》。诗云："家有天台不可住，长风渡海劳山游。车行九水径阻绝，诸君蹑履登高邱。我伏茅檐当午睡，山灵揾我殷绸缪。招邀柳树台前路，万笏崛岉尤奇幽。排云直上临绝顶，海水一碗天地浮。言自得此瓯脱壤，亲历黄虞及殷周。秦汉皇帝猪奴戏，田横一岛五百头。王莽嚅嚅如姜妇，逢萌遁迹来荒陬。何与人事隔尘土，沧波忽靖忽横流。西人据为掌上宝，东人炯炯涎双眸。伺隙十年得一闲，鸡连兵祸开欧洲。去岁八月竞攻守，峭壁作垒成鸿沟。居民寓公尽室走，高恢（谓孟贤）独与王孙留。七昼七夜弹如雨，血肉飞薄风飔飔。战罢灶寒鸟翔集，残丸断刃车万牛。孰得孰失蛮触伎，黑白争道空枰收。峰头观火瞭在目，夕阳黄叶人影秋。欲语未终屐齿响，诸君下山双属邎。是梦是游各有得，吾曹聚散皆波鸥。归来醉以即墨酒，胸中林壑儿孙稠。"

杨圻作《浣溪沙·江南秋词十首》（乙卯九月金陵题壁）。其一："兵马悠悠霸业空，千门灯火月明中，孤城歌舞大江东。　一片兴亡寻不得，夜深箫鼓度江风，十年人事问渔翁。"其三："淮水清清江水深，秦时明月在楼阴，几回来去到如今？　楼下马嘶银烛暗，那堪玉骨梦秋衾，烟花如此太伤心。"其四："秋雨潇潇红板桥，暗伤亡国可怜宵，不知何处管弦高？　太白楼中横玉笛，前年踪迹是前朝，一番回首一魂销。"

黄濬作《晚秋游公园，同行者梁众异、刘蘧六、汪允宗、刘龙慧》。诗云："残濠差可容双桨，闲客能来共一嬉。障岸溁青疑蓄雨，背城芜绿欲迎诗。顿愁忧患随名字，剩对风漪惜鬓姿。岁岁镇怜秋境异，茗边吾亦倦评棋。"

王芃生作《浣溪沙·过擂鼓台，补序》。序云："乙卯暮秋作于舟中。乙卯秋，予被步兵统领侦卒告密。幸赖张孝仲、罗仲芳、赵乐平诸前辈掩护营救，得脱出北平，赴湖南护国军效力。途有戒心，及过擂鼓台入湘江，释然心喜。当时托为题《擂鼓台图》，实无人为此画也。"词云："小小青螺夹岸横。晴江风定浪纹轻。布帆无恙客心惊。　擂鼓声随流水杳，洞庭秋似碧波清。是真是画欠分明。"

周爱梧作《节盦周爱梧乙卯九月作于浮图关》（四首）。其二："读书持论每矜苛，羞把文心落臼窝。故里狂名留谤议，盛年豪气付消磨。渐知耳目聪明减，犹觉襟怀磊落块多。才藻易随驹隙过，此生不老待如何。"

张恨水作《返故乡》《落花》。

◈ 十一月 ◈

1日　日本政府反对袁世凯称帝。

《大夏丛刊》（月刊）在上海创刊。龚时苇编辑，栏目包括"政论""学术论著""小说""诗词"等。创刊号"名著"栏目含《四十自序》（李慈铭爱伯遗稿）、《禽艾说》（章炳麟太炎）、《子思、孟轲五行说》（章炳麟太炎）、《物鉴》（袁天庚梦白）。

《申报》第15347号刊行。本期《自由谈》"栩园诗选"栏目含《和悼棠子〈悼亡〉韵二之一》（赵种青）、《前题二首》（叶镇虹）、《病中书怀》（张峡亭）、《题〈林黛玉葬花图〉》（二首，张峡亭）、《游福田寺》（张峡亭）、《述怀二首》（张峡亭）；"栩园词选"栏目含《齐天乐·秋夜不寐》（潘少文）、《洞仙歌·过旧宅有感》（潘少文）。

《中国实业杂志》第6年第11期刊行。本期"文苑"栏目含《漳厦铁路丁局长葆园和周君光明〈谒朱舜水先生祠〉原韵》《津浦车中即事》（我一）、《十月三十日漳厦铁路局长丁公备舟载酒，邀赴漳城一行，得睹朱文公遗署、左太傅祠堂，感成四绝，以纪胜游》（炼人）、《漳厦铁路工程主任曹君灼彬和韵》（佚人）、《寄前交通铁路学校宋管理兰苏并送》(陈增玠)。

《妇女时报》第 17 期刊行。本期刊载诗词有《清芬集》:《桃源》(陈彬子)、《打秋千》(陈彬子)、《题外子画〈渔汀晚笛图〉》(陈彬子)、《题外子画〈雨景山水图〉》(陈彬子)、《题白面〈蔷薇水仙花鸟图〉》(陈彬子)、《病中偶成》(陈彬子)、《步耐公师五古原韵》(陈彬子)、《咏寒假归家迄开校来沪事四十韵五古》(和)、《李陵》(裳)、《木兰》(珪)、《去冬大雪,咏而志之》(珪)、《咏旧历除夕》(祥)。

《诗声》(雪堂月刊)第 1 卷第 5 号刊行。本期"词论"栏目含《张炎〈词源〉(五)》;"诗论"栏目含《〈渔洋诗问〉节录(三)(续二号)》;"词谱"栏目含《莽苍室词谱(五)》(雪堂编辑);"笔记"栏目含《水佩风裳室杂乘(四)》(秋雪);"野史"栏目含《本事诗(顾况、杨素)》(唐代孟棨);"歌曲"栏目含《齐天乐(蟋蟀)》(宋代白石道人原著,钟宝琦制谱);"题跋"栏目含《杏香书屋书画跋(二)》(杏香居士);《雪堂第一次征诗》;《雪堂启事》。其中,《雪堂第一次征诗》云:"雪堂发起于今三年,现同人拟征诗词,不论社友及海内词坛,倘蒙允助雅兴,一经揭晓,酌赠书籍用品,聊酬惠教。例如下:(甲)定于阳历十二月十日收齐;(乙)须用本社诗笺,别纸不收,如允赐教,可函示将笺寄上;(丙)赐教直寄澳门深巷十八号转雪堂。第一次征诗题:《袁世凯》《蟹》,二题各作七绝一首。"

[韩]《青春》第 14 号刊行。本期"汉诗"栏目含《顽固老人行》(太华樵夫)、《濯期漫吟:登西山吟》(崔炳宪)、《濯期漫吟:书窝自乐》(崔炳宪)、《濯期漫吟:警世漫吟》(崔炳宪)、《濯期漫吟:探真见真》(崔炳宪)、《濯期漫吟:题庭中梅》(崔炳宪)、《□□□》(南石祐)、《牛痘行》(池锡永)、《题崔六堂〈青春〉杂志卷后》(海槎权纯九)、《蜂农联句》(南坡金孝灿)、《无题》(朴胜凤)。其中,朴胜凤《无题》云:"洛廓无田佩六印,蜀途烧栈定三秦。极处幻生新面目,大冬风雪便阳春。"

2 日 《申报》第 15348 号刊行。本期《自由谈》"栩园诗选"栏目含《临邛道中二首》(许伏民)、《度龙越岭》(许伏民);"栩园词选"栏目含《满江红·度七里滩,利风直抵兰溪,用白石〈泛巢湖〉韵》(华痴石)。

徐世昌观苏东坡书髓帖,盖用"弢斋秘笈""书髓楼"两小印,徐得藏此帖,故自名曰"书髓楼"。

黄节作《九月二十五日京师蝗》。诗云:"西北偏灾复几春,东南大水见书频。所嗟螟螣来何晚,终使京畿害略均。名捕敢为天下计,厌禳难谢国中人。众农虚有登收望,未废豚蹄日飨神。"

关赓麟作《九月二十五日飞蝗过京师,自西北往东南,逾时始已》。诗云:"河北螟蝗处处均,更闻引子近畿频。蔽天但见飞如雪,入地仍忧蛰启春。邻邑责言疑发遣,村农指画诿灵神(乡人为言蝗有灵,不应灾者接壤不为害)。盈廷且莫陈符命,愁叹田间正有人。"

沈瑜庆作《与苏龛、贻书在沪摄影，今三十年矣。偶话及此，向新民社踵修前事，各系以诗，以为再来之券，乙卯九月二十五日》。诗云："胶漆相依忽太平，流离暮齿念平生。一周甲子成今昔，四海肩随此弟兄。三子同趋不同道，百年逃死更逃名。两行誓墓分明在，松竹犹应记旧盟。"

3日　清华学校决定出版《清华年报》，职员由校长指定，高等科学生任正职，中等科学生为副职，闻一多被指定担任图画副编辑。

《申报》第15349号刊行。本期《自由谈》"诗选"栏目含《方伦叔守彝自兰亭来游西湖，以诗留别，次其韵即送归沪》（王漱岩）、《兰亭修禊》（王漱岩）、《赠商子羕宝慈》（王漱岩）、《晚出钱塘门，过王夔石相国别墅，至昭庆寺》（王漱岩）；"文字因缘"栏目含《和徐慎侯先生五十寿诗，次韵》（四首，东园）。

查峻丞访徐世昌，携其先德《铜鼓书堂集》《沽上题襟集》《蔗塘全稿》各书，拟交编书局阅看。

4日　《申报》第15350号刊行。本期《自由谈》"诗选"栏目含《舟次越郡东湖，游稷庐诸胜》（王漱岩）、《舟泊三潭印月，日暮为半峰促归，未谒彭刚直公故祠》（王漱岩）、《杨定甫给谏新营生圹于鉴阳湖以诗寄示，次韵报之》（王漱岩）、《送徐蔚如入都》（王漱岩）；"文字因缘"栏目含《乙卯履端八日，六十自寿七言古体一章，录呈诸大吟坛政和，不拘体韵，赐即汇刊》（遁庵）。

王闿运作《夜与喻、周闲话，乃闻杨椠儿荣棍责事，甚可书，为作二诗。此事可兴大狱，暗消甚好》。其一："小惩大诚意何深，礼教先须辨兽禽。赤棒无情同地痞，乌台有例责街心。休言错认扬雄宅，且莫轻挑卓氏琴。多谢汪伦相送意，桃源今作放牛林。"

蒋颐堂生。蒋颐堂，字养天，号惜华山农，祖籍福建长乐，生于闽侯。著有《怀椿集》。

5日　《申报》第15351号刊行。本期《自由谈》"诗选"栏目含《〈唐明皇纪〉〈杨太真传〉读竟，戏缀以诗》（十三首，东园）。

《妇女杂志》第1卷第11号刊行。本期"名著"栏目含《女世说（续）》（李清映碧辑）、《吴中十女子集：修竹庐吟稿》（长洲朱宗淑翠娟）；"文苑"栏目含《汪梦仙女史诗稿序》（苏州大同女校教员虞山罗浮仙史陈定文）、《旧历中秋风俗记》（江苏省立第一女子师范高等科三年级生汪慧秀）、《重阳赏菊记》（泰县女子国文专修馆三年级吴秉筠）；"诗选"栏目含《都梁香阁诗集》（钱塘郑兰孙娱清）、《秋感》（虞山陈定文）、《奉祝陈午钦先生五旬华诞诗》（虞山陈定文）、《题〈韫玉楼遗稿〉，用〈百老吟〉韵》（虞山陈定文）；"词选"栏目含《都梁香阁词》（钱塘郑兰孙娱清）、[补白]《西神客话》。

林纾在上海应乡人之邀赴张园公宴。晚由郑孝胥约同李宣龚、江伯训、高梦旦小聚。

荣庆作挽于晦若（于式枚）联云："知己半生今且别，罗胸四部文尤雄。"

6日 况周颐赋《最高楼·雨夕饯秋》及《鹧鸪天（如梦如烟忆旧游）》。其中，《鹧鸪天》云："如梦如烟忆旧游，听风听雨卧沧州。烛销香灺沉沉夜，春也须归何况秋。　书咄咄，索休休。霜天容易白人头。秋归尚有黄花在，未必清樽不破愁。"

7日 袁世凯政府颁布《著作权法》。

《崇德公报》第24号刊行。本期"文苑"栏目含《赠高丽金宗亮先生》（焦桐馆主）、《和师范诸生〈登洪山塔〉韵》（云中小主）、《与莼荪兄游留园》（云中小主）、《满江红·秋声》（贾玉吉）。

黄节作《十月朔日过江亭》（二首）。其一："野菊依篱高下长，路人搴芋浅深行。孰云十月秋光尽，不见宫槐落又生。"其二："薙草郊原明逻骑，殷城车马接孤村。洒然自取今朝乐，更就田间野叟言。"

8日 《申报》第15354号刊行。本期《自由谈》"诗选"栏目含《〈唐明皇纪〉〈杨太真传〉读竟，戏缀以诗（续前）》（十一首，东园）；"词选"栏目含《天香·东京邸同人》（易实甫）、《惜分飞（门外落红深一尺）》（易实甫）。

陈隆恪至萍乡，娶喻徽。

9日 《申报》第15355号刊行。本期《自由谈》"栩园诗选"栏目含《题〈秋江晚渡图〉》（徐哲身）、《竹枝词》（徐哲身）、《上海别友》（徐哲身）、《兰亭吊古》（徐哲身）。

朱玺填写入南社申请书，介绍人杨锡章、姚锡钧、高旭、李康弼。

张謇作《冻蚊》。诗云："夜寒墙角冻蚊痴，人倦灯前假寐时。旋得容身旋肆胆，自家孱弱不曾知。"

10日 孙中山致函国际社会党执行局，呼吁帮助中国建成世界上第一个社会主义国家。

《申报》第15356号刊行。本期《自由谈》"词选"栏目含《梦芙蓉（钿尘飞不住）》（实甫）、《春光好（垂杨外）》（实甫）、《浪淘沙·集成句》（诗圃）。

哈汉章祖母八十寿辰，宴客北京钱粮胡同聚寿堂，刘成禺代为召集，蔡锷应邀出席。时蔡锷尚被袁世凯软禁京中。次晨，蔡锷由哈汉章宅侧门出，直入新华门总统办事处，随以电话告小凤仙（沪妓凤云，在京张艳帜，易名小凤仙，名噪甚，松坡暱之）。午后十二点到某处陪同吃饭，密探亦不察。蔡锷乃密由政事堂出西苑门，乘三等车赴津，绕道日本返滇。小凤仙因有邀饭之举，侦探盘诘终日，不得要领，乃以"小凤仙坐骡车赴丰台,车内掩藏"上闻。次日,小凤仙挟走蔡将军之美谈,传播全城矣。刘成禺作《洪宪纪事诗》纪其事。诗云:"当关油壁掩罗裙,女侠谁知小凤云。缇骑九门搜索遍,美人挟走蔡将军。"此后传说添枝增叶,艳闻轶事,不胫而走,愈演愈奇。此说见哈汉章《春耦笔录》。

朱祖谋招作逸社第九集。沈曾植、冯煦、吴庆坻、瞿鸿禨、王乃征、章梫、林开謩、杨钟羲、吴士鉴在座。

《东方杂志》第 12 卷第 11 号刊行。本期"文"栏目含《石遗室诗话续编 (续)》(陈衍);"海内诗录"栏目含《偶作二首》(沈曾植)、《清道人五十生日,藏园写山水为寿,使余题之》(郑孝胥)、《八月十四夜新世界玩月》(郑孝胥)、《嫠妇》(夏敬观)、《空斋》(前人)、《看花》(陈衡恪)、《画〈溪居感旧图〉》(前人)、《题黄九烟画》(前人)、《泰山南天门题壁》(前人)、《送归南者》(诸宗元)、《宵雨不寐》(前人)、《题师曾槐堂,堂为张棣生新筑以居师曾者》(前人)、《挽于晦若》(陈三立)、《乙卯春有萧山修志之役,得读嘉庆孝廉陈校风 (诗)〈表忠观落成纪事诗〉,感其年代间隔,姓名相肖,为作补传,纪之以诗》(陈诗)、《南湖夜起》(陈曾寿)、《秋日即事》(夏敬观)、《视殡》(诸宗元)、《月夜》(陈衡恪)、《寄张姜斋巡按》(王允晳)、《碧栖在都寄诗见怀并云将出为县知事,次韵答之》(张元奇)。另有其他篇目《眉庐丛话 (续)》(蕙风)。其中,陈衡恪《月夜》云:"人方逐热汗轻纨,我觉秋旻月正寒。清影当楼殊可念,微风皱水岂无端。神思绵邈妨欹枕,酒力沉冥怯倚阑。独向江湖数征雁,哀啼终古赴奔澜。"

张謇作《治壶外亭,掘地得井,砖脑凿枘,颇见旧制》。诗云:"壶外倏有亭,下见古井水。井凿自何年,更不识某氏。由宅犁而田,而路而园洴。遥遥几世过,沉沉九幽底。亭不为援井,井亦不亭企。主人意媾之,会合偶然耳。砖形见良工,抱合有密理。无禽不足忧,得鲋不足喜。何从起波澜,且当去泥滓。"

11 日　《申报》第 15357 号刊行。本期《自由谈》"诗选"栏目含《哭元和陆师相五律》(秦寄尘),附《陆元和由青岛寄七律一首》;"词选"栏目含《卖花声·酒家书感,用诗圖韵》(东园)。

《小说海》第 1 卷第 11 号刊行。本期"杂俎·笔记"栏目含《上海闲话 (续)》(公鹤)、《小奢摩馆脞录》(汪国垣)、《绿萼仙馆诗谭 (续)》(汪蕉心);"杂俎·诗文"栏目含《署斋漫兴》(谢冶庵)、《补寿宋晴溪先生八十,集温飞卿句》(谢冶庵)、《得陈荔亭推事都门书却寄》(谢冶庵)、《厅署后院有石榴一株,时近中秋,累累成实,园丁摘饷诸同人,率成一律》(谢冶庵)、《郊原即目》(谢冶庵)、《秋海棠》(东园)、《客中》(东园)、《荡舟谣》(东园)、《登楼作》(东园)、《和友人〈春夜直宿〉之作》(东园)、《官衙柳》(东园)、《鹡鴂驱》(东园)、《秋夜》(东园)、《再拟杜工部〈秋兴八首〉,用元韵》(东园)、《采莲曲》(南园)、《悼亡绝句四十余首,丙午冬月挥泪作,兹择其尤亲切沉痛者略存之，以志不忘之意云》（南园）、《又悼亡，集句五首》（南园）、《读李义山、杜牧之集感赋》（吴又陵）、《题宁梦兰祥元画》（吴又陵）、《忆旧》（六首，吴又陵）。其中，吴虞（吴又陵）《忆旧》其一："桃叶歌成苦费思，伤心人对暮春时。仲卿未老兰芝少，第一休吟绝命词。"其二："烟锁红墙暮色秋，冰丝停拨泪空流。侬心恰似蛾眉月，碧海青天万古愁。"其三："红窗独伴玉蟾蜍，为忏余生读道书。漫说远山横黛好，茂陵憔悴病相如。"其四："青铜衫子绣鸳鸯，云拥鸾靴玉笋长。谁信蓬山万重路，有人亲见杜兰香。"其五："低垂银蒜雨如尘，锦袎香囊最怆神。欲问何人能续命，小怜玉体夜横陈。"其六："赋就闲情悔已迟，长干同里惯相思。桃花若使如人面，百拜桃花也不辞。"

吴昌硕赴洪尔振招饮愚园。同座者有郑孝胥、朱祖谋、王乃征、周庆云、钱溯耆、绥楳父子与李传元。

徐世昌作《十月五日雪》。诗云："高林未落夜，飞雪忽成霰。满树缀琼瑶，清光照庭院。微风动枝柯，散作梅花片。嫩寒入帷幔，薄润上几砚。斗诗过北台，豪篇出白战。扣门樵客来，一笑惊所见。"

黄文涛作《十月初五日，仁孙十岁生朝，口占一律勖之》。诗云："十年日幼当勤学，朝夕诗书务敏求。冀尔清芬绵祖德，愧予燕翼乏孙谋。诗思步步规先进，切莫滔滔逐众流。待到羽毛丰满后，云宵万里任遨遨。"

12日 《申报》第15358号刊行。本期《自由谈》"诗选"栏目含《遣怀二首》（默葊）；"词选"栏目含《满江红·和陶君益滋次韵》（二首，东园）。

13日 《申报》第15359号刊行。本期《自由谈》"诗选"栏目含《杭城杂咏四首》（王漱岩）、《秋海棠》（泗滨野鹤）、《峨眉曲》（泗滨野鹤）。

杨度作挽郑汝成联："男儿报国争先死；圣主开基第一功。"上海镇守使郑汝成本月10日被中华革命党人暗杀，作为袁世凯嫡系，郑汝成曾暗杀革命党人范鸿仙。

14日 《申报》第15360号刊行。本期《自由谈》"诗选"栏目含《秋闺词》（二首，泗滨野鹤）、《竹枝词》（三首，泗滨野鹤）。

方守彝作《乙卯十月初四日自皖游浔，挈内侄王容成侍行夜发。初五抵埠，灯火满郭矣。明日至江头觅琵琶亭故址，遂纵历城内外。晚步甘棠湖长堤，呼艇子登烟水亭小坐。渡湖而西入湖山第一楼酒馆，酣然归寓。爱烟水亭超然物外，僧亦潇洒可人。发明自携豆果再至亭上，入礼五贤阁。阁祀陶靖节、白太傅、李少室、周元公、王阳明，皆有胜因于此。退而与僧方照清斋相对，闲话竟日，亦起观壁上题句，记其佳者。是日为十月七日，居士盖行年六十又九矣。来朝返皖，即事赋二律》。其一："衰翁发兴到浔阳，拟醉匡山五老觞。亦遣诗怀满枫荻，便从篱落望柴桑。吞天九派帆云远，落木双峰剑气凉。来泛甘棠湖上艇，澄澜能照老夫狂。"其二："一庭苔壁走蜗牛，似是题诗在上头。文字有灵通湿化，仙真无语笑风流。长堤小寺鱼收网，疏柳清波山满楼。白发孤游无限意，老僧相对话残秋。"

15日 《申报》第15361号刊行。本期《自由谈》"诗选"栏目含《题〈停琴待月图〉二律》（宗灏）。

[韩]《天道教会月报》第64号刊行。本期"词藻"栏目含《贺教友金相鼎寿宴》（敬庵李瓛）、《和月沧子〈林亭步月〉》（敬庵）、《枕上吟》（朴思稷）、《次洞涌庵雅集韵》（庵在龙冈县）（敬庵）、《又》（敬庵、凰山李钟麟、香山车相鹤）。其中，朴思稷《枕上吟》云："千里梦春客，闻鸿忽觉秋。乡思从此切，步上月明楼。"

谢无量《寄会稽山人八十四韵》刊载于《青年杂志》第1卷第3号。序云："己酉岁未尽七日，自芜湖溯江还蜀，入春淹泊峡中，观物叙怀，辄露鄙音，略不诠理，奉寄会稽山人，冀资喔嚤。"诗云："故国三千里，长江日夜声。扬舲鱼凫远，隐几鹖冠轻。驿路春光入，风涛夕数惊。实经巫峡险，真念圣湖清。泥渚焦公草，沧浪孺子缨。浮生仍不击，君子直无营。管席陪书幔，扬亭别酒罌。昔时同载魄，此日黯消精。温瞩延犀烬，刘招杳桂英。离群频子夏，浪迹类罗横。未就持竿去，徒为荷锸行。不堪追素孔，只是怯黔嬴。阮籍曾埋照，长沮亦耦耕。东皋淹旅食，南郭竟狂酲。先世承炎帝，于今忆老彭。蜀峰元赴楚，淮岸复通荆。辟地随尸佼，乘流异别今。薄赉缠药里，费日更楸枰。窄濑迟移棹，悬崖逆挂柽。山驱千笋立，江蹙一门成。岛屿参差出，虹蜺咫尺生。屈骚心自苦，汉曲听如喤。凤饲神祠鸟，兼供禹庙牲。受符坛缥缈，刊木岁峥嵘。斑竹泉分泪，幽花冷独荣。瑶姬云不定，杜宇血犹萦。久已无丹凤，虚传画白鹦。仙桥临井路，妖气聚材枪。往往思三户，稍稍骇五丁。猿猱开辟有，斤斧鬼神并。估客皆沾笛，丛霄恍梦笙。滩留高象卧，波倒定龙擎。叹逝嗟何及，观虚道乃莹。下催桑海变，西接杞天倾。复嶂行看尽，环洲远更迎。石钱缘水叠，萝刺倚空撑。镜象明前浦，霞阴转碧泓。平川一帆影，绝壁几茅楹。饥鹘窥人诉，健鸡上屋鸣。峻畦怜菜摘，喧浪得鱼烹。细树澄潭月，香醪小驿筝。人烟通夕步，渔火驻微明。昧爽占风角，萧疏信水程。阵图荒擆柳，舟市贱柑橙。鸟道犹宾洞，鹑襟立野氓。一钱宁易死，百丈每先争。沙灈溪金粲，盐烧碛雾平。噫嚱桡户喜，呼咤太公狞。飘泊曾无已，修晨况屡更。莫应添客思，强复记王正。爆竹殷山郭，张灯沸市伧。宫讴严汉朔，台址实巴贞。混混聊同浊，苍苍不易名。薄游从曼衍，疾首念鳏茕。鲔佌谁能学，麟伤内暗婴。北辰星隐见，黄道日光晶。多士趋朱黻，明堂仰玉衡。盘盂宣鲁甲，誓命过商庚。海上罗时髦，云台象国桢。季心仍大侠，犀首自名卿。陈气豪湖海，邹谈必稗瀛。义皆攀尾柱，泣为下苏坑。长短经争奏，中和乐漫赓。笑工依狒狒，语好乱狌狌。锻柳甘疏放，欹冠忘裸裎。伊川飘短发，广汉逐青盲。他日瓢终弃，间行剑懒绷。纵横闻虎豹，细黠玩鼯鼪。鼎重恒虞折，邻强慎莫撄。裂眦虚见劫，高鼻动要盟。马上诗书废，人间战伐盈。黄龙知已没，鲁卫孰为兄。柱史空修礼，兰陵但议兵。问频忧国蠥，望极何衢亨。尚武兹成俗，依仁意倍诚。若为传道德，敢冀报瑶琼。岷岭惭疲役，崆峒早系萌。艺瓜秦垅晚，吹籁越溪晴。杜甫先留宅，王郎未见情。此间丰䎃酱，别味胜莼羹。豆叶齐初绿，桃跗启半赪（此间春旱，桃已擎萼）。云封伯益井，苔冷季长莹。松菊应追忆，山川旧徂征。何时回紫气，重得过青城。"诗后有主编陈独秀识云："文学者，国民最高精神之表现也。国人此种精神委顿久矣。谢君此作，深文余味，希世之音也。子云，相如而后，仅见斯篇，虽工部亦只有此工力无此佳丽。谢君自谓天下文章尽在蜀中，非夸矣。吾国人伟大精神，犹未丧失也欤于此征之。"同期还刊载陈独秀《现代欧洲文艺史谭》、刘叔雅（刘文典）翻译赫胥黎译文《近世思想中之科学精神》。

徐世昌作《十月九日雨中李符曾来访》。诗云："尚觉初冬暖，池台景物殊。雨敲松外径，风度竹边炉。画派论烟客，诗才见石湖。空堂能对饮，藏酒不须沽。"

16 日 陈宧承办帝制，在成都武威将军公署举行国体投票，146 名代表"一致赞成"君主立宪，"并皆推戴今大总统为皇帝，可见亿兆一心，国是已定"。

《申报》第 15362 号刊行。本期《自由谈》"词选"栏目含《虞美人（紫驱嘶过江南岸）》（易实甫）、《酷相思（镜里眉山青一寸）》（易实甫）、《喜迁莺（翠帘斜卷）》（易实甫）。

17 日 刘稳顺《贺圣朝·奉祝即位大典》《千秋岁·奉祝即位大典》载于《台湾日日新报》。同年 12 月 1 日又载于《台湾爱国妇人》。其中，《贺圣朝·奉祝即位大典》："朝仪整肃列武卫。应运天皇帝。立极御天，臣民奉贺，三呼万岁。　　欢欣盛世。酌开白兽樽，英明圣睿。三无九有，并堪铭颂，恐惶学制。"

18 日 《申报》第 15364 号刊行。本期《自由谈》"诗选"栏目含《秦淮冬日作四首》（吴绛珠女史）；"词选"栏目含《归国遥·春去》（实甫）。

叶昌炽作诔词一联，为子静代庖，挽郑子进。联云："临淮壁垒，横海楼船，共事难忘袍泽感；噩谶彭亡，悲歌虞殡，闻声益动鼙鼓思。"又，读《后汉书·朱乐何列传》李贤注引蔡邕论略，自称"前贤斯语，请事未能，自今以后，当以'贞孤'为号。"

19 日 《申报》第 15365 号刊行。本期《自由谈》"词选"栏目含《临江仙·〈重九雅集图〉题词》（温倩华女士）；"曲选"栏目含【南仙吕入双调·步步娇】《题〈重九雅集图〉》（天虚我生）。

陈云谷生。陈云谷，乳名雪坡，名整，号云谷，后以号行，室名"蓉竹斋"，浙江乐清县人。著有《云谷诗文集》。

20 日 《申报》第 15366 号刊行。本期《自由谈》"栩园诗选"栏目含《秋夕》（赵廷玉）、《郊行即目》（赵廷玉）。

《船山学报》第4期刊行。本期"文苑"栏目含《玉屏集（续）》（王德基）：《八月十五夜集浩园记》《吏部考工司主事谭君墓志铭》，《毅庵类稿》（益阳曹佐熙）：《益阳游氏族谱序》《读〈大学〉》《读〈晏子春秋〉》，《莽苍苍斋诗（续）》（谭嗣同）、《半醒诗》（刘善泽）。

《学生》第2卷第11号刊行。本期"文苑"栏目含《游草堂记》（四川成都工业专门学校本科学生萧公弼）、《游灵谷寺记》（江苏公立法政专门学校三年级学生俞殿华）、《旅行晋祠记》（山西阳兴中学校第五班学生常乃惪）、《白圭楼记》（湖南慈利县立中学四年级学生莫祖介）、《秋季旅行记》（安徽省立第二师范学校预科学生程延鉴）、《送陈埔甫毕业归家序》（广东揭阳县立中学校一年生杨树荣）、《红棉山庄宴集序》（广东东莞中学校四年级学生尹文光）、《国文专修馆课艺序》（北京国文专修馆一年级学生夏祖光）、《拟岳飞除授河北招讨使制》（浙江第七中学三年级学生黄祖荣）、《拟哀金陵文》（江苏女子蚕业学校本科二年生胡咏絮）、《读全祖望〈江浙两大狱记〉书后》（江苏省立第二师范学校学生陈世淖）、《读〈货殖传〉书后》（浙江安定中学校四年生张元荣）、《菊花盛开邀友人小酌书》（广东东莞中学四年生徐家哲）、《江口》（江苏省立第一农业学校农科二年级学生顾宪融）、《感怀》（前人）、《午夜不寐》（前人）、《深宵》（永定明德高等小学三年生江锡周）、《曲木》（前人）、《山游》（黑龙江省立师范学校二年级学生张清岱）、《有感》（前人）、《纪校园艺千日菊》（江苏省立第二中学校学生殷芝孙）、《金焦纪游》（前人）、《秋窗杂咏》（广东东莞县立第一中学校四年生杜文升）、《游慧济禅寺》（在普陀佛顶山上）（上海华童公学甲班生潘志铨）、《焦山三诏洞》（江苏省立第五师范学校本科一年生石淮）、《与友人登北固山》（前人）、《秋江晚钓》（前人）、《雁》（前人）、《游瓦桥关怀古》（北京师范学校本科四年生王炳南）、《宰社肉》（福建永定德新学校三年生赖乔松）、《菊图》（汉口致忠学校学生陈国章）、《登北高峰》（上海工业专门学校中学四年生伍渊）、《秋夜》（广东阳江县立中学校学生姜赞璜）、《城西即景回文》（京师公立第三中学校三年生周守懋）、《和左冕〈春登谢公楼〉》（安徽省立第四师范学校学生吴报琳）、《自勉》（前人）、《与同学分咏岁寒三友，限寒韵，拈得松字，即赋一律》（江苏省立第七中学一年生季忠琢）、《过湖上旧居题壁》（泰县赞文国文专修科学生徐苣）、《春日湖庄即事》（前人）、《观物》（前人）、《古意》（江苏省立第二师范学校学生姚焕章）、《连日暴雨》（前人）、《读某君笔记有感》（同里丽则女学校学生严莘杰）、《月夜》（广东公立法政专门学校本科生钱耀）、《青蛇关》（直隶遵义中学校三年生李孝思）、《蝶恋花》（广东番禺中学校四年级学生虞辅）。

《大中华》第1卷第11期刊行。本期"文苑"栏目含《法源寺留春会宴集序》（王闿运）、《题陈小石〈水流云在图〉（并叙）》（王闿运）、《七夕立秋作》（王闿运）、《黄田夜泊》(王闿运)、《虞美人》(樊山)、《笏卿招同朴公酒肆小集》(樊山)、《法源寺丁香盛开,抱存、道阶、揿东、邕威招集清斋赋诗,宾主百余人,极一时之盛,以诗纪游》(云史)、《初到云居寺》(颖人)、《红叶曲》(廉惠卿)、《台麓雅集,以诗谢座上诸公二首》(廉惠卿)。

《中华新报》"时评二"为《章太炎》。文曰:"章太炎幽囚逾年,举世不能名其罪,或曰以其能文也。今者新朝将兴,又以其能文之故,而迫之使美新矣。然则前之所以幽囚久而不释者,其即为今日美新之用欤?夫称帝之事何事,竟以兵力行之可耳,胡乃乞灵于文字;乞灵于文字矣,当今廉耻扫地之世,又何患无扬雄,而必强我太炎耶?又况乎龙性难驯之太炎,强之动,亦有所格而不能通也。或曰:美新之文朝上,太炎可夕释,否则幽囚无期,太炎恐亦自兹死矣。余应之曰:哀莫大于心死,使仅殉一身,而留此正气于天壤,不犹愈于苟且偷活于浊世者万万耶?夫桂可食故伐之,漆可用故割之,太炎宁自殉,而不以文阿世,此乃太炎之所以为太炎欤?"

21日　日本台湾总督安东贞美命全台厅长各招辖内长寿者于厅堂,设宴张乐,粉饰升平。时各地献词章讴歌者甚多,总督府官房文书课因辑为《寿星集》一书,民国五年三月出版。连横以仍在《台南新报》社故,亦有《庆养老典》一诗应景。

萧亮飞作《夏历乙卯十月望日内子诞辰,尚客京师,酒间赋此》。诗云:"时维孟冬望,家庆想南天。一院梅花月,四围儿女筵。小春原岁岁,大乐永年年。我有延龄酒,悠然尚客边。"

22日　《申报》第15368号刊行。本期《自由谈》"词选"栏目含《湘月·遇周意皆于朗江舟次,谈春明旧游感赋》(实甫)、《醉江月·练江晓泛》(诗圃)、《大江西上曲·晚泊吴江》(时甫)、《百字谣·同陈莘农、夏仲勤、韩敬庵游湖作》(时甫)、《大江东·春晚》(时甫)。

刘鹏年作《乙卯十月既望,为余十九岁生日,赋绝句十首自寿》。其一:"仰天俯地幸无惭,父母俱存兄弟三。人世沧桑何足问,白云深处有茅庵。"其二:"十九年华过眼忙,是真是幻费猜量。闲来悟得长生法,不读离骚读老庄。"

23日　《申报》第15369号刊行。本期《自由谈》"游戏文章"栏目含《枪声赋》(仿《秋声赋》体)(吴悔初);"诗选"栏目含《次乐亭延平人日见怀韵》(鹿庐体)(五首,诗圃)。

24日　《申报》第15370号刊行。本期《自由谈》"栩园诗选"栏目含《宝篆》(赵廷玉)、《纪游》(赵廷玉)、《润州晚秋》(李镜庵)、《花地》(徐官海)、《泊吴江》(徐官海)、《出游郊外醉后口号》(徐官海)、《纪梦》(杨鸿年)、《绝世》(何春旭)、《水程纪景》(六首、何春旭);"栩园词选"栏目含《清平乐·雨》(刘古香女士)、《又·新凉》(刘古香女士)。

张謇作《寿潘君心杭尊人七十寿》。诗云："测济河源系，瞻云岱岳邻。膺兹悠久气，宜有老成人。阅世如松柏，生儿况凤麟。似闻东岁稔，秫酒易为春。"并作寿联云："老人有上寿征，岂惟杖国；令子以官事祝，方至如川。"

25日 《申报》第15371号刊行。本期《自由谈》"词选"栏目含《念奴娇·用陈允平体韵》（东园）、《前调·白门送别，用陈允平体韵》（绛珠女史）。

《小说月报》第6卷第11号刊行。本期"文苑·诗"栏目含《溪行》（散原）、《步月》（散原）、《乙庵、太夷有唱和〈鬼趣诗〉三章，语皆奇诡，兹来别墅，怆抚兵乱，亦继咏之》（散原）、《月夜墓上》（散原）、《中秋夜作》（剑丞）、《和王荆公古诗，仍用其题句以发兴端（续第六卷第九号）》（剑丞）、《见梁公约〈纪江北灾〉诗，为之悲叹，次韵书后》（含光）、《和何鬯威见怀原韵》（公约）、《和宝山施琴南先生〈槁蟫篇〉元韵》（公约）、《赋得诗钟》（审言）、《沈培老允为鄙集撰序，作诗促之》（审言）、《答审言》（乙庵）、《除夕感怀示弟侄暨儿子、从孙辈兼寄梁苍立，以白诗"明朝四十九"为韵》（温叟）、《秋怀八章》（壶庵）、《乙卯中秋》（贞长）、《九月念九夜蝗大集，奴辈扑聚盈斛，感叹赋诗》（贞长）、《阅尽》（觭庵）、《日本人某将徒步游五大洲，道经北京，作此赠之》（觭庵）、《杂诗》（觭庵）、《长沙晤孙仲年，得盛九、芰舲粤中消息，赋此却寄兼索画》（曼青）、《题画留别彭莲》（曼青）、《著涒诗社再举，赋示同社诸君》（曼青）、《题〈风木庵图〉，为杭州丁竹舟、松生两先生作》（颐琐）、《赠马伯梁先生》（心来）、《杂感，集定庵句》（佛船）。

《中华妇女界》第1卷第11期刊行。本期"文艺"栏目含《芸香阁怀旧琐语（续第一卷第八期）》（汪静芬女士）、《小南强室诗草（未完）》（江宁归周钟玉女士）、《咏梁夫人江上破金三首》（黄涤凡女士）、《早起见雪》（吴斯玘女士）、《刘清芬女士惠赠手制白梅一枝，赋此鸣谢》（前人）、《和易孟嬨〈寄怀〉原韵（庚戌）》（范姚蕴素女士）、《自述》（陈姜映清女士）、《凤凰台上忆吹箫·复妹书后》（郭坚忍女士）、《浪淘沙·寄莉姊》（郭坚忍女士）、《前调·再寄莉姊》（郭坚忍女士）、《答女友论文派书》（雪平女士）。

魏清德《重阳赋寄遂园山人，兼致一切知己》发表于《台湾日日新报》。诗云："客路功名问马周，纵狂斗酒若为愁。重阳木叶萧萧下，喜有黄花伴素秋。"

26日 《申报》第15372号刊行。本期《自由谈》"诗选"栏目含《游仙六首》（袁小偁）。

林苍作《十月二十日》。诗云："寄生花底泪痕深，憔悴青衫共此心。一任旁观相齿冷，无弦焦尾各成琴。"

27日 《申报》第15373号刊行。本期《自由谈》"诗选"栏目含《祝英台近（笛声酸）》（沈太侔）、《齐天乐·〈江馆听秋图〉，为王尘龛鼎年题。予今秋再至武林，侨寓吴山时，木落江寒，秋瑟如约，依箫吹此，不觉词之沉郁也》（张公束）、《台城路·题家镕伯兴烈〈云来山馆图〉》（张公束）、《入归·夜坐感事》（沈太侔）。

张震轩作《寿永嘉蒲州叶子昭先生八十大庆》（二首）。其一："蒲屿逢家庆，灵光寿算绵。重游歌泮水，介节凛冰渊。簪笏书声振，园林步履便。桐枝新并蒂，添得女婵娟。"其二："文望南州冠，清风况鲁连。充闾驹蹴月，继武鹤翀天。粉社觞飞雅，兰阶彩竞妍。自惭孤露质，未敢舞随肩。"

28 日　《申报》第 15374 号刊行。本期《自由谈》"词选"栏目含《疏帘淡月·梅花为彝斋赋》（徐仲可）。

《世界观杂志》第 1 期第 4 卷刊行。本期"文苑·文录"栏目含《王壬秋答宋芸岩书》（《湘绮楼集外文》）（王闿运）、《王壬秋答某书》（《湘绮楼集外文》）（王闿运）、《曾习之〈唐宋文轨〉序》（曾学传）、《沈与白、刘伯阳先生传》（曾学传）、《胡南湖祭齐涤川文》（胡鄂公）；"文苑·诗录一"栏目含《乖崖诗存（续）》（宋代张咏）、《明遗民诗钞（续）》（陆世仪）、《〈弱水集〉咏古乐府（续）》（屈复）、《澂霞阁诗略（续）》（武谦）、《杨紫筼先生遗稿（未完）》（杨永清）、《飞鸿集钞（续）》（女士曾懿）、《虞共室遗集》（女士曾彦）；"文苑·诗录二"栏目含《咏怀十首》（曾习之）、《颐和园歌》（殷德三）、《送杨昀谷入蜀（续）》（赵尧生）、《暮春出南郭》（沈与白）、《偶成》（沈与白）、《秋感四首》（曾道侯）；"文苑·词录"栏目含《杨紫筼先生词存》（杨永清）；"文苑·诗话"栏目含《蜀诗话（续）》（曾道侯）。

《崇德公报》第 25 号刊行。本期"文苑"栏目含《题〈丛桂轩诗存〉》（焦桐馆主）、《重阳志感》（云中小主）、《叠重阳韵赠张培田君》（云中小主）、《得见二十年前旧稿有感》（雨林）、《水调歌头》（悟缘）。

29 日　《申报》第 15375 号刊行。本期《自由谈》"词选"栏目含《西窗烛·寄丁修甫文》（徐仲可）。

30 日　《申报》第 15376 号刊行。本期《自由谈》"诗选"栏目含《自石屋岭游烟霞洞，午饭理安寺，沿九溪抵龙井，与常清上人品茶》（漱岩）。

金蓉镜以夫妇肖像册页索题诗于顾家相，顾家相夜闲为题《沁园春》一阕。词云："举案齐眉，媲美前型，梁鸿孟光。是灵钟槜李，枝头连理；地名秀水，湖上鸳鸯。儤直枢廷，宣猷剧郡，宦绩咸资内助良。归田后，倩丹青写照，彤史流芳。　　苍黄二竖为殃，诵锦瑟吟篇暗自伤。达效庄生旷，达论成齐物，禅宗解脱，悟彻空王。轼拥双熊，琴弹孤稚，我亦中年赋悼亡。披图画，正相怜同病，百感茫茫。"

本　月

《国学杂志》第 5 期刊行。本期"文学"栏目含《迟庵集杜诗（〈思归读庐丛书〉之一种）（续）》（孙敏汶）、《闺秀摘珠集（续）》（黄濬壶舟选评、金嗣献重编）、《裁云阁词钞（未完）》（长洲秦云肤雨）、《听秋声馆词话（未完）》（思归读庐丛书初集之一种）（无锡丁绍仪）。

《民权素》第12集刊行。本集"名著"栏目含《杭府文庙乐器庆成颂（并序）》（袁爽秋）、《〈春秋〉昭公十年不书冬说》（章太炎）、《涂山考》（陈蓉曙）、《新阳修筑园田记》（望之）、《〈治事篇·仕学〉自序》（谭浏阳）、《〈民主表白〉序》（唐才常）、《监利向氏族谱序》（魏羽）、《朱陆异同辨》（颂予）、《连珠八首》（孙仲容）、《改并浏阳乡各书院为致用学堂公启》（谭嗣同）、《与章巨摩书》（布雷）、《与林冬心论养生书》（箸超）；"艺林·诗"栏目含《与王缦堂登秦望山》（李莼客）、《集东坡句吊松存老人》（二首，徐用仪）、《秋霖叹》（枚道子）、《重修大观亭落成感怀》（朱家宝）、《题画》（二首，于右任）、《棹经鉴湖》（古香）、《秋夜书怀》（古香）、《登雨花台吊曾忠襄》（惨佛）、《莫愁湖吊徐中山》（惨佛）、《佛言》（惨佛）、《赠洪佛矢》（君木）、《述感》（君木）、《病久来上海就医，与杨省斋师同处旅馆中，朝夕诊视，将护备至，感成一诗》（君木）、《武库夜坐偶成》（采莼）、《闻国会缩短年限感赋》（采莼）、《有赠》（玉如）、《赠六郎凌霄》（四首，萧斋）、《书怀》（萧斋）、《漫兴》（萧斋）、《长岛神社》（佛矢）、《马关》（佛矢）、《大风撼窗寒甚，雨不止，有感作》（望之）、《题黄荛圃〈三龟图〉》（望之）、《浒墅》（望之）、《汉高祖》（遁伧）、《陈后主》（遁伧）、《赤壁怀古》（遁伧）、《秋风》（遁伧）、《镇海楼晚眺》（卓春）、《酬张伯纯部郎见赠元韵》（卓春）、《少妇吟》（二首，宾乐）、《水仙祠神弦曲》（宾乐）、《挨刀歌二首》（玄父）、《阅〈东华录〉有感》（六首，秋心）、《读史偶感》（四首，喟庵）、《村行即事》（超球）、《舟中》（超球）、《九日感事》（南村）、《移居》（二首，南村）、《题〈民权素〉十一集封面画》（二首，花奴）、《快车过昆山》（花奴）、《从军行》（腐草）、《庭前闻邻女弄箫》（腐草）、《赠道旁墓柏》（昂孙）、《小楼听雨》（昂孙）、《送何繥庭刺史》（二首，箸超）、《梅尉山访王儒龄孝廉》（箸超）；"艺林·词"栏目含《沁园春·八月断壶》（枚道子）、《踏莎行·驱蝇》（古香）、《前调·憎蚊》（古香）、《满江红·金陵偶感》（楚伧）、《祝英台近（绛绡单）》（孟劬）、《蝶恋花（日日高楼凝望眼）》（孟劬）、《夜合花（钿粉销金）》（东苏）、《金缕曲·题沈佩韦〈秋树读书图〉》（起予）、《浣溪沙·题〈思春图（一）〉》（魏羽）、《误佳期·题〈思春图（二）〉》（魏羽）、《浪淘沙（酒气暖于烟）》（佛郎）、《惜分钗·无题》（箸超）；"诗话"栏目含《今日诗话（续第十一集）》（古香）、《摅怀斋诗话（续第十一集）》（南村）、《绿雨竹窗词话（续第十一集）》（碧痕）；"谐薮"栏目含《篴歌者脱籍赋》（以"画阁不开梁燕去"为韵）（庆霖）、《一字并肩王解》（仿韩昌黎《获麟解》）（半仙）、《戏拟杨素控李靖奸拐红佛状》（起予）、《戏缀俗语诗》（二十四首，缩天）、《村馆》（仿八股体）（腐）、《喷饭录（未完）》（伽摩）、《花花室花话（续第十一集）》（花奴）、《鹭鹚谈七则》（碧痕）。其中，张东苏《夜合花》云："钿粉销金，尘香捣麝，一生花里幽期，芙蓉幛暖，鸳鸯可妒双栖。蝉随髻，露侵肌，这风怀无计怜伊。最消魂是长廊灯烬，和月眠迟。　　凭谁问，恼芳思，犹记红牙拍曲，白练题诗。文鸾瘦也，依然扇底。曾窥残蜡泪，梦回时剪绫难断情丝。向秋蛰畔，闲言几许，独自禁持。"张尔田（孟劬）《祝英台近》云："绛绡单，铅泪湿，银蜡爇香脑。可奈春寒，怀抱被花恼。断肠一院流莺，落红帘幕，拚残笛、将花千绕。　　庾郎老。醉墨题遍罗裙，花枝鬓边袅。翠被栖香，容易玉绳晓。纤纤澹月笼纱，酒浓花艳，梦不到、谢家池沼。"《蝶恋花》云："日日高楼凝望眼。过了清明，重理残针线。燕子不来春不管。乱红又落桃花片。　　梅子生仁蚕吐茧。几日薰风，换却轻罗扇。愁似朱丝难剪断。问愁深浅情深浅。"

《眉语》第1卷第14号刊行。本期"文苑·碎锦集"栏目含《欧游讴》（严修著）：《小引》《自题》《西比利亚纪程》《南满道中》《满洲里》《西比利亚途中杂作》（十五首）、《拟寄内三首》《波罗的海弄舟》《德京纪闻》《比京某公园》《巴黎拿坡仑墓》《巴黎观剧》《巴黎摅华博物馆观中国古画古磁》（三首）、《瑞士杂作》（十二首）、《和劳秘书见赠，时君父子同余游瑞士》《去瑞士之和兰道中》（四首）、《过媚兹三首》《游比境大山洞》《和兰杂作》（四首）、《伦敦杂作》（五首）。

《浙江兵事杂志》第20期刊行。本期"诗录"栏目含《军歌》（刘覃敷）、《赠秋叶》（顾乃斌）、《赠少华》（前人）、《吊飞行家吴永忠》（吴钦泰）、《栖霞岭谒岳王坟》（前人）、《归家杂纪》（林之夏）、《秋节后三日海宁观潮竹枝词》（前人）。

[韩]《至气今至》第29号刊行。本期"词藻"栏目含《鸡卵》（石泉子）、《闻雁》（石泉子）、《梅花》（石泉子）、《针》（石泉子）、《初春》（石泉子）、《夜坐》（石泉子）、《二月》（石泉子）、《江村渔火》（石泉子）、《雪》（石泉子）、《鹭》（石泉子）、《盐》（石泉子）、《笠》（石泉子）、《观灯》（石泉子）、《箸》（石泉子）、《漫吟》（金基永）。其中，石泉子《盐》云："调味厨中总尔由，尝来咸淡舌从柔。第谋鱼肉贫何苦，兼得薪粮事可休。日暮林间岩伏虎，天晴海岸雪耕牛。无盐丑态真堪愧，自见西施不解忧。"

陈以义遇害。陈以义（1880—1915），字仲权，号西溪，曾化名张桐，浙江嘉兴新篁人。早年就读于硖石东山之麓，1906年赴日本东京入早稻田大学，加入同盟会，被举为嘉属同乡会会长。1911年武昌起义前夕任同盟会中部总会联络员，及事起，与陈英士等共谋沪杭起义大计；浙江光复前，又与张元成密运军需品至杭；浙军北伐，随征金陵；南北议和，致力振兴地方事业；"宋案"发生，奔走于沪杭之间，联络同志，力图再举。1913年4月由周志成、杭辛斋介绍入南社。1914年7月参与将国民党改组为中华革命党，并在以陈其美为部长的总务部任职，组织刺死了袁世凯心腹、上海镇守使郑汝成。此后受通缉，亡命日本，编辑《西洋革命史》，借以鼓吹二次革命。归国后，设革命机关部于上海法租界，被袁世凯爪牙投毒暗杀。著有《倚云楼诗稿》《倚云楼唱和集》《先烈陈仲权先生遗著》。钱仲联《吟坛点将录》点陈以义为"地速星中箭虎丁得孙"。

王闿运月初作《游仙诗》。章太炎幽居时，刘成禺以《游仙诗注》示之，章太炎提笔逐句窜点曰："此今日王壬秋之《游仙诗》也。"刘成禺曰："先生于改唐诗，讽袁、黎外，又多一体裁矣。"章太炎所改《游仙诗》，录存《洪宪纪事诗本事簿注》卷二。其一："萧瑟清秋不耐弹，攀龙骑虎快骖鸾（袁骑假虎，刘注，下同）。东华幕客曾谋逆（王为肃顺上客，与谋逆事，谈及清末失败，曰肃顺若在，必不使戚贯横行，自有立国之道，清亡于杀肃顺云），南岳王妃肯降坛（王久主衡阳船山书院）。捧诏却怜金换骨，著书那复羯为冠。（袁赠祭祀冠）《湘军》一志堪千古，却被人呼作史官（洪、杨之役，《湘军志》高绝一时，来京不知所修何史）。"其二："出岫闲云列上仙，将军拥席钱南天（湘鄂将军巡使文武诸官，亲赴王翁行辕陈席）。因生杨肘行出梦（由杨度推荐），不对柯棋坐比肩（柯绍忞欲为副馆长，却之）。总统国民都受箓（王翁入京属对，有"民犹是也，国犹是也，总而言之，统而言之之"句），江湖河海不需船（王翁在汉言，此行入京，江湖河海皆不需船）。妇人行役周妈在，莫怪先生爱早眠（人有以周妈病王翁者，翁曰：古者妇人行役，礼也）。"其三："新承风诏入金闾，争看潭州老丑郎（王翁籍湘潭）。一卷《公羊》师北面（王翁以《公羊》教井研廖平，平传南海康有为，时康徒梁启超辈在京，奉王甚谨），两行女乐列西墙（王翁有左列生徒、右列女乐之志）。劳拖仙带迎专使（袁派专使赴汉迎迓），只领天钱办内装（馆俸皆周妈经手）。宴语玉堂诸后辈（王翁曾钦赐翰林院，入京时，旧列名翰林院者公宴之），此行不住首山阳（王翁云：予未仕前清，登西山不用采薇）。"其四："居仁堂下恋黄帏（袁首宴王翁居仁堂），天上申猴坐玉扉（京中呼袁为猴头）。文字当头经有证（王翁以经语解出土签碑），君王盗国史何依（王翁南旋，曰予不躬逢盗国）。封还馆职修帷簿（王翁佯因周妈事，封还馆职，自劾曰帷簿不修），托起朝仪下织机（翁南还时，以史馆事交付馆员，曰尔辈可起朝仪也）。莫道燕京天气冷，高皇前月送貂衣（袁曾送王翁貂衣一袭）。"不久，王闿运为"避免在京称臣之嫌"，"又恐项城帝国告成，无将来见面地"，乃借夏寿康《整饬官眷风纪折》，辞参政院参政、国史馆馆长，言"帷簿不修，妇女干政，无益史馆，有玷官箴，应请自请处分"。章太炎闻之曰："湘绮此呈，表面则嬉笑怒骂，内意则钩心斗角。不意八十老翁，狡猾若此。"刘成禺又称章太炎改唐诗讥黎元洪，如改李商隐《筹笔驿》。诗云："袁四犹疑畏简书，芝泉长为护储胥。徒令上将挥神腿，终见降王走火车。饶、夏有才原不忝（饶汉祥、夏寿康两鄂民政长），蒋、张无命欲何如（蒋翊武、张振武两将军）。至今偷过刘家庙，汽笛一声恨有余。"改杜甫《秋兴·其五》。诗云："蓬莱宫阙对西山，车站车头京汉间。西望瑶池见太后（黎入京谒隆裕），南来晦气满民关。云移鹭尾开军帽，日绕猴头识圣颜。一卧瀛台惊岁晚，几回请客劝西餐。"

王震、程璋、王传焘合作《秋色图》，吴昌硕为之题云："季眉十三龄，画菊培菊心。

秋葵老少年，安可比黄金。乙卯十月，一亭、瑶笙、季眉合作于沪上，属安吉吴昌硕题之。"又，吴昌硕为葛昌枌题其先德葛金烺《竹樊山庄词》篆书扉页。又，为鄂芳篆书"硕望高贤"七言联，联云："硕望允为舟楫用，高贤安可车马求。鄂芳仁兄大雅属篆，为集石鼓字。时乙卯孟冬，安吉吴昌硕。"又，为蔡靖绘《竹影婆娑图》，并题云："数竿寒绿影婆娑，雪后萧萧近水坡。悦遇伶伦制为笛，春风吹出太平歌。逸民仁兄法家属写，希教我。乙卯孟冬月，同客海上，七十二叟吴昌硕。"

陈三立赋《读史偶得》，刺杨度倡帝制，诗云："蛮夷大长自称戈，行乐余年讵有他。多事陆生通一语，始疑帝号窃臣佗。"

曾习经应潮阳范家驹（芝生）之请，为其父范秉初撰书墓铭及墓柱联。铭云："惟金有铣，惟玉有瑶。公乎渊哉，行为世标。涧松郁郁，山石峣峣。德人之宅，来许式昭。峨峨天平，远系蝉联。瑶源自洁，碧叶弥鲜。惟天眷德，有子表阡。视此贞石，历亿万年。乙卯冬十月，揭阳曾习经题。"

张謇辞农林工商总长，并辞水利局总裁职。

杨庶堪回上海，以家庭教师为掩护，与陈其美、蒋介石商讨发动肇和舰起义。

潘昌煦任司法官惩戒委员会委员，翌月任大理院推事兼庭长。

吴獬在岳麓书院任教，参加湖南省高等师范学院毕业典礼。

陈方恪去苏州。寓居吴门期间与莫棠、汪钟霖、金天翮、费树蔚等成为诗友，经常雅集唱和，吴门文士送雅号"彦老七"。

修淬光生。修淬光，女，湖南沅陵人。著有《浮生记事诗词选》。

卜竞武生。卜竞武，笔名雨亭，江苏仪征人。著有《愚翁吟草》。

章太炎撰《云和魏氏诗集序》云："云和魏石生以其曾祖让泉、祖荇汀诗示余，其辞或工拙杂见，然神志夷旷，非笔舌所能为也。当风教未污，士或远在林薮，或近趋朝市，皆泊然不失其真。及其崩坏，虽矫矫欲自立者，无以出乎猥俗语，有效元亮、师伯玉而卒不？盖其志之杂污，故知陈诗可以观俗，非独一人一家之为也。如魏氏父子者，辞或未至，要其束身自好，从政有守，于其诗往往见之矣。余与石生交数年，观其身与匡复，荐更治乱，而纯朴之气未漓于世为难能，盖亦家泽之所留遗，愿卒守先世绪风，无与末流同好恶哉！民国四年十一月，章炳麟书。"

严修《严范孙先生教女歌（选录）》刊载于《社会教育星期报》第15、16期。

陈莘作《初冬雨夕与郑思麟茶话，夜半即事》。诗云："遥遥曷胜索离情，喜共萧斋听雨声。垆火微红三鼓尽，窗云深黑一灯明。论诗每自心相印，吊古交为泪暗倾（思麟出示《杨椒川集》，读劾严嵩疏及廷杖下狱苦状，同为泣下）。祗有不堪相说处，沛公咨议是鲰生（闻思麟话近邑选举情形流品，不禁齿冷心戚）。"

万选斋作《乙卯十月喜次男完婚》（二首）。其一："红叶题诗证凤因，双星今日渡银津。同心蒂结赓华李,及第花开趁小春。喜盼凤雏欢对语,祥征鸿案敬如宾。老人不尽痴情思,福寿绵绵启玉麟。"

沈汝瑾作《初冬展先墓》。诗云:"艰辛家事强支持,地下先灵实鉴兹。黄叶丹枫残照里,一年两度独来时。衰门不振难逃责,生圹营成拟葬诗。归骨自怜终有日,延龄何用九光芝。"

吴芳吉作《还家三日,复与江安冯云首葵君北行》。诗云:"饮罢遂担簦,幽燕塞万层。秋风鹰搏击,落日水飞腾。大地一衾枕,苍生尽友朋。艰难安足道,白发与时增。"

伍澄宇作《乙卯初冬岁暮寄筱池四弟》。诗云:"浪迹天南又一年,赏心春事各芳妍。繁华景色忙中度,杨柳风烟眼底牵。客外思亲惟有泪,床前望月几回圆。述庐窗上花间影,可忆同欢读旧篇。"

[日]内藤湖南作《贺籾山衣洲华甲寿》。诗云:"宿缘名士是穷愁,枉读《离骚》抵白头。壶里乾坤诗作命,人间富贵蜑藏舟。伤时歌哭发中夜,载笔幽燕据上游。晚爱桐城谙义法,可能风格老横秋。"

[日]夏目漱石作《题自画》。诗云:"机上蕉坚稿,门前碧玉竿。吃茶三盌后,云影入窗寒。"

[韩]金泽荣作《十月岳婿自扬州小轮船局送月饼为余生辰祝,曰愿翁精神如月之满,作歌寄之》。诗云:"月饼兮月饼,精神满如月之满。美哉吾婿颂祷词,欲我生辰吃此加寿算。明年庭隅种桂树,倘见连云千尺花不断。月饼兮月饼,今日之宴惜不如满月。送君水上作生涯,朝江暮淮不暂歇。饼兮独吃宁下咽,起望西云欲惊骨。月饼兮月饼,壻福何时满如汝,黄金归买二倾田。不令愁颦及吾女,仍复蒙赐大司命,生男如熊又如虎。"

十二月

1日 登极大典筹备处在北京中央公园行开幕礼。19日,袁世凯正式下令成立大典筹备处,以朱启钤为处长。

《申报》第15377号刊行。本期《自由谈》"诗选"栏目含《展重九泛湖》(漱岩)、《钱塘观潮曲》(漱岩)、《烟霞洞观石佛像》(漱岩);"词选"栏目含《壶中天·江南舟中作》(易实甫)、《金缕曲·泊舟江南,天已向暝,云影黏树,涛声啮沙,废苑荒城,模糊莫辨,惟有乱蛙代漏,愁月照人而已,触绪苍凉,率成此解》(易实甫)、《巫山一段云(银屏梦入江南远)》(易实甫)、《风流子(胞纮调锦瑟)》(易实甫)。

《小说海》第1卷第12号刊行。本期"杂俎·诗文"栏目含《集温飞卿句,呈朱匠门先生》(谢冶庵)、《武昌纪念日作》(谢冶庵)、《读陈少阳〈葛苍公遗集〉既竟,敬书一律》(谢冶庵)、《深夜偶成》(谢冶庵)、《饮故人家,用戴分司玉笙韵》(东园)、《赋谢洪太守肖槊》(东园)、《代友拟题〈徐伯匡先生小传〉》(二首,东园)、《东皋居士以其亡妇孝行索诗》(东园)、《舟过扬州,洪太守觞余于红叶山庄》(东园)、《秋塞曲》(东园)、《秋闺怨》(东园)、《敝庐门对黄山》(程南园)、《重阳后偶感》(程南园)、《即事有感》(程南园)、《革党纪念塔》(华侨建于英属土之香港莫罗山下,诗以纪之)(程南园)、《夏日漫兴》(程南园)、《夜寐不成,挑灯独坐,乱虫唧唧,逼我书怀》(程南园)、《将秋病中作》(程南园)、《病起吟》(程南园)、《年年七夕,牛女渡河,过此则盈盈一水、脉脉相思,闻说长春在天上,春愁应比世间多,知不仅红尘怨离别也,感触赋诗》(程南园)、《宣州怀古》(程南园)、《一枝春》(实甫)、《鹊桥仙·本意》(实甫)、《浪淘沙》(实甫)、《凄凉犯》(实甫)、《前调·陵阳镇晓发》(诗圃)。

《中国实业杂志》第6年第12期刊行。本期"文苑"栏目含《题〈倚树听泉图〉》(东园)、《感赋一首》(一孔)、《中秋月夜感怀》(何功)、《无题》(集王次回句)(佐彤)、《闲绪》(瘦蝶)。

《小说大观》第3集刊行。本集"笔记"栏目含《迦龛笔记》(迦龛):《纪吴总兵杰轶事》《纪陆将军荣廷轶事》《纪陆兰清统领轶事》《纪贝勒载洵赴浙勘军港轶事》《纪杨文敬轶事》《津沽剩语》《纪项城轶事》《纪某公轶事》《词史》《纪李袭侯劾端方事》《纪端方死事之惨》《纪什刹海荷花》《纪纳兰轶词》《纪陆凤石太傅轶事》《李讳》《纪徐宝山轶事》、[补白]诗余:《浣溪沙·为蕙勤题照,集花间》(几庵)、《前调·调婉珍,集花间句》(几庵)、《渔樵闲话》(吴颖函);"宫词"栏目含《光绪宫词》。

《诗声》(雪堂月刊)第1卷第6号刊行。本期"词论"栏目含《张炎〈词源〉(六)》;"诗论"栏目含《〈渔洋诗问〉节录(四)》;"词谱"栏目含《莽苍室词谱(六)》(雪堂辑);"笔记"栏目含《水佩风裳室杂乘(五)》(秋雪);"野史"栏目含《本事诗(杨虞卿、戎昱)》(唐代孟棨);"歌曲"栏目含《湘春夜月》(宋代黄雪舟原著,钟宝琦制谱);"诗屑"栏目含《缨,月晕》《胎衣,萍》《笔帽,夹竹桃》《清明,脐》《诸葛亮,麻雀牌》《女将,磨墨》(以上择录《梁社诗钟》);"题跋"栏目含《杏香书屋书画跋(三)》(杏香居士);另有其他篇目《雪堂第廿九课题》。其中,《雪堂第廿九课题》为《梅》,要求:"诗,古律绝任做多少,准民国五年一月一日收齐。"

张謇作印锡璋挽联:"君能伯仲夏生,中国自有人在;魂兮归来日本,东方不可托些。"

2日　《申报》第15378号刊行。本期《自由谈》"诗选"栏目含《上石龙》(漱岩)、《下石龙》(漱岩)、《八卦田》(南宋籍田也)(漱岩)。

3日　《申报》第15379号刊行。本期《自由谈》"诗选"栏目含《过莲花峰小憩接引洞》(漱岩)、《半峰斋中坐雨》(漱岩);"词选"栏目含《百字令·用东坡体韵》

（东园）。

[日] 芥川龙之介自田端致恒藤恭信中附诗一首。诗云："丛桂花开落，画栏烟雨寒。琴书幽事足，睡起煮龙团。"

4 日　《申报》第 15380 号刊行。本期《自由谈》"诗选"栏目含《高楼》（周栩）、《书愤，和友人韵》（独潜）。

5 日　《申报》第 15381 号刊行。本期《自由谈》"诗选"栏目含《战后过沪上高昌庙，用家六潭师韵》（王漱岩）；"词选"栏目含《陌上花·五月二十六日，偕杨随盦携妓游留园，芳事成尘，后游已倦，归车陌上，黯然言愁》（庞绮庵）；"文字因缘"栏目含《春风袅娜·寄师石》（二首，莽汉）、《凤凰台上忆吹箫·病起遣怀，用易安韵，寄小蝶、仁后》（二首，莽汉）。

《妇女杂志》第 1 卷第 12 号刊行。本期"名著"栏目含《女世说（续）》（李清映碧辑）、《吴中十女子集：青藜阁集》（吴中女史江珠碧岑）、[补白]《西神客话》；"小说"栏目含《雪莲日记（续）》（雪莲女士著，江都李涵秋润词）、《邯郸新梦》（规讽小说）（甦庵）、《一朵云（续完）》（西神）、《霜整冰清录：沈云英》（惜华）、[补白]《诗钟选录》；"文苑"栏目含《陈君佩忍母夫人五十寿序》（清光绪庚子）（吴江金祖泽砚君）、《母氏朱太君七十寿辰征文启》（嘉善李云夔一民）、《湘乡节母贺王氏五十征诗启》（湘乡王君荫）；"诗选"栏目含《徐仲可以女公子新华书画遗册见示，率题二绝》（夏敬观映庵）、《吴烈妇行（事别序）》（徐贯恂澹庐）、《泾县胡烈妇哀词，烈妇胡种云室也》（徐贯恂澹庐）；"词选"栏目含《玉京谣·题徐仲可女公子新华画稿》（况周颐夔笙）、《庆清朝慢·题徐仲可女公子新华画稿》（况周颐夔笙）。

《崇德公报》第 26 号刊行。本期"文苑"栏目含《友人垒西洋菊为屏风，报璀璨之观，歌以酬之》（湛园）、《中秋听雨，坐掷良宵，有怀曩游，益增羁绪，拉杂成诗，即用贾君玉吉〈中秋感怀〉韵》（悟缘）、《刘萃主三续娶，寿鹤绘赠〈天台春晓图〉，为题一律》（云中小主）、《蜗》（楚狂）。

黄文涛作《小春二十九日为云门弟七秩生朝，先期置酒称觞，暨予阖家同庆并志以诗，因次和之》。诗云："计无宁宇已三秋，今幸居安可释愁。扶老近惟藤是拄，驱贫悔未笔同投。故乡亲友多零落，异地壶觞互酢酬。试证真翁高会事，一门耆寿岂难求。"

6 日　《申报》第 15382 号刊行。本期《自由谈》"诗选"栏目含《别内·旧作》（诗圃）、《牛坑》（诗圃）、《惜花，和辅卿》（二首，诗圃）。

张謇作联云："远山长江，朝晖夕阴，气象万千，大观备矣；良辰美景，赏心乐事，友朋二三，共尽此娱。"又，集《文选》语为联，其一："皎皎彼姝女，馥馥我兰芳。"其二："惟开蒋生径，不见郢中歌。"其三："将从季主卜，比足黔娄生。"其四："适与飘风会，晚见朝日暾。"其五："不如饮美酒，且还读我书。"其六："清论事究万，美话信非一；群木既罗户，众山亦对窗。"其七："惠连非吾屈（左太冲）；稽阮能逃世（方澜）。"下联又作"黄绮未称臣（杜甫）。"

7日 《申报》第15383号刊行。本期《自由谈》"诗选"栏目含《王夫人挽歌》（吴绛珠女史）。

樊增祥作《樊山七十自述诗》（二十首）。仅存第十首，见杨钟羲《雪桥自订年谱》。其十："诗坛旗鼓盛江南，亭榭瞻园赛石帆。往日莲花开幕府，新来红尊入官衔（伯严目余为'红梅布政'）。簪裾北郭耽风雅，句律西江费削劚。不以清吟妨政要，朝贤莫漫肆讥馋（居瞻园三年，政暇时与伯严、子砺、子琴、艺风赋诗为乐，而乙庵、节庵、石甫时一戾止。中朝遂谓瞻园诗社月耗数千金，熊秉三尝为辩之）。"

8日 《申报》第15384号刊行。本期《自由谈》"诗选"栏目含《平山堂看牡丹》（真州赵大）、《春晴》（小珊）；"词选"栏目含《春宵曲·送杨碧珠之沪五首》（绛珠女史）。

9日 《申报》第15385号刊行。本期《自由谈》"文字因缘"栏目含《嫂氏薛孺人八十寿诗并序（代家大人作）》（傲髯）。

林栋作《十一月三日留郭伯宜同饭》。诗云："交契庞公与司马，全忘宾主日相寻。竟能共我饱粗粝，转更誉僮饶道心（是日僮具馔率甚）。局上谁从别白黑，舟中便恐兴戈镡（席中所谈）。且休饭罢及时事，欲语余方患口瘖。"

10日 《申报》第15386号刊行。本期《自由谈》"诗选"栏目含《次施君琴南〈槁蟫篇〉韵》（宝山周钦甫）。

《东方杂志》第12卷第12号刊行。本期"文"栏目含《石遗室诗话续编（续）》（陈衍）；"海内诗录"栏目含《读泊园〈种竹〉诗，绝爱其"无竹一大事"句，次韵奉和》（陈衍）、《立秋日访泊园不值》（陈衍）、《六月晦士可招集几甫先哲祠之不朽堂，即席有作》（樊增祥）、《题〈茧庐摹印图〉》（陈衡恪）、《宵归》（黄濬）、《题印伯先生遗像》（前人）、《酬程穆庵》（罗惇曧）、《偶成》（张同书）、《白沟河阻雨晚眺》（前人）、《叔伊追和戊申年昙字韵诗感赋》（樊增祥）、《纪梦》（夏敬观）、《送石遗先生入都》（高向瀛）、《节庵丈饷梁格庄菘》（陈衡恪）、《奉题石遗先生〈萧闲堂诗〉后》（侯毅）、《七夕东城醉归》（黄濬）、《次均敷厂见赠》（程康）、《师曾槐堂》（罗惇曧）、《题陈洁先居士〈南湖寿母图〉》（陈诗）、《甲寅七月十八日访陈师石遗，途经三海，北望有感》（张同书）、《秋夜有怀》（张同书）。另有其他篇目《眉庐丛话（续）》（蕙风）、《五十故事（续）》（东吴旧孙）。其中，黄濬《七夕东城醉归》云："颠掷年光黯未知，豁眸秋境陡千悲。城头黄月挂寒意，道左华灯非昔时。世论坐催沧海换，金风暗遣斗杓移。寻思生计真须拙，欲乞天丝有至疑。"

王仁东 64 岁生日，吴昌硕作《寿王完巢》。诗云："万缘朝莫寂，百虑肺肝枯。默契有巢氏，巢完道不孤。老怀存故国，天意寿今吾。醉可谋千日，黄花酒再酤。"

11 日　参政院开会，举行解决国体总投票。各省代表 1993 人投票，全部拥护君主制，并"完全一致""恭戴今大总统袁世凯为中华帝国皇帝"。参政院立即以"国民代表大会总代表"名义上书"劝进"。袁世凯假意将"劝进书"退回，谓："今若帝制自为，则是背弃誓词，此于信义无可自解者也。"当日，参政院再次开会决定"再劝进"，第二次推戴书当晚进呈。

《申报》第 15387 号刊行。本期《自由谈》"词选"栏目含《明月引·寻梦》（诗圃）、《浣溪沙·竹西春望》（诗圃）。

荣庆北游法界、日界、广寒、天仙等处，于松竹楼小坐归，得句："学士班联旧清秘，翰林风月小澄怀。"

12 日　袁世凯复辟称帝，改国号为"中华帝国"，号称"中华帝国皇帝"，宣布第二年改元"洪宪"，自称"洪宪皇帝"，改总统府为新华宫，受百官朝贺。清室当即表示："凡我皇室极表赞成。"袁世凯遂在"优待条件"上作跋语为"回报"："先朝政权未能保全，仅留尊号，至今耿耿。所有优待条件各节，无论何时，断乎不许变更，容当列入宪法。"翌日，颁布称帝后第一道申令："捕杀乱党"。

《申报》第 15388 号刊行。本期《自由谈》"游戏文章"栏目含《〈游戏文章〉序》（仿李白《春夜宴桃李园序》）（山阳宋焜）、《〈自由谈〉新开篇》（泗滨野鹤）；"诗选"栏目含《对月有感》（二首，绛珠女史）、《九月十五夜作》（绛珠女史）、《月菊》（绛珠女史）；"词选"栏目含《蝶恋花（庭草无人随意绿）》（绛珠女史）、《山花子（一片幽香袭水仙)》（陈琴仙）。

《崇德公报》第 27 号刊行。本期"文苑"栏目含《次雨林先生〈秋夜不寐〉韵，即呈一粲并质和作诸公》（焦桐馆主）、《三十初度感怀六律，呈崇德报社诸大吟坛教正并希赐和》（张星辉）、《忆秦娥·秋柳》（贾玉吉）。

陈三立陆续《上赏》《使者》《双鱼》《玉玺》《旧题》《史家》诸诗，讽袁世凯称帝。其中，《上赏》云："拥戴勤劳上赏频，纷纷功狗与功人。承恩博得胡姬笑，易醉他年有告身。"《使者》云："秦皇使者非等闲，求不死药传人间。船至辄为风引去，白头缥缈望神山。"《双鱼》云："天与人归万口誉，独缄哀怨寄双鱼。隗嚣不悟文渊去，任取茂陵封禅书。"《玉玺》云："汉家玉玺祖龙遗，老寡犹缠掷地悲。文致谶文身佐命，可怜宗室更生儿。"《旧题》云："掌握雷霆散八垠，起尘终恐污吟人。旧题焚尽南山竹，那解灰飞又作尘。"《史家》云："逸鹿青林未可驯，飞蛾红焰似相亲。史家佞幸增新例，媵汝飞腾一辈人。"

林纾后以诗纪袁氏复辟事，《七十自寿》十一："渐台未败焰灰张，竟有征书到草堂。不许杜微甘寂寞,似云谢朓善文章。胁污阳托怜才意,却聘阴怀觅死方。侥幸未蒙投阁辱,苟全性命托穹苍。"诗后自注:"洪宪僭号,征为高等顾问。又劝进时,内务部以硕学通儒见征赴署,署名劝进,余幸以病力辞。计不免者,则预服阿芙蓉(鸦片)以往,无他术也。"

柳亚子作《孤愤》。诗云:"孤愤真防决地维,忍抬醒眼看群尸?美新已见扬雄颂,劝进还传阮籍词。岂有沐猴能作帝?居然腐鼠亦乘时。宵来忽作亡秦梦,北伐声中起誓师。"

连横作《北望》(袁世凯僭帝时作)。诗云:"北望风云暗,东来草木新。中原犹战斗,故国欲沉沦。岂是唐虞禅,偏生莽卓臣。黄花如可问,愁绝泪沾巾。不惜民权贵,唯知帝制尊。可怜华盛顿,竟作拿破仑。国会遭摧折,邦基又覆翻。共和才五载,兴废与谁论。新室当朝诏,齐台劝进笺。文人甘作赋,武士复争权。豺虎衡途卧,鲲鹏绝海骞。中宵愁不寐,翘首望南天。玉笴滇池外,金戈越海隅。唐衢真痛哭,蔡泽愿驰驱。露布传千里,风声遍九区。桓桓诸义士,讨贼莫踟蹰。白马来盟日,黄龙痛饮时。登坛齐歃血,破岛待然脂。楚水连天阔,秦云入地奇。更闻巴蜀险,得失系安危。逐鹿悲项羽,投龟哭楚灵。乌江终不渡,汉水恨难平。黄屋他年梦,丹旒故里行。凄凉洹上土,枯骨塚中轻。日月低燕树,云霞绕汉宫。西山方射虎,南海又屠龙。击楫中流泪,麾戈再造功。群凶如不杀,终恐化妖虹。国是虽无定,人谋自可臧。同袍争敌忾,大厦免沦亡。水息鱼龙静,风恬燕雀翔。春江无限好,濯足咏沧浪。"

张光厚作《咏史》(四首)。其一:"暗里黄袍已上身,眼前犹欲托公民。纷纷请愿真多事,个个元勋肯让人。民选竟能容指定,天从何必假因循。杨家家法真堪噱,百代儿孙福莽新。"其二:"来许加官去送金,奸雄操纵未深沉。袁公路有当涂谶,石敬瑭真卖国人!篡位岂能逃史笔?虚心偏欲骗民心。寻常一个筹安会,产出新朝怪至尊。"

闵尔昌作《十一月六日,邯郸车中偶占》(二首)。其一:"归鸦万点暮云寒,老木荒祠迹已残。笑我平生无好梦,剩将醒眼望邯郸。"

吕一夔作《闻帝制复活感赋》。诗云:"迷离风雨薄高楼,一缕羁魂万斛愁。不信英雄终末路,俄传王气郁中州。儒都附莽生无耻,帝竟椎秦死亦羞。凄绝九原诸烈鬼,宵来绕枕哭啾啾。"

林资修作《洪宪改元感赋》。诗云:"当涂象魏矗嵯峨,八柄何年劫太阿。伯益竟成迁禹业,重华犹唱赞尧歌。二陵风雨攀髯近,九鼎神奸变相多。今日路人心共见,不堪回首话铜驼。"又作《再用前韵》。诗云:"殿上看赓复旦歌,丹书铁券下銮坡。国犹可窃诚奇杰,事有难言是共和。帝友似闻招四皓,封人今又说三多。眼中琴肤干戈朕,独奈孤儿寡母何?"

13日 《申报》第 15389 号刊行。本期《自由谈》"词选"栏目含《最高楼·集成句》(时甫)。

14日 《申报》第 15390 号刊行。本期《自由谈》"词选"栏目含《念奴娇·依苏东坡体韵》(东园)。

15日 《申报》第 15391 号刊行。本期《自由谈》"诗选"栏目含《瓶中蜡梅》(练西恨人)、《即事》(练西恨人)、《吊绿珠,用杜少陵〈佳人〉韵》(绛珠女史);"词选"栏目含《虞美人·有赠》(诗圃)、《一剪梅·集成句》(诗圃)、《念奴娇·依陈允平体韵》(东园)、《前调·依辛稼轩体韵》。

[韩]《天道教会月报》第 65 号刊行。本期"词藻"栏目含《常春园》(敬庵)、《万化亭》(金冲国)、《归乡忆亡兄》(凰山)、《玉壶洞》(凰山)、《晓泊瑞山教区》(凰山)、《又》(凰山)。其中,凰山《玉壶洞》云:"一楼峰墅似壶城,尽觉天翁尽意成。记忆前春花下坐,满山都是子规声。"

黎元洪不赞成君主制,拒绝袁氏政权加封亲王封号。袁世凯授刘师培为上大夫。又,袁世凯政府拟请曾习经出任财政部部长、广东省省长,曾氏坚辞不就。

王闿运由衡州致电袁世凯:"大总统钧鉴:共和病国,烈于虎狼,纲纪荡然,国亡无日。近闻伏阙上书劝进者不啻万余人,窃谓汉语有云:代汉者当途高。汉谓汉族,当途高即今之元首也。又明谶云:终有异人自楚归,项城即楚故邑也。其应在公,历数如此,人事如彼,当决不决,危于积薪。伏愿速定大计,默运渊衷,勿诿过于邦交,勿怀情于偏论,勿蹈匹夫通守之节,勿失兆民归命之诚,使衰年余生,重睹开日,闿运幸甚!天下幸甚!闿运叩。删。"袁即日复电云:"衡州王馆长鉴:删电悉。比者国民厌弃共和,主张君宪,并以国事之重付诸藐躬,夙夜彷徨,罔知所届。外顾国势之棘,内懔责任之严,勉徇从请,力肩大局,春冰虎尾,益用兢兢。当冀老成硕望,密抒良谟,匡予不逮。世凯。"各省劝进电都未得袁复电,惟王闿运电有复,趋炎附势之徒惊为异数。据传,此封劝进电乃王门弟子杨度伪造,因王氏已届八十有五高龄,其时已辞去国史馆长回湖南老家。

方澍《潮州杂咏》、谢无量《春日寄怀马一浮》刊载于《青年杂志》第 1 卷第 4 号。其中,《潮州杂咏》云:"薏苡能胜瘴,兴渠每佐餐。家书缄未发,强病说平安。南风袭缔葛,北风御裘裳。四时备一日,行觅养生方。绿蔗畦千顷,白云山四围。不教畏霜雪,背叶鹧鸪飞。自续游仙引,微闻水调歌。三冬中炎疫,煎取兜娄婆。苦竹支离笋,甘蕉次第花。鸡栖豚栅外,三两野人家。唧唧入筵鼠,寸寸自断虫。飞飞鲋似燕,高御海天风。禅悦晨含笑,灯明夜合欢。一空依傍好,壁上倒风阑。旷野栟榈屋,清溪笭箵烟。举筋荐蚶瓦,荷钟种蚝田。朝着抱木履,暮藉流黄席。百和螺屑香,沉沉坐苔石。竹鸡能化蚁,啄木能食蠹。那更畜獶狻,田间搏蹇兔。海月拾乌榜,蛤蜊劈白肪。晶盘盛瓜珀,斑管谱糖霜。泼泼岸将转,冷冷水始波。云霞出文贝,丹缬络缨螺。柳絮化飘萍,茑萝附高枝。何如五子树,生辰不相离。已成巾早漉,未及瓮迟开。醉读东坡赋,还沽酒子来。布灰数罟后,乘潮张鬣初。鳗鲡陟山阜,缘木可求鱼。昀昀斥卤滨,耕作聚田畯。但插占城稻,何因植丽春。蜉蝣糁盐豉,园蔬同瓶熬。尔雅读非病,人应笑老饕。晨兴调鹦鹉,晴日上东窗。悯尔樊笼鸟,呼余是外江。两岸乌须鲫,一丈龙头虾。无弦更堪听,水底响琵琶。水蛭空潭活,蚰蜒破灶多。古称瘴疠地,旅食近如何。别扬污莱远,非关壤地开。落花成颗粒,涂豆满山栽。葛丝采处处,生苧绩家家。漂澼新蕉布,比於波罗麻。食熊与食蜗,肥瘦异形骸。菁芜变为芥,犹是橘逾淮。蒼卜雪为花,山矾花似雪。道逢逐臭人,泾浊渭清洁。木棉不可衣,榕林不可薪。愿救饥与寒,珠玉何足珍。"《春日寄怀马一浮》云:"往往叨相见,寥寥愧远寻。梦中芳草路,春色五湖阴。簇柳新牵带,游莼暗抱簪。画桡频别浦,席帽定高岑。咏浴澄沂志,随芎吐谷音。料驯元晏鹤,倚落武城禽。若木仁容静,兼山止足深。伯居长简简,朱坐但钦钦。四海干戈在,幽栖日月森。下帘疑罢卜,隐几即援琴。久羡窥颜乐,何繇息跕吟。侂诗应有作,洞历况能任。莫过玄黄野,犹茨赤黑褾。众愚贪地味,衦恶诣天心。出米方征性,重芦旧止淫。淹中惟礼乐,稷下等嚣暗。正复离群数,遥知如道骏。病余人事懒,愁畏二毛侵。列喻承怜蚿,义占比断金。愿持千里意,聊为豁尘襟。"本期通讯栏中,陈独秀在与张永言的通讯中云:"吾国文艺,犹在古典主义、理想主义时代,今后当趋向写实主义。文章以纪事为重,绘画以写生为重,庶足挽今日浮华颓败之恶风。"

16 日 日本大正天皇登基。[日] 土方久元作《奉祝即位大典》。诗云:"斯生两度祝佳辰,幸福如余有几人。大礼感余恩宠渥,仰瞻国势日相新。"

梁启超见国事日变,秘密离天津乘轮赴上海,在沪与欧事研究会联系筹划云南、贵州、广西三省之倒袁运动。

《申报》第 15392 号刊行。本期《自由谈》"游戏文章"栏目含《闺怨·新开篇》(高洁)。

刘文典手录吴梅村诗句:"世事真成《反招隐》,吾徒何处续《离骚》"。附注"中华民国四年十二月十六日叔雅书梅村句"。

17 日 《申报》第 15393 号刊行。本期《自由谈》"词选"栏目含《月底修箫谱·种桐簃题壁》(东园)、《水龙吟·金陵杂感》(东园)。

施士洁作《友竹居士五十寿诗》。诗云:"曲学以阿世,儒者所不齿;至今丞相弘,千载笑牧豕。友竹抱遗经,埋首蟫丛底。咄哉家赤贫,胸次富图史。僧孺笔可耕,髯仙字可煮;纵谈隘五州,览古洞廿纪。长揖通德门,布衣傲珠履;鲲鹿竞维新,华士聊尔尔;审音聋雅郑,辨色瞆朱紫。赖此一诗痴,风骚存正始。弹指小沧桑,年今半百矣！索和自寿诗，重瀛犹尺咫。君我信同病，读之悲且喜。我闻孟东野，工诗穷欲死；然而白香山，境老诗愈美。为白固可娱，为孟亦不耻；将寿补蹉跎，或者有是理。竹城旧诗薮，才隽拍肩起。开筵擘麟脯，登坛执牛耳；高唱鹤南飞，腰笛烦李委。惜我滞鹭峙，故关渺千里！屋梁梦颜色，渴念何时止！朔风起天末，吟筒付双鲤；以诗寿诗人，人远诗则迩。苦忆嵇阮交，转眼成黄绮；伫君杖乡日，跻堂共称觥。落落耆英会，盈盈衣带水；引领幔亭樽，馋涎滴满纸。"跋云："耐公寄祝。乙卯（民国四年）仲冬十又一日，鼓浪洞天客次。"

19 日 《申报》第 15395 号刊行。本期《自由谈》"诗选"栏目含《秋柳，和樊山并柬乙庵》（四首，漱岩）、《三女》（漱岩）；"词选"栏目含《锦堂春·送别，集成句》（诗圃）、《玉蝴蝶·集成句》（诗圃）。

王闿运得袁世凯电，并得肃政送书，作《过武胜关到汉口，作书与袁慰廷》。

20 日 《申报》第 15396 号刊行。本期《自由谈》"文字因缘"栏目含《挽谱伯陆凤石太傅》（二首，青浦徐公辅）、《挽常熟庞中驱劬庵先生》（二首，青浦徐公辅）。

《船山学报》第 5 期刊行。本期"文苑"栏目含《船山先生生日释菜诗序》（袁绪钦）、《船山先生生日释菜诗》含《一》（浏阳刘瑞沖）、《二》（耒阳谷巨山）、《三》（宁乡傅绍岩）、《四》（长沙吴嘉瑞）、《五》（益阳陈鼎忠）、《六》（浏阳刘善泽）、《七》（桂阳陈毓华）、《八》（桂阳彭政枢）、《九》（长沙黄□）、《十》（益阳曹佐熙）。

《学生》第 2 卷第 12 号刊行。本期"文苑"栏目含《乙卯北海游记》（侯鸿鉴）、《游嵩纪略》（北京清华学校高等科生张广舆）、《惠州西湖游记》（广东省立惠州中学校四年生魏佐国）、《游林肯故宅及陵寝记（附图）》（留学美国伊利诺大学毕业生陶知行）、《寒假归棹记》（江苏第三师范学校本科三年生蒋启藩）、《西山游记》（云南工业专门学校冶金科四年生何廷楷）、《自镜园跋》（湖南慈利县立中学校四年生莫祖介）、《与友人论学书》（江西南昌心远中学校学生程学榆）、《日记自序》（四川重庆联合县立中学校四年生孔庆宗）、《谢友赠水仙花启》（广东香山中学学生郑彦陶）、《题画牛扇》（南通师范学校学生宋禀恭）、《观鸟作巢有感》（前人）、《田家》（上海民立中学学生张训诗）、《山居》（交通部上海工业专门学校中院学生桂铭敬）、《宛溪夜泛》（安徽省立第四师范学校学生王魁）、《江干晚眺》（二首，上海华童公学学生潘志铨）、《秋夜书斋独坐》（前人）、《和武陵道尹余节高〈綮〉〈自述〉原韵》（湖南慈利县立中学校学生单聿苻）、《咏兔》（浙江安定中学学生张元荣）、《雁阵惊寒》（上海英华书馆四年级学生朱锡祚）。

《大中华》第 1 卷第 12 期刊行。本期"文苑"栏目含《碧浪新亭记》（王闿运）、《夜饮荣仲华园亭，设茶瓜感作》（王闿运）、《八月一日感旧》（王闿运）、《和陈小石》（王闿运）、《初六日湘绮先生过饮，即席赋柬》（庸庵）、《乙卯初夏重至西湖有感》（庸庵）、《湖上杂咏》（八首，庸庵）、《送幼石二兄回黔》（庸庵）、《中秋雨后看月，有怀小笏观察、琇甫太史乔梓》（庸庵）、《吴子修同年七秩双寿，哲嗣绸斋侍讲征诗，作此贺之》（庸庵）、《鞠人相国招饮愋园，出图索题，赋呈长句》（沈观）、《秋岳金事枉赠长篇，依韵奉答兼示众异》（沈观）、《重九日黄河舟中寄王大济若并柬韩、汪、杨诸君》（沌公）、《托城感事》（沌公）、《好妾村题壁》（晚宿一村，不知其名，问之馆人，曰：是名好妾。因戏题焉）（沌公）、《大同马上寄和章菊绅》（沌公）、《题三六桥多〈朔漠访碑图〉》（绸斋）。

21日　《申报》第15397号刊行。本期《自由谈》"诗选"栏目含《小游仙》（和王子裳咏霓九叠韵）（四首，诗圃）、《净慈寺》（漱岩）。

《崇德公报》第28号刊行。本期"文苑"栏目含《和闷列〈三十初度感怀六首〉，即次其韵》（云中小主）、《次云中小主〈重阳〉韵》（二首，纵先）、《喝火令·偶成》（贾玉吉）。

恽毓鼎作《月当头夜怀伯齐同年》。诗云："除却中秋夜，今宵月最明。良朋虽异地，旧局想关情。漏午人无影，林枯鸟禁声。步檐成晚睡，寒梦落嵺城。"

江五民作《十一月十五早行》（冬至前二日）。诗云："月影霜华一色研，早行词客有佳联。疏疏星点初飞雁，寂寂河声未放船。入世难逃儿女累，看山空慕佛仙缘。灞桥驴背如飞雪，应许寻诗让我先。"

22日　《申报》第15398号刊行。本期《自由谈》"文字因缘"栏目含《哭邹咏春侍讲，即用其〈自挽〉韵》（四首，徐公辅）。

王松（友竹）作《五十初度》（五首）。其一："忽忽韶光五十春，不才容易负君亲！幼舆性癖耽丘壑，长吉诗篇托鬼神。闻见两朝惭逸士，沧桑百劫感孤臣！一年一度伤心甚，回首当时母难辰！"其二："争名图利总成空，学佛求仙亦不工。老我山林知是福，看人钟鼎愧无功！写忧每藉文三上，遣兴惟凭酒一中。今日不禁身世感，头衔自署信天翁。"其五："历尽穷冬两鬓霜，醉看东海几生桑！英雄更有难收局，歌舞终无不散场！白发只余贫病在，朱门每为古今伤！知非伯玉吾真愧，成就高阳一酒狂。"

胡惠溥生。胡惠溥，字希渊，别署倚天长剑楼，晚署半亩园，四川泸州人。著有《半亩园诗钞》《素绚词》。

23日　周庆云招集乙卯消寒第一集，咏灵峰掬月泉、来鹤亭、补梅庵、庋经室四景。是集首唱吴昌硕《乙卯消寒第一集，咏灵峰四景》（四首），续唱：刘炳照（四首）、缪荃孙（四首）、潘飞声（四首）、宗舜年（四首）、白曾然（四首）、陶葆廉（四首）、刘承干（四首）、恽毓珂。其中，吴昌硕《乙卯消寒第一集，咏灵峰四景》其一："浩月分明一掬中，泉清见底月浮空。美人云鬓菱花里，寄语闲愁漫洗红。（掬月泉）"白曾然其一："在山清绝不嫌寒，玉宇璠楼倒影看。一匊明月难掇取，阿瞒中夜感无端。（掬月泉)"

《申报》第15399号刊行。本期《自由谈》"词选"栏目含《如梦令·集成句》(三首,诗圃)、《又》(诗圃)、《又》(诗圃)。

蔡锷通过唐继尧、任可澄向袁世凯发出最后通牒,要求取消帝制。

白坚武探王蕴珊,遇李长卿座谈。归途中偶成绝句一首。诗云:"阅尽人谋与鬼谋,风风雨雨望中州。而今始识黄金贵,海上衣冠笑沐猴。"

留美学生张準致信胡适,谈胡氏《送梅觐庄入哈佛》诗,谓译名可以入诗,但未经通行的译名不可入。信中写呈称誉胡适之小诗一首,诗云:"绮城佳山水,大学康南耳。吾国素心人,游学多莅止。绩溪胡适之,吾友兼吾师。学问惊老宿,文章动华夷。"

黄侃作《十一月十七日即事诗》。诗云:"又见河边殇翂飞,神州神器竟谁归。升坛尚自劳三让,奉使应须遣五威。南国后皇空树橘,西山义士漫餐薇。华胥梦破残生在,独向斜阳泪满衣。"

24日 云南巡按使改称都督府,唐继尧兼护国第三军总司令。

《申报》第15400号刊行。本期《自由谈》"文字因缘"栏目含《乙卯十月中瀚,小吟酒楼,即席赋呈青浦天民,并示梁溪酒丐》(二首,绮琴轩主初稿)、《绮琴轩主馥苏宗兄系予昔年寄闻报馆同事,今在沪上悬壶,其道大行,承蒙招饮并赐瑶章,次韵答谢兼呈酒丐》(二首,青浦天民)、《五凤砖砚歌,为京口中泠叶玉森作,要余属和,勉拟柏梁体以应之》(裴村)。

张震轩作《挽类生弟妇》。联云:"儿女粲成行,惊片时蒌室招魂,巢育双雏啼失乳;房帏欣静好,奈予季箜篌入梦,弦弹孤鹤曲伤心。"

25日 蔡锷、唐继尧等通电各省宣告云南独立,组织护国军讨袁,护国运动爆发。又,由云龙作《护国纪念诗一首》。诗云:"旦尹不作操温死,项城肆然为天子。堂堂民意敢暗干,五华异人横刀起。四方豪俊趋如云,就中邵阳尤超群。居者行者定谁是,可取而代论纷纭。鲰生末座参刍议,临阵易将古所忌。郭李并是中兴才,驾轻就熟得机势。又议幕府推元戎,大将旗鼓斯风从。南北对峙我为正,义声所树慑元凶。愚谓鲁卫兄弟国,先自尊大众情感。葛仍军府旧称名,兹役本是群力策。两事成败实关键,幸容蠡见无留难。黔蜀桂湘以次悉响应,壶浆到处民腾欢。个人甘苦何足道,所幸国体复旧观。当时集思广收益,本是职司应尽责。大树将军默无言,至今称道又啧啧。何况内患未外侮乘,为功为罪百世而后始定计。试看泱泱东大陆,万态嵘然尽翻新。斯诚亘古所未有,应将奇勋伟绩流传百世垂贞珉。"反袁运动首先在西南各省展开。朱德此时任团长,在蒙自从蔡锷发起讨袁起义。孙中山随即发表《讨袁宣言》。此时沪报有《云南路此路不通》之讽刺画(公共租界有云南路),李右之《辛亥革命至解放纪事诗四十首》其十咏此事:"蔡锷脱离软禁中,义旗一举共从风。报章插画行人问，指点云南路不通。"

《清华学报》创刊于北京。初为季刊，后改半年刊、年刊，私立清华学校创办，清华学报社编辑、出版。陈寅恪、杨树达、刘文典、俞平伯、朱自清、闻一多、浦江清、王力、吴宓、冯友兰、潘光旦、浦薛凤、萧公权等曾任编委、总编辑或编辑部主任。第1—4卷第1、第3、第5、第7期为英文本，第2、第4、第6、第8期为中文本。1920年1月出至第5卷第1期停刊，1924年6月复刊，改为半年刊，卷期另起。1934年第9卷起改为季刊，由国立清华大学出版，1937年7月出至第12卷第3期后迁至云南昆明出版，1941年第13卷起改为半年刊，1945年抗战胜利后迁回北平出版，1948年第15卷第2期终刊。主要栏目有"著述""学术""文艺"(诗、词)、"余录""选论""丛录""论衡""科学""杂俎""杂纂"等。

《复旦》杂志在上海创刊。复旦公学(第7期改署复旦大学)创办、编辑、发行。初为半年刊，第8期起改为季刊，别题《复旦季刊》。1923年9月1日停刊，共出17期。主要栏目有"文选""别史""诗词""小说""论说""著述""科学""文苑"(文、诗、词)、"课艺""纪事""杂俎""译丛""社论""专件""社会调查""海外通信""言论""评林""译著""名剧""谈丛""演讲"等。主要撰稿人有李登辉、吴毓腾、刘延陵、吴朗、狄侃、徐柏堂、沈奎、贺启愚、钟建闳、刘慎德、罗尔菜、杨颖、林广怀、顾秉文、秦光灿、贺芳等。第1期"诗词"栏目含《可怜曲》(刘延陵)、《城东妃子墓，云宋南都宫嫔从迁卒于此》(刘延陵)、《通州城无北门，惟有敌楼临眺颇佳，曾一偕亡友张撷薇登临，乙卯春再过北城上，旧地重游，不尽凄然》(刘延陵)、《落花》(贺芳)、《题〈美人图〉》(贺芳)、《读〈桃花源记〉》(贺芳)、《待月》(贺芳)、《咏鹰》(贺芳)、《九日旅中》(贺芳)、《寒鸦》(贺芳)、《甲寅双十节有感》(贺启愚)、《闻雁》(贺启愚)、《闻青岛陷没于日志感》(贺启愚)、《咏鹰》(贺启愚)、《摩托车》(贺启愚)、《咏古女侠》(贺启愚)、《送刘仲庚同学游学津门》(贺启愚)、《勉子约游龙华》(顾秉文)、《百花生日》(顾秉文)、《将由家赴沪，率成一绝》(顾秉文)、《春阴》(顾秉文)、《偕琅峰、樾侯、展成登紫琅》(顾秉文)、《与琅峰夜游芦泾港道中口占》(顾秉文)、《浣石、太瘦二君坚以〈夏闺〉来索和，固辞不得，作三绝应之》(顾秉文)、《客山诗社分题得鬼》(限庚韵)(杨祚职)、《乱后登石城清凉山》(杨祚职)、《苏台怀古》(杨祚职)、《广陵端节有怀诸兄弟》(杨祚职)、《金山塔顶望江》(杨祚职)、《浔阳琵琶》(和友人作兼步原韵)(杨祚职)、《采莲曲》(杨祚职)、《拂水山庄》(杨祚职)、《菩萨蛮·怀人》(杨祚职)、《江城梅花引·秋意》(杨祚职)、《声声慢·秋夜不寐，用独木桥体》(杨祚职)、《喝火令·梨花》(杨祚职)、《菩萨蛮·重九日登石城清凉山，壬子年作》(杨祚职)、《大江东去·金陵怀古》(杨祚职)、《满江红·过梅花岭吊史阁部》(杨祚职)、《春雨》(恽震)、《大雪赋感》(十二月二十四日)(恽震)、《田单》(恽震)、《李牧》(恽震)、《廉颇》(恽震)、《白起》(恽震)、《白燕》(贾孟雄)、《春日纵步》(贾孟雄)、《赠别》(贾孟雄)、《甲寅滞迹武林，清明有感》(贾孟雄)、《暮秋病中登楼有感》(贾孟雄)、《春感》(贾孟雄)、《凌风楼怀古》(徐健行)、《风雨萧条，百感交作，因出客岁抱恨君所赠〈春申江上送别图〉一幅，展而阅之，偶成四绝》(徐健)、《春阑六章》(梁溪秦光灿瑼秋)、《秋夜听雨》(前人)、《初秋》(前人)、《送别钱先生》(前人)、《浪淘沙·秋夜》《白苹香·闺情》(前人)。

《爱国月报》创刊于上海。孑遗民编辑，仅存 1 期。该刊为石印本。主要栏目有"社论""选论""译件""法令""纪事""苑"(文、诗、词、诗话、词谱)、"说部"(理想、纪实)、"乐府"(传奇、歌剧、弹词)、"杂俎"(笔记、拾遗)、"余兴"(寓言、谐著) 等。主要文艺撰稿人有希潜、何隽卿、翼汉、剑在、无躁、碧痕、长风、癯仙、痴汉、西河等。

《民信日报》在上海创刊，"借耶稣复活之节，卜共和复活之兆"。该报辟有副刊《艺林》，发表"小说""诗词""丛谈""译著"，主要作者有黄侃、杨铨、叶楚伧、沈尹默、胡怀琛、柳亚子、郑泽、邵元冲、傅尃、陈去病等。

《申报》第 15401 号刊行。本期《自由谈》"词选"栏目含《凄凉犯·陵阳镇晓发》(汪诗圃)。

《小说月报》第 6 卷第 12 号刊行。本期含"文苑·诗"栏目含《崝庐》(三首，散原)、《雪夜读〈范肯堂诗集〉》(散原)、《论诗绝句》(香严)、《铜鼓歌 (并引)》(沧鸥)、《鹤鸣庵坐雨》(古愚)、《朝阳洞》(古愚)、《晓起即事》(审言)、《李健父三十九生日，赋诗为寿》(审言)、《重九日夕，偕徐凤石泛小艇禁城玉河中，诸真长立桥上观》(映盦)、《真长先以书籯寄江南，赋此调之》(映盦)、《题〈风木庵图〉，为丁和甫作》(映盦)、《赋奕山庄四咏，为廖笏堂》(觭庵)、《生别离》(觭庵)、《重来海上与人夜话感书》(公约)、《题程穆厂〈岳云闻笛图〉，兼吊顾所持先生》(公约)；"文苑·词"栏目含《浣溪沙·和瀯碧韵》(怀荃)、《玉漏迟·癸丑春日和吴伯琴丈，即用原体原韵，时同游愚园》(天徒)、《菩萨蛮》(天徒)、《惜红衣·沪南李公祠池荷特盛，池后小山曲径回环幽秀尤绝。乙卯晚秋，余偕徐丈仲可往游，花事雕零，空梁泥落，合肥铜像仆于辛亥之役，劫后重建，金碧凄黯，亦非复曩观矣，感怆成吟，和石帚韵》(西神)、《花犯·春音社第一集赋樱花，依清真四声》。"新体弹词"栏目含《西泠剧弹词 (续)》(绛珠女史著，东园润文)。

《中华妇女界》第 1 卷第 12 期刊行。本期"文艺"栏目含《芸香阁怀旧琐语 (续)》(吴江汪静芬女士)、《余避地来饶之又明年，得就意成女学校图画教员之职，一年以来备承蔡舜琴校长暨诸女士雅爱，书此志感》(吴斯玘女士)、《君仪妹有奉天之游，以诗见示，即步原韵奉怀》(吴斯玘女士)、《长亭怨·送湘波七姊之粤东》(吴斯玘女士)、《晚烟》(奉天金郁云女士)、《感怀五言四首》(黄涤凡女士)、《致赠常熟选芬盟姊五言四首》(前人)、《用两当轩赠友韵寄仲厚》(范姚蕴素女士)、《叠韵寄怀仲厚》(前人)、《闻笛》(前人)、《高阳台·夜雨,和韵》(陈启泰遗稿)、《齐天乐·晋阳怀古》(前人)、《踏莎行·梦中还家醒后感赋》(吴斯玘女士)、《玉楼春·赠邻女》(郭坚忍女士)、《西江月·和李梦萱女士韵》(郭坚忍女士)、《招游启》(陈国璋女士)、《哭君霞文》(谢澄女士)。

[韩]《经学院杂志》第 12 号刊行。本期"词藻"栏目含《三月十四日瞻拜开城文庙识感》(郑准民)、《释奠日感吟》(朴升东)、《奉读经学院杂志》(金东振、李寅兴、韩弘斗)。其中,郑准民《三月十四日瞻拜开城文庙识感》云:"仰瞻追慕步迟迟,墙仞犹容学者窥。杏树坛前春又至,一团和气浑无私。"

陈懋鼎作《过高荫午作县江西》。诗云:"平生郁离意深厚,介君于我曾恐后。论交人境二十秋,白头如新常八九。神君一见识温粹,三已无愠真耐久。可令宾主专江西(君前令南昌,时沈涛园抚赣),暂喜因缘结海右。我身木雁藏妙用,出入无能作轻重。临事惟知坐啸了,投分直欲岁寒共。门前古泉澄不清,堂下新树种不成。外台旧德那忍述,明湖秋风空复情。一场拙计足牵累,不尔曷贵求友生。复来幪被从我馆,世变喧喧心意意。未嫌底里倾更尽,只惜期程去休缓。岂其娶妻必齐姜,百岁犹乐思桐乡。江州路远家却近,燕市景短情方长。凭君寄声郁离子,风味相似难相忘。"

26 日 护国第一军总司令部成立,蔡锷为总司令,罗佩金为参谋长,殷承瓛为参谋处长,李曰垓为秘书长。

《申报》第 15402 号刊行。本期《自由谈》"词选"栏目含《沁园春·美人发》(实甫)、《又·美人口》(实甫)、《满江红·登榕城戍楼作》(实甫)。

夏思痛作《入狱示同逮诸子》。诗云:"长此茫茫夜未央,暗中摸索费思量。糊涂罪案拘公冶,罗织清流捕范滂。敢惜草菅三尺命,每思华夏九回肠。艰辛便是馨香味,好与男儿仔细尝。"

27 日 总司令蔡锷发布讨袁告示,要求袁世凯取消帝制,还我共和,恢张民气。孙中山派石青阳、刘荩诚来川策动。讨袁军事,离箭在弦。袁世凯元旦登极大典,被迫延期。

《申报》第 15403 号刊行。本期《自由谈》"词选"栏目含《选冠子·赠韦伯谦学使》(实甫)、《声声慢·秋声,用蒋竹山体》(实甫)、《虞美人(泪花偷揾银红袖)》(诗圃)、《孀人娇(露冷庭柯)》(诗圃)。

著名记者黄远庸在美国旧金山被暗杀。严复挽之以诗,诗云:"毕竟何人贼,传来举国惊。微生丁厄运,乱世讳才名。渡海风吹翠,归途雨湿旌。泛交一日雅,太息意难平。"黄远庸,名为基,以字行,笔名远生,江西德化(九江)人。1885 年出生。

父德藻，诸生，在宁波办过洋务。母氏姚，习礼明诗。幼时得力于母教甚多。1903年入县学。同年联捷举江西省乡试。翌年联捷成进士。同榜者有商衍鎏、沈钧儒、谭延闿、关赓麟、叶恭绰等。以即用知县分河南，因不愿为县官，东渡入日本中央大学习法律。1909年归国，先后在清邮传部任员外郎，派参议厅行走，兼编译局撰修官。辛亥革命后，在北京任上海《时报》《申报》特约通讯员。曾参加进步党。身后有《远生遗著》行世。胡适《五十年来中国之文学》谓黄远生为新文学发"先声"之人。

28日 《申报》第15404号刊行。本期《自由谈》"诗选"栏目含《小乐府四章：行路难》（四首，东园）。

《世界观杂志》第1期第5卷刊行。本期"文苑·诗录一"栏目含《乖崖诗存（续）》（宋代张咏）、《明遗民诗钞（续）》（陆世仪）、《〈弱水集〉咏古乐府（续）》（屈复）、《澄霞阁诗略（续）》（武谦）、《杨紫犿先生遗稿（续）》（杨永清）；"文苑·诗录二"栏目含《秋兴诗二首》（李晃父）、《赠人》（李晃父）、《飔飔吟》（曾习之）、《宝剑吟》（曾习之）、《寒松吟》（柬同学）（曾习之）、《明妃怨》（张曜唐）、《鹦鹉洲吊祢衡歌》（张曜唐）、《送杨昀谷入蜀（续）》（赵尧生）、《重九登翠笔峰》（赵尧生）、《小游仙十二首》（曾道侯）；"文苑·词录"栏目含《贺新郎·渔凫城》（曾道侯）、《渡江云》（杨淑珉）、《疏帘淡月》（杨淑珉）；"文苑·诗话"栏目含《蜀诗话（续）》（曾道侯）。

朱祖谋与况周颐连句，共赋《千秋岁引·效连咏体，夔笙得前拍，予继声》。词云："玉宇琼楼，绿尊翠杓。不分伤春蹙眉萼。花辞故枝忍烂漫，萍黏坠絮仍飘泊。宝奁金，锦衾铁，总成错。（夔笙）　昨夜梦沉情事各，今夜梦回思量著。那惜行云楚台约。当初莫愁愁似海，而今瘦沈腰如削。四条弦，五纹绣，浑闲却。（沤尹）"

29日 《申报》第15405号刊行。本期《自由谈》"词选"栏目含《玉树后庭花·秋江送别》（绛珠女史）、《前调·秋江留别》（倒和韵）（鲍苹香女史）。

陈鹏超作《乙卯十一月廿三日，搭日本邮船鹿岛丸赴星洲，舟次感赋》（二首）。其一："沧江一望水连天，万感环生意怆然。莫道河山如锦绣，国门不入已三年。"其二："内外承风劝进忙，封公封伯复封王。痛教新莽窥神器，会见春陵义帜扬。"

30日 《小说大观》第4集刊行。本集"短篇"栏目含 [补白]《灵凤词》（几庵）、《渔樵闲话》《淞楼杂记》（翔龙）、《三借庐丛稿》（邹弢）；"长篇"栏目含 [补白]《几庵诗稿：秋斋夜坐，寄怀天笑海上》《浣溪沙·小除夕携阿婉凭吊苏小墓》（澹云）、《澹云写示〈小除夕携阿婉凭吊苏小墓〉词，清芬扑人，馨逸可喜。余眷念隽游，追怀往迹不能无感，奉和一章，不自知其凄怨也》（疏雨）。

31日 《申报》第15407号刊行。本期《自由谈》"诗选"栏目含《迎春曲五首》（东园）；"词选"栏目含《红情·赋梅》（东园）；"文字因缘"栏目含《好事近·贺陆二圣夷新婚八章》（筠甫）。

陈宦在成都发劲进电："民意不可拂逆，事机不可迁延，应恳请圣主于明年元旦吉辰，践祚建极，布告天下，以正名分而奠人心。"同日，发布"文告宣布于省垣暨城外十里内，自十二月三十日起宣告戒严，要求军民人等，一体遵循，并分饬军警对川滇接壤要冲，严密筹备，节节扼守。"

本　月

《民权素》第13集刊行。本集"名著"栏目含《桐城派古文说》（林琴南）、《读〈史镜古篇〉后序》（望之）、《〈侬歌侬解录〉自序》（楚伧）、《〈艺圃图〉序》（卷盦）、《诸葛武侯不长于用兵辨》（起予）、《今本〈孟子〉与唐本不可同考》（权予）、《跋苻秦广武将军碑》（怀霜）、《书〈王烈妇传〉后》（望之）、《谢龚星南惠序文启》（魏羽）、《为陈子贞女士征诗文启》（佛慈）、《复剑公书》（匪石）、《致应申叔书》（君木）、《与亚子书》（文溥）；"艺林·诗"栏目含《玉带桥晚步》（枚道子）、《青女歌》（枚道子）、《狱中与威丹联句》（二首，太炎）、《晚归浮屠关》（二首，杨庶堪）、《鹪鸪曲》（郑麞度）、《张子南屏因秋风起而思归，作此调之》（二首，郑麞度）、《古战场》（黄道让）、《乌江渡》（黄道让）、《河南道中》（黄道让）、《题吴春谷太守〈藩篱固守图〉》（黄道让）、《鉴湖看红叶》（古香）、《读王荆公集》（古香）、《寓言三首》（天醉）、《天婴抵书垂问病状，读罢感赋》（君木）、《寄答叔申》（君木）、《即事》（二首，萧斋）、《截句》（萧斋）、《回文闺词》（二首，张铁瓶）、《杂诗》（二首，笑呆）、《山馆》（六首，缩天）、《江都竹枝词》（四首，起予）、《读〈淮阴侯传〉》（起予）、《冷僧得金陵炮弹一片铁，供之秋斋，索予题辞其上，得二十八字》（海鸣）、《感怀》（六郎）、《登滕王阁》（愚农）、《寒夜不寐有感》（二首，卓春）、《秋怀》（二首，寄芳）、《无题三首》（庆霖）、《不寐》（超球）、《帆影》（超球）、《雅聚园会饮席上呈寄萍、翔鸿诸子》（佛慈）、《题胡蕴山〈濯足万里流图〉》（喟庵）、《书恨，答民魂，即次元韵》（二首，茹恨）、《悼亡十章之六》（为金君代作）（六首，侠红）、《丙午客金陵，香山观察索撰某制军寿序，闻其馆藏上酿，先以诗乞，分十斤》（箸超）、《截句》（箸超）；"艺林·词"栏目含《玉漏迟·雨夜岑寂，有怀励庵》（枚道子）、《好事近·纪梦》（孟劬）、《踏莎行·读冷红生译小仲马〈巴黎马克格尼尔遗事〉，感其情文缠绵排恻，涕为之堕。辄题小词，以谂稗官家》（孟劬）、《莺啼序·寒雨游石城，向夕微霁，用梦窗韵》（中泠）、《金缕曲·病中有感》（剑厂）、《西河·和清真〈金陵怀古〉，用元均》（匪石）、《水晶帘·中秋夜怀人》（鸳春）、《十六字令》（二首，鸳冷）、《浣溪沙·题雪坡老人〈墨水仙〉画册》（昂孙）、《桃源忆故人·深夜迟故人不至》（箸超）；"诗话"栏目含《燕子龛诗话》（释曼殊）、《唐宋诗别说》（寄禅）、《菜根书屋诗评》（天任）、《摭怀斋诗话（续第十二集）》（南村）、《旧时月色斋词谭》（匪石）；"谐薮"栏目含《师姑养儿子，众神着力赋》（以"不孝有三、无后为大"为韵）（权予）、《闺怨》（集《葩经》句，仿制艺体）（绍周）、《上宫馆人控孟子从者窃屡状》(起予)、《拟某校书致某大少书》(颂予)、《花花室吟淬》(花奴)、《戏缀俗语诗二十四首 (续第十二集)》(缩天)、《鸬鹚谈八则 (续第十二集)》(碧痕)、《花花室花话 (续第十二集)》(花奴)、《喷饭录 (续第十二集)》(伽摩);"剧趣"栏目含《名伶赞》(以曾隶海上舞台者为限) (仙芝)、《梨香社剧话 (续第十二集)》(尘因)、《叫天南来十日记 (续第十二集)》(一萍)。其中,张尔田 (孟劬)《踏莎行·读冷红生译小仲马〈巴黎马克格尼尔遗事〉》云:"束锦纤腰,笼纱玉貌。香车油壁章台道。山茶化作断肠花,相思羞佩宜男草。　　凤轸回弦,蛮笺叠稿。泪珠红染郎怀抱。此情却似水东流,青天碧海何时老。"

《国学丛选》第7集刊行。本集"文类·文录"栏目含《何孝女传》(金山高燮吹万)、《〈伤昙录〉自序》(金山高燮吹万)、《亡儿墓碣铭》(金山高燮吹万)、《〈幽梦影〉节钞弁言》(金山高燮吹万)、《〈伤昙录〉跋》(金山高基君深)、《〈伤昙录〉序》(松江姚锡钧鹓雏)、《国学私塾启》(松江姚锡钧鹓雏)、《〈伤昙录〉书后》(松江杨锡章了公)、《高丰哀辞》(华亭李维翰苣香)、《书高吹万先生哭丰儿文后》(丹徒王祖庚景盘)、《高吹万先生哲嗣丰哀辞 (并序)》(松江马超群逢伯)、《封卢墓文》(醴陵傅尃钝根)、《赛渌江传》(醴陵傅尃钝根)、《帆影楼记》(魏塘沈砺道非)、《六铭》(金山高旭天梅)、《〈然脂余韵〉序》(梁溪王蕴章莼农)、《〈变雅楼三十年诗征〉序》(吴江柳弃疾亚子)、《周母敖太君墓志铭》(吴江柳弃疾亚子)、《〈变雅楼三十年诗征〉序》(玉峰胡蕴石予)、《〈伤昙录〉跋》(金山姚光石子);"文类·诗录"栏目含《题亡儿五岁小影》(金山高燮吹万)、《题天梅〈变雅楼三十年诗征〉》(金山高燮吹万)、《耿伯齐先生以松江普照寺为陆机故宅,即就寺内建二陆草堂因题》(金山高燮吹万)、《〈红薇感旧记〉题词,为屯艮作》(金山高燮吹万)、《题柳亚子〈分湖旧隐图〉》(金山高燮吹万)、《新历元旦偶书,即答屯艮见寄》(金山高燮吹万)、《石子钞〈幽梦影〉一通,余既为弁语并系以诗》(金山高燮吹万)、《和姚东木先生〈青浦孔宅谒至圣衣冠墓〉诗并步原韵》(金山高燮吹万)、《题吹万哭子书后》(昆山胡蕴石予)、《题高天梅〈变雅楼三十年诗征〉》(昆山胡蕴石予)、《投老》(昆山胡蕴石予)、《题钝根〈红薇感旧记〉后》(昆山胡蕴石予)、《旅行杭州初入运河》(昆山胡蕴石予)、《过临平》(昆山胡蕴石予)、《钱塘门一带城垣全撤,西湖在望矣》(昆山胡蕴石予)、《冷泉亭》(昆山胡蕴石予)、《访杨庄归》(昆山胡蕴石予)、《由三潭印月登岸》(昆山胡蕴石予)、《吹万伤麟,征诗客中,率成二绝》(南通徐鋆澹庐)、《题钝剑〈变雅楼三十年诗征〉》(松陵柳弃疾亚子)、《题高天梅〈变雅楼三十年诗征〉》(常熟肖蜕蜕庵)、《题〈变雅楼三十年诗征〉,为钝剑作》(毗陵汪文溥兰皋)、《从弟君明厄于湿症,顿成长别,诗以哭之》(金山高增澹庵)、《家兄钝剑有〈变雅楼三十年诗征〉之作,漫吟三绝句以题之》(金山高增澹庵)、《题〈伤昙录〉,为高吹万作》(新宁马骏声小进)、《题钝剑〈变雅楼三十年诗征〉》（新宁马骏声小进）、《自题〈居庸秋望图〉，集玉溪生句》（新宁马骏声小进）、《题吹万哭丰儿文后》（常熟庞树柏檗子）、《〈变雅楼三十年诗征〉题辞，为天梅作》（常熟庞树柏檗子）、《月》（泰县仲中達民）、《奉寄石子吾兄并呈吹万社长》（醴陵傅尃屯艮）、《得吹万哭子文，寄慰二绝》（醴陵傅尃屯艮）、《吊丰弟三首，寄呈吹万舅氏》（金山何昭亚希）、《题〈变雅楼三十年诗征〉，为外子天梅作》（金山何昭亚希）、《哭从弟君明》（金山高基君深）、《拟古一章》（金山高基君深）、《题高天梅〈变雅楼三十年诗征〉》（昆山余寿颐疚依）、《扫花》（吴县徐均燨愚农）、《哭吹万亡儿丰》（镇海刘筠卍庐）、《吹万寄示〈伤昙录〉，作此为慰》（当湖钱怡红冰）、《赠费公直，寄周庄天健医院》（金山高旭天梅）、《赠刘约真，即次其问〈伯兄到长沙感怀〉韵》（金山高旭天梅）、《寄沈太侔》（金山高旭天梅）、《赠汪叔子，即题其诗卷》（金山高旭天梅）、《次韵答刘三》（金山高旭天梅）、《遂庵集同人修禊海上，招往未赴，分韵为代拈得阴字，函告索诗，爰成一律》（金山高旭天梅）、《姜丈石琴六十诞辰，草长古为祝并贺胎石、可生》（金山高旭天梅）、《〈居庸秋望图〉，为马小进题》（金山高旭天梅）、《题〈幽忧集〉，为陆更存作》（金山高旭天梅）、《次韵答陆更存》（金山高旭天梅）、《题〈晦闻室填词图〉，为沈太侔作》（金山高旭天梅）；"文类·词录"栏目含《浣溪沙·即事》（华亭姚锡钧雄伯）、《倚所思四阕》（华亭姚锡钧雄伯）、《玉漏迟·吹万新有丧明之痛，握手茸城，神采不属，赋此奉慰，用樊榭韵》（华亭姚锡钧雄伯）、《长亭怨慢·题高君吹万哭丰儿文后》（南昌陶牧小柳）、《西江月·天梅〈变雅楼三十年诗征〉题辞》（松江杨锡章了公）、《双红豆·秋闺》（泰县仲中達民）、《虞美人·观〈来生缘〉新剧，择其尤感人者，记以小词》（金山高燮吹万）、《临江仙·观〈家庭恩怨记〉新剧》（金山高燮吹万）、《菩萨蛮·春光渐老，言愁欲托之倚声，聊写别恨云尔》（金山高增澹庵）、《满江红·古乐云亡，戎狄之声杂然并作，请君为我歌一曲，琵琶胡语不堪听，怆我元音，为填此阕》（泾县胡韫玉朴庵）、《罗敷媚·夜雨》（泾县胡怀琛寄尘）、《摸鱼儿·为楚伧居士题〈分堤吊梦图〉》（语溪徐自华忏慧）、《醉太平·乞玉梅花道人作〈西湖寻梦行看子〉》（梁溪王蕴章蓴农）、《采桑子》（梁溪王蕴章蓴农）、《减字木兰花》（梁溪王蕴章蓴农）。

《眉语》第1卷第15号刊行。本期"文苑·碎锦集"含《后汉貂蝉赞》（王张佩玉）、《睡起》（赵曼仙女士）、《病起》（前人）、《四时闺词》（前人）、《春日口占》（前人）、《春愁曲》（前人）、《鹤草花开》（徐幽客）、《呼石为兄》（前人）、《暖炉会》（前人）、《亚父撞玉斗》（前人）、《李郭同舟》（前人）、《富贵花开》（前人）、《秋砧》（前人）、《梅妻鹤子》（前人）、《芦花》（前人）、《鼠须笔》（前人）、《风字砚》（前人）、《龙宾墨》（前人）、《侧理纸》（前人）、《催花鼓》（前人）、《护花铃》（前人）、《自鸣钟》（前人）、《太平鼓》（前人）、《米家船》（前人）、《竹里馆》（前人）、《鹊桥》（前人）、《支机石》（前人）、《云锦裳》（前人）、《菊酒》（前人）、《枣糕》（前人）、《占风铎》（前人）、《秋海棠》（前人）、《霜橘》（前人）、《清友》（前人）、《红友》（前人）、《补天石》（前人）、《修月斧》（前人）、《鱼虎》（前人）、《刻烛催诗》（前人）、《击钵催诗》（前人）、《喜雪》（前人）、《赏雪》（前人）、《踏雪》（前人）、《听雪》（前人）、《咏鹤氅衣》（前人）、《咏雉头裘》（前人）、《华人曝衣楼》（前人）、《诗肠鼓吹》（前人）、《梭化龙》（前人）、《古意十首》（李秀鸾）、《咏史》（四首，冰心）、《子夜歌》（前人）、《金陵秋末》（前人）。

《浙江兵事杂志》第 21 期刊行。本期"文苑·诗录"栏目含《四十初度》（隆世储）、《和钦廉镇守使隆君竹清〈四十初度四首〉次韵》（周家英）、《西湖杂咏》（六首之三，王犖）、《哭周六介大令》（黄元秀）、《重九节登宝石山》（方春华）、《九月十二日薄暮走访秋叶，小饮深谈，并阅所著〈幕府集〉》（李光）、《我思》（徐荣）、《过闽安镇林颂亭上将家，怆然有作》（林之夏）、《旧历重九偕鼎燮、伯聪泛舟清波门观红叶，湖山斜照，煊染如画。翌日鼎燮惠诗索和，次韵答之》（林之夏）、《秋夜中酒，不能成寐，早起理〈兵事杂志〉》（林之夏）、《李培之上将索赠，奉五言律二首》（林之夏）、《过张巡、许远庙》（吴钦泰）、《黄山晚眺》（许公武）；"文苑·词录"栏目含《满江红·重九登吴山》（邹铨）、《蝶恋花·读〈裘少尉传〉》（吴钦泰）、《金缕曲·题红拂墓》（陈彝范）。

《留美学生季报》第 2 卷第 4 期刊行。本期"诗词"栏目含《送梅觐庄往哈佛大学》（胡适）、《沁园春》（胡适）、《送梅觐庄之哈佛大学兼示叔永、杏佛》（唐钺）、《八月二十五夜宿苦克学校（Cook Academx）》（唐钺）、《送胡适之往科仑比亚大学（乙卯八月）》（任鸿隽）、《九月十日与同学李孟博泳于落涧 Fall Creek，沈深涧几死，赖他同泳者拯之得免，作此示诸友》（任鸿隽）、《居绮杂咏》（二首，任鸿隽）、《水调歌头·适之将去绮城，书此赠之》（杨铨）、《海国春·岁月如驶，冬尽春还，兼葭飞动，新绿齐苗，异乡远客，春色愁人，乃自度此曲，聊写心曲，辞之工拙不计也》（胡先骕）、《一枝香·西国椒香树，枝叶芬馥，柯干婆娑，极似垂杨，较增妩媚，夏间结实，朱颗累累，尤为可爱。爰拈此解赋之，即用草窗原韵》（前人）。

[韩]《新文界》第 3 卷第 12 号刊行。本期"词藻"栏目含《饯秋日小集于梅洞书庄》（梅下崔永年）、《见残菊有感》（梅下崔永年）、《申晦堂将归共饮》（梅下崔永年）、《同韵》（申晦堂将归共饮）（小溟姜友馨、鹤山李种奭、晦堂申冕休、明桥尚有铉、松观吴克善、桂堂李熙斗）、《桂堂书庄小集》（梅下崔永年）。其中，梅下崔永年《桂堂书庄小集》云："叶红时节爱山行，多少尘缘未畅情。江国秋残归梦远，城邻雨断薄寒生。不嫌白酒令人醉，自谓黄花似我清。定是楼台明月好，终南一角澹云平。"

[韩]《至气今至》第 30 期刊行。本期"词藻"栏目含《酒》（石泉子）、《石》（石泉子）、《网巾》（石泉子）、《莺》（石泉子）、《松》（石泉子）、《竹》（石泉子）、《蝇》（石

泉子)、《蜚虫》(石泉子)、《初夏》(石泉子)、《梦春》(石泉子)、《青谷寺》(石泉子)、《饯春》(石泉子)。其中,石泉子《饯春》云:"催花一雨似严霜,坐送韶华叹息长。百代光阴游夜烛,六朝金粉懒朝妆。芳菲古渡霏新绿,杨柳离亭带淡黄,青帝功成犹可贺,群生自乐是祯祥。"

吴昌硕题陆恢、黄山寿、倪田、王震、程璋合作《松壑流泉图》。题诗云:"霜雪频经色不枯,寒涛尤壑白云孤。栋梁材抱空山住,肯受秦封作大夫。乙卯冬仲,廉夫、旭初、墨畊、一亭、瑶笙合作,索吴昌硕题于海上画树长春社。"又为丁仁篆书"嗜古相知"八言联并题云:"嗜古缋吴门访印卷,相知在西泠入社年。辅之仁兄索书。前数年,曾赠以长句,其意不甚惬,属再撰一过,兹穷其技以进,辅之其哂我耶?不耶?乙卯岁十一月,七十二叟,吴昌硕。"又,读费砚手模石鼓本有感,题诗于《甕庐印策》后。诗云:"病目十日坐叹吁,灵光忽地来空虚。瞥见车工纵横书,龙丁之笔龙泓如,无怪刻印直追三代窥唐虞。只愁读书不多字难识,全凭点画通消息。散氉囊字神独完,弓与彤矢锡见周虢盘,二器跌宕足当石鼓之羽翰。我醉欲眠眠未稳,若不饶舌殊闷损,安得昌黎梦中示我张生手持之纸本。龙丁手模石鼓文,读毕题之。乙卯冬仲,吴昌硕,年七十二。"又,为葛昌枌篆书陆游"甘菊寒梅"五言联。联云:"甘菊藏为枕,寒梅画作屏。祖芬仁兄属书,为放翁句应教。时乙卯冬仲,安吉吴昌硕。"又,为本多绘《墨竹图》,并题云:"山头雪霁云巉屼,剑门插天斜阳残。碧烟随风飞欲堕,却是抱岩秋竹竿。荒崖寂寞云影深,竹气一碧缠衣襟。吟声断续啸声作,引得天风来和琴。乙卯冬仲,安吉吴昌硕。"

夏敬观由上海入都,于都中见陈衍、陈师曾。

梁鼎芬自焦山致书郑孝胥,称其先人之考功词,已送入焦山书藏。

张元济出任商务印书馆经理。

唐继尧于起兵讨袁前夕作《寄四妹蕙赓》。诗云:"饭罢从容理钓舟,浮生大梦尽风流。频年悲悯人空老,举世沉沦杞独忧。热血不禁真爱国,冷心翻笑假封侯。静观一悟曲肱乐,身在春风最上头。"

张维翰月初接罗佩金电嘱,向个旧富商让购乘马,遂经购得良驷十余匹运省,即知云南将有出兵倒袁之举。罗公本拟邀张维翰至省相助,张亦密电请辞县职,随军出发,均因唐继尧以个旧重要不亚于前方,不宜遽易生手,而予慰留。

曾朴在沪处分上海旧县署基,参与讨袁军事会议,囊括其私蓄以充实讨袁之役军费。

[日] 芥川龙之介经同学林原耕三介绍,出席夏目漱石"木曜会",由此师事之。

王敬铭撰、吴县柳洪绪校《缘督轩遗稿》(1册,2卷,文、诗各1卷,附《王书衡先生文稿》1卷、《王书衡先生诗稿》1卷,铅印本)由上海商务报馆刊印。集前有吴铁珊题签云:"缘督轩遗稿,附刊王式通少卿诗文稿。"顾锟作序。王荫藩作跋。顾序云:"余自垂髫就书,即闻吾乡有贤寓公汾阳王先生篆君,与其季书衡先生以文章经济冠于时,且尝闻之师友言先生所为诗,深得中唐人气息,与当代名人多倡和之作。惟先生中年淡于仕进,又喜治老庄家言,随作便弃,案无副稿,及先生既归道山,欲求片纸只字而不可得矣。此小子数年来仰慕之私所不能自已者。岁壬子,识先生哲嗣薇伯于沪渎,即索读先生稿,亦久久未得。今年秋,薇伯营《商务报》于沪上,余来持笔政,薇伯出示先生诗文稿若干首,亟读之,如获奇珍,虽然吉光片羽,得之也难,失之也易,因付手民,以传不朽,傥亦慕先生者之所共欣者耶? 至若书衡先生,春秋鼎盛,事业文章彪炳当世,区区附刊不足言仰止,而二先生昆仲之贤,固已得之字里行间矣。乙卯仲冬后学吴门顾锟叙于商务报馆。"王荫藩跋云:"客有以先君子著述请者启,发箧笥得若干首如右,(荫藩) 因之泫然焉。先君子知交遍海内,倡和之作当可盈箧,乃(荫藩) 不肖早岁负笈东瀛,远适异国,不能宝藏手泽,至今所得仅如沧海一粟,不肖之罪大矣。惟 (荫藩) 之重有望者,则海内长者傥亦有掇散佚而惠吾乎? 则不惟 (荫藩) 得遂表彰父德之私,亦先君子之幸也。并以年来胞叔供职,(荫藩) 谋食海上,不能常随庭训,因附诗文数篇,聊志小子依依之忱。乙卯仲冬十月男荫藩谨跋。"

陈荣昌辑《兰社吟初集》并作《〈兰社吟初集〉序》云:"噫嘻,吾道非耶,山林迹在。老夫耄矣,儿女情长。予与王君隐居教子,兼及闺秀,亦命学诗。兰社吟者,哀两家女士之作也。伏生齿豁,赖弱息以传经;班氏才高,资女弟而读史。经史且然,风骚何让? 名曰《初集》,始基之矣。而女子善怀,半多幽怨。蔡文姬之悲愤,遭际惟艰;苏若兰之回文,别离尤苦。金屋娇姿,辄夸富贵;玉台新咏,或近淫邪。今之此编,乃异于是。性情所发,略约可言。女为令女,妇亦佳妇。绕榻承颜,入厨谙性。闻鸡鸣而勖早起,见雁过而念同胞。读越江之碣,下拜曹娥;望雷岸之书,远怀鲍照。咏缇萦则羡其才,论罗敷则高其节,虽出天籁,总系人伦,此固性情之正也。世上痴男,不辨菽麦;人家娇女,安问桑麻。而乃插禾布谷,惊闻时鸟之声;濡水沾泥,悯念耕牛之苦。昔年官舍,今日田庐。与村姑为伴,则欢若一家;见农妇多劳,则自惭坐食。此又性情之正也。织室停机,吟窗搦管,岂不春风徙倚,秋月徘徊。揽芷搴蓠,虽乏屈宋之艳;秉兰赠芍,都无郑卫之音。怜晚节而咏黄花,爱寒香而咏绿萼,清词丽句,风骨存焉。此又性情之正也。予与王君迹同沮溺,未解耦耕;谊本朱陈,只谈村学。萧然一室,任没蓬蒿。作者七人,能吟柳絮,非曰得此已足,亦复聊以自娱矣。若夫社以兰名,意尤有在,吾滇才媛,首数兰贞。鹤峰中丞,应得老蚌之誉;随园太史,曾夸孤凤之篇。奉为女师,式此闺阃。鹦鹉能言,学人牙慧;鸳鸯有谱,度尔针痕。庶几令晖弄笔,克亚左芬;元晦论文,亦推清照云尔。乙卯十一月困叟序。"

王树楠作《吾宗咏斋先生别二十年矣,冬月为七十揽揆之辰,哲甫、寅伯乞诗为称觞之助，敬赋二章以叙阔怀》(二首)。其一："携手上江楼，当筵为君歌。当年千载心，一别今如何。万里两相望，睇笑西山阿。鸿飞高冥冥，仰视不可罗。臣朔饥欲死，对此侏儒矬。索米不救贫，鬓发忽已皤。念君五年长，肝胆不自它。惜不能奋飞，对酒相婆娑。分桃远寄将，慎勿王母诃。"其二："青青涧底松，鬛髯森照人。颜色总不衰，奈此霜雪侵。念我伤心子，幽窗理鸣琴。一声永嘉行，座客皆沾襟。我有千日酒，为君一酌斟。听我堂上歌，醉卧南山阴。莫作蓬莱游，黄埃沧海深。"

焦振沧作《乙卯仲冬，榆林道尹江宁吴公敬之代巡按使出巡，随巡纪事》(二首)。其一："吹角出榆阳，前驱列雁行。刀环明晓月，马耳带清霜。令布秋毫肃，劳宣驿路长。殷殷询利病，总备报中央。"其二："归德西南去，迢迢响水间。天边无一树，沙底有千山。路易迷风雪，人难好鬓颜。长城半残垒，何处是秦关。(归德堡，榆林管；响水堡，横山管)"

古柳石作《东山学舍留别诸生》(二首)。其一："江湖廊庙两相关，老我颓唐髮已斑。更有朋情抛未得，笑谈浑不念家山。"

[日] 大西迪作《乙卯十一月今上登极恭赋》(二首)。其一："君王登极驭群贤，亿兆同庆拜九天。阊阖红暾添瑞霭，上林黄菊表延年。邦家历世浴皇化，文武双张恢国权。万岁声高盈四海，如斯盛事即空前。"

冬

袁世凯为复辟帝制，欲罗致名士，使为己用，不持异议，特于议会中设硕学通儒一格，从清史馆中延请朱希祖等10人为议员，朱希祖、张卿五、赵世骏、蓝钰4人抗辞不就。吴廷燮、秦树声、邓邦述、夏孙桐、顾瑗、金兆丰6人或为纂修或为协修，就之。朱希祖后作《自广》讽之。诗云："梨洲蹈海滨，季野隐冀北。一任彭朱辈，鸿博倾全国。"又，洪宪僭号，四川护国军起义讨贼。各地土匪窃发，县治多被蹂躏。萧瑞麟在彰明县激励绅民，凭城孤守者数月有余。又，上海浦江中肇和兵舰夜轰制造局，旋即平息。李右之《辛亥革命至解放纪事诗四十首》其九纪之云："肇和停泊浦江东，发炮猛将械局攻。未及天明即平息，居民惊觉梦魂中。"又，黄节于备洪宪登极大典时作《闭门》。诗云："闭门聊就熨炉温，朝报看余一一燔。不雪冬旸知有沴，未灯楼望及初昏。意摧百感将横决，天压重寒似乱原。愁把老妻函卒读，破家谁为讼贫冤。"

受"五·九"国耻之刺激，由黄华发起，汤用彤命名，以清华丙辰级学生为主的"天人学会"成立。吴宓是其中主要发起人。成员有吴宓、黄华、汤用彤、吴芳吉、吕谷凡、童季龄、王善佺、周君南、向哲浚、何墨林、王正基、凌其峻、潘承圻、冯友兰、曾昭抡、王焕培、尹寰枢、沈鹏飞、邓成均、石仲麟、瞿国眷、薛桂轮、刘泗英。学会名为"天人"，源自童季龄"以人力挽回天运，以天运启悟人生"主张。

吴昌硕题王震《多寿多男子图》（程璋、子传焘合作）云："多寿多男子，功德积无比。不少多财翁，弃之如敝屣。乙卯冬，一亭、瑶笙、季眉合写。"又，为刘世珩行书《桃源图》《人海》二诗轴。又，为邹屏翰绘《墨梅图》，并题云："道人铁脚仙，浩歌衣百结。我欲从之游，共嚼梅花雪。律谷先生属画。乙卯冬，吴昌硕。"又，题程璋、胡郯卿《山茶水仙图》云："山茶琉璃大如斗，水仙碧玉洁无垢。疑是万古天铸成，谁信能事成胡手。乙卯冬，瑶笙程君、郯卿胡君合作，属七十二聱叟吴昌硕题。"又，题程璋《赏梅图》云："远岱遥峰何处觅，山光都被雪光涵。朔风直欲掀茅屋，屋底伊谁卧太酣。乙卯冬，吴昌硕题。"

况周颐为葛金烺《传朴堂诗稿》（4卷）所附之《竹樊山庄词》（1卷）题词，况周颐作《齐天乐》。词云："旧家文采丹阳集，兰荃况兼余事。绮属思沈，花生笔健，论派浙西浑异。清吟凤纸。看平揖苏辛，指挥姜史。自惜嶔崎，竹樊芳约素心几。　　曲高金缕唱彻，问浦团慧业，谁证弹指。丽制红牙，遥情铁拨，漫比寻常宫征。遗笺料理。有处度摛华，叔原趾美。秀挹当湖，雅词应署里。"

邓中夏与张楚、蔡和森等同学课余登岳麓山，时长沙大雪，邓遂作《岳麓山观雪》。诗云："瑞雪霏霏四海扬，亿兆苍生庆丰穰。爱晚亭旁枫树白，云麓宫外梅花芳。滚滚洞庭翻冰浪，巍巍衡山换素妆。可怜奸贱改洪宪，日出霜消转瞬亡。"

陈逷声作《冬夜戏作》。诗云："老人万事没安排，家自清贫兴自佳。雪意逗云轻似曳，月光浸阶净于楷。儿欣得画催题句，妻为朝炊嘱买柴。毋败乃公明日兴，探梅预办笋皮鞋。"

陈夔龙作《冬夜接子修杭州书，作此奉酬》。诗云："折简新披五色云，小窗剪烛静宵分。头衔合署西湖长，声价曾空北冀群。从古校书如扫叶（承校逸社诗），何时把酒细论文。松间梅下萦清梦，半为孤山半为君（君有补松庐）。"

张质生作《冬日随云亭护军巡套，乘舟赴包头，距镇不远，河冰忽合，舟将嵌矣，俄而水声汩汩然，层冰瓦解，挟舟直下，真奇事也，赋诗志之》。诗云："将军击楫出黄流，有志澄清踞上游。最是鱼龙听号令，掀开冰坎送行舟。"

张良遐作《冬夜怀陈仲翔明经四首》。其一："弱冠知名早，皋西旧有称。才名追卧子，科第困迦陵。宦海羁尘鞅，斯人足准绳。世无贤太守，谁解用聋丞。"其三："渭川千亩竹，亦可比封君。肯以儒冠误，都将笔砚焚。文休甘马磨，延祖立鸡群。自昔曾惊座，高风尚薄云。"

林苍作《冬月》。诗云："入冬月好无人觉，似为吾侪特地明。自笑年来心事异，眼中一味爱萧清。"

曾广祚作《赏雪杂诗三首》。其一："垂酥滴乳可烧银，舞入飘飖接冷云。冬日独驰千里思，秋成应有万家欣。"其二："香兽含烟炉火然，暖寒嘉会未开筵。剡溪访戴饶清兴，白雪纷纷遇象鲜。"

董伯度作《冬夜》。诗云："风竹含幽响，霜池凝寒镜。楼阁参差明，雪月交相映。树疏归鸟稀，天高远峰净。酌酒倾旧醅，围炉发新咏。人生驹隙间，何必勋华盛。鱼跃自天机，松寒由本性。不见斯文衰，卓立有笋孟。无忘岁暮心，空斋长卧病。"

宋作舟作《同乡程绍川君，余砚友而寅契者也。乙卯冬闻余家居，便道见访，因相欢饮，谈竟忘夜，醉后感成》。诗云："明道先生况故人（相逢故里），相适灯下话风尘（共话前尘）。敢嗟往昔沧桑幻（世道如棋），窃笑而今世界新（人情似纸）。十载奔波同老大（无聊岁月），一杯浊酒两丰神（有趣酌醪）。几番豪兴谈忘寐（竟夜谈心），梅影当窗月满身（梅横窗影）。"

舒昌森作《西窗烛·乙卯冬夜与黄云门老友话旧》。词云："茶烟篆梦，蜡焰凝寒，往事重提凄惋。挈家吴下艰辛处，曾痛抱西河，神伤奉倩。幸廿年、教养孙枝，聊可随心趁愿。　　任磨炼。白发零星，青袍残暗，世味酸咸尝遍。不堪更话沧桑事，纵得免兵戈，仍拈嫁线。却自怜、长物无多，袖衹新诗一卷。"

齐白石作《题〈石门画册〉》（二十四首）。序云："余友胡廉石以石门一带近景，拟目二十有四，属余画为图册。此十余年前事也，未为题句。盖壬寅后不敢言诗。乙卯冬，廉石携此册索诗来借山，黎兑衣已先我题于图册之上。余不禁技痒，因补题之。"其中，《石门卧云》云："提壶独上石门宽，不散云阴暑亦寒。睡足忘归思伴醉，隔三千里唤陈抟。"《湖桥泛月》云："二顷菰蒲遍水生，小航端似白鸥轻。萍翁或不骑鲸去，呼我湖中掬月明。（有知命法者谓余今年必为水死）"

刘大同作《听夜雨》。序云："乙卯冬，云贵起义同志等纷纷促余归国。余以北部响应问题关系重要，而借款又在交涉中，成否尚未敢预订，故独寓巢鸭村昆仑方内。而国内同人函电交驰，尤为焦灼。夜半闻雨声泠泠，不觉忧从中来，泪涔涔下矣。因披襟起而赋此。"诗云："萧萧夜雨打楼窗，欲寐不寐愁断肠。中原逐鹿酣战日，有我无我问彼苍。呼童煮酒酒未热，摩挲莫邪与干将。且舞且歌且酣饮，汗流两鬓凝秋霜。廉颇示食老犹壮，况年半百气轩昂。古称燕赵多壮士，胡不擒贼先擒王。愤极唾壶击纷碎，今人何如古人强。江南旌旗都变色，黄河不清天犹荒。造物底是不情甚，何福南方祸北方。三海一鼋终未灭，秦晋鲁豫半豺狼。不捣幽燕心不死，北地莹花作战场。来东也效秦庭哭，血泪点点洒扶桑。邻人竞作壁上观，不助兵刃不资粮。我今欲买舟归去，无颜再入桑梓邦。我今愿赴沙场死，无钱买马与买枪。蛰龙久困无霖雨，猛虎何日驱群羊。长叹未已天欲曙，了然一身作鲁狂。"

邓邦述作《乙卯冬夜书感》（四首）。其四："已甘草服住江乡，强被人将硕学当。亲在岂容身便死，舌存翻苦志难偿。介推悔不焚绵上，雍齿何曾贷什方。艾灸瓜喷终未诀，千秋此恨总茫茫。"

郭筠作《乙卯冬病中偶有所感》（四首）。其二："冬晴淡日散疏林，病症初舒弱不禁。掩却赤纱窗二扇，搴帷犹恐荡寒侵。"其三："五更月色昭如镜，疑是星河透曙光。衰病欲眠眠未得，闻鸡谁踏板桥霜。"

黄侃作《梅花诗》（四首）、《无题》（三首）。其中，《梅花诗》其一："残钟薄雪共销魂，倚竹人归自掩门。此夜翠樽空对影，他时纸帐与留痕。愁添陇上三声泪，梦隔江南十亩村！太息何郎今老去，春风词笔向谁论？"《无题》其二："蠹粉雌弦枉断肠，远情无夜不飞扬。冤禽有愿填沧海，瑶象何缘谒上皇。尽许青陵栖粉蝶，浪将银汉抵红墙。兰苕杜若俱零落，不用乘风向楚湘。"

太虚大师作《禅关漫兴》。诗云："海岛幽栖似坐船，管宁传说隐楼颠。心斋恰是涵虚白，门闭原非草太玄。缕缕炉香经案静，重重灯影佛台圆。易驱惜命偷油鼠，难护轻生赴火蛾。半壁图书连沆瀣，满壶冰雪耐熬煎。惯闻喜鹊墙头叫，默透驯蛇瓦眼穿。送到寺钟催早起，竭来吟伴扰迟眠。诗思偶逐秋声壮，疟势曾因暑病添。却忆狂风惊拔木，每临清沼念池莲。雨看千嶂烟岚积，晴放一房光气鲜。老树窗前青未了，乱山檐下紫堪怜。朝霞灿灿生寒浦，暮色苍苍接远天。被絮新装任冬尽，瓶梅斜插欲春妍。禅超物外空余子，锁断人间更几年！月影夜窥花不动，潮音日说偈无边。文殊漫把圆通选，此意难教口耳传！"

王棽林作《失题》。诗云："龟言此地寒，真到奈何天。先甲占三日，仲壬闰四年。黄粱原是梦，锦瑟未须笺。悟得盈虚理，尘中自在仙。"

金鹤翔作《乙卯冬留别让渔》。诗云："两年灯火写秋心，浊世何须觅赏音。流水有情通别梦，寒花浅笑助微吟。一窗相对香成篆，四壁留题墨胜金。莫起风萍漂泊感，白鸥盟约许重寻。"

金毓黻作《冬日杂感》。诗云："偎火不知温，高吟昼闭门。无书堪插架，有酒可盈尊。故宇遥相忆，知交几过存。好花如解语，欲把古谊敦。"

❖ 本 年 ❖

袁世凯急谋帝制，设亚细亚报馆于上海公共租界，为党人投炸弹，未几，即迁至北京。李右之《辛亥革命至解放纪事诗四十首》其八纪之云："帝制喧腾乙卯年，亚细亚报广宣传。一声炸弹惊群丑，息鼓偃旗遁入燕。"又，据《何翙高先生年谱》载："自述，筹安事起，袁党议开广东志局，网络遗老，预备登极，强背签名贺表，吴玉臣、丁伯厚、陈子砺等皆辞。"又，袁世凯利用杨度招揽刘师培、夏午诒，四川江安朱云石（山）得知此事，立赋《闻道友将赴袁项城之约，寄两绝阻之》。其一："天下凡人论肝胆，一堂同学各西东。招贤漫说佳公子，多是鸡鸣狗盗雄。"其二："时势英雄劫劫磨，满天风雨国愁多。那将万斛忧时泪，涨得潮流起爱河。"又，袁世凯派"筹安会"骨干刘师培拉拢张相文入会，允事成授予要职，遭张氏拒。袁遂派便衣侦探在其住宅附近昼夜监视。张相文被迫妆成老农出走，绕道乘火车潜往上海，并作《咏史》刺袁。诗云："窃国从来胜窃钩，山河容易抛金瓯。内家争羡儿皇帝，价重燕云十六州。"而刘师培此间作《君政复古论》《联邦驳议》《国情论》《共和解》《唐虞禅让与民国制度不同论》《告旧中国同盟会诸同志》等，为袁世凯称帝鼓吹。又，庄蕴宽时任都肃政使，听闻袁世凯册封策授名录将印布，夤夜致书袁世凯，痛陈帝制之不可为，民意之不可假，时代潮流之不可拂。又，袁世凯改定官制，四川巡按使陈廷杰荐赵熙为肃政使，电请赴省，赵熙不就。自春至秋，赵熙遍游荣县东北、西北诸山，赋纪行诗成帙。又，易顺鼎与湖南官绅及立宪派人士 61 人上书参政院，要求恢复帝制。又，为抗议袁世凯称帝，景定成在《国风日报》出一天无字白报。

进社于上海成立。发起人王汉彤。另有 1916 年 2 月创立之说。黄华杰《进社第一、二、三集》序云："王子瘦桐悯国学不昌，有进社之组织，于今周年矣。社友遍大江南北。骚坛文帜别树东南，骎骎乎有日上之势。民国五年（1916）岁杪白沙花奴黄华杰序于海上浮庐"。刘哲庐民国五年腊月为《进社第一、二、三集》作序云："余年来颇好国学，以为中国文学，宇内哲学之至大者也。各国隽逸之士，莫不研究哲学，而中国士子亦尤而效之。不知哲理，但求之于简册足矣。乌用钻研佉卢之文，而后始得谓明哲理与？……王子汉彤，余相交三年。余深知其为人朴淳，异于常士，而保存国学之微意心，与余尤合。进社之发起于今十阅月矣。"《进社词录》中收有王祖望心存、张端瀛蓬洲、南越王瀛洲汉彤、山阴吴东柳塘、东阳王辉祥中天、江都金成电一明、魏塘李钟骐癯梅等人词作。

台北研社创立。1921 年改组为星社，社址设于稻江林述三之砺心斋。该社不置社长，以齿为序，轮流值东。1924 年春，星社以同人张汉、黄水沛、欧剑窗、吴梦周、李腾岳、林述三等为中心，创办《台湾诗报》，鼓吹台湾诗学，与连横主编之《台湾诗荟》并驾齐驱，互为呼应。其后，由于社员散处各地，集会活动曾一度中辍。1934 年开春重振，直至 1956 年还坚持活动。星社改组之初社员 26 名，均取一"星"字为号，分别是林馨兰（寿星）、黄水沛（春星）、张汉（寄星，又署渔星）、林述三（怪星）、杜仰山（剑星）、陈槐泽（秋星）、骆香林（星星）、欧剑窗（蕙星）、李腾岳（梦星）、吴梦周（零星）、蔡痴云（流星）、高肇藩（壁星）、陈大琅（福星）、施万山（参星）、黄梅生（少星）、周咸熙（朗星）、颜德辉（景星）、郑如林（晓星）、曹水如（萤星）、王子鹤（孤星）、薛玉龙（奎星）、陈子钺（明星）等，均为当时台湾诗坛健将。其后，陈觉斋、林其美、黄洪炎、陈薰南、陈润生、章圃樵、容竹儒、刘碧山、郭鹭仙、陈世杰也加入其中。该社曾创作《垂、色,第六唱》等钟题,作品登载于《台湾诗报》等报刊。

台湾嘉义县玉峰吟社创立。由王殿沅、赖惠川、许然、林缉熙、赖子清、余庆钟、赖深渊等共同组织。1923 年,玉峰吟社与嘉义地区其他诸社打成一片,冶为嘉社,每年春秋社课两回,大会一次,由各社轮值。1937 年抗战军兴,嘉社风流云散,社员仍归所属各社。玉峰吟社社员 20 余名,主要有王殿沅(芷汀)、赖惠川(闷红)、许然(藜堂)、林缉熙(荻洲)、赖子清(鹤洲)、余庆钟(兰溪)、赖深渊、蔡石结、王国材(又青)、蔡哲人(春江)、赖尚逊(飝飝)、朱荣贵(蝶迷)、方辉(梅魂)、王甘棠(无涯)等。玉峰吟社课题击钵兼行,诗钟律绝并励,还经常参加嘉义地区诗社联吟活动,是嘉义十社中每回击钵得点最多之诗社。

台湾春莺吟社创立。由台湾南社社友洪荒、王芷香、陈逢源、吴子宏、赵雅福、陈图南、怀清、郭加我、白珩、清泽等人所创。连横主《台南新报》期间,该社作品时登报上。

宁社成立于南京。由李叔同等发起组织,旨在提倡保护祖国文化遗产。

东方画会成立于上海。该会研究西洋画法。会员有乌始光,汪亚尘、俞寄凡、刘海粟、陈抱一、沈伯尘、丁悚等 7 人。提倡以写生为宗旨。同年暑假画会举行到普陀山写生旅行活动,开中国西画户外写生之先河。

春音词社第二集召开。地点为沪上徐园(双清别墅),以河东君妆镜拓本为题,调限《眉妩》,此次评定结果庞树柏为第一。社题为庞树柏所征,河东妆镜为唐镜,为绛云楼旧物,为曹君直藏有。镜背铭云:"照日菱花出,临池满月生。官看巾帽整,妾映点妆成。"丁秉衡以拓本见庞树柏,庞因题此解,并征题。留存词作有:朱祖谋《眉妩·咏河东君妆镜》、庞树柏《眉妩·河东君妆镜拓本》、王蕴章《眉妩·春音社二集,赋河东君妆镜拓本》、吴梅《眉妩·赋河东君妆镜拓本》、陈匪石《眉妩·赋河东妆镜拓本》、叶玉森《眉妩·赋河东君妆镜拓本》、白炎《眉妩·春音社第二集,赋河东君妆镜》(三首)、叶楚伧《眉妩·春音社第二集,题河东君妆镜拓本》、周庆云《眉妩·咏河东君妆镜拓本,春音社集》、徐珂《眉妩·春音词社二集,赋河东君妆镜》等。其中,叶楚伧词云:"便留青波眼,翠拥山眉,妆暗斗蛾描。只惜琉璃翠,垂虹夜,四灯入记双照。绛云春晓,映一枝,红豆娇小。问鸾影,秋水冰奁里,换几度釐笑。 相看应知愁少。是汉宫眠起,风柳纤袅,至竟春何许。千秋恨,金盦魂返香草。麝纹暗绕,认冻痕,落晕轻扫。遐想圆姿零落,成玉台稿。"徐珂词云:"是朱颜儒士(牧翁常称柳如是为儒士),白发尚书,曾此照双影。拂拭苔花腻,沧桑幻,铜驼留伴尘境。点妆未竟(镜背有诗云'照日菱花出,临池满月生。官看巾帽整,妾映点妆成。'),有旧愁,烟月重省(柳诗有'向来烟月是愁端'句)。最堪忆,黛色宜深浅,锦峰(拂水山庄在常熟锦峰麓)斗眉靓。 钿盒脂奁相并。想绛云(牧翁为柳筑绛云楼,及烬,乃移居红豆山庄) 校史 (柳尝助牧翁校明史)，巾帽懤整，一片圆冰小。芙蓉舫 (牧翁以小星不足屈柳，乃行结缡礼于芙蓉舫)，团圞当日同证。绿香夜永，更漫寻，红豆村径。看诗语回环，还认取，粉痕凝 (况夔笙先生曰：'藻思绮合，清丽芊绵')。"

乙卯消寒集第二集。是集首唱宗舜年《消寒第二集，梁节庵廉访倡修亭林先生墓与祔祠，刘翰怡郎中助金成之，将作既竣，诗以纪之》，续唱者：恽毓珂 (四首)、陶葆廉、白曾然、周庆云 (二首)。其中，恽毓珂其一："天留此老挂南方，北顾中原引恨长。望帝冬青魂寂寂，孤臣宿草泪浪浪 (谓陆文端)。千年祠有商山皓 (洞庭山四皓祠)，十字碑传季子乡。回首独怜吴会地，凄凄落日吊新阳。"陶葆廉诗云："高作阡兮美作轮，先生抱德久弥新。六陵谒后无余事，百卷书成不死身。耿耿孤忠知有母，戈戈束帛置为臣。应将姓氏归前代，莫当唐风以后人。"消寒第三集。是集首唱缪荃孙《消寒第三集，题〈古仓七老图〉》(二首)，续唱者：刘炳照、施赞唐、张钧衡、朱锟、洪尔振 (四首)、白曾然、周庆云。其中，施赞唐诗云："右良凤尚栖玄禅，低眉独坐山陂前。一枝秋菊凌霜妍，揖冰豪纵非少年。搂蒲缩手吟颓肩，左书矶碑燔云烟。纫兰秋水方瞳湔，校书如扫风叶旋。东仓脉望俱成仙，漱山文雄障百川，白须翘翘绕颊边。咳唾珠玉霏九天，秋生晚节松筠坚。虚堂雪亮古鉴悬，等身著作名山传。听邻拂衣早归田，年谱缀成秦汉砖。周天甲子摹花笺，汉辉亦如小谢贤。白头话雨联床眠，花萼集满珍珠船。"洪尔振诗其二："满地江湖怜皓首，不堪渰洞看风尘。余生更切亲朋感，烽火乡关一怆神。"消寒第四集。是集首唱刘炳照《消寒第四集，预祝东坡生日，并题张适园所藏郎注苏集》(三首)，续唱者：洪尔振 (四首)、白曾然。其中，刘炳照其三："海东别本重金求，好古争传田伏侯。惟愿延津双剑合，公灵默鉴许偿不。"洪尔振其一："万言书上溯眉苏，郎本孤行绝印摹。沧苇季翁曾著录，君家爱日抱残俱。"消寒第五集。是集首唱恽毓珂《消寒第五集，题兰陵女冠韵香〈空山听雨图〉诗册》，续唱者：白曾然 (二首)、周庆云 (二首)。其中，白曾然诗其二："潇潇日暮又春残，山色空濛画里看。独夜愁敲红玉枕，当时懤整翠云冠。杨枝宛转从参果，豆子玲珑抵炼丹。多事陈鸿诗外传，碧城拍遍曲阑干。(陈云伯大令有碧城仙馆书真诰诗)"周庆云其一："休道蓬莱隔万重，琼姿依约上清逢。倾城一笑虚窥镜，幻境三生彻听钟。天女花飞坛雨散，神娥梦断峡云封。春愁春恨知多少，鹦鹉教经意懊侬。"

《文艺杂志》第12期刊行。本期"诗录"栏目含《贵阳纪游四章》(吴县吴荫培颖芝)、《自赠一首兼寄古愚京师》(李详)、《送蒯礼翁赴欧洲》(前人)、《忆昔赠夏虎臣编修》(前人)、《登悬谷山》(会稽顾燮光鼎梅)、《悬谷寺题壁》(前人)、《潼关行》(前人)、《夏日晚坐》(前人)、《陕州夏日谒魏仲先闲处士草堂》《题顾鼎梅先生〈非儒非侠斋诗集〉》(无锡蔡允椒长)、《冬夜怀顾禚癯》(前人)、《寄怀鼎梅道兄，时在卫辉纂〈河朔金石志〉》(鄞县张美翊让三)、《图书馆成立，赋诗志喜》(常熟俞钟銮次辂)、《图书馆成立，赋诗志喜》(云溪俞钱云辉寄讴)、《写怀八首，集陶渊明句》(松江张孔瑛伯贤)、《独居感怀，戏为陶渊明、谢康乐联句》(前人)、《独居感怀，戏为鲍明远、谢玄晖联句》(前人)、《山游漫兴，戏为王维、孟浩然联句》(前人)、《山游漫兴，戏为韦应物、柳宗元联句》(前人);"词录"栏目含《卜算子》(长洲马文苑兰台)、《南州春色》(前人)、《高阳台·由孔垄趁航夜行，空江如梦，烟水迷离，诵柳郎中〈雨霖铃〉曲，真无可奈何时也》(马文苑)、《祝英台近·寄外甥曹夔一长洲》(长洲马文苑兰台)、《金缕曲·乙酉花朝，集长春观，即席送彭子仪太世丈东下》(马文苑)、《一丛花·为太仓汪庸士承禧题卞敏画兰小帧》(曹元忠)、《鹧鸪天·题庸士〈落花风里春人瘦图〉》(曹元忠)、《风流子》(曹元忠)、《六么令·庚子元夕》(曹元忠)、《法曲第二·泽芝以〈题襟集〉见寄，即书〈云瓶词〉后》(曹元忠)、《氐州第一·自题〈凌波词〉》(曹元忠)、《霓裳中序第一》(戊戌初春，予客浙中，一日大雪，买舟出涌金门外相羊湖上，尝赋一诗。是冬，贻美载雪过吴，访予眉研楼，索长短句剪烛补工尺，使兰君倚笛度之，音节谐婉，如白石《暗香》《疏影》故事。贻美谓予后七百年阊门西畔安知无赋吾辈今夕事者，盍作词纪之，遂谱是阕)(曹元忠)、《解语花·叔彦弟招往小园观荷，因忆都下什刹海之游，时庚子七夕前三日》(曹元忠)、《玉京秋·中秋对月》(曹元忠)、《菩萨蛮·柳絮》(蒙古三多六桥)、《清平乐·罗帕》(三多);"香艳诗话"(晋玉)栏目含:《天真阁艳情诗考证》《陶方琦无题诗摘句》《非儒非侠斋香奁诗》《著涒社闺情诗摘句》《邹蓉阁无题诗》《张筠士香奁诗》《符梅修闺怨诗》;"慈竹居诗话"(均耀)栏目含《归陶庵诗》《瘿瓢山人诗》《杨季子诗》《云麓山庄诗》《梅植之诗》《范膏庵诗》《经韵麋诗》。

萧伯瑶卒。萧伯瑶(1834—1915)，名馥常，号铁帚道人，广东南海人。廪贡生，曾入广州学海堂，陈澧入室弟子。晚年寄居广东汕头，自号鳄浦寄渔。丘逢甲、潘飞声、丘菽园均与之交往甚密。丘逢甲以《寄怀萧伯瑶布衣》诗赞之曰:"绝代萧夫子，十年羁岭东。牢愁满沧海，文字困英雄。"萧伯瑶入潮约在光绪十二年(1886)夏，其时两广总督张树声会同粤海关监督海绪委派其至潮州常关任职，伯瑶寓于汕头，任职潮州，客居二十余年，殁于汕头旅次。现存《萧斋馀事约刊》稿本不分卷，收录诗作约至光绪二十七年(1901)，仅存诗二百余首。另有《遁愚墨妙》《遗翰二种》(壬子至癸丑)(1912—1913)、《铁帚集(萧伯瑶先生遗稿)》(丙辰)(1916)、《海声集》(丙辰)(1916)，列为陈步墀所刊"绣诗楼丛书"第十三种、第十九种、第二十种印行。《萧伯瑶先生遗稿》为其晚年手写定稿，俱为广州时所作。集前有赖际熙题端，姚筠、潘飞声作序，潘飞声题词。其中，姚筠序云:"予避乱至海上，陈君子丹袖诗一卷示予，曰:'此吾亡友萧君伯瑶之遗稿也，今将从事剞劂，子盍为之弁言?'且告予曰:'伯瑶远寓潮汕，邮寄此稿时已踰大耋，虽未明言，固默喻其意，心许为之梓行。今伯瑶殁已踰年矣,不可不亟付手民,以符初意.'嗟乎!陈君此举可以风矣!世人平时饮食征逐,往往恣为挥霍不少吝,独故友平生文字反不知爱惜,瑟缩不欲出一钱。今陈君值扰攘之日,犹亟亟思践所心许者,其笃于友谊为何如?此稿为萧君暮年所自定,其气清,其词腴,独漉、翁山于焉嗣响。其不以属他人而独属诸陈君,卒能获仆隐愿于身后,殆所谓文章有神交有道者乎?萧君有知,冥冥中其亦默许予言为不谬也欤。丙辰重九番禺姚筠序于海壖客舍。"潘飞声序云:"伯瑶丈自丙戌一别逾年,余之欧洲犹以诗简时于往还。庚寅余东归,屡约返里相见,卒不成行。厥后,余东西南北迁徙靡定,去乡井二十余年,两人颜色各在梦寐。而伯瑶丈于去岁竟殁于汕头旅次,年亦八十余矣。平生高行谊,好论时局,未尝一抒其志。诗家亦能发山水奇秘,能悽旅客心脾。积千余首,曾刊为《萧斋馀事》四卷。其晚年自订复有《铁帚》《潮音》两集,此手写者付托子丹陈君。今陈君特为印行,以酬夙诺。墓门挂剑,斯谊同矣。然余读瑶丈诗,不啻三十年前相与挥麈于鹤洲桐院间,想望音容,爱而不见,为之泪下沾襟也。丁巳四月水晶庵道士潘飞声书于宝山横浜桥家中,时年六十。"潘飞声题词云:"乾坤未扫空持帚,一与书空咄咄吟。我似昆仑高处坐,茫茫大海听潮音。"

周发藻卒。周发藻(1835—1915),字定轩,湖南湘阴人。咸丰举人,官麻阳教谕。著有《卧樟书屋集》(2册,10卷,清光绪刻本)。

魏光焘卒。魏光焘(1837—1915),字午庄,晚号湖山老人,魏源族孙,湖南隆回县人。初为庖厨,咸丰六年(1856)入湘军,后隶左宗棠军,赴陕甘镇压回民起义。曾任新疆布政使,新疆巡抚、云贵总督、陕甘总督,后任两江总督、南洋大臣、总理各国事务大臣。署理两江总督期间,继刘坤一、张之洞之后,筹建三江师范学堂,为开启近代高等教育之先锋。曾出资刊印魏源《海国图志》《元史新编》等,本人亦有《勘定新疆记》《湖山老人自述》等传世。平生喜研天文地理,亦喜吟诗写字,与文人结交。著有《慎微堂诗稿》《慎微堂文稿》《新疆志略十四年》等,未梓,均毁于兵。(另有1916年卒之说)

邓嘉缜卒。邓嘉缜(1845—1915),字季垂,江宁(今南京)人,祖籍苏州。邓廷桢孙,邓尔咸子。少孤,奉母辗转晋、蜀、滇、黔,最后兄履吉官湖南,又迎养至湘。及江南平,奉母归。贫苦励行。同治九年(1870)优贡,用知县。光绪元年(1875)举人。又四年,母卒,终丧,始出就官贵州,权贵筑,改知贞丰州,又权知正安州,皆有惠爱。长于断狱,死因往往得更生。奏调至台湾,补嘉义。甲午内渡,调至皖,主赋事。于荫霖抚湖北,复招入幕,擢守襄阳,调武昌、黄州、郧阳。光绪三十一年(1905),简授徽州府知府,改知锦州府,调奉天。东三省改定官制,署奉天巡警道。未几,裁缺,遂引疾自免,寄居北京、天津。老更世变,时时为小词以自遣。著《暖玉晴花馆词》2卷。男邦述敬录、孙传校字。晚年《秋思耗·秋草,同述儿作》云:"远道绵凄碧。映柳堤疏淡,香沁痕窄。翠缕蓝纹,暗侵裙屩,前度晴陌。蓦秋入清商,淡霜新弄井甸色。料玉关,长路客。梦绿上阑干,青紫帘际。无复落花黏处,那人相忆。　　疏密。平芜寂寂。甚夕阳、也判今昔。马嘶残照,蛩吟荒砌,冷烟浅幂。问望眼王孙未归,何处寻往迹。恁澹人、风露夕。且树蕙滋兰,披靡纤影漫惜。好待迟迟春日。"

秦乃歌卒。秦乃歌(1845—1915),字笛桥,号又词,上海浦东人。生于道光二十五年(1845)五月二十五日。曾入京师国子监读书,为贡生。因遭咸丰兵灾废学。光绪六年(1880)前后,在其父秦诵莪襄助下,购宅地自建"诒谷堂",与兄秦荣光"养真堂"名震陈行镇。原室名"灵兰书室",迁居"诒谷堂"后,园中亲植一株奇花,宛如白玉花瓶,将西厢房定名"玉瓶花馆"。中年后全力于医术。据《上海县志》载,"洪杨之乱"后,"里中少年争集丝竹、角棋、酒、六博以为乐,而公艺辄冠其曹耦间,又饲鸽、养金鱼,妙悟物情,独得蕃息,顾不留滞即弃去。性尤风雅,书法娟秀,画抚南田,活色生香,自然芳艳。间填小令,步武梦窗,诗则抒写性灵,深得渔洋法乳,篆刻不落浙徽窠臼,独取法宣和,而所作不自惜,多散佚。盖公潇洒出尘之致,不凝滞于物,深得晋人名理云"。著有《瓶花馆诗剩》。

汪洵卒。汪洵(1846—1915),原名学瀚,字子渊、渊若,号亚蘧,江苏武进人。光绪十八年(1892)进士,选翰林院庶吉士,散馆授编修。书法摹颜真卿,得其神骨,又参以他帖而变化之。以真书和篆书为主,真书间架峻整,苍劲挺括;篆书上摹秦汉;兼精隶书,古朴典雅;行书从真书化出,与真书相得益彰。尤工小篆。清末民初书坛其书名极显赫,与吴昌硕、张祖翼、高邕之被公推为"海上四家"。宣统元年(1909),与吴昌硕等发起成立海上题襟馆金石书画会,并任第一任会长(卒后由吴昌硕接任)。客居上海卅年,鬻书为生。亦工诗,有诗入《中华民国名人诗钞》。

郭恩孚卒。郭恩孚(1846—1915),字伯尹,号蓉汀,又号果园居士,山东潍县人。祖父郭梦龄,道光进士,仕至山西布政使,署山西巡抚。父郭襄之,梦龄长子,道光举人,任刑部直隶司员外郎,仕至甘肃西宁府知府、署西宁兵备道。恩孚乃襄之三子,幼年颖悟,读书尤长于诗文,是张昭潜入室弟子。郭父在陇西为官,恩孚不远千里前往任所尽孝。正值回族逆旅围困西宁,城内守军兵力单薄而又缺粮,恩孚见父因战事心力交瘁,即奋勇操戈上阵与士卒同甘苦。幸有巡抚刘毅斋率兵解围。事后,左宗棠以战功保荐恩孚以知县用,以亲老不就,随父致仕归乡。光绪二十五年(1899)在西关安家,而后在住宅近处南园盖茅屋几间,名曰果园,自称果园居士。曾在桑梓创立诗社"来鹤社"。与曹鸿勋、刘嘉颖等过从甚密,时有酬唱。著有《果园诗钞》(10卷,内编5卷、续编1卷、余编1卷、外编3卷),分《绿薝轩集》《趋庭集》《枕戈集》《萍梗集》《绿薝轩后集》《果园集》《适轩集》《梦遗香集》等名目,共计607首,光绪丁未年京都松华斋刊行。《征夫叹》《寓兰州,作述乱》九首、《西宁戒严》《纪南城之战》

等诗皆记录军旅生活。卒后重编其集,1919 年辑为《果园遗诗》(1 册,2 卷,石印本)由潍县博文石印局刊行。又有《鸡肋啜醴集》1 卷、《天中鸟》8 卷。

庞鸿书卒。庞鸿书(1848—1915),字仲劬、郇盦,又字渠庵,因佩服郦道元著《水经注》又号郦亭,江苏常熟人。清刑部尚书庞钟璐次子。光绪六年(1880)中进士。后改庶吉士,授编修。任翰林 10 年中,与兄庞鸿文留心时务,于兵刑、盐漕、河渠诸书,无不考究。初任大顺广道,继署天津道,升湖南按察使,光绪三十一年(1905)任布政使,擢巡抚。光绪三十三年(1907)改任贵州巡抚,办理新政,编练新军。贵州任上曾开办调查局,改定官制,撤粮储道改劝业道,撤农工商局为劝业公所,改贵西道为巡警道,成立贵州地方自治筹备处,重建甲秀楼,开设法政学堂及优级师范选科学堂等。1911 年辛亥四月因病免职,实因贵州宪政派以庞偏袒自治学社而买通御史,攻击落职。辛亥革命后以遗老自居,放浪湖山、沈酣诗酒,与友好多有酬唱,辛亥后五年吟诗数百首。病故后,其侄庞树鞸搜集尚存 300 首,辑成 2 卷,名《归田吟稿》附《归田吟词》(1 卷),1923 年铅印行世。

黄锡朋卒。黄锡朋(1859—1915),字百我,号蛰庐,江西都昌人。光绪十九年(1893)中举,选授瑞州府府学训导。光绪二十九年(1903)中进士,授工部主事,后加员外郎衔。个性耿介,公事之余,嗜好读书,与御史胡思敬、李瑞清、朱益藩、喻兆蕃等交游唱和。尤好奖掖后学。清末诗坛宗尚宋诗,尤崇黄庭坚之崛健,然锡朋主五言古风应上溯汉魏晋诗,七律应宗尚杜甫。早年诗作锐意创新,颖秀苕发,受李白、韩愈影响,奇瑰遒逸。归里后,躬耕田园,自号凰山樵隐。诗集名《樵隐》、文集名《蛰庐》,风格凄恻悲凉,黍离麦秀,遗民心态毕见。其文根植经史,雍容往复,委婉周流。卒后,故友胡雪抱整理遗集《蛰庐文略》《凰山樵隐诗钞》各 4 卷。今收入黄崇艺等合编本《都昌三黄诗文集》。胡思敬《〈凰山樵隐诗钞〉序》云:"与余同时游学会城者,有孤介自守之二人:一南昌魏君斯逸,一都昌黄百我。"陈衍《石遗室诗话续编》云:"清末江右多謇谔耿介之士,胡瘦唐、饶符九外,都昌黄百我其一也。""百我以进士官司曹,鼎革伏处不出。"陈衍《石遗室诗话》云:"古诗皆选体,律诗妥帖排奡。""绝不为皮里阳秋矣。"

谢道隆卒。谢道隆(1860—1915),字颂臣,台湾台中丰原人,祖籍广东梅县。平日以行医为业。甲午战争期间,弃医从戎,襄助丘逢甲创办义军,并出任义军诚字营统领。抗日保台运动失败后,护送丘逢甲离台内渡。不久,返归台湾故里,仍操旧业,济困安贫,以医术精良、医德高尚而饮誉台中地区。业医之暇,喜赋诗吟诵,与丘逢甲及栎社诸子多有酬唱。著有《小东山诗存》《科山生圹诗集》。

方煡卒。方煡(1865—1915),字梅俦,安徽歙县人。著有《枕云山斋诗稿》《枕云轩词钞》1 卷,民国十八年铅印本合刊。

杨延年卒。杨延年（1880—1915），字玉晖，湖南湘乡人。著有《椿荫庐诗词存》。

陈宧大修成都皇城，预作袁克定蜀王府。

梁鼎芬被征为废帝溥仪师，任二品衔毓庆宫行走。又，广东通志局成立，重修《广东通志》，聘梁鼎芬为总纂，梁未就。

丁辅之与叶叶舟、王寿琪同编《西泠印社志》。下分建置、掌故、人物、艺文、规则、藏弃、志余7卷。佐卿汪承启作序，但未及发行。

严修多与旧雨新知往来，择其要者有：王揖唐、梁启超、孟宪彝（字秉初，直隶人，时任吉林巡按使）、唐宝森、王印川（字月波，河南人，国会议员，时任参政）、王士珍、王树楠（字晋卿，直隶人，清末任甘肃、新疆布政使，时任参政，古文家）、李岳瑞（字孟符，陕西人，严修同年）、戴锡章（字海珊，曾著《西夏事略》）、沈钧儒、袁希涛（字观澜，直隶学务公所旧人，时任教育次长）、汤化龙、唐绍仪、张元济、高梦旦、蒋维乔、彭翼仲、王正廷、蓝天蔚、宝熙（时任参政）、章钰、章元善（钰子）、言敦源、李家驹、黄炎培（黄自美考察教育回国，来津讲演，与公长谈多次），皆旧识。卫西琴（犹太人，博士，来津讲演教育，后任山西外国语专门学校总教习）、余日章、侯保三、江益园、沈信卿、经子渊、张叔俨、贾季英，皆新知。

周庆云（梦坡）与友朋唱和甚夥。庞鸿书作《承梦坡以石印〈灵峰探梅、补梅图〉寄示，赋此答谢》（四首），周庆云和作《予赠郦亭先生〈灵峰探梅、补梅图〉，先生有诗言谢，因次韵奉酬》（四首）；又，崔适作《诗圣百纪生辰诗》，周庆云和作《诗圣百纪生辰诗，和归安怀瑾先生原韵》，施赞唐和作《乙卯长夏，我同社梦坡学长兄以怀瑾崔先生首唱诗〈诗圣百纪生辰诗〉长篇见示，敦嘱制和，漫拟一章奉政》；又，孙淑谊作《自嘲一律，录寄梦坡》，周庆云和作《和孙补三学博〈自嘲〉，用元韵》；又，戴启文作《徐园遇梦坡招饮古渝轩，迟语老不至，漫赋一律呈梦坡》，刘炳照和作《梦坡招饮古渝轩，念陶坚邀同车先赴他约，未及趋陪，次壶翁韵赋谢》，沈焜和作《梦坡招同壶翁、渊老、瘦石古渝轩小集，迟复丁未至，为赋二律》，刘炳照和作《次醉愚韵，再呈梦坡》（二首）、周庆云和作《古渝轩小集，壶翁、语老、醉愚均有诗，次醉愚韵奉酬》，俞云和作《徐园品兰后，复应梦坡古渝轩之招，越数日，同席均有诗见示，予不能诗，勉步后尘，藉当蛙鼓》（二首）；又，周庆云作《与瘦石游西湖黄龙洞，诗僧拂云已脱袈裟，更名汝望屺，仍居洞中净室，且有佳人相伴。是日，适望屺出游未返，遂口占一绝，留赠望屺》，俞云和作《梦坡赠望屺一绝，予亦继声》，周庆云和作《瘦石既应声，予复次韵和之，并调望屺》；又，戴启文作《梦坡招饮春宵楼，即席限韵赋三绝句》，同人和作：许澄祥（三首）、刘炳照（三首）、白曾然（三首）、洪尔振（三首）、潘飞声（三首）、恽毓龄《夜宴春宵楼，爰集陈云伯碧城仙馆诗句，成诗六章》、恽毓珂《春宵楼即席集句赋赠》（六首）、周庆云《宴集春宵楼，限韵分赋，为集古人句三首,兼酬同座诸子雅贶》;又,周庆云作《二十五日与绥珊、少峰薄游湖上,偶书所见》,丁在和作《次梦坡丈韵》;又,戴启文作《余来此四年,获与诸君子周旋,时共文宴,吟饮甚欢。今将移家回杭,频年接席,一旦分襟,赋此志别》,周庆云和作《壶翁将归西泠,附诗留别,次韵奉和,藉送行旌》(二首);又,叶玉森作《承惠社集,赋诗奉谢,敬请梦老斧正》,周庆云和作《前以诗集就质中泠先生,兹辱佳篇愿贶临本社,欣幸之余,步韵奉酬兼志欢迓》,白曾然和作《奉读梦坡、中泠两公酬唱之作,依韵赋和》《梦坡社长和中泠诗,兼邀入社,赋此志喜,喜吾社增一健者也,再叠前韵》,叶玉森和作《梦坡丈赐诗,宠掖入社,敬叠前韵奉酬》《叠前韵奉酬也诗社兄》;又,沈焜作《偶至西湖,邂逅梦坡,成诗一律,写呈教正》,周庆云和作《醉愚忽来湖上,同止旅邸。次日留示一诗,即棹扁舟至孤云草舍,谨次原韵奉和》,戴启文和作《雨中得梦坡惠书,兼示近作,即次醉愚韵奉答》;又,周庆云作《鹭汀先生招饮园居,散步亭林泉石间,风叶霜花,翩反有致,知秋气深矣。归得此章,并呈同坐苏戡、聘三、古微、仓硕、听邠、履樛诸先生及橘农姨丈》,同人和作:李传元《依韵和梦坡吟坛并简鹭汀翁》、吴昌硕《饮鹭汀寓斋,梦坡先有诗,依韵奉和》、洪尔振《梦坡过饮后见诒佳什,依韵奉答》、钱溯耆《鹭汀招饮,即次梦坡韵》、郑孝胥《鹭汀同年招饮看菊,次梦坡元韵》、钱绥椠《次韵奉和梦老愚园赏菊之作》、沈焜《梦坡寄示愚园雅集之作,次韵奉酬》、李详《奉和梦坡先生鹭汀园亭宴集原韵》、刘世珩《梦坡出示集洪鹭汀园居作索和,依韵奉正》、白曾然《梦坡社长以秋晚践鹭老之招看花愚园,感兴成诗,群贤赓唱,名作如林,读竟奉和一章,即呈郢教》;又,周庆云作《集古,和壶翁韵》《元宵后,若兰别筑香巢,又另易丽姝,更名素娥楼,予复叠韵集古》。其中,庞鸿书《承梦坡以石印〈灵峰探梅、补梅图〉寄示》其三:"沙堤近接巢居阁,和靖入山犹未深。何似罗浮寻梦影,缟衣月下独行吟。"俞云《徐园品兰后》其一:"相逢莫复问谁何,一室春融属太和。美玉岂曾求价善,名花原不在香多。偶从空谷移盆盎,聊免荒荆委扎瘥。漫道风尘无特识,年年结伴几回过。"钱绥椠《次韵奉和梦老愚园赏菊之作》云:"凄凄百卉已凋残,高会餐英一笑欢。色相安参王者贵,心期总让硕人宽。断无傲骨能谐俗,岂有凡胎可换丹。莫逆惟君贞晚节,冷风苦雨护花难。"

王葆心参加三湘诗社同人雅集,与会者有三十余人,包括王闿运、黄鹿泉、袁叔瑜、杜翘生、吴雁舟、曾履初、程子大、杨喆甫、易由甫、赵伯威、陈仲恂、豪生等名宿。分题限韵,各成绝句一首。王葆心因悼次女未作。同人中有作《秋衫》云:"泪湿琵琶一曲残,六铢衣薄不胜寒。杏黄氄氄无长物,欲为江郎割赠难。"《秋钓》云:"卢敖惯驾碧云游,万里江湖一钓楼。赢得六鳌都入饵,人间天子果无愁。"《秋潮》云:"赤城霞影入秋丹,江上胥涛海色漫。犀弩三千终射罢,更横瑶瑟入边弹。"《秋萤》云:"轻罗小扇晚宜人,一转回廊一倍亲。墙角海棠慵未睡,半明留照此花身。"

程颂万应湘督汤芗铭聘纂修官书。

陈天倪执教于湖南省立第一师范，与曾运乾、杨昌济同住一院内。三人交情深厚。在该校教书只年余，即与曾氏同考入湖南官书局。

朱祖谋为郑叔问刊行《苕雅余集》，吴昌硕题端，署"安吉吴昌硕篆"。

陈朴庵撰写《宜休亭》冠首。仙翁壁联云："宜行人往返所经，笠车相逢犹下拜；休南北去来之便，风雨骤至且中留。"亭东门联为："古亭宜休迎远客；溪水依旧枕寒流。"亭西门联为："古道往来，折柳寄梅逢驿使；溪山环绕，踏青拾翠驻游人。"

陈衍撰《石遗室诗话》继续在《东方杂志》连载，由原来印行 13 卷增至 18 卷。

陈荣昌本年至 1917 年仍居明夷河村舍，不问世事，著《明夷子》（2 卷），上卷曰《性书》，下卷曰《伦书》，分为 20 篇。

况周颐为朱祖谋题《校词图》，作《还京乐·为沤尹题〈彊村校词图〉》。词云："坐苍翠，著意鸣泉喷鹤皆商羽。更梦寻香径，玉笙铁板，荃云何处。近埭西幽胜，香山最惜孤游侣（白香山诗：唯有上彊精舍好，最堪游处未曾游。上彊山在埭溪归安地）。念桂荪招隐，画里丹铅朝暮。　　似（去）周郎顾，费春来红豆，销磨记曲，银屏多少丽绪。时闻驻拍微吟，倦评量、世事鱼虎。写烟岚、翻砚北新声，花间旧谱。倚笛樵歌发，松风相和溪路。"又，况周颐因忆昔日于四印斋校词事，作《清平乐·自戊子迄乙未，余客都门，同半塘校宋元词，最如千家，即四印斋所刻词也。今半塘之墓木拱，所刻词不复可得，因题〈彊村校词图〉，不能无感》以怀王鹏运。词云："词仙去后，荃艳飘零久。镂玉雕琼无恙否，四印高斋非旧。　　上彊大好林泉，幽人几席丹铅。恍许图中著我，依稀清课当年。"又，徐珂以其亡女新华之山水画稿二帧赠予况周颐，况作《玉京谣（玉映伤心稿）》以报，词云："玉映伤心稿，凤羽清声，梦里仙云幻（用徐陵母五色云化为凤事）！故纸依然，韶年容易凄婉。乍洗净金粉春华，淡绝处山容都换。　　瑶源远。湘苹染墨，昭华摅管（徐湘苹，徐昭华皆工画），茸窗旧扫烟岚。韵致云林，更楷模北苑。陈迹经年，蝗衾分贮丝茧黯。赠琼，风雨萧斋，带孺子泣珠尘漀。帘不卷，秋在画图香篆。"又，况周颐作《临江仙·平湖葛词蔚以其尊人毓珊遗像属题》以题葛毓珊遗像，词云："家世列仙官列宿，才名小集《丹阳》（宋葛胜仲著《丹阳集》二十四卷）。《当湖》雅故在青箱（部郎辑《当湖文系》）。太冲原卓荦，叔度自汪洋。　　三十六年回首忆，共攀蟾窟天香（己卯同年）。几人寥廓遂翱翔（《瘗鹤铭》：'天其未遂吾翔寥廓耶？'）。沧洲余病骨，辛苦看红桑。"

曾习经收藏汉代五凤残砖，作《自题汉残砖拓本》。诗云："一角残砖五凤嬉，纪元恰合汉宣时。贫儿骤诧收藏富，自拓殷勤寄所私。"又读诗友陈昭常（简栖）遗札，念故友而觉泫然，作《题陈简栖遗札》。诗云："剩与孝标酬堕旨，已成子敬怆人琴。此是卢仝玉碑子，百回摩抚百伤心。"又读丁惠康（叔雅）手泽，悲痛而作《题丁叔雅遗墨》。诗云:"旧日交亲原不薄,他生怨悱更何如。人间夭枉兼常痛,肠断丁三数纸书。"

章太炎代刘伯温后人请求沈尹默书写《诚意集》序,以为刻石之用。孰料拖延整月尚未就,章氏不悦,命朱希祖索回原稿。

龙璋同庚好友,同盟会成员夏寿华赴南洋各国考察后归沪,龙璋与之相会,畅谈别后各自反袁经历与计划。又,《公民日报》在上海出版,龙璋作《上海〈公民日报〉出版祝辞》。辞云:"莽莽神州,蒸蒸民族,为宠为光,是亭是育。神明奕胄,璀璨山河,抚兹大地,政建共和。人言不恤,逢兹阢陧,言论枢机,忽焉否塞。民为邦本,古训聿昭,拂民之意,邦本动摇。人藏其心,莫测其意,士言庶谤,舆论攸寄。为川使导,为民使言,不胫而走,千里应焉。论道无闻,危言日出,天下纷纭,敢云默息。振聋儆聩,耳目恒新,请诵风诗,祝我公民。风雨如晦,鸡鸣不已,既见君子,云胡不喜。"

段朝端病体如恒。剑青常来与段共谈,鲁渔、鲁山、竹侯亦问过叙。段朝端于本年暇时拈弄笔墨,藉以遣日,得诗二百余首。丁衡甫欲为代刊,段以无副本谢之。后又搜罗杂文,得八十余首,自缮清本。时述旧闻,陆续编成《蹢躅余话之余》4卷。

王树楠在清史馆成《大清畿辅先哲传》40卷,《畿辅列女传》6卷,《大清畿辅书征》41卷。

王舟瑶辑《台州文征》成,凡150卷,后增至180卷。

张之汉周察辽阳营口、铁岭安东各官银分号。《安东元宝山远眺》《秋夕登楼望鸭绿江》(二首)诸诗即此行所作。其中,《安东元宝山远眺》云:"万木萧萧一径蟠,紫金山色涌林峦。耳边风笛栏前听,眼底云帆境里看。线轨西来销铁锁,大江东走去银澜。华洋楼阁灯齐上,铜柱消沉劫火寒。"《秋夕登楼望鸭绿江》其一:"秋高横笛处,日暮倚楼情。一水凭天堑,千帆落画楹。潮回龙窟冷,月出蚬窗明。不尽茫茫感,江流夜有声。"其二:"大江东去浪,淘尽几英雄。折戟沙墟没,飞桥铁轨通。星翻一天水,潮卷万山风。千里来龙远,鸿沟画掌中。"

傅熊湘授徒王仙之环中,即十年前创小学地。有生徒十余人,以经、小学、诗古文辞为课目,自作诗文亦多。是时,刘鹏年先从兄僧诠及潘民诉、民诚均从受学,刘先君今希府君、季父约真氏及潘式南、净僧诸先生,以居近王仙,过从甚密,多文酒之会。傅熊湘曾辑友朋唱和及诸生之作为《环中集》。

王浩年初旧疾复发,愈,又患眼疾,作《旧疾复作感成》《病后访雪抱,侈谭未畅,遇雨而返》《目疾,慰东勇病痢》《谢梦庐馈眼药》数诗为记。其中,《旧疾复作感成》云:"百年弹指虽除病,九死惊心倍养生。情欲两无婚宦累,灵光多半老庄成。久悲丧乱殊妨健,望到痴肥不碍清。随分药炉烟里过,床头蠹卷自纵横。"《目疾》云:"人市本无十行下,屈指况难三日纾。君言搜肠厌藜苋,我将失明成史书。闻开腹笥类药转，恐是月珠碎蚌初。却将此纸持寄似，巷南巷北倚欷歔。"又，年中，文誉渐隆，王浩与江西诗坛耆宿名流交游唱和。诗友有高超、李定山、熊冰、吴端任、凌天石、李子云、胡雪抱、涂容九、华焯、胡朝梁、辛际周、曹震、金楚青、胡以谨等。

冒鹤亭在温州独资以"玉介园"旧址改建"永嘉诗人祠堂"，共5间，以祀谢康乐以来历代诗人。冒鹤亭自撰楹对云："词客有灵，留我供一龛香火；落花如梦，倚栏歌千古江山。"又与当地士绅贤达搜集乡邦文献，先后辑成《永嘉诗人祠堂丛刻》，计13种，并出资梓板刊行。丛刻中收有唐代高僧永嘉玄觉、宋代学者永嘉王开祖、南宋诗人永嘉徐照、徐玑、赵师秀、乐清翁卷、永嘉薛师石、卢祖皋、平阳林景熙、元代文学家乐清李孝光、瑞安高明（则诚）、清代学者黄绍箕、黄绍第等永嘉先哲学术文集、诗词文集。

江孔殷出任英美烟草公司南方总代理，预料必有一场激烈竞争，作诗云："来年商战正萌芽，箕豆煎宁出一家。同是肉身须啖饭，不容旁观虎磨牙。"

哈少甫（观津）六十初度，王一亭作画以祝。吴昌硕作《一亭画寿观津》。诗云："非佛似佛渊乎春，见心见佛存乎人。观津老人种善根，弗以善小辞艰辛。须眉纵说不是佛，历劫不坏金刚身。赤足大有踏芦意，沧海已变愁飞尘。行年花甲朱颜古，曼倩桃啖留其仁。手磨铁研心救世，研破可食何忧贫（君所居曰宝铁研斋）。双眸如镜照千古，清秘富埒欧赵伦。儿孙绕膝君固有，再颂或诮徒掀唇。一亭赠画祝眉寿，万金我亦思买邻。佛其谓我佛难学，请学韩子排庄荀。"

于右任在孙中山指令下积极组织中华革命军西北军，几次欲亲赴陕西未果。在陈英士（其美）襄助下，仍在上海进行军费筹措及指挥陕西北军之准备。又，在康心孚、康心如、张季鸾等好友协助下，创办上海民立图书公司，将多年积蓄经费全用在购买机器设备上。于右任想利用图书公司宣传中山先生的革命主张和进步思想，反对帝制复辟，同时亦作为配合讨袁军队的掩护场所。上海时期，于右任广泛接触知名学者、收藏家、文学家和书法家，尤在书法、诗词上不断精进。

李曰垓任护国军第一军秘书长，随蔡锷入川。王灿作《送李子峊从军》送行。诗云："跃马横戈壮此行，雄师百里耀旗旌。从戎不负平生志，筹笔能留后世名。会见赢秦倾大业，休夸曹魏拥强兵。一篇露布能诛贼，揽辔真教海宇清。"

任援道入云南会唐继尧，传达孙中山先生及各同志倒袁以维护民国之决心。

范罕在北京患病，作《谢医》一首。诗云："我病在脑不在魂，日能谙诵先民言。我生在志不在气，志洁乃比云中君。医者治药不治病，乱投药石无根源。或云此病在肝鬲，肝炎势足三焦焚。或谓精神大越溢，药力不到徒纷纭。医言如此病不答，一病已证多医虐。学病不成懒学医，此病绵绵何由脱？邻儿大笑惊我狂，家人百喻非甘芳。平生尚有雕龙癖，且放微歌一徜徉。"

李叔同在杭州浙江省立第一师范学校任教，又兼任南京高等师范学校音乐、美术教职，奔波于杭州、金陵之间，普及艺术教育。本年系李叔同歌曲创作高峰期，为教学需要，或配曲，或选词配曲，创作大量"学堂乐歌"，其中以《送别》最为著名。词曰："长亭外，古道边，芳草碧连天。晚风拂柳笛声残，夕阳山外山。　　天之涯，地之角，知交半零落；一觚浊酒尽余欢，今宵别梦寒。"又作《忆儿时》，广为流传。词云："春去秋来，岁月如流，游子伤漂泊。回忆儿时，家居嬉戏，光景宛如昨。茅屋三椽，老梅一树，树底迷藏捉。高枝啼鸟，小川游鱼，曾把闲情托，儿时欢乐，斯乐不可作。儿时欢乐，斯乐不可作。"江谦后来在《寿弘一大师六十周甲诗》中回忆云："鸡鸣山下读书堂，廿载金陵梦未忘。宁社恣尝蔬笋味，当年已接佛陀光。"

　　陈树人再度赴日本，其子陈复同往。江孔殷设盛宴践行，并即席赋诗一首："十年前识吾乡秀，短鬓今朝我欲狂。相许学成龙出海，近来诗瘦欲还山。几人时下云何似，此志天涯见莫悭。佳作渭城佳唱在，手生如棘不成弹。"

　　成舍我因安徽督军倪嗣冲大肆搜捕，经友人介绍，避走辽宁奉天，任《健报》副刊主编兼总校对。

　　刘人熙任湖南高等师范学校历史科主任。9月，参与创办湖南《大公报》。

　　胡石予整理1914年至本年所作诗，存245首，订为《半兰旧庐初删稿·草桥集》卷二，汪家玉为之题端。

　　张鸿翼编《物产志略》等书既成，书前各述缘起，后又题绝句四首。其一："山经多炫奇，齐谐争志怪。何从论虞衡，万象征实在。"其二："滇产甲全国，艳羡惊域外。不知固儒耻，漫藏且贻害。"

　　林损继续任教北大，与黄侃结识。

　　林一厂在梅县松口公学任教职一年，生活清苦，作《解嘲》。诗云："极目河山一黯然，考亭门第自残编。中兴寂寂陈同甫，宇宙茫茫陆九渊。有梦犹飞三万里，问名能值几文钱。满栏苜蓿君休笑，健养兰筋再着鞭。"

　　王揖唐任吉林巡按使。

　　徐树铮在北京时有文酒之会，徐道邻常随同赴会。

　　连横在台南西区街长役场办夜校。

　　侯鸿鉴以全国师范校长会议入京。后作《五十无量劫反省诗·乙卯四十四岁》。诗云："三载前曾礼千佛，半生早悔堕人寰（昔游千佛山时憬然尘世之非近，又感触环境之恶浊，时作物外神游之想）。携儿指点鲁齐景（以全国师范校长会议入京，道出济南时，偕冰兰携慰儿同行，看泰山烟景千佛月明），约友同看燕晋山（偕程君仲嘉豫师范会议，即偕程君游太原，过井陉及娘子关，望太行山色，谒晋祠等）。北梦筹安云缥缈（时袁氏帝制，自为设筹安会，如在云里雾里），南开讲学月回环（余此次入京，先应严范孙先生之招，至津门。在南开学校讲演教育，凡二周，听者凡五百余人)。嘉禾笑掷 (齐伊通省长以余办学十年，坚苦卓绝为请，得五等嘉禾章) 哀庐待 (余以时局之变化，不可揣测，拟筑一室于墓旁，题曰'哀庐')，笔舌风尘泪暗潜 (年来借口舌笔墨之资，以生存竞校者；译书之资，视学之俸，其犹不足者。继之以室人之衣饰，同人之借贷，迨有不堪其艰困者。而教育救国之说，真难之尤难矣)。"

柳诒征回南京，应江谦聘，任南京高等师范学校国文、历史教员，兼河海工程学校教员。

丁传靖作《雪浪石》诗斥端方。诗中有句云："咄哉何人发异想，辇金不已辇奇石。会逢秋壑已南迁，天教不注冰山册。"盖指清末有人自闽中将此石运来南京，欲媚献端方；值端方西调，后为革命军镇压于川中，石乃存留白门，终经传靖为介绍瓜州于氏购得。

谢晋 (霍晋) 为反对袁世凯称帝，集结党人二百余人，袭击湖南督军府，支持护国军攻下湘西。后遭袁世凯缉捕，逃往日本。

杨树达、刘肇隅入湖南省立第一师范学校任国文教员。

林尔嘉聘许南英为菽庄钟社诗友，月给津贴若干，以此，许南英个人生活稍裕。

陈匪石任上海公学教员，并任《民信日报》《民国日报》记者。

溥儒住西山戒台寺，作《塞下曲》。诗云："戍楼烟断草萋萋，万里寒冰裂马蹄。闻道汉家开战垒，边沙如雪玉关西。"

伦明举家自广东迁居北京，任参议院秘书。

陈隆恪赴江西萍乡，与未婚妻俞徽 (字婉芬) 完婚。婚后，在俞家居留期间受岳父引导开始写诗，从此与诗结缘。

林散之应聘至安徽和县卜集小夏村姐夫范期仁 (字丽辉) 家教书两年余。课余自习诗文书画，字写唐碑，以欧、虞、褚、颜四家为主；画以仕女人物为主，多取材历史故事。时张栗庵居住在卜集渔家网村，经姐夫介绍，前往拜谒求教。遂从张栗庵学诗古文辞，尽读其藏书，书法亦获其指授。

吴梦非毕业于浙江省立第一师范学校，由李叔同荐至上海城东女校任教。

廖恩焘开始填词。

朱孔阳入杭州惠兴女中和杭县县立第三高等小学任教。

刘永济居上海刘永滇四兄家自学。

王献唐在青岛，复入礼贤学院文科。

朱大可毕业于北京某专门学校，与同学钱塘许琴公、鄞县王七岩、平湖汤宥三及同里潘小雅、沈季青等人倡为诗社，更迭唱和，吟兴甚豪。

夏承焘将本年所作哀以成集《乙卯诗章》。

顾随中学毕业，报考北京大学被录取，在蔡元培建议下由国文系改西洋文学系。

吴玉如入北京大学预科，旋转入朝阳大学。不久，父逝，因丁忧而辍学。

苏雪林闻安庆省立初级女子师范学校登报恢复招生，以自杀相威胁，父母遂同意她离乡到省垣读书，作《出山》（四首）。其一："无端碌碌作长征，检点琴书感慨并。如此烟霞消不得，山灵应笑太痴生。"在校期间，苏雪林能诗善画，尤为引人注目。

潘天寿从浙江宁海县城高小毕业，考入浙江省立第一师范学校，赴杭州就读。

徐震堮入中学，受业于章太炎门人朱宗莱和谭献弟子刘毓盘，学习文字、音韵、训诂、考证和词章。入大学后，又从王瀣、吴梅受诗、词、曲之学。所作诗词不胫而走。柳诒徵读后大为激赏，称许其"清隽苍老，卓然名家"，故所编《历代诗选》，去取极严，于现代仅取徐震堮1人。

楚图南考入昆明联合中学就读。

任中敏在常州第五中学就读。因同学李子宽与军训教官生争端，任中敏及诸同学支持李子宽，遂演为学潮。学校声明必须开除若干人始复课，否则全班解散。任中敏与钱乃安、李子宽挺身而出，接受开除学籍处分。后返扬州娶妻严淑英。

钱仲联自本年起至初等小学毕业，遵父命抄写祖父遗稿，日抄3页，持续数年，寒暑不辍。计抄写《示朴斋骈体文续》（1卷），《鲍参军集注》（6卷），《唐文节钞》（10卷）凡三种。每一种抄写完后又反复抄写，故重复本达三、五种以上。

阮毅成时年11岁，随荀伯公自兴化至杭州入学，迄18岁转往吴淞中国公学中学部为止，悉在杭州就学，遂以之为第二故乡。

罗剑僧从四川合江县明坝冯荫中先生读于榕山镇清源宫。

阮退之入广东阳江县立中学乙班读书。

吴晗开始上小学，先后在本村和金华傅村私立育德小学读书，深得育德小学教师杨志冰器重。吴晗年仅6岁有诗，诗云："桌中无菜市上有，饮酒何必杏花村。人人都说读书好，吾谓耕者比我高。"遂有"立地成诗"美誉。

陈凡生。陈凡，字百庸，广东三水人。著有《出峡诗画册》《壮岁集》，编有《齐白石诗文篆刻集》《黄宾虹画语录》。

程雪生。程雪，原名维宣，别署禾雨，号北雁，浙江乐清人。著有《程雪诗草》。

戴维璞生。戴维璞，字良玉，浙江杭州人。著有《听鹂馆词稿》。

高冠华生。高冠华，江苏南通人。著有《高冠华诗词集》。

胡邦彦生。胡邦彦，江苏镇江人。著有《胡邦彦文存》（含诗词联语）。

华铃生。华铃，原名冯锦钊，生于澳门，祖籍广东新会。著有《华铃诗文集》（含旧诗）。

袁功甫生。袁功甫，以字行，别署飞山居士，广东东莞人。著有《飞山耸翠楼存稿》

《湖海诗钞》《绿水红蕖轩诗钞》。

　　黎光祖生。黎光祖，安徽宿松人。著有《黄山百咏》。

　　李桢生。李桢，山西屯留人。著有《征尘拾遗集》。

　　廖冰兄生。廖冰兄，广西武宣人，成长于广州。著有《打油诗词》。

　　刘秉彦生。刘秉彦，河北蠡县人。著有《刘秉彦诗词选》。

　　马识途生。马识途，四川忠县人。著有《马识途文集》，第12卷《未悔斋诗抄》。

　　马祖熙生。马祖熙，字缉庵，江苏盐城人。著有《缉庵诗词》。

　　缪海稜生。缪海稜，四川西昌人。著有《海稜诗选》。

　　莫仲予生。莫仲予，字尚质，号小园，广东新会人。著有《留花庵诗稿》。

　　熊复生。熊复，四川邻水人。著有《华蓥山叟词稿》3册，含《锦瑟集》《灵梦集》《秋魂集》。

　　许永璋生。许永璋，字允臧，号我我主人，亦自号趺翁、石城左杖翁，安徽桐城人。著有《许永璋诗集初编》及续编。

　　虞逸夫生。虞逸夫，江苏武进人。著有《万有楼诗文集》。

　　张白生。张白，字楚玉，号鸥客，浙江温岭人。著有《鸥客吟稿》。

　　钱定一生。钱定一，原名人平，字夷斋、斯万，号五凤砚斋主人、壮云楼主，江苏常熟人。虞社社长钱南铁之子。著有《壮云楼诗》。

　　吴杰生。吴杰，浙江温州人。著有《两龙室存稿》《吴杰诗词选》。

　　胡养元生。胡养元，字韵圃，号杨园，湖北武昌人。著有《错错楼诗集》。

　　蔡天心生。蔡天心，原名国政，又名蔡哲、君谟、白石，辽宁沈阳人。著有《晴雪集》。

　　林荆南生。林荆南，台湾彰化人。著有《芥子楼诗稿》《诗学讲座》。

　　[日] 猪口笃志生。猪口笃志，号观涛，日本熊本县人。著有《日本汉诗》《新汉诗选》《日本汉诗鉴赏辞典》等。

　　周庆云辑《淞滨吟社集》（2册，甲集1卷、乙集1卷，刻本）刊行。吴庆坻题署。集前有杨钟羲、周庆云序。其中，杨钟羲《〈松滨吟社集〉序》云："梦坡居士以吴兴词人为淞社祭酒。三年以来，同人酬唱之作，裒然成集，次第理董而校刊之。谬承授简，使为之序。在昔韩李断金之集，汝阴倡和之编，类皆生当承平，交联毅佩。乾嘉之际，如津门之水西庄，邗上之玲珑山馆，杭州之东轩南屏，风流标暎，亦皆治世之音，不可尚已。歇浦一隅，为游子盛商之所，道无山水之观，园林之胜。骚人墨客，过而不留。向非海内风尘，中原板荡，吾与诸君子安得搏沙不散如今日之多且久哉？避地来此，将成土断，情好既洽，觞咏遂兴。钟羲，燕人也。吾乡常山太傅，推诗人之意，作为内外传。今内传及薛氏章句俱不传，而时时见于他说。其曰：饮当自适，能者饮，不能者已，谓之酾。今者岁时，会合宾尔箘豆，犹有古意存焉。考槃在干，干者地下而黄硗礅之区也。吾侪郁郁久居，其庶几硕人之风乎？鹳巢处知风，穴处知雨，欲集还翔，圣人所与。匪风发兮，匪车揭兮。顾瞻周道，中心怛兮。是非古之风也，发发者；是非古之车也，揭揭者，盖伤之也。相怨一方，莫之敢指，颙颙仰天，蹙蹙靡施。变雅之音，因寄所托，或歌劳者之事，或伤年岁之晚，譬诸周之诗人，忧懑不识于物。彼黍离离，反以为稷绳，以钟仲伟之品，张为之图，吾知其概乎未有当也。若夫颇有所知，苟欲得禄，忘蒿折之忧而冒如火之烈，吾知免矣。乙卯夏五月，尼堪杨钟羲序。"

周庆云《〈淞滨吟社集〉序》云："古君子遭际时艰，往往遁迹山林，不求闻达，以终其生。后之人读《隐逸传》，辄心向慕之而不能已。今者萑苻不靖，蔓草盈前，虽欲求晏处山林而不可得，其为不幸为何如耶？当辛、壬之际，东南人士胥避地淞滨，余于暇日仿月泉吟社之例，招邀朋旧，月必一集，集必以诗，选胜携尊，命侪啸侣，或怀古咏物，或拈题分韵，各极其至。每当酒酣耳热，亦有悲黍离麦秀之歌，生去国离乡之感者。嗟乎！诸君子才皆匡济，学究天人，今乃仅托诸吟咏，抒其怀抱，其合于乐天知命之旨欤？余自结社以来，裒录诸作，题曰《淞滨吟社集》。先将甲、乙两集付诸手民，后有所得，将赓续付梓。虽然，世变未已，来日大难；兴废靡常，古今一辙。兰亭、金谷，陈迹都荒，后之视今，亦犹今之视昔。况兹韵事，不可无述，爰为是序，以留鸿雪云。甲寅冬十二月，乌程周庆云序于晨风庐。"集前又有《淞滨吟社甲集姓氏录》含："嘉兴沈守廉絜斋、番禺潘飞声兰史、太仓钱溯耆听邠、阳湖刘炳照语石、海宁许湘祥狷叟、乌程周庆云梦坡、安吉吴俊卿昌硕、乌程刘承干翰怡、石门沈焜醉愚、临川李瑞清梅庵、江阴金武祥溎生、贵池刘世珩葱石、秀水陶葆廉拙存、安吴朱锟念陶、太仓钱绥槃履樛、宁海章梫一山、乌程张钧衡石铭、归安陆树藩纯伯、海宁费寅景韩、阳湖汪洵渊若、江阴缪荃孙筱珊、宝山施赞唐琴南、阳湖恽毓龄季申、钱塘吴庆坻子修、常熟潘蠡毅远、阳湖恽毓珂瑾叔、沈阳唐晏元素、建德胡念修右阶。"《淞滨吟社甲集》含《后永和二十六癸丑之上已修禊于双清别墅，会者二十二人，因纪以诗》（沈守廉、潘飞声、钱溯耆、刘炳照、许湘祥、周庆云、吴俊卿、刘承干、沈焜、李瑞清、金武祥、刘世珩、陶葆廉、朱锟同作）；《三月十三日饮于酒家作展上巳会》（潘飞声、钱溯耆、朱锟、周庆云、陶葆廉）；《浴佛日以荆楚旧俗相承，此日迎八字之佛于金城为法华会，分韵得法字用全韵》（刘炳照）、《分得日字》（钱绥槃）、《分得会字》（潘飞声）、《分得佛字》（章梫）、《分得于字》（吴俊卿）、《分得金字》（张钧衡）、《分得浴字》（陆树藩）、《分得楚字》（周庆云）、《分得之字》（刘承干）、《分得承字》（沈焜）、《分得旧字》（费寅）、《分得相字》（陶葆廉）；《明季小乐府》（汪洵、吴俊卿、缪荃孙、刘炳照、施赞唐、朱锟、张钧衡、周庆云、恽毓龄）；《重阳日双清别墅分咏故事》（吴俊卿、缪荃孙、刘炳照、吴庆坻、恽毓龄、朱锟、沈焜、张钧衡、潘蠡、许湘祥、恽毓珂、周庆云、唐宴）；《展重阳分咏上海古迹》（刘炳照、刘世珩、缪荃孙、朱锟、张钧衡、恽毓龄、潘蜚、胡念修、周庆云、刘承干、沈焜、吴俊卿）。《淞滨吟社乙集》集前有《淞滨吟社乙集姓名录》（已见甲集不录）含"阳湖吕景端幼舲、余杭褚德彝礼堂、丹徒戴启文壶翁、北通白曾燏石农、丹徒戴振声嚣弇、北通白曾然也诗、仁和徐珂仲可、归安杨兆鋆诚之、元和孙德谦益庵、日本长尾甲雨山、阳湖赵汤浣孙、长沙程颂万子大、嘉兴吴昌言颖函、黄岩喻长霖志韶、兴化李详审言、铁岭杨钟羲芷晴、无锡汪煦符生、闽县郑孝胥苏戡、无锡王蕴章尊农、咸阳李岳瑞孟符、镇洋缪朝荃衡甫。"《淞滨吟社乙集》含《题刘君翰怡所藏翁覃溪学士手纂〈四库全书提要〉稿本，都二百四十册》（章梫、刘世珩、吕景端、褚德彝、费寅、戴启文、吴俊卿、白曾燏、胡念修、戴振生、潘蜚声、刘炳照、周庆云）；《垂杨》（白曾然）；《镇西》（徐珂）；《〈徐绿沧先生遗稿〉题词》（刘炳照、周庆云、缪荃孙、许湘祥、章梫、刘世珩、潘蜚声、吴俊卿）；《〈韫玉楼遗稿〉题词》（刘炳照、刘承干、缪荃孙、杨兆鋆、吴俊卿、孙德谦、潘蜚声、章梫、朱锟、费寅、周庆云、潘蜚、长尾甲、许湘祥、戴启文）；《买陂塘》（赵汤）；《殢人娇》（徐珂）；《癸丑仲冬集桃源隐酒楼，胡定臣参议出示家藏陶文毅公印心石室旧制瓷器，此为文毅嫁女奁具，女夫益阳胡文忠也，因限胡字》（吴俊卿、刘炳照、潘蜚、周庆云）；《东坡生日，集小有天酒楼，赋诗为寿》（刘炳照、戴启文、潘蜚声、朱锟、张钧衡、周庆云）；《题〈东坡笠屐图〉》（程颂万）；《题梦坡藏逃虚阁旧藏东坡小象古砚》（潘蜚声）；《甲寅正月廿日公祝白太傅生日》（吴昌言、戴启文、刘炳照、潘蜚声、白曾燏、朱锟、吴俊卿、周庆云、缪荃孙）；《章君一山之青岛，应尊孔文社编辑之聘，诗以送之》（缪荃孙、戴启文、沈焜、周庆云、喻长霖、潘蜚声、李详、吴俊卿、刘承干、杨钟羲）；《予将移居青岛，留别淞社诸同志兼谢赠行之作》（二首，章梫）；《题董夫人经塔》（沈守廉、喻长霖、刘炳照、汪煦、潘蜚声、吴俊卿、郑孝胥、胡念修、沈焜）；《金浮图》（王蕴章）；《侍香金童》（徐珂）；《金台怀古、金陵怀古》（缪荃孙、戴启文、吴俊卿、刘炳照、许湘祥、张钧衡、费寅、恽毓珂、恽毓龄、胡念修、沈焜、潘蜚声、周庆云、刘世珩、喻长霖、汪煦、朱锟）；《西河·金台怀古，用清真韵》《拜星月慢·金陵怀古》（李岳瑞）；《望云涯引·金台怀古》《雪狮儿·金陵怀古》（徐珂）；《拟陶靖节〈九日闲居〉用原韵》（恽毓龄、汪煦、沈焜、恽毓珂、刘炳照、戴启文、缪荃孙、吴俊卿、潘蜚声、喻长霖、许湘祥、费寅、胡念修、周庆云）；《贺李艺渊先生重谐花烛》（戴启文、缪朝荃、施赞唐、刘炳照、周庆云、许湘祥、吴庆坻、汪洵、钱溯耆、张钧衡、刘承干、朱锟、潘蜚声、胡念修、褚德彝、汪煦、缪荃孙）；《张君石铭以其母桂太夫人七十寿赋诗征和，继声奉祝》（刘炳照、戴启文、缪荃孙、潘蜚声、朱锟、施赞唐、汪煦、周庆云、孙德谦、恽毓龄、徐珂、恽毓珂、张钧衡）。

施赞唐辑《蜕尘吟社唱和诗第一集》（1册，1卷，铅印本）刊行。本集前有吴昌硕署签，刘炳照作《〈槁蟫篇〉弁言》，王承霖、陈观圻、戴启文等人作《〈槁蟫篇〉题词》。《〈槁蟫篇〉弁言》云："鸟中凤、兽中麟，并世罕遇。人为倮虫之长，束发受书，如蝇钻故纸，得志则友夔龙，不得志则侣猿鹤，至不幸而徒为食字之蟫，脉望成仙犹几希于万一！蟫又不幸而槁，则砚池余润不足以活之。天丧斯文，将共案萤枯死蟫乎！蟫乎！吾知无生趣矣，将死言哀，姑妄听之。甲寅孟秋复丁老人刘炳照题。"王承霖《〈槁蟫篇〉题词》云："陈宝一鸣赤鸟惧，诗书竟触秦皇怒。鬼雄带愤出秦坑，化作书城千万蠹。粉痕落纸生银光，有泪无声哭素王。鳞细不虞尘网密，身轻易向暗陬藏。淞阳丈人不耕食，亦是书城蠹之一。穷愁不解似湘累，故纸堆中长抱膝。抱膝悠悠吟槁蟫，不因世变易初心。千金难觅虞公剑，太息虞渊白日沉。天上千军争白雀，人间万事悲黄鹤。苍精何苦解义绳，造为文字将人缚。天风夜展蚩尤旗，龟山锁断走支祈。万里生灵命安托，太仓鼠饱哀鸿饥。肝胆轮囷莫轻吐，世情一例牛哀虎。天涯同调更何人，伏鸾隐鹄俱黄土。我歌已终意未终，何须苦学号寒虫。短狐含沙伺人侧，我劝丈人当守默。"《蜕尘吟社唱和诗第一集》含《槁蟫外史》（五首）：《槁蟫篇》《继〈槁蟫篇〉》《再继〈槁蟫篇〉》《三继〈槁蟫篇〉》《四继〈槁蟫篇〉》；《琴南先生寄示〈槁蟫篇〉索和，久而不报，继至五叠，望而却步，来书督责，勉成一首，聊当自述》（刘炳照）、《奉和琴南先生〈槁蟫篇〉原韵》（孙肇圻）、《琴南先生见示〈槁蟫篇〉，因次原韵成自述一章》（陈懋森）、《和〈槁蟫篇〉元韵（并序）》（于渐逵）、《再和〈槁蟫篇〉》（前人）、《我生叹二章，奉和琴南先生〈槁蟫篇〉韵》（曹炳麟）、《其二》（前人）、《和琴南先生〈槁蟫篇〉韵》（李镜熙）、《和〈槁蟫篇〉元韵》（甘镜书）、《昨承程棣华先生寄示施君琴南所著〈槁蟫篇〉，捧读之下莫名钦佩，即次元韵以表同声》（徐公辅）、《程君棣华嘱和施琴南君〈槁蟫篇〉，勉成之》（庄学忠）、《〈槁蟫篇〉，次琴南先生韵》（徐公修）、《次〈槁蟫篇〉原韵》（沈其光）、《壶翁丈寄示施君〈槁蟫篇〉，因物托讽，源溯风骚，雒诵再三，无任崇拜，同声之感，有触斯鸣，奉和一篇，录请转呈琴南先生》（庄启传）、《续和〈槁蟫篇〉》（前人）、《读〈槁蟫篇〉五章依韵寄慨》（沈潮）、《和〈槁蟫篇〉韵》（王承霖）、《和〈槁蟫篇〉韵》（徐琢成）、《次施子琴南〈槁蟫篇〉韵》（周时亮）、《次四红词人〈槁蟫篇〉韵》（杨应环）、《施君琴南与余有中表谊，余忝有十年之长，同服舌耕，日以诗文相征逐，君自号四红词人，余亦自署三当居士。四红云者，有美人香草之思；三当云者，无曳裾侯门之慕。我二人同而不同，不同而同也。顷者天造草昧，陵谷变迁，我当垂尽之年，君抱迷阳之戚，夔蚿相怜欤？驺蛩相倚欤？宜君之胜稿曰槁蟫，余亦更号曰蠹衲也。读君诗篇，三复拙作，不禁感慨系之矣》（前人）、《味羹昨以其师〈槁蟫篇〉示余，既叠韵和之，今复见味羹和稿，又作一首》（前人）、《琴南表棣赋〈槁蟫篇〉五叠韵以见志，高足味羹王君奉以余，勉步元韵》（李钟瀚）、《题施琴南表叔〈聊复轩诗存〉，即用集中〈槁蟫篇〉意并次其韵》（杨芃械）、《续和〈槁蟫篇〉兼呈于醉六》（前人）、《奉和琴南先生〈槁蟫篇〉元韵》（钱衡璋)、《次韵和琴南先生〈槁蟫篇〉韵》(陈典煌)、《〈槁蟫篇〉,和琴南太姻伯韵》(杨冔庆)、《读琴南师〈聊复轩诗存〉,敬步集中〈槁蟫篇〉韵》(王鼎梅)、《蠹衲老人见余和槁蟫师诗,次韵惠投,叠前韵复作一篇》(前人)、《盀鸣杨君招结诗社,为消夏计,叠前韵奉答兼呈蠹老及陈君梦鸥、钱君韵盒》(前人)、《钱君韵盒行年四十,伉俪同庚,去秋于山东宦次邮诗征和,忽丁世变,遂噤寒蝉。顷者狼烽小戢,蛰处无聊,君与杨君瑟民倡结诗社于乡闰,推吾槁蟫师为盟主,蒙亦忝与捧槃之役,辄因韵盒弧帨之会,叠〈槁蟫篇〉韵,补缀斯篇,为一军发嚆矢》(前人)、《醉后放歌,用〈槁蟫篇〉韵》(前人)。集后有王鼎梅作《〈蜕尘吟社唱和诗〉跋》。跋云:"吾师《槁蟫篇》作于辛亥九月,当时未尝示人。明年夏,《聊复轩诗存》续出,始得读之。因依韵敬和一首,同里杨君相玉、瑟民乔梓相继叠和,师又续赋四篇。正拟集社联吟,以消长夏。适阳湖刘君语石及无锡孙君颂陀先后以诗订交。健将飞来,一军生色。吾师兴到笔随,略无停缀。自夏徂秋,同声之作无虑数百篇,最伙为《吴门纪游诗》,吾师独得一百一十首,瑟民、颂陀、梦鸥、韵盒合得百首,已由吾师编次付印。次为同和颂陀《罗溪访友》韵,诗亦不下百首,由颂陀汇并赠图,装潢成册。次为和《百老吟》韵,则由太仓钱君听邠辑入续编付梓矣。是篇诗虽不多,而实为旧雨新知旗鼓初交之发轫,雪泥鸿爪,思有以存之,爰裒同人和作,都为一卷,名曰《蜕尘吟社唱和诗第一集》,付诸铅印,以公同好计,亦师所许可也。回溯壬子至今,三阅寒暑耳,而相玉、钦甫二老已归道山,韵盒、齐眉、甫庆旋赋悼亡,梅又宿疾,时作侘傺无憀。而世局如棋,一劫未终,复征一劫。欲如曩夏一时喁于之盛,亦不可再得,悲夫! 甲寅季秋展重阳日受业王鼎梅附识。"

寒山诗社编《寒山社诗钟选》(乙集,10卷,铅印本) 由正蒙印书局 (北京) 刊印。集前有《樊序》《高序》《题词》《选辑大意》《社员名录》。卷一至卷五为"建除体",卷六为"双钩体、分咏体、鸿爪体、杂俎体、笼纱体、碎流体、晦明体、建除体",卷七至卷九为"建除体",卷十为"鸿爪体、双钩体、魁斗体、分咏体"。集后有《勘误表》。《樊序》云:"粤人属对,闽人改诗,风气既开,寝成嗜好;嗜好既笃,务为竞争;竞争既久,穷极工巧。其始以合侪偶消永日,视古人投壶、弹棋、蹙融、双陆之戏为有益,而较韩孟联句、皮陆酬唱为省心。既乃易改诗为诗钟,分嵌字咏物二体,而金声之振遍天下矣。夫极千万人之心思才力,毕致之十四字之中,积百数十年之久,其风气不能不变者,时为之;而流派不得不分者,地为之也。以今日之流别言,大率闽派空灵,粤派典实。空灵之至非不典也,看似寻常而具有故实,如水中著盐,有味而无滓,此闽派之至妙也;典实之至,非不灵也,花当叶对,玉质金相,妙造自然,无牵合饾饤之迹,此粤派之上乘也。执是以求,其震于广座而惬于幽独者,或什得二三焉,或百不得六七焉,盖天成偶得,若斯之难也。都门寒山社为南海关君颖人所立。君故豪于诗者,又得贤兄吉符、罗君掞东、陈君公俌助之。月凡数集,集必数十人。海内硕学博闻之士，裁云镂月之手，悉出其中。每发一题，斗角钩心，禀经酌雅，量珠盈斛，织锦为裳。往者选玉昆山、拣金林邑，尝有甲编之刻。一年以来，万花被谷，言采其兰；八蚕呕丝，言抽其绪，又将以乙集问世。仆自客腊入都，屡同宴集。私以为近人所作，较前益进。然才流胆大，英雄欺人，时亦有之。其弊在于征僻典、求工对、割裂倒置，虚造冥摘。卒之，蛇神牛鬼可以骇世俗，而不可以质通人。须知诗钟亦诗也，无理无法无情无味，一句而用数典，无一虚字，钩贯其间，上下不相属，语意不可解，是亦不可以已乎。科场之废，仆所乐闻，以主司之公且明者少也。大抵阅卷亦有数弊，或慑于才望高，或因其名心重，必欲置之首选。于是以主司之情面，效士子之揣摩，逆料某联当是某人，不论佳恶，列之榜首。往往错认颜标，转失方叔，此一弊也。昌黎之赏魁纪，务取恢奇；永叔之刷刘几，终归雅正。奇而无法，僻而成妖。初观所作，如扬子云之奇字，问者纷来，还质其人。如张丞相之草书，自亦不识。夫不知者即不取，固有遗贤之忧；不知者即不敢不取，更广售欺之路，此二弊也。至于一人阅卷，群贤聚观，往往前幅未终，后幅倏被攫去。此人窃议，彼人又复傻言，主文者目迷五色，耳聋八音，榜已定而重更，主有权而宾夺。往日乡会场之蒙昧，朝殿试之纷缊，流弊相沿，迄今犹在。或曰此游戏耳，何法律之足云。嗟乎！文字之役，聪明材智之所萃也。以聪明材智之所萃，而作者俶诡相尚，阅者去取不公，一事无是非，而天下之是非可忧矣。数人好怪异，而天下之怪异百出矣。吾揭其弊，倘亦用人行政之鉴乎？颖人选乙集既竟，问序于余。余虽未见选本，然深知吾社不乏佳作，颖人又社中巨擘也，吾所谓花当叶对、妙造自然者，颖人实兼有之，则其所选亦必不越乎是矣。流弊云云，乃考试之通病，非专为吾社发也。乙卯三月樊山樊增祥序。"曾福谦作《题〈寒山社诗钟选乙集〉》。诗云："诗钟创格推吾闽，诗钟命名非闽人。近年海内盛风尚，目以闽派宁无因。我生少小嗜章句，碎金屑玉疑奇珍。骚坛旗鼓辄奋勇，自谓百战沙场身。一行作吏此遂废，笔砚与甑同生尘。兹来乞米长安市，见猎心喜时效颦。著湘潇鸣（皆社名）及艺社，先后把臂情何亲。主持风雅有宗匠（谓颖人），寒山一社尤超伦。羊公之鹤愧不舞，骊珠未得徒爪鳞。莫言雕虫本小技，不富腹笥焉通神。仿樊南集分甲乙，展卷光景常如新。博弈独贤师此意，大叩小叩无昏晨。寒山钟声尚在耳，廿年前泊枫桥滨。"《选辑大意》云："本集凡分十卷，百课以前为卷一至卷五；百课大会一日之集，最称盛举，是为卷六；百课以后，迄甲寅岁除，是为卷七；卷八樊君樊山北来入社，同人欢宴，迭为宾主，谈艺尤进，别为专册列之；卷九集中类建除体也；外此诸格，凡若干条，卷十附焉。十卷中，编选体例一仍前集，惟互异之处，略举其概。社员骤增，复多名宿，标新颖异，无义不搜。前集尚宽，此集则力从严刻，限于卷帙，遗珠甚夥，思之歉然。本集惩前此之濡滞，故选政略由编者主持，大率根据阅者四人之旧，复加以抉择搜补，然后与同人商定，故所录尤为精核。徒以事繁时促，评骘、厘定、编辑、校雠悉萃一身，不克细审，引义之失当，仍恐不免。入选之作，无取雷同，惟有时互有佳处，亦或不惮骈枝，又拗体为钟律所禁，不知者往往而蹈。此次偶尔从宽，然才三五联而已。古字平侧恒多相通，词人惯用，尤喜假借，是以一字疑于两读，阅者辄屈意取之，或同时兼搜，致相抵牾。集中此类，恐未尽芟，幸弗深诋。词章之选，文愈奥博，校雠愈难。本集印成，粗阅一过，勘误之表已复盈幅；暇时细读，扫叶之积虑不至此，读者教之。未入社之名流，时一与会，援前集李、梁之例，间经采择者，有浙江徐花农琪、湖南陈梅生善言诸君，附记于此。社员名录编至百三十会为止，都一百六十八人。去岁杨子味春、顾子印伯、朱子芷青相继下世，余悼未忘。一年以来，沈子砚农、陈子简墀又弱其二矣。书以志痛。关赓麟识。"《社员名录》云："王闿运湘绮、王允晳又点、王基磐鸿甫、文龢狷庵、石德芬星巢、伍铨萃叔葆、朱联沅楚青、朱味辛、江瀚叔海、李国杰伟侯、李岳瑞孟符、王人文采臣、王揖唐一堂、孔昭焱希伯、文景清啸樵、田北湖、朱兆莘鼎卿、朱祖谋古微、汪友箕、江孔殷霞公、李稷勋姚琴、李湘珊园、王式通书衡、王世堉荫樵、文永誉公达、方尔谦地山、左念康台孙、朱仁寿旭臣、朱汝珍聘三、杜甄侃甓、李景濂右周、李绮青汉珍、沈瑜庆爱苍、沈福田研农、沈卫淇泉、何雯宇尘、吴坚痫鸳、宋大章寰公、金葆桢实斋、周肇祥养庵、胡祥麟子贤、冒广生鹤亭、夏寿田午诒、夏孙桐润枝、徐辉质夫、沈式荀养源、何震彝鬯威、吴璆康伯、余肇湘楚帆、易顺鼎实甫、长福寿卿、胡彤恩慈谱、胡骏葆生、洪亮幼宽、夏仁虎蔚如、秦树声宥横、袁励准珏生、沈曾桐子封、何启椿寿芬、吴士鉴絅斋、宋育仁芸子、易家钺君左、林步随季武、胡仁源次珊、胡璧城夔文、伦明哲如、夏敬观剑丞、桑宣又生、袁克文抱存、袁嘉谷树五、高步瀛阆仙、孙雄师郑、陈之鼐椿轩、陈衍石遗、陈覃恪彦通、陈涛伯澜、许之衡守白、梁启超任公、郭曾炘春榆、陆增炜彤士、梅光远斐猗、袁丕钧百举、符鼎升久铭、陈宝琛弢庵、陈任中仲骞、陈昭常简持、陈庆龢公睦、许宝蘅季湘、梁鼎芬节庵、梁琼璧荃、郭则沄小麓、麦秩岩敬舆、黄孝觉、袁丕佑蔼畊、纪钜维香聪、陈庆佑公俌、陈士廉翼牟、陈衡恪师曾、陈震章孝起、许（邓）起枢仲期、梁宓卣铭、章华曼仙、郭宗熙侗伯、崔登瀛聘侯、黄濬秋岳、黄式渔樵仲、黄元蔚君豪、张鸣岐坚伯、贺良朴履之、曾福谦伯厚、傅增湘沅叔、覃寿堃孝方、杨士琦杏城、杨增荦昀谷、叶恭绰玉甫、廖道传叔度、蔡乃煌伯浩、黄懋谦嘿园、黄枝欣闿生、张昭芹鲁恂、温肃毅夫、曾广钧重伯、区家璿仲怿、嵩堃彦博、杨毓瓒瑟君、杨觐圭喆甫、赵惟熙芝山、奭良召甫、潘飞声兰史、黄节晦闻、黄庆曾笃友、费仁基寿怡、曾习经刚甫、曾广祚泳周、傅岳棻治芗、杨士燮味春、杨宗稷时百、杨鉴莹云史、赵椿年剑秋、樊增祥樊山、黎湛枝露苑、刘樵山、刘镐伯远、刘福姚伯崇、邓家仁君寿、龙绂年毅父、萧遇春雪蕉、饶孟任敬伯、顾准曾仲平、罗惇曧复庵、刘宗向挹青、刘桴剑侯、刘师培申叔、郑沅叔进、谢隽彝晓舲、谭祖任篆青、严复几道、顾印愚印伯、关霁吉符、刘敦谨厚之、刘光烈炎公、诸宗元贞长、骆成昌子蕃、钟镜斋、谭昌鸿宾秋、顾瑗亚蘧、罗惇曧掞东、关赓麟颖人。"

　　宁调元撰《太一遗书》(13卷、续刊12卷)排印刊行。由柳亚子搜集付印。其中,《太一遗书》(2册,13卷,铅印本),钝根署签。收录《朗吟诗草》《明夷诗钞》《南幽百绝句》《太一诗存》《明夷词钞》《太一文存》《太一笺启》7种。《朗吟诗草》(3卷)前有吴称三评语云:"余外游卅有余年,吾里后来之秀,罕所接晤。今岁承乏漉江,见芸湘文渠古近体诗,以为异嗣。文渠复以仙霞此帙与视,披阅数过,觉其音节之宏亮,议论之沉雄,均已登作者之堂,迥非近玩。吾醴洞多才矣,为慰快者久之,仙霞勉之。既与芸文友,幸互相砥砺,衷诸至善,以蕲底于古人,勿自菲薄,以一得自囿,其可乎?仙霞勉之。癸卯闰五,笋叟识于渌江学堂。"题词有傅尃诗四首,卜世藩诗一首。卷一录各体诗作30题64首,如《幽居即目》云:"门外绕黄沙,纤纤掠绛纱。松声檐际落,竹影日中斜。远火烧残草,微风开野花。目前无限意,况复望京华。"卷二录各体诗作36题71首,如《感怀》云:"廿年渔钓作生涯,春涨秋潮志未谐。何日燕云山下路,致身得裹马皮埋。"卷三录各体诗作36题72首,有《题萧景霞〈惆怅词〉》《经治书塾留别王氏柏樵、纤青、肖韩、小衡诸兄》等诗作。后有傅钝根、柳亚子作跋。傅钝根跋云:"此卷仙霞少作。癸卯同学笋师门下时,曾嘱余删写一过,呈师鉴定,与此卷互有出入。后复屡自改抹,皆在癸卯写本中,今不可得。此聊慰放失耳。其转写讹误之处,略为校正,间亦有所删节,因记之如此。念西山风雨,曾几何时,似余硕果之存,亦几无异。九京幽处,不独感夔蚿而涕泫,缣墨而神怆也。乙卯四月钝记。"柳亚子跋云:"钝根既以《朗吟诗草》副本垂示,同时余亦适于楚伧处获兹三卷,盖即钝记中所谓癸卯写本者是也。延津剑合,事岂偶然。鬼雄有灵,庶几相余。爰即据此写定,仍附钝记于后,备考证焉。四年七月,亚子记。"《明夷诗钞》(2卷)卷一录各体诗作70题230首,有《岳州被逮时口占十截》《狱中闻杨卓林被捕感赋》《和仲庄》《赠约真》《生日和屯子》等诗作。《七律次韵和同狱某》云:"故垒荒凉劫后灰,可曾报国有涓埃。善哉地狱能先入,耻以歧途误后来。意土正然烧炭党,法皇卒上断头台。相看异日风云会,莫漫伤心赋大哀。"卷二录各体诗作75题187首,有《狱中杂吟,用日人幸德秋水韵》《题〈神州日报〉周年纪念,次〈哀蝉〉韵》等诗作。《春愁,和仲庄》其一:"江山何处可为家?春恨春愁事事赊。多少因缘多少梦,至今回忆尽春华。"后有约真题识一则,云:"右《明夷诗钞》两卷,为太一《南幽丛著》之一。曩余读书城南,每休息日必往探太一狱中,往辄抱所需典籍,易其草稿以归,为扄置一匮,如是者三年。迨出狱前两月索回自理,则丛脞盈箧矣。别科手缮,得若干种。未几载与俱北,湘中遂罕存。嵇叔夜云亡,几疑广陵同尽,吹残邻笛,乃见珠还,殆亦天之未丧耶?韦编欲绝,翠墨犹新,展诵之余,觉当日情事,历历来复,泪点血痕,辐射脑膜作奇痛。噫!苦矣。顾今兹所获,以视其全,亦仅什五。其于《说文》、内典,率能探微抉奥,所著惜皆弗在。《南幽文集》则早毁于羊城,《碧血痕》及《明夷词钞》曾刊《帝国日报》,尚待访求。至其南幽所为诗,则于此卷及《南幽百绝》外,尚有《叹逝集》,顾散佚已久,仅钝根处存五十首。其哭徐锡麟、陈伯平诸章更无自辑,斯可憾已。亚子拟将《太一诗文词》先全集付刊,余因与钝根分检仙霞所致之稿,录副以寄。是卷原墨,多规复许书本字,且羼以古文,读者至弗能竟其词,手民当益为,爰强为更易,太一有知,倘不我诮乎?乙卯清明日,约真识于峭嶙吟馆。"《南幽百绝句》(1卷) 前有题辞七:高旭《南歌子》词一阕,傅専诗一首,刘泽湘诗四首,《满江红·读〈南幽百绝句〉感赋,用太一生日词韵》词一阕。是卷收五七言绝句诗作 110 首。盖分为两组组诗。其一为丁未年(1907)所作《愿诗四十什》,前有自序云:"丙午夏,旅居沪渎,见某君著《愿诗》如干章,每叹佳绝。幽忧无聊,偶触晨风之感,遂捧东家之心。定庵句云'此意不可语(一作"道"),有若茹大鲠'。呜呼!此三百篇中所由多寄托之作也欤?"其二为戊申年(1908)所作《至日诗七十什》。前有自序云:"良夜静寂,薄寒中人心残意凄,悲不可抑。闻今日为至日也,因忆杜诗有'冬至阳生春又回'之句,接续演之,得如干章。其中一二怀人之作,以去岁怀人诗多有未备,故略足一二,并柬诸君。意之所至,并不知其言之不可遏也。嗟哉!"后有傅钝根记一则,云:"仙霞此册,原稿用八分书自写,较他稿尤工。每筒五十行,都三十字,杂用古籀篆体。惜铅字难以排印,兹所录非其旧矣。抚念遗墨,为之泫然。乙卯清明,钝安记。"《太一诗存》(4卷) 卷一收各体诗作 14 题 46 首,有《癸卯留别文渠西山》《哭陈君天华七律二首》《祝天梅结婚》等诗作。卷二收各体诗作 10 题 80 首,以悼挽诗为主,如《哭禹之谟烈士二十首》《哭杨卓林武士二十首,用前韵》《吊秋竞雄女侠十首》等。《唐守缠蹈江死,诗以哭之》云:"一呼一吸一障碍,始信不如归去休。楚水楚山皆是恨,蛮烟蛮雨那堪愁。陆机感逝当年赋,宋玉悲来何处秋。国士无多沦落尽,青磷遥夜起山郊。"卷三收各体诗 23 题 63 首,《都中感咏》《燕京杂咏》等皆在京所作。《都中感咏》其一:"帝城风物亦寻常,南望中原涕几行。远草低迷连辇道,暮烟疏淡夹斜阳。安排浊酒频频醉,多少清愁渐渐忘。只恐元规尘扑面,年来身世可怜伤。"卷四收各体诗作 9 题 25 首,有《武昌狱中书感》等。《明夷词钞》(1卷) 收长短句 117 阕。其中,《一剪梅·出狱日作》云:"一瞬年华过眼忙。魂断王昌。肠断秋娘。世情都向苦中尝。更了星霜。换了炎凉。 多谢和风与旭阳。出也寻常。入也寻常。不消前镜细思量。梦是甜乡。醉是仙乡。"《太一文存》(1卷) 收录各体文 10 篇,有《文学林维岳墓志铭》等篇目。其中《南社序》文云:"诗者,志之所之也。《春秋说题辞》:'在事为诗,未发为谋。'故诗之为言志也。扬子亦言'说志者莫辨乎诗'。李注'在心为志,发言为诗'。人各有志,志之卑亢殊,而诗之升降,亦于以判。故古有采诗之官,先王所以观民俗、知得失、自考正也。延陵季子聘鲁,请观周乐,自邶以下无讥。

诗之为义大矣哉！吾友高子天梅、柳子亚庐等既以诗词名海内，复创南社，以网罗当世骚人奇士之作，蔚为巨观。钟仪操南音，不忘本也。昔启祯之际，太仓二张，首唱应社，贵池刘城和之为广应社。嘉鱼熊开元宰吴江，进诸生讲艺，而复社乃兴。由是云间有几社、浙西有闻社、江北有南社、江西有则社、历亭有序社、昆阳有云簪社，而吴门有羽朋社、匡社，武陵有读书社，山左有大社。流派虽别，大都以诗文词相砥砺，而统归于复社。山鸣谷应，风起水响，于斯为盛，春木之苞兮，援我手之鹑兮。去之三百载，其人若存兮。'有踵接而起者，固可以观，可以群，可以怨。虽然，余选古近诗，至宋明尝略而弗录。其持论曰：诗运降戾，爰兹历年几千，代有迁移。温厚以则，宋以前也。纤丽以淫，唐以后也。且五言之际宋梁，犹七律之际晚唐，衰递以渐。学汉魏不能，或犹类唐；学宋明不能，将蔑所似也。然则斯编可取乎？曰：辑诗非选诗也。于先王之书，《乐记》道之曰：'治世之音安以乐，乱世之音怨以怒，亡国之音哀以思。'故哀乐感夫心，而咏叹发于声。斯编何音？斯世何世？海内士夫庶几晓然喻之，而同声一慨也夫。嗟嗟！《小雅》尽废，四夷交侵，君子生斯时也，于是夫有惧心。"《太一笺启》（1卷）收书信69则。与傅钝根、章太炎、文穆晞、刘禹臣、高天梅、陈蜕庵、刘约真、柳亚子诸人书。其中与高天梅书最多，达36则。《太一遗书续刊》（2册，12卷，铅印本）收录《庄子补释》《读〈汉书〉札记》《太一丛话》《南幽杂俎》《南幽笔记》及《笺启补遗》《诗存补遗》。《太一丛话》卷一至卷三，分条记录明末清初遗老志士守节轶事，依人为目，下记其事。3卷共计103条。卷四论诗词，颇多南社诗人掌故。共计38条。末有傅钝根记一则，云："仙霞此稿，庚戌岁刊于《帝国日报》，曰《太一丛话》。今所获本即从报纸割出，都无次第，爰自鄙意，裒为五卷。其杂采明遗民殉国自靖及隐遁而终者，别名《碧血痕》，成于丁未长沙狱。原稿于清室多所指谪，及刊报乃窜易之。今曰大清曰我朝者，非其旧也。书中间有阙佚，惜墨本不存，今辑入第1、第2、第3卷。其论古近词及友朋唱和之作入第4卷，其记古近集事者入第5卷。始仙霞著《碧血痕》，尝属余为助，中违宿诺，降戾爰兹，墓剑之悲，曷云其已。裒集粗竟，因请亚子覆定，亦使后之览者论其世而哀其志云尔。乙卯立冬五日，钝记。"《南幽杂俎》（2卷）乃笔记条目汇编，共43条。《南幽笔记》（1卷）乃日记条目汇编。后有《诗存补遗》，共录各体诗6题7首。《笺启补遗》录书信16则，皆与文穆晞书，末有韵荃山人识一则云："太一少时，气可食牛，与钝根同为余畏友。余年差长，不能竟走于飞黄骐骥之间，则却步平庸一路。阳九之际，帜汉竿宋，学派棼如，而太一罹奇祸。余于数君子者，亦如孙膑之于庞涓，苏秦之于张仪矣。陇上归来，鬓毛欲雪，太一竟夐死武汉，墓木已拱。钝根为刻其遗书十种，诗文集先就，因投书贶余，茂陵无求，名山不朽，读之泫然。太一诗、诗余似梅村，亦似定庵，不落某家窠臼。其文力追史、汉，句法字法多本马、班。又熟精《说文》训诂，词义渊雅，实钝根同调也。

忆二十年前士趋帖括，仇视经史百家，吾师笋樵都讲漉江，始稍稍崇尚朴学。改革而后，人才益盛，三尺童子皆能举甲乙库间事，文章遂炳然与先秦两汉同风。杰士异人，辄生乱世而又摧折之，其故何耶？纸尾缀词而谂来者。乙卯冬初，韵荃山人谨识。"

宋育仁撰《问琴阁文录》（1册，2卷，铅印本）、《问琴阁诗录》（1册，1卷，铅印本）、《哀怨集》（1册，1卷，铅印本）刊行。老渔题签。3册均为《问琴阁丛书》丁部之一。《问琴阁文录》集前有吴之英序及《问琴阁文录纪事》。其中，吴之英《问琴阁丛书五种叙》云："人与世相需也，所以贵生，谓世事有必待吾行者。行之而尼，天也。托空言焉，其有所不得已也。芸子宿共学，英以不与举，重自黜，甘涸老农，暇辄读，课有常限，暇辄钓。芸子举进士以出，才名震甚。潘翁诸大老皆爱重之，始荐主广西乡试。覆旨，又命副使英。驻英未稘，日本犯台湾，廷臣会谋，无敢执咎。战事闻海外，君以《春秋》之义，大夫出竟有遂事，潜谋购英师水队，乘悬军捣日都，虚约必胜，许以千五百万金犒来舰。电传往复，私费六百余金。书始上，留中久之。和议决，乃答复罢所约。台湾既割，有闻乞师事，必咄咄惜。芸子督英还，锐气弗燔，凡时政所急，持议迕俗，辄抗疏论列，若财政、若币制、若商务，前后若干疏，俱请大臣代之奏。终于自劾一疏，宛转披愬，述往陈情，痛哭辞诀，已知事势之必不可为矣。呜乎！壮夫立朝，拳拳招忌，不断头即万里谪耳，何望今日而犹以黄冠归也！故有著录，言其所不能已也。为虑习辞赋者，趣纤丽，辟古拙，存《文录》《诗录》。经国变，感遭遇，存《哀怨集》。慨学唐诗者之眜于气运也，作《三唐诗品》。慨学古文者之罔顾典则也，作《夏小正文法今释》。"《问琴阁文录纪事》云："《三大礼赋》成，质于教习张相国、掌院徐相国、尚书潘郑庵，潘且诵且赞，评云：雅管风琴，忠爱之忱，溢于言表。张清相欲奏上，商于翁师傅，嫌于只有一篇，无从等第，深为歉然。徐荫相语云：嘉庆以后，献赋久无，难于兴废，可告清秘堂刻入馆阁赋钞。冯梦华评云：典丽矞皇，直逼汉京，文颖再编，必以此篇为冠岳。林宗评为：金膏玉醴，寻味不尽。张子馥云：二百年安有此才。蒯礼卿初未服其文，与文芸阁同在徐荫老座，意似未满，文芸阁慨然曰：余文不具言，如《三大礼赋》直大手笔，何可褒贬？蒯礼卿乃求而读之，大相倾倒，置酒为敬。文芸阁引邢子才语，告人云：不能作数千言大赋，不得称才子，今于《三大礼赋》见之。梁星海后见此赋，称曰：'能为沈博绝丽之文。'《湘游赋》先成，初无'昔临水之送归'八句，并大婚礼成，亲裁《大政赋》，同写寄湘绮楼。湘绮用朱加圈评云：'有典有文，合于雅颂，宜改为《光绪大礼赋》。'《湘游赋》亦朱圈，有顶评，无总评。朱圈本今佚，顶评未详。惟闻语人云：湘游过长沙访我，然有此大篇，而至长沙语不及我，殊缺典，因增'临水送归'八句。《问琴阁诗》在书院，时湘绮主讲，有四册，是湘绮点定，均有评点，原本佚，经摘刊《诗录》二册。华阳女士曾季硕亦受诗于湘绮，工六朝五言，为一时独步，评《问琴阁诗录》云：文笔之鸣凤，惟此与湘绮足以当之。

有朱墨圈点本，亦佚，但所佚本，皆为人持去，容访稿得后，照原本用石印以赠同好。民国四年乙卯之夏，同门友谋印《问琴阁丛书》，先就原刻《文录》《诗录》《三唐诗品》《哀怨集》，各述所闻，分析志于书眉，俾阅者知作者意匠经营，摘词旨要。其《大礼赋》，征典极博，加注则太繁，因取光绪大婚礼单附后，大抵用经典以组合时事，炼雅词以润饰朝章，比附自见。益以先生近注《夏小正贯通中西文法今释》合为五种，爰录《问琴阁诗文纪事》二则于简端。问琴阁弟子范天杰、胡淦、杨赞襄、孔庆余、郑可经、都永龢、刘复礼、傅崇矩、易绍生、刘震、闵鸿洲、孙树藩记。"《哀怨集》集前有秦嵩年序云："《哀怨集》者，富顺宋芸子先生诗也。多甲午庚子两年中作。盖吾国世变，至甲午而巨，至庚子而极。丁斯会者，莫不俯仰嗟叹。凡夫忠臣烈士之所愤，骚人墨客之所悲，亦与世变而俱深，境所枨触使然也。先生以承明侍从之才，涸薄宦风尘之迹，沉几观变，阅二十年不获一假斧柯以为世用，徒以谈新政最早，治经术最深，著作等身，名满天下，岂不惜哉！抑可为当世有用人责者一追维而太息之也。先生之奉命治商也，江右陈次亮章京遗书以'管子天下才，诸葛真王佐'相况。惜其以一隅小用，然则先生之负才不遇，其出处有足系人思者。而区区时贤推重之语，犹未足以尽先生也。先生于嵩年为父执，嵩年进见之顷，先生独谓嵩年可与言诗。盖先生为湘潭王壬秋太史高弟，而嵩年出桐城吴挚甫京卿门下。二公皆问学于湘乡曾文正公，故嵩年与先生虽流辈远不相及，而论诗则指趣时合。今春先生出其诗若干首，嘱嵩年编次，且嘱弁言简端。先生之诗缠绵悱恻，兼有少陵、玉溪之长，集中如感旧诸作，酝深俊微，百讽不厌。多当代掌故，尤嵩年所把玩不置者。编即竣，先生取《诗传》'哀窈窕思贤才'及'怨诽不乱'二语题之曰《哀怨集》，并附《城南词》一卷于后。嵩年为序而印之如此。宣统庚戌春正月忠州秦嵩年。"

李详（审言）撰《学制斋骈文》（2册，2卷，铅印本）刊行。清道人、楚园题签，郑孝胥题端，江宁蒋氏校印。集前有作者小像。谭献、冯煦、缪荃孙、沈曾植、蒋国榜作序，李详自序并跋。冯煦序云："李子审言，振奇不耦，餐胜如归，晨搴九流之芳，夕漱六艺之润。肥西蒯侯，雅相扬诩；淮南刘生，亦共商略。心藏心写，殆越终星，谒来海上，始得奉手。礼公没已，再岁世变，益不忍言矣。陵谷迁贸，战枯棋于一枰；人琴摧伤，栖宿草于半垅。仆与审言，萍波既翕，苔岑亦契。掎摭文史，孝绪七略之传；臧否人物，孟坚九等之表。暇出此编，无忝作者。邺下雅材，揖逊稽阮；广陵耆旧，抗希徐刘。并驱萧梁之先，不坠李唐以下。于戏！盛矣！仆少事涂抹，晚乃颓唐，旧识落落，邈如游尘；孤怀謇謇，竭于枯井。把卷三复，累息弥襟。甲寅短至金坛冯煦。"李详自序云："宋姜白石论诗，有自然高妙之说，余尝执此以论骈文。雕篆字句与貌为瑰丽者，皆乏自然之趣，而余心以为未可焉。读古人之文稍多，其中恒有伊挚不能言鼎，轮扁不能语斤之妙。醯酱规矩，其迹也若调和之适口，甘苦之应心，作者能自喻而已，讵可执涂人而语之邪？余为骈文二十余年，所得仅数十首。昔时亲友劝余为痴符之炫，相率助资，期于速成，余悉举以济朝夕之乏。今老矣，思持此为立言之一帜（《左传正义》谓屈原、宋玉、扬雄制作文字，皆是立言），且欲广其说于士夫间。江宁蒋君苏庵新从余游，知余意有所寄，请先用聚珍铅字印行，兼任校雠之役。余惊喜过望，因取诸文付之，使余之文稍有一二播于人口，或取吾说推而广之。苏庵之功不浅，而余因以答亲友之贶，如去胸中之梗而大快焉。苏庵之为吾计，诚善矣哉。乙卯四月李详记于海上寓庐。"

吴重憙撰《石莲闇词》（1册，1卷，刻本）刊行。集前有李葆恂序云："以美成、淮海为宫室，故居尊而深；以白石、碧山为苑囿，故境窈而曲。若琢句精妍、运典博赡，则词才词学并擅胜场，他人已足名家，此集犹为余事。石莲丈年及八旬，世逢百六，而激楚语必出之以和雅，衰飒语必出之以沉雄。此则胸襟福泽，胥于此觇之，迥非寒瘦词人所能跂及已。癸丑嘉平十二日义州李葆恂敬识。"吴昌绶跋云："吾师石莲先生，文章政事有光前烈，为当世所宗仰。行年七十有八，神明不衰。文字之好，无异曩昔。所刊先世遗著及昔贤四部书甚夥。独手所撰述，缄秘未出。昌绶亟以为请，乃手授诗词稿，属同志审定。先生慎别择，勇去少作，所存仅百一。词刻先成，因志缘起。乙卯七月门下士仁和吴昌绶书后。"

汪渊撰《瑶天笙鹤词》（1册，2卷，铅印本）刊行。集前有王咏霓、吴承烜作序，吴长荣题辞。其中，王咏霓序云："在昔诗篇，类均入乐。汉初制氏，尚记铿锵。唐山著房中之歌，戚姬善望归之曲。白麟赤雁，协律集乎五弦；西曲南弄，清商沿于六代。有唐而后，因事立题。黄河白云，赌旗亭之一唱；渭城朝雨，听阳关之四声。三叠八拍，始有衬字。是以竹枝柳枝，异名而变腔；法曲大曲，应节以转步。倚声制词，所由仿也。绩溪汪君诗圃，以清复之才，工侧艳之语，琼想梦月，清思浣云，刻羽引商，遂多篇什。拗成莲寸，有逾蕃锦之观（君集古词句为一集，名《麝尘莲寸》）；拈出藕丝，大似梅溪之制（《藕丝词》四卷，君少作也，已刻，盛传）。近邻芳躅，寄示新编，命以题辞，为述甘苦。观其因物抽绮，穷力追新，委婉如诉，缠绵若结。情深而不冶，辞缛而不繁，意密而不流，韵芳而不匮。笙孔万悦，似步虚之有声；鹤鸣九霄，或写怨而堕泪。洵可谓惊采绝艳，独秀前哲者已。新安古郡，大好山水，谪仙寓居，导我先路，求诸近代，尤多词彦。箧中一选，记谭子之化书（复堂选续《箧中词》曾录君作，又为《麝尘莲寸集》作序）；小筑双桥（江蓉舫都转近刻词集名），灿江郎之彩笔。辱窥兹集，喜应同声。按律审音，各臻微诣。君真雕手，盛传梅子之名；仆亦狐禅，解唱桂枝之曲。漫为喤引，证此襟期。四海之内，避世之徒，岂无慕严陵之钓，买棹而溯渐源；访浮邱之迹，啸侣而跻云海者乎。光绪己亥四月天台王咏霓撰。"吴承烜序云："慨自荆棘塞途，枉堕铜驼之泪；芙蓉隔巘，难传玉燕之书。世局沧桑，惟管城未怀；生涯潦草，幸纸界犹宽。减字偷声，且修箫谱；长吟短咏，敢辍弦歌。巢父巢居，巢外无地；壶公壶隐，壶中有天。挈廉吏之琴龟，控故人之笙鹤。神交千里，情寄一缄。诗伯甫来，词仙又至。甲张恐后，乙李争先。梨枣欲春，桑榆非晚。由庚一律，续补南陔；知己几人，得如东野。设宫分羽，经徵列商。总众清以为林，彚万类而逗节。嘉宾鸣鹿，仙令飞凫。舒啸兰皋，周行苹野。我徽有汪先生诗圃者，余之同门友也。以文苑凤毛，主骚坛牛耳。既属同心之契，非无一面之缘。犹忆少时，薄游芹泮；缅怀壮岁，几度棘闱。但识姓名，未通謦欬。不道报平安之日，乃今在衰朽之年。去日苦多，同嗟寒素；夕阳虽好，已近黄昏。世上千年，不过希夷沈睡；山中七日，愿为王子求仙。此瑶天笙鹤之词所由成也。鲗鲽参差，蜻蛇上下。跱翾歧之企鸟，潘安仁刻划雅音（潘岳有《笙赋》）；伟胎化之仙禽，鲍明远揣摩舞态（鲍照有《舞鹤赋》）。一言均赋，六代清才。流逸韵于九皋，结长悲于万古。琼楼玉宇，高处生寒；金柱银筝，愁中消夜。云花黑白，郁为玟瑁之梁；霜树红黄，掩映珊瑚之海。自来逸老，惯挟飞仙。三百篇莲麝齐香（谓诗圃之《麝尘莲寸集》词），六十载芸蟫俱化。况诗圃之为词也，较白石，轹碧山；轩玉田，轾樊榭。得草窗之隽，有竹屋之痴。风雨空山，江花笔底；烟云佳境，谢草池边。登群玉之峰，凤鸾有律；入众香之国，蝴蝶皆仙。掷地成金石之声，烛天夺珠玑之色。秋鸿春燕，无感不通；早雁初莺，有来斯应。黄花笑冷，红豆拈新。卅载青衫，一编白纻。客星散而德星聚，旧雨少而今雨多。云水踪留，雪泥印在。汪伦送我，情深绕岸之桃；吴质依人，愧比踰淮之橘。琼瑰无梦，翰墨有灵。白岳之英，黄山之秀。斯文未丧，吾道不孤。浮白讴思，觉素心其默契；杀青伊迩，釐篇目于灵飞。笙磬同音，协律振千秋之奇响；瑶琚永好，论文定一代之词宗。乐观厥成，敢为之序。晉在民国四年乙卯秋。同门弟歙吴承烜拜叙于淮东。"休宁吴长荣蝶卿题辞《临江仙》云："万里瑶空秋一碧，月明有客吹笙。天风谡谡羽衣轻。联翩玄鹤控，仿佛紫鸾鸣。　玉宇高寒银汉邈，依稀古调重赓（集多红友未收之调）。小山乐府漫同评（涵虚子《词品》以张小山为瑶天笙鹤）。前身王子晋，今代史邦卿。"

　　梁广照撰《柳斋词选》（1册，1卷，铅印本）刊行。苏宝盉题签。集前有张锡麟序云："长明填词，行且二十年。在燕京及鸡林时，多与余相依，有所作必相示余，则邮达不谓远者。今夏余游西塞，哲嗣甘仲欲编次其诗文词稿，求之长明而不得，因转索于余，且乞审定。辛亥后，自叹身世类浮梗，拙稿散佚过半，何有于他。独长明词稿存行箧中者，尚得五十二首，先序而归之，以应其求。长明，吾甥也。官法部，有时名。其为词意境至清，其声可拟林籁，可比石泉，有所感则发不自禁，盖原于天性。近年尤肆力于是道，精进当不止乎此者。甘仲能嗣其家声乎？余日望之。乙卯六月番禺岛张锡麟。"

　　魏程搏撰《魏息园清宫词》（1卷，铅印本）刊行。集前有李珍序云："宫词古来作者甚多，以王建、花蕊夫人为最著。近世王弇州、饶石顽亦擅长其体。为赋无比兴，曲陈其事而婉言之，亦不尽赋体也。比词为雅健，视曲为谨严，非具弇雅之才而怀绮丽之思者，则不能为。吾师息园先生，作清宫词百首，珍受而读之。妍绵清丽，具体梅村，而采取甚富，于有清一代典章制度，如帏灯匣剑，一一能露其端倪，使后世有所劝惩，而非徒宫廷琐屑之为。乃缮写一通，而注其出处。有不知者，则就而问之。付诸梓人，剞劂成帙，以广流传，使考古者有所取资。若云表彰师学，犹其末也。然亦不敢赞一词矣。乙卯秋八月，受业李珍谨叙。"

廉泉撰《南湖东游草》（1册，2卷，写本）印行。收录南湖先生1914年至1915年间在日本所作诗115首，集前有"日本藤田绿子写本"字样及作者与藤田绿子小像各一幅。《甲寅稿》有作者自识云："右甲寅旧稿一卷，多即席酬应之作，零落殆尽，感绿子之雅意，为余搜集传钞，得七十七首。卷首自题一首已写入乙卯稿中，故不复录。南湖记。"《乙卯稿》有作者自识云："绿子为写《甲寅东游草》成，犹有余兴，请写乙卯稿。不论嘉恶，悉付之，得三十有八首。寒厓先生寓书曰：'绿子使笔，如盘马弯弓，想见腕力之遒劲。复渲之以姿势，遂觉眼帘中如触花圃也。'其倾倒若此。小林忠治用珂罗版精制小册，神味宛然，与墨迹不差累黍。作者、写者列影简端，以志海外墨缘，从寒厓先生议也。乙卯七月廿三日，南湖居士记于董氏东山寄庐。"

成多禄撰、宋小濂校《澹堪诗草》（1册，1卷，刻本）刊行。本集收1915年以前诗作155首。封面有宋小濂甲寅季冬署签。目端与正文卷端均题"澹堪诗草卷一"。集前有宋小濂、宋玉奎序，集后有宋小濂、宋玉奎跋。其中，宋玉奎序云："甲寅冬十月，宋铁梅先生刻成君澹堪所为古近体诗一卷，已校而序之矣。既又属序于余，且以书促之曰：'必序是，其无用辞。'余鄙人也，于诗学本无所窥，近又益以芜废，虽欲序之，又焉得而序之？无已，则就昔之闻诸师、征诸友者，附以己意而为之说曰：古者诗以言志而已。汉魏六朝而后，日新月异，始有体制之说。承学之士循绳切尺，断断于一字之得失，交嘲互讼，神囚形疲，有终身而不易者矣。然余窃谓天地之道，阴阳刚柔，体也。至于激之为风雷，运之为寒暑，崎之为山岳，纵之为江海，其千变而万化者，体为之乎？抑亦其用神尔？人在天地之中以生，五官百骸，体也。至于发之而为言，声之而为诗，绩之而为文章事业，则以其用之工拙为断，体顾可专耶？唐之善为诗者，莫过于杜子美，然余观其所作，虽有古体近体之分，要亦唐贤之所同者，而学者至今称之，俨如泰山北斗之不可或逾，岂不以取精多而用物宏哉？彼夫一家之中，有伯叔焉，有兄弟焉，论其体则固祖父之所遗也，而其事业或同或否，所用之术差也。杜子美，唐贤之全体也；会其神以与子美遇，翕其气以与子美合，斯即子美矣。优俳而为之，侏离而处之，舍其内而图其外，夫宁非弊欤？澹堪先生所为各体诗，瓣香常在杜陵，而于汉魏诸贤之尤者，又复博观慎取，并蓄兼听，不屑屑于摹古，而无一字一句不合于古，固由其才力独到，亦以见所取者大，所施者远，故能出入上下，百变而不离其宗，洵无愧古之豪杰，独神其用者已。余非精于是道者，差幸凤所持论于是编微有合焉。因为之序，答铁公之请而发其端。"宋小濂跋云："澹堪诗集编成后，余既详叙之矣。越六岁，中华民国三年七月，即阴历甲寅六月，余以参政院参政趋职京师，澹堪偕与俱来。寓斋多暇，辄商榷刻集事。旋澹堪仓卒还乡，议遂中辍。冬间，澹堪乃另写诗集一通寄来，属为校刊。余阅其诗，虽稍增入续作，然视原编之本，已刊落十之三四，仅存一百五十篇，不分卷数，澹堪精慎之意，于此可见，故乐为任校刊之役。校定付刊，两阅月而工竣，复模样本覆校，计为文一万零五百五十有二，为叶三十有三，既审既确，无误无遗，校竟跋尾，并系以诗：'一卷新诗子细吟，知君淘炼出精金。他年风雨名山夜，应有光芒起远岑。'中华民国四年阴历甲寅十二月立春日宋小濂跋。"

　　姚倩、姚茝撰《南湘诗草》（《南湘室诗草》1卷，《南湘室诗余》1卷）于日本出版。林鹍翔题词《一枝春》云："击碎珊瑚。悔轻把、曲曲幽情吐。知音暗数，可解惜春情绪。搓酥滴粉，且休羡、左家眉妩。春去也、红豆频拈，寄语自调鹦鹉（'饯春春去知何处，自将红豆调鹦鹉'，自皆集中佳句也）。　伤心在无言处。只痴情、别恨花前堪诉。同心五彩，此际又添新谱。天涯咫尺，笑何事，自增凄楚（集中《烛影摇红》《壶中天》诸阕，伤离念别，情意凄婉）。题锦字、应署联珠，小红漫付。（笠夫同年以夫人所著《南湘室词集》见示并索序，倚此以志倾佩。乙卯三月弟林鹍翔拜稿）"朱纨题词《奉题大著〈南湘室诗稿〉》云："多少须眉成浊物，平章风月让红妆。楼名花尊双枝艳，粥啜防风七日香。沧海别添朝士感，功名还绕女儿肠（读君'鸡肋功名壮志消'之句，益佩抱负非常）。怜余惯被樱花笑，江户年年作嫁忙（外子廙盦作有《樱花诗》及《樱花词》，余愧未能和）。"姚倩《春日遣怀》云："世事浮沉漫共论，萧萧梅雨掩重门。画屏病起寒犹怯，绣被香残梦不温。飞絮帘栊春寂寞，落花庭院月黄昏。比来赢得消愁法，一卷离骚酒一樽。"姚茝《夏闺》云："凉风透疏棂，清景胜于昨。白掩碧纱窗，莫遣灯花落。香汗浸水肌，兰汤浴初罢。桐阶风露凉，蟋蟀絮遥夜。银汉月光明，露湿秋千索。一笑下闲阶，鸳帏梦初醒。庭竹正常窗，一片萧骚影。"姚倩《金缕曲·哭淑寅表姐》云："往事空悲咽。最伤心，珠沉玉碎，花残月缺。记得连床同听雨，细诉频年衷曲。回首忆、踏青时节。品茗溪山闲眺望，看行行、画舫冲波急。任细雨，沾衣湿。　无端杜宇催离别。恼匆匆，梁溪棹发，晓风残月。潭水桃花春易逝，赢得回肠如结。燕归来、人偏永诀。最痛遗珠犹褓褓，忍教他、中夜呱呱泣。歌一阕，愁千斛。"姚茝《一斛珠·雨夜怀倩姐》云："柔肠千结，秋风愁损双眉叶。夜阑怕展衾如铁，枕泪檐流，隔着窗儿滴。故人咫尺无消息，空余雨下离愁积。见时尽把相思说，只恐相逢，又早成离别。"

　　梁淯撰《不自弃斋诗草初集》（2册，2卷，铅印本）由国光书局刊行。潘飞声题签。集前有胡墨仙、潘飞声撰序，黄莘梅（幹亭）、陈步墀（子丹）、苏泽东（选楼）、戴荃（楫臣）、赵祉阶（吉庵）、黄映奎（日坡）各题词二首，集后有苏泽东、梁振采题跋。其中，胡墨仙序云：“寻常握手交欢，杯酒道款曲，乡里亲旧多有之。至以文章气谊相倾浃，则非友当世魁奇特杰之士，不可得也。东莞梁君又农，宏富淹博，于书无所不读，而其胸中纵横往复天地万物之变，默察人世曲直夷险好恶之情。态卓荦，负奇气，不随俗俯仰，以此不投于时而穷其身。又农愈益不顾，浩歌古人，恬淡自适，深思力学，老而弥笃。余交又农，自弱冠客香江始，肝胆神契，垂三十年。每晨夕余暇，辄招至焚香煮茗，晤对一室，相与纵论文史，放谈时局，举古今上下事物，形形色色，侃侃滔滔，皆有所得而足起人意。其才其品，所谓魁奇特杰之士非欤？又农工书画、精篆刻，又以不得志于时，辄诗歌自娱，其诗清旷迈俗，弗事雕饰，好之者至达海外。向使又农得用世，印全垒绶若若，浮沈于簿书钱谷间，劳形鞅掌，或欲求为诗而不暇及。然则又农虽数奇，未始非造物有意成之，使以诗见，亦未为不得志也。所著《不自弃斋诗草》，慊不自足，不欲出而问世。锓版之事，余力任之。虽然，又农之诗藏于家，其光怪已自发见不可掩，余究何加又农于毫末哉？民国四年六月，同安胡墨仙铉志于橡书楼。”陈步墀题词其一：“之子情高尚，余闲见苦吟。同为十年友，独抱九秋心。笑我雪双鬓，怀君梅一林。罗浮不可陟，漫许是知音。”其二：“坐君花月夜，入定似禅堂。淡淡无醇酒，冥冥有异香。诗能扶李杜，文亦挟钟王。可是前生佛，翩然下大荒。”戴荃题词其一：“卅年白社契琴樽，攻错相期古道敦。隐市漫嗤驹久踬，处裈深慨虱同扪。才如独漉工三绝，策拟长沙贡万言。何必声施传浊世，名山一卷布衣尊。”其二：“倒流三峡溯词源，直接中唐一脉存。摩诘画图霏墨沈，少陵诗卷起吟魂。漫惊艳曲歌金缕，已见明珠满玉盘。春草池塘辉棣萼，羡君唱和有鸰原。”

罗杰（峙云）撰《唾荸诗集》（1 册，9 卷，刻本）于宣南刊行。宋伯鲁、易培基校订，卢振鹏校字，沈宗畸覆校。集前有王景崧撰《〈唾荸诗集〉叙》云：“余获交唾荸有年，因审其家世。宋时有印山先生者以治诗昌其子孙，杨万里、周必大序之详矣。印山玄孙殿讲椅，其诗缠绵哀感，为节义所掩。胡元时，殿讲之四世孙秋涧老人昆季克传其诗，刘三吾撰《罗氏家世传》，所推为文献故家者。秋涧之孙履素在明以诗名，王文成称其集有合道训世之言。厥后有缉熙中丞者，其孙也。有南川尚书者，其十世孙也。尚书有声乾隆朝，其从子曰‘嚼云诗老’，从曾孙曰‘仙潮太守’，先后以能诗著称。太守先子同年友，而余所得亲睹者也。伟哉罗氏，洵所谓一门琳琅矣！唾荸于嚼云为曾孙，能世其家者也。其皇祖与其皇考皆以养志闻。唾荸性纯笃，尚气节，勇于为义。少时睥睨一切，于学罔不探其堂奥，抉精择宜，思有以效于世。幼侍黔军遇变，神识警定，长老叹为奇童。甫冠游楚军，既而去之黔，再参军事，又不得行其志，以去返湘，聚徒讲学，日以治心，经世之学，期诸实践，盖匪传之其徒，有济天下弗止也。既阨于遇,才气郁塞,溢而为诗,其词婉,其思沈,其性情挚,其韵概酣壮而穆茂,崛起骚雅之林。学古而能自开户牗,盖其清芬之有自,与忠孝之所留贻者远矣!丁酉秋,与唾荐从武冈返长沙,道出资、邵,乘月泛舟,登双清亭。酒酣,余弄笛中流,唾荐披襟击节,诵诗和答,波云烟树,为之夏荡。甲辰春,唾荐游日,余亦以幸中礼闱,将作宰于外,回思此乐,不易得矣行矣。唾荐哲后在上,他日苟有以藉手而赞佐平治不朽之业,独诗也乎哉!小兄王景崧谨叙。"本集含9卷,共收诗562首,卷一《炊剑录》收诗46首,卷二《梦初新草》收诗71首,卷三《食马肝草》收诗89首,卷四《席间塵屑》收诗37首,卷五《瀛萍集》收诗43首,卷六《喷室余唾》收诗100首,卷七《景渊连室稿》收诗31首,卷八《感生集》收诗45首,卷九《劫后腾辗录》收诗100首。

冯豹撰《诗界革命篇》(东瓯郭博古斋刻本)印行。集前有自序云:"豹不知诗,诗无平仄,无法律,无韵本,无声调。热诚壅溃,乱涂乱号。笔不择其精,纸不择其润。或一二日作十数章,或一年半载不作一首。颠颠倒倒,横斜糊壁。自吟自笑,自歌自哭。自涂抹之,自焚烧之。尝慨然叹曰:'文弊已数千年,而何贵乎诗?有诗而何必付手民?'然而豹之存其一二,而灾及梨枣,非曰传世,盖曰行远之导线在是,交通之手本在是。是之谓诗,是之谓诗之自序。"

陈竞堂撰《克念堂诗稿》线装本印行,含诗作109首。此书又署《陈竞堂诗集》(3卷),卷二始有诗作于香港,多与居元朗友俦唱和。附邓日腾、伍醒迟、黄子律等17位友人赠诗。江守谦序中有句云:"竞公自谓得力随园为多。"

刘师培撰《左庵长律》由成都存古书局刻印。

黄诚撰《晚香书屋遗稿》(4卷,石印本)刊行。

金燕撰《香奁诗话》(3卷,石印)由上海广益书局刊行。卷一为闺秀之部,卷二为青楼之部,卷三为方外之部。所收清代女子之涉于诗者六十余人。

碧痕撰《竹雨绿窗词话》成书。《竹雨绿窗词话》凡71则。碧痕自云:"自幼迄今,攻索殆疲,不敢言升堂入室,而已略见门户。故将平日所读古今之词,稍有心得者,漫笔记之,非敢与声律家攀谈也。"

[韩] 王性淳修订《丽韩九家文钞》并补入金泽荣诗文。集前有是书由金泽荣1909年初编,名为《丽韩九家文钞》。增订本易名为《丽韩十家文钞》。集前有梁启超作序、王性淳自序。其中,自序云:"(沧江金先生)尝以为本邦古文之学,金公富轼倡之于高丽,而李公齐贤继之,起后三百年张公维明之于韩,而李公植、金公昌协、朴公趾源、洪公周、金公迈淳、李公建昌相继而作,虽或体裁之有别而同为文家之正宗,可以楷模后人。手录其文,表为九家。""性淳窃自以为先生之文已盛传于天下,则丽韩之文之选,先生不居其一不可,是非性淳之责乎?遂就九家重加增删,益以先生,以为《丽韩十家文钞》。"

[韩] 郑秋斋将申郑氏、申吴氏所撰诗话《姑妇奇谭》赠与辛亥吟社，由五车书厂梓行。申郑氏、申吴氏二人系婆媳，原居汉城。婆母系郑溉（号秋斋）之姑母，嫁申姓读书人，夫殁，于朝鲜高宗时流落中国安东，直至日据时期。其子留学英伦，郑氏与媳吴氏以制售药丸为生。此书记载姑妇二人日常口号、文谈、唱和，语言诙谐生动。内容涉及经史子集等各方面，书中多以诗对答酬唱，故后时诗话多喜引用。集前丁绚作序云："《易》曰：'方以类聚，物以群分。'圣人之书，不过乎大纲领、大理谛，而能使后之读者感其类而思其群，盖人与人为类，而又有男女之性行出处，容有分其群而相倾爱者也。悲人生而无兄弟，被先君子所爱，粗学若干文字矣。岂意方头寡福，命如纱薄，以至去国飘零，立身零丁种种。闻大家姑妇亦自东土而来，其才与智，世称'女诸葛'、'妇杨修'。奈之何山川夐隔，缘分短浅，迄未得搴吾裳而秣吾马。一日，安君衡远来，谓曰：'东人将以《姑妇奇谭》付之刊劂，而不可无弁文。然弁闺房之文未易其人，今有编者之嘱，故特来相请。'余始以不能辞。更以思之，人有抛粪佛顶，佛不为怒。彼姑妇佛性也，既又不知其自著之向刊劂，则安知悲人之污佛顶也？岁乙卯仲夏之上浣悲人丁绚识。"

金鹤翔《解珮令·用〈瓶水〉韵》《甘草子（春暮）》分别刊于《香艳杂志》第 4 期、第 5 期。《解珮令·用〈瓶水〉韵》云："寒灯帐底。寒风帘里。把细香、寸寸烧起。绣带潜松，梦入楚山云际。问长廊、红鹦见未。　莲芬暗递。柳枝摇曳。悄商量、秋千同戏。一刻柔恩，许半载浓愁相抵。又匆匆、月斜人去。"《甘草子（春暮）》云："春暮。行色匆匆，过燕来窥户。难诉别离情，偏在天南路。　心病欲医无求处。更烦碎、米盐谁数。瘦骨如龙欲飞去。锁半帘愁雨。"

江琼《绿野亭边—草庐诗话》刊载于《小说新报》1915 年第 1 卷第 2—5 期、第 8—9 期、第 11 期及 1916 年第 2 卷第 1 期，署名"山渊"。本诗话强调作诗本于学问，以记诗家生平、诗作评析为主要体例，益重其腹笥之宏富。对为诗之法、诗文之道论述颇多。

陈宝琛《缅侨叹》《息力杂诗》刊登于《暨南杂志》第 2 期"文苑"栏目；《海南百果相续，多中土所无，纪以绝句》刊登于《暨南杂志》第 3 期"文苑"栏目。其中，《缅侨叹》云："开眼见杲日，出门愁飞埃。冬晴气爽况春旱，夏潦秋涨将何哉？前者不归后且来，娶妇生子死便埋，嗟而岂若贪殉财？无田可耕乃至此，时节先垄宁忘怀？积赀难餍乡里望，有吏如虎胥如豺。中伤不售恣剽劫，要赎殃及坟中骸。令君见惯厌雀鼠，循例批答谁亲裁？部文宪檄只益怒，上吁无雨空闻雷。一廛异域岂得已，邦族欲复心滋灰。流人幸蒙圣主念，倪置一吏贤且才。护商万国有通则，行见同轨滇边开。"《息力杂诗》其一："半旬凉吹换炎曦，地缩天移不自知。谁分穷冬搜箧笥，秋纨犹有报恩时。"其二："日日从人冷水浇，寸丹馀热那能消？笕泉偏近征夫枕，无雨无风响彻宵。"其三："格林印度马来由，织路班兰各自求。老懒无心知四国，况能从汝学咿嘤？"其四："等闲一雨变炎凉，廛市园林本不常。奴价山中犹倍婢，新来椰子傲槟榔。"其八："百万宾萌保惠难，只身跨海捍狂澜。卅年不是孙铭仲，群岛谁知有汉官？"

吴梅《念奴娇·寄高梓仲（祖同）京师》《金缕曲·冬夜与任澍南光济话旧》《八声甘州·效屯田体，即步其韵》刊载于《希社丛编》第4期。其中，《念奴娇·寄高梓仲（祖同）京师》云："霜风催紧，正湘帘乍掩，茶瓯味足。词卷金荃诗本事，消受片时闲福。北地莺花，西园车盖，旧梦今难续。沧波万丈，个侬遥夜凄独。　试问小市长陵，乱山残照，何处朝元阁。一掬铜仙辞汉泪，洒入中年丝竹。千里乡关，莼鲈正好，那不萦心曲。安排尊酒，约君同赏黄菊。"《金缕曲·冬夜与任澍南光济话旧》云："独对寒檠坐。拨金猊、炉烟未冷，尚余残火。篱外西风窗前月，中有愁人两个。偏客里、寒温难妥。冷炙残羹尝已遍，叹年来、旅食谋先左。收拾起，夜功课。　何时归老山中卧。话团栾、两家骨肉，种花分果。春日缫丝秋收谷，杯酒论文相过。还守定、书城一座。敲碎西台如意竹，做庄家、识字耕夫可。同证取，本来我。"《八声甘州·效屯田体，即步其韵》云："浣征衫嫩雨蘸新凉，隔江又悲秋。甚华年流梦，沧洲煮泪，愁赋登楼。怅望亭皋树影，去住两休休。残笛回波起，银汉斜流。　莫说天涯人老，早谢堂燕散，芳意全收。笑惊霜倦羽，欲去尚句留。傍西风、关河摇落，剩故宫、眉月伴扁舟。屏山外、数归鸿渺，独自含愁。"

佚名《大江东去·拟葬花即事》《月底修箫谱·拟吊花冢》《貂裘换酒·拟题图》《鹊踏枝·拟题图》《木兰花慢·拟葬花后悟而有作》刊载于《台湾爱国妇人》77号。其中，《大江东去·拟葬花即事》云："玉腰奴散，粉零星、褪糁碧桃枝上。十八姨行生性妒，狼藉时难低望。怕踏残香，金鸦稳把，靠石私惆怅。怜卿邻我，凑成多少凄怆。　怪道倾国倾城，睡时颜色，彩笔难描状。缝得锦囊亲手敛，坚筑香泥停当。风闪斜阳，倩娘回也，半盏梨花酿。魂今三嗅，隔层帘子轻扬。"《鹊踏枝·拟题图》云："凭仗纤毫摹艳魄。渠命如花，花命还如妾。飞絮装成千万叠。镜潮淹尽黄金屑。　那处避风堪筑宅。回首茫茫，业海擎双楫。聚窟洲边归路隔。仙航准备来迎接。"

［日］森川竹磎《水调歌头·闻樱岳喷火，即柬竹居士》、［日］高野竹隐《水调歌头·次韵酬竹磎》载于《诗苑》第6集。高野竹隐《水调歌头·次韵酬竹磎》云："千古昆明劫，咄咄逼人来。惟看万丈光焰，上厉信雄哉。不是文章李杜，不是虚空楼阁，仙佛妄相猜。或者向山上，涌起一蓬莱。　恍独立，苍茫里，壮怀开。天教陶谢同死，似未惜渠才。笑把一胸块磊，投向洪炉熔铸，广厦万间材。词至愧翘望，灰眼闭频揩。"

吴重熹作套曲《石莲七十七自寿词》。其中，【脱布衫】云："始读书不间昕宵，对青灯午夜频烧。始学文全忘昏晓，望青云九天路渺。"【小梁州】云："柳下专心祀枣糕，汁染宫袍。科名连岁榜头标，咸与籍，佹幸得连镳。"【上小楼】云："登仕版，冬官雅操，屯田韵号。惊遇攀髯，仙去鼎湖，遏密箫韶。出燕郊，神路缭，六年照料，博得个把一麾。柳湖瞻眺。”

王祖畲作《梦中得句，醒后续成》《挽陆凤石同年兼伤时事》《读史有感》（七首）。其中，《挽陆凤石同年兼伤时事》云：“一死臣心尽，千秋史策光。盐梅违素志，薇蕨有余芳。谁则汉光武，宁无夏少康。公何不少待，藉手报先皇。扪心悲故国，屈指几完人。碌碌争功狗，纷纷尽贰臣。（以帝制献媚于袁氏者，大率本朝旧臣，丧廉鲜耻，于斯为甚）骂名千载恨，运会一时新。可惜徐东海，浑忘旧主恩。”

陈宝琛作《沈瞿禅画梅册，盛季莹所藏，节庵每叶有赞》《吴柳堂御史〈圈炉话别图〉，为仲昭题》。其中，《沈瞿禅画梅册》云：“画尘论奇画更奇，不似而似世鲜窥。槎枒肝肺偶一吐，华光敛衽况补之。画家上乘师造化，造化之始将谁师？纵横屈伸无不可，如佛变现穷言思。盛子宝藏取自怡，梁髯赞叹犹费辞。冰心雪魄三百载，欲下转语还然疑。”《吴柳堂御史〈圈炉话别图〉》云：“侍御席藁争失刑，一斥归卧兰山陉。当年廷议孰主者？斫伐直木新发硎。宁期再出殉龙驭，秦良卫史公所型。同时四谏接踵起，欲挽清渭澄浊泾。晓晓牖户及未雨，纲纪之正先朝廷。角弓翻反局一变，窜谪流放随春星。忌医廿稔药笼尽，疾亟永命尊莃苓。抱薪止沸囤卒斩，骚魂九死谁能瞑？我交侍御恨已晚，衰涕犹为同宗零。谈诗说鬼再寒暑，庾语会踏田盘青。张侯居庐更叹逝，摊卷百感鲦鲦醒。蓟祠既成次故宅，去后还往余风萤。横街每过辄掩袂，矧对遗墨凭精灵。黄童死孝骨早朽，肯念桑海吾伶仃？藏书掠遍独此脱，呵护无亦关冥冥？长言追记慰明发，永宝手泽扬余馨。”

林纾作《自徐州看山至浦口》《至沪上居梦旦寓楼》。其中，《自徐州看山至浦口》云：“心上江南日往还，今朝真个破愁颜。通宵诗思偏无月，数里徐州早见山。颓绿尚饶秋望美，片云如傲旅人间。群喧静后潮初上，坐听江声过下关。”

符璋作《杨园看花（有序）》（四首）、《陈子万来诗及杨园花事，次韵答之》《再和》（二首）。其中，《杨园看花》序云：“世多桑海，地少桃源，汉□之大厦已□，庾氏之小园无恙。疏篱补屋，人踏残秋。老圃分香，天全晚节。前度刘郎幸在，争看紫陌之花；旧时江左依然，空返乌衣之燕。忘言未易，记以小诗。属和何难，勿嗤大雅。”其一：“屐印模糊认旧游，小园水石又勾留。柴桑并少篱东地，重借黄花一赏秋。”其二：“槿荣菌悴阅朝昏，晚节芳菲托瓦盆。有酒盈樽诗满壁，白衣不过五侯门。”其三：“烂如锦绣簇如屏，镇日花丛襟袖馨。抱瓮畸人腰尽折，未甘鸦嘴付园丁。”其四：“痛饮良佳罢读骚，小诗韵味佐持螯。为怜花与人同瘦，一桁风帘卷不高。”《陈子万来诗及杨园花事》云：“黄花社集事茫然，过客犹叨酒座延。朱鸟窗扉来玉女，红羊宫阙去铜仙。雪泥重认前游迹，裙屐还留未了缘。放下人间桑海感，小春消息问梅边。”《再和》其一：“相逢道故倍欢然，坐久浑忘晷已延。赏菊过时疏近局，炊粱醒梦悟游仙。虚名市骏金空买，失计求鱼木错缘。休讶闲居潘令拙，收帆幸出海无边。"其二："逢场作戏胡不然，花丛酒国随招延。世变虎狼每当道，时来鸡犬皆升仙。草木那争金石寿，文字聊续香火缘。尘埃龌龊倦驰逐，终泛星槎牛斗边。"

张謇作《病中感雪》《移松行》《璎珞松歌》《吴县杨生以辛亥为云阳中丞拟疏稿草装卷见示，恫悗怆恻，不翅隔世矣。赋诗四章题其后归之，亦以告后之论世者》。其中，《病中感雪》云："病过光阴四九中，北风驱雪作严冬。晴馀四野农相庆，寒甚重衾睡未慵。不知谁死张单失，尊生应策尚禽踪。关心昨夜东岩畔，新种沿溪半亩松。"《吴县杨生以辛亥为云阳中丞拟疏稿草装卷见示》其一："纯弦不能调，死灰不能爇。聋虫不能聪，狂夫不能智。昔在光宣间，政堕乖所寄。天大军国事，飘瓦供儿戏。酸声仰天叫，天也奈何醉。临危瞑眩药，狼藉与覆地。烬烛累千言，滴滴铜人泪。"其二："绝天天绝之，生民不随尽。黄农信久没，万一冀望尹。风烟起江汉，反掌出怒吻。群儿蹙踏间，纲维落齑粉。桀跖亦可哀，飘风过朝菌。但得假须臾，民屯不遽殒。虽无箕山逃，尚索汉阴隐。"其三："蛣蜣转丸嬉，飞蛾附火热。后人留后哀，相视一涂辙。蝘蜓与蝴蝶，等蟹体略别。酒钦不解酒，楔也乃出楔。阳春忽云逝，风雨暗鹈鴂。兰杜寂不芳，众草生亦歇。可怜望帝魂，犹洒枝头血。"其四："平子郁四愁，所思遥且艰。伯鸾五噫毕，拂衣东出关。逢人不一语，老子非痴顽。希夷廿年梦，迭变如回环。察渊云不祥，说怪亦不欢。巢许不知足，犹厌风瓢谨。吾生将安归？昔呓真腐营。"

王德森作《六十感怀》（乙卯年作于吴门寓斋）、《自题〈岁寒三友图〉六十小影》（崇川樊少云绘）（二首）、《自题六十岁独立小影》（北平李某绘）（四首）。其中，《六十感怀》云："抚今追昔倚斜晖，百感撄心事尽非。少小惊逢豺虎乱（五岁遭粤寇之难），中年怕见犬羊肥（外患迭兴，中华日蹙）。无才愧我居师席（前后处馆历三十年），有累为人作嫁衣。抛却儒冠搔短发，敢云全受复全归。"《自题〈岁寒三友图〉六十小影》其一："孤负乾坤父母身，不成一事枉为人。滔滔岁月随流水，莽莽风烟化劫尘。界尽大千谁洗甲，数穷阳九又逢辰（明年再遇丙辰）。蜉蝣旦暮忘生死，底事高谈寿比椿。"《自题六十岁独立小影》其一："独立苍茫天地间，侧身无所且偷闲。聊相赠答神形影，寂寞空山莫往还。"

王舟瑶作《酬项士元（元勋）》《朴山既游天台，将归岭表，作此送之》（三首）、《于生（昕）过访赠诗，次韵奉答》（二首）、《闻道》。其中，《朴山既游天台》其一："华顶白云袖里满，石梁飞瀑梦中鸣。饱看万八奇峰去，不负三千客路行。"《于生（昕）过访赠诗》其一："世事浮云幻，闲身野鹤孤。闭门同泄柳，著论抗潜夫。空谷跫音集，清言浊世无。谈诗有宗派，主客欲成图。"《闻道》云："闻道昆明劫火然，碧鸡金马有烽烟。梦中正辟华胥国，史上谁知始建年。大诰刘歆初脱稿，檄文敬业已喧传。疮痍未复戈铤起，忍见惊弓倦鸟弦。"

万选斋作《乙卯馆陈士嘴》（三首）、《乙卯过松湖陈岳家》《乙卯过冯家庵感赋》。其中，《乙卯过松湖陈岳家》云："庭前玉树尚依稀，无限痴情竟夕非。徒使泰山称鲁望，那堪金粉忆罗帏。梁鸿案举春如梦，潘岳词成泪欲挥。别恨转深何处写，含悲独自对斜晖。"《乙卯过冯家庵感赋》云："萧塘池馆佛堂东，蜡屐重临感不穷。燕去至今谁旧主，花残无处认春风。仓皇前事蕉中鹿，层叠新情雪里鸿。应否居停怀故土，几曾回首夕阳中。"

王小航作《调寄〈满江红〉·再题〈精忠柏图〉》（步武穆韵）、《调寄〈西江月〉·赠南邻彭翼仲》。其中，《调寄〈满江红〉·再题〈精忠柏图〉》云："世宙无常，总万汇、终归哀歇。贯今古，精神郁勃，惟兹义烈。雠陷亚夫牵甲楯，中伤斛律歌明月。抱不平、江水咽胥涛，同凄切。　莫须有，冤谁雪。涅背字，几埋灭。计偏安，一任方舆残缺。大厦知难支一木，痛心忍溅忠臣血。轮困姿、耻伴幕乌巢，卑廷阙。"《调寄〈西江月〉·赠南邻彭翼仲》云："咫尺仙源有路，此中人不知秦（时筹安会正热闹）。数家临水自为邻，三斗俗尘扑尽。　莫说兼葭倚玉，忘形尔我无分，绿杨宜作两家春，霑得流风余韵。"

梁启超作《题姚广孝为中山王画山水卷》《题袁海观尚书所藏冬心画梅》（三首）。其中，《题姚广孝为中山王画山水卷》云："胸中磊砢何处峰？缭以半死半生之灌木，界以不断不续之飞瀑，荡以非雄非雌之长风。其外大海水所激，月午涛落麑伏龙。其颠丛石作人立，娲抟未就难为容。缘岩度涧得气异，杂花三两能青红。壑壑猿声送昏晓，山鬼所历非人踪。倚崖兀兀者谁子？卧云餐霞呼不起；有时俯睨九点烟，去来今人头如蚁。畴欤饶舌合吃棒，我今丧吾方隐几。馣馣汾阳异姓王，北门之管帝所康。蹩足欲语可语未，卷里精魄聊相将。想其点笔伸纸时，矫首八极神飞扬。试遣云山荡寥廓，亦假水石传莽苍，墨不到处意更刻，直与地天俱老荒。独怪图中出定人，游戏三昧何猖狂；尘网一撄归不得，丛桂招邀空断肠。吁嗟乎！子房文若尚黄土，忘机如师胡自苦？靖难功罪今谁论？画情霏作南湖雨。"又，约本年作《公博藤龛为予作〈紫阳峰图〉，赋谢》（叠韵）。诗云："逢着幽人屡问山，心随凉月度花湾。天留古寺尘沙外，秋在高僧户牖间。入社未能从阙陆，论交先喜到荆关。画中便得安心法，归梦无凭意自闲。"

王树楠作《惜花词》（二首）、《次韵俞确士〈什刹海修禊诗〉》《赠马通伯》《题庄思缄〈西泠感旧图〉》《题葛毓珊同年三十小像》《有感》《题马通伯所藏本朝名臣手札》《题周养安肇祥〈篝灯纺读图〉》（四首）。其中，《惜花词》其二："鸟咽蜂喧最恼人，花间小立独伤神。剧怜一夜风如剪，吹送残红过别邻。"《有感》云："卧听蛙声又一年，更闻传诵美新篇。人嘻鬼瞰由来久，蹇子痴心欲上天。"

刘慎诒作《木公属题〈白阳清湘墨花合册〉，次吴缶翁韵》。诗云："菁英宝气腾东溟，层楼读画披朝晴。墨飞五色花盈盈，香凝矮纸倾盆瓶。羞橅没骨雕红青，白杨逸笔何新生。石涛补缀尤天成，珠联剑合谁亭平。生气虎虎光纵横，秋史世宝逾连城。百年沧海翻虬鲸，旧家沦落停歌笙。流传故事愁初听，环奇天壤终流行。木公得之双眼明，如物投主相欢鸣。盘斋媚古祛纷情，真香浩态吾难名。髹窗虹月夜不扃，折枝巧与青皇争。"

李鸿祥作《帝制议起，蔡松坡因病走津，蒋百器、蒋百里、陈公侠约赴津相访，至则行矣二首》《帝制议起，辞参政不就》。其中，《帝制议起》其一："偕行老友不途迷，最是骄阳近已西。人发杀机悲浩劫，天津桥上杜鹃啼。"其二："析津风雨剩斜晖，愁病经旬那便归。岂识龙蛇从北起，却怜鸿雁向南飞。故人东渡无音信，舆论西来是有非。屈指心交伤聚散，莫辞千里更依依。"

施士洁作《六十初度，允白以诗寿我，如韵答之》（四首）。其一："梗泛蓬飘二十霜，宝刀无焰笔无芒。酒徒落魄刘三雅，词客消魂楚九章。抱叶雌蝉犹耐冷，含芦旅雁不成行。爝余留得顽躯在，拌卧沙场醉夜光。"其二："延龄辟谷原无术，谁走江湖觅炼师。旧令琴书陶靖节，散人杞菊陆天随。庚寅初度生何益，子卯相刑悔已迟！他日深山采薇蕨，西岑恰与老夫宜。"

叶叶作《春音社集，卜昼及夜，晨风楼主首唱一律，赓原韵报之》。诗云："幸以文章托士流，轻尘软雨一寻幽。琴樽曲水娴芳书，花木平泉起暮愁。赖有徽弦存绝韵，许携残醉入新秋。为君收拾沧桑话，四座无喧月一钩。"

吴梅作《王严士丈（德森）作〈劝孝诗〉百章，盛传吴下，征余题辞，草此复之》《读赵学南（诒琛）〈清芬录〉》等。其中，《王严士丈（德森）作〈劝孝诗〉百章》云："万族归一理，孩赤心端倪。宣盛立人范，惟孝为德基。吴中近俗愉，伦纪多瑕疵。名列缙绅籍，动作无良规。亲在不知养，一室或异炊。亲死不奔丧，墨绖居台司。清议日以浇，名教鲜不亏。吾闻在古昔，乡党设闾师。子弟不率教，禁锢或流笞。降至前明日，良法未全衰。巍巍申明亭，纲纪犹维持。末世堤防溃，荡然无孑遗。置身人类外，何事不可为。先生有心人，隐忧风俗漓。目击伦常变，成此百首诗。斯事何待劝，读之油然思。载鼓《履霜操》，卓哉尹伯奇。"《读赵学南（诒琛）〈清芬录〉》云："灵运述祖德，缅怀谢幼度。崩腾太元年，拂衣东山路。自来避世人，多有邱园慕。遭时一不造，往往耽缃素。学南喜读书，束身如老蠹。赁庑干将坊，祖庭记掌故。逊抗与机云，门内才士富。吾服高斋翁，抱道守贞固。传家有典谟，群从无纨绔。春江峭帆楼，藏弆遍四库。仓皇一炬红，秘笈随烟雾。君独尊国闻，不知有世务。穷年弄笔墨，佳椠勤流布。此书陈先藻，搜罗垂艺圃。一卷《过庭录》，凄凄感霜露。谁言天水赵，不及界溪顾。"

方观澜作《四年乙卯八十四岁》（二首）。其一："换羽移宫大舞台，广陵山色自崔嵬。春风十里军容肃（张镜湖旅长驻扬州），星火千门生面开（新设电灯遍城市）。虎阜有人伤宿草（徐怀礼军统被害已两年，今建祠及园），鸿泥无屐印苍苔（黄子鸿、刘树君、汪妍山、王小汀、张午老、徐育老、方箴老诸诗家均归道山）。玉钩遗韵今何在，定有余情付七哀。"其二："行过雷塘又月塘，求田底事为人忙。苍碑土剥崆峒字，栎社风遗黍稷香。图史千年在中叶，春秋两祀此余粮。时人尽被贪泉误，不及山僧鼠目光。（自咸同间宦游远出，祖遗田产被人谋占，契串犹存，以祖宗邱墓之所在，次第清厘，惟石塔寺僧祥坤以雷塘桥田一亩余让为墓道，以金报之，其他世族乃造假契而争占之，何智出头陀下也。今以赎归之田为祠墓，祭扫之费，俾子孙世世守之，尽人事耳）"

鲍心增作《谭师母许太夫人七旬觞辞》（二首）。其一："曾见文星次斗牛，椸枌杞梓一时收。韩欧共仰师资淑，钟郝初闻妇德修。井臼自操躬履俭，盘匜亲奉色思柔。向平遗愿劬劳毕，多福频添海屋筹。"

吴庆坻作《陈畸园七十象赞》。赞云："公家老迟，为明遗民，梦寐歌泣，心乎故君，公宝遗墨，穆如诵芬。晚丁百六，戢光邱园。颟一壑以忘世，庋万卷以疗贫。芋山樵斤，枫桥钓纶。有识之者曰：兹无愧老迟之仍，云其抱书以从者，倘亦为华鬘之后身乎！"

张慎仪作《金缕曲·七十生日自述》。词云："七十平头矣。记少年、零丁孤露，不胜况瘁。食指伙颐难一饱，笑杀昌黎五鬼。处处是、歔欷滋味。自愧鼠蝇生计拙，误穷涂、莫下万双泪。恐挫了，元龙气。　　关河浪迹寻知己。但凭着、随身竿木，逢场游戏。幕府栖迟棉岁月，老我瑀琳书记。瞬息沧桑如鼎沸。那更有、桃源可避。道不如、长作平原会。消块垒，懵腾醉。"

劳乃宣作《梁节庵种树崇陵，以岁暮大祭馂余饼饵见寄，感赋长歌却寄》（乙卯）。序云："节庵附书云祭毕入都，除夕宫门请安，元旦诣乾清门单班蟒服行礼。"诗云："鼎湖龙去山河改，抱弓独有遗臣在。筑室三年不忍归，桥山亦植洙泗楷。宫莺百啭回春阳，尧城昼闭无冠裳。路门晨趋臣一个，殷家黼冔何跄跄。寝园荐罢颁余馂，梅驿迢迢远相馈。拜受还先正席尝，岁寒薇蕨堪同进。辉胞翟阍共沾惠，凄其泪洒红绫润。嗟予去国中心摇，觚棱回首琼楼高。石门玉殿更何许，遥思松柏风萧萧。枉自江湖怀魏阙，无复承明肃绅笏。未效龚生膏自销，却笑陈琳矢空发。耿耿难忘向日葵，垂垂徒剩侵霜发。羲轮西望沈虞渊，翠微想像烟云间。孤臣憔悴在天末，莫由泥首随鹓班。烦君代告瑶坛下，鉴此微诚一寸丹。"

姚倚云作《乙卯潮桥商校暑假三年级学生倩曾孙临乞诗，赋此贻之》。诗云："百里能安赖宰贤，平畴万绿稻芒田。齐家治国男儿志，还我河山属少年。"

萧瑞麟作《乙卯成都寓所》。诗云："寂寂帘栊外，晨光入幕侵。鸟声春梦稳，花气晓烟深。风静流苏定，天低玉漏沉。卧龙桥畔卧，何以沛甘霖。"

江衡作《乙卯初度感时》。诗云："义熙甲子嗟何世，觅揆庚寅厄此生。历劫已随猿鹤化，劳形终负鹭鸥盟。眼空青白人材尽，血战元黄国步更。野老犹知存汉腊，春王不复纪周正。社墟矫托虞廷禅，蜀魄愁闻杜宇声。得失鸡虫难定局，重轻雀燕孰平衡。马前扣谏无奇士，牛后欢腾有劲兵。狎视波涛舟任漏，笑谈风月厦忘倾。穷搜奚自来金穴，凭吊谁曾望玉京。内府珍奇沦竖贩，名山事业剩耆英。厌看残垒支棋困，独抱遗经炳烛明。回首觚棱逾廿稔，逸民桑海泪纵横。"

梁鼎芬作《蔬菜绝句》。诗云："行宫朝露泣梨花，种树余闲来种瓜。谁照孤忠心上事，葵霜阁外月初斜。"又作《庄西海棠》。诗云："两树骄农舍，短篱新护之。谁云不知贵，我意自相思。宏衍庵前辙，红螺房里诗（十六舅所居，海棠最佳）。谁来问春事，多病漫扶持。"又作《乙卯雪夜》。诗云："将心与雪战，滴血于土中。雪竟不能白，霎时化为红。勇哉心不死，天或为之穷。哀哀山中人，空林来悲风。"

黄瀚作《錞儿和〈对月〉诗及书来，有家国阽危、上下酣嬉如故之慨，叠前韵示之》《錞再和诗来，有"最难解脱是聪明"句，再示》《蔡贞女诗，为维中女兄作》。其中，《錞再和诗来》云："寸心未可万丝萦，款段相随稳步行。望子我曾希戴硕，有亲汝勿负刘怦。放开眯眼丛何咎，磨断刚肠误此情。解识见微原不悖，当知眩眩是聪明。"

李绮青作《乙卯初度述怀五十韵》。诗云："转徙兵戈后，迁流岁月新。柴桑忘甲子，楚泽记庚寅。星命同磨蝎，功名耻画麟。雪泥寻旧迹，风絮感前因。少日逢多难，微生剩此身。孤儿余涕泪，五父重酸辛。画荻寒机夜，求薪冷爨辰。岂无毛义志，谁念仲由贫。释褐初登仕，安舆始养亲。栽花欧冶国，分竹晋江滨。漫浪称闲吏，溪山似隐沦。邓攸居未暖，李密表先陈。道路愁千里，乡园又五春。只缘营菽水，未敢厌风尘。赵北临襄国，燕南到观津。曾无黔突日，长作折腰人。棠芨如传舍，茅檐愧拊循。望云思渺渺，封鲊语谆谆。买犊师龚遂，迁蝗念宋均。戴星亲案牍，积雪没车轮。春亩耕留秧，秋江味忆莼。扬云悲授草，荀粲重伤神。雁断稠桑路，蝉哀落叶晨。严寒闻出塞，穷漠更披榛。雪重衣如铁，霜侵鬓似银。稻粱谋复拙，黧黑面成皴。燕颔怜生入，鸥情不自驯。风沙辽海道，烽火帝城闉。家食愁孤旅，天灾降鲜民。鸟啼凄子舍，鹤吊动比邻。正自忧家难，何堪值国屯。败亡殊赤壁，扰攘甚黄巾。当道狼偏恶，空街犬自狺。六军嬉解甲，先后泣颁纶。共诉零丁苦，难知令甲遵。党争纷鹬蚌，游士尽仪秦。服楚宁三驾，征苗异七旬。欢工争鼓舌，罢虎复吹唇。南史多惭笔，东施尽效颦。杜门惟却扫，病榻自吟呻。乐圣衔杯屡，犹贤博弈频。间披陶令集，孰指鲁公囷。未肯同秦痔，何缘坐丙茵。狂奴犹故态，醉尉任遭瞋。幸脱千重茧，难辞百结鹑。韦庄闻入蜀，韩偓合依闽。书读刘公是，诗寻戴叔伦。菊逢秋皎洁，松共岁嶙峋。纵改潘郎鬓，犹传白傅真。士穷见节义，此语自书绅。"

张其淦作《挽尹翔墀太史》（乙卯上海作）（四首）。其一："月死珠伤隔暮云，龚生竟夭是何因。盖棺嗣祖今为福，寒木张融旧比邻（家族祖蘧子公有《寒木居集》）。铜狄望低燕市月，杜鹃啼断锦城春。纥干休问山头雀，化鹤重来涕泪新。"其二："留得珠江赠别篇，声情激越意缠绵。依依骊唱风飘絮，泛泛鸥夷浪拍天。铜辇秋衾吟李贺，桃花潭水送青莲。淋漓直是梅村华，只笑梅村不值钱。"

俞明震作《石遗社长斋中宴集，即事赋诗》。诗云："石遗古君子，疏瘦如寒竹。闭门非此世，宁受时名牿。一饭每矜严，选客常不足。沧桑眼底人，屈指几名宿。不见亦不思，偶聚忘拘束。老味淡处真，春光闲可掬。窗外花始蕾，余寒怯春服。若从新历推，已过樱桃熟。谑笑有今年，恢诡迷前躅。末座两少年，英姿并珠玉。定知哀乐深，不与世同俗。相对数甲子，人生如转烛。我病久无诗，逢君一击触。咄咄百忧间，醉饱但扪腹。短章聊报君，懒旷如逃塾。"

曹家达作《赠虞山姚志豪》。诗云："旧事凄凉不可听，桃花扇里感飘零。春灯燕子都消歇，愁绝江南柳敬亭。"

齐白石作《自嘲》。诗云："富贵无心轻快人，亦非故遣十分贫。五旬以后三年饱，不算完全饿殍身。"

李经钰作《和悔兄〈津门感春〉原韵》（三首）、《过叶子谦旧居》《雪后登新世界》《过徐州》。其中，《和悔兄〈津门感春〉原韵》其二："暮云初月斗清华，春尽旋看怒发花。断续莺声来隔院，纵横树影遍邻家。萍因风约波三折，人误游踪路几义。可惜檐前新植柳，漫天飞絮委尘沙。"

易昌楣作《送芸崖归蜀》。诗云："高论陈同甫，雄才辛幼安。窃符思救赵，赍志为存韩。有勇批鳞逆，何伤铩羽残。乡心期共返，早展鹤鸿翰。"

陈汉章约于本年作《虞美人》《和顾竹侯近作》。其中，《和顾竹侯近作》云："忆与希冯共学卢，元龙豪气未消除。古文科斗删秦篆，真本胡卢校汉书。海水群飞惊日堕，泰山孤峙看云舒。亭林高格时宗仰，翻恨年来音问疏。金玉佳音贶敝庐，一时喜气满庭除。"

刘绍宽作《寄怀黄胥庵二首》《枕上作》（二首）。其中，《寄怀黄旭庵二首》其二："客幕昔巢燕，书丛今蠹鱼。倚门摽剑铗，堆案校河渠。半世风尘误，千秋事业虚。澄清君勉矣，孟博正登车。"《枕上作》其一："无限心中事，波涛忽拥来。飘蓬秋又老，赴壑水难回。身世茫茫感，生涯逐逐哀。江头闻旅雁，中夜起徘徊。"其二："少小亲铅椠，千秋志未渝。良师启津逮，俗学扫榛芜（自从金稚莲师，始识求学门径）。羊竞多歧丧，蝇教白璧污。兰陵风已渺，回首泪为枯。"

王绍薪作《大水叹》《韩江纪行》《赠黄朗垣》。其中，《赠黄朗垣》云："少年籍甚黄童誉，读律居然老更成。眼底辩才谁上驷，舌尖名士半如鹦。替人胜负棋多定，与子周旋气亦平。收拾雄心无寄处，只余词笔尚纵横。"

包千谷作《游石门》（四首）。其一："半岩深处筑神龛，俯视清溪百尺潭。菩萨也思归海去，栏杆空护数三三。"又作《立本学堂即事》（二首）。其一："振兴学校铸英雄，别业翻新结构工。地近祖堂看起凤，门朝奎阁跨飞虹。峥嵘面立峰千尺，活泼心流水一弓。绘得天然图画好，晚来笑对夕阳红。"

张尔田作《乙卯南归杂诗》（十八首）。其二："词赋兰成未易才，江关萧瑟总堪哀。可怜又诐观河面，金水桥边照影来。"其六："小苑芙蓉俯夹城，金舆无复幸平明。秋波满眼宫墙泪，犹自东倾作玉声。"其八："何处寻春不可怜，江家亭子俯寒烟。新蒲细柳依然大，野老声吞又一年。"十三："露辋前头万翠微，迎人北去送人归。东风三尺桃花水，好脍江鱼煮蕨薇。"十七："犹及江南二月春，田园下濑未全贫。满墙邻里休惊看，梵志重来异昔人。"

许承尧作《寄吴检斋京师》《飞腾八首》《偕孔少轩往靖远河滨拾文石百余，归作此》《听子豫抚弦，为写其意》。其中，《听子豫抚弦》云："袅袅孤弦涩，端凝划激昂。酒边寻断绪，声外遇清商。面壁求玄定，看山堕渺茫。幽禽千种啭，收意与回翔。"

曹炳麟作《严亚邹五十生日，赋诗为寿》（四首）、《芦花》（二首）。其中，《芦花》其一："一声寒雁落沧洲，瑟瑟西风满眼秋。人已白头惊雪压，诗将红叶隔江酬。老渔夜宿孤舟稳，大泽烟深末路投。怕有芦中人唤我，天涯污漫水云游。"其二："绨袍败絮觉身轻，变幻风花说旧盟。四海飘零怜汝影，一寒沦落见人情。本如水月空无色，总为风霜浪得名。哀到江南头半白，庾郎萧瑟话平生。"

古柳石作《和门人陈玉衡》（民国四年）。诗云："珍珠密字赠纷纷，可奈关山隔水云。两地相思多少恨，教人风雨感离群。"

赵炳麟作《种菜口占》《岁在乙卯，江杏村自莆田来东，为林太夫人八十称觞。其公子祖苣并为杏村六十寿索诗，赋此》《酬梁辟园》（二首）。其中，《种菜口占》云："水在源头分外清（全州为湘水之源，旧名清湘县），草间今亦有蛙声。看书种菜英雄事，笑彼蜗牛自弄兵。"《岁在乙卯》云："故人五载隔江关，旧梦追维泪自潸。大地陆沉吾辈在，虞渊日落几时还？种松避世怀昭谏，卖卜娱亲似叠山。闽岛又传刁斗警（时日本索福建），梅阳猿鹤可清闲？"《酬梁辟园》序云："辛亥，余还桂林，路过长沙，辟园昆仲招饮，一见如故交。乙卯重至长沙，辟园以当年见赠诗示余。赋此酬之，并柬芷荪丈"。其一："牧之当日领华筵，回首风光隔五年。世局久随云变幻，交情愿订石贞坚（辟园拟设西法炼铅矿厂，余与同心）。青山愁入新丰酒，皂帽犹思太华毡。梅尉变名惭愧甚，赠言感子意拳拳。"

陈夔（子韶）作《鹧鸪天（春到蔷薇已可怜）》《点绛唇（年少疏狂）》《石湖仙·题柳亚子〈分湖旧隐图〉》。其中，《石湖仙·题柳亚子〈分湖旧隐图〉》云："松陵南去。有千顷烟波，骚客曾住。门巷掩梨花，问何如、新桐碧护。兼葭秋水，浑不间、晦明风雨。

无绪。凭卧游、几度探取。　　　　家声试追旧德，记争传、竹枝秀句。尔许清音，自得江山之助。午梦难寻，灵芬不驻。几番怀古。游衍处。输他老铁能赋。"《鹧鸪天》云："春到蔷薇已可怜。那堪风雨更潺湲。离离碧草烧仍苗，点点飞花去不还。　　　莺啭涩，鸩声繁。断肠犹自听啼鹃。雕梁燕子能言语，只解惊人梦里闲。"

张澜作《宿亡友胡德宣故宅》。诗云："高斋醉语听鸡鸣，肝鬲当年快吐倾。岂意子桑先物化，更闻邻笛念平生。空堂风入穗帷动，一墓烟寒宿草萦。今日来寻相酹酌，独将斗酒泪纵横。"

钟明光作《自挽诗》。诗云："一念酬恩愿尚违，卅年心事总堪悲。不才敢拟擎天柱，无处能容立地锥。破国亡家徒有恨，赴汤蹈火义难辞。料应化作啼鹃去，欲报慈乌再世期。"

傅锡祺作《感旧》《岁暮感怀》《次韵呈枕山、豁轩昆仲》《枕珊诗促豁轩去职，依韵戏呈》。其中，《次韵呈枕山、豁轩昆仲》云："寝处姜家大被中，为箕踵武旧良弓。人深舞彩儿时慕，心薄操戈叔世风。为相颠危忘喜怒，久抛荣辱任穷通。后先领略埙篪韵，窃幸连年笔砚同。"

陈尔锡作《京寓沈贝子胡同，老屋数间，意颇自适，偶赋》《喜伯琴吴提法使（钫）入京见过，兼怀乃弟剑秋外部》《曾籽香（宗鲁）自长沙赠诗索和，依韵酬之》《题师曾槐堂》《澧蘅因公被逮，几危，释后应招来京，晤面泫然，感赋》。其中，《澧蘅因公被逮》云："破涕追欢一举杯，照人古镜共谁开。孤怀拼作终宵醉，瘦骨嶙从万死来。自古荣枯同影幻，十年聚散似轮回。悲歌慷慨称燕赵，不信黄金致郭槐。"

徐自华作《题〈子美集〉，集定庵句》（二首）、《和亚子〈观春航贞女血即事，赠子美〉之作》《题〈梅陆集〉》（二首）。其中，《和亚子〈观春航贞女血即事，赠子美〉之作》云："风华秀雅费人思，海内名流望见迟。亦侠亦狂亦妩媚，是仙是幻是情痴。联珠合璧称双绝，秋菊春兰竟并时。从此晓风残月曲，不须更谱女郎词。"

顾燮光作《〈文艺杂志〉题词》。诗云："沧海日横流，斯文益已渺。道微同调稀，曲高和者少。蜂起肆诐辞，蚊聚喧群小。蠢蠢尔众生，阴霾迷幽宵。如晦风雨辰，鸡鸣天终晓。大地倏光明，长空朗月皎。一卷集群英，万言汇鸿宝。势障百川东，力挽狂澜倒。陶钧铸百家，云锦扬辞藻。片语罗吉光，甄罗寿梨枣。古义与逸闻，胪列资搜讨。茫茫六合宽，鸿秘征遗稿。鲰生何所知，寒瘦同郊岛。颓洞叔季时，郁郁形枯槁。学术久荒落，江海输行潦。愿作寒号虫，自笑冬烘脑。幸无封禅书，愿访商山老。敢叹知音稀，天际孤鸿杳。"

杨度作《和夏大〈寒山歌〉》（五首）。序云："唐时寒山禅师避人隐去，夏大作《寒山歌》，有句云：'我疑贤者心未忘，犹道须弥芥孔藏，溪中自有青天日，何处云山非道场。'作此和之。"其一："灵山说法不可方，处处随缘做道场。寒山何以避喧浊，夏公疑彼非心忘。本无去住无凡圣，自是君心差别境。佛魔平等尽皆空，莫取群生分垢净。"其二："大道朱楼隐暮霞，柳枝舞罢月初斜。一春且喜吟双燕，五夜生憎梦落花。镜影自怜罗带瘦，琴声难遣画屏遮。同心好向青松结，惆怅西陵金楱车。"其三："小苑莺啼客自还，更扶残醉依阑杆。绡巾莱莉留香易，笺纸芭蕉展恨难。花下偶然成聚散，月明随地有悲欢。今宵两处应同梦，不待青禽与探看。"其四："身世才提已黯然，庭花承泪影娟娟。未吟团扇先悲箧，虽奏云和更拂弦。越女浣纱空自惜，湘君遗珮更何年。吹箫已得神仙分，更起高楼与接天。"其五："昨夜罗衾小玉铺，轻寒曾到睡边无？冰瓯试茗心先苦，粉帕题诗泪未枯。陌上自怜秦氏女，垆前休醉霍家奴。年来范蠡饶归思，愁对西施说五湖。"

吴闿生作《海盐王欣甫君曩读范伯子诗，极道其为人，生八子。第三子宾基字董庐，尤有名，曾从先大夫受业。长子宗基与余同官度支部参议。今二子皆逝，余子请作阿翁寿诗，漫题以应》《沈冕士铭昌母夫人寿诗》《次韵答袁规庵公子克权》。其中，《海盐王欣甫君曩读范伯子诗》云："往年当读范子诗，每为斯人辄神往。生平道义自天人，膝下诸男皆儁朗。我时东海钓鲸鱼，道阻无由陪几杖。叔子才名挂人口，来谒我君尤见赏。至今斜草案头诗，光映晴窗犹滉瀁。伯子英英器益伟，京国度支忝同掌。众中握手惊一见，炯若寒犀挂尘网。当时叹息念董庐，如此儁才今宿莽。岂料相从未及旬，又报广陵成绝响。造物憎才岂信欤，抑亦樊笼违素养。闭户端居想二贤，梦寐空山接云仗。乃悟至精贵敛抑，渊默赢形无王长。支离自有逍遥游，爰居不慕咸池飨。不见深山七十翁，啸傲白云神愈旷。何当蹉躅许相从，永谢桔槔随俯仰。"《沈冕士铭昌母夫人寿诗》云："郎君画省声华重，阿母高堂乐事多。扶杖看花仙骨健，逢辰进酒寿颜酡。治宫旧遣王承福，种树新招郭橐驼。彩服斑斓尘不涴，浮云世变更如何？"《次韵答袁规庵公子克权》云："公子英英绝世才，横流手掔八溟开。曾窥海国天魔舞，能叱虞渊日驭回。至道相期千载上，高风复绝百年来。压疆豹虎今方横，快论应闻断玉杯。"

范紫东作《中华民国新乐府》（十三首）。其十三《筹安会》云："光复以后论功罪，铁铸大错难为讳。居安思危妙想开，无端产生筹安会。二十一条雪片来，四海闻之齐堕泪。百官宣誓犹未寒，黄袍加身殊无谓。全国投票举皇帝，古今中外无此例。岂徒民意由伪造，直将国事等儿戏。从古安危如反掌，筹安之局成梦想。惜哉杨度帝王学，竟与扬雄同俯仰。紫阳书称莽大夫，青史于今谁涤荡？身世遭逢剧可怜，不逢尧舜逢王莽。"

刘溥霖作《绝命诗》。诗云："从来大事本难成，后顾茫茫岂愿生。只恨此身混沌死，一生心迹不分明。"

丘菽园作《阅明人所为〈张灵、崔莹合传〉感咏》《秋窗》《要将》。其中，《秋窗》

云："帆影潮声上下分，秋窗容我对文君。一双燕剪横波水，五两风拖素练裙。花下闭门缘病酒，赋中寻梦悟为云。隔江山色如招手，长挹芙蓉静里芬。"《要将》云："要将怀抱尽长空，不分西南任好风。穷岛气迟花落后，夕阳影乱酒频中。垂头病鹤如童懒，调舌娇鹦比婢聪。耽隐自饶《齐物论》，紫薇郎作紫芝翁。"

景梅九作《咏唐藤》。诗云："十丈高楼挂紫藤，捎云撩月拟长绳。云是五百年前物，饱历风霜说废兴。"

张公制作《大东日报社三周年纪念》。诗云："国事蜩塘日，高呼启大东。隐持乡校议，潜振鲁儒风。填海期精卫，含沙屏射工。三年犹此志，吾道敢云穷。"

姚华作《为诸生题画海棠小鸟，赠同窗集会》《得诒晋斋宋人〈嘉谷图〉因题》。其中，《为诸生题画海棠小鸟》云："春风和且煦，庭树见新晴。雾薄红妆湿，枝高翠羽轻。花情将巧竞，鸟意亦嘤鸣。感此怀朋乐，相观契后盟。"

周钟岳作《携家人游颐和园，偶有怅触，因作长歌纪之》《过汉城至釜山》《感事二首》。其中，《携家人游颐和园》云："阜成门外春风暖，桃李争妍花不断。驰道斜通御宿园，离宫胜是宜春苑。闻道年年禁苑开，仙山缥缈见楼台。都人士女争游衍，宝马香车日日来。我作园游春已暮，千门万户不知处。白头宫监颇殷勤，扶杖伛偻导前路。为说京西万寿山，清漪园址旧相传。天题亲赐颐和榜，犹是慈宫训政年。园内先瞻仁寿殿（为召见王大臣之所），雕甍漾碧朝晖绚。轮停绀幰晨趋朝，露湛琼筵夜开宴。疏楹相属玉澜堂，曲水回波跃鲤鲂。别有寝宫称乐寿，祈年时进紫霞觞。西出重门邀月朗，回廊迤逦长千丈。轻雷殷殷属车行，香径深深闻屟响。崔巍正殿启排云，张凤骞龙壮帝阍。中有御容传圣母，龙袆肃穆俨临轩（慈禧太后像，闻为美国克女士所绘）。山巅高建佛香阁，碧洞丹梯工斧凿。轻辇时昇老佛爷，拈香逐日登崖崿。随喜云龛转法轮，漫天花雨落缤纷。九莲菩萨金何在，可向华鬘证化身。循山直下听鹂馆（为宫眷内宴之所），时弄鸾笙调凤管。福晋如云格格花，张灯内宴愁宵短。拂槛西通太液池，粼粼万顷蹙文漪。濒湖石舫名清晏，云是昆明习水嬉。扁舟南指龙王庙，亭榭参差明夕照。仿佛江南四月天，汀荷岸柳扬轻棹。景皇颐乐旧垂旒，别置瀛台久见幽。忍听梨园歌水调，空教鞠部按凉州（殿内有三层戏台）。曾珥貂珰奉朝请，霓旌翠盖从游幸。今日园林易主人，往事重题意悲哽。天宝遗闻话未终，华林台榭纪难穷。我来别有伤心泪，不为铜驼吊故宫。忆昔文宗当御宇，长鲸跋浪窥中土。木兰秋狝遂不还，可惜圆明供一炬。冲龄践祚两储君，太后垂帘老倦勤。欲向瑶池兴阆苑，意中无复水犀军。海军经费成孤注，高筑谋台避何处。中使犹征花石纲，左藏已竭封桩库。仙园筑就拟蓬瀛，绛节年年往上清。岂料云祸筵未散，狐鸣篝火遍神京。兵连八国凭城下，夜半甘泉烽燧赭。銮殿纷屯敕勒兵，御园亦牧匈奴马。仓卒西巡黄竹歌，伤心麦饭进滹沱。何堪魏绛和戎日，括地难偿岁币多。翠华回后龙髯落，负扆非人冲主弱。三户亡秦钟簴移，许开灵囿同民乐。辇路萋迷芳草侵，偶寻陈迹感难禁。徒闻穆满觞王母，输与相如赋上林。"《感事二首》其一："受命称尊记谶书，自云代波是当涂。傅遐方进黄初颂，刘秀欣传赤伏符。曾见宫闱投玺怒，徒闻盗跖窃钩诛。低头就莽求容悦，齿冷人间逐臭夫。"其二："策命诸司备服章，崇封五等列侯王。烂羊颇觉群儿贵，饮鸩真成举国狂。绵蕞朝仪争习肄，金银车驾自铺张。茫茫九牧谁男子，讨贼兴师檄四方？"

王国维作《游仙》（三首）。其一："金册除书道赐秦，西垂仁见霸图新。已缘获石祠陈宝，更喜吹箫得上真。鹑首山河归版籍，凤台歌吹接星辰。谁知一觉钧天梦，寂寞祈年馆下人。"其二："十赉文成九锡如，三千剑履从云车。临轩自佩黄神印，受箓教披素女书。金检赤文供劲召，云窗雾阁榜清虚。诙谐叵奈东方朔，苦为虚皇注起居。"其三："劫后穷桑号赤明，眼看天柱向西倾。经霜琪树春前槁，得水神鱼地上行。尽有三山沉北极，可无七圣厄襄城。蓬莱清浅寻常事，银汉何年风浪生？"

陈天倪作《某君合卺词》《题节妇〈海沤居士诗集〉》（二首）。其中，《题节妇〈海沤居士诗集〉》其一："谁补娲皇石，空留卫女琴。沈鸾无住影，断雁有余音。不碍花为骨，遥知雪作心。孤灯风雨候，秋意此中深。"

林志钧作《萧隐公将归粤东，赋诗留别索和，怅然有触，依韵答之》（三首）。其一："依稀堕梦不堪寻，秋后凉尘暗触襟。十载相看成此日，非关远别已惊心。"

胡汉民作《怀执信》。诗云："辽阳易换卿难得，我亦逢人说项斯。定以文章憎命达，不徒清节畏人知。牛恩李怨宁多事，雁后花前恰有思。翘首与君共西望，有人漂泊海之涯。"又作《答山父》。诗云："旧闻杨伯起，相见更相亲。言语妙天下，文章到古人。风尘怜我惯，歌哭问谁因。磨剑饮归士，诗成芒角新。"

于右任作《题王一亭画于髯像》《程白葭兄移精忠柏断节于西湖岳坟，属为赋之》《民立七哀诗》《社稷坛五七国耻纪念大会》等。其中，《程白葭兄移精忠柏断节于西湖岳坟》云："破碎精忠柏，参天气不零。在人为武穆，于树配冬青。有节皆如石，无香亦自馨。还悲同殉国，移奠接英灵。"《民立七哀诗》其一："不遑将母生投海，无以为家死伴兄。地老天荒魂返否，义兼师友哭先生。长沙杨守仁笃生。"其二："清才雅藻世无伦，别有伤心号僇民。犹记先生临去语，枉抛心力作词人。江都王毓仁无生。"

陈桂琛作《乙卯二十七初度自述》（三十韵）。诗云："环瀛缅六洲，茫茫知胡底。地球绕太阳，碌碌不自止。人生廿七年，奈何一弹指。昔梦登昆仑，又越沧海涘。秋蟀复春鹍，驹光疾若驶。忆予髫龀时，本是痴顽子。仄闻长者言，此子质颇美。天道不可知，六龄遂失恃。于时五内崩，茹痛王修偡。仰承大人怜，父也而母矣。是岁始读书，牙牙学启齿。自忖生蓬门，所业惟在此。丙午年十八，不学引为耻。新法兴学堂，鹭屿时继起。创立中学校，主者二周氏（梅史、墨史二先生）。四稔春风中，发轫从兹始。身虽践初桄，志不在青紫。庚戌入闽城，遂研数学理。未下董生帷，翻同博士技。扁舟归鹭门，供职中学里。乡味饱鲈莼，差胜长安米。亲年垂六十，承欢聊菽水。弱弟只三人，安得姜肱被。黔娄亦有妇，兰梦情难已。不与流俗争，优游吾故里。但有酒盈尊，倏然忘誉毁。遁迹巢由，闲吟学杜李。男儿负奇气，安能囿卑迩。矧值发愤年，贤哲或可企。努力爱春华，德业庶有豸。"

张默君作《乙卯述怀》。序云："时袁世凯谋复帝制，群小披昌、摧戮异己、廉耻道丧、人欲横流、举国晦冥、有沦胥之感慨，赋此章示同志诸子。"诗云："神州黯陆沈，世运日以蹙。当道逞豺狼，中原纷逐鹿。忍看鸡鹜争，宁追九香鸾。临江撷荃蕙，荆蔓不可斫。骚心凄以哀，肯效灵均哭。浊世奚足论，吾自抱奇璞。南山筑幽居，超然隔尘俗。泉石弄轻响，安用丝与竹。危崖腾玉龙，涤烦有飞瀑尘。心境绝纤埃，魑魅莫予毒。至言通慧观，岂厌百回读。霜钟落晓风，悠然启妙觉。闲取素琴弹，泠泠鸣瑛璩。春植九畹兰，秋溉半篱菊。菊影澹兰魂，孤芳散空谷。美彼竹猗猗，繁艳羞春木。葳蕤晚节坚，古柏摇天绿。皓月媚疏林，凉吹送清穆。寒潭惊鹤影，哀呖震穹岳。佳人渺何许，结想摧心曲。瀛海双鱼来，尺书夐金玉。相期励岁寒，同仇凤盟笃。乱世无是非，福兮祸所伏。君子贵安贫，希荣每获辱。虑澹万物轻，意惬常自足。人境幻悲欢，胡为泪盈掬。高冈一振衣，长流快濯足。蝉蜕泞潦中，毋使神魂浊。啸傲天地宽，吾道娱幽独。"

马一浮作《答程演生二首》《香岩翁赠长句以著书见期，敬答其意》《訚庵书来，见和西溪诗，有春日重游之约，因书此简之》《为潘法曹哭友》《黄烈妇诗》等。其中，《訚庵书来》云："佳咏久承怀石壁，不才空愧住汧山。三年学幻归无得，百国求书晚未删。玉垒烽烟随地有，西溪花木爱春闲。便应共话溪中隐，何日闻琴海上还。"

汪兆铭作《自都鲁司赴马赛归国，留别诸弟妹》。诗云："十年相约共灯光，一夜西风雁断行。片语临歧君记取，愿将刚胆压柔肠。"

郑汝璋作《陶然亭》《游颐和园》（五首）、《和修辛斋（思永）〈冬日感怀〉原韵》。其中，《陶然亭》云："燕市尘喧思暂逃，江亭一上思悠然。虚堂素磬时闻响，高阁清香别有天。树色迷离烟雨里，芦丛摇拽水云边。凭阑莫作沧桑感，风景依稀似昔年。"《游颐和园》其一："排云殿上快先登，远瞰西山气郁蒸。太息鼎湖龙去后，寒鸦数点落觚棱。"其二："一亭似舫傍湖边，白玉屏风玳瑁筵。醉后倚阑疑泛艇，苍茫秋水远连天。"其三："万寿山头旭日升，晓来云气远飞腾。故宫禾黍孤臣泪，不是寻常感废兴。"其四："龙楼凤阁带残晖，夹道垂杨尽合围。遥想当年全盛日，娲皇何处驻骖騑。"其五："旧梦春明不可删，哀时漫拟赋江关。沧桑过眼谁能识，坐对斜阳一角山。"《和修辛斋（思永）〈冬日感怀〉原韵》云："倚剑无言看太空，孤芳难得赏心同。似闻贾谊叨前席，未许桓温拜下风。异数功名归汗马，末流文字笑雕虫。寄身不觉沧洲远，底事年年类转蓬。"

万咸一作《感怀》。诗云："不谈家国不生愁，跃逐江湖万里流。放荡形骸无尔我，流芳遗臭各千秋。胸怀奇气吞沧海，眼界凌空傲帝侯。大好河山谁作主，伤心怕话古神州。"

张公略作《缧绁行》。序云："民国四年袁氏帝制自为，感而赋此。"诗云："烽烟惊四塞，警耗传来频。上下相猜忌，无病亦吟呻。乱世用重典，编氓尽顽嚚。草杂而禽狝，无复分玉珉。囹圄为重地，宁郅为幸臣。牧民有良策，严刑训不驯。缧绁望中道，囚车声辚辚。吏胥若虎视，兵役如鹰瞵。安论罪有无，垂头步逡巡。锒铛对廷尉，欲诉心眩晕。勿云良家子，生与狱为邻。微躯不足惜，岂敢露怨瞋。试观郊原野，碧血聚阴磷。宁为太平狗，毋作世乱人。世乱人命贱，草芥与微尘。志高不随俗，道屈未求伸。商山资隐汉，桃源事避秦。行藏各守道，取义与成仁。虽作阶下囚，何用心酸辛。"

瞿蜕园作《独夫》。诗云："助顺无天道，冥行笑独夫。毕生劳密算，何意向穷途。始谓赪糊坏，宁知火踞炉。未陈王命论，先献德充符。去亦前禽失，来催下殿趋。曳轮悲未济，及汗蔑中孚。披翼犹夸隼，凭城俨据狐。申屠宁赴海，箕子悲为奴。一醉昏如此，沦胥得免无。"

陈仲陶作《西湖》。诗云："四面云鬟初遇雨，六桥烟柳好寻春。湖山本是天然画，我亦天然画里人。"

吴芳吉作《年假别嘉州东归，席上留赠诸子》《忆雨僧兄》《喜得雨僧近诗，即覆二首》。其中，《年假别嘉州东归》云："久辞巴子国，再别嘉州城。感尔一杯酒，愁予万里程。道无老马识，野有断鸿声。蓟北深胡虏，秦中动甲兵。白狼虽可逐，青岛未能平。故国悲多难，亲朋哭远行。滩悬临石动，橹急涌潮鸣。天地杞人虑，经纬嫠妇情。蛾眉望不得，苍莽日西倾。"《忆雨僧兄》云："伯也吾家杰，文章洞古今。庄严荀子上，忠爱少陵深。赴友忘身计，代亲起狱沉。犹闻学忍性，不惜少知音。"

宋作舟作《夜怀》(时乙卯岁，困居家山，百无聊赖)。诗云："北斗横天夜未阑(刁斗无声)，热潮笑我忽翻澜(胸澎热血)。十年梦醒方惊老(梦回老大)，半世尘忙却误官(运蹇沉浮)。明月伴人花影睡(花月当窗)，青灯破壁剑光寒(剑灯射壁)。英雄愧说风云早(风云际会)，闲把沧桑眼底看(过眼烟霞)。"

吴用威作《寿家补松叔七十》《〈采菱图〉，为程雒庵题》《酬葆之岁暮见怀之作二首》。其中，《寿家补松叔七十》云："吾宗尊宿今商皓，北斗以南东海西。骥子声名早无匹，鸿妻眉寿更能齐。坐看云物千苍白，笑酌流霞一滑稽。好写屏风夸白傅，一渔五相有新题。"《〈采菱图〉，为程雒庵题》云："日暮横塘发棹歌，纤纤素手湿清波。玉肌冰透浑忘却，胜与桓伊唤奈何。"《酬葆之岁暮见怀之作二首》其一："阳月随阳雁,南飞遗好音。三年京国梦,五字岁寒心。旧约青山负,新愁白发禁。遥知槐市月,今夕共萧森。"

刘懋森作《乙卯集邑中熊尚等九老人宴会》。诗云:"乡党由来齿最尊,琼筵阔处寿星临。香山九老无宾主,都是彭篯以后身。"

闵尔昌作《积雨漫成》《志计改亭语》《志王白田语》《仲深匆遽假归,朋好多不之知,追送以诗》《咏并蒂菊,戏示内子》《寄忆南中友好八首》《夜坐》。其中,《志计改亭语》云:"赋诗与弹棋,俱将恶业增。何以娱暇日,但诵《楞严经》。"《志王白田语》云:"万卷蘱破书,三间撑老屋。平生它何求,得此愿已足。"

张天爵作《自述》。诗云:"放浪形骸六十年,春江秋月曙霞天。少时屡摈科名外,今日惭居学校前。东壁图书逢凤好,西湖花木缔良缘。何当荷锸苏堤去,龙井村旁买墓田。(时家邻城西幼稚园)"

杨芃椷作《乙卯》(展墓,同诸弟作)。诗云:"履端新气象,到处好寻诗。僧乞斋鱼米,童牵纸鹞丝。河流添水活,云意约风迟。此境虽堪玩,吾思不在兹。"

赵圻年作《乙卯四祭二杨》。诗云:"残照西风黄叶林,城南郢客几登临。五年死别生离恨,千古成仁取义心。故国铜驼思往事,残魂朱鸟有遗音。今朝强谱清商曲,犹是哀哀子夏琴。"

吕思勉作《蜗庐》《寄余之娄河》《辛亥登文笔塔,游人或见飞鸟而曰:人是天边之鸟,鸟为当地之人,信然。二语盖谚,而其人诵之也。频年作客,追忆是言,怅然有赋》《吕博山招同屠归父、童伯章,庄通百、李涤云夜饮》。其中,《蜗庐》云:"新来海上寄蜗庐,局促真如辕下驹。未必长身容鹤立,更堪短鬓效凫趋。飘零有剑空长铗,出入无车况八驹。羞喜尚存容膝地。本来此外复何须。"《寄余之娄河》云:"寒蛩孤唱孰相酬,群鸟高飞自养羞。身向三江作孤旅,家徒四壁过中秋。劳劳世事终牵尾,飒飒西风渐打头。吾已新采知所止,虚舟浑不系中流。"《辛亥登文笔塔》云:"人是天边鸟,鸟为当地人。异乡怀此语,回首一沾巾。扰扰烟尘暮,堂堂岁月新。头衔堪自署,十载作流民。"

党晴梵作《菊影》。诗云:"凄风苦雨漫相侵,自有清香自有阴。三径迷离新画稿,一帘萧瑟本秋心。梦残酒醒淡如许,云破月来瘦不禁。为问词人张子野(指张震川),能无对此发新吟(子野有'三影词')。"

熊瑾玎作《遣怀》(四首)。其二:"吾道艰难志莫舒,一肩风雪出乡闾。玉壶买得春归饮,良友高吟共此庐。"

朱蕴山作《古风十四章》《夜饮大观亭二绝》。其中,《古风十四章》其一:"中宵不成寐,辗转弄床阴。起视明月光,清辉鉴我心。孤云渺南去,飞鸟动高林。隔邻谁氏子?静夜弹鸣琴。音响一何怨,使我泪沾巾。"其二:"芝兰产幽谷,托根异众芳。

移置台阶下，不及蔓草长。春风一日至，四座生古香。愿言佩君子，中心写且长。"其三："楚国有大夫，乃在潇湘南。行吟重行吟，郁纡摧心肝。逸人日高张，逆水起波澜。秋风一夕起，吹折沅与兰。只身不自保，悠然兴咏叹。"其四："鸿鹄志高飞，横绝数千里。欲集还逡巡，中道多棘积。堂幕有巢燕，去人只尺咫。欢言得其所，及笑曲突徙。茫茫九州烟，滔滔百川水。长顾复却虑，忧伤何时已。"其五："吾父年二十，慷慨誓从军。仗节渡淮水，事败只一人。三十归乡里，终身耻帝秦。七六尚健在，亲见震旦新。遗命余小子，善守千金身。呜呼言犹耳，安可辞清贫。"其六："吾生十四五，立志尚矜奇。读书观大义，心与游侠期。中经事变多，南北徒奔驰。忽忽年三十，反泣世路歧。去者日已远，来者犹可追。努力益自爱，大道终有时。"其七："古人重义气，今人重黄金。黄金有时尽，友谊因不深。吾爱鲍叔子，平生一片心。风尘久疏阔，问孰有赏音。"其八："昨日过钱塘，一吊岳王墓。古柏何萧森，枝枝向北怒。回首望丘山，夕阳红无数。安得九州铁，铸尽古今错。吾欲结茅屋，栖霞岭下住。"其九："朝发黄歇浦，暮登秣陵道。落日照城头，鸱枭啼未了。离离话故宫，今已不可考。下有健儿血，白骨埋蒿草。昆仑势巍巍，江河流浩浩。狐鼠日跳梁，隐忧伤怀抱。此身莫等闲，焉用叹枯槁。"其十："步出尧化门，牛羊纷纷下。夕阳澹我心，天高旷四野。路旁有香芝，采之不盈把。隔林闻樵语，道是知音寡。黄钟今已弃，雷鸣多缶瓦。吾欲发高歌，从兹正风雅。"十一："驱车上河梁，徘徊独西顾。皖山何青青，苍茫隔云雾。其下有飞泉，其上有嘉树。高鸟去霄汉，猛兽昼当路。吾欲涉巨津，川横不可渡。按剑问舟子，薄言逢彼怒。"十二："高楼有少妇，日夕望横塘。所思不可见，盈盈水一方。心如金石固，面比菜葵黄。荡子久不至，漫漫夜漏长。明月光皎洁，照澈罗帷裳。愿言谢亲友，永誓守空房。"十三："巍巍大龙山，屏障古城北。屈指一百年，祸乱尚未熄。绿云楼早倾，户外天如墨。变生肘腋间，惨澹无颜色。世事已如此，公理终不灭。"十四："登高望北里，累累尽荒陬。春风被百草，遍地长离愁。人生不百年，富贵等蜉蝣。浮云蔽长空，砥柱障东流。胡为久郁郁，甘作楚人囚。"《夜饮大观亭二绝》其一："山河隐隐起悲笳，小集江亭日已斜。新月满林风景异，同来煮酒祭黄花。"其二："当年血溅皖公城，江上衣冠扪有声。薪尽火传人去远，夜潮犹作不平鸣。"

杨令茀作《乙卯怀归，用茧师上巳韵》。诗云："二桃杀士三，智称齐晏子。路鬼阚高明，何莫非尔尔。浮云豁醒眼，濯足沧浪水。松楸万里遥，海上三山咫。陋巷废箪瓢，余生犹恋此。鸿雁自南来，开缄泪盈纸。白头保氏存，来去皖江沚。长松长茯苓，荒畦落苦李。雕甍坏当户，雾幰委堂陛。北阕裂荷衣，空山绝幽士。何时一茅屋，重屏纨与绮。晨夕共藜藿，聊以慰所企。歧路歌迷阳，偃蹇何所似，边陲方岌岌，关塞尽荆枳。纵横术加厉，板荡悲今史。殷忧袭魂魄，芳华缚形体。市让玉食骄，巢覆孤雏涕。春晖望已靳，松径尚可履。恸哭怀荒陵，盍归旁其趾。保氏已龙钟，相依复有几。"

又作《庚戌革师为书心迹双清小印于建业，当时学刻仅成一字，乙卯归自京师得之尘箧，续成并题》。诗云："梦回细雨润帘栊，初试香泥小字红。玉版描痕摹古篆，鸾刀镌恨拟神工。魏人谁宝铜台瓦，词咨曾留雪后鸿。绮阁低徊珍片石，薄寒不异凤城东。"

伍澄宇作《赠汪精卫同志》。诗云："秋菊尽含英，待时吐用宏。残阳明古渡，浩月起江城。家国沧桑恨，园林凋落情。万方齐景仰，霖雨慰苍生。"

刘栽甫作《偶感》。诗云："阅世始不哀心死，俄闻一病抚重衾。赋形乃有眼耳舌，夙慧不如盲聋喑。翩若惊鸿神所幻，老去犹龙意方深。闭户尚疑夜叉出，奇情端庄隔世吟。"

谢国文作《乙卯东渡留学有作》。诗云："幽愤清狂付酒边，浮沉身世奈何天。书生热血涛千尺，游子乡心月一船。弹铗自知难作客，烂柯犹悔不成仙。翻然乞取神州火，重结鸡窗未了缘。"

林损作《六君咏》（六首）。其一："初交何所赞？无雄有文章。已见甘辛忌，难求鹊意方。着鞭差祖逊，握槊让孙郎。得意忘言后，共登大雅堂。（孙季芃，诗有逸气，持论不阿）"其二："扶风谈艺者，岂识董生贤。乐道忘窥马，循陔独拜骞。俭居施益广，壁立智能圆。万顷澄波里，相涵别有天。（董性腴，力学笃孝，性不忤人，人亦不能忤也）"

释太虚作《读〈齐物论〉》（二首）。其二："青蒙蒙外白茫茫，六合中间说圣王。齐到不齐成物化，一场蝶梦太荒唐。"

曾慕韩作《都门感事怀人，集定公句十二首》（民国四年集于北京）。其一："寥落吾徒可奈何，侧身天地我蹉跎。少年揽辔澄清意，想见停云发浩歌。"其二："眼见二万里风雷，挥手东华事可哀。何敢自矜医国手，百年淬厉电光开。"

吴梦非作《游紫云洞》。诗云："寺古静无哗，深门闭野花，白云山外起，石径洞中斜，啼鸟如迎客，高僧不恋家，登临空景仰，何日卧烟霞。"

赖和作《开正》。诗云："手把清香告上天，两肩担重乞垂怜。能邀保庇当勤勉，不敢空空后一年。"

李思纯作《秋感三首》《二十二初度》（三首）、《杨花曲》（观杨翠喜照片作也）。其中，《二十二初度》其一："兰膏风静夜漫漫，腊尾春前感百端。璧月珠星费延伫，紫檀红拨动汍澜。长才大业千秋少，短景流光几日欢。却叹浮生太辛苦，酒杯在手且盘桓。"其二："不堪井底逐鸣蛙，自笑平生画足蛇。磨洗青铜照颜色，飘蓬绿鬓染泥沙。忧时留得旁观眼，对酒挥来却手琶。啄腐吞腥是何物，污人尘土满天涯。"其三："不求灵药驻华年，侈说金丹饵万仙。生为聪明多忏悔，最怜儿女苦缠绵。愁边桄触相思泪，醉后摩挲宝剑篇。弹指朱颜易憔悴，霜钟寒夜一凄然。"

庞石帚作《乙卯二十初度志感》。诗云："似水年华取次过，酒尊诗卷意如何。独无数亩携牛角，未厌闲门闭雀罗。物外嬉游兵后少，儿时欢笑梦中多。于今更识东坡误，墨不磨人人自磨。"

徐嘉瑞作《吊王式南》《金明池·线织梅花》《昭君怨·别意》。其中，《吊王式南》云："巫阳逝千年，四维何寥旷。公魄毅而强，岂随君蒿丧。晶莹黑水边，前夜梅花放。仿佛见公归，踽踽何凉凉。中原不可行，长人持戈向。重洋不可涉，风涌千重浪。天下尽滔滔，吾为公抱快、寥落一卷书，未梓遭渎谤。才人多命蹇，为公一长叹。宇宙满荆棘，漫漫何时旦！"

姚文蔚作《踽踽》。诗云："从谁计是非，踽踽掩柴扉。乐水鱼惊饵，投林鸟倦飞。读书何所用，有酒莫相违。尽道新晴好，斜晖日已微。"

曾仲鸣作《奥里红岛晨眺》。诗云："疏帘掩映隔寒烟，人与沧波两渺然。自是今朝风更快，孤帆飘渺已天边。"

郁达夫作《金丝雀》（五首）、《日本谣十二首并序》（诗题又作《日本竹枝词十二首》，第3—7首载1916年6月20日日本《新爱知新闻》第8971号；第9—12首载1917年6月3日日本名古屋第八高等学校《校友会杂志》第19号；第二首单独发表于日本《校友会杂志》第19号）。其中，《金丝雀》其一："盈盈一水阻离居，岂不怀归畏简书。能向阿香通刺否，风云千里传雷车。"其二："白日相思觉梦长，梦中情事太荒唐。早知骨里藏红豆，悔驾天风出帝乡。"其三："客馆萧条兴正孤，八行书抵万明珠。知君昨夜应逢梦，问我前宵入梦无。"其四："浮槎客路三千远，回首家山一发青。犹忆前年寒食夜，与群联步上西泠。"其五："河桥灯火夜将阑，知汝深闺梦已残。心事莫从明月寄，中天恐被万人看。"《日本谣十二首并序》序云："明治初，黄公度有《日本杂事诗》之作，数千年历史风教网括无遗义，至博也。然近年世变重繁，民风移易，迥非昔比。古有其传，今无其继，非法也，于是乎《日本谣》作矣。"其一："灯影星光绿上楼，如龙车马狭斜游。两行红烛参差过，哄得珠帘尽上钩。"其二："百首清词句欲仙，小仓妙选世争传。怜他如玉麻姑爪，才罢调筝便数钱。"其三："纨扇轻摇困倚床，歪鬟新兴赵家妆。红绡汗透香微腻，试罢菖蒲辟疫汤。"其四："碧玉华年足怨思，珠喉解唱净琉璃。瓣香我为临川蓺，掩面倾听幼妇词。"其五："名隶昭阳供奉班，宫词巧制念家山。揭来源氏人争说，曾使君王一破颜。"其六："蜃楼缥缈假疑真，四壁铜屏镜里春。为语汉王休怅望，碧纱笼得李夫人。"其七："纨扇秋来惹恨多，薰笼斜倚奈愁何。商音谱出西方曲，肠断新翻复活歌。"其八："扫眉才子众三千，万里桥边起讲筵。羡煞传经诸伏女，一时分得水衡钱。"其九："杏红衫子白罗巾，高髻长眉解笑颦。公子缠头随手掷，买花原为卖花人。"其十："闻说仙槎徼外回，十辉妙占出新裁。秦宫照胆悬灵镜，此后难歌赤凤来。"十一："黄昏好放看花船，樱满长堤月满川。远岸微风歌宛转，谁家篷底弄三弦。"十二："眉藏愁意额涂黄，广袖纤腰燕尾妆。十五云英初见世，犹羞向客唤檀郎。"其六有作者原注："活动写真。"指电影。其诗在《新爱知新闻》发表时，服部担风评曰："郁君达夫留学吾邦犹未出一二年，而此方文物事情，几乎无不精通焉。自非才识轶群，断断不能。《日本谣》诸作，奇想妙喻，信手拈出。绝无矮人观场之憾，转有长爪爬痒之快。一唱三叹，舌挢不下。"

罗章龙作《初登云麓宫》。诗云："共泛朱张渡，层冰涨橘汀。鸟啼枫径寂，木落鹤泉潆。攀险呼俦侣，盘空识健翎。赫曦联韵在，千载德犹馨。"

朱鸳雏作《乙卯》。诗云："梦回元旦昼阑珊，山水长新日月闲。今日美人和泪祝，东皇乞与驻颜丹。"

宋慈抱作《读郑所南〈心史〉》《狼匪》(二首)。其中，《读郑所南〈心史〉》云："寒蕊枝头抱香死，山川旧梦黯销魂(所南有云：'不知今日月，但梦宋山川。'又咏菊云：'宁可枝头抱香死，不曾吹落北风中')。时穷节见丹青在，砚破书焚道义存。胡虏纵横兴战马，宋陵萧瑟泣啼猿。布衣慷慨谭王统，休与雕虫一律论。"《狼匪》其一："满目疮痍感未平，尽教王衍误苍生。中原自古夸形胜，九曲黄河万里城。"

萧公权作《峡中夜泊》《出峡》《舟次宜昌遇雨》。其中，《峡中夜泊》云："蜀道难行处，荒滩晚系船。波平星有影，峡静夜无边。旧话怀巴雨，离情入楚天。寻常江海意，对此转凄然。"

周世钊作《濯清亭》。诗云："突兀孤亭起，江山入望分。烟霞朝夕变，弦诵岁时闻。一雁过秋浦，千林没夕曛。朱张曾唱和，独立缅清芬。"又作《挽易昌陶》。诗云："登台当落景，怀子费踌躇。生离成死别，魂魄复何如？碧草芜庭径，绿尘聚琴书。猿嗥凄夜月，露寒零墓庐。忆在癸丑夏，遇子湘城隈。少年多意志，狂简不知裁。痛饮难言醉，狂歌真壮哉！箕踞挥长管，风云纸上开。相谓天地广，年华去复来。此意今乖舛，回首数吾哀。善道自昔资，好音清且旨。文章惠讨论，韩欧与左史。愧我钝如椎，感君直如矢。不观薄俗交，诺诺安可恃！荃蕙变萧艾，滔天祸无已。痛子中道亡，风俗谁能理。寻君不可见，思君苦泪零。采苹寄余痛，桃梗更自怜。拙语写余臆，洒涕对君宣！"

吴研因在苏州作《次韵和弥龛(〈四明日报〉主笔)〈感事〉》《苏校十周年纪念书事》。其中，《次韵和弥龛(〈四明日报〉主笔)〈感事〉》云："白骨青磷又一年，头颅虽好不论钱。风中野草依然在，梦里春闱剧可怜。近水城门初失火，满朝冠带正祈天。管弦更比烽烟甚(时方第一次世界大战，日军袭取我青岛)，我亦哺糟学醉颠。"又，在江阴作《飓风叹》。诗云："民四八七天朦胧，奔腾澎湃来飓风。初时众庶悉称快，郁热所以和其衷。既而猛厉世无匹，往来驰骋磨苍穹。势如天吴倒海水，席卷大陆包长空。天惊石破雨骤至，巨鳌直捣冯夷宫。又如乖龙倏夜走，张牙特兀沧溟东。万灵呼啸作旗鼓，千鳞百介纷相从。俄顷乾坤失颜色，九州一气翻鸿濛。雷门震吼日未已，夜半犹闻声隆隆。芥舟桑田何足数，江头百姓皆沙虫。长城隳颓天柱折，爪牙一瞥何其雄。可怜野老久恬坐，昨日之日蓬庐红。惊涛骇浪挟之去，追随魍魉抛孙童。助化长鲸吐淫水，涓涓泛滥尧天洪。呜呼，吾闻础润月晕各有兆，众生无乃初矇瞳。何不坚堤实土固吾圉，乃令风姨肆虐，挟其万钧之力而来攻。"又，在常熟作《初访虞山》。诗云："过江云气仍宗鲁，截郭山峦犹姓虞。风教至今分阙里，草莱从此辟勾吴。坡摇夏木青连市，雨洗平畴绿满湖。七派分明琴水在，弦歌得似武城无。"又，在南京作《自姑苏车抵金陵》《金陵概览》《嘲钟山》《孝陵与杨卫玉论民族英雄》《玄武湖》《莫愁湖》《早发金陵》。其中，《自姑苏车抵金陵》云："花明柳暗晋陵东，车入云阳便不同。渐见穷坡千陌赭，倏看落日万山红。丹徒城郭人烟异，白下江关气势雄。回首姑苏程五百，川峦亭树去匆匆。"《嘲钟山》云："峨巫衡岳接黄庐，数到钟山殆郐余。遁迹每嫌灵谷浅，移文焉怪草堂虚。偶因半壁撑天堑，便尔六朝嫔帝居。休笑虎丘盆景陋，自成云壑擅姑胥。"《孝陵与杨卫玉论民族英雄》云："江山争取作京畿，歌哭于斯忍弃离。燕啄王孙家半破，灯昏春殿祚全移。孤身原只留孤冢，八股终难御八旗。民族几曾蒙福利，英雄空自运机宜。"《早发金陵》云："岸柳悬初旭，江烟锁故城。人游三日罢，梦带万山行。历历前朝事，依依过客情。梁台回首处，认识未分明。"

何曦作《花前忆旧》。诗云："暮春天气景初长，新月如钩印浅廊。斜日看山人已远，此花犹有旧时香。"

张维翰作《次韵酬彭厚甫》。诗云："掘地何曾不靠天，及时无雨亦荒年。愿将众壑争流水，汇作千家洗矿泉。远近争来受一廛，都缘宝藏富腰缠。应怜钻穴囊砂者，手足胼胝偻背肩。"

陈小翠作《东风二首》。其二："绿杨阴护竹篱笆，小队筠笼唱采茶。底事东风欠公道，春愁偏送到儿家。"又作《小园散步》。诗云："抱水回廊宛转通，垂杨垂柳影重重。红桥六曲风帘外，人立桃花细雨中。"

吴德功作《乙卯十六夜水源地观月会》（三首）。其一："水源胜地景深幽，不老清泉昼夜流。蟾魄充分光溢量，宏开雅会共遨游。"其二："佳节中秋昨已过，群仙高会兴又豪。姮娥光彩虽微退，依旧娉婷似伴姑。"其三："一轮皓魄倍晶莹，忽见今宵渐退明。悬想姮娥羞露面，恐妨平视有刘桢。"

李笠作《咏无字古碑》。诗云："古石千年没草蓬，低徊犹想古人风。留碑何必留文字，功在无言不语中。"

黄征作《蝶恋花·彭君重远以〈绮情〉二阕见示，此其一也，谱此和之》。词云："艳说寻春春到早。绣幕寒深，睡鸭教温饱。一片云情和梦绕，生憎皓月圆时少。　　绮绪难禁人易老。那更催归，陌上花开了。闻道蛾眉仍淡扫，惜花还愿花长好。"

章圭璟作《乙卯初至济南》。诗云："风尘仆仆旅程谙，又为驱饥到济南。举目河山嗟旅雁，多情亲友寄征骖。三千客路飘零感，七二泉源仔细探。破浪乘风无此志，不如归去鸟鸣酣。"

马复作《伏波滩寄家人》。诗云："道远苦行役，因人况乱余。弟兄穷巷卧，儿女杂佣居。皇恐千滩水，平安两字书。故山劳望眼，梅讯近何如。"

冯豹作《莲城咏莲示诸徒》。诗云："莲城城下满池莲，叶缀青钱干袅弦。暑雨鼓催风和煦，花花开破水中天。"

臧易秋作《游逍遥津折梅花归，明日主人龚怀希太史使以古瓷瓶冒雨见惠，云淮阴饷军瓶浸花耐久也。作歌纪事并简主人》。诗云："红梅白梅映水隈，如霞成绮如雪堆。折供瓶中还自惜，为怜不及树头开。领取主人惜花意，浸花冒雨将瓶寄。土花斑斓水锈青，云是淮阴饷军器。千载难寻劫后灰，一物想见汉家帜。君不见校弩台自高，斗鸭池自深。魏武饷军用何器，令人摩挲感古今。古今兴废都不管，名园结傍逍遥津，何当为我留春住，日赏先生梅树林。更把一枝子细看，不逢驿使损春心。"又作《弃妇吟》。诗云："昔闻蘼芜歌，今诵谷风诗。夫婿方贵盛，宁记御穷时。昔在牛衣卧，今将文绣披。谁知新恩间，不似旧情痴。况彼新人色，婉娈如花枝。芳菲能几日，盛年好矜持。回头望终风，意气骄施施。有言不敢尽，下堂空泪垂。"又作《元和相国（陆润祥）哀词》。诗云："夜向北斗看，画望西台哭。大星落微垣，悲风动草木。世界忽沧桑，纲常如决渎。不闻重节义，所忧在风俗。哀哀复哀哀，相国元和陆。在昔魁大廷，先皇亲注录。叹为宰相才，待子孙卜木。天近至至尊，玉尺屡相属。综其所得士，彬彬多经术。台省历三朝，幼君临穆穆。晚虽令中书，终未参密勿。旧学岂不贵，新政乃欲速。当轴弄权势，纳贿论官禄。鼓鼙动江汉，贵近乱辇毂。底事太张皇，借箸起空谷。一城才失陷，九庙遽颠覆。谁实负托孤，谁实致覆𫗪。公方侍经筵，进讲日往复。明知时无补，未忍自疏忽。启沃矢臣心，帝灵照如烛。臣心一不尽，臣罪万宜戮。冠冕尚顶翎，宫袍旧补服。出入经辇路，行行重踯躅。落花寂寞红，乱草凄凉绿。泪下不成行，掩袖沾韈韈。五年如一日，鬼神鉴幽独。突然更筹安，胜国帝号没。请愿书充栋，劝进表成束。忽传太妃诏，孺子其臣仆。公闻伏地恸，酸恻语难出。从此耻周粟，地下追夷叔。贱子辱门墙，奖掖极款曲。自从惟世变，京华系心目。乞食历江淮，忍死剩皮骨。每思为公诔，长言之不足。上为天下痛，下为私恩述。谢翱歌大招，击碎手中竹。"

徐樵仙作《乙卯国耻后感怀偶书》。诗云："虎视鹰瞵起亚东，屠王猬缩利和戎。遗民冤结三边外，上将魂销九土中。士气云龙空变化，野心蕉鹿岂英雄。汉家功业君须记，西海葡萄万马通。"

夏宇众作《伯平见示〈春日游西山〉诗数章，赋此答之》（三首）。其二："年来作计常自笑，与世背驰从所欲；一身幸庇万间厦，寸抱羞种十年木；树人远计岂易言，终恐无功徒食粟！”

陈闳慧作《咏盖日伞》。诗云：“烈日当空奈我何，取携足抵鲁阳戈。人间贾祸趋炎最，太息前途夸父多。”

任传藻作《大宁寺观米襄阳题碑》(二首)、《岁暮杂感》(二首)。其中，《大宁寺观米襄阳题碑》其一：“客里闲情信所之，河桥古寺绿杨垂。龙蛇倒影蜗纹篆，独对斜阳看断碑。”其二：“襄阳米老覃溪叟，千古同称翰墨仙。毕竟因缘文字重，劫余片召费搜传(清初碑毁于火，翁覃溪督学山左时重刻)。”《岁暮杂感》其一：“残腊将更春又还，劳人岁岁羡鸥闲。驹光真似东流水，妖雾谁开海上山。雪里有梅堪寄傲，客中惟酒恰相关。漫言古剑消沉尽，紫气犹胜斗牛间。”其二：“记得乡居有薄田，农歌时唱稻花天。食耕凿饮他何羡，樵水渔山境若仙。老树扶疏遮小屋，新荷淡荡放游船。故园多少天然乐，都被尘缘两字牵。”

刘鹏年作《感事六首》。其三：“为问龙颜近若何？中原处处哭声多。天恩早颂千人口，底事甘操一室戈？衔石谁填东海水？全躯争避北山罗。不堪毒雾弥漫日，赢得邻邦奏楚歌。”其四：“傀儡登场鼓乐喧，钧天沉醉我何言！关山再见红羊劫，江汉还留碧血痕。斑管无端挥泪雨，椒浆何处奠忠魂？倘余寸土容埋骨，便算汪汪圣主恩。”

杨匏安于日本横滨作《虞美人·和康佛》《菩萨蛮(鸟啼愁处红花笑)》(回文词)。其中，《虞美人》云：“冲流自惜赪鲂尾，白眼无余子。小楼门设也常关，知己天涯，谁复恨虞翻。　　醍醐处处人皆醉，懊恼和衣睡。广陵今日有知音，累得阿侬重理旧时琴。”《菩萨蛮》云：“鸟啼愁处红花笑，笑花红处愁啼鸟。游客莫多愁，愁多莫客游。　　树摇蝉咽苦，苦咽蝉摇树。长夏困怀乡，乡怀困夏长。”

张铁瓶作《回文闺词》。诗云：“啼乌夜静人停针，泪浥红栏曲院前。齐卷幔时销翠黛，急开帘处坠花钿。鸡催曙色春庭满，雁掠寒光月榭连。西阁绣余妆髻媚，溪摇绿柳早凝烟。”

屠准伯作《题影》(乙卯馆津门同乡赵氏纶儿客奉天沟帮子于役京师，过津五宿而去。濒行合摄一影，余年五十有二，纶儿二十有一)(二首)。其一：“沧桑莫道不关情，一代风云耳目惊。独我头衔幸无恙，本来面目老诸生。”

张履阳作《游裴公亭》(四首)。其一：“不见裴夫子，空山几历年。沧桑今古恨，诗酒去来缘(余自甲寅去资时别兹一年矣)。碧水横前浦，黄花香野田。浮邱如可接，小住便成仙。”其四：“古殿岿然在，依稀认劫灰。断垣围野棘，短砌篆新苔。风雨人千载，功名酒一杯。苍茫无限思，临眺有余哀。”

张熵作《无题》。诗云：“东风激浪作春波，渺渺离人去奈何。晓日朦胧红似锦，青山重叠翠成螺。黄莺警唤楼头梦，紫燕斜穿水上梭。为怕风声窗外递，飞来蝴蝶不教过。"

程松生作《浣溪沙·拟陈小鲁赠董九九词》（乙卯）。词云："散似杨花聚似萍。化萍知否再逢卿。只愁还作絮飘零。　　说梦何须重入梦，今生如是况来生。天教吾辈悔钟情。"

王德钟（大觉）作《十九岁述怀十章》。其一："落拓浮沉十九年，头颅如许总堪怜。忍看亡国剜双目，夙愿匡时仔一肩。未溺死灰仍帝制，难将热血换民权。床头三尺龙吟夜，忽梦沙场枕月眠。"其六："匡时挥尽鲁阳戈，天意如斯奈若何！愿逐独夫抛性命，但教汉胄保山河！只愁四海英雄少，深恨一生涕泪多。落日苍茫酒欲醒，高歌击筑说荆轲。"其八："男儿忧国不忧贫，尝胆卧薪志未伸。岂信苍天终覆汉，还期楚士或亡秦。当为效死沙场鬼，忍作偷生歧路人！悄向宝刀兼自问：杀身何日始成仁？"

［日］大西迪作《绿阴清昼》《题〈松柏群鹿图〉》《贺白华上人八十初度》《和歌浦杂吟》（六首）、《新和歌浦二首》。其中，《绿阴清昼》云："微雨晴来微送凉，绿阴昼静拥书廊。茶烟擢缕风瓯语，庭院无人迟夕阳。"《题〈松柏群鹿图〉》云："长生毕竟去欲耳，勿谓神仙别有天。爱见山中麋鹿侣，寿同松柏共延年。"

［日］松平康国作《次籵山季才〈乙卯自述〉韵》。诗云："万里鸿泥印客愁，归来索寞笑搔头。哀思豪竹燕京酒，落日寒云渤海舟。怀璧自怜闲处老，读书如与古人游。餐霞不借神仙术，恬澹风流六十春。"

［日］杉田定一作《月濑观梅》《网走港所见》《三眺山》《中尊寺》《判官邸》。其中，《三眺山》云："隔海青螺澹欲无，郁苍烟树绕平湖。山光水色清如拭，留住诗人展画图。"《中尊寺》云："玉殿金楼迹已空，荒丘何处吊英雄。残碑犹剩蕉翁句，三世荣华一梦中。"

［日］砚海忠肃作《和小久保城南题原总裁腰越别墅》《甲州惠林寺见快川和尚转语》《十月七日明治神宫地镇祭恭赋》《中央旧友会席上作》。其中，《和小久保城南题原总裁腰越别墅》云："门对湘洋万顷流，窗含富岳雪千秋。红尘不到松林里，月白风清人倚楼。"《中央旧友会席上作》云："红叶林间共酒卮，话新谈旧兴无涯。相逢意气亦相似，二十年前把臂时。"

黄文涛诗系年：《旧腊接达君粹伯诗函，赋答兼述近况》（二首）、《题陈履青〈梅花仕女图〉》《将返江干老屋，留别云门弟》《将回江干老屋前一日作》《咏黄烈妇并序》《寿云门弟六十》《次达君粹伯寄赠元韵》。其中，《将回江干老屋前一日作》云："举家连日整装归，不比仓皇出走忙。我是司空频见惯，今番幸又脱红羊。"《次达君粹伯寄赠元韵》云："敢言砥柱峙中流，戢影端宜陋巷幽。千里云罗飞一雁，平生浪迹等群鸥。氛尘扰攘怜衰病，风月婆娑遣别愁。倘值春回腰脚健，片帆效驾剡溪舟。"

方守彝诗系年:《次韵敬庵征君见怀。黔在万山中,征君隐居奉亲,课耕读,屡辱书存问衰劣,寄新诗数十篇,深慰寂寞也》《次韵敬庵征君添孙》《和韵槃君〈岁暮感怀〉之作》(二首)、《和韵时涵〈移新寓〉二律》《五言三章送孝旭六侄地应聘赴天津》《赵君燧冬挽词》《和丹石〈河上纪事〉之作》《时涵新寓海棠含苞未放,折枝来入瓶,并赋二绝句。连日风沙甚重,若有感于心者,遂亦成咏》(三首)、《予既咏三绝句,越数日时涵招韩伯韦、陈慎登、葛温仲、赵纶士、吴梅庐饮海棠树下,外甥孙公拓亦携其家儿展来陪侍。是日微雨,海棠盛开,予以病后避酒,从楼上望之,花态宾颜,醺然交映,遂复赋之》《槃君见予赋时涵新寓红棠诗,来书称其家园海棠亦盛开,且与碧桃红白相映,颇已烂漫,责吾诗不可偏枯。语巧而词意尚气,不禁哑然笑也。聊寄二律》《再次韵下一转语,以当灵药之投,冀铁华一笑失痂也》(二首)、《时简,自兰州之白墩子,寄〈西征〉三诗归。其叔父槃翁垂称"宿潼关"长句,其兄时涵亦和此篇。予题短句六章邮示之》《行年六十又九,初游浮渡,戏题金谷岩寺壁》《首楞岩题句》《一线天题句》《雪楼过访,投赠叠扇。扇画兰题诗,次韵谢之》《奉谢敬庵征君寄野术、笋衣》《新安宗人振民乱后来皖,再见喜慰殊深。顷还我借书,并赠徽茶,告别返里。次其稿中诗韵》(二首)、《寄何子翔上海》《雪楼以予出箧求画兰,即日挥洒,系以诗曰:"花草原来有性情,环肥燕瘦各生成。牡丹兰蕙得时放,都有芬芳谁最清?"爱玩吟讽,题句于后》《代答》《长歌一首赠强斋,便题〈强斋印谱〉》《赠雪楼,步其见示翁字韵之作》《辟疆寄赠新印其先公挚父先生评校〈史记〉、惜抱轩〈古文辞类纂〉、曾湘乡〈经史百家杂钞〉〈十八家诗钞〉及先生门人武强〈贺松涛文集〉,代简赋谢》《谢雪楼馈合肥小磨麻油,附军人转运便持来》《子翔来书云,现摄一影,一人乘飞艇空际,下为大海,弥望无际,乞为题咏。以绝句五章应之》《光孟超属题三绝桥》《次韵酬圣登〈大观亭七夕宴集,凭栏望吊铁华墓〉之作》《次韵酬杨天道》(二首)、《次韵天道〈同渊如、圣登、葆民饮后步湖堤访铁华墓〉之作》《次韵雪楼〈大观亭七夕宴集,凭栏望吊诗人徐君墓〉之作》《伯韦以酒阑人散,奢望转多,命题相要,再投诗句》《鲸喜周晔,写句当歌》《诸君子七夕大观亭醉中望吊铁华新阡,以仆为杯酒主人,诗篇纷投,葆铭亦续至,次韵酬答》《周颂膴自合肥至皖,昨夜再过,示近作凄感铁华之逝,谊甚高。次其所示闻字韵长律为赠》《朝鲜遗民金起汉至皖相访。起汉承其师授,守吾国有宋大儒之学,抱负甚伟。国亡后奉亲率家人旅居奉天,耕于山中。时复孤游东西各省,访求贤宿,意欲行其所志。栖栖不皇,可敬尤可悲也。于其行赋诗志别》《奉题怀宁先辈江楚帆先生〈蔼园诗稿〉后》《伯韦、圣登、温仲雨中招集迎江寺。圣登归,复枉诗篇,短句呈谢》(二首)。其中,《和韵时涵〈移新寓〉二律》其一:"若何收拾澄清志,鞭影甘推祖逖先。栖息径赁高士庑,远游不赋大夫篇。山河破烂沧桑后,魑魅猖狂城阙前。止好楹书闭门读,儒家旧业世能专。"其二:"江波漂日去难留，且倚楼栏当卧游。园竹不肥存节概，海棠未放已风流。莫云霄汉名曾胜，纵力诗篇古可俦。喜伴老夫破岑寂，看吾白发恰如鸥。"《行年六十又九》云："一叶宵浮白荡湖，名山发兴纵游初。祝天禁雨成孤笑，櫂水翻星系太虚。清籁微阳人健步，古岩荒殿佛高居。惯逢胜地忘衰朽，关上仙人或是予。"《奉题怀宁先辈江楚帆先生〈蔼园诗稿〉后》云："文必于己出，不随人作计。每诵古人言，未得古人意。尝游丛灌间，飞集昈群翅。山光朗林柯，鸣声各自媚。觳然不同音，多识昧诗义。就问山居翁，侧耳辨殊类。凝立思其能，一笑得所自。松响作涛寒，泉韵呈玉粹。清香含幽兰，郁馥蕴华桂。大哉天地间，了别宁可蔽？由不相袭夺，自发本然地。小大皆足名，浓淡寓深味。假相视听迷，真者失其位。随人而丧己，将真何所寄？物情可引申，因之悟文字。我读先生诗，反覆获冥契。俨如从之游，村醪陶然醉。百忧与相忘，披襟散天吹。俯仰万籁中，心独领其异。"《朝鲜遗民金起汉至皖相访》云："先生行义贞金石，险阻艰难百不回。乌鹊覆巢三匝去，铜驼埋棘万方哀。谁能只手扶寒日，独抱残阳历劫灰。垂老遭逢天外友，眼明疑是古人来。"

姚永概诗系年：《到京三日，送方孝远之宁夏，并寄许冀塘》《赠李晓耘（国柱）》《徐又铮填词图（树铮）》《述怀三十四韵，赠王晋卿（树枏）、裴伯谦》《乾隆时常熟孙讷夫先生以知府从征准格尔，遘母丧不得归，哀毁卒于土室中。初，先生得异石名曰"佛云"，伴丧归里，咸丰时失于兵裔。孙雄装池先生小画成册，求林畏庐、李梅庵补画其石附之。征题》《师郑又征题翁文恭公手迹》《吴少畊（廷佐）五十征诗，次诸人韵》（二首）、次槃君〈凌寒亭〉韵。亭前立云石，是张氏勺园故物》《苏毅叔（行均）去年以诗题余近作，次韵》《次雪楼〈喜再见〉韵》《闻胡敬庵近状，作此寄之》《过孙文园（吴）》《题填词第二图》《舒彬如（鸿仪）宜园本克勤郡王物，残于庚子之乱，彬如购而葺之，自为之记》《又铮、畏庐、碉秋、诗庐及张少浦（伯英）、塔式古（齐贤）、张仲韩（庆琦）、梁次楣（上栋）、陶仲芳、刘绍松（汝柏），林奏丹（凯）以余五十，邀泛净业湖，觞于昌邑陈明侯寓中，翌日畏庐作图记之，又铮赋〈花犯〉装卷相赠。诸公续有诗文，因赋谢七章》《槃君题六安何子翔乘飞艇俯大海摄影五古，读之有感》《寄李光炯》《高养祉（景祺）乞作其大母毛太夫人贤孝诗》《题师曾槐堂园兼寄散原老人》。其中，《徐又铮填词图》云："君年十四为诸生，当时乡井早知名。作文屡惊学使者，拔送高材不肯行。十八投身入军府，上书万言动府主。多多益办本天成，一见知非哙等伍。怀藏韬略世不知，七年犹问海东居。朝骑富士山前马，夜读睢阳架上书。词人宛转情依旧，按谱翻成皆锦绣。玉田工整少精奇，白石森严逊华秀。归来天地入苍茫，竦身直上云霄旁。腰间如斗高官印，襟上衔花殊锡章。畏庐老人头半白，淡黑图成旧吟宅。危楼百尺水边明，高柳千枝风里碧。卷中题咏多耆耇，冯郑皆吾昔者友。征诗也复到鲰生，岂具黄钟思瓦缶。大范胸罗十万兵，碧云红叶尚多情。从来虎啸龙吟客，不废雏莺乳燕声。"《师郑又征题翁文恭公手迹》云："老去虞山独闭门，相公功罪不堪论。残笺剩墨风流在，留与千秋伴泪痕。"《题填词第二图》云："徐侯闭户觅佳句，句成林叟命毫素。画中庑屋净无尘，隔溪尚有楼堪住。径绝风云自往还，前图临水后图山。鸡虫何与猿鹤事，便欲相从老此间。"《舒彬如（鸿仪）宜园本克勤郡王物》云："老言自胜强，多欲无一可。项王盖世气，田父绐之左。城西旧朱邸，树石残兵火。舒侯得一角，经营成婀娜。自言勤树艺，那计食其果。但令还旧观，人得吾岂叵？君贤诚远矣，及此非琐琐。内重外自轻，万物皆么么。不见有虞氏，天下何与我？受尧乃付禹，鼓琴二女媒。"《槃君题六安何子翔乘飞艇俯大海摄影五古》云："鸟乱于天鱼乱渊，深山麋鹿不成眠。君知祸水由兹否，弃智同寻大愿船。"

段朝端诗系年：《生日偶成》（二首）、《不寐》《依韵和温叟〈除夕感怀〉五首》《冠服图》《题〈万古愁曲〉后》《拨闷》（四首）、《与守白夜话感赋》（二首）、《贫民谣》（八首）、《再题卫先生朝英画梅册后》《檐雀行》《淮安行》《惜春词》《男儿》《补题丁柘塘师〈七十学易图〉，为文孙石逸元福作》《字体》《寄答飀臣问近况》《遣兴》（四首）、《忧患》《述怀》（四首）。其中，《贫民谣》其一："食米不去糠，食麦不去麸。何事枝头鸟，犹劝提壶卢。"《字体》云："字体有源流，科斗篆隶楷。随时而变迁，点画具真解。胡为矜复古，摇笔吓黄妳。小篆作正书，描字欺愚骇。推排师法废，专辄流俗骇。书符道士狂，观场短人矮。索索将死蛇，蠢蠢横行蟹。枯如冬树秃，纷似春萝摆。自谓绍冰斯，实已悖铉锴。读书不识字，下笔愧阿买。"《忧患》云："饱经忧患一心悚，毒手尊拳互击撞。不分宗人欺瘦沈，颇思狭道厄穷庞。橛衔处处防奔马，悦感时时警吠厖。憔悴青衫今白首，只应酤醉学王江。"《述怀》其一："击剑跳丸一世豪，线装堆里广搜牢。何妨根矩为龙腹，敢信超宗有凤毛。联句不能休指砚（用王荆公事），温经未熟莫题糕。白头输与辽东豕，俯仰随人愧桔槔。"

陈遹声诗词系年：《落灯，再次韵》《次祝枝山〈书石田山游卷后〉诗韵》（五首）、《题潘莲巢〈黄叶诗意〉画扇》《归田乐引·题樵侣画扇》《风入松·题汤琴隐画扇》《江城子·题张子青画扇》《满江红·题钱叔美〈瓜步望月〉图轴（亦名〈江南月色〉）》《前调·题吴南芗〈万卷书楼〉扇》《八声甘州·题戴文节〈松窗读易〉扇》《暗香·题吴南芗〈十里梅花一草亭〉扇》《醉太平·题方桐甫画扇》《望江南·题晚香女史为王子梅画蝶扇》（四首）、《题奚铁生山水扇》《题吴山尊画扇》《题潘星斋山水扇》《出常禧门，泛鉴湖，游石笋山，归经兰渚，逾古博岭，晚至家》（二首）、《山阴道中》《红豆山庄即事诗四十首》《赠周芗圃》《越游杂诗四十五首》《紫石山房杂诗二十六首》《吴淞舟中，闻吴门邹咏春侍讲、粤西于晦若侍郎后先谢世，凄然有作》《过秣陵访友》《紫石山房后诗四十八首》《题僧石溪〈名山藏〉图轴》《题庸厂尚书〈水流云在图〉》《题汪璧人画册》《题黄次黄画册》《题彭芥舟画册》《题张果亭画松轴》《题宗芝九

〈桃源问津图〉》（四首）、《题张尔唯〈修竹山岭图〉》《闲步》《觅句》《读〈史记〉》《于修夫人七十寿辰，寄诗祝之》《家传》《厉樊榭集有和才妇陈坤维卖〈元人百家诗〉，次韵和之》《无柴》《草堂》《题东化城寺壁》（六首）、《迟客》（二首）、《晓起，乌带山色，堆积几案，触动游兴，遂缘山行，过采仙桥，循溪而南，经文昌阁，游菩提院，出梅花坞，入东化城寺，登元祐塔，下山至见大亭小憩，得诗六首》《题赵捣叔残稿后》《书〈汉书·元后传〉后》《书〈后汉书·荀彧传〉后》《书〈南史·袁粲传〉后》《书〈梁书·沈约传〉后》《书〈唐书·宗室传〉后》《书〈金史·哀宗本纪〉后》《雪后》。其中，《红豆山庄即事诗四十首》其四："居家琐琐赖经营，量较桑麻算雨晴。屋角榴花檐角柳，缫丝声里鹧鸪鸣。"其九："四月山中乐事多，喜听村女采茶歌。花开陌上归来缓，弓样鞋尖印绿莎。"《醉太平·题方桐甫画扇》云："枫亭叶声，豆棚雨声，做成一片秋声。杂砧声漏声。　寒蛩数声，寒螀数声，伴侬轧轧机声，和鸡声柝声。"《赠周芗圃》云："故友欣重见，相看白发生。家传颜氏训，宅面越王城。阅世长流涕，残年望息岳。西窗同剪烛，十载话交情。"

　　瞿鸿禨诗系年：《送森甫还乡》《次韵和倦知即事见怀之作》《江行杂感》（六首）、《还家书怀》（四首）、《予得次孙，亦莱老人以诗贺，口占酬之》《次韵酬一山》《叠韵酬让三》《次韵和一山见赠〈移居〉》《庸庵见和〈移居〉二首，叠韵再答》《乙庵见示二律，未及和，予病腰痹，乙庵亦苦暑，利新起，次韵奉答》《次韵庸庵过新居见赠》《大风》《庸庵以黄仲则句成辘轳体五章，次韵和作》《乙庵惠诗，宠及贱辰，次韵答谢》《一山用乙庵韵为予补生日，次韵答之》《蒿庵见和〈移居〉之作，叠韵奉酬》《四叠〈移居〉韵》《五叠韵酬庸庵》《五叠韵酬蒿庵，即送其暂还山居》《题陈畸园小照》（二首）、《和倦知初度长歌》《代内子谢章一山见寿》《日本盐谷时敏、谷山初七郎、泷川龟太郎、今井彦三郎皆高等学校教授来华游历，道沪见访，并各示诗，因赠》（四首）、《题任吟秋画〈秋柳〉》《寿吴补松伉俪七十》（四首）、《题刘幼云〈潜楼读书图〉》《治儿送儿妇偕两孙女归宁，敏斋亲家顾而乐之，有诗见寄索和，即次原韵》（二首）、《酬吉甫》《题劳玉初同年〈劳山归耕图〉》（二首）、《题曹东寅环溪新居》《玉胎羹，庸庵席中以晚香玉和竹荪为羹，味香色俱胜。散原名以玉胎，约同人赋诗》《湘绮丈枉书存问奉答》《节庵烹柚皮为馔，味极甘美，惠饷一样，饱饫赋谢》《次韵和庸庵过谈有感之作》《次韵和庸庵〈看雪〉》《茗香室木歌并序》。其中，《送森甫还乡》云："青春作伴送君归，旧种园松定十围。日看山云听田水，短笻何处不忘机。"《江行杂感》其一："累岁蛰黄浦，旷望不得山。江行豁双眸，迎我千烟鬟。欣如逢故交，顿偿觌面悭。浮空送晴翠，涌入胸怀间。春波摇浩渺，纵碧吞遥天。凫鹭避船飞，戏渚意自闲。野老坐渔矶，不知陵谷迁。桃源杳何许，即此亦悠然。"《日本盐谷时敏、谷山初七郎、泷川龟太郎、今井彦三郎皆高等学校教授来华游历》其一："早识丹山老凤声，凌云健笔气纵横（令郎士健留学长沙，得读君集）。中原犹见衣冠古，岂独文章一世惊（盐谷青山）。"其二："海东学校盛如林，联袂来游接雅吟。无限江山摇落感，多君犹识岁寒心（谷山老岳即和来诗韵）。"其三："问君何意号君山，一点烟螺梦在还。今在岳阳楼上望，前身真到翠微间（泷川君山）。"其四："昔闻晁监自唐回，觇国今多著作才。喜有文星聚堂宇，联翩四杰一时来（今井彦三）。"

陈荦诗系年：《寄怀李卧南茂才（焱龙）》（二首）、《七里桥访家夏卿茂才（邦政），留饮越宿，感旧有成》（二首）、《题〈十八罗汉图〉》《老兴》《覆汉存侄午日都中见寄诗札》《寄竞女侄都中》《寄怀侄甥王仲谐茂才湘巡幕府》《藜溪喜晤吴了樵茂才（藻宜）》《读〈李卧南诗集〉题后》（二首）、《寿叔观母慕陶女叟八十，次〈自寿〉韵》（四首）。其中，《寄竞女侄都中》云："幽燕一去隔音尘，柳絮莘吟五度春。自喜都门添女士，欲怜家宴减诗人。别来几厚篇中锦，陲到欣传掌上珍（闻得外孙并外孙女）。何日征衣能薄瀚，道南堂北两情伸。"《读〈李卧南诗集〉题后》其二："吟来绝塞穷边句，如听连营暮夜呼。词客漫矜诗律细，几人得似壮怀粗。履敲三尺铁如意，时缺一方铜唾壶。笑我群书观卓荦，终年柔翰总成迂。（集中多从军之作）"《寿叔观母慕陶女叟八十》其一："瑶华快睹我曾先，片纸心倾四十年（昔读母作，常叹见豹一斑，今近卅载）。女有此才殊少见，德能必寿自长延。买丝绣现（一作遍）千经佛，炼石诗成五色天。早世祈为伤世叔，惠姬遗恨尚凄然（母早节）。"

陈三立诗系年：《答若海病起》《若海招集古渝轩写句纪事，因憾孺博会饮此楼，曾几何时，遽尔伤逝，次和及之》《南浔铁道初成，由九江附车至南昌口占》《发南昌，晚抵崝庐》《雨霁崝庐楼坐寓兴》（五首）、《倚楼望西山》《张岘堂来宿崝庐，晨兴相与眺墓后诸山》《岘堂别归，入夜雷雨独坐作》《余过南昌留一日，渡江来山中，适闻胡御史亦至，有任刊〈豫章丛书〉之议，赋此寄怀》《阶前植二牡丹，其一发双蕾，侵宵风雨，晨起反怒放一花，喜而抚之》《雨霁楼望》《雨后晚步墓上》（三首）、《晴楼遣兴》（三首）、《过邻岘墓下》《楼夜》《不寐》《晓望》《将别山庐有忆瞿相国，往与相国过里上冢，同时发沪渎，且约同还，期冀获遇于江舟云》《雨夜》《雨中倚楼作》《雨坐独酌》（二首）、《江行》（八首）、《题潘兰史〈江湖载酒图〉》《涛园、夷叔、几士偕游泰山，抵金陵过访，遂泛棹青溪》《幼云至自青岛，瘦唐返自西湖，相聚于别墅，同游孝陵》《瘦唐侍御〈匡山归隐图〉》《诒公约》《翟孚侯过话有赠》《次韵答李审言沪居见寄》《若海自沪至，感赋》《鉴园晚坐呈剑泉》《月夜》《后湖观荷同游，为谭祖安、大武兄弟、吕蓬生、韩子衡、成习之、萧雅泉、俞寿丞》《过籀园旧居》《过汪甘卿逆旅》《胡琴初、李子申、汪甘卿见访》《节庵自梁格庄赋一绝，写扇见寄，把笔戏酬》《喜雨》《苦雨》《雨霁登楼看日出》《雨后观觚庵园亭》《咏巢燕》《觚庵南下，信宿旧庐，遂之沪入浙，顷倦游，重过取下关还都，叙别一首》《幼云归觐九江故里，重过金陵，赴青岛，赋此赠别》《莫愁湖，幼云、瘦唐同游》《夜坐》《别墅闲居，寄怀陈仁先、李道士》《善余侵晨相过，值酣卧为门者所拒，戏作此诒之》《剑泉过话》《步门前菜圃，看晚食于露地者》《墙根》《瘦唐过示纪游近句》《金陵园蔬，独觉苗脆美，每饭必设，占示海客》《次韵答和沈友卿见赠》《高宗纯皇帝御题"静中有真得"五字，笔法尤类董书，为黄峙青同年藏，谨题一绝》《夕眺》《寄胡梓方京师》《侯府街张氏园六朝二枯树歌，赠刘朴生居士》《集琴初寓宅，送子申往津沽，分韵得今字》《公约携稚子晚过》《若海持子申画松属题》《访瘦唐、伯沆图书馆，偕登扫叶楼看雨》《溪亭月上》《雨过复晴，睡起作》《昼榻偶咏》《金陵纸贾王翁赛日本得奖券，征题其券尾》《鉴园小集看雨，呈主人，分韵得秋字》《为琴初题子申画双松》《甘卿邀酌水榭，罢饮泛棹青溪，步复成桥玩月，琴初、鉴泉同游》《沈小岚同年宅集，分咏二首》《鉴园酒坐，送瘦唐侍御还里》《哭于晦若侍郎三首》《偕孺人于晨光熹微中看庭前初开牵牛花》《和东坡〈咏雪浪石〉》《雨窗漫赋》《枕上听蟋蟀》《仓园酒集，喜子申自天津至，夷叔自上海至》《雨坐遣怀》《步郊外山脚》《消息》《夜坐》《若海、甘卿自沪至，招集鉴园》《下关访李子申，偕游三宿庐，晚饮市楼》《絜漪园观桂花，沈友卿、吴仲言置酒》《为仁先题钱南园画瘦马》《庸庵尚书主逸社，分咏龙树寺古槐》《咏玉胎羹十六韵》《仁先自沪渎来视，和其〈车行看落日〉之作》《雨中别临川李博孙，往当涂田舍取通租》《吴补松同年之室花夫人七十生日，冢嗣绀斋编修，为征双寿诗，补松年盖六十有八》《久雨放晴，访剑泉鉴园》《晴步觚庵园，海棠七八株，独发一花，异而咏之》《得长沙友人书答所感》《沤尹、病山相携游天目，寄讯此诗》《谢琴初惠湖蟹》《溪上晚步，携觚庵家二稚子》《初度日写愤，示亲朋》（二首）、《有赠》《登鸡鸣寺豁蒙楼》《携家人杂姻家稚子，循溪穿大通桥出西华门晚眺》《游旧劝业场公园》《戏某客》《读史偶书》《次韵酬剑丞过沪上旧居寄怀》《楼望有感》《同李晓暾登北极阁》《挽程雏庵京卿》《晴步驻防城，循故宫闲眺》《丁默存中丞同年乞题所藏四卷子》（四首）、《题孙师郑吏部先世子潇老人遗墨》《题师郑〈诗史阁图〉》《题赵芝山同年亡室紫琼夫人梅花小影》（二首）、《雪夜忆内，客上海》《雪晴楼望》《上赏》《使者》《双鱼》《玉玺》《旧题》《史家》《雪后上溪亭》《赠别胡琴初去金陵居沪》《次韵曹范青知事饮沪上酒楼见寄》。其中，《答若海病起》云："幽居病起赋新诗，漠漠光阴窈窈思。已叹死生琴操绝，自分形影药炉支。浮天鹅雁传哀响，起陆龙蛇映一时。拥被闭关吾所羡，那堪满眼海云垂。"《次韵曹范青知事饮沪上酒楼见寄》云："莽莽放歌走南北，题舆乘障两无因。隔年相见下孤鹤，一世从谁活涸鳞。脱颖要当为国士，有田莫忘谢江神。酒楼旧看扬尘地，烦忆阳狂散发人。"

张良骘诗系年：《读〈木兰辞〉题后二首》《编辑〈大苏山樵遗集〉，题词二首》《山居遣兴》《闻张次常邑侯下乡捕蝗，作此奉寄》（二首）、《闻中日新约已签押，为之慨然》《读史漫兴》《读郅希〈大计去官感怀〉诗,为之忧然,因次韵追和二首》《题周孝侯〈射虎斩蛟图〉》《拟〈子夜吴歌〉四首》(太白集中有此作,因仿其体)、《寄怀秦幼衡同年四首》(时方聘为清史馆纂修)、《再题陈郅希明府诗册(有引)》《薄暮闲步池上,举纲得鱼,呼酒独酌,醉后偶成》《拟〈少年行〉》《读〈三国志〉偶成,示钝叟》《读史杂感五首》《寒夜与友人小酌二首,寄钝叟》《题〈钟馗啖鬼图〉》《读〈外交史〉杂感三十六首》《寒夜独坐,读遯叟〈秋雨杂感〉及近日唱和诗,感赋二律,却寄遯叟》《癸卯秋道出汉皋,曾作〈鹦鹉洲怀古〉一首。追溯旧游,再题二绝》《仿遗山题〈中州集〉体,酬宾谷五首》《校订〈两难轩诗集〉,题词二首》(同邑黄竹樵先生著)、《读义山〈无题〉诗,皆别有寄托,后来仿为此体者,率以淫词艳语为工,失本旨矣。因仿其意,偶成二首》。其中,《编辑〈大苏山樵遗集〉》其一:"苔藓荒凉掩墓门,生前偃蹇死遭迍。残书贱售供饘粥,遗稿飘零覆酱盆。岂有诗名传众口,竟无斗米给诸孙。云中君去荃荪萎,九辨难招楚客魂。(先生晚岁客湖南,卒于龙阳舟次)"《闻中日新约已签押,为之慨然》云:"归卧商山七见春,杜鹃啼血满天津。张仪挟诈能欺楚,赵璧难完竟入秦。东海扬波精卫尽,虞渊落日夜乌湮。平原食客无毛遂,碌碌空随十九人。"《校订〈两难轩诗集〉》其一:"拣金披屑赏音难,露裛蔷薇洗眼看。泻碧源倾三峡水,纯青火炼九还丹。苦搜长吉呕心句,似弄宜僚脱手丸。除却大苏樵叟外,漫将绿绮向人弹(余幼从大苏山樵学诗,亟称竹樵先生为吾邑诗人之冠。今校订先生遗集,始信师言不谬)。"

沈曾植诗系年:《更生有朝云之悼,短章慰之》《答甦翁》《前诗录稿为留垞持去,甦翁索书,不复省忆,乃重作以应》《题赵管合璧画卷》《陈仁先侍御〈南湖寿母图〉》《庭前碧桃花》《独立》《和藏翁寄赠〈海日楼春宴图〉诗韵》《再次前韵》《江上》《子勤见示〈答友诗〉依和》《长日》《哭孺博二首》《闲行》《郑所南画兰》《答若海〈病起〉之作》《病山示我〈鸎医篇〉,喜其怪伟,属和一章》《到家作》《国界桥》《展墓后行视生圹地域二首》《还家杂诗八首》《叠韵简西岩老人二首》《再叠前韵二首》《晚望》《和一山韵》《一山过谈》《日日》《简一山》《觉叟画,为梅道人寿》《寄素存》《玉胎羹,以晚香玉花瀹竹孙汤,清隽有味,散原命此名》《十四日晨起简讱斋》《讱斋和韵二首,越日过谈,再用前韵》《芳草二首》《北楼》《亡友马季立孝廉挽诗》《和答章一山编修》《和一山〈雁诗〉并呈诒重二首》。其中,《独立》云:"独立青山外,忧端颃洞齐。众生先顾尽,大浸与天稽。野色苍凉去,川花窈窕迷。短筇凭着意,扶我过桥西。"《长日》云:"长日惟添睡,芳辰故着阴。花光遮客眼,梦路寄诗心。迟暮忧何在,乾坤喘不任。盘盘香篆影,默坐共销沉。"《简一山》云:"卦气往而复,禅心绝后苏。由来御魑魅,那必击戈殳。斗蚁旋危垤,全牛视大轹。摩挲双老眼,浩荡一洪炉。"《寄素存》云:"吞炭为暗哑,传薪待后来。剥穷终见复,谊正可无谋。天地君亲在,千锤百炼该。寄声穷塞主，相望一倾杯。"

徐世昌诗系年：《题朱铁林〈半耕半读图〉》《题席效泉〈抱山楼图〉》《题易实甫书所藏张梦晋、张春水、张船山所画册卷后》《听雨》《雨后一首》《西园病起》《六十一初度偶作》《次韵酬杨杏城同年二首》《和杏城同年韵》《余病卸职归第，杏城同年用一韵赋两诗见示，即次其韵》《病归茇园，凤孙、梧生来访》《幽居》《园菊盛开招梧生并简凤孙》《一室》《夜风》《闲中一首》《病中周少朴过访》《柯凤孙同年馈自种晚菘索诗》《胶州之菘著闻海内，曩余岛居时已饱尝之矣。柯学士凤孙，胶产也，馈余自种晚菘，风味绝佳，为畿辅诸菘之冠，当是胶州种子。学士自朝政变更后杜门著书，辟荒原种菜自给，顷馈菘索诗已答一律，复成长篇以贻之》《寒夜怀张韬楼》《题画梅》《忆田园》《畸园老人自营生圹，遗其子来浼余书墓碑并索诗题于碑阴》《园中老梅初开，梧生送中山松醪来，作此柬梧生》《贾来臣携酒食偕凤孙、梧生来晚香别墅，约余同友梅夜饮，即送来臣归单县》《退耕堂看雪》《退耕堂闲坐》《遗兴》《题董东山画》《题奚铁生〈枯木竹石〉》《题文衡山画〈南窗寄傲图〉》《酬张珍午》《乡人送来稻蔬果来，因忆田园一首》《题钱茶山画》《题汤雨生〈秋坪闲话〉画轴》《赠梧生》《题画〈芙蓉杨柳〉》《余书卷册皆梧生题其端，碑铭皆梧生题额篆，盖近病中日日作书，稚女复以数卷求梧生篆题，作此简梧生》《题钱心壶画〈鸡笼山绿野堂图〉》。其中，《听雨》云："空堂听雨晚潇潇，凉浸疏帘烛半烧。诗草卷多删旧稿，墨花香散写生绡。雁归远塞秋萧瑟，蛩语闲阶夜寂寥。明日采菱烟水阔，柳阴深处系双桡。"《西园病起》云："寂历园林禁苑边，西风门掩菊花天。井梧叶落空堂雨，池柳阴疏画舫烟。病退秋凉初健饭，身闲日午得情眠。雁声远过城南去，好写新诗第几篇。"《题画梅》云："年来试种寒梅树，挺干抽条已过墙。写取数枝春雪影，疏廊风日绚红妆。"《乡人送来稻蔬果来》云："今年秋熟早，淇上有陂田。岁事劳前圃，吟怀寄远天。桑麻春社雨，粳稻晚春烟。何日归耕去，山村曝背眠。"《赠梧生》云："家有缥囊敌石渠，少年词赋接黄初。春风花外穿杨射，晓日窗前倒薤书（梧生工篆书善射）。垂老说经趋禁闼，等闲荷笠学耕渔。楼亭万树桃花发，结得茅庐画里居。"《六十一初度偶作》云："鬖鬖白发已成翁，六十年过忧患中。适意山林敝轩冕，荡胸江海接鸿蒙。耕田欲识民生苦，好学犹将年少同。闻道闾阎待膏泽，不堪衰朽望苍穹。"

曹元忠诗系年：《乙卯重入都门感赋》《过东华门旧居》《赠合肥周子愚观察（家驹）》《谒玉岑宗伯师易州别业》（二首）、《闻乐》《出都，别巽轩弟》《失题》（三首）、《自断》（二首）、《酬李审言》《题顾鹿笙（荣）笠屐遗象》《得韧叟曲阜书却寄》《韧叟招游曲阜，同前韵却寄》《于晦若侍郎（式枚）书易五〈剪发诗〉后，为仲实言也，推广之以风世》《往在娄韩氏，与道乡书院旧藏熙宁本〈荀子〉相处者二年，今来峄县，又为古兰陵地，荀卿祠墓在焉。同年周立之乃以卿相况，虽不敢当，顾不能无所感也，以长句吊之》《答立之同年》（二首）、《偕子昂、立之、献臣晚步》《和立之、子昂许池泉》《开径望益图，为周立之》（二首）。其中，《赠合肥周子愚观察（家驹）》云："乱世故交绝，得君倾盖知。恶嚣犹作贾，怨诽始为诗。报主辄形梦，辱亲宁忍饥。中兴诸将帅，益动鼓鼙思（君为壮武长子）。"《答立之同年》其一："严濑谢灵运，匡庐周续之。能穷山水胜，转在乱离时。游兴如君健，诗名为世知。从来贤达者，只要谢尘缁。"《偕子昂、立之、献臣晚步》云："云谷山荒只长苔，沙河水浅欲生莱。青青依旧陵陂麦，发冢无含更可哀。"

沈汝瑾诗系年：《养浩来看玉茗，赋长句见示，和韵答之》《遁渔邓尉观梅，渔弟赋诗送之，走笔奉和》《题李今生〈新柳鸣禽图〉》（二首）、《自题〈洗砚图〉》《养浩示陈家浜看花诗，和原韵》《鬼车行》《书研拓付俞氏甥》（二首）、《砚拓装成题册首》《得端砚，精雅浑古，背刻和轩氏铭四十字，无年月可考，题一绝句》《得明遗老金孝章铭砚题一绝》《遁渔以汉鼎拓本属补花，画竟题一诗》《题画梅》《得砚，首琢流云华月状，侧刻五凤楼印，背有李檀园铭，题二绝》《题吕晚村手琢砚，黄太冲铭，侧刻"朱氏秘玩"四字分书》《题宋黄文节像砚》《喜雨吟》《寿王岩士》《王东墅以昔画〈折桂图〉小像属题》（二首）、《寄怀缶庐》《同心兰歌，和养浩暨寄沤夫人之作》《题鹃花石头，为陈伽盦》（二首）、《风灾行，同养浩作》《养浩以鸡哺蕈汤见遗，赋谢二首》《古松风折一枝，唶以长歌》《蜕盦来访赠之》《蛛》《重题朱氏〈枫江感旧图〉》（二首）、《题〈枫江感旧图〉》《白鸡》（二首）、《纳凉口占》《妇病》《养浩借读龚大章〈野古集〉，效其体书后》《乙卯生日》《松下居士新阳赵仲宣诒翼挽歌》《妇病一章，柬养浩并谢医药之惠》《梦醒》《功成行》《感事》《孤凤引》《友人收得拙画残荷属题》《得钱晓庭聚朝临蒋南沙〈折枝〉长卷，题二绝》《晚步山麓，惘惘成咏，柬养浩》《题松禅居士临倪鸿宝山水卷四绝》《自题〈品砚图〉》《苦雨吟五章》《和初我〈并蒂菊〉原韵》（二首）、《邵息盦仿松禅居士〈双忠庙银杏图〉为蔡子题》（二首）。其中，《养浩示〈陈家浜看花〉诗》云："养疴不出户，春寒弄春阴。读君桃花诗，如游桃花林。未见花到眼，已有花在心。字发云霞气，句含山水音。人生亦何苦，感昔兼伤今。新晴约上巳，花下同开襟。"《砚拓装成题册首》云："学书字不成，蓄砚石都好。安得煮为粮，天下人尽饱。炼无女娲炉，衔乏精卫鸟。补天填海心，未遂年已老。毡蜡付拓工，作意非草草。侧厘纸百番，泽妃影窈窕。岁寒聊自娱，旧学藉可保。治安策非时，笔秃墨枯燥。笑彼野史亭，空山自属藁。玉纽思帝鸿，何时见王道。"《王东墅以昔画〈折桂图〉小像属题》其一："王郎年少气凌云，攀桂蟾宫祝状元。今日何须论科第，青衫翻比紫袍尊。"《乙卯生日》云："降年当戊午，秋半月将盈。为我作生日，寒虫落叶声。守株松结友，癖砚石呼兄。更有冬心在，青青桂树荣。"

陈懋鼎诗系年：《送默园赴广西省幕》《灵清寓室集诗牌，同黄默园作并呈伯父》

《又》（十首）、《高荫午过齐，为齐大史所留，诗以慰之并视黄默园》《失题》（三首）。其中，《送默园赴广西省幕》云："君子仕行义，于今殊不然。濡忍就佣役，率为贫所牵。黄生误习儒，佩玉趋不前。逝将离家室，决去追鞍鞯。请问所从谁，使君称好贤。贤故不遗世，云亦无定天。子虽入京晚，尚及光绪年。诸夏昔有君，一命犹若仙。五稔化缁素，万事随云烟。平生一瓣香，勤勤为师傅。拜受御床字，泣望崇陵阡。阿买惭吾军，贫孟余书船。幽斋数晨夕，岂谓关世缘。而吾尤惨别，阅世剧熬煎。颇恨爱莫助，惟知穷益坚。旧情恐腊尽，客程争春先。早晚抵邕州，亦莫思幽燕。行逢山水处，寄诗勿论篇。"《又》其一："桑落微寒动坐思，试从学道定群疑。车雷回转犹山立，镜水分明得洞窥。高远鸟情天尽处，虚闲鱼意海通时。贫家生事非田里，短简聊收故老遗。"

高旭诗系年：《遂庵集同人修禊海上，函招未赴，分韵为代拈得阴字》《寿姜丈石琴六十，并贺胎石、可生》《居庸秋望图，为马小进作》《题〈晚闻室填词图〉，为沈太侔》《题〈柳溪竹枝词〉，为周芷畦》《观剧，赠陈二郎》（二首）、《有赠》《题〈三子游草〉》（二首）、《题丁氏〈西溪风木庵图〉》《近获冯柳东〈杨柳岸晓风残月图〉卷子，附有灵芬馆主题词，喜书卷尾》（四首）、《再题〈杨柳岸晓风残月图〉，用灵芬韵》（二首）、《赠林秋叶》（二首）、《风伯行》《狂飚叹，次吹万家叔韵》《钝根拟高常侍〈还山吟〉见惠，依韵奉答》《黄芳墅四十初度，以诗索和》（二首）、《次韵，答叶中泠》《哭张伯纯先生》（二首）、《题〈红薇感旧图〉，为傅钝根》《种梅》《钝根以菊花一枝粘著诗笺见贻，次韵奉和》《自题〈风木西悲图〉》《都门与次公、小柳、九一、鲁生联句》《钝根获一男，缄属为辞，吟成二十八字寄之》《寿丘母何太君六十一生辰》。其中，《居庸秋望图》云："塞雁南飞欲断肠，建瓴形胜此高墙。二三豪俊时堪济，十万横磨剑有芒。共说北门余锁钥，不图中夏失金汤。橐驼挝戏休轻傲，笑杀龚生语太狂。"《有赠》云："笑向春风红豆抛，当筵未醉已魂消。他生乞作诗人妇，日日梅花伴寂寥。"《种梅》云："坐闻龙战尚天涯，消息惊传愿总赊。毕竟此生闲不得，蒙蒙细雨种梅花。"

陈衍诗系年：《戏呈樊山社长兼示一广同社》《题桐城姚氏所藏石田长卷后卷，吾闽张亨甫先生寄赠石甫先生者》《节庵寄二扇为寿，报以小诗》《题〈汉江秋望图〉，为徐又铮中将》《又题〈填词图〉》《题实甫所存张船山诗画册》《节庵以古灵先生焦山题名拓本寄赠，二小诗为谢》《挽麦孺博》《叠昌字韵追和樊山》《读泊园〈种竹诗〉，绝爱其"无竹一大事"句，次韵奉和》《五言二十四韵，送今颇上将军回沈阳》《题张红桥砚拓本》《题汤贞愍诗墨》《哭李文石》《寄题三百三十三士亭示景屏》《答剑丞》《樊山出观唐砚后十余日作歌》《雨人侍郎、淇泉翰林招同发庵、樊山、春榆、沈观、珏生、曼仙、筱鹿燕赏牡丹，樊山、沈观有诗，和作》《士可招集畿辅先哲祠》《杨时百以其尊人画册属题》《志局答献恭同年》《为黄胥庵题〈东溪送别图〉》《连日读杜诗有题》（三首）。其中，《戏呈樊山社长兼示一广同社》云："一广向我言，樊山昨腾笑。谓我捣偏师，材武颇自耀。但撼亚夫营，雄兵急征调。不摩舞阳垒，市人懒号召。岂其细柳外，儿戏鄙巡哨。岂其周南外，自桧无讥诮。岂诧廷尉平，行马施贵要。其余鱼头辈，事业异周邵。我闻为哑然，开罪诚不料。孝侯诗首到，求友嘤先叫。和韵快一鸣，岂敢矜黄鹂。诗中述高轩，过我路缭绕。退之与持正，联辔情恰肖。先樊而后周，樊老周略少。此外河汾老，陆续及二妙。总数以香山，会合一坐啸。若令九坐客，次韵遍分俵。譬客酢一觞，主当酬九醮。嗟余已才退，萤火止自照。再衰三而竭，旗靡辙乱跳（越也）。想君欲挑战，故把旗簸摇。巾帼逼愤兵，不免刀出鞘。拟次二公韵，黾勉达诗窍。又恐问罪师，联翩来僬僬。"《士可招集畿辅先哲祠》云："未秋北地已先凉，入夏浑河欲混茫。端藉西风收宿雨，待将池月换山光。万鸦沈郭悲元老，一笑横江下建康。回首题襟诗事尽，散原分散海藏藏。"《连日读杜诗有题》其二："后山冻死天坛后，八百余年爇瓣香。何处更求水精域，此时惟有赞公房。"

陈夔龙诗系年：《和答一山太史》《和大兄〈自寿〉诗韵》《途遇齐震岩节使》《越日震岩枉过，作此赠之》《徐园兰花盛开，大兄以诗纪之，即和其韵》《再简震岩》《约大兄龙华寺看桃花，以诗代柬，叠前韵》《越日看桃花归，乘兴放歌，倒叠前韵索和》（后附陈夔麟和作）、《寄胡琴初观察金陵》《〈风月庐诗稿〉题词，用集中韵》（三首）、《赠杜云秋方伯》（二首）、《以蒋心余〈忠雅堂集〉赠少石大兄》《章一山太史以宋逸民林霁山〈寄呈方蛟峰尚书〉诗写寄，并谓鄙人前官直隶保全领土，与林诗中"北斗寒芒第一星"句适合，闻之主臣无已，感酬一律，即步霁山元韵》《右台山展墓》《拜俞曲园先生墓》《六通寺讽经》《游虎跑寺》《遂至烟霞洞》《龙井》《湖上杂咏》（八首）、《送卢雪堂观察归蜀》《顾渔溪同年至自西湖，行将北去，赋赠此诗》《寿许紫橙大令》《过止庵协揆新居》《止庵出示〈移居〉诗，和酬二律》《许幻园属题室人宋梦仙画幅》《题陈蓉曙同年画像》《大风歌，和止庵协揆》《喜止相过谈，三叠前韵奉酬》《四叠韵柬梦华》《寿幼石二兄六秩初度》（四首）、《送幼石二兄还山》《赠舒直夫都护清阿》《吴绗斋学士母夫人七十正庆征诗，作此奉祝兼酬子修同年》《何子吉孝廉至自淮安，作此赠之》《连日苦雨，朝来放晴，和大兄韵》《四哀诗》（《太保东阁大学士陆凤石润庠》《吏部右侍郎于晦若式枚》《四品京堂程雨亭庆霖》《翰林院侍讲邹咏春福保》）、《和答吴鉴泉观察》《一山太史赠雁》《访止庵协揆》《王菼生大令题〈水流云在图〉，并示前和〈苏台留别〉〈复园秋禊〉诗，感而赋此》（五首）、《读史杂感》（八首）、《亭秋入杭，寄到右台山梅》。其中，《和答一山太史》云："天外冥飞有断鸿，津桥啼血杜鹃红。劫灰一火三年烬，史传千秋几部公。卧病江湖催我老，乱离身世与君同。蕨薇满地无人采，谁谅西山处士衷。"《再简震岩》云："柴门镇日锁烟萝，忽枉高轩一再过。漫拟浣花迓严武，剧怜遗矢老廉颇。夕阳有限依然好，旧雨能来不在多。回首铜驼荆棘里，摩挲双眼泪滂沱。"

易顺鼎诗系年：《张机要仲仁见贻七绝两章，因赋一律奉赠》《仲仁见和原韵两篇，亦如数奉和》《郭铨叙肖麓和谈字韵见赠一诗，即四叠韵和赠》《五六叠韵和仲仁并柬肖麓》（二首）、《七叠韵答阎庆皆金事》《赋得丰泽园政事堂，八叠韵》《九叠韵答赠郭铨叙》《十一叠韵答赠刘召南金事》《即事，十二叠韵》《傅参事治芗和谈韵见贻，适大雪同坐拖床出新华门，因十三叠韵奉答》。其中，《张机要仲仁见贻七绝两章》云："紫薇花底接清谈，制草传钞味更甘。奎宿文章师陆九，张星地位近魁三。精思亭为筹河北，老学庵还署渭南。闻道居邻香雪海，他年分我一禅龛。"《五六叠韵和仲仁并柬肖麓》其一："苍生前席夜深谈，感召天和泽降甘。余技更推钱选万，秘书能记箧亡三。定知文福过瓯北，已觉诗才比剑南。坐破蒲团经几世，空山风雪扑禅龛。"《七叠韵答阎庆皆金事》云："黑龙绿鸭听雄谈，如此人才出陇甘（君甘肃籍）。作吏诗才留稿十（君自言：两官牧令，仅留诗稿十首），消寒酒要仗蕉三（时又大雪）。牛羊案到丁零北，鱼鲦嘉于丙穴南（松花江鱼最美）。多感瑶章能惠我，笼纱真合贮禅龛。"

周庆云诗系年：《书怀》（三首）、《寿朱谦甫（文炳）四十》（二首）、《寿钟寅宾太夫人六十》《〈修篁问讯图〉为价人先德题》《〈江湖载酒图〉为潘兰史题》（四首）、《画兰题句，为兰史作》《寿张定甫（宝善）五十九岁》《理安寺郎池乞题法、雨、泉三字镌之石，因系小诗》。其中，《〈江湖载酒图〉为潘兰史题》其一："海南不住住江南，天遣诗仙聚一庵。君自伤心我肠断，抽丝遮莫笑春蚕。"其二："莫愁湖上搴杨柳，元武湖边看藕花。消受六朝烟水气，且倾杯酒听琵琶。"《〈画兰〉题句为兰史作》云："听秋馆里叹丛残，幽怨遥怜翠袂寒。未忍轻消螺子黛，雨花风叶写珊珊。"《因系小诗》云："四字泉铭拂拭新，又污我墨勒贞珉。为因淅沥从岩下，锡此佳名一写真。"

严修诗系年：《同幼梅丈重游三河，公子士希随行》《呈幼梅丈》《和蒋伯伟〈病后春感〉诗，步原韵》（四首）、《和蒋伯伟大令见寄之作，步原韵》（六首）、《送侄女同赴安庆》（二首）、《津浦道中杂咏》（三首）、《过采石矶》《安庆杂诗》（四首）、《发安庆夜宿趸船》《金陵杂咏》（六首）、《南游津浦道中》《次韵和孜斋相国见怀》《登北高峰寄墨青》《西湖杂诗》（七首）、《登济南千佛山》《游大明湖》《荡舟涤耻湖赋赠侯君保三》《为陈明侯将军题吴梅村山水直幅》（二首）、《题葛毓珊同年三十岁遗像》（二首）、《题黄峙青同年所藏清高宗御书〈静中有真意〉立幅》（二首）、《游百泉》《李敬轩太夫人八十寿》《题李响泉〈榆关图〉》。其中，《同幼梅丈重游三河》云："昔日朱颜两少年，无端相对鬓成丝。郎君今日论年纪，已过鲰生客此时。"《呈幼梅丈》云："论交君是丈人行，论齿君输八岁强。四世通家共休戚，两朝时局阅兴亡。衰年渐觉闲情减，暇日犹思旧学商。最要关心各珍重，秋容老圃菊花黄。"《过采石矶》云："轻舟溯江上，终朝在山侧。蜿蜒百里余，平衍且索漠。忽见采石矶，始觉山生色。众山皆戴土，此独巉巉石。众山半焦黄，此乃森森碧。谁实施斧凿，而且加点墨。人夸地险要,我爱景奇特。独惜未登临,酒楼寻太白。"《南游津浦道中》云:"绿树重重集暮鸦,青山黯黯日将斜。故宫已自悲禾黍,大陆何堪剖豆瓜。天下匹夫都有责,域中今日竟谁家。远交未始非长策,谁谓贤侯料事差。"《和蒋伯伟〈病后春感〉诗步原韵》其一:"小别才经岁,怜君太瘦生。形容独憔悴,神志更清明。吏岂廉为累,诗缘苦得名。孤芳自欣赏,何处赋嘤鸣。"其二:"我有长生诀,君当一辗然。不须崇药圣,且复效茶颠。书缓司农带,琴温单父弦。神恬能却老,况是正中年。"其三:"闻有杭州约,知君意发舒。自饶经世略,奚假荐贤书。政从催科压,才宁佐治疏。得闲容访戴,为我具时蔬。"其四:"君等才如海,伤哉际此时。有官宜大隐,不治得中医。残局拼孤注,新巢竟一枝。眼前多卜肆,谁与决安危。"《津浦道中杂咏》其一:"昔年戎马纵横地,刁斗残声动客怀。壁垒全荒关半毁,千年不见李临淮。咫尺山城气郁葱,醉翁高躅渺难逢。旧时林壑知无恙,可是西南第几峰。"其三:"二月春风燕子飞,旧诗百姓亦全非。能知千载兴亡事,惟有青山与落晖。"《次韵和弢斋相国见怀》云:"逢人莫漫说行藏,举世如今似醉乡。小草幸无天下志,幽兰惜此雨余香。摊书偶喜晨窗静,谢客恒贪午枕凉。笑我年来疏懒甚,观潮犹拟向钱塘。"《题葛毓珊同年三十岁遗像》其一:"遗山三十犹平世,及见天兴甲午年。野史亭中余恨在,先生福分胜前贤。"其二:"同榜同年年长倍,论年合是丈人行。丈人遗像犹年少,昔少年人鬓久苍。"《李敬轩太夫人八十大寿》云:"世人苦求官,云为禄养计。求官官自来,显扬愿乃遂。显扬究何解,吾斯有疑义。孝经书具在,与世所言异。立身且行道,扬名及后世。以此显父母,是谓孝之至。全书数千言,未见一官字。常人养口体,贤者务养志。卓哉李母贤,贤明明大谊。当子通籍时,丁宁垂训示。谓汝今入官,慎为清白吏。世风久不古,所鹜惟荣利。作官与作人,往往非一致。官高人格卑,何以称亲意。清正王冢宰,骨鲠鲍司隶。吾乡有先正,一一当师事。郎君秉德纯,一如母德懿。再拜受母训,此训终身识。所生信无忝,那复薪高位。偕隐菽水甘,名教多乐地。太岁在单阏,月惟秋之季。寿母寿八旬,庭阶莱彩戏。僚友称觞祝,颂如鲁宫閟。我忝乡后生,昔曾识哲嗣。哲嗣征余文,敦迫至三四。余文夙不工,何足纪嘉瑞。谨述母训词,用以广锡类。"

郑孝胥诗系年:《杂诗》《清道人五十生日,藏园写山为寿,使余题之》《陈仁先侍御属题钱南园画〈瘦马〉》《丁衡甫中丞属题张力臣〈符山堂〉图卷,卷中有于晦若侍郎题云:"梅庵欲削龚芝麓,余、沈同情各有诗。却忆竹垞和厚语,苏卿岂绝李骞期。"谓旧交二故人先后南来相见,感梅庵语,故为此诗,以广论交之义。余谓竹垞虽有请看苏子卿岂绝李骞期之语,然于〈明诗综〉不录黄太冲,义亦严矣。余为此诗,或异侍郎和厚之意,而颇不背竹垞屏黄之旨。时晦若已于六月二十五日卒于崑山舟中矣。言笑永绝,可胜怆然》《丁衡甫中丞属题傅青主书卷》《题劳玉初〈劳山归去来图〉》

《唐元素同年属题〈湖山招隐图〉卷》《李审言〈望庐图〉》《答洪鹭汀同年》。其中，《清道人五十生日》云："往丐祝宗祈，一瞑即为福。今乃愿无死，留看然脐酷。道人才五十，日抚便便腹。恐非住山人，未可遽断肉。藏园作密林，自喜绝尘躅。持此为君寿，殊胜不义粟。"《陈仁先侍御属题钱南园画〈瘦马〉》云："南园可敬尤可爱，独喜画马穷殊态。一瘦至此有余慨，厹肋崚嶒尔何恙。草枯林秃想长饥，原头踯躅将安归？他年骏骨千金日，莫遣人间伯乐知。"《丁衡甫中丞属题张力臣〈符山堂〉图卷》其一："符山题卷墨犹新，属国骞期语已陈。今日披图还揽涕，侍郎名节是完人。"其二："古称朋友以义合，义绝深悲道已孤。扫地名流今日尽，莫将故旧误吾徒。"

章棂诗系年：《谢钱听邠观察赠纪年笺》《善化相国师见示和陈庸庵制军寄世伯轩相国诗，次韵答呈》《叠韵和呈庸庵师》《题周梦坡学博所藏〈贝叶经〉三首》《赠胡鼎丞爵参议二首》《赠王叔用观察 (式)，和其〈狱中闻王侍御殉节〉韵二首》《善化师却参政之聘》《题九九销寒小影，即赠刘翰怡京卿》(二首)、《题戴羡门制军 (三锡)〈春帆入蜀图〉，为戴子开观察 (启文) 作》《纪丹徒李孝廉三女殉母事》《和劳韧丈〈别号无功〉诗韵》《刘翰怡京卿移居，用周石帆学士、齐次风侍郎〈移居酬倡〉韵赠之二首》《和韵呈庸庵制军师》《寄节庵前辈崇陵种树，用宋遗民唐玉潜、林霁山〈梦中诗〉韵四首》《淮南王》《赠樊少泉学部》《挽汪子渊前辈 (洵) 二首》《哭程少珊前辈 (棫林) 四首》《善化相国师移居》《寿善化相国师，和乙庵布政韵》《寿瞿师母傅夫人》《寄题曹东寅学士丈宝应南园三首》《寄题杭州朱舜水先生祠二首》《寄题天台齐畹香女士赤城山茅庵》《题刘伯绅部郎〈双松一石图〉》《韧叟自曲阜来上海，赋赠即题其〈劳山归去来图〉二首》《和唐元素大令韵，送冯梦华前辈归宝应》《题元素所藏〈湖山招隐图〉》《和周梦坡学博韵》《读郑苏戡布政同年〈海藏楼诗集〉二首》《寄题瞿桂舟明经 (犟) 生圹二首》《题西湖理安寺董太夫人塔，为乌程周梦坡学博》《咏雁》《酬止庵相国、庸庵制军二师和〈咏雁〉》《酬节庵前辈和〈咏雁〉》《酬沈乙庵布政和〈咏雁〉兼柬刘翰怡京卿》《题马彝初茂才所藏明李云谷残研》《再酬止庵、庸庵两师和〈咏雁〉三首》《酬王病山市政、洪鹭汀观察和〈咏雁〉二首》《酬周梦坡学博和〈咏雁〉》。其中，《寄节庵前辈崇陵种树》其三："忍饥嚼雪走天涯，落日西风数点鸦。谒遍诸陵仍露宿，还乡有梦已无家。"《和周梦坡学博韵》云："汉家水胜与山残，几个流人强笑欢。莽颂文成册万众，卓灯带解十围宽。朝端那有苌宏碧，江表徒留真逸丹。坐看百年涂炭了，浇花借酒说艰难。"《咏雁》云："文能作篆武能阵，经纬云端未易才。今日南来无北信，茫茫天意费人猜。"

张元奇诗系年：《寄平斋道尹》《宜园行》《题张今颇上将军〈诗意图〉绝句十二首 (有引)》《东风一首》《暑夜纳凉》《雨夜》《霪雨兼旬，大凌河、柳河同时漫溢，辽西诸县被灾尤重，筹赈发帑，夜不成寐，赋此自责》《偶作》《又点在都，寄诗奉怀，并云将出为县知事，次韵答和》《送今颇上将军移节武昌》《拟古乐府》《病中楼居述事》。其中，《宜园行》云："王城苦觅山水窟，偶有园林便清绝。纷纷朱邸委风埃，燕雀辞堂牛砺碣。舒侯故是人中豪，填胸丘壑常坚牢。自引小池穿路曲，更攀飞阁出林高。剜落细认前朝字，戚里宸游曾一至。百岁松身阅世情，半房山骨馀云气。五侯七贵寂无闻，犯阙欧兵犹驻军。亭台有劫化灰土，花木无言遭斧斤。此园兴替人能说，手剪荆芜变芳洁。自言作者不必居，主人谋身疑太拙。我交舒侯逾十年，知其磊落能任天。辛苦争墩终不广，寻常推宅未为贤。辽天风雪复相见，问讯名园惊隔面。箧中一记似柳州，眼底故人在阳羡。安得千万来买邻，翩然归弄京华春。香山履道容结社，乞取十笏安吟身。"《题张今颇上将军〈诗意图〉绝句十二首》序云："图为林畏庐征君摘取将军集中诗句而作，余就原诗引伸其意、或参以转语，各系一绝。"其一："潇潇暮雨唱吴娘，不是花时也断肠。跸地垂杨江路阔，闲将旧梦细思量。"其二："老去能穿虎豹丛，山行题句满辽东。残秋听雨三家子，合眼时时入梦中。"其三："虎头食肉尚江湖，谁识雄心辟万夫。只有鼓鼙知此意，渡河亲领黑云都。"其四："滩声如吼掉篙师，天际孤舟欲下时。从古诗人多入蜀，瞿塘滟滪可无诗？"《霪雨兼旬》云："天之降割实堪悲，辽水滔天苦孑遗。未卜三年穰畏垒，忍看满地走支祁。河防岂信无良策，暑雨微闻有怨咨。甚愧使君援溺手，苍苍厌祸果何时。"《送今颇上将军移节武昌》云："悬耻犹能记，近郊多垒时。九边惊累卵，一局斗枯棋。我恃长城在，君无曲突疑。相依老兄弟，风雨动离思。"《病中楼居述事》云："病发如霜日日新，拂楼槐柳著闲身。茶甘不作胸中恶，雨好能湔塞上尘。自理残编仍有获，偶安美睡便无伦。秋风好语传来急，薰穴求君国有人。"

杨钟羲诗系年：《消寒社集，咏蜜枣、酸梅》（二首）、《海日楼春宴图》《寄节庵梁格庄》《为益庵题〈南窗寄傲图〉》《诗牌，同寐叟》（四首）、《仲云尚书花宜馆辑诗图文，孙敬疆丈属题》《刚侯招饮，出〈移居〉诗次和》（四首）、《玉胎羹》《读〈海藏楼杂诗〉口占》《乔石林、米紫来十三人合作山水卷》（二首）、《韧叟〈劳山归去来图〉》《为审言题〈望庐图〉》（二首）、《咏雁，和一山》（二首）、《葛毓珊年丈遗像，其孙求题》《傅青主书列御寇书卫端木叔语一则》《张力臣〈符山堂图〉，默存同年属题》。其中，《海日楼春宴图》云："海日辉晴旭，春云结暝阴。鸡鸣宁改旦，鸥侣久降心。仙眷东西李，交期大小任。楼高闲读画，薰罢海南沈。"《为益庵题〈南窗寄傲图〉》云："渊明才隐世，孙复学尊王。书副能兼两，松高不著行。草堂邻涧上，下国感山阳。道古容相访，春醪正发香。"

江五民诗系年：《小鸟入窗，叶霞仙取而笼之，饲以米不食，以小诗乞其放还》《霞仙次韵见复，叠前韵答之》《小寒后寒甚，近年所未有也》（华氏寒暖计负八度）、《复次前韵一章》《玉叟寄示〈挈女赴东就婚〉诗，事既新奇，词尤美丽。霞仙爱而和之，以石林之妙笔，谱云锦之新章。读经数过，情难自已，遂呵冻次和，写寄扶桑，聊当尺素》（四首）、《乍见梅花有作》《海棠》《杨女史徇夫歌》《日本大正博览会肉身佛志感》《次表卿〈感事〉韵》（三首）、《答钱三照》（二首）、《答孙轩蕉书意》《哀滕雪山》《读放翁诗》《再叠前韵答孙玉叟兼柬诗螟（诗螟原号轩蕉）》（二首）、《三叠前韵答玉叟》（二首）、《孙秉初为言逸侯家牡丹颇盛，感赋》《苦热》《云锦歌，寿玉叟六十》《露坐有感》《拟花影诗》《拟月影诗》《读玉叟〈怀人诗〉，戏得一绝》《次前韵答玉叟》《雨》《怨雨》《偶感》《录诗有感，呈玉叟》《杂感》《祖荫约余冬至日同往阿育王寺，旋有事不克践约，赋此寄之》《偶成》（三首）。其中，《小鸟入窗》云："似助吟情到此间，新诗乞得亦思还。为君偶忆前贤句，自起开笼放白鹇。"《读放翁诗》云："韵事耽风月，由来鄙放翁。谁知忧国意，多在不言中。眼见朝廷小，心悲执政蒙。凄然临没句，惟望九州同。"《杂感》云："天地愁翻覆，云雨倏转移。古来真剑侠，中国好男儿。世事疑堪券，斯人道易欺。谁知千载下，犹有子房锥。"《日本大正博览会肉身佛志感》序云："事见去年五月《时报》，日人谓得自江西龙泉寺，据为达摩高弟坐禅肉身。"诗云："黄帝升鼎湖，素王奠两楹。自古皆有死，谁独寿其形。维彼竺乾法，微妙殊恒情。亦复重涅槃，不灭亦不生。生灭既当无，肉身安足矜。乃以神通力，枯坐兀不倾。金刚洵不坏，块然空自撑。苦矣千载下，徒供博物评。何若付阇毗，灭迹消其声。如露亦如电，太空还冥冥。"

萧亮飞诗系年：《戏调顾桂生》《与倩云长话，口占赠之》（二首）、《又赠四绝》《行将去潞，知事吴子贻堂钱余于公署九山堂，赋此志别》《寄黄石道人南阳代柬》《吴贻堂知事馈书，寄此为谢并柬黎阳诸君子》《卜筑夷门未久，絮停亦至自河朔，喜而赋此》《倩云生辰，邹君辂假宋氏小棉津盒设筵宴客，酒间赋此祝之》《谢顾桂生馈扇》《口占赠倩云》《饲牛》《种桑》《耘田》《草堂无事，课幼读书》《吴少圃邀同童芝珊饮南郭菜圃中，酒后入城观剧，书四绝句酬之》《柬陆津生，乞叶小颜为亡友冯邕人画梅小幅》《贺倩云生子》《寄顾桂生开封》《偶游京师，喜晤文子勺园》《高养祉内史过访旅舍，赋此言志》《寿潘母张太夫人七十有九》（四章）、《代贺袁五公子完姻》《文子勺园见过，客舍酒间赋此》《刘怡宣以〈藏砚图〉索题，为作此歌》《寄门人凯夔、儿子禀原》《都门旅舍不寐夜饮》《题怡宣〈藏镜图〉》《客舍与高养祉饮啄，率成一律》《世变》《时谚》《送金巽青入觐后归汴》《大梁市上有叶寿金为亡友冯邕人画梅，直幅为陆津生购得，乞之以诗不得，寿金画梅一幅，易以赠余，赋二绝句奉谢》《都门旅夜多不能寐，书二十字》《客都门寄老妻程采代柬》《大雪日雪中言怀寄赠高内史》《慨言，寄凯夔》《麟凤叹》《春夜听雨喜作》《田园春日作》《中华民国夏历乙卯暮春之初，余将移家梁园，友人连日钱饮大伓之爽西轩，赋此以谢并留别卢翔甫、李协亭、端木奂若》《消夏吟》《秋获既毕，置酒共饮，欣然赋诗》《秋夜》《梦乘骡车行长途，停道旁入厕，闻高吟声，出则为亡友何喟，吾立谈良久，赠以五律一章而别，比醒仅记首联，因足成之，时中华民国四年夏历乙卯冬十月二十有八日也》。其中，《与倩云长话》其一："裘带从容未上场，点头遥唤老萧郎。相逢不作寒暄语，问得新诗又几章。"其二："百宝妆成幕启时，芙蓉颜貌柳丰姿。嫣然一笑春风起，恰合明眸善睐辞。"《都门旅夜多不能寐》云："长宵尽数更，酣睡总黎明。乡梦不容到，满庭扫叶声。"

汤汝和诗系年：《刘克之师以〈元旦试笔〉诗见示，次韵和呈》（二首）、《从事军械局有作》（二首）、《龙瑞芝（德中）用拙集中〈小集宴琼楼〉韵投赠二律，依韵奉和》、《前以拙作就正瑞芝，蒙赐诗四章，奖饰逾分，谨步原韵奉酬》（四首）、《承瑞芝再赐和章，仍叠前韵奉酬》（四首）、《前以叠和瑞芝作录呈仲述，兹蒙次韵见酬，仍用原韵答之》（四首）、《郊行》《公余遣兴》《游东乡，一宿而返，往来俱遇雨》（五首）、《诣马家村途中集景》（二首）、《书所见》（二首）、《节近端午，风雨连日，寒气侵人，率笔遣兴》《过花园吊前代陵墓》《读邸抄知中日交涉案已了结，损失过钜，感赋》（二首）。其中，《从事军械局有作》其一："搔首星星感二毛，万年方始习戎韬。敢言军事参蛮府，却爱官闲似马曹。武库胸罗惭杜预，利锥手握陋梅陶。夜来兰绮严局镝，应有冲霄剑气高。"《前以叠和瑞芝作录呈仲述》其二："记偕童冠跨蒲鞯，回首程门立雪天。曾侍壶邱随列子，不期徐业遇张玄。吾侪儒术谋身拙，世事都卢捷足缘。今日乡间乘款段，著鞭不羡祖生先。"《读邸抄知中日交涉案已了结》其一："岂徒割地弃商於，莽荡乾坤万事虚。汉世输边多卜式（民间多愿输财助饷），秦庭无地著包胥。四邻不见缨冠救，九死终归竭泽渔。大错六州谁铸就？神人相与共欷歔。"

方守敦诗系年：《孝远四侄远游关陇，赋此寄之》《苏墨卿表弟藏旧宣纸甚多，向索数张即许赠，以诗代简送来，次韵答谢》《演生应月霞上人西湖华严之约，昨寄来〈游孤山梅花〉诗，为之神往。云有长书，两次邮失，怅然寄怀》（二首）、《丹石北游有诗，纪濮阳河工所居之陋，思奇语隽，次韵奉怀》《何子翔避居上海，以近作诗见示，次韵二律奉怀》《孝深二侄寓居皖垣任氏霄汉楼旧址，有海棠一株，当楼盛开，集江上诗人饮酒高会，月下吟赏尤恣，远传佳咏，赋二律寄之。时予勺园手植海棠九年，亦开烂漫也》《予以勺园海棠索题诗于贲兄、深侄，设词诡激，以为不可偏枯，竟得诙谐华妙之章，且询予何不早报言亭旁植花，先自题句也。遂次兄韵寄答，兼示深侄》（二首）、《前得丹石报书，并示所敲诗钟，越日复叠河上韵寄和，缀石鼓文为联书赠，古意殷然，喜赋短句代简以谢》（二首）、《次韵寄和子翔海上》《凌寒亭》（用前韵）、《前和铁华诗，未竟吾怀，展转复成二律》《代简答子翔》《寄仲勉、慎思芜湖女师范学校》《赠高仲揆》《姚甥农卿游学英伦，将毕业归国，赋此寄之》《代简答子翔》（二首）、《枞阳闲眺有怀》《过光炯湖居》《题何子翔乘飞艇俯大海照片》《慎宜轩，为叔节题》《潘强斋印谱成索题》《题〈遂园图〉》《江上遇学社旧友杨天遒，归以诗寄》

《寄臧雪楼》《季野饷方瓜二，甚美，援风诗投瓜之义，索报琼琚，命以诗代，遂戏成之》《次韵艺叔同游石庄看荷，归途避雨放生社，径访季野之作》《鲸喜倿曾孙周晬日，贾老人有诗，予未能和也，题四语庆之》《答子翔海上望月见怀之作》（二首）、《季野之江上，赋此赠别，兼致雪楼、慎登》（二首）、《天遒芜湖寓居，自名苍葭阁，寄题一诗》《适姚氏女三十岁生日，感怀赋三十八韵》《喜远倿病起》《月下艺叔赠诗，赋此奉答，兼致季野》《叔节五十生日，寄一诗》《题马季平〈万壑松风图〉》《贾初兄六十九生日，独往浔阳，游甘棠湖烟水亭，亭即白香山诗中所称浸月亭也，风景最胜，与老僧闲话竟日而归，书来见告，喜甚，因奉诗为寿》（二首）。其中，《枞阳闲眺有怀》云："长须萧洒任风吹，清绝峰亭伫立时。雨过沙堤喧渡口，帆回江浦隐鱼矶。樽前故侣怀犹系，湖上明朝慰所思。几度枞阳爱烟水，此间前辈半能诗。"《题何子翔乘飞艇俯大海照片》云："大地不可居，腾身苦无术；云中彼何人，高驾自超轶。茫茫大海水，万里波横溢；鲛鳄驰东西，龙蛇竞升黜。哀哉天下溺，援手何能出；旷宇一长嗟，悲风来飔飗。千秋屈正则，远游兴无匹；故乡勿临睨，昆仑逝一日。"《喜远倿病起》云："怪物无端遍大寰，书生有命不能删。高堂白发忧成喜，九日黄花兴自闲。万里独行河岳路，百年今度死生关。凉秋会泛一樽酒，携尔登临江外山。（远病急时，迷惑作荒唐语，故首句寓意）"《贾初兄六十九生日》其一："浸月亭来几诗老，香山翁后贾初翁。当年华发同图咏（香山有《九老图》诗），此日名湖独棹风。九派江声呜咽起，一窗僧话古今空。从知靖节先贤意（亭旁有阁祀陶靖节），更向匡庐梦远公。"其二："十月清霜鸿雁飞，萧条天地入寒机。江山顿有兴亡事，人物何堪雨雪霏。白首诗篇空慷慨，草堂松柏故崔巍。百年小宛歌明发，望古同心识所归（来书云：舟过石钟山，多人事沧桑悲感，先人游迹所在也）。"

吴士鉴诗系年：《关颖人（赓麟）新营稊园落成，招集同人即席分韵得佳字》《题张沧海（伯桢）〈篁溪归钓图〉》（四首）、《题三六桥（多）〈朔漠访碑图〉》《题傅青主先生楷书〈金刚经〉册子，为胡夔文（璧城）作》（二首）、《陈叔伊招集城东寓庐，同集者为樊山、实甫二丈，左笏卿年丈（绍佐）、江叔海丈（瀚）、周少朴前辈、俞恪士前辈（明震）》《和赵次珊丈（尔巽）上巳诗原韵》《实甫、揆东诸君招集法源寺看花，率成长句索和》《和樊山丈韵》《题宁远杨子重大令山水画册，为子时百（宗稷）作》《曹东瀛参议（广权）与其弟梅访提学（广桢）卜居宝应城北，新居落成，名曰南园，以图寄示，赋此题赠》（四首）、《题金巩伯（城）拓印图》《题常熟孙讷夫太守〈佛云石图〉》《车行金鳌玉桥望北海》《寄和萧叔衡（文昭）》《周世臣同年（云）别九年矣，自汳中来纵谈竟日，翌日晨出都，以长句见贻，次韵寄答》《题徐仲可同年（珂）〈纯飞馆填词图〉》。其中，《题傅青主先生楷书〈金刚经〉册子》其一："黄精作饭真成癖，白学能耽只自惭。唐卷宋经谁得并，论书我亦服饴山（赵秋谷谓先生书为本朝第一）。"《和樊山丈韵》云："城西烟月贮深杯，笔挟春潮海上回。安简神情高史局，庐陵余事擅诗才。新枝闻已歌森竹（丈新得孙），初服吾犹愧老莱。十载相从交履久，茶仙亭畔记重来。"

林苍诗系年：《味秋以长歌和余自寿诗，用答其意》《可三因余生日有诗见贻，次韵奉谢》《闻木庵先生入祀西湖宛在堂，感赋示公和》《公和见次前韵，叠此奉答》《论诗，次渭涣元韵》《与范屋》（四首）、《旭沧之官江右，出绢索诗，率成五古一首》《示退密》《酒楼夜饮，同退密、味秋、平冶》《道署新种柳五十株有感》《坐曹无事，口占示平冶》《晚晴》《由营前绝江至中岐，访吴步岳不遇，独坐朝江楼，怅然有作》《舟行》《宛在堂落成，涛园有诗，次元韵》《西轩独坐》《夜饮有感，书寄韵珊》《次涛园答可三宛在堂诗元韵》《涛园归，定宛在堂诗祀，行有日矣，书奉》《鬘□在粤，闻余有自寿诗，作诗见寄，依韵奉答》《平冶以余自寿诗寄屯庵，屯庵有作，因次其韵》《寄怀三首》《宛在堂望湖》《泽冠以寄范屋诗见示，次元韵》《送韵珊之北京》《伯谦北行，书此送之》《寄涛园》《开化镜湖亭坐茗》《赠郭漫公》《与虚谷论诗，并示漫公》《虚谷见和前诗，叠韵奉答》《百悔》《退密卧病，足不出户者且五十日。昨遇于聚春茶园，归而感赋》《无思》《饮桥西酒家，示虚谷》《梦过》《梦觉》《漫公见和〈论诗〉作，再叠前韵奉答》《喜近日诗事复盛，示同社诸子》《哭座主陆元和相国》《虚谷来诗，一字一泪，咄咄逼人，槁木死灰，用为感泣。东坡云"此诗有味君勿传，空使时人怒生瘿"，虚谷其念哉！因奉和一首》《昨以诗警虚谷，辱见答，因叠前韵，以充义至尽云》《准备》《有思》《次虚谷〈重忆〉一首》《次虚谷〈遣怀〉韵》《漫成》《次虚谷见寄元韵》《连日得虚谷诗有感》《本虚谷诗意，与漫公》《次还爽〈燕〉一首》《活东，次虚谷韵》《黄叶，次还爽韵》《不如》《书感，邀还爽、虚谷同作》《旭沧自南昌归，不日行矣，书送》《虚谷诗近多哀感，余不知其所以然，作此奉质》《感事》（二首）、《平冶与修〈西湖志〉成，书此讯之》《答虚谷》《初八夜同味秋西湖坐月赋归》《难言》《读沧趣老人挽陆元和相国语有感》《范屋招游西湖，步月往返，迄未尽兴，盖意有所触，不自知其所以然也》《妆楼杂咏十二首》《天幸》《十七夜西湖同范屋、还爽、松真》《北望》《次虚谷〈灯下〉韵》《妆台，次虚谷韵》《吾衰》《自误》《约范屋游鼓山》《与范屋、味秋有鼓山之约，简平冶》《讳日》（三首）、《鼓山道中》《还爽以诗寄呈喝水岩佛乞水有作》（二首）、《别鼓山》《鼓山期味秋不至》《过听水斋》《白云堂前菊》《听雨》《余游鼓山归，以喝水岩水及〈寒山子诗集〉遗还爽，还爽有诗，因次其韵》《忆弟》（四首）、《漫公见和〈别鼓山〉诗，用前〈论诗〉韵奉答》《与虚谷二首》《观星》《酒后遇竹曾，谈及近况，归不成寐，书示范屋》（五首）、《与漫公》《叠还爽前韵奉寄》《西湖遇彤余，相与散步至晚，归途作》《报道》（二首）、《闻虚谷病，作此示之》《岁寒，书奉松真》《题海天阁》（是日师范学校展览会）、《伯谦归自北书寄》（五首）、《次蒋山元韵》《雨中病卧》《感梦》(八首)、《次还爽〈镜湖亭独坐〉元韵》《次漫公见寄元韵》《闲居》《残菊》《和平冶〈阶下小花〉》《和平冶〈园花〉》《过耿王庄》《登南城望枫》《湖心亭哭庐山西林寺死尘禅友》《多事》《夕阳》《落花》《十八夜自道坛归,书奉次道》《入道》《入静,视同社诸子》《次漫公元韵》《读陶诗》《岁聿云暮,河岸小草微有新意,作此嘲之》《感怀二首》《河水涸,见屋下小舟三五候潮》《平冶宅梅花,去岁见之,今又开否? 作此奉讯》《自叹》《晨起买得梅花一枝,感作》《和漫公〈鲥鱼〉》《自道坛受偈归感赋》《井涸》《雨后》《天晴》《次韵无竞〈自寿〉》《谢平冶惠红梅》《味秋以行期见告,感作》。其中,《晚晴》云:"天气寒暄瞬息更,是醒是梦不分明。公家事付痴儿了,那有余闲及晚晴。"《妆楼杂咏十二首》其二;"车下鞭声血雨红,礼宗二字与追崇。草间偷活人多少,掩面齐来拜下风。"其三:"尸还阴氏有遗言,粉壁书成带泪痕。冢上会生连理树,拂衣高处为招魂。"

　　黄荐鹗诗系年:《由轮舟抵上海作》《申江夜饮》《游张园》《抵天津》《飞絮》(二首)、《听戏》(四首)、《过杨继盛故宅》《游天坛》《京内黄尘蔽天,翌日始散》《过大沽口》《夕阳》《过东交民巷》《游万牲园》《登畅观楼》(二首)、《再游万牲园有感》《入陕西巷》(二首)、《吊颐和园》(四首)、《游中央公园》(二首)、《幽都》《旅京感时》《登宣武门有感》《出都门感赋》《过吴淞口》《入黄浦江》《自京回里,将之蜀,步晓山兄赠别原韵》《临入蜀,是晚晓山又赠二首,次韵答别》《将之蜀赋感》(二首)、《行抵汉阳,检阅心松弟〈中秋玩月〉诗,感步原韵》《入蜀江道,次心松弟赠别原韵》(三首)、《望金陵》《过九江》《登黄鹤楼》《舟泊汉口》《登武昌城》(二首)、《由宜昌入蜀江》(三首)、《晓过白帝城》《舟经夔州,望见杜工部草堂》《自重庆入成都,道中书所见》(四首)。其中,《由轮舟抵上海作》云:"万里长风破浪飞,蜃楼海市认依稀。莺花历历迷人目,尘海茫茫染客衣。马援山川图未改,春申珠履客来归。庄严国土如瓜裂,把盏无聊盼夕晖。"《申江夜饮》云:"熳烂银灯照玉街,莺花照我畅襟怀。低眉迎笑争工拙,媚态逢人别等差。珠贝琳琅喧夜市,楼台金碧荫香阶。茫茫人海寻诗趣,醉把胡琴援馆娃。"《游张园》云:"大江唱罢浪争淘,裙屐招邀尽俊髦。异地芳华迷醉眼,名园春景滞征袍。袖携岭海新诗卷,来觅申江旧酒豪。消尽中年哀乐感,阳春寡和曲弥高。"《听戏》其一:"宫门荆棘莽铜驼,昔日霓裳慨逝波。薄海同瞻新日月,梨园再演旧笙歌。"其三:"铜琶铁板唱江东,销尽英雄泪眼红。无恙河山风景异,落花时节遇焦桐。"《游天坛》云:"万松深处碧参天,明室圜丘尚宛然。黍稷非馨书有训,缘何迷信数千年。"《京内黄尘蔽天,翌日始散》云:"黄金台畔黑云遮,散漫寒埃堆积沙。溷浊已成今世界,溟蒙尚觉梦繁华。莺花暗淡含兵气,尘海苍茫走雪车。闻道都城宫阙丽,可怜放眼总槎枒。"《过东交民巷》云:"当年叔带召戎来,丧失威权举国哀。竹使衙斋围大掠,花门壁垒接蓬莱。弹丸直指齐云观,羽骑环窥戏马台。铁聚六州成大错，挽回全仗救时才。”《登畅观楼》其一：“御床洒扫寂无人，楼好谁为作主宾。壁上画图留墨沈（悬西后墨梅画甚多），庭前锦褥萃文茵。隋宫彩舫埋幽壑，晋室铜驼莽古榛。我亦天涯沦落客，睹兹景物倍伤神。”《吊颐和园》其二：“万户千门绕建章，张华博物莫能详。石舩铺尽青蒲席，紫阁悬垂碧玉珰。千佛楼高藏宝相，四洲部落伏魔王。武阳忽报烽烟聚，索靖宫门泪两行。”其四：“艳说陈隋歌舞场，游人车马系垂杨。英雄已偃中原志，帝子犹依汉族光。金爵觚棱新阙迥，铜驼荆棘旧宫亡。昆明湖上空秋草，落日亭台夜气凉。”《旅京感时》云：“白宫受命历初年，肉食犹闻鹤乘轩。系带临风随玉辂，貂袭入夜出金门。天涯洒遍王孙泪，南海深居帝子魂。五丈龙旗看不见，人人笑指北宸尊。”《登宣武门有感》云：“重重雉堞固金汤，太液瀛台绕帝乡。胡虏山河悲失鹿，共和政治感亡羊。书生空具荆轲志，壮士惟余阮籍狂。朔漠三封风鹰静，乃心王屋乐无央（时袁已闻有帝制思想）。”《自京回里将之蜀》云：“双溪瓜代剑犹悬，又向长安走马旋。廿载浪游如梦幻，一官瓠弃替余怜。我忧西蜀关山远，君慕南阳相业贤。此后扁舟巫峡去，清名敢诩鹤琴传。”《临入蜀》其二：“骊歌唱罢别琼筵，话到临歧意惘然。千里行装琴与鹤，一帆风送锦江边。”《行抵汉阳》云：“遥忆中秋月色阴，驹光转瞬又成今。白云断影沉凫舄，黄鹤何人送笛音。客邸寂寥增感喟，异乡风景慨销沉。君曾此地留鸿雪，相对天涯写素心。”《入蜀江道》其二：“宦海波涛感昔年，下车冯妇术惭偏。此行只为甘棠颂，琴剑萧然入锦川。”《登黄鹤楼》云：“危楼屹立蛇山上，迁客骚人感慨多。天下人人是崔颢，世间处处有东坡。莫将词赋夸前哲，但借河山助啸歌。好景眼前无意写，登临只喜醉颜酡。”《登武昌城》其二：“光复由来仗义师，此中豪杰尽人知。渡江击楫卑秦筑，扪虱谈兵陋楚辞。南北联和销虎帐，武阳首义倒龙旗。洲前芳草楼前笛，感慨河山一局棋。”《由宜昌入蜀江》其三：“此间性命寄篙夫，何爱千金七尺躯。三峡山川天下险，临深惶恐入夔巫。”《舟经夔州》云：“少陵一去成千古，江上祠堂宛见之。幕府何人继高躅，游踪到处剩遗诗。一生心事关君国，垂老干戈值乱离。茅屋萧萧谁驻足，空山萍藻动人思。”

冯幵诗系年：《慰章叔言》《调汲蒙》《杂兴》（三首）、《过叔申故居》《答佛矢，即效其体》《再赠佛矢》《示玄婴》《空游一首贻玄婴》《胸腹患作两月未愈，赋诗自遣》《逭暑白衣寺，夜被胠箧几尽，惟书籍狼藉草地中，弃而勿取，叔申遗稿在焉，收拾感叹，赋诗示天婴》《编定叔申遗诗，仅得七十篇，为一卷，题诗其后》《玄婴幼子建斗蹴鞠为戏，鞠落水，斗跃入撩取，迨出，泥水淋漓满其身，玄婴挞之，余戏以一诗解之》《示陈生建雷》《病中作》《赠陈次农（康黼）》《次韵佛矢》（二首）、《纪事》（二首）、《次子贞用生十九月，知识字，口不能言，以手指之字之便于上口者，亦能发音焉。已识得四五十字，错易颠倒，历试弗爽，亦可谓小时了了矣，赋诗纪之》《无题》（八首）、《旧蓄明成化窑水洼一，先君遗物也，自先君弃养，随余几三十年，严寒不戒，忽为冰裂,且惜且悲,赋诗纪之》)。其中,《慰章叔言》云:"章生意气横高空,落落穆穆何其穷。胸次一尺太古雪,照彻世界生寒风。沪滨儿女纷青红,颜色黯淡苦不同。寄生无地暂托足,倏若大海飘秋蓬。高歌弹铗聊一放,可怜眼底皆聋虫。长松终受红鹤秽,白璧那避青蝇蒙。年年坐为口腹累,亦欲发愤难为雄。平生穷饿出天性,挈回挹宪真能工。守玄寂莫良有以,不须上怪天无聪。君看十万花如锦,可在冰天雪窖中。"《编定叔申遗诗》云:"一逝人间迹已陈,零篇大句积纷纶。知君别有关心处,非我都无著手人。刊落才华归蕴藉,平亭风格得清新。风毛挂眼何愁少,地下应能照苦辛。"

黄式苏诗系年:《遂阳杂咏》(二十首)、《将去遂安,留别士民》(四首)、《赠邵次公(瑞彭)》《北征》《都门漫感》《天坛》《武英殿陈列清盛京、热河两行宫古物,供人游览感赋》《过中央公园,园在天安门内社稷坛街》《过太和殿感作,次复戡韵》(二首)、《颐和园》《次韵奉赠郭漱霞农部(凤鸣)》《张鸣周(侯杰)自奉天来都晤谈甚欢,赋赠》(二首)、《潜庐以事被诬,为奔走营救不得解,感而有作》《将之闽中,留别同里诸子》(四首)、《过平阳宗梅生处士双溪草堂》《自平阳鳌江至桐山道中作》(四首)、《偶成》《移居浙江会馆,漫成题壁》《寄讯友人》《同郡高宾韶(文藻)不见十年,相遇于榕城,喜极而涕,赋此奉赠,兼约作鼓山之游》《次韵奉酬王翥丹丈(迟)》(二首)、《西湖》《寄刘赞文杭州》《寄都门友人》《乌石山游旧涛、双骖二园,并登海天阁》《次韵刘次饶〈寄怀〉二首》。其中,《遂阳杂咏》其一:"褐来奉檄到山中,路入千峰一线通(借句)。白漈青溪流上下,百川直注浙之东(白漈岭在邑西九十里,与徽州休宁交界,遂邑之水发源新都,东下淳安至桐庐人之江。青溪,古淳安名)。"其二:"陂陀起伏万山丛,绕郭溪流曲曲通。多少群峰齐俯首,五狮高踞一城雄(五狮山在县署后,五山联踞如狮,故名)。"《将去遂安,留别士民》其一:"陶潜初出本孤寒,试吏山中束带宽。不惯趋时甘拙宦,未能寡过是粗官。琴余待月忘宵冷,衙散敲诗到夜阑。奉檄东来惭已甚,扁舟曾过子陵滩。"其二:"飞凫记到万山初,狼籍烟花正怯予。疏雨轻驺频出郭,荒祠落日屡停舆(予下乡辄投宿村祠)。未成报国惭尸位,岂不怀归畏简书。犹喜愚氓能悔悟,百年遗毒急锄除。"《北征》云:"旧历乙卯春,二月初三吉。黄子受代去,行李无长物。宫中多簿书,料理非仓卒。惓念桐乡民,流连更旬日。留别例有诗,百臆未吐一。迟迟戒行期,仆夫日相眤。十四强成行,一舆匆匆别。父老纷把饯,弥用增愧慄。回首遂安城,溪流为悲咽。未昏入淳安,扁舟且暂歇。十五发港口,舟底磨石骨。夜宿茶园镇,鼓笳鸣戍卒。十六抵严州,重滩多如栉。谁言下水易,篙师亦力竭。十七过钓台,眼中何突兀。祠堂犹可到,冒雨肃拜揖。晚望桐君山,烟螺半明灭。十八去桐庐,滩尽江自阔。富春两岸山,山水真清绝。十九别富阳,未晓已解缆。风利舟如飞,百里瞬可达。指点钱塘山,隐隐青于发。及申渡之江,维舟日已昳。二十入杭城,一别两裘葛。云蒸清泰门,华屋多敞豁。假馆卜何方,还排旧主阅。

仲弟闻我来，跟跄屦齿折。问胡行濡滞，日日薯虖撲。旧仆闻我来，征尘争拭拂。检点归来装，安排休憩室。故人闻我来，眉端喜色溢。深宵人散后，密语频促膝。国家重策吏，设科严甄别。我本罷羸人，射策屡被黜。赞文肝胆土，照我心更热。为言昔贻书，未能尽曲折。大官似凤凰，小官如虮虱。顾盼自珍惜，每恐羽毛鬏。岂不慕贤才，目眯谁为刮。昨宵荐剡上，幸哉子名列。我闻感且吁，自维实迂拙。本无作宦才，曾忝铜墨窃。小试已非分，敢希遂释褐。却感良友意，殷勤相携挈。复戡骨肉交，乍别已三月。要我作北游，远道贻书札。经旬不及待，挟策先诣阙。昨又寄书来，其词更苦切。王城人如海，囊锥难颖脱。献璞苟先容，或能免足刖。平生少宦情，奚至恋簪笏。毛生古节士，奉檄为亲屈。子亦有高堂，未可遽颠蹶。披函读未终，潸然双涕出。鲍叔实知我，翳我又何说。我初谋归省，久违亲颜色。白头日倚闾，思之心若割。恰兹退闲时，得归侍亲侧。晨夕问起居，少补子职缺。及得复戡书，心魂转恍惚。进负三春晖，退乏半亩秫。进退诸未可，两念互纠结。客有为我谋，归计暂摆拨。京沪今通轨，来去何飘忽。三日抵燕都，缩地信有术。稍迟旬日归，犹及芳菲节。春晖况正永，寸草心何惙。他日版舆来，更博慈颜悦。客言讵不然，我计亦已决。遂折南归辕，长驱北上辙。维时三月朔，征车发自浙。赞文实偕行，长途未孤子。晨别杭州去，半山烟如抹。巳初过嘉禾，鸳湖眼一瞥。须臾车入吴，淞江浩无极。旁午抵歇浦，小憩暂投辖。晚趋沪宁场，夜半车又发。江南本膏腴，苏常财赋窟。深宵驱车过，目未窥原隰。昧爽辨京口，金焦迎面立。二日抵金陵，钟阜何崱屴。龙蟠虎踞邦，王气久已没。大江天堑雄，日夜东流急。一苇浦口杭，过江士如鲫。登车复北去，逾时午烟熱。逶迤入滁府，坡陀凿碑矻。及申过徐州，威棱震节钺（谓张少轩节使）。颇忆光复年，屯兵抗北伐。酉及兖州城，沉沉天似漆。巍巍圣人乡，匆匆未入谒。子夜望泰安，泰岱迩在即。惜哉昏夜过，高深杳莫测。三日卯方兴，济南忽已越。烟树晓模糊，城郭未一识。巳午过德沧，其行如电疾。未刻抵津沽，未暇暂休息。辗转遂入都，车到天已黑。萧然何所有，行脚一毡笠。十载别修门，一朝忽重集。沧桑感何多，禾黍故宫泣。追维一月间，奔走遍南北。万里虽云远，十巳逾六七。果然客所云，三日驱车入。计别六睦来，一官抛印绂。泊入燕台游，旬日增篇帙。延之《北上篇》，少陵《北征》什。古人亦已邈，我亦聊自述。惭非颜杜才，胆大奋诗笔。"《潜庐以事被诬》云："竭来人海最相亲，杯酒殷勤数夕晨。仓卒惊涛偏不测，流传飞语太无因。固知公冶冤非罪，岂有曾参妄杀人。为汝胸中生万感，思量归去有鲈莼。"

夏敬观诗系年：《赠张仲仁》《莫妒雪二章》《白云观》《麦孺伯征君挽词》（三首)、《答哲维》《赠杨瑟君毓瓒》《什刹海修禊，分韵得望字》《北学堂海棠》《拔可前来都门，暂留即去，别后弥复相忆，作此寄之》《独坐法源寺丁香花下》《崇效寺看牡丹，白者最盛》（二首)、《赠沈东绿》《真长失子》《三贝子园藤花径》《南归二绝句》

《西湖刘氏水竹居夜宿》《水中石上凌霄花》《古微、聘三、恪士、子言同游富春渚，雨过江溢，不上七里泷，及桐庐而还》（四首）、《寄题丁和甫风木盫》《公园散归》《纪梦》《空斋》《嫠妇》《和左南生〈舢社七咏〉》《日夕偕徐风石泛小艇禁城玉河中》《真长先以书簏寄江南，赋此调之》《大风》《南归渡江口占》《鸡鸣》《为徐仲可题新华书画册子》（二首）、《万潜斋师挽词》（三首）、《苦雨》《海上过伯严旧居》《过乙庵》《菊花会》《女艮生》《强饮》《哭倪氏姊》《岁暮书感》（二首）、《书谢安石语》《初见盆梅》《赠陈石遗》《赠师曾槐堂》《题春明馆》《和陈师曾〈酒罢过寓斋夜谈〉，用乐天诗意》。其中，《什刹海修禊》云："去年春禊时，寒勒花悭放。今年春喜早，东风作花浪。往来尘土中，日嗟人去壮。一晨一沐浴，垢面花羞向。昨日当水嬉，选境得幽旷。液池滥余波，风物明晚望。鹭影穿柳枝，鱼苗活新涨。虽然在城阙，江湖未多让。因思被禊事，国俗古已尚。于义有祈禳，会嘉永所畅。主十宾百人，饮酒各如量。酒味清且旨，洗涤到胸脏。兰亭羲之序，久徇昭陵葬。遂拈延年诗，主宾赋酬贶。"《寄题丁和甫风木盫》云："浙中盛藏书，丁陆名并峙。陆书鬻外国，如堕百城耻。丁书入江南，其事差可喜。子孙享食报，手泽固未委。青青墓门树，沄沄西溪水。一盫今复存，丹青非甚侈。湖山穷幽秀，游屐能过此。松竹映深居，樊榭不专美。"

曾广祚诗系年：《和王俊明二首（并序）》《游毗庐庵，湘将李焕华见僧奉忠襄木主泣下》《仲子昭承试入北京清华学校，女浚乞余代作赠兄诗》《三子昭抡试入北京清华学校，女浚亦乞代作》《赴洛道中，汽车窗野望》《海上夜饮，闻张正阳客南康，将往西域，信笔寄诗》《忆章太炎（炳麟），时久锢北京龙泉寺》《赠裴炼师》《渡扬子江，避风北固山下作》《题云门寺》《过广武，宿旅晓述》《新宫》《夜返宅园》《赴洛道中，开汽车窗野望述怀》《丞相树》《风月》《白马长史》《赠黄琴台》《诗隐》《龙城暮望》《游回龙山偶题》《谑刘叟》《七庙》《池亭月下怀古》《归田赋》《灾异》《息机》《宿渔庄》《卧病感怀》《集长沙贾祠，祭屈大夫、贾太傅，赋三首》《暮途》《昨雨新晴，即事夜书》《题程十发画松》《与黄鹿老赏黄菊作》《苦吟》《夜色》《七步》《调刘申甫》《赠杨喆甫》《游古殿归》《登怡和趸船寄韦人龙》《老猿》《洛阳榴花发，答吴仲瞿》《宿涓西凶宅，竟夕诵古乐府，晓出无恙》（三首）、《泛湖感书》《寒宵》《题日本山榎梅涯画扇》《朱全忠》《嬴女》《梦醒》《同王壬丈忧乱即赠》《吴王夫差》《送僧往身毒》《胡园静景》《君山下送吴炼师游方》《出府》《夜怀葛洪》《忆章莺莺》《湘乡潘觐侯笃信佛老之说，乙卯冬五十生日，其戚成某乞赠诗》《游湘乡洗笔池口占，吊褚遂良》《游园真观云门寺，登镇湘楼怀古》《井中》《山屋夜景》《晓发荒村》《宁乡黄蕙清贞女诗（并序）》《再咏黄贞女七首》《与客步城闉，承抡侍，因占》《感事》《哀乱世文士》。其中，《和王俊明二首》其一："鹦鹉笼中话奋飞，蟪蛄声里与山违。幽兰滋畹时将刈，大瓠浮江世所非。桓帝但嘲风落帽，淮王休怅露沾衣。芒芒元气吾充隐，何事轻身逐镜机。"其二："旂旐都房芳莫寻，庙前犹见柏森森。碧为苌叔三年血，剑是荆卿一片心。长信尘生谁奉帚，高唐梦醒且披襟。朝班待漏陈符命，万户惊秋澈夜砧。"《忆章太炎（炳麟）》云："别来白发三千丈，日忆新诗十二时。天地悠悠名岂灭，江湖渺渺信还疑。佳人发匣占金雀，童子支床叩宝龟。频卜归期应未有，北风吹梦到南枝。"《登怡和趸船寄韦人龙》云："江中板屋泊仙桡，疑是秋填乌鹊桥。带甲斜通城北墓，冠簪半效海西郊。坐无白石弹洋溢，携有明珠赠寂寥。树拥千峰穿老凤，诗葩秀发祇韦迢。"

傅熊湘诗系年：《望仙桥上墓作》《之王仙过约真二首》《今希、约真昆仲见过王仙馆中》《叠前韵和二刘》《后村闲望》《馆夜》《二刘昆仲见过》《醉歌行，戏赠三潘二刘兄弟》《后醉歌行，戏赠约真》《望雨》《登章龙绝顶题壁》《又题二首》《汉女六章》《题叔容文二绝》《章龙至王仙道中》《仙源道中铁门关》《又绝句二首》《上墓作》《二全诗》（二首）、《感事》（二首）、《杂诗四首》《环中晚兴，同诸生作》《环中》（二首）、《前村坐月》《晚眺》《题警初〈鹤栖十景〉诗》（二首）、《得劲臣、万里自安源来书，还寄二绝》《王仙至石笋山途中作》《翠云寺在石笋山半》《登石笋山作》（二首）、《游明兰寺作》（二首）、《酒集长沙，赋示叔容、醉庵诸子》《次韵答醉庵》《效杜子美同谷七歌，即次其韵》《寄豪生长沙》《投雷僧墨兼寄吴悔晦》《寄简叔乾》《三狮洞中题壁》《寄二李北京》（二首）、《寄民讦》《晚步》《孤松行》《醉庵枉过王仙赋赠》《酒集玲珑馆，赋示醉庵、今希、芸盦诸子》《题蒋万里〈振素盦集〉》（二首）、《同万里、竺云游红拂墓》《挽张伯纯先生，寄慰默君》《夜行》《又一绝》《寒夜被酒，归走林薄间，长歌破寂，因及亚子所为酒社诗。既归，篝灯倚醉，走笔和之，次原韵，尽八首》《雪中行》《次韵答今希见过王仙馆中留别八首，并示约真》《补题亚子〈分湖旧隐图〉》（七首）、《三题亚子〈分湖旧隐图〉》（四首）、《过牧希》。其中，《效杜子美〈同谷七歌〉》其一："丈夫立身何者美？人生适意为佳耳。风尘滪洞黯无垠，万感缠绵结心里。而况我躬丁艰危，道逢魑魅不谋死。呜呼！一歌兮歌已哀，寒山木落凄风来。"《醉庵枉过王仙赋赠》云："去别来逢又几时，剩能人海一相期。澄观阅世都成计，奇梦忧天亦太疑。风月且宜消浊酒，山林犹幸托明夷。劳君劫换能频过，此意茫茫更语谁？"

沈其光诗系年：《溪居》《佘山笋，次东坡和鲁直食笋诗韵，答葆荪》《葆荪和诗，复次前韵》《和署芸〈白牡丹〉》《芭蕉》《咏百合》《题钱伊臣太守〈淞滨鼓缶图〉》《促织》《题耿思泉太守〈身行万里图〉》（旧图为颜朗如明经绘，已失，斯图乃伯齐农部重作）、《次韵答喟庵》（二首）、《近郭》《城南小饮》《题歙县吴碌夫先生〈百八古砖室金石印谱〉，寄东园（承烜）》《夜饮，似卓黼、葆荪、懒渔、翰舫、菡初，叠前韵》《苦雨》（二首）、《题〈海鹤图〉，为施海鹤》《荒村》《东坡生日雪，同社诸子夜宴酒楼，次坡公聚星堂韵》（是日观葆荪所藏东坡画像）。其中，《次韵答喟庵》其一："闱中日月转双丸，自汲清泉洗碧兰。皖水夜涛乡梦远，虞山烟翠客窗寒。百年真似都庐戏，万事惟谋凿落欢。贻我瑶华政须惜，挑灯频起展书看。"《东坡生日雪》云："玉杯酒色绿于叶，举杯邀月光照雪。高会颇忆聚星堂，千载风流未歇绝。饮酣旋觉醉眼眩，思苦更捻吟髭折。坐中词客粲联翩，席上酒兵纷起灭。东坡才名惊一世，碧海长鲸手自掣。笔力雄扛百斛鼎，文心巧铸千花缬。丹青谁与状奇姿，眉宇峥嵘映琼屑。北扉南海俱梦耳，身世空花真一瞥。吾曹连世例穷塞，满腹劳愁不须说。为公鞠腾酹三爵，高唱江东绰板铁。"

许咏仁诗系年：《孔宅诗序》《和沪上姚子梁观察〈访青浦孔宅，拜至圣先师衣冠墓〉，用壁间韵》《和〈恭纪至圣诞日释奠礼成〉》《和〈同人集愿学堂，议立江苏孔教支会〉》《叠前韵依题奉和》（三首）、《再叠前韵依题奉和》（三首）、《三叠前韵依题奉和》（三首）、《四叠前韵依题奉和》（三首）、《五叠前韵依题奉和》（三首）、《六叠前韵依题奉和》（三首）、《七叠前韵依题奉和》（三首）、《八叠前韵依题奉和》（三首）、《九叠前韵依题奉和》（三首）、《十叠前韵依题奉和》（三首）、《读孔宅诗第三册，见青浦方乐君（德嘉）所作四绝句，将原韵殿每首之末，改绝为律，亦将原韵分殿各末句奉和》（四首）、《倒叠前韵，将原韵分冠各起句奉和》（四首）、《和太仓朱铁英（庆和）半园雅集（园在苏城仓米巷），即次原韵，并呈南通陈少珩（子瑚）、昆山陈赞平（佐刘）、同邑张寿人（楷）》（四首）、《过凤凰街口占》《寓苏将近三年，拟秋后回江阴》《挈眷自苏回澄，赁城内某氏宅，叠前韵》《和曹尹孚〈赠虞山姚民哀〉》（次原韵）、《题紫红菊帐额》《〈寒鹊争梅图〉帐额，为徐树香（国梁）题》。其中，《七叠前韵依题奉和》其一："衍鲁分吴聊语壮，璇题虓炳烛台星。颜渊井洁依廊庑，宰我堘高护墓庭。堂号知天蕉映绿，寺邻慧日竹摇青。玉兰金粟随时发，更有梅花万树馨。"《寓苏将近三年，拟秋后回江阴》云："自到金阊后，匆匆两岁余。市中无鹤舞，廊下有鸿居。桥尚依乌鹊，书谁附鲤鱼。秋风动归思，木叶渐萧疏。"

盛世英诗词系年：《布衣》《和筼孙明府坡公生日之作，步元韵》（四首）、《题王午亭布衣诗集》《承和章，复倒用元韵以答》《再叠元韵赠午亭》《吊马俊生母丧，见其女郎感作》（六首）、《再答王午亭，次前韵》（二首）、《再叠前韵四律》《游少城感作》（二首）、《重有感》《励志诗》《缪筼老徙宅，赋此为庆》（八首）、《继室任孺人忌辰感作》《检理书籍口占》（四首）、《铜雀妓》《读工部诗集书后》《和缪筼孙〈秋夜客来，索酒斗诗〉之作并步元韵》《揖让》《痛哭》《寿唐海琴先生七十，即步先生〈寿李银槎〉元韵》（二首）、《题邢丽江诗稿》（八首）、《赠尊经同学汪君心如》（四首）、《吊杨升庵先生》（二首）、《咏史》（九首）、《赠汪心如同学回中江》（四首）、《满江红·寄内》《满江红·和缪筼孙明府〈满江红〉步元韵》《贺新郎·和缪筼孙〈贺新郎〉词并步元韵》《再和前阕》《三和前阕》《四和前阕》。其中，《游少城感作》其一："少城第宅胜当年，有客闲行独泫然。多少从龙贤后裔，只今憔悴乞人怜。"《咏史》其二："曹丕据汉鼎，陈思翻涕洟。朱温移唐祚，全昱独歔欷。托体同日月，富贵当不赍。胡为不自喜，乃为前代悲。得无君臣义，沁入人肝脾。同生不同性，自古有若斯。"《赠汪心如同学回中江》其一："一别廿年久，每深怀旧思。快心重接席，失意又临歧。乱世事难定，再逢知几时？浮云随聚散，此日独凄其。"《满江红·寄内》云："绮岁春华，强半被、乾愁准折。猛省识、晚晴残照，自家怜惜。冷眼为谁挥热泪，灵心际此成顽铁。莽乾坤、万事已全非，休饶舌。　　仙佛果，遭尘劫。圣贤种，飞烟灭。是陆沈数到，断鳌难立。枭桀忍为仇国论，鲰生恨乏回天力。尽冷吟、闲醉送余生，真长策。"《贺新郎·和缪筱孙〈贺新郎〉词并步元韵》云："万事随缘分。记年时、朱弦断绝，有劳殷问。着意栽花花信阻，不许蓝田纳聘。强半为、华年太逊，人重昌黎门下客。旧金兰、代理氤氲任。声与价、准公定。　　妇翁清白贫何病。只堪惭、头颅如许，比肩鸾镜。鸿案相庄娱暮齿，评跋伊谁持赠。是学道、爱人贤圣，和我催妆诗旖旎。广平公，铁石饶风韵。携玉手、细吟咏。"

　　贺次崴诗系年：《苦雨》《旅次夜月》《梨花》《桃梨》《不寐》《廿一条件交涉有怀》《三义庄书见》《癸丑夏日，在雪叔京寓后园移植盆栽石榴数株于圹地，灿烂蒸霞，累累垂实。别后经年，归自青岛，复寻原处而根株尽萎，询之家人，知为不耐冬雪，自谢。因口占一绝惜之》《游十三陵》（二首）、《忆春》《不寐口占》《落花，次李伯炽韵》《花残》《自嘲》《偶成》《简答卓历庵》《落花》《检得伯涵诗稿》《步原韵和赵伯纯》《自感》《寄怀周树山》《忆家》《哭郑子美》《白雁》《粤被水，忆家人》《落叶》《调陈植之思翠香》《和南雪姑母元韵》（二首）、《悲中日交涉》（廿一条件）、《赠紫灵芝》《黄菊田考知事下第有感》。其中，《廿一条件交涉有怀》云："谁系安危局，邀盟剧可怜。邻邦耽虎视，海外尽狼烟。掠地悲瓯缺，输城愧瓦全。嗟予生不造，报国感华年。"《游十三陵》其一："虎崎龙蟠气象雄，不堪回首大明宫。铜驼石马埋荒草，一代兴亡叹数穷。"《简答卓历庵》云："咫尺相违感索居，深情差喜惠双鱼。开缄告我君将至，乐极翻疑总是虚。"《悲中日交涉》（廿一条件）云："喧宾夺主原无赖，安国何人善折衷。城下乞盟终割地，宫门犹见月溶溶。"

　　孙树礼诗系年：《谢故乡亲朋贺七十寿》《往年潘会兄弟偕行，今仲兄独诣湖上，以诗寄示，用原韵奉和》（二首）、《仰颜侄孙合卺有期，自鄂言，旋闻已安抵省垣，喜庆绵联，祖庭当更有新咏，先此驰贺，藉侑一觞》（六首）、《寿仲兄诗又寄并附葡萄、蘑菇》（六首）、《奉仲兄朔日感赋诗，依韵即答》（二首）、《成儿赴美纪事》《约园赐诗，步武为难，病后杂述奉和》（八首）、《闻长嫂病纪事》（四首）、《题谢孝子（霖）〈侍疾图〉》《物价日昂，而风俗日侈，感赋》《和延蒨士评事〈新居〉韵，为忻儿作》。其中，《往年潘会兄弟偕行》其一："遥从北极望南天，一度相思一惘然。旧雨晨星渐寥落，会中能有几齐年。"《奉仲兄〈朔日感赋〉诗》其一:"家人团聚十旬余,又赋诜征畏简书。岂是请缨储夙愿,遂令海上掣鲸鱼。"《闻长嫂病纪事》其一:"一纸书来感百忧,今年七十八春秋。儿孙罗列祈天佑,可许筹添海屋不。"《物价日昂》云:"祖德流闻俭可师,相传供馔祇蹲鸥。配盐细咉如幽菽,稼穑艰难敢不知。"

董伯度诗系年:《晓起书怀》《杂诗》(四首)、《阅吴炳文(南如)诗即赠》《读杜》《读苏》《招胡筱云(炎)访戴仲熙》《论诗,与希闵》(二首)、《偶书》(四首)、《咏史》(五首)、《示叔和》《留别》《小园初晴》《寄熊祥》《连日狂风雨沙》《徐家汇晴望》《野行》(三首)、《车中作》(二首)、《即事书怀》《云溪晚眺有怀》《梦中得联,即足成之》《答梦因》(二首)、《寄秦仰松梁溪》《读书》(二首)、《游山》(二首)、《宜兴童志纯(致驯)归自日本,病卒,诗以志悼》《游公园》《寄梦因》《书怀》《小园雅集》《熊祥至》《野行见花有感》《寄乾三》《曹继述(曾祺)有都门闻笛之什,因寄四绝》《寄任中敏(讷)扬州》《叔度招饮即事》《梦因过访,畅谈至对日亭,次晨告别并订后会,兼怀升初》(六首)、《升初过访》(三首)、《寄奚升初》《寄继述京师兼寄志先(曾祥)无锡》(三首)、《幽居》(四首)、《新凉喜赋》《戴沛荣(济然)宅间作》《与熊祥等六人共饮》《寄张棻开封秋声楼》《赵松鹤索读余诗,歌以赠之》《次吴炳文〈杂感〉原韵》(八首)、《怀梦因、升初》《寄梦因》《寄钱厚斋杭州》(三首)、《广西陈柱尊(柱)见赠书籍,奉酬二律》《偶成》《杂兴》(二首)、《寄奚升初》《送戴萦卿(成垣)》(四首)、《陈柱尊赠诗,即报长歌》。其中,《小园雅集》云:"茅亭日午尘喧静,奇句争先击钵催。山鸟也知吟正乐,绿音深处好音来。"《次吴炳文〈杂感〉原韵》其二:"白鹤蹁跹舞暮烟,霜姿本不受人怜。孤松瘦菊怀元亮,朗月清风遇谪仙。几度琵琶舟畔曲,一春蝴蝶梦中缘。秋河耿耿宵将半,坐看明星在户前。"《寄奚升初》云:"霜凄九陌暗凝尘,梦醒寒鸡不唤晨。枫叶乍传千壑冷,梅花又报一年春。知音谁更如公瑾,饮酒惟须学伯伦。他日买田东郭外,与君同作耦耕人。"《寄任中敏(讷)扬州》云:"春残曾为落花愁,每到风狂怯上楼。方忆故人留歇浦,已随明月返扬州。小窗鹦鹉啼惊梦,疏雨梧桐冷似秋。莫愁长江限南北,金焦有约好同游。"

柳亚子诗系年:《周酒痴招饮,醉后赋呈,兼示顾悼秋、朱剑芒》《海上剧场感赋,示冯心侠》《湖上,为姚石子题扇》《答林秋叶》《赠春航》《赠龙小云》《观剧有感》《过秋墓作》(二首)、《闻王季高、姚勇忱遇害有作》(二首)、《春航将去杭州,诗以招之,兼束龙小云、范天声》《寄李少华甬上四首,即效其体》《寄丁白丁、不识、展庵昆季杭州》(四首)、《追哭子美》《哭勇忱》(二首)、《少年一首》《哭仇冥鸿》(二首)、《寿春航二十七初度》《为程艳碧题小影》《题〈莽男儿〉说部,为陈巢南作》《酒楼联句》(二首)、《酒后有作,用联句第一首韵》《席上分韵,得人字、寒字两首》《题〈西湖散记〉,为张冥飞、丁不识、展庵作》《题〈风木庵图〉,为白丁昆季作》(二首)、《汤剑胡自如皋来访，写赠一律》《答陆秋心》《酒后忆子美》《送玄穆归里，即次其留别韵》《次韵柬玄穆》《酒社十二集，病足未赴，写示玄穆》（二首）、《题冯柳东〈杨柳岸晓风残月〉卷子，为天梅作》（二首）、《足疾就医吴门有作》（二首）、《题玄穆〈乡居百绝〉》（四首）、《钝根以〈崂山四景词〉见示，为题一绝》《阴霾》（二首）、《题〈天荒画报〉，为孙仲瑛作》《纪梦二什》《再题〈圭塘倡和集〉》。其中，《少年一首》云："少年书剑纵横意，老矣浮名安用之。逃世岂真甘落莫，佯狂聊以慰妻儿。嵇生柳下曾无锻，杨恽南山尚有诗。十斛醇醪浇不尽，填胸块垒一行尸。"《纪梦二什》序云："夜梦客游燕市，天寒风雪，伤时忧愤，呕血几死。忽有效红拂之就卫公者，然其人固非杨家妓也。缠绵歌泣，悲喜万状，晨鸡一鸣，恍然若失。爰为赋此，聆痴之诮，知弗免焉。"其一："禅心空遗逐芳尘，又惹陈王赋感甄。累汝缠绵缘底事，怜侬憔悴不如人。鹃啼已尽相思血，蝶化能为顷刻春。是想是因谁辨得？难忘横翠上眉颦。"其二："绝代佳人在北方，貂裘茸帽健儿妆。自甘卓女奔司马，谁肯佣奴嫁外黄？九死尚烦怜病骥，三生何意化文鸳。无端说梦君休讶，便有前尘亦渺茫。"《过秋墓作》其一："大好中原坐付人，钱镠赵构只称臣。西湖云气今休问，立马吴山少此君。"其二："南徐北庾漫评量，盲祖居然著作场。一例文人牢落恨，淮西碑竖段文昌。"《闻王季高、姚勇忱遇害有作》其一："十年于越震雄图，束手无端遽受诛。失计轻窥狼虎窟，山头廷尉论非诬。"《酒社十二集》其一："烂醉当时旧酒楼，赋诗横槊几曾休。如何一病西风里，涕泪相看似楚囚。"其二："男儿三十不封侯，地棘天荆此尽头。我已自拼槁卧死，输君犹解筑糟丘。"

王锡藩诗系年：《观蛛丝有感》《附堤工委员林少川原韵奉和》（时同寓涂氏祠）、《湾上即景》（限塘、妆、常三韵）（二首）、《附堤工委员林少川和章》（二首）、《堤工委员林少川假寓涂氏祠，手植夹竹桃一株以留去思，因制一律以赠》《附林公和原韵（并序）》《赠别林少川（有序）》《附林公少川〈留别〉》《馆中阶下栀子花四月杪盛开，试为题之》《次前韵其二》。其中，《观蛛丝有感》云："一步方来一步过，年年缯币遍捜罗。生民手足皆无措，蛛网争如茫网多。"《堤工委员林少川假寓涂氏祠》云："奇葩异种植阶墀，幸得明公手自移。与竹凌霜争晚节，随桃带雨斗秾姿；棠存南国追前事，柏植巴东缅昔时；旬日叨陪应有分，能禁欣赏动怀思。"《馆中阶下栀子花四月杪盛开》云："栀子花开雪满枝，碎香轻拂絮君思。前身疑是寒梅骨，觌面遥怜素女姿。粉蝶飞来浑不辨，美人簪去两相宜；牡丹艳品多争羡，谁识青丛乍可题。"

刘尔炘诗系年：《水洞楼看河》《五泉山雅集偶成》（四首）、《五泉山雅集，步问芳老人原韵》《戏作一首》《朝暾》《说佛示梦梅生，即候病状》《有所悟》（二首）、《积雨新晴登五泉山武侯祠》《消寒雅集，分韵得东文庚》。其中，《水洞楼看河》云："到此能教万虑空，登临人在白云中。黄流为泻神州恨，怒卷狂澜直向东。"王烜和诗《水洞楼看河,和五泉山人韵》云:"晴川历历草连空,独倚高楼水树中。但得梅花吹玉笛,我来好唱大江东。"张林焱和诗《水洞楼看河,和五泉山人韵》其一:"一角危楼倚碧空,残山满目乱流中。绿杨堤外田歌起,不唱南薰唱大东。"《五泉山雅集偶成》其一:"绿荫深处且衔杯,又向人间醉一回。盼咐白云留住客,山头不许夕阳催。"《五泉山雅集,步问芳老人原韵》云:"四围山色拥晴峦,万绿阴中独倚栏。有酒难寻天下乐,无怀且觅古人欢。浮沉事业谁千载,多少英雄误一官。得失盛衰云过眼,男儿只要此心安。"《消寒雅集》云:"和叔冻卧幽都中,司寒群职相争雄。呵气成冰唾成雹,挥手霜雪随凄风。可怜万物僵如铁,不知人世红日红。朝阳洞里朝阳君,不忍埋头卧白云。起向天公搔首问,下界如此闻不闻。速遣祝融传火去,千门万户椒兰薰。不然阳气一断绝,乾坤无物相氤氲。岂不怕日月陨坠天地(成)邱坟。天公闻言吁一声,说我从来热度高莫京。不料年前动凡想,偶从尘海一偷晴。此心之寒彻肺腑,冰凝肠胃如水晶。虽服岐黄回阳剂,其奈阴盛难与争。我躬之病尚未已,遑与下界谋枯荣。君今爱我为我计,可有奇方妙术使我心头冻解如春晴?朝阳君乃不胜惊,升天入地输丹诚。南投交趾北无棣,西求王母东蓬瀛。神仙无灵鬼无策,嗒然若丧难为情。归途忽遇殷王爱,手携妲己蹒跚行。授以医天无上法,言此非药所能成。但聚山珍海错与美酒,呼朋引类攻愁城。肉林倒,酒池倾,不及九十日,天心寒气自然轻。吁嗟乎,天心寒气自然轻,时来步步春风生。寄语朝阳洞里客,莫从冷处争输赢。"

骆成骧诗系年:《遣愁》《将归成都,留赠董冰谷》(二首)、《读陈梅生前辈〈闽中诗草〉》《赠陈梅生前辈嘉言》(三首)、《和林次箓协修〈饯别〉原韵》(二首)、《留别同馆诸公》(二首)、《燕台》(八首)、《易水》《嵩屏》《望蜀》《屈原庙》《巫峡行》《重庆真武山》《杂女吟》(四首)、《成都赠琴少伯》《五十生日》《咏古》《悲时》《和许仲期同年〈赠别〉原韵》。其中,《五十生日》云:"百年期半欲何望?千首诗成转自伤。声律相和悲志隐,德功无纪痛言长。旌麾满地龙犹卧,藻耀冲天凤已翔。饱死人多饥死少,侏儒且莫笑东方。"《重庆真武山》云:"真武峰头系旧思,金城四面带汤池。江山不尽登临感,欲说前朝恐费词。"《巫峡行》云:"蜀山不放江东注,蜀江不让山南渡。江山争雄不肯降,江忽龙蟠山虎踞。瞿唐两崖高插天,日月恐堕蛟龙渊。滟滪如马回万牛,独立江心江退流。阳溃阴泆左右漩,死生呼吸路一线。直来去如有神,万斛龙骧弦上箭。虎须东下七十滩,滩滩逆折寸寸难。石门横锁忽中断,千雷万马随奔湍。高唐一壁六十里,渴猿不下虚无底。峥岭摩霄浪击天,飞空隔断金鳞鲤。此非人境神所庭,是谁举手开天扃?春秋爻象破幽奥,梼杌饕餮通顽冥。雄风万里蛟涎腥,中有云雨藏飞霆。鼍鼊虎豹屹相向,爪牙拳曲心不宁。瑶姬下视如明星,诙诡谲怪争露形。山经禹鼎漏名字,乘险弄幻夸威灵。纵横八阵出无路,重重剑戟围青屏。三朝三暮挽不上,一跌千仞如建瓴。王阳不叱九折阪,韩愈亦哭华山陉。胡不自惜抱忠信，出没波涛身七经。四岳三涂游陟尽，归来尚畏极天峻。不见龙门斧凿人，空闻闭汉还开晋。天际飞车已自由，兴亡莫更怨金牛。楼船不作龙骧计，辜负长江万里流。"

赵熙诗系年：《却寄》《近事》《破镜》《寄题洛神小相》《无题》（六首）、《出郭》《爆竹》《接花》《怀昀谷》《北山诗三十八首》《移居》《杜鹃》《大佛寺》《郭外》《再游北山诗十九首》《荣德山纪游诗三十六首》《翠笔峰》《龙洞》《啸台》《簳叶沟》《铁山》《乱石山》《夜凉》《寄瘿公》《玉父画窗竹见寄赋谢》《京讯》《早起》《寄叹》《无题六首》《老眼》《题王虞仲碑十首》《答山腴》。其中，《出郭》云："出郭春山远，人间何事无。衣冠扫地尽，林野及身娱。草绿防蛇辈，花红垞鼠姑。阮生能劝进，何意哭穷途。"《题〈双玉凫诗〉》云："薄宦贫无一把茅，竹邻江渎长烟梢。诗名海内知何用，楚塞荒寒葬孟郊。"《北山诗三十八首》其一："如此山宜大有人，老为田叟即仙真。城中闲置如新妇，梦里江湖怯病身。易代只催行乐法，移文休勒北山民。花朝已过清明近，忍负郊原浩荡春。（游仙人山晓发）"其二："出郭桐花白四山，往年春雨不胜寒。一冬风日今仍旱，十里沟田水尽干。僻处画图妆小店，危时砦堡集群峦。乱烟松竹宗人宅，记在铜锣顶上看。（筮水坳）"其三："迤逦烟波烟景开，徐行不用一人偕。地名鼠石妖踪幻，田垞龟纹雨势乖。对岸一峰雄大壑，短垣三面是悬崖。去秋曾踏三祠路（百氏祠在麟崖下），粉壁疏林远更佳。（烟波桥。距城十二里）"其四："行尽风霄欠小楼，请看釜底置荣州。多年宿处山窗改，活水香时茗碗秋。客过松阴招午饭，路宜崖下辟庚邮。寻源勘得双溪误，正恐郦亭世不收。（烟波高处）"《再游北山诗十九首》其一："花外春田雨一犁，重来清夏苇萋萋。遥天过雨群山净，大野连城早稻齐。头白乡中思五亩，麦黄水落失双溪。中原北望知何路，试卜云居虎耳西。（出城，再游北山，取道东北，绕道而归）"其三："松际风凉翠一塠，天然消夏草亭基。戏抛石子量声响，下指农家数晚炊。一例流传似巴峡（重庆东下有铜锣峡），数峰离立或犍为。古今只爱人多处，谁勒鹅公顶上碑。（铜锣顶题壁）"其四："并无银杏只荒湾，虎耳崖西屋数间。雨足群蛙争阁阁，晚晴林羽斗关关。贫家一族疏相见，衰鬓中年各已斑。惭为我来将客待，酒杯摇荡九霄山。（白果湾，族弟友吾居止）"十九："百花潭水送微官，今日开笼放白鹇。自守妻孥将凤疾，无多文史闭柴关。作人自古难啼笑，伴我穿云恣往还。五十本葱一畦韭，劝君随分卧春山。（友吾陪游赋赠）"

许南英诗系年：《寄祝黄仲训四十初度》《乙卯菽庄修禊》《林健人游历东西洋归示诗，即和原韵》（二首）、《感怀，用前韵呈健人》《再和健人，倒叠前韵》《菽庄避暑》《移居》《和林兵爪先生〈别李丽君〉原韵》《和林健人〈寿内〉诗，即步原韵，并以致祝》《和林健人〈寿菊小集〉原韵》《虞美人花》《步施耐公〈自寿八首〉之二原韵》。其中，《林健人游历东西洋归示诗》其一："饱装书卷出岩阿，鼓棹中流海不波。晓策六鳌诗可钓，秋高一鹤句长哦。身经东亚西欧遍，春在蛮烟瘴雨过。借问使君争战局，触蛮何日倦寻戈?"《菽庄避暑》云："老夫不是趋炎者，乘兴从游过菽庄。已脱尘心平火宅，爱寻野趣憩山房。归云久寄岩头懒，片雨初收石乳香。为谢热中名利客，容吾居士号清凉。"《移居》云："移居嫌近市，市远亦维艰;负郭先租屋，关门当入山。兴来赊薄醉，老去漫偷闲。对镜愁看汝，先生鬓已斑!"

黄节诗系年:《为胡孟文题戴鹰阿山水画册十二首》《予欲编〈后山年谱〉，久而未就，敷庵书来见促，赋此答之》《题宾虹山水障》《早起得胡孟文书》《依韵答翁铜士过寓楼一首》《慰贞壮失子》《哭袁季九师》(四首)、《楼阴》(二首)、《陈树人旋日本三年，有书展转问讯，为答一首》《送贞壮南归》《社园看菊，将雨始归》《雪朝》《无题》《简瘿公》《连夕观女优剧》《过社园，梅花未开》《题云谷子残砚，为马夷初》《残梅》《题汤雨生行书卷子》。其中，《为胡孟文题戴鹰阿山水画册十二首》其一:"南风三日不成雨，化作春云绿似螺。不负小楼辽望意，看花评画忆鹰阿。"《题宾虹山水障》云:"旧忆淞江经岁别，春阴无俚叹宾虹。生平能事都如此，浦溆渔舟着意工。"《慰贞壮失子》云:"意外惊闻汝失儿，前书曾谓已胜医。庸知一子天终夺，此事十年吾所悲。来日艰虞应自惜，大伦朋友岂能遗。北来好及榴花放，只怕重题旧苑诗。(杨花怛化教坊未几)"《陈树人旅日本三年》云:"湖舠旧迹寻常溯，老去争怜百未成。汝尚清勤犹昨日，近劳书问说平生。心知违患宁能远，志不随人只独行。何事三年终作客，此怀兼与告元瑛(元瑛即曼殊，时与树人同居，别亦三年矣)。"

高燮诗词系年:《耿伯齐先生以松江普照寺为陆机故宅，即就寺内建二陆草堂，因题》《题钱景莲〈深山炼剑图〉》《题天梅侄〈变雅楼三十年诗征〉》《诗韵为风雨所碎裂，戏作》《题亚子〈分湖旧隐图〉》《题钝根〈红薇感旧记〉》《忆霞曲，为周亮夫赋》《石子钞〈幽梦影〉一通，余既为弁语并系以诗》《赠吴屏之》(揭阳吴生不远数千里来谒我于秦山老屋，信宿而行)、《谒林处士墓》《楼外楼小饮》《湖上游昭忠祠》《过秋墓及武松坟》《游法相寺》《烟霞洞题壁步韵》(二首)、《由烟霞洞至理安寺途中遇雨》《理安寺避雨偶成》《由理安寺走江干口占》(二首)、《玉泉豢鱼有感》《天竺道中书所见》《小憩冷泉亭》《上北高峰，因天晚不果登其巅》《题赠西泠印社诸子，步丁不识韵》《偕沈半峰、王漱岩、平复苏、姚石子同游宝石山》《与沈半峰、王漱岩、平复苏、柳亚子、丁不识、展庵、陈虑尊、越流、姚石子同饮湖楼，分得支韵》《游西溪作》《交芦庵遥步奚铁生题画诗韵》《将自杭返松，虑尊设饯于城站之酒楼，漱岩以诗赠行，次韵奉答，并寄虑尊》《柬丁不识、展庵》《怀人武林，集定盦句》(九首)、《不识、展庵书来，嘱题〈西湖散记〉，率应一律》《自题〈武林游草〉，集定盦句》(四首)、《题丁氏〈风木庵图〉》《题〈春晖文社社选〉》(二首)、《读〈长沙日报〉寄屯艮》(二首)、《苏小墓》《记事，为亚子书箑》《戏柬林秋叶二首》《简亚子奉辞尊称》《题西泠扶醉照片，即柬亚子》《前在虎林拟观春航演小青遗事，不果而返，既返而小青一剧始演，今见勉之数诗，令人凄然神往，爰即步春航〈过小青墓作〉韵，题一绝于后，聊以志憾云耳》《题石子伉俪〈浮梅再泛图〉二首》《送天梅之武林兼赠石子》《寿黄芳墅四秩》《题闵颐生先生金鱼画幅》《卖花声·夜读〈磨剑室词〉，集定庵句题之》《菩萨蛮·题〈燕子笺〉传奇》《一痕沙·题武林同游照片》《浣溪沙·题西泠雅集照片》《减兰·题三潭泛舟照片》《罗敷媚·题清波弄影照片》《少年游·为春航题名小青墓作，用虑尊韵》《虞美人·观〈来生缘〉新剧，择其尤感人者记以小词》《临江仙·观〈家庭恩怨记〉新剧》。其中，〈诗韵为风雨所碎裂〉云："风伯作威肆横行，夜半入室踞书城。眼看风雅尽扫地，倾筐倒箧难为情。安知天公妒我诗句好，故遣风伯攫我作诗料。飘摇践踏良可哀，权当湿薪殊草草。我笑天公何太愚，巧偷豪夺胡为乎。我诗在胸权在手，千篇跳出将如何。"《忆霞曲》云："珠江明月荔湾风，掩映山光妩媚红。楼阁参差互分合，校旆招展各西东。钟声初罢铃声起，书窗谙尽愁滋味。咫尺城南绮梦遥，天涯回首人憔悴。憔悴而今太可怜，欢场总是奈何天。柔情早撇风云气，尘劫难参解脱禅。为有意中人姓白，秀霞小字娇颜色。双鬟弯环云比浓，长裙飘举风无力。问年才及破瓜时，碧玉丰姿愁嫁期。敛笑凝眸空复尔，含情悄避却为谁。晴郊芳草垂垂绿，踏青时节春怀恶。阑珊蝶意我无聊，辛苦莺情人未觉。朝朝相念复相望，欲向娥眉诉断肠。重叠拼将笺十幅，缠绵写上泪千行。谁知爱极偏成错，双鱼一去无消息。失计翻教槛凤鸾。填河那有飞乌鹊。此心毕竟负卿卿，影受魂消似隔生。九死愿甘长忏悔，一场恩怨不分明。即今无复重相见，寄语痴郎莫留恋。所恐他时得见期，相思簿又添公案。"《由理安寺走江干口占》其一："鸟弄新声雨乍过，漫山湿翠绿如梭。只缘贪看晴岚色，失却诗情几许多。"《游西溪作》云："一翠扑人冷，萧然自不凡。水圆舟入月，山俯树争岩。野柳迎残日，溪云抱古龛。红尘真隔绝，到此足幽探。"《游法相寺》云："妙相原无相，真空未必空。庄严窥法象，智慧悟天龙。鸟语山仍寂，花残叶更浓。生生儒佛理，一笑或相通。"《卖花声》云："吟淡口脂痕。泪也纵横。亦狂亦侠亦温文。一卷临风开不得，人瘦三分。　　梦醒转沉吟。细剔龛灯。词家从不觅知音。辛苦痴怀何用诉，似我秋心。"《罗敷媚》云："屯田妙致元龙气，两样风姿。一样情痴。各动榛苓彼美思。　　文章歌舞俱超绝，艾艾期期。扑朔迷离。对影清波逐队嬉。"《少年游》云："一杯酬尔各怆神。风雨断人魂。芳姓同留，舞衣错认，非假亦非真。　　登场描出伤心稿，曾现女儿身。碎恨零愁，哀丝豪竹，一样可怜人。"

顾保瑢诗词系年：《题西泠扶醉照片，步外子吹万韵》《题亚子〈分湖旧隐图〉》《一痕沙·题武林同游照片，和外子韵》《浣溪沙·题西泠雅集照片，和外子韵》《减字木兰花·题三潭泛舟照片，和外子韵》《罗敷媚·题清波弄影照片，步外子韵》《虞美人·佩宜以玉照见赠,小词答之》《临江仙·〈浮海槛检诗图〉题辞》《临江仙(篷底别绕清课韵)》。其中,《题西泠扶醉照片》云:"怆怀身世泪如泉,知己相逢结胜缘。留得西湖佳话品,杏花酒酿两诗仙。"《罗敷媚·题清波弄影照片》云:"水光照见人如玉,绝代仙姿,绝顶书痴,借影清波慰所思。　　无端添上人三两,蓦地相期,竟不分离,傍着栏干竟笑嬉。"《虞美人·佩宜以玉照见赠》云:"飞来一幅惊鸿影,渴念都消尽,湖山犹记晚妆迟,仿佛殷勤旅舍夜谈时。　　不堪自抚尘容貌,愧泛琼瑶报。那番嫩约要重寻,无恙秋风扫径待君临。"

金天羽诗系年:《听女弟子俞锦心、查孟词奏批〈霞纳歌〉》《镇江竹林寺》《酒丐行》《两头纤纤二首,西湖上作》《瓶笙》《风筝》《安庆枞阳门外登迎江寺塔》(二首)、《夜饮大观亭》(二首)、《登大龙山》《江干待渡》《徐州登黄楼》(二首)、《燕子楼久圮,张少轩新修之》(二首)、《放鹤亭》(二首)、《兖州赠田镇守使(中玉)》《济宁赠潘馨航(复)》《赠戈梓梁(奭),戈为张少轩部将,时司东阿济宁林麓事,招饮酒酣,出蓑笠躬耕像幅属题》(三首)、《谷城吊项王墓,和馨航》(二首)、《东阿过曹子建墓,和馨航》《自兖州归,闻田公任陆军部次长,驰一诗以赠》《题叶天寥先生遗像手卷,卷为叶印濂(振宗)家藏》《〈问梅图〉,为宝山舒问梅(昌森)题》《鸳湖棹歌》(五首)、《西湖》《拜岳忠武王祠墓》《钱武肃王祠》(二首)、《晚过西泠桥吊苏小小墓》(二首)、《云栖看竹,礼莲池大师塔》《喜剑秋自燕京还,且闻又挟一宠,故末联嘲之》《葑门外天宁寺,古刹也,将被占于警吏,舒问梅以希社雅集处拒之,遂招客饮赏菊,天大雨,客多不知名,警吏亦在邀中,问梅首唱,即席酬之》。其中,《瓶笙》云:"石泉榆火烧清明,焦桐爨后无一声。洞庭两脚缫丝过,九天仙乐锵洋鸣。落花风里梁尘舞,双鬟茶烟日卓午。壶天高枕耳根清,此声应待双成谱。"《登大龙山》云:"衡岱匡庐有屐痕,集贤关外又巡春。山花开尽樵风急,算作龙山落帽人。"《放鹤亭》其一:"孤青突兀耸楼台,山作围屏四面开。我向空亭一长啸,西山应有鹤归来。"《自兖州归闻田公任陆军部次长》云:"海岱浮云色,朝来紫翠多。云中起魏尚,赵国用廉颇。燕市台无骏,龟山斧有柯。艰难军国计,愿枕鲁阳戈。"

李宣龚诗系年:《出都别映庵》《赠康南海》《调贞壮》《徐州道中》《题徐仲可〈天苏阁娱晚图〉》《题徐仲可〈纯飞馆填词图〉》《哀麦孺博》《车发太原》《同碧栖在宗孟家夜话》。其中,《出都别映庵》云:"老去逢春暗自惊,更堪啼鸟斗新声。风光未与潜夫事,不待花时已出城。"《哀麦孺博》云:"看君空仰天,不得常执手。区区道旁人,于我意殊厚。别时君未病,惊问到远友。寺门闭松栝,一泫各回首。斯人气端重,渊默甘自守。结衿虽长贫,取得颇不苟。行藏与治乱,桃梗杂土偶。死机固已至,死理定何有。皇穹悬日月,送汝老户牖。肝胆蜕庵词,相依当不朽。"

陈衡恪诗系年:《雪,叠前韵》《萧屋泉自江南馈腊肉》《后山逝日,设祭于法源寺。余以事未与，因赋》《题〈西泠感旧图〉（代）》《题〈茧庐摹印图〉》（后发表于《大公报》"文苑"栏目 1928 年 1 月 15 日）、《自叹三绝》（后发表于《大公报》"文苑"栏目 1917 年 11 月 24 日）、《看花》（二首）、《友人过下邳，谒黄石公祠，画图寄示，纪以此诗》《题〈珏庵填词图〉》《画〈溪居感旧图〉》（后发表于《大公报》"文苑"栏目 1918 年 10 月 8 日）、《题黄九烟画》（后发表于《大公报》"文苑"栏目 1918 年 10 月 6 日）、《画山水便》（后发表于《大公报》"文苑"栏目 1916 年 4 月 3 日）、《姚重光四十生日，为画山水便面》（后发表于《大公报》"文苑"栏目 1928 年 4 月 3 日）、《读白香山〈画竹歌〉感题》《画竹》《柬程十七》《与穆庵晚饮，次其韵》《和复庵〈初度感怀〉》《贞壮索画〈西湖寒泛图〉，因附一诗》（后发表于《东方杂志》第 13 卷第 2 号 1916 年 2 月 10 日）、《题汪伏生弃画》《过映庵夜话》（后发表于《东方杂志》第 13 卷第 6 号 1928 年 6 月 10 日）。其中，《看花》其一："闭门斋饭正花时，香满虚空不入诗。何事关心常于邑，叩窗蜂蝶未教知。"其二："飘堕人间四十年，只今差幸未华颠。寻欢且惜看花命，葬送春红又惘然。"《柬程十七》云："诗声隔巷近相闻，每见斯人若有云。百计功名余赁庑，十年师友养高文。当阶风叶从渠了，满架花阴向夕分。促膝为留他日忆，尊前着语已纷纷。"

张素诗词系年：《梦回》《读定庵诗有赋》《谢屏子以〈蜕庵遗集〉见饷》《又题一首寄亚子、少屏》《哭巢生》（三首）、《寄伯纯》《慰阿梦丧子》《邻女》《棋枰》《闻阿梦将再作塞外之行》《雪消》《南行留别京师诸友》《津门晤石工一首》《游大明湖》《相逢》《剧场书所见》《自江亭过龙树寺小坐，同海樵》《车中望城南园》《汽车中所见》《长春遇雪》《奉天驿偶题》《大凌河》《皇姑屯》《夜宿山海关》《开平》《天津迟孟青不至》《津浦道中值石安赋赠》《德州》《夜过济南》《初入江南》《车过彭城一首》《浦口渡江作》《沪宁车中值雨》《乍归》《里门喜见桃花》《禊日阻雨》《食鲥鱼》《民饥二首》《雨斋赋似亚兰》《非园牡丹盛开，与园主肖山同赋》《赠胎石》《用前韵赠杏痴》《穆廷从舅相见里门，赋呈一首》《揆伯自北都回》《上猴芙从舅》《雨夜燕集畏庵所》《芷庵、心民过谈江城旧事》《寄小柳京师》《送藜青往台安》《沪游访贞长不值》《题旧藏程梧冈画》《上冢一首》《乍见》《为友人治印》《夜归值雨》《公园即事》《郊行》《和寄小柳闽中》《再用前韵却寄闽中，并询子石、塞公近状》《得影禅书却寄》《听歌》《悼陆郎并寄似安如上海》《拟古艳歌》（三首）、《效冬郎体》《题仲兰所作〈秋山飞瀑图〉》《石如作印见似，赋此答之》《晚坐公园遣兴》《书寄穆廷安东》《故居大水，赋寄三弟圣瞻》（三首）、《赠道一》《用前韵寄炎公》《送渭渔族叔赴依兰，再用前韵》《夜半》《晚雨独归》《明星将赴龙江，赋寄索和》（二首）、《雨中作》《夜坐》《老仙一首，和友人韵》《雨过》《坐室中为蝇所苦，诗以斥之》《感旧三首》《寄肖山》《垂钓》《江潮行》《江楼坐雨》《昔游一首，寄生公》《雨后公园散步》《塞外食瓜作》《独客》《夜坐绿阴下口占》《夜闻虫声》《老农叹》《醉眠耀辰寓中》《梧叶落》《送彦迟返天津》《狂言》《将别春州作此见志》《无题》《生查子·题岁朝所摄小影》《踏莎行·再至滨江,与季侯同摄一影,系之以词》《满江红·寿石工三十》《三部乐·雪》《百字令·次炎公〈留别〉词均,即以赆行》《兰陵王·炎公临别赠词,仍用美成韵奉答》《夜游宫 (春入檐花自暖)》《朝中措·塞外喜见梅花》《燕归梁 (小桃花发点春烟)》《真珠帘·感昔游》《谒金门·夜闻邻家歌舞声》《四字令 (烟消雪消)》《菩萨蛮 (侔娇薄媚旋成怒)》《浣溪沙 (洛浦惊鸿照影来)》《桃源忆故人·南社诸子仿玉樵诗体,以"雨丝风片烟波画船"八字嵌入本调每句之首,而曼声歌之,一时和者甚众。余亦效颦。自知无当于伶人之宫羽也》《减字木兰花·却寄亚子杭州》《太常引·金陵客邸书怀》《浣溪沙·为石工题〈挑菜归来图〉》《点绛唇·故乡诸子结秋声社以觞客,为赋一词》《满江红·赠炎公》《露华·明星屡以书来招游京邸,辄为旅程所迫,在津仅住一日,不获遂践期约,怅然久之,赋一词却寄》《水调歌头·渡辽河》《齐天乐·观泰西杂剧》《百字令·夜游公园即事》《浣溪沙·亚子索观近作,赋此寄之》(二首)、《西江月·得胎石书却寄》(四首)、《转应曲 (萤火)》《忆王孙 (花香酒气杂调笙)》《丑奴儿 (碧天如水无影)》《相见欢 (夜深却下阶除)》《声声慢·雨夜》《满江红·寄杏痴》《瑞鹤仙·江楼晚眺》《双头莲·残荷》《尉迟杯·忆长干旧游》《望海潮·松花江观水涨》《满庭芳·迟明星不至》《暗香·久不得小柳书,赋此却寄》《南乡子》(八首)、《天仙子·和友人〈沪上春词〉,即用其韵》《一剪梅·寄伯荺闽中》《洞仙歌·喜明星再至吉林》《玉京秋·和草窗韵》《少年游 (相逢前度)》《南歌子 (烛影摇红蜡)》《相见欢·用南唐后主韵》《朝中措·闺怨》《如梦令 (几阵西风砧杵)》《蝶恋花 (锦瑟年芳休更误)》《眼儿媚 (最无情处最多情)》《忆江南 (关山月)》《一剪梅 (绿波南浦得春怜)》。其中,《梦回》云:"梦回犹念郁金堂,卷幔春风试晓妆。彩胜剪成花照影,画灯飘去玉成行。一痕心事原无着,百辈窥觎总未防。道是阿侯年最小,箜篌不卧卧银床。"《慰阿梦丧子》云:"岂有哀堪告,徒余病自怜。丧明谁不痛,呵壁已无天。汤药全家废,须眉百虑煎。遣情凭一女,弄笔写悁悁。"《闻阿梦将再作塞外之行》云:"七千里外汝能来,画角春风故故哀。草色渐开盘马路,月明犹指晾鹰台。已成薄宦仍为客,独遣穷途老此才。塞外蒲桃今正熟,愿同凭眺一持杯。"《暗香·久不得小柳书》云:"少年踪迹,共七千里外,关城吹笛。为问故人,禁得天涯几离席。何处秦楼燕子,香梦恋、春风油碧。但老去、作宦汀州,愁与鬓霜积。   岑寂,泪满臆。待月底梦回,辛苦相忆。试凭锦翼,凝伫云罗断消息。梧井乱啼络纬,应絮尽、愁人怨抑。向瘴海、回首处,片帆沈夕。"

张质生诗系年:《宁夏怀古》(三首)、《自嘲》(四首)、《实斋先生携〈金刚经〉一卷,每晨起盥漱毕端坐持诵,无间寒暑,已十年矣。湛深佛理,面面俱澈,上乘禅不及也。爰赋小诗，墨诸经后，以志灵山会一段因缘云尔》（三首）、《同何实斋高台寺看桃花，正在踌躇满志，署中来召，归而有作》《赠王建候（树中）观察，即用公〈查禁罂粟〉元韵》《再过昭君坟》。其中，《自嘲》其一："丝竹中年负好春，孤琴短剑走风尘。诗高从不著低想，才大方能容小人。戈马丛中经苦练，龙华会上忆前因。痴心莫问升沉数，拚得当筵醉一巡。"《宁夏怀古》其一《统万城》云："统万城头访赫连，英雄割据事如烟。颓垣何处为蒸土，鸣镝当时尽控弦。六代初兴胡羯运，一山高瞰贺兰巅。我来正值风云起，书剑摩挲愧壮年（前年库伦犯顺，后套骚然，时余适幕游宁夏）。"其二《元昊故宫》云："元昊当年有故宫，几经雷雨几经风。辽金远借推移力，韩范难收恢复功。往事已随流水去，新愁都付塞云中。感今吊古情何极，独立苍茫问化工。"其三《赵大将军梁栋故宅》云："尽有奇人起朔方，将军拔帜定黔阳。一身都是子龙胆，百战羞拖贾复肠。解甲归来聊隐豹，妖星射去落贪狼。可堪故宅荒凉甚，空见石狮卧道旁。"《再过昭君坟》云："昭君坟上草离离，两度来游有所思。汉代山河归短梦，胡天冰雪正当时。和戎自古无长策，感旧而今解赋诗。地下香魂知得否，风尘我亦厌征鼙。"

陈曾寿诗系年：《刘园朱棣老梅下共醉》《看梅后归舟遇雨》《大雨后同复园至云林寺》《宿州道中》《灵璧道中》《潼山村宿》《过洪山阅兵台下》《大雨过黄梅》《南湖晦夜寄怀散原先生》《十五夜月》《廿一夜梦作"书画真有契，岁月来无穷"二句，似翻后山诗意，醒后偶有所会，遂成二诗》《将至金陵视散原先生，车过镇江观落日作》《病山先生独游天目山，归述其胜示新诗，欻然神往，亦拟一首》《挽李猛庵丈》《往宝应视朴生疾，过镇江作》《夜过镇江》《湖上一夕大雪，寒不成寐，寄怀节庵先生梁格庄》《题金拱北拓印图》（二首）。其中，《南湖晦夜寄怀散原先生》云："湿萤乱开阖，山影霾半湖。嗷嗥间格磔，杂沓喧荷蒲。宵沉潜蛰作，万窍争号呼。长飙忽飘卷，飒若幽灵趋。大千入星光，贞明忽已无。一息拟终古，遥夜何时徂？握云天一角，下有青溪庐。脱袜此偃息，谛吟定何如。"《题金拱北拓印图》其一："林泉幽雅称吴装，辟世真堪老此乡。触手周秦金石刻，好同诗料付奚囊。未容小技薄雕虫，寸铁能通造化功。平世谁为丈夫事，安排画稿与酬庸。"

关赓麟诗词系年：《樊山以〈小花朝〉〈雪入暮转盛〉二诗见示，翌日雪霁奉和，并志连日宴集之况》（二首）、《小西天观隋唐以来石经歌》《抱存、瘿公诸君招法源寺观花，是日樊山与春榆、子蕃、剑候约集秭园作诗钟，缘是易期，已而迟樊山复不至，以诗讯之》《与罗瘿公（惇曧）、梁卣铭（宓）、胡子贤（祥麟）、张鲁恂（昭芹）、黄孝觉（文开）、黄晦闻（节）、家兄吉符游西山宿潭柘寺，分得左字》《琉璃河至长沟镇道中口占》《小西天题望》《初到云居寺》《宿云居寺杂诗》《蝶恋花·自云居寺归途中》《与罗瘿公、杨昀谷、家兄吉符同游石经山宿云居寺联句》《赠日本旅行人菅野力夫》《京师正阳门拆毁瓮城，得崇祯二年铁炮，作歌纪之》《张子干（伯桢）以〈篁溪归钓图〉题词见贻，戏题二绝》《寿金息侯同年（梁）母钱太夫人七十》《寿邢冕之同年（端）母刘太夫人七十》《伏中饮南河泊，泛舟赏荷，分得冬韵，赋呈履之、蔚如、翼牟并樊山、实甫诸君》《雨中游清华园即事》《游黑龙潭遂至温泉》《寿徐慕初（象先）尊人班侯侍御胡太夫人七十》《题徐容舟所藏黄忠端公墨迹长卷》《挽叶玉甫亡姬陈氏八首》《佳人行》《傀儡谣》《儒冠》《鬻所乘马车感赋》《厩马俄国产，驾车六年矣，贱价鬻之，伤感成咏》《灌园》《一饱》《骤贫》《粤灾叹》《飓风行》《耽吟》《铜士录示与龚叔明夫人卜居杜庑病中书怀之作，寓意良厚，即用其韵》《诣曹》《归家》《复讯》《中秋待月》《观〈嫦娥奔月〉新剧戏作》《早起》《公园晚步》《戏示内子》《园后新辟隙地，杂种菜蔬、瓜豆、萝卜、花生之属，均实可食》《为章曼仙（华）题先德〈铜官感旧图〉》《夜读》《重阳日不出》《王渭生（秉权）闻余讼累，知近况贫窘，远寄银元三百为举火赀，虽违不受人怜之心，弥有能知我贫之感，覆书辞谢并系以诗》《和黄晦闻〈楼阴二绝句〉原韵》《惜阴》《讼事初起，豫计中秋前后当了，遂与友人约谒孔林，并赴杭为西湖之游，归粤揽罗浮之胜，忽忽三月，案悬不结，天气渐寒，游兴顿沮，为之怅然》《霜叶》《寒暑词》《朱瓜结实，累累数百枚，霜降后摘馈亲友，留其绝大者供之几案间》《挽座师陆文端公》《寿谭篆卿（祖任）母许太夫人七十》《寿吴绚斋（士鉴）尊人子修年伯（庆坻）母花太夫人七十》《不寐》《出处》《和晦闻〈过公园看菊〉韵》《拟韦苏州〈难言〉〈易言〉》《署供》《赋雪》《庭鞠》《客问》《梁燕孙宅中听粤东谱友人合乐》《和樊山〈歌柳〉原韵》《寿樊樊山七十》《寿赵剑秋（椿年）尊人元直太翁七十》《与诸公携酒贺杨瑟君新居》《生日》《贺王子琦（廷璋）新居》《宣判》《病脑旬日，内子苦谏观书，释卷枯坐，复不自聊，作诗遣闷，不知吟诗与观书，孰与病增减耶》《被议以来不预外事，报章有谬传余列名劝进，致深惜之意者，戏成》《晦闻见读近诗，颇以悬悬于讼事为嫌，因答》《重答晦闻》。其中，《樊山以〈小花朝〉〈雪入暮转盛〉二诗见示》其一："说诗醉酒忆连朝（用白诗），战罢群龙冷未消。梅萼添肥香不减，月华交映笔能描（樊山归去作《雪月吟》一首）。御沟流急催新涨，画阁檐低碾屑瑶。谁道袁安独高卧，药炉深伴雪儿娇（抱存以姬人病不至，以上二月十三日事）。"其二："雾色千门玉勒骄，初阳眼缬逼窗绡。营巢尚颤衔芹燕，入市重烦换酒貂。春事花城迟百卉，夜吟桦烛尽三条。诸公台省无多暇，莫为泥涂许放朝（周少朴、杨杏城皆至，上咏十四日事）。"《晦闻见读近诗》云："自辑新诗当写真，流传已愧一微尘。相逢如梦何嫌呓，定痛犹思诇免呻。托醉恨无千日酒，怀归尚靳五湖莼。病余匝月吟哦懒，寂寂春风倘笑人。"

张肖鹃诗系年：《北上前夕，苏斐然招饮，席间周鹏程出示〈游洪山〉诗，即因其韵留别》（二首）、《过武胜关》（二首）、《出武胜关之许州，赋质吴旭暄同学》《过黄河大桥》《过石家庄哀吴绶卿》《抵北京》《过东交民巷》《送黄遽庵之官奉天》《天津放轮之上海》《风雨兼旬,旅居无奈,记吾乡严少陵先生诗有"知君知我亦思君"之句,因作辘轳体五章》。其中,《北上前夕》其一:"挟策无端赋北征,漫天烟雨一江横。几年橐笔徒形役,万事经心到眼明。铢黍功名尘土贱,沧桑人世死生轻。萍飘絮溷随缘住,莫负樽前别酒盈。"其二:"鄂王城下几春秋,深柳书堂记旧游。风雨联床劳梦想,乾坤万古滚江流。长天此去一挥手,大地何缘再转头。自信吾生原有涘,漫从人海卜沉浮。"《过武胜关》其一:"石洞钻经一瞬间,刺天峰过万重山。虏军当日长驱入,虚负佳名武胜关。"其二:"义师浩气壮山河,江汉掀然涌大波。海内闻风争响应,一关险不敌人和。"《出武胜关之许州》云:"依依关柳向南枝,漠漠余怀正北驰。千里春风鸣得意,一犁好雨润当时。天心晻暧宁中酒,客路苍茫独咏诗。极目中原文物地,人烟寥阔户疮痍。"《过黄河大桥》云:"车过黄河缓行驶,桥身失修不可恃。曲流陡急挟泥沙,上游冲刷弊至此。历代治河难彻底,善法惟效禹湮堵。千里金堤有决时,徒叹天生此害水。民国建设方开始,当道无谋肉食鄙。民命微作蝼蚁看,好官自为骂不理。我过此桥叹不已,兢兢危似薄冰履。后患难言忧抱杞,聊作小诗言无罪。告采风者一垂视。"《过石家庄哀吴绶卿》云:"武昌义旅振,虏廷心胆震。命将出师迅,总帅陆长荫。兵利神速进,石庄必由径。陆军第四镇,统制难相信。革党声气应,是乃肘腋病。调升巡抚晋,藉以释兵柄。绶卿失机甚,理不穷究竟。狙击敌计定,防疏遽殒命。北来过此郡,凭吊涕泪并。是知诸葛胜,一生惟谨慎。"《抵北京》云:"巍然远见北京城,成祖宏规异代惊。留得英君遗迹在,夕阳无语话亡清。"《过东交民巷》云:"交民巷接禁城东,使馆居留属地中。不独法权超治外,炮台偏筑对清宫。"《送黄遽庵之官奉天》云:"京尘同叹素衣缁,灯火依稀语漏迟。客路相逢君识我,贫交此别赠惟诗。东陲多事一官重,南国怀人万里思。好种桃花忘莼菜,清风明月两心期。"《天津放轮之上海》云:"倦作京尘客,来从海国游。波涛怀旧侣,风雨写新秋。吾道浮杯芥,人情幻市楼。茫茫天地阔,身世一孤舟。"《风雨兼旬》其一:"知君知我亦思君,风雨江城不可闻。诗卷一囊愁万种,情怀两地夜初分。恼人蜡炬啼红泪,慰我春衾覆锦纹。倚枕支颐眠未得,天涯惆怅杜司勋。"其二:"一枕萧骚雨正纷,知君知我亦思君。穷途寥落伤春客,渴病支离借酒军。枝上啼鹃惊断梦,梁间语燕乐同群。花笺十幅殷红点,盼断江东日暮云。"其三:"漫随红紫斗芳芬,霖雨徒劳出岫云。怜汝怜才谁似汝,知君知我亦思君。碧波纹卷龙须褥,白首情甘袯鼻裙。小住记留留未得,阴晴隔夜察天文。"其四:"佐读兰膏静夜焚,曾携茗碗对炉薰。短缘草草禁难惯,薄酒花花醉易醺。念客念家犹作客,知君知我亦思君。闲抛红豆相思子,一种情牵万缕纷。"其五:"楚江烟雨惨离群,闭户无聊灭见闻。伴结燕莺空尔尔,痕留花月总云云。难凭恨石填沧海,强突愁围起异军。漫倚楼头盼杨柳,知君知我亦思君。"

太虚大师诗系年：《送胜安返蜀》《憨杜多破关，有诗征和，次其韵》《送别湛庵返楚》《题憨杜多作兰帧》《却非、痴剑自秣陵秋来有诗，次其韵》《赠钱塘葆瑺医师》《读〈齐物论〉》《寿天童寺净心长老六十》《答示一幻》《补怛禅关漫兴》《题〈思愆室诗集〉》《题刬蕉所藏山水图》（图为施聆秋女士作）、《和湛庵〈春日出瓜洲口〉》（传是伍员解剑渡江处）、《和湛庵〈过汉阳归元寺吊云岩〉》《和湛庵〈五十初度〉二首》《和湛庵〈闭关扬城东庵〉韵，即以奉赠》《喜雪》《岁尽》。其中，《送胜安返蜀》云："打坐禅关亦足哀，羡君犹有故山回。一帆相送春风好，莫待秋深万木摧！"《题憨杜多作兰帧》云："心头几点血斑斓，吸自欧蛮战骨寒。本是隔洋腥臊气，化将芳艳与人看。"《补怛禅关漫兴》云："海岛幽栖似坐船，管宁传说隐楼颠。心斋恰是涵虚白，门闭原非草太玄。缕缕炉香经案静，重重灯影佛台圆。易驱惜命偷油鼠，难护轻生赴火蛹。半壁图书连沆瀣，满壶冰雪耐熬煎。惯闻喜鹊墙头叫，默逗驯蛇瓦眼穿。送到寺钟催早起，揭来吟伴扰迟眠。诗思偶逐秋声壮，疟势曾因暑病添。却忆狂风惊拔木，每临清沼念栽莲。雨看千嶂烟岚积，晴放一房光气鲜。老树窗前青未了，乱山檐下紫堪怜。朝霞灿灿生寒浦，暮色苍苍接远天。被絮新装任冬尽，瓶梅斜插欲春妍。禅超物外空余子，锁断人间更几年。月影夜窥花不动，潮音日说偈无边。文殊漫把圆通选，此意难教口耳传。"《和湛庵〈五十初度〉二首》其一："昔昔今今两不迁，故人非故独君怜。芒鞋箬笠三千里，楚尾吴头五十年。旧雨尊前祝生日，小晴江上养花天。倾怀放抱形骸外，携手飘然总欲仙。"《岁尽》云："三生圆慧业，一悟见天才。解语凭顽石，能寒耐老梅。眼从云外送，头在雪边回。炊得黄粱熟，人间剧可哀！"

谭延闿诗系年：《刘小宋属题大武书虎字，同鲸公韵》（二首）、《陈仙夆、黎凫衣有诗赠答，次韵奉酬》《再和仙夆、凫衣》《次韵凫衣见酬》《别黎六同、吕十一韵》（四首）、《寿徐戟门母》《寄皋农》《病虎》。其中，《病虎》云："郁郁樊笼里，駸駸老病时。爪牙空自惜，筋力久应疲。猛气犹凌厉，余生有叹悲。可怜殊雾豹，他日尚留皮。"《别黎六同吕十一韵》其一："辛苦才相见，须臾又别君。尊前馀断梦，天际有归云。招隐虚前约，贻儿足异闻。临歧知共慰，不用泪纷纷。"其二："多少欢娱日，凄迷少壮时。只今成隔世，回忆有馀悲。事过人如醉，庭空月不疑。且拼长夜饮，未觉漏声迟。"其三："旧好馀陈吕，重逢话盍簪。诗篇聊自遣，别怨一何深。晚节知同保，孤花识此心。他时如见忆，为我更沉吟。"其四："久别已难聚，倦游仍欲归。迢迢对江水，恻恻送霜晖。念子经行处，知余侣侣稀。明春能泛棹，相共采红薇。"《寄皋农》云："长夏空斋百虑清，端居还忆老经生。书堂灯火馀前梦，高陇桑麻想太平。人世茫茫谁得料，残年默默愧无成。蟠藤山色应如昔，知我怀君此日情。"

李澄宇诗系年：《与寿祺》《一灯》《湖舟坐雨》《无地》《洞庭南阁夜作》《残阳一首》《发岳州》《至京三日寄书大知不见复》《与鹏间》《闲居》（三首）。其中，《湖舟坐雨》云："凉雨作繁响，扁舟人断肠。群龙分野战，孤雁划云翔。岸树秋仍绿，汀荃静自芳。偶然依枕倦，翻梦旧山房。"《洞庭南阁夜作》云："夜凉天静酒停尊，青史无言见泪痕。一角洞庭星斗在，独开户牖看中原。"《与鹏间》云："嘉木虽同林，在山不连枝。一朝成栋宇，百岁相因依。大风吹天池，鲲鹏时一飞。万里聊自适，岂必早还归。皓梅未足赠，寒日不可挥。得闲理旧业，芳心媚来兹。但虑人双老，宁嗟天地危。"

刘韵琴诗词系年：《挽蔡季瑛女士》《和杨千里君〈天边〉选韵》《关山月》(步甘来原韵)、《蝶恋花·秋蝶》《愁倚栏 (西风紧)》《一剪梅·代作》《满庭芳·傲霜菊》《岁暮感怀》《鹧鸪天 (玉宇飞升已隔年)》《前调 (扶桑匆匆返故关)》《渔家傲 (一幅真容和泪绘)》《木兰花慢 (负生平傲气)》。其中，《岁暮感怀》云："岁月易蹉跎，残冬转眼过。阴寒云沉砀，风劲雪婆娑。大地腥膻满，山河感慨多。夜深眠不得，拔剑起悲歌。"《关山月》(步甘来原韵) 云："霜冷边城月满天，关山迢递恨茫然。五更茅店鸡声急，万里林峦兔魄圆。古戍寒光空际远，平川夜色望中连。雄图客感愁交集，跋涉津梁年复年。"《鹧鸪天 (玉宇飞升已隔年)》云："玉宇飞升已隔年，重来局户尚依然。宦囊萧索清风在，世事浮沉岁月迁。   悲辗转，恨缠绵，幼男雏女累情牵。伤心无以酬亲德，追荐惟凭小乘禅。"

胡雪抱诗系年：《南园宿醉，清舫大兄计部复携酒就觞，因赠并示秋舫三兄》《赠华澜石太史，次其赠陈散原、胡退庐韵，并呈退庐及魏潜园吏部》《漱唐邀居退庐问影楼藏书之榭，即兴赋呈》《漱唐搜书金陵，叠前韵送之》《熊译元孝廉好藏书，赋赠》《龙吟潭过访，忆戊戌偕仲兄游县之南山，和寺壁湘阴龙雨苍诗，询即君也，相与绝倒，追叠原韵二首》《端任招集绿天别墅，时李定丈自北归，觞咏弥畅，依令席间赋》《夜泛东湖，裁舟中句纪之》《报北京、长沙诗，更缀一绝》《溽暑吟潭招食瓜，神思骤爽，同晓湘兄弟》《漱唐购置茉莉，秋馨夜发，适阅其题莫愁像近作》《退庐小榭雨坐》《百衲琴歌，为湘阴龙雨苍赋》《吟潭具酒宠别，赋示诸同好》《彭峙云饯别城隅，因同散步》。其中，《夜泛东湖》云："湘人抱绿绮，结伴上湖船。豪气思横海，闲心若写泉。鱼龙风笛外，烟月水亭边。便触西楼感，鸥波话昔年。"《报北京、长沙诗》云："西陵虎气驱车过，南岳龙灵策马寻。剩棹东湖思美子，水亭迤北夜操琴。"《退庐小榭雨坐》云："乍秋风色粗，送雨下东湖，树作天魔舞，云呈鬼趣图。缭垣缄蕙若，归枕梦菰蒲。不了潇潇意，空庭泣彼姝。"

江子愚诗系年：《哭稚子澍》(二首)、《海棠》《咏史二首》《闲居》《自遣兼赠友人》《题金保三〈山水画册〉三首》《题金保三〈拟古画册〉三首》《读花蕊〈宫词〉》《读徽宗〈宫词〉》《读南宋〈宫词〉》《读崇祯〈宫词〉》《读长安〈宫词〉》《咏蝉二首》《咏前后蜀故事五首》《病起》《题欧阳子〈秋夜读书图〉二首》《过刘令姬人黄秀卿墓》。其中，《读花蕊〈宫词〉》云："摩诃池上旧恩偏，夜夜新声波管弦。胜有扫眉才子笔，又来梁苑画张仙。"《读南宋〈宫词〉》云："两宫曾赏念奴娇，岁岁银山驾六鳌。半壁江南留不得，最无恩信是杭潮。"《读崇祯〈宫词〉》云："吟成麦秀不胜情，岂为讴歌纪太平。仿佛白杨风雨夜，十三陵上杜鹃声。"

姚光诗词系年：《题周芷畦〈柳溪竹枝词〉》《耿伯齐世丈就云间普照寺陆机旧宅建二陆草堂征题，率赋二绝》《题天梅所藏冯柳东〈杨柳岸晓风残月图〉》《哲夫有〈寰宇访碑续录〉之辑。去冬道出山左，作〈冲雪访碑图〉，属为题词。今夏携艳游西湖，得魏杨兴息造象诸拓本，又承邮示并索一言，爰赋此章》《登孤山纵目感赋》《西泠桥畔有苏小小墓，而徐凝诗谓小小墓在禾中，不在湖上。又其西有荒冢一抔，相传为武松墓，然亦不见志乘，为合赋一绝》《憩冷泉亭集龚定庵句》《如梦令·湖上春归》《为冯郎春航题名小青墓作》《西泠即事》《题三潭泛舟摄影》《登宝石山》《游西溪作》《示亚子》《离杭留别亚子、佩宜、不识、展庵、虑尊、越流、漱岩诸子》《杭州归途》。其中，《题周芷畦〈柳溪竹枝词〉》云："沙屑堆中着意求（顾亭林谓作史如淘沙拣金），史亡而后此阳秋。柳溪风景应无恙，唱到君词当卧游。"《题天梅所藏冯柳东〈杨柳岸晓风残月图〉》云："独立河干不自持，晓风残月柳丝丝，知卿别有伤怀抱，更唱长亭怨慢词（柳东自题词一阕，调寄《长亭怨慢》）。冯郎遗迹擅清华，佳句灵芬更足夸（后有郭频迦题诗二绝）。冷艳幽香自双绝，允宜长伴万梅花（天梅所居曰'万梅花庐'）。"《杭州归途》云："情怀一纵消不得，为挟名流恣壮游。十日归来未言倦，梦魂犹是绕杭州。"《离杭留别亚子、佩宜、不识、展庵、虑尊、越流、漱岩诸子》云："阳关三叠更魂销，握手临歧不复聊。记取团栾三五节，再来同看浙江潮。"《如梦令·湖上春归》云："红瘦绿肥春去。为问春归何处？春奈不回头，剩了满天飞絮。无绪，无绪，更听声声杜宇。"

胡先骕诗系年：《阮步兵》《游仙二十绝》《别汪涤云太学》《别晓湘汴梁》（四首）、《小孤山》《诗别萧叔绀燕京》《下江南吟》（四首）、《杂感》（二首）、《巫山高》《微雨行山道中》《无题，集〈花月痕〉句》（四首）、《呓词，集〈花月痕〉句》（二十首）、《赠晓湘大梁，集定庵句》（七首）。其中，《小孤山》云："且将湖色涤愁颜，笑指浮鸥俯仰间。十里晴空烟似墨，浪花如雪没孤山。"《微雨行山道中》云："潺潺溪水鸣，瑟瑟霜枝动。四顾杳无人，万山烟雨重。"《阮步兵》云："鹓雏海上游，樗栎巢伏鸥。气类各有异，终世难推移。盛世不可逢，生息于此时。大道遍荆棘，举足茫何之。峨眉好风骨，自擅松柏姿。胸中具邱壑，千岁谁能知。贤才没草莽，天意从如斯。孔墨老不遇，下士复何辞。世人皆欲杀，尚是才士奇。会当守穷拙，痛哭焉汝为。"《游仙二十绝》其二："白云黄鹤两相邀，俯瞩河山夜寂寥。桂魄团栾秋露重，九天吹彻凤皇箫。"其六："清流潋潋石粼粼，手植瑶芝意绝尘。碧玉峰头耐狂啸，洞天深处自长春。"《诗别萧叔绀燕京》云："萧郎二十风骨奇，崭然头角何嶷嶷。夜作雄文灵鬼泣，下笔造物听驱驰。溺饥时切恫瘝抱，矢心重把乾坤造。愿涉殊方求绝学，不甘牖下长终老。长途挟策献春卿，春卿不识真精英。斌珷鱼目征上选，遗珠弃璧空晶莹。挟策刘蕡嗟下第，束装买棹为归计。柳丝莫系远行舟，临歧握手空挥涕。我今亦往东海东，岂云破浪乘长风。同此安危兴废志，忍看横暴恣群雄。此行矢志拼孤注，不令白日等闲度。他年绝域回马首，与君戮力纾强步。愿君为国善自爱，及时筹措赖君辈。树人百载憎迁缓，回天巨责无旁贷。长歌歌已心彷徨，一帆从此指遐方。离愁百丈莫能遣，朔云万里徒瞻望。"

吴宓诗词系年：《暑假拟游武汉书讯真吾》《〈戏剧春秋〉出版题词》（二首）、《偶成示锡予》（二首）、《赋赠潘君锡侯》《医院复柬明思、叔巍》《集定庵句写怀》（四首）、《寄真吾》（四首）、《寄复初》《自励》《自京归校途中口占》《送别潘君锡侯》《偶成》（忧患三生身外梦）、《送仲侯归省》《即事书怀赋赠真吾》（八首）、《复碧柳》《偶成》（茌苒韶华秋又春）、《偶成》（少年拙计苦行藏）、《即事书怀赋赠碧柳》《自况》《感事》（二首）、《寄讯真吾》《见雪》。其中，《集定庵句写怀》其一："少年揽辔澄清意，涓滴何由补大川。世事沧桑心事定，不将文字换狂禅。"《寄真吾》其一："君诗乃有诗人意，剑气箫心逸兴多。我愧雕虫徒学步，但闻哀叹始成歌。"《自励》云："入世渐多恩怨事，是非棋局总难平。行高敢计常人誉，忠竭还招丛谤生。沧海横流绝感慨，危舟断缆好支撑。茂先励志求诗句，理欲藏神息智争。"《复碧柳》云："莫怨羁迟少报书，江湖足茧最怜渠。莼鲈骨肉天涯梦，尘土衣冠海上居。大野烟荒狐兔走，秋阴雨黯蛰龙嘘。楼台蜃气重重幻，归隐桃源计未疏。"《见雪》云："黄尘白日局中变，密絮零花天际陈。见雪年年多异感，无端坐对已成人。"

王浩诗系年：《寄彭泽高印佛京师，慰其离弦之戚》（二首）、《谢湘阴龙吟潭为绘先封丘公遗像》《定山北来，端任折简集饮》《艾畦书来询近状，书此报之》《临歧赠端任》《天石书讯近状即寄》《子云见赠勒公遂诗，率题》《斋头省竹，添新笋十余》《闲居》《雨窗夜起，读〈剑南集〉》《闻蛙》《小阁》《寄怀端任都昌》《暑夕，用〈怀艾畦〉韵》《爝火》《北行未果，酬胡百愚》《病后谢竹居先生招饮》《闻练湖就安庆讲席，书以慰之》《寄怀楚青》《病起抒怀，简梦庐》《吟潭得明益宣王古琴，喜数日不寐，作此戏之》《走笔谢吟潭馈菊三十益》《吟潭席次，送雪抱归里》《柏庐欲为予就日者卜，藉袚愁郁，感书》《灯祭辞》《四弟自河口归，携金漆盘一事为余侑茗，作诗戏谢》《持灯省菊》《菊花苦霜益憔悴，移入座右，诗以饲之》（二首）、《寄赠印佛三十二韵》《贺李济生续室》（四首）、《小疾兼旬，起简诸好友》《恸哭二首》《市中观人丧车度感作》《印佛为余卜命造，言三十后事业斐然，意相勖勉，诗以谢之》《百愚来书，招余湛园养疴，言当以笋舆来迎，赋谢》《恶怀》《东勇邀赴容九寓，食宁州雪花果，法以芋粉杂笋蕨为之，其闺人手制也》《呈熊圜桥年丈》《东勇嘱题汪山翁遗画》《呈华澜石年丈》《谢容九惠赠珠子莲心茶》（四首）。其中，《定山北来》云："过雨何缘到竹林，闲愁仍浅酒杯深。粗平意气归诗味，狂艳文章负道心。虐谑过情原自失，剧谭得理故相侵。连宵白尘青灯畔，唾玉归收作字金。"《病后谢竹居先生招饮》云："吴中求死未可得，我头岑岑如重城。医来不使食指动，病去略惊诗胆生。固知一座极娱乐，莫令五鼎多刨烹。要与何郎试汤饼，一铛折足眼犹明。"《百愚来书》云："辟疆昔养一园竹，招我肩舆许暂游。道有山厨供芋栗，为怜尘境杂熏莸。家风治艾除陈癖，他日樵苏得早谋。桐帽踉跄应索酒，冬晴解火照嘉柔。"

叶心安诗系年：《续印〈春晖堂先集〉征题诗启》《挽马季立同事》《戏赠坤伶刘喜奎》《墨戏，和蔡青纯》（时筹办油墨厂，由沪销京）、《劝购国债》（代内，国债局作）、《万牲园》《友人拉游北里》《岁暮出京，倚装感作》《雪梅》。其中，《墨戏》云："大隐隐朝市，何分静与嚣。机缄玄妙室，信听去来潮。北苑愁春钱，东方任客嘲。燕莺不解事，刷翰学扶摇。"《劝购国债》云："昔读香山诗，老妪能解旨。我诗示父老，伦固非其拟。父老倘赐观，请给笔与纸。诗意问云何，兴感在国是。国是肉食谋，越俎岂无以。不知国体更，人人负肩仔。建国譬筑室，今方厝新址。未敢安苟完，恐后遭颓圮。国之患为贫，救贫急何俟。累累者外债，偿期履在迩。内政复不纲，无财孰与纪。国家之休戚，吾民共忧喜。孰策救国贫，曰从公债始。三年之公债，应募勇无比。慨囊尚待解，募债已截止。四年之公债，今又开募矣。瞬息将额满，购宜及时尔。深恐蚩蚩者，忧更逾于杞。云类昭信股，后或不足恃。不知内外债，先后偿期履。利在国庇民，息更母权子。今日之债权，预把关税抵。后者例以前，信用有同视。更恐观望者，见闻囿闾里。云类绅富捐，无望纡朱紫。不知公债票，有无通彼此。取法于友邦，师意在其美。民心虽犹豫，国信昭欧市。历期内外债，奚翅什倍蓰。可惜抵押物，重以关盐指。苟件受难堪，监督敢云耻。势咄咄逼人，兵财实表里。隐患之伏根，其孽忍悬揣。子钱之外溢，犹其小焉耳。假令倡募还，一呼众百唯。挽我海外权，贴我宇内敉。如水之源流，盈虚终一洧。譬诸创巨者，霍然失痛痏。富者祝篝车，贫者寂庚癸。骎骎臻富强，普法进与齿。何至权授人，受敲骨吸髓。陈义固嫌高，责非遽在彼。惟悚以危言，殷鉴在尺咫。抑更有忠告，箴我都人士。车水马如龙，春服炫罗绮。西园开珧筵，东山狎声妓。中人产十金，不惜一挥捶。靡靡成国风，穷奢复极侈。一旦糜厚禄，恐易招物议。甚且私瘠□，公德官先褫。失官即失富，贫恐不旋趾。彼迷不返者，蠢蠢如鹿豕。苟知节购债，既富亦轻仕。更箴退食者，家而忘国褆。辉金厚自殖，子孙长乐只。王谢号素封，金张夸姓氏。猝遭池鱼殃，铜山重不徒。旁窥招盗贼，卷失懊姬婢。岌岌外银行，欧战祸未已。叠叠钞票纸，惧不火亦燬。顽佃贻子孙，追租罪不箠。斥廛以利租，祝融相惊否。挟赀不善贾，插田不胜耜。聚散终祸媒，盖藏乏宁匦。何如购债券，安枕如凼凼。不烬暴秦灰，不溺稽天水。富源藏诸国，利权操在己。息率定六厘，钞券若同揆。卖买定九折，缓急可任使。国步况艰难，四郊又多垒。一木设不支，国亡家亦毁。譬如中落户，鬻器及书几。子弟急父兄，岂复诿我你。寄语投赀者，购债代业企。外府取犹藏，利泽原即委。谓宜粲莲舌，罕譬劝下俚。男子广征逐，酿资在酒醴。女子俭梳妆，相率勖妯娌。节彼有用钱，输此中正轨。敢附祝华封，家国两福祉。鲰生惜措大，荆妇乏钗珥。馆穀积十年，不幸遭糠秕。握券不盈把，义足共众砥。此义梗在喉，不吐若愧儡。有人征我言，区区竭庸鄙。百韵鬻兼金，话或资韵史。吾知百年违，盛举不胜纪。呼应无不灵，涵濡更广被。政纲赖以维，国患差堪弭。衢壤腾击歌，崔蒲靖奸宄。足国以足民，上下庶有豸。固哉彼小儒，谓古无是理。礼失求之野，恐类橘变枳。执彼医国病，不张即失弛。执彼理国财，如鱼竭见底。须知古今法，飞走殊翼趾。驭法在得人，如羿于弧矢。所以市义歌，肯向侯门倚。"《友人拉游北里》云："不是长安花里人，如何到此问桃津。惜卿未嫁东林婿，怜我虚怀北地春。卿士群空海王市，蟆陵劫尽女儿身。典裘不值缠头锦，賸以新诗颇自珍。"《雪梅》云："砚冰墨亦冻，且把梅花弄。空中斗玉龙，竹尾潜钗凤。恍入水晶宫，偷饮葡萄瓮。绿蚁伴火炉，醉入罗浮梦。梦中化蝴蝶，栩栩迷香洞。又梦槐蚁国，荒外琉璃贡。醒来带宿醺，树头怪鸟哢。寒鹊觅栖枝，三五相喧哄。红泥印爪痕，爬出苍苔空。矫矫惟寒鹤，守梅忘抟控。嚼雪当点心，餐风一号㤰。晴来雪乍消，倾倒琼瑶栋。梅蕊两三花，云天垂锦幪。"

冯振诗系年：《寄陈柱尊》《过零丁洋怀古》《舟中自叹》《寄山中人》《苍梧遇雨》《送挥之弟离南洋公学二首》《病中柱尊以诗见赠，作此答之》《田园乐三首》《雨夜枕上有感二首》《入山》《寄山中人》《归隐吟》《偶然作》《纪行七首》。其中，《过零丁洋怀古》云："日斜月上过零丁，丞相丹心日月明。当日几多亡国泪，惊波犹作打船声。"《舟中自叹》云："青山绿水碧悠悠，送我生离事事忧。万里相思同皓月，只身乘兴任轻舟。平生抗志云中鹤，今日飘蓬海上鸥。自叹有家难久住，风尘扰扰又东游。"《寄山中人》云："自有林泉志，宜哉与俗违。清流鸣枕席，高树隐茅茨。山静闻蝉噪，云深觉路迷。王孙游不返，芳草又萋萋。"《苍梧遇雨》云："云色凄凄路欲迷，重华已远渺难追。洞庭无限湘妃泪，犹向苍梧作雨飞。"《入山》云："亲旧牵衣向我言，山间魑魅索人魂。王孙此去缘何事，山鸟山猿处处喧。"《偶然作》云："书卷满床头，随意披且读。借此开心颜，聊以慰幽独。岂在读书多，但求睡眠足。既与世相忘，自无物可逐。鹪鹩栖一枝，何心慕鸿鹄。"

李笠诗词系年：《唐玄宗》《咏无字古碑》《村行即景》《放歌》《月夜观潮》（二首）、《月饼》《晓行》《蚓笛》《蟹》《斗蟋蟀》《灯蛾》《灯下飞蛾》《客窗听雨》（二首）、《雪里芭蕉》《虞美人花》《月下梨花》《雨后桃花》《风中杨柳》《菊》《僧鞋菊》《临江吊卓忠毅》《次韵和蔡泽民〈东瓯怀古〉》（四首）、《青玉案·秋海棠》《青玉案·海棠》《调笑令》。其中,《唐玄宗》云:"尽弃宋姚旧典型,梨园镇日伴优伶。蜜中拔剑李林甫,箧里衔恩张九龄。垂腹胡儿误社稷,白头宫女哭朝廷。鸟啼花落剑门道,肠断残山马嵬青。"《咏无字古碑》云:"古石千年没草蓬,低徊犹想古人风。留碑何必留文字,功在无言不语中。"《青玉案·秋海棠》云:"红腮睡足娇无语。漫倚立、墙东路。浪藉秋风愁几许?美人情泪,玉人诗句。肠断花开处。 忍教丽质污尘土。帘幕萧条夜无主。八月春阴行且去。半夜明月,一天凉雾。万种相思绪。"

廉泉诗系年:《再过中川乡题壁,去年与佐藤富子食樱花饼于此》《平子夫妇饮我于长崎酒楼,诗以谢之,至门司却寄二首》《且顽老人营别业于须磨海滨长廊,看月搔首问天,有终焉之志,余与老人有结邻之约,题诗斋壁,以当息壤》《涤生召饮,示座上诸客》《东山寄庐访藤田绿子夜归,赋此寄孙寒厓二首》《客中逢孝直,以诗报寒厓、稚晖》《绿子为写甲寅〈东游草〉一卷,报以芝瑛手制澄清堂笺并谢东山主人》《绿子书来,谓梅雨恼人,非旅客所堪,恐南湖归思动矣,以诗答之并寄芝瑛》《再寄芝瑛》《约绿子游岚山》《岚山逭暑,南面王不易也,以诗报东海相国并示梧生、樊山、哭庵、凤荪、仲鲁诸公》《和矶野惟秋〈移居三首〉原韵》《琵琶湖晚眺》《远帆楼闻歌》《岚山遇雨》《为江上琼山题〈洞天一品图〉》《游琵琶湖归寄绿子》《江上翁邀饮于三桥水榭,酒半笑问欲呼歌妓否?诗以答之》《访堀江义三于东山别业,燕赏竟日,赋诗陈谢》《与江上、堀江游市田氏对龙山庄》《东山观瀑,憩第一泷茶亭》《弟一泷书所见》《江上翁颜其画室曰数峰青处,为题一诗以张之》《逆旅主人游琵琶湖归,指天边新月曰:江南有此月否?口占绝句寄芝瑛》《宇治川观钓》《石山寺赠光遍上人》。其中,《涤生召饮》云:"倚山楼阁半阴晴,近局鸡豚有旧盟。远客不辞千日醉,扁舟又送异乡行。竹间虚馆连空翠,酒次哀弦带变声。世外桃源何处觅,蓬莱天近一身轻。"《约绿子游岚山》云:"水接飞流天倒开,好山无处不楼台。麦光铺几摇乡梦,花气如潮落酒杯。短策看云闲不得,长桥渡月漫相催。连城十二无人到,仙迹分明掩绿苔。"《岚山逭暑》云:"数家茅屋傍寒湾,白日无人常闭关。洗耳偶临新瀑水,披图爱看夕阳山。香飘石鼎联吟社,涛卷天风破醉颜。欲为浮生谈结束,飞飞倦鸟不知还。"《和矶野惟秋〈移居三首〉原韵》其一:"林泉小筑竹回环,一代高名诗酒间。欲把彩毫还郭璞,难波桥上听潺湲(江上新建难波桥,君为题柱)。"

黄濬诗系年:《赠李拔可,即送其行兼乞海藏楼新刊诗》《上沈观先生》《柬夏映庵》《寓居丁香二株盛开,夜披月独玩久之》《瘿公、若海约游西山,期而未往,瘿有诗见及,赋此谢之,并书所闻》(二首)、《偶得》《赠胡梓方》《奉怀沈观先生》《晚游公园》《久不见樊山老人,柬以一诗》《程穆厂属题〈顾印伯先生遗诗〉》《夜归》《晚游公园,同舜卿,即送其南归》《众异见诗,遂以一律相贻,赋此报之》《夕归》。其中,《赠李拔可》云:"李侯薄为吏,谋句特清泚。涉旬暂北游,理艇复南指。斯人直俊鹘,岂独诗境美。郑公二年别，坚卧对江水。因侯乞诗卷，兼用讯安止。吴山青可念，修路记逶迤。明发及莺飞，江春黯千里。"《众异见诗》云："穷岁愁看覆旧棋，横流何地见微箕。湛庐去国终吞恨，醴酒留人岂厌饥。鸥鸟季龙聊一狎，虎贲敬则正相须。长安尘污寻常事，饱饭酣眠许写诗。"《夕归》云："曾阴积雪万林枯，绝野骄鹰不可呼。世外闲僧识兵劫，眼中俊物一胡庐。故人死别名俱戢，独夜悲歌道益迂。还倒蚁醅收短醉，寻常筝筑任乌乌（时闻远庸遇刺之耗）。"

钟熊祥诗系年：《长江》《晓渡》《酒狂》《浔江眺远》《富川》《东海》《江舟遇陈少如，畅作闽谈，欢若生平，率成一律，即送赴南洋》《题毗陵黄山寿画六首》《小瀛洲眺望》《符卿弟任西川道尹却寄》。其中，《长江》云："千里长江一带横，青山重叠似长城。岭梅残雪从知暖，堤柳和烟漫弄晴。自古英雄争战地，于今夷狄亦留情。风光虽好终濒险，只为滔滔浪不平。"《晓渡》云："淡宕春风一苇杭，青山拥絮叠行装。晓霞报雨接高树，宿鸟穿云过短墙。村屋炊烟长曳带，沙洲帆影白铺霜。渔舟双桨利于剪，划破玻璃无限凉。"《浔江眺远》云："楚尾吴头接，春风满碧浔。雁声环堞齿，塔影落波心。酒绿湖光漾，襟青山色侵。匡庐杳不见，遥望白云深。"《江舟遇陈少如》云："邂逅江舟促膝谈，乡音喜复到三山。元海意气高无匹，汉相筹谋妙若闲。堂奉灵椿深可羡，室如悬磬叹同艰。孤征万里乘风去，瞻望云天奏凯还。"《小瀛洲眺望》云："绿树碧无际，门前水一湾。新蝉含露噪，雏燕掠波还。雨意留冰簟，云情叠翠鬟。茫茫嗟此世，何日出尘寰。"

高宪斌诗系年：《韦曲》《宋家花园即事》《晚霁》《子明以所作画索诗，草此赠之》《偶成，示病蝶乞和》《孤雁六言》《戏题友人见赠〈美人画〉》《游西五台，朗吟少陵登临诸什，口占一首》《奉和尹文卿夫子赐诗原韵》《天下》。其中，《宋家花园即事》云："一片霞光荫翠微，小园西畔彩云飞。牡丹花谢游人去，独自骑驴得得归。"《孤雁六言》云："高渺惊看雁来，飘零又冲寒去。客心念尔孤飞，影落潇湘何处？"《游西五台》云："雁影横天露点苔，秋风飒飒独登台。心驰陆海真空外，眼放昆仑绝顶来。万叠羁愁青剑在，一声长啸碧云开。少陵纵有忧时句，莫解当年百姓哀。"

童春诗系年：《琴五惠〈添丁〉诗，依韵索同事一和》《颂琴五建厦》《题吴雪庄玉照》《代余某寿徐蕙生》《李玉俞招饮志谢》《贺高寿丞举次孙》《次韵寿叶（廷枚）尔康》（四首）、《题诸约园〈修到梅花图〉》《赠雪箸》。其中，《李玉俞招饮志谢》云："子美饮中歌八仙，我辈酒癖埒前贤。不逢知己兴不发，竟日长疏麴蘗缘。妙哉吾友陇西子，相约星期开琼筵。乙卯谷雨后四日，造饮适遇乍晴天。卫城北隅故人宅，故人倒屣喜欲颠。重庆堂上恣谈笑，原来家风是青莲。茶话未罢盘飧列，采山钓水罗美鲜。竹叶青兮状元红，佳酿应值斗十千。主人进酒不少息，客亦自知客气蠲。初尚矜持继豪放，大声疾呼战以拳。目无泰山耳无雷，刘伶不诬酒德篇。既醉既饱才告别，归途各凭自由权。或因红友壮胆力，踊跃步行且争先。或防眼花落水底，只许徐徐去乘船。彼此咏归瓜山麓，更鼓数发犹忘眠。愁城悉被酒兵破，惟不及乱乐陶然。吁嗟乎，万事不如杯在手，笑他功名等云烟。走也若起功名念，但期受封到酒泉。"《次韵寿叶（廷枚）尔康》其一："归隐鹤皋居有那，虚衷将寿补蹉跎。不知花信兼风信，宁作诗魔与酒魔。入室幽兰香袅袅，满窗晴草绿婆婆。和平养得天机活，况复双湖引兴多。"《题诸约园〈修到梅花图〉》云："故人昔日寓梅川，唱酬曾有定情篇（未识君时，以诗见投，君复答曰'明日梅川佳话遍，寿坛真有定情篇'）。玉池烛湖联舫咏（春偕胡、黄、蒋、陆诸友戏为君作醮会于玉尺池，各有诗题壁，君撰《受吊记》，即夜泛舟烛溪湖，把樽联句，时辛丑六月十三日也），莲塘秀野话缠绵（春世居莲花塘之南，丙申岁先君筑书室，命春授徒其中。君常过从论文，为名《秀野吟馆有记》见赠）。早羡格高梅花似，访梅惯约严寒天（丁酉孟春，君约游游源及方冈山，时雪方霁，君有句云'绿波江上春携客，晴雪崖边冷访梅'）。而今朗霞开降帐，声气相通凭邮传。回首光阴驹过隙，中经契阔已十年。橐笔远作岭南客，每一相思一黯然。鼎革以后文斾返，清风两袖月一肩。海外闻名来物色，秉铎桑梓辞之坚（岁癸丑敝校主吴锦堂先生由日本来书，延君掌记室。君以已任教育辞）。嗟我压线离乡久，旧雨致怮觌面缘。春初枉驾过蓬户（正月间春以寒假在里，君偕黄越川亲家见访），袯襫罄叙喜欲颠。闻君言语知君志，丈夫未肯受人怜。别后投我新著作（君以《修到梅花图》序并诗见示），披诵仿佛遇癯仙。修到梅花非虚说，图恐画工写不全。如此风韵谁与匹，陶氏菊花周氏莲。我闻蒲柳经秋枯，百花惟梅得春先。众爱牡丹鲜爱梅，和靖高风君有焉。"《赠雪箐》云："诗筒络绎寄重洋，新又日新证别肠。想见故人潇洒甚，吟风弄月在松庄。"

[日] 高须履祥诗系年：《哭茑女》（二首）、《谢三野春耕惠腌藏兰花》《登岳十六绝》《今上即位大礼，恭赋七律一章》《拜观六美村悠纪斋田恭赋》《咏醇酒，菊之世赠广濑氏》）。其中，《哭茑女》序云："茑女性婉顺，善事父母，爱弟妹，卒长府女学校之业，归乡之后，奉职乡校，无几罹病，荏苒不愈，大正三年除夜遂逝矣。年二十三，浮屠谥曰清高院萝月尼。"其一："萧萧寒雨湿枯荄，人与残年逝不回。薄福怜渠自知命，温颜含笑赴泉台。"其二："弹指幽明已隔生，是真是幻足钟情。残灯半壁留遗影，恍听床头唤母声。"《登岳十六绝》其一："百里东游驱快车，认来湖上翠仙娥。风如鼓瑟松如舞，士女相呼浴稳波（辨天岛）。"其二："遥空认得玉芙蓉，快似百年知己逢。不识飞腾谁第一，奔车如电度天龙（天龙川）。"

[日] 关泽清修诗系年：《鸥社发会，分韵》《次佐藤碧海（勤也）博士〈银婚自寿〉诗韵》《新居，分韵》《鸥社大会鸥梦楼，席间次中洲翁原唱韵》《次因是老师〈出家自述诗〉韵》（五首）、《晚步追凉，分韵》《次喜多橘园（贞吉）甲寅中秋诗韵》《登极

大典，恭赋》《观飞航机度空，分韵》《仙寿山房送石隶翁还名古屋，次其留别诗韵》。其中，《鸥社发会》云："一堂喜与故人逢，风日妍晴春意浓。朗诵新诗香进口，梅花正气入词锋。"《鸥社大会鸥梦楼》云："不恨花开少好晴，春筵紫笋又朱樱。胸中诗气杯中酒，盍作扬风挖雅声。"《观飞航机度空》云："空中有响大鹏过，一搏扶摇天欲摩。演武将开东奥野，秋晴飞度几山河。"

[日] 冈部东云诗系年：《风雪夜讲演于万藏精舍》《白香山诗曰"海水桑田欲变时，风涛翻覆沸天池。鲸吞鲛斗波成血，深涧游鱼乐不知。"予感时事，次韵以赋左一篇》《题〈竹林七贤〉之图》《大隈伯》（二首）、《逐鹿吟》（二首）、《叹长冈中学校火灾》《书感》《此日某某等学生辈将乘船，忽变意而陆行，幸得免危难云》《观樱行四首节录其一》《观樱行四首，节录其三》《自赞》《谨奉和大典》《御即位大典》。其中，《风雪夜讲演于万藏精舍》云："精舍深更寒凛然，拥炉翁媪又堪怜。古师遗迹君知否，云里终宵枕石眠。"《书感》云："狐疑狼顾几迁延，欲害友邦交涉权。闻说皇军发军令，应看雷炮满洲烟。"《自赞》云："老躯瘦如鹤，疲脚钝于龟。天禀知奇术，文林乘笔驰。"《谨奉和大典》云："二千五百七十五，历年悠久皇化普。一系累世百廿二，神孙威德冠寰宇。玉玺明镜及龙剑，三种灵器护天府。蔼蔼和气上下亲，民如赤子君如父。先帝明治宪政新，鸿业何让周文武。赫赫国光耀海外，鸡林台湾入领土。今上践祚已四年，即位盛典今日睹。凤辇西幸平安城，仪场式序概准古。文官百僚旧衣冠，军团六卫新貔虎。茅茨藁席贵清洁，新酿新粢祭神祖。锦旗高揭映鸭水，水西水东观如堵。万邦使臣唱万岁，满城士女欢欲舞。天恩优渥赐大酺，老耋特拜霞杯醑。恰是瑞穗丰穰秋，六千万人腹堪鼓。"

[日] 白井种德诗系年：《次堀合〈杜陵释奠诗〉韵》《三岛本生赠海苔，赋而谢》（本生，气仙人，三四故及）、《送卒业生》《哭一户樱庐》（五首）、《南部藩祖七百年祭》（五首）、《读〈南部藩祖传〉》（二首）、《芦东山一百三十五年祭，赋之以奠，次佐藤猊岩韵》《先哲杂咏》（九首，含《贞山公》《安藤省庵》《滕森天山》《高野瑞皋》《北岛雪山》《东条一堂》《岛山义所》《赤埴重贤》《加藤肥洲》）、《过关原》（旧作）、《造花一盆，清冈竹林见赠》《得外孙记喜》《竹雨君评予寄猊嵩诗曰："身坐黄尘里，神驰碧溪上。"予乃添二句，以为五绝一章》《题多田和亭梅画》《哭山路盈进北堂》（盈进武州北多摩郡人，家在玉川涯，结句故及）、《次中洲三岛博士读〈猊鼻溪胜志〉诗韵》《读〈双绝帖〉跋》《次樱井疅堂〈与星野竹香饮〉诗韵，以寄两氏》《铃木鹤鸣著〈台温泉记〉，嘱余校阅及序，会北白川王辱临此地，谨赋绝句一章以纪喜》《读〈台温泉记〉，回忆泽旭山〈漫游文草〉所载，有此作》《次川上半素题〈女秀子遗稿〉诗韵》（秀子曾学我师范黉，以病殁）、《越瓜》（沙田竹雨所赠）、《蔬圃》《次猊岩〈吊亡儿灵〉诗韵》《牵牛花》《次三川〈菊花〉诗韵》《次枫江翁〈题山水画〉诗韵》《旧南部藩士新

渡户传特旨赠从五位，余曾读其传，钦其人，乃赋绝句二章以纪喜》（二首）、《奈良真守赠从五位，余钦慕其人非一朝，曾作文以称扬大节，讫恩命之下，感喜自不能已。山口刚介，其外孙也，赋诗以志喜，余用其韵又赋一首，以附囊所作文稿后》。其中，《得外孙记喜》云："去春嫁女九州北，今夏得孙京洛渍。书信读来欢不耐，呱呱声在奥东闻。"《次枫江翁〈题山水画〉诗韵》云："吟社当年推异材，品同山岳耸崔嵬。爱他题画詹詹句，也得梁家正脉来。"

[日] 木苏岐山诗系年：《始春城南散策》《诗园》《郊兴》《白头》《松阴馆丈太孺人八十八寿宴歌》《国分青厓来过》《古兴二首》《池田》《置盐棠园过访论文》《四皓》《秋渚移居，土佐濠索诗》《业诗》《题画四首》《近游即兴》《山阳画》《题画》《绝句二首》《太田驿水明楼写望》《延寿阁》《岛田岐阜县知事暨山田五洋、野原樱州舣余于蓝阳钟秀馆》《乡瘦石舣余暨五洋于稻叶山水琴楼，赋似瘦石》《望剑岳》《冰见田中氏适适园》《丰登》《登极颂（并序）》《五千卷堂二首》《有人以〈读书图〉索诗》《岁晚，长男谷卧病东京，次男纩从京都至，喜赋示之》《偶得》。其中，《国分青厓来过》云："卅载论交地，应刘归道山。第残君与我，非复昔时颜。契阔穷途老，欢虞造物铿。五畿花正放，且莫赋刀环。"《五千卷堂二首》其一："装额新悬五千卷，墨图又展玉鸦叉。昌时撝雅定谁子，画里看山何处家。顽亦可忻伊丑石，澹而能久是黄花。除非眼饭但耽读，点勘丹铅暮景斜。"《有人以〈读书图〉索诗》云："命压人头如我何，读书破万竟蹉跎。劝君须掷兔园册，世上庸庸享福多。"

[日] 森川竹磎诗词系年：《口占》（二首）、《望野庄十胜诗，应龙嘱》（十二首，含《虽设门》《科头丘》《听琴坞》《雁字径》《烂柯枰》《停车林》《蹰躅蹊》《追远亭》《紫薇潭》《地藏岩》《人日雪》《又一首》）、《题〈松竹梅图〉》（崎野秋香属）、《藤波千溪（鏊）索东坡生日诗，苦思不得，便取东坡词中语作一绝句以塞责》《即事，和天随》《出游一首》《题画》《玉波冷双莲》《芷秀药华》《病中杂句》（二首）、《八六子（养花天）》《被花恼（花云酿作嫩晴天）》《恨春迟（昨夜春寒一枕）》《孤馆深沉（东风午暖杏花天）》《春从天上来（烟雨空濛）》《春风袅娜（看春风春雨）》《法曲献仙音（蝶胃晴丝）》《春声碎（惆怅且凭栏）》《琴调相思引（枝上残花不可寻）》。其中，《藤波千溪（鏊）索东坡生日诗》云："大江东去柳绵吹，兴在醉眠芳草时。解道不胜高处住，孤鸿何苦检寒枝。"《出游一首》云："东风吹骤暖，开遍满城花。此日才忘病，三年始出家。长安多士女，大道愈繁华。节物空邀赏，感春何有涯。"《题画》云："小坐落花啼鸟前，鬓丝禅榻扬茶烟。此中不许纤尘到，宁有人间佳句传。"《病中杂句》其一："茉莉吹香到枕边，如眉小阁月妍妍。翻嫌病骨嫌凉惹，促掩纱窗镫背眠。"其二："病余人瘦懒凭阑，三伏支颐鬓缕残。竹窗风小斜阳近，坐卧炎蒸欲避难。"《被花恼》云："花云酿作嫩晴天，深院午风如酒。恁地春光怎生受。寻芳蝶倦，衔泥燕懒，梦暖黄金柳。

和篆气,晕愁痕,一丝兰麝残烟瘦。　　刚把曲栏干,得无聊独凭久。相思偿了,那似前宵,数尽迟迟漏。驀寻思剩个好思量,睡鹦鹉、回廊为谁守。觅梦去,又恨阶前苔不厚。"《孤馆深沉》云:"东风午暖杏花天,新燕子翩翩。乍快拂帘钩,立上雕梁飞绕栏干。　　且软语又翻双影,向玉镜台边。每相照自夸轻俊,看他能记年前。"

[日]田边华诗系年:《红梅》(二首)、《宝车》《过禁墙下口占》《沼津访大中寺闻老僧谈前事》《还乡》。其中,《红梅》其一:"江梅一树傍帘栊,雪后花开春乍融。不分小禽鸣选杪,翻身蹴落晓来红。"《沼津访大中寺闻老僧谈前事》云:"老僧夸说邀金辇,劚笋奉欢恩幸殊。恰是南园春雨后,箨龙带土入天厨。"《过禁墙下口占》云:"老僧夸说邀金辇,劚笋奉欢恩幸殊。恰是南园春雨后,箨龙带土入天厨。"《还乡》云:"身似秋天一鹤飞,昂然远向故林归。邻家翁媪携鸡黍,慰我长安老布衣。"

[日]德富苏峰诗系年:《老龙庵》《叶阳子墓畔栽樱树》《对马水道》《京釜汽车中有作》《沼津》《哭故人》《金刚山》(三首)、《苏峰文选成》。其中,《老龙庵》云:"欲赋招魂独不禁,春潮漾漾抱门深。庭梅空发草堂寂,唯有老龙天半吟。"《对马水道》云:"渔帆点点趁轻风,对马釜山指顾中。炎热今朝吾已卜,初阳如火射波红。"

[韩]金泽荣诗系年:《蕉石山房主人归》(二首)、《酬曹深斋仲谨(兢燮)》(三首)、《题庄蘩诗夫人所写〈离骚经〉后三首》《酬柳茂才》《题孝若北京诗卷》(三首)、《谢李明集贻书结交》《十八日赴屠归甫招至常州,明日同归甫观苏东坡古宅》《同屠敬山赴庄茂之菊花大会之招》《将归南通,留赠归甫》《余之在常州,吕博山诚之为余置酒招屠敬山、童伯章、庄通伯、李涤云以助欢,追赋其事以谢之》(三首)、《杂赠常州同游》(三首)、《余往与屠归甫、吕博山诸人访唐荆川故居,所谓半园者,今园主钱君亦文士而适出未遇,诸人劝以一诗赠之,故有作》《徐氏梅花山馆赠塾师达继聃三首》。其中,《酬曹深斋仲谨(兢燮)》其三:"一斗松醪一叶舟,何时访我仲宣楼。为言楼下长江水,堪洗人间万古愁。"《同屠敬山赴庄茂之菊花大会之招》云:"翁心厌闻乱世事,假聋遂以成真袭。我衰未操中国语,与彼哑者将无同。哑聋相遭亦奇矣,菊花有意开西风。知翁爱菊世无比,好客又过陈孟公。鼓张丛词领菊德,琵琶声里樽酒红。风前一时动枯蝶,天外几阵停归鸿。日夕香露流满座,为君舞唤陶家翁。"《余之在常州》其二:"毗陵胜事梦多年,始此来游十月天。玉局先生烟雨外,荆川古宅菊花边。阆风玄圃知何处,玉佩琼琚响四筵。老境美人无分在,黄昏犹自越寒阡。"